# FRANZ KAFKA

# FRANZ KAFKA

## Récits, romans, journaux

*Édition préfacée, composée et annotée*
*par Brigitte Vergne-Cain et Gérard Rudent*

**Traductions de François Mathieu, Axel Nesme,**
**Marthe Robert, Gérard Rudent, Brigitte Vergne-Cain**

La Pochothèque

Les traductions sont dues à

Marthe Robert pour *Journal de voyage de Weimar à Jungborn*, *Journal de l'année 1912* et *Journal de l'année 1917* ;
Axel Nesme pour *Le Procès* et *Le Château* ;
François Mathieu pour *Description d'un combat* et *Le Disparu* (*Amerika*).

Tous les autres textes ont été traduits par Brigitte Vergne-Cain et Gérard Rudent.

**Ce volume contient :**

Petites proses
Un bréviaire pour les dames
Conversation avec l'homme en prière
Conversation avec l'homme ivre
Les aéroplanes de Brescia
Un roman de la jeunesse
Une revue défunte
Description d'un combat
Grand Bruit
Journal de Weimar à Jungborn
Premier chapitre de *Richard et Samuel*
Contemplation
Journal de l'année 1912
La Métamorphose
Le Disparu (Amerika)
Le Procès
Dans la colonie pénitentiaire
À cheval sur un seau à charbon
Un médecin de campagne
Journal de l'année 1917
Le Château
Un artiste du jeûne

# REPÈRES BIOGRAPHIQUES RUDIMENTAIRES POUR UN ÉCRIVAIN RAFFINÉ

*1814* — Naissance du grand-père paternel dans un village de Bohême méridionale (Wossek). Jakob Kafka était boucher. Il était d'une force prodigieuse et soulevait du sol un sac de farine avec les dents.

*1824* — Naissance du grand-père maternel dans un autre village, Humpoletz. Jakob Löwy était drapier.

*1848* — Jakob Kafka épouse Franziska Platovski, une voisine. En 1852 naît Hermann Kafka, le deuxième de six enfants. Tout ce petit monde vit à la dure. Hermann le rappellera souvent à son fils Franz.

*1853* — Jakob Löwy épouse Esther Porias. La famille Porias comptait plusieurs rabbins. De ce mariage naquirent deux fils et une fille : Julie (1856-1934), la mère de l'écrivain. La famille maternelle était moins pauvre que la famille paternelle. Mais les Kafka sont des conquérants. Les Löwy sont plus sensibles, plus inquiets.

*1882* — Le 3 septembre, Hermann Kafka épouse Julie Löwy. Il vient d'ouvrir un magasin de nouveautés, à Prague : Zeltner Gasse, n° 12, à l'enseigne du choucas (Kavka en tchèque).

ENFANCE DE FRANZ KAFKA : 1883-1893

*1883* — Le 3 juillet naît le futur écrivain à la lisière du ghetto de Prague.

*1889* — L'ascension sociale de Hermann Kafka est à la mesure de son tempérament. En juin, il s'installe avec sa famille dans la belle maison « Minuta », Altstädter Ring, n° 2. En septembre, Franz doit aller à l'école, une école allemande comme il se doit. Pour le petit garçon, c'est un drame quotidien.

*1893* — Le 29 octobre, naissance d'Ottla, la sœur préférée de Franz. C'est la troisième : Elli est née le 22 septembre 1889, Valli le 25 septembre 1890. Dans l'intervalle étaient nés deux garçons, morts en très bas âge : Georg et Heinrich, en 1885 et 1887. Franz a eu une enfance solitaire.

ADOLESCENCE : 1893-1901

Huit années passées au lycée allemand de la Vieille-Ville (Deutsches Altstädter Gymnasium), le palais Kinsky. L'établissement est fréquenté en majorité par les enfants de la bourgeoisie juive. Enseignement formel à base de latin et de grec. La discipline est rigoureuse. Kafka est terrorisé par les examens.

Mais c'est la période mystérieuse des premiers essais littéraires et des amitiés. La personnalité de Franz Kafka est des plus secrètes.

*1896* — Le 13 juin, confirmation (« Bar-Mitzwah »), cérémonie tout aussi formelle que les études secondaires.

*1900* — Merveilleuses vacances chez son oncle Siegfried Löwy, médecin de campagne à Triesch (Trest).

*1901* — En juillet, Franz Kafka obtient l'Abitur, équivalent du baccalauréat.

ANNÉES D'UNIVERSITÉ : 1901-1906

*1901* — Aucune vocation affirmée : lettres ? chimie ? histoire de l'art ? Finalement, inscription en droit à l'université allemande de Prague.

*1902* — Kafka voudrait s'expatrier. Mais à la différence de son ami Oskar Pollak, il n'y réussit pas. Après un semestre à Munich, il se retrouve donc dans une vie d'étudiant pragois, bien balisée : associations d'étudiants (juifs, allemands), cafés littéraires. C'est ainsi qu'il fait connaissance de Max Brod (en octobre).

*1903-1904* — D'après des lettres à Oskar Pollak, il est évident que Kafka a déjà beaucoup écrit (notamment une première *Description d'un combat*, à l'automne 1904), et beaucoup détruit. Il faut imaginer d'immenses lectures. Dans les lettres conservées, Kafka souligne la nullité de sa vie et de ses productions.

*1905* — En juillet, avant la fin du trimestre, il part se reposer dans un sanatorium en Silésie, à Zuckmantel. Pour la première fois. Hypocondrie ? C'est ce qu'il décrit. En tout cas, il y vit une aventure très heureuse, très intime.

*1906* — En juin, Franz Kafka est reçu docteur en droit. De ces années d'études lui resteront de solides amitiés, avec Oskar Baum et Felix Weltsch.

LES DÉBUTS DANS LA VIE : 1907-1911

*1906-1907* — Il travaille six mois chez son oncle Richard Löwy, avocat à Prague ; puis fait son stage d'un an, obligatoire chez les juristes, au tribunal civil, puis au tribunal correctionnel.

*1907* — Début de la vie professionnelle. Kafka entre dans la filiale pragoise des Assicurazioni Generali. Très vite, il déteste (horaires, salaire). C'est vers la fin de l'année qu'il abandonne l'usage de l'écriture gothique.

*1908* — Kafka démissionne. Fin juillet, il est engagé à l'Office d'Assurances contre les accidents du travail, organisme semi-public. Il y restera jusqu'à sa retraite, très anticipée (1er juillet 1922). À la même époque il publie ses premiers textes dans des revues d'avant-garde. Il fréquente cabarets et bordels, souvent avec Max Brod.

*1909* — Kafka s'intéresse à la vie politique. Brod cherche en outre à l'introduire dans la vie littéraire.

*1910* — Kafka commence à tenir un *Journal*.

*1911* — Voyages : professionnels, en Bohême ; ou pour l'agrément, avec Max : en Italie du Nord, en Suisse, à Paris. À partir du mois d'octobre, fréquentation assidue de l'acteur Jizchak Löwy et de sa troupe de théâtre juif (en yiddisch). Kafka déteste de plus en plus la vie de famille.

## L'ÉCRIVAIN CONFIRMÉ : 1912-1917

*1912* — Immense année : il travaille à un grand roman *(Le Disparu)* ; voyages, rencontre de Felice Bauer (13 août), suivie d'une correspondance exceptionnelle ; rédaction du *Verdict* et de *La Métamorphose* ; publication du premier volume : *Contemplation* ; au printemps 1913 paraîtra *Le Verdict* (en revue) et *Le Soutier* (en livre).

*1914* — Rupture des fiançailles avec Felice (12 juillet). Travail littéraire très productif : *Le Procès, La Colonie pénitentiaire*, entre autres récits plus ou moins élaborés. Renoue par lettre avec Felice, fin octobre.

*1915* — En février, Kafka quitte enfin le foyer de ses parents, mais reste à Prague. Publications : *Devant la loi* (en revue) et *La Métamorphose* (en livre).

*1916* — Nouvelle correspondance intense avec Felice. Publication du *Verdict* (en livre).

*1917* — Encore une année majeure : Kafka écrit beaucoup, principalement des récits, des aphorismes aussi ; nouvelles fiançailles avec Felice en juillet ; début septembre, diagnostic de tuberculose pulmonaire. Premier long congé, chez Ottla, à

Zürau. Rupture définitive avec Felice. Préparation acharnée du recueil intitulé *Un médecin de campagne* (qui ne paraîtra qu'en 1919).

### L'ÉCRIVAIN À TOMBEAU OUVERT : 1917-1924

*1918* — Les cahiers du *Journal* révèlent un intérêt constant pour la métaphysique et la religion. Lecture de Kierkegaard.

*1919* — En novembre, Kafka écrit la *Lettre au Père*, qui n'est pas un texte littéraire, mais « un discours d'avocat » (déclare-t-il à Milena). Publication de *La Colonie pénitentiaire* (en livre).

*1920* — Entre avril et janvier 1921, correspondance passionnée avec Milena Jesenska, qui le traduit en tchèque.

*1921* — Kafka paraît condamné : il séjourne dix mois à Matliary, dans un sanatorium des monts Tatra ; amitié avec Robert Klopstock. S'éloigne de Milena.

*1922* — Reprise miraculeuse d'une prodigieuse activité littéraire : *Un artiste du jeûne, Le Château, Recherches d'un chien*, entre autres.

*1923* — Kafka apprend l'hébreu. Rencontre de Dora Diamant en août. Il s'installe avec elle à Berlin, fin septembre. Il écrit beaucoup (*Le Terrier, Une petite femme*). Mais il ordonne souvent à Dora de brûler ses manuscrits, et elle obéit.

*1924* — Le 14 mars, Brod ramène Kafka à Prague, dans un état désespéré. Pourtant il écrit encore : *Josephine la cantatrice ou le peuple des souris* et il prépare l'édition de son ultime recueil : *Un artiste du jeûne* (1924). Il meurt le 3 juin au sanatorium de Kierling, près de Vienne. Le 11 juin, il est enterré au nouveau cimetière juif de Prague-Strachnitz.

# PRÉFACE

# Saint Garta, priez pour nous !

S'agissant de Franz Kafka, il faudra toujours commencer par la fin : il mourut le 3 juin 1924 à Kierling, près de Vienne, en Autriche ; il n'avait pas tout à fait accompli sa quarante et unième année. Six semaines plus tard, Max Brod, son ami intime depuis une vingtaine d'années, publiait dans la *Weltbühne* (La Scène du monde), un hebdomadaire berlinois très influent, un article intitulé *Franz Kafka's Nachlass*, c'est-à-dire : « Ce qu'a laissé Franz Kafka ». Dès la première phrase était regrettée la disparition d'un des plus grands poètes et d'un homme parmi les plus purs de tous les temps. Au cœur de l'article se trouvaient cités tout au long les textes de deux vieilles feuilles trouvées dans le bureau de Kafka, destinées au très cher Max, l'une écrite au crayon et l'autre à l'encre, sans datation satisfaisante. Ce n'était pas à proprement parler un testament.

Max Brod reprendra ces deux billets dans une postface, quand il publiera *Le Procès* dès 1925. Et dès 1926, il publie aussi un roman à clés, intitulé *Le Royaume enchanté de l'amour*, où Kafka devient Garta, « un saint de notre temps ». Tout cela, assez bien connu aujourd'hui, a inspiré à Milan Kundera un magistral pamphlet : *Les Testaments trahis*, en 1993. Max Brod y est accusé d'avoir manqué de tout sens esthétique et d'avoir créé la kafkologie, c'est-à-dire ce genre de discours qui substitue au véritable Kafka un Kafka kafkologisé, un discours qui remplace la critique littéraire et le commentaire par une exégèse, qui prétend « décrypter des messages religieux ou déchiffrer des paraboles philosophiques ».

Infatigable propagandiste, Max Brod produisit un très grand nombre de livres et d'articles. Peu connu, nous semble-t-il, est l'article qu'il publia dans la *Neue Rundschau*, revue mensuelle pourtant célébrissime, en novembre 1921 : *Der Dichter Franz Kafka*. C'est tout à la fois une hymne séraphique, un dithyrambe et un panégyrique pour révéler à l'humanité tout entière le phénomène singulier qu'est *Le Poète Franz Kafka* : sa langue de cristal joue une mélodie qui n'est pas de cette terre, elle chante étrangement la vie de bureau aux grises facéties, tout autant que le corps florissant des jeunes filles, tout autant que les animaux se hissant jusqu'à l'humanité. Ce prince des poètes, ce nouvel Orphée, serait digne des plus grands cabalistes, bien que le mot « juif » n'apparaisse dans aucun de ses livres. Mais tout d'un coup, les mots manquent à l'ami fasciné quand il en vient à évoquer *Le Procès* : un récit non publié dont il a pu, au prix de mille ruses, sauver le manuscrit, en le protégeant des mains trop sévères de son auteur. L'éloge de ce récit, encore inconnu du public, devient dithyrambique : il pourrait « remplir tout l'horizon du monde, et rendre inutiles tous les autres livres ». Cet article hyperbolique, publié du vivant de Kafka, dans une revue de premier rang, est proprement ahurissant et donne la mesure du culte « fanatique » que Max Brod vouait à Franz Kafka. Il y eut quelques réactions de lecteurs, scandalisés par cette démesure. Et on les comprend. Cependant nous n'avons trouvé aucune allusion à cet article chez Kafka lui-même — ni dans sa *Correspondance* ni dans son *Journal* —, alors qu'il est grand lecteur de revues et de périodiques, de la *Neue Rundschau* très évidemment, et qu'il suit de près toutes les publications de son énergique ami. Bizarre... Ce qui est tout à fait clair, du moins, c'est que Max Brod était déterminé depuis longtemps à publier le futur *Nachlass* de Franz Kafka, et en tout premier lieu *Le Procès* comme le grand roman attestant le génie de son ami, mais aussi comme LE récit d'ouverture qui donne sens à l'œuvre tout entière, comme l'arcane dévoilé d'un grand œuvre.

L'article de 1921 fut réimprimé en 1922 dans un volume collectif consacré aux *Écrivains juifs dans la littérature allemande*. Il y eut quelques comptes rendus dans la presse, mais encore une fois sans aucune réaction (visible aujourd'hui) de Kafka. Or, si l'une des deux missives « testamentaires » n'est pas datée, l'autre pourrait remonter, selon les spécialistes, à cette époque-là : fin novembre 1922. Elle pourrait alors constituer la réponse de Kafka, à un moment où il se sent perdu, *in articulo mortis*. Cependant il y eut le sursaut miraculeux de 1922 : Kafka écrivit *Le Château*, écrivit pour écrire (et non pour être lu) — et confia, une fois de plus, son manuscrit à Max Brod ; puis il publia encore, il prépara un dernier livre (*Un artiste du jeûne*) dont il corrigeait les épreuves jusque dans son agonie... Tout cela est compliqué, sans doute un peu pervers... Disons que Franz Kafka et Max Brod ont su régler un grand jeu, prodigieux, et somme toute assez réussi, dans le creuset terrible du xxᵉ siècle. Aussi, quand Max écrit : « Franz aurait donc dû choisir un autre exécuteur testamentaire si ses propres dispositions avaient été absolument irrévocables », on ne peut que lui donner raison. Il n'a pas trahi.

Voici ces deux esquisses testamentaires, dans l'ordre adopté par Max Brod. Cela n'est pas indifférent. Car en présentant d'abord les considérations plus précises du « brouillon » (le billet écrit au crayon\*), l'ami inconditionnel minimise la radicalité du billet à l'encre\*\* (qu'aujourd'hui les spécialistes considèrent comme le premier). Max Brod est en effet dans une logique d'atténuation, pour faire admettre qu'il peut et doit publier *Le Procès*.

*(\*) Cher Max, il se peut cette fois que je n'arrive vraiment pas à me remettre, après ce mois de fièvre pulmonaire il est assez vraisemblable que la pneumonie se déclare, et même si je l'écris noir sur blanc, cela ne suffira pas à m'en protéger, bien que cela ait un certain pouvoir.*

*Dans cette éventualité, voici mes dernières volontés concernant tout ce que j'ai écrit :*

*Parmi tout ce que j'ai écrit, n'ont de valeur que les livres :*

*Verdict, Soutier, Métamorphose, Colonie pénitentiaire, Médecin de campagne,* et le récit : *Artiste du jeûne.* (Les quelques exemplaires de « Contemplation » peuvent rester, je ne veux donner à personne la peine de les mettre au pilon, mais aucune pièce ne doit être réimprimée.) Quand je dis que seuls ont quelque valeur ces 5 livres et le récit, je ne veux pas dire que je souhaite qu'ils soient réimprimés et transmis à la postérité ; au contraire, s'il arrivait qu'ils disparaissent tout à fait, c'est exactement ce que je souhaite. Simplement, puisqu'aujourd'hui ils sont là, je n'empêche personne de les garder, s'il en a envie.

En revanche, tout ce que j'ai écrit d'autre et qui existe (imprimé dans les revues ou sous forme de manuscrit ou de lettres), sans rien excepter *qui soit accessible ou possible à récupérer en les demandant aux destinataires (la plupart te sont connus, il s'agit pour l'essentiel de Mme Felice M., de Mme Julie née Wobryzek et de Mme Milena Pollak, n'oublie surtout pas les quelques cahiers qui sont chez Mme Pollak)* — *tout cela* sans rien en excepter et de préférence sans l'avoir lu (pourtant je ne t'interdis pas d'y jeter un coup d'œil, mais en réalité je préférerais que tu ne le fasses pas, en tout cas personne d'autre ne doit y aller voir) — *tout cela est à brûler sans rien excepter, et je te demande de le faire le plus tôt possible.*

*Franz*

(**) *Très cher Max, ma dernière demande : tout ce que je laisse (c'est-à-dire dans ma bibliothèque, mon armoire à linge, ma table à la maison ou au bureau, ou dans tout autre endroit où cela puisse avoir été transporté et où tu le trouves — qu'il s'agisse de journaux intimes, de manuscrits, de lettres — écrites par moi ou par quelqu'un d'autre — ou d'autres écrits... est à brûler sans rien excepter et sans l'avoir lu, ainsi que tous les textes ou écrits qui sont entre tes mains ou dans celles d'autres personnes, à qui il faut alors les demander en mon nom ; les lettres que l'on ne veut pas te remettre, il faut au moins que l'on s'engage à les brûler soi-même.*

*À toi*
*Franz Kafka*

À partir de là, tout est clair : « l'œuvre de Franz Kafka », entendue comme l'ensemble de tous les textes écrits par lui, ayant une cohérence forte et une signification générale intéressant l'humanité tout entière, est un concept formé par Max Brod. « Le moindre billet, la moindre carte postale », la moindre ébauche testamentaire en font évidemment partie. Et à l'inverse, Max Brod va même jusqu'à considérer que les livres parus du vivant de l'auteur ne sont que des fragments, détachés de l'œuvre cachée. Dans ces conditions, on s'explique assez bien qu'il ait dépensé tant d'énergie pour imposer « l'œuvre de Franz Kafka » dans le monde entier. Cela s'accordait bien avec ses convictions et son militantisme sionistes. Et l'on peut dire encore une fois qu'il a réussi. Entre 1925 et 1946, il s'acharna à publier tous les écrits qu'il put récupérer — récits, journal, lettres —, et l'on ne saura jamais tous les moyens qu'il sut mobiliser pour parvenir à ses fins. Ensuite il procéda à des adaptations pour le théâtre, à partir du *Château* (1953) et de *L'Amérique* (1957), il multiplia les livres d'interprétation : *Franz Kafka, une biographie* (1937), *La Foi et l'enseignement de Franz Kafka* (1946), *Franz Kafka, celui qui indique le chemin* (1951), *Le Désespoir et le salut dans l'œuvre de Franz Kafka* (1959). Comme le résume fort bien Milan Kundera : « L'image esquissée dans *Le Royaume enchanté de l'amour* est confirmée et développée ; Kafka est avant tout un penseur religieux. » En procédant ainsi, Max Brod impose une démarche qui subordonne la qualité esthétique des écrits de Kafka à une morale, à une idéologie qui lui sont supérieures, antérieures, et qui l'englobent. Tous les écrits de Kafka deviennent des paraboles. Brod ne nous incite jamais à comparer Kafka à Joyce, à Musil ou à Apollinaire, encore moins à Beckett. Kafka, devenu Saint Garta, ne saurait se commettre avec ces décadents pernicieux. Le saint ne saurait non plus fréquenter les bordels (fût-ce avec l'ami inconditionnel), ni être tourmenté par G (Geschlecht), le sexe, encore moins par le sexe en cafetan ! Brod est donc intervenu plus d'une fois pour « corriger » les cahiers du *Journal*... Et Kundera de conclure, provisoirement : « Au diable,

Saint Garta ! Son ombre castratrice a rendu invisible l'un des plus grands poètes du roman de tous les temps. » Milan Kundera incarne la révolte contre Max Brod, au nom de l'art et des artistes.

Se sont produites, en effet, toutes sortes de réactions contre Max Brod : pour mieux interpréter les écrits de Kafka, pour mieux les éditer. Au nom de la vérité et de la liberté ! À cet égard, deux entreprises sont exemplaires. Celle de Sir Malcolm Pasley, et celle de Roland Reuss. — Sir Malcolm est né en 1926 ; le titre de « baronet » est dans sa famille depuis 1794 ; il a fait une belle guerre dans la Royal Navy, au contre-espionnage ; il n'a pu commencer ses études à Oxford qu'en 1947. Il est arrivé à Kafka en passant par Büchner et Nietzsche, et pour fuir le désert de la sociologie de la littérature : il cherchait surtout à s'approcher de l'originalité de très grands écrivains. Il est devenu Emeritus Fellow du Magdalen College d'Oxford. Il a pendant longtemps veillé jalousement sur les manuscrits de Kafka conservés à la Bodleian Library (deux tiers environ du *Nachlass*). — Roland Reuss a travaillé sur Kleist, Hölderlin et Celan, et il enseigne à l'université de Heidelberg. Né en 1958, il appartient à une génération passionnée par la théorie (et la pratique !) de l'édition des textes originaux restitués avec la plus grande rigueur, comme il l'a démontré déjà pour l'œuvre de Kleist. Il est l'un des piliers de la maison d'édition Stroemfeld/Roter Stern, basée à Francfort et à Bâle, issue du militantisme radical de 1968.

Le travail de Malcolm Pasley, et de toute une équipe dirigée par Hans-Gerd Koch, a abouti à une « édition critique », que Max Brod avait explicitement souhaitée. Il en existe une version courante au format de poche, en douze volumes, publiée par la maison Fischer. Cette édition des « œuvres complètes dans la version du manuscrit », comme elle se désigne elle-même, commença en 1982 et 1983 par *Le Château* et *Le Disparu*, se poursuivit entre 1990 et 1994, juste avant qu'une grande partie des écrits de Kafka ne tombe dans le domaine public, du moins en Allemagne. Cette « édition critique » donne ainsi des textes authentiques, souvent fragmentaires ; elle conserve tels quels leur orthographe, leur ponctuation et le découpage des paragraphes ; pour le *Journal* intime, elle restitue les « cahiers » utilisés par Kafka et les présente dans leur état de très riche confusion. Quant aux textes parus du vivant de l'auteur, elle reprend les textes imprimés, en livres et/ou en revues, tels que Kafka les a autorisés.

Le travail de Roland Reuss et de Peter Staengle, lui, est loin d'être achevé. Il s'agit de « l'édition historico-critique intégrale des manuscrits, livres imprimés et tapuscrits de Franz Kafka » publiée par la maison Stroemfeld/Roter Stern. Leur idée, simple et géniale, a été de scanner les manuscrits et de procurer ainsi au lecteur des fac-similés de chaque page, augmentés d'une transcription typographique, accompagnés aussi d'un CD-Rom et d'un cahier d'introduction comportant toutes sortes de documents sur la genèse des différents écrits. Aujourd'hui, le public dispose du *Procès*, de quelques *Lettres à Milena* et de *Description d'un combat*. Si Roland Reuss et Peter Staengle ont pu scanner d'abord ces manuscrits-là, c'est parce que l'Institut des Archives Littéraires de Marbach avait « su » acheter celui du *Procès* et qu'un collectionneur allemand avait acquis celui de *Description d'un combat*. Roland Reuss est attaché à des méthodes très rigoureuses de critique textuelle ; il utilise les techniques les plus récentes ; il a de nobles convictions et poursuit deux objectifs pratiques : sauver les manuscrits de Franz Kafka et permettre à tous d'y accéder. En effet, le fac-similé permet à un lecteur curieux d'observer nombre de détails éclairants et de comprendre le texte avec une nouvelle profondeur.

Dans un premier temps, une vive querelle internationale s'est enflammée. Des écrivains et des universitaires nord-américains, soucieux surtout de sauver les manuscrits (parfois au crayon, et sur du mauvais papier) pour les générations à venir, ont soutenu Roland Reuss. La nièce de Franz Kafka, Marianne Steiner, copropriétaire des manuscrits, se déclara opposée à une maison d'édition « gauchiste » que son oncle, à son avis du moins, n'eût jamais approuvée... N'allons pas plus loin, la caricature est trop facile... Mais il y a eu quelque chose de profond dans toute cette émotion : c'est la querelle des Anciens et des Modernes qui continuait, et Kafka a joué le rôle d'Homère ! Derrière ce combat des philologues, les enjeux commerciaux sont cependant réels, et Roland Reuss a su les désigner très clairement : les éditions Fischer ont voulu rentabiliser le travail de leurs philologues en publiant trop rapidement une version de poche pour un large public. Dans cette perspective, on a séparé les textes et leur apparat critique (avec description très précise des manuscrits, localisation scrupuleuse des corrections, variantes et passages biffés) en les présentant dans deux volumes dictincts, dont l'utilisation n'est, de ce fait, ni commode ni efficace. Roland Reuss est sans pitié pour les insuffisances de cette entreprise, dont il estime au total qu'elle ne permet pas d'aller tellement plus loin que les éditions de Max Brod (*cf.* son article détaillé et fort argumenté sur l'édition Fischer, « *Genug Achtung vor der Schrift ?* » dans la revue *Text, Kritische Beiträge*, n° 1, 1995, pp. 107-126). Nous pensons pour notre part que Sir Malcolm, atteint d'une grave maladie, s'est probablement laissé circonvenir pour cautionner, telle quelle, cette publication.

Avec beaucoup de logique, Roland Reuss soutient la thèse que dans les écrits de Kafka qui composent le *Nachlass* TOUT EST INACHEVÉ, dans l'ensemble et dans le détail des « textes » : tout est fragmentaire à des degrés divers, et de nombreux passages sont raturés ; il est donc inadmissible, selon lui, d'aller plus loin que Kafka, de vouloir faire mieux que lui, en éditant ses ébauches, ou de vouloir réduire certains textes à un modèle *a priori* banal, par exemple à la forme « roman ». La formule éditoriale retenue par la maison Stroemfeld a le mérite d'apparaître comme plus rigoureuse — car chaque corpus de textes sera présenté intégralement, sans être jamais « recomposé » — et plus démocratique, grâce au CD-Rom... surtout si les bibliothèques publiques et universitaires dignes de ce nom achètent massivement leurs volumes, comme il faut l'espérer.

Entre-temps, les esprits sont revenus à la raison. Un accord semble aujourd'hui acquis entre l'équipe Stroemfeld et la Bodleian Library d'Oxford, de sorte que l'édition historico-critique devrait pouvoir englober l'ensemble du *Nachlass* de Kafka. On ne peut que se féliciter d'une telle collaboration des chercheurs dans l'esprit de l'Alma Mater, parce qu'il s'agit d'un énorme chantier, et qu'en effet certains des manuscrits sont déjà très menacés.

Il ne faudrait pas pour autant que cette querelle, où Malcolm Pasley s'est retrouvé quelquefois très injustement accusé, fasse oublier que son travail, durant plus de vingt ans, a été des plus précieux. Son étude minutieuse des manuscrits, de chaque feuille dans sa matérialité et ses particularités textuelles, a permis de retrouver souvent leur origine, à l'intérieur des multiples cahiers d'écolier que Kafka aimait utiliser pour *écrire*. L'attention de Sir Malcolm, quasi amoureuse, pour l'écriture de Kafka lui a fait découvrir la réalité secrète et très concrète du travail de l'écrivain — ce *Schreiben* : « tout son être » ! Malcolm Pasley a pu établir de façon très convaincante que les corrections apportées par Kafka sont pour la plupart immédiates, parce qu'il cherche à plonger dans le courant de son inspiration ; il évite donc les virgules et les paragraphes quand ils n'ont pas de valeur « poétique » (car il est aussi parfaitement capable de les faire jouer). Le « scholar » d'Oxford a bien montré aussi comment Kafka avait été capable de renouveler ses procédés d'écriture, en stimulant parfois son inspiration par des « objets médiateurs », concrètement liés à la littérature et à l'écriture : une revue, un manuscrit... (*cf.* la Notice sur 1917, p. 1019). — D'une façon générale, nous sommes convaincus que Kafka invente à partir de son art, à partir de la littérature elle-même, beaucoup plus qu'à partir d'un contexte historique ou social. — Doué d'une très grande sensibilité et de beaucoup d'humour, Malcolm Pasley a pu s'accorder, mieux que beaucoup d'autres, à un écrivain qui en était pétri ! Et une admirable indépendance d'esprit l'a toujours préservé de tomber dans la kafkologie.

Incontestablement, les éditions Stroemfeld ont eu une idée simple et lumineuse en considérant qu'il était possible de réaliser des fac-similés et en les accompagnant d'une transcription typographique attentive aux moindres détails, ce qui laisse au lecteur toute liberté de faire ses observations et de penser. On comprend enfin en quoi consiste exactement le manuscrit du *Procès* ou celui de *Description d'un combat* (cf. les Notices, pp. 729 et 103). L'édition historico-critique est belle, émouvante, passionnante !

Cependant, le lecteur qui découvre les ébauches abandonnées par Franz Kafka a besoin d'un texte « préparé », comme on le dit aussi d'une belle pièce de « viande ». Cela, Max Brod l'avait bien compris. Pour l'heure, et pour assez longtemps encore, seule est complète « l'édition critique » de Fischer. Pour composer le présent volume, c'est donc celle que nous avons suivie, malgré ses incommodités et ses limites, malgré toutes les critiques très pertinentes de Roland Reuss — et nous l'avons fait aussi dans un esprit de grand respect pour la figure magistrale de Sir Malcolm Pasley.

Pour imposer en son temps « l'œuvre de Franz Kafka », l'écrivain-philosophe Max Brod, engagé dans un combat politique, inspiré par une idéologie très forte, le sionisme, était parti de deux idées qui ne sont pas entièrement fausses : Kafka est un penseur religieux ; il est aussi un grand romancier méconnu. L'édition critique Fischer, sous l'égide de Malcolm Pasley, remet en question le premier principe, mais non le second. Les douze volumes au format de poche adoptent l'ordre suivant : d'abord les textes publiés du vivant de l'auteur, puis les trois grands récits inachevés, puis toutes sortes d'écrits posthumes présentés dans leur « contexte » matériel et en suivant un ordre chronologique, vaille que vaille, puis les journaux intimes, puis les journaux de voyage. À part la *Lettre au Père*, de 1919, ce « discours d'avocat » selon l'expression de Kafka lui-même, l'immense *Correspondance* n'est pas présentée dans cette édition de référence. Celle-ci n'est donc ni complète, ni chronologique de bout en bout, et elle ne répond pas non plus à des critères purement esthétiques. C'est un compromis intéressant, mais un compromis encore... Roland Reuss et son équipe feront probablement mieux. Pour notre part, nous avons essayé d'organiser un livre « modeste » — puisque lui non plus, il n'englobe pas tout —, mais un livre qui permette de suivre les différentes phases de la recherche de Franz Kafka, et d'éclairer un peu quelques zones particulièrement obscures de sa création.

Posons donc la question fondamentale : qu'est-ce au juste que la littérature aux yeux du fils unique de Hermann Kafka, commerçant juif prospère de Prague ? Nous n'avons là-dessus que des bribes de renseignements ; car notre écrivain n'a jamais présenté sa pensée en un traité systématique, et il n'a pas cessé d'expérimenter et d'évoluer, jusqu'à sa mort. Franz Kafka est un artiste, un poète ; ce n'est pas un théoricien. Il arrive cependant qu'à l'occasion de crises très graves il formule nettement sa pensée.

L'une de ces crises, aisée à saisir, date de 1913 ; elle s'exprime directement dans la *Correspondance* et dans le *Journal*. C'est l'époque des étranges fiançailles avec Felice Bauer : Kafka se trouve dans l'obligation d'écrire une lettre à son futur beau-père. Il fait un brouillon dans son *Journal*, le 21 août 1913. Il écrit : « Mon emploi m'est intolérable parce qu'il contredit mon unique désir et mon unique vocation qui est la littérature. Comme je ne suis rien d'autre que littérature, que je ne peux et ne veux pas être autre chose, mon emploi ne pourra jamais m'exalter, mais il pourra fort bien me détraquer complètement. » Quatre jours plus tard, le 24 août, il écrit à Felice elle-même : « Pas un penchant pour l'écriture, Felice chérie, pas un penchant, mais moi-même absolument. Un penchant, on peut le déraciner ou encore l'étouffer. Mais cela, c'est moi-même : *Aber dieses bin ich selbst.* » Quand il parle de « Literatur », c'est pour le public ; pour les intimes, c'est *das Schreiben* qui est au centre, c'est-à-dire l'activité, le travail de l'écriture. Même pour son père, dans la fameuse grande *Lettre* de 1919, il écrit un court paragraphe là-dessus, qui commence par ces mots : « *Mein Schreiben...* Mon travail d'écriture était fondamentalement liberté et libération. » Même si ce n'était qu'une « avancée (qui) rappelait un peu le ver de terre qui, l'arrière du corps coincé sous le pas qui l'écrase, s'arrache le devant et se traîne à l'écart. » — En 1922, dans une autre période de très grande crise causée par la tuberculose qui s'aggrave et par la folie qui menace, le mot *Schreiben* revient souvent dans le *Journal* et dans les lettres à Max. Ainsi le 5 juillet, de Plana où il passe l'été avec la famille d'Ottla : « Écrire me fait vivre, mais n'est-il pas plus juste de dire que cela me fait vivre cette sorte de vie-là ? Ce qui naturellement ne veut pas dire que ma vie soit meilleure quand je n'écris pas. Dans ce cas au contraire, c'est bien pis, c'est tout à fait intolérable, sans autre issue que la folie. »

Écrire est donc le mode d'être, dramatique, de Franz Kafka et cela a dû s'affirmer très tôt, dès l'adolescence, en particulier contre le père : « Ce que j'écrivais traitait de toi, je ne faisais qu'exprimer là des plaintes que je ne pouvais exprimer contre ta poitrine » (*Lettre au Père*). Mais l'artiste n'a pas cessé d'évoluer, et la question de sa responsabilité face à son père s'est beaucoup atténuée après la rupture des fiançailles en juillet 1914. Ce qui s'est affirmé au contraire, c'est une espèce de démonologie : l'écriture va être vécue comme la découverte, dangereuse, d'une « terra incognita » où se rencontrent toutes sortes de démons. C'est une question des plus obscures, rarement abordée par les kafkologues... Mais comment ne pas constater qu'à partir de 1912, dans la *Correspondance* comme dans le *Journal*, se développe chez Kafka, par de nombreuses lectures (dont témoigne par exemple son *Journal* de cette période, *cf.* pp. 299-303), par des visites à des théosophes, à des rabbins miraculeux, un intérêt profond pour toutes sortes de forces mystérieuses (dont il est convenu de se gausser chez les gens éclairés). Kafka les désigne par des mots traditionnels : diables, démons, esprits, fantômes. Le contexte est toujours trop succinct (puisque Kafka écrit pour lui-même, et ne s'explique pas), mais on comprend qu'il s'agit de forces ambivalentes, parce qu'elles sont à la fois les ennemies de son écriture, qu'elles le menacent d'un « effondrement » mental et psychologique (« Zusammenbruch »), et qu'en même temps elles l'inspirent, elles l'exaltent parce qu'elles induisent deux sortes de folie : l'une par le haut et l'autre par le bas. La folie par le haut, c'est la poésie de Franz Kafka.

En tout cas, ces forces redoutables rôdent dans le voisinage du sexe, de la saleté, de l'animalité ; elles sont multiples et impures ; la peur et le désir s'y entretiennent. L'écriture de Kafka illustre très bien les réflexions de Georges Bataille, de Maurice Blanchot ou de Julia Kristeva : sa « littérature » nourrit des relations secrètes avec le mal. Si Kafka est « un saint de notre temps » (selon Max Brod), c'est parce qu'il a été beaucoup tenté et qu'il a eu le courage exceptionnel de s'approcher au plus près de l'horreur et de l'abjection. Mais évidemment c'est au cours d'une très longue recherche, pleine de souffrances et de contradictions, qu'il a osé affronter cette réalité — en écrivant, en écrivant pour échapper à des démons meurtriers, toujours prêts à bondir. Le plus difficile à admettre, c'est que ses victoires, trop rares, ne furent obtenues que par le renoncement à l'introspection lucide : le « connais-toi toi-même » de Kafka est finalement paradoxal, car il consiste dans l'acceptation d'écrire en plongeant dans le courant de son inspiration, d'écrire par longues et profondes coulées.

Nous nous contenterons de trois exemples. Dans une lettre à Felice, très confiante de ton, du 14 août 1913, se trouvent évoquées conjointement la graphologie, sa « littérature » et la croyance au Diable. L'intention de Kafka est très claire : il n'a aucun « intérêt pour » la littérature, il *est* littérature, il est comme un moine au chant suave, mais possédé en réalité par un démon. « Pareil, tout pareil est le rapport que j'entretiens avec la littérature, sauf que ma littérature n'est pas aussi suave que la voix de ce moine. »

Le deuxième exemple est tiré du *Journal*. En janvier-février 1922, à Spindelmühle, Kafka multiplie les allusions aux

démons. C'est l'époque d'une grande crise et d'un vrai miracle : Kafka était à l'article de la mort ; contre toute attente il
ressuscite, et il commence à écrire *Le Château* dans une très
grande exaltation. C'est alors que l'on trouve dans son *Journal*
des notations parmi les plus obscures, que Malcolm Pasley a
interprétées d'une manière magistrale. Le 27 janvier : « Étrange,
mystérieuse consolation donnée par l'écriture, peut-être dangereuse, peut-être libératrice : échapper d'un bond à l'enchaîne-
ment meurtrier acte-observation, acte-observation[1]. » [*sic*] Le
5 février : « Je leur ai échappé. Par quelque bond habile. Sous
la lampe, dans ma chambre silencieuse. Imprudence de le dire.
Cela les fait sortir des bois, comme si on avait allumé la lampe
pour les aider à trouver la piste. » Écrire, c'est désormais parvenir à échapper aux démons ; l'introspection est devenue une
ennemie de l'écriture, car c'est un fleuve qui coule à l'envers,
qui reflue vers ses sources. Ainsi, le 9 mars : « Et si l'on était
cause de sa propre asphyxie ? Si, sous la pression de l'introspection, l'ouverture par laquelle on se déverse dans le monde
devenait trop étroite ou se fermait tout à fait ? Il y a des
moments où je ne suis pas loin d'en être là. Un fleuve qui coule
à rebours. » — Écrire donc pour couler à l'endroit, pour se
déverser dans le monde ; mais pour cela il faut ruser : « Utiliser
le cheval de l'adversaire pour sa propre course. » Écrire peut
donc comporter des ruses, mais des ruses naïves, natives, qui
lui viennent d'au-delà de lui-même : « Le secours m'attend
quelque part et les rabatteurs me mènent vers lui. » Écrire
devient une chasse merveilleuse, où le gibier chassé est finalement sauvé.

  Le troisième exemple que nous choisissons pour illustrer
cette démonologie de Kafka sera tiré d'une des dernières lettres
à Milena, redevenue « Madame Milena », en avril 1922. « Écrire
des lettres, c'est se mettre nu devant les fantômes, ils attendent
ce moment avidement. Les baisers écrits ne parviennent pas à
destination, les fantômes les boivent en route. C'est grâce à

---

1. Traduit par nous, B.V.C., G.R.

cette copieuse nourriture qu'ils se multiplient de manière inouïe. » Suit toute une improvisation brillante pour interpréter, du point de vue des fantômes, les inutiles progrès de l'humanité : « Les esprits ne mourront pas de faim, mais nous, nous périrons. » Et il faut ici rappeler que le *Journal* s'arrête précisément pour échapper aux esprits et pour mieux les combattre, en écrivant toutes sortes de contes étranges, dans une plongée profonde. L'ultime notation est du 12 juin 1923 : « De plus en plus craintif dans mes notes. Cela se comprend. Chaque mot, retourné dans la main des esprits — ce mouvement de la main est le geste qui les caractérise — se transforme en épieu, dirigé contre celui qui parle. (...) Plus qu'une consolation, il y a ceci : toi aussi, tu as des armes [1]. » *Auch du hast Waffen...* Tu quoque hastatus, narrator ?

Il est téméraire de chercher à évaluer cette démonologie. Mais il est indispensable de la constater et de l'accueillir, comme telle. Et il faut ajouter qu'en lisant la *Correspondance* et le *Journal*, on a l'impression qu'elle est devenue progressivement l'un des ressorts les plus puissants de la création de Franz Kafka — de son humour aussi, de cet humour noir qui entra si facilement en résonance avec le surréalisme. C'est d'ailleurs, parmi beaucoup d'autres, une des réflexions roboratives de Milan Kundera : « Cette résolution du rêve et de la réalité que les surréalistes ont proclamée sans savoir la réaliser vraiment dans une grande œuvre littéraire, avait déjà eu lieu, et précisément dans ce genre qu'ils décriaient : dans les romans de Kafka écrits au cours de la décennie précédente. » La chronologie de Kundera est approximative : le premier *Manifeste du Surréalisme* est de 1924 ; *Le Château* jaillit en 1922, *Le Procès* en 1914, *Le Disparu* en 1912. Et il n'est pas certain que ces récits inachevés soient des « romans » ! Que l'écriture de Franz Kafka soit apparentée au surréalisme nous paraît en revanche une remarque toujours stimulante, pour échapper à la kafkologie — à condition de préciser immédiatement que l'écriture de

1. Traduit par nous, B.V.C., G.R.

plus en plus « automatique » de l'écrivain pragois n'a rien de théorique : elle est transfiguration poétique d'une situation inextricable, vécue dans des tourments atroces.

Et cette écriture qui doit ruser avec d'innombrables démons, alors même qu'elle se trace dans des régions où ils surgissent et se rameutent très vite, oblige l'écrivain à viser, avec le plus grand acharnement, ce qu'il appelle « la pureté ». Car les impuretés sont démoniaques. C'est cela qui confère à Kafka, dans tous ses efforts pour accorder sa vie à son écriture, quelque chose d'orphique.

Dans la conduite d'un récit, les impuretés que Kafka dénonce le plus souvent sont les allégories et les métaphores. Ce sont à ses yeux des procédés de détournement, toujours suspects parce qu'ils risquent de perdre l'essentiel. Deux exemples pourraient suffire. En 1917, Martin Buber souhaite publier dans la revue *Der Jude* (Le Juif) deux récits de Kafka : *Chacals et Arabes* et *Un rapport pour une académie*. Kafka accepte, en précisant dans une courte lettre datée du 12 mai : « Je vous demande de ne pas nommer les récits "Allégories" ; ce ne sont pas à proprement parler des allégories. Si vous voulez un titre pour les deux, alors peut-être : *Deux histoires d'animaux.* » Deux ans plus tôt, lors de la publication de *La Métamorphose* (« cette petite histoire dégoûtante » !), il écrivait à l'éditeur Kurt Wolff à propos de l'insecte (25 octobre 1915) : « L'idée m'est venue qu'Ottomar Starke (l'illustrateur) pourrait vouloir par exemple dessiner l'insecte lui-même. Pas cela, surtout pas cela ! Je ne voudrais pas empiéter sur son terrain, mais le prier de ne pas le faire, en me fondant sur ma connaissance naturellement plus juste du récit. L'insecte lui-même ne peut pas être dessiné. Et il ne peut même pas être montré de loin. » Kafka est intransigeant sur la pureté de son écriture ; quand il y va de « sa » littérature, il est chez lui et n'admet pas qu'on la frelate d'aucune façon. Pour cette raison, il souffre aussi de certaines fins, dans plusieurs récits achevés au demeurant. La fin de *La Métamorphose* ou celles de *Dans la colonie pénitentiaire* lui sont toujours apparues comme impures. Rilke le lui avait signalé aussi, remarquant après la lecture publique de ce dernier récit (à Munich, en novembre 1916) qu'il n'avait pas la même « cohérence » que certains autres. Kafka ne s'explique pas entièrement là-dessus. Mais on peut comprendre, d'après certaines ébauches, qu'il trouvait ses épilogues trop formels, sans nécessité interne.

La conséquence générale la plus évidente est que Kafka rejette comme impure toute réduction de la littérature à l'actualité anecdotique, biographique. Cela condamne sans appel possible toute la kafkologie... Un seul exemple suffira ici. En décembre 1922, Franz Werfel rend visite à Kafka ; les deux écrivains ne peuvent pas ne pas parler de *Schweiger* (« Celui qui se tait »), la dernière pièce de théâtre écrite par cet autre Pragois, beaucoup plus célèbre, à l'époque. Elle traite de l'après-guerre et de l'antisémitisme. Cela touche Kafka de très près. Mais il est au supplice : tout en admirant la pièce, il considère que ce sont « trois actes de boue » où il « patauge ». À travers les lettres qu'il écrit, tout de suite après cette visite, à Max Brod et à Werfel (celles-ci, sans les envoyer), on comprend que c'est là pour lui une parabole sans aucune nécessité, une allégorie peu convaincante, au total. Et de lui opposer les contes de fée : « Quand on raconte un conte de fée, tout le monde sait qu'on s'est confié à des puissances inconnues et que les juges actuels ont été éliminés. » Cette réaction permet de saisir en particulier pourquoi la question juive, qui préoccupe constamment Kafka dans la vie courante, est soigneusement bannie de toutes ses productions littéraires. Il ne s'agit pas d'une censure. C'est de propos délibéré ; car la question juive apparaît très souvent et très tôt dans la réflexion de Kafka sur sa situation historique d'écrivain juif d'expression allemande. Si la judéité ne constitue jamais la matière de sa création littéraire, c'est qu'il cherche à écrire en espérant comme une transfiguration, inspirée par un idéal complexe qui est celui d'une « Weltliteratur », d'une littérature du monde, dans l'esprit de Goethe.

En revanche, c'est pour la même raison que les animaux et l'animalité appartiennent très intimement à sa création poétique, dans ce qu'elle a de plus accompli. À cet égard il faut commencer par rectifier une erreur de perspective qui remonte au « trop humain » Max Brod, mais que beaucoup de commentateurs modernistes reprennent — par exemple en leur temps Deleuze et Guattari (*cf.* Repères bibliographiques, p. 47) — à savoir que les « nouvelles animalières » seraient mineures par rapport aux grands romans inachevés. Après mûre délibération, il nous semble que c'est plutôt le contraire. C'est sous la contrainte, extérieure à son génie intime, que Kafka a voulu se prouver qu'il était capable d'écrire de longs récits, de « grands romans » — et il n'y a pas réussi ! Tout l'y poussait : les amis, les éditeurs, le public virtuel, les maîtres (Goethe, Flaubert, Dickens, Hamsun, Dostoïevski). Mais finalement il se reconnaîtra comme un puissant conteur d'histoires d'animaux, c'est par là qu'il termine, et culmine.

Le bestiaire de Kafka est très riche : « ses » animaux sont communs ou exotiques, grands ou petits, charmants ou répugnants, réels ou fantastiques, et ils peuvent être aussi tout cela à la fois. Mais les chevaux, les chiens et les souris sont quasi omniprésents. Le cheval, parmi tous les autres, est sans aucun doute celui qui attire le plus Kafka ; il est comme consubstantiel à son écriture. Malcolm Pasley a bien montré (in *Die Schrift ist unveränderlich*, « Le texte écrit est intangible », *op. cit.*) combien le cheval était l'animal emblématique de l'écrivain : sa puissance, son élégance, son étrange docilité constituent la meilleure part de l'inspiration du « poète » à l'état naissant, c'est-à-dire dans sa plus grande pureté. Quand le cheval surgit sous la plume de Kafka, c'est très bon signe pour le Poète !

Sans entrer ici dans les détails, essayons de dégager les principaux enjeux de l'animalité dans l'écriture « poétique » de Franz Kafka. Le *Journal* et la *Correspondance* amènent d'abord à constater que les animaux fournissent au « scripteur » (celui qui s'efforce d'écrire) de très nombreuses occasions de s'étonner, dans le ravissement ou dans la terreur — et aussi de rêver, de méditer. Les animaux lui permettent de faire reculer, dans tous les sens, les limites de la personne humaine. À Zürau, les chevaux deviennent facilement « homériques » et les chèvres se mettent à figurer certains Juifs qu'il affectionne particulièrement ! Mais, plus lointains encore, des rêves ataviques, liés au totémisme et à l'origine des religions, peuvent surgir tout d'un coup, comme des fusées mystérieuses. Les animaux entraînent aussi à méditer sur d'autres modes d'être, possibles, et devenant comme tangibles grâce à eux. Kafka envisage souvent une communauté nouvelle (ou renouvelée) des hommes et des animaux. — Faut-il rappeler que Kafka est végétarien ?

Il y a donc chez lui une attirance *et* une répulsion, toujours très vives, pour toutes les espèces d'animaux. Et l'on comprend aisément qu'un homme qui ne peut vivre qu'en littérature, qui ne veut vivre que son écriture, élise l'animalité, en dépit de toutes sortes d'interdits et de censures, comme élément essentiel de ses récits les plus purs. La réalité et le rêve se rejoignent alors : ces animaux jaillissant de son écriture ardente constituent sans doute l'aspect le plus surréaliste de sa carrière poétique, surréaliste au sens précis et historique de ce mot. Il y a comme *un moment poétique de l'animalité* dans l'écriture de Franz Kafka, pourrait-on dire : c'est une irruption augurale, propitiatoire, pour que commence bien une expédition au monde vrai.

Les récits animaliers sont donc infiniment plus que des fabulettes. Sans doute s'agit-il aussi de se moquer, avec beaucoup d'humour, de l'arrogance humaine, de dénoncer la pseudo-liberté de la conscience (notamment dans *Un rapport pour une académie*). Mais c'est bien davantage : Kafka attend de ses animaux un service vital, celui de faire couler le flux de son écriture dans le bon sens, vers le monde.

Or, cette orientation ne s'est pas imposée d'emblée à l'écrivain. Avant d'admettre que les animaux pussent constituer la source la plus vive de son inspiration, il lui fallut beaucoup écrire, beaucoup éliminer, beaucoup brûler. Aujourd'hui, avec ce qui nous reste, nous pouvons repérer ce qu'il a nettement écarté. Kafka aimait par exemple beaucoup le jardinage : cela s'accordait bien à ses convictions végétariennes et à son « orphisme » général. Le Pragois Johannes Urzidil (1896-1970) a pu en tirer une nouvelle d'un humour profond, et bien informé : *Kafkas Flucht* (*La Fuite de Kafka*, éd. Desjonquères, 1991). À la fin de ce récit malicieux, Kafka meurt une deuxième fois, après avoir été longtemps jardinier à Long Island, ayant renié tous ses écrits, sauf quelques prières inscrites dans un cahier d'écolier, qu'une certaine Angela a placé pieusement dans son cercueil, en dépit d'un certain professeur Foxhead, très excité ! Mais on ne trouve guère de plantes dans les récits de Kafka lui-même, ni fleurs ni légumes. Quelques fruits peut-être, et quelques arbres, mais aucune métamorphose en citrouille ! Et ce n'est pas non plus parce que les machines auraient tout envahi.

On sait que Kafka travaillait, vaille que vaille (mais toujours très bien noté par ses supérieurs), dans une société d'assurances spécialisée dans les accidents du travail, et il eut même à diriger quelque temps, par interim, en l'absence de son beau-frère, une usine produisant de l'amiante : c'est dire qu'il connaissait assez bien la question du travail industriel en Bohême-Moravie ! Pourtant, à relire tous ses récits, on n'a pas l'impression que les machines, les usines ou la condition ouvrière soient très souvent évoquées. Que l'univers de Kafka soit « machinique » est une invention typiquement kafkologique. C'est par un abus de langage que de nombreux commentateurs assimilent le grand hôtel, la grande maison, le grand immeuble, le grand château et même le grand paquebot à une machine. Ou alors il faut admettre que le labyrinthe dédalique avec en son centre le minotaure, effrayant et désirable, soit une machine. Pour Kafka, tous ces lieux labyrinthiques ont tendance à se suffire à eux-mêmes ; ils sont impurs, ce ne sont pas des machines dans la mesure où l'on n'y constate pas de correspondance spécifique entre une énergie (ou une information) d'entrée et de sortie ; ils sont impurs aussi parce qu'ils grouillent de fantômes. Or, s'il y a des machines dans les récits de Kafka, ce sont plutôt des moyens de transport : trains, voitures attelées, automobiles, bateaux, traîneaux, brouette et seau à charbon. Loin de vouloir traduire la société moderne, elles renvoient donc en fait à l'écriture, à la vitesse et à l'efficacité que Kafka vise dans son travail d'écriture. Dans tous ses récits, la « machine » la plus célèbre est, *Dans la colonie pénitentiaire*, la machine à écrire la loi — une machine qui se déglingue et que Kafka voudrait bien remplacer par le règne de la « Grande Madame » : un serpent...

Signalons aussi que *Le Soutier* et *Dans la colonie pénitentiaire* sont désignés par Kafka, le 9 février 1915, comme porteurs, « de la façon la plus marquée », des « deux éléments » de son inspiration qui doivent impérativement « s'unir », à savoir la naïveté *et* l'acharnement méticuleux, mécanique, ressassant, tel qu'il culminera dans des récits (de la dernière période) comme *Le Terrier*, *Une petite femme*, *Recherches d'un chien*, *Josefine ou le peuple des souris*.

Nous faisons l'hypothèse que c'est l'animalité comme thème d'inspiration qui a permis cette union : union de la naïveté à la fantaisie la plus cruelle, pour aller à la découverte du monde vrai. Et il y aurait une recherche très précise à mener pour comprendre comment Kafka y est parvenu, concrètement, à partir de sa lecture « naïve » de très grands textes et à partir d'objets médiateurs, toujours liés à l'écriture, comme Malcolm Pasley a été le premier à le suggérer : stylo, papier, encrier, table, manuscrits et toutes les sortes d'imprimés dans leur matérialité. Contentons-nous ici, à travers une notation dans le *Journal*, le 30 octobre 1921, de faire apparaître la possibilité d'une médiation concrète : « Qu'est-ce qui te relie à ces corps bien délimités, à ces corps parlants, dotés d'yeux brillants, plus étroitement qu'à une chose quelconque, par exemple à ce porte-plume dans ta main ? Serait-ce que tu es de la même espèce qu'eux ? Pourtant tu n'es pas de leur espèce, c'est bien pour cela que tu as soulevé la question. »

Mais de quelle espèce est donc Franz Kafka ? C'est une des

interrogations qui le taraudent jusqu'à la fin. Il est sans doute
« un penseur religieux » : *ein religiöser Denker*, selon la formule de Max Brod ; mais sa pensée remonte beaucoup plus
haut que le monothéisme. Dans sa bibliothèque, telle que Jürgen Born a pu la reconstituer *grosso modo* (*cf.* Repères bibliographiques, p. 48), le judaïsme et la judaïté sont certes
omniprésents ; mais le philosophe qui est le plus représenté,
c'est Arthur Schopenhauer, et l'écrivain, le « Dichter » qui figure
pour le plus grand nombre de titres, c'est Knut Hamsun !

À partir de ces hypothèses, nous avons essayé de composer
un livre qui rende service au lecteur français de Kafka, au début
du XXI<sup>e</sup> siècle. Nous avons cherché la perspective qui ménage à
l'ensemble de sa production littéraire le meilleur échelonnement. Cinq dates nous sont apparues comme faisant époque :
1908, 1912, 1914, 1917, 1922. Ce ne sont, bien sûr, que des
repères grossiers. Mais il en faut, car Kafka est un écrivain qui
de 1897 à 1924 n'a pas cessé de chercher et d'évoluer. Les six
notices particulières, au cours du volume, indiquent les principales caractéristiques de chacune de ces époques :

En 1908, Kafka reprend le manuscrit ancien de *Description
d'un combat* ; il écrit en effet depuis 1897, il n'est donc plus
un débutant ; mais il voudrait parvenir à une écriture plus
authentique.

En 1912, c'est la véritable percée : à partir du *Verdict* surgi
en une nuit, il sait ce qu'il entend par « écriture pure ».

À l'automne 1914, il dispose d'une inspiration de plus en
plus assurée, qui lui permet d'écrire, à toute allure, aussi bien
les brillantes variations sur le thème du *Procès* que la fantaisie
cruelle située *Dans la colonie pénitentiaire*, et il est déjà sur
la piste du thème animalier.

En 1917, Kafka sait désormais que son génie est d'être un
conteur et que ses histoires d'animaux permettent de repousser les limites de l'humanité, en connivence profonde avec
l'histoire des religions, en plongeant poétiquement dans toutes
les mythologies.

En 1922 s'ouvre la dernière période de création brillante, quasi miraculeuse : Kafka écrit pour écrire, pour échapper aux impasses « meurtrières » de l'introspection, en se laissant porter par un courant puissant, immémorial, où les contes fournissent non pas un modèle, mais comme des garanties tutélaires.

Ces cinq époques sont des victoires douloureuses chèrement payées, remportées sur toutes les forces qui se liguent contre son écriture : les traditions liées à la famille, la vie professionnelle, les maladies, le sexe et les démons. Ce sont des combats qui pour Kafka n'ont jamais cessé, jusqu'à ce que mort s'ensuive, très précocement. Le 3 juin 1924, il n'avait publié que six petits livres (*Contemplation, Le Verdict, Le Soutier, La Métamorphose, Dans la colonie pénitentiaire, Un médecin de campagne*) ; il corrigeait les épreuves du septième : *Un artiste du jeûne*. Tout le reste appartient au « Nachlass », publié posthume.

Nous avons donc pris le parti — cela semble aller de soi, aujourd'hui —, de respecter scrupuleusement le texte et la composition des recueils et éditions parus de son vivant. Pour le « Nachlass », c'est différent, on ne peut éviter les compromis. Nous avons cependant voulu procéder, comme Malcolm Pasley, en nous tenant « au plus près possible » des manuscrits.

Peut-être les traductions nouvelles présentées dans ce volume surprendront-elles légèrement, de ce fait... Mais, comme l'écrivait Ortega y Gasset dès 1937, dans *Misère et splendeur de la traduction*, « c'est seulement lorsqu'on arrache le lecteur à ses habitudes linguistiques, en l'obligeant à se mouvoir à l'intérieur de celles de l'auteur, qu'on a le droit de parler de traduction au sens propre du terme ». Et il nous semble qu'en cette fin de siècle tellement ouverte sur le grand monde, l'amateur de textes littéraires est devenu friand de tout ce qui « fleure l'exotisme », par exemple pour les noms et prénoms des personnages, et qu'un auteur aussi connu et « bien introduit » que Franz Kafka n'a plus besoin d'être acclimaté... Ainsi, les traducteurs — François Mathieu pour *Description d'un combat* et *Le Disparu*, Axel Nesme pour *Le Procès* et *Le Château*, et nous-mêmes pour tous les récits parus du vivant de l'auteur, et les compléments du *Journal* — n'ont-ils pas cherché dans ce volume à introduire des élégances ou des effets de style qui ne seraient pas de Kafka lui-même, ils n'ont pas reculé devant les répétitions quand manifestement Kafka les avait lui aussi « vues » et « entendues ». Dans les textes établis par « l'édition critique d'après les manuscrits », les signes de ponctuation tels que virgules syntaxiques, guillemets dans les dialogues, points d'interrogation par exemple « manquent » (selon les critères usuels) à chaque fois qu'ils ne sont pas nécessaires, c'est-à-dire quand le sens est clair, même sans eux. D'une manière générale, Kafka écrit de façon à préserver la plus grande fluidité, il interrompt le moins possible le mouvement de sa phrase ; il juxtapose, parfois à perte de vue, plutôt que d'expliquer. D'un commun accord, les traducteurs ont voulu restituer ce style et ces effets de rythme, si caractéristiques.

Quant au découpage en paragraphes, il est plus ou moins fréquent sous la plume de Kafka selon les textes et selon les passages, et cela presque autant dans les textes revus pour l'impression que dans les autres. Pour les dialogues également, on constate que rien n'est systématique : les paroles peuvent rester à l'intérieur du texte ou aussi en être isolées par des alinéas. Nous avons à chaque fois respecté ce choix de l'écrivain, comme un mouvement qui lui appartient en propre, même si cela rend le texte traduit un peu moins « conforme » aux habitudes des lecteurs français...

Par ailleurs, l'amateur retrouvera ici et là un texte « interprété » par deux traducteurs (notamment *Le Soutier*, qui est à la fois dans le *Journal de 1912* et dans *Le Disparu*, ou encore la « légende » *Devant la Loi*, qui se trouve dans *Le Procès* et dans *Un médecin de campagne*). Quant au célèbre texte du *Verdict*, nous le donnons ici dans sa version originale, et à l'intérieur du *Journal de l'année 1912* (ce qui n'avait pas encore été fait en français). On aura aussi, dans le présent volume, plusieurs occasions de comparer un texte révisé par Kafka pour la publication avec son état originel : ceci concerne en particulier la période précédant 1912, où l'écrivain a « exploité » à fond le gisement de *Description d'un combat* (comme nous l'avons signalé à chaque fois en note).

Nous voudrions que cet ouvrage, tel qu'il est composé, et bien qu'il s'agisse nécessairement d'une anthologie, permette au lecteur français de parcourir (sans s'y perdre !) l'ensemble de la production littéraire de Kafka, et de vraiment découvrir qu'au-delà des plus célèbres, *La Métamorphose* et *Le Procès*, il y a d'innombrables fictions souvent très différentes les unes des autres.

On en saisit particulièrement bien le surgissement dans le *Journal* ; c'est pourquoi nous avons voulu en donner ici deux années, à titre d'échantillon, correspondant à deux époques de création intense : 1912 et 1917. Dans leur texte (traduit par Marthe Robert en 1954), nous avons introduit les passages supprimés par Max Brod, et que l'édition critique a bien sûr rétablis. La *Correspondance* sera la grande absente... mais il aurait fallu deux volumes au lieu d'un ! Elle est sans aucun doute passionnante, et nous l'avons parfois évoquée dans les notices. Il nous paraît primordial, de toute façon, de distinguer nettement entre ce qui résulte du travail littéraire de Kafka (*das Schreiben*) et toutes ses autres productions écrites.

Mais nous ne voudrions pas terminer ce modeste « relevé de conclusions » — au demeurant tout à fait provisoire — sans remercier encore très chaleureusement nos trois « gouverneurs » : Milan Kundera, Malcolm Pasley et Roland Reuss.

À Roland Reuss, nous disons merci pour sa grande générosité, digne de la République des Lettres en ses meilleures périodes. Nous exprimons la plus vive admiration pour sa méthode rigoureuse, en ajoutant — comme lui-même d'ailleurs — que toute méthode a ses limites, alors que la pensée n'en connaît pas...

À Malcom Pasley, aujourd'hui terriblement atteint par une maladie atroce, nous voudrions dire combien nous avons été impressionnés par sa force et son acharnement à faire parler les manuscrits ; même si nous ne pouvons pas résister à l'envie de faire remarquer, *in petto*, qu'il faut sans doute se méfier davantage des éditeurs, au sens commercial du terme, saisis par les démons de la rentabilité — surtout quand on est soi-même un « editor » génial !

À Milan Kundera enfin, nous aimerions crier « Bravo » : la vivacité de ton de ses *Testaments trahis* nous a enthousiasmés. Qu'il nous permette pourtant de le contredire sur un point, et en toute innocence : il nous semble en effet qu'un « saint de notre temps » peut aimer aller au bordel, surtout quand il a beaucoup lu Schopenhauer...

Cela dit, Saint Garta, priez aussi pour vous, et pour Max Brod !

Brigitte Vergne-Cain et Gérard Rudent
**1996-1999**

# QUELQUES REPÈRES BIBLIOGRAPHIQUES

Les textes de Kafka traduits dans ce volume suivent l'édition critique dirigée par Hans-Gerd Koch, comportant douze volumes publiés entre 1990 et 1994, par les éditions Samuel Fischer Verlag, Francfort. Elle déclare — « suivre les manuscrits originaux, dans leur dernier état », — « donner les textes authentiques, souvent fragmentaires », — « conserver leur orthographe et leur ponctuation ». Au format de poche ont paru entre 1992 et 1994 les douze volumes correspondants.

Il n'est pas inutile d'en préciser la structure, nettement différente de la présentation antérieure.

I. *Ein Landarzt (Un médecin de campagne* : textes parus du vivant de l'auteur, éd. W. Kittler, H.-G. Koch, G. Neumann) ; II. *Der Verschollene (Le Disparu*, éd. J. Schillemeit, publié en 1983 chez Schocken Books, New York) ; III. *Der Process (Le Procès*, éd. M. Pasley, publié en 1990 chez Schocken Books, New York) ; IV. *Das Schloss (Le Château*, éd. M. Pasley, publié en 1982 chez Schocken Books, New York).

Dans les quatre volumes suivants, chacun sous un titre, se trouvent rassemblés les textes posthumes : V. *Beschreibung eines Kampfes (Description d'un combat)* 1897-1915, éd. M. Pasley ; VI. *Beim Bau der chinesischen Mauer (En construisant la muraille de Chine)* 1916-1918, éd. J. Schillemeit ; VII. *Zur Frage der Gesetze (Sur la question des lois)* 1919-1922, éd. J. Schillemeit ; VIII. *Das Ehepaar (Le Couple)* 1923-1924, éd. J. Schillemeit.

Les *Journaux* occupent les quatre volumes suivants, éd. H.-G. Koch, M. Müller, M. Pasley : IX. *Tagebücher 1909-1912* ; X. *Tagebücher 1912-1914* ; XI. *Tagebücher 1914-1923* ; XII. *Reisetagebücher (Journaux de voyage) 1914-1923*.

L'édition critique de la *Correspondance* est en cours, réellement nouvelle car suivant strictement la chronologie, et non plus classée selon les destinataires. Premier volume : *Briefe 1900-1912*, S. Fischer Verlag 1999.

Une édition historico-critique en fac-similé de l'ensemble des écrits de Kafka, publiée par Stroemfeld/Roter Stern (Francfort/Bâle), dirigée par Roland REUSS et Peter STAENGLE a été inaugurée en 1995 par un « volume d'introduction » : *Einleitungsband (Im Dom* et *Das Urteil)* et un « volume d'échantillon » présentant *Drei Briefe an Milena Jesenska.*

Nous avons fait état des deux volumes déjà parus : *Der Process* en 1997 et *Beschreibung eines Kampfes*, à l'automne 1999 ; en préparation pour l'automne 2000 : les *Cahiers I* et *II* du *Journal*. Briefe an Milena. Environ 25 volumes sont prévus en tout. Chacun étant accompagné d'un CD-Rom assurant un archivage électronique qui garantit la conservation de documents matériellement fragiles et leur accès universel.

Une des autres importantes nouveautés de cette édition consiste à ne plus séparer, comme il est jusqu'ici traditionnel, les « textes posthumes » et les « Journaux » de Kafka.

Parmi les innombrables livres parus sur Kafka et son œuvre, nous aimerions recommander ceux qui nous ont particulièrement inspirés au fil de ce volume.

Hartmut BINDER, *Kafka-Kommentar zu sämtlichen Erzählungen*, München, Winkler 1975.

Jürgen BORN, *Franz Kafka : Kritik und Rezeption zu seinen Lebzeiten 1912-1924* ; *Franz Kafka : Kritik und Rezeption 1924-1938*, Fischer 1979 et 1983.

Max BROD, *Le Monde enchanté de l'amour*, Paris 1936 ; *Franz*

*Kafka, Souvenirs et documents*, coll. Idées, Gallimard 1949 ; *Une vie combative* (autobiographie). Paris, Gallimard 1964.

Elias CANETTI, *L'Autre Procès (Lettres de Kafka à Felice)*, Paris, Gallimard 1969.

Gilles DELEUZE et Félix GUATTARI, *Kafka. Pour une littérature mineure*, Paris, Minuit 1975.

Gaspare GIUDICE, Michael MÜLLER, *Franz Kafka, Träume, «Ringkämpfe jede Nacht»* (Rêves, « Combats de boxe toutes les nuits »), Frankfurt, Fischer Taschenbuch Verlag 1982.

M. GODÉ, J. LE RIDER, F. MAYER (éd.), *Allemands, Juifs et Tchèques à Prague, 1890-1924*, éd. Bibliothèque d'Études Germaniques, Université de Montpellier 1991.

M. GODÉ, M. VANOOSTHUYSE (éd.), *Entre critique et rire : Le Disparu de Franz Kafka* (Actes du Colloque de janvier 1997), éd. Bibliothèque d'Études Germaniques, Université de Montpellier 1997.

Sören KIERKEGAARD, *Ou bien... ou bien* (etc.), éd. Régis Boyer, coll. Bouquins, Laffont 1993.

Milan KUNDERA, *Les Testaments trahis* (essai), Paris, Gallimard 1993, coll. Folio 1995.

Malcolm PASLEY, *Max Brod, Franz Kafka, Eine Freundschaft, II Briefwechsel* (Une amitié, vol. II Correspondance), S. Fischer 1989 ; *Die Schrift ist unveränderlich... Essays zu Kafka*, (Le texte écrit est inaltérable), Frankfurt, Fischer 1995.

Ernst PAWEL, *Franz Kafka ou le cauchemar de la raison*, Paris, Seuil 1988.

Roland REUSS, *Genug Achtung vor der Schrift ?* (Assez de respect pour le texte écrit ?), in « Text 1 » (1995), Heidelberg, Institut für Textkritik.

Marthe ROBERT, *Kafka*, Paris, Gallimard 1960 ; *Livre de lectures*, Paris, Grasset 1977 ; *Seul, comme Franz Kafka*, Calmann-Lévy, Paris 1979.

Régine ROBIN, *Franz Kafka*, Paris, Belfond 1989.

Jorge SEMPRUN, *L'Écriture ou la vie* (chap. 9), Paris, Gallimard 1994.

Joachim UNSELD, *Franz Kafka, ein Schriftstellerleben*, Fischer

Taschenbuch Verlag 1984 ; traduction : *Une vie d'écrivain*, Paris, Gallimard 1985.

Philippe WELLNITZ (éd.), *Le Disparu/L'Amérique — Écritures d'un nouveau monde ?*, Presses Universitaires de Strasbourg 1997.

L'édition des *Œuvres complètes* de Kafka en quatre volumes, procurée par Claude DAVID, coll. La Pléiade, Gallimard 1976-1989, reste incontournable (pour utiliser un mot galvaudé, mais qui nous paraît ici entièrement justifié), puisque de nombreuses ébauches ou lettres de Kafka ne sont accessibles que là aux lecteurs français. Cependant, s'il faut en saluer l'érudition, la conception même de cette édition, souvent très normative et qui « démembre » littéralement tous les ensembles de textes constitués et même publiés (!) par Kafka lui-même, nous paraît aujourd'hui fort contestable, et d'une utilisation peu aisée. — On peut d'ailleurs, à ce sujet, se reporter aux *Testaments trahis*, de Milan Kundera (coll. Folio, pp. 320-322).

Il faut également saluer deux publications récentes :
Franz Kafka, *Aphorismes*, édition bilingue, Joseph K. 1994
Franz Kafka, *Lettres à ses parents 1922-1924*, Paris, Gallimard 1990.

Quelques ouvrages documentaires sont récemment parus en français : « Le siècle de Kafka » (catalogue), éd. Centre Georges Pompidou, 1984.

Hans-Gerd KOCH (éd.), *J'ai connu Kafka (Témoignages)*, Solin Actes Sud 1998.

Claude THIÉBAUT, *Les Métamorphoses de Kafka*, coll. Découvertes Gallimard 1996.

Klaus WAGENBACH, *Franz Kafka* (album illustré), Paris, Belfond 1983 ; *La Prague de Kafka*, Paris, Michalon 1996.

Dans la collection Bilingue / Allemand du Livre de Poche (dix-huit volumes parus), on trouvera *Die Verwandlung / La Métamorphose* (Paris 1988) et *Das Urteil/Le Verdict et autres récits* (Paris 1990), deux volumes traduits, annotés et présentés par Brigitte VERGNE-CAIN et Gérard RUDENT.

Hanns ZISCHLER, *Kafka geht ins Kino* (Kafka va au cinéma), Rowohlt Taschenbuch Verlag, 1998.

Indiquons enfin le site Internet finlandais créé par Detlev WILSKES de l'université de Vaasa : http://www.uwasa.fi/-dw/Kafka/Kafka-impressum.html. On y trouve notamment la liste des ouvrages ayant figuré dans la bibliothèque personnelle de Kafka (liste sans doute non exhaustive, mais fort éclairante).

# PREMIERS TEXTES PUBLIÉS : 1908-1911

« Je fus de longues années l'ami de Franz Kafka avant d'apprendre qu'il écrivait. Moi-même j'avais déjà publié pas mal de choses dans des journaux et des revues, mon premier livre parut en 1906. » C'est le témoignage de Max Brod, en 1937. Leur amitié avait commencé le 23 octobre 1902, après un exposé de Brod sur Schopenhauer dans une association d'étudiants, à Prague.

Or dès 1899, Franz Kafka et Oskar Pollak sont des amis intimes. Autant qu'on en peut juger d'après leur correspondance, ce fut une amitié passionnée, rugueuse, exigeante, hypercritique, sans concession ni pour eux-mêmes ni pour les autres, anti-bourgeoise, prenant pour référence *Der Kunstwart*, une revue littéraire de Munich, qui prônait une réforme de la culture dans un cadre national allemand. Elle était animée par Ferdinand Avenarius, neveu de Wagner... Franz Kafka s'abonne à la revue en 1899 ; il le restera jusqu'en 1904 : cela correspond exactement aux années Oskar Pollak. Deux jeunes étudiants juifs pragois fascinés par le génie allemand ! On pense irrésistiblement à Hugo von Hofmannsthal. *Der Kunstwart* est une revue virile et énergique ; son illustration de couverture en témoigne clairement : un bel aryen chevelu s'appuie sur une hampe : sentinelle, berger, apôtre, vagabond ? Parsifal !

« Ceux qui déplacent vers l'avant les drapeaux de l'art, ceux qui les plantent toujours plus profond dans le monde des sensations et des figures à conquérir, ce sont les génies. Nous ne pouvons pas les appeler, nous ignorons comment ils viennent. (...) La tâche la plus importante de toute la "politique artistique", la voici : dans tous les cercles du peuple, découvrir et encourager les talents les plus vigoureux, afin que chacun d'eux devienne utile au tout (...). » Signé Ferdinand Avenarius, « Ce que nous souhaitons », in *Der Kunstwart* nº 1, octobre 1899, traduit de l'allemand par J.-P. Morel.

Après la mort de Kafka, Max Brod découvrira avec des sentiments perplexes, c'est le moins qu'on puisse dire, les lettres à Pollak ; il en prendra des copies ; il ne les publiera pas toutes ; et les originaux sont aujourd'hui perdus. C'est à Pollak que Kafka écrit, le 20 décembre 1902 : « Prague ne nous lâchera pas. Ni l'un ni l'autre. Cette petite mère a des griffes. Il faut se soumettre, ou bien... Nous devrions mettre le feu aux deux bouts (...) » Ce fut Pollak qui sut s'évader. Ce critique des plus acerbes, cet historien de l'art, érudit et enthousiaste, entièrement voué à l'art italien, tomba en héros guerrier, sous des balles italiennes, sur le front de l'Isonzo, en 1915.

Max Brod honore sa mémoire, en indiquant tout ce qui pouvait les séparer. « Dans cette amitié, ce fut Kafka qui fit les avances ; dans l'amitié qui nous unit tous deux, ce fut plutôt le contraire. (...) Je ne sais quel accueil Oskar Pollak réserva aux œuvres que Kafka soumit à sa sévère critique (...) Les goûts d'Oskar Pollak s'accomodaient probablement assez peu de l'univers fantastique où vivait Kafka (...) » Rien n'interdit de penser qu'il fit brûler plus d'un manuscrit. « D'un cœur léger allumer des bûchers » : telle était l'ambiance de cette première amitié dont on sait trop peu aujourd'hui. Mais en lisant le roman de Max Brod publié en 1928, *Le Royaume enchanté de l'amour*, nous avons pensé que le personnage ambigu de Gestertag avait pu être inspiré par le souvenir d'Oskar Pollak. *Das Zauberreich der Liebe* : tout amateur curieux devrait lire cette étonnante affabulation, composée dans les années mêmes où Max Brod se met à publier, posthumes, les œuvres de son ami. La traduction française par M. Metzger a été publiée dès 1936, avec une préface de Denis de Rougemont !

Quoi qu'il en soit, c'est au début de 1907 seulement que Max Brod a dû apprendre, en confidence, que son ami écrivait depuis longtemps. Dans l'enthousiasme de cette découverte, il n'a pas résisté au plaisir d'une facétie de carnaval. « Le 9 février

1907, je fis mention de ses travaux, dont rien n'avait été publié, dans l'hebdomadaire berlinois *Die Gegenwart* (*Le Temps présent*). J'avais cité quelques noms d'auteurs célèbres (Blei, Mann, Wedekind, Meyrink) auxquels j'ajoutai le sien. Ce fut certainement la première fois qu'on parla de Kafka. » Le principal bénéficiaire s'en railla, dans une lettre pleine d'humour, le 12 février, sans doute vers quatre heures du matin, sur le thème du carnaval absolu, « de tous le plus aimable ». Mais le fait est que Max Brod, à la différence d'Oskar Pollak, ce « criticus », ne va pas cesser d'encourager son aîné à écrire et à publier. Et quelquefois, Franz regimbe vivement : « Dis-moi, pourquoi m'agaces-tu continuellement avec ces deux chapitres ? Réjouis-toi donc avec moi de ce que toi, tu écrives des choses incompréhensibles, et laisse le reste en paix ! » (mai 1907).

En tout cas, Max Brod parvint à ses fins : de 1908 à 1911, Franz Kafka accepta de publier quatorze textes, inégalement courts. Dix poèmes en prose, un reportage poétique, deux comptes rendus, une pavane pour une revue défunte.

Et c'est par là qu'il faut recommencer à lire Kafka. Ces quatorze textes constituent en effet une séquence homogène, où l'on perçoit immédiatement deux choses : il ne s'agit pas d'un écrivain débutant, et ce n'est pas non plus une première manière, du Kafka avant Kafka, comme on l'a répété trop souvent. À titre d'exemple, l'importance accordée aux gestes, fussent-ils des plus menus et apparemment anodins, est déjà présente dans une petite prose comme *Résolutions* (p. 262) et on la retrouve explicitement à la fin d'un long texte intitulé *Une petite femme* (p. 1471) dans l'ultime recueil composé par Kafka.

Les huit premiers textes furent publiés avec un seul titre en commun : *Betrachtung* (*Contemplation*), dans le premier numéro de la revue *Hyperion*, en janvier-février 1908. Le rédacteur en chef était Franz Blei, l'éditeur se nommait Hans von Weber. Mais pour comprendre ce qu'était *Hyperion*, il suffit de lire l'article de Kafka, « Une revue défunte », publié le 20 mars 1911, dans le quotidien pragois *Bohemia* (*cf.* p. 99). Quant à

« Un bréviaire pour les dames » (*cf.* p. 69), c'est le compte
rendu d'un roman érotique de Franz Blei, *Die Puderquaste* (*La
Houpette*) ; l'article paraît dans une revue berlinoise (*Der Neue
Weg*), le 9 février 1909. Les deux mystérieuses « Conversation
avec l'homme ivre » (*cf.* p. 79) et « Conversation avec l'homme
en prière » (*cf.* p. 71) furent publiées dans le numéro 8 de la
revue *Hyperion*, en mars-avril 1909. « Les Aéroplanes à Brescia » (*cf.* p. 85) paraissent dans la *Bohemia* du 29 septembre
1909 : nous donnons ici la version légèrement abrégée (pour
la publication) de ce reportage poétique que Max Brod
demanda, avec insistance, à Franz Kafka. Quant à « Un roman
de la jeunesse » (*cf.* p. 95), c'est le compte rendu d'un roman
de Felix Sternheim (frère du célèbre Carl) : *L'Histoire du jeune
Oswald*, édité par Hans von Weber ; l'article parut dans la
*Bohemia* du 16 janvier 1910. Comme on le voit, Max Brod
obtient que le nom du Docteur Franz Kafka apparaisse quelquefois dans la presse et dans les revues que pouvait lire une
certaine jeunesse pragoise, germanophone, élégante, et le plus
souvent juive.

Pour un lecteur de bonne volonté, indifférent aux traditionnel-
les distinctions de genre et peu enclin à tomber dans l'érudition
vétilleuse, cette suite de textes rend immédiatement présente
une ambiance de modernité mystérieuse, où la sympathie la plus
chaleureuse pour les êtres s'harmonise doucement avec une ironie qui se retourne contre l'auteur lui-même. L'impression dominante est que s'y exprime une parole vivante, nourrie de
quelques convictions profondes : que pour être active, la littérature doit être véridique, énergique, reliée à la vie des gens ;
qu'elle nécessite de la part de l'écrivain beaucoup de volonté et
de force, de l'enthousiasme et le sens du sacrifice. Les moyens
principaux sont déjà le regard incisif pour voir vraiment le
monde, le scepticisme pour critiquer inlassablement les compor-
tements et pour progresser dans la connaissance de soi. Le commerçant trivial, l'Amérique rêvée, les jeunes filles troublantes, la
solitude peuplée de fantômes constituent déjà des figures complexes dans des scènes étranges et familières où se combinent la

délicatesse et la cruauté, l'ironie et la compassion. Franz Kafka n'avait certainement pas aimé le roman de Felix Sternheim : il en fait une critique à la fois défavorable et très sympathique. Par ailleurs, quoi de plus gentiment ironique que la lettre qu'il envoie à Franz Blei, le 7 février 1909 ? Kafka y joint, en plus de son article, l'un de ses rapports professionnels qui venait d'être publié : *Extension de l'obligation d'assurance dans les professions du bâtiment et les professions annexes*.

Sans doute s'agit-il d'un texte technique. Mais on y perçoit aussi, très clairement, une sympathie pour les différents métiers ; on y constate une attention exceptionnelle pour ce que les gens écrivent et disent ; on y trouve tout au long une réflexion généreuse et pratique sur l'assurance à caractère social. Pour être tout à fait logique, il eût fallu suivre la suggestion implicite, plaisante et profonde, de Kafka lui-même dans sa lettre à Franz Blei, et reproduire ici ce rapport tout entier ; car c'est bien un texte de Kafka, publié de son vivant, avoué par lui, bien que non signé. Nous nous contenterons d'en citer le paragraphe où se trouve évoquée la force de la loi : « Ce qui parle contre l'assurance du travail en atelier est un formalisme qui manque de conséquence, dans certaines entreprises c'est un mouvement qui repose sur la propagande et le préjugé, et enfin, dans quelques cas assez rares, c'est une absence totale de sens social, contre laquelle le raisonnement ne sert plus à rien et qui ne pourra être réduite que par la force de la loi. »

Comme on le voit, à vingt-six ans, le Docteur Franz Kafka cherche, en écrivant, à épouser le monde. Oskar Pollak l'a mis à rude école ; Max Brod l'encourage beaucoup plus positivement, comme mû par une espèce de nécessité supérieure : « À partir de ce moment-là, je m'efforçai de répandre la connaissance de ses œuvres dans le public — il fallait que j'agisse ainsi, c'était plus fort que moi. »

# PETITES PROSES

IL EST POSSIBLE que quelques personnes aient pitié de moi, mais je ne m'en aperçois pas du tout. Mon petit commerce me remplit de soucis qui me causent des douleurs à l'intérieur du front et des tempes, sans me laisser pour autant espérer aucune satisfaction, car c'est un petit commerce que j'ai.

Des heures à l'avance il me faut prendre des dispositions, rafraîchir sans cesse la mémoire du commis, le mettre en garde contre les erreurs que je redoute, et supputer à une saison donnée quelle sera la mode de la suivante, non pas celle qui s'imposera chez les gens que je côtoie, mais parmi des populations inaccessibles, à la campagne.

Mon argent est dans la main d'inconnus ; je ne puis saisir clairement leur situation ; le malheur qui pourrait les frapper, je n'en ai aucune idée, comment pourrais-je y parer ! Peut-être sont-ils devenus dépensiers et ils donnent une fête dans un jardin d'auberge, et d'autres, qui s'enfuient vers l'Amérique, s'attardent un petit moment à cette fête.

Et lorsqu'au soir d'un jour ouvrable on ferme le magasin et que je me retrouve soudain en ayant devant moi des heures où je ne pourrai pas travailler à tout ce que réclame sans cesse mon commerce, l'énervement que j'avais envoyé promener loin devant moi, le matin, se rue sur moi comme un flot qui reflue ; mais il ne supporte pas de rester confiné en moi, et sans but il m'entraîne à sa suite.

Et pourtant je ne puis pas du tout mettre cette humeur à

profit ; je ne puis que rentrer chez moi, car j'ai le visage et les mains sales, pleins de transpiration, le vêtement taché, poussiéreux, ma calotte du magasin encore sur la tête, et mes bottes tout éraflées par les clous des caisses. J'avance alors comme sur des vagues, je fais claquer les doigts de mes deux mains, et les enfants que je rencontre en route, je leur caresse les cheveux.

Mais le chemin est trop court. Je me retrouve tout de suite dans mon immeuble, j'ouvre la porte de l'ascenseur et j'entre.

Je vois qu'à présent, et soudain, je suis seul. D'autres, qui ont à monter des escaliers, s'y fatiguent un peu ; avec de vifs soubresauts dans les poumons, ils doivent attendre que l'on vienne leur ouvrir la porte de l'appartement, ayant là une raison de s'irriter et de s'impatienter ; ils entrent alors dans le vestibule où ils accrochent leur chapeau, et c'est seulement après avoir parcouru le couloir et dépassé quelques portes vitrées, lorsqu'ils arrivent dans leur propre chambre, qu'ils sont seuls.

Tandis que moi, je suis tout de suite seul dans l'ascenseur, et m'appuyant sur mes genoux, je regarde dans le miroir étroit. Quand l'ascenseur commence à s'élever, je dis :

« Calmez-vous, reculez, voulez-vous rentrer dans l'ombre des arbres, derrière les tentures des fenêtres, sous la tonnelle ? »

Je parle entre mes dents, et la rampe de l'escalier dégringole le long des glaces dépolies comme une cascade qui s'abat.

« Envolez-vous ; puissent vos ailes, que je n'ai jamais vues, vous porter jusqu'au village dans la vallée, ou jusqu'à Paris si l'envie vous en prend.

Mais jouissez de la vue par la fenêtre, quand les cortèges débouchent des trois rues à la fois ; aucun ne s'efface devant l'autre, ils se traversent et, entre leurs derniers rangs, laissent réapparaître la place, dégagée. Agitez des mouchoirs, soyez horrifiés, soyez touchés, admirez la belle dame qui passe en voiture.

Traversez la rivière sur le pont de bois, faites signe aux enfants qui se baignent, et étonnez-vous des hourras des mille matelots sur le cuirassier, au loin.

Poursuivez donc cet homme quelconque, et quand vous l'aurez coincé sous un porche, dépouillez-le, et, chacun les mains dans ses poches, regardez-le ensuite aller tristement son chemin en prenant la première rue à gauche.

La police galopant un peu partout caracole sur ses chevaux, maîtrise ses bêtes et vous refoule. Laissez-la, les rues vides lui porteront malheur, je le sais. Déjà ils s'éloignent, je vous le disais bien, deux par deux, à cheval ; ils tournent lentement au coin des rues, et traversent les places en coup de vent. »

Alors il me faut sortir, renvoyer l'ascenseur, tirer la sonnette, et la bonne ouvre la porte, tandis que je la salue [1].

QUE FERONS-NOUS en ces jours de printemps qui à présent se rapprochent beaucoup ? Tôt ce matin, le ciel était gris, mais si à présent l'on va à la fenêtre, on est surpris et l'on appuie la joue contre la poignée de la fenêtre.

En bas l'on voit la lumière du soleil, à vrai dire déjà déclinant, sur le visage enfantin de la jeune fille qui marche simplement et regarde autour d'elle ; et en même temps l'on voit, par-dessus, l'ombre de l'homme qui avance plus vite, derrière elle.

Puis l'homme est déjà passé, et le visage de l'enfant est tout clair [2].

REGARDEZ UN PEU comme l'air est convaincant après l'orage ! Mes mérites m'apparaissent et s'imposent à moi, sans même que je m'y oppose.

---

1. Écrit sans doute en 1907, ce texte parut, ainsi que les quatre suivants, dans le n° 1, daté mars-avril 1908, de la revue pragoise *Hyperion* qui y publiait aussi des textes de Rilke, Hofmannsthal, Heinrich Mann, Carl Sternheim, Verhaeren. 2. Publié d'abord dans le n° 1 de la revue *Hyperion*, en mars 1908, ce texte parut ensuite dans le quotidien germanophone pragois *Bohemia*, le 27 mars 1910, pourvu d'un titre : « À la fenêtre » *(Am Fenster)*.

Je suis en marche, et mon rythme est le rythme de ce côté de la rue, de cette rue, de ce quartier. Je suis à juste titre responsable de tous les coups frappés aux portes, sur le plateau des tables, responsable de toutes les santés portées en buvant, des couples d'amants dans leurs lits, dans les chantiers des constructions nouvelles, dans les rues sombres où ils se pressent contre les murs des maisons, sur les canapés des bordels.

Je soupèse mon passé par rapport à mon avenir, mais je trouve les deux excellents, je ne puis donner la préférence à aucun des deux ; hormis l'injustice de la providence qui me favorise ainsi, je n'ai rien à critiquer.

C'est seulement en pénétrant dans ma chambre que je suis un peu dubitatif, mais sans avoir trouvé, en montant l'escalier, aucune raison de douter. Cela ne m'aide pas beaucoup d'ouvrir la fenêtre en grand, et qu'en bas dans un jardin, on joue encore de la musique[1].

LORSQU'ON EST à se promener la nuit dans une rue et que, visible déjà de loin — car la rue monte devant nous et c'est la pleine lune —, un homme arrive vers nous en courant, nous n'allons pas lui mettre la main dessus, même s'il est malingre et en haillons, même si quelqu'un court derrière lui en criant, mais nous le laisserons courir.

Car il fait nuit, et nous n'y sommes pour rien si la rue, sous la pleine lune, s'élève devant nous, et de plus, peut-être que ces deux-là ont organisé cette course pour se distraire, peut-être en poursuivent-ils tous deux un troisième, peut-être que le premier est un innocent que l'on poursuit, peut-être que le

---

1. Ce texte parut dans le n° 1, daté mars-avril 1908, de la revue pragoise *Hyperion* ; il fut sans doute écrit en 1907, à en croire l'évocation de chantiers (ceux du ghetto de Prague en cours d'assainissement) ou de l'escalier à monter (comme dans l'immeuble occupé par les Kafka jusqu'en juin 1907, alors que l'appartement suivant, 36, rue Saint-Nicolas (aujourd'hui Pariska ulice), comporte un ascenseur ; *cf. La Prague de Kafka*, Kl. Wagenbach, éd. Michalon, 1996).

deuxième veut commettre un meurtre, et nous deviendrions complice de ce meurtre, peut-être que tous deux ne savent rien l'un de l'autre et que chacun court simplement de sa propre initiative pour aller se coucher, peut-être que ce sont des somnambules, peut-être le premier est-il armé...

Et en fin de compte, n'avons-nous pas le droit d'être fatigués, n'avons-nous pas bu un peu trop de vin ? Nous sommes contents quand nous n'apercevons même plus le deuxième [1].

SOUVENT, QUAND JE VOIS des robes avec toutes sortes de plis, ruchés et passementeries qui se drapent joliment sur un beau corps, je songe qu'elles ne se conserveront pas longtemps ainsi, mais qu'elles se friperont, sans que l'on puisse désormais les défroisser correctement, qu'elles attraperont, encrassant leurs ornements, une poussière qui ne se pourra plus enlever, et que personne ne voudra se rendre à ce point triste, à ce point ridicule de revêtir tous les matins la même robe somptueuse, pour l'ôter le soir. Pourtant je vois des jeunes filles qui sont belles sans aucun doute, et qui font voir toutes sortes de muscles charmants, des chevilles très fines, une peau lisse, des flots de cheveux légers, et qui pourtant paraissent tous les jours dans ce seul et unique déguisement naturel, qui posent toujours le même visage dans une paume de main inchangée et le font refléter par leur miroir. Mais parfois au soir, en revenant tard d'une fête, il leur semble dans le miroir qu'il soit usé, gonflé, empoussiéré, déjà vu par tous et désormais à peine portable [2].

---

1. Publié d'abord dans le n° 1 de la revue *Hyperion*, en mars 1908, ce texte parut ensuite dans la quotidien germanophone pragois *Bohemia*, le 27 mars 1910, cette fois avec un titre : « Dans la nuit » (*In der Nacht*). 2. Cette très courte prose fut extraite par Kafka de la première version de son manuscrit *Description d'un combat*, tout près de la fin.

Je me trouve debout sur la plate-forme du tramway et je suis dans une incertitude totale quant à ma situation dans ce monde, dans cette ville, dans ma famille. Je serais incapable de dire, même à peu près, à quels droits je pourrais légitimement prétendre, dans quelque domaine que ce soit. Je ne puis pas justifier du tout ma présence debout sur cette plate-forme, pourquoi je me tiens à cette poignée, pourquoi je me laisse transporter par ce wagon, ni le fait que les gens s'écartent devant ce wagon, ou bien marchent tranquillement, ou s'attardent devant des vitrines. — Personne certes ne réclame ça de moi, mais cela ne change rien.

Le wagon s'approche d'un arrêt ; une jeune fille se place tout près du marchepied, se disposant à descendre. Elle m'apparaît aussi nettement que si je l'avais touchée du doigt. Elle est vêtue de noir, les plis de la jupe remuent à peine, le chemisier est ajusté, avec un col de dentelle blanche à fines mailles ; elle appuie la main gauche à plat contre la paroi, le parapluie dans sa main droite repose sur la deuxième marche. Elle est brune de visage, les ailes de son nez sont légèrement pincées et il se termine en un large arrondi. Elle a d'abondants cheveux bruns avec de petites mèches qui volettent sur la tempe droite. Son oreille petite est bien collée ; pourtant, comme je suis debout près d'elle, je vois par-derrière tout le pavillon droit et l'ombre qu'il fait à sa racine [1].

Lorsque je rencontre une belle jeune fille et que je lui demande : « Sois gentille, viens avec moi ! » et qu'elle passe sans un mot, elle veut dire par là :

« Tu n'es pas un duc au nom ronflant, ni un Américain costaud bâti comme un Indien, avec des yeux tranquilles, bien horizontaux, avec une peau burinée par l'air de la prairie et par

---

**1.** Publié d'abord dans le n° 1 de la revue *Hyperion*, en mars 1908, ce texte parut ensuite dans la quotidien germanophone pragois *Bohemia*, toujours à la suite du même texte qu'ici, le 27 mars 1910, pourvu d'un titre « Le Passager » *(Der Fahrgast)*.

les fleuves qui la sillonnent, tu n'as pas fait de voyage jusqu'aux Grands Lacs, tu n'as pas navigué sur leurs eaux qui se trouvent je ne sais où. Alors je te le demande, pourquoi est-ce que moi, une belle jeune fille, je devrais aller avec toi ?

— Tu oublies qu'aucune automobile ne te transporte par les rues, dans le balancement de ses amples poussées ; je ne vois pas les messieurs de ta suite, sanglés dans leurs habits, qui murmurent des bénédictions en ta faveur et qui marchent derrière toi en un demi-cercle impeccable ; tes seins sont bien rangés dans ton corselet, en revanche tes cuisses et tes hanches n'ont pas la même retenue ; tu portes une robe de taffetas à petits plis comme elles nous plaisaient beaucoup à tous, l'automne dernier, et — ce danger mortel sur le corps — tu souris pourtant par moments.

— Oui, nous avons raison tous les deux, et pour ne pas en prendre irrécusablement conscience, nous allons plutôt, n'est-ce pas, rentrer seuls, chacun chez soi [1]. »

En effet, nous sommes tout comme des troncs d'arbres dans la neige. Ils sont en apparence tout simplement posés, et on devrait pouvoir les repousser d'une légère chiquenaude. Mais non, on ne le peut pas, car ils sont solidement attachés au sol. Pourtant regarde, cela aussi n'est rien qu'une apparence [2].

---

**1.** Cette « mauvaise petite pièce », comme Kafka la désigne en l'envoyant à son amie Hedwig Weller en novembre 1907, eut selon Max Brod pour premier titre « La Rencontre » *(Die Begegnung).*     **2.** Cette très courte prose fut extraite par Kafka de la première version de son manuscrit *Description d'un combat.*

# UN BRÉVIAIRE POUR LES DAMES

Si l'on se lance dans le monde en respirant bien fort, comme un nageur se jette dans un fleuve du haut du plongeoir, pour être tout d'abord et pendant quelque temps troublé comme un bel enfant par les remous contraires, mais ensuite progresser vers l'air du large, avec de belles vagues sans cesse à ses côtés, alors on pourra comme dans ce livre promener ses regards au hasard, mais avec une intention secrète, à la surface de ces eaux qui vous portent, que l'on peut boire et qui paraissent illimitées à celui dont la tête repose sur elles.

Si pourtant l'on se ferme à cette impression première, on se laisse bientôt convaincre que l'auteur a ici travaillé avec une énergie véritablement inlassable qui rend les impulsions de son esprit toujours actif — trop rapides pour révéler leur cohérence intime — effroyablement tranchantes.

Et ceci devant un élément qui, à travers les péripéties palpitantes qu'il connaît, rappelle les tentations causées par les cris d'animaux invisibles dans le désert et qui excitaient les ermites d'antan. Cette tentation pourtant ne flotte pas devant l'auteur comme un petit corps de ballet au loin sur une scène, elle est tout près de lui, elle le cerne et l'entoure jusqu'à ce qu'il l'enlace de toutes parts ; et avant même de l'avoir appris par la dame, il écrivait : « Mais il faut aimer pour pouvoir se donner avec grâce », ainsi le déclarait Annie D., une belle Suédoise blonde.

Quel spectacle nous offre en effet cet auteur, lui qui nous

paraît si fort impliqué dans son travail et porté par un tempérament semblable à ces nuages de pierre d'où, à l'époque baroque, surgissaient des groupes de saints s'étreignant dans le vent
et la tempête ! Le ciel vers lequel ce livre, au milieu et à la fin,
doit s'échapper pour sauver grâce à lui le paysage ancien, est à
la fois ferme et translucide.

Personne bien sûr n'exige que les dames, à l'intention de qui
l'auteur a pris la plume, voient cela réellement. C'est en effet
assez, c'est plus qu'assez si, sous l'emprise immédiate et impérieuse du premier paragraphe, elles sentent qu'elles ont entre les
mains un miroir qui les confesse, et un miroir des plus sincères.
Car ce qu'on nomme ici confession s'accomplit dans un meuble
peu banal, sur le parquet d'une pièce hors du commun, dans une
pénombre qui rend à demi réel tout ce qui est autour, et par instants aussi l'avenir et le passé, de sorte que les *oui* et les *non* dans
les questions et les réponses ne peuvent être, eux aussi, qu'à
demi mensongers, surtout s'ils sont sincères. Et comment pourrait-on oublier ici un seul des détails importants, dans la lumière
bien connue de minuit, au cours d'une conversation à mi-voix (à
mi-voix parce qu'elle est ardente), tout près du lit !

Les éditions Hans von Weber viennent de publier
*La Houpette* de Franz Blei[1]

---

1. Voir la Notice, p. 58. Franz Blei (1871-1942), littérateur viennois qui
édita entre 1906 et 1919 plusieurs revues littéraires pour bibliophiles, par
ex. en 1906 *Der Amethyst* puis en 1907 *Die Opale*, toutes deux à dominante
érotique (Max Brod y avait publié des poèmes).

# CONVERSATION AVEC L'HOMME EN PRIÈRE [1]

Il y eut un temps où je me rendais quotidiennement dans une église, car chaque soir, une jeune fille dont j'étais tombé amoureux y priait à genoux pendant une demi-heure où je pouvais la contempler tout à loisir.

Une fois où la jeune fille n'était pas venue et que, de méchante humeur, je regardais les gens qui priaient, mon attention fut attirée par un jeune homme à la silhouette fort maigre, qui s'était jeté de tout son long sur le sol. De temps en temps, il empoignait son crâne de toutes ses forces et, en gémissant, le cognait contre les paumes de ses mains posées à plat sur les dalles de pierre.

Dans l'église se trouvaient seulement quelques vieilles femmes qui inclinaient souvent sur le côté leur petite tête enveloppée d'un fichu, pour regarder l'homme en prière. Cette attention paraissait le rendre heureux, car avant chacune de ses manifestations de piété, il jetait un coup d'œil autour de lui pour voir si les spectateurs étaient nombreux. Je trouvais cela inconvenant et décidai d'aller lui parler à sa sortie de l'église et de lui demander pourquoi il priait de cette façon. Au fond, j'étais contrarié que ma jeune fille ne soit pas venue.

Mais il ne se redressa qu'au bout d'une heure, se signa très

---

1. Ce texte parut dans le cahier n° 8 de la revue *Hyperion*, daté mars-avril 1909 ; Kafka l'avait tiré de la première version manuscrite de *Description d'un combat*, cf. pp. 132-139.

consciencieusement et par à-coups se rapprocha du bénitier. Je me postai sur son chemin entre le bénitier et la porte, sûr de ne pas le laisser passer sans explication. Je tordais ma bouche comme je le fais toujours pour me préparer à parler avec détermination. J'avançai la jambe droite et m'appuyai dessus en laissant négligemment reposer la gauche sur la pointe du pied ; cela contribue à me rendre plus stable.

Or, il est possible que cet individu ait déjà louché vers moi tout en aspergeant son visage d'eau bénite, peut-être aussi m'avait-il déjà remarqué auparavant avec inquiétude, car d'un seul coup il se précipita vers la porte. Le battant vitré claqua. Et en la franchissant juste derrière lui, je ne le vis plus, car il y avait plusieurs ruelles étroites et la circulation était animée.

Les jours suivants il ne se montra pas, mais ma jeune fille vint. Elle portait sa robe noire, ornée sur les épaules d'une dentelle transparente — l'arrondi en demi-lune du haut de sa chemisette se terminait en-dessous — montée sur une collerette en soie d'une jolie coupe. Comme la jeune fille venait, je ne songeai plus au jeune homme et lorsqu'il réapparut ensuite régulièrement pour prier selon son habitude, je ne me souciai pas de lui. Mais il passait toujours très vite à côté de moi, en détournant le visage. C'était peut-être parce que je ne pouvais l'imaginer qu'en mouvement, et du coup, même quand il était immobile j'avais toujours l'impression qu'il se faufilait.

Un soir, je restai un peu tard dans ma chambre. Je me rendis pourtant à l'église. Je n'y trouvai plus la jeune fille et m'apprêtai à rentrer. Comme si souvent, le jeune homme était étendu sur le sol. La scène de l'autre fois me revint à l'esprit et me rendit curieux.

Je me glissai sur la pointe des pieds vers la sortie, donnai une pièce au mendiant assis là et me postai à côté de lui derrière le grand battant de la porte ouverte ; j'y restai assis une bonne heure, sans doute en prenant l'air rusé. Je me sentis très bien là et résolus d'y venir plus souvent. Pendant la deuxième heure, je trouvai tout de même insensé de rester ainsi sur place à cause de cet homme en prière. Mais bien que furieux, je laissai pendant une troisième heure les araignées se promener sur mes vêtements, tandis que les derniers visiteurs sortaient de la pénombre de l'église, en respirant bruyamment.

Enfin il arriva, lui aussi. Il avançait avec prudence en tâtant d'abord doucement le sol de son pied avant de le poser.

Je me levai, fis un grand pas en avant et agrippai le jeune homme. « Bonsoir ! » dis-je, puis, en le maintenant par le col, je lui fis descendre les marches jusque sur la place éclairée.

Quand nous fûmes en bas, il me dit, d'une voix très peu assurée : « Bonsoir, mon cher, très cher monsieur, ne m'en veuillez pas, à moi qui suis votre très humble serviteur.

— Eh bien, fis-je, j'ai quelques questions à vous poser, mon cher ; vous m'avez échappé la dernière fois, mais je ne crois pas que vous y parveniez ce soir.

— Vous aurez pitié, monsieur, et vous me laisserez rentrer chez moi. Je suis bien à plaindre, voilà la vérité.

— Non ! m'écriai-je au milieu du vacarme d'un tramway qui passait, je ne vous lâcherai pas. Ce genre d'histoire me plaît particulièrement. Vous êtes une aubaine. Je m'en félicite ! »

Alors il déclara : « Mon dieu, vous avez le cœur bien vif et l'esprit d'un seul bloc. Vous dites que je suis une aubaine, quel bonheur doit être le vôtre ! Car mon malheur est du genre instable, un malheur en équilibre sur une pointe très fine, et si on le touche, il s'abat sur celui qui a posé la question. Bonne nuit, monsieur.

— C'est bon, dis-je en tenant fermement sa main droite, si vous êtes décidé à ne pas me répondre, je vais me mettre à crier là, dans cette rue. Et les employées qui vont bientôt sortir de leurs boutiques, ainsi que leurs amoureux qui se réjouissent de les retrouver vont tous accourir, car ils croiront qu'un cheval de fiacre est tombé ou qu'il est arrivé un accident. Alors je vous montrerai du doigt aux gens. »

En pleurant, il se mit à me baiser les mains, l'une après l'autre. « Je vais vous raconter ce que vous voulez savoir, mais je vous en prie, allons d'abord là-bas, dans la petite rue, de l'autre côté. » J'acquiesçai et nous y allâmes.

Mais il ne se contenta pas de l'obscurité de cette rue, faiblement éclairée par la lueur jaune de réverbères très espacés, et m'entraîna sous le porche bas d'un vieil immeuble, où une petite lampe suintante était suspendue devant un escalier de bois.

Prenant un air important, il sortit alors son mouchoir et en le déployant sur une marche, déclara : « Asseyez-vous donc, cher monsieur, vous serez mieux pour m'interroger ; moi je vais rester debout, je vous répondrai d'autant mieux. Mais ne me tourmentez pas. »

Je m'assis alors et, levant la tête vers lui et plissant les yeux, je dis : « Vous êtes un parfait dément, voilà ce que vous êtes ! Vous rendez-vous compte de votre comportement dans l'église ! Que c'est irritant [1], que c'est désagréable pour ceux qui vous voient ! Comment peut-on se recueillir quand on vous impose un pareil spectacle ! »

Il s'était plaqué de tout son long contre le mur, seule sa tête s'agitait librement dans l'air : « Ne vous mettez pas en colère — pourquoi faut-il vous irriter de choses qui ne dépendent pas de vous ? Moi, je m'en veux quand je commets une maladresse ; mais si c'est un autre qui agit mal, je m'en amuse. Ne vous irritez donc pas si je vous dis que mon but dans l'existence, c'est que les gens me regardent.

— Que me dites-vous là ! m'écriai-je beaucoup trop fort sous ce porche bas, mais ensuite je ne voulus pas que ma voix parût faiblir ; non vraiment, que dites-vous là ! Oh, je subodore que vous êtes dans un drôle d'état, d'ailleurs je l'ai subodoré dès la première fois où je vous ai vu. J'ai de l'expérience, et je ne plaisante pas si je vous dis que c'est le mal de mer sur la terre ferme. Et la nature de ce mal, c'est de vous faire oublier le véritable nom des choses et répandre alors en toute hâte des noms sur elles, au hasard. Vite, à toute vitesse ! Mais à peine une seconde après les avoir fuies, vous avez de nouveau oublié leur nom. Le peuplier dans les champs, que vous avez désigné

---

1. *Ärgerlich*, alors que le manuscrit de *Description d'un combat* porte *lächerlich* : « ridicule ».

comme votre « Tour de Babel », parce que vous ne saviez pas, ou ne vouliez pas savoir que c'est un peuplier, le voilà qui se balance à nouveau sans avoir de nom, et vous êtes contraint de l'appeler « Noé, quand il était ivre ».

Je fus un peu ahuri quand il me déclara : « Je suis content de ne pas avoir compris ce que vous m'avez dit. »

Agacé, je dis vivement : « En étant content, vous prouvez que vous avez compris.

— Bien sûr que je l'ai prouvé, cher monsieur, mais vous avez parlé vous aussi d'une façon bizarre. »

Je posai mes mains sur une des marches supérieures et m'appuyai dessus, puis, dans cette position presque inattaquable qui chez les lutteurs est le dernier recours, je lui lançai : « C'est drôle, cette façon que vous avez de vous sortir d'affaire en supposant chez autrui l'état qui est le vôtre. »

Là-dessus il reprit courage. Il serra ses mains l'une sur l'autre pour donner de l'unité à son corps et, avec un léger effort sur lui-même, il dit : « Non, je ne le fais pas avec tout le monde, et par exemple pas avec vous, je n'en suis pas capable. Mais je serais content si j'y arrivais, car alors je n'aurais plus besoin d'attirer l'attention des gens dans l'église. Savez-vous pourquoi j'en ai besoin ? »

Cette question me plongea dans l'embarras. Je l'ignorais, bien sûr, et je crois même que je ne voulais pas le savoir. D'ailleurs je n'avais aucune intention de venir ici, me dis-je à cet instant, c'est cet individu qui m'avait contraint à l'écouter. Il me suffisait donc à présent de secouer la tête pour lui indiquer que je l'ignorais ; mais je fus totalement incapable de remuer la tête.

L'individu, qui était debout en face de moi, souriait. Puis il se laissa tomber sur ses genoux et, prenant une expression somnolente, il déclara : « À aucune époque, je n'ai été convaincu en moi-même par la vie que je menais. Car à partir des choses qui m'entourent, je ne construis que des images tellement fragiles que toujours je crois qu'elles ont été vivantes un jour, mais sont en train de disparaître. J'éprouve sans cesse, cher monsieur, le désir de voir les choses comme probablement elles se donnent à voir avant de se montrer à moi. Elles doivent alors être belles et paisibles. Il faut qu'il en soit ainsi, car j'entends souvent les gens les évoquer en ces termes. »

Comme je restais muet et que seuls d'involontaires tressaillements de mon visage manifestaient mon impression de malaise, il me demanda : « Vous ne le croyez pas, que les gens les évoquent ainsi ? »

Je crus devoir acquiescer, mais en fus incapable.

« Vous ne le croyez vraiment pas ? Alors, écoutez-moi : dans mon enfance, un jour où j'ouvrais les yeux après une petite sieste, encore à moitié endormi j'entendis ma mère, debout sur le balcon, lancer d'un ton très naturel vers le bas : « Que faites-vous, ma chère. Par cette chaleur ! » Une femme dans le jardin répondit : « Je prends une collation sous les arbres. » Elles disaient tout cela sans réfléchir et sans y insister, comme si on ne pouvait que s'y attendre. »

Je crus qu'il désirait une réaction, aussi je plongeai la main dans la poche arrière de mon pantalon, comme si je cherchais quelque chose. Mais je ne cherchais rien, je voulais seulement changer de position pour manifester que je participais à la conversation. Je déclarai aussi que cet épisode était fort singulier et que je n'y comprenais rien. J'ajoutai que je ne croyais pas à son authenticité et qu'il était sans aucun doute inventé pour un but précis que je ne décelais pas vraiment. Puis je fermais les yeux, car ils me faisaient mal.

« Oh, mais c'est bien, que vous soyez de mon avis, et c'est vraiment très gentil à vous de m'avoir intercepté pour me le dire.

Et n'est-ce pas, pourquoi devrais-je avoir honte — pourquoi devrions-nous avoir honte ? — si je ne marche pas bien droit, ou si je marche d'un pas lourd, si je ne frappe pas les pavés de ma canne et si je n'effleure pas les vêtements des gens qui passent à grand bruit. N'aurais-je pas plutôt le droit de me plaindre et d'être ulcéré de sautiller le long des immeubles, ombre aux épaules anguleuses qui disparaît par instants dans les glaces des vitrines.

À quoi ressemblent les journées que je passe ! Pourquoi tout est-il si mal construit que parfois de grands immeubles s'écroulent, sans que l'on puisse l'expliquer par une raison concrète. Alors, je grimpe sur le tas de décombres et je questionne tous ceux que je rencontre : « Mais comment cela a-t-il pu arriver ! Dans notre ville — un immeuble récent — aujourd'hui, c'est la cinquième fois — vous vous rendez compte. » Personne n'a rien à me répondre.

Souvent il y a des gens qui tombent dans la rue, raides morts. Alors tous les commerçants ouvrent leurs portes encombrées par les marchandises accrochées dessus, et ils arrivent en courant, transportent le défunt dans un immeuble dont ils ressortent ensuite, en souriant de la bouche et des yeux, pour dire : « Bonjour — le ciel est pâle — je vends beaucoup de fichus — eh oui, la guerre. » J'entre en sautillant dans l'immeuble et après avoir levé plusieurs fois timidement ma main qui a un doigt replié, je me décide à frapper à la petite fenêtre du concierge. « Mon bon Monsieur, lui dis-je d'un ton aimable, on vient de transporter ici un homme mort. Montrez-le moi, je vous en prie. » Et comme il hoche la tête avec l'air d'hésiter, je déclare avec fermeté : « Mon bon monsieur. Je suis de la Police secrète. Montrez-moi ce mort immédiatement. — Un mort ? dit-il d'un ton interrogateur, l'air presque offusqué. Mais non, nous n'avons pas de mort. C'est un immeuble comme il faut, ici. » Je le salue et m'en vais.

Mais ensuite, si j'ai à traverser une vaste place, j'oublie tout. La difficulté de cette entreprise me trouble et je me dis souvent, à part moi : « Quand par pure arrogance on construit des places aussi vastes, pourquoi ne construit-on pas aussi une balustrade de pierre qui permettrait de la traverser ? Aujourd'hui, le vent souffle du sud-ouest. L'air sur la place est turbulent. La flèche du beffroi sur l'hôtel de ville décrit de petits cercles. Pourquoi ne fait-on pas revenir le calme dans cette cohue ? Toutes les fenêtres vitrées tintent et les réverbères oscillent, comme des roseaux. Le manteau de la Vierge sur la colonne s'agite et l'air tourbillonnant menace de le déchirer. Personne ne le voit-il ?

Au lieu d'avancer, comme il se doit, sur les pavés, les messieurs et les dames planent. Quand le vent reprend son souffle, ils s'arrêtent, échangent quelques mots et se saluent en inclinant la tête ; mais quand de nouveau le vent se déchaîne, ils ne peuvent pas lui résister et d'un seul coup leurs pieds à tous s'élèvent. Bien sûr, ils sont obligés de tenir fermement leurs chapeaux, mais leurs regards sont aussi joyeux que si le temps était doux. Je suis le seul qui aie peur. »

Mal en point comme j'étais, je dis : « L'histoire que vous m'avez racontée tout à l'heure sur votre mère et la femme dans le jardin, je ne la trouve pas singulière du tout. Non seulement j'en ai souvent entendu et vécu de semblables, mais j'en ai même plusieurs fois été l'un des acteurs. Car c'est une situation des plus naturelles. Croyez-vous que je n'aurais pas pu dire ce genre de chose si je m'étais trouvé sur le balcon, ou répondre de même si j'avais été dans le jardin ? Le cas est tellement banal. »

Quand j'eus dis cela, il parut fort heureux. Il dit que j'étais joliment bien vêtu et que ma cravate lui plaisait beaucoup. Et comme j'avais la peau fine. Et que les aveux les plus clairs étaient ceux que l'on rétractait.

# CONVERSATION AVEC L'HOMME IVRE [1]

Quand je débouchai à petits pas sous le porche, je fus assailli par le ciel avec lune, étoiles et vaste coupole, et par la Grand-place du Ring avec hôtel de ville, église et colonne de la Vierge [2].

Je sortis calmement de l'ombre, me trouvai sous la lumière de la lune, déboutonnai mon pardessus et me réchauffai ; puis, en levant les mains, j'imposai silence au bruissement de la nuit et me mis à réfléchir :

« Qu'est-ce qui vous prend de faire comme si vous existiez réellement. Cherchez-vous à me faire croire que je ne suis pas réel, que je suis bizarre, là debout sur ces pavés verdissants ? Que tu aies réellement existé, toi le ciel, cela remonte à bien longtemps, et toi, Grand-place du Ring, tu n'as jamais réellement existé.

« Il est vrai que vous conservez comme toujours une supériorité sur moi, mais seulement dans les moments où je ne m'occupe pas de vous.

« Dieu soit loué, lune, tu n'es plus lune, et peut-être est-ce une négligence de ma part si je continue à t'appeler lune, selon ce nom que l'on te donne. Pourquoi n'es-tu plus aussi arrogante si

---

1. Comme le précédent, ce texte extrait par Kafka de la première version manuscrite de *Description d'un combat* (*cf.* pp. 144-148) fut publié dans le cahier n° 8 de la revue *Hyperion*, daté mars-avril 1909. 2. *Der Ringplatz* désigne clairement la place de la Vieille-Ville, à Prague.

je t'appelle "Lampion de papier oublié, à la couleur étrange" ? Et pourquoi disparais-tu presque quand je t'appelle "Colonne de la Vierge", et pourquoi est-ce que je ne reconnais plus ton attitude menaçante, colonne de la Vierge, quand je t'appelle "Lune qui jette une lumière jaune" ?

« On dirait vraiment que cela ne vous réussit pas qu'on réfléchisse à votre sujet ; tous, vous y perdez en courage et en santé.

« Dieu, comme il doit être salutaire que l'homme qui réfléchit se mette à l'école de l'homme ivre !

« Pourquoi tout s'est-il calmé ? Je crois qu'il n'y a plus de vent. Et les maisonnettes qui souvent traversent la place comme sur de petites roues sont fixées, solidement immobilisées... silence... silence... on ne voit pas du tout le mince trait noir qui d'ordinaire les sépare du sol. »

Et je me mis à courir. Sans rencontrer d'obstacle, je fis trois fois le tour de la grande place, et comme je ne trouvai pas d'homme ivre, je courus tout aussi vite et sans aucune impression d'effort en direction de la rue Charles. Souvent plus petite que moi, mon ombre courait à mes côtés sur le mur, comme sur un chemin en contrebas, entre un mur et la chaussée d'une rue.

En passant devant la caserne des pompiers, j'entendis du bruit venant de la Petite Place du Ring, et quand j'arrivai au coin, j'aperçus un homme ivre, debout devant la grille de la fontaine, les bras étendus à l'horizontale et qui piétinait le sol de ses galoches de bois.

Je commençai par m'arrêter, le temps de retrouver une respiration paisible, puis je m'approchai de lui, soulevai mon haut-de-forme et me présentai :

« Bonsoir, charmant gentilhomme, j'ai vingt-trois ans, mais je n'ai pas encore de nom. Vous au contraire, vous revenez sans doute de Paris, la grande ville, chargé de noms étonnants, de noms pleins de musique. Le parfum trop artificiel de la trop glissante cour de France flotte autour de vous.

« De vos yeux fardés, vous avez sans doute vu ces grandes dames qui se tiennent déjà sur la haute terrasse lumineuse et, dans leurs fins corsets, virevoltent d'un air ironique, tandis que l'extrémité de leurs traînes peintes, déployées sur l'escalier, couvre encore le sable du jardin. — Et n'est-ce pas que des domestiques en pantalons blancs et livrées grises d'une coupe audacieuse, grimpent sur de longues perches, placées un peu partout, en y enroulant les jambes, mais souvent aussi en rejetant le buste en arrière ou bien sur le côté, car ils doivent soulever du sol d'immenses toiles grises et les déployer dans l'air sur de grosses cordes, parce que la grande dame désire que la matinée soit brumeuse. » Comme il rota, je dis, presque effrayé : « Dites, c'est donc vrai, monsieur, que vous arrivez de notre Paris, de ce Paris tumultueux, oh ! de cette folle tempête de grêle ? » Quand il rota de nouveau, je dis, non sans embarras : « Je sais que c'est un grand honneur pour moi. »

Mes doigts reboutonnèrent en hâte mon pardessus, puis je déclarai avec ferveur et timidité :

« Je sais que vous ne me jugez pas digne d'une réponse, mais j'en serais réduit à pleurer toute ma vie si je ne vous posais pas cette question aujourd'hui.

« Je vous en prie, monsieur si joliment vêtu, est-ce vrai, ce qu'on m'a raconté ? Y a-t-il à Paris des gens qui ne sont que vêtements chamarrés, et des immeubles qui n'ont que des portails, et est-il vrai qu'en été, dans la journée, le ciel au-dessus de la ville soit d'un bleu fuyant, ayant pour seul ornement quelques petits nuages blancs plaqués dessus, tous en forme de cœur ? Et y a-t-il là-bas un cabinet de cires qui attire les foules [1], où l'on ne voit que des arbres avec de petits écriteaux qui affichent les noms des héros, des criminels et des amoureux les plus célèbres ?

« Et il y a aussi cette information ! Cette information manifestement mensongère !

« N'est-ce pas, que les rues de Paris bifurquent d'un seul coup ? Et elles sont agitées, n'est-ce pas ? Les choses ne sont

---

1. Souvenir probable du musée Grévin, ouvert en 1882 sur le boulevard Montmartre, et que Kafka a pu visiter en octobre 1910 ou en septembre 1911 quand il séjourna à Paris.

pas toujours en ordre, comment pourrait-il en être autrement, d'ailleurs ! Il arrive parfois un accident, les gens s'attroupent, ils affluent depuis les rues voisines, d'un pas de citadin qui effleure à peine les pavés ; tous sont curieux bien sûr, mais ils redoutent aussi d'être déçus ; ils ont le souffle court et pointent leurs petites têtes. Mais si deux d'entre eux se frôlent, ils s'inclinent très bas et demandent pardon : "Je suis infiniment désolé — je n'avais nullement l'intention — c'est une terrible cohue, pardonnez-moi, je vous prie — j'ai été très maladroit — je l'avoue. Je m'appelle — je m'appelle Jérôme Faroche, je tiens une épicerie fine, rue de Cabotin — permettez que je vous invite à déjeûner demain — ma femme aussi s'en ferait une immense joie." Voilà ce qu'ils disent, tandis que la rue est comme anesthésiée et que la poussière des fumées retombe entre les immeubles. Hé oui, c'est ainsi. Et serait-il possible qu'un jour, sur une grande avenue animée, dans un quartier chic, deux voitures s'arrêtent, que des domestiques ouvrent les portes, d'un air grave. Huit superbes chiens-loups de Sibérie descendent en sautillant et bondissent en aboyant sur la chaussée. On raconte alors que ce sont de jeunes parisiens déguisés, des dandys. »

Il avait les yeux presque fermés. Quand je me tus, il mit ses deux mains dans sa bouche et tira sur sa mâchoire inférieure. Ses vêtements étaient maculés. Peut-être avait-il été mis à la porte d'un bistrot et n'avait pas encore repris ses esprits.

C'était peut-être ce bref instant parfaitement calme, suspendu entre le jour et la nuit, où notre tête, sans que nous y soyons préparés, tombe en arrière et où, sans que nous en ayons conscience, tout s'arrête, puisque nous ne le regardons pas, puis disparaît. Alors nous restons là tout seul, le corps sinueux, puis nous regardons tout autour, mais sans plus rien voir, sans percevoir aucune résistance de l'air, et en nous raccrochant intérieurement au souvenir qu'à une certaine distance se trouvent des immeubles qui ont des toits et, heureusement, des cheminées anguleuses par où l'obscurité s'infiltre dans les maisons et, depuis les mansardes, pénètre dans les différentes pièces. Et c'est un bonheur que demain soit un jour où, si incroyable que cela paraisse, nous pourrons tout voir.

Alors l'homme ivre haussa d'un seul coup les sourcils, de sorte qu'entre eux et ses yeux apparut une lueur brillante, et il déclara, en détachant les phrases : « C'est que, vous savez — j'ai sommeil, vous savez, c'est pourquoi je vais aller dormir. — J'ai un beau-frère, vous savez, sur la place Wenceslas [1] — c'est là que je vais, car c'est là que je loge, c'est là que j'ai mon lit. — Je vais y aller maintenant. — La seule chose, c'est que je ne sais pas comment il s'appelle ni où il habite — il me semble que je l'ai oublié — mais ça ne fait rien, parce que je ne sais même pas si j'ai vraiment un beau-frère. — Bon, alors maintenant j'y vais. — Vous croyez que je vais le trouver ? »

À quoi je répondis sans hésiter : « Cela ne fait aucun doute. Mais vous arrivez de l'étranger et il se trouve que vos domestiques ne sont pas auprès de vous. Permettez-moi de vous guider. »

Il ne répondit pas. Alors je lui tendis mon bras, pour qu'il s'appuie dessus.

---

**1.** Grande avenue, les « Champs-Élysées » de Prague.

pièces. Et c'est un bonheur que certain soir un jour où s'il
  ignorait que cet partisse, nous pourrions nous voir.
  Alors l'homme livra haut d'un sursaut... Les sourcils, de
sorte qu'entre eux et ses yeux apparut une lueur brillante et il
déclara en détachant les phrases : « C'est que vous avez — en
sommeil, vous avez, c'est pourtant le lit, allez dormir. — Je ne
  me suis mère, vous savez, sur la place Wenceslas ! — c'est là
que je vais, car c'est là que je loge. C'est là que j'ai mon lit. — Je
  vais aller maintenant. — La se ferchose, c'est que je ne sais
  pas comment il s'appelle, c'est d'habite... Il me semble que je
  l'ai oublié. — Mais ce ne fait rien, puisque que je ne sais même
pas si j'ai vraiment un bain être. — Bon, alors maintenant : à
  nous. — Vous avez, que je vais le trouver.
  À quoi il répondit sans hésiter : « Cela ne fera aucun doute.
  Mais vous arrivez de là-bas et il se peut que vos douleurs
  disparaître soit pas auprès de vous. Remettez-moi de vous à
guider. »
  Il ne répondit pas. Alors je lui tendis mon bras pour qu'il
s'appuie dessus...

# LES AÉROPLANES À BRESCIA [1]

Nous sommes arrivés [2]. Devant l'aérodrome lui-même s'étend une esplanade avec de bizarres cabanes en bois sur lesquelles nous nous serions attendus à voir d'autres écriteaux que Garage, Grand Buffet international, et cetera. De monstrueux mendiants, devenus énormes dans leurs petites voitures, cherchent à nous barrer le passage avec leurs bras tendus ; pour aller vite, on aurait envie de les enjamber d'un bond. Nous dépassons beaucoup de gens, et beaucoup de gens nous dépassent. Nous regardons en l'air, puisque nous sommes là pour cela. Dieu soit loué, personne ne vole encore ! Nous avançons sans faiblir et sans nous faire renverser non plus. Au milieu des mille véhicules, derrière eux, devant eux, la cavalerie italienne caracole. Le bon ordre et les accidents semblent pareillement impossibles.

Un soir tard, à Brescia, nous voulions nous rendre rapidement dans une certaine rue qui, à notre avis, était assez loin.

1. Pour inciter Kafka à reprendre son activité littéraire (bloquée par le « bureau » des Assicurazioni Generali), Max Brod propose un « duel » : ils rédigeraient chacun un article de journal sur ce meeting de Brescia. Le texte de Kafka (raccourci, avec son accord, de 7 paragraphes au début, puis de 2 paragraphes sur Blériot), parut dans la rubrique culturelle du quotidien germanophone *Bohemia*, le 28 septembre 1909. 2. Ce meeting avait lieu à Montichiari, du 9 au 20 septembre 1909. Kafka passait quelques jours de vacances à Riva, au bord du lac de Garde, avec Max et Otto Brod ; ils s'y rendirent pour la journée du 11 septembre.

Un cocher nous demande 3 lires, nous lui en offrons 2. Le cocher refuse de nous prendre et, par pure amitié, nous explique à quelle effroyable distance se trouve la rue en question. Nous commençons à regretter notre offre minable. D'accord pour 3 lires. Nous montons, la voiture tourne successivement dans trois petites rues, et nous sommes arrivés. Otto, plus énergique que nous deux, déclare que bien sûr il n'a aucune intention de payer 3 lires pour un trajet qui a duré une minute. Une lire suffirait largement. Voici donc une lire. Il fait déjà nuit, la ruelle est sombre, le cocher vigoureux. Il s'excite tout de suite, comme si nous discutions déjà depuis une heure : Quoi ? — C'était de l'escroquerie. — Qu'est-ce qu'il ne fallait pas entendre... On avait convenu 3 lires, il fallait payer 3 lires... alors, où étaient les 3 lires, sinon nous allions voir ça ! Otto : « Le tarif, sinon j'appelle la police ! — Le tarif ? Il n'y en avait pas... Comment y aurait-il un tarif pour ça ?... On s'était mis d'accord, c'était une course de nuit ; mais si nous lui donnions 2 lires, il nous laisserait tranquilles. Otto, d'une voix terrifiante : « Le tarif, sinon la police ! » Après quelques cris, quelques recherches, le papier des tarifs apparaît, mais si crasseux que l'on n'y voit rien. Nous nous mettons donc d'accord sur 1 lire 50, et le cocher s'éloigne dans la ruelle, trop étroite pour qu'il fasse demi-tour ; furibond, mais attristé aussi, je crois. Car nous ne nous sommes hélas ! pas conduits comme il faut, on n'a pas le droit de faire une scène pareille en Italie, ailleurs peut-être, pas ici. Mais comment réfléchir à tout cela, pressés comme nous sommes ! Il n'y a rien à se reprocher, on ne peut pas devenir un Italien en une petite semaine de meeting aérien, voilà tout.

Pas question pourtant que les remords nous gâchent le plaisir sur le terrain d'aviation, cela ne ferait que nous en inspirer d'autres, et nous fonçons vers l'aérodrome plus que nous n'y retournons, avec cet enthousiasme dans les membres qui par moments nous envahit tout à coup, les uns après les autres, sous le soleil.

Nous passons devant les hangars qui, derrière leurs rideaux

tirés, ressemblent au théâtre fermé d'une troupe de comédiens ambulants. Leurs frontons portent les noms des aviateurs dont ils tiennent dissimulés les appareils, surmontés chaque fois du drapeau tricolore de leur pays d'origine. Nous lisons les noms de Cobianchi[1], Cagno, Calderara, Rougier, Curtiss, Moncher (qui vient du Trentin, mais affiche les couleurs italiennes auxquelles il fait plus confiance qu'aux nôtres), celui d'Anzani, du Club des Aviateurs romains. Et Blériot ? demandons-nous. Ce Blériot à qui nous n'arrêtons pas de penser, où est Blériot[2] ?

Dans l'enclos devant son hangar, Rougier fait vivement les cent pas, petit homme au nez singulier, en manches de chemise. Il s'active frénétiquement, sans que l'on comprenne bien pourquoi ; il agite les bras et remue les mains, se palpe tout le corps en marchant ; il envoie ses ouvriers derrière le rideau du hangar, les rappelle, disparaît lui-même à l'intérieur en écartant tout le monde sur son passage, tandis que sur le côté, sa femme dans une robe blanche et ajustée, avec un petit chapeau noir très enfoncé sur ses cheveux, regarde droit devant elle dans cette canicule un peu vide, gracieusement appuyée sur ses jambes sous sa courte jupe, comme une commerçante dont la petite tête renferme tous les soucis causés par son négoce.

Devant le hangar voisin, Curtiss est assis tout seul. À travers les rideaux un peu écartés, on aperçoit son appareil ; il est plus grand qu'on ne le dit. Quand nous passons, Curtiss tient droit devant lui le *New York Herald*, et lit une ligne tout en haut d'une page ; nous repassons devant lui une demi-heure plus tard et il en est déjà au milieu de la page ; encore une demi-heure plus tard, il l'a terminée et commence une nouvelle page. Manifestement il n'a aucune intention de voler aujourd'hui.

---

**1.** Mario Cobianchi et Umberto Cagno pilotaient des biplans. Henri Rougier s'éleva à 198 mètres et gagna le « Premio Internazionale di Altezza », le 20 septembre. Glenn Curtiss était aussi constructeur d'avions ; Guido Moncher volait en biplan, Alessandro Anzani construisait des moteurs d'avions aussi pour Blériot. En tout s'affrontaient 5 Français et 8 Italiens ainsi que l'Américain Curtiss. *Cf.* H. Binder : *Kafka-Kommentar*, *op. cit.*, p. 75.
**2.** Louis Blériot (1872-1936), constructeur d'avions depuis 1903, avait traversé la Manche peu auparavant, le 25 juillet 1909.

Nous nous retournons et considérons le vaste terrain. Il est tellement grand que tout ce qui s'y trouve a l'air d'être abandonné : la perche des records tout près de nous, le mât de signalisation beaucoup plus loin, la catapulte de départ quelque part sur la droite ; une automobile du comité, avec son fanion jaune dressé dans le vent, décrit un arc de cercle sur le terrain, s'immobilise au milieu de sa propre poussière, puis repart.

C'est un désert artificiel que l'on a installé ici, dans un pays quasi tropical, et on y trouve assemblées la grande aristocratie italienne, d'élégantes Parisiennes et mille autres personnes, venues scruter pendant plusieurs heures ce désert ensoleillé, en plissant les yeux. Il n'y a en ce lieu aucune des distractions que l'on trouve d'ordinaire sur les terrains de sport. Il y manque les jolies haies des hippodromes, les lignes blanches dessinées sur les courts de tennis, le gazon bien tondu des terrains de football, l'incessant va-et-vient sur les pistes maçonnées des courses automobiles ou cyclistes. Il y a seulement, une ou deux fois dans l'après-midi, un passage de cavalerie [1] en tenue colorée qui traverse la plaine au trot. Dans la poussière, on ne voit pas le pied des chevaux, et jusqu'à quatre heures de l'après-midi la lumière du soleil reste égale à elle-même. Pour que rien ne perturbe le spectacle de cette plaine, il n'y a pas non plus de musique ; seuls les coups de sifflet lancés par la foule massée sur les places bon marché peuvent satisfaire les oreilles avides et calmer les impatients. Mais depuis les places chères, dans les tribunes qui sont derrière nous, cette population se confond sans doute entièrement avec la plaine déserte.

À un endroit devant la barrière en bois, beaucoup de gens sont attroupés « Que c'est petit ! » s'écrie-t-on dans un groupe français, avec une sorte de soupir. Que se passe-t-il ? Nous nous frayons un passage. Et voilà que sur le terrain se trouve là, tout près, avec sa vraie couleur un peu jaune, un petit aéroplane que l'on prépare pour le départ. À présent, nous apercevons

---

**1.** Dans son article à lui, (*Flugwoche in Brescia*, « Semaine d'aviation à B. »), Max Brod précise que ce sont des lanciers milanais.

aussi le hangar de Blériot et, juste à côté, celui de son élève Leblanc[1], construits au milieu du terrain. Appuyé contre l'une des ailes de son appareil et aussitôt reconnu, voici Blériot, la tête bien plantée sur le cou, les yeux fixés sur les manœuvres de ses mécaniciens qui s'affairent sur le moteur.

Un ouvrier saisit une des pales d'une hélice pour la mettre en route et tire dessus ; cela produit un sursaut, on entend quelque chose comme la respiration d'un homme vigoureux qui dort ; mais l'hélice ne reste pas en mouvement. On essaie à nouveau, on essaie dix fois de suite ; parfois l'hélice s'arrête immédiatement, parfois elle consent à faire quelques tours. C'est à cause du moteur. On se remet au travail, les spectateurs se lassent plus vite que les principaux intéressés. On graisse le moteur de toutes parts ; on desserre et on serre plus fort d'invisibles écrous ; un des hommes part en courant chercher une pièce dans le hangar ; mais elle ne convient pas ; il y retourne aussitôt et, accroupi sur le sol, il la coince entre ses jambes pour la travailler au marteau. Blériot change de place avec un des mécaniciens, et celui-ci avec Leblanc. C'est tantôt l'un, tantôt l'autre qui tire sur l'hélice. Mais le moteur ne veut rien savoir, comme un élève qu'on aide sans arrêt : toute la classe lui souffle, mais non, il n'y arrive pas, chaque fois il reste en plan, il s'arrête au même endroit, se bloque. Blériot reste assis un petit moment sur son siège sans rien dire ; ses six mécaniciens restent immobiles autour de lui ; on dirait qu'ils rêvent, tous.

Les spectateurs peuvent souffler un peu et regarder ailleurs. La jeune épouse de Blériot, avec son visage maternel, s'approche suivie de ses deux enfants. Si son mari ne peut pas voler, elle est contrariée et quand il est dans les airs, elle a peur ; en outre, sa belle robe est un peu lourde, par la température qu'il fait.

De nouveau on essaie de lancer l'hélice, peut-être mieux qu'auparavant, mais ce n'est pas certain ; le moteur démarre à

---

**1.** Alfred Leblanc, aviateur indépendant à partir de décembre 1909.

grand bruit, comme si ce n'était plus le même ; quatre hommes retiennent l'arrière de l'appareil, et dans l'atmosphère immobile qui l'entoure, l'air projeté par l'hélice en mouvement fouette par à-coups les tabliers des mécaniciens. On n'entend pas un mot, seul le bruit de l'hélice semble donner des ordres ; puis huit mains lâchent l'appareil, qui s'élance et court un long moment sur les mottes de terre, comme un homme malhabile sur un plancher.

On procède à plusieurs essais de ce genre, et tous se terminent sans qu'on l'ait voulu. À chaque fois, le public cherche à se redresser : on grimpe dans les fauteuils de rotin et l'on étend les bras, à la fois pour se maintenir soi-même en équilibre, et pour manifester son espoir, ses craintes et sa joie. Durant les pauses, la bonne société des aristocrates italiens se promène le long des tribunes. On se salue, on se fait la révérence, on se reconnaît, parfois on s'embrasse, on monte les escaliers vers les tribunes, on les redescend. On se montre la princesse Laetitia Savoïa Bonaparte, la princesse Borghese [1], une dame assez âgée dont le visage a le jaune foncé de certains raisins, et la comtesse Morosini. On aperçoit Marcello Borghese près de toutes les dames et auprès d'aucune ; de loin il semble avoir un visage aisé à comprendre, mais de près, ses joues se resserrent de façon très étrange au-dessus de ses lèvres. Gabriele d'Annunzio [2], petit et frêle, s'agite en prenant un air timide devant le comte Oldofredi [3], l'un des messieurs les plus influents du comité. Depuis la tribune, le visage expressif de Puccini [4] regarde au-delà de la barrière, avec un nez que l'on pourrait décrire comme celui d'un ivrogne.

Mais on n'aperçoit ces personnes que si on les cherche ; autrement on ne voit partout, et relativisant tout, que la silhouette

1. Âgée de 41 ans, la princesse Bonaparte était l'épouse du duc d'Aoste ; la princesse Borghese avait alors 61 ans.    2. L'écrivain (1863-1938) vivait alors à Salo, au bord du lac de Garde.    3. Sculpteur (1840-1919) et directeur de l'Accademia Albertina de Turin, qui organisait le meeting.    4. (1858-1924) ; Max Brod décrit avec émotion et plus longuement ce compositeur dont « les inventions l'ont souvent sauvé, telle une aide divine ».

élancée des dames à la mode. Elles préfèrent marcher que rester assises, car être dans un fauteuil ne convient guère à leurs vêtements. Les visages, voilés comme en Asie, restent plongés dans un certain clair-obscur. La robe, dont le buste est vague, donne à l'ensemble de leur silhouette quelque chose d'hésitant, vu de dos ; et cela produit une impression un peu mêlée et inquiétante, que de telles dames paraissent hésitantes ! Le corset continue très bas, d'une manière presque incompréhensible ; la taille paraît plus ample que d'ordinaire, tant le reste est mince ; pour prendre une pareille femme dans ses bras, il faut la saisir sous la taille.

On n'avait montré jusqu'ici que l'appareil de Leblanc. Mais voici celui avec lequel Blériot a survolé la Manche ; personne ne l'a annoncé, mais tout le monde le sait. Après un long moment, Blériot est dans les airs ; on distingue son buste très droit au-dessus des ailes, et ses jambes qui descendent assez bas, faisant comme partie de l'appareil. Le soleil, qui a baissé, illumine à travers la verrière des tribunes le vol plané de ces ailes. Tous regardent vers Blériot, fascinés ; dans leurs cœurs, rien d'autre n'a de place. Il fait un petit tour dans les airs, puis il se présente presque exactement au-dessus de nous. Tout le monde se dévisse le cou pour regarder le monoplan qui oscille, mais bientôt, repris en main par Blériot, arrive à s'élever. Au fait, que se passe-t-il ? Là-haut, à 20 m au-dessus de la terre, il y a un être humain, prisonnier d'une construction de bois, qui se défend contre un danger invisible, mais qu'il affronte de son plein gré. Et nous, en contrebas, restons debout, refoulés à l'arrière-plan, nous n'existons pas, nous regardons cet homme.

Tout se passe bien. Le mât de signalisation [1] indique à la fois que le vent est meilleur et que Curtiss va s'envoler pour disputer le Grand Prix de Brescia. Il a donc changé d'avis ? À peine apprend-on cette nouvelle que déjà le moteur de Curtiss vrombit, et à peine cherche-t-on à le voir que déjà il s'envole au

---

1. On y transmettait avec des fanions et des ballons, selon un code annoncé dans le guide officiel du meeting, les informations sur les vols, les appareils, les pilotes, etc.

loin ; il survole la plaine, de plus en plus vaste sous ses yeux, en direction des forêts là-bas, qui d'un seul coup semblent s'élever dans les hauteurs. Il survole longuement les arbres, puis disparaît ; nous regardons les forêts, sans plus le voir, lui. Derrière des maisons, Dieu sait où, il resurgit à la même altitude qu'auparavant, il fonce droit vers nous ; quand il s'élève, on voit s'assombrir et s'incliner les faces inférieures de son biplan ; quand il descend, les surfaces supérieures étincellent sous le soleil. Il s'approche du mât de signalisation, qu'il contourne sans s'occuper du vacarme des acclamations, puis repart exactement dans la direction d'où il vient d'arriver, redevenant très vite minuscule et solitaire. Il effectue cinq tours de ce genre, parcourant 50 km en 49' 24'', et gagne ainsi le Grand Prix de Brescia, 30 000 lires. C'est une performance accomplie — donc une de celles qui ne sauraient être récompensées, chacun au fond se sentant capable d'en accomplir de pareilles, comme si les performances accomplies n'exigeaient aucun courage. Et tandis qu'au loin Curtiss s'active, tout seul au-dessus des forêts, et que sa femme, bien connue de tous, s'inquiète pour lui, la foule l'a presque oublié. On ne fait partout que se plaindre parce que Calderara ne volera pas (son appareil s'est brisé), parce que Rougier depuis déjà deux jours passe tout son temps à bricoler son avion Voisin, et que Zodiaque, le dirigeable italien, n'est toujours pas arrivé. Sur l'accident arrivé à Calderara circulent des rumeurs tellement glorieuses que l'on est porté à penser que l'amour de ses compatriotes sera certainement plus efficace pour le faire remonter dans les airs que son avion Wright [1].

Curtiss n'a pas encore terminé son vol que déjà, comme mus par l'enthousiasme, les moteurs commencent à tourner dans trois hangars. Les courants de vent et de poussière se croisent dans tous les sens. Deux yeux ne suffisent pas. On se tourne

---

**1.** L'avion Voisin, désigné ci-dessus, était un biplan de conception peu efficace ; le dirigeable Zodiaque ne vola pas avant le 15 septembre ; quant à Orville Wright, il commença ses exhibitions aériennes à Berlin, Tempelhof, le 4 septembre 1909.

sur son siège, on tangue, on se retient en s'appuyant sur quelqu'un, on lui demande pardon ; puis c'est un voisin qui tangue, vous entraîne de son côté, vous remercie. En Italie, le soir tombe tôt, l'automne ; sur le terrain, on ne distingue plus très bien les choses.

Au moment précis où Curtiss revient de son vol triomphal, et où, sans regarder le public, il soulève son bonnet avec un fin sourire, Blériot attaque un petit vol en rond, dont tout le monde sait d'avance qu'il le réussira ! On ne sait pas si l'on acclame Curtiss ou Blériot, ou bien déjà Rougier, dont le grand et pesant appareil s'élance à présent dans les airs. Rougier assis devant ses commandes ressemble à un monsieur installé devant un bureau auquel mènerait une petite échelle placée derrière. Il s'élève par petites boucles, vole au-dessus de Blériot, dont il fait son spectateur, et sans cesse il continue à monter [1].

Si nous voulons encore trouver une voiture, il est grand temps de partir ; beaucoup de gens se pressent déjà vers la sortie. On sait en effet que ce vol est expérimental ; comme il est déjà presque 7 heures, il ne sera plus pris en compte officiellement. Devant le bâtiment de l'aérodrome, chauffeurs et domestiques sont assis à leurs places et gesticulent en montrant Rougier ; devant l'aérodrome, les cochers sont debout dans les nombreuses voitures stationnées un peu partout et gesticulent en montrant Rougier ; trois trains pleins à craquer restent sur place, à cause de Rougier. Nous trouvons par bonheur une voiture, le cocher vient se mettre juste devant nous (il n'y a pas de siège pour lui), et nous partons, ayant enfin retrouvé une existence autonome. Max remarque, de façon fort pertinente, que l'on pourrait organiser ce genre de chose à Prague, et qu'on devrait le faire. Pas nécessairement un concours d'aviation, selon lui, encore que cela vaudrait aussi la peine ; d'ailleurs il ne serait sans doute pas très difficile d'inviter un aviateur, et tous les participants s'en féliciteraient. Ce serait simple, en effet : Wright vole aujourd'hui à Berlin, prochaine-

---

1. Il atteignit alors 117 m.

ment Blériot ira voler à Vienne, et Latham à Berlin. Il faudrait donc seulement convaincre ces gens de faire ce petit détour. Nous ne répondons rien, nous autres, étant primo trop fatigués et n'ayant secundo rien à objecter. La route tourne, et Rougier semble être si haut que sa position, semble-t-il, ne pourra bientôt plus se définir que par rapport aux étoiles, qui ne vont pas tarder à apparaître dans le ciel qui déjà s'assombrit. Nous n'arrêtons pas de nous retourner ; Rougier continue à monter, tandis que notre route à nous descend de plus en plus définitivement vers la Campagna.

# UN ROMAN DE LA JEUNESSE [1]

Felix Sternheim : *L'Histoire du jeune Oswald*,
éditions Hyperion, Hans von Weber, Munich, 1910.

Qu'il le veuille ou non, c'est un livre fait pour rendre heureux les gens jeunes.

Il faut peut-être que le lecteur, en se lançant dans ce roman par lettres, devienne un peu naïf, car un lecteur ne peut pas s'épanouir si dès le départ et d'un seul coup on l'oblige à garder ses yeux baissés sur le cours invariable d'un unique sentiment. C'est peut-être d'ailleurs à cause de cette naïveté que le lecteur verra précisément lui apparaître dans ce début, avec l'évidence de l'aurore, les faiblesses de l'auteur : un vocabulaire limité, hanté par l'ombre de Werther, fatigue et éprouve ses oreilles de ses sempiternels « doux » et de ses invariables « délicieux ». Ravissement toujours nouveau et dont la plénitude jamais ne faiblit, mais qui, n'ayant le plus souvent d'autre subsistance que verbale, parcourt chaque page sans vivre.

Si pourtant le lecteur s'y acclimate, s'il trouve un lieu préservé dont le sol vibre au même rythme que le sol de l'histoire, il n'a plus aucun mal à comprendre que la forme épistolaire de ce roman a presque plus besoin de l'auteur que l'inverse. Le

1. Ce compte rendu parut dans le quotidien pragois germanophone *Bohemia*, nº 16, édition du matin, le 16 janvier 1910, dans le supplément du dimanche.

roman par lettres permet de décrire une évolution rapide à partir d'un état durablement installé, sans que ce rapide changement en devienne moins rapide ; il permet de suggérer un état durable à travers un brusque cri, et sans faire disparaître sa permanence. Il autorise sans inconvénient à suspendre une évolution, car dans le temps où cet homme, dont l'excitation justifiée nous touche, écrit ses lettres, les puissances fatidiques le ménagent, les rideaux restent tirés ; et lui, le corps tout apaisé, laisse courir calmement sa plume sur son papier à lettre. Il écrit la nuit, dans un demi-sommeil ; et plus ses yeux sont grands ouverts, plus ils se ferment vite. Il écrit deux lettres d'affilée, à deux correspondants différents, et en écrivant la seconde il ne songe qu'au premier. Il écrit des lettres le soir, pendant la nuit ou bien au lever du jour, et son visage du matin, qui se détourne de celui de la nuit, déjà méconnaissable, regarde encore en face et avec sympathie son visage du soir. Les mots « Ma chère Gretchen, ma très chérie ! », surgis à la dérobée entre deux longues phrases, les refoulent toutes deux par surprise, et conquièrent ainsi leur liberté.

Et nous quittons tout, la gloire, la poésie, la musique ; tels que nous sommes, nous nous perdons dans cette campagne estivale où les champs et les prés, « comme dans le pays hollandais, sont parcourus par de minces canaux sombres » et où, dans la compagnie de grandes jeunes filles, de petits enfants et d'une femme avisée, Oswald tombe amoureux de Gretchen, tandis que crépite le tic-tac de courtes répliques. Cette Gretchen prend vie au lieu le plus profond du roman ; de tous les côtés et sans cesse nous avançons vers elle. Même Oswald, il arrive par moments que nous le perdions de vue, mais pas elle ; jusque parmi les rires les plus bruyants de son petit cercle, nous la distinguons toujours comme à travers un bosquet. Mais à peine est-elle devant nous, avec sa silhouette simple, que nous sommes trop près d'elle et ne parvenons déjà plus à la voir ; à peine la sentons-nous toute proche que déjà nous sommes arrachés à elle et l'apercevons, toute petite, au loin. « Elle appuyait sa petite tête sur la balustrade de bouleau, si bien que la lune n'éclairait qu'à demi son visage. »

Le cœur rempli d'admiration pour cet été — qui oserait dire, ou plutôt, qui oserait se livrer à la démonstration facile qu'à partir de là ce livre court à sa perte, et avec lui le héros, l'amour, la fidélité et tout ce qu'il y a de meilleur, tandis que seul triomphe le talent poétique du héros, une donnée certes incontestable, mais seulement parce qu'elle laisse indifférent ? Ainsi, plus il approche de la fin, plus le lecteur souhaite retrouver cet été du début, et finalement, au lieu de suivre le héros sur le rocher de son suicide, il se replonge avec délices dans cet été, et son plus vif désir est d'y rester à jamais.

# UNE REVUE DÉFUNTE [1]

À demi sous la contrainte et à demi de son plein gré, la revue *Hyperion* vient de cesser son activité, et la série de ses douze cahiers blancs, grands comme des dalles de pierre, ne se poursuivra pas. Pour en rappeler le souvenir ne subsistent que les deux *Almanach Hyperion* de 1910 et de 1911 que le public s'arrache, comme les plaisantes reliques d'un mort peu accommodant. Franz Blei en était le rédacteur en chef, cet homme admirable que la diversité de ses talents plonge au cœur de la littérature la plus riche, sans qu'il parvienne cependant à s'exprimer librement ni à se maintenir, c'est pourquoi il s'en échappe, avec une énergie toujours renouvelée, pour fonder des revues. L'éditeur en était Hans von Weber, dont la firme ne fit d'abord qu'un avec *Hyperion*, mais qui aujourd'hui, sans se cacher dans les marges de la littérature ni pavoiser non plus en annonçant des programmes généraux, est devenue l'une des maisons d'édition allemandes les plus clairvoyantes.

L'intention des fondateurs d'*Hyperion* était, dans le paysage des revues littéraires, de combler une lacune que la revue *Pan* avait la première repérée et que l'*Insel* avait ensuite tenté de pallier, mais qui apparemment persistait. Ce fut la première erreur commise par *Hyperion*. Jamais certes revue littéraire ne commit plus respectable erreur. En son temps, *Pan* avait fait à l'Allemagne la grâce

---

1. Article publié dans le quotidien pragois *Bohemia*, le 19 mars 1911, dans le supplément du dimanche, édition du matin.

de l'effrayer en réunissant les principales énergies existantes, et en renforçant les unes par les autres. Par la flatterie, alors qu'au fond elle ne reposait pas sur la même nécessité, l'*Insel* s'en forgea une, mais de nature inférieure. *Hyperion* n'en avait aucune. Cette revue existait pour offrir un espace vaste et vivant à ceux qui hantaient les marges de la littérature ; mais jamais elle ne leur agréa, et au fond ils n'en voulaient pas. Les gens que leur tempérament maintient à l'écart de la communauté ne peuvent pas sans dommage figurer régulièrement dans une revue où, au milieu d'autres textes, ils ne peuvent que se sentir placés pour ainsi dire sous les feux de la rampe, et apparaître encore plus singuliers qu'ils ne sont ; ils n'ont aucun besoin non plus d'être défendus, car l'incompréhension ne peut pas les atteindre, et la sympathie les trouve partout. Nul besoin non plus d'être soutenus, car s'ils veulent rester véridiques, ils ne peuvent se nourrir que d'eux-mêmes, et l'on ne peut pas les aider sans avoir commencé par leur nuire. Si donc pour *Hyperion* n'existait pas la possibilité, comme pour les autres revues, de faire exister, de défendre, de rassembler et de soutenir, il lui fut de surcroît impossible d'éviter quelques regrettables écueils : un rassemblement d'écrivains comme celui que constituait *Hyperion* appelle les déclarations mensongères, sans pouvoir vraiment se défendre ; en revanche, quand les meilleurs éléments de l'art et de la littérature trouvaient place dans la revue, ils étaient loin de faire toujours l'unanimité, et en tout cas ils n'y connaissaient pas un franc succès, qui leur serait resté inaccessible ailleurs. Pourtant, ces diverses difficultés n'ont pas empêché que durant deux années on se soit délecté d'*Hyperion*, car on oubliait tout, séduit par la tentative ; mais la revue elle-même ne put que subir de plein fouet le contrecoup de ces difficultés. Son souvenir cependant ne disparaîtra pas, et pour la simple raison que personne, dans la génération suivante, n'aura assez de volonté, de force, de sens du sacrifice ni d'enthousiasme aveugle pour se lancer à nouveau dans une entreprise comparable ; c'est pourquoi *Hyperion*, gravé dans nos mémoires, échappe déjà de plus en plus à l'hostilité, et sera dans dix ou vingt ans pour les bibliographes un véritable trésor.

# TOUT LE CHAMP DES POSSIBLES

Le titre de *Description d'un combat* est de Kafka. Mais il ne figure que sur le premier manuscrit. Pour le second, qui n'en porte pas, il est plutôt à désigner par son *incipit : «Vers minuit... »* [1] Quel que soit le manuscrit en revanche, le lecteur découvre un récit compliqué, onirique, nocturne, bourré de souvenirs, d'éléments clairement autobiographiques, qui date de l'amitié avec Oskar Pollak. C'est miracle que nous puissions encore le lire dans ses deux états — grâce à Max Brod, une fois de plus.

Il publie pour la première fois *Description d'un combat* en 1936. Et raconte à cette occasion une histoire à la fois précise et incertaine, pour cause de mémoire défaillante. Ce qui en ressort le plus nettement, c'est qu'il y a eu échange de manuscrits, mais tous de Kafka : la *Description* est rendue en échange du *Procès* ! Plus tard, Max Brod aurait de nouveau reçu les deux manuscrits de ce premier long récit (à sa connaissance du moins), en guise de remerciements pour divers services amicaux. Mais ni la date ni les services ne sont précisés. Par la suite, Brod aurait tout oublié, et cru perdue la *Description*. Et c'est en 1935 qu'en rangeant à fond sa bibliothèque il aurait retrouvé les manuscrits, dans un dossier manifestement consacré à Franz Kafka, l'ami vénéré. Le vrai est quelquefois peu vraisemblable !

Toujours est-il que les deux manuscrits ont appartenu à Max Brod personnellement. Il les légua à Ilse Esther Hoffe, sa dernière compagne. Elle a revendu récemment ces précieuses reli-

---

1. Comme c'est le cas pour le « premier chapitre » du *Procès* (*cf.* p. 753, les Remarques de Roland Reuss).

ques à un collectionneur allemand, ce qui permet à Roland Reuss de les publier en septembre 1999 (après le *Procès* en 1997), dans son édition historico-critique intégrale des écrits de Franz Kafka » en fac-similé, Stroemfeld Verlag/Roter Stern (*cf.* Préface, p. 25). Ainsi les textes authentiques deviennent-ils accessibles, au-delà du cercle des « spécialistes », à tout lecteur intéressé. Décrivons-les donc un peu pour le public français.

Le premier manuscrit est un cahier d'écolier *in-quarto* à couverture noire, dont les pages sont écrites recto verso en caractères gothiques (« Kurrentschrift ») ; le second est en caractères latins, au recto de feuilles séparées. Le premier est donc antérieur à la fin de l'année 1907. C'est en effet durant cette période que Kafka abandonne progressivement l'écriture gothique — entre août 1907 et janvier 1908 —, notamment parce qu'il commence à travailler aux Assicurazioni Generali (au début d'octobre). Les deux manuscrits sont d'une présentation très soignée, avec peu de ratures. Max Brod pense que le premier est achevé, sans pour autant avoir été revu pour la publication. Il estime que le second a été au contraire mis au propre en vue d'une publication, mais qu'il est incomplet. En 1936, il contamine donc les deux manuscrits, pour ne publier qu'une seule *Description d'un combat*. Il ne considère pas qu'il s'agit de deux compositions distinctes, originales. On comprend d'ailleurs d'après ses explications qu'il retient comme principal critère éditorial la nouveauté : comme le public pouvait déjà connaître certains passages publiés du vivant de Kafka — dans la revue *Hyperion* ou dans le recueil intitulé *Betrachtung* (*Contemplation*) —, Max Brod s'efforce de donner un ensemble de textes entièrement inédits. Mais, ce faisant, il ne donne qu'un florilège composé à partir de deux manuscrits apparentés.

Roland Reuss fait valoir (à partir de l'examen précis du cahier *in-quarto* et de la liasse *Vers minuit*) que ce sont deux états très différents : Kafka reprend à la fin de 1907 un de ses vieux manuscrits, commence à le corriger, mais désespère bientôt d'obtenir ainsi un résultat satisfaisant ; il tient cependant à l'idée générale, et décide de le réécrire entièrement. Quand on passe du premier manuscrit au second, on constate en effet que la fantaisie ancienne cède la place à une exigence de vérité et de sobriété ; ainsi le personnage du gros homme — inspiré à Kafka (selon Max Brod) par une gravure japonaise de Hiroshige — disparaît-il. Le jeu (peut-être « puéril et répugnant, mais couronné de succès », comme Kafka en jugera, le 24 janvier 1922 dans son *Journal*) devient recherche, écriture préoccupée d'authenticité, et qui par là se détourne de tout effet trop sensationnel.

Nous donnons donc ici les deux manuscrits à la suite l'un de l'autre, en considérant que ce sont deux ensembles au total fort différents — dans leur composition (voir la Table détaillée en fin de volume) dans leur longueur (le second est plus court d'un tiers), procédant de choix poétiques délibérés, et témoignant clairement de l'évolution du jeune écrivain. Comme dans l'ensemble du présent volume, les traductions nouvelles suivent le texte publié dans l'édition critique dirigée par Malcolm Pasley. La formule de l'édition en fac-similé est, bien sûr, irremplaçable — mais réservée à la langue originale !

La première rédaction (*cf.* pp. 111-157) date des années d'université. L'auteur est un étudiant de vingt ans qui pratique une écriture très autobiographique. Quelques souvenirs anciens sont associés à d'autres, très récents et beaucoup plus nombreux ; la promenade nocturne, en dépit de sa fantaisie, respecte scrupuleusement la topographie de Prague. Le jeune Kafka, même s'il est génial, est encore un « écolier » : il mentionne soigneusement son plan, en trois parties ! Se succèdent, en effet, une promenade plutôt réaliste, une fantaisie onirique, et de nouveau la promenade nocturne, plutôt romantique cette fois. Cette composition très appuyée, voire schématique, se complique cependant par la mise en abyme de quatre récits enchâssés : récit-cadre des jeunes gens en beaux habits, puis récit du gros, récit de l'homme en prière, et récit rudimentaire de l'homme ivre — quatre récits qui se rabattent vivement, pour finir, les uns sur les autres. Et l'on se retrouve sous un réverbère : l'ombre des arbres joue sur la neige. C'est donc en réalité une composition virtuose ! Il est possible que ce soit d'ailleurs grâce à ce texte que Max Brod découvrit que Franz Kafka écrivait lui aussi. Et il faut remarquer que c'est un des rares textes de Kafka où se trouvent des vers...

Le second manuscrit a dû être travaillé après 1908 et jusqu'en 1911. L'auteur élimine les quatre passages déjà publiés dans *Hyperion*. Et surtout il cherche une forme moins ludique : le récit de la promenade nocturne devient linéaire, même s'il n'exclut pas les surgissements oniriques. Telle quelle, cette nouvelle rédaction fait penser aux personnages vagabonds de Robert Walser, que Kafka lit depuis 1907 avec enthousiasme comme l'atteste la correspondance en 1908 et 1909, en particulier à propos de l'*Institut Benjamenta*, roman paru en 1909 sous le titre de *Jacob von Gunten*. La première rédaction orientait davantage vers Hugo von Hofmannsthal, pour la *Lettre de Lord Chandos* (1902), pour « l'odeur des dalles mouillées dans le vestibule », pour la nécessité d'inventer un langage qui donnerait la parole aux choses muettes, avant toute intervention de la conscience.

En tout cas, les deux manuscrits ont en commun l'anecdote de la femme goûtant sur l'herbe. C'est un souvenir d'enfance très vif qui apparaît aussi bien dans la correspondance que dans l'*Histoire de l'homme en prière* ; l'histoire est réclamée, encore une fois, par le gros avant qu'il soit englouti dans le fleuve. Elle se trouve également dans le cahier n° 8 d'*Hyperion* (*cf.* p. 76). *Les Arbres* qui ont été publiés sans titre dans *Hyperion* n° 1 (*cf.* p. 67) ; figurent dans les deux manuscrits ; ils sont aussi dans *Contemplation*, à la pénultième.

Ces deux passages énigmatiques constituent une sorte de noyau originel, actif. Ils témoignent d'un émerveillement et d'un doute. Ils expriment une préoccupation douloureuse, mais donnent aussi une raison d'écrire : tenter de dire les choses telles qu'elles sont, avant qu'elles n'apparaissent à la conscience.

Cela constaté, *Description d'un combat* doit s'entendre comme le combat d'un écrivain doué pour toutes les fantaisies, et qui, le sachant, est d'autant plus soucieux de ne pas sombrer dans le jeu gratuit, le combat d'un écrivain exclusivement préoccupé d'écrire pour être. Le combat décrit est celui de cet homme-là : c'est douloureux, interminable et nécessaire. Les deux manuscrits peuvent être découpés en petits morceaux ; il n'empêche qu'ils sont inséparables, plongés dans un même flux de création ; et même si l'écrivain les a rejetés par la suite, ils continuent de signifier cette tension qu'Oskar Pollak a dû beaucoup renforcer, entre les dons gracieux de la fantaisie et la torture de la vérité.

*Beschreibung* et *Betrachtung* consonent et se répondent en allemand (un peu plus encore qu'en français *Description* et *Contemplation*) : cela aurait pu suggérer depuis longtemps la réalité d'une continuité dans la recherche acharnée de Kafka. En tout cas, comparées aux bribes de textes publiées en 1908-1911, ces deux Descriptions d'un seul Combat donnent déjà largement la mesure de l'écrivain Kafka.

# DESCRIPTION D'UN COMBAT

# « Manuscrit 1 »[1]

> Et les gens en habits se promènent,
> indécis, sur le gravier,
> sous ce grand ciel
> qui s'étend des collines au loin
> jusqu'aux lointaines collines[2].

## I

Vers minuit, déjà, quelques personnes se levèrent, s'inclinèrent, se serrèrent la main, dirent que ç'avait été très bien, puis

1. Cette première version est rédigée en écriture gothique manuscrite
(« Kurrentschrift »), habitude que Kafka abandonna en octobre 1907. On peut
donc considérer qu'elle remonte aux années 1904 à 1906, cf. Binder, op. cit.,
pp. 44-49.  2. Ceci est la 2ᵉ strophe d'un poème « écrit un jour, il y a des
années », indique Kafka en le recopiant dans une lettre à Hedwig Weiler, le
28 août 1907. La 1ʳᵉ strophe disait : « Dans le soleil du soir / Nous sommes
assis, le dos courbé / Sur les bancs, dans la verdure. / Nos bras tombent,
pendants, / Nos yeux se plissent tristement. » La « verdure » renvoie, selon
H. Binder qui cite cette strophe (p. 49), à l'Île-aux-Archers, dont les arbres
s'aperçoivent en amont du pont Charles, et où les Allemands de Prague se
retrouvaient souvent.

franchissant le seuil de la grande porte, passèrent dans le vestibule pour s'habiller. La maîtresse de maison se tenait au milieu
de la pièce et faisait de rapides révérences, tandis que sa robe
se plissait joliment.

Assis à un petit guéridon — il avait trois pieds courbes et
minces —, j'étais en train de siroter mon troisième petit verre
de Bénédictine et, tout en buvant, couvais du regard la petite
provision de gâteaux que j'avais moi-même choisis et soigneusement empilés, car ils avaient un goût délicat.

À cet instant, ma nouvelle connaissance s'approcha de moi et,
souriant d'un air un peu distrait de me voir ainsi occupé, il dit
d'une voix tremblante : « Excusez-moi de me joindre à vous. Mais
jusqu'à présent, j'étais assis seul avec ma petite amie dans une
pièce voisine. Depuis dix heures et demie, ça ne fait pas encore
bien longtemps. Excusez-moi de vous dire cela. Nous ne nous
connaissons même pas. Nous nous sommes rencontrés dans l'escalier, n'est-ce pas, et nous avons échangé quelques paroles
polies, et déjà je vous parle de ma petite amie, mais il vous faut
— je vous en prie — me pardonner, je déborde de bonheur, je
ne pouvais pas m'en empêcher. Et comme je ne connais ici personne d'autre que vous à qui je puisse me confier... »

Il parla ainsi. Je le regardai avec tristesse — car le morceau
de tarte aux fruits que j'avais dans la bouche n'était pas bon —
et dis en regardant son visage joliment coloré : « Je suis heureux de paraître digne de votre confiance, mais je suis triste
que vous me le disiez. Et vous-même — si vous n'étiez pas aussi
troublé —, vous sentiriez comme il est déplacé de parler d'une
jeune fille amoureuse à quelqu'un qui, assis en solitaire, est en
train de boire son schnaps. »

Quand j'eus dit ces mots, il s'assit brusquement, se rejeta en
arrière et laissa pendre ses bras. Puis il les recula et, pliant les
coudes, se mit à monologuer à assez haute voix : « Nous
étions... assis... tout seuls dans la pièce, Annerl et moi, et je l'ai
embrassée... embrassée... je l'ai... embrassée... sur... la bouche,
l'oreille, les épaules... »

Quelques messieurs qui se trouvaient dans les environs, supposant une conversation animée, s'approchèrent de nous en bâillant. Du coup, je me levai et dis à haute voix : « Bon, si vous y tenez, j'y vais, mais il est déraisonnable de vouloir monter sur le mont Saint-Laurent [1], car il fait encore froid, et comme il est tombé un peu de neige, les chemins sont de vraies patinoires. Mais si vous y tenez, je vous accompagne. »

Il me regarda d'abord avec étonnement en ouvrant sa bouche aux lèvres rouges, épaisses et humides. Puis, comme il découvrait les messieurs qui étaient déjà tout près de nous, il rit, se leva et dit : « Je vous assure, la fraîcheur nous fera du bien ; nos vêtements sont imprégnés de chaleur et de fumée ; je suis par ailleurs un peu ivre, sans avoir beaucoup bu ; oui, nous allons prendre congé et nous nous en irons. »

Nous nous dirigeâmes donc vers la maîtresse de maison et, comme il lui baisait la main, elle dit : « Vraiment, je suis contente de voir votre visage aujourd'hui si heureux, il est d'habitude si grave et chagrin. » La bonté de ces paroles le toucha, et il lui baisa encore une fois la main ; elle sourit.

Dans le vestibule, une femme de chambre attendait, c'était la première fois que nous la voyions. Elle nous aida à enfiler nos manteaux et prit ensuite une petite lanterne pour nous éclairer dans l'escalier. Oui, cette jeune femme était belle. Son cou était nu, juste cerclé sous le menton d'un ruban de velours noir, et elle penchait joliment son corps vêtu d'une ample robe, tandis qu'elle nous précédait dans l'escalier, en tenant la lampe vers le bas. Elle avait les joues rouges, car elle avait bu du vin, et les lèvres entrouvertes.

En bas de l'escalier, elle posa la lampe sur une marche, avança d'un pas légèrement chancelant vers mon compagnon, et le prit dans ses bras, et l'embrassa, et resta blottie contre lui. C'est seulement quand je lui eus mis une pièce dans la main

---

1. Le mont Saint-Laurent, ainsi nommé d'après l'église baroque du même nom, domine le quartier de Mala Strana, par où passeront les deux personnages partis des alentours de la place Wenceslas et allant vers la Moldau à travers la Vieille-Ville et sa « Petite » Place.

que, d'un air endormi, elle détacha ses bras, ouvrit lentement le petit portail de la maison et nous laissa partir dans la nuit.

Au-dessus de la rue déserte, uniformément éclairée, une grosse lune brillait dans un ciel parsemé de nuages, ce qui le rendait plus vaste encore. Le sol était recouvert d'une fine couche de neige. Comme le pied glissait en marchant, il fallait faire de petits pas.

Nous étions à peine dehors que je me mis à manifester une franche allégresse. Je levais joyeusement les jambes et, pour m'amuser, faisais craquer mes articulations, je criais dans la rue un nom comme si, à l'angle de celle-ci, un ami venait de m'échapper, je jetais mon chapeau en l'air dans un bond et le rattrapais en faisant le malin.

Mon compagnon, lui, marchait avec indifférence à mes côtés. Il tenait la tête baissée. Il ne parlait pas non plus.

Cela m'étonna, car je m'étais imaginé que sa joie éclaterait une fois qu'il n'aurait plus la compagnie autour de lui ; je me calmai. Je venais juste de lui donner une tape dans le dos pour l'encourager quand, la honte me prenant, je retirai ma main avec maladresse. Comme elle était devenue inutile, je la fourrai dans la poche de mon pardessus.

Nous marchions donc en silence. Je faisais attention au bruit de nos pas et n'arrivais pas à comprendre pourquoi il m'était impossible de marcher du même pas que mon compagnon. Cela m'irritait un peu. La lune était claire, on y voyait bien. Çà et là, appuyé à l'encadrement d'une fenêtre, quelqu'un nous regardait.

Quand nous arrivâmes dans la rue Ferdinand[1], je m'aperçus que mon compagnon commençait à fredonner une mélodie ; tout bas certes, mais je l'entendais fort bien. Je trouvais cela vexant pour moi. Pourquoi ne me parlait-il pas ? S'il n'avait pas besoin de moi, pourquoi ne m'avait-il pas laissé tranquille. Je me souvins, avec déplaisir, des bonnes choses sucrées que, à

---

**1.** Aujourd'hui Narodni třida, cette longue rue débouche sur le Moldau-quai (*Mazarykovo Namesti*) au niveau du pont François (*Most Legii* aujourd'hui), dédié en 1901 à l'empereur François-Joseph.

cause de lui, j'avais abandonnées sur mon petit guéridon. Je me souvins aussi de la Bénédictine et recouvrai un peu de gaieté, pour ne pas dire d'arrogance. Je mis les mains sur les hanches et m'imaginai que je me promenais en toute indépendance. J'avais été en société, j'avais sauvé du ridicule un jeune homme ingrat et je me promenais maintenant au clair de lune. Un mode de vie débridé à force de naturel. Toute la journée au bureau, le soir en société, la nuit dans les rues, et rien de façon excessive.

Pourtant, mon compagnon me suivait toujours, il pressa même le pas quand il s'aperçut qu'il était resté en arrière et fit comme si la chose était naturelle. Je me demandais quand même s'il n'était pas judicieux, peut-être, de m'engager dans une rue latérale, vu que, en somme, je n'étais pas tenu de faire cette promenade en sa compagnie. Je pouvais rentrer seul chez moi et nul n'avait le droit de m'en empêcher. Dans ma chambre, j'allumerais la lampe à monture de fer posée sur la table, je m'assiérais dans mon fauteuil qui est sur le tapis d'Orient déchiré. — À cet endroit de ma réflexion, je fus pris de cette faiblesse qui m'envahit chaque fois qu'il me faut songer à rentrer chez moi et à y passer à nouveau des heures tout seul entre mes murs bien peints, allongé sur le plancher qui, dans le miroir à cadre doré pendu derrière moi, paraît incliné. Mes jambes se fatiguaient, et déjà j'étais décidé à rentrer de toute façon à la maison et à me mettre au lit quand je fus pris d'un doute : fallait-il ou non, au moment de partir, que je salue mon compagnon. Mais j'étais trop timide pour m'en aller sans le faire, et trop faible pour le saluer en criant à haute voix, c'est pourquoi je m'arrêtai une nouvelle fois, m'appuyai au mur d'une maison éclairée par la lune et attendis.

Mon compagnon s'approchait d'un pas joyeux, quoique sans doute légèrement préoccupé. Il se lança dans de grands gestes, cligna des paupières, leva les bras en l'air à l'horizontale, redressa avec énergie sa tête surmontée d'un chapeau melon noir, et sembla vouloir montrer, par tout cela, qu'il savait fort bien apprécier la plaisanterie que j'exécutais ici pour le distraire.

J'étais embarrassé et dis à voix basse : « Cette soirée est amusante. » Sur ces mots, je tentai de rire sans y parvenir. Il répondit : « Oui, et vous avez vu comme la femme de chambre m'a elle aussi embrassé. » J'étais incapable de parler car j'avais la gorge pleine de larmes, j'essayai donc de souffler à la manière d'un cor de postillon pour ne pas rester muet. Il commença par se boucher les oreilles, puis me secoua la main droite en signe de bienveillante reconnaissance. Elle devait être froide au toucher, car il la lâcha aussitôt et dit : « Votre main est très froide, les lèvres de la femme de chambre étaient plus chaudes, oh oui. » J'acquiesçai d'un signe de tête. Mais tout en priant le bon Dieu de me donner de la fermeté, je dis : « Oui, vous avez raison, nous allons rentrer chez nous, il est tard et demain matin je dois être au bureau ; songez que si l'on peut y dormir, ce n'est pas l'idéal. Vous avez raison, nous allons rentrer à la maison. » Sur ces mots, je lui tendis la main comme si l'affaire était définitivement réglée. Mais il reprit ma proposition à son compte, avec un sourire : « Oui, vous avez raison, une nuit pareille ne saurait se passer à dormir dans un lit. Songez donc à toutes ces heureuses pensées que l'on étouffe sous la couverture quand on est seul dans son lit, et à tous ces rêves malheureux qu'avec celle-ci l'on y réchauffe. » Et mis en joie par cette idée, il m'attrapa avec vigueur par le revers de mon habit à la hauteur de la poitrine — il n'arrivait pas plus haut — et me secoua avec bonne humeur ; puis il plissa les yeux et dit sur le ton de la confidence : « Vous savez comment vous êtes... vous êtes drôle. » Là-dessus, il se remit en route et je le suivis sans m'en rendre compte, occupé que j'étais de ses paroles.

Je commençai par être heureux, car cela semblait révéler qu'il supposait en moi quelque chose qui, bien sûr, n'y était pas, mais qui, du fait qu'il le supposait, suscitait chez lui du respect pour moi. C'est le genre de relation qui me rend heureux. J'étais content de ne pas être rentré chez moi, et mon compagnon acquit à mes yeux le prix de quelqu'un qui me fait valoir devant les gens, sans que je sois d'abord obligé de gagner cette valeur ! Je regardais mon compagnon avec les yeux de l'amour. Je m'imaginais le protégeant des dangers, en particulier des rivaux et des hommes jaloux. Sa vie me devenait plus précieuse que la mienne. Je trouvais que son visage était beau, j'étais fier de sa chance auprès des dames et je prenais ma part des baisers que les deux jeunes femmes lui avaient donnés ce soir-là. Oh, que cette soirée était amusante ! Demain, mon compagnon conversera avec Mlle Anna ; de choses banales pour commencer, comme il se doit, mais tout à coup il dira : « Hier, dans la nuit, j'étais avec une personne comme tu n'en as, ma chère Annerl, sûrement encore jamais vue. Il a l'air — comment dois-je le décrire —, il a l'air d'une perche qui se balance et au bout de laquelle on a planté, de manière un peu maladroite, un crâne à la peau jaunâtre et aux cheveux noirs. Son corps est tapissé d'une multitude de bouts d'étoffe, assez petits, aux couleurs criardes et jaunâtres, qui, hier, le recouvraient complètement, car dans cette nuit sans vent, ils restaient plaqués contre lui. Il marchait timidement à mes côtés. Oh, ma chère Annerl, toi qui sais si bien embrasser, je sais que tu aurais un peu ri et que tu aurais eu un peu peur, mais moi dont l'âme est toute papillonnante d'amour pour toi, j'étais content de sa présence. Il est peut-être malheureux, et c'est pour cela qu'il se tait, mais pourtant on se trouve près de lui dans une inquiétude heureuse et qui n'en finit pas. Hier, je ployais vraiment sous mon propre bonheur et je t'aurais presque oubliée. Il me semblait qu'à chaque inspiration de sa maigre poitrine la robuste voûte du ciel étoilé se soulevait. L'horizon s'ouvrait en deux et, sous des nuages enflammés, des paysages infinis apparaissaient, de ceux qui nous rendent heureux — Mon Dieu, Annerl, comme je t'aime, et ton baiser m'est plus cher qu'un paysage. Ne parlons plus de lui et aimons-nous. »

Comme nous arrivions à petits pas sur le quai, mon compagnon et moi, je lui enviai ses baisers en ressentant avec une certaine joie la honte secrète qu'il ne pouvait manquer d'éprouver à mon égard, vu le jour sous lequel je lui apparaissais.

J'en étais là. Mais, à cet instant, mes pensées s'embrouillèrent, car la Moldau et le quartier en face, sur l'autre rive, étaient dans une unique obscurité. Seules quelques lumières brillaient et jouaient avec les yeux qui les regardaient.

Nous étions près du garde-corps. Je mis mes gants, car un vent froid montait de l'eau, puis je soupirai sans raison, comme on aime à le faire, la nuit, au bord d'un fleuve, et voulus continuer mon chemin. Mais mon compagnon regardait dans l'eau et restait immobile. Puis il s'approcha encore davantage du garde-corps, posa ses coudes sur le fer et se prit le front à deux mains. Cela me parut insensé. J'étais gelé et relevai le col de mon pardessus. Mon compagnon s'étira et, s'appuyant sur ses bras tendus, il passa le buste par-dessus le garde-corps. Confus, je m'empressai de parler pour étouffer un bâillement. « Il est étrange, n'est-ce pas, que la nuit soit seulement capable de nous plonger complètement dans les souvenirs. Maintenant, par exemple, je me souviens de ceci : une fois, j'étais assis sur un banc au bord d'un fleuve, dans une posture tout de travers. La tête posée sur le bras, lui-même appuyé sur le dossier en bois, je regardais les montagnes qui, sur l'autre rive, ressemblaient à des nuages, et j'entendais la délicate musique d'un violon dont quelqu'un jouait à l'hôtel du Rivage. Sur les deux rives, des trains glissaient dans les deux sens, avec leur panache de fumée lumineuse. » — Je parlais ainsi, tout en cherchant désespérément à inventer derrière ces mots des histoires d'amour avec des situations étranges ; il n'était pas non plus interdit d'y mettre un peu de brutalité et carrément du viol.

Mais j'avais à peine formulé les premiers mots que mon compagnon, indifférent et simplement surpris de me voir encore là — me sembla-t-il —, se tourna vers moi et me dit : « Vous voyez, c'est toujours comme ça que les choses arrivent. En descendant aujourd'hui l'escalier pour faire encore une petite promenade avant de me rendre à la soirée, je m'étonnais en voyant mes mains rougeâtres ballotter dans mes manchettes blanches et ce, avec une gaieté inaccoutumée. Je m'attendis alors à des aventures. C'est toujours comme ça que les choses arrivent. » Il avait déjà repris sa marche et dit ces mots négligemment, comme une simple remarque.

Mais j'en fus très ému et je me sentis gêné à l'idée que, peut-être, ma longue silhouette, à côté de laquelle il paraissait peut-être petit, pût lui être désagréable. Et cette question, bien qu'après tout il fît nuit et que nous ne rencontrions presque personne, m'obséda tant que je courbai le dos au point qu'en marchant mes mains touchaient mes genoux. Mais pour que mon compagnon ne s'aperçût pas de mon intention, je ne modifiai ma démarche que progressivement et avec grande prudence, et cherchai à détourner de moi son attention par des remarques sur les arbres de l'Île-aux-Archers et le reflet dans le fleuve des réverbères du pont. Mais, faisant soudain volte-face, il tourna son visage vers moi et dit d'un air indulgent : « Pourquoi marchez-vous ainsi ? Vous voilà tout voûté et presque aussi petit que moi ! »

Comme il avait dit cela avec bonté, je répondis : « C'est possible. Mais cette position m'est agréable. J'ai une santé assez délicate, vous savez, et j'ai beaucoup de mal à me tenir droit. Ce n'est pas rien ; je suis très long... »

Il dit, un peu méfiant : « Mais ce n'est qu'un caprice. Tout à l'heure, vous marchiez très droit, je crois, et en société vous vous teniez plutôt bien. Vous avez même dansé, si je ne me trompe ? Non ? En tout cas vous marchiez droit, et donc vous le pouvez encore. »

Je répondis en m'obstinant et en protestant de la main : « Oui, oui, je marchais droit. Mais vous me sous-estimez. Je connais les bonnes manières, et c'est pourquoi je marche voûté. »

Mais la chose ne lui parut pas simple et, troublé par son bonheur, il ne comprit pas la cohérence de mes paroles et se contenta de dire : « C'est comme vous voulez », en levant les yeux vers l'horloge de la Tour-du-Moulin qui déjà marquait presque une heure.

Je me dis alors : « Comme cet homme est sans cœur ! Son indifférence à mes humbles paroles est claire et nette ! Il est heureux, et c'est la caractéristique des gens heureux de trouver naturel tout ce qui se passe autour d'eux. Leur bonheur crée une brillante logique. Et si maintenant je m'étais jeté à l'eau ou si, devant lui, j'étais secoué de spasmes, là sur le pavé, sous ce porche, je m'intégrerais paisiblement dans son bonheur. Oui, s'il se mettait en colère — un homme heureux est tellement dangereux, c'est indéniable —, si l'envie lui en venait il me tuerait comme le ferait un assassin de grand chemin. C'est certain, et comme je suis lâche, je n'oserais pas même pousser un cri d'effroi... Pour l'amour de Dieu ! » — Je jetai un regard effrayé alentour. Au loin, devant un café aux vitres noires rectangulaires, un agent de police se propulsait en glissant sur le pavé. Son sabre le gênait un peu, il le prit à la main, et les choses allèrent alors beaucoup mieux. Et quand, avant qu'il ne soit trop loin, je l'entendis pousser de petits cris de joie, j'eus la conviction qu'il ne viendrait pas à mon secours, si mon compagnon avait l'intention de me tuer.

Mais maintenant je savais aussi ce que je devais faire car, à l'approche d'événements horribles, je deviens capable de grandes décisions. Il fallait que je m'enfuie. C'était très facile. À l'endroit où la rue tournait à gauche vers le pont Charles, je pouvais m'engouffrer à droite dans la rue Charles. Elle était tortueuse, il y avait des porches obscurs, et des estaminets encore ouverts ; il ne fallait pas désespérer.

Quand nous fûmes passés sous l'arche au bout du quai, je me précipitai, les bras en l'air ; mais au moment d'atteindre une petite porte de l'église, je tombai, à cause d'une marche que je n'avais pas vue. Cela fit un grand bruit. Le prochain réverbère était loin, j'étais par terre dans l'obscurité. D'un estaminet, en face, une grosse femme sortit avec une petite lanterne fumeuse pour voir ce qui s'était passé dans la rue. Le piano s'arrêta, et un homme ouvrit tout grand la porte déjà entrebâillée. Il cracha fièrement sur une marche et, tout en chatouillant la femme entre les seins, il dit que ce qui s'était passé n'avait de toute façon aucune importance. Sur ces mots, ils firent demi-tour et la porte se referma.

J'essayai de me relever, mais je retombai. « Il y a du verglas », dis-je en ressentant une douleur au genou. Pourtant j'étais heureux que les gens de l'estaminet n'eussent pas pu me voir, et il me sembla qu'en conséquence le plus commode était de rester allongé ici jusqu'à l'aube.

Mon compagnon avait sans doute continué seul jusqu'au pont sans s'être aperçu de mon absence, car il ne me rejoignit qu'au bout d'un moment. Je ne me rendis pas compte qu'il fût surpris quand il se pencha sur moi avec compassion, et me caressa d'une main douce. Il me passa la main sur les pommettes, puis posa deux gros doigts sur mon front bas : « Vous vous êtes fait mal, n'est-ce pas ? Il y a du verglas, et il faut être prudent... la tête vous fait mal ? Non ? ah, c'est le genou, voilà ! » Il parlait sur un ton chantant, comme s'il racontait une histoire, et même une histoire très agréable à propos d'une douleur fort lointaine dans un genou. Il remuait aussi les bras, mais il ne songeait pas à me relever. J'appuyai la tête sur ma main droite — le coude posé sur le pavé — et je dis, rapidement pour ne pas l'oublier : « À vrai dire, je ne sais pas pourquoi j'ai pris à droite. Mais j'ai vu, sous la frondaison de cette église — je ne sais pas comment elle s'appelle, oh, je vous en prie, pardonnez-moi —, un chat qui courait. Un petit chat et il avait le poil clair. C'est pour cela que je l'ai remarqué. — Oh non, ce n'était pas cela, excusez-moi, c'est suffisamment dur de se dominer la journée durant. Si l'on dort, c'est justement pour reprendre des forces avant cet effort, mais si l'on ne dort pas, il n'est pas rare qu'il nous arrive des choses insensées ; il serait pourtant impoli de la part de nos compagnons de s'en étonner à grand bruit. »

Mon compagnon avait les mains dans les poches et regardait le pont désert ; puis l'église des Croisés, avant de lever les yeux vers le ciel, qui était clair. Puis, comme il ne m'avait pas écouté, il dit d'un air inquiet : « Oui, pourquoi donc ne parlez-vous pas, mon cher ; vous ne vous sentez pas bien — oui, au fond, pourquoi ne vous relevez-vous pas —, car il fait froid ici, vous allez vous enrhumer, et nous avions l'intention de monter sur le mont Saint-Laurent. »

— Bien sûr, dis-je, excusez-moi », en me relevant tout seul, mais avec une forte douleur. Je chancelai et dus regarder

fixement la statue de Charles IV pour assurer mon équilibre.
Cependant le clair de lune était maladroit et faisait même bouger Charles IV. J'en fus surpris, et la peur donna plus de force
à mes pieds, Charles IV pouvait basculer si je ne reprenais pas
une posture rassurante. Un peu plus tard, mes efforts me semblèrent inutiles, car Charles IV finit tout de même par tomber,
au moment où l'idée me venait que j'étais aimé d'une jeune
fille en belle robe blanche.

   Je fais des choses qui ne servent à rien et j'en laisse échapper
beaucoup d'autres. Comme cette idée à propos de la jeune fille
était heureuse !... De plus, voilà que la lune avait l'amabilité de
m'éclairer de ses rayons, et je voulus par discrétion me placer
sous la voûte de la Tour-du-Pont, quand je compris qu'il était
pourtant tout naturel que la lune éclairât toute chose. De joie,
j'ouvris alors les bras pour jouir pleinement de la lune. — Je
pensai alors au poème :

> Je bondis par les rues
> comme un coureur ivre
> qui piaffe dans les airs,

et ce ne fut pour moi qu'un jeu quand, exécutant avec nonchalance les mouvements de bras du nageur, je me mis à avancer,
sans douleur ni chagrin. Ma tête baignait dans l'air frais, et
l'amour de la jeune fille vêtue de blanc me mettait dans un
triste ravissement, car j'avais l'impression de m'éloigner à la
nage de ma bien-aimée et des montagnes ennuagées de sa
région... Et je me souvins d'avoir un jour détesté un compagnon heureux, qui peut-être marchait encore à l'instant près
de moi, et je fus ravi que ma mémoire fût assez bonne pour
conserver pareilles choses fort anodines. Car la mémoire doit
beaucoup supporter. Je sus ainsi d'un seul coup nommer toutes les étoiles, bien que je ne l'eusse jamais appris. Oui,
c'étaient d'étranges noms, difficiles à retenir, mais je les connaissais tous et fort exactement. Je pointai l'index en l'air et les
énonçai un par un, à haute voix. — Mais je n'allai pas loin dans
cette énumération, car il fallait que je continue à nager si je ne
voulais pas trop couler vers le fond. Mais pour que l'on ne pût

pas me dire plus tard que tout un chacun savait nager au-dessus du pavé et que ça ne valait pas la peine d'en parler, je m'élevai d'un seul coup au-dessus du garde-corps et me mis à nager tout autour de chaque statue de saint que je rencontrais... À la cinquième, comme je me maintenais juste au-dessus des pavés, en accomplissant de vigoureux mouvements au-dessus du trot-toir, mon compagnon me prit la main. Je me retrouvai alors directement sur le pavé et sentis une douleur dans le genou. J'avais oublié le nom des étoiles et de ma chère jeune fille, je ne savais plus qu'une chose : qu'elle avait porté une robe blan-che, mais je n'arrivais plus à me rappeler quelles raisons j'avais eues de croire en son amour. Il s'éleva en moi une colère, et très justifiée, contre ma mémoire, et la peur de devoir perdre cette jeune fille. Et je m'appliquais ainsi à répéter sans arrêt « robe blanche, robe blanche » afin, par ce signe unique, de la garder toute à moi. Mais cela ne servit de rien. Mon compa-gnon, avec ses discours, me serrait de plus en plus près, et à l'instant où je commençais à comprendre ses mots, une lueur blanche passa en sautillant gracieusement le long du garde-corps, traversa la Tour-du-Pont et bondit dans la rue obscure.

« J'ai toujours aimé », dit mon compagnon en montrant la statue de sainte Ludmila, « les mains de cet ange, à gauche. Leur délicatesse est sans limites, et leurs doigts qui s'écartent sont frémissants. Mais à partir de ce soir, ces mains m'indiffè-rent, je peux le dire, car j'en ai baisé, des mains... » Il me prit alors dans ses bras, baisa mes vêtements et me donna des coups de tête dans le ventre.

Je dis : « Oui, oui. Je le crois. Je n'en doute pas », et ce disant, je lui pinçais les mollets pour autant qu'il me laissât les doigts libres. Mais il ne le sentait pas. Je me dis alors : « Pourquoi vas-tu avec cet homme ? Tu ne l'aimes pas et tu ne le hais pas non plus, car son bonheur ne tient qu'à une jeune fille, et il n'est même pas certain qu'elle porte une robe blanche. Cet homme t'est donc indifférent — répète-le — indifférent. Mais en même temps, comme cela s'est révélé, il n'est pas dangereux. Tu peux donc continuer à l'accompagner sur le mont Saint-Laurent, car tu es déjà en route par cette belle nuit, mais laisse-le parler et amuse-toi à ta façon ; ce sera aussi — dis-le à voix basse — la meilleure façon de te protéger. »

## II

# Divertissements ou preuve qu'il est impossible de vivre

## 1
## Chevauchée

Déjà je bondissais avec une agilité inaccoutumée sur les épaules de mon compagnon et, lui bourrant le dos de coups de poing, le lançais au petit trot. Mais comme il renâclait encore un peu en piaffant et parfois même s'arrêtait, je lui flanquai mes talons de bottines dans le ventre pour le rendre plus fringant. J'y parvins, et, poursuivant à bonne vitesse, nous pénétrâmes toujours plus loin dans le cœur d'une région vaste, mais pas encore achevée, où le soir était tombé.

La route où je chevauchais était pierreuse et nettement montueuse, mais c'était justement ce qui me plaisait, et je la rendis plus pierreuse et plus montueuse encore. Dès que mon compagnon trébuchait, je le redressais en le tirant par les cheveux, et dès qu'il soupirait, je le boxais en pleine tête. Je ressentais en même temps combien cette chevauchée du soir dans la bonne humeur m'était salutaire et, pour la rendre encore plus sauvage, je fis qu'un fort vent contraire soufflât sur nous, en longues rafales. Puis, toujours juché sur les larges épaules de mon compagnon, j'amplifiai toujours plus le mouvement cadencé de la chevauchée et, me cramponnant des deux mains à son cou, je rejetai la tête loin en arrière et contemplai les nuages aux formes diverses qui, plus faibles que moi, voguaient lourdement au gré du vent. Je riais et tremblais de bravoure. Mon manteau se déployait et me donnait de la force. Je resserrais en même temps l'étreinte de mes mains, faisant comme si j'ignorais qu'avec ce geste j'étranglais mon compagnon.

À l'adresse du ciel cependant, que me dérobaient peu à peu les branches tordues des arbres que je faisais croître au bord de la route, je criai, excité par le mouvement de cette chevauchée : « J'ai pourtant autre chose à faire que d'entendre sans cesse ce verbiage amoureux. Pourquoi est-il venu me trouver, cet amoureux bavard ? Ils sont tous heureux et le deviennent tout particulièrement quand un autre le sait. Ils croient vivre une soirée de bonheur et, pour cette simple raison, se réjouissent de leur vie future. »

À cet instant, mon compagnon tomba, et en l'examinant je trouvai qu'il avait une grave blessure au genou. Comme il ne pouvait plus m'être utile, je l'abandonnai sur les cailloux et me contentai de siffler quelques vautours qui, redescendant des hauteurs, se posèrent docilement sur lui, le bec grave, pour le surveiller.

## 2
## Promenade

Insouciant, je poursuivis mon chemin. Mais parce que je craignais la fatigue du piéton sur une route de montagne, je fis que le chemin s'aplanît de plus en plus et finît par s'abaisser au loin pour devenir un vallon.

Répondant à ma volonté, les pierres disparurent et le vent s'apaisa et se perdit dans le soir. Je marchais d'un bon pas et, descendant la pente, j'avais redressé la tête, raidi le corps et croisé les mains derrière la tête. Comme j'aime les forêts de pins, j'en traversais plusieurs, et comme j'aime regarder en silence le ciel constellé, les étoiles se levèrent pour moi avec lenteur et calme dans le ciel largement déployé, comme c'est d'ailleurs leur habituelle manière. Je ne voyais que de rares nuages étirés, poussés par un vent qui ne soufflait qu'à leur altitude.

À une distance assez importante, face à ma route, et probablement séparée de moi par un fleuve, je fis se dresser une haute montagne, dont le sommet couvert d'arbustes touchait le ciel. J'arrivais même à distinguer les petites ramifications et les mouvements des plus hautes branches. Ce spectacle, pour habituel qu'il fût, me rendit si heureux que, petit oiseau perché sur les rameaux de ces lointains buissons touffus, j'en oubliais de faire lever la lune qui, sans doute furieuse de ce retard, attendait derrière la montagne.

Or à ce moment, la lueur froide qui précède le lever de la lune se répandit sur la montagne, et soudain la lune elle-même se leva derrière un des buissons qui s'agitaient. Mais pendant ce temps, j'avais porté les yeux dans une autre direction et, regardant maintenant devant moi et l'apercevant tout à coup dans l'éclat de sa quasi-rondeur, je m'immobilisai, le regard embué, car ma route en pente paraissait mener directement dans cette terrifiante lune.

Mais au bout d'un instant, je m'étais habitué à elle et observai avec sérénité sa difficile ascension, jusqu'à ce qu'enfin, quand nous eûmes fait un bon bout de chemin à la rencontre l'un de l'autre, je ressentisse une agréable lassitude, conséquence, à mon avis, des efforts de la journée, même si à vrai dire je ne m'en souvenais plus. Je marchai un petit moment les yeux fermés, ne me tenant éveillé qu'en battant bruyamment et régulièrement des mains.

Puis, comme le chemin menaçait de glisser sous mes pas et que toute chose, aussi fatiguée que moi, commençait à disparaître, je me hâtai de gravir avec une certaine fébrilité la pente sur le côté droit de la route, pour pénétrer encore à temps dans la haute forêt de pins enchevêtrés où j'avais l'intention de dormir cette nuit. Il fallait se dépêcher. Déjà, les étoiles pâlissaient et la lune fatiguée déclinait dans le ciel, comme dans des eaux en mouvement. La montagne était déjà un morceau de la nuit, la route s'arrêtait de façon inquiétante à l'endroit où je m'étais dirigé vers la pente et, du fond de la forêt, j'entendais se rapprocher le fracas des troncs qui tombaient. J'aurais pu à cet instant me jeter sur la mousse pour dormir, mais comme je crains les fourmis, je grimpai enserrant son tronc de mes jambes, dans un arbre qui se balançait bien qu'il n'y eût pas de vent, je me couchai sur une branche, la tête calée contre le tronc et m'endormis incontinent, tandis qu'un écureuil né de mon caprice, la queue dressée, se berçait, perché à l'extrémité tremblante de la branche.

Le fleuve était large, et ses petites vagues bruyantes étaient éclairées. Sur l'autre rive aussi, il y avait des prairies qui finissaient en broussailles, au-delà desquelles on apercevait dans le lointain de claires allées d'arbres fruitiers qui menaient à de vertes collines.

Ravi par ce spectacle, je m'étendis et, tout en me bouchant les oreilles par crainte d'entendre pleurer, je me dis que je pourrais être heureux à cet endroit. « Car on y est seul, et c'est beau. Il n'y a pas besoin de beaucoup de courage pour vivre ici. Ici comme ailleurs, on ne pourra pas s'empêcher de se tourmenter, mais sans être obligé d'y faire des gestes harmonieux. Ce ne sera pas nécessaire. Car il n'y a ici que des montagnes et un grand fleuve, et je suis encore suffisamment intelligent pour les considérer comme inanimés. Oui, quand le soir je trébucherai, seul sur les chemins montant dans les prairies, je ne serai pas plus délaissé que la montagne, sauf que moi, je le sentirai. Mais je crois que cela aussi finira par passer. »

C'est ainsi que je jouais avec mon existence future et que j'essayais avec obstination d'oublier. Ce faisant, je regardais en clignant les yeux ce ciel dont la coloration était extraordinairement heureuse. Il y avait longtemps que je ne l'avais pas vu ainsi, j'en fus ému et le souvenir me vint de certains jours où j'avais cru aussi le voir dans cet état. J'ôtai les mains de mes oreilles, ouvris largement les bras et les laissai retomber dans les herbes.

J'entendis quelqu'un au loin sangloter faiblement. Le vent se leva, et des multitudes de feuilles sèches que je n'avais pas vues auparavant, s'envolèrent en bruissant. Tombant des arbres fruitiers, des fruits verts s'écrasaient d'une manière insensée sur le sol. Derrière une montagne, d'affreux nuages s'élevaient. Les vagues du fleuve craquaient et cédaient au vent.

Je me levai précipitamment. Mon cœur me faisait mal, car il me semblait maintenant impossible d'échapper à mes souffrances. Déjà je m'apprêtai à faire demi-tour pour quitter cette région et retourner à mon ancien mode de vie, lorsque me vint cette pensée : « Comme il est étrange qu'encore à notre époque, des personnes de qualité se fassent transporter de cette pénible manière au-delà d'un fleuve. C'est un ancien usage, il n'y a pas d'autre explication. » Je secouai la tête, car j'étais étonné.

3

# Le gros

*a*

## Discours au paysage

Sortant des broussailles de l'autre rive, quatre hommes nus portant sur leurs épaules une litière en bois avançaient d'un pas puissant. Sur ce brancard était assis à l'orientale un homme monstrueusement gros. Bien que porté à travers les broussailles hors des sentiers battus, il n'écartait pas les branches épineuses, mais les traversait tranquillement de son corps immobile. Les plis de ses masses de graisse étaient si soigneusement étalés qu'ils recouvraient le brancard tout entier et pendaient même sur les côtés, semblables à la lisière d'un tapis jaunâtre, sans pourtant le gêner. Son crâne sans cheveux était petit et brillait d'un éclat jaune. Son visage affichait l'expression toute simple de quelqu'un qui réfléchit et ne se donne pas la peine de se cacher. Par moment, il fermait les yeux ; quand il les rouvrait, son menton se déformait.

« Le paysage me dérange dans mes pensées, dit-il à voix basse, il ballotte mes réflexions comme des ponts suspendus au-dessus d'un furieux courant. Il est beau et veut donc qu'on le contemple.

Je ferme les yeux et dis : Ô montagne verte au bord du fleuve, toi dont les pierres roulent jusqu'à l'eau, tu es belle.

Mais elle n'est pas contente, elle veut que j'ouvre les yeux sur elle.

Si pourtant, les yeux fermés, je dis : montagne, je ne t'aime pas, car tu me rappelles les nuages, le rougeoiement du soleil couchant et le ciel qui s'élève, et ce sont des choses qui me font presque pleurer, car on ne peut jamais les atteindre quand on se laisse porter sur une petite litière. Et tandis que tu me montres ces choses, montagne sournoise, tu me caches les vues lointaines qui me divertissent, car elles me révèlent la belle perspective d'un espace accessible. Voilà pourquoi je ne t'aime pas, montagne au bord de l'eau, non, je ne t'aime pas.

Mais ce discours lui serait aussi indifférent que le précédent, si je ne parlais pas les yeux ouverts. Sinon elle n'est pas contente.

Et ne devons-nous pas nous garder ses faveurs, ne serait-ce que pour la conserver dressée, elle qui nourrit une prédilection si capricieuse pour la bouillie de nos cerveaux. Elle jetterait sur moi son ombre crénelée, elle ferait surgir devant moi en silence des murailles horriblement dénudées, et mes porteurs trébucheraient sur les petits cailloux au bord du chemin.

Mais la montagne n'est pas seule à être si vaniteuse, si envahissante, puis si vindicative ; toutes les autres choses le sont également. Aussi suis-je forcé, les yeux ronds — oh, ils me font mal — de répéter sans cesse :

Oui, montagne tu es belle, et les forêts sur ton versant ouest me réjouissent... De toi aussi, fleur, je suis content, et ton rose rend mon âme joyeuse... Toi, herbe des prés, tu es déjà haute et forte, et tu rafraîchis... Et toi, étrange broussaille, tu piques de manière si inattendue que nos pensées font des bonds... Quant à toi, fleuve, mon plaisir est si grand que je me laisserai porter par ton eau flexible. »

Après qu'il eut clamé dix fois d'une voix forte cette louange,

le corps agité de quelques mouvements d'humilité, il laissa
retomber la tête et dit, les yeux fermés :

« Mais à présent — je vous en prie — montagne fleur herbe,
broussaille et fleuve, donnez-moi un peu d'espace afin que je
puisse respirer. »

C'est alors qu'un déplacement empressé se produisit parmi
les montagnes environnantes, qui, en se cognant, se retirèrent
derrière des brumes suspendues. Certes, les allées tinrent bon
et conservèrent à peu près la largeur d'une route, mais elles
s'estompèrent prématurément : dans le ciel, il y avait devant le
soleil un nuage humide aux bords délicatement illuminés, à
l'ombre duquel la campagne se creusa plus profondément, tandis que toute chose perdait ses beaux contours.

Les pas des porteurs s'entendaient jusqu'à ma rive, et pourtant
je ne pouvais rien distinguer de précis dans le rectangle sombre
de leur visage. Je les voyais seulement incliner leurs têtes sur le
côté et courber leurs dos, car la charge était inhabituelle. Je me
faisais du souci pour eux, car je me rendais compte qu'ils étaient
fatigués. Je les regardai donc avec appréhension avancer dans
l'herbe de la berge, puis traverser d'un pas encore égal le sable
mouillé, pour enfin s'enfoncer dans la vase des roseaux, où les
deux porteurs arrière se penchèrent encore davantage pour
maintenir la litière en position horizontale. Je pressais mes mains
l'une contre l'autre. Ils étaient à présent obligés à chaque pas de
lever haut les pieds, si bien que dans l'air frais de cet après-midi
instable leur corps luisait de sueur.

Le gros était tranquillement assis, les mains sur les cuisses ; les
longues pointes des roseaux l'effleuraient, quand elles se redressaient d'un seul coup après le passage des porteurs de tête.

Les mouvements des porteurs se faisaient plus irréguliers à
mesure qu'ils approchaient de l'eau. De temps à autre, la litière
se balançait comme si déjà elle avait été sur les vagues. Ils
étaient obligés de sauter par-dessus de petites mares dans les
roseaux ou de les contourner, car elles pouvaient être profondes.

Une fois, des canards sauvages surgirent en criant et montèrent tout droit vers le nuage de pluie. Je vis alors, à la faveur d'un bref mouvement, le visage du gros ; il était très inquiet. Je me levai et dévalai par des bonds en zigzag la pente caillouteuse qui me séparait de l'eau. Je ne me rendais pas compte que c'était dangereux, ne pensant qu'à venir au secours du gros, si ses serviteurs ne pouvaient plus le porter. Je courais d'une façon si irréfléchie, qu'en bas au bord de l'eau, je ne pus m'arrêter ni m'empêcher d'entrer un peu dans l'eau qui m'éclaboussa, et je ne m'immobilisai qu'au moment où j'eus de l'eau jusqu'aux genoux.

Mais de l'autre côté, les serviteurs, à force de contorsions, avaient porté la litière dans l'eau et, se maintenant d'une main au-dessus des eaux agitées, ils la supportaient en l'air de leurs quatre bras velus, de sorte que l'on voyait leurs muscles saillir de manière inhabituelle.

L'eau commença par leur battre le menton, puis monta jusqu'à leur bouche, la tête des porteurs se rejeta en arrière, et les brancards leur retombèrent sur les épaules. L'eau jouait déjà autour de l'arête de leurs nez, et pourtant ils ne relâchaient toujours pas leurs efforts, bien qu'ils fussent à peine au milieu du fleuve. Une petite vague s'abattit alors sur la tête des porteurs de devant, et les quatre hommes se noyèrent en silence, leurs mains brutales entraînant la litière avec eux vers le fond. L'eau s'engouffra dans le remous.

Alors jaillit des bords du gros nuage la lueur plate du soleil couchant, transfigurant collines et montagnes aux limites de l'horizon, tandis que sous le nuage le fleuve et la région baignaient dans une lumière indécise.

Le gros se tourna lentement dans la direction du courant et fut emporté vers l'aval comme une idole de bois clair que l'on eût, désormais superflue, jetée dans le fleuve. Il descendait en suivant le reflet du nuage de pluie. Des nuages allongés le tiraient et de petits nuages arc-boutés le poussaient, déchaînant un mouvement considérable que l'on pouvait percevoir au clapotis de l'eau contre mes genoux et les galets de la rive.

Je me hâtai de regrimper sur la berge pour pouvoir accompa-

gner le gros sur le chemin, car en vérité je l'aimais. Peut-être
que j'allais apprendre quelque chose sur les dangers que ren-
fermait cette campagne, sûre en apparence. J'avançais ainsi sur
une langue de sable, à l'étroitesse de laquelle il fallait commencer par s'habituer, les mains dans les poches et le visage tourné
à angle droit vers le fleuve, si bien que j'avais le menton presque appuyé sur l'épaule.

Sur les galets de la rive, de délicates hirondelles s'étaient
posées.

Le gros dit : « Cher monsieur sur le rivage, n'essayez pas de
me sauver. C'est la vengeance de l'eau et du vent ; à présent,
je suis perdu. Oui, c'est de la vengeance, car combien de fois
n'avons-nous pas attaqué ces choses, mon ami l'homme en
prière et moi, en faisant tinter notre glaive, sous l'éclat des cym-
bales, dans la vaste splendeur des trombones et le scintillement
bondissant des timbales. »

Une petite mouette aux ailes déployées traversa son ventre
sans que sa vitesse en fût diminuée.

Le gros poursuivit son récit :

### b
### Début de la conversation avec l'homme en prière [1]

Il y eut un temps où j'allais jour après jour à l'église, car une
jeune fille dont j'étais amoureux y priait à genoux chaque soir une
demi-heure, durant laquelle je pouvais la contempler à loisir.

Un jour que la jeune fille n'était pas venue et que, fort contrarié, je jetai un regard sur les gens en prière, je remarquai un
jeune homme extrêmement maigre qui s'était jeté de tout son
long par terre. De temps à autre, il se saisissait le crâne de toute
la force de son corps et le cognait en soupirant contre la paume
de ses mains posées à plat sur les dalles.

Dans l'église, il n'y avait que quelques vieilles femmes qui,

1. C'est ce « chapitre » (jusqu'à la p. 139) que Kafka publia en mars 1909 ;
il figure donc ici, pp. 71 à 78, dans une traduction différente.

souvent, inclinaient sur le côté leur petite tête serrée dans un foulard pour jeter un regard vers cet homme en prière. Cette attention semblait le rendre heureux car, avant chacun de ses accès de piété, il promenait son regard alentour pour voir si les spectateurs étaient nombreux.

Je trouvai cela indécent et résolus de l'aborder quand il sortirait de l'église et de le questionner sur ses raisons de prier de la sorte. Oui, j'étais fâché parce que ma jeune fille n'était pas venue.

Mais ce n'est qu'au bout d'une heure qu'il se releva, se signa avec un soin tout particulier et se dirigea d'un pas irrésolu vers le bénitier. Je me plaçai sur le chemin entre le bénitier et la porte, sachant que je ne le laisserais pas passer sans explication. Je tordis la bouche comme je le fais toujours en guise de préparation chaque fois que je veux parler avec fermeté. J'avançai la jambe droite et pris appui dessus, tout en pointant négligemment le pied gauche ; ce geste aussi me donne de l'assurance.

Mais il est possible que cet homme m'ait déjà guigné pendant qu'il s'aspergeait le visage d'eau bénite, peut-être aussi que déjà ma présence l'avait inquiété, car soudain il courut vers la porte et sortit. La porte vitrée claqua. Et en la franchissant juste après lui, je ne le vis plus, car il y avait là quelques rues étroites, et le trafic y était intense.

Les jours suivants, il ne se montra pas, en revanche ma jeune fille vint. Elle était dans cette robe noire qui avait sur les épaules des dentelles transparentes — on apercevait en dessous la demi-lune du bord de sa chemise —, dont le bord inférieur s'achevait par une collerette en soie joliment coupée. Et comme la jeune fille était venue, j'en oubliai le jeune homme, ne m'en souciant même plus quand, plus tard, il revint régulièrement prier comme à son habitude. Mais toujours il passait devant moi en toute hâte et détournait le visage. C'était peut-être parce que je n'arrivais pas à l'imaginer autrement qu'en perpétuel mouvement, si bien que, même quand il était immobile, il me donnait l'impression de se faufiler.

Une fois, je m'attardai dans ma chambre. Mais je me rendis

tout de même à l'église. Je n'y trouvai plus la jeune fille et pensai rentrer chez moi. Or ce jeune homme était à nouveau étendu par terre. L'incident d'autrefois me revint alors à l'esprit, éveillant ma curiosité.

Je me glissai sur la pointe des pieds jusque sous le porche, donnai une pièce au mendiant aveugle assis là et me fis une place à côté de lui derrière le battant ouvert de la porte. J'y restai blotti toute une heure en prenant peut-être un visage cauteleux. Je m'y sentais bien et décidai d'y revenir plus souvent. La deuxième heure, en revanche, je trouvai absurde de rester assis là à cause de l'homme en prière. Et pourtant, je laissai, une troisième heure encore, et déjà avec colère, les araignées courir sur mes vêtements, pendant que les dernières personnes sortaient de l'obscurité de l'église en respirant bruyamment.

Alors il arriva, lui aussi. Il marchait avec précaution, tâtant d'abord légèrement le sol de la pointe du pied avant de le poser.

Je me levai, fis un grand pas tout droit dans la direction du jeune homme et le saisis par le col. « Bonsoir », dis-je en le poussant, la main toujours à son col, au pied des marches sur la place illuminée.

Lorsque nous fûmes en bas, il me dit d'une voix très mal assurée : « Bonsoir, très très cher monsieur, ne vous fâchez pas contre votre tout dévoué serviteur.

— Oui, dis-je, je veux vous poser quelques questions, monsieur, la fois précédente, vous m'avez échappé, vous aurez du mal aujourd'hui à recommencer.

— Vous êtes charitable, monsieur, et vous allez me laisser rentrer chez moi. Je suis à plaindre, voilà la vérité.

— Non, criai-je dans le bruit du tramway qui passait, je ne vous lâche pas. Ce sont justement les histoires de ce genre qui me plaisent. Vous êtes une bonne prise. Je m'en félicite. »

Il dit alors : « Ah, mon Dieu, vous avez un cœur fringant et une tête d'un seul bloc. Vous me traitez de bonne prise, comme vous devez être heureux ! Car mon malheur est un malheur inconstant, un malheur qui oscille sur une pointe fine, et si on le touche, il retombe sur celui qui pose des questions. Bonne nuit, monsieur.

— Bien, dis-je en le retenant par sa main droite, si vous ne me répondez pas, je vais me mettre à crier, ici, dans la rue. Et toutes les demoiselles de magasin qui sortent maintenant de leurs boutiques, et tous leurs amoureux qui se réjouissent de les revoir, s'attrouperont, croyant qu'un cheval de fiacre est tombé, ou quelque autre chose de semblable. Alors, je vous montrerai aux gens. »

Il se mit alors à me baiser tour à tour les deux mains en pleurant. « Je vais vous dire ce que vous voulez savoir, mais je vous en prie, je préférerais que nous allions en face, dans cette rue transversale. » J'acquiesçai de la tête et nous traversâmes.

Mais il ne se contenta pas de l'obscurité de la rue, où il y avait seulement des réverbères jaunes de loin en loin, et il me conduisit dans l'entrée basse d'une vieille maison sous un lumignon dégoulinant, accroché au pied d'un escalier en bois.

Une fois là, il sortit son mouchoir d'un air important et dit, en l'étalant sur une marche : « Asseyez-vous donc, cher monsieur, vous y pourrez mieux me poser des questions ; moi, je reste debout, je pourrai mieux vous répondre. Mais ne me torturez pas. »

Je m'assis alors et, levant le regard vers lui, je dis en plissant les yeux : « Vous êtes un fieffé dément, voilà comme vous êtes ! Quelle est cette façon de se comporter dans l'église ! Comme c'est ridicule et déplaisant pour les gens qui vous regardent ! Comment peut-on se recueillir, quand vous nous imposez votre spectacle. »

Il avait plaqué son corps contre le mur, et ne remuait plus librement que la tête. « Ne vous fâchez pas... pourquoi faut-il que vous vous fâchiez pour des choses qui ne sont pas à vous. Moi, je me fâche quand je me conduis avec maladresse ; mais il suffit que quelqu'un d'autre se comporte mal, pour que je sois heureux. Ainsi, ne vous fâchez pas si je dis que mon but, en priant, c'est que les gens me regardent.

— Qu'avez-vous dit là », m'écriai-je beaucoup trop fort pour

ce couloir bas, mais je n'osai plus ensuite atténuer ma voix,
« vraiment, qu'avez-vous dit là ? Oui, je devine déjà, et même je
devinais déjà, quand je vous ai vu la première fois, dans quel
état vous êtes. J'ai de l'expérience et je ne plaisante pas quand
je dis que c'est un mal de mer sur la terre ferme. Un mal dont
la nature est de vous faire oublier le nom véritable des choses et
déverser à présent sur elles, en toute hâte, des noms de hasard.
L'important, c'est d'aller vite, très vite ! Mais à peine les avez-
vous fuies, qu'à nouveau vous avez oublié leurs noms. Le peuplier dans les champs, que vous avez appelé la « Tour de
Babel », parce que vous ne saviez pas ou ne vouliez pas savoir
que c'était un peuplier, se balance à nouveau sans nom, et vous
êtes obligé de l'appeler « Noé, quand il était ivre ».

Je fus un peu décontenancé quand il dit : « Je suis heureux
de n'avoir pas compris ce que vous avez dit. »

Agacé, je dis avec vivacité : « En vous réjouissant, vous montrez bien que vous l'avez compris.

— Bien sûr que je l'ai montré, cher monsieur, mais vous
avez aussi parlé d'une étrange façon. »

Je posai les mains sur une marche supérieure, m'appuyai en
arrière et dis dans cette position presque inattaquable qui est le
dernier recours des lutteurs : « Vous avez une manière amusante
de vous sauver, en supposant chez les autres votre propre état. »

Sur ces mots, il reprit courage. Il croisa les mains, pour donner à son corps une unité, et dit avec une légère répugnance :
« Non, je ne fais quand même pas cela avec tout le monde, pas
avec vous par exemple, parce que je ne le peux pas. Mais je
serais heureux si je le pouvais, car alors je n'aurais plus besoin
de l'attention des gens dans l'église. Savez-vous pourquoi j'en
ai besoin ? »

Cette question me déconcerta. Assurément, je ne le savais
pas et je crois que d'ailleurs je ne voulais pas le savoir. Je
n'avais pas non plus voulu venir, me dis-je alors, c'était cet
homme qui m'avait forcé à l'écouter. Aussi n'avais-je à présent
qu'à secouer la tête, pour lui montrer que je ne le savais pas,
mais j'étais incapable de bouger la tête.

L'homme qui me faisait face sourit. Puis, se courbant, il se mit à genoux et raconta en grimaçant d'un air endormi : « Il n'y a jamais eu d'époque où je me suis laissé convaincre par moi-même de mon existence. En effet, je ne saisis les choses autour de moi qu'à travers des représentations tellement abîmées que je crois toujours qu'un jour les choses ont vécu, mais qu'elles sont maintenant en train de couler. Je ne cesse, cher monsieur, d'avoir l'envie torturante de voir les choses telles qu'elles sont sans doute avant de se montrer à moi. Elles sont alors sûrement belles et tranquilles. Ce doit être ainsi, car j'entends souvent les gens en parler de cette façon. »

Comme je me taisais et ne montrais que par des tressaillements involontaires de mon visage à quel point j'étais mal à l'aise, il demanda : « Vous ne croyez pas que les gens parlent comme ça ? »

Je me crus obligé de faire oui de la tête, mais n'y réussis pas.

« Vraiment, vous n'y croyez pas ? Ah, écoutez-moi, un jour, quand j'étais enfant, après une courte sieste, j'ouvris les yeux et j'entendis, encore tout endormi, ma mère demander, du haut de son balcon et sur un ton naturel : « Que faites-vous, ma chère ? Il fait tellement chaud. » Une femme répondit du jardin : « Je goûte dans la verdure. » Elles disaient cela sans réfléchir et sans netteté particulière, comme si tout le monde avait dû s'y attendre. »

Je crus qu'il me posait une question. Je mis donc la main dans la poche arrière de mon pantalon et fis mine d'y chercher quelque chose. Mais je ne cherchais rien, voulant simplement changer d'attitude pour montrer que je prenais part à la conversation. Je dis en même temps que cet incident était fort étrange et que je ne le comprenais nullement. J'ajoutai également que je ne croyais pas à sa véracité, et qu'il avait dû l'inventer pour les besoins d'une cause à laquelle je ne voyais pas clair. Puis je fermai les yeux, car ils me faisaient mal.

« Oh, c'est tout de même bien que vous soyez de mon avis, et c'est généreux de votre part de m'avoir retenu pour me dire cela.

N'est-ce pas, pourquoi devrais-je avoir honte — ou pourquoi devrions-nous avoir honte — de ne pas marcher bien droit et d'un pas lourd, de ne pas frapper le pavé de ma canne et de ne pas effleurer les habits des gens qui passent à grand bruit. N'aurais-je pas plutôt le droit de me plaindre obstinément, parce que je sautille, comme une ombre aux épaules anguleuses, le long des maisons, en disparaissant parfois dans les carreaux des vitrines.

Que sont ces journées que je passe ! Pourquoi tout est-il si mal construit que parfois de grands immeubles s'écroulent sans que l'on puisse l'expliquer par une raison extérieure. Je grimpe alors sur les tas de décombres et j'interroge tous ceux que je rencontre : « Comment cela a-t-il bien pu arriver ! Dans notre ville... Un immeuble neuf... C'est déjà aujourd'hui le cinquième... Pensez donc. » Mais personne n'est capable de me répondre.

Souvent des gens tombent dans la rue et restent étendus, morts. Alors, tous les commerçants ouvrent leurs portes encombrées de marchandises, accourent d'un pas élastique, transportent le mort dans un immeuble, ressortent ensuite, un sourire aux lèvres et dans les yeux, et discourent : « Bonjour... Le ciel est pâle... Je vends beaucoup de foulards... Oui, la guerre. » J'entre en sautillant dans l'immeuble et, après avoir plusieurs fois levé timidement la main, l'index replié, je finis par frapper à la petite fenêtre du concierge : « Cher ami », dis-je gentiment, « on vous a apporté un mort. Montrez-le moi, je vous prie. » Et quand il secoue la tête comme s'il était indécis, je dis avec fermeté : « Cher ami, je suis de la police secrète. Montrez-moi ce mort immédiatement. — Un mort ? demande-t-il à son tour, presque offensé. Non, nous n'avons pas de mort ici. C'est un immeuble convenable. » Je salue et je m'en vais.

Mais après, si j'ai une grande place à traverser, j'oublie tout. La difficulté de cette entreprise me déconcerte et je pense souvent, à part moi : « Quand on construit, par défi, d'aussi grandes places, pourquoi ne construit-on pas aussi un parapet de pierre qui permettrait de traverser la place ? Aujourd'hui, il souffle un vent de sud-ouest. L'air sur la place est agité. La flèche du beffroi de l'hôtel de ville décrit de petits cercles. Pourquoi ne fait-on pas silence dans cette bousculade ? Qu'est-ce donc que ce bruit ? Toutes les vitres des fenêtres bruissent, et les fûts des réverbères ploient comme des bambous. Le manteau de la Sainte Vierge sur sa colonne s'arrondit et le vent menace de le déchirer. Il n'y a donc personne pour le voir ? Les messieurs et les dames qui devraient marcher sur le pavé, planent. Quand le vent reprend son souffle, ils s'arrêtent, échangent quelques mots et s'inclinent en se saluant ; mais quand le vent reprend, ils ne peuvent lui résister et tous, en même temps, lèvent les pieds. Ils ont beau devoir tenir solidement leurs chapeaux, ils ont la joie dans les yeux comme si le temps était doux. Il n'y a que moi à avoir peur. »

Maltraité comme je l'étais, je dis : « L'histoire que vous avez racontée tout à l'heure, concernant votre mère et la femme dans le jardin, je ne la trouve pas du tout étrange. Non seulement, j'en ai entendu et vécu quantité de semblables, mais j'y ai, moi-même, souvent pris part. C'est une affaire tout à fait naturelle. Pensez-vous que, si j'avais été sur le balcon, je n'aurais pas pu dire la même chose et, du jardin, répondre la même chose ? C'est un incident tellement simple. »

Quand j'eus dit cela, il en parut tout heureux. Il dit que j'étais joliment habillé, et que ma cravate lui plaisait beaucoup. Et quelle peau délicate j'avais. Et que les aveux ne sont jamais si clairs que quand on les rétracte.

*c*

## Histoire de l'homme en prière

Il s'assit alors près de moi, car j'étais soudain intimidé, je lui avais fait de la place, la tête penchée sur le côté. Mais il ne m'échappa pas que lui aussi était assis là avec une certaine gêne, qu'il cherchait sans cesse à conserver une petite distance par rapport à moi et qu'il parlait avec peine :

Que sont ces journées que je passe !

Hier soir, j'étais en société. J'étais juste en train de m'incliner sous la lumière du gaz devant une jeune fille en disant : « Je suis vraiment heureux que nous approchions de l'hiver »... j'étais juste en train de m'incliner en disant cela quand je me rendis compte, très contrarié, que ma cuisse droite venait de se déboîter. La rotule aussi s'était un peu démise.

Je m'assis donc et, vu que je cherche toujours à garder une vue d'ensemble sur mes phrases, je dis : « Car l'hiver est beaucoup moins pénible ; on peut se comporter plus aisément, les paroles exigent moins d'efforts. N'est-ce pas, chère demoiselle ? J'espère avoir raison sur ce point. » Durant tout ce temps, ma jambe droite me causait beaucoup d'ennuis. Car après l'avoir crue complètement démise, il me fallut beaucoup de temps, en la massant et la manœuvrant convenablement, pour la remettre à peu près en place.

J'entendis alors la jeune fille qui par compassion s'était assise, elle aussi, me dire tout bas : « Non, vous ne m'en imposez pas du tout, car...

— Attendez, dis-je, content et plein d'espoir, il ne faut pas, chère demoiselle, que vous perdiez même cinq minutes à parler avec moi. Mangez donc entre mes paroles, je vous en prie. »

Je tendis alors le bras, pris une lourde grappe de raisin dans une coupe supportée par un jeune garçon ailé en bronze, la tins un peu en l'air et la posai ensuite sur une petite assiette à bordure bleue que je tendis à la jeune fille, non sans affectation peut-être.

« Vous ne m'en imposez pas du tout, dit-elle, tout ce que vous dites est ennuyeux et incompréhensible, mais sans être vrai pour autant. Je crois en effet, monsieur — pourquoi m'appelez-vous sans cesse chère demoiselle —, je crois que si vous ne vous intéressez pas à la vérité, c'est uniquement parce qu'elle est trop contraignante. »

Dieu, cela me mit de belle humeur ! « Oui, mademoiselle, mademoiselle, criai-je presque, comme vous avez raison ! Chère demoiselle, comprenez-vous cela, c'est une joie inouïe que d'être ainsi compris sans l'avoir recherché.

— La vérité est en effet trop contraignante pour vous, monsieur, car de quoi avez-vous l'air ! Vous êtes sur toute votre longueur découpé dans du papier de soie, du papier de soie jaune, une sorte de silhouette, et quand vous marchez, vous obligez autrui à vous entendre crisser. C'est d'ailleurs pourquoi il est injuste de s'échauffer au sujet de votre attitude ou de vos opinions, car vous êtes obligé de vous incurver selon le courant d'air qui, à chaque instant, souffle dans la pièce.

— Je ne comprends pas cela. Il y a ici dans cette pièce quelques personnes debout ici et là. Elles posent leurs bras sur les dossiers des chaises, ou s'appuient sur le piano, ou portent en hésitant un verre à leurs lèvres, ou passent timidement dans la pièce voisine et, après s'être éraflées à l'épaule droite dans le noir contre une armoire, songent en respirant devant la fenêtre ouverte : Voilà Vénus, l'étoile du Berger. Et moi, je suis au milieu de ces gens. À supposer qu'il y ait là une cohérence, je ne la comprends pas. Mais je ne suis même pas sûr qu'il y en ait une... Et voyez-vous, chère demoiselle, parmi tous ces gens qui, faute de clarté sur eux-mêmes, ont une conduite si indécise, voire ridicule, moi seul parais digne d'entendre dire des choses tout à fait claires sur moi-même. Et pour que, de surcroît, tout cela ait de l'agrément, vous les dites avec ironie, de sorte qu'il en reste encore nettement quelque chose, semblablement à ce qui arrive aussi à travers les gros murs d'une maison dont l'intérieur est ravagé par le feu. La vue n'est désormais plus guère entravée, le jour on voit par les grands trous des fenêtres les nuages dans le ciel, et la nuit, les étoiles. Mais souvent encore, les pierres grises tranchent dans les nuages, et les étoiles composent des images hors nature... Que diriez-vous si, pour vous en remercier, je vous confiais qu'un jour tous les hommes qui voudront vivre auront le même aspect que moi ; découpés dans du papier de soie jaune, sortes de silhouettes — comme vous l'avez remarqué — et, quand ils marcheront, on les entendra crisser. Ils ne seront pas différents d'aujourd'hui, mais ils auront cet aspect. Même vous, chère... »

Je m'aperçus alors que la jeune fille n'était plus assise près de moi. Elle avait dû partir peu après ses dernières paroles, car elle se tenait maintenant loin de moi, près d'une fenêtre, entourée par trois jeunes gens qui parlaient en riant, du haut de leurs grands cols blancs.

Là-dessus, je bus avec joie un verre de vin et m'approchai du pianiste qui, à l'écart, jouait un air triste en hochant la tête. Je me penchai délicatement vers son oreille pour ne surtout pas l'effrayer et lui dis tout bas, dans la mélodie qu'il jouait :

« Ayez la bonté, cher monsieur, de me laisser jouer maintenant, car je suis sur le point d'être heureux. »

Comme il ne m'écoutait pas, je restai planté là un moment, embarrassé, mais réprimant ensuite ma timidité, j'allai d'un invité à l'autre et dis en passant : « Aujourd'hui, je vais jouer du piano. Oui. »

Tout le monde paraissait savoir que j'en étais incapable, mais ils riaient gentiment de cette agréable interruption de leurs conversations. Pourtant ils ne m'accordèrent toute leur attention que quand je dis d'une voix forte au pianiste : « Ayez la bonté, cher monsieur, de me laisser jouer maintenant. Je suis en effet sur le point d'être heureux. Il s'agit d'un triomphe. »

Le pianiste cessa bien de jouer, mais il ne quitta pas sa banquette brune et ne parut d'ailleurs pas me comprendre. Il soupira et couvrit son visage de ses longs doigts.

Je commençai à le prendre un peu en pitié et j'allai l'encourager à reprendre, lorsque la maîtresse de maison s'avança au milieu d'un groupe.

« C'est une drôle d'idée », dirent-ils en riant très fort, comme si je voulais entreprendre quelque chose qui n'eût rien de naturel.

La jeune fille se joignit aussi à eux, me regarda d'un air méprisant et dit : « Je vous en prie, chère madame, laissez-le donc jouer. Il veut peut-être à sa façon contribuer à notre amusement. C'est louable. Je vous en prie, chère madame. »

Tous se réjouirent très fort, croyant manifestement tout comme moi qu'elle avait parlé avec ironie. Seul le pianiste restait muet. Il penchait la tête tout en passant l'index de sa main gauche sur le bois de la banquette, comme s'il dessinait sur le sable. Je tremblais et, pour le dissimuler, je mis les mains dans les poches de mon pantalon. Et je n'étais plus capable de parler distinctement, car tout mon visage avait envie de pleurer. Il me fallait donc choisir mes mots de façon que l'idée que j'avais envie de pleurer paraisse ridicule à mes auditeurs.

« Chère madame, dis-je, il faut maintenant que je joue, car... » — comme j'en avais oublié la raison, je m'assis inopinément au piano. Alors je compris une nouvelle fois ma situation. Le pianiste se leva et, par délicatesse, enjamba la banquette, car je lui barrais le chemin. « Éteignez la lumière, je vous prie, je ne peux jouer que dans le noir. » Je me redressai.

Deux messieurs saisirent alors la banquette et m'emportèrent très loin du piano jusqu'à la table du buffet, tout en sifflant un air et en me balançant légèrement.

Tous avaient l'air d'approuver, et la jeune fille dit : « Vous voyez, chère madame, il a fort joliment joué. Je le savais. Et vous qui aviez si peur. »

Je compris et remerciai d'une révérence que j'exécutai parfaitement.

On me versa une limonade, et une demoiselle aux lèvres rouges me tint mon verre pour que je boive. La maîtresse de maison me présenta des meringues sur une assiette d'argent, et une jeune fille en robe toute blanche m'en mit une dans la bouche. Une demoiselle rondelette et à l'abondante chevelure blonde me tint une grappe de raisin au-dessus de la tête, et je n'eus qu'à en détacher les grains, tandis qu'elle plongeait son regard dans mes yeux fuyants.

Puisque tout le monde me traitait si bien, je m'étonnai toutefois qu'ils me retinssent unanimement quand je voulus retourner au piano.

« Maintenant, ça suffit », dit le maître de maison que jusquelà je n'avais pas remarqué. Il sortit et revint aussitôt avec un immense haut-de-forme et un cache-poussière imprimé dans les brun cuivré avec des fleurs. « Voici vos affaires. »

Ce n'étaient certes pas mes affaires, mais je n'avais aucune envie de lui imposer de nouvelles recherches. Le maître de mai-

son m'enfila lui-même le cache-poussière qui m'allait exactement, collant étroitement à mon maigre corps. Une dame au
visage bienveillant boutonna le pardessus sur toute sa longueur, en se penchant au fur et à mesure.

« Eh bien, adieu, dit la maîtresse de maison, et revenez bientôt. Vous serez toujours le bienvenu, vous le savez. » Alors toute
la société s'inclina, comme si c'eût été nécessaire. Je tentai d'en
faire autant, mais mon pardessus était trop étroit. Je pris donc
mon chapeau et franchis, sans doute trop gauchement, le seuil
de la porte.

Mais[1] comme je passai le portail à petits pas, je fus assailli
par le ciel avec la lune et ses étoiles, et sa grande voûte, et par
la Grand-Place avec son hôtel de ville, sa colonne de la Sainte
Vierge et l'église.

Je sortis tranquillement de l'ombre, entrai dans le clair de
lune, déboutonnai mon cache-poussière et me réchauffai ; puis
levant les mains, je fis taire le bourdonnement de la nuit et me
mis à réfléchir :

« Quelle est cette façon de faire comme si vous existiez réellement. Voulez-vous me faire croire que je suis irréel, drôlement
planté sur le vert pavé. Mais il y a pourtant longtemps déjà que
tu as été réel, ô ciel, et toi, Grand-Place, tu ne l'as jamais été.

« Il est vrai que vous m'avez toujours été supérieurs, mais
cependant uniquement quand je vous laisse en paix.

« Dieu merci, lune, tu n'es plus lune, mais peut-être est-ce
nonchalance de ma part de continuer, toi qui n'en as plus que
le nom, à t'appeler lune. Pourquoi n'es-tu plus aussi arrogante
quand je t'appelle « lampion de papier oublié à l'étrange couleur ». Et pourquoi te retires-tu presque quand je t'appelle
« colonne de la Vierge », et je ne reconnais plus ton attitude
menaçante, colonne de la Vierge, quand je t'appelle « lune qui
jette une lumière jaune ».

1. Ici commence le passage extrait par Kafka pour être publié sous le titre
*Conversation avec l'homme ivre*, en 1909 (*cf.* pp. 79-83, dans une traduction
différente).

« Il me semble maintenant vraiment que cela ne vous fait pas de bien, quand on réfléchit à vous ; vous y perdez courage et santé.

« Dieu, quel avantage il doit y avoir, quand l'homme qui réfléchit apprend de l'homme qui a bu !

« Pourquoi tout est-il devenu si tranquille. Je crois qu'il n'y a plus de vent. Et les petites maisons qui traversent souvent la place comme montées sur des roulettes, sont fermement plantées dans le sol... Silence... silence... on ne voit pas du tout le mince trait noir qui d'ordinaire les sépare du sol. »

Et je me mis à courir. Je courus trois fois sans encombre autour de la grande place et comme je ne rencontrais pas d'homme ivre, je courus sans réduire ma vitesse ni ressentir de fatigue en direction de la rue Charles. Mon ombre, souvent plus petite que moi, courait sur le mur près de moi, comme dans un chemin en contrebas, entre mur et caniveau.

Comme je passai près de la caserne des pompiers, j'entendis du bruit du côté de la Petite Place, et en m'y engageant, je vis un homme ivre debout contre la grille de la fontaine, les bras écartés à l'horizontale, et piétinant le sol à coups de sabots.

Je commençai par m'arrêter pour que ma respiration retrouve son calme, puis je m'avançai vers lui, soulevai mon haut-de-forme et me présentai :

« Bonsoir, doux gentilhomme, j'ai vingt-trois ans, mais je n'ai pas encore de nom. Vous, en revanche, vous arrivez sûrement avec des noms étonnants, voire chantables, de cette grande ville de Paris. L'odeur très peu naturelle de la cour glissante de France vous entoure.

« Vous avez sûrement vu, de vos yeux fardés, ces grandes dames qui, se tenant déjà sur la haute et lumineuse terrasse, se retournent avec ironie dans leurs étroits corsets, alors que l'extrémité de leur traîne peinte, étalée sur les marches, repose encore sur le sable du jardin... Sur de longues perches partout réparties, n'est-ce pas, des serviteurs en livrées grises à la coupe insolente et en culottes blanches, grimpent, les jambes entourant chaque perche, le torse souvent rejeté en arrière et sur le côté, car ils doivent soulever du sol et tendre en l'air sur de grosses cordes de gigantesques toiles grises, la grande dame souhaitant une matinée brumeuse. »

Comme il rotait, je dis, presque effrayé : « Vraiment, est-il exact que vous veniez, monsieur, de notre Paris, du Paris tempétueux, ah ! de cet orage de grêle passionné ? »

Comme il rotait une nouvelle fois, je dis, embarrassé : « Je sais que c'est pour moi un grand honneur. »

Et je boutonnai d'une main preste mon cache-poussière, puis je dis avec ferveur et timidité :

« Je sais que vous ne me croyez pas digne d'une réponse, mais il me faudrait vivre dans les larmes si, aujourd'hui, je ne vous interrogeais pas.

« Je vous en prie, monsieur au bel habit, ce que l'on m'a raconté est-il vrai. Y a-t-il à Paris des gens qui ne sont faits que d'habits à parements, et y a-t-il là-bas des maisons qui n'ont que des portails, et est-il vrai que, les jours d'été, le ciel au-dessus de la ville est d'un bleu passager, simplement enjolivé de petits nuages blancs qui sont plaqués dessus et ont tous la forme de cœurs ? Et y a-t-il là-bas une galerie de figures de cire très fréquentée, où l'on ne trouve que des arbres avec, inscrits sur de petits panneaux suspendus, les noms des héros, des criminels et des amants les plus célèbres.

« Et puis cette information encore ! Cette information manifestement mensongère !

« N'est-ce pas, ces rues de Paris soudain se ramifient ; elles sont animées, n'est-ce pas ? Tout n'est pas toujours en ordre, comment serait-ce d'ailleurs possible ? Qu'un accident survienne, des gens se rassemblent, qui accourent des rues voisines de ce pas des citadins des grandes villes, qui ne fait qu'effleurer le pavé ; ils sont tous curieux, mais ils ont peur aussi d'être déçus ; ils respirent vite et tendent leurs petites têtes. Mais qu'ils s'effleurent l'un l'autre, et les voilà qui s'inclinent profondément et se présentent des excuses : « Je suis fort désolé... je ne l'ai pas fait exprès... la bousculade est grande, excusez-moi, je vous prie... ce fut très maladroit de ma part... je l'admets. Mon nom est... mon nom est Jérôme Faroche, épicier de mon état dans la rue de Cabotin... permettez que je vous invite demain à déjeuner... ma femme aussi s'en ferait une si grande joie. » Tels sont leurs discours, alors que la rue est tout abasourdie et que la fumée des cheminées tombe entre les maisons. C'est pourtant comme ça. Et se pourrait-il qu'un jour, sur un boulevard fréquenté d'un quartier chic, deux voitures s'arrêtent. Des serviteurs ouvrent gravement les portières. Huit purs chiens-loups de Sibérie descendent en sautillant et, bondissant et aboyant, traversent la chaussée. Et l'on dit alors que ce sont de jeunes gommeux, parisiens et déguisés. »

Il avait les yeux presque clos. Quand je me tus, il fourra ses deux mains dans sa bouche et tira sur sa mâchoire inférieure. Son vêtement était tout souillé. On l'avait peut-être jeté à la porte d'une taverne, et il ne l'avait pas encore compris.

C'était peut-être ce petit moment de repos entre jour et nuit, où la tête, sans que nous nous y attendions, nous pend sur la nuque et où, sans que nous le remarquions, plus rien ne bouge, puisque nous ne le regardons pas, et puis disparaît. Pendant que, le corps ployé, nous restons seuls, puis regardons autour de nous, mais ne voyons plus rien, ni ne sentons aucune résistance de l'air, et qu'intérieurement nous nous cramponnons au souvenir qu'à une certaine distance de nous s'élèvent des maisons avec des toits et, par bonheur, des cheminées anguleuses, par lesquelles l'obscurité s'écoule dans ces maisons, traversant les mansardes pour gagner de tout autres pièces. Et c'est un bonheur de penser que demain il fera jour et, si incroyable que ce soit, qu'on pourra tout voir.

Alors, l'homme ivre haussa soudain les sourcils, provoquant une lueur entre ceux-ci et ses yeux, et expliqua par bribes : « C'est que voilà... il faut dire que j'ai sommeil, je vais donc aller me coucher... Il faut dire que j'ai un beau-frère, place Wenceslas... c'est là que je vais, car c'est là que j'habite, car c'est là que j'ai mon lit... voilà, maintenant j'y vais... Il faut dire que je ne sais même pas comment il s'appelle ni où il habite... j'ai l'impression que je l'ai oublié... mais ça ne fait rien, car je ne sais même pas si j'ai vraiment un beau-frère... Mais maintenant, il faut que je m'en aille... Croyez-vous que je vais le trouver ? »

Sur ces mots, je dis sans hésiter : « C'est certain. Mais vous arrivez de l'étranger et, par hasard, vous n'avez pas vos domestiques avec vous. Permettez que je vous conduise. »

Il ne répondit pas. Je lui offris alors mon bras pour qu'il s'y accroche.

*d*

## Suite de la conversation entre le gros et l'homme en prière

Quant à moi, j'essayais depuis un moment de me ragaillardir. Je me frictionnais le corps et me dis :

« Il est temps que tu parles. Tu es déjà embarrassé. Te sens-tu contraint ? Attends donc ! Tu les connais, ces situations. Réfléchis-y sans te presser ! Les choses alentour aussi attendront.

« C'est comme à la soirée de la semaine dernière. Quelqu'un lit le double d'un texte. J'en ai moi-même sur sa demande recopié une page. Lisant mon écriture parmi les pages qu'il avait écrites, je prends peur. C'est sans fondement. Des trois côtés de la table, les gens se penchent dessus. Je jure en pleurant que ce n'est pas mon écriture.

« Mais pourquoi cela ressemblerait-il à ce qui se passe aujourd'hui. Il ne tient qu'à toi de provoquer une conversation bien délimitée. Tout est paisible. Fais donc un effort, mon cher !... Tu vas bien trouver quelque chose à objecter... Tu peux dire : "J'ai sommeil. J'ai mal à la tête. Adieu." Vite, mais vite. Fais-toi remarquer !... Qu'est-ce que c'est que ça ? Encore et toujours des obstacles ? De quoi te souviens-tu ?... Je me souviens d'un haut plateau qui, face au vaste ciel, se dressait tel un bouclier de la terre. Je le voyais du haut d'une montagne et m'apprêtais à le traverser. Je me mis à chanter. »

Mes lèvres étaient sèches et me désobéirent quand je dis :

« Ne saurait-on donc vivre autrement !

— Non, dit-il avec un sourire interrogateur.

— Mais pourquoi priez-vous, le soir à l'église », demandai-je alors, tandis qu'entre lui et moi s'écroulait tout ce que j'avais jusqu'alors soutenu dans une sorte de sommeil.

« Non, pourquoi devrions-nous parler de cela. Le soir,

aucune personne vivant seule ne porte de responsabilité. On craint bien des choses. Que peut-être la corporéité disparaisse, que les gens soient réellement tels qu'ils paraissent dans le crépuscule, qu'on ne soit pas autorisé à marcher sans canne, qu'il serait peut-être bon d'aller à l'église et de prier en criant, pour que les autres vous regardent et qu'on ait un corps. »

Comme il avait ainsi parlé puis s'était tu, je tirai mon mouchoir rouge de ma poche et je pleurai, le dos courbé.

Il se leva, m'embrassa et dit :

« Pourquoi pleures-tu ? Tu es grand, j'aime cela, tu as de longues mains qui agissent presque selon ta volonté ; pourquoi cela ne te rend-il pas heureux ? Porte toujours des manchettes de couleur sombre, je te le conseille... Non... je te flatte et pourtant tu pleures ? Cette difficulté de la vie, tu la supportes pourtant fort raisonnablement.

« Nous construisons en fait d'inutilisables machines de guerre, des tours, des remparts, des rideaux de soie, et nous pourrions nous en étonner très fort, si nous en avions le temps. Et nous nous maintenons en suspension, nous ne tombons pas, nous voletons, bien que nous soyons plus laids que des chauves-souris. Et c'est à peine si quelqu'un peut, par une belle journée, nous empêcher de dire : "Ah ! mon Dieu, c'est une belle journée, aujourd'hui." Car déjà nous sommes installés sur notre terre et vivons sur la base de notre consentement. »

« Il faut dire [1] que nous sommes comme des troncs d'arbres dans la neige. On dirait qu'ils sont juste posés à plat et qu'on pourrait, d'une petite poussée, les faire glisser. Mais non, on ne le peut pas, car ils sont solidement attachés au sol. Mais regarde, même cela n'est qu'une apparence. »

Réfléchir m'empêchait de pleurer : « Il fait nuit, et personne demain ne me reprochera ce que je pourrais dire à présent, car cela peut avoir été dit en plein sommeil. »

Puis je dis : « Oui, c'est ça, mais de quoi donc parlions-nous ?

---

**1.** Ce paragraphe est le 8ᵉ texte choisi par Kafka pour la publication dans la revue *Hyperion* en mars 1908, *cf.* p. 67 ; il sera repris dans le recueil *Contemplation*, en 1912, *cf.* p. 273.

Nous ne pouvions tout de même pas parler de l'éclairage du ciel, puisque nous sommes au fond du porche d'un immeuble. Non... mais nous aurions tout de même pu en parler, car ne sommes-nous pas, dans notre conversation, tout à fait indépendants, puisque nous ne recherchons aucun but ni la vérité, mais simplement la plaisanterie et la distraction. Pourtant ne pourriez-vous tout de même pas me raconter encore une fois l'histoire de la femme dans le jardin. Qu'elle est admirable, qu'elle est intelligente, cette femme ! Nous devrions nous conduire à son exemple. Comme je l'aime ! Et puis c'est aussi une bonne chose que je vous aie rencontré et que je vous aie ainsi intercepté. Ce fut pour moi un grand plaisir que d'avoir parlé avec vous. J'ai entendu plusieurs choses qui, jusqu'à présent, peut-être intentionnellement, m'étaient restées inconnues... je m'en réjouis. »

Il avait l'air content. Bien que le contact d'un corps humain me soit toujours pénible, je ne pus m'empêcher de le prendre dans mes bras.

Puis nous sortîmes du porche et nous retrouvâmes sous le ciel. Mon ami dispersa d'un souffle quelques bribes de nuages en poudre, si bien que désormais la surface ininterrompue des étoiles se présenta à nous. Mon ami marchait avec peine.

## 4
## Naufrage du gros

Alors tout fut la proie de la vitesse et tomba dans le lointain. L'eau du fleuve fut entraînée au bord d'une chute, voulut se retenir, hésita encore sur l'arête effritée, mais ensuite tomba en grumeaux et vapeur.

Le gros ne put continuer à parler, mais n'eut d'autre possibilité que de se retourner et de disparaître dans la chute d'eau rapide et bruyante.

Moi, qui avais connu tant de divertissements, je me tenais sur la rive et voyais la scène. « Que doivent faire nos poumons », criai-je, et je criai : « s'ils respirent vite, ils s'étouffent d'eux-mêmes, à cause de leurs poisons intérieurs ; s'ils respirent lentement, ils étouffent d'un air irrespirable, des choses qui s'insurgent. Mais s'ils veulent trouver leur propre rythme, ils périssent déjà de cette recherche. »

Or les rives de ce fleuve s'étendaient démesurément et pourtant, du plat de la main, je touchai le fer d'un poteau-indicateur rendu minuscule par la distance. Chose qui ne me fut pas très compréhensible, sur le moment. J'étais pourtant petit, presque plus petit que d'habitude, et un arbuste à baies blanches, qui s'agitait très rapidement, me dominait. Je vis cela, car un instant auparavant, il était près de moi.

Mais malgré cela je m'étais trompé, car mes bras étaient aussi grands que les nuages d'une pluie qui tombe sur toute une région, sauf qu'ils étaient plus rapides. Je ne sais pas pourquoi ils voulaient écraser ma pauvre tête.

Celle-ci était pourtant si petite, comme un œuf de fourmi, sauf qu'elle était un peu abîmée, donc plus tout à fait ronde. Je lui fis exécuter des mouvements giratoires de supplication, car l'expression de mes yeux aurait pu passer inaperçue, tant ils étaient petits.

Mais mes jambes, impossibles et pourtant bien à moi s'étendaient par-dessus des montagnes boisées, ombrageant les vallées et leurs villages. Elles grandissaient, grandissaient ! Déjà elles pointaient dans l'espace qui ne possédait plus de paysage, depuis longtemps déjà leur longueur dépassait la portée de mes yeux.

Mais non, ce n'est pas cela... je suis tout de même petit, provisoirement petit... je roule... je roule... je suis une avalanche dans la montagne ! Je vous en prie, gens qui passez, ayez la bonté de me dire quelle est ma taille, mesurez-moi ces bras, ces jambes.

## III

« Mais que se passe-t-il », dit mon compagnon, avec qui j'avais quitté la soirée et qui marchait tranquillement à mes côtés sur un chemin du mont Saint-Laurent. « Arrêtez-vous un peu, enfin, que j'y voie clair... Vous savez, j'ai une affaire à régler... C'est tellement épuisant... cette nuit froide bien sûr, et aussi éclairée, mais ce vent insatisfait, qui paraît même parfois modifier la position de ces acacias. »

L'ombre de la maison du jardinier sous la lune était tendre au-dessus du chemin un peu bombé et orné d'un rien de neige. Apercevant le banc qui était à côté de la porte, je le montrai en levant la main, car je n'étais pas courageux et m'attendais à des reproches, je posai donc ma main gauche sur ma poitrine.

Il s'assit d'un air dégoûté, sans égard pour ses beaux habits, et me surprit en serrant les coudes sur ses hanches et en posant le front sur le bout de ses doigts repliés.

« Oui, à présent je veux dire ceci ! Vous savez, je mène une vie régulière, il n'y a rien à critiquer, tout ce qui est nécessaire et admis arrive. Le malheur, auquel on est habitué dans la société où je fréquente, ne m'a pas épargné, comme mon entourage et moi-même l'avons vu avec satisfaction, et ce bonheur général n'est pas limité, lui non plus, et j'ai pu moi-même en parler en petit comité. Bon, je n'avais encore jamais été vraiment amoureux. Il m'arrivait de le regretter, mais j'utilisais cette expression quand j'en avais besoin. En revanche, à présent je suis obligé de le dire : Oui, je suis amoureux, et sans doute excité par cet état. Je suis un amoureux plein d'ardeur, tel que le souhaitent les jeunes filles. Mais n'aurais-je pas dû songer que justement cette absence antérieure donnait à ma façon de vivre une tournure exeptionnelle et drôle, particulièrement drôle ?

— Du calme, du calme, dis-je avec indifférence et en ne pensant qu'à moi, puisque votre bien-aimée est belle, comme je me suis laissé dire.

— Oui, elle est belle. Assis près d'elle, je n'arrêtais pas de penser : "Quelle audace... et je suis d'un téméraire... je m'embarque sur la mer... je bois du vin à pleins gallons." Mais quand elle rit, elle ne montre pas ses dents, comme on devrait s'y attendre, on ne voit que l'ouverture sombre, mince et arquée, de sa bouche. Et avec ça, un air de vieillard rusé, bien qu'en riant elle rejette la tête en arrière.

— Je ne peux pas le nier, dis-je en soupirant, je m'en suis probablement rendu compte aussi, car c'est sûrement frappant. Mais il n'y a pas que ça. La beauté des jeunes filles, de toute façon ! Souvent [1] quand je vois des robes ornées de multiples plis, ruches et franges, enveloppant joliment de beaux corps, je pense qu'elles ne restent pas longtemps comme ça ; qu'elles se plissent, sans qu'on ne puisse plus les repasser ; qu'elles prennent la poussière, qui, épaisse, ne s'enlève plus des ornements ; et que personne ne voudra s'affliger et se rendre ridicule en passant chaque matin la même robe de prix pour la quitter le soir. Cependant je vois des jeunes filles qui sont bien belles et montrent toutes sortes de muscles et des chevilles ravissantes et une peau tendue et des masses de cheveux fins, et qui pourtant apparaissent chaque jour dans cet unique déguisement naturel, et ne cessent de poser le même visage dans la même paume de la main pour qu'il se reflète dans leur miroir. Mais il arrive parfois, le soir, que rentrant tard d'une fête, dans le miroir il leur paraisse usé, bouffi, poussiéreux, déjà vu par tout le monde et plus guère mettable.

— Mais je vous ai souvent demandé en chemin si vous la trouvez belle, la jeune fille, et vous vous êtes toujours tourné de l'autre côté sans me répondre. Dites-moi, avez-vous de mauvaises intentions ? Pourquoi ne me réconfortez-vous pas ? »

J'enfonçai mes pieds dans l'ombre et dis avec délicatesse : « Vous n'avez pas besoin d'être réconforté. Car enfin elle vous aime. » Ce disant, je mis sur ma bouche mon mouchoir orné de grappes de raisin bleues, pour ne pas prendre froid.

---

1. Jusqu'à la fin du paragraphe se trouve ici le texte publié dans le recueil *Contemplation*, paru en 1912, chez Rowohlt (*cf.* p. 269, dans une traduction différente). Mais il figurait déjà en n° 3 des cinq textes publiés le 27 mars 1910 dans le quotidien *Bohemia*, sous le titre « Robes ».

Alors il se tourna vers moi et appuya son large visage sur le petit dossier du banc : « Vous savez, d'une façon générale j'ai encore le temps ; je puis encore mettre fin immédiatement à cet amour naissant, par une vilenie ou une infidélité ou un départ pour une contrée lointaine. Car vraiment, je suis en pleine indécision : dois-je m'abandonner à cette émotion. Il n'y a rien là de sûr, personne ne peut en dire avec certitude la direction et la durée. Si j'entre dans un estaminet avec l'intention de m'enivrer, je sais que, ce soir-là, je serai ivre, mais dans mon cas ! Dans une semaine, nous avons l'intention de faire une excursion avec une famille d'amis, n'y a-t-il pas de quoi provoquer un orage dans le cœur, quinze jours durant. Les baisers de ce soir me rendent somnolent, pour donner de l'espace à des rêves indomptés. J'y résiste et fais une promenade nocturne ; il se trouve alors que je suis sans cesse ému, que mon visage est froid et chaud comme après des bourrasques de vent, que je ne peux m'empêcher de toucher sans arrêt un ruban rose dans ma poche, que j'ai à mon sujet les plus grandes craintes, mais sans pouvoir y donner suite, et, même vous, monsieur, je vous supporte, moi qui d'ordinaire ne saurais sûrement m'entretenir si longuement avec vous. »

J'avais très froid, et déjà le ciel déclinait un peu, avec une couleur blanchâtre : « Rien ne servira de commettre une vilenie, une infidélité, ou un départ pour une contrée lointaine. Il faudra que vous vous donniez la mort », dis-je, en souriant de surcroît.

En face de nous, de l'autre côté de l'allée, se dressaient deux arbustes et, derrière eux en contrebas[1], il y avait la ville. Elle était encore un peu éclairée.

« Bon », s'écria-t-il en frappant fermement le banc de son petit poing avant de le poser aussitôt après. « Mais vous vivez. Vous ne vous tuez pas. Personne ne vous aime. Vous n'arrivez à rien. Vous n'êtes pas maître de l'instant suivant. Et vous me parlez comme cela, méchant homme. Vous êtes incapable d'ai-

1. Sous la colline aujourd'hui nommée Petrin.

mer, rien ne vous émeut, sauf la peur. Regardez un peu ma poitrine. »

Il ouvrit alors rapidement son manteau et son gilet et sa chemise. Sa poitrine était vraiment large et belle.

Je me mis à raconter : « Oui, il arrive que ce genre d'humeurs rebelles s'emparent de nous. Ainsi, moi, j'étais cet été dans un village. Il se trouvait au bord d'un fleuve. Je m'en souviens parfaitement. Souvent, j'étais assis tout de travers sur un banc du rivage. Il y avait là aussi un hôtel de la Plage. On y entendait souvent jouer du violon. De vigoureux jeunes gens discutaient dans le jardin, attablés devant une bière, de chasse et d'aventures. Et puis il y avait sur l'autre rive des montagnes qui ressemblaient tellement à des nuages. »

Je me levai alors, la bouche mollement grimaçante, m'avançai sur le gazon derrière le banc, cassai en passant quelques petites branches couvertes de neige et dis ensuite à l'oreille de mon compagnon : « Je suis fiancé, je l'avoue. »

Mon compagnon ne s'étonna pas de me voir debout : « Vous êtes fiancé ? » Il était assis là, l'air vraiment très faible, uniquement soutenu par le dossier du banc. Puis il ôta son chapeau, et je vis ses cheveux qui, parfumés et bien peignés, prolongeaient sur la chair de son cou sa tête ronde par une ligne bien arrondie, comme on l'aimait cet hiver-là.

J'étais heureux de lui avoir répondu si intelligemment. « Oui, me dis-je, avec quelle aisance il évolue dans la société, la nuque souple et les bras dégagés. Il est capable de traverser un salon avec une dame tout en menant une bonne conversation, et cela ne l'inquiète nullement qu'il pleuve devant la maison, ou qu'un timide se tienne là, ou que se produise quelque autre calamité. Non, de toute façon, il fera aussi joliment la révérence devant les dames. Mais le voilà maintenant assis. »

Mon compagnon s'essuya le front avec un mouchoir de batiste. « Je vous en prie, dit-il, posez-moi un peu votre main sur le front. Je vous en prie. » Comme je ne le faisais pas à l'instant, il joignit les mains.

Comme si notre préoccupation avait tout assombri, nous

étions assis au sommet de la montagne comme dans une petite chambre, bien que déjà auparavant nous eussions remarqué la lumière et le vent du matin. Nous étions près l'un de l'autre, quoique nous ne nous aimions pas du tout, mais nous ne pouvions pas beaucoup nous éloigner, car les murs étaient nettement et solidement dressés. Mais nous avions le droit de nous comporter de façon ridicule et sans dignité humaine, car nous n'avions pas à avoir honte devant les branches au-dessus de nos têtes et devant les arbres là en face de nous.

À cet instant, mon compagnon sans plus de cérémonie tira de sa poche un couteau, l'ouvrit d'un air pensif, puis l'enfonça, comme en jouant, dans son avant-bras gauche, et ne l'en retira pas. Aussitôt le sang ruissela. Ses joues rondes étaient pâles. J'arrachai le couteau, découpai la manche du manteau d'hiver et de la jaquette, déchirai la manche de la chemise. Descendis ensuite en courant le chemin sur une courte distance, puis le remontai pour voir s'il n'y avait personne qui pût m'aider. La moindre branche se détachait de façon presque trop intense, dans son immobilité. Puis je suçai un peu au bord de la profonde plaie. Je me souvins alors de la maisonnette du jardinier. Je montai en courant les marches qui menaient au gazon en surplombant le côté gauche de la maison, j'inspectai précipitamment les fenêtres et les portes, je sonnai avec fureur en trépignant, bien que j'eusse vu d'emblée que la maison était inhabitée. Puis j'examinai la plaie d'où coulait un mince filet de sang. Je mouillai son mouchoir dans la neige et lui pansai maladroitement le bras.

« Mon cher, mon cher ami, dis-je, c'est à cause de moi que tu t'es blessé. Tu es dans une si belle position, entouré de gens aimables, tu peux te promener au grand jour, quand on aperçoit, proches ou lointains, beaucoup de gens habillés avec soin, assis à des tables ou sur les sentiers de la colline. Songe simplement qu'au printemps nous irons dans les pépinières, non, pas nous, c'est vrai malheureusement, mais toi, en compagnie d'Annerl, tu partiras au grand trot en voiture dans la joie. Oh ! oui, crois-moi, je t'en prie, et le soleil attirera sur vous, les plus beaux, l'attention de tous. Oh ! il y a de la musique, on entend les chevaux au loin, inutile de se faire du souci, il y a des cris, et des orgues de Barbarie jouent dans les allées. »

« Ah ! mon Dieu », dit-il, puis se leva, s'appuya sur moi, et nous partîmes, « il n'y a rien à faire. Cela ne saurait me réjouir. Excusez-moi. Il est déjà tard ? Peut-être fallait-il que je fasse quelque chose demain matin. Ah ! mon Dieu. »

Un réverbère brûlait là-haut, près du mur, et posait l'ombre des troncs en travers du chemin et dans la neige blanche, tandis que l'ombre des multiples ramures, tour à tour ployée ou brisée, s'étendait sur la pente.

# « Manuscrit 2 » [1]

## I

Vers minuit, déjà, quelques personnes se levèrent, s'inclinèrent, se serrèrent la main, dirent que ç'avait été très bien, puis franchissant le seuil de la grande porte, passèrent dans le vestibule pour s'habiller. La maîtresse de maison se tenait au milieu du salon et faisait force révérences, tandis que de jolis plis roulaient sur sa robe.

Assis à un petit guéridon — il avait trois pieds courbes et minces —, j'étais en train de siroter mon troisième petit verre de Bénédictine et, tout en buvant, couvais du regard la petite provision de gâteaux que j'avais moi-même choisis et soigneusement empilés.

À cet instant, je vis ma nouvelle connaissance, légèrement ébouriffée et la tenue en désordre, apparaître dans l'encadrement de la porte d'une pièce voisine, mais je voulus ne pas le voir, car ça ne me regardait en rien. Lui, en revanche s'approcha de moi et, légèrement amusé par mon occupation, il dit en souriant :

1. Il faut supposer, d'après H. Binder (*op. cit.*, pp. 81-82) que sa rédaction date de l'hiver 1909-1910, trois à quatre ans donc après le « manuscrit 1 ».

« Excusez-moi de me joindre à vous. Mais jusqu'à présent, j'ai été assis seul avec ma petite amie dans une pièce voisine. Depuis dix heures et demie. Ah, dites donc, quelle soirée cette fois ! Je le sais, il n'est pas convenable que je vous raconte cela, car nous nous connaissons à peine. Nous nous sommes rencontrés ce soir dans l'escalier, n'est-ce pas, et, invités de cette même maison, nous nous sommes dit quelques paroles. Et déjà — mais il vous faut — je vous en prie — me pardonner, je déborde de bonheur, je ne pouvais pas m'en empêcher. Et comme je ne connais ici personne d'autre que vous à qui je puisse me confier... »

Je le regardai avec tristesse — le morceau de tarte aux fruits que j'avais dans la bouche n'était pas particulièrement bon — et dis en levant les yeux vers son visage joliment coloré : « Je suis heureux bien sûr de paraître digne de votre confiance, mais mécontent que vous vous soyez confié à moi. Et vous-même, si vous n'étiez pas aussi troublé, vous devriez sentir comme il est déplacé de parler d'une jeune fille amoureuse à quelqu'un qui, assis en solitaire, est en train de boire son schnaps. »

Quand j'eus dit cela, il s'assit brusquement, se rejeta en arrière et laissa pendre ses bras. Puis, les coudes pliés en arrière, il se mit à monologuer à assez haute voix :

« Il y a encore un petit instant, nous étions là seuls dans la pièce, Annerl avec moi. Et je l'ai embrassée, embrassée... je... l'ai... embrassée, elle,... sur la bouche, les oreilles, les épaules. Seigneur Dieu ! »

Quelques invités qui supposaient une conversation quelque peu plus animée, s'avancèrent vers nous en bâillant. Du coup, je me levai pour que tous puissent l'entendre :

« Bon d'accord, si vous y tenez, je vais vous accompagner, mais je persiste à dire que c'est une absurdité de monter maintenant, en hiver et de nuit, sur le mont Saint-Laurent. En outre, il s'est mis à faire froid, et comme il est tombé un peu de neige, les chemins dehors sont de vraies patinoires. Mais c'est comme vous voulez... »

Il me regarda d'abord avec étonnement en ouvrant sa bouche aux lèvres humides ; puis, comme il découvrait les messieurs qui étaient déjà tout près de nous, il rit, se leva et dit :

« Oh si, la fraîcheur nous fera du bien ; nos vêtements sont imprégnés de chaleur et de fumée ; et puis je suis aussi un peu ivre, sans vraiment avoir beaucoup bu ; oui, nous allons prendre congé et nous nous en irons. »

Nous nous dirigeâmes donc vers la maîtresse de maison et, comme il lui baisait la main, elle dit :

« Non, je suis contente que vous ayez aujourd'hui l'air si heureux. »

La bonté de ces paroles le toucha, et il lui baisa encore une fois la main ; elle sourit. Je dus l'entraîner.

Dans le vestibule, une femme de chambre attendait, c'était la première fois que nous la voyions. Elle nous aida à enfiler nos manteaux et prit ensuite une petite lanterne pour nous éclairer dans l'escalier. Son cou était nu, juste cerclé sous le menton d'un ruban de velours noir, et son corps penché, vêtu d'une ample robe, n'arrêtait pas de prendre de l'ampleur tandis qu'elle nous précédait dans l'escalier, en tenant la lampe vers le bas. Elle avait les joues rouges, car elle avait bu du vin, et dans la faible lumière de la lampe qui remplissait toute la cage d'escalier, ses lèvres tremblaient.

En bas de l'escalier, elle posa la lampe sur une marche, fit un pas vers mon compagnon, et le prit dans ses bras, et l'embrassa, et resta blottie contre lui. C'est seulement quand je lui eus mis une pièce dans la main que, d'un air endormi, elle détacha ses bras de lui, ouvrit lentement le petit portail de la maison et nous laissa partir dans la nuit.

Au-dessus de la rue déserte, uniformément éclairée, une grosse lune brillait dans un ciel parsemé de nuages, ce qui le rendait plus vaste encore. Sur la neige gelée, on ne pouvait faire que de petits pas.

Nous étions à peine dehors que je me mis à manifester une allégresse non négligeable. Je levais les jambes, faisais craquer mes articulations, je criais dans la rue un nom comme si, à l'angle de celle-ci, un ami venait de m'échapper, je jetais mon chapeau en l'air dans un bond et le rattrapais en faisant le malin.

Mon compagnon, lui, marchait avec indifférence à mes côtés. Il tenait la tête baissée. Il ne parlait pas non plus.

Cela m'étonna, car j'avais supputé que sa joie éclaterait une fois que je lui aurais fait quitter la compagnie. Moi aussi maintenant je pouvais me calmer. Je venais juste de lui donner une tape dans le dos, quand, tout à coup, je ne compris plus dans quel état il était et retirai ma main. Comme je n'en avais plus besoin, je la fourrai dans la poche de mon pardessus.

Nous marchions donc en silence. Je faisais attention au bruit de nos pas et n'arrivais pas à comprendre pourquoi il m'était impossible de marcher du même pas que mon compagnon. Or, l'air était limpide, je voyais nettement ses jambes. Çà et là, appuyé à l'encadrement d'une fenêtre, quelqu'un d'autre nous regardait.

Quand nous arrivâmes dans la rue Ferdinand, je m'aperçus que mon compagnon commençait à fredonner une mélodie de la « Princesse Dollar [1] » ; tout bas certes, mais je l'entendais fort bien. Qu'est-ce que ça voulait dire ? Voulait-il me vexer ? Eh bien, j'étais prêt à renoncer tout de suite à cette musique et à toute cette promenade de surcroît. Oui, pourquoi ne me parlait-il donc pas ? S'il n'avait pas besoin de moi, pourquoi ne m'avait-il donc pas laissé tranquille là-bas au chaud avec ma Bénédictine et mes sucreries. Ce n'était vraiment pas moi qui avais réclamé cette promenade. J'aurais d'ailleurs pu aller me promener en toute indépendance. Je venais d'être en société, j'avais sauvé du ridicule un jeune homme ingrat et je me promenais maintenant au clair de lune. Cela me convenait aussi. Toute la journée au bureau, le soir en société, la nuit dans les rues, et rien de façon excessive. Un mode de vie débridé à force de naturel !

---

**1.** Selon H. Binder (*Kafka-Kommentar*, p. 50), c'est une opérette de Leo Falls (1873-1925) créée en 1907. — Une des différences frappantes entre les deux manuscrits de ce texte est la présence de détails pittoresques, tel celui-ci ; la topographie pragoise est également beaucoup plus précise dans le « manuscrit 2 », ex. p. 164 le quai François, p. 168 l'église du Séminaire (St-Salvator).

Pourtant, mon compagnon me suivait toujours, il pressa même le pas quand il s'aperçut qu'il était resté en arrière. On ne disait rien, on ne pouvait pas dire non plus que nous courions. Je me demandai quand même s'il n'était pas judicieux de m'engager dans une rue latérale, vu que au fond je n'étais pas tenu de faire cette promenade en sa compagnie. Je pouvais rentrer seul chez moi et nul n'avait le droit de m'en empêcher. Je verrais alors mon compagnon passer sans rien savoir devant l'entrée de ma rue. Adieu, cher compagnon ! Dans ma chambre, j'aurai chaud en arrivant, j'allumerai sur ma table la lampe à monture de fer, une fois cela fait, je m'installerai dans mon fauteuil qui est sur le tapis d'Orient déchiré. Belles perspectives ! Et pourquoi pas ? Mais après ? Pas d'après. La lampe éclairera la pièce bien chaude, j'aurai sa lumière sur la poitrine, dans mon fauteuil. Puis je commencerai à avoir froid et à passer des heures tout seul entre mes murs bien peints, allongé sur le plancher qui, dans le miroir à cadre doré pendu sur le mur derrière moi, s'incline.

Mes jambes se fatiguaient, et déjà j'étais décidé à rentrer de toute façon à la maison et à me mettre au lit, quand je fus pris de doutes : fallait-il ou non, au moment de partir, que je salue mon compagnon. Mais j'étais trop timide pour m'en aller sans le faire, et trop faible pour le saluer en criant à haute voix. Je m'arrêtai donc, m'appuyai au mur d'une maison éclairée par la lune et attendis.

Mon compagnon traversa toute la largeur du trottoir jusque vers moi, prestement, comme si je devais l'attraper. Il cligna des yeux à cause d'une certaine connivence que manifestement j'avais oubliée.

« Alors quoi, qu'est-ce qu'il y a, demandai-je.

— Mais rien, dit-il, je voulais simplement vous demander votre avis sur cette femme de chambre qui m'a embrassé dans l'entrée. Qui est cette jeune femme ? L'avez-vous déjà vue auparavant ? Non ? Moi non plus. Était-ce d'ailleurs une femme de chambre ? Je voulais déjà vous le demander pendant qu'elle descendait l'escalier devant nous.

— Que ce soit une femme de chambre, et pas même la principale, je l'ai tout de suite vu à ses mains rouges, et quand je lui ai mis l'argent dans la main, j'ai senti sa peau rêche.

— Mais cela prouve simplement qu'elle est employée déjà depuis un certain temps, ce que d'ailleurs je crois.

— Vous avez sans doute raison. Dans la lumière, on ne pouvait vraiment pas tout distinguer là-bas, mais moi aussi son visage m'a rappelé celui de la fille d'un officier parmi mes relations, qui n'est plus toute jeune.

— Pas moi, dit-il.

— Cela ne doit pas m'empêcher de rentrer à la maison ; il est tard et demain matin je dois être au bureau ; on peut certes y dormir, mais ce n'est pas ce qui convient. » Sur ces mots, je lui tendis la main pour prendre congé.

« Pouah, la main froide ! s'écria-t-il, je ne voudrais pas rentrer chez moi avec une main pareille. Vous auriez dû, mon cher, vous aussi vous laisser embrasser, ce fut un oubli, mais vous pouvez encore le rattraper. Comment ça, dormir ? Cette nuit ? Vous en avez, des idées ! Songez donc à toutes ces heureuses pensées que l'on étouffe avec la couverture quand on dort seul dans son lit, et à tous ces rêves malheureux qu'avec celle-ci on y réchauffe.

— Moi, je n'étouffe rien et je ne réchauffe rien, dis-je.

— Ah, laissez-moi, vous en êtes, un drôle », conclut-il. En même temps, il se remit en route et je le suivis sans m'en rendre compte, occupé que j'étais de ses paroles.

Je crus comprendre d'après ces paroles que mon compagnon supposait en moi quelque chose qui, bien sûr, n'y était pas, mais qui, du fait qu'il le supposait, suscitait chez lui du respect pour moi. Heureusement donc que je n'étais pas rentré chez moi. Qui sait, cet homme, là à côté de moi et dont la bouche fumait dans le froid, qui pensait à des histoires de femme de chambre, était peut-être en mesure de me faire valoir devant les gens, sans que je sois d'abord obligé de gagner cette valeur ! Que seulement les jeunes filles ne viennent pas me l'abîmer ! Quelles l'embrassent et le serrent, c'est bien leur devoir et son droit, mais elles ne doivent pas me l'enlever. Si elles l'embrassent, elles m'embrassent un peu en même temps ; du coin des lèvres, dans une certaine mesure ; mais si elles l'enlèvent, elles me le volent. Et il faut qu'il reste toujours près de moi, toujours, qui le protégera, si ce n'est moi. Il est tellement bête. En février, on lui dit : Tu viens sur le mont Saint-Laurent, et il y va. Et après, si maintenant il tombe, s'il prend froid, si un jaloux sortant de la rue de la Poste lui tombe dessus. Que va-t-il alors m'arriver, va-t-on me jeter hors du monde ? Je voudrais bien voir ça, non, il n'arrivera pas à se débarrasser de moi.

Demain, il conversera avec Mlle Anna ; de choses banales pour commencer, comme il se doit, mais soudain il ne pourra plus le taire : Hier, Annerl, dans la nuit, après notre soirée, tu sais, j'étais avec une personne comme tu n'en as fort sûrement encore jamais vue. Il a l'air — comment dois-je le décrire —, il a l'air d'une perche qui se balance, avec un crâne aux cheveux noirs au-dessus. Son corps est tapissé d'une multitude de petits bouts d'étoffe jaune mat, qui le recouvraient complètement, car en l'absence de vent hier ils se plaquaient contre lui. Comment, Annerl, tu en perds l'appétit ? Alors là, c'est ma faute, j'ai mal raconté tout cela. Si seulement tu l'avais vu, comme il marchait timidement à mes côtés, comme il observait mon état amoureux, ce qui n'était pas bien difficile, et pour ne pas me déranger dans cet état, comme il marchait seul devant moi à grande distance. Je crois, Annerl, que tu aurais un peu ri et que tu aurais eu un peu peur, mais moi j'étais content de sa présence. Car où étais-tu, Annerl ? Tu étais dans ton lit, et l'Afrique n'était pas plus éloignée que ton lit. Mais parfois j'avais vraiment l'impression que, à chaque inspiration de sa maigre poitrine, le ciel étoilé se soulevait. Tu crois que j'exagère ? Non, Annerl ; par mon âme, non ; par mon âme qui t'appartient, non.

Et je ne fis pas grâce à mon compagnon — nous arrivions justement sur le quai François — de la honte qu'il devait éprouver devant un tel discours. Mais à cet instant, mes pensées s'embrouillèrent, car la Moldau et le quartier sur l'autre rive étaient dans une commune obscurité. Quelques lumières y brillaient et jouaient avec les yeux qui les regardaient.

Nous traversâmes la chaussée, pour arriver au garde-corps, où nous nous arrêtâmes. Je trouvai un arbre pour m'appuyer. Comme un vent froid montait de l'eau, je mis mes gants, soupirai sans raison, comme on aime à le faire la nuit au bord d'un fleuve, mais voulus continuer mon chemin. Mon compagnon regardait dans l'eau et restait immobile. Puis il se rapprocha encore davantage du garde-corps, il avait déjà les jambes contre le fer, y posa les coudes et se prit le front dans les mains. Quoi encore ? J'étais vraiment gelé et dus relever le col de mon pardessus. Mon compagnon s'étira, le dos, les épaules, le cou, tout en maintenant son buste, qu'il appuyait sur ses bras tendus, penché par-dessus le garde-corps.

« Les souvenirs, n'est-ce pas ? » dis-je, « oui, se souvenir est déjà triste, alors leur contenu ! Ne vous adonnez pas à ce genre de choses, ce n'est pas fait pour vous et pas pour moi, non plus. On affaiblit par là — il n'y a rien de plus clair — sa situation présente, sans renforcer l'ancienne, sauf que l'ancienne n'a plus besoin d'être renforcée. Croyez-vous donc que je n'aie pas de souvenirs ? Oh, dix des miens pour un des vôtres. Maintenant, par exemple, je pourrais me souvenir de la fois où j'étais assis sur un banc à L [1]. C'était le soir, au bord d'un fleuve également. En été naturellement. Et c'est mon habitude, un soir comme ça, de remonter les jambes et de m'en entourer le corps. J'avais posé la tête sur le dossier en bois du banc, et je regardais les montagnes sur l'autre rive, qui ressemblaient à des nuages. Un violon jouait avec délicatesse à l'hôtel du Rivage. Sur les deux rives, des trains glissaient dans les deux sens, avec leur panache de fumée lumineuse. »

Mon compagnon m'interrompit, il se retourna tout à coup, ce fut un peu comme s'il était étonné de me voir encore là. « Ah, je pourrais encore en raconter davantage », dis-je, rien de plus.

« Réfléchissez, et les choses viennent toujours comme ça », commença-t-il. « En descendant aujourd'hui mon escalier pour

---

**1.** L. peut désigner Liboch, ville située au nord de Prague, sur l'Elbe, où Kafka séjourna à plusieurs reprises l'été, en août 1902 pour la dernière fois. Le chemin de fer y passe en effet sur les deux rives du fleuve (*cf.* Binder, *Kafka-Kommentar*, p. 51).

faire encore une petite promenade avant la soirée, je ne pus m'empêcher de m'étonner en voyant mes mains ballotter dans mes manchettes et avec quelle gaieté elles le faisaient... Je me dis alors tout aussitôt : Attends, aujourd'hui il va arriver quelque chose. Et d'ailleurs, c'est arrivé. » Il marchait déjà en disant ces mots et me regardait de ses grands yeux en souriant.

J'avais donc mené les choses aussi loin. Il pouvait me raconter de telles histoires et, en même temps, sourire et me faire de grands yeux. Et moi, il fallait que je me retienne de lui mettre le bras sur les épaules et de l'embrasser sur les yeux pour le récompenser de ne pas avoir du tout besoin de moi. Mais le pire, c'était que même cela ne pouvait plus faire de mal, parce que ça ne pouvait rien changer, car il fallait maintenant que je m'en aille, que je m'en aille absolument.

Comme je cherchai encore rapidement un moyen de pouvoir au moins un instant rester près de mon compagnon, je me dis soudain que peut-être ma longue silhouette, à côté de laquelle à son avis il paraissait trop petit, pouvait lui être désagréable. Et cette question — même si la nuit était bien avancée et que nous ne rencontrions presque personne — m'obséda tant que je courbai le dos au point qu'en marchant mes mains touchaient mes genoux. Mais pour que mon compagnon ne s'aperçût pas de mon intention, je ne modifiai ma démarche que progressivement et cherchai à détourner de moi son attention, je lui fis même tourner la tête vers le fleuve et lui désignai, en tendant la main, les arbres de l'Île-aux-Archers et les réverbères du pont qui se reflétaient dans le fleuve.

Mais, faisant soudain volte-face, il se tourna vers moi — je n'avais pas encore tout à fait fini — et dit : « Tiens, que se passe-t-il ? Vous voilà tout courbé ! Qu'est-ce que vous fabriquez ?

— C'est vrai, dis-je, la tête près de la couture de son pantalon, ce qui m'empêchait aussi de lever convenablement les yeux, quelle vue perçante !

— Allez, hop là ! Redressez-vous donc ! En voilà des bêtises !

— Non, dis-je en regardant la terre toute proche, je reste comme je suis.

— Eh bien, je dois vous dire que vous savez énerver les gens. Quel arrêt superflu ! Allez, arrêtez-vous enfin !

— Comme vous criez ! Dans cette nuit tranquille, dis-je.

— Du reste, faites à votre guise », ajouta-t-il encore, et au bout d'un instant : « Il est une heure moins le quart. » Il lisait visiblement l'heure à l'horloge de la Tour-du-Moulin.

Je m'étais déjà redressé, comme tiré par les cheveux. Je gardai un petit instant la bouche ouverte, pour que l'excitation s'échappât par là. Je le comprenais : il me congédiait. Il n'y avait aucune place pour moi auprès de lui, et si peut-être il y en avait quand même une, alors elle était introuvable. Et pourquoi, au fait, avais-je tant envie de rester auprès de lui. Non, je voulais simplement m'en aller — et ce, tout de suite — rejoindre ma famille et mes amis, qui m'attendaient déjà. Mais si je n'avais ni famille ni ami, il faudrait, de toute façon, que je m'en sorte seul (à quoi sert de se plaindre !), il n'en faudrait pas moins que je m'en aille vite d'ici. Car auprès de lui, plus rien ne pouvait m'aider, ni ma haute taille, ni mon appétit, ni ma main froide. Si, en revanche, j'étais d'avis qu'il me fallait rester auprès de lui, c'était un avis dangereux.

« Je n'ai pas eu besoin de votre avis, dis-je, ce qui d'ailleurs correspondait à la vérité.

— Dieu merci, vous voilà enfin redressé. J'ai simplement dit qu'il était une heure moins le quart.

— C'est bon, dis-je en plaçant deux de mes ongles dans les intervalles de mes dents qui claquaient. Si je n'ai pas besoin de votre avis, j'ai encore moins besoin d'une explication. En réalité, je n'ai besoin que de votre grâce. Je vous en prie, je vous en prie, retirez ce que vous avez dit !

— Qu'il est une heure moins le quart ? Mais avec plaisir, d'autant qu'il y a déjà longtemps que les trois quarts sont passés. »

Il leva le bras droit, secoua la main et écouta attentivement le bruit de castagnettes de sa petite chaîne de manchette.

C'était maintenant que le crime allait avoir lieu. Je resterai près de lui, et il lèvera le couteau qu'il tenait déjà dans sa poche le long de son manteau, puis le tournera contre moi. Il est invraisemblable qu'il s'étonne de trouver la chose aussi simple, mais peut-être que si, allez savoir. Je ne crierai pas, je me contenterai de le regarder tant que mes yeux pourront le faire.

« Alors ? », dit-il.

Au loin, devant un café aux vitres noires, un policier se propulsait en glissant sur le pavé comme un patineur. Son sabre le gênait, il le prit à la main, parcourut alors une longue distance et, pour finir, fit presque un cercle complet. À la fin, il poussa encore de petits cris de joie et, des airs dans la tête, il reprit ses glissades.

Ce fut ce policier qui, à deux cents pas d'un crime imminent, n'avait d'yeux et d'oreilles que pour lui-même, me causa une espèce de peur. Je constatai qu'en tout cas c'en était fini de moi, que je me fasse poignarder ou que je m'enfuie. Mais ne valait-il pas mieux que je m'enfuie et m'expose ainsi à une façon compliquée et donc plus douloureuse de mourir. Les raisons de privilégier cette façon de mourir n'étaient pas pour moi immédiatement évidentes, mais je n'avais pas le droit de passer le dernier instant qui me restait à chercher des raisons. J'en aurais le temps plus tard, quand j'aurais pris ma décision, et cette décision, je l'avais prise.

Il fallait que je m'enfuie, c'était très facile. À l'endroit où la rue tournait à gauche vers le pont Charles, je pouvais m'engouffrer à droite dans la rue Charles. Elle était tortueuse, il y avait des porches obscurs, et des estaminets encore ouverts ; il ne fallait pas désespérer.

Quand nous fûmes passés sous l'arche au bout du quai sur la place des Croisés, je me précipitai dans cette rue, les bras en l'air. Mais devant une petite porte de l'église du Séminaire, je tombai, à cause d'une marche à laquelle je ne m'étais pas attendu. Cela fit un peu de bruit, le prochain réverbère était assez loin, j'étais par terre dans l'obscurité.

D'un estaminet, en face, une grosse femme sortit avec une petite lanterne pour voir ce qui s'était passé dans la rue. Le piano à l'intérieur continua plus faiblement, d'une seule main, car le pianiste s'était tourné vers la porte qui, jusqu'alors entrebâillée fut ouverte en grand par un homme en manteau boutonné jusqu'en haut. Il cracha dehors, puis serra la femme si fortement contre lui qu'elle dut lever la petite lanterne pour la protéger. « Ce n'était rien du tout », cria-t-il vers l'intérieur, sur quoi ils firent demi-tour et rentrèrent, puis la porte se referma.

J'essayai de me relever, mais je retombai. « Il y a du verglas », dis-je en ressentant une douleur au genou. Pourtant j'étais heureux que les gens de l'estaminet ne m'eussent pas vu et que je puisse rester tranquillement allongé ici jusqu'à l'aube.

Mon compagnon avait sans doute continué seul jusqu'au pont sans s'être aperçu de mon absence, car il ne me rejoignit qu'au bout d'un moment. Je ne me rendis pas compte qu'il fût surpris quand il se pencha sur moi — il baissa seulement le cou, à la façon d'une hyène[1] — et me caressa d'une main douce. Il me passa la main sur les pommettes, puis posa la paume de la main sur mon front : « Vous vous êtes fait mal, pas vrai ? Maintenant il y a du verglas, et il faut être prudent — ne l'avez-vous pas dit vous-même ? La tête vous fait mal ? Non ? Ah, c'est le genou. Voilà. C'est plutôt mauvais. »

Mais il ne songeait pas à me relever. J'appuyai la tête sur ma main droite — le coude posé sur le pavé — et je dis : « Nous revoilà donc ensemble. » Et comme la peur à nouveau m'envahit, j'appuyais mes deux mains sur ses tibias pour le repousser. « Va-t-en, allez va-t-en », dis-je en même temps.

Il avait les mains dans les poches et regardait la rue déserte, puis l'église du Séminaire, avant de lever les yeux vers le ciel. Enfin, comme une voiture se traînait à grand bruit dans une des rues voisines, il se souvint de moi : « Eh bien, pourquoi donc ne parlez-vous pas, mon cher ? Vous ne vous sentez pas bien ? Et, au fond, pourquoi ne vous relevez-vous pas ? Faut-il que j'aille chercher une voiture ? Si vous voulez, je vais aller vous chercher un peu de vin là, dans cet estaminet. Mais vous ne pouvez pas rester allongé ici dans le froid. Et nous avions l'intention de monter sur le mont Saint-Laurent.

---

1. À rapprocher de « Chacals et Arabes », p. 1057.

— Bien sûr, dis-je, en me relevant tout seul, mais avec une forte douleur. Je chancelai aussitôt et dus regarder fixement la statue de Charles IV pour assurer mon équilibre. Mais cela ne m'aurait jamais aidé, si l'idée ne m'était pas venue que j'étais aimé d'une jeune fille avec un ruban noir autour du cou, certes sans ardeur mais fidèlement. De plus, la lune avait l'amabilité de m'éclairer de ses rayons, et je voulus par modestie me placer sous la voûte de la Tour-du-Pont, quand je compris qu'il était simplement naturel que la lune éclairât toute chose. De joie, j'ouvris alors les bras pour jouir pleinement de la lune. Et ce ne fut pour moi qu'un jeu quand, exécutant avec nonchalance les mouvements de bras du nageur, je me mis à avancer, sans douleur ni peine. Que n'avais-je essayé cela plus tôt ! Ma tête baignait dans l'air frais, et mon genou droit justement volait le mieux, je le félicitai en lui donnant une tape. Et je me souvins d'avoir un jour cordialement détesté un compagnon, qui probablement marchait encore en dessous de moi et, dans toute cette affaire, je fus simplement ravi que ma mémoire fût assez bonne pour conserver même ce genre de choses. Mais je n'avais pas le droit de trop penser, car il fallait que je continue à nager si je ne voulais pas trop couler vers le fond. Mais pour que l'on ne pût pas me dire plus tard que tout un chacun savait nager au-dessus du pavé et que ça ne valait pas la peine d'en parler, je m'élevai d'un seul coup au-dessus du garde-corps et me mis à nager tout autour de chaque statue de saint que je rencontrais.

À la cinquième — je me maintenais justement au-dessus des pavés, en accomplissant d'imperceptibles mouvements au-dessus du trottoir —, mon compagnon me prit la main. Je me retrouvai alors directement sur le pavé et sentis une douleur dans le genou.

« Toujours », dit mon compagnon en me tenant par une main, et me montrant de l'autre la statue de sainte Ludmila, « j'ai toujours admiré les mains de cet ange, à gauche. Regardez un peu comme elles sont délicates ! De vraies mains d'ange ! Avez-vous déjà vu quelque chose de pareil ? Vous non, mais moi oui, car ce soir, j'ai baisé des mains... »

Mais il y avait maintenant pour moi une troisième possibilité de disparaître. Je n'étais pas obligé de me laisser poignarder, je n'étais pas obligé de m'enfuir, je pouvais simplement me lancer dans les airs. Qu'il y monte sur son mont Saint-Laurent, je ne le dérangerai pas, même en m'enfuyant je ne le dérangerai pas.

Et je me mis à crier : « Allez-y avec vos histoires ! Je ne veux plus rien entendre par petits bouts. Racontez-moi tout, du début à la fin. Si c'est moins, je n'écouterai pas, je vous le dis. Mais je brûle de tout entendre. »

Quand il tourna les yeux vers moi, je criai un peu moins. « Et vous pouvez compter sur ma discrétion ! Racontez simplement ce que vous avez sur le cœur. Vous n'avez encore jamais eu d'auditeur aussi discret que moi. »

Et assez doucement, tout près de son oreille, je dis : « Et vous n'avez pas besoin d'avoir peur de moi, c'est vraiment super-flu. »

Je l'entendis encore rire.

# I[1]

Déjà je bondissais — d'un seul élan, comme si ce n'avait pas été la première fois — sur les épaules de mon compagnon et, lui bourrant le dos de coups de poing, le lançais au petit trot. Mais comme il renâclait encore un peu en piaffant et parfois même s'arrêtait, je lui flanquai mes talons de bottines dans le ventre pour le rendre plus fringant. J'y parvins, et, poursuivant à bonne vitesse, nous entrâmes plus avant, au cœur d'une région vaste, mais encore mal cultivée.

La route où je chevauchais était pierreuse et nettement montueuse, mais c'était justement ce qui me plaisait, et je la rendis plus pierreuse et plus montueuse encore. Dès que mon compa-

---

1. Erreur de numérotation figurant sur le manuscrit original.

gnon trébuchait, je le redressais en le tirant par son col, et dès qu'il soupirait, je le boxais en pleine tête. Je ressentais en même temps combien cette sortie à cheval dans le bon air m'était salutaire et pour la rendre encore plus sauvage, je fis qu'un fort vent contraire soufflât sur nous, en longues rafales.

Puis, toujours juché sur les larges épaules de mon compagnon, j'amplifiai le mouvement cadencé de ma monture et, me cramponnant des deux mains à son cou, je rejetai la tête loin en arrière et contemplai les nuages aux formes diverses qui, plus faibles que moi, voguaient lourdement au gré du vent. Je riais et tremblais de bravoure. Mon manteau se déployait et me donnait de la force. Je resserrais en même temps l'étreinte de mes mains, geste par lequel en fait j'étranglais mon compagnon.

Ce fut seulement quand les branches des arbres que je faisais croître au bord de la route m'eurent peu à peu dérobé le ciel, que je réfléchis.

« Je ne sais pas [1] », m'écriai-je d'une voix blanche, « je ne sais vraiment pas. Si personne ne vient, c'est que justement personne ne vient. Je n'ai fait de mal à personne, personne ne m'a fait de mal, mais personne ne veut m'aider, absolument personne. Mais ce n'est pas comme ça non plus. Si ce n'est que personne ne m'aide, sinon il n'y aurait absolument personne de joli, j'aimerais beaucoup faire (qu'en dites-vous ?) une excursion en compagnie d'absolument personne. En montagne naturellement, où aller sinon ? Comme ce groupe de personne se presse, tous ces bras tendus en travers ou imbriqués, tous ces pieds séparés par de minuscules pas ! Il va de soi qu'ils sont tous en queues-de-pie. Nous marchons tant bien que mal, un vent favorable souffle dans les espaces que nous et nos membres laissons ouverts. Les gorges en montagne se libèrent. C'est un miracle que nous ne chantions pas. »

À cet instant, mon compagnon tomba, et en l'examinant je

---

**1.** Le texte, jusqu'à la fin du paragraphe, fut publié par Kafka dans le recueil *Contemplation* paru en 1912, sous le titre « L'excursion à la montagne » ; *cf.* p. 263.

trouvai qu'il avait une grave blessure au genou. Comme il ne pouvait plus m'être utile, je l'abandonnai avec un certain plaisir sur les cailloux et me contentai de siffler quelques vautours qui, redescendant des hauteurs, se posèrent docilement sur lui, le bec grave, pour le surveiller.

## II

Sans m'inquiéter, je poursuivis mon chemin. Mais parce que je craignais la fatigue du piéton sur une route de montagne, je fis que le chemin s'aplanît de plus en plus et finît par s'abaisser au loin pour devenir un vallon. Répondant à ma volonté, les pierres disparurent et le vent se perdit.

Je marchais d'un bon pas et, descendant la pente, j'avais redressé la tête, raidi le corps et croisé les mains derrière la tête. Comme j'aime les forêts de pins, j'en traversais plusieurs, et comme j'aime regarder en silence le ciel constellé, les étoiles se levèrent pour moi avec lenteur dans le ciel largement déployé, comme c'est leur manière. Je ne voyais que de rares nuages étirés, poussés par le vent qui, à la surprise du promeneur, ne soufflait qu'à leur altitude.

À une distance assez importante, face à ma route, et probablement séparée de moi en outre par un fleuve, je fis se dresser une montagne de modeste hauteur, dont le haut-plateau couvert d'arbustes touchait le ciel. J'arrivais même à distinguer les petites ramifications des plus hautes branches et leurs mouvements. Ce spectacle, pour habituel qu'il fût, me rendit si heureux que, petit oiseau perché sur les rameaux de ces lointains buissons touffus, j'en oubliais de faire lever la lune qui, sans doute furieuse de ce retard, attendait derrière la montagne.

Or à ce moment, la lueur froide qui précède le lever de la lune se répandit sur la montagne, et soudain la lune elle-même se leva derrière un des buissons qui s'agitaient. Mais pendant ce temps, j'avais porté les yeux dans une autre direction et, regardant maintenant devant moi et l'apercevant tout à coup dans l'éclat de sa quasi-rondeur, je m'immobilisai, le regard embué, car ma route en pente paraissait mener directement à cette terrifiante lune.

Mais au bout d'un instant, je m'étais habitué à elle et observai avec sérénité sa difficile ascension, jusqu'à ce qu'enfin, quand nous eûmes fait un bon bout de chemin à la rencontre l'un de l'autre, je ressentisse une agréable lassitude, conséquence, à mon avis, de la fatigue de cette promenade inhabituelle. Je marchai un petit moment les yeux fermés, ne me tenant éveillé qu'en frappant bruyamment et régulièrement mes mains l'une contre l'autre.

Puis, comme le chemin menaçait de glisser sous mes pas et que toute chose, aussi fatiguée que moi, commençait à disparaître, je me hâtai de gravir de toutes mes forces la pente sur le côté droit de la route, pour pénétrer encore à temps dans la haute forêt de pins enchevêtrés où j'avais l'intention de dormir durant la nuit qui probablement nous attendait.

Il fallait se dépêcher. Déjà, les étoiles pâlissaient, sans qu'il y eût de nuages, et je voyais la lune décliner faiblement dans le ciel, comme dans des eaux en mouvement. La montagne appartenait déjà aux ténèbres, la route s'arrêtait en s'effritant à l'endroit où je m'étais dirigé vers la pente et, du fond de la forêt, j'entendais se rapprocher le fracas des arbres qui tombaient. J'aurais pu à cet instant me jeter sur la mousse pour dormir, mais comme je craignais de dormir sur le sol d'une forêt, je grimpai — le tronc glissa vite entre les anneaux de mes bras et de mes jambes — dans un arbre qui déjà titubait bien qu'il n'y eût pas de vent, je me couchai sur une branche, la tête calée contre le tronc et m'endormis incontinent, tandis qu'un écureuil né de mon caprice, la queue dressée, se berçait, perché à l'extrémité tremblante de la branche.

# III

Je dormais et plongeai de tout mon être dans le premier rêve. Je m'y tournai et retournai avec une telle peur et de telles douleurs qu'il ne le supporta pas, mais sans se permettre non plus de me réveiller, car je dormais seulement parce que le monde autour de moi avait cessé. Et je courus ainsi à travers ce rêve déchiré dans ses profondeurs et retournai comme sauvé — évadé du sommeil et du rêve — dans les villages de mon pays natal.

J'entendais les voitures [1] passer devant la grille du jardin, parfois je les voyais aussi à travers les trous faiblement agités du feuillage. Comme le bois des rayons et des timons craquait dans la chaleur de l'été ! Des ouvriers rentraient des champs et riaient, que c'en était une honte.

J'étais assis sur notre petite balançoire, je me reposais justement entre les arbres dans le jardin de mes parents.

Devant la grille, ça n'arrêtait pas. Des enfants au pas de course passaient en un instant ; des charrettes avec des hommes et des femmes sur les gerbes, et s'assombrissaient tout autour les massifs de fleurs ; vers le soir, je vis un monsieur avec une canne se promener lentement, et quelques jeunes filles qui, bras dessus bras dessous, venaient à sa rencontre, passèrent dans l'herbe du bas-côté en le saluant.

Puis des oiseaux s'envolèrent d'un seul coup ; les suivant des yeux, je les vis monter d'un trait, jusqu'à ce que je ne croie plus qu'ils montaient, mais que c'était moi qui tombais et, me cramponnant aux cordes par faiblesse, je me mis un peu à me balancer. Bientôt je me balançai plus fortement, le vent étant déjà plus frais et des étoiles tremblantes apparaissant à la place des oiseaux qui volaient.

---

1. Ici commence le texte retenu par Kafka pour ouvrir le recueil *Contemplation* publié en 1912 : intitulé « Enfants sur la grand-route » (*cf.* pp. 255-259, dans une traduction différente), il va jusqu'à la fin de cette partie de *Description d'un combat*.

On m'apportait mon dîner à la lueur d'une bougie. Souvent, j'avais les deux bras sur le plateau de bois et, déjà fatigué, je mordais dans ma tartine. Les rideaux très ajourés gonflaient sous le vent chaud, et parfois quelqu'un qui passait dehors les tenait à deux mains quand il voulait mieux me voir et parler avec moi. La plupart du temps, la bougie s'éteignait bientôt et, dans sa sombre fumée, les moustiques rassemblés tournaient encore un moment. Quand quelqu'un me posait de la fenêtre une question, je le regardais comme si je jetais un coup d'œil dans la montagne ou dans le vide, et lui non plus n'attachait pas grande importance à la réponse.

Puis quand quelqu'un sauta par-dessus le rebord de la fenêtre et annonça que les autres étaient déjà devant la maison, je me levai évidemment en soupirant.

« Non, pourquoi soupires-tu ainsi ? Que s'est-il donc passé ? Est-ce un malheur particulier, à jamais irréparable ? Ne pourrons-nous jamais nous en remettre ? Tout est-il vraiment perdu ? »

Rien n'était perdu. Nous courûmes devant la maison. « Dieu merci, vous voilà enfin ! — Tu arrives vraiment toujours trop tard ! — Pourquoi moi ? — Oui, toi, reste à la maison, si tu ne veux pas venir avec nous. — Sans pitié ! — Quoi, sans pitié ? Comment me parles-tu ? »

Nous fonçâmes dans le soir avec la tête. Il n'y avait ni heures du jour, ni heures de la nuit. Tantôt nos boutons de gilet râpaient les uns contre les autres comme des dents, tantôt nous courions à égale distance, le feu dans la bouche, pareils à des animaux des tropiques. Comme des cuirassiers dans des guerres anciennes, piétinant le sol et nous dressant bien haut, nous descendîmes la courte rue et, avec cet élan dans les jambes, nous remontâmes la route. Certains couraient dans les fossés et, à peine disparus devant le talus, se dressaient déjà comme des étrangers en haut sur le chemin et regardaient en bas.

« Descendez donc ! — Commencez d'abord par monter ! — Pour que vous nous jetiez en bas, pas question, nous ne sommes pas aussi sots que ça ! — Aussi lâches que ça, vous voulez dire ! — Vous, vraiment ? C'est vous qui allez nous jeter en bas ? Vous vous y croyez ? »

Nous menâmes l'attaque, prîmes la riposte en pleine poitrine et nous couchâmes dans l'herbe du fossé, à la fois tombant et le voulant. Tout avait la même chaleur, nous ne sentions ni le chaud ni le froid dans l'herbe, sauf qu'on était fatigué.

Quand on se tournait sur le côté droit, qu'on mettait la main sous l'oreille, on se serait volontiers endormi. Certes on aurait encore voulu se relever, en pointant le menton, mais alors, pour tomber dans un fossé plus profond. Puis on aurait voulu, le bras tendu de travers, les jambes tordues par le vent, se lancer dans les airs et retomber sûrement dans un fossé plus profond encore. Et on aurait voulu ne jamais arrêter.

Comment s'étirerait-on à fond pour dormir dans le dernier fossé, en particulier sur les genoux, on n'y pensait guère encore et, d'humeur à pleurer, on restait allongé sur le dos, comme un malade. On clignait des yeux quand tout à coup un garçon, les coudes sur les hanches, les semelles sombres, sautait au-dessus de nous du talus sur la route.

On voyait déjà la lune à une certaine hauteur, une voiture postale passait dans sa lumière. Un léger vent se levait alentour, on le sentait aussi dans le fossé, et dans le voisinage la forêt commençait à bruire. Alors, être seul n'avait plus autant d'importance.

« Où êtes-vous ? — Venez voir ! — Tout le monde ! — Pourquoi te caches-tu, arrête tes bêtises ! — Vous ne savez pas que la poste est déjà passée ? — Mais non ! Déjà passée ? — Naturellement, elle est passée pendant que tu dormais. — J'ai dormi ? Non, ce n'est pas possible ! — Tais-toi, ça se voit. — Mais je t'en prie. — Venez ! »

Nous courions plus près les uns des autres, certains se donnaient la main, on ne pouvait relever assez haut la tête puisque ça descendait. Quelqu'un lança un cri de guerre indien, nous nous mîmes à galoper comme jamais, à chaque saut le vent nous soulevait par les hanches. Rien n'aurait pu nous retenir, nous étions dans un tel élan que, même en dépassant les autres, nous pouvions croiser les bras et regarder tranquillement autour de nous.

Nous nous arrêtâmes sur le pont du torrent ; ceux qui avaient couru plus loin, rebroussèrent chemin. L'eau en bas frappait les pierres et les racines comme s'il n'était pas déjà tard. Il n'y avait aucune raison pour que l'un de nous ne sautât pas sur le parapet du pont.

Derrière les buissons au loin, un train apparut, tous les compartiments étaient éclairés, les vitres sûrement baissées. L'un d'entre nous se mit à chanter un refrain populaire, alors que tout le monde voulait chanter. Nous chantions beaucoup plus vite que le train n'avançait, nous balancions les bras, la voix ne suffisant pas ; nos voix se bousculaient et cela nous faisait du bien. Quand on mêle sa voix à d'autres, on est comme pris à un hameçon.

Nous chantâmes ainsi, la forêt dans le dos, pour les oreilles des lointains voyageurs. Au village, les adultes veillaient encore, les mères préparaient les lits pour la nuit.

Il était déjà l'heure. J'embrassai celui qui était à côté de moi, tendis la main aux trois autres comme ça en passant, partis en courant en sens inverse, personne ne m'appela. Au premier croisement où ils ne pouvaient plus me voir, je pris des chemins de campagne pour retourner dans la forêt[1] et continuer. Je parcourus très vite les grandes forêts, sous la lumière tantôt du soleil, tantôt de la lune, tantôt dans le dos, tantôt dans la figure. Je me dirigeai vers la ville au sud, dont on disait dans notre village :

« Là-bas il y a des gens ! Pensez donc, ils ne dorment pas !

Et pourquoi donc ?

Parce qu'ils ne se fatiguent jamais.

Et pourquoi donc ?

Parce que ce sont des bouffons.

Les bouffons ne se fatiguent donc jamais ?

Comment des bouffons pourraient-ils se fatiguer ! »

---

**1.** Pour le texte publié, Kafka a arrêté la phrase ici et enlevé « et continuer. Je parcourus » jusqu'à « dans la figure ». Une seule petite variante, donc.

# IV

Là-bas, il y eut un temps où j'allais jour après jour à l'église, car une jeune fille dont j'étais amoureux y priait à genoux chaque soir une demi-heure, durant laquelle je pouvais la contempler à loisir.

Un jour que la jeune fille n'était pas venue et que, fort contrarié, je jetai un regard sur les gens en prière, je remarquai un jeune homme, très maigre, qui s'était jeté de tout son long par terre. De temps à autre, il se saisissait le crâne de toute la force de son corps et le cognait en soupirant contre la paume de ses mains posées à plat sur les dalles.

Dans l'église, il n'y avait que quelques vieilles femmes qui, çà et là, inclinaient sur le côté leur petite tête serrée dans un foulard pour jeter un regard vers cet homme en prière. Cette attention semblait le rendre heureux car, avant chacun de ses accès de piété, il promenait son regard alentour pour voir si les spectateurs étaient nombreux.

Or, je trouvai cela indécent et résolus de l'aborder quand il sortirait de l'église et de le questionner sur ses raisons de prier de la sorte. Car depuis mon arrivée dans cette ville, il s'agissait surtout pour moi de voir clair, même si à présent j'étais au fond seulement fâché que ma jeune fille ne soit pas venue.

Mais ce n'est qu'au bout d'une heure qu'il se releva, épousseta son pantalon si longuement que je faillis m'écrier : « Assez, assez, nous voyons tous que vous avez un pantalon », se signa avec un soin tout particulier et se dirigea vers le bénitier du pas lourd d'un marin.

Je me plaçai sur le chemin entre le bénitier et la porte, sachant parfaitement que je ne le laisserais pas passer sans explication. Je tordis la bouche, parce que c'est la meilleure préparation pour parler avec fermeté, et m'appuyai sur la jambe droite posée en avant, tout en plaçant la gauche sur la pointe du pied, parce que ça me donne de l'assurance, comme j'en ai fait souvent l'expérience.

Mais il est possible que cet homme m'ait déjà guigné pendant qu'il s'aspergeait le visage d'eau bénite, peut-être que déjà auparavant ma présence l'avait inquiété, car soudain il courut vers la porte et sortit. Sans le vouloir, je fis encore un bond pour le retenir. La porte vitrée claqua. Et en la franchissant juste après lui, je ne réussis plus à le trouver, car il y avait là quelques rues étroites, et le trafic y était intense.

Les jours suivants, il ne se montra pas, en revanche la jeune fille vint et pria à nouveau dans l'angle d'une chapelle latérale. Elle portait une robe noire qui, sur les épaules et le cou, se composait de dentelles transparentes — on voyait en dessous la demi-lune du bord de sa chemise —, dont le bord inférieur s'achevait par une collerette en soie joliment coupée. Et comme la jeune fille était venue, j'en oubliai volontiers l'individu en question et même quand, par la suite, il revint régulièrement prier comme à son habitude, je commençai par ne plus me soucier de lui.

Mais toujours il passait devant moi avec une hâte soudaine et détournait le visage. En revanche, en priant il me regardait beaucoup. Cela donnait presque l'impression qu'il était en colère contre moi, parce que l'autre fois je ne lui avais pas adressé la parole, et qu'il pensait que je m'étais mis en devoir, par cette tentative, de le faire enfin vraiment. Et la fois où, après un prêche, en suivant toujours cette jeune fille, je me cognai contre lui dans la pénombre, je crus le voir sourire.

Naturellement un tel devoir de l'aborder n'existait pas, mais je n'avais plus guère envie de lui adresser la parole. Même quand une fois j'arrivai en courant sur la place de l'église alors que sept heures sonnaient déjà, que donc la jeune fille n'était déjà plus depuis longtemps à l'intérieur et que seul cet individu s'échinait devant la balustrade de l'autel, j'hésitai encore.

Enfin, je me glissai sur la pointe des pieds jusque sous le porche, donnai une pièce au mendiant aveugle assis là et me fis une place à côté de lui derrière le battant ouvert de la porte. Là, je me réjouis, peut-être une demi-heure, de la surprise que j'allais faire à l'homme en prière. Mais cela ne dura pas. Bientôt, ce fut plus de fort mauvaise humeur que je laissai les araignées courir sur mes vêtements, et je trouvai pénible de devoir m'incliner chaque fois que quelqu'un sortait en respirant bruyamment de l'obscurité de l'église.

Alors il arriva, lui aussi. Le tintement des grandes cloches, qui avait commencé un instant plus tôt, ne lui faisait pas du bien, je m'en rendis compte. Il dut commencer par tâter le sol de la pointe du pied avec précaution avant de le poser vraiment.

Je me levai, fis un grand pas dans la direction du jeune homme et l'attrapai aussitôt. « Bonsoir », dis-je en le poussant, la main à son col, jusqu'en bas des marches vers la place illuminée.

Lorsque nous fûmes en bas, il se tourna vers moi, qui continuais à le tenir par-derrière, si bien que nous nous retrouvâmes à ce moment poitrine contre poitrine. « Si seulement vous me lâchiez, là-derrière ! dit-il. Je ne sais vraiment pas de quoi vous me soupçonnez, mais je suis innocent. » Puis il répéta encore une fois : « Je ne sais naturellement pas de quoi vous me soupçonnez.

— Il ne peut être ici question ni de soupçon ni d'innocence. Je vous prie de n'en plus parler. Nous sommes étrangers l'un à l'autre, notre connaissance n'est pas plus ancienne que cet escalier d'église n'est haut. Où irions-nous si nous commencions par discourir sur notre innocence.

— C'est bien mon avis, dit-il. Du reste, vous avez dit "notre innocence", voulez-vous dire par là que si j'avais prouvé mon innocence, vous devriez tout autant prouvez la vôtre. C'est ce que vous vouliez dire ?

— Ça ou autre chose, dis-je. Mais si je vous ai abordé, c'est seulement parce que je voulais vous demander quelque chose, notez-le bien !

— J'aimerais rentrer chez moi, dit-il en se détournant légèrement.

— Je le crois bien. Vous aurais-je sinon adressé la parole ? Il ne faudrait pas croire que je l'ai fait pour vos beaux yeux.

— N'êtes-vous pas un peu trop franc ? Non ?

— Faut-il encore une fois que je vous dise qu'il n'est pas question ici de ces choses ? Que viennent faire ici la franchise ou la non-franchise ? Je pose des questions, vous répondez et puis adieu. Ensuite si vous voulez, vous pourrez aussi rentrer chez vous et aussi vite que vous en aurez envie.

— Ne vaudrait-il pas mieux que nous nous rencontrions une prochaine fois ? À un moment favorable ? Dans un café peut-être ? En outre, mademoiselle votre fiancée n'est partie que depuis quelques minutes, vous pourriez encore sûrement la rattraper, elle a attendu si longtemps.

— Non, m'écriai-je dans le bruit du tramway qui passait, vous ne m'échapperez pas. Vous me plaisez de mieux en mieux. Vous êtes une bonne prise. Je m'en félicite. »

Il dit alors : « Ah, mon Dieu, vous avez, comme on dit, un cœur bien accroché et une tête d'un seul bloc. Vous me traitez de bonne prise, comme vous devez être heureux ! Car mon malheur est un malheur inconstant, un malheur qui oscille sur sa pointe, et si on le touche, il retombe sur celui qui pose des questions. Et pour cette raison : Bonne nuit.

— Bien », dis-je, et par surprise, je lui saisis la main droite. « Si vous ne me répondez pas de plein gré, je vous forcerai. Je vous suivrai, à droite et à gauche, là où vous irez ; je monterai aussi l'escalier de votre chambre et m'assiérai où il y aura de la place. Très certainement, vous vous contenterez de me regarder et je tiendrai le coup. Mais comment ferez-vous — je m'approchai tout près de lui et comme il était d'une tête plus grand que moi, je lui parlai dans le cou — comment ferez-vous pour trouver le courage de m'en empêcher ? »

En se reculant, il baisa alors tour à tour mes deux mains et les mouilla de larmes : « Vous, on ne peut rien vous refuser. De même que vous saviez que je rentrerais volontiers chez moi, je savais depuis longtemps que je ne pourrai rien vous refuser. Simplement, je vous en prie, je préférerais que nous allions en face, dans cette rue transversale. » J'acquiesçai de la tête et nous traversâmes. Comme une voiture nous séparait et que je restai en arrière, il me fit signe des deux mains pour que je me dépêche.

Mais là il ne se contenta pas de l'obscurité de la rue, où de rares réverbères avaient été placés de loin en loin et presque à la hauteur du premier étage, et me conduisit sous le porche bas d'une vieille maison sous un lumignon dégoulinant, accroché au pied d'un escalier en bois.

Sur le creux d'une marche usée par les pas, il étendit son mouchoir et m'invita à m'asseoir : « En vous asseyant, vous pourrez mieux me poser des questions ; moi, je reste debout, je pourrai mieux vous répondre. Mais ne me torturez pas. »

Je m'assis puisqu'il prenait tant la chose au sérieux, mais ne pus m'empêcher de dire : « Vous me conduisez dans ce trou, comme si nous étions des conspirateurs, alors que je ne suis lié à vous que par la curiosité et vous à moi par la peur. Au fond, je veux simplement vous demander pourquoi vous priez comme ça à l'église. Comme vous vous y conduisez ! Comme un parfait idiot ! Comme c'est ridicule et déplaisant pour les gens qui vous regardent, et insupportable aux gens pieux ! »

Il avait plaqué son corps contre le mur, et ne remuait plus librement que la tête. « Erreur totale, car les dévots considèrent ma conduite comme naturelle, et les autres comme dévote.

— Mon irritation prouve le contraire.

— Votre irritation — à supposer qu'il s'agisse d'une réelle irritation — prouve simplement que vous ne faites partie ni des dévots ni des autres.

— Vous avez raison, j'ai un peu exagéré en disant que votre conduite m'avait mis en colère ; non, elle m'a rendu un peu curieux, comme je l'ai dit d'abord avec justesse. Mais vous, desquels faites-vous partie ?

— Oh, moi, j'ai tout simplement du plaisir à être regardé par les gens, et à jeter pour ainsi dire de temps à autre une ombre sur l'autel.

— Du plaisir ? demandai-je, et mon visage se contracta.

— Non, si vous voulez le savoir. Ne vous fâchez pas si je me suis mal exprimé. Pour moi, ce n'est pas un plaisir, mais un besoin, un besoin de me laisser clouer là, une petite heure, par tous ces regards, pendant que la ville entière autour de moi...

— Que dites-vous là », m'écriai-je beaucoup trop fort pour cette petite remarque et ce porche bas, mais je n'osai plus me taire ou atténuer ma voix, « vraiment, que dites-vous là ? Maintenant, par Dieu, je me rends compte que dès le début, j'ai deviné dans quel état vous êtes. N'est-ce pas cette fièvre, ce mal de mer sur la terre ferme, une espèce de lèpre ? N'avez-vous pas l'impression que, dans un excès d'ardeur, vous ne pouvez vous contenter du véritable nom des choses, que vous ne pouvez vous en rassasier et déversez à présent sur elles, en toute hâte, des noms de hasard. L'important, c'est d'aller vite, très vite ! Mais à peine les avez-vous fuies, qu'à nouveau vous avez oublié leurs noms. Le peuplier dans les champs, que vous avez appelé la "Tour de Babel", car vous ne vouliez pas savoir que c'était un peuplier, se balance à nouveau sans nom, et vous êtes obligé de l'appeler "Noé, quand il était ivre". »

Il m'interrompit : « Je suis heureux de n'avoir pas compris ce que vous avez dit. »

Agacé, je dis avec vivacité : « En vous réjouissant, vous montrez bien que vous l'avez compris.

— Ne l'avais-je pas déjà dit ? On ne peut rien vous refuser. »

Je posai les mains sur une marche supérieure, m'appuyai en arrière et lançai, dans cette position presque inattaquable qui est le dernier recours des lutteurs : « Excusez, mais c'est manquer de franchise que de me renvoyer une explication que je vous donne. »

Sur ces mots, il reprit courage. Il croisa les mains, pour donner à son corps une unité, et dit avec une légère répugnance : « Des différents sur la franchise, vous les aviez exclus dès le début. En vérité, mon seul souci est à présent de vous faire bien comprendre ma manière de prier ; savez-vous pourquoi je prie ainsi ? »

Il me mettait à l'épreuve. Non, je ne le savais pas et je ne voulais pas non plus le savoir. Je me dis alors que je n'étais pas venu ici de ma propre volonté, c'était cet homme qui m'avait quasiment forcé à l'écouter. Je n'avais donc qu'à secouer la tête et tout s'arrangerait, mais j'en étais justement incapable à cet instant.

L'homme qui me faisait face sourit. Puis, pliant le dos, il se mit à genoux et raconta en grimaçant d'un air endormi : « Je puis enfin vous révéler pourquoi je vous ai laissé m'aborder. La curiosité, l'espoir. Votre regard me rassure depuis longtemps déjà. Et j'espère apprendre de votre part comment il se fait que les choses disparaissent autour de moi à la manière d'une chute de neige, alors que devant les autres un petit verre de schnaps posé sur la table est aussi solide qu'un monument. »

Comme je me taisais et ne montrais que par des tressaillements involontaires de mon visage à quel point j'étais mal à l'aise, il demanda : « Vous ne croyez pas qu'il en va ainsi pour les autres gens ? Vraiment pas ? Ah, écoutez-moi ! Un jour que, petit enfant, j'ouvris les yeux après une courte sieste, j'entendis, pas encore tout à fait sûr d'être vivant, ma mère demander, du haut de son balcon et sur un ton naturel : "Que faites-vous, ma chère ? Oh, quelle chaleur !" Une femme répondit du jardin : "Je goûte un peu dans la verdure." Elles disaient cela sans réfléchir et sans netteté particulière, comme si cette femme s'était attendue à la question et ma mère à la réponse. »

Je crus qu'il m'interrogeait, je mis donc la main dans la poche arrière de mon pantalon et fis mine d'y chercher quelque chose. Mais je ne cherchais rien, je voulais simplement changer d'attitude pour montrer que je prenais part à la conversation. Je dis en même temps que cet incident était des plus étranges et que je ne le comprenais nullement. J'ajoutai aussi que je ne croyais pas à sa véracité, et qu'il avait dû l'inventer pour les besoins d'une cause que je ne pénétrais pas. Puis je fermai les yeux, pour échapper à la mauvaise lumière.

« Vous voyez bien, prenez courage, vous voilà par exemple une fois de mon avis et c'est par altruisme que vous m'avez arrêté pour me le dire. Je perds un espoir et en gagne un autre.

N'est-ce pas, pourquoi devrais-je avoir honte de ne pas marcher bien droit et à pas cadencés, de ne pas frapper le pavé de ma canne et de ne pas effleurer les habits des gens qui passent à grand bruit. N'aurais-je pas plutôt le droit de me plaindre obstinément parce que je sautille comme une ombre sans véritables contours le long des maisons, en disparaissant parfois dans les carreaux des vitrines.

Que sont ces journées que je passe ! Pourquoi tout est-il si mal construit que parfois de grands immeubles s'écroulent sans que l'on puisse l'expliquer par une raison extérieure. Je grimpe alors sur les tas de décombres et j'interroge tous ceux que je rencontre : "Comment cela a-t-il bien pu arriver ! Dans notre ville... un immeuble neuf... cela fait déjà aujourd'hui ?... pensez donc." Mais personne n'est capable de me répondre.

Souvent des gens tombent dans la rue et restent étendus, morts. Alors, tous les commerçants ouvrent leurs portes encombrées de marchandises, accourent d'un pas élastique, transportent le mort dans un immeuble, reviennent avec un sourire autour des lèvres et des yeux, et le bavardage commence : "Bonjour... le ciel est pâle... je vends beaucoup de foulards... oui, la guerre." J'entre précipitamment dans l'immeuble et, après avoir plusieurs fois levé timidement la main, l'index replié, je finis par frapper à la petite fenêtre du concierge : "Mon bon monsieur", dis-je, "il me semble qu'il y a peu, on vous a apporté un mort. Auriez-vous l'amabilité de me le montrer ?" Et vu qu'il secoue la tête comme s'il ne pouvait se décider, j'ajoute : "Prenez garde ! Je suis de la police secrète et je veux voir le mort à l'instant." Alors il n'est plus indécis : "Sortez !" crie-t-il. "Cette racaille est déjà en train de prendre l'habitude de se glisser ici chaque jour ! Il n'y a pas de mort ici, peut-être dans l'immeuble voisin." Je salue et je m'en vais.

Mais après, si j'ai une grande place à traverser, j'oublie tout. Si on va jusqu'à construire, par défi, d'aussi grandes places, pourquoi ne construit-on pas aussi un parapet qui permettrait de traverser la place ? Aujourd'hui, il souffle un vent de sud-ouest. La flèche du beffroi de l'hôtel de ville fait de petits cercles. Toutes les vitres des fenêtres bruissent, et les réverbères plient comme des bambous. Le manteau de la Sainte Vierge sur sa colonne se tord et le vent menace de le déchirer. Il n'y a donc personne pour le voir ? Les messieurs et les dames qui devraient marcher sur le pavé, planent. Quand le vent s'interrompt, ils s'arrêtent, échangent quelques mots et s'inclinent en se saluant ; mais quand il reprend, ils ne peuvent lui résister et tous, en même temps, lèvent les pieds. Ils ont beau devoir tenir solidement leurs chapeaux, ils font des yeux joyeux et n'ont pas la moindre chose à redire au temps. Il n'y a que moi à avoir peur. »

Là-dessus, je pus lui dire : « L'histoire que vous avez racontée tout à l'heure, de madame votre mère et de la femme dans le jardin, au fond je ne la trouve pas du tout étrange. Non seulement, j'en ai entendu et vécu quantité de semblables, mais j'y ai, moi-même, souvent pris part. C'est une affaire tout à fait naturelle. Pensez-vous vraiment que, si j'avais été sur le balcon, je n'aurais pas pu dire la même chose et, du jardin, répondre la même chose ? C'est un incident tellement ordinaire. »

Quand j'eus dit cela, il parut enfin rassuré. Il dit que j'étais joliment habillé, et que ma cravate lui plaisait beaucoup. Et quelle peau délicate j'avais. Et que les aveux ne sont jamais si clairs que quand on les rétracte [1].

Pour ma part, j'essayais depuis un moment de me ragaillardir. Je voulus dire vite quelques mots, ne fût-ce que pour éloigner un peu son visage du mien. Il me surplombait déjà de si près que je devais me pencher en arrière pour ne pas cogner son front. Mais pour l'instant je lui ris au visage sans rien dire, la bouche ouverte, puis détournai le regard jusqu'à ce que mon rire fût calmé, le regardai encore une fois, mais ce fut plus fort que moi, je ne pus m'empêcher à nouveau de rire aussitôt et me détournai une nouvelle fois. Et pendant tout cela, je n'avais d'autre envie que d'être déjà chez moi dans mon lit, avec le mur devant moi et tout le reste derrière mon dos.

Il faisait maintenant aussi très chaud sous le porche, mon visage commençait à me brûler. Pour me procurer un petit sou-

---

**1.** Par rapport au « manuscrit 1 » est ici supprimée la partie *c* intitulée « Histoire de l'homme en prière » (pp. 139-144).

lagement, je me penchai encore plus en arrière, jusqu'à ce que mon chapeau tombât de ma tête. Des anges et des fleurs rougeâtres étaient peints en haut de la voûte de l'escalier. Je les regardai, tout en essuyant de la main la sueur sur mon front et mes joues.

Je voulais aussi me lever, repousser de tout mon poids cet homme devant moi, ouvrir la porte et respirer dehors à l'air comme j'en avais besoin. Je me levai donc, cognai vivement le sol avec mes talons : il se rejeta un petit peu en arrière, devant les paumes que je lui présentai, j'étreignis la rampe de bois et y fis un petit instant des mouvements de gymnastique pour m'habituer à la position debout ; mais lui, long comme il était, il se déploya sur l'escalier, se plia en deux, s'inclina à nouveau, étendit les jambes, étala les bras sur une marche supérieure, si complètement que les doigts de sa main gauche touchèrent le mur et que ceux de sa droite cognèrent contre le soubassement de l'escalier.

Je me plantai à l'extérieur de la rampe et, les mains l'une dans l'autre, me fermai la bouche. Il tourna lentement la tête sur le bord d'une marche, jusqu'à ce qu'il pût me regarder droit dans les yeux, et dit : « Tu es planté là comme un fainéant sur le quai, et moi je suis couché là comme un ivrogne. »

« Ça ne serait pas si mal », pensai-je et, levant la tête, je dis : « Alors toi, tu es vraiment bien installé. » Mes lèvres étaient tellement sèches que je n'y croyais pas, et les touchai.

Il évacua ma remarque et dit : « Avant, c'était le contraire, simplement je n'étais pas aussi indifférent que toi maintenant. »

J'en restai à mon : « Je disais que tu es bien installé ici », et dominé par mes paroles, je souris.

« Ça t'ennuie peut-être ? » dit-il en fermant tout à coup les yeux, « si ça t'ennuie, ouvre donc la porte et respire dehors à l'air autant que tu en as besoin.

— Dis donc ! » m'écriai-je — c'était un reproche —, je contournai la rampe à l'aveuglette à petits pas comme à l'escrime et, tombant à côté de lui, me mis alors à pleurer sur sa poitrine.

« Allons, allons ! dit-il en me caressant les cheveux, espèce d'idiot, je ne peux pas me lever ! Veux-tu à tout prix m'écraser ! Non, ce que tu es idiot ! »

Mais, dans la précipitation des pleurs, je n'avais pas de meilleur endroit où mettre mon visage et je le laissai où il était.

« Étrange que tu ne t'en sois pas rendu compte ! poursuivit-il. Dès le début, je voulais te faire pleurer. Je disais chaque mot dans cette seule intention, jusqu'à ce qu'enfin j'aie presque abandonné l'espoir d'y réussir encore. Puis je fais encore une dernière plaisanterie, et tu me fais vraiment le plaisir de te mettre à pleurer. Va ! Tu devrais avoir honte !

— Je ne pleure plus, dis-je et le regardai tout en appuyant le menton sur lui, avec un ami tel que toi, je ne vais quand même pas pleurer. » Mais je continuai, car j'étais incapable de m'arrêter aussitôt d'un seul coup.

« D'ailleurs ça serait bête », dit-il en se tordant presque le cou pour pouvoir me regarder ; puis il me prit le mouchoir de la main et m'essuya les yeux ; « l'insatisfaction serait encore loin d'être une raison de pleurer, mais du reste où trouverait-on dans le monde une raison d'être insatisfait ! Il faut que les choses restent exactement comme elles sont. La peur qu'elles puissent changer est tout ce que je pourrais concéder.

« Car regarde — je te le dis à toi —, nous construisons en fait d'inutilisables machines de guerre, des tours, des remparts, des rideaux de soie, et nous pourrions nous en étonner très fort, si nous en avions le temps. Et nous nous maintenons en suspension, nous ne tombons pas, nous voletons, bien que nous soyons presque plus laids que des chauves-souris. Mais en revanche personne quasiment ne peut nous empêcher, par une belle journée, de dire : "Non, quelle belle journée !" Car déjà nous sommes installés sur notre terre et vivons sur la base de notre consentement. »

Ce disant, il me donna une telle tape dans le dos que je pris peur, me levai et choisis de rester penché au-dessus de lui, les mains sur ses épaules. « Il faut que tu fasses mieux attention », dit-il en riant et me secouant. « Sais-tu déjà que nous sommes comme des troncs d'arbres dans la neige ? On dirait qu'ils sont juste posés à plat et qu'on pourrait, d'une petite poussée, les faire glisser. Mais non, on ne le peut pas, car ils sont solidement attachés au sol. C'est bien, mais même cela n'est qu'une apparence.

— Eh bien, tu vois », dis-je. Alors il repoussa d'un coup mes mains sur le côté, je tombai la bouche sur sa bouche et reçus aussitôt un baiser.

« Voilà, et maintenant partons, dit-il et nous nous levâmes tous deux.

— Mais ta mère ! dis-je encore. Quelle femme ça devait être ! Si j'avais eu une mère pareille !

— À quoi m'a-t-elle donc servi ? Oublie cette histoire ! dit-il en époussetant mon manteau avec mon mouchoir.

— Oui, interdis-moi aussi cela ! dis-je en avançant d'un pas, si bien qu'il dut me suivre, le mouchoir à la main.

— Que veux-tu ? dit-il. C'est quand même une histoire inventée. Et on voit de loin que c'est une invention.

— Je sais bien, dis-je.

— Tu ne sais rien ! dit-il. Et la réception où tu dois aller ce soir ?

— Vraiment, cette soirée ! Tu te rends compte, je l'aurais complètement oubliée ! Quelle mauvaise mémoire ! Cette mauvaise mémoire est du reste quelque chose de tout nouveau chez moi.

— Grâce à moi !

— Oui, sans doute ! M'accompagneras-tu au moins, en échange ? Ce n'est pas loin. Oui ?

— Évidemment.

— Et tu monteras avec moi ? Je t'en prie !

— Ça non, par contre.

— Pourquoi non ? Et si je te le demande gentiment ? Ce sera oui, n'est-ce pas ?

— Pour l'instant viens ! Il est déjà tard !

— Je ne sais pas du tout si, sans toi, j'irai vraiment à cette soirée.

— Allez viens ! Viens ! Ton cas est vraiment désespéré, puisque tu sembles te plaire mieux ici.

— Presque », dis-je en me mordant la lèvre inférieure et en le regardant. Il mit un bras autour de mon dos, ouvrit la porte et me poussa dehors.

Nous sortîmes donc du porche et nous retrouvâmes sous le ciel. Mon ami dispersa d'un souffle quelques bribes de nuages, si bien que désormais la surface ininterrompue des étoiles se présenta à nous. Il marchait pourtant avec assez de peine, mais ne faisait pas bonne impression, il avait plutôt l'air d'un paysan malade. Il posa sa main sur mon épaule, comme pour être plus près de moi, mais en fait il voulait s'appuyer ; je le laissai faire et attirai même sa main par le bout des doigts plus loin sur mon épaule.

Devant la maison où j'étais invité, je m'arrêtai avec lui.

« Adieu donc, dis-je.

— C'est donc ici ?

— Oui, ici.

— Ce n'était pas loin.

— Je l'avais bien dit. »

MAI 1910 - MAI 1913 : LA PERCÉE

The breakthrough (1962), Der Durchbruch (1965) — ces mots figurent dans un ouvrage de Heinz Politzer (Cornell University), dont l'édition américaine précéda l'édition en allemand. L'auteur de l'une des meilleures études sur « Franz Kafka comme artiste » (*Franz Kafka, der Künstler*) désigne ainsi l'automne 1912, cette période faste où furent composés, coup sur coup, deux chefs-d'œuvre : *Le Verdict* (*Das Urteil*) et *La Métamorphose* (*Die Verwandlung*). Au témoignage de Max Brod, Kafka passait ses nuits à écrire dans l'extase : c'était aussi le moment où il s'acharnait sur son premier grand roman *Der Verschollene* (*Le Disparu*), plus connu jusqu'ici sous le titre d'*Amerika*.

Breakthrough ou Durchbruch — le mot suggère une action irrésistible, victorieuse, guerrière. Mais il faudrait plutôt le comprendre comme un « percement », car il évoque un travail patient et appliqué, un va-et-vient de fourmi ouvrière, un rythme qui s'établit progressivement. Cela conduit aussi à envisager une période plus longue : un intervalle de trois ans où le *Journal* de l'écrivain lui devient consubstantiel. Il faut imaginer Franz Kafka, ayant près de trente ans, docteur en droit, collaborateur modèle de l'Office d'Assurances contre les Accidents du Travail, allant chez Max Brod en serrant contre soi ses cahiers d'écolier, pour lui en lire quelque passage, ou les lui laisser exceptionnellement, en gage.

À la Bibliothèque Bodléienne d'Oxford sont conservés ces douze cahiers d'écolier, de format quasi identique : 24,6 cm x 20 cm. Ils ont des couvertures de couleurs différentes : jaune, brun ou noir. La numérotation des cahiers, la pagination, le nombre des pages, la couleur de la tranche, la présence de

dessins, la couleur des encres, les écritures, les marges, les ratures : tout est irrégulier, variable, ce qui est à la fois sympathique
et irritant. La nature des notations est très hétérogène :
réflexions, comptes, mémento, ébauches de toutes sortes,
adresses. C'est un atelier et un grenier, un beau capharnaüm...

À titre d'exemple et pour en donner une idée au lecteur français, voici de quoi se compose « le » *Journal* de Kafka, pour ces
trois années décisives : le Cahier I (18 mai-19 juin 1910, puis
19 février 1911, puis 28 mars-26 août 1911, et 26 septembre-
24 octobre 1911), le Cahier II (6 novembre 1910, 19 janvier
1911, puis 20 février-26 mars 1911) où se trouve la seconde
partie du *Soutier* (premier chapitre du *Disparu*), le Cahier III
qui ne contient qu'un seul mois (26 octobre-24 novembre
1911), le Cahier IV (25 novembre 1911-3 janvier 1912), le
Cahier V (4 janvier-6 avril 1912), le Cahier VI, du 6 mai au 7 juin
1912, puis du 7 août au 25 septembre 1912. *Le Verdict* se
trouve dans ce dernier cahier ; le début du *Soutier* aussi ; juillet
ne comporte qu'une ou deux notes (le 8 ?) à cause du voyage
à Weimar ; les notations régulières reprennent en août. Le
Cahier VII est commencé par les deux bouts : le « recto » va du
11 au 28 février 1913, puis, après la notation du 16 février
1914, du 22 février au 19 juin 1914, pour reprendre du 24 juin
au 5 juillet, avec une notation le 29 juillet, puis du 31 juillet au
15 août 1914. Le Cahier VIII va du 2 mai au 30 août 1913, puis
du 14 octobre 1913 au 15 février, puis du 20 au 21 février
1914. Au total, huit cahiers sur douze concernent donc notre
période ! Cela confirme l'idée que le *Journal*, dans tous ces
différents cahiers, accompagne bien « la percée » de l'écriture.
Et si l'on veut rester dans ce mouvement, on se voit contraint
de pratiquer un va-et-vient incessant entre le *Journal* et les
récits. Nous nous y risquons, pour l'année 1912, afin de faire
vraiment apparaître le foisonnement de la vie de Kafka durant
cette période.

Aucune chronologie réellement satisfaisante n'est envisageable. Le *Journal* de Kafka n'en respecte pas vraiment. Il arrive
même au diariste de noter que toutes les dates mentionnées

sont fausses ; car il s'agit pour lui, non pas de tenir un registre comptable de ses journées, mais d'exister vraiment : de vivre, et non pas de survivre. Se dessine donc clairement une opposition douloureuse entre un ensemble de contraintes et un effort passionné pour être soi en écrivant. Les contraintes viennent de la famille, du bureau, de l'usine d'amiante où il faut seconder le beau-frère, et bientôt, tout bien considéré, de Felice Bauer, la fiancée berlinoise rencontrée à Prague, le 13 août 1912. Le travail de l'écriture correspond à une volonté implacable de liberté et de pureté. Dans cette période, les notations sur le judaïsme et la condition des Juifs sont incessantes dans le *Journal* — alors qu'il n'y est fait aucune allusion dans les fictions. C'est tout à fait frappant... et pourtant jamais remarqué[1] ! Cela au moins apparaîtra immédiatement, avec l'ordre que nous adoptons. Pour le reste, nous faisons le pari que le lecteur pourra apercevoir, progressivement, sous une apparence hétéroclite, un ensemble profondément homogène, dont le principe est la conviction de l'artiste, du « poète » Franz Kafka que la vérité des êtres dans le monde peut se révéler au moyen de fictions narratives — des fictions lyriques, orphiques. Nous y reviendrons.

À près de trente ans, Kafka se considère comme voué à la littérature ; il n'a publié que quelques textes très courts, mais il découvre peu à peu comment il entend continuer à écrire ; il a pris conscience des enjeux politiques, historiques, spirituels de la création littéraire, spécialement à Prague, quand on est Juif, et de langue allemande. Cela nous a guidés pour composer une suite de textes, jamais rassemblés de cette façon. Nous

---

**1.** Même si Max Brod le fait explicitement en novembre 1921 dans son ahurissant article publié par la grande revue berlinoise *Die Neue Rundschau* et intitulé *Der Dichter Franz Kafka* (« le poète ») : ce texte — publié du vivant de Kafka, mais dont il n'est pas question pourtant dans la correspondance entre les deux amis (?) — est en effet un panégyrique du « seul poète des temps modernes » qui soit voué à la vérité ; *Le Procès* est célébré par Max Brod (quoique l'auteur le déclare « impubliable ») et quasiment annoncé comme le livre qui « remplit l'horizon tout entier » ; *cf.* Franz Kafka, *Kritik und Rezeption 1912-1924, op. cit.*, pp. 153-160.

n'avons pas voulu distinguer des genres a priori ; nous avons tenté de rendre sensible la dynamique de la création.

Nous commençons par *Grand Bruit* (*Grosser Lärm*). Ce texte se trouve dans le Cahier III, à la date du 5 novembre 1911. Il sera publié en octobre 1912 dans les *Herder-Blätter* ; pourtant Kafka ne le reprendra pas dans le recueil de *Contemplation*. Dans le *Journal*, ce texte très court se trouve entouré de nombreuses notations concernant le théâtre : le théâtre yiddish que lui fait découvrir l'acteur Jizchak Löwy, mais aussi celui que projettent d'écrire les amis, Brod et Baum. Kafka critique l'absence de « pureté » dans le théâtre ; trop de facteurs concourent à la représentation. Cela dit, la vie dans la famille s'oppose aussi à la « pureté » de son travail d'écriture — ce mot de pureté revient sans cesse sous sa plume. Le 5 novembre 1911 encore, il note : « J'ai trop peu de temps et trop peu de calme pour tirer de moi toutes les ressources de mon talent. Si je parvenais à écrire un ensemble bien plus long et bien constitué du début à la fin, mon histoire ne pourrait jamais se détacher de moi définitivement », et il pourrait se sentir « le proche parent d'une histoire saine ».

À la suite de ce bref texte emblématique et après le *Journal de voyage de Weimar à Jungborn*, nous plaçons *Le Premier grand voyage en chemin de fer : Prague-Zurich*. Ce devait être le premier chapitre d'un roman intitulé *Richard et Samuel, un petit voyage à travers les pays d'Europe centrale*. Il devait être écrit conjointement par Franz et par Max, mais seul le début fut achevé, et publié dans les *Herder-Blätter* en mai 1912. Kafka et Brod y travaillent ensemble, les dimanches 19 et 26 novembre tout spécialement. Mais il semble que Kafka y a travaillé davantage ; il a terminé sa part le 8 décembre 1911, et il n'en est pas mécontent. La remarque liminaire (p. 237) est de lui. Au total on a l'impression que tout le projet appartenait à Kafka. La forme du *Journal de voyage* devait être mise au service d'une intrigue romanesque qui n'excluait pas les préoccupations sociales ni le souci de ré-enchanter le monde. Mais notons-le bien : Richard ne dissimule pas Franz, et Samuel ne désigne pas Max ! *Le Premier*

*grand voyage* est une œuvre de fiction, composée de façon prépondérante par Kafka, au moment où il cherche une formule originale et vraie. Par la suite, il condamnera ce travail. Il suffit de
lire la notation du 8 avril 1912 (*cf.* p. 340) : si ce récit est devenu
mauvais à ses yeux, c'est parce que son principal effet résulte
d'une espèce de tricherie, par rapport à Max et à Franz, évidemment.

On ne peut qu'être fasciné par le foisonnement des expériences et des tentatives de toutes sortes qui jalonnent cette
période. Et il est essentiel de suggérer la réelle intrication de la
production, des publications et du développement personnel.
Le corps de l'écrivain, sa famille trop présente, et bientôt sa
fiancée de Berlin, érigée en une raison sociale, constituent des
thèmes obsédants. C'est alors que Kafka adopte un mode de
vie infernal : il écrit la nuit, devient végétarien, ne se chauffe
plus, ne porte que des vêtements très légers jusqu'au cœur de
l'hiver praguois — c'est, au sens propre, une ascèse.

Afin de rendre sensible le tissage de cette expérience poétique, nous nous sommes détournés d'une chronologie filiforme
et insignifiante ; nous avons voulu que le *Journal* — circonscrit
ici dans les limites de cette remarquable année 1912 — apparaisse bien comme une possibilité poétique en soi, comme une
forme matricielle, passionnante en tant que telle ; il nous a
semblé qu'une lecture en était possible avec un minimum de
notes explicatives. Évidemment il aurait fallu faire glisser les
unes sur les autres *toutes* les écritures pratiquées par Kafka
durant cette période surprenante ; la *Correspondance* et les
rapports professionnels feront défaut. Mais vont se trouver
quand même associés ici d'une façon neuve, des textes célèbres
comme *Le Verdict* et *Le Soutier* — que nous donnons ici dans
leurs versions d'origine, à l'intérieur du *Journal* —, ou *La
Métamorphose* et d'autres textes parfois négligés, comme les
courtes proses du recueil *Contemplation* ou les fusées jaillis-
santes des différents *Journaux* de l'année 1912.

*Contemplation* est un recueil très mince, imprimé en gros
caractères, qui paraît en novembre 1912 aux éditions Rowohlt.

Le 29 juin, en effet, au cours d'une sorte de pèlerinage à Weimar, Max fait rencontrer à Franz l'éditeur Ernst Rowohlt. Le lecteur retrouvera, dans le *Journal du voyage de Weimar à Jungborn* et le *Journal*, l'écho du travail de Kafka, de son souci et de son espérance. Mais tout se chevauche durant cette période. Nous avons parié sur le charme simple du kaléidoscope : quelques textes apparaîtront plusieurs fois dans des versions légèrement différentes (signalées à chaque fois en note) ; les dates ponctuelles ont tendance à perdre toute valeur : tout cela constitue un tissu très serré, une étoffe chatoyante que l'on peut froisser un peu, pour le plaisir.

Le bilan est, en tout cas, très significatif ; en deux ans de travail intense, Kafka esquisse un grand nombre de récits ; car c'est la forme qu'il adopte définitivement. Et l'automne 1912 donne une vendange exceptionnelle : *Le Verdict*, les six premiers chapitres du *Disparu*, le « roman américain », *La Métamorphose*. Les publications suivent : en mai 1913, *Le Soutier* (c'est-à-dire le premier de ces six chapitres), *La Métamorphose* en novembre 1915, *Le Verdict* en septembre 1916. Franz Kafka devient un écrivain reconnu par les poètes les plus originaux : Rilke, Walser, Musil — pour ne citer qu'eux.

Quant au *Disparu*, même si Kafka se remet plusieurs fois à son grand roman américain, et en particulier à l'automne 1914, cette ébauche appartient pleinement à la période de création du « Durchbruch ». On cite toujours le témoignage de Max Brod dans son propre *Journal*, à la date du 29 septembre 1912 : « Kafka en extase passe ses nuits à écrire. Un roman dont l'action se déroule en Amérique. » On cite aussi les remarques de Kafka, dans son propre *Journal*, à la date du 8 octobre 1917 : « *Copperfield* de Dickens (*Le Soutier*, pure imitation) » (*cf.* p. 1121). Et l'on en déduit en général que *Le Disparu* a été inspiré par le roman de Dickens. Milan Kundera (*cf.* Préface, p. 33) va même jusqu'à affirmer que c'est « une transcription ludique », une « littérature d'après la littérature ». Cette idée est certes séduisante, et surtout pour saisir l'évolution du travail d'écriture de Kafka. Mais il nous semble qu'une autre interpréta-

tion est possible, et qu'en réalité *David Copperfield* n'est *pas* la
source du *Disparu*. Kafka procède en octobre 1917 à une lecture rétrospective ; il a abandonné son « roman » depuis plusieurs années ; il est à Zürau ; il lit *David Copperfield*, et il
éprouve comme un choc : il est profondément surpris par les
rapprochements possibles entre son ébauche définitivement
reléguée et le grand roman autobiographique de Dickens. Kafka
s'examine comme écrivain, il se compare à Dickens ; il admet
qu'il n'est lui-même qu'un « épigone », et surtout s'il se lance
dans un grand roman ; mais il aperçoit aussi sa propre originalité : associer les couleurs vives et contrastées du monde
moderne aux nuances plus douces de son monde intime, en
évitant soigneusement toute barbarie et toute sécheresse de
cœur. Pour Kafka, *Le Disparu* est incontestablement un grand
« roman d'éducation » raté ; pourtant ce travail d'écriture,
acharné et prolongé, lui a permis de peaufiner ses visions
humoristiques du monde moderne — qu'aux yeux des citoyens
d'Europe centrale l'Amérique incarne au premier chef — et de
reconnaître en même temps la valeur, poétique et vitale, de tout
un héritage archaïque : le bureau américain hyper-compliqué
est en réalité très fragile et ne sert pas à grand chose, mais il est
fascinant parce qu'il rappelle vivement à Karl les crèches de
Noël, et surtout un petit lièvre qui fait le beau, et puis détale...

Durant cette période-clef, la notion de « pureté » devient donc
prépondérante pour lui. Le mot apparaît chaque fois qu'il s'agit de
formuler un jugement esthétique : dans la correspondance avec
Max Brod ; dans le *Journal*, par exemple dans la longue notation
inspirée par la littérature juive de Varsovie, le 25 décembre 1911.
Le mot de « pureté » se trouve ainsi associé, intimement, à la conception que Kafka se forme d'une littérature à laquelle il puisse
vouer toute sa vie. Cette recherche détermine tous les choix, et
toutes les souffrances, de l'écrivain : une règle de vie ascétique,
mais toujours torturante ; une conception de l'écriture comme un
élan prolongé jusqu'à l'épuisement ; une recherche de l'homogé-
néité du style. Cette idée de la littérature aboutit au rêve d'écrire
seul, dans la nuit, au fond d'une cave, vaste et profonde — comme

il l'explique à sa fiancée berlinoise, le 26 janvier 1913. Écrire dans un surgissement de sentiment ininterrompu, dans une ferveur libre de toute influence ! Écrire en pensant à ses aïeux, à son grand-père maternel Amschel, dont il porte encore le nom, très pieux et très savant, ou à son arrière grand-père encore plus savant... Écrire dans l'ombre de Goethe, pour dire le monde prodigieux qu'il a dans la tête, pour atteindre à des effets de vie intense, comme dans *Poésie et vérité*...

Mais c'est aussi par souci de pureté que Kafka choisit la forme du récit, de préférence au théâtre, et que les références à la condition juive, qui fourmillent dans le *Journal*, disparaissent des fictions narratives. Et c'est pour la même raison que l'écrivain saluera toujours *Le Verdict* comme son œuvre la plus pure ! D'où notre choix de la donner ici à découvrir (en français) dans sa version initiale, telle qu'elle figure dans le *Journal*. Cette conception de l'écriture peut être qualifiée de lyrique. Pour s'en convaincre, il suffit de se retourner vers Baudelaire, cet inventeur d'une forme poétique qui peut être à la fois narrative, satirique et lyrique. Il faut relire son article sur Théodore de Banville : « ... et la satire, par un miracle résultant de la nature même du poète, se déchargera de toute sa haine dans une explosion de gaieté, innocente à force d'être carnavalesque. »

C'est le moment de nuancer un peu tout ce que l'on a dit, trop tard et trop vite, du rire de Kafka. Il rit sans doute, mais il y a toutes sortes de rires ; et le rire n'est pas l'humour ; et si Kafka aime à bouffonner, il ne fait pas pour autant œuvre d'amuseur ! L'écrivain qui s'affirme en 1912 a choisi la forme du récit comme plus vraie, plus pure, plus intense, plus éclatante, jusqu'à la cocasserie — et c'est ce que nous proposons de désigner comme son lyrisme. Baudelaire semble nous y autoriser : « Tout poète lyrique, en vertu de sa nature, opère fatalement un retour vers l'Éden perdu. Tout, hommes, paysages, palais, dans le monde lyrique, est pour ainsi dire *apothéosé*. » Tiré vers Dieu, c'est ce que nous entendons dans ce néologisme du poète de Paris *et* dans l'idéal que Franz Kafka se donne, autour de 1912, à Prague, dans son grand travail de percement.

# GRAND BRUIT [1]

Assis dans ma chambre, je suis dans le quartier général du bruit de tout l'appartement. J'entends claquer toutes les portes, leur bruit m'épargne seulement d'entendre les pas des gens qui courent d'une pièce à l'autre, car même la porte du fourneau que l'on referme d'un coup sec dans la cuisine, je l'entends. Mon père enfonce les portes de ma chambre et la traverse en laissant traîner derrière lui sa robe de chambre, dans la pièce voisine on râcle les cendres du poêle ; en criant chaque mot distinctement depuis l'entrée, Valli [2] demande si l'on a brossé le chapeau de notre père, et un « chut ! » rempli de bonnes intentions envers moi s'ajoute au criaillement de la voix qui lui répond. On soulève le loquet de la porte d'entrée qui fait entendre une sorte de toux catarrheuse, puis continue à s'ouvrir avec le son chantant d'une voix féminine, pour finalement se refermer sous une pression sourde et virile que l'oreille enregistre comme un total manque d'égards. Notre père est parti ; à présent va commencer un bruit plus délicat, plus diffus, plus désespérant, dirigé par le gazouillis des deux canaris. Il y a déjà longtemps, j'y repense d'un seul coup en entendant les canaris, je m'étais demandé si je ne ferais pas

1. *Grosser Lärm*. Ce texte, extrait par Kafka de son *Journal* (5 novembre 1911), fut publié par l'association Herder de Prague, dans le n° 4-5 de sa revue les *Herder-Blätter*, en octobre 1912. 2. Valli, née en 1890, est la deuxième des trois sœurs cadettes de Franz ; la benjamine Ottla, sa sœur d'élection, est sans doute celle qui intercède, juste après, pour le narrateur.

bien d'entrebâiller un tout petit peu ma porte, de me glisser tel un serpent dans la pièce voisine et là, sur le sol, d'implorer mes sœurs et leur gouvernante de faire silence.

# JOURNAL DE VOYAGE
## DE WEIMAR À JUNGBORN [1]

### *28 juin-29 juillet 1912*

*Vendredi 28 juin.* Départ à la gare du chemin de fer de l'État. Nous nous sentons bien ensemble. Les Sokols [2] retardent le départ. Déshabillé, allongé tout de mon long sur la banquette. Bords de l'Elbe. Localités et villas joliment situées, comme sur les bords d'un lac. Dresde. Partout des denrées fraîches en grandes quantités. Service correct et propre. Les gens parlent sur un ton posé. Aspect massif des bâtiments par suite de l'emploi du béton qui, en Amérique par exemple, ne produit cepen-

1. Ce sera le dernier voyage fait ensemble par Kafka et Brod, qui rentrera seul à Prague le 7 juillet, tandis que Kafka ira passer près de trois semaines dans le sanatorium naturiste de Jungborn (« Fontaine de jouvence »). Il enverra de là des feuilles de bloc-notes à Brod, contenant ses impressions sur leurs journées en commun, qu'il remettra au propre après son retour à Prague. En revanche, il rédige directement le texte du présent *Journal* pour la période passée à Jungborn, et glisse les feuilles au fur et à mesure dans ses lettres à Max. 2. « Les Faucons » : organisation de gymnastique, fondée en 1862 par Miroslav Tyrs et Jindrich Fügner, grâce à laquelle les nationalistes tchèques voulaient tremper l'âme et aguerrir le corps de la jeunesse de leur pays dominé par les Habsbourg depuis le XVIIe siècle. D'après le *Prager Tagblatt* du 29 juin 1912, les Sokols (ainsi que le maire de Prague et une grande foule) accueillaient à 18 heures dans la gare François-Joseph une délégation de lycéens français venus assister à leur congrès.

dant pas cet effet. Les eaux généralement calmes de l'Elbe,
marbrées par les remous. — Leipzig. Conversation avec notre
portier. Hôtel Opel. *Bien qu'il ressemble à notre grand-père,
Max lui demande où on trouve des filles [1]. La gare neuve à moitié construite. Belles ruines de l'ancienne. Chambre commune.
Je suis enterré vivant à partir de quatre heures, Max ayant voulu
fermer les fenêtres à cause du bruit. Il y a beaucoup de bruit.
Pour l'oreille, c'est comme si chaque voiture qui passe en tirait
une autre derrière elle. On entend quelque chose comme des
galops de chevaux de selle sur l'asphalte. Le timbre des tram-
ways dont le son s'éloigne et dont les interruptions indiquent
des places et des rues. Soirée à Leipzig. Max a le sens de l'orientation, moi, je suis perdu. En revanche, je découvre un bel
encorbellement sur le Fürstenhaus, et mon opinion est confirmée plus tard par le guide. Travail de nuit sur un chantier,
sans doute à l'emplacement de la Auerbachskeller [2]. Leipzig me
cause une insatisfaction dont je ne puis me débarrasser. *Dans
une des petites rues avec bordels, hésitations. *Je relace mes
chaussures, ce qui est commenté entre la rue et la fenêtre. Le
Café Oriental, endroit attrayant, Taubenschlag, brasserie. Le
patron qui a une longue barbe et se meut difficilement. Sa
femme verse la bière. Ses deux grandes et fortes filles font le
service. Tiroirs dans les tables. Bière de Lichtenhain, dans des
pots de bois. Odeur infâme quand on ouvre le couvercle. Un
habitué souffreteux, joues maigres et rougeâtres, nez plissé, est
attablé en compagnie de nombreuses personnes, puis reste
seul ; la serveuse s'assied à côté de lui avec son verre de bière.
Portrait de l'habitué qui est mort douze ans auparavant, après
avoir fréquenté la brasserie pendant quatorze ans. Il lève son

---

1. Nous suivons l'édition critique de M. Pasley, ici le volume XII, *Reisetagebücher* (« Journaux de voyage »), présenté par Hans-Gerd Koch. Cela nous
conduit à rétablir dans le texte les passages supprimés par Max Brod dans
son édition des *Tagebücher* en 1951. Il s'agit le plus souvent de phrases qu'il
a dû juger un peu « obscures », soit « choquantes », ou encore de noms propres supprimés. Nous les signalons au lecteur français par des astérisques au
début de chacune.    2. On aggrandissait alors cette cave à vin immortalisée
dans le *Faust* de Goethe (1ʳᵉ partie de la tragédie, 5ᵉ « scène », v. 2073-2336).

verre, un squelette se dresse derrière lui. Beaucoup d'étudiants de Leipzig se promènent avec de gros pansements. Beaucoup de monocles. *Visite rapide dans un b. *Une fille, dont la poitrine est décorée, dîne d'un jarret de porc. *Nous donnons une raison très vague à notre départ immédiat.

*Vendredi (samedi) 29 juin.* Petit déjeuner. *Nous nous méprenons sur une tentative de l'hôtelier d'aborder sa propre fille. Le monsieur qui refuse de signer un récipissé de mandat le samedi. Promenade. Max chez Rowohlt [1]. Musée de l'Industrie du Livre. Tous ces livres me mettent hors de moi. Les rues du quartier des éditeurs gardent leur air ancien, en dépit de certaines rues droites et de maisons plus neuves, d'ailleurs dépourvues d'ornements. Bibliothèque publique. Déjeuner à la « Manna ». Mauvais. *J'y rencontre Brandeis [2]. Rendez-vous avec Max à deux heures devant la statue de Goethe. Je quitte Brandeis. Chez Wilhelm [3], cabaret sombre, dans une cour. Rowohlt. Jeune, joues rouges, la sueur s'arrête entre son nez et ses joues, il n'est mobile qu'à partir des hanches. Comte Bassewitz, auteur de *Judas* [4], grand nerveux, visage sec. Mouvement de la taille, corps puissant, bien soigné. Hasenclever [5], *juif, *parle fort, beaucoup d'ombre et de lumière sur un petit visage qui a aussi des teintes bleuâtres. Ils brandissent tous trois des cannes et agitent les bras. Curieux déjeuner au cabaret où ils vont tous les jours. Grandes et larges coupes de vin avec des tranches de citron. Pinthus, correspondant du *Berliner Tageblatt*, gros, face

1. C'est Max Brod qui avait organisé cette première rencontre entre Kafka et l'éditeur, décrit un peu plus loin.    2. Richard Brandeis, libraire-éditeur pragois, avait repris la maison de son père, Jakob, fondateur de la « Jüdische Universalbibliothek ».    3. Kurt Pinthus (1886-1975, voir plus loin) décrit ce bar à vin comme le quartier général des jeunes expressionnistes, où se retrouvaient chaque jour les auteurs venus de Prague, Berlin, Vienne, Munich ou Leipzig et « lancés » par les éditions Rowohlt, qui seront reprises en 1913 par le seul Kurt Wolff.    4. Tragédie créée en 1912 à Leipzig, de Gerdt von Bassewitz (1878-1923), également éditée par Rowohlt.    5. L'écrivain Walter Hasenclever (1890-1940) était alors conseiller littéraire auprès de Rowohlt et Wolff, cofondateur de la collection « Der Jüngste Tag » dans laquelle paraîtront en 1915 (n⁰ 22-23) *La Métamorphose* et en 1916 *Le Verdict* (n⁰ 34).

plutôt plate, corrige ensuite au Café Français la copie dactylographiée d'une critique de *Johanna von Neapel* (première la veille). *Hasencl. propose d'aller boire le café de l'après-midi dans un b. *On ne nous laisse pas entrer parce que ces dames dorment jusqu'à 4 heures. *Les femmes de ménage arrivent en courant, dans le noir. Café Français. R. veut assez sérieusement un livre de moi[1]. Obligations personnelles des éditeurs, leur influence sur la moyenne courante de la littérature allemande. À la maison d'éditions. — Départ pour Weimar à cinq heures. La demoiselle déjà mûre dans notre compartiment. Peau foncée. Bel arrondi du menton et des joues. La couture de ses bas tournait, sa figure était cachée par un journal et nous regardions ses jambes. Weimar. Elle descend aussi, après s'être coiffée d'un vieux chapeau à larges bords. Je l'ai revue plus tard, comme je contemplais la maison de Goethe depuis la place du Marché. Long chemin jusqu'à l'hôtel Chemnitius. Presque perdu courage. Nous allons à la recherche d'une piscine. Les appartements qu'on nous assigne, séparés en trois. Max dormira dans un trou pourvu d'une lucarne. Piscine en plein air au Kirschberg. Schwanensee. Nous allons à la maison de Goethe la nuit. Je la reconnais aussitôt. L'ensemble de l'édifice a une teinte jaunâtre. On sent, dans notre impression actuelle, la part de tout ce que nous avons vécu précédemment. La teinte sombre des fenêtres là où les chambres sont inhabitées. La couleur claire du buste de Junon. Je touche les murs. Des stores blancs sont partiellement baissés dans toutes les chambres. Quatorze fenêtres sur la rue. La chaîne devant la porte. Aucune image ne peut rendre tout cela. La place au sol inégal, la fontaine, la maison dont la ligne brisée suit la place qui monte. Des fenêtres sombres, légèrement oblongues, incrustées dans le brun jaunâtre. Même en soi, c'est l'habitation bourgeoise la plus surprenante de Weimar.

---

1. Il s'agit du premier recueil publié par Kafka : *Betrachtung* (*Contemplation*) ; R. était évidemment Ernst Rowohlt (1887-1960).

*Dimanche 30.* Le matin. Maison de Schiller. Femme bossue qui s'avance et qui, par quelques mots et surtout par le son de sa voix, excuse la présence de tous ces souvenirs. Dans l'escalier, Clio représentée en écrivain tenant son journal. Tableau représentant la Fête du Centenaire de la naissance de Schiller, le 10 novembre 1859, la maison décorée, élargie. Paysages italiens, Bellagio, cadeaux de Goethe. Des boucles de cheveux qui ne sont plus humaines, jaunes et sèches comme les barbes d'un épi. Maria Pawlowna [1], cou délicat, visage aussi étroit, grands yeux. Têtes de Schiller les plus diverses. Bonne disposition pour un appartement d'écrivain. Salle d'attente, salon de réception, cabinet de travail, alcôves. Sa fille, Mme Junot, lui ressemble. Livre de son père [2] : *L'Arboriculture pratiquée en grand sur la base d'expériences faites à une petite échelle.*

Maison de Goethe. Salons de réception. Coup d'œil rapide sur le cabinet de travail et la chambre à coucher. Spectacle triste, rappelant de défunts grands-pères. Ce jardin qui n'a cessé de pousser depuis la mort de Goethe. Le bouleau qui met de l'ombre dans son cabinet de travail.

Nous l'avions déjà vue [3] quand nous étions assis au bas de l'escalier, elle passait en courant avec sa petite sœur. Le moulage de lévrier qui se trouve là est associé à cette course dans mon souvenir. Puis nous l'avons revue dans la chambre de Junon, puis dehors, quand nous regardions dans le jardin. Ensuite, j'ai cru entendre souvent ses pas et sa voix. Je lui tends des œillets à travers la balustrade. Nous entrons trop tard dans le jardin. On la voit en haut, sur un balcon. Elle descend, mais plus tard, avec un jeune homme. Je la remercie en passant d'avoir attiré notre attention sur le jardin. Mais nous ne partons toujours pas. La mère arrive, il se fait des allées et venues dans le jardin. Elle est debout près d'un buisson de roses. Je vais la

---

**1.** Voir la suite, p. 216.     **2.** L'ouvrage de Johannes Kaspar Schiller parut en 1795, (rééd. Giessen, 1806).     **3.** Il s'agit de Margarethe Kirchner, la jeune et jolie fille du gardien de la maison de Goethe. Dans son roman *Le Royaume enchanté de l'amour* (1928), Max Brod racontera cette idylle de son ami en l'attribuant à Richard Garta, *cf.* Préface, p. 23.

rejoindre, poussé par Max, et j'apprends qu'il est question d'une excursion à Tiefurt[1]. J'irai aussi. Elle y va avec ses parents. Elle me cite une auberge d'où l'on peut voir la porte de la maison de Goethe. Auberge du Cygne. Nous sommes assis entre des treillages de lierre. Elle sort de la maison. J'y cours, je me présente à tout le monde, j'obtiens la permission de les accompagner et je repars en courant. Plus tard, la famille sort, sans le père. Je veux me joindre à eux, non, ils vont d'abord prendre le café, je les rejoindrai avec le père. Elle me dit de passer chez elle à quatre heures. Après avoir pris congé de Max, je vais chercher le père. Conversation avec le cocher devant la porte. Je pars avec le père. Conversation sur la Silésie, le grand-duc, Goethe, le Musée national, la photographie, le dessin et la nervosité de notre époque. Nous arrêtons devant la maison où les autres prennent le café. Il monte et fait mettre tout le monde à la fenêtre du coin, il veut prendre une photographie. Pour tromper ma nervosité, je joue à la balle avec une petite fille. Je pars avec les hommes, les deux femmes marchent devant nous et les 3 jeunes filles devant les femmes. Un petit chien court de ci de là entre les groupes. Château de Tiefurt. Visite avec les 3 jeunes filles. Il y a beaucoup de choses comme celles-là dans la maison de Goethe, dit-elle, et même de bien plus belles. Explications devant les illustrations de *Werther*. Chambre de Mlle de Göchhausen. La porte murée. Le caniche imité. Puis départ avec les parents. Nous sommes photographiés deux fois dans le parc. Une fois, sur un pont, la photo est ratée. Enfin sur le chemin du retour, je me joins définitivement à eux, sans qu'il y ait entre nous de liens réels. Il pleut. Les farces du carnaval de Breslau racontées dans les *Archives*. Je prends congé devant la maison. Je flâne dans la Seifengasse. Pendant ce temps, Max a dormi. Le soir, nous nous rencontrons trois fois de façon incompréhensible. Elle est avec une amie. Pour la première fois, nous l'accompagnons. Je peux toujours venir au jardin le soir après six heures. Maintenant, il faut

---

1. Résidence d'été de la grande-duchesse Anna Amalia, château situé à quatre kilomètres de Weimar.

qu'elle rentre. Nous nous rencontrons encore sur le Rond-Point qui est préparé pour un duel. Elles parlent avec un jeune homme, de façon plus hostile qu'amicale. Mais pourquoi ne sont-elles pas restées à la maison puisque nous les avions déjà accompagnées jusqu'à la Goetheplatz[1] ? Elles disaient pourtant être obligées de rentrer au plus vite. Mais pourquoi, sortant de la Schillerstrasse sans être le moins du monde rentrées chez elles, dévalaient-elles maintenant le petit escalier qui mène à cette place écartée, poursuivies par le jeune homme ou cherchant à le rencontrer ? Pourquoi, une fois sur la place, faisaient-elles encore demi-tour et repartaient-elles seules, après s'être arrêtées à dix pas du jeune homme pour lui adresser quelques mots qui, apparemment, exprimaient leur refus de se laisser accompagner ? Les avions-nous dérangées, nous qui n'avions fait que passer en leur adressant un simple salut ? Plus tard, nous revînmes lentement ; arrivés sur la Goetheplatz, elles sortirent une fois de plus d'une autre rue et, visiblement très effrayées, nous tombèrent presque dans les bras. Désireux de les ménager, nous détournâmes la tête. Ainsi, elles avaient encore fait un détour.

*Lundi 1ᵉʳ juillet.* Le pavillon de l'Étoile. Je me suis assis devant, dans l'herbe, et j'ai dessiné. Appris par cœur le vers inscrit sur le fauteuil de repos. Lit en forme de coffre. J'ai dormi. Un perroquet dans la cour crie : « Grete ! » Je marche en vain dans la Erfurter Allee où elle va prendre des cours de couture. Bain.

*Mardi 2 juillet.* Maison de Goethe. Mansardes. Regardé les photographies du garde. Des enfants nous entourent. Nous parlons de photographie. Je guette continuellement une occasion de lui parler. Elle va à son cours de couture avec une amie. Nous restons. — Après-midi, maison de Liszt. Dans le style virtuose. La vieille Pauline. Liszt travaillait de cinq heures à huit heures, puis allait à l'église, se recouchait, et à partir de onze

1. Aujourd'hui Frauenplan.

heures, recevait ses visiteurs. Max va se baigner, je vais chercher les photographies, auparavant je la rencontre et vais avec elle jusque devant la porte. Le père me montre les photos, j'apporte des supports, mais finalement, il faut que je parte. Elle m'adresse derrière le dos de son père un sourire qui ne veut rien dire et ne sert à rien. Tristesse. J'ai l'idée de faire agrandir les photos. À la droguerie. Je retourne à la maison de Goethe pour prendre le négatif. Elle me voit de la fenêtre et vient m'ouvrir. — Je rencontre Grete à diverses reprises. Pendant que nous mangeons des fraises ; devant le jardin de Werther où l'on donne un concert. La souplesse de son corps dans sa robe vague. La haute taille des officiers qui sortent du « Russischer Hof ». Toutes sortes d'uniformes. Garçons minces et forts dans leurs vêtements sombres. — Bagarre dans une rue écartée : « Faut que tu sois un beau saligaud ! » Les gens aux fenêtres. La famille qui s'en va, un ivrogne, une vieille femme portant une hotte et 2 garçons sur les talons. — L'idée qu'il me faut partir bientôt me serre la gorge. Je découvre « Tivoli »[1]. Les tables qui sont contre le mur s'appellent des « balcons de côté ». La vieille charmeuse de serpents, son mari qui fait le magicien. Les femmes grands maîtres de l'Ordre teutonique.

*Mercredi 3 juillet*. Maison de Goethe. On doit prendre des photographies dans le jardin. Elle ne se montre pas, j'ai la permission d'aller la chercher. Elle est toute tremblante d'émotion, mais ne s'émeut que lorsqu'on lui parle. On prend les photos. Tous deux sur le banc. Max montre à l'homme comment il faut s'y prendre. Elle me donne un rendez-vous pour demain. Öttingen[2] regarde par la fenêtre et, nous voyant seuls près de l'appareil, nous défend *à Max et à moi de nous en servir. Mais nous ne le faisons pas ! — À ce moment-là, la mère était encore aimable avec moi. En plus des écoles et des gens qui ne paient pas,

---

**1.** Cabaret que Max Brod décrit plus en détail dans son propre journal du *Voyage à Weimar*, reproduit dans le volume XII de l'édition critique, Fischer Taschenbuch Verlag, *Reisetagebücher*, pp. 198-215.    **2.** C'était alors le directeur du Musée et des Archives Goethe et Schiller.

il vient trente mille visiteurs par an. — Bain. Les enfants font
de la boxe avec beaucoup de calme et de sérieux. — Après-
midi, bibliothèque grand-ducale. Buste de Trippel. Le guide en
fait l'éloge. Le grand-duc toujours reconnaissable. Menton massif et lèvres fortes. La main dans son habit boutonné. Buste de
Goethe par David [1] avec des cheveux qui se dressent par-derrière et un grand visage tendu. Projet de Goethe, transformation d'un palais en bibliothèque. Les bustes de Passow (joli
jeune homme aux cheveux crépus), de Zacharias Werner,
visage étroit qui se lance en avant, regard scrutateur. Gluck.
Moulé d'après nature. Les trous dans sa bouche indiquent la
place des tuyaux par lesquels il respirait. Cabinet de travail de
Goethe. Une porte mène directement dans le jardin de
Mme von Stein. L'escalier qui a été fabriqué par un forçat avec
un chêne géant, sans employer un seul clou. — Promenade
dans le parc avec le fils du charpentier, Fritz Wenski. La gravité
de ses paroles. Tout en parlant, il bat les buissons avec une
branche. Il sera charpentier, lui aussi, et fera son tour d'Allemagne. On ne le fait plus comme autrefois, du temps de son père,
par exemple ; on est gâté par les chemins de fer. Pour devenir
guide, il faudrait connaître les langues étrangères, c'est-à-dire
les avoir apprises à l'école ou pouvoir s'acheter des livres. Ce
qu'il sait du parc, il l'a appris à l'école ou bien l'a retenu de ce
qu'il entendait dire aux guides. Les guides font des remarques
singulières, qui ne vont pas avec le reste, sur la maison romaine
par exemple, ils ne disent rien d'autre que : cette porte était
destinée aux fournisseurs. — Cabane d'écorce. Monument de
Shakespeare. Des enfants autour de moi sur le Karlsplatz. Conversation sur la marine. Le sérieux des enfants. On discute sur
les naufrages. Supériorité des enfants. Promesse de leur donner
une balle. Distribution de biscuits. Concert dans le jardin : *Car-
men*. Entièrement sous le charme de la musique.

---

**1.** Le buste de David d'Angers date de 1831, tandis que le buste (mentionné plus haut) sculpté par Alexandre Trippel est de 1790. Parmi les bustes
placés dans la galerie de la Bibliothèque ducale, celui de Christoph Willibald
Gluck (plus loin) est dû à Houdon.

*Jeudi 4 juillet*. Maison de Goethe. Elle me confirme le rendez-vous promis par un oui haut et clair. Elle regardait dehors. Ce que j'interprète de travers, car elle regardait déjà dehors quand nous n'étions pas là. Je demande : « Même s'il pleut ? — Oui. » Max va à Iéna chez Diederichs[1]. Je visite la crypte des princes. Avec les officiers. Au-dessus du cercueil de Goethe, une couronne de lauriers en or, donation des femmes allemandes de Prague en 1882. J'ai retrouvé tout le monde au cimetière. Caveau de la famille Goethe. Walter von Goethe, né à Weimar, le 9 avril 1818, mort à Leipzig le 15 avril 1885, « avec lui s'éteint la descendance de Goethe, dont le nom survit à tous les temps », inscription sur la tombe de Mme Caroline Falk : « Dieu lui ayant pris sept de ses enfants, elle devint une mère pour les enfants des autres. Dieu séchera toutes ses larmes. » — Charlotte Stein : 1742-1827. — Suis allé me baigner. — Pas dormi l'après-midi pour pouvoir surveiller le temps incertain. Elle n'est pas venue au rendez-vous. — Je trouve Max tout habillé sur son lit. Nous sommes tous deux malheureux. Que ne peut-on jeter sa souffrance par la fenêtre. — Le soir, Hiller[2] avec sa mère. — Je quitte la table en courant, parce que j'ai cru la voir. Erreur. Nous nous retrouvons tous devant la maison de Goethe. Je lui ai dit bonsoir.

*Vendredi 5 juillet*. Suis allé en vain à la maison de Goethe. — Les *Archives Goethe-Schiller*. Lettres de Lenz. Lettre des bourgeois de Francfort, adressée à Goethe le 28 août 1830 : « Quelques bourgeois de la vieille ville arrosée par le Main, habitués depuis longtemps à saluer le 28 août en vidant une coupe, regarderaient comme une faveur du ciel de pouvoir souhaiter personnellement la bienvenue dans les murs de la Ville libre au rare Francfortois que ce jour a vu naître.

---

**1.** Max Brod partit pour la journée du 4 juillet, ayant un rendez-vous d'auteur chez l'éditeur Eugen Diederichs qu'il décrit en détail dans son *Voyage à Weimar*, *op. cit.* p. 208. **2.** Kurt Hiller (1885-1972), journaliste alors important dans la vie intellectuelle berlinoise et admirateur des premières œuvres de Max Brod.

Mais comme les années passent et qu'ils en sont toujours à espérer et à attendre et à désirer, ils lèvent présentement leur coupe scintillante par-dessus plaines et forêts, marches et frontières, vers la ville heureuse arrosée par l'Ilm, et demandent à leur honoré concitoyen la faveur de trinquer en pensée avec lui et de chanter :

> *Donne l'absolution*
> *À tes fidèles,*
> *Et à ton commandement*
> *Nous nous efforcerons sans relâche*
> *De rejeter les demi-mesures*
> *Et de vivre résolument*
> *Dans le Parfait, le Beau, le Bon* [1]. »

---

1757 : « Grand-maman sublime [2] ! »

---

Jérusalem à Kestner : « Pourrais-je prendre la liberté de solliciter humblement de Votre Excellence qu'elle me prêtât ses pistolets pour un voyage que j'ai en vue ? » [3]

Poème de *Mignon*, sans une rature. —

Je suis allé chercher les photographies. Je les ai portées chez elle. Je suis resté là sans nécessité et n'ai donné que trois photos sur six. Et précisément les plus mauvaises, dans l'espoir que le garde en fera d'autres pour se justifier. Il n'en est pas question. — Bain. — De là, directement Erfurter Strasse. Max pour le déjeuner. Elle vient avec 2 amies. Je la prends à part. Oui, elle a été obligée de partir 10 minutes plus tôt hier, elle vient

---

**1.** Poème de Goethe intitulé *Generalbeichte* (« Grande Confession »), appartenant au cycle *Gesellige Lieder*. **2.** Poème de félicitations destiné à sa grand-mère par Goethe âgé de huit ans, comme le précise Brod (*op. cit.*, p. 210). **3.** Karl Wilhelm Jerusalem (1747-1772) est le secrétaire de légation qui se suicida par amour, destin dont s'inspira Goethe pour le personnage de Werther.

seulement d'apprendre par ses amies que je l'ai attendue. Elle a d'ailleurs des tracas au sujet de ses leçons de danse. Elle ne m'aime sûrement pas, mais je lui inspire quelque respect. Je lui donne ma boîte de chocolats avec le petit cœur et la chaîne entortillée autour et je lui fais un bout de conduite. Nous échangeons quelques mots à propos d'un rendez-vous. Demain à onze heures devant la maison de Goethe. Ce ne peut être qu'un prétexte pour se débarrasser de moi, car il faut qu'elle fasse la cuisine, et puis : devant la maison de Goethe ! mais j'accepte tout de même. Triste acceptation. Je vais à l'hôtel et m'assieds un instant auprès de Max qui est au lit. Après-midi, excursion au Belvédère [1]. Hiller et sa mère. Belle promenade en voiture le long d'une unique allée. Surprenante ordonnance du château qui comprend un bâtiment principal flanqué de quatre petites maisons, le tout bas avec des couleurs tendres. Une fontaine basse au milieu. La façade regarde vers Weimar. Le grand-duc n'est pas venu depuis plusieurs années. Il est chasseur et il n'y a rien à chasser par ici. Le serviteur posé et prévenant dont le visage anguleux est rasé de près. Triste comme le sont peut-être tous ceux qui vivent au milieu de maîtres. Tristesse des animaux domestiques. Maria Pawlowna, belle-fille du grand-duc Charles-Auguste, fille de Maria Feodorowna et du tsar Paul, qui mourut étranglé. Beaucoup de choses russes. *Cloisonnés* : vases de cuivre avec des fils de métal fixés à coups de marteau et entre lesquels on coule l'émail. Les chambres à coucher avec ciel-de-lit. La seule note moderne dans les chambres encore habitables sont les photographies. Comme elles rentreront dans l'ordre, elles aussi, sans qu'on s'en aperçoive ! Chambre de Goethe, située en bas, dans un angle. Quelques peintures d'Œser sur les plafonds, restaurées au point d'être méconnaissables. Beaucoup d'objets chinois. Le « boudoir obscur ». Le théâtre de verdure avec ses deux rangs de spectateurs. La voiture composée de bancs dont les sièges sont tournés *dos à dos*, dans laquelle les dames étaient assises,

1. À quatre kilomètres de Weimar.

tandis que leurs cavaliers allaient à cheval à côté d'elles. La lourde voiture tirée par trois chevaux dont Maria Pawlowna et son mari se servirent pour leur voyage de noce, voyage de Pétersbourg à Weimar qui dura vingt-six jours. L'arrangement du théâtre de verdure et du parc est dû à Goethe. — Soirée chez Paul Ernst [1]. Dans la rue, nous demandons à deux jeunes filles où se trouve la maison de l'écrivain Paul Ernst. Elles nous regardent d'abord d'un air songeur, puis l'une d'elles pousse l'autre, comme si elle voulait lui rappeler un nom qui, justement, lui échappe. Alors, la seconde nous dit : « Vous voulez parler de Wildenbruch [2] ? » — Paul Ernst. Moustache qui lui tombe sur la bouche et barbe en pointe. Il se retient à son fauteuil ou serre les genoux, comme s'il avait peur de se livrer à un départ brusque, mais rien ne le fait partir, pas même son irritation à l'endroit de ses critiques. Il habite sur le Horn. Une villa que sa famille paraît remplir. Quand on s'aperçoit de notre présence, on rapporte à la cuisine un plat de poissons à l'odeur forte qu'on s'apprêtait à porter au premier. — Entrée du Père Expeditus Schmitt [3], auquel je me suis déjà cogné une fois dans l'escalier de l'hôtel. Il travaille aux Archives pour mettre au point une édition d'Otto Ludwig. Il veut introduire dans les Archives l'usage du narghilé. Il traite de « venimeuse grenouille de bénitier » un journaliste qui a attaqué son édition des *Légendes des Saints*.

*Samedi 6 juillet*. Chez Johannes Schlaf [4]. Nous sommes reçus par sa sœur, une femme âgée qui lui ressemble. Il n'est pas là.

---

1. Auteur de drames, de récits et d'essais (1866-1933).  2. Ernst von Wildenbruch (1845-1909) : dramaturge et nouvelliste qui vécut quelque temps à Weimar.  3. Ce père franciscain (1868-1939) avait collaboré à l'édition des œuvres en dix-huit volumes d'Otto Ludwig (1813-1865, auteur et théoricien de théâtre), et ses *Légendes (Die schönsten Heiligenlegenden)* venaient de paraître.  4. Johannes Schlaf (1862-1941), avec Arno Holz, l'un des pionniers de la littérature réaliste allemande, précurseur de Gerhart Hauptmann. À l'époque de la visite de Kafka, il fit de nouveau parler de lui en publiant sa théorie anticopernicienne selon laquelle le soleil tourne autour de la terre (*N.d.T.*).

Nous reviendrons ce soir. — Promenade d'une heure avec Grete. Elle vient apparemment avec l'autorisation de sa mère qui lui dit encore quelques mots par la fenêtre. Robe rose, mon petit cœur. Elle est inquiète à cause du grand bal de ce soir. Pas le moindre point de contact avec elle. Conversation à bâtons rompus, sans cesse recommencée. Tantôt nous marchons très vite, tantôt très lentement. Je fais des efforts pour qu'elle ne remarque à aucun prix l'absence totale de liens qu'il y a entre nous. Qu'est-ce qui nous pousse à marcher ensemble dans ce parc ? Est-ce seulement mon obstination ? — Vers le soir chez Schlaf. Auparavant visite à Grete. Elle se tient dans l'entrebâillement de la porte de la cuisine, vêtue de cette robe de bal qu'elle vante depuis longtemps et qui est loin d'être aussi belle que sa robe ordinaire. Elle a les yeux rouges, elle a sans doute pleuré à cause de son danseur attitré qui, d'une manière générale, lui donne bien du souci. Je lui dis adieu pour toujours. Elle ne le sait pas et même si elle le savait, elle n'y attacherait guère d'importance. Une femme qui apporte des roses vient encore troubler ce petit adieu. — Les messieurs et les dames du cours de danse arrivent de tous côtés dans les rues. — Schlaf. Il n'habite pas exactement un galetas, comme Ernst, qui est brouillé avec lui, voulait nous le faire croire. Homme vif, dont le buste fort est sanglé dans un habit solidement boutonné. Seuls les tressaillements de ses yeux trahissent la nervosité et la maladie. Il parle principalement d'astronomie et de son système géocentrique. Tout le reste, littérature, critique, peinture, n'est encore vaguement accroché sur sa personne que parce qu'il ne s'en débarrasse pas. Tout se décidera d'ailleurs à Noël. Il ne doute pas le moins du monde de sa victoire. Max dit que sa position à l'égard des astronomes est analogue à celle de Goethe à l'égard des opticiens. « Analogue, dit-il en touchant continuellement la table, mais bien plus favorable, car des faits incontestables parlent pour moi. » Son petit télescope acheté quatre cents marks. Pour faire sa découverte, il n'a besoin de rien du tout, pas même des mathématiques. Il vit en plein bonheur. Sa sphère de travail est immense, puisque sa découverte, une fois admise, aura des conséquences dans tous les domaines (religion, éthique, esthétique, etc.) et qu'on fera naturellement appel à lui en premier lieu pour les interpréter. Quand nous sommes arrivés, il était en train de coller dans un grand livre les critiques qui ont été publiées à l'occasion de son cinquantième anniversaire : « Dans ces sortes d'occasions, ils y vont doucement. » — Auparavant, promenade à Webbich avec Paul Ernst. Son mépris pour notre temps, pour Hauptmann, Wassermann, Thomas Mann. Sans égard pour l'opinion que nous pouvons avoir, il traite Hauptmann d'écrivailleur, et ceci dans une petite proposition incidente que l'on comprend bien après le moment où elle est prononcée. Pour le reste, vagues propos sur les Juifs, le sionisme, les races, etc., la seule chose remarquable dans tout cela, c'est un homme qui a appliqué toutes ses forces à bien employer tout son temps. — Des « oui, oui » secs et automatiques, dans les rares intervalles où c'est l'interlocuteur qui parle. À un moment donné, il a même été si loin dans ce sens que je n'en croyais plus mes oreilles. —

*7 juillet.* 27, le numéro de mon porteur à Halle. — Maintenant, à 6 h 1/2, près du monument de Gleim, je me laisse tomber sur le banc que je cherchais depuis longtemps[1]. Si j'étais un enfant, je me ferais porter, tant les jambes me font mal. — Je ne me suis pas senti seul, longtemps encore après t'avoir quitté. Puis, je suis tombé dans une telle apathie que je ne sentais toujours pas la solitude[2]. — Halle, petit Leipzig. Là comme à Halle, ces couples de clochers qui, tout près du ciel, sont réunis par de petits ponts de bois. — Le sentiment que tu ne liras pas tout cela maintenant, mais bien plus tard, me rend déjà hésitant. — Le club des cyclistes qui se réunit sur la place du Marché de Halle pour faire une excursion. — Difficulté de voir une ville ou même une simple rue quand on est seul. À midi, bon

---

1. Kafka rédigea ces notes à Halberstadt où il fit étape pour la nuit ; dans cette ville vivait à l'époque une des plus importantes communauté de Juifs orthodoxes, voir plus loin.   2. Kafka continuait son voyage seul et s'adresse ici à Max Brod. (*N.d.T.*)

repas végétarien. Contrairement à ce qui se passe dans les autres établissements, la cuisine végétarienne ne réussit pas aux patrons végétariens. Des gens timides, qui viennent sur vous de biais.

Voyage à partir de Halle avec 4 Juifs de Prague : deux hommes d'un certain âge, vigoureux, agréables et gais, l'un qui ressemble au Dr Klemens, l'autre à mon père sauf qu'il est plus petit, un jeune homme maladif abattu par la chaleur et sa femme, une jeune personne bien bâtie et horrible dont le visage révèle je ne sais quels liens avec la famille des charcutiers Berg. Elle lit un roman de Ida Boy-Ed [1], roman à trois marks édité par Ullstein, qui porte le titre excellent, vraisemblablement inventé par Ullstein lui-même, de *Un instant au Paradis*. Son mari lui demande si cela lui plaît. Mais elle vient de commencer : « Jusqu'à présent, on ne peut rien dire. » Un bon Allemand, qui a la peau sèche et une barbe blonde presque blanche joliment répartie sur les joues et le menton, prend un intérêt remarquablement amical à tout ce qui se passe entre ces quatre personnes.

Hotel de la Gare [2], chambre *au rez-de-chaussée donnant sur la rue, avec un petit jardin devant. *Si l'on veut, on peut en passant me voir vaquer tout nu à mes occupations. Je vais en ville. La ville est ancienne d'un bout à l'autre. Le type de construction calculé pour la plus grande durée paraît être la bâtisse en colombages. Les poutres se déforment partout, les panneaux s'effondrent ou se renflent, mais la maison tient bon et s'il lui arrive tout au plus de s'affaisser un peu avec le temps, elle ne fait qu'y gagner en solidité. Je n'ai jamais vu nulle part des gens s'adosser aussi joliment aux fenêtres. La plupart des fenêtres, d'ailleurs, ont au milieu des montants fixes. On y pose l'épaule, des enfants tournent autour. Au fond d'un long couloir, de fortes jeunes filles sont assises sur les premières marches de l'escalier, étalées dans leur robe du dimanche.

---

1. Ida Boy-Ed (1852-1928) : après *Ein Augenblick im Paradies*, qui venait de paraître, elle publiera en 1916 un livre intitulé *Das Märtyrium der Charlotte von Stein*, Cotta Verlag.    2. À Halberstadt.

Drachenweg. Katzenplan[1].

Dans le parc avec des petites filles, sur un banc dont nous décidons qu'il appartient aux filles et que nous défendons contre les garçons. Juifs polonais. Les enfants leur crient : *Itzig !* et ne veulent pas s'asseoir sur le banc où ils se sont assis. Hôtel juif Nathan Eisellsberg, avec une enseigne en hébreu. C'est une manière de château à l'abandon avec une haute volée d'escalier qui fait saillie sur les rues étroites. Je marche derrière un Juif qui sort de l'hôtel et je l'aborde. *Neuf heures passées... Je désire savoir certaines choses sur la communauté. Je n'apprends rien. Je lui suis trop suspect. Il ne cesse de regarder mes pieds. Mais je suis Juif, moi aussi. Dans ce cas, je peux loger chez Eisselsberg. — Non, j'ai déjà un logement. — Ah ! — Brusquement, il se rapproche de moi. Ne serais-je pas allé à Schoppenstedt il y a une semaine ? Nous nous quittons devant sa maison ; il est heureux d'être débarrassé de moi ; sans que je le lui demande, il m'indique le chemin de la synagogue. — Des gens en robe de chambre sur le pas de leur porte. Vieilles inscriptions sans signification. Réfléchi aux possibilités que j'ai de me gorger de malheur dans ces rues, sur ces places, sur les bancs de ces squares, sur les bords de ces ruisseaux. Quiconque est capable de pleurer devrait venir ici le dimanche. Après avoir erré pendant cinq heures, je me retrouve le soir sur la terrasse de mon hôtel devant un petit jardin. Les patrons sont assis à la table voisine avec une jeune femme pleine de vivacité qui a l'air d'une veuve. Joues maigres sans nécessité. Coiffure bouffante partagée par une raie.

*8 juillet*. Mon bungalow s'appelle « Ruth[2] ». Arrangé de façon pratique. 4 lucarnes, 4 fenêtres, 1 porte. Assez calme. Il n'y a que des joueurs de football au loin, des oiseaux qui chantent bruyamment et quelques personnes nues et silencieuses couchées devant ma porte. Personne, à part moi, ne porte de cale-

---

1. « Chemin du dragon », « Esplanade des chats », noms de rues pittoresques, à Halberstadt.   2. Dans le camp naturiste de Jungborn, situé dans le massif du Harz, au pied du Brocken, entre Stapelburg et Ilsenburg.

çon de bain. Merveilleuse liberté. Dans le parc, la salle de lecture, etc., on peut voir de jolis pieds dodus.

*9 juillet*. Bien dormi dans ma cabane qui est dégagée sur 3 côtés. Je peux m'adosser à ma porte comme un propriétaire. Je me suis réveillé aux heures les plus diverses de la nuit et j'ai toujours entendu des rats ou des oiseaux qui grouillaient ou voletaient dans l'herbe tout autour de ma cabane. Le monsieur tacheté comme un léopard. Hier soir, conférence sur le vêtement. On mutilait les pieds des Chinoises afin qu'elles aient un gros derrière.

*9 juillet*. Le médecin, ancien officier, il a un rire affecté, avec un air à la fois dément, pleurnichard et jovial. Pas élastique. Adepte de Mazdaznan[1]. Un visage fait pour le sérieux. Il est rasé de près, ses lèvres sont de celles qui demandent à être serrées. Il sort de son cabinet de consultation, on entre en passant devant lui : « Entrez, je vous en prie », et il vous suit en riant. Il me défend les fruits, sous cette réserve toutefois que je ne suis pas obligé de lui obéir. Je suis un homme cultivé, j'irai entendre ses conférences, qui sont d'ailleurs imprimées, j'examinerai la chose, je me ferai une opinion et j'agirai en conséquence. (De sa conférence d'hier : « Même si l'on a des orteils complètement estropiés, on peut tirer dessus en respirant profondément et l'on arrivera à les redresser à la longue. » On peut faire pousser les parties sexuelles par un exercice déterminé. L'une de ses règles d'hygiène : « Les bains d'air, la nuit, sont hautement recommandés (quand j'en ai envie, je me laisse simplement glisser de mon lit et je marche dans les prés, devant ma cabane), mais il ne faut pas s'exposer trop longtemps aux rayons de la lune, cela est mauvais. ») Nos vêtements actuels sont impossibles à laver !! Ce matin : toilette, gymnastique de Müller[2], gymnastique en groupe (je m'appelle

---

1. Les adeptes de ce mouvement visant à réformer la culture et l'hygiène suivaient les doctrines de Zarathustra ; depuis 1908, ils publiaient à Leipzig une revue mensuelle. 2. Jörgen Petersen Müller (1866-1938) : professeur danois qui vécut à Londres et conçut une méthode de gymnastique prescrivant dix-huit exercices à faire chaque jour pendant quinze minutes.

l'homme au caleçon de bain), on chante quelques chorals et on joue à la balle en formant un grand cercle. Deux jeunes et beaux Suédois aux longues jambes *dont les formes et les lignes sont telles qu'on ne pourrait réellement les parcourir qu'avec la langue [1]. Concert donné par un orchestre militaire de Goslar. Après-midi, j'ai retourné les foins. Je me suis si bien gâté l'estomac le soir que, de mécontentement, je refuse de faire un seul pas. Un vieux Suédois joue à chat avec quelques petites filles et il est tellement pris par le jeu qu'il s'écrie tout en courant : Attendez un peu que je vous bloque ces Dardanelles. Par quoi il désigne un passage entre 2 buissons. Comme une vieille bonne d'enfants, qui n'est pas jolie, passe devant nous : Voilà tout de même quelque chose sur quoi l'on pourrait taper (le dos, enfermé dans une robe à pois blancs). Le besoin incessant, absurde, de se confier. Regarder chaque personne en se demandant s'il est possible de se confier à elle et si elle vous en offrira l'occasion.

*10 juillet*. Me suis foulé le pied. Douleurs. J'ai chargé du fourrage. Après-midi promenade à Ilsenburg avec un tout jeune homme nommé Lutz, professeur au collège de Nauheim ; il ira peut-être l'année prochaine à Wickersdorf [2]. Éducation mixte, médecine naturelle, Kohen, Freud. Histoire de l'excursion qu'il a organisée et où garçons et filles étaient mêlés. Orage, tout le monde est trempé et doit se déshabiller complètement dans une seule pièce à l'auberge la plus proche. — Dans la nuit, mon pied enfle et me donne la fièvre. Le tapage des lapins qui courent

---

1. À rapprocher d'un passage du *Journal de voyage à Friedland* (in *Reise-tagebücher, op. cit.*, p. 16) où Kafka évoque des vues stéréoscopiques (d'Italie du Nord) qu'il a admirées au Kaiserpanorama, en parlant du « sol lisse des cathédrales devant notre langue ». Notation sensuelle certes, que ce désir d'ordre enfantin (lécher une glace !) ; mais il ne faut sans doute pas surinterpréter ici ; comme Brod semble l'avoir fait, puisque la phrase était « censurée ». 2. Où se trouvait une « libre communauté scolaire » (Freie Schulgemeinde), créée par Gustav Wyneken (1875-1964) inspirée par le « Mouvement pour l'éducation à la campagne », fondé en 1898 par Hermann Lietz. Voir aussi la lettre de Brod à Kafka du 28 novembre 1917 (*cf.* Correspondance in *Brod, Kafka. Une amitié II*, Repères bibliographiques, p. 49)

devant ma cabane. Je me lève au milieu de la nuit et je vois 3 de ces petits lapins assis devant ma porte. Je rêve que j'entends Goethe déclamer, avec une liberté et un arbitraire infinis.

*11 juillet.* Conversation avec un certain Dr Schiller, conseiller municipal de Breslau, qui a longtemps vécu à Paris pour y étudier l'organisation de la municipalité. Il habitait un hôtel avec vue sur la cour du Palais-Royal. Auparavant, un hôtel à côté de l'Observatoire. Une nuit, la chambre voisine fut occupée par un couple d'amoureux. La femme criait de plaisir de façon éhontée. Elle ne se tint tranquille et il ne put dormir que lorsqu'il demanda à travers la cloison s'il fallait aller chercher un médecin. — Mes deux amis me dérangent, leur chemin passe devant ma cabane et ils s'arrêtent toujours devant ma porte pour faire un bout de causette ou m'inviter à faire une promenade. Mais en même temps, je leur en suis reconnaissant. — Lu dans le *Evangelische Missionszeitung* de juillet 1912 sur les missions de Java : « Quoi qu'on puisse dire contre l'activité médicale des missionnaires — activité qu'ils pratiquent en dilettantes, mais sur une très grande échelle, — il demeure qu'elle est leur auxiliaire le plus important et qu'ils ne peuvent s'en passer. » De temps à autre, je suis pris d'une légère nausée en voyant, d'ailleurs, toujours à quelque distance, tous ces gens complètement nus qui se meuvent lentement et passent entre les arbres. S'ils courent, cela n'arrange rien. — À l'instant, un homme nu que je ne connais pas du tout s'est arrêté à ma porte pour me demander *posément et sur un ton aimable si ce bungalow est le mien, ce qui ne fait pourtant aucun doute. *En plus, ils s'approchent sans qu'on les entende du tout. Brusquement, quelqu'un est là, on ne sait pas d'où il est venu. — Je n'aime pas non plus les vieux messieurs qui sautent, tout nus, par-dessus les tas de foin. — Le soir, promenade à Strapelburg, avec deux personnes que j'ai présentées et recommandées l'une à l'autre. Ruine. Retour à dix heures. Quelques hommes nus qui glissent entre les tas de foin devant ma cabane et se perdent au loin. La nuit, comme je marche dans le pré pour me rendre aux cabinets, j'en vois trois qui dorment dans l'herbe.

*12 juillet*. Récits du Dr Schiller. Il a voyagé pendant un an. Puis, longs débats sur le christianisme, dans l'herbe. Le vieil Adolf Just, qui a les yeux bleus, guérit toutes les maladies avec de l'argile et me met en garde contre le médecin qui m'a interdit les fruits[1]. Défense de Dieu et de la Bible par un membre de la « Communauté chrétienne ». Pour fournir la preuve dont on a justement besoin, il lit un psaume à voix haute. Mon Dr Schiller se discrédite avec son athéisme. Les mots étrangers d'illusion et d'auto-suggestion ne lui servent de rien. Un inconnu demande pourquoi les Américains sont si florissants, alors qu'ils ne peuvent dire deux mots sans jurer. — Il n'est pas possible d'être fixé sur la véritable opinion de la plupart d'entre eux, bien qu'ils prennent une part active à la discussion. Celui qui parlait avec tant de passion du *Jour des Fleurs*[2], ceux qui montraient le plus de réticences étant précisément les méthodistes. L'adepte de la « Communauté chrétienne » et son joli petit garçon, il déjeune de cerises et de pain sec qu'il tire d'un petit sac, passe le reste de la journée couché dans l'herbe avec trois Bibles ouvertes devant lui et prend des notes. Il n'y a que 3 ans qu'il est sur la vraie voie. Les esquisses à l'huile que le Dr Schiller a faites en Hollande. Pont-Neuf. — J'ai chargé du foin. — Eckarplätze. — Deux sœurs. Des petites filles. L'une a un visage étroit, une pose nonchalante, des lèvres mobiles, un nez qui se termine en pointe délicate, des yeux clairs qui ne s'ouvrent pas entièrement. Son visage respire une telle intelligence que je passe plusieurs minutes à le contempler avec émotion. *Je sens passer un souffle sur moi quand je la contemple. Sa petite sœur, plus féminine, intercepte mes regards. — Une demoiselle qui vient d'arriver, elle est raide et paraît bleuâtre. — La blonde aux cheveux courts ébouriffés. Souple et maigre comme une courroie de cuir. Elle n'a sur elle qu'une jupe, une blouse et une chemise. Et quel pas ! — Le soir prome-

---

1. Adolf Just avait fondé l'établissement naturiste de Jungborn, que dirigeait alors déjà son fils Rudolf. 2. Allusion aux fleurs en papier que l'on distribuait lors de collectes pour diverses bonnes œuvres ; la multiplication de ces « journées » avait suscité une polémique.

nade dans le pré avec le Dr Schiller (43 ans). Les gens se promènent, s'étirent, se frictionnent, se battent, se grattent. Tous
nus. Sans pudeur. — L'odeur de l'air quand je suis sorti de la
salle d'études ce soir.

*13 juillet.* Cueilli des cerises. Lutz me lit *Die Seele* de Kinkel[1].
Après le repas, je lis toujours un chapitre de la Bible, dont il y
a ici un exemplaire dans chaque pièce. Le soir, les enfants en
train de jouer. La petite Susanne von Puttkammer, neuf ans, en
petite culotte rose.

*14 juillet.* Cueillette des cerises sur une échelle avec de petits
paniers. Suis allé tout au haut de l'arbre. Le matin, messe aux
Eckarplätze. Chants ambrosiens. Dans l'après-midi, j'envoie les
deux amis à Ilsenburg. — Comme je suis couché dans l'herbe,
l'adepte de la « Communauté chrétienne » (beau corps long et
bronzé, barbiche, air heureux) quitte la place où il lit et va au
cabinet du vestiaire. Je le suis des yeux sans me douter de rien ;
mais au lieu de revenir à sa place, il se dirige vers moi, je ferme les
yeux, mais déjà il se présente : « Hitzer, arpenteur » et me donne
4 brochures en guise de lecture du dimanche. En partant, il parle
de « perles » et de « jeter », par quoi il veut me faire comprendre
que je ne dois pas montrer les brochures au Dr Sch. Ce sont : *le
Fils prodigue, Racheté ou Tu n'es plus à moi (pour les croyants
incrédules)*, avec de petits récits : *Pourquoi l'homme cultivé ne
peut-il pas croire à la Bible ?* et *Vive la liberté ! Mais : qu'est-ce
que la vraie liberté ?* Je parcours tout cela, puis je vais le voir et,
rendu hésitant par le respect qu'il m'inspire, j'essaie de lui expliquer pourquoi il n'y a actuellement pour moi aucune perspective
de grâce. Là-dessus, il me parle pendant 1 h 30 (vers la fin, un
monsieur à cheveux blancs et nez rouge, maigre, vêtu de lin, se

---

1. Il pourrait s'agir de l'ouvrage paru à Giessen en 1907 et intitulé *Aus
Traum und Wirklichkeit der Seele. Stille Gedanken aus einsamen Stunden*
(« Surgies du rêve et de la réalité de l'âme. Paisibles pensées des heures de
solitude »), du poète-philosophe Walter Kinkel (1815-1882) qui s'était beaucoup intéressé au néokantisme fondé par le philosophe Hermann Cohen
(1842-1918), cité le 10 juillet par Kafka.

joint à nous et fait quelques remarques indistinctes), en montrant une merveilleuse maîtrise de chaque mot que seule la sincérité rend possible. Le malheureux Goethe qui a rendu tant d'existences malheureuses. Nombreux récits. Comment lui, Hitzer, a interdit la parole à son père, un jour que celui-ci blasphémait dans sa maison : « Puisses-tu, père, être pris d'épouvante au son de tes propres paroles, puisse la terreur t'empêcher de parler, j'y consens. » Comment son père entendit la voix de Dieu sur son lit de mort. — Il voit que je suis près de la grâce. — Je coupe court moi-même à tous ses arguments en le renvoyant à la voix intérieure. Efficace. —

*15 juillet*. Lu le *Schiller* de Kühnemann. — Le monsieur qui porte toujours dans sa poche une carte adressée à sa femme en cas d'accident. — Livre de Ruth. — Je lis *Schiller*. Non loin de moi, un vieux monsieur nu est couché dans l'herbe, un parapluie ouvert au-dessus de sa tête *en me présentant son derrière et en lâchant plusieurs pets bien audibles dans la direction de mon bungalow. — La robe brune et la robe bleue de la demoiselle raide qui était d'abord vêtue de blanc. La façon nette, positivement méthodique, dont son visage se transforme sous l'influence de ces couleurs.

*15 juillet*. La *République* de Platon. — Je pose pour le Dr Schiller. *Sans caleçon de bain. *Expérience d'exhibitionnisme. — La page de Flaubert sur la prostitution. — Le corps nu entre pour une large part dans l'impression que donne chaque corps en particulier. — Rêve : les gens réunis pour prendre des bains d'air s'anéantissent mutuellement au cours d'une bagarre. La société s'étant séparée en deux groupes qui ont d'abord plaisanté ensemble, quelqu'un sort de l'un des groupes et crie aux autres : « Lustron et Kastron[1] ! » Les autres : « Quoi ? Lustron et Kastron ? » Le premier : « Sans doute. » Commencement de la bagarre.

---

1. Mots à consonance grecque, à proximité de *Lust* : plaisir — et de *kastrieren* : castrer.

*16 juillet*. Kühnemann[1]. — M. Guido von Gillhausen, capitaine en retraite, compose poèmes et musique, entre autres : *À mon épée*. Bel homme. Par respect pour sa noblesse, je n'ose pas lever les yeux sur lui, j'ai des suées (nous sommes nus) et je parle trop bas. Sa bague à cachet. — Les révérences des jeunes Suédois. Le plus âgé, qui est rouquin, s'est habitué à parler en haletant. — Habillé, je m'entretiens dans le parc avec un homme habillé. *Il pète tellement et si fort que je ne comprends pas le moindre mot de ce qu'il dit. — Je manque l'excursion que les autres font en groupe à Harzburg. — Soirée. Fête des Tireurs à Stapelburg. Avec le Dr Schiller et un coiffeur berlinois. La grande plaine qui monte doucement jusqu'au Burgberg, soulignée par de vieux tilleuls et coupée par une voie de chemin de fer qui y apporte une note discordante. Le petit stand où l'on tire. De vieux paysans marquent les résultats sur le livre de tir. Les 3 fumeurs de pipe avec des fichus de femmes qui leur pendent dans le dos. Vieille coutume, inexplicable. Certains portent de vieilles blouses bleues très simples qu'ils tiennent de leur père, elles sont faites du lin le plus fin et coûtent 15 marks. Presque tous ont leur carabine. Fusil à baguette. On a l'impression qu'à force de travailler la terre, tous ces gens sont devenus difformes d'une manière ou d'une autre, cela se voit surtout quand ils se mettent sur deux rangs. Quelques vieux chefs en chapeaux hauts-de-forme, le sabre au côté. On apporte des crinières et quelques autres symboles anciens, émotion, puis l'orchestre joue, l'émotion augmente, puis silence, tambours et sifflets, l'émotion augmente encore, enfin on hisse trois drapeaux au milieu des derniers roulements de tambours et des derniers coups de sifflets, dernière vague d'émotion. Commandement et départ du cortège. Le vieillard en costume noir et casquette noire, avec un visage un peu accablé et une barbe qui en fait tout le tour, point trop longue, épaisse, soyeuse, incomparablement blanche. L'ancien Roi des Tireurs, également en haut-de-forme, ceint d'une écharpe qui

---

1. Son *Schiller*, mentionné plus haut, parut à Munich en 1905.

ressemble à celle des huissiers et qui est parsemée d'une quantité de petites plaques métalliques dont chacune porte, gravé, le nom du Roi des Tireurs d'une année précédente accompagné des emblèmes de sa corporation (le boulanger a une miche de pain, etc.) Le défilé en musique dans la poussière, sous l'éclairage changeant que donne un ciel fortement couvert. Allure de marionnette, démarche sautillante d'un soldat qui défile (c'est un tireur qui fait son service en ce moment). Armées populaires et guerres paysannes. Nous les suivons à travers les rues. Ils sont tantôt plus près de nous, tantôt plus loin, car ils font halte chez tous les rois des Tireurs successivement, y donnent un concert et prennent quelques rafraîchissements. Vers la fin du cortège, la poussière se dissout de façon uniforme. Ce sont les deux derniers qu'on voit le plus distinctement. De temps en temps, nous les perdons tout à fait de vue. Le long paysan qui a la poitrine un peu rentrée, un visage définitif, des bottes à revers, des vêtements qui paraissent être de cuir ; que de cérémonies il fait pour se détacher du montant de la porte. Les 3 femmes qui se tenaient devant lui, l'une devant l'autre. Celle du milieu était brune et jolie. Les deux femmes à la porte de la ferme d'en face. Un arbre gigantesque dans chacune des cours, ils se rejoignent au-dessus de la large route. Les grandes cibles sur les maisons des anciens champions. La salle est partagée en deux parties égales, l'orchestre est installé dans un espace clos pourvu de deux rangées de sièges. Pour l'instant, elle est vide, des petites filles se laissent glisser sur le parquet lisse (des joueurs d'échecs qui se reposent et parlent m'empêchent d'écrire). Je leur offre ma « limonade », elles boivent, la plus âgée d'abord. Le langage qui me permettrait de communiquer réellement avec elles me fait défaut. Je leur demande si elles ont dîné, incompréhension totale, le Dr Schiller leur demande si elles ont soupé, début d'intuition (il ne parle pas distinctement et respire trop), mais elles ne sont en mesure de répondre que lorsque le coiffeur leur demande si elles ont bouffé. Elles ne veulent pas de la deuxième limonade que je commande pour elles, elles veulent

monter sur les chevaux de bois, me voici donc volant vers les
chevaux de bois, entouré de 6 petites filles (entre 6 et 13 ans).
En chemin, celle qui a proposé les chevaux de bois se vante de
ce que le manège appartient à ses parents. Nous nous asseyons
dans une voiture et nous tournons. Une fillette sur mes
genoux, ses amies autour de moi. D'autres petites filles qui
viennent à leur tour pour profiter de mon argent sont repous-
sées par les miennes, à mon corps défendant. La fille du propriétaire contrôle ce que j'ai à payer afin que je ne paie pas
pour les fillettes inconnues. Je suis prêt à faire encore un tour
si elles en ont envie, mais la fille du propriétaire elle-même dit
que c'est assez, toutefois elle veut aller à la baraque des sucreries. Moi, dans ma sottise et ma curiosité, je les emmène à la
Loterie. Dans la mesure du possible, elles disposent de mon
argent avec beaucoup de discrétion. Puis nous allons aux bonbons. Une tente avec un gros stock de marchandises, aussi propre, aussi bien arrangée qu'une boutique dans la grand-rue de
la ville. Et avec cela, les marchandises sont bon marché comme
dans les foires de chez nous. Puis nous revenons à la salle de
danse. Je suis plus sensible au plaisir des petites filles qu'à ma
propre largesse. Maintenant d'ailleurs, elles boivent aussi la
limonade et me remercient gentiment, la plus âgée pour tout
le monde et chacune pour soi. Nous partons au moment où le
bal commence, il est déjà 9 h 45. Le coiffeur est continuellement en train de parler. Âgé de 30 ans, barbe carrée et moustache en pointe. Coureur de filles, mais il aime sa femme, celle-
ci gère le magasin et ne peut pas voyager parce qu'elle est
grosse et ne supporte pas les déplacements. Même quand il
leur arrive d'aller à Rixdorf, il faut qu'elle change deux fois de
tramway afin de marcher un peu et de reprendre des forces.
Elle n'a pas besoin de vacances, elle est déjà bien contente de
pouvoir se lever un peu plus tard pendant quelques jours. Il
lui est fidèle, il trouve auprès d'elle tout ce dont il a besoin.
Tentations auxquelles un coiffeur est exposé. La jeune femme
du patron du restaurant. La Suédoise qui veut tout payer plus
cher. Il achète ses cheveux chez un Juif de Bohême, un

dénommé Puderbeutel. Une délégation de sociaux-démocrates étant venue chez lui pour exiger qu'il mît le *Vorwärts* [1] sur la table avec les autres journaux, il dit : « Si c'est ça que vous voulez, moi, je ne vous ai pas demandé votre avis. » Mais pour finir, il a cédé. Quand il était « junior » (apprenti), il habitait Görlitz. C'est un joueur de quilles licencié. Il a assisté au grand congrès des joueurs de quilles qui a eu lieu à Brunswick, il y a une semaine. Il existe quelque vingt mille joueurs de quilles licenciés en Allemagne. On a joué sur quatre pistes de championnats pendant trois jours, jusqu'à une heure avancée de la nuit. Mais on ne peut dire de personne qu'il est le meilleur joueur de quilles allemand [2]. — En rentrant le soir dans mon bungalow, je ne trouvai pas mes allumettes, j'en empruntai chez le voisin et j'éclairai sous la table pour voir si elles n'étaient pas tombées. Elles n'y étaient pas, en revanche mon verre s'y trouvait. Peu à peu, il apparut que mes sandales étaient derrière la glace, les allumettes sur le rebord de la fenêtre, mon miroir suspendu dans un coin. Le vase de nuit était posé sur l'armoire, mon *Éducation sentimentale* était dans l'oreiller, *une patère était sous le drap, mon encrier de voyage et une serviette mouillée avaient été fourrés dans mon lit, etc. Tout cela à titre de représailles parce que je n'étais pas allé à Harzburg.

*19 juillet.* Journée pluvieuse. On est couché et la pluie frappe de tels coups sur le toit qu'on a l'impression qu'elle les dirige contre votre propre poitrine. Au bord du toit qui fait saillie, les gouttes apparaissent mécaniquement, comme les lumières allumées le long d'un trottoir. Puis elles tombent. Un vieillard, tel un animal sauvage, se précipite soudain sur le pré et prend un bain de pluie. Le rythme des gouttes dans la nuit. On est

**1.** Journal du parti social-démocrate (SPD) publié à partir de 1876 à Leipzig, puis à Berlin. **2.** Toute cette description n'est pas sans rappeler celle de *La Fête de Saint-Roch à Bingen* publiée en 1817 par Goethe (traduction J. Porchat, revue et présentée par Cl. Roels, éd. Allia, 1996).

assis là comme dans une boîte à violon. Le matin, on court et l'on sent la terre molle sous ses pieds.

*20 juillet*. Ce matin avec le Dr Schiller dans la forêt. Le sol rouge d'où part une lumière qui s'étale. Les troncs élancés. Les hêtres avec leurs branches qui se balancent, couvertes d'un feuillage plat. L'après-midi, arrivée d'une mascarade venant de Stapelburg. Le géant et l'homme déguisé en ours qui danse. Le balancement de ses cuisses et de son dos. Défilé derrière la musique, à travers les jardins. Les spectateurs courent sur les pelouses, se glissent entre les buissons. Le petit Hans Eppe quand il aperçoit les masques. Walter Eppe juché sur une boîte aux lettres. Les hommes déguisés en femmes, voilés des pieds à la tête avec des rideaux. Indécence du spectacle quand ils dansent avec les cuisinières qui s'abandonnent à eux, apparemment sans savoir que ce sont des hommes déguisés.

Le matin, j'ai lu au Dr Sch. le premier chapitre de l'*Éducation*. L'après-midi, nous nous promenons ensemble. Il me parle de son amie. Il est lié avec Morgenstern, Baluschek, Brandenburg, Poppenberg[1]. Le soir, il se jette tout habillé sur son lit et pousse de terribles gémissements. Première conversation avec Mlle Pollinger, mais elle sait déjà sur moi tout ce qu'il y a à savoir. Elle connaît Prague par *Die Zwölf aus d. Steiermark*[2]. Cheveux d'un blond pâle, 22 ans. Elle en paraît 17, se fait constamment du souci pour sa mère, qui est sourde ; fiancée et coquette. — À midi, départ de Mme von Wasman, la veuve suédoise qui ressemble à une lanière de cuir. Par-dessus ses vêtements ordinaires, elle porte simplement une petite veste grise et est coiffée d'un petit chapeau gris à voilette. Encadré de la sorte, son visage brun devient extrêmement délicat ; ce qui décide de l'impression produite par les visages réguliers, c'est

---

1. Il s'agit du poète et anthroposophe Christian Morgenstern (1871-1914), du peintre Hans Baluschek (1870-1935), connu pour ses dessins de la vie berlinoise, du poète et romancier Hans Brandenburg (1885-1968) et de l'essayiste Felix Poppenberg.     2. *Les Douze Gars de Styrie*, roman de Rudolf Hans Bartsch, paru en 1911.

uniquement la distance et la manière dont ils se dissimulent.
Son bagage consiste en un petit sac-à-dos qui ne doit pas contenir beaucoup plus qu'une chemise de nuit. C'est dans cet appareil qu'elle voyage sans relâche, elle venait d'Égypte, elle part
pour Munich. — Comme j'étais couché, cet après-midi, la pensée des gens que je rencontre ici m'a donné la fièvre, tant certains d'entre eux me passionnent. — Une chanson de M. von
Gillhausen a pour titre : *Petite maman, tu es si gentille, \*tu
sais.* — Le soir, bal à Stapelburg. La fête dure 4 jours, à peine
si on travaille entre temps. Nous voyons le nouveau Roi des
Tireurs et nous lisons sur son dos le nom de tous les rois qui
l'ont précédé depuis le début du xixᵉ siècle. Les deux salles de
danse sont pleines. Les couples se tiennent les uns derrière les
autres tout autour de la salle. Chacun d'eux ne fait qu'une
courte danse tous les quarts d'heure. La plupart des danseurs
sont muets, non par embarras ou pour quelque raison spéciale,
mais tout bonnement parce qu'ils sont muets. Un homme ivre
se tient sur le bord de la piste, il connaît toutes les filles, les
saisit ou tout au moins tend les bras pour essayer de les attraper. Leurs cavaliers ne font pas un geste. Il y a d'ailleurs bien
assez de bruit avec la musique et les cris des gens qui sont soit
attablés en bas, soit debout au comptoir. Nous restons longtemps à faire inutilement le tour de la salle (moi et le Dr. Sch.).
C'est moi qui aborde une jeune fille. Elle avait déjà attiré mon
attention dehors, alors qu'elle était avec 2 amies et mangeait
des petites saucisses de Halberstadt à la moutarde. Elle porte
un corsage blanc avec un empiècement à fleurs qui lui couvre
les bras et les épaules. Elle penche la tête, dans un geste gracieux \*et morose qui entraîne un léger affaissement de son
buste et fait gonfler son corsage. Dans cette attitude penchée,
son petit nez retroussé ajoute à sa tristesse. Une teinte d'un
brun rouge s'étend au hasard sur toute sa figure. Je l'aborde
au moment où elle descend les 2 marches de la salle de danse.
Nous nous trouvons face à face et elle veut faire demi-tour.
Nous dansons. Elle s'appelle Auguste, vient de Wolfenbüttel et
travaille depuis 1 an 1/2 dans la ferme d'un certain Klaude, à

Appelroda. Ma particularité, qui consiste à ne pas comprendre les noms propres, même quand on me les répète plusieurs fois, et à ne pas les retenir ensuite. Elle est orpheline et va entrer au couvent le 1er octobre. Elle n'en a pas encore parlé à ses amies. Elle voulait déjà y entrer en avril, mais ses patrons n'ont pas voulu la laisser partir. Elle entre au couvent à cause des mauvaises expériences qu'elle a faites. Elle ne peut pas dire lesquelles. Nous nous promenons de long en large devant la salle de bal, au clair de lune, mes petites amies de tantôt nous poursuivent, moi et ma « fiancée ». En dépit de sa mélancolie, elle danse avec grand plaisir, ce dont je m'aperçois surtout après, quand je la prête au Dr Sch. Elle est ouvrière agricole. Elle a dû rentrer à 10 h.

*22 juillet*. Mlle Gerloff, institutrice, visage jeune et frais qui ressemble à celui d'une chouette, avec des traits animés et tendus. Le corps est plus indolent. — M. Eppe, directeur d'une école privée à Brunswick. Un homme qui m'écrase. Parole autoritaire, passionnée quand il le faut, réfléchie, musicale, hésitante même pour la forme. Visage fin avec une barbe fine, mais qui lui recouvre entièrement le menton et les joues. Démarche maniérée. La première fois qu'il s'est assis avec moi à la table commune, je me trouvais de biais en face de lui. Les convives mastiquaient en silence. Il lançait quelques mots par-ci par-là. Si les gens s'obstinaient à garder le silence, eh bien, ils se taisaient, voilà tout. Mais qu'une personne prononçât un mot à l'autre bout de la table et il la tenait, sans aller toutefois jusqu'à la fatigue ; considérant la tomate qu'il était en train de peler, il se parlait plutôt à lui-même, comme si quelqu'un lui avait adressé la parole et l'écoutait. Tout le monde devenait attentif, sauf ceux qui, comme moi, se sentaient humiliés et boudaient. Il ne se moquait de personne, laissait l'opinion de chacun se balancer sur ses propres paroles. S'il ne faisait pas un mouvement, en revanche, il chantait à voix basse tout en cassant des noix ou en se livrant aux nombreuses manipulations qui sont nécessaires quand on mange des légumes crus et des fruits (la table est pleine de plats et l'on fait des mélanges à son gré).

Pour finir, il intéressa tout le monde à ses affaires en prétendant qu'il devait noter les mets et en envoyer la liste à sa femme. Après nous avoir ravis pendant plusieurs jours en nous parlant de sa femme, il raconta de nouvelles histoires à son sujet. Elle souffre de mélancolie, dit-il, il faudrait qu'elle se fît soigner dans un sanatorium de Goslar, mais elle ne sera acceptée que si elle s'engage à prendre une garde-malade pour huit semaines, etc., tout cela coûtera — il a fait le compte et le refait à table — plus de mille huit cents marks. Mais il le dit sans la moindre intention d'exciter la pitié. Quoi qu'il en soit, une affaire aussi coûteuse demande réflexion, tout le monde réfléchit. Quelques jours après, nous apprenons que sa femme va venir, peut-être ce sanatorium-ci lui suffira-t-il. On lui annonce au cours du repas qu'elle vient d'arriver avec ses deux petits garçons et qu'elle l'attend. Il est heureux, mais finit tranquillement son repas, bien que ce genre de repas n'ait pas de fin, tous les plats étant mis simultanément sur la table. La femme est jeune, grosse, avec une taille qui n'est indiquée que par ses vêtements, yeux bleus intelligents, cheveux blonds coiffés en hauteur. Elle s'entend à faire la cuisine, connaît très exactement les prix, etc. Au petit déjeuner, — sa famille n'est pas encore à table — il s'adresse à Mlle Gerloff et à moi et, tout en cassant des noix, nous confie que : sa femme est mélancolique, elle a une maladie des reins, sa digestion est mauvaise, elle souffre d'agoraphobie, ne s'endort que vers 5 heures du matin, et si on la réveille à 8 heures, « elle entre naturellement dans une rage folle » et devient « furieuse ». Son cœur est sérieusement atteint, elle a un asthme grave. Son père est mort dans un asile d'aliénés.

# PREMIER CHAPITRE DU LIVRE
## *RICHARD ET SAMUEL,*
## par Max Brod et Franz Kafka [1]

*L'ouvrage intitulé* Richard et Samuel — Petit voyage dans quelques régions d'Europe Centrale — *sera un petit volume composé des Journaux de voyage tenus en parallèle par deux amis de tempéraments différents.*

Samuel *est un jeune homme sociable, sérieusement désireux d'élargir ses connaissances dans les domaines qui comptent et d'acquérir un jugement pertinent sur les choses de la vie et de l'art, sans jamais tomber pour autant dans la sécheresse ou dans la cuistrerie.* Richard *n'a pas de centre d'intérêt particulier, il se laisse gouverner par de mystérieuses impulsions et encore davantage par sa faiblesse ; mais vis-à-vis des quelques êtres que le hasard a rapprochés de lui, il manifeste tant d'enthousiasme et de naïve indépendance que jamais il ne devient comique ou bizarre. Comme profession,* Samuel *est secrétaire d'une association d'amis de l'art,* Richard *employé dans une banque.* Richard *a de la fortune, et s'il travaille, c'est uniquement parce qu'il ne se considère pas capable de supporter l'oi-*

---

1. Paru dans les *Herder-Blätter*, revue de l'Association Herder de Prague, dans le n° 3, en 1912. Kafka notait dans son *Journal*, le 8 décembre 1911 : « J'ai terminé moi-même le premier chapitre de *Richard et Samuel*, je le tiens pour réussi, surtout le début avec sa description du sommeil dans le compartiment du chemin de fer. »

*siveté, jour après jour ; Samuel travaille par nécessité (avec succès et beaucoup de considération).*

*Tous deux, bien que camarades d'école, se retrouvent pour la première fois longtemps seuls ensemble au cours de ce voyage. Ils s'estiment beaucoup réciproquement, mais sans vraiment se comprendre. Il y a entre eux, à plusieurs niveaux, de l'attirance et de la répulsion. Le livre décrit la façon dont leurs relations tout d'abord s'exaltent dans une brûlante intimité, puis s'apaisent, après divers incidents survenus dans le dangereux pays qui sépare Milan et Paris, pour conduire à la compréhension mutuelle de deux hommes et devenir des plus solides. À la fin du voyage, les deux amis conjuguent leurs talents pour se lancer ensemble dans une entreprise artistique nouvelle et originale.*

*Présenter les multiples nuances par lesquelles peut passer une amitié d'hommes, tout en donnant à voir les pays traversés sous un éclairage double, contradictoire, donc avec une fraîcheur et une densité trop souvent attribuées aux seules contrées exotiques, tel est le but de cet ouvrage.*

### Le premier long voyage en train (Prague-Zurich)

*Samuel* : Départ le 26/8/1911, 13 heures 2 minutes.

*Richard* : En voyant Samuel noter quelques mots dans son célèbre et minuscule calepin, je repense à mon ancienne et si belle idée que chacun de nous devrait tenir un journal pendant ce voyage. Je lui en parle. Il commence par refuser, puis il accepte, les deux fois pour une raison que je ne comprends pas vraiment, mais cela ne fait rien, pourvu que nous tenions chacun un journal. — De nouveau il se moque de mon carnet de notes, lequel en vérité, avec sa reliure neuve en toile noire brillante et son grand format rectangulaire, ressemble plutôt à un cahier d'écolier. Je prévois qu'il sera pénible, et en tout cas embarrassant, de le transporter sans cesse dans ma poche durant le voyage. Mais rien ne m'empêche, une fois à Zurich, d'aller avec lui m'en acheter un plus pratique. Il possède aussi un stylo à plume. Je le lui emprunterai de temps en temps.

*Samuel* : À un arrêt, des paysannes dans le compartiment en face de notre fenêtre. Sur les genoux de l'une, qui rit, une autre dort. En ouvrant les yeux, elle nous fait signe, très inconvenante dans son demi-sommeil : « Viens ! » Comme pour nous narguer, parce que nous ne pouvons pas aller la rejoindre de l'autre côté. Dans le compartiment suivant, une autre paysanne, la peau brune, l'air héroïque, complètement immobile. La tête renversée en arrière, elle regarde au dehors à travers la large vitre. Sibylle de Delphes.

*Richard* : Je trouve déplaisante tout de même la façon aguichante dont il salue les paysannes, avec une fausse familiarité et presque un air soumis. Ah, voici que le train se met en marche, et Samuel se retrouve seul avec un sourire un peu trop grand, et en brandissant sa casquette. — J'exagère ou non ? — Samuel me donne lecture de sa première notation, elle m'impressionne beaucoup. J'aurais dû prêter plus d'attention à ces paysannes. — Le contrôleur, en prononçant d'ailleurs très mal, comme s'il ne s'adressait qu'à des gens habitués à faire ce trajet, demande si quelqu'un désire qu'on lui serve un café à Pilsen. Si l'on passe commande, il colle à la fenêtre du compartiment un étroit ticket vert pour chaque portion, exactement comme jadis à Misdroy [1], avant qu'il y ait un débarcadère, où le vapeur annonçait de loin par autant de fanions le nombre des chaloupes nécessaires au déchargement. Samuel ne connaît pas Misdroy. Dommage que je n'y sois pas allé avec lui. C'était très beau, alors. Cette fois aussi d'ailleurs, ce sera très beau. Le voyage est trop rapide, il passe trop vite ; oh, ce désir de voyages lointains que j'éprouve à présent ! — Quelle comparaison dépassée je viens de faire, vu que le débarcadère de Misdroy existe depuis cinq ans. — Le café, à Pilsen, sur le quai. On n'est pas obligé d'en prendre même quand on a un ticket, et on vous en sert aussi sans ticket.

---

**1.** Station balnéaire à l'est de Swinemünde sur la Baltique où se rendait Max Brod, l'été, depuis son enfance.

*Samuel* : Debout sur le quai, nous apercevons à la fenêtre de notre compartiment une jeune fille inconnue, qui sera Dora Lippert. Jolie, le nez camus, portant un corsage blanc avec petit décolleté en pointe. Un premier événement nous rapproche en repartant : son grand chapeau, emballé dans un sac en papier, atterrit sur ma tête après un vol plané depuis le filet à bagages. — Nous apprenons qu'elle est la fille d'un officier muté à Innsbruck et qu'elle se rend chez ses parents, qu'elle n'a pas vus depuis déjà longtemps. Elle travaille à Pilsen dans un bureau d'études, elle est très occupée toute la journée, mais elle aime bien, elle est fort satisfaite de sa vie. Au bureau, on l'appelle : notre benjamine, notre petite hirondelle ! À part elle, il n'y a rien que des hommes, et elle est la plus jeune. Oh, que c'est gai, au bureau ! On intervertit les chapeaux dans le vestiaire, on fixe avec des clous les croissants de dix heures, ou encore on colle sur votre sous-main le manche de votre porte-plume avec de la gomme arabique. Nous avons eu, nous aussi, le plaisir de participer à une « superfarce » de ce genre. Elle destine une carte postale à ses collègues de bureau, où elle écrit : « Ce qui était prévisible est hélas ! arrivé. Je me suis trompée de train et me trouve actuellement à Zurich. Amicales salutations. » Nous sommes censés poster cette carte à Zurich. Et elle attend qu'en « hommes d'honneur » nous n'ajoutions rien dessus. Au bureau, on va sans doute s'inquiéter, on enverra un télégramme et Dieu sait quoi encore. — C'est une wagnérienne convaincue, elle ne manque pas un opéra de Wagner, « Ah, cette Kurz[1] récemment, en Isolde » ; d'ailleurs elle est en train de lire la correspondance de Wagner avec la Wesendonck, qu'elle emporte à Innsbruck ; c'est un prêt de ce monsieur, évidemment celui qui lui joue des extraits au piano. Malheureusement, elle n'est pas très douée pour le piano, nous nous en doutions depuis qu'elle nous a chantonné quelques leitmotive. — Elle collectionne les papiers à chocolat, dont elle fait une grande boule brillante qu'elle a également emportée. Cette

---

1. Selma Kurz, cantatrice viennoise (1874-1933).

boule est destinée à une de ses amies, elle ignore ce que celle-ci en fera. Elle collectionne aussi les bagues de cigare, sûrement pour en faire un petit tableau. Le premier contrôleur bavarois lui donne l'occasion d'exprimer au sujet de l'armée autrichienne, et de l'armée en général, ses opinions obscures et contradictoires de fille d'officier, brièvement, mais d'un ton ferme. Elle considère en effet l'armée autrichienne comme avachie, ainsi que l'armée allemande d'ailleurs, et les autres. Au bureau, ne court-elle pas tout de même à la fenêtre quand elle entend passer une fanfare militaire ? Eh bien, non, car l'armée, ce n'est pas cela. D'ailleurs, sa sœur cadette, elle est différente. Elle va régulièrement danser au cercle des officiers, à Innsbruck. Mais elle, les uniformes ne l'impressionnent pas du tout, quant aux officiers, elle ne les voit pas. Manifestement, c'est un peu à cause de ce monsieur qui lui prête des partitions de piano, et aussi à cause de notre promenade commune sur le quai, dans la gare de Furth [1], car elle se sent toute ragaillardie de marcher, et frotte ses mains sur ses hanches. Richard prend la défense de l'armée, très sérieusement. — Les expressions qu'elle préfère : super — un poil plus rapide — balancer — illico — avachie.

*Richard* : Dora L. a des joues rondes avec beaucoup de duvet blond, mais elles sont si exsangues qu'il faudrait les masser longuement pour qu'elles redeviennent roses. Son corselet est mal coupé ; au bord, le corsage fait des plis sur la poitrine ; il ne faut pas y faire attention.

Je suis content d'être assis en face d'elle et non à côté, car je suis incapable de m'entretenir avec quelqu'un qui est assis à côté de moi. Quant à Samuel, une fois de plus il préfère se mettre à côté de moi ; et il aime aussi s'asseoir à côté de Dora. Moi, au contraire, j'ai l'impression d'être espionné quand on se met à côté de moi. Dans ce cas, on n'a même pas un œil prêt à regarder la personne en question, et il faut toujours commencer par tourner la tête vers elle. Il est vrai qu'étant en face, je me trouve par moments exclu de la conversation entre Dora et Samuel, notam-

---

**1.** C'est en réalité le poste frontière de Furth im Wald entre la Bohême et la Bavière, avec un arrêt de 18 minutes.

ment quand le train roule ; on ne peut pas avoir tous les avantages. Mais je les ai déjà vus rester assis côte à côte un instant sans
rien se dire ; et sans que j'y sois pour rien, bien sûr.

Je l'admire ; elle est si musicienne. Samuel de son côté semble sourire d'un air ironique lorsqu'elle lui fredonne un air.
C'était sans doute un peu faux, mais malgré tout, n'est-il pas
admirable qu'une jeune fille vivant seule dans une grande ville
soit si passionnée de musique ? Et dans sa chambre, qu'elle
loue, elle a fait transporter un piano, de location lui aussi. Il
faut imaginer ça : une histoire aussi compliquée que le transport d'un piano (d'un piano-forte !) — chose qui, même dans
les familles au grand complet, ne va pas de soi — et cette jeune
fille frêle ! Quelle indépendance et quelle détermination cela
manifeste !

Je lui demande comment elle s'organise. Elle loge avec deux
amies ; chaque soir, l'une d'elles achète à dîner chez un traiteur ; elles s'entendent bien et rient beaucoup. Je suis étonné
qu'elle raconte que tout cela se passe sous une lampe à pétrole,
mais je préfère ne rien lui dire. D'ailleurs, ce mauvais éclairage
ne la dérange manifestement pas, car avec son énergie elle
serait tout à fait capable d'en obtenir un meilleur de sa logeuse,
si elle s'en avisait.

Étant donné qu'au fil de la conversation, elle ne peut s'empêcher de sortir tout ce qu'elle a dans son petit sac, nous apercevons aussi une petite fiole contenant un médicament d'un
horrible jaune. Nous apprenons ainsi qu'elle n'est pas en parfaite santé et qu'elle-même a été très longtemps malade. Et elle
est restée très fatiguée longtemps. À l'époque, son patron en
personne lui a spontanément conseillé de venir travailler à mi-
temps (ce qui montre combien on est correct envers elle).
Maintenant elle va mieux, mais elle doit prendre cette préparation à base de fer. Je lui conseille de la jeter plutôt par la fenêtre. Elle paraît aussitôt m'approuver (c'est une infâme mixture),
mais ne peut se résoudre à le faire vraiment, même si, m'étant
penché vers elle, j'essaie de lui expliquer mes idées tout à fait
claires sur ce sujet, à savoir la façon naturelle de traiter l'orga-

nisme humain, ceci avec la sincère intention d'aider cette jeune fille mal conseillée, ou du moins de lui épargner certains maux, ce qui, l'espace d'un instant, me procure le sentiment d'être pour elle une rencontre providentielle. Mais en voyant qu'elle ne cesse de sourire, je m'interromps. C'est aussi Samuel qui m'a porté ombrage, il n'a pas arrêté de hocher la tête pendant que je parlais. Oh, je le connais ! Il fait confiance aux médecins et considère comme ridicules les thérapies naturelles. Je comprends cela très bien : il n'a jamais eu besoin d'un médecin, et n'a donc jamais sérieusement réfléchi à cette question, du coup il ne peut pas imaginer qu'il doive lui-même prendre cette répugnante mixture. — Si j'avais été seul avec la demoiselle, je l'aurais déjà convaincue. Parce que si je n'ai pas raison sur ce sujet, je n'ai jamais raison sur rien !

La cause de son anémie m'a paru claire depuis le début. Le bureau. Bien sûr, on peut considérer la vie de bureau comme une plaisanterie, au même titre que tout le reste (et cette jeune fille est tout à fait sincère là-dessus, elle est dans l'illusion totale), mais au fond de soi, devant ses effets néfastes ? — Moi par exemple, je sais très bien ce que cela me fait. Et voilà que même une jeune fille se retrouve assise dans un bureau, or une robe de femme n'est pas faite pour cela ; comme elle doit se déformer de tous les côtés, en étant sans arrêt tirée dans un sens et dans l'autre, pendant des heures, sur une inconfortable chaise en bois ! C'est ainsi qu'on écrase les petits derrières dodus, et qu'on appuie la poitrine contre la machine à écrire. — J'exagère ? — En tout cas, je trouve toujours triste de voir une jeune fille dans un bureau.

Samuel s'est déjà pas mal rapproché d'elle. Il l'a même convaincue de nous accompagner au wagon-restaurant, à quoi je n'aurais jamais songé. En arrivant dans cette voiture au milieu d'inconnus, nous faisons incroyablement bloc, tous les trois. Il faudra se souvenir combien il est bon de changer de cadre pour fortifier une amitié. Voilà même que je me retrouve assis à côté d'elle, nous buvons du vin, nos bras se frôlent, notre commune joie à être en vacances fait de nous une véritable famille.

Ce sacré Samuel a réussi à la persuader, malgré sa vive résistance, renforcée par la pluie incessante, de profiter de la demi-heure d'arrêt à Munich pour faire un tour en voiture. Tandis qu'il va en chercher une, elle me confie, sous les arcades de la gare, en prenant mon bras : « Je vous en prie, évitez-nous cette équipée. Je ne peux pas vous accompagner. Il n'en est pas question. Je vous le dis à vous, car je vous fais confiance. Avec votre ami, on ne peut pas parler. Il est tellement fou ! » — Nous montons en voiture, je trouve tout cela désagréable ; en fait cela me rappelle un film, *L'Esclave blanche* [1], où, sortant de la gare dans l'obscurité, l'innocente héroïne est aussitôt embarquée dans une voiture par des inconnus et emmenée au loin. Samuel en revanche est de fort bonne humeur. Comme la grande capote de l'auto nous coupe la vue, nous n'apercevons, avec le plus grand mal, que le premier étage des bâtiments. Il fait nuit. On entrevoit des logements dans les sous-sols. Samuel pour sa part en tire des considérations fantaisistes sur la hauteur des châteaux et des églises. Comme Dora reste silencieuse, assise au fond dans le noir, et que je commence à redouter une scène, il finit tout de même par s'en étonner et lui demande, sur un ton un peu trop conventionnel à mon avis : « Dites, mademoiselle, vous ne m'en voulez pas, tout de même ? Vous ai-je déplu par quoi que ce soit ? » etc. Elle répond : « Puisque je suis là maintenant, je ne veux pas vous gâcher le plaisir. Mais vous n'auriez pas dû m'obliger. Quand je dis "Non", c'est que j'ai mes raisons. Je n'ai pas à me promener en voiture. — Pourquoi ? demande-t-il. — Je ne peux pas vous le dire. Vous pourriez tout de même comprendre que ce n'est pas convenable pour une jeune fille de se promener la nuit en voiture avec des messieurs. Et il y a autre chose. Supposons que je sois déjà liée... » Chacun de notre côté, nous faisons dans un silence respectueux l'hypothèse que cette affaire se rapporte à ce monsieur passionné de Wagner. Bien que n'ayant rien à me reprocher, j'essaie de la rasséréner. Et Samuel, qui jusqu'ici

---

**1.** Troisième *remake* d'un film danois mélodramatique, datant de 1910, avec Ellen Dietrich dans le rôle de la jeune fille pauvre, enlevée et promise à la prostitution, mais retrouvée et enfin sauvée...

la traitait avec une certaine condescendance, semble avoir des remords et choisit de s'intéresser au trajet. À notre demande, le chauffeur nous annonce bien fort le nom des invisibles monuments. Sur l'asphalte mouillé, les pneumatiques font le même bruit que l'appareil du cinématographe. À nouveau cette *Esclave blanche*. Longues rues noires et désertes, bien lavées. Ce que nous distinguons le mieux, ce sont les grandes fenêtres sans rideaux du restaurant « Aux quatre saisons », dont nous connaissions vaguement le nom, comme l'un des restaurants les plus chics[1]. Révérence d'un garçon en habit devant des clients attablés. Devant un monument que, dans une heureuse inspiration, nous désignons comme célèbre et dédié à Wagner[2], elle manifeste de l'intérêt. Nous nous accordons une seule longue pause, devant le monument à la Liberté, dont les jets d'eau clapotent sous la pluie. Nous devinons seulement le pont sur l'Isar. Le long du Jardin Anglais, belles villas opulentes. Ludwigstrasse, Theatinerkirche, Feldherrnhalle, Pschorrbräu. Je ne sais pas pourquoi, mais je ne reconnais rien, bien que je sois déjà venu plusieurs fois à Munich[3]. Sendlinger Tor. La gare, que (surtout pour Dora) je redoutais de ne pas atteindre à temps. Comme un mécanisme parfaitement réglé, nous avons donc traversé la ville en vingt minutes précises, d'après le taximètre.

Comme si nous étions ses cousins de Munich, nous installons notre chère Dora dans un wagon direct pour Innsbruck, et une dame tout en noir, plus redoutable que nous, lui propose sa protection pour la nuit. C'est alors que je me rends compte à quel point on peut tranquillement nous confier une jeune fille, à nous deux.

*Samuel* : L'histoire avec Dora a complètement raté. Plus ça allait, moins ça s'arrangeait. J'avais l'intention d'interrompre le voyage et de faire étape à Munich. Jusqu'au dîner, dans la

---

**1.** Il existe encore, au n° 4 de la Maximilianstrasse.    **2.** Alors que ces statues de bronze représentent des grands hommes, certes, mais que le monument à Wagner ne sera inauguré qu'en mai 1913 sur la Prinzregentenplatz.    **3.** En octobre 1902, Kafka était venu s'informer à Munich sur les études de germanistique qu'il envisageait d'entamer.

région de Ratisbonne, j'étais convaincu que ça marcherait. Je tentai de mettre Richard dans le coup en lui faisant passer un petit papier. Apparemment il ne l'a même pas lu, et s'est seulement soucié de le faire disparaître. Mais au fond, peu importe, cette insignifiante personne ne me tentait vraiment pas. C'est Richard qui faisait si grand cas d'elle, et se répandait en ronds de jambes et en amabilités. Du coup, elle s'est mise à faire des minauderies stupides qui, dans la voiture, dépassèrent les bornes. En nous disant adieu, elle a évidemment pris l'air sentimental d'une véritable Gretchen. Richard, qui bien entendu lui portait sa valise, se comporta comme si elle l'avait rendu très heureux sans qu'il l'ait mérité, ce que je trouvai pénible. En un mot : les femmes qui voyagent seules ou qui, d'une façon ou d'une autre, prétendent être considérées comme indépendantes, devraient s'interdire de retomber dans la coquetterie traditionnelle, peut-être déjà passée de mode, qui consiste à tantôt séduire et tantôt repousser, et toujours en cherchant à profiter de la confusion ainsi suscitée. Car on s'en aperçoit, et l'on prend alors, à se laisser repousser, un plaisir plus vif que ces dames probablement ne le souhaitent. —

Après cette rencontre un peu avortée, ce fut un réel plaisir de trouver dans la gare un endroit spécialement installé pour que l'on puisse se laver le visage et les mains. On nous ouvre une « cabine » : là, les commodités ne sont pas les plus belles qu'on puisse imaginer, en outre, engoncés que nous sommes dans nos vêtements, nous avons juste assez de temps pour virevolter entre les deux lavabos de ce lieu exigu ; malgré tout, nous tombons d'accord que cette institution bien allemande témoigne de ce qu'on appelle la civilisation. On aurait beau écumer toutes les gares de Prague, jamais on ne trouverait rien de comparable.

Nous regagnons le compartiment où malgré les battements de cœur de Richard nous avions laissé nos bagages. Comme d'habitude, il procède à ses préparatifs pour la nuit en disposant son plaid en oreiller sous sa tête et en accrochant son imperméable pour qu'il retombe au-dessus de son visage, tel un baldaquin. J'aime bien que Richard soit sans gêne, du moins s'agissant de son sommeil ; par exemple il met la lampe en veilleuse sans rien demander, bien qu'il sache qu'en train je n'arrive pas à dormir. Il s'allonge sur sa banquette, comme si, plus que ses compagnons de voyage, il en avait le droit. Et il s'endort aussitôt, paisiblement. Alors que le même homme se plaint sans arrêt d'avoir des insomnies !

Il y a aussi deux jeunes Français dans le compartiment. (Des lycéens de Genève). L'un d'eux, un brun, rit à tout bout de champ, par exemple en voyant que Richard lui laisse à peine la place de s'asseoir (tellement il s'étale) ; mais aussi au moment où, Richard s'étant levé une minute pour demander à la compagnie de ne pas autant fumer, il en profite pour occuper une partie de la banquette où Richard était allongé. Entre gens qui ne parlent pas la même langue, ce genre de menus conflits se règle sans paroles, et donc très aisément, sans excuses ni reproches. — Pour que la nuit passe plus vite, les Français se font passer une boîte en fer contenant des gâteaux secs, se roulent des cigarettes et sortent dans le couloir à tout instant, s'interpellent, rentrent à nouveau. À Lindau (ils disent « Lendö ») ils éclatent d'un rire très gai et incroyablement clair, à une heure aussi tardive, à propos du contrôleur autrichien. Les préposés d'un pays étranger sont d'un comique irrésistible, à Furth le contrôleur bavarois nous avait fait le même effet, avec sa grande sacoche rouge qui brinquebalait entre ses jambes. — Pendant assez longtemps, perspective sur le lac de Constance, éclairé, comme lissé par les lumières du train, et plus loin jusqu'aux lumières de la rive opposée, sombre et brumeuse. Un vieux poème appris à l'école me revient à l'esprit, « Le Cavalier du lac de Constance »[1]. Je passe un bon bout de temps à le reconstituer de mémoire. — Trois Suisses font irruption. L'un fume. Après le départ de deux d'entre eux, celui qui reste paraît tout d'abord insignifiant, mais sur le matin il se révèle. Il a mis fin au différend entre Richard et le Français aux

---

**1.** Ballade de Gustav Schwab (1792-1850), qui publia des *Légendes* — antiques et germaniques — entre 1838 et 1840.

cheveux bruns en donnant tort aux deux et en venant s'asseoir entre eux pour le restant de la nuit, le dos très raide, sa canne de montagne entre les jambes. Richard fait la preuve qu'il peut aussi dormir en position assise.

La Suisse est surprenante avec ses maisons séparées, autonomes, et qui de ce fait paraissent particulièrement verticales, dans la moindre bourgade ou village tout le long de la voie. À Saint-Gall, aucune rue ne se dessine. Peut-être cela révèle-t-il le particularisme bien allemand des gens — renforcé par les inégalités du terrain. Ces maisons, avec leurs volets vert bouteille, avec aussi beaucoup de vert dans le colombage et les balcons, ressemblent toutes à des villas. Elles peuvent cependant afficher une raison sociale, c'est un seul nom, on n'a pas l'air de séparer la maison familiale du lieu professionnel. Cette habitude d'installer l'entreprise dans une villa me rappelle fortement le roman de R. Walser : *Le Commis*[1].

C'est dimanche, cinq heures du matin, le 27 août. Partout, les fenêtres sont encore fermées, tout dort. Enfermés dans ce train, nous avons tout le temps le sentiment d'être les seuls dans toute la région à respirer un mauvais air, alors qu'au-dehors, d'une manière très naturelle que seul un train de nuit permet de véritablement observer sous la lampe qui reste allumée, le pays se révèle peu à peu. D'abord ce sont les montagnes sombres qui font surgir, entre elles et notre train, la forme d'une vallée très étroite ; ensuite la brume du matin baigne le pays d'une clarté blanchâtre comme projetée par une haute lucarne ; les prairies peu à peu semblent fraîches, comme si nul n'y avait encore marché, d'un vert savoureux, ce qui m'étonne fort en cette année de sécheresse ; enfin, le soleil s'élevant, l'herbe pâlit et se transforme lentement. — Les arbres ont de longues branches chargées d'aiguilles, qui retombent tout le long du tronc jusqu'au pied.

C'est le genre de formes que l'on trouve souvent sur les

---

1. Il parut en 1907, année où Robert Walser (1878-1956) publia quelques petites proses dans la *Neue Rundschau*, où Kafka le découvrit et l'admira aussitôt.

tableaux des peintres suisses, mais je les croyais entièrement stylisées.

Une mère part avec ses enfants faire la promenade du dimanche, sur la route bien propre. Voilà qui me rappelle Gottfried Keller [1], qui fut élevé par sa mère.

Partout dans la plaine, des clôtures parfaitement entretenues ; certaines faites de troncs gris, taillés en pointe comme des crayons, d'autres avec des demi-troncs, pointus eux aussi. Quand nous étions enfants, nous coupions ainsi les crayons en deux, pour en sortir la mine. Je n'ai jamais vu de pareilles clôtures. Ainsi chaque pays offre des nouveautés dans le quotidien, et il faut se garder, emporté par la joie de ces impressions, de ne pas repérer ce qui est rare.

*Richard* : La Suisse au petit matin, livrée à elle-même. Samuel me réveille en prétendant que je dois absolument regarder un pont, mais celui-ci a déjà disparu avant que je lève les yeux, et en intervenant ainsi, Samuel se procure peut-être sa première impression forte sur la Suisse. Quant à moi, je contemple pendant beaucoup trop longtemps le crépuscule du dehors, à partir de celui qui est en moi.

Cette nuit, j'ai beaucoup mieux dormi que d'habitude, comme presque toujours en train. Mon sommeil dans le train ressemble à du travail bien fait. Je m'allonge en terminant par la tête, et j'essaie tout d'abord quelques positions ; même si de toutes parts on me regarde, je m'isole des gens qui m'entourent en me couvrant le visage de mon pardessus ou de ma casquette, et grâce à la sensation de confort procurée par cette nouvelle position, je glisse dans le sommeil. Au début bien sûr, l'obscurité m'aide beaucoup, ensuite je n'en ai plus besoin. La conversation elle aussi pourrait continuer comme avant, mais on constate que même un causeur assis à distance ne sait pas résister à l'injonction qui émane d'un dormeur profondément assoupi. Car, à part un compartiment, il n'y a guère de lieu où, d'un seul coup et de façon aussi surprenante, les façons de

1. Né à Zürich (1819-1890), auteur de *Henri le Vert*, grand roman d'éducation, dans la lignée du *Wilhelm Meister* de Goethe.

vivre les plus contradictoires se retrouvent ainsi juxtaposées ; et vu l'observation réciproque, inévitable et prolongée qui s'ensuit, elles ne tardent pas à déteindre les unes sur les autres. Même quand un dormeur ne réussit pas sur-le-champ à endormir les autres passagers, il les rend tout au moins plus calmes ou bien, sans le vouloir, il les rend si songeurs qu'ils se mettent à fumer, comme ce fut hélas ! le cas durant ce voyage où, mêlé au bon air de mes paisibles rêves, je respirai des nuages de fumée de cigarette.

Ma facilité à dormir dans le train, je l'explique par le fait qu'en général ma nervosité, causée par l'excès de travail, m'empêche de dormir, par le vacarme qu'elle suscite en moi et qui, pendant la nuit, est renforcé par tous les bruits qui surviennent dans le vaste immeuble et dans la rue, par la moindre voiture dont les roues approchent peu à peu, par la moindre querelle entre des ivrognes, le moindre pas dans l'escalier, et du coup, dans mon irritation, j'incrimine souvent uniquement tous ces bruits du dehors —, alors que dans le train la régularité des bruits du moteur, que ce soit les ressorts de la suspension du wagon, le frottement des roues, les chocs des aiguillages ou les vibrations de toute cette structure de bois, de verre et d'acier créent un niveau sonore proche du repos absolu, et où je peux apparemment dormir comme si j'étais en bonne santé. Bien sûr, cette apparence disparaît aussitôt si la locomotive émet un sifflement impérieux ou si l'allure du train se modifie, et aussi sous l'effet de l'impression produite par les arrêts, qui de la même façon qu'elle parcourt tout le train, envahit tout mon sommeil jusqu'à ce que j'ouvre les yeux. J'entends alors sans aucun étonnement crier les noms de gares que je ne me suis jamais attendu à traverser, comme cette fois ceux de Lindau, de Constance et aussi de Romanshorn, je crois, et j'en tire moins de profit que si j'en avais seulement rêvé, ils ne font même que m'importuner. Si je me réveille au cours du trajet, ce réveil est plus vif, car il va pour ainsi dire contre la nature du sommeil dans le train. J'ouvre les yeux et je me tourne un instant vers la fenêtre. Je ne distingue pas grand-chose, et ce

que je vois est appréhendé avec la mémoire paresseuse du
rêveur. Pourtant je serais prêt à jurer que quelque part dans le
Wurtemberg, et tout comme si j'avais pu la reconnaître précisément, j'ai aperçu à deux heures du matin un homme penché à
la balustrade de sa véranda. Derrière lui, la porte de son bureau
bien éclairé était entrouverte, comme s'il venait seulement de
sortir pour se rafraîchir le front avant d'aller dormir... Dans la
gare de Lindau, dès l'arrivée puis aussi en repartant, on entendait beaucoup de chants dans la nuit ; d'ailleurs, au cours d'un
voyage pendant la nuit de samedi à dimanche, on amalgame
plusieurs épisodes de vie nocturne, séparés par de grandes distances mais que le sommeil vous fait mêler, et on a l'impression
d'un sommeil particulièrement profond et d'une agitation particulièrement bruyante à l'extérieur. Les contrôleurs aussi, que
je voyais de temps en temps passer devant ma vitre embuée,
voulant simplement faire leur devoir sans réveiller personne,
criaient beaucoup trop fort vers les salles d'attente vides la première syllabe de la station et les suivantes dans une autre direction. Cela donnait envie à mes compagnons de voyage de
reconstituer ce nom, et parfois ils se levaient pour le lire directement à travers la vitre, qu'il fallait sans cesse essuyer ; ma tête
à moi était déjà retombée sur la banquette de bois.

Mais quand on est ainsi capable de dormir pendant le voyage
— alors que Samuel, à l'entendre, reste assis toute la nuit, les
yeux ouverts —, on ne devrait pas non plus se réveiller avant
l'arrivée, afin qu'en émergeant de ce bon sommeil on ne se
retrouve pas tassé dans un coin du compartiment avec un
visage graisseux, un corps trempé, des cheveux plats et décoif-
fés, dans du linge et des vêtements qui ont subi la poussière
pendant 24 heures sans être ni aérés ni nettoyés, et contraint
de continuer le voyage en pareil état. Si l'on en avait l'énergie,
on maudirait ce sommeil ; mais on se contente d'envier en
silence les gens comme Samuel qui, s'ils n'ont dormi que par
moments, ont pu d'autant mieux se surveiller, qui sont restés
conscients pendant presque tout le voyage et qui, en réprimant
leur envie de dormir — car ils auraient sans doute pu dormir,

eux aussi — ont gardé l'esprit clair à chaque seconde. Moi, le matin, j'étais entièrement à la merci de Samuel.

Nous étions debout côte à côte près de la fenêtre, moi pour lui tenir compagnie, et tandis qu'il me montrait ce qu'il y avait à voir en Suisse et me racontait ce que j'avais manqué en dormant, j'acquiesçai, d'un air admiratif à tout ce qu'il voulait. Encore une chance qu'il ne s'en aperçoive pas, quand je suis comme ça, ou bien qu'il ne se rende pas compte de mon état, car il est même plus gentil dans ces moments-là qu'à d'autres où je le mériterais davantage. En fait, je ne pensais alors vraiment qu'à la petite Lippert. J'ai beaucoup de mal à me faire une véritable opinion des gens que je viens tout juste et brièvement de rencontrer, surtout les femmes. Au moment de la rencontre, je préfère me surveiller moi-même, car ce n'est pas une mince affaire ; c'est pourquoi chez elle aussi je n'ai pu observer qu'une ridicule partie de tout ce que j'avais pressenti fugitivement, pour aussitôt le voir disparaître. Dans mon souvenir en revanche, les personnes rencontrées deviennent très vite importantes et adorables, parce que là elles restent silencieuses, s'occupent de leurs seules affaires et, par leur oubli radical de notre personne, manifestent leur dédain pour nous. Il y avait cependant une autre raison pour laquelle je regrettais si vivement la présence de Dora, la jeune fille fixée en dernier dans mon souvenir. C'est que Samuel, ce matin-là, ne me suffisait pas. Il voulait faire un voyage avec moi, à titre d'ami, mais cela n'était pas grand-chose. Cela signifiait seulement que chaque jour de ce voyage, j'aurais à mes côtés un homme habillé, dont je ne peux apercevoir le corps qu'à la piscine et sans ressentir le moindre désir de ce spectacle. Et Samuel irait jusqu'à me laisser poser ma tête contre sa poitrine, si j'avais envie de pleurer en me serrant contre lui ; mais à la vue de son visage viril, de sa barbiche en pointe qui volette un peu, de ses lèvres serrées l'une contre l'autre — j'arrête ici la description —, pourrai-je verser devant lui des larmes libératrices ?

(À suivre)

# CONTEMPLATION

# ENFANTS SUR LA GRAND-ROUTE [1]

J'entendais les voitures passer le long de la grille du jardin, parfois je les apercevais aussi par les interstices entre les feuilles qui remuaient légèrement. Aux essieux et aux brancards, comme le bois craquait dans cet été brûlant ! Des travailleurs rentraient des champs et riaient que c'en était une honte.

J'étais assis sur notre petite escarpolette, en train de me reposer au milieu des arbres, dans le jardin de mes parents.

Devant la grille, cela n'arrêtait pas. Des enfants au pas de course disparaissaient en un clin d'œil ; des charrettes avec la moisson, hommes et femmes sur les gerbes, et tout autour les massifs de fleurs s'assombrissaient ; vers le soir, je voyais un monsieur qui se promenait lentement, avec une canne, et quelques jeunes filles qui avançaient vers lui bras dessus bras dessous le saluaient et passaient sur le côté, dans l'herbe.

Puis des oiseaux s'envolaient, comme fusant soudain ; je les suivais du regard, je les voyais s'élever, le temps d'une inspiration, jusqu'à ne plus penser qu'ils montaient, mais que je tombais, moi ; pris de faiblesse, je m'agrippais aux cordes et

1. *Kinder auf der Landstrasse*. Texte extrait par Kafka de la deuxième version de *Description d'un combat* (*cf.* p. 175). Signalons la version annotée en détail que nous (B. Vergne-Cain et G. Rudent) avons donnée de l'ensemble de ce recueil *Contemplation* dans *Le Verdict*, Le Livre de Poche, coll. Bilingue, 1990.

commençais à me balancer doucement. Bientôt je me balançais plus fort, quand le souffle de l'air fraîchissait déjà et qu'au lieu des oiseaux en vol, des étoiles scintillantes apparaissaient.

On me faisait dîner aux chandelles. Souvent j'avais les deux bras sur le bois de la table et, déjà fatigué, je mordais dans ma tartine beurrée. Les rideaux très ajourés se gonflaient sous le vent tiède, et parfois l'un de ceux qui passaient dehors les saisissait avec ses mains quand il voulait me voir mieux et me parler. En général, la bougie ne tardait pas à s'éteindre, et dans l'épaisseur de sa fumée l'essaim des moucherons tournoyait encore un moment. Si quelqu'un m'interrogeait depuis la fenêtre, mes yeux se posaient sur lui comme si je regardais la montagne ou tout simplement droit devant moi, et lui non plus ne s'inquiétait pas beaucoup d'une réponse.

Si par la suite quelqu'un enjambait le rebord de la fenêtre et annonçait que les autres étaient déjà devant la maison, alors je me levais, en soupirant.

« Non, mais pourquoi soupires-tu comme ça ? Que s'est-il donc passé ? C'est un malheur particulier, à jamais irréparable ? Ne pourrons-nous jamais nous en remettre ? Est-ce que tout est vraiment perdu ? »

Rien n'était perdu. Nous partions en courant devant la maison. « Dieu soit loué, vous voilà enfin ! — C'est toi qui viens toujours trop tard ! — Pourquoi moi, justement ? — Mais oui, toi, tu n'as qu'à rester à la maison si tu ne veux pas venir avec nous ! — Pas tant de manières ! — Comment, pas tant de manières ? Qu'est-ce que tu dis ? »

Nous foncions dans le soir, tête la première. Il n'y avait plus d'heure, ni jour ni nuit. Tantôt les boutons de nos gilets se heurtaient les uns les autres comme des dents, tantôt nous courions en conservant nos distances, la bouche en feu, comme des animaux sous les tropiques. Comme des cuirassiers dans les guerres d'autrefois, frappant des pieds et cambrés très fort, nous nous bousculions en dévalant la courte ruelle, pour remonter sur la grand-route avec cet élan dans les jambes. Quelques-uns descendaient dans le fossé le long de la route, et

à peine avaient-ils disparu dans l'ombre du talus qu'ils surgissaient comme des inconnus, là-haut, à la lisière du champ, et
se mettaient à nous toiser.

« Mais descendez donc ! — Montez, d'abord ! — Pour que
vous nous jetiez à bas, pas question, nous ne sommes pas si
bêtes ! — C'est que vous êtes trop lâches, vous voulez dire !
Venez donc, venez ! — Comment ? Vous ? C'est vous qui allez
nous jeter à bas ? Il faudrait vous regarder ! »

Nous montions à l'assaut, nous recevions un coup en pleine
poitrine, nous nous abattions dans l'herbe du fossé, culbutés
et consentants. La même tiédeur régnait partout ; dans l'herbe,
nous ne sentions ni chaleur ni fraîcheur, on se retrouvait seulement fatigué.

Une fois tourné sur le côté droit, mettant la main sous
l'oreille, on se fût volontiers endormi. Et si l'on était prêt à se
redresser une fois encore, menton en avant, c'était pour tomber dans un fossé plus profond. On voulait alors se précipiter
tout droit, à l'air libre, un bras tendu en travers, les jambes
projetées en oblique, pour retomber sûrement dans un fossé
encore plus profond. Et l'on aurait voulu ne jamais s'arrêter.

Comment s'étendrait-on dans l'ultime fossé, pour dormir
vraiment, de tout son long, les genoux surtout... on y songeait
encore à peine ; et avec l'envie de pleurer, on restait couché
sur le dos, comme malade. On clignait de l'œil quand parfois
un garçon, les coudes aux hanches, avec ses semelles sombres
au-dessus de nous, sautait du talus sur la route.

On voyait déjà la lune assez haut ; dans sa lumière, une voiture postale passait. Un vent léger se levait de partout, on le
sentait même dans le fossé, et tout près la forêt commençait à
bruire. Alors on ne tenait plus autant à être seul.

« Où êtes-vous ? — Venez ici ! — Rassemblement ! — Pourquoi te caches-tu ? Arrête ces idioties ! — Ne savez-vous pas que
la poste est déjà passée ? — Pas possible ! Déjà passée ? — Bien
sûr, elle est passée pendant que tu dormais. — Moi, j'ai dormi ?
Non mais, des fois ! — Tais-toi donc, il n'y a qu'à te regarder !
— Mais ça suffit, dis ! — Venez ! »

Nous courions plus près les uns des autres, certains se tendaient la main ; et parce que ça descendait, on n'arrivait pas à
redresser suffisamment la tête. Quelqu'un poussait un cri de
guerre indien, et il nous venait dans les jambes un galop
comme jamais ; quand nous sautions, le vent nous soulevait
par les hanches. Rien n'aurait pu nous retenir ; nous étions
emportés dans un élan tel que, même en nous dépassant, nous
pouvions croiser les bras et regarder tranquillement autour de
nous.

Sur le pont du torrent, nous nous arrêtions. Ceux qui avaient
couru plus loin revenaient. L'eau en bas cognait contre les pierres et les racines, comme s'il n'était pas déjà tard dans la soirée.
Rien ne s'opposait à ce que l'un d'entre nous sautât sur le parapet du pont.

Derrière un bouquet d'arbres, au loin, débouchait un train ;
tous les compartiments étaient éclairés, les vitres certainement
baissées. L'un d'entre nous entonnait une rengaine, mais nous
voulions tous chanter. Nous chantions beaucoup plus vite que
n'avançait le train, nous balancions les bras parce que la voix
ne suffisait pas ; nos voix nous entraînaient dans un tumulte
où nous nous sentions bien. Lorsque l'on mêle sa voix à d'autres, on est pris comme à un hameçon.

Ainsi, le dos à la forêt, nous chantions dans les oreilles des
lointains voyageurs. Au village les grandes personnes veillaient
encore, les mères préparaient les lits pour la nuit.

C'était l'heure, déjà. J'embrassais celui qui était à côté de
moi, je tendais simplement les mains comme ça, aux trois suivants ; et je me mettais à courir pour rentrer, sans qu'aucun ne
me criât rien. Au premier carrefour où ils ne pouvaient plus me
voir, je bifurquais et en courant à travers champs, je retournais
dans la forêt. Je voulais aller vers la ville dans le sud, dont on
dit dans notre village :

« Là-bas, il y a de ces gens ! Pensez donc,
                                    [ils ne dorment pas !
Et pourquoi donc ça ?
Parce qu'ils ne sont jamais fatigués.

Et pourquoi donc ça ?
Parce que ce sont des fous.
Et les fous, ils ne sont jamais fatigués ?
Comment des fous pourraient-ils être fatigués ! »

## DÉMASQUER UN FAISEUR DE DUPES [1]

Enfin, vers dix heures du soir, avec un homme que j'avais connu jadis, mais vaguement, et qui cette fois-ci s'était tout d'un coup accroché de nouveau à moi et m'avait entraîné deux heures durant par les rues, j'arrivai devant la demeure aristo-cratique où j'étais invité à une réception.

« Bon ! » dis-je, et je frappai dans mes mains pour signifier l'absolue nécessité d'un adieu. Des tentatives moins résolues, j'en avais déjà fait quelques-unes. J'étais déjà très fatigué.

« Montez-vous tout de suite ? », demanda-t-il. Dans sa bouche j'entendis un bruit comme si ses dents s'entrechoquaient.

« Oui. »

C'est que j'étais invité, je le lui avais dit aussitôt. Mais j'étais invité à monter là-haut, où j'aurais tellement aimé me trouver déjà, plutôt que de me tenir ici en bas, devant le portail, le regard frôlant les oreilles de mon interlocuteur. Que de rester là, en face de lui, sans parler, comme si nous étions décidés à faire une station prolongée à cet endroit. De plus, les maisons alentour prirent aussitôt part à ce silence, et l'obscurité au-dessus d'elles, jusqu'aux étoiles. Et les pas d'invisibles prome-neurs, dont on n'avait pas envie de deviner les parcours, le vent qui se plaquait sans cesse contre l'autre côté de la rue, un gramophone qui chantait derrière les fenêtres closes d'une

1. *Entlarvung eines Bauernfängers*. Publié pour la première fois dans *Contemplation*, ce texte date probablement de l'automne 1911 ou de l'hiver suivant (selon H. Binder, *op. cit.*, p. 113) ; et il reprend un thème présent dès 1903 dans un fragment intitulé « L'Enfant et la ville » ; on peut le rappro-cher aussi de la fin du « manuscrit 2 » de *Description d'un combat* (cf. p. 190).

pièce, quelque part, — ils se faisaient entendre dans ce silence, comme s'il leur appartenait depuis toujours et à jamais.

Et mon compagnon se résigna, en son nom propre, et — après un sourire — en mon nom aussi ; il étendit le bras droit vers le haut, contre le mur, et il y appuya son visage, en fermant les yeux.

Pourtant je ne regardai pas ce sourire jusqu'au bout, car la honte soudain me fit faire demi-tour. Il m'avait donc fallu ce sourire pour reconnaître que c'était un faiseur de dupes, rien de plus. Alors que j'étais depuis déjà des mois dans cette ville et que j'avais cru connaître à fond ces faiseurs de dupes, leur façon de surgir de ruelles latérales, la nuit, les mains en avant, leur façon de venir vers nous comme des aubergistes, de tourner autour de la colonne publicitaire où nous nous sommes arrêtés, comme pour jouer à cache-cache tout en épiant d'un œil au moins derrière l'arrondi, et leur façon d'apparaître aux carrefours quand l'inquiétude nous prend, pour planer soudain devant nous, sur le rebord de notre trottoir ! Alors que je les comprenais si bien, eux qui avaient été mes premières connaissances à la ville, dans les petites auberges ; eux à qui je devais ma première vision d'une âpreté dont l'absence sur terre me semblait à présent tellement inimaginable que je commençais déjà à la sentir en moi-même ! Comme ils savaient rester plantés là-devant, même quand on leur avait échappé depuis déjà longtemps, quand depuis longtemps il n'y avait donc plus rien à duper ! Comme ils savaient ne pas s'asseoir, ne pas s'effondrer, mais lancer des regards qui restaient encore convaincants, même si c'était seulement de loin ! Et leurs moyens étaient toujours les mêmes : ils se postaient devant nous, en faisant le plus de volume possible ; essayaient de nous empêcher d'aller là où nous voulions ; nous préparaient à la place une demeure dans leur propre cœur, et quand en fin de compte tout en nous, d'instinct, se cabrait, ils prenaient cela pour une étreinte dans laquelle ils se jetaient, le visage en avant.

Et ces vieilles astuces, il m'avait cette fois-ci fallu rester si longtemps avec lui pour les reconnaître ! Je frottais le bout de mes doigts les uns contre les autres pour effacer cette honte.

Mon homme cependant était encore appuyé ici comme auparavant, il se considérait encore comme un faiseur de dupes, et il était si content de son sort que sa joue visible rougissait.

« Reconnu ! » dis-je, et je lui donnai une petite tape sur l'épaule. Puis je montai en hâte l'escalier ; là-haut dans l'antichambre, la fidélité tellement inexplicable des faces ancillaires me réjouit comme une belle surprise. Je les considérai toutes l'une après l'autre, tandis que l'on m'enlevait mon manteau et que l'on essuyait la poussière de mes bottes. Avec un soupir de soulagement et en me redressant, je pénétrai alors dans le salon.

## LA PROMENADE SOUDAINE [1]

Lorsque, le soir, on semble s'être définitivement décidé à rester à la maison, que l'on a passé sa veste d'intérieur, lorsque après le dîner on reste assis à la table, sous la lampe, et que l'on a entrepris tel travail ou tel jeu, après quoi d'habitude on va se coucher, lorsqu'il fait dehors un temps désagréable qui rend évident de rester à la maison, lorsque l'on est déjà resté si longtemps à la table sans rien dire qu'un départ provoquerait forcément la surprise générale, maintenant qu'en plus la cage de l'escalier est déjà sombre et le portail fermé à clef, et lorsque malgré tout cela, saisi d'un malaise soudain, on se met alors debout, que l'on change de veste pour réapparaître aussitôt habillé pour la rue, que l'on déclare devoir s'en aller et que l'on s'exécute aussitôt, après avoir pris rapidement congé, lorsque selon la vitesse avec laquelle on claque la porte de l'appartement, on pense laisser derrière soi plus ou moins de contrariété, lorsque l'on se retrouve dans la rue, avec des mem-

---

1. *Der plötzliche Spaziergang*. Texte extrait par Kafka de son *Journal*, à la date du 5 janvier 1912 (*cf.* p. 288).

bres qui répondent avec une particulière mobilité à cette liberté que l'on n'espérait déjà plus et que l'on vient de leur procurer, lorsque grâce à cette unique décision, on sent concentrée à l'intérieur de soi toute la résolution dont on est capable, lorsque, d'une manière plus vive et plus significative qu'à l'ordinaire, on se rend compte qu'il s'agit plus d'une force que d'un besoin si l'on provoque et si l'on supporte sans peine un changement, même le plus rapide, et lorsque l'on parcourt ainsi les longues rues d'un pas alerte — alors, pour cette soirée, on est tout à fait sorti de sa famille, et elle part d'un autre côté et perd toute consistance, tandis que soi-même, très ferme, silhouette noire se détachant bien net, en se frappant l'arrière des cuisses, on se redresse pour prendre sa véritable stature.

Tout cela se renforce encore si, à cette heure tardive de la soirée, on va trouver un ami pour voir comment il se porte.

## RÉSOLUTIONS [1]

Se dégager d'un état misérable doit être facile, même au prix d'un effort de volonté. Je m'arrache à ma chaise, je cours autour de la table, je fais des mouvements de la tête et du cou, je mets du feu dans mes yeux, je tends les muscles tout autour. Je lutte contre chacun de mes sentiments, je salue A. avec fougue s'il vient à entrer maintenant, je supporte gentiment B. dans ma chambre, chez C. j'aspire en moi à larges traits tout ce qui se dit, malgré la souffrance et la contention.

Pourtant, même en procédant ainsi, à chaque erreur qui ne peut pas manquer de se produire, tout cela — facile ou difficile — va s'arrêter, et je devrai faire demi-tour et revenir à mon point de départ.

C'est pourquoi le plus judicieux est encore de tout accepter,

---

**1.** *Entschlüsse*. La première version de ce texte figure dans le *Journal*, le 5 février 1912 (*cf.* p. 307) ; la comparaison montre un net désir de gommer les références biographiques (comme pour *Grand Bruit*, *cf.* p. 203).

de se comporter comme une masse inerte, et quand on se sent soi-même balayé au loin, de refuser la tentation du moindre pas inutile, d'adresser à autrui un regard d'animal, de ne ressentir aucun remords, bref d'écraser de sa propre main ce qui subsiste de cette vie de fantôme, c'est-à-dire d'augmenter encore cette extrême quiétude de la tombe et de ne rien laisser demeurer en dehors d'elle.

Un geste caractéristique de ce genre d'état consiste à se passer le petit doigt sur les sourcils.

## L'EXCURSION À LA MONTAGNE [1]

« Je ne sais pas », criai-je d'une voix blanche, « je ne sais vraiment pas. Si personne ne vient, c'est comme ça, personne ne vient. Je n'ai rien fait de mal à personne, personne ne m'a rien fait de mal, mais personne ne veut m'aider. Absolument personne. Mais non, ce n'est pas tout à fait cela. C'est seulement que personne ne m'aide — sinon, ça serait épatant, absolument personne. J'aimerais beaucoup — pourquoi donc pas ? — faire une excursion en groupe, avec absolument personne. À la montagne bien sûr, sinon où donc ? Comme tous ces absolument personne se bousculent l'un contre l'autre, tous ces bras tendus, entremêlés et passés les uns par-dessus les autres, tous ces pieds, séparés par des pas minuscules ! Il va de soi que tous sont en frac. Nous avançons couci-couça, le vent passe dans la claire-voie que nous formons avec nos membres. Les gorges se dénouent à la montagne ! C'est un miracle que nous ne chantions pas. »

---

**1.** *Der Ausflug ins Gebirge*. Texte extrait par Kafka du « manuscrit 2 » de *Description d'un combat* (*cf.* p. 172).

## LE MALHEUR DU CÉLIBATAIRE [1]

Comme cela paraît éprouvant de rester célibataire et, devenu un vieil homme, de prier que l'on vous accueille, en conservant à grand-peine sa dignité, quand on veut passer une soirée avec des gens, d'être malade et de contempler durant des semaines sa chambre vide, depuis le fond de son lit ; de prendre toujours congé devant le porche, de ne jamais monter lourdement l'escalier aux côtés de sa femme, de n'avoir dans sa chambre que des portes latérales qui mènent à des appartements étrangers, de rapporter chez soi, en le tenant d'une main, son repas du soir, d'être contraint d'admirer les enfants des autres sans avoir le droit de toujours répéter « moi, je n'en n'ai pas », de modeler son aspect physique et son comportement en s'inspirant d'un ou deux célibataires gravés dans ses souvenirs de jeunesse.

Il en sera ainsi ; à cette nuance près, qu'en réalité on en est déjà là aujourd'hui et que, plus tard, l'on sera ainsi soi-même avec un corps et une véritable tête, donc aussi avec un front pour cogner dessus avec sa main.

## LE COMMERÇANT [2]

Il est possible que quelques personnes aient pitié de moi, mais je ne m'en aperçois pas du tout. Mon petit commerce me remplit de soucis qui me causent des douleurs à l'intérieur du front et des tempes, sans me laisser pour autant espérer aucune satisfaction, car c'est un petit commerce que j'ai.

Des heures à l'avance il me faut prendre des dispositions, rafraîchir sans cesse la mémoire du commis, le mettre en garde contre les erreurs que je redoute, et supputer à une saison

1. *Das Unglück des Junggesellen*. La première version de ce texte se trouve dans le *Journal*, le 14 novembre 1911 ; il fut remanié et raccourci de moitié à l'automne 1912 pour l'impression. 2. *Der Kaufmann*. Ce texte, écrit sans doute en 1907, avait déjà paru en 1908 dans la revue *Hyperion* (cf. p. 57), ainsi que les quatre suivants, mais sans aucun titre.

donnée quelle sera la mode de la suivante, non pas celle qui s'imposera chez les gens que je côtoie, mais parmi des populations inaccessibles, à la campagne.

Mon argent est dans la main d'inconnus ; je ne puis saisir clairement leur situation ; le malheur qui pourrait les frapper, je n'en ai aucune idée, comment pourrais-je y parer ! Peut-être sont-ils devenus dépensiers et ils donnent une fête dans un jardin d'auberge, et d'autres, qui s'enfuient vers l'Amérique, s'attardent un petit moment à cette fête.

Et lorsque au soir d'un jour ouvrable on ferme le magasin et que je me retrouve soudain en ayant devant moi des heures où je ne pourrai pas travailler à tout ce que réclame sans cesse mon commerce, l'énervement que j'avais envoyé promener loin devant moi, le matin, se rue sur moi comme un flot qui reflue ; mais il ne supporte pas de rester confiné en moi, et sans but il m'entraîne à sa suite.

Et pourtant je ne puis pas du tout mettre cette humeur à profit ; je ne puis que rentrer chez moi, car j'ai le visage et les mains sales, pleins de transpiration, le vêtement taché, poussiéreux, ma calotte du magasin encore sur la tête, et mes bottes tout éraflées par les clous des caisses. J'avance alors comme sur des vagues, je fais claquer les doigts de mes deux mains, et les enfants que je rencontre en route, je leur caresse les cheveux.

Mais le chemin est trop court. Je me retrouve tout de suite dans mon immeuble, j'ouvre la porte de l'ascenseur et j'entre.

Je vois qu'à présent, et soudain, je suis seul. D'autres qui ont à monter des escaliers, s'y fatiguent un peu ; avec de vifs soubresauts dans les poumons, ils doivent attendre que l'on vienne leur ouvrir la porte de l'appartement, ayant là une raison de s'irriter et de s'impatienter ; ils entrent alors dans le vestibule où ils accrochent leur chapeau, et c'est seulement après avoir parcouru le couloir et dépassé quelques portes vitrées, lorsqu'ils arrivent dans leur propre chambre, qu'ils sont seuls.

Tandis que moi, je suis tout de suite seul dans l'ascenseur, et m'appuyant sur mes genoux, je regarde dans le miroir étroit. Quand l'ascenseur commence à s'élever, je dis :

« Calmez-vous, reculez, voulez-vous rentrer dans l'ombre des arbres, derrière les tentures des fenêtres, sous la tonnelle ? »

Je parle entre mes dents, et la rampe de l'escalier dégringole le long des glaces dépolies comme une cascade qui s'abat.

« Envolez-vous ; puissent vos ailes, que je n'ai jamais vues, vous porter jusqu'au village dans la vallée, ou jusqu'à Paris si l'envie vous en prend.

Mais jouissez de la vue par la fenêtre, quand les cortèges débouchent des trois rues à la fois ; aucun ne s'efface devant l'autre, ils se traversent et, entre leurs derniers rangs, laissent réapparaître la place, dégagée. Agitez des mouchoirs, soyez horrifiés, soyez touchés, admirez la belle dame qui passe en voiture.

Traversez la rivière sur le pont de bois, faites signe aux enfants qui se baignent, et étonnez-vous des hourras des mille matelots sur le cuirassier, au loin.

Poursuivez donc l'homme quelconque, et quand vous l'aurez coincé sous un porche, dépouillez-le, et, chacun les mains dans ses poches, regardez-le ensuite aller tristement son chemin en prenant la première rue à gauche.

La police galopant un peu partout caracole sur ses chevaux, maîtrise ses bêtes et vous refoule. Laissez-la, les rues vides lui porteront malheur, je le sais. Déjà ils s'éloignent, je vous le disais bien, deux par deux, à cheval ; ils tournent lentement au coin des rues, et traversent les places en coup de vent. »

Alors il me faut sortir, renvoyer l'ascenseur, tirer la sonnette, et la bonne ouvre la porte, tandis que je la salue.

## REGARDS DISTRAITS PAR LA FENÊTRE [1]

Que ferons-nous en ces jours de printemps qui à présent se rapprochent beaucoup ? Tôt ce matin, le ciel était gris, mais si

---

**1.** *Zerstreutes Hinausschauen.* C'est la troisième fois que Kafka retient ce texte : après avoir figuré sans titre dans *Hyperion* en 1908, il est en 1910, sous le titre de *Am Fenster* (« À la fenêtre »), en tête des quatre textes publiés dans le quotidien germanophone *Bohemia*, le 27 mars 1910 ; ce sont : « Les à présent l'on va à la fenêtre, on est surpris et l'on appuie la joue contre la poignée de la fenêtre.

En bas l'on voit la lumière du soleil, à vrai dire déjà déclinant, sur le visage enfantin de la jeune fille qui marche simplement et regarde autour d'elle ; et en même temps l'on voit, par-dessus, l'ombre de l'homme qui avance plus vite, derrière elle.

Puis l'homme est déjà passé, et le visage de l'enfant est tout clair.

## EN RENTRANT À LA MAISON [1]

Regardez un peu comme l'air est convaincant après l'orage ! Mes mérites m'apparaissent et s'imposent à moi, sans même que je m'y oppose.

Je suis en marche, et mon rythme est le rythme de ce côté de la rue, de cette rue, de ce quartier. Je suis à juste titre responsable de tous les coups frappés aux portes, sur le plateau des tables, responsable de toutes les santés portées en buvant, des couples d'amants dans leurs lits, dans les chantiers des constructions nouvelles, dans les rues sombres où ils se pressent contre les murs des maisons, sur les canapés des bordels.

Je soupèse mon passé par rapport à mon avenir, mais je trouve les deux excellents, je ne puis donner la préférence à aucun des deux ; hormis l'injustice de la providence qui me favorise ainsi, je n'ai rien à critiquer.

C'est seulement en pénétrant dans ma chambre que je suis un peu dubitatif, mais sans avoir trouvé, en montant l'escalier, aucune raison de douter. Cela ne m'aide pas beaucoup d'ouvrir la fenêtre en grand, et qu'en bas dans un jardin, on joue encore de la musique.

---

Passants qui courent », « Robes », « Le Passager », « À méditer par les gentlemen-riders ». Mais ils sont présentés comme *Betrachtungen* — au grand dam de l'auteur, car le passage au pluriel infléchit le sens de « Contemplation » vers « Considérations ».

**1.** *Der Nachhauseweg*, publié en 1908 dans *Hyperion*, est le deuxième texte sur ce thème (après « Le Commerçant », p. 264).

## LES PASSANTS QUI COURENT [1]

Lorsque l'on est à se promener la nuit dans une rue et que, visible déjà de loin — car la rue monte devant nous et c'est la pleine lune —, un homme arrive vers nous en courant, nous n'allons pas lui mettre la main dessus, même s'il est malingre et en haillons, même si quelqu'un court derrière lui en criant, mais nous le laisserons courir.

Car il fait nuit, et nous n'y sommes pour rien si la rue, sous la pleine lune, s'élève devant nous, et de plus peut-être que ces deux-là ont organisé cette course pour se distraire, peut-être en poursuivent-ils tous deux un troisième, peut-être que le premier est un innocent que l'on poursuit, peut-être que le deuxième veut commettre un meurtre, et nous deviendrions complice de ce meurtre, peut-être que tous deux ne savent rien l'un de l'autre et que chacun court simplement de sa propre initiative pour aller se coucher, peut-être que ce sont des somnambules, peut-être le premier est-il armé...

Et en fin de compte, n'avons-nous pas le droit d'être fatigués, n'avons-nous pas bu un peu trop de vin ? Nous sommes contents quand nous n'apercevons même plus le deuxième.

## LE PASSAGER [2]

Je me trouve debout sur la plate-forme du tramway et je suis dans une incertitude totale quant à ma situation dans ce monde, dans cette ville, dans ma famille. Je serais incapable de dire, même à peu près, à quels droits je pourrais légitimement

---

**1.** À sa deuxième parution en 1910, ce texte, *Die Vorüberlaufenden*, était intitulé *In der Nacht* (« Dans la nuit ») ; on peut le rapprocher d'*Un fratricide* (*cf.* plus loin, p. 1078).     **2.** *Der Fahrgast* avait déjà paru en 1908 (*Hyperion*) et en mars 1910 (*Bohemia*), la première fois sans titre, mais toujours placé après « Robes », alors qu'ici il le précède. Thème comparable dans le *Journal*, 12 mars 1912 (*cf.* p. 332).

prétendre, dans quelque domaine que ce soit. Je ne puis pas justifier du tout ma présence debout sur cette plate-forme, pourquoi je me tiens à cette poignée, pourquoi je me laisse transporter par ce wagon, ni le fait que les gens s'écartent devant ce wagon, ou bien marchent tranquillement, ou s'attardent devant des vitrines. — Personne certes ne réclame ça de moi, mais cela ne change rien.

Le wagon s'approche d'un arrêt ; une jeune fille se place tout près du marchepied, se disposant à descendre. Elle m'apparaît aussi nettement que si je l'avais touchée du doigt. Elle est vêtue de noir, les plis de la jupe remuent à peine, le chemisier est ajusté, avec un col de dentelle blanche à fines mailles ; elle appuie la main gauche à plat contre la paroi, le parapluie dans sa main droite repose sur la deuxième marche. Elle est brune de visage, les ailes de son nez sont légèrement pincées et il se termine en un large arrondi. Elle a d'abondants cheveux bruns avec de petites mèches qui volettent sur la tempe droite. Son oreille petite est bien collée ; pourtant, comme je suis debout près d'elle, je vois par-derrière tout le pavillon droit et l'ombre qu'il fait à sa racine.

Je me demandai alors : d'où vient-il qu'elle ne soit pas étonnée d'elle-même, qu'elle tienne sa bouche fermée et ne dise rien à ce sujet ?

## ROBES [1]

Souvent, quand je vois des robes avec toutes sortes de plis, avec des ruchés et des passementeries qui se drapent joliment sur un beau corps, je songe qu'elles ne se conserveront pas longtemps ainsi, mais qu'elles se friperont, sans que l'on puisse désormais les défroisser correctement, qu'elles attraperont,

---

**1.** *Kleider.* Ce texte très bref déjà publié en 1908 et en 1910 (*cf.* la note ci-dessus), se trouve vers la fin du « manuscrit 1 » de *Description d'un combat,* *cf.* p. 153.

encrassant leurs ornements, une poussière qui ne se pourra plus enlever, et que personne ne voudra se rendre à ce point triste et ridicule de revêtir chaque matin la même robe somptueuse, pour l'ôter le soir.

Pourtant je vois des jeunes filles qui sont belles sans aucun doute, et qui font voir toutes sortes de muscles charmants, de fines articulations, une peau lisse, des flots de cheveux légers, et qui pourtant paraissent jour après jour dans ce seul et unique déguisement naturel, qui posent toujours le même visage dans les mêmes paumes de main et le font refléter par leur miroir.

Mais parfois au soir, en revenant tard d'une fête, il leur semble dans le miroir qu'il est usé, gonflé, empoussiéré, déjà vu par tous et désormais à peine portable.

## LA FIN DE NON-RECEVOIR [1]

Lorsque je rencontre une belle jeune fille et que je lui demande : « Sois gentille, viens avec moi ! » et qu'elle passe sans un mot, elle veut dire par là :

« Tu n'es pas un duc au nom ronflant, ni un Américain costaud bâti comme un Indien, avec des yeux tranquilles, bien horizontaux, avec une peau burinée par l'air de la prairie et par les fleuves qui la sillonnent, tu n'as pas fait de voyage jusqu'aux Grands Lacs, tu n'as pas navigué sur leurs eaux qui se trouvent je ne sais où. Alors je te le demande, pourquoi est-ce que moi, une belle jeune fille, je devrais aller avec toi ?

— Tu oublies qu'aucune automobile ne te transporte par les rues, dans le balancement de ses amples poussées ; je ne vois pas les messieurs de ta suite, sanglés dans leurs habits, qui murmurent des bénédictions en ta faveur et qui marchent derrière

---

1. *Die Abweisung*. Ce texte figurait en avant-dernière position parmi les huit proses d'*Hyperion* en 1908 ; selon Max Brod elle eut pour premier titre *Die Begegnung* (« La Rencontre »).

toi en un demi-cercle impeccable ; tes seins sont bien rangés dans ton corselet, en revanche tes cuisses et tes hanches n'ont pas la même retenue ; tu portes une robe de taffetas à petits plis comme elles nous plaisaient beaucoup à tous, l'automne dernier, et — ce danger mortel sur le corps — tu souris pourtant par moments.

— Oui, nous avons raison tous les deux, et pour ne pas en prendre irrécusablement conscience, nous allons plutôt, n'est-ce pas, rentrer seuls, chacun chez soi. »

### À MÉDITER PAR LES GENTLEMEN-RIDERS [1]

Quand on y réfléchit, rien ne peut donner envie de vouloir être le premier dans une course de chevaux.

La gloire d'être reconnu comme le meilleur cavalier d'un pays réjouit trop, quand l'orchestre se déchaîne, pour que le lendemain matin on puisse échapper au remords.

Les adversaires envieux, gens rusés, assez influents, ne peuvent que nous faire souffrir quand nous passons à cheval entre les deux haies rapprochées de spectateurs, après le champ de course qui tout à l'heure était désert devant nous, hormis quelques cavaliers tout arrondis, petites silhouettes chevauchant contre l'horizon.

Beaucoup de nos amis vont en hâte toucher leur gain et ils se contentent de nous crier leur bravo par-dessus l'épaule, depuis les lointains guichets ; pourtant nos meilleurs amis n'ont rien parié sur notre cheval, car ils craignaient, en cas de défaite, de ne pouvoir s'empêcher de nous en vouloir ; mais à présent que notre cheval est arrivé le premier et qu'ils n'ont

---

**1.** *Zum Nachdenken für Herrenreiter.* Ce texte est le cinquième et dernier parmi les proses parues en 1910 dans le quotidien germanophone de Prague *Bohemia*. Il date probablement de l'hiver 1909, où Kafka fréquente les courses et devient lui-même un bon cavalier — sans être pour autant un « gentleman-rider », c'est-à-dire le propriétaire du cheval qu'il monte.

rien gagné, ils se détournent quand nous passons et préfèrent parcourir des yeux les tribunes.

Les concurrents derrière, bien en selle, essaient d'évaluer le malheur qui les a frappés et l'injustice qui, d'une certaine façon, leur est infligée ; ils prennent un air fringant, comme si une nouvelle course devait commencer, et une sérieuse, après ce jeu d'enfants.

Beaucoup de dames trouvent ridicule le vainqueur, parce qu'il se rengorge, sans savoir pourtant comment faire face à toutes ces mains à serrer sans cesse, à ces salutations, ces révérences et ces saluts à envoyer de loin, tandis que les vaincus, lèvres serrées, tapotent légèrement les encolures de leurs chevaux qui, pour la plupart, hennissent.

À la fin, du haut du ciel qui s'est assombri, il commence même à pleuvoir.

## LA FENÊTRE SUR LA RUE [1]

Celui qui vit dans l'isolement, mais qui aimerait de temps à autre trouver de la compagnie quelque part, celui qui, étant donné les variations liées aux heures du jour, au temps qu'il fait, à la situation professionnelle et à ce genre de choses, veut simplement apercevoir un bras, n'importe lequel, où il puisse s'accrocher — celui-là ne tiendra pas longtemps sans une fenêtre sur la rue. Et si son état est tel qu'il ne cherche absolument rien et s'il n'est qu'un homme fatigué dont les regards passent alternativement de la foule au ciel, s'il s'approche de son appui de fenêtre et si, sans nul vouloir, il a incliné un peu la tête en arrière, alors les chevaux en bas l'entraînent malgré tout dans leur file de voitures et de bruits, pour lui faire rejoindre le concert des hommes.

**1.** Selon H. Binder (*op. cit.*, pp. 58-59), ce texte, *Das Gassenfenster*, remonte à l'hiver 1906-1907.

# DÉSIR DE DEVENIR UN INDIEN [1]

Si pourtant l'on était un Indien, prêt aussitôt, et sur le cheval lancé à toute allure, penché en avant à l'oblique contre le ciel, secoué sans cesse d'un tressaillement rapide au-dessus du sol qui tremble, jusqu'au moment de quitter les éperons, car il n'y avait pas d'éperons, jusqu'au moment de rejeter les rênes, car il n'y avait pas de rênes, et l'on voyait à peine le pays devant soi comme une lande tondue à ras, et déjà sans encolure ni tête, le cheval.

# LES ARBRES [2]

Car nous sommes comme des troncs d'arbres dans la neige. En apparence ils sont simplement posés, et d'une chiquenaude on devrait pouvoir les repousser. Non, on ne le peut pas, car ils sont solidement attachés au sol. Mais vois, cela aussi n'est qu'apparence.

# ÊTRE MALHEUREUX [3]

Alors que c'était déjà devenu insupportable — vers le soir, une fois, en novembre — et qu'en suivant l'étroit tapis de ma chambre je tournais comme dans un stade, qu'effrayé par le

---

**1.** *Wunsch, Indianer zu werden* est un texte impossible à dater précisément, qui conserve intacte sa nature de fragment, énigmatique et onirique. **2.** *Die Bäume*. Ces quelques lignes figurent (sans titre, bien entendu) dans les deux manuscrits de *Description d'un combat* (*cf.* pp. 149 et 189) et à chaque fois avec quelques différences. **3.** *Unglücklichsein*. Ce texte parut pour la première fois dans le recueil de *Contemplation*. Max Brod se souvient cependant (*cf.* H. Binder, *op. cit.*, p. 87) que Kafka le lui avait lu, le 3 mars 1911 ; d'après sa position dans le *Journal*, au début du deuxième Cahier, il doit dater de la période août-octobre 1910.

spectacle de la rue éclairée je faisais encore demi-tour, avant
de me retourner pour trouver ensuite malgré tout un but nouveau au fond de la pièce, dans la surface du miroir, et que je
me mettais à crier, rien que pour entendre ce cri auquel rien
ne répond et que rien ne vient non plus priver de sa puissance
propre, qui donc s'élève, sans contre-poids, et qui ne peut pas
s'arrêter, même s'il se tait, jaillissant soudain de la cloison, la
porte s'ouvrit très vite, car évidemment il y fallait de la vitesse,
et même les chevaux attelés, en bas sur le pavé, offrant leurs
gorges comme des chevaux déchaînés pendant la bataille, se
cabrèrent.

Petit fantôme, un enfant surgit du très sombre couloir où la
lampe ne brûlait pas encore, et il s'arrêta sur la pointe des
pieds, sur une latte du plancher qui oscillait imperceptiblement. Aussitôt ébloui par la lumière crépusculaire dans la
pièce, il allait vite mettre son visage dans ses mains, mais soudain il se calma en regardant vers la fenêtre où devant la croi-
sée, la buée qui montait du réverbère finissait par s'accumuler
comme en suspension sous l'obscurité.

Appuyé de son coude droit contre la cloison de la chambre,
il restait debout devant la porte ouverte et laissait le courant
d'air venant du dehors envelopper ses chevilles, et passer le
long de son cou et de ses tempes.

Je risquai un coup d'œil, puis je dis : « Bonjour ! », et j'attrapai ma veste posée sur l'écran du poêle, car je ne voulais pas
rester comme cela, à moitié nu. Durant un court instant je
maintins ma bouche ouverte, afin que l'énervement me quittât
par la bouche. J'avais en moi une salive mauvaise, dans mon
visage mes paupières tremblaient, bref il ne me manquait plus
que cette visite, qui à vrai dire était attendue.

L'enfant se tenait encore contre la cloison, au même endroit ;
il avait appliqué sa main droite contre la paroi et, les joues
toutes rouges, il ne se lassait pas du grain grossier du mur blanchi à la chaux, et où il frottait le bout de ses doigts. Je lui dis :
« C'est vraiment chez moi que vous venez ? N'est-ce pas une
erreur ? Rien de plus facile qu'une erreur dans ce grand immeu-

ble. Je m'appelle Untel, j'habite au troisième étage. Suis-je bien celui auquel vous entendez rendre visite ?

— Du calme, du calme ! » dit l'enfant par-dessus son épaule, « tout va bien, allez.

— Alors avancez un peu dans la pièce, je voudrais fermer la porte.

— La porte, je viens juste de la fermer. Ne prenez pas cette peine. D'ailleurs calmez-vous.

— Ne parlez pas de peine. Mais sur ce couloir loge une foule de gens, je les connais tous bien sûr ; à cette heure, ils rentrent de leurs boutiques ; s'ils entendent parler dans une pièce, ils croient avoir tout bonnement le droit d'ouvrir et de venir voir ce qui se passe. C'est comme ça, voilà tout. Ces gens ont fini de travailler pour la journée ; à qui accepteraient-ils d'obéir durant la liberté provisoire de leur soirée ! Du reste vous le savez déjà, vous aussi. Laissez-moi fermer la porte.

— Mais qu'y a-t-il ? Qu'avez-vous ? Quant à moi, tout l'immeuble peut entrer ici. Et puis encore une fois : j'ai déjà fermé la porte, croyez-vous donc que vous êtes le seul à pouvoir fermer la porte ? J'ai même donné un tour de clef.

— Alors ça va. Je n'en veux pas davantage. Il n'était pas du tout nécessaire de donner un tour de clef. Et maintenant, puisqu'aussi bien vous êtes là, mettez-vous à votre aise, surtout. Vous êtes mon hôte. Ayez toute confiance en moi. Surtout, installez-vous bien, ne craignez rien. Je ne vous contraindrai ni à rester ni à partir. Ai-je même besoin de vous le dire ? Me connaissez-vous si mal ?

— Non. Vous n'aviez vraiment pas besoin de dire cela. Bien plus, vous n'auriez pas dû le dire du tout. Je suis un enfant ; pourquoi faire tant de manières avec moi ?

— Ce n'est pas si grave. Un enfant, c'est vrai. Mais vous n'êtes pas tellement petit. Vous êtes déjà tout à fait adulte. Si vous étiez une jeune fille, vous ne pourriez pas vous permettre de vous enfermer simplement comme cela dans une chambre avec moi.

— Nous n'avons pas de souci à nous faire là-dessus. Je voulais juste dire : le fait de vous connaître si bien me protège peu, et vous, cela vous évite seulement l'effort de me servir des mensonges. Mais pourtant vous me faites des compliments. Laissez cela, je vous le demande, laissez cela. De surcroît, je ne vous connais pas sous tous les angles ni dans toutes les circonstances, surtout avec cette pénombre. Il vaudrait beaucoup mieux que vous fassiez apporter de la lumière. Ou non, plutôt pas. De toute façon, je me souviendrai que vous m'avez déjà menacé.

— Comment ? Je vous aurais menacé ? Mais je vous en prie ! Moi qui suis tellement content que vous soyez enfin ici. Je dis "enfin" parce qu'il est déjà si tard. Je n'arrive pas à comprendre pourquoi vous êtes venu si tard. Alors il se peut que dans ma joie mes propos aient été confus et que vous ayez compris les choses de cette manière-là. J'ai tenu de tels propos, je le reconnais plutôt dix fois qu'une ; oui, je vous ai menacé de tout ce que vous voulez... Pas de dispute surtout, pour l'amour du ciel !... Mais comment avez-vous pu croire cela ? Comment avez-vous pu m'offenser à ce point ? Pourquoi voulez-vous à toute force me gâcher le court instant de votre présence ici ? Un étranger serait mieux disposé que vous.

— Comme je vous crois ! Il n'y a rien de sensé dans tout cela. Aussi proche de vous que peut l'être quelqu'un d'étranger, bien disposé à votre égard, je le suis déjà par nature. Vous le savez aussi, alors pourquoi cette grande douleur ? Dites que vous voulez jouer la comédie, et je m'en vais sur-le-champ.

— Ah oui ? Vous osez aussi me dire cela ? Vous allez un peu trop loin. Car enfin, vous êtes dans ma chambre. C'est contre mon mur que vous frottez vos doigts comme un fou. C'est ma chambre, mon mur ! Et d'ailleurs ce que vous dites n'est pas seulement insolent, c'est ridicule. Vous dites que votre nature vous oblige à me parler de cette façon. Vraiment ? Votre nature vous oblige ? c'est bien aimable à elle ! Votre nature, c'est la mienne, et si de par ma nature je me comporte gentiment avec vous, vous n'avez pas le droit non plus d'agir autrement.

— Et c'est gentil, ça ?

— Je parle de tout à l'heure.

— Savez-vous comment je vais être, plus tard ?

— Je ne sais rien du tout. »

Et je me dirigeai vers la table de chevet où j'allumai la bougie. Je n'avais à cette époque ni gaz ni lumière électrique dans ma chambre. Je restai alors assis encore un moment près de la table, jusqu'à en avoir assez, de cela aussi ; je mis mon pardessus, saisis mon chapeau sur le canapé et soufflai la bougie. En sortant, je me pris le pied dans une chaise.

Dans l'escalier je rencontrai un locataire du même étage.

« Vous ressortez déjà, espèce de coquin ? » me demanda-t-il en faisant une pause, les jambes grand écartées sur deux marches.

« Que puis-je donc faire ? dis-je, je viens d'avoir un fantôme dans ma chambre.

— Vous dites cela d'un air aussi mécontent que si vous aviez trouvé un cheveu dans la soupe.

— Vous plaisantez. Mais notez-le, un fantôme est un fantôme.

— Très juste. Mais qu'en est-il si l'on ne croit pas du tout aux fantômes ?

— Parce que vous croyez que moi, je crois aux fantômes ? Pourtant, à quoi cela me sert-il de ne pas y croire ?

— C'est très simple. C'est que vous n'avez plus besoin d'avoir peur si un fantôme vient réellement vous voir.

— Oui, mais ça, c'est la peur secondaire. La peur véritable, c'est la peur de ce qui est à l'origine de l'apparition. Et cette peur-là demeure. Elle, je l'ai en moi sous une forme pour ainsi dire grandiose. » Dans ma nervosité je me mis à vérifier toutes mes poches.

« Mais comme vous n'avez pas peur de l'apparition elle-même, vous auriez pu l'interroger tranquillement sur son origine, tout de même !

— Vous n'avez manifestement encore jamais parlé avec des fantômes. Il n'y a jamais moyen de tirer d'eux une réponse claire. C'est une chose, puis une autre... Ces fantômes semblent douter encore plus de leur existence que nous, ce qui du reste, vu leur fragilité, n'est pas étonnant.

— Mais j'ai entendu dire que l'on peut les engraisser.

— Là, vous êtes bien renseigné. C'est possible, en effet. Mais qui le fera ?

— Pourquoi non ? Si c'est un fantôme femelle, par exemple... » dit-il, et il s'élança sur la marche d'en haut.

« Ah dans ce cas ! dis-je, pourtant, même alors il n'y a rien à y gagner. »

Je devins songeur. Mon interlocuteur était déjà si haut que pour me voir, il devait se pencher en avant, hors de la courbure de l'escalier.

« Malgré tout, criai-je, si vous m'emportez mon fantôme, là-haut, c'est fini entre nous, à jamais.

— Mais ce n'était qu'une plaisanterie », dit-il en reculant la tête.

« Alors ça va », dis-je, et à ce moment-là j'aurais pu en fait aller me promener tranquillement. Pourtant, comme je me sentais si totalement abandonné, je préférai remonter et je me mis au lit.

# JOURNAL DE L'ANNÉE 1912
## (édition augmentée)

*2 janvier* [1]. En conséquence, je me rendais également à la laideur de mes vêtements dans ma manière de me tenir, j'allais le dos courbé, les épaules de travers, les bras et les mains embarrassés : je redoutais les miroirs qui me renvoyaient l'image d'une laideur à mon sens inévitable et qui, par surcroît, ne pouvait pas être reflétée tout à fait fidèlement, car si j'avais réellement eu cette apparence, j'aurais dû faire bien autrement sensation ; quand je me promenais le dimanche avec ma mère, je supportais qu'elle me donnât de légères tapes dans le dos, accompagnées d'exhortations et de prophéties beaucoup trop abstraites dont je ne parvenais pas à voir le rapport avec mes soucis du moment. Ma réflexion restait attachée aux choses présentes et à leur état présent, non par profondeur d'esprit ou par suite d'un intérêt trop fortement accroché, mais, pour autant que cela ne fût pas dû à la faiblesse de ma réflexion, par tristesse et par peur ; par tristesse, car le présent était si triste à mes yeux que je ne croyais pas avoir le droit de l'abandonner avant qu'il eût pu se résoudre en bonheur ; par peur, car de même que je craignais la moindre démarche dans le présent, de même me tenais-je pour indigne, eu égard à mes manières méprisables et puériles, de juger avec un sentiment grave de ma

---

1. Les notations du 2 et du 3 janvier se trouvent dans le Cahier IV, qui va du 25 novembre 1911 au 3 janvier 1912 inclus.

responsabilité le grand avenir viril qui m'apparaissait du reste impossible la plupart du temps, à tel point que la moindre progression me semblait être un faux, et que le point le plus proche de moi me paraissait inaccessible. J'admettais plus aisément le miracle que le progrès réel, mais j'étais trop froid pour ne pas laisser le miracle dans sa sphère, et le progrès réel dans la sienne. Je pouvais donc, longtemps avant de m'endormir, m'abandonner à l'idée que je serais un jour un homme riche, que je ferais mon entrée dans la ville juive avec un attelage de quatre chevaux, que je libérerais par un acte d'autorité une belle jeune fille injustement maltraitée et que je l'enlèverais dans ma voiture, sans que cette croyance, qui tenait du jeu et n'était vraisemblablement nourrie que d'une sexualité déjà maladive, modifiât en rien ma conviction que je ne passerais pas l'examen de fin d'année, que, à supposer que je pusse y parvenir, je ne pourrais pas suivre les cours de la classe suivante et que, même si cela aussi pouvait être évité par tricherie, j'échouerais définitivement au baccalauréat ; d'ailleurs, il était tout à fait sûr que je surprendrais d'un seul coup, peu importe à quel moment, tant mes parents endormis par mes progrès réguliers en apparence que le reste du monde, en leur donnant la révélation d'une incapacité inouïe. Mais comme en ma qualité de poteau indicateur de l'avenir je n'apercevais jamais que mon incapacité — et rarement mes faibles travaux littéraires, — mes méditations sur l'avenir ne m'apportaient jamais de profit ; elles n'étaient qu'une amplification de ma tristesse actuelle. L'aurais-je voulu que j'aurais pu me tenir droit, mais cela me fatiguait, et je ne voyais pas non plus en quoi le fait de courber le dos pouvait nuire à mon avenir. Si j'ai un avenir, me disais-je, alors tout rentrera de soi-même dans l'ordre. Je n'avais pas choisi ce principe parce qu'il contenait de la confiance dans l'avenir — un avenir à l'existence duquel je ne croyais assurément pas — mais plutôt parce qu'il était propre à me faciliter la vie. Aller comme j'étais, m'habiller, me laver, lire, avant tout m'enfermer à la maison, de la façon qui me demandait le moins d'efforts et exigeait le moins de courage. Si je sortais de là, je ne tombais que sur des échappatoires ridicules. Un jour, on jugea impossible que je pusse dorénavant me tirer d'affaire sans posséder un habit de cérémonie noir, d'autant qu'on m'avait mis en demeure de dire si je voulais ou non prendre des leçons de danse. On appela donc le tailleur de Nusle[1] et l'on tint conseil au sujet de la coupe du vêtement. J'étais indécis, comme toujours dans les cas de ce genre où je pouvais craindre qu'une information claire ne m'entraînât non seulement dans un immédiat désagréable, mais au-delà, dans quelque chose de bien pire encore. Tout d'abord, donc, je ne voulus pas d'habit noir, mais quand on m'eut fait honte devant cet homme étranger en donnant à entendre que je n'en possédais pas, je consentis à ce que l'on posât la question du frac ; toutefois, comme je voyais dans le frac une effroyable révolution dont on pouvait à la rigueur parler, mais que l'on ne pourrait jamais décider, nous nous accordâmes sur le smoking qui, à cause de sa ressemblance avec le sakko banal, me paraissait du moins supportable. Mais quand j'appris que le gilet du smoking est nécessairement très échancré et que je devrais porter en plus une chemise empesée, le coup à parer fut tel que je me trouvai résolu presque au-delà de mes forces. Je ne voulais nullement d'un smoking de ce genre, j'en voulais un, doublé de soie et avec des parements s'il le fallait, mais fermé haut. Un tel smoking était inconnu du tailleur, toutefois il fit remarquer que, quelque idée que je me fisse de cet habit, ce ne pouvait être là un habit de bal. Bon, ce n'était pas un habit de bal, je n'avais d'ailleurs pas envie de danser, c'était encore loin d'être fait, en revanche, je voulais cet habit tel que je l'avais décrit. Le tailleur était d'autant plus obtus que jusque-là, je l'avais toujours laissé prendre mes mesures et procéder aux essayages avec une précipitation honteuse, sans faire de remarques ni exprimer de désirs. Par suite, et puisque ma mère insistait tellement, il ne me restait plus d'autre solution, si pénible fût-elle, que de traverser le Altstädter Ring[2] avec lui pour aller chez un fripier où j'avais remarqué depuis longtemps un

1. Nusle : faubourg au sud-est de Prague.     2. C'est la place de la Vieille-Ville.

smoking anodin qui aurait pu faire mon affaire. Malheureusement, il était déjà retiré de l'étalage et je ne le trouvai pas, même en fouillant du regard l'intérieur du magasin ; je n'osai pas entrer uniquement pour le voir, de sorte que nous revînmes, tout aussi divisés qu'avant. Mais moi, j'avais l'impression que le futur smoking était déjà maudit par l'inutilité de cette démarche, aussi pris-je prétexte de la contrariété née de l'échange des objections pour renvoyer le tailleur avec une petite commande et des espérances en l'air au sujet du smoking, et je restai en butte aux reproches de ma mère, seul, fatigué, tenu pour toujours — tout m'arrivait pour toujours — à l'écart des jeunes filles, des manières élégantes et des plaisirs de la danse. J'étais malade de la joie que cela me donnait en même temps et surtout, j'avais peur de m'être rendu ridicule aux yeux du tailleur comme aucun de ses clients ne l'avait fait jusque-là.

———

*3 janvier.* Lu beaucoup de choses dans la *Neue Rundschau*[1]. Début du roman *Der nackte Mann*[2], clarté un peu grêle dans l'ensemble, infaillible dans les détails, *Gabriel Schillings Flucht*[3] de Hauptmann. Éducation des hommes. Instructif dans le mauvais comme dans le bon.

Saint-Sylvestre. Je m'étais proposé de lire cet après-midi à Max des passages de mes *Journaux*, je m'en faisais une joie, et je n'y suis pas arrivé. Nous ne sentions pas l'un comme l'autre, je soupçonnais en lui une mesquinerie calculatrice et de la hâte, il n'était presque pas mon ami ; toutefois, il continuait à me dominer assez pour que je me visse avec ses propres yeux recommençant sans cesse à feuilleter mes cahiers sans résultat, et pour que je jugeasse odieux ce va-et-vient des feuilles qui

1. Prestigieuse revue littéraire publiée à Berlin par les éditions Fischer.   2. « L'Homme nu », roman d'Emil Strauss (1866-1960) ; lié à Dehmel et Hauptmann, cet écrivain conservateur et régionaliste fut ensuite comblé d'honneurs sous le régime nazi.   3. « La Fuite de Gabriel Schilling », drame publié en 1912, créé en 1920.

montrait continuellement les mêmes pages au passage. Sortir de cette tension réciproque pour travailler ensemble était naturellement impossible, et la seule page de *Richard et Samuel* que nous mîmes sur pied au milieu de nos résistances mutuelles n'est rien d'autre qu'une preuve de l'énergie de Max, et mauvaise pour le reste. Saint-Sylvestre chez Cada [1]. Cela aurait pu être pire, Weltsch, Kisch et un autre encore nous apportèrent du sang frais, de sorte que je me suis finalement retrouvé proche de Max, quoique dans les seules limites de notre groupe. Ensuite je lui serrai la main au milieu de la foule du Graben, mais je ne le regardais déjà plus et, mes trois cahiers pressés contre moi, fièrement si je m'en souviens bien, je pris tout droit le chemin de la maison.

---

Les flammes qui s'épanouissaient tout autour d'un creuset posé dans la rue devant un immeuble en construction et qui s'élevaient en prenant la forme de fougères.

---

On peut parfaitement discerner en moi une concentration au profit de la littérature. Quand il fut devenu évident dans mon organisme que l'orientation de ma nature vers la création littéraire était la plus productive, tout se pressa dans ce sens et laissa inoccupés ceux de mes talents qui se tournaient vers les joies du sexe, du boire, du manger, de la réflexion philosophique et, en tout premier lieu, de la musique. J'ai maigri de tous ces côtés. C'était nécessaire, parce que mes forces étaient si minces au total qu'elles ne pouvaient servir tant bien que mal mon but littéraire qu'à condition d'être rassemblées. Je n'ai naturellement pas découvert ce but de façon indépendante et

---

**1.** Restaurant chic, en face du Nouveau Théâtre Allemand. Mentionné juste après, Felix Weltsch (1884-1964) formait avec Kafka, Brod et Oskar Baum (*cf.* note 1, p. 296) un cercle de très proches amis.

consciente, il s'est trouvé lui-même, et seul le bureau y fait encore obstacle, mais radicalement. En tout cas, je n'ai pas le droit de déplorer le fait que je ne puis pas avoir de maîtresse ; que je m'entends à l'amour presque autant qu'à la musique, ce qui m'oblige à me contenter de recevoir au vol les impressions les plus superficielles ; que j'ai dîné au nouvel An de salsifis et d'épinards en buvant un verre de Ceres [1] et que je n'ai pas pu m'intéresser, dimanche, à la lecture que Max a faite de son essai philosophique ; ce qui compense tout cela apparaît en toute clarté. Puisque aussi bien mon développement est achevé et que, pour autant que je puisse le savoir, je n'ai plus rien à sacrifier, il ne me reste qu'à chasser mon travail de bureau de cette vie commune pour commencer ma vraie vie, dans laquelle mon visage pourra enfin vieillir naturellement avec les progrès de mon œuvre.

———————————

Le revirement subi par une conversation où l'on commence par parler en détail des inquiétudes de la vie la plus intime pour continuer, sans que le fil soit précisément rompu, mais sans que la conversation rebondisse à partir de là, en envisageant le jour et le lieu d'une prochaine rencontre, ainsi que les détails dont il convient de tenir compte en l'occurrence. Pour peu que la conversation prenne fin sur une poignée de mains, on se sépare avec une foi passagère dans la ferme et pure ordonnance de notre vie et l'on est pris de respect pour elle.

———————————

Dans une autobiographie, il est inévitable que l'on mette très souvent « parfois », là où « une fois » serait conforme à la vérité. Car l'on se rend bien compte que le souvenir tire les choses d'une obscurité que le mot « une fois » fait éclater, mais que le mot « parfois », s'il ne l'épargne pas non plus tout à fait, laisse

1. Marque de jus de fruits, fabriqués en Bohême.

au moins subsister dans l'esprit de celui qui écrit et qui se trouve ainsi porté au-dessus de parties de sa vie qui n'ont peut-être nullement existé, mais lui fournissent un dédommagement pour celles que sa mémoire n'effleure même plus d'un doute[1].

\*
\* \*

*4 janvier.* Si j'aime tant faire la lecture à mes sœurs (à tel point que ce soir, par exemple, j'ai lu trop longtemps pour pouvoir me mettre à écrire), c'est uniquement parce que je suis vaniteux. Non que je sois convaincu d'obtenir par cette lecture quelque résultat remarquable ; je le fais plutôt parce que je suis entièrement dominé par l'envie de me pousser vers les ouvrages de valeur que je lis et de m'en rapprocher si étroitement que les distinctions entre nous s'effacent sans que je le mérite, qu'elles s'effacent seulement dans l'attention de mes sœurs qui m'écoutent — attention éveillée par les choses que je lis et dont la pureté n'est qu'accessoirement troublée, — ce qui me permettrait aussi, grâce à la retouche apportée par ma vanité, de prendre part en tant que cause première à toute l'influence exercée par l'œuvre elle-même. De plus, si ma façon de faire la lecture à mes sœurs est réellement admirable, si je mets dans certains accents une précision à mon sens extrême, c'est qu'ensuite je serai récompensé à l'excès non seulement par moi-même, mais aussi par mes sœurs. En revanche, si je lis devant Brod ou Baum ou d'autres, il est inévitable, ne serait-ce qu'à cause de mes prétentions à l'éloge, que le résultat soit effroyable pour tout le monde, même si l'on ignore tout des qualités habituelles de ma lecture ; car ici, je vois bien que l'auditeur maintient la séparation entre moi et le texte lu, je ne peux donc pas entrer en communication totale avec le texte sans avoir le sentiment du ridicule, sentiment qui n'a aucun

---

1. Ici commence le Cahier V, qui va du 4 janvier 1912 au 6 avril de la même année.

soutien à attendre de l'auditeur ; ma voix tourne autour du
texte que je veux lire, j'essaie, puisqu'on le désire, d'y pénétrer
çà et là, mais je n'en ai même pas sérieusement l'intention,
puisque ce n'est pas du tout cela qu'on attend de moi ; ce que
l'on attend en fait, c'est que je lise sans vanité, tranquillement,
de loin, en me passionnant uniquement quand ma passion le
réclame, mais j'en suis incapable ; et bien que je croie m'y être
résigné, bien que je lise donc mal devant toute autre personne
que mes sœurs, ma vanité, qui cette fois ne devrait plus avoir
aucun droit, ne se montre pas moins en ceci que je suis offensé
si quelqu'un trouve à redire à ce que j'ai lu, que je deviens
rouge et que j'entends poursuivre rapidement, tout comme
j'aspire en général à lire indéfiniment une fois que j'ai commencé, poussé que je suis alors par le désir inconscient de faire
naître au moins pour moi au cours d'une longue lecture ce
faux et vain sentiment d'union avec ce que je lis ; en quoi j'oublie que je n'aurai jamais assez de force immédiate pour faire
agir mon sentiment sur la claire vision de l'auditeur et que ce
sont toujours mes sœurs, à la maison, qui prennent l'initiative
de la confusion désirée.

---

*5 janvier*. Depuis deux jours, je constate quand je le veux
la froideur et l'indifférence qu'il y a en moi. Hier soir en me
promenant, le moindre bruit de la rue, le moindre regard jeté
sur moi, la moindre photographie dans une vitrine m'importaient plus que moi-même.

L'uniformité. Histoire.

---

Quand on semble définitivement décidé à rester chez soi
pour la soirée, quand on a mis un veston d'intérieur, quand on

est assis après le dîner à la table éclairée, qu'on s'est proposé tel travail ou tel jeu qui précède habituellement le moment d'aller se coucher, quand il fait dehors un temps désagréable qui justifie tout naturellement le fait de rester chez soi, quand on est déjà resté si longtemps immobile à la table que partir maintenant provoquerait non seulement la colère paternelle, mais encore la stupéfaction générale, quand de plus l'escalier est déjà sombre et que la porte de la rue est fermée et quand, en dépit de tout cela, on se lève, mû par un malaise soudain, qu'on change de veste, qu'on apparaît sur-le-champ en costume de ville, qu'on déclare être obligé de sortir, qu'on croit laisser derrière soi une colère plus ou moins grande selon la vitesse avec laquelle on claque la porte de l'appartement pour couper court à une discussion générale sur votre départ, quand on se retrouve dans la rue avec des membres qui récompensent par une mobilité particulière cette liberté qu'on leur a procurée et qu'ils n'attendaient déjà plus, quand on sent s'éveiller en soi toutes les capacités de décision grâce à cette décision unique, quand on constate, en donnant à cela une portée plus grande que la portée ordinaire, que c'est moins le besoin que la force qui vous pousse à produire et à supporter facilement la plus rapide des transformations, que, laissé à soi-même, on se développe dans l'intelligence et le calme tout autant que dans le fait d'en jouir, alors, on est pour ce soir-là si entièrement sorti de sa famille qu'on ne le serait pas de façon plus convaincante par les voyages les plus lointains, et l'on a vécu une aventure qui, en raison de l'extrême degré de solitude qu'elle représente pour l'Europe, ne peut être qualifiée que de russe. Tout cela est encore accru si, à cette heure tardive de la soirée, on va rendre visite à un ami pour voir comment il va [1].

Invité Weltsch à la soirée au Bénéfice de Mme Klug. Löwy [2], dont les violents maux de tête sont vraisemblablement le signe

---

**1.** Ce sera le troisième texte retenu pour le recueil *Contemplation*, sous le titre de « La Promenade soudaine » (*cf.* p. 261).    **2.** Il s'agit du comédien Jizchak Löwy, avec qui Kafka restera longtemps lié. C'est depuis le début octobre 1911 que le théâtre yiddish fascine Kafka.

d'une affection grave du cerveau, m'attendait dans la rue, appuyé contre le mur d'une maison, la main droite posée sur le front dans un geste de désespoir. Je le montrai à Weltsch qui, du canapé, se pencha à la fenêtre. Je crois que c'est la première fois de ma vie que j'ai observé de la fenêtre quelque chose qui me touchait de près et se passait dans la rue. En soi, une telle manière d'observer m'est familière parce que je l'ai trouvée dans Sherlock Holmes.

*6 janvier.* Hier *Vicekönig* de Feimann. Ma possibilité d'être ému par ce qui est proprement juif dans ces pièces m'abandonne, elles sont trop monotones et dégénèrent en gémissement, un gémissement très fier des rares moments où il éclate avec plus de violence. Lors des premières pièces, j'ai pu croire que j'avais rencontré un judaïsme dans lequel les rudiments du mien pourraient se tenir en repos, se développer, venir à moi, m'éclairer dans mon judaïsme engourdi et me faire avancer ; au lieu de quoi, plus j'entends de choses et plus ces rudiments s'éloignent de moi. Les êtres restent, bien sûr, et c'est à eux que je me tiens. — Mme Klug donnait une soirée de Bénéfice, elle a donc chanté plusieurs chansons nouvelles et fait quelques nouvelles plaisanteries. Mais c'est seulement quand elle a chanté sa première chanson que j'ai été entièrement sous son charme, là, je communique intensément avec chaque particule de sa personne, avec ses bras étendus et ses doigts qui claquent pour accompagner le chant, avec ses cheveux serrés en boucles fermes sur les tempes, avec sa mince chemise qui passe sous son gilet, plate et innocente, avec sa lèvre inférieure qui se gonfle tout à coup en savourant l'effet d'un bon mot (« Voyez-vous, je parle toutes les langues, mais en yiddish »), avec ses petits pieds gras qui, dans leurs bas blancs épais, se laissent comprimer par la chaussure jusque sous les orteils. Mais en chantant de nouvelles chansons hier, elle a nui à l'essentiel de son effet sur moi, effet qui consistait en ceci qu'une personne se donne en spectacle parce qu'elle a su choisir parmi d'autres deux ou trois plaisanteries et deux ou trois chansons que, grâce à son tempérament et à l'emploi de toutes ses forces, elle présente à la perfection. Puisque cette présentation est réussie, tout le reste l'est ; et s'il nous fait plaisir de laisser souvent cette personne agir sur nous, nous ne serons pas démontés — et en cela, tous les spectateurs seront peut-être d'accord avec moi — par la continuelle répétition des mêmes chansons ; nous l'approuverons au contraire comme un moyen qui aide à la concentration, au même titre par exemple que l'obscurcissement de la salle, et nous y reconnaîtrons, considérées du point de vue de la femme, cette intrépidité et cette conscience de sa propre valeur qui est précisément ce que nous cherchons. C'est pourquoi, quand le tour arrivait de ces nouvelles chansons qui ne pouvaient rien révéler de nouveau sur Mme Klug, les anciennes ayant si parfaitement fait leur devoir, quand ces chansons, donc, élevaient la prétention d'être regardées comme telles, ce que rien ne justifiait, et amenaient l'attention à se distraire de Mme Klug tout en montrant qu'elle non plus ne s'y sentait pas à l'aise, car tantôt elle ratait ses effets, tantôt elle se livrait à des grimaces et à des gestes outrés, on prenait nécessairement de l'humeur et l'on ne se consolait qu'au souvenir de son jeu parfait d'autrefois, souvenir trop fort dans son imperturbable sincérité pour se laisser troubler par le spectacle actuel.

*7 janvier.* Mme T. n'a malheureusement jamais que des rôles qui révèlent l'essence de sa nature, elle joue toujours des rôles de femmes ou de jeunes filles qui sont d'un seul coup malheureuses, insultées, déshonorées, offensées, mais auxquelles on n'accorde pas le temps de développer leur caractère dans sa conséquence naturelle. On imagine ce qu'elle serait capable de faire en voyant avec quelle puissance jaillissant spontanément elle interprète ces rôles qui sont des points culminants dans son interprétation, mais qui, en raison de la richesse qu'ils exigent, ne sont dans le texte écrit que de simples ébauches. — L'un de ses mouvements essentiels part comme un frémissement de ses hanches un peu raides et nerveuses. Sa petite fille semble avoir une hanche complètement raide. — Quand les acteurs s'embrassent, ils se tiennent mutuellement leur perruque pour qu'elle ne bouge pas. — L'autre jour, comme je montais avec Löwy dans sa chambre où il voulait me lire la lettre qu'il a écrite à Nombert, l'écrivain de Varsovie, nous rencontrâmes le couple Tschissik sur le palier. Ils portaient dans leur chambre leurs costumes de « Kol Nidre [1] », enveloppés comme des pains azymes dans du papier de soie. Nous nous arrêtâmes un moment. La rampe servait de support à mes mains et à l'accentuation de mes phrases. Sa grande bouche se mouvait tout près de moi, dans des formes surprenantes, mais naturelles. La conversation menaça, par ma faute, de prendre un tour désespérant, car en m'efforçant d'exprimer à la hâte tout mon amour et tout mon dévouement, je parvins tout juste à constater que les affaires de la troupe marchaient bien mal, que son répertoire était épuisé, qu'ils n'allaient donc pas pouvoir rester longtemps encore, et que le manque d'intérêt des Juifs de Prague à leur égard était incompréhensible. Elle me pria de venir lundi voir *Sejdernacht*, bien que je connaisse déjà la pièce [2]. Je l'entendrai chanter cette chanson (bore Isroel) dont elle se souvient m'avoir entendu dire que je l'aime tout particulièrement.

———————

*L'air de noctambules que nous avions, Max et moi, hier à midi sur le Graben, un peu plus que Weltsch, parce que nous allons si rarement nous promener dans la journée [3].

———————

Les « Jeschiwes » sont des collèges talmudiques entretenus par de nombreuses communautés de Russie et de Pologne. Les frais n'en sont pas très élevés, ces écoles étant la plupart du temps installées dans un vieux bâtiment inutilisable où, à part les salles de classe et les dortoirs des élèves, se trouvent le

**1.** Pièce d'Abraham Scharkansky   **2.** *La Nuit du Seder*, autre pièce de Sigmund Feinmann   **3.** Nous signalons par des astérisques les passages enlevés par Max Brod et rétablis par l'édition critique et ici même.

logement du Rosch-Jeschiwe, qui assume également d'autres fonctions dans la communauté, et celui de son aide. Les élèves ne paient pas leurs études et prennent leurs repas tour à tour chez chacun des membres de la communauté. Bien que ces écoles soient fondées sur la foi la plus orthodoxe, elles sont précisément le point de départ du progrès en révolte contre la foi, parce que les jeunes gens qui se rencontrent là viennent de loin et représentent précisément les pauvres, les énergiques et ceux qui aspirent à quitter leur famille ; — parce que la surveillance n'y est pas très sévère, que les jeunes gens sont entièrement réduits à leurs propres ressources, la part essentielle de leurs études consistant à apprendre en commun et à s'expliquer mutuellement les passages difficiles ; — parce que la piété est de même nature dans les divers lieux d'origine des étudiants et ne porte pas spécialement aux discussions, tandis que le progrès opprimé connaît des hauts et des bas qui s'expriment sous les formes les plus variées suivant les différentes conditions locales, si bien que dans cet ordre d'idées, il y a toujours beaucoup à raconter ; — enfin, parce qu'une personne isolée n'a jamais entre les mains que tel ou tel exemplaire d'un écrit progressiste interdit, alors que dans la « Jeschiwe », les écrits affluent de tous côtés et possèdent une efficacité particulière du fait que chaque propriétaire d'un texte ne répand pas seulement le texte, mais encore son propre enthousiasme ; — pour ces multiples raisons renforcées de leurs conséquences immédiates, tous les poètes, hommes politiques, journalistes et savants de l'époque récente sont sortis de ces collèges. Ce qui, d'une part, a beaucoup nui à leur réputation, et leur a profité d'autre part en attirant plus qu'autrefois les jeunes gens ayant des opinions avancées.

Il y a une « Jeschiwe » fameuse à Ostro, petite localité située à huit heures de train de Varsovie. Ostro tout entier n'est en vérité que la bordure d'un petit bout de route. Grand comme sa canne, prétend Löwy. Un jour, un comte ayant fait halte à Ostro avec sa berline attelée de quatre chevaux, les deux chevaux de devant et le fond de la voiture n'étaient déjà plus dans la localité. — À l'âge

de quatorze ans environ, la vie à la maison lui étant devenue intolérable, Löwy se décida à partir pour Ostro. Au moment où il quittait sa Close [1], vers le soir, son père justement lui avait tapé sur
l'épaule en lui disant, bien à la légère, qu'il désirait le voir plus
tard et qu'il avait à lui parler. N'ayant à coup sûr une fois de plus
que des reproches à attendre, Löwy se rendit directement de sa
Close à la gare, sans bagages, vêtu d'un caftan un peu plus neuf
parce que c'était samedi soir et, muni de tout son argent qu'il
portait toujours sur lui, il prit le train de dix heures pour Ostro,
où il arriva à sept heures du matin. Il alla directement à la « Jeschiwe » où son arrivée ne fit guère sensation, puisque n'importe qui
peut entrer dans une « Jeschiwe » et qu'il n'y a pas de conditions
d'admission particulières. La seule chose qui attirât l'attention,
c'était son désir d'entrer à l'école à cette époque de l'année — on
était en été, et ce n'était pas la coutume — et son caftan en bon
état. Mais on ne tarda pas à s'en accommoder, parce que des jeunes gens comme ceux-là, que leur judaïsme attache les uns aux
autres avec une force qui nous est inconnue, lient facilement
connaissance. Il se distingua dans l'étude, car il apportait beaucoup de savoir de chez lui. La conversation de ces jeunes gens lui
plut, et d'autant plus que dès qu'ils connurent l'existence de son
argent, ils s'empressèrent tous de lui proposer quantité d'objets
à acheter. L'un d'eux, qui voulait lui vendre des « jours », le plongea dans la stupéfaction. Par « jours », on entendait en effet les
repas gratuits. C'était là une marchandise négociable, parce que
les membres de la communauté qui, en accordant des repas gratuits sans considération de personnes, désiraient faire une
œuvre agréable à Dieu, ne cherchaient pas à savoir qui profitait
de leur table. Si un étudiant était particulièrement habile, il pouvait arriver à mettre deux repas sur une journée. On supportait
d'autant plus facilement ces repas doubles qu'ils n'étaient pas
trop abondants ; une fois le premier avalé, on trouvait encore
grand plaisir à engloutir le second et il arrivait que, si certains
jours étaient doublement pourvus, d'autres restassent dégarnis.

---

1. « Close » (en yiddisch « Klois »), petit cabinet assigné à l'étude du
Talmud (*N.d.T.*).

Malgré cela, naturellement, chacun était content d'avoir une occasion de vendre avantageusement l'un des repas qu'il avait en trop. Pour celui qui arrivait en été comme Löwy, c'est-à-dire à une époque où les repas gratuits étaient depuis longtemps répartis, il n'y avait plus moyen de s'en procurer qu'en les achetant, les repas en surnombre étant entièrement accaparés dès le début par les spéculateurs.

La « Jeschiwe » était insupportable la nuit. Certes, la nuit était chaude et toutes les fenêtres restaient ouvertes, mais la puanteur et la chaleur ne bougeaient pas de la pièce, car les étudiants, qui n'avaient pas de vrais lits, se couchaient à la dernière place où ils s'étaient assis, sans ôter leurs vêtements imprégnés de sueur. Tout était plein de puces. Le matin de bonne heure, on se mouillait hâtivement les mains et le visage et on se remettait à l'étude. On étudiait le plus souvent en commun, généralement à deux sur le même livre. Les discussions rassemblaient parfois les étudiants en cercle. Le Rosch-Jeschiwe n'expliquait que de temps en temps les passages les plus difficiles. Bien que Löwy eût trouvé là — il resta dix jours à Ostro, mais en prenant ses repas et en dormant à l'auberge — deux amis ayant les mêmes idées que lui (il n'était pas si facile de se trouver, il fallait d'abord faire un examen prudent de l'état d'esprit de l'autre et de la confiance qu'on pouvait lui accorder), il fut très content de rentrer chez lui, parce qu'il était habitué à une vie régulière et qu'il n'en pouvait plus de nostalgie.

———————————

La grande pièce était pleine de bruit, bruit de la partie de cartes, puis, plus tard, de la conversation ordinaire que mon père, quand il est bien portant comme aujourd'hui, mène d'une façon sinon suivie, du moins sonore. Les paroles ne représentaient que de petites différences de potentiel dans un tapage monstrueux. Le petit Félix dormait dans la chambre de la bonne, dont la porte était grande ouverte. Moi, je dormais en face, dans ma chambre. Par égard pour mon âge, la porte de cette chambre était fermée. La porte ouverte indiquait en outre que l'on espérait encore attirer Félix dans la famille, tandis que moi, j'en étais déjà séparé.

———

Hier chez Baum. Strobl [1] devait venir, mais est allé au théâtre. Baum a lu un article traitant de la « Chanson populaire » ; mauvais. Puis un chapitre de *Des Schicksals Spiele und Ernst* [2] ; très bon. J'étais indifférent, de mauvaise humeur et n'ai tiré de tout cela aucune impression qui ne fût sans mélange. Au retour, sous la pluie, Max m'a raconté le plan actuel de *Irma Pollak*. Je ne pouvais avouer mon état, Max ne l'acceptant jamais comme il faut. J'ai donc été insincère, ce qui m'a finalement tout gâté. J'étais si piteux que je préférais encore parler à Max quand son visage était dans l'ombre, bien que le mien fût alors dans la lumière et plus exposé à se trahir. Ensuite, pourtant, j'ai été ému par la fin mystérieuse du roman, malgré tout ce qui m'en empêchait. En rentrant seul après son départ, remords de ma duplicité et douleur de la savoir inévitable. Intention de commencer un cahier spécial destiné à mes relations avec Max. Ce qui n'est pas noté par écrit vous papillote devant les yeux et ce sont des accidents d'optique qui déterminent le jugement d'ensemble.

———

Comme j'étais étendu sur le canapé et qu'on parlait fort dans les deux chambres contiguës, voix de femmes à gauche, voix d'hommes en majorité à droite, j'eus l'impression que ces gens étaient des créatures sauvages, des nègres que rien ne peut

**1.** Karl Hans Strobl (1877-1946), auteur de romans historiques. — Oskar Baum (1883-1941), l'ami devenu aveugle, mais écrivain, dramaturge et critique musical ; l'article en question parut le 14 janvier dans le *Prager Tagblatt*, sous le titre de *Ghettolieder*. **2.** « Jeux et gravité du destin » : peut-être la nouvelle qui sera publiée en 1912 à Heidelberg, intitulée « Un destin » (« Ein Schicksal »).

faire tenir tranquilles, qui ne savent pas ce qu'ils disent, ne parlent que pour mettre l'air en mouvement, lèvent le visage en parlant et suivent des yeux les paroles qu'ils prononcent.

---

C'est ainsi que je perds ce dimanche calme et pluvieux, je suis assis dans ma chambre à coucher et j'ai la paix, mais au lieu de me décider à écrire, moi qui, avant-hier par exemple, aurais voulu m'épancher dans le travail avec tout ce que je suis, je viens de passer un bon moment à regarder fixement mes doigts. Je crois avoir été entièrement influencé par Goethe cette semaine, je viens d'épuiser la force gagnée grâce à cette influence et je suis devenu improductif.

---

D'un poème de Rosenfeld décrivant une tempête en mer : « Les âmes ondoient, les corps tremblent. » En récitant, Löwy crispe la peau de son front et de son nez, comme on croit ne pouvoir crisper que les mains. Pour nous faire sentir les passages les plus émouvants, il s'approche de nous, ou plutôt il grandit en rendant sa silhouette plus distincte. Il s'approche, mais un peu seulement, garde les yeux grands ouverts, tire sur sa redingote de sa main gauche absente et nous tend la droite, ouverte et large. Nous devons en outre, à supposer que nous ne soyons pas nous-mêmes émus, approuver son émotion et lui expliquer comment la catastrophe décrite a été possible.

---

Je dois poser nu en saint Sébastien pour le peintre Ascher.

---

Quand je rentrerai chez mes parents ce soir, n'ayant rien écrit dont je fusse satisfait, je ne leur paraîtrai pas plus étranger, plus méprisable et plus inutile que je ne le suis à mes propres yeux. Tout cela, bien entendu, n'est ainsi que selon mon sentiment (lequel ne se laisse tromper par aucune observation, si exacte fût-elle), car en réalité, ils ont tous de l'estime pour moi et ne laissent pas de m'aimer.

———————

*Mercredi 24 janvier.* Rien écrit pendant tout ce temps pour les raisons suivantes : j'étais brouillé avec mon chef et je n'ai arrangé les choses qu'en lui écrivant une lettre affectueuse ; je suis allé plusieurs fois à l'usine ; j'ai lu l'*Histoire de la Littérature judéo-allemande* de Pines, cinq cents pages que j'ai dévorées avidement, en allant au fond des choses, avec une hâte et une joie que je n'ai encore jamais eues en lisant un livre de ce genre ; en ce moment, je lis *Organisme du Judaïsme* de Fromer ; enfin, j'ai eu beaucoup à faire avec les acteurs juifs, j'ai écrit des lettres pour eux, j'ai obtenu de l'Association sioniste que les sections s. de Bohême fussent pressenties sur d'éventuelles tournées de la troupe, j'ai écrit et fait polycopier la circulaire *qui s'imposaient ; je suis allé voir une seconde fois *Sulamith*[1] et une première fois *Herzele Mejiches* de Richter, j'ai assisté à la soirée de chants populaires donnée par le groupe Bar-Kochba et, avant-hier, au *Graf von Gleichen*[2] de Schmidtbonn.

Soirée de Chansons populaires : c'est le Dr Nathan Birnbaum qui fait la conférence. Habitude des Juifs de l'Est : introduire « Mesdames et Messieurs » ou même simplement « Mes chers amis » chaque fois que le discours est en panne. Cela se répète au début de l'exposé de Birnbaum avec une régularité qui frise le ridicule. Pourtant, pour autant que je connaisse Löwy, ces tournures perpétuelles qui reviennent aussi fréquemment dans

———————

**1.** Pièce avec chansons, créée en 1880 (évoquée aussi dans le *Journal*, le 14 octobre 1911), d'Abraham Goldfaden (1840-1908, né en Ukraine, mort à New York), le créateur du théâtre yiddisch évoqué, p. 299.   **2.** Ce drame de Wilhelm Schmidtbonn (1876-1952), « Le Comte von Gleichen » (1909), fut créé au Nouveau Théâtre Allemand, le 22 janvier 1912.

la conversation courante des Juifs de l'Est que « Weh ist mir ! » ou « S'ist nischt' » ou bien « S'ist viel zu reden [1] » ne sont pas destinées à couvrir un embarras, mais, puisqu'elles sont des sources constantes de renouvellement, à agiter de fond en comble le flux du discours, toujours trop inerte et pesant pour le tempérament juif. Ce n'est toutefois pas le cas chez Birnbaum [2].

*26 janvier*. — Le dos de M. Weltsch et le silence de toute la salle qui écoute de mauvais poèmes. — Birnbaum : ses cheveux un peu longs sont coupés net sur le cou qui se tient très droit, soit à cause de cette brusque dénudation, soit par ses propres moyens. Grand nez courbé, point trop étroit malgré des ailes aplaties et qui a belle apparence surtout parce qu'il est harmonieusement proportionné à la longue barbe. — Le chanteur Gollanin. Sourire paisible, douceâtre, céleste, affable, qui tient longtemps quand le visage se penche latéralement ou sur la poitrine et se fait un peu acéré quand le nez se fronce, à moins qu'il ne fasse simplement partie d'une gymnastique de la bouche. —

----

*Pinès : *Histoire de la Littérature Judéo-Allemande*, Paris 1911 [3].
(...)
les mettre en relation, par le jiddisch avec leurs frères en Hollande.
Premier Livre 1507, Venise, Bovomaisse, traduction d'un roman angl.

----

1. « Malheur à moi ! », « C'est rien », « Il y a beaucoup à dire. »   2. Nathan Birnbaum (1864-1937) : philosophe et sioniste de la première heure qui fit un exposé introduisant à la soirée de chansons populaires juives, le 18 janvier, dans la salle des fêtes de l'Hôtel Central, pleine à craquer.   3. Ici commence un long passage (jusqu'à la p. 303) écarté par Max Brod ; ce sont des notes prises par Kafka d'après cet ouvrage de Meyer Isser Pines (1882-1942). — Nous le traduisons tel que le donne l'édition critique dirigée par M. Pasley, *op. cit. Tagebuch II*, avec toutes les bizarreries de mise en page et les formules elliptiques...

Tsena-Urena de Jakob ben Isack de Janow (mort à Prague 1628),
Legendes, Livre pour les femmes, très beau.

Chansons populaires : (Evreiskia narodnia plesni w Rassia [1] Gins-
bourg u. Marek 1901)

(...) [2]

avancent les mères du Juste

### Chant du Soldat :

On nous coupe la barbe et les pattes
Et on nous empêche d'observer le samedi et les jours de fêtes.

### ou bien

Dès l'âge de cinq ans je suis entré au « heder », et maintenant je
dois me promener à cheval !

———————————

Was mir seinen, seinen mir
Ober jueden seinen mir [3].

———————————

La Haskala, mouvement lancé par Mendelsohn au début du XIXᵉ siècle ; on appelle les novices des Maskilim, hostilité du yiddish populaire
envers l'hébreu et les sciences européennes. Avant les pogroms de
1881 ils n'étaient pas nationalistes, ensuite des sionistes convaincus.
Le principe de Gordon le dit : « Sois Juif dans ta maison, et Homme en
sortant. » Pour répandre ses idées, la Haskala doit pratiquer le yiddish,
et bien qu'elle le déteste, elle fonde la littérature yiddish
L'un des livres les plus appréciés « Kolombus » de Chaikel Hurwiz
de Ouman. Traduction d'un ouvrage allemand.
Autres buts de la Haskala : « *la lutte contre le chassidisme, l'exaltation de l'instruction et des travaux manuels*★ [4].

---

1. « Chansons populaires hébraïques en Russie ».   2. La demi-page inférieure du Cahier a été déchirée ici, peut-être utilisée par Kafka pour préparer
son discours d'ouverture à la soirée de « Récitation » (textes et chansons,
comiques ou non) que donnera le 18 février suivant le comédien Jizchak
Löwy, voir plus loin la notation du 13 février.   3. En yiddisch : « Car nous
sommes c'que nous sommes/Mais des Juifs, ça nous l'sommes. »   4. Les
étoiles (★) signalent ici et dans la suite les mots en français dans le texte.

Levinsohn, Aksenfeld, Ettinger

Badchen : les tristes chanteurs populaires et chantres de noces (Eliakum Zunser), réflexions talmudiques

Le Roman Populaire★ : Alsik Meier Dick 1808-1894, didactique, haskalique, Schomer, encore pire

Exemple de titre Le Podriatschik (*l'entrepreneur*★) roman extrêmement intéressant. Une véritable tranche de vie ou « La femme de fer ou l'enfant vendu. Un roman magnifique » autres exemples en Amérique les romans-feuilletons « Chez les Cannibales », 26 volumes

S.J. Abramowitsch (Mendele Mocher Sforim) poétique, modérément drôle, des compositions floues « Fiscke der krumer[1] » (coutumes des juifs orientaux de se mordre les lèvres)

J. Linetzki Le jeune homme polonais

Fin de la Haskala 1881. Renouveau du nationalisme et du démocratisme.

Développement de la littérature yiddish

S. Frug poète, vie rurale à tout prix

> *Délicieux est le sommeil du seigneur dans sa chambre*
> *Sur des oreillers doux, blancs comme la neige*
> *Mais plus délicieux encore est le repos dans le champ sur*
> *À l'heure du soir, après le travail*★        *[du foin frais*

---

Talmud : Celui qui interrompt ses études pour dire comme est beau cet arbre a mérité la mort.

---

Lamentations devant le mur occid. du Temple

Poème : *La fille du Schamesch*★

Le rabbi bien-aimé est sur son lit de mort. Ni l'enterrement d'un linceul de la taille du rabbi, ni les autres pratiques magiques ne servent plus à rien. C'est pourquoi les anciens de la communauté se rendent durant la nuit dans chaque maison avec une liste et collectent auprès des membres de la communauté des déclarations dans lesquelles ils renoncent à des jours et à des semaines de vie, au

---

1. Fiske le Tordu (l'estropié).

profit du rabbi. Deborah, la fille du Schamesch donne sa vie tout entière. Elle meurt, le rabbi guérit. Une nuit où il est seul à étudier dans la synagogue, il entend les voix de la vie entièrement supprimée de Deborah. Le chant de ses noces, les cris de son lit d'accouchée, les berceuses, la voix de son fils qui apprend la Tora, la musique pour les noces de sa fille. Au moment où résonnent les chants de déploration devant son cadavre, le rabbi meurt lui aussi [1].

<u>Perez</u> né en 1851, mauvais poèmes à la Heine et poèmes sociaux

<u>Rosenfeld</u> les pauvres lecteurs de yiddish se cotisèrent pour assurer sa subsistance

M. Spektor : meilleur que Dick, intérêts sociaux et nationaux

La destruction de la Mikwah détruit la communauté

Jakob Dienesohn : chez lui les méchants sont mieux payés. Fadasse

} thèmes supérieurs abordés

<u>S. Rabinowitsch</u> (Scholem-Aleichem) né★ en 1859. Coutume des grandes festivités jubilaires dans la littérature yiddish

Kassriliwke, Menachem Mendel, qui est parti en emportant toute sa fortune ; bien qu'il n'ait fait jusqu'alors qu'étudier le Talmud, une fois dans la grande ville il se met à spéculer en bourse, prenant chaque jour de nouvelles décisions, qu'il conte à sa femme, tout content : jusqu'au jour où il doit lui demander l'argent pour rentrer

Pourim, tout le ghetto plein de gens déguisés

<u>Perez</u>

La figure du Batlen, courante dans les ghettos, le paresseux que sa paresse a rendu très malin, vit à proximité des hommes pieux et des érudits. De nombreux indices trahissent leur malheur, puisque ce sont des jeunes gens qui, tout en jouissant de ne rien faire, sont aussi rongés par l'inactivité, vivent dans leurs rêves, vivent au milieu de la violence débridée de leurs désirs inassouvis.

    mithat nechiko la mort par un baiser : réservée aux très pieux seulement

    Baalschem, avant d'être Rabbi à Mieceboz, vécut dans les Carpathes en cultivant un potager, devint ensuite le cocher de son beau-

---

**1.** C'est la septième strophe (sur onze) du *Chant du Travail*, une ballade de Shimon Shmuel Frug (1860-1916). — Le shammes est une sorte de sacristain.

frère. Il eut ses révélations au cours de ses promenades solitaires.
Zohar « Bible des Cabbalistes »

<u>Théâtre Juif</u> 1708 Francfort Les pièces pour Purim
Ein schoen Achaschwerosch-Spiel[1]

Abraham Goldfaden, la guerre russo-turque de 1876/77, des Russes et des Galiciens fournissant les armées s'étaient rassemblés à Bucarest, où Goldf. s'était aussi retrouvé, cherchant sa subsistance, il entendit les gens dans les cafés chanter des chansons yiddish, ce qui l'encouragea à fonder un théâtre. À l'époque il ne pouvait pas encore faire monter des femmes sur la scène. En 1883 les représent. en yiddish furent interdites en Russie. En 1884 on commença à en donner à Londres et à New York (Lateiner Horowitz)
J. Gordin en 1897 dans un texte pour le jubilé du Théâtre juif à New York : Le théâtre yiddish compte les spectateurs par centaines de milliers, mais il ne peut espérer que surgisse un écrivain de grand talent, tant que la plupart de ses auteurs seront des gens comme moi, dont seul le hasard a fait des auteurs dramatiques, que seules les circonstances de leur vie obligent à écrire des pièces de théâtre, qui comme moi se retrouvent solitaires et ne voient autour d'eux qu'incertitude, ressentiment, hostilité et haine.

---

*Beckermann (Sch.) *Gitil die Kremerke*, sehr a interessanter roman, wos die leser wellen sein zufrieden[2].
*Livre des Missionnaires : Preuves tirées des anciens prophètes, queu l'Messie est arrivé, 1819, Londres

---

*31 janvier*. Rien écrit. Weltsch m'apporte des livres sur Goethe qui me causent une émotion distraite dont je ne puis trouver l'emploi nulle part. Plan d'un essai : *L'effrayante nature de Goethe*. Mon angoisse à l'idée de la promenade de deux heures que je m'impose maintenant chaque soir.

---

**1.** « Un beau et nouveau "Jeu d'Ahasverus". »    **2.** « un roman ben intéressant, où les lecteurs s'ront ben contents », Vilna 1898.

*4 février.* Il y a trois jours *Erdgeist* [1] de Wedekind.

Wedekind et sa femme Tilly jouaient dans la pièce. Voix claire et bien détachée de la femme. Visage étroit, en forme de croissant de lune. Le bas de sa cuisse se détache latéralement quand elle est debout et immobile. Limpidité de la pièce, même rétrospectivement, à tel point qu'on rentre chez soi calme et confiant en soi. Impression contradictoire de quelque chose d'absolument solide et qui pourtant vous reste étranger.

En allant au théâtre, l'autre jour, je me suis senti fort bien. Je savourais comme du miel mon état intérieur. Je le buvais à traits ininterrompus. Une fois arrivé, cela a cessé immédiatement. C'était du reste à la soirée de la veille, on jouait *Orphée aux Enfers* avec Pallenberg. La représentation était si mauvaise, les applaudissements et les rires étaient si forts autour de moi que je n'eus pas d'autre recours que de m'enfuir après le deuxième acte, ce qui réduisit tout au silence.

J'ai écrit avant-hier une excellente lettre à Trautenau, au sujet d'une tournée de Löwy. Chaque nouvelle lecture de cette lettre me calmait et me fortifiait, tant y était solide la référence implicite à tout ce qu'il y a de bon en moi.

———————————

La ferveur, qui me traverse entièrement, avec laquelle je lis des détails sur Goethe (Conversations de Goethe, Années d'Université, Moments avec Goethe, Un séjour de Goethe à Francfort), et qui m'éloigne de tout travail littéraire.

———————————

Schmerler [2], négociant, trente-deux ans, sans confession, culture philosophique, son intérêt pour les belles-lettres se limite principalement à ce qui concerne sa propre création. Tête ronde,

---

1. « L'Esprit de la terre », créé en 1895.    2. Salomon Schmerler, membre actif de la communauté juive de Prague.

yeux noirs, petite moustache énergique, chair ferme sur les joues, silhouette trapue. Étudie depuis des années de neuf heures du soir à une heure du matin. Originaire de Stanislau, connaît à fond l'hébreu et le yiddish. Marié avec une femme qui ne fait l'effet d'être bornée que par suite de la forme absolument ronde de son visage.

Depuis deux jours, froideur à l'égard de Löwy. Il m'en demande la raison. Je nie que cela soit vrai.

La conversation calme, effacée, que j'ai eue avec Mlle T.[1] au balcon, pendant l'entracte de *Erdgeist*. Pour réussir une bonne conversation, il faut positivement glisser la main sous le sujet à traiter, de façon à le prendre de plus bas, plus légèrement, plus paresseusement, on le soulève ensuite avec une facilité étonnante. Sinon, on se tord les doigts et on ne pense plus qu'à la douleur.

Récit : les promenades du soir. (Découverte de la marche rapide.) Une belle chambre sombre en guise d'introduction.

Mlle T. m'a raconté une scène de son nouveau récit, où l'on voit une jeune fille de mauvaise réputation entrer un beau jour dans une école de couture. L'impression produite sur les autres jeunes filles. À mon avis, seules la plaindront celles qui sentent nettement en elles la capacité et l'envie de se faire une mau-

---

1. Elsa Taussig, que Max Brod devait épouser peu après.

vaise réputation et qui, par là, sont aussi à même d'imaginer de façon immédiate quelle chute dans le malheur cela signifie.

Il y a une semaine, conférence du Dr Theilhaber à la salle des fêtes de la Maison Commune juive, sur la décadence des Juifs allemands. Elle ne peut pas être arrêtée, car, premièrement, les Juifs se rassemblent dans les villes, les communautés rurales disparaissent. Elles sont dévorées par l'appât du gain. Les mariages ne se font qu'en vue de l'établissement de la fiancée. Système du ménage à deux enfants.

Deuxièmement : mariages mixtes. Troisièmement : conversions.

Scènes comiques quand le professeur Ehrenfels [1], qui embellit de plus en plus et dont la tête chauve, dans la lumière, se limite en haut par des contours vaporeux, pose l'une sur l'autre ses mains qui se serrent, et de sa voix pleine, modulée comme celle d'un instrument de musique, intervient, avec un sourire de confiance en l'assemblée, en faveur du mélange des races.

------

*Lundi 5 février.* Fatigué au point d'abandonner la lecture de *Dichtung und Wahrheit* [2]. Je suis dur au-dehors, froid au-dedans. Quand j'arrivai aujourd'hui chez le Dr Fleischmann [3], j'eus l'impression, bien que la rencontre se fît avec une lenteur délibérée, que nous nous heurtions comme des balles qu'on se renvoie de l'un à l'autre et qui se perdent, parce qu'elles sont elles-mêmes incapables de se contrôler. Je lui demandai s'il était fatigué. Il n'était pas fatigué. Pourquoi posais-je cette question ? Moi, je suis fatigué, répondis-je, et je m'assis.

------

1. Philosophe, fondateur de la Gestalt-Theorie, dont Kafka avait suivi les cours à l'université Charles et fréquenta encore un séminaire en 1913.  2. *Poésie et vérité*, de Goethe.  3. Rédacteur à l'Office des Assurances où travaillait Kafka.

*Se dégager d'un pareil état devrait en réalité être facile, même au prix d'un effort de volonté. Je m'arrache de ma chaise, je cours à grands pas autour de la table, je fais des mouvements de la tête et du cou, je mets du feu dans mes yeux, je tends les muscles tout autour. Je lutte contre chacun de mes sentiments, je salue Löwy avec fougue s'il vient à entrer maintenant, je supporte gentiment la présence de mes sœurs dans ma chambre pendant que j'écris, je bois à larges traits tout ce qui se dit, du côté de Max, malgré la souffrance et la contention. Or, il est sans doute possible que je parvienne à effectuer quasi parfaitement l'une ou l'autre de ces choses, mais à chaque erreur manifeste — et elles ne peuvent manquer de se produire —, tout cela, facile ou difficile, va s'arrêter, et je devrai faire demi-tour et revenir à mon point de départ. C'est pourquoi le plus judicieux est de tout accepter le plus calmement possible, de se comporter comme une masse inerte et, quand on se sent soi-même balayé au loin, de refuser la tentation du moindre pas inutile, d'adresser à autrui un regard d'animal, de ne ressentir aucun remords, de s'abandonner à un état d'inconscience que l'on croit lointain, alors qu'en réalité il vous consume, de s'autoriser à étendre selon sa convenance ses membres éternellement anguleux, bref d'écraser de sa propre main ce qui subsiste de cette vie de fantôme, c'est-à-dire d'augmenter encore cette extrême quiétude de la tombe et de ne rien laisser demeurer en dehors d'elle. Un geste caractéristique de ce genre d'état consiste à se passer le petit doigt sur les sourcils[1].

———————————

Léger évanouissement hier au Café City où j'étais avec Löwy. Comment je me suis penché sur un journal pour le dissimuler.

———————————

**1.** Avec des variantes non négligeables et plusieurs coupures, ce texte sera repris en numéro 4 pour le recueil *Contemplation* (cf. p. 262). Max Brod l'avait retiré de son édition du *Journal*.

Belle silhouette de Goethe en pied. À voir ce corps humain parfait, on ressent une impression secondaire de répulsion, parce qu'un passage à un degré plus élevé que celui-là est inconcevable et que ce degré a bien l'air d'être simplement une synthèse fortuite. Le maintien droit, les bras qui pendent, le cou étroit, la flexion des genoux.

L'impatience et la tristesse que me cause mon épuisement se nourrissent principalement des images de l'avenir que cet état me prépare et que je ne perds jamais de vue. Que de soirées passées à me promener ou à me désespérer dans mon lit et sur *7 février.* mon canapé ai-je encore devant moi, pires que celles dont j'ai déjà surmonté l'épreuve !

Hier, à l'usine. Les jeunes filles dans leurs vêtements défaits et sales d'une saleté en soi insupportable, avec leurs cheveux emmêlés comme si elles venaient de se réveiller, leur expression figée sur le visage par le bruit incessant des transmissions et celui, isolé, des machines qui marchent certes automatiquement, mais s'arrêtent quand on ne le prévoit pas, ces jeunes filles ne sont pas des êtres humains ; on ne les salue pas, on ne s'excuse pas quand on les bouscule, si on leur donne un petit travail à faire, elles l'exécutent, mais se hâtent de revenir à leur machine, on leur montre d'un signe de tête l'endroit où elles doivent engrener, elles sont là, en jupon, livrées à la plus dérisoire des puissances, et n'ont même pas assez de sens rassis pour reconnaître cette puissance et se la concilier par des regards et des courbettes. Mais qu'il soit six heures, qu'elles se le crient, qu'elles ôtent le mouchoir qui couvre leur cou et leurs cheveux, qu'elles se débarrassent de la poussière avec une brosse qui fait le tour de la salle et est réclamée par les impatientes, qu'elles arrivent tant bien que mal à se nettoyer les mains, — et ce sont tout de même des femmes, elles peuvent sourire en dépit de leur pâleur et de leurs mauvaises dents, elles secouent leur corps engourdi, on ne peut plus les bousculer, les dévisager ou ne pas les voir, on se presse contre les caisses graisseuses pour leur laisser le chemin libre, on garde le chapeau à la main quand elles vous disent bonsoir et si l'une d'elles vous aide à mettre votre pardessus, on ne sait pas comment il faut prendre son geste.

*8 février.* Goethe : Ma joie à créer était sans bornes.

Je deviens plus nerveux, plus faible et j'ai perdu une grande partie de cette sérénité dont j'étais si fier autrefois. Aujourd'hui, quand j'ai reçu la carte où Baum m'annonce qu'il ne pourra décidément pas faire sa conférence à la soirée des Juifs de l'Est, ce qui m'a amené à supposer que j'allais être obligé de m'en charger, j'ai été entièrement livré à des spasmes incoercibles, le battement de mes artères bondissait le long de mon corps comme de petites langues de feu ; si je m'asseyais, mes genoux tremblaient sous la table et j'étais obligé de presser mes mains l'une contre l'autre. Je sais bien que je ferai une bonne conférence, d'ailleurs, l'inquiétude qui atteindra son point culminant ce soir-là me contractera si bien qu'il n'y aura plus de place pour l'inquiétude et que l'exposé sortira de moi tout droit comme d'un canon de fusil. Mais il est possible que je m'effondre ensuite et que je ne m'en remette pas de longtemps. Avoir si peu de forces physiques ! Même ces quelques mots sont écrits sous l'influence de la faiblesse.

Hier chez Baum avec Löwy. Mon entrain. Chez Baum, Löwy a récemment traduit un mauvais récit hébreu : *l'Œil*.

*13 février*. Je commence à écrire la conférence qui doit accompagner les textes récités par Löwy. Elle aura lieu le dimanche 18. Je n'aurai plus beaucoup de temps pour me préparer et je dois pourtant chanter un récitatif, comme à l'Opéra. Ceci, uniquement parce que je suis depuis plusieurs jours en proie à une agitation ininterrompue qui m'obsède et que, me retirant tant bien que mal avant de commencer réellement, je veux simplement jeter quelques mots pour moi sur le papier, afin de ne me présenter au public que lorsque je serai un peu en train. Le chaud et le froid alternent en moi au gré du mot changeant à l'intérieur de la phrase, je rêve d'envol et de chute mélodiques, je lis des phrases de Goethe comme si je me lançais à corps perdu sur la pente de mes intonations.

*25 février*. Tenir ferme le journal à partir d'aujourd'hui ! Écrire régulièrement ! Ne pas se déclarer perdu ! Et quand bien même la délivrance ne devrait pas venir, je veux à tout instant être digne d'elle. J'ai passé la soirée à la table familiale dans une indifférence absolue, la main droite sur le dossier de la chaise de ma sœur qui joue aux cartes à côté de moi, la main gauche posée mollement sur mes cuisses. De temps à autre, j'ai essayé de prendre conscience de mon malheur, c'est à peine si j'y suis parvenu. —

---

Je n'ai rien écrit pendant très longtemps parce que, le 18 février 1912, j'ai organisé une soirée pour Löwy à la salle des fêtes de la Maison Commune juive, soirée que j'ai ouverte par une petite conférence sur le yiddish. J'ai vécu dans l'inquiétude pendant deux semaines parce que je ne parvenais pas à mettre cette conférence sur pied. J'y suis brusquement parvenu la veille. Préparatifs : pourparlers avec le groupe Bar-Kochba[1], composition du programme, billets d'entrée, salle, numérotage

1. Association (sioniste) des Étudiants Juifs.

des places, clé du piano (Salle Toynbee), estrade surélevée, pianiste, costumes, vente des billets, notes pour les journaux, censure de la police et du conseil des Cultes. <u>Établissements</u> où je suis allé et <u>gens</u> auxquels j'ai parlé ou écrit. Dispositions générales : avec <u>Max</u>. avec <u>Schmerler</u> qui est venu chez moi, avec <u>Baum</u>, qui s'était d'abord chargé de la conférence, puis refusa de la faire, puis se laissa convaincre par moi au cours d'une soirée organisée spécialement à cet effet, puis décommanda de nouveau le lendemain par pneumatique, vu le Dr Hugo Hermann et Leo Hermann au Café Arco, plusieurs fois Robert Weltsch à son appartement, le Dr Bloch au sujet de la vente des billets (en vain), le Dr Hanzal, le Dr Fleischmann, visite à Mlle Taussig, conférence au Afike Jehuda [1] (Rabbi Ehrentreu sur Jérémie et son temps, au cours de la réunion de groupe qui a suivi, petit discours raté sur Löwy), été chez le professeur Weiss (puis au café ensemble ; puis nous nous promenons, il est resté devant la porte de chez moi de minuit à une heure, vif comme un animal, et ne me laissait pas rentrer). Chez le Dr Karl Bendiener au sujet de la salle, *dans le hall de la Maison Commune vu le vieux Dr Bendiener, deux fois chez Lieber, à son appartement de la Heuwagsplatz, plusieurs fois chez Otto Pick, à la banque, à la conférence de la salle Toynbee au sujet de la clé du piano, vu M. Roubitschek et le professeur Stiassny, puis chez ce dernier pour aller chercher la clé et la lui rapporter, le concierge et l'huissier de la Maison Commune au sujet de l'estrade, dans les bureaux (deux fois) au sujet du paiement, Mme Freund à l'exposition « La Table servie », au sujet de la vente des billets.

Écrit à Mlle Taussig, à un certain Otto Klein (en vain), écrit pour le *Tagblatt* (en vain), à Löwy (« je ne pourrai pas faire la conférence, venez à mon secours » !).

<u>Agitation</u> : à cause de la conférence, je me suis retourné en tous sens dans mon lit pendant toute une nuit de fièvre et d'insomnie, haine du Dr Bloch, terreur de Weltsch (il sera incapable de vendre quoi que ce soit), Afike Jehuda, les notices ne

1. « Association pour une meilleure connaissance du judaïsme ».

paraissent pas dans les journaux comme on l'espérait, distraction au bureau, l'estrade n'arrive pas, on vend mal, la couleur des billets me met hors de moi, on doit interrompre la séance parce que le pianiste a oublié sa partition chez lui à Kosir[1], je me sens à plusieurs reprises indifférent à l'égard de Löwy, c'est presque de l'aversion.

<u>Profit</u> : joie de la présence de Löwy et confiance en lui ; au cours de la conférence et orgueilleuse, divine conscience de moi-même (froideur à l'égard du public, seul le manque d'habitude me prive de la liberté du geste enthousiaste), voix puissante, mémoire facile, approbation, mais surtout énergie avec laquelle, parlant haut, catégorique, résolu, impeccable, irrésistible et le regard clair, je réprime comme en passant l'outrecuidance des trois huissiers qui réclament douze couronnes et leur en donne six, avec l'air d'un grand seigneur par surcroît. Des forces se révèlent ici auxquelles je me confierais volontiers si elles voulaient être durables. (Mes parents ne sont pas venus).

———————————————

D'autre part : Académie de l'Association Herder à l'île Sophie[2]. Bie fourre sa main dans la poche de son pantalon dès le début de la conférence. Ce visage, satisfait en dépit de toutes les déceptions, qu'ont les gens qui accomplissent le travail de leur choix. Hofmannsthal lit avec une nuance fausse dans la voix. Silhouette ramassée, à commencer par les oreilles qui sont collées à la tête. Wiesenthal. Les beaux moments de la danse, quand la pesanteur naturelle du corps se révèle chez quelqu'un qui tombe à la renverse, par exemple.

———————————————

Impressions de la Salle Toynbee.

———————————————

**1.** Faubourg de Prague.    **2.** Cette première manifestation de l'Association Herder eut lieu le 16 février. Hofmannsthal y lut de ses poèmes et le

Réunion sioniste[1]. Blumenfeld. Secrétaire de l'Organisation sioniste mondiale.

Ces derniers temps, un pouvoir nouveau et fortifiant s'est affirmé dans ma réflexion sur moi-même, pouvoir que je suis maintenant, et maintenant seulement, en état de reconnaître, parce qu'à force de stérilité et de tristesse, je me dissous positivement dans la semaine qui vient de s'écouler.

Sentiments divers parmi les jeunes gens du Café Arco.

*26 février*. Conscience plus aiguë de moi-même. Mon cœur bat plus près de mes désirs. Le grésillement du gaz au-dessus de moi.

J'ouvris la porte de la rue pour voir si le temps invitait à la promenade. On ne pouvait nier que le ciel fût bleu, mais de grands nuages gris, qui étaient zébrés de lueurs bleues et se rabattaient sur les bords, flottaient bas, comme on pouvait le mesurer relativement aux collines boisées toutes proches. Malgré cela, la rue était pleine de gens qui allaient se promener. Des voitures d'enfants étaient poussées par de solides mains maternelles. Un véhicule s'arrêtait de temps en temps au milieu de la foule et attendait que les gens s'écartassent devant les

début de l'*Hymne à Kainz*, le grand comédien mort en 1910. — Grete Wiesenthal dansa sur de la musique de Johan Strauss et de Liszt.

**1.** Il s'agit d'une soirée de conférence, le 15 février.

chevaux qui levaient et baissaient leurs pattes. Pendant ce temps, le conducteur tenait tranquillement les guides frémissantes, regardait droit devant lui, ne laissait échapper aucun détail, contrôlait tout plusieurs fois et, au bon moment, donnait à la voiture une dernière impulsion. Si peu de place qu'il y eût, les enfants pouvaient courir. Des jeunes filles vêtues de robes légères et portant des chapeaux aussi nettement coloriés que des timbres-poste donnaient le bras à des jeunes gens, et leurs jambes exprimaient par un pas de danse la mélodie que leur gorge retenait. Les familles étaient bien unies, et s'il arrivait qu'elles fussent dispersées sur une longue file, il se trouvait des bras qui se tendaient légèrement en arrière, des mains qui faisaient signe, des voix qui criaient des noms d'amitié et reliaient les égarés. Des hommes qu'on avait laissés seuls cherchaient à s'isoler encore davantage en mettant leurs mains dans leurs poches. C'était une extravagance mesquine. Je restai d'abord debout à la porte, puis je m'y adossai pour regarder plus à loisir. Des vêtements m'effleuraient au passage, je saisis un ruban qui ornait par-derrière une robe de jeune fille et je le laissai glisser dans ma main, tiré par celle qui s'éloignait ; comme j'effleurais de la main l'épaule d'une jeune fille, simplement pour la caresser, le passant qui la suivit me donna un coup sur les doigts. Mais je l'attirai derrière la porte dont l'un des battants était fermé, mes reproches se traduisirent par des mains levées, des regards en coin, un pas vers lui, un pas en arrière, il s'estima heureux que je voulusse bien le relâcher avec une bourrade. Il va sans dire qu'à partir de ce moment, j'attirai plus d'une fois les gens de mon côté, il me suffisait d'un geste du doigt, ou bien d'un regard prompt qui ne s'attardait nulle part.

---

Dans quelle somnolence, avec quelle facilité ai-je écrit cette chose inutile, inachevée.

---

Aujourd'hui, j'écris à Löwy. Je copie ici les lettres que je lui envoie, parce que j'espère pouvoir en tirer quelque chose.

Cher ami

*27 février*. Je n'ai pas le temps de recopier mes lettres.

---

Hier soir, à dix heures, je descendais la Zeltnergasse de mon pas morne. Dans les parages de la Chapellerie Hess, un jeune homme s'immobilise de biais à trois pas devant moi, me force à m'arrêter aussi, ôte son chapeau et se précipite sur moi. La première frayeur me fait reculer, je pense d'abord : c'est quelqu'un qui veut demander le chemin de la gare, mais pourquoi de cette façon ? Puis, comme il s'approche d'un air confidentiel et me regarde d'en bas — parce que je suis le plus grand, — je suppose qu'il veut de l'argent, voire quelque chose de pire. L'attention embarrassée que je lui prête se mélange à ses propos embarrassés : « Vous êtes juriste, n'est-ce pas ? Docteur ? Pourriez-vous me donner un conseil, s'il vous plaît ? J'ai là une affaire pour laquelle j'aurais besoin d'un avocat. » Comme je suis prudent, généralement soupçonneux et soucieux de ne pas me compromettre, je nie être juriste, mais me déclare prêt à lui donner un conseil, qu'est-ce que c'est ? Il commence son récit, cela m'intéresse ; pour fortifier sa confiance, je l'invite à parler plutôt en marchant, il veut m'accompagner, non, je préfère aller avec lui, je n'ai pas d'itinéraire déterminé.

Il est bon récitateur, il était loin d'être aussi bon autrefois, mais maintenant, il est d'ores et déjà capable d'imiter Kainz au point que personne ne les distingue. On dira qu'il se contente de l'imiter, mais il y met vraiment beaucoup du sien. Il est évidemment de petite taille, mais il a tout pour lui, la mimique, la mémoire, la présence, tout. Quand il faisait son service militaire au camp de Milowitz, il récitait, l'un de ses camarades chantait, ils s'amusaient vraiment beaucoup. C'était une belle époque. Ce qu'il aime le mieux, c'est réciter les poèmes de Dehmel, les passionnés et les frivoles, comme celui de la mariée qui imagine sa nuit de noces ; quand il est là à réciter, cela fait une impression formidable, surtout sur les jeunes filles. Mais cela va de soi. Il possède un Dehmel très joliment relié, vous voyez, en cuir rouge (il le décrit en laissant glisser ses mains). Mais ce n'est pas la reliure qui compte. Il aime aussi beaucoup réciter du Rideamus [1]. Mais non, ils ne s'opposent pas du tout l'un à l'autre, et puis il est là pour faire la transition, il ajoute ce qui lui vient à l'esprit, se moque du public. Son programme comporte encore *Prometheus*. Là, il ne craint personne, pas même Moissi, Moissi boit, lui, pas. Enfin, il aime beaucoup lire des textes de Swet Marten ; c'est un nouvel écrivain nordique. Très bon. Ce sont des espèces d'épigrammes et de petites maximes. Les épigrammes sur Napoléon surtout sont excellentes, mais il y en a de bonnes aussi sur d'autres grands hommes. Non, il n'est pas encore prêt à les réciter, il ne les a pas encore étudiées, il n'a même pas lu le livre en entier, c'est sa tante qui lui en a fait la lecture, c'est même là que ça lui a tant plu.

Il voulait donc se produire avec ce programme et s'est proposé pour une soirée au « Progrès féminin [2] ». Au reste, il avait d'abord l'intention de dire *Eine Gutsgeschichte* de Lagerlöf [3] et prêta même le récit à Mme Durège-Wodnanski, la directrice du « Progrès féminin », pour qu'elle l'examinât. Elle lui dit qu'en effet l'histoire était belle, mais trop longue pour être lue. Il le reconnut, elle était vraiment trop longue, d'autant plus qu'à la soirée projetée, son frère devait donner quelque chose au piano. Ce frère, qui a vingt et un ans, un très gentil garçon, est un virtuose, il a étudié deux ans (il y a quatre ans de cela) au Conservatoire de Berlin. Mais il est rentré tout à fait corrompu. Pas vraiment corrompu, mais la femme chez qui il prend pension est tombée amoureuse de lui. Il nous a dit par la suite

---

**1.** Pseudonyme du poète satirique Fritz Oliven (*N.d.T.*). — Ci-dessous, allusion au comédien Alexander Moissi (1880-1935) qui se produisait fréquemment à Prague ; puis à l'auteur *américain* Swett Marden.　**2.** Cette association « féministe » disposait alors de la seule bibliothèque publique de Prague et organisait des conférences et cours (sténo, langues et travaux manuels).　**3.** Traduit en français par *Le Vieux Manoir*.

qu'il lui arrivait souvent d'être trop fatigué pour jouer, parce qu'il lui fallait à tout bout de champ chevaucher cette vieille carcasse.

Donc, comme *Eine Gutsgeschichte* ne convenait pas, on se mit d'accord sur son autre programme : Dehmel, Rideamus, *Prometheus* et Swet Marten. Mais pour que Mme Durège sût tout de suite à qui elle avait affaire, il lui a apporté le manuscrit d'un essai qu'il a écrit cet été, intitulé *Joie de vivre*. Il l'a écrit pendant les vacances, sténographié le jour, mis au net, fignolé, corrigé le soir, mais cela ne lui a vraiment pas donné beaucoup de travail, il l'a réussi tout de suite. Si je veux, il peut me le prêter, il est vrai que c'est écrit à dessein dans un style populaire, mais il y a là-dedans de bonnes idées, et, comme on dit, c'est betamt [1] (Sourire pointu, menton levé). Je peux du reste le feuilleter ici, à la lumière électrique (c'est une adresse à la jeunesse, qu'il convie à ne pas être triste, puisqu'il y a la nature, la liberté, Goethe, Schiller, Shakespeare, les fleurs, les insectes, etc...). La Durège prétend qu'elle n'a pas le temps de le lire pour l'instant, mais que s'il pouvait le lui prêter, elle le lui rendrait dans quelques jours. Il avait déjà des soupçons et ne voulut pas laisser le manuscrit, il se défendit en disant quelque chose comme : « Voyez-vous, madame Durège, pourquoi vous le laisserais-je ? Ce ne sont vraiment que des banalités, c'est bien écrit, mais... » Il n'y eut rien à faire, il dut laisser son essai. C'était vendredi.

*28 février*. Le dimanche matin en se levant, il se rappelle qu'il n'a pas encore lu le *Tagblatt*. Il l'ouvre et tombe par hasard sur la première feuille du supplément littéraire. Il est frappé par le titre du premier article *Das Kind als Schöpfer* [2], il lit les premières lignes — et se met à pleurer de joie. C'est son essai, mot pour mot. On a donc pour la première fois imprimé quelque chose de lui ; il court chez sa mère et le lui raconte. Quelle joie ! La vieille femme, — elle est diabétique, et séparée du

1. Mot yiddish signifiant à peu près : « fameux, réussi » (*N.d.T.*).
2. « L'Enfant comme créateur. »

père, qui a d'ailleurs tous les droits de son côté, — est tellement fière ! L'un de ses fils est déjà virtuose, voilà l'autre qui
devient écrivain ! Une fois la première agitation passée, il réfléchit à la chose. Comment l'essai est-il donc parvenu au journal ?
Sans son autorisation, sans nom d'auteur ? Sans honoraires ?
En vérité, c'est un abus de confiance, une escroquerie. Cette
Mme D. est vraiment démoniaque. Et les femmes n'ont pas
d'âme, dit Mahomet (il le répète souvent). Ce n'est pas difficile
d'imaginer comment s'est fait le plagiat. On avait là un bel essai,
où trouve-t-on aussitôt son pareil. Mme D. est donc allée au
*Tagblatt*, s'est assise à côté d'un rédacteur et, fous de joie, ils
ont commencé l'adaptation ensemble. Il fallait en effet une
adaptation, premièrement pour éviter que le plagiat fût
reconnu du premier coup, et deuxièmement parce qu'un essai
de trente-deux pages était trop long pour le journal.

Quand je lui demande s'il ne veut pas me montrer les passages qui se recoupent, étant donné que cela m'intéresse particulièrement et que je ne pourrai lui donner de conseils qu'après
les avoir lus, il commence à lire, ouvre le manuscrit ailleurs,
feuillette sans trouver, et, pour finir, prétend que tout est
copié. On lit par exemple dans le journal : L'âme de l'enfant
est une page vierge, et « page vierge » se trouve aussi dans son
essai. Ou bien le mot *dénommé*, qui est également copié, comment vous viendrait-il à l'esprit autrement. Mais il ne peut pas
comparer les passages isolés. Certes, tout est copié, mais justement avec des retouches, arrangé dans un autre ordre, raccourci et assaisonné de quelques ingrédients étrangers.

Je lis à haute voix quelques passages du journal parmi les
plus frappants. Cela se trouve-t-il dans son essai ? Non. Et cela ?
Non. Et cela ? Non. Oui, mais voilà, ce sont justement les passages arrangés. À l'intérieur, tout est copié, tout. La preuve sera
difficile à faire, je le crains. Il arrivera bien à la fournir avec
l'aide d'un avocat habile, les avocats ne sont-ils pas là pour
cela (il voit cette preuve à fournir comme une tâche tout à fait
nouvelle, absolument séparée de l'affaire, et il est fier de se
croire capable d'en venir à bout).

D'ailleurs, un autre signe que c'est bien là son essai, c'est qu'il a été imprimé en deux jours. Autrement, il faut au moins six semaines pour qu'une chose acceptée parvienne à l'impression. Mais bien entendu, dans ce cas, la précipitation était nécessaire, il fallait l'empêcher de s'interposer, c'est pourquoi deux jours ont suffi. En outre, l'article du journal est intitulé *Das Kind als Schöpfer*. Le titre est évidemment en rapport avec lui et de plus, c'est un trait satirique. Par « enfant », c'est à lui qu'on fait allusion, parce qu'autrefois on le considérait comme un « enfant », un « bêta » (il ne l'a été réellement que pendant son service militaire, il a servi un an et demi) et le titre signifie que lui, un enfant, a été capable de faire quelque chose d'aussi réussi que cet article, qu'il a donc fait ses preuves en tant que créateur, mais qu'il est resté en même temps bêta et enfant, puisqu'il s'est laissé duper. — L'enfant dont il est question dans le premier paragraphe, c'est une cousine de la campagne qui habite actuellement chez sa mère. — Mais le plagiat est prouvé de façon convaincante par une autre circonstance, à laquelle il n'a du reste pensé qu'après avoir longuement réfléchi. *Das Kind als Schöpfer* se trouve en première page du supplément littéraire, mais en troisième page, il y a un petit récit d'une certaine « Feldstein ». Le nom est manifestement un pseudonyme. Or, il n'est point besoin de lire l'histoire en entier, il suffit de parcourir les premières lignes pour s'apercevoir aussitôt qu'il s'agit d'une imitation éhontée de Lagerlöf. L'ensemble de l'histoire le montre plus clairement encore. Qu'est-ce que cela signifie ? Cela signifie que cette Feldstein, quel que soit du reste son nom, est une créature de la Durège, qu'elle a lu chez celle-ci *Eine Gutsgeschichte* qu'il avait apportée lui-même, qu'elle a utilisé cette lecture pour composer son récit et que, par conséquent, les deux femmes l'exploitent, l'une en première, l'autre en troisième page du supplément littéraire. Bien entendu, chacun peut prendre l'initiative de lire et d'imiter Lagerlöf, mais ici, son influence, à lui, est vraiment manifeste (il frappe à plusieurs reprises sur cette page du journal).

Lundi à midi, sitôt la banque fermée, il va naturellement chez

Mme D. Elle ne fait qu'entrouvrir la porte de son appartement, elle est très effrayée : « Mais, monsieur Reichmann, pourquoi venez-vous à midi ? Mon mari dort. Je ne peux pas vous laisser entrer maintenant. — Madame D., il faut absolument que vous me laissiez entrer. Il s'agit d'une affaire importante. » Elle voit que je prends la chose au sérieux et me laisse entrer. Son mari n'était certainement pas à la maison. J'aperçois mon manuscrit sur une table dans une chambre contiguë, et cela me donne aussitôt à penser. « Madame D., qu'avez-vous fait de mon manuscrit ? Vous l'avez porté au *Tagblatt* sans mon autorisation, combien avez-vous touché ? » Elle tremble, elle ne sait rien, n'a pas la moindre idée de la façon dont l'essai a pu parvenir au journal : « *J'accuse*★, madame D. », dis-je en plaisantant à moitié, mais de façon à lui faire comprendre quelle est ma vraie disposition d'esprit et ce *J'accuse, madame D.*, je le répète tout le temps que je suis là afin qu'elle s'en souvienne et je le dis encore plusieurs fois à la porte avant de partir. Je comprends bien qu'elle ait peur. Si je rends l'affaire publique ou si je l'attaque, elle est compromise, chassée du « Progrès féminin », etc.

De chez elle, je me rends directement à la direction du *Tagblatt* et fais appeler le rédacteur Löw. Il sort, tout pâle bien entendu, c'est à peine s'il peut marcher. Cependant, je ne veux pas me lancer tout de suite dans mon affaire, je veux d'abord l'éprouver. Je lui demande donc : « Monsieur Löw, êtes-vous sioniste ? (car je sais qu'il a été sioniste). — Non », dit-il. J'en sais assez, il est donc obligé de feindre avec moi. Je l'interroge maintenant sur l'article. De nouveau des propos mal assurés. Il ne sait rien, n'a rien à voir avec le supplément littéraire, si je le désire, il peut appeler le rédacteur qui s'en occupe. « Monsieur Wittmann, venez donc » crie-t-il, bien content de pouvoir s'en aller. Wittmann arrive, tout pâle lui aussi. Je demande : « Vous êtes le rédacteur du supplément littéraire ? » Lui : « Oui. » Je me borne à dire : « J'accuse », et je m'en vais.

Une fois à la banque, je téléphone à la *Bohemia*. Je veux leur communiquer l'histoire pour qu'ils la publient. Mais je n'obtiens pas la communication normalement. Savez-vous pourquoi ? C'est que la rédaction du *Tagblatt* est tout à côté de la Poste Centrale, de sorte que du *Tagblatt*, ils peuvent facilement contrôler les communications, les arrêter et les rétablir à leur fantaisie. Et effectivement, j'entends constamment des chuchotements indistincts dans le téléphone, ce sont évidemment les rédacteurs du *Tagblatt*. Naturellement, ils ont le plus grand intérêt à ce que cette conversation n'ait pas lieu. Et voilà que j'entends (très confusément bien sûr) que certains d'entre eux persuadent l'employée de ne pas donner la communication, tandis que les autres sont déjà reliés à la *Bohemia* et essaient de les empêcher de prendre mon histoire. « Mademoiselle, dis-je dans le téléphone, si vous ne me donnez pas immédiatement la communication, je me plains à la Direction des Postes. » Autour de moi, mes collègues rient de m'entendre parler à la demoiselle du téléphone sur un ton aussi énergique. Enfin, j'obtiens la communication : « Appelez-moi le rédacteur Kisch [1]. J'ai une nouvelle de la plus haute importance pour la *Bohemia*, si vous n'en voulez pas, je la passe aussitôt à un autre journal. C'est grand temps. » Mais comme Kisch n'est pas là, je raccroche, sans rien dévoiler.

Le soir, je vais à la *Bohemia* et fais appeler le rédacteur Kisch dehors. Je lui raconte l'histoire, mais il ne veut pas la publier. « La *Bohemia*, dit-il, ne peut pas faire ces choses-là, ce serait un scandale que nous ne pouvons pas risquer, parce que nous sommes dépendants. Mettez l'affaire entre les mains d'un avocat, c'est le mieux.

— En revenant de la *Bohemia*, je vous ai rencontré et je vous demande un conseil.

— Je vous conseille d'arranger les choses à l'amiable.

— J'ai bien pensé aussi que ce serait le mieux. Après tout, c'est une femme. Les femmes n'ont pas d'âme, dit avec raison Mahomet. Pardonner serait aussi plus humain, plus goethéen.

---

**1.** L'écrivain engagé Egon Erwin Kisch (1885-1948) travailla jusqu'en 1913 au quotidien pragois.

— Assurément. Et puis, dans ce cas, vous n'êtes pas obligé de renoncer à votre soirée qui, autrement, serait perdue.

— Mais maintenant, que dois-je faire ?

— Vous irez demain et vous direz que, cette fois encore, vous êtes disposé à admettre qu'il s'agit d'une influence inconsciente.

— Très bien. C'est certainement ce que je vais faire.

— Mais ce n'est pas une raison pour renoncer à la vengeance. Faites simplement imprimer votre essai ailleurs et envoyez-le à Mme D. avec une belle dédicace.

— Ce sera la meilleure punition. Je le publierai dans le *Deutsches Abendblatt*. Là, ils le prendront, je ne suis pas en peine. Simplement, je n'exigerai aucun paiement. »

Puis, nous parlons de son talent d'acteur. Je dis qu'à mon avis il devrait le cultiver. « Oui, vous avez raison. Mais où ? Vous savez peut-être où l'on peut étudier cela ? » Je dis : « C'est difficile. Je ne m'y connais pas très bien. » Lui : « Ça ne fait rien, je demanderai à Kisch. Il est journaliste et a beaucoup de relations. Il ne peut me donner que de bons conseils. Je vais simplement lui téléphoner, cela m'épargnera le déplacement ainsi qu'à lui, et j'aurai tous les renseignements.

— Et avec Mme D., vous agirez comme je vous l'ai conseillé ?

— Oui, mais j'ai déjà oublié ; que m'avez-vous conseillé de faire ? »

Je répète mes conseils.

« Bien, c'est ce que je ferai. » Il va au Café Corso, moi, je rentre chez moi, après avoir compris combien il est vivifiant de parler avec un fou parfait. Je n'ai presque pas ri, j'étais simplement très éveillé.

———————————

Ce mélancolique « anciennement », qui n'est en usage que sur les plaques des maisons de commerce

———————————

*2 mars*. Qui me confirmera qu'il est vrai ou vraisemblable que c'est uniquement par suite de ma vocation littéraire que je ne m'intéresse à rien et suis par conséquent insensible.

*3 mars*. Le 28 février, Moissi. Spectacle contre nature. Il est calme en apparence, il se peut même qu'il mette ses mains jointes entre ses genoux, il fixe le livre posé librement devant lui et laisse sa voix s'emparer de nous en nous apportant le souffle d'un homme en train de courir. — Bonne acoustique de la salle. Pas un mot ne se perd, il n'y a pas même un soupçon d'écho, tout s'amplifie peu à peu comme si la voix, depuis longtemps occupée à autre chose, produisait après coup un effet encore immédiat, chaque mot se fortifie selon les aptitudes qui lui ont été données et nous cerne. — On découvre les possibilités de sa propre voix. De même que la salle travaille pour la voix de Moissi, de même sa voix travaille pour la nôtre. Trucs honteux, effets de surprise qui vous font baisser les yeux et dont on n'userait jamais soi-même : il chante tout au début quelques vers isolés, par exemple « Dors, Miriam, mon enfant », il laisse errer sa voix çà et là dans la mélodie ; il pousse rapidement la *Chanson de Mai*, tout en ayant l'air de ne mettre entre les mots que la pointe de sa langue ; il détache le mot vent-de-novembre, de façon à faire tomber le vent et à pouvoir le laisser remonter en sifflant. — Pour peu que l'on regarde au plafond, on est soulevé par les vers. — Les poèmes de Goethe ne sont pas à la portée du récitateur, mais comme chacun d'eux contribue à l'effet voulu, il n'est pas facile de relever un défaut dans cette manière de déclamer. — Gros effet avec *Chanson de la Pluie* de Shakespeare, morceau hors programme ; très droit, dégagé du texte, il dépliait et froissait son mouchoir dans ses mains tandis que ses yeux rayonnaient. — Ses joues rondes ne l'empêchent pas d'avoir un visage anguleux. Cheveux souples qu'il caresse sans cesse avec des gestes souples. — Les critiques enthousiastes que nous avons lues sur lui ne lui profitent dans notre esprit que jusqu'au moment où on l'entend pour la première fois, ensuite, il s'empêtre dedans et ne peut plus créer d'impression pure. — Cette façon de rester assis avec le livre devant soi rappelle la ventriloquie. L'artiste, en apparence étranger à tout cela, est assis comme nous, c'est à peine si nous distinguons çà et là les mouvements de sa bouche dans son visage penché ; au lieu de dire les vers lui-même, il les laisse parler par-dessus sa tête. — Bien qu'il y eût tant de mélodies à entendre, que la voix eût l'air d'être dirigée comme un canot léger sur l'eau, la mélodie des vers n'était pas vraiment perceptible. — Certains mots étaient décomposés par la voix, ils avaient été saisis avec une telle délicatesse qu'ils bondissaient et n'avaient plus aucun rapport avec la voix humaine, mais ensuite, pressée par la nécessité, la voix prononçait une consonne aiguë, ramenait le mot sur terre et le fermait [1].

Ensuite, promenade avec Ottla, Mlle Taussig, les époux Baum et Pick, pont Élisabeth, le quai, Mala Strana, Café Radetzky, Pont de pierre, rue Charles. Il me restait tout juste une chance de bonne humeur, de sorte qu'il n'y eut pas grand-chose à relever contre moi.

*5 mars.* Comme ces médecins sont révoltants ! Énergiques pour ce qui est des affaires et si ignorants dans l'art de soigner que si cette énergie commerciale les abandonnait, ils se tiendraient comme des écoliers au chevet des malades. Que n'est-il en mon pouvoir de fonder une société de médecine naturelle. À force de gratter à l'intérieur de l'oreille de ma sœur, le Dr K. transforme une inflammation du tympan en otite moyenne ; la bonne est prise de syncope en chargeant le poêle, le docteur explique cela, avec cette promptitude de diagnostic qu'il a à l'égard des domestiques, par une congestion cérébrale consécutive à des troubles de l'estomac ; le lendemain, elle s'alite de nouveau avec une forte fièvre, le docteur la retourne en tous sens, constate une angine et s'enfuit au plus vite pour

---

1. Alexander Moissi (1880-1935), le grand comédien longtemps associé à Max Reinhard au Deutsches Theater de Berlin, récita aussi, avec grand succès auprès du public, des textes de Hofmannsthal, Verhaeren et Beer-Hofmann.

n'être pas démenti par les prochains événements. Il ose même parler des « réactions bassement violentes de cette fille », par quoi il révèle qu'il est habitué à des êtres dont l'état physique est provoqué par sa thérapeutique et digne d'elle, et qu'il se sent offensé plus qu'il ne l'imagine par la robuste nature de cette fille de la campagne.

------

Hier chez Baum. Lecture de *Der Dämon*. Impression déplaisante dans l'ensemble. En montant l'escalier, bonne humeur précise, elle cesse immédiatement en haut, ma gêne vis-à-vis de l'enfant.

------

*Dimanche*. Au « Continental » dans la salle des joueurs de cartes. Auparavant *Journalisten*[1] avec Kramer, un acte et demi. On sent chez Bolz beaucoup de gaieté forcée qui entraîne aussi, il est vrai, un peu de gaieté réelle et tendre. Rencontré Mlle Taussig devant le théâtre, pendant l'entracte du deuxième acte. J'ai couru au vestiaire, je suis revenu avec mon manteau ouvert à tous les vents et je l'ai accompagnée chez elle.

------

*8 mars*. Avant-hier, essuyé des reproches à propos de l'usine. Après quoi, je suis resté une heure sur le canapé à réfléchir au Saut-par-la-fenêtre.

------

Hier, conférence de Harden[2] sur « le théâtre ». De toute évidence entièrement improvisée ; j'étais d'assez bonne humeur,

------

1. Comédie créée en 1854, de Gustav Freytag (1816-1895).　　2. Maximilian Harden (1861-1927), alors conseiller artistique de Max Reinhard à Berlin.

de sorte que je ne l'ai pas trouvée aussi creuse que d'autres.
Bon début : « En ce moment, tandis que nous sommes réunis
ici pour discuter de théâtre, le rideau de toutes les salles d'Europe et des autres parties du monde se sépare en deux et
dévoile la scène au public. » Grâce à une ampoule électrique
mobile sur une pied placé devant lui, il éclaire son plastron
comme dans la vitrine d'un chemisier et déplace l'ampoule
pour modifier l'éclairage pendant son exposé. Danse sur la
pointe des pieds, tant pour se grandir que pour tendre sa
faculté d'improvisation. Son pantalon est tendu même dans la
région de l'aîne. Un frac court cloué sur lui comme sur une
poupée. Visage d'un sérieux presque acharné, ressemblant tantôt à une vieille dame, tantôt à Napoléon. Coloration du front
qui va en pâlissant vers le haut comme s'il avait une perruque.
Porte vraisemblablement un corset.

---

Parcouru quelques vieux papiers. Il faut toute la force imaginable pour endurer cela. Le malheur qu'on doit supporter
quand on s'interrompt au milieu d'un travail qui ne saurait être
réussi que s'il est écrit d'un seul trait — et c'est ce qui m'est
toujours arrivé jusqu'ici, — une lecture rapide vous oblige
encore à le subir, sinon avec la même intensité, du moins sous
une forme plus compacte.

---

Aujourd'hui en prenant un bain, j'ai cru sentir des forces
anciennes que ce long laps de temps aurait laissées intactes

---

*10 mars, dim.* Il séduisit une jeune fille dans une petite localité des montagnes de l'Iser où il séjourna tout un été pour
rétablir ses poumons atteints. Incompréhensible comme le
deviennent parfois les malades pulmonaires, il renversa la

jeune fille, — c'était la fille de son logeur qui, son travail terminé, faisait volontiers une promenade le soir avec lui, — dans l'herbe au bord de la rivière, et la prit, après une brève tentative de persuasion, tandis qu'elle gisait là, évanouie de frayeur. Plus tard, il dut aller chercher de l'eau à la rivière dans le creux de ses mains et en asperger le visage de la jeune fille, à seule fin de la ranimer. Penché sur elle, il répétait d'innombrables fois : « Ma petite Julie, voyons, ma petite Julie. » Il était prêt à prendre sur lui toute la responsabilité de son acte et s'efforçait simplement d'imaginer à quel point sa situation était grave. Sans réflexion, il n'aurait pas pu s'en rendre compte. Cette fille simple étendue devant lui, cette fille qui recommençait à respirer régulièrement et ne gardait les yeux clos que par peur et par gêne, ne pouvait pas lui donner de tracas ; lui, le grand homme fort, pouvait l'écarter de la pointe du pied. Elle était faible et insignifiante, ce qui lui arrivait pouvait-il avoir une importance assez efficace pour durer même jusqu'au lendemain ? Quiconque la comparait à lui pouvait-il en juger autrement ? La rivière s'étalait paisiblement entre les prés et les champs, coulait vers des montagnes déjà lointaines. Il n'y avait plus de soleil que sur la berge de l'autre rive. Sous le ciel pur du soir, les derniers nuages s'éloignaient.

---

Rien, rien. C'est ainsi que je me suscite des fantômes. Je n'ai été engagé, et encore bien faiblement, qu'au moment de : « Plus tard, il dut... » et surtout de : « asperger ». Dans la description du paysage, j'ai cru un moment voir quelque chose de juste.

---

Si abandonné de moi-même, de tout. Bruit dans la chambre d'à côté.

---

*11 mars.* Journée d'hier intolérable. Pourquoi n'est-il pas donné à tous de prendre part au repas du soir ? Ce serait pourtant si beau.

———————————

Le récitateur Reichmann est entré à l'asile d'aliénés le lendemain de notre conversation.

———————————

Aujourd'hui, brûlé beaucoup de vieux papiers odieux.

———————————

*Baron W. von Biedermann        Entretiens avec Goethe*[1].

comment les filles de Stock, graveur sur cuivre à Leipzig, le coiffèrent, 1767

———————————

Comment Kestner en 1772 le trouva allongé dans l'herbe à Garbenheim, et comment, fort à l'aise, il s'entretint « avec quelques personnes présentes, un philosophe épicurien (von Goué, grand génie), un philosophe stoïcien (von Kielmannsegg) et un mélange des deux (Dr König).

Avec Seidel en 1783 — 5-7 février « Une fois il sonna au milieu de la nuit et quand j'entre dans sa chambre, il a déplacé son lit de fer sur roulettes du fond de la pièce jusqu'à la fenêtre et considère le ciel. "N'as-tu rien vu dans le ciel ?" me demande-t-il, et comme je

———————————

1. À la suite de ce titre auquel renvoie la notation du 4 février précédent — celui d'un ouvrage de 1889, réédité en 1910 —, Kafka note des passages du livre (jusqu'à la p. 332).

hoche la tête : "hé bien, cours un peu jusqu'au poste et demande à la sentinelle si elle n'a rien remarqué." J'y courus ; mais la sentinelle n'avait rien vu, ce que je rapportai à mon maître qui était toujours allongé à considérer le ciel. "Écoute, me dit-il alors, nous vivons un instant important : soit nous sommes en train d'avoir un tremblement de terre, ou bien nous allons en connaître un sous peu." Il fallut alors que je m'asseye à côté de lui sur le lit et il me démontra à partir de quels indices il tirait cela. » (Le tremblement de terre de Messine)

Avec von Trebra (1783, septembre) une promenade géologique au milieu des buissons et des rochers. Goethe en tête

Visite à Mme Herder 1788. Il lui dit, entre autres, que durant les deux semaines précédant son départ de Rome il avait pleuré chaque jour comme un gamin

———————

Comment Mme Herder l'observe, afin de pouvoir tout raconter en écrivant à son mari en Italie

Face à Mme Herder, Goethe se préoccupe beaucoup de Herder

———————

Visite à la famille de Cagliostro

———————

1794 14 sept. — entre 11 h 30, une fois Schiller habillé, jusqu'à 11 h du soir, resté sans arrêt avec Schiller dans sa chambre, à échanger des réflexions sur la littérature, et ce fut assez fréquent.

David Veit, 19 oct. 1794 — sans arrêt façon juive d'observer, donc aussi facile à comprendre que si ç'avait été hier.

« Le soir, à ma surprise on joua très joliment *Le valet de deux maîtres* à Weimar. Goethe aussi était au théâtre, et comme toujours dans les places réservées aux aristocrates. Au milieu de la pièce il quitte sa place — ce qu'il fait très rarement, paraît-il —, s'assoit derrière moi en attendant de pouvoir me parler — comme mes voisines me l'ont ensuite raconté — et à la fin de l'acte, il s'avance, me salue d'une façon fort obligeante et engage la conversation sur un ton très familier – – – bref commentaire sur la pièce, auquel je réponds – – – Puis il reste silencieux un instant ; pendant ce temps j'oublie qu'il est le directeur du théâtre et je lui dis : « En outre ils la jouent fort bien. » Il continue à regarder droit devant lui, et dans ma bêtise — mais emporté par un sentiment que je n'arrive toujours pas à m'expliquer — je répète : « Ils la jouent fort bien. » À cet instant il me salue, avec tout autant d'obligeance que la première fois, et il s'en va ! L'ai-je offensé ou non ?... Vous ne pouvez pas imaginer combien cela m'inquiète encore, bien que Humboldt, qui le connaît maintenant très bien, m'ait déjà assuré qu'il lui arrive souvent de partir ainsi d'un seul coup et que Humboldt m'ait promis qu'il lui reparlerait de moi. »

---

un autre jour, ils parlent de Maimon « Je m'en mêle à plusieurs reprises et lui sers souvent de renfort ; car il lui arrive plus d'une fois de ne plus se souvenir de certains mots et il fait alors toujours des grimaces »

---

1795 — Avec Schiller ; nous restons assis ensemble de cinq heures du soir jusqu'à minuit ou même une heure, à bavarder.

---

1796 première 1/2 de sept. Lecture à haute voix de la conversation de Hermann près du poirier avec sa mère. Il pleurait. « Voilà comment l'on fond devant ses propres braises », dit-il en séchant ses larmes.

« Le large appui en bois de la loge du vieux monsieur ». Goethe aimait bien disposer de quelques plats froids et de vin dans sa loge afin de pouvoir y inviter quelques personnes — gens du lieu ou visiteurs de marque — ce qu'il faisait assez fréquemment.

---

Représentation de l'*Alarcos* de Schlegel, 1802
« à l'orchestre, dans le milieu, Goethe, trônant d'un air grave et solennel dans son grand fauteuil »
on s'agite, à un endroit les éclats de rires se déchaînent, tout le théâtre est secoué. « Mais un instant seulement. Goethe se dressa d'un seul coup et, la voix tonitruante, le geste menaçant, cria : Silence ! Silence ! ce qui fit l'effet d'une formule magique. Aussitôt le vacarme s'apaisa et le malheureux Alarcos continua jusqu'au bout sans autre perturbation, mais sans le moindre succès non plus.

---

Stael : Ce que les Français prennent pour de l'esprit chez les étrangers n'est souvent dû qu'à leur ignorance du français
Goethe désigna une idée de Schiller comme *neuve et courageuse*★, c'était admirable, mais il s'avéra qu'il avait voulu dire *hardie*★

---

*Was lockst du meine Brut hinauf in Todesglut ?*[1] Stael traduisit par *air brûlant*. Goethe déclara qu'il avait pensé à des braises. Elle trouva cela extrêmement *maussade*★ et vulgaire. Les poètes allemands manquent selon elle du véritable sens des convenances.

---

1. « Pourquoi attires-tu les miens là-haut, dans la fournaise mortelle ? » Tiré de la ballade *Der Fischer* (« Le Pêcheur »).

1804 Amour pour Heinrich Voss. — Goethe lisait *Luise* avec ses invités du dimanche.

« Quand ce fut à Goethe de lire, c'était le passage du mariage, qu'il lut avec beaucoup de sentiment. Mais sa voix se brisa soudain, il pleurait et passa le livre à son voisin. C'est un passage comme sacré ! s'écria-t-il avec une ferveur qui nous bouleversa tous »

« Nous étions assis en train de déjeuner et venions de manger le dernier plat quand Goethe commanda un gâteau, « parce que Voss avait encore l'air tellement affamé »

« Mais il n'est jamais plus agréable et plus charmant que le soir, dans sa chambre, quand il a ôté son habit ou qu'il est assis sur son divan. »

« Quand j'arrivai chez lui, je trouvai toute la maison très confortable. Il avait fait allumer un feu, ne gardant sur lui qu'une petite veste de laine qui le rend très élégant. »

Livres      Stilling, Le Goethe-Jahrbuch
Correspondance entre Rahel et D. Veit.

---

*12 mars.* Un jeune homme vêtu d'un pardessus ouvert qui bouffait autour de lui était assis dans un coin du tramway filant à toute allure ; la joue contre la vitre, le bras gauche allongé sur le dossier, il portait un regard attentif sur le long banc vide. Il s'était fiancé le jour même et ne pensait qu'à cela. Il se sentait bien à l'abri dans l'état de fiancé et, pénétré de ce sentiment, il effleurait parfois des yeux le plafond de la voiture. Quand le receveur passa pour lui donner son ticket, il fit sonner son argent, trouva facilement la pièce de monnaie qu'il fallait, la jeta au vol dans la main du receveur et saisit le ticket de ses deux doigts écartés en forme de ciseaux. Il n'existait pas de rapport véritable entre lui et le tramway et il n'y aurait rien eu d'étonnant à ce qu'il apparût dans la rue sans avoir utilisé ni la plate-forme ni les marches, et poursuivît son chemin à pied avec le même regard [1].

---

1. À rapprocher du texte publié dans *Contemplation*, intitulé *Le Passager* (p. 268).

Il ne subsiste que le pardessus bouffant, tout le reste est fabriqué.

———————————

*16 mars*. Samedi. Je reprends courage. Je me ressaisis, comme une balle qui tombe et qu'on saisit au vol. Demain, aujourd'hui, je commencerai un travail de plus longue haleine qui se réglera librement sur mes capacités. Je ne l'interromprai pas tant que j'en aurai seulement la force. Plutôt perdre le sommeil que de passer sa vie ainsi.

Cabaret « Lucerna ». Quelques jeunes gens chantent une chanson, chacun à leur tour. Pour peu que l'on soit dispos et attentif, on est plus facilement ramené par une présentation de ce genre aux conclusions que le texte nous autorise à faire touchant notre vie, qu'on ne le serait si les chansons étaient présentées par des chanteurs expérimentés. Car le chanteur ne contribue nullement à accroître la puissance des vers, lesquels conservent leur indépendance et nous tyrannisent en nous imposant ce chanteur qui n'a même pas de souliers vernis, dont la main décidément ne veut pas lâcher le genou et montre encore de la mauvaise volonté quand elle est obligée de le faire, et qui se renverse aussi vite qu'il le peut sur le banc, afin de laisser voir le moins possible la foule de petits gestes maladroits que cela l'oblige à mettre en œuvre. — Scène d'amour au printemps, à la manière des cartes postales. Peinture fidèle, qui émeut le public et le fait rougir. — Fatinizza. Chanteuse viennoise. Sourire plein de douceur, profond. Elle me rappelle Hansi. Un visage avec des détails insignifiants, bien souvent aussi trop aigus, auquel le rire donne sa cohésion et son équilibre. Quand elle se tient près de la rampe et lance son rire dans les rangs du public indifférent, il faut bien lui reconnaître sur le public un avantage qui reste sans effet. — Sotte danse des poignards, accompagnée de feux follets, de branchages, de papillons, de feux de papier, de têtes de mort. — Quatre Rocking Girls. L'une d'elles est très belle. Le programme ne donne pas son nom. C'était la dernière à droite de la salle. Elle avait une manière affairée de lancer ses bras, de remuer ses longues jambes et de faire jouer ses chevilles délicates dans un mouvement qu'on sentait particulièrement muet, d'être en retard sur le rythme, de ne se laisser distraire de son affairement par aucune frayeur ; quel doux sourire elle avait, contrastant avec le sourire crispé des autres, comme son visage et ses cheveux paraissaient presque opulents comparés à la maigreur de son corps ; comment elle criait « lentement » aux musiciens, aussi bien pour ses partenaires que pour elle-même. Leur maître de ballet, un jeune homme maigre vêtu de façon voyante, se tenait derrière les musiciens et faisait des signes rythmiques avec une main, ignoré aussi bien des musiciens que des danseuses, il était lui-même dans la salle où son regard se perdait. — Warnebold, nervosité ardente d'un homme robuste. Il y a parfois dans ses gestes un trait d'esprit dont la force vous soulève. Comment il se précipite à grands pas vers le piano une fois que le numéro est annoncé.

Lu *Aus dem Leben eines Schlachtenmalers* [1].
Lu Flaubert à haute voix avec satisfaction.

\*L'homme en bottes à revers, sous la pluie

\*Désirs

---

**1.** Selon l'édition critique (*op. cit.*, *Tagebücher II*, p. 273), il s'agit de l'ouvrage, paru en 1911 à Munich, d'Albrecht Adam : « Scènes de la vie d'un peintre de batailles ».

Il est nécessaire de parler des danseuses en employant le point d'exclamation. Par là, on imite leur mouvement, on reste dans leur rythme, on ne trouble pas la pensée dans son plaisir et enfin, l'activité reste toujours au bout de la phrase dont l'efficacité se prolonge plus facilement.

*17 mars*. Ces jours-ci lu *Morgenrot* de Stoessl [1].

Concert de Max dimanche [2]. Ma manière presque inconsciente d'écouter. Désormais, je ne pourrai plus m'ennuyer en écoutant de la musique. Ce cercle impénétrable qui ne tarde pas à se tracer autour de moi avec la musique, je n'essaie plus de le franchir comme je le faisais en vain autrefois ; je me garde bien également de sauter par-dessus, ce que je serais sans doute en mesure de faire ; je reste en repos auprès de mes pensées qui se développent et se déroulent grâce au resserrement, sans qu'une observation gênante de moi-même puisse intervenir dans cette cohue lente. — Le beau « cercle magique » (de Max) qui, par endroits, semble ouvrir la poitrine de la cantatrice. — Goethe, consolation dans la douleur : les dieux, ces infinis, donnent tout entièrement à leurs favoris : toutes les joies, ces infinies, toutes les douleurs, ces infinies, entièrement. — Mon incapacité en face de ma mère, de Mlle T., et finalement de tout le monde, au « Continental » et plus tard dans la rue.

Lundi : *Mam'zelle Nitouche*. L'effet bienfaisant d'un mot français au milieu d'une triste représentation allemande. Des pen-

1. « Aurore », roman qui venait de paraître, d'Otto Stoessl (1875-1966), conteur et essayiste autrichien que Kafka prisait beaucoup (*N.d.T.*) 2. Avec une cantatrice et un violoniste, Max Brod se produisit comme pianiste et compositeur de lieder, notamment sur ses propres poèmes.

sionnaires en costumes clairs courant dans le jardin derrière une grille, les bras tendus. — Cour de la caserne d'un régiment de dragons la nuit. Des officiers donnent une fête d'adieux dans une salle du bâtiment du fond qu'on peut rejoindre par quelques marches. Mam'zelle Nitouche arrive et, par amour et frivolité, se laisse persuader de prendre part à la fête. Que n'arrive-t-il pas aux jeunes filles ! Le matin en pension, elles sont le soir sur scène pour remplacer une chanteuse d'opérette empêchée et la nuit, on les trouve dans une caserne de dragons.

———————

Aujourd'hui, passé tout l'après-midi sur le canapé dans un état de fatigue douloureuse.

*18 mars*. Sage, je l'étais si l'on veut puisque j'étais prêt à tout instant à mourir, non pas parce que j'étais venu à bout de toutes les tâches qui m'étaient imposées, mais au contraire parce que je n'en avais accompli aucune et que je ne pouvais pas même espérer en accomplir jamais une partie.

*22 mars*. (Les dates que j'ai inscrites ces jours derniers sont fausses [1].) Conférence de Baum à la *Lesehalle*. Grete Fischer, dix-neuf ans, se marie la semaine prochaine. Visage foncé, sans défauts, maigre. Ailes du nez renflées. Elle porte depuis toujours des chapeaux et des costumes du genre chasseur. Jusqu'au reflet vert foncé de son visage. Les mèches de cheveux qui tombent le long de ses joues semblent se réunir à de nouvelles mèches qui poussent le long de ses joues, en général d'ailleurs, un léger

---

1. Pour la notation précédente, il faut donc lire le *19* mars (et non le 18), la représentation de *Mam'zelle Nitouche*, le vaudeville de Meilhac et Millaud, ayant eu lieu le 18 mars au Nouveau Théâtre Allemand.

duvet semble couvrir entièrement son visage penché dans l'ombre. La pointe de ses coudes appuyée légèrement au dossier du fauteuil. Ensuite, sur la Wenzelsplatz, elle exécute un mouvement élastique, accompli parfaitement jusqu'au bout sans grande dépense de forces, qui incline, tourne et redresse son corps maigre pauvrement et grossièrement vêtu. Je l'ai regardée beaucoup plus rarement que je ne le voulais.

———————

*24 mars*. Hier dimanche : *Die Sternenbraut* de Christian von Ehrenfels [1]. — Perdu dans ma vision ; mais en face d'un contexte ébauché dont je n'aperçois pas l'ensemble, bien relié à moi-même en présence des trois couples amis. — L'officier malade, personnage de la pièce. Son corps malade dans l'uniforme bien tendu qui commande la santé et l'énergie.

———————

Ce matin, une demi-heure chez Max dans une bonne humeur sans mélange.

———————

Dans la chambre voisine, ma mère s'entretient avec le couple Lebenhart. Ils parlent de vermine et d'œils-de-perdrix (M. Lebenhart a six œils-de-perdrix à chaque doigt). On se rend aisément compte qu'aucun progrès véritable ne se produit grâce à de tels entretiens. Ce sont des informations que les deux interlocuteurs oublieront et qui, dès maintenant, se font dans l'abnégation et sans aucun sentiment de responsabilité. Mais du fait précisément qu'elles ne peuvent se concevoir sans éloignement, ces conversations font voir des espaces vides qui,

———————

1. « La Fiancée des Étoiles », drame du professeur Ehrenfels, déjà mentionné, *cf.* note 1, p. 306.

si l'on tient à rester présent, ne peuvent être remplis que par la réflexion ou mieux encore par le rêve.

*25 mars*. Le bruit du balai qu'on passe sur le tapis dans la chambre d'à côté est perçu par l'oreille comme celui d'une traîne qui bouge par saccades

*26 mars*. Surtout ne pas surestimer ce que j'ai écrit, cela me fermerait l'accès de ce que j'ai à écrire.

*27 mars*. Lundi, dans la rue, un gamin jouait avec d'autres à lancer une grosse balle sur une bonne sans défense qui marchait devant eux, je l'ai attrapé par le cou juste au moment où la balle rebondissait sur le derrière de la jeune fille, je lui ai serré le cou dans une violente colère, puis je l'ai repoussé en maugréant. Après quoi j'ai continué mon chemin sans regarder la jeune fille une seule fois. On perd tout à fait le souvenir de son existence terrestre parce que, se sentant si totalement empli de colère, on est en droit de se croire capable d'être à l'occasion tout aussi plein de sentiments encore plus beaux.

*28 mars*. De la conférence de Mme Fanta : *Impressions berlinoises*[1] : un jour, Grillparzer refusa d'aller à une soirée parce qu'il savait que Hebbel, avec qui il était lié d'amitié, y serait aussi : « Il va encore me presser de questions sur Dieu, et si je

---

1. Dans ses « soirées », Berta Fanta (1865-1918) réunissait un cercle d'écrivains, de scientifiques et de philosophes pragois. La conférence faite pour « Le Progrès féminin » (*cf.* note 2, p. 316) comparait Prague et Berlin sous différents aspects, et concluait en faveur de Prague !

ne trouve rien à lui dire, il deviendra grossier. » — Mon attitude revêche.

—————————

*29 mars*. Le plaisir que me procure la salle de bains. — Connaissance progressive. Les après-midi passés en compagnie de mes cheveux.

—————————

*1ᵉʳ avril*. Pour la première fois depuis une semaine, échec presque complet dans mon travail. Pourquoi ? J'ai pourtant traversé des états de toutes sortes la semaine dernière et j'ai préservé mon travail de leur influence ; mais j'ai peur d'écrire là-dessus.

—————————

*3 avril*. Voilà donc comment se passe une journée, — le matin, bureau, l'après-midi, usine, et maintenant, le soir venu, des cris de tous côtés dans l'appartement ; plus tard, j'irai chercher ma sœur à la sortie de *Hamlet* — et je n'ai pas su tirer parti d'un seul instant.

—————————

*8 avril, samedi saint*[1]. Connaissance totale de soi-même. Pouvoir encercler l'étendue de ses capacités, comme la main enveloppe une petite balle. Prendre son parti de la plus grande déchéance comme de quelque chose de connu, à l'intérieur de quoi on reste encore élastique.

—————————

**1.** Erreur de datation, le samedi saint de 1912 étant le 6 avril.

Désir d'un sommeil plus profond, plus dissolvant. Le besoin de métaphysique n'est que le besoin de la mort.

———————————

La manière affectée dont j'ai parlé aujourd'hui devant Haas [1] qui faisait l'éloge du récit de voyage de Max et du mien, pour me rendre digne au moins par là de l'éloge qui n'était pas justifié par le récit ; à moins que ce ne fût pour prolonger en trichant l'effet du récit obtenu par tricherie ou par mensonge, ou pour le prolonger dans l'aimable mensonge de Haas, que j'essayais de lui rendre plus facile [2].

\*
\* \*

*6 mai, 11 heures.* Pour la première fois depuis quelque temps, échec complet dans ce que j'écris. Le sentiment d'un homme mis à l'épreuve.

———————————

Rêve récent : Je traversais Berlin en tramway avec mon père. Le caractère propre à une grande ville était rendu par d'innombrables barrières dressées à intervalles réguliers, peintes en deux couleurs et terminées par un bout rond et poli. À part cela, tout était presque vide, mais ces barrières formaient une foule considérable. Nous arrivâmes devant une porte, descendîmes du tramway sans sentir que nous descen-

**1.** Willy Haas (1891-1973) : éditeur de la revue *Die Literarische Welt*, essayiste connu. À l'époque où Kafka faisait la remarque ci-dessus, Haas était rédacteur en chef de la revue pragoise *Die Herder-Blätter*. Il publia là, entre autres, le premier chapitre de *Richard et Samuel*, puis des œuvres de jeunesse de Werfel. **2.** Ici se termine le Cahier V, commencé le 4 janvier 1912. Avec la notation suivante s'ouvre le Cahier VI, qui va jusqu'au 25 septembre 1912.

dions et entrâmes par cette porte. Derrière elle s'élevait une paroi raide que mon père escalada presque en dansant, ses jambes flottaient tant la montée lui était facile. Il ne laissait pas d'y avoir aussi une certaine brutalité dans le fait qu'il ne m'aidait pas, car je n'arrivai en haut qu'avec la peine la plus extrême, à quatre pattes, après être retombé fréquemment comme si la paroi s'était faite plus raide à mesure que je grimpais. Ce qui rendait encore la chose plus pénible, c'est que [la paroi] était couverte d'excréments humains qui restaient accrochés par paquets sur moi, surtout sur ma poitrine. Le visage penché, je la regardais et passais la main dessus. Quand je fus enfin arrivé en haut, mon père, qui sortait déjà de l'intérieur d'un bâtiment, me sauta au cou, m'embrassa et me serra contre lui. Il portait un frac que je me rappelle bien avoir vu autrefois, démodé, court, rembourré à l'intérieur comme un sofa ; « Ce Dr von Leyden ! Quel excellent homme ! » s'exclamait-il sans se lasser. Ce n'était pas au médecin qu'il était allé rendre visite, mais simplement à un homme digne d'être connu. J'avais un peu peur d'être obligé d'y aller aussi, mais on ne me le demanda pas. À gauche, derrière moi, dans une pièce fermée littéralement de tous côtés par des parois de verre, je vis un homme assis qui me tournait le dos. Il s'avéra que cet homme était le secrétaire du professeur, que c'était à lui seul, et non pas au professeur, que mon père avait parlé en fait, mais qu'il avait, je ne sais comment, acquis une connaissance personnelle des mérites du professeur à travers le secrétaire, de sorte qu'à tous points de vue, il était aussi fondé à former un jugement sur le professeur que s'il lui avait parlé personnellement.

----

« Lessingtheater » : *Die Ratten* [1].

----

**1.** La pièce (créée en 1911) de Gerhard Hauptmann, donnée par la troupe du célèbre théâtre berlinois, ouvrait le Mai de Prague.

Lettre à Pick, parce que je ne lui ai pas écrit. Carte à Max, parce que *Arnold Beer*[1] me fait plaisir.

---

*9 mai*. Hier avec Pick au café.

Comment je m'accroche à mon roman[2], en dépit de toute mon inquiétude, exactement comme une statue qui regarde au loin et reste accrochée à son socle.

---

Aujourd'hui, soirée familiale désespérante. *Larmes de ma sœur, parce qu'elle est à nouveau enceinte, mon beau-frère a besoin d'argent pour l'usine, mon père est inquiet au sujet de ma sœur, de son commerce et de sa maladie de cœur, ma deuxième sœur cadette est malheureuse, ma mère est plus malheureuse que nous tous, et je suis là à écrivasser.

---

*22 mai*. Merveilleuse soirée hier avec Max. Quand je m'aime, je l'aime encore plus fort. « Lucerna ». — *Madame la Mort* de Rachilde. *Rêve d'un matin de printemps*. La grosse femme gaie dans la loge. La fille pétulante qui avait un nez grossier, un visage saupoudré de cendre, des épaules qui cherchaient à sortir d'une robe d'ailleurs sans décolleté, un dos tiraillé de droite à gauche, une blouse bleue mouchetée de blanc toute simple, et un gant d'escrimeur que j'apercevais constamment parce qu'en général, elle laissait sa main droite reposer entièrement ou seulement par le bout des doigts sur la cuisse droite de sa joyeuse mère assise à côté d'elle. Les tresses enroulées au-dessus de ses oreilles, le ruban bleu clair, d'une netteté douteuse, attaché derrière sa tête, ses cheveux ramenés en une coque

---

1. « Arnold Beer. Destin d'un Juif », roman de Max Brod récemment paru à Berlin en 1912.  2. Allusion probable au *Disparu*.

légère, mais épaisse, qui faisait tout le tour du front et avançait largement devant. Son manteau plissé, chaud, léger, qui, à force de souplesse, pendait négligemment tandis qu'elle parlementait à la caisse.

---

*23 mai.* Hier : derrière nous, un homme s'ennuyait tellement qu'il est tombé de son fauteuil. Comparaison de Rachilde : ceux dont le soleil fait la joie et qui demandent aux autres de se réjouir sont comme des gens ivres qui, rentrant d'une noce la nuit, forcent les passants rencontrés en chemin à boire à la santé d'une mariée qu'ils ne connaissent pas.

---

Lettre à Weltsch, je lui propose le tutoiement.
Hier, lettre bien tournée à mon oncle Alfred au sujet de l'usine.
Avant-hier, lettre à Löwy.

---

Je m'ennuie tellement ce soir que je suis allé trois fois de suite dans la salle de bains pour me laver les mains.

---

*Crainte d'être seul le dimanche et le lundi de Pentecôte, avec comme cause incroyable, que mes parents partent pour Franzensbad.

---

L'enfant avec ses deux petites tresses, sa tête nue, sa petite robe rouge à pois blancs qui flotte sur elle, ses pieds et ses jambes nus ; un petit panier dans une main, une petite caisse dans l'autre, elle traversait la chaussée en hésitant, près du « Landesteater ».

L'effet de dos, au début de *Madame la Mort*, répond à ce principe que le dos d'un amateur, placé dans les mêmes conditions, est aussi beau à voir que le dos d'un bon comédien. Les gens sont d'une probité !

Il y a quelques jours, excellente conférence de Davis Trietsch sur la colonisation en Palestine.

*25 mai*. Rythme faible, peu de sang.

*27 mai*. Hier, dimanche de la Pentecôte, temps froid, pas très belle excursion avec Max et Weltsch. Le soir au café, Werfel me donne *Besuch aus dem Elysium*.

Une partie de la Niklasstrasse et le pont tout entier se retournent, émus, pour voir un chien qui accompagne une automobile de la Société de Secours en aboyant très fort. Mais il abandonne brusquement sa course, fait demi-tour, et il apparaît que c'est un chien étranger et ordinaire qui poursuivait la voiture sans y mettre d'intention spéciale.

*1er juin*. Rien écrit.

*2 juin*. Presque rien écrit.
Hier, conférence du Dr Soukup [1] sur l'Amérique à la « Repräsentationshaus » (les Tchèques du Nebraska, tous les fonctionnaires américains sont élus, chacun d'eux doit appartenir à l'un des trois partis — républicain, démocrate, socialiste, — réunion

---

1. Ce député social-démocrate tchèque, Frantizek Soukup (1871-1939), rendait compte de sa tournée de conférences à l'automne 1911 devant des associations ouvrières, et publia dès 1912 « Amerika, une collection d'images de la vie américaine ».

électorale de Roosevelt, il menace de son verre un farmer qui fait une objection, orateurs portant dans la rue une caisse qui leur sert d'estrade). Ensuite, Fête du Printemps, rencontré Paul Kisch qui me parle de sa thèse de doctorat sur *Hebbel et les Tchèques*. *Il est affreux à regarder. *Des excroissances dans le cou. *Quelle impression, quand il parle de ses petites chéries.

---

*6 juin*. Jeudi, Fête-Dieu.

Comment deux chevaux en train de courir dont l'un baisse la tête séparément, la met en dehors de la course, la ramène à lui et la secoue de toute sa crinière, puis la redresse et, apparemment remis, reprend maintenant seulement la course qu'en fait il n'avait pas interrompue.

---

Je lis en ce moment dans la Correspondance de Flaubert : Mon roman est le rocher qui m'attache [1] et je ne sais rien de ce qui se passe dans le monde. — Analogue à ce que j'ai noté pour ma part le 9 mai.

---

Sans poids, sans os, sans corps, j'ai marché pendant deux heures à travers les rues et j'ai réfléchi aux difficultés que j'ai dû surmonter cet après-midi dans mon travail.

*7 juin*. Terrible. Rien écrit aujourd'hui. Pas le temps demain [2].

---

**1.** Cette phrase est précédée de : « Je vis absolument comme une huître. » (*N.d.T.*). **2.** Entre le 28 juin et le 29 juillet 1912, Kafka prend surtout des notes sur un cahier différent, à propos de son voyage à Weimar avec Max Brod et de son séjour ensuite, sans son ami, à Jungborn (*cf. Journal de voyage*, pp. 205-235).

*Lundi 6 juillet*. Un peu commencé. Je suis un peu endormi. Abandonné aussi parmi ces gens complètement étrangers.

*9 juillet*. Rien écrit jusqu'à présent. Commencer demain. Sinon, je vais tomber dans une insatisfaction que rien ne pourra empêcher de s'étendre ; à vrai dire, je suis déjà dedans. Mes accès de nervosité commencent. Mais pour autant que je sois capable de faire quelque chose, je le puis sans précautions superstitieuses.

L'invention du diable. Si nous sommes possédés du diable, il n'est pas possible qu'il soit seul, car alors, sur terre tout au moins, nous vivrions en paix, comme avec Dieu, dans l'unité, sans réflexion, sans contradiction, toujours sûrs de celui qui est derrière nous. Son visage ne nous effrayerait pas, puisque, en créatures diaboliques quelque peu sensibles à ce spectacle, nous serions assez intelligents pour sacrifier une main qui nous servirait à cacher son visage. Si nous étions possédés par un seul diable ayant sur l'ensemble de notre nature une vue sereine que rien ne viendrait troubler et une liberté de décision instantanée, ce diable aurait aussi une force suffisante pour nous tenir et même nous agiter durant toute une vie humaine si haut au-dessus de l'esprit de Dieu qui est en nous que nous n'aurions pas même la possibilité de nous faire la moindre idée de cet esprit, et que, par conséquent, nous ne serions pas non plus inquiétés de ce côté-là. Ce n'est que la foule des diables qui peut faire notre malheur terrestre. Pourquoi ne s'exterminent-ils pas en en laissant subsister un, ou pourquoi ne se soumettent-ils pas à un grand diable unique ? Ces deux possibilités iraient dans le sens du principe diabolique qui consiste à nous tromper aussi parfaitement que possible. À quoi sert donc, tant que l'unité manque, la sollicitude tatillonne que tous les diables ont pour nous ? Il est trop évident que les diables sont bien obligés d'attacher plus d'importance que Dieu à la perte d'un cheveu humain, car le diable perd réellement le cheveu, Dieu, non. Mais tant que cette foule de diables sera en nous, ce n'est pas encore cela qui nous fera parvenir à la santé.

*7 août.* Long tourment. Enfin écrit à Max que je ne puis pas mettre au net les petits morceaux qui restent, que je ne veux pas me forcer et qu'en conséquence je ne publierai pas le livre [1].

*8 août.* Achevé *Le Faiseur de dupes*, à ma plus ou moins grande satisfaction. Avec l'ultime force d'un état intellectuel normal. Minuit, comment parviendrai-je à dormir ?

———————

*9 août.* Nuit agitée. — Hier, la bonne qui disait à un petit garçon dans l'escalier : « Tiens-toi à mes jupes. » — Comment ma lecture à haute voix de *Der arme Spielmann* découle de mes inspirations. — La découverte du caractère viril de Grill-parzer [2] dans ce récit. Comment il peut tout oser et n'ose rien, parce qu'il n'y a en lui que du vrai, un vrai qui se justifiera en tant que tel à l'instant décisif, même si l'on a sur le moment l'impression du contraire. Sa manière tranquille de disposer de lui-même. Sa démarche lente qui n'oublie rien. Sa disponibilité immédiate dès que c'est nécessaire, mais pas avant, car il voit tout venir de loin.

*10 août.* Rien écrit. Je suis allé à l'usine et j'ai respiré du gaz pendant deux heures dans la chambre aux machines. L'énergie du contre-maître et du chauffeur devant le moteur qui, pour une raison impénétrable, ne voulait pas se mettre en marche. Lamentable usine !

———————

1. Ce sera le deuxième texte du recueil *Contemplation* (*cf.* p. 259), dont la composition s'avérait difficile ; voir ci-dessous la lettre à Rowohlt. 2. Grill-parzer (1791-1872) : « Le Pauvre Musicien » (1848), récit cher entre tous à Kafka (*cf.* la lettre à Grete Bloch du 15 avril 1914 où il décrit la lecture émue qu'il en fit à sa sœur Ottla).

*11 août*. Rien, rien. Que de temps me fait perdre la publication de ce petit livre, quel sentiment néfaste et ridicule de ma valeur me prend en lisant ces choses anciennes pour les publier. Et en réalité pourtant, je n'ai rien gagné, ce trouble en est la meilleure preuve. Une fois le livre sorti, en tout cas, je devrai, si je ne veux pas ne plonger dans le vrai que par le bout des doigts, me tenir bien plus encore à l'écart des revues et des critiques. Mais comme je suis devenu pesant ! Autrefois, il me suffisait de dire un seul mot opposé à mon orientation du moment, et je volais aussitôt de l'autre côté ; maintenant, je me contente de me regarder et je reste comme je suis.

*14 août*. Lettre à Rowohlt :
Cher Monsieur Rowohlt !
Je vous transmets ci-joint les petites pièces en prose que vous avez souhaité voir ; il y en a sans doute assez pour fournir un petit volume. Tandis que je les rassemblais à cette fin, j'ai eu parfois à choisir entre l'apaisement de mon sentiment de responsabilité et le désir d'avoir, moi aussi, un livre parmi vos beaux ouvrages. Il est certain que mon choix n'a pas toujours été fait en toute pureté. Maintenant, naturellement, je serais heureux que ces choses pussent vous plaire assez pour que vous les imprimiez. Après tout, ce qu'il y a de mauvais dans ces pièces n'est pas non plus tel qu'on puisse le discerner au premier coup d'œil, même avec la plus grande habitude et la plus grande intelligence. L'individualité la plus répandue parmi les écrivains ne consiste-t-elle pas en ceci que chacun a une manière tout à fait particulière de dissimuler ce qu'il a de mauvais.

Votre dévoué.

*15 août*. Journée inutile. Perdue à dormir, à rester couché. Fête de la Vierge sur le Altstädter Ring. L'homme dont la voix semblait sortir d'un trou de la terre. Pensé beaucoup — quelle gêne j'éprouve à écrire des noms — à Felice Bauer[1]. Hier *Polnische Wirtschaft*[2]. Ottla vient de réciter des poèmes de Goethe. Elle choisit avec un sentiment juste. *Trost in Tränen. An Lotte. An Werther. An den Mond.* — Relu de vieux cahiers, au lieu de me tenir à l'écart de ces choses. Je vis de façon aussi déraisonnable que possible. C'est l'édition de ces trente et une pages qui est cause de tout. Mais plus encore, il est vrai, ma faiblesse qui permet à de tels faits d'avoir de l'influence sur moi. Au lieu de me secouer, je reste là à chercher une manière aussi humiliante que possible d'exprimer tout cela. Mais mon calme effrayant gêne mes possibilités d'invention. Je suis curieux de savoir comment je me tirerai de cette situation. Je ne permets pas qu'on me pousse, je ne connais pas non plus le vrai chemin, que va-t-il donc se passer ? Suis-je donc, comme une grande masse informe, définitivement fourvoyé dans mes voies étroites ? — Mais alors, je pourrais au moins tourner la tête. — C'est bien ce que je fais.

*16 août.* Rien ni au bureau ni à la maison. Écrit quelques pages dans mon journal de Weimar.

Ce soir, les gémissements de ma pauvre mère parce que je ne mange rien.

*20 août.* Devant ma fenêtre, traversant le chantier de l'Université en partie couvert d'herbes folles, deux petits garçons vêtus de blouses bleues, l'une claire, l'autre, celle du plus petit, plus foncée, portent à pleins bras chacun une gerbe de foin séché. Ils la traînent le long d'une côte. Charme de ce spectacle pour l'œil.

---

Ce matin de bonne heure, le chariot vide avec un grand cheval maigre devant. Tous deux, faisant un ultime effort pour gravir une côte, extraordinairement étirés en longueur. Le spec-

1. Il l'avait vue pour la première fois deux jours auparavant. 2. « Un ménage polonais », opérette en trois actes de Jean Gilbert (pseudonyme de Max Winterfeld).

tateur les voit posés de travers. Le cheval, les pattes de devant légèrement levées, le cou tendu latéralement et en hauteur. Au-dessus de lui, le fouet du cocher.

Si seulement Rowohlt renvoyait [le manuscrit], si je pouvais le ranger et considérer tout cela comme non avenu, afin d'être simplement aussi malheureux qu'avant.

Mlle Felice Bauer. Quand j'arrivai chez Brod, le 13 août, elle était assise à table et je l'ai pourtant prise pour une bonne. Je n'étais d'ailleurs nullement curieux de savoir qui elle était, je l'ai aussitôt acceptée. Visage osseux et insignifiant, qui portait franchement son insignifiance. Cou dégagé. Blouse jetée sur les épaules. Elle semblait être habillée tout à fait comme une ménagère, bien qu'elle ne le fût nullement, comme j'ai pu le constater ensuite (je l'éloigne un peu d'elle-même en la serrant d'aussi près. Dans quel état suis-je d'ailleurs en ce moment, étranger à tout bien général et sans l'admettre encore, par sur-croît. Si je ne suis pas trop distrait par les nouvelles littéraires aujourd'hui chez Max, j'essaierai d'écrire l'histoire de Blenkelt. Il n'est pas nécessaire qu'elle soit longue, mais il faut qu'elle m'atteigne). Nez presque cassé. Cheveux blonds, un peu raides et sans charme, menton fort. En m'asseyant, je la regardai atten-tivement pour la première fois, une fois assis, j'avais déjà sur elle un jugement inébranlable. Comme se —

*21 août*. J'ai lu Lenz sans relâche et — voilà où j'en suis — il m'a aidé à revenir à moi.

L'insatisfaction dont une rue offre l'image, vu que chacun lève les pieds pour quitter la place où il se trouve pour s'en aller.

*30 août.* Rien fait de tout ce temps. Visite de mon oncle d'Espagne [1]. Samedi dernier, Werfel a récité les *Lebenslieder* et *Das Opfer* [2] à l'« Arco ». Monstrueux ! Mais je le regardais dans les yeux et j'ai soutenu son regard toute la soirée.

Je serai difficile à ébranler et cependant, je suis inquiet. Cet après-midi, comme j'étais couché et que quelqu'un tournait rapidement une clé dans la serrure, j'ai eu l'espace d'un instant des serrures sur tout le corps, comme à un bal costumé ; une serrure, tantôt ici, tantôt là, était ouverte ou fermée à de brefs intervalles.

Enquête de la revue *Miroir* sur l'amour à notre époque et sur les transformations qu'il a subies depuis le temps de nos grands-parents. Une actrice a répondu : « Jamais encore on n'a su aimer comme aujourd'hui. »

Comme j'étais fâché et exalté après avoir entendu Werfel ! La violence avec laquelle, sans commettre de bévue, je me suis casé ensuite parmi les gens réunis chez les Löwy.

Ce mois qui aurait pu être particulièrement bien employé par suite de l'absence de mon chef, je l'ai passé sans raison valable (envoi du livre à Rowohlt, abcès, visite de mon oncle)

---

1. Alfred Löwy (1852-1923), un oncle maternel de Kafka, dirigeait une compagnie ferroviaire espagnole et vivait à Madrid.    2. Ce sont des poèmes du recueil intitulé *Wir sind* (« Nous sommes »), paru en mai 1912 : « Chants de la vie » et « Le Sacrifice », ce dernier étant repris dans la revue *Arkadia* dirigée par Max Brod.

à ne rien faire et à dormir. Cet après-midi encore, je me suis étiré sur le lit pendant trois heures en me donnant des excuses chimériques.

*4 septembre*. Mon oncle d'Espagne. La coupe de sa veste. L'influence de son voisinage. Les détails de sa personnalité. — Sa manière de traverser l'antichambre en planant pour se rendre aux W.C. Il ne répond pas si on lui adresse la parole à ce moment-là. — Il s'attendrit chaque jour davantage, si l'on en juge non par un changement progressif, mais par certains instants frappants. —

*5 septembre*. Je lui demande : « Comment peut-on concilier le fait que tu es mécontent, comme tu le disais récemment, et le fait que tu t'arranges de tout, comme on ne peut manquer de le constater » (et comme tu le montres, pensais-je, avec cette grossièreté qui est toujours le propre d'une pareille manière de s'arranger de tout). Il me fit une réponse qui se réduit à ceci dans mon souvenir : « Je suis mécontent dans le détail, mais cela n'atteint pas l'ensemble. Je dîne souvent dans une petite pension française distinguée et très chère. Une chambre avec pension pour un couple, par exemple, coûte cinquante francs par jour. Me voilà donc assis entre, par exemple, un secrétaire de légation de l'ambassade de France et un général d'artillerie espagnol. En face de moi, un haut fonctionnaire du ministère de la Marine et je ne sais quel comte. Je les connais déjà tous fort bien, je m'assieds à ma place en saluant de tous côtés et, comme je suis d'humeur indépendante, je ne prononce pas une seule parole en dehors du bonsoir que je dis en partant. Puis je me retrouve seul dans la rue et je ne saisis vraiment pas quelle a pu être l'utilité de cette soirée. Je rentre chez moi et je regrette de ne m'être pas marié. Naturellement, ce regret s'estompe à son tour, soit que je l'examine jusqu'au bout, soit que mes idées se dispersent. Mais il revient à l'occasion. »

————————————————

*8 septembre*. Dimanche matin. Hier lettre au Dr Schiller[1].

———————————

Après-midi.

Comment ma mère, qui est dans la pièce voisine au milieu d'une foule de femmes, joue avec de petits enfants en parlant aussi fort qu'elle le peut et me chasse de l'appartement. Ne pleure pas ! Ne pleure pas ! etc. Ça, c'est à lui ! Ça, c'est à lui ! etc. Deux grands hommes comme ça ! etc. Il ne le veut pas ?... Ah mais ! Ah mais !... Comment as-tu trouvé Vienne, Dolphi ? C'était beau ?... Je vous demande un peu, regardez ses mains.

———————————

*11 septembre*. Il y a deux jours, soirée avec Utitz[2].

———————————

Rêve : Je me trouvais sur un isthme recouvert de pierres de taille profondément enfoncé dans la mer. J'étais avec quelqu'un ou avec plusieurs personnes, mais j'avais de ma propre existence un sentiment si fort que mes connaissances sur elles se bornaient à peu près au fait que je leur parlais. Je ne me rappelle que les genoux soulevés d'une personne assise à côté de moi. Au début, je ne savais pas où j'étais, mais en me levant par hasard, je vis, à ma gauche et à droite derrière moi, un immense océan aux contours distincts qui portait un grand nombre de vaisseaux de guerre alignés et solidement mis à l'ancre. À droite, on voyait New-York, nous étions dans le port de New-York. Le ciel était gris, mais également clair partout. Librement exposé à l'air de tous côtés, je tournoyais sur place pour essayer de tout voir. Du côté de New-York, le regard s'abaissait un peu vers le fond, du côté de la mer il montait. À ce

———

1. Fonctionnaire de la municipalité de Breslau, rencontré à Jungborn ; voir le *Journal de voyage*, p. 224.    2. Emil Utitz (1883-1956), ancien condisciple de Kafka qui enseignait depuis 1910 la philosophie à l'université de Rostock.

moment, je remarquai aussi que près de nous, l'eau formait de grosses vagues sur lesquelles se déroulait un énorme trafic cosmopolite. Tout ce que je me rappelle, c'est que nos radeaux étaient remplacés par un immense fagot rond fait avec de longs troncs d'arbres ficelés, dont la coupe, à mesure que le fagot avançait, ce qu'il faisait aussi en roulant dans le sens de la longueur, sortait sans cesse de l'eau, plus ou moins selon la hauteur des vagues. Je m'assis, tirai mes pieds à moi, tressaillis de plaisir, m'enfonçai littéralement dans le sol tant je me sentais bien et je dis : « Mais c'est encore plus intéressant que la circulation sur les boulevards parisiens. »

---

*12 septembre*. Ce soir, le Dr Löw est venu nous voir. Encore quelqu'un qui part pour la Palestine. Il passe son examen d'avocat un an avant la fin de son stage et part (dans quinze jours) avec douze cents couronnes. Il chercherait un poste à l'Office palestinien. Tous ces gens qui vont en Palestine (Bergmann[1], le Dr Kellner) baissent les yeux, se sentent éblouis par leurs auditeurs, promènent leurs doigts tendus sur la table, ont une voix qui chavire, sourient d'un sourire faible qu'ils font tenir debout avec un peu d'ironie. — Le Dr Kellner a raconté que ses élèves sont chauvins, ils n'ont que les Macchabées à la bouche et veulent suivre leurs traces.

---

Je constate que si j'écris avec tant de plaisir au Dr Schiller, et des lettres si réussies, c'est uniquement parce que Mlle B. a séjourné à Breslau — il y a quinze jours, il est vrai — et qu'il en reste une

---

1. Hugo Bergmann (1883-1975), le philosophe et ami de jeunesse de Kafka, s'y était rendu en 1910 ; Viktor Kellner (1887-1970) parti s'installer comme professeur de lycée à Jaffa fit en septembre 1911 des conférences à Prague sur sa vie en Palestine.

odeur dans l'air, pour cette raison que j'avais d'abord sérieusement songé à prier le Dr Schiller de lui envoyer des fleurs.

---

*15 septembre*. Fiançailles de ma sœur Valli.

---

> *Du tréfonds*
> *De la lassitude*
> *Nous montons*
> *Avec des forces neuves*
>
> *Sombres messieurs*
> *Qui attendent*
> *Que les enfants*
> *Soient exténués.*

---

Amour entre frère et sœur — répétition de l'amour entre le
père et la mère.

---

L'intuition du biographe unique.

---

Le trou que l'œuvre géniale a creusé par le feu dans ce qui
nous entoure nous offre une bonne place où poser notre petit
flambeau. C'est pourquoi l'œuvre de génie est une source d'encouragement, d'un encouragement qui s'exerce d'une manière
générale et ne pousse pas seulement à l'imitation.

---

*18 septembre*. Les histoires que racontait Hubalek hier au bureau. Le tailleur de pierres qui lui a mendié une grenouille sur la route ; il l'a tenue solidement par les pattes et l'a avalée en trois coups de dents, un pour la petite tête, un pour le tronc, un pour les pattes. — La meilleure méthode pour tuer les chats qui ont la vie dure : on leur écrase le cou dans une porte fermée et on tire sur la queue. — Sa répulsion pour la vermine. Une nuit, étant soldat, quelque chose le gratte sous le nez, il y porte la main tout en dormant et écrase quelque chose. Mais ce quelque chose était une punaise et il en garde la puanteur sur lui pendant plusieurs jours. — Quatre hommes mangeaient un rôti de chat délicatement préparé, mais trois d'entre eux seulement savaient ce qu'ils mangeaient. Après le repas, ils se mirent à miauler, mais le quatrième ne voulut pas le croire, il ne le crut que lorsqu'on lui montra la peau sanglante du chat, il ne put pas courir assez vite pour aller rendre dehors tout ce qu'il avait mangé et fut malade pendant deux semaines. — Ce tailleur de pierres ne mangeait que du pain accompagné des fruits ou de la chair vivante qui pouvaient lui échoir par hasard, et ne buvait que de l'eau-de-vie. Il dormait dans le hangar d'une tuilerie. Une fois, Hubalek le rencontre dans les champs : « Reste où tu es, dit l'homme, sans quoi... » Hubalek s'arrêta pour plaisanter. « Donne-moi ta cigarette », dit l'homme, Hubalek la lui donna. « Donne-m'en une autre ! — Ah, tu en veux une autre ? » demanda Hubalek et, tenant son gourdin de la main gauche pour parer à toute éventualité, il lui donna de la main droite dans la figure un coup qui fit tomber sa cigarette. Faible et lâche comme le sont ces buveurs d'alcool, l'homme prit aussitôt la fuite.

Hier chez Bergmann avec le Dr Löw — Chanson de Reb Dovidl, Reb Dovidl le Wassilkovien part aujourd'hui pour Tale. Dans une ville à mi-chemin entre Wassilko et Tale, il a chanté avec indifférence, à Wassilko en pleurant, à Tale joyeusement.

*19 septembre*. Le contrôleur Pokorn [1] raconte le voyage qu'il a fait à l'âge de treize ans en compagnie d'un condisciple, avec soixante-dix kreutzers en poche. Comment ils arrivèrent le soir dans une auberge, au beau milieu d'une beuverie formidable organisée en l'honneur du bourgmestre qui venait de rentrer du service militaire. Il y avait par terre plus de cinquante bouteilles de bière vides. Tout était plein de la fumée des pipes. Puanteur de la lie de bière. Les deux gamins contre le mur. Le bourgmestre ivre, qui veut mettre de l'ordre partout en souvenir de son service militaire, s'avance vers eux et les menace de les faire reconduire chez leurs parents par les gendarmes, comme les fuyards qu'ils restent à ses yeux en dépit de toutes leurs explications. Les gamins tremblent, montrent leur carte d'identité du collège, déclinent *mensa* devant un professeur à moitié ivre qui les regarde faire et s'abstient de les aider. Sans qu'on les informe clairement du sort qui les attend, on les force à boire avec les autres et ils sont bien contents qu'on leur serve gratuitement et en pareille quantité une bonne bière que leur petite bourse ne leur aurait jamais permis de s'offrir. Ils boivent tout leur saoul, puis, tard dans la nuit, quand les derniers convives se sont retirés, ils s'étendent sur un mince tas de paille dans cette pièce qui n'a pas été aérée et dorment comme des rois. Mais à quatre heures, une servante gigantesque fait son entrée avec un balai, elle déclare qu'elle n'a pas le temps et, s'ils n'avaient pris volontairement la fuite, les aurait certainement chassés à coups de balai dans le brouillard du matin. Quand la pièce fut un peu nettoyée, on leur mit sur la table deux grands bols de café pleins jusqu'au bord. Mais comme ils remuaient le café avec leur cuiller, quelque chose de gros, de sombre et de rond apparut çà et là à la surface. Ils pensèrent que le liquide allait se clarifier à la longue et burent de bon cœur, jusqu'au moment où, se trouvant devant le bol à moitié

---

**1.** Dans la compagnie d'assurance qui employait Kafka, on désignait ainsi les ingénieurs chargés des expertises (*cf. Journal*, 5 novembre 1911).

vide où restait la chose foncée, ils prirent peur et demandèrent conseil à la servante. On découvrit que la chose noire était du vieux sang d'oie caillé resté dans les bols ayant servi au festin de la veille et sur lequel, dans l'abrutissement du réveil, on avait simplement versé le café. Les deux gamins sortirent sur-le-champ et vomirent tout jusqu'à la dernière goutte. Par la suite, ils furent convoqués chez le curé qui, après un bref examen portant sur la religion, constata que les gamins étaient des enfants sages, leur fit servir une soupe par la cuisinière et les renvoya avec la bénédiction de l'Église. En leur qualité d'élèves d'un établissement dirigé par des religieux, ils se firent donner cette soupe et cette bénédiction dans presque toutes les paroisses qu'ils traversèrent.

*20 septembre.* Lettres à Löwy et à Mlle Taussig, hier à Mlle Bauer et aujourd'hui à Max.

C'était par un dimanche matin, au plus beau du printemps[1]. Georg Bendemann, un jeune commerçant, était assis chez lui dans sa chambre, au premier étage de l'une des maisons basses, de construction légère, qui s'étendaient au bord du fleuve en une longue rangée, et dont pratiquement seules la hauteur et la couleur variaient. Il venait de terminer une lettre à un ami de jeunesse qui se trouvait à l'étranger ; il la ferma avec lenteur comme par jeu, puis, le coude appuyé sur le bureau, il regarda

1. Rappelons que nous donnons ici le texte du *Verdict* « dans la version du manuscrit », reproduit comme tel dans le volume intitulé *Tagebücher 1912-1914* (pp. 87-100) de l'édition critique (*op. cit.*, Fischer Taschenbuch Verlag). C'est le texte d'origine, avant les modifications auxquelles Kafka procéda pour l'impression, d'abord dans la revue *Arkadia* (dirigée par Max Brod) en juin 1913 (pp. 53-65) — avec une dédicace « Pour Mademoiselle Felice B. » ; ensuite en livre au Kurt Wolff Verlag en septembre 1916, dans la collection *Der Jüngste Tag* (n° 34, pp. 5-29), avec un second tirage la même année, puis à nouveau (même collection, même numéro) en 1920, avec à chaque fois la dédicace « Pour F. ».

par la fenêtre vers le fleuve, le pont et les collines sur l'autre rive, légèrement verdoyantes[1]. Il songeait à cet ami qui, mécontent de l'évolution de sa vie dans son pays, avait quasiment pris la fuite en Russie, plusieurs années déjà auparavant. Il dirigeait à présent un commerce à Saint-Pétersbourg, qui avait commencé par très bien marcher, mais semblait péricliter depuis longtemps déjà, comme l'ami le déplorait lors de ses visites de plus en plus rares. C'est ainsi qu'il s'épuisait vainement à travailler en terre étrangère ; une grande barbe comme on en porte là-bas ne parvenait pas à dissimuler ce visage, bien connu depuis l'enfance, dont le teint jaune semblait signaler la progression d'une maladie. Comme il le racontait il n'avait pas vraiment d'attaches avec la colonie locale de ses compatriotes, sans presque avoir non plus aucune relation avec les familles du pays et il se préparait donc à un célibat définitif.

Que fallait-il écrire à un homme pareil qui avait manifestement fait fausse route, que l'on pouvait plaindre, mais sans pouvoir lui venir en aide[2]. Peut-être fallait-il lui conseiller de rentrer au pays, de transférer ici ses activités, de renouer avec tous les amis d'autrefois, il n'y avait de fait nul obstacle à cela, et de se fier pour le reste à leur assistance ? Mais cela serait revenu à lui dire en même temps, et d'une manière d'autant plus blessante qu'elle cherchait à le ménager, que ses tentatives jusque-là avaient échoué, qu'il lui fallait enfin y renoncer, qu'il devait rentrer et se laisser regarder par tous avec de grands yeux comme quelqu'un qui était définitivement de retour, que seuls ses amis comprenaient les choses, tandis que lui était un vieil enfant qui n'avait qu'à imiter les amis restés au pays et qui avaient réussi. Et même alors, était-il certain que tout le tourment que l'on ne manquerait pas de lui infliger aurait un résul-

---

**1.** Première modification forte de la « physionomie » du texte : un alinéa sera introduit pour le texte imprimé. **2.** Premier exemple d'absence de point d'interrogation, cas fréquent dans les manuscrits de Kafka (voir l'édition en fac-similé *Der Process*, Stroemfeld, 1997, *op. cit.*), lorsque la phrase est explicitement construite comme une interrogative. Du reste, le *simple point* fut ici maintenu dans les versions imprimées du récit.

tat. Peut-être ne parviendrait-on du reste pas à le faire revenir, ne déclarait-il pas qu'il n'entendait plus rien aux mœurs de son pays, et alors il resterait malgré tout dans sa terre étrangère, ulcéré par ces conseils et séparé de ses amis par une distance encore un peu plus grande. Mais s'il suivait effectivement ce conseil et qu'ici, sans qu'on le voulût, bien sûr, mais du fait des circonstances, il ne se relevât pas, s'il ne redressait pas sa situation, ni avec ses amis, ni sans eux, s'il souffrait d'être humilié, ne serait-il pas alors véritablement privé de patrie et d'amis, et ne valait-il pas beaucoup mieux pour lui de rester en terre étrangère, comme il l'était. Pouvait-on donc dans un cas pareil se dire qu'il allait vraiment améliorer ici sa condition.

Pour toutes ces raisons, si l'on voulait maintenir ne serait-ce que ce lien épistolaire, on ne pouvait pas lui parler en réalité de grand-chose, comme on le ferait sans appréhension à des connaissances même très éloignées. Voilà déjà plus de trois ans maintenant que l'ami n'avait pas séjourné dans son pays, ce qu'il expliquait très laborieusement par l'instabilité de la situation politique en Russie, qui rendait par conséquent impossible pour un modeste négociant une absence même très courte, alors que des centaines de milliers de Russes parcouraient le monde en toute quiétude. Or précisément au cours des trois années en question, l'existence de Georg avait beaucoup changé. Pour le décès de sa mère, survenu quelque deux ans auparavant et depuis lequel Georg faisait ménage commun avec son vieux père, l'ami en avait sans doute encore été informé, et il avait exprimé ses condoléances dans une lettre dont la sécheresse ne pouvait s'expliquer que par l'impossibilité totale, en terre étrangère, d'imaginer le chagrin causé par semblable événement. Or depuis cette époque, Georg de son côté avait redoublé d'énergie, dans son commerce comme dans tout le reste. Peut-être que le père, qui du vivant de la mère n'en faisait qu'à sa tête au magasin, avait empêché Georg d'avoir réellement une activité à lui, peut-être que depuis la mort de la mère, et bien qu'il continuât à travailler au magasin, le père restait davantage au second plan, peut-être aussi — et c'était même fort vraisemblable — des hasards heureux avaient-ils joué un rôle beaucoup plus déterminant — en tout cas, son commerce s'était développé durant ces deux années de façon très surprenante, on avait dû doubler le personnel, le chiffre d'affaires avait quintuplé, et cette prospérité allait sans aucun doute se poursuivre.

Mais l'ami n'avait pas idée de cette transformation. Par le passé, peut-être pour la dernière fois dans sa lettre de condoléances, il avait essayé de convaincre Georg d'émigrer en Russie, et il s'était étendu sur les perspectives existant à Saint-Pétersbourg justement dans le secteur commercial de Georg. Les chiffres étaient ridicules, comparés au volume qu'atteignaient à présent ses affaires. Mais Georg n'avait pas eu envie de raconter ses succès commerciaux par lettre à son ami, et si maintenant il les avait évoqués rétrospectivement, cela aurait vraiment eu l'air étrange.

Georg se contentait donc toujours de communiquer à son ami des événements insignifiants, tels qu'ils se rassemblent pêle-mêle dans la mémoire quand on est pensif, par un dimanche paisible. Tout ce qu'il voulait, c'était laisser intacte l'image que l'ami s'était sans doute forgée de sa ville natale durant ce long intervalle, et dont il s'était accommodé. Il arriva ainsi à Georg, dans trois lettres assez espacées les unes des autres, de faire part à son ami des fiançailles d'un garçon quelconque avec une jeune fille tout aussi indifférente, tant et si bien en l'occurrence que l'ami, sans que Georg l'eût du tout désiré, se mit à s'intéresser à cette bizarrerie.

Mais Georg préférait de beaucoup lui raconter ce genre de choses plutôt que de lui avouer qu'il s'était lui-même fiancé un mois auparavant, avec une demoiselle Frieda Brandenfeld[1], jeune fille d'une famille fortunée. Souvent, il parlait avec sa

---

1. À propos de ce nom, de célèbres interprétations par Kafka lui-même se trouvent dans son *Journal*, le 11 février 1913 (après une lecture à haute voix chez son ami Felix Weltsch) et (notamment) dans la lettre à Felice du 2 juin 1913. On trouvera également des notes plus détaillées dans notre édition bilingue *Le Verdict et autres récits*, pp. 95-129 (Le Livre de Poche, 1990).

fiancée de cet ami et de l'étrange relation épistolaire qu'il avait avec lui. [1] Alors, il ne viendra certainement pas à notre mariage, disait-elle, et je suis pourtant en droit de faire la connaissance de tous tes amis. — Je ne veux pas l'importuner répondait Georg, comprends-moi bien, il est probable qu'il viendrait, j'en suis du moins persuadé, mais il se sentirait contraint et lésé, peut-être m'envierait-il, et ensuite, certainement insatisfait et incapable de se libérer jamais de cette insatisfaction, il repartirait seul. Seul... sais-tu ce que cela représente ? — Oui, mais ne peut-il pas entendre parler de notre mariage d'une autre façon ? — Cela, c'est vrai, je ne puis l'empêcher, mais avec la vie qu'il mène, c'est invraisemblable. — En réalité, si tu as de tels amis, Georg, tu n'aurais absolument pas dû te fiancer. — Oui, c'est notre faute à tous les deux, pourtant même à présent, je ne voudrais pas qu'il en fût autrement. » Et lorsque ensuite le souffle court sous ses baisers, elle parvenait encore à dire « En fait cela me chagrine tout de même » [2] il jugeait sans conséquence de tout écrire à son ami. Voilà comment je suis et il n'a qu'à m'accepter comme ça, se disait-il. Je ne puis me tailler sur mesure un personnage qui, peut-être, serait plus approprié à son amitié que je ne le suis.

Et dans la longue lettre qu'il écrivit ce dimanche matin, il annonça effectivement à son ami l'événement de ses fiançailles dans les termes suivants : « J'ai gardé la meilleure nouvelle pour la fin. Je me suis fiancé avec une demoiselle Frieda Brandenhof [3], une jeune fille d'une famille fortunée qui ne s'est installée ici que longtemps après ton départ, tu as donc très peu de chances de la connaître. J'aurai encore l'occasion de te parler plus en détail de ma fiancée ; qu'il te suffise pour aujour-

---

**1.** Comme pour les points d'interrogation, le(s) guillemet(s) sont souvent absents dans le texte manuscrit, dès que le contexte — ou une indication comme « dit-il », « répondit-elle », « pensa-t-il » — rendent évidente la perception d'un dialogue. **2.** Ici les guillemets sont conservés *parce que* toute autre ponctuation est sous-entendue : principe d'économie du premier jet ! **3.** Lapsus calami ! Signalons que *Feld* signifie *champ* et *Hof, cour/ferme*. Par ailleurs, dans de nombreuses ébauches les paysans sont associés à d'anciens aristocrates.

d'hui de savoir que je suis très heureux et que la seule chose qui ait changé dans nos relations à tous deux est que tu auras en moi désormais un ami heureux, au lieu d'un ami très ordinaire. De plus, tu gagnes en la personne de ma fiancée, qui t'envoie ses cord. salut. et qui t'écrira elle-même prochainement, une amie sincère, ce qui pour un célibat. [1] n'est pas tout à fait négligeable. Je sais que différentes choses t'empêchent de revenir nous rendre visite, mais mon mariage ne serait-il pas justement l'occasion idéale d'aplanir pour une fois tous les obstacles ? Pourtant, quoi qu'il en soit, n'agis qu'à ta guise et entièrement comme bon te semble. »

Avec cette lettre à la main, G. était longtemps demeuré assis à son bureau, le visage tourné vers la fenêtre. À une connaissance qui, en passant, l'avait salué depuis la rue, il avait à peine répondu par un sourire absent.

Il fourra enfin la lettre dans sa poche, quitta sa chambre, et en traversant un petit couloir se rendit dans la chambre de son père, où il n'avait pas été depuis des mois déjà. Aucun besoin ne s'en faisait du reste sentir d'habitude, car il était sans cesse en relation avec son père au magasin, le midi ils déjeunaient ensemble dans un restaurant, le soir chacun s'arrangeait à sa convenance, mais en général, à moins que Georg comme cela arrivait le plus souvent ne retrouvât des amis ou à présent ne rendît visite à sa fiancée, ils passaient ensuite encore un petit moment chacun assis à lire son journal dans leur salon commun.

---

**1.** Herzl. grüss. pour « herzlich grüssen », *Jungges.* pour « Junggesellen ». Dans les manuscrits de Kafka (*cf. Der Process*, Stroemfeld, *op. cit.*) se remarquent de nombreuses abréviations — ainsi le chapitre *Fin* ne porte-t-il que *F.B.*, alors que dans d'autres on lit « Fräulein Burstner », on trouve aussi *U.R.* pour le juge d'instruction (« Untersuchungsrichter ») ou *K.D.* pour le sacristain (« Kirchendiener »), entre autres ! Ci-dessous, Georg est réduit à un simple G. —. Ceci relativise d'une certaine façon beaucoup le « poids » de cette lettre « K » qui a donné lieu à tant d'interprétations... Même si on lit dans le *Journal* de Kafka à la date du 25 mai 1914 (il vient juste d'écrire le mot *Karton*) : « je trouve laids les K, ils me dégoûtent presque et pourtant je les écris, ils doivent être très caractéristiques pour moi. » Leur tracé dans les manuscrits est en effet remarquable, mais souvent très beau...

Georg s'étonna que la chambre de son père fût si obscure, même par cette matinée ensoleillée. Ainsi donc le grand mur qui se dressait de l'autre côté de la cour étroite faisait une ombre pareille. Le père était assis près de la fenêtre, dans un coin qui était orné de différents souvenirs de la mère défunte, et il lisait le journal en le tenant de biais devant ses yeux, pour essayer de compenser quelque faiblesse de sa vue. Il y avait sur la table les reliefs du petit déjeuner auquel il semblait ne pas avoir touché beaucoup. Ah Georg ! dit le père en allant aussitôt vers lui. Sa lourde robe de chambre s'ouvrit tandis qu'il avançait ; les pans flottèrent autour de lui, mon père est encore un géant se dit Georg. Mais il fait ici une obscurité insupportable dit-il ensuite. Oui, pour sûr il fait sombre répondit le père. Tu as fermé aussi la fenêtre ?

Je préfère comme cela.

Tu sais qu'il fait très chaud dehors dit Georg comme pour ajouter quelque chose et il s'assit.

Le père débarrassa la vaisselle du petit déjeuner et la posa sur un coffre.

En fait je voulais juste te dire enchaîna Georg qui, l'air complètement ailleurs, suivait les mouvements du vieil homme, que finalement je viens tout de même d'annoncer mes fiançailles à Saint-Pétersbourg. Il sortit un peu la lettre de sa poche et la laissa retomber.

À Saint-Pétersbourg, comment ça ? demanda le père.

Eh oui, à mon ami, dit Georg en cherchant le regard de son père. Mais au magasin, il est complètement différent pensa-t-il. Comme il s'étale dans son siège ici, comme il croise les bras sur sa poitrine.

C'est ça. — À ton ami, dit le père avec insistance.

Mais tu sais bien, Père, que j'avais d'abord l'intention de lui taire mes fiançailles. Par égard pour lui, pour cette seule et unique raison. Tu sais toi-même que c'est quelqu'un de difficile. Je me disais que bien sûr, même si c'est à peine vraisemblable étant donné son mode de vie solitaire, il pouvait apprendre mes fiançailles par un autre canal — cela je ne peux l'empêcher —, mais que par moi personnellement, il n'en entendrait pas parler, voilà tout.

Et à présent tu as changé à nouveau d'avis ? demanda le père et il posa son grand journal sur le rebord de la fenêtre, et sur le journal ses lunettes qu'il recouvrit de sa main.

Oui je viens d'y réfléchir à nouveau. S'il est vraiment mon ami me suis-je dit le bonheur de mes fiançailles est aussi un bonheur pour lui. C'est pourquoi je n'ai plus hésité à le lui annoncer. Mais avant de poster cette lettre, je voulais te le dire.

Georg dit le père en fendant largement sa bouche édentée écoute un peu. Tu es venu me trouver à cause de cette affaire pour en délibérer avec moi. Cela t'honore sans aucun doute. Mais ce n'est rien, c'est pire que rien, si tu ne me dis pas maintenant l'entière vérité. Je ne veux pas agiter ici des choses qui n'ont rien à y voir. Depuis la mort de notre chère mère, certaines vilaines choses ont eu lieu. Peut-être le temps vient-il pour elles aussi, et peut-être vient-il plus tôt que nous ne le pensons. Au magasin, certains éléments m'échappent, que peut-être l'on ne me dissimule pas — je n'ai pas du tout l'intention de faire ici l'hypothèse que l'on me les dissimule —, je ne suis plus assez vigoureux, ma mémoire faiblit, je n'ai plus le regard qu'il faut pour toute cette complexité. *Primo*, c'est inscrit dans la nature, et *secundo* la mort de notre petite mère m'a beaucoup plus abattu que toi — Mais puisque nous en sommes justement à cette affaire, à cette lettre, je t'en prie Georg ne me raconte pas d'histoires. C'est un détail, ce n'est pas la peine d'en parler, alors ne me raconte pas d'histoires. As-tu vraiment cet ami à Saint-Pétersbourg ?

Georg se leva, embarrassé. Laissons là mes amis ! Un millier d'amis ne remplaceront pas mon père pour moi. Sais-tu ce que je pense ? Tu ne te ménages pas assez. Or l'âge réclame son dû. Tu m'es indispensable au magasin, comme tu le sais très bien, mais si le magasin devait compromettre ta santé, je le ferme définitivement, dès demain. Cela ne va pas. Il faut maintenant que nous organisions pour toi une autre façon de vivre. Mais radicalement autre. Ici, tu es assis dans l'obscurité, alors que dans le salon tu aurais de la belle lumière. Tu picores au petit déjeuner, au lieu de te refaire des forces. Tu es assis devant la fenêtre fermée, alors que l'air te ferait tellement de bien. Non, mon père. Je vais aller chercher le médecin et nous suivrons ses prescriptions. Nous échangerons nos chambres, tu viendras t'installer dans la pièce de devant, et moi je viendrai ici. Cela ne sera pas un bouleversement pour toi, tout sera transporté de l'autre côté. Mais chaque chose en son temps, pour l'instant allonge-toi encore un peu dans ton lit, il faut absolument que tu te reposes. Viens je vais t'aider à te déshabiller, tu vas voir, je sais m'y prendre. À moins que tu ne veuilles venir tout de suite dans la pièce de devant, tu pourrais t'allonger dans mon lit en attendant. D'ailleurs, ce serait très raisonnable.

Georg se tenait debout tout près de son père qui avait laissé retomber sur sa poitrine sa tête aux cheveux blancs ébouriffés.

« Georg » dit le père doucement sans bouger.

Aussitôt Georg s'agenouilla à côté de lui ; dans le visage fatigué du père, il vit les pupilles, démesurées, braquées sur lui dans le coin des yeux.

Tu n'as pas d'ami à Saint-Pétersbourg. Tu as toujours raconté des blagues, et même vis-à-vis de moi tu ne t'en es pas privé. Comment donc se ferait-il que tu aies un ami précisément là-bas. Je n'arrive vraiment pas à y croire.

Mais réfléchis encore un peu Père dit Georg en soulevant son père de la chaise et, voyant alors combien malgré tout il était faible sur ses jambes, il lui enleva sa robe de chambre. Cela va bientôt faire trois ans maintenant que mon ami est venu nous rendre visite. Je me souviens encore que tu ne l'appréciais pas spécialement. Je t'ai dit au moins par deux fois qu'il n'était pas là, alors qu'il était justement assis avec moi dans ma chambre. Je pouvais en effet très bien comprendre ton aversion pour lui, mon ami a ses bizarreries. Mais ensuite tu t'es pourtant bien entendu avec lui, finalement. J'étais même très fier, à l'époque, de voir comme tu l'écoutais en hochant la tête et en lui posant des questions. Si tu réfléchis, tu dois t'en souvenir. Il avait alors raconté des histoires incroyables au sujet de la révolution russe.

Par exemple comment, lors d'un voyage d'affaires à Kiev, il avait vu pendant une émeute un prêtre arménien [1] à un balcon, qui s'était taillé dans la paume de la main une large croix sanglante, puis avait brandi cette main en haranguant la foule. Tu as toi-même raconté cette histoire à ton tour ici et là.

Cependant Georg avait réussi à rasseoir son père et à lui retirer avec précaution le caleçon tricoté qu'il portait sur son sous-vêtement blanc de coton, ainsi que ses chaussettes. En voyant ce linge d'une propreté douteuse, il se reprocha d'avoir négligé son père. Il aurait certainement été de son devoir de veiller aussi à ce que l'on changeât le linge de son père. Il n'avait pas encore parlé explicitement avec sa fiancée de la manière dont ils organiseraient son avenir, car ils avaient sous-entendu comme allant de soi que le père resterait seul dans le vieil appartement. Mais à cet instant il décida aussitôt et très fermement qu'il prendrait son père avec lui dans son futur ménage. En considérant les choses de plus près, il semblait presque que les soins dont le père bénéficierait là-bas pourraient arriver trop tard.

L'ayant pris dans ses bras, il porta son père jusqu'au lit. Il éprouva une horrible impression en remarquant, durant ses quelques pas vers le lit, que son père jouait avec la chaîne de montre qui pendait sur sa poitrine. Il ne put le déposer immédiatement sur le lit, tant il s'accrochait à cette chaîne.

Mais à peine fut-il dans le lit que tout parut aller bien. Il se recouvrit tout seul, puis remonta même la couverture particulièrement haut, jusque sur l'épaule. Il leva les yeux vers Georg, sans hostilité.

N'est-ce pas que tu te souviens de lui maintenant demanda Georg en l'encourageant d'un signe de tête.

« Suis-je bien recouvert, à présent » demanda le père comme s'il ne pouvait pas vérifier que ses pieds étaient suffisamment à l'abri.

---

**1.** L'adjectif fut supprimé pour les versions imprimées.

Alors tu te sens déjà mieux au lit dit Georg en arrangeant les couvertures autour de lui [1]

« Suis-je bien recouvert demanda le père encore une fois, en paraissant particulièrement attentif à la réponse [2]

« Allez sois tranquille, tu es bien recouvert.

Non cria le père et du coup sa réponse alla heurter sa question, il rejeta la couverture avec une telle vigueur qu'en un instant elle se déploya tout entière dans son vol, et il se dressa debout sur le lit, il se retint un peu en appuyant juste une main contre le plafond. « Tu voulais me recouvrir, ça je le sais mon petit avorton mais je ne suis pas encore recouvert. Et même s'il s'agit de mes dernières forces, c'est assez pour toi, c'est trop pour toi. Bien sûr je connais ton ami. Il aurait été un fils selon mon cœur, lui. C'est aussi pour cela que tu l'as trompé durant toutes ces années. Pourquoi sinon ? Crois-tu que je n'aie pas pleuré son départ ? Alors que c'est la raison pour laquelle tu t'enfermes dans ton bureau, et personne ne doit te déranger, le patron est occupé, simplement pour que tu puisses écrire en Russie tes petites lettres mensongères. Mais heureusement, ton père n'a besoin de personne pour apprendre à percer son fils à jour. Et comme tu t'es imaginé que tu as eu le dessus sur lui, et le dessus à tel point que tu peux poser ton derrière sur lui sans qu'il bouge, Monsieur mon fils s'est décidé à se marier.

Georg leva les yeux vers l'épouvantable spectacle qu'offrait son père. L'ami de Saint-Pétersbourg, que le père connaissait soudain si bien, le bouleversa comme jamais auparavant. Il le voyait perdu dans l'immense Russie. Il le voyait sur le seuil de son magasin vide, pillé. Au milieu des rayonnages saccagés, des marchandises éventrées, des tuyaux de gaz arrachés, c'est à peine s'il tenait encore debout. Pourquoi avait-il fallu qu'il partît si loin.

Mais regarde-moi s'écria le père et Georg courut vers le lit presque sans réfléchir pour tout retenir mais il s'arrêta à mi-chemin.

---

**1.** Phrase écrite dans une seule coulée, et sans point final.  **2.** Idem.

C'est parce qu'elle a relevé ses jupes commença le père d'une voix flûtée c'est parce qu'elle a relevé ses jupes comme ça, cette oie répugnante, et pour montrer ce qu'il voulait dire, il releva sa chemise si haut que l'on vit sur sa cuisse la cicatrice qui datait de la guerre, parce qu'elle a relevé ses jupes comme ceci et comme cela et comme ceci, voilà pourquoi tu l'as entreprise et pour pouvoir te satisfaire avec elle sans te gêner, tu as sali la mémoire de notre mère, tu as trahi ton ami et fourré ton père au lit pour qu'il ne puisse pas bouger. Alors, est-ce qu'il peut bouger ou non ?

Et il était debout, libre de tout, et il lançait haut les jambes. Il rayonnait de lucidité.

Georg se tenait dans un coin, le plus loin possible du père. Un bon moment auparavant, il avait pris la ferme décision de tout observer avec une attention extrême, pour éviter d'être saisi par quelque détour que ce soit, par-derrière ou par en haut. À présent, il se rappelait de nouveau sa résolution depuis longtemps oubliée, puis il l'oubliait, comme on tire sur un petit bout de fil par le chas d'une aiguille.

Mais ton ami n'est pourtant pas encore trahi s'écria le père et avec l'index qu'il secouait il appuyait ses paroles. J'ai été son représentant, ici même.

« Comédien ! » ne put s'empêcher de s'écrier Georg, en mesurant aussitôt les dégâts et, le regard pétrifié, il se mordit la langue, mais trop tard, au point qu'il chancela sous la douleur.

Oui, bien sûr que j'ai joué la comédie. La comédie, c'est le mot juste ! Quelle autre consolation restait-il au vieux père devenu veuf. Dis un peu — et pendant que tu me répondras, sois encore mon fils vivant — que me restait-il dans ma chambre de derrière, persécuté par la déloyauté du personnel, vieilli jusqu'à l'os ? Et mon fils, tout joyeux, avançait de par le monde, concluant des affaires que j'avais préparées, pirouettant de plaisir, et il passait devant son père avec le visage fermé d'un homme respectable. Crois-tu que je ne t'aie pas aimé, moi de qui tu descends.

À présent, il va se pencher en avant pensa Georg. S'il tombait et allait se fracasser ! Ce mot siffla dans son cerveau.

Le père se pencha an avant, mais il ne tomba pas. Georg ne s'approchant pas comme il s'y était attendu, il se redressa de nouveau.

Reste où tu es, je n'ai pas besoin de toi. Tu penses avoir encore la force de venir jusqu'ici et que tu te retiens seulement parce que tu le veux. Mais ne t'abuse pas. Je suis encore le plus fort, de beaucoup. Tout seul il m'aurait peut-être fallu battre en retraite, mais c'est que ta mère m'a laissé sa force, j'ai conclu une alliance magnifique avec ton ami, et ta clientèle je l'ai ici dans ma poche.

Même dans sa chemise, il a des poches se dit Georg, croyant que grâce à cette remarque il pouvait le discréditer complètement. Il ne pensa cela qu'un instant car au fur et à mesure il oubliait tout.

Avise-toi un peu de donner le bras à ta fiancée et d'avancer vers moi. Je te la balayerai loin de toi, attends de voir ça.

Georg fit des grimaces comme s'il n'y croyait pas. Le père, pour confirmer la véracité de ce qu'il disait, se contenta de hocher la tête vers le coin où se trouvait Georg.

Comme tu m'as bien amusé aujourd'hui, quand tu es venu me demander si tu devais écrire à ton ami au sujet de tes fiançailles. Mais il est au courant de tout, gros bêta, au courant de tout. Je lui ai écrit bien sûr, puisque tu as oublié de me retirer de quoi écrire. C'est pour cette raison qu'il ne vient plus depuis des années déjà, il sait tout cent fois mieux que toi-même il chiffonne tes lettres dans sa main gauche sans les avoir lues, tandis que les miennes, il les tient devant lui dans sa main droite pour les lire.

Dans son enthousiasme il agita le bras au-dessus de sa tête.

[1]Il sait tout mille fois mieux s'écria le père.

Dix mille fois dit Georg pour tourner son père en dérision, mais dans l'instant même où ils étaient prononcés, ces mots sonnèrent avec une gravité mortelle.

« Depuis des années je suis sur mes gardes, attendant que tu

---

1. C'est l'un des deux cas où l'on constate dans le manuscrit un alinéa supplémentaire.

viennes me poser cette question. Crois-tu qu'une autre chose m'intéresse, crois-tu que je lise les journaux. Voilà ! » Et il lança à Georg une feuille de journal qui, d'une façon ou d'une autre, avait été emportée dans le lit. C'était un journal ancien dont le nom ne disait déjà plus rien à Georg.

Comme tu as mis du temps à acquérir de la maturité. Il a fallu que ta mère meure, il ne lui a pas été donné de vivre ce jour de joie, ton ami dépérit dans sa Russie, il y a 3 ans il était déjà jaune comme s'il était bon à jeter, et moi, tu vois bien où j'en suis. Car pour ça, tu as l'œil.

Tu m'as donc guetté ! s'écria Georg.

D'un air de commisération, le père lâcha négligemment : Cela, tu voulais sans doute le dire plus tôt. Et maintenant, c'est tout à fait déplacé.

Puis, plus fort : Tu sais donc maintenant ce qui existait en dehors de toi, tandis qu'auparavant tu n'étais préoccupé que de toi ! Au fond tu étais un enfant innocent, mais encore plus au fond tu étais un être diabolique !

[1] C'est pourquoi sache-le, je te condamne maintenant à la mort par noyade !

Georg se sentit chassé hors de la chambre, le bruit que fit derrière lui le père en se laissant tomber sur le lit résonna encore longtemps dans ses oreilles. Dans l'escalier dont il dévala les marches à toute vitesse comme si c'était un plan incliné, il bouscula sa bonne qui montait justement faire le ménage du matin dans l'appartement. « Doux Jésus ! » cria-t-elle en se cachant le visage dans son tablier, mais déjà il avait disparu. Il bondit pour franchir la porte, se sentit poussé de l'autre côté de la chaussée, en direction de l'eau. Déjà il saisissait le parapet, comme un affamé la nourriture. Il l'enjamba d'un seul coup en remarquable gymnaste, comme il l'avait été en ses jeunes années à la grande fierté de ses parents. Il se retint encore de ses mains qui faiblissaient peu à peu, guetta entre les barreaux du parapet le passage d'un omnibus qui couvrirait sans difficulté le bruit de sa chute,

---

1. Second alinéa supprimé par la suite, sans doute trop emphatique.

s'écria doucement : « chers parents je vous ai pourtant toujours aimés » puis se laissa tomber[1].

À cet instant il y avait sur le pont un trafic pour ainsi dire ininterrompu.[2]

**23 septembre**. J'ai écrit ce récit *le Verdict* d'une seule traite, de dix heures du soir à six heures du matin, dans la nuit du 22 au 23. Je suis resté si longtemps assis que c'est à peine si je pus retirer de dessous le bureau mes jambes ankylosées. Ma terrible fatigue et ma joie, comment l'histoire se déroulait sous mes yeux, j'avançais en fendant les eaux. À plusieurs reprises durant cette nuit, j'ai porté le poids de mon corps sur mon dos. Tout peut être dit, toutes les idées, si insolites soient-elles, sont attendues par un grand feu dans lequel elles s'anéantissent et renaissent. Comment tout devint bleu devant ma fenêtre. Une voiture passa. Deux hommes marchèrent sur le pont. À deux heures, je regardai ma montre pour la dernière fois. Quand la bonne a traversé le vestibule la première fois, j'écrivais la dernière phrase. La lampe éteinte, clarté du jour. Légères douleurs au cœur. La fatigue disparaissant au milieu de la nuit. Mon entrée tremblante dans la chambre de mes sœurs. Lecture à voix haute. Auparavant, je m'étire devant la bonne et dis : « J'ai travaillé jusqu'à maintenant. » La vue de mon lit intact, comme si on venait de l'apporter à l'instant dans la chambre. Ma certitude est confirmée, quand je travaille à mon roman, je me trouve dans les bas-fonds honteux de la littérature. Ce n'est qu'ainsi qu'on peut écrire, avec cette continuité, avec une ouverture aussi totale de l'âme et du corps. Le matin au lit. Mon regard toujours clair. Tout au long de mon travail, j'ai été accompagné par de nombreux sentiments, joie : par exemple, d'avoir quelque chose de beau pour l'*Arkadia* de Max, souvenir

---

**1.** Dernière modification, le verbe « tomber » : herab*fallen*, exactement « tomber d'en haut », dans le manuscrit devint hinab*fallen* : « tomber vers le bas ».   **2.** Au total, on dénombre une cinquantaine de modifications, dont la plupart concernent la ponctuation, les guillemets, les tirets : si Kafka a donc un peu arrangé son texte pour l'impression, il n'a rien retouché d'essentiel.

de Freud naturellement, *pour un passage souvenir de *Arnold Beer*, *pour un autre, de Wassermann, *pour un autre (écrabouiller) de la *Riesin* de Werfel, ainsi, bien entendu, que de mon propre *Monde citadin*[1].

―――――――――

*Moi, c'est moi seul, l'observateur depuis l'orchestre.

―――――――――

Gustave Blenkelt était un homme simple ayant des habitudes régulières. Il n'aimait pas le faste inutile et portait un jugement catégorique sur les gens qui s'y livraient. Bien qu'il fût célibataire, il se sentait parfaitement en droit de dire un petit mot décisif dans les affaires de ménage de ses amis et, avec lui, celui qui se serait permis de mettre ce droit en doute serait fort mal tombé. Il avait coutume de dire crûment son avis et ne cherchait nullement à retenir les interlocuteurs qui ne le trouvaient pas de leur goût. Il y avait comme partout des gens qui l'admiraient, des gens qui l'approuvaient, des gens qui le toléraient et d'autres, enfin, qui ne voulaient pas entendre parler de lui. S'il est vrai, pour peu qu'on y regarde d'assez près, que tout être, fût-il le plus infime, constitue le centre d'un cercle qui se trace çà et là autour de lui, comment n'aurait-ce pas été le cas pour Gustave Blenkelt, une personne somme toute particulièrement sociable ?

À l'âge de trente-cinq ans, la dernière année de sa vie, il fréquentait assidûment un jeune couple du nom de Strong. Il est certain que pour M. Strong, qui avait ouvert un commerce de meubles avec l'argent de sa femme, le fait de connaître Blenkelt présentait divers avantages ; celui-ci en effet possédait la plus grande partie de ses relations parmi des jeunes gens en état de

―――――――――

**1.** Texte figurant dans le *Journal* après le 21 février 1911. — « *La Géante. Instant d'une âme* » : cet ouvrage de Werfel avait paru en octobre 1912 dans les *Herder-Blätter*.

se marier qui, tôt ou tard, devaient penser à se procurer de nouveaux meubles et se gardaient bien en général, ne fût-ce que par habitude et même dans ce domaine, de négliger les conseils de Blenkelt. « Je leur tiens solidement la bride », avait coutume de dire Blenkelt.

———————

*24 [septembre].* Ma sœur m'a dit : L'appartement (dans ton histoire) ressemble beaucoup au nôtre. Moi : comment ça ? Il faudrait alors que la chambre du père soit dans les cabinets.

———————

*25 septembre.* Je me suis fait violence pour ne pas écrire. Je me suis roulé dans mon lit. Avec une tête congestionnée où le sang passait inutilement. Que de choses malsaines ! — Hier, lecture chez Baum, en présence de la famille Baum, de mes sœurs, de Marta, de la femme du Dr Bloch et de ses deux fils (l'un d'eux est volontaire pour un an dans l'armée). Vers la fin, ma main se promenait devant mon visage, dans un geste non contrôlé et vrai. J'avais les larmes aux yeux. Le caractère indubitable de mon récit s'est trouvé confirmé. — Ce soir, je me suis arraché à mon travail. Cinématographe au « Landestheater ». Loge. Mlle Oplatka, qui a été poursuivie une fois par un ecclésiastique. Elle est rentrée chez elle trempée de sueur froide. Danzig[1]. La vie de Körner. Les chevaux. Le cheval blanc. La fumée de la poudre. La chasse infernale de Lützow.

1. Le programme de ces « Spectacles de films scientifiques » donnés dans le Deutsches Landesteater présentait quatre parties : 1. Étranges insectes 2. L'Île de Ceylan 3. Dantzig 4. En souvenir de l'anniversaire de Theodor Körner (1791-1813, auteur du poème « La Chasse infernale de Lützow »).

[1]Lorsque Karl Rossmann, expédié à dix-sept ans en Amérique par ses pauvres parents parce qu'une bonne l'avait séduit et avait eu un enfant de lui, entra dans le port de Newyork sur le bateau qui avait déjà ralenti son allure, il vit que la statue de la déesse de la Liberté qu'il observait déjà depuis un bon moment, était soudain éclairée par un soleil plus vif. Son bras portant le glaive pointait comme s'il venait juste de se dresser, et tout autour d'elle les vents se donnaient libre cours.

« Qu'elle est haute » se dit-il, et oubliant tout à fait qu'il fallait quitter le bord, il se laissa pousser peu à peu contre le bastingage par la foule grossissante des porteurs qui s'agitaient autour de lui.

Un jeune homme avec lequel il avait vaguement lié connaissance pendant la traversée lui dit en passant : « Hé bien, vous n'avez donc pas encore envie de débarquer ? — Si, je suis prêt », dit Karl en riant et, par défi, étant un garçon costaud, il jucha sa valise sur son épaule. Mais tandis qu'il jetait un coup d'œil sur son compagnon qui continuait avec les autres en balançant un peu sa canne, il s'aperçut qu'il avait oublié son parapluie en bas. Aussitôt il pria le jeune homme, qui n'en parut pas enchanté, d'avoir l'amabilité de surveiller sa valise quelques minutes ; il embrassa encore du regard toute la scène, pour bien se repérer en revenant, et se dépêcha d'y aller. En bas, à son grand regret il trouva condamnée pour la première fois, sans doute à cause du débarquement de tous les passagers, une coursive qui lui aurait permis d'arriver plus vite, et il dut chercher laborieusement son chemin à travers d'innombrables petites pièces, des couloirs qui n'arrêtaient pas de bifurquer, de petits escaliers qui se succédaient sans fin et une salle vide, avec seulement un bureau, jusqu'au moment où finalement, n'étant passé par là qu'une ou deux fois et toujours avec plusieurs personnes, il fut complètement perdu. Dans son

---

**1.** Comme dans l'édition critique allemande (*op. cit.*, *Tagebücher II*), nous donnons ici la version du *Soutier* figurant dans le *Journal* de l'année 1912. La ponctuation et la rédaction des dialogues sont, de ce fait, loin d'être conformes aux normes éditoriales. On y saisit bien, en revanche, la manière dont Kafka se laissa emporter par le flux de son inspiration.

désarroi, ne rencontrant pas âme qui vive, environné du seul bruit des milliers de pieds frottant le sol au-dessus de lui, et distinguant vaguement, comme dans un souffle, le dernier ronflement des moteurs que l'on avait déjà arrêtés, il se mit sans réfléchir à frapper à une petite porte, devant laquelle, par le plus grand des hasards, il s'était arrêté. « Mais c'est ouvert » cria-t-on à l'intérieur, et Karl poussa la porte, avec un réel soulagement. « Pourquoi frappez-vous donc comme un fou à cette porte ? » demanda un immense gaillard dès qu'il aperçut Karl. Par une lucarne ménagée dans les hauteurs, une lumière trouble, comme déjà usée dans la partie supérieure du bateau, tombait dans cette misérable cabine où, serrés comme dans un garde-meuble, se trouvaient un lit, un placard, une chaise et cet homme. « Je me suis perdu » dit Karl « je ne m'en étais pas aperçu pendant la traversée mais ce bateau est terriblement grand. — Oui vous avez raison » dit l'homme avec une certaine fierté, en continuant de s'escrimer sur la serrure d'une mallette qu'il n'arrêtait pas de refermer, en appuyant ses deux mains dessus pour écouter le déclic du verrou. « Mais entrez tout de même, ajouta-t-il, vous n'allez pas rester debout dans le couloir. — Je ne vous dérange pas demanda Karl. — Bah comment pouvez-vous déranger. — Est-ce que vous êtes allemand ? demanda Karl qui voulait se rassurer, car il avait beaucoup entendu parler des dangers qui menacent les nouveaux arrivants en Amérique, notamment de la part des Irlandais. — Oui, oui, je le suis » dit l'homme. Karl hésitait encore. Alors l'homme saisit d'un seul coup la poignée de la porte et poussa Karl à l'intérieur, en refermant vivement. « Je ne supporte pas qu'on me regarde depuis le couloir, dit l'homme en se remettant à travailler sa valise. N'importe qui peut passer et jeter un coup d'œil, très peu pour moi, ce genre de chose. — Mais le couloir est désert, dit Karl qui était mal à son aise, coincé contre le montant de la couchette. — Maintenant, oui, dit l'homme. Il n'a jamais été question d'un autre moment, pensa Georg[1], ce

---

1. *Lapsus calami* : c'est le prénom d'un autre « fils », Georg Bendemann, celui du *Verdict* (p. 358) qui surgit ici...

n'est pas facile de parler avec cet homme. — Allongez-vous donc sur le lit, dit l'homme, vous aurez plus de place. » Karl se glissa tant bien que mal sur la couchette, et il éclata de rire en voyant échouer sa première tentative pour y grimper. Mais à peine fut-il allongé qu'il s'écria « Grand dieu, j'ai complètement oublié ma valise. — Où est-elle donc ? — Là-haut sur le pont, quelqu'un que je connais me la surveille. Comment s'appelle-t-il déjà ? » Et d'une poche secrète que sa mère lui avait cousue pour le voyage dans la doublure de son manteau il sortit une carte de visite. « Butterbaum, Franz Butterbaum. — Vous avez réellement besoin de cette valise ? — Bien entendu. — Mais alors, pourquoi l'avez-vous laissée en garde à un inconnu ? — J'avais oublié mon parapluie en bas, et je suis parti le rechercher, sans vouloir trimbaler ma valise. C'est alors qu'en plus, je me suis perdu. — Vous êtes seul ? Personne ne vous accompagne. — Oui, seul. « Je devrais peut-être rester auprès de cet homme, se dit Karl brusquement, où trouverai-je à présent un meilleur ami. » — Et voici que maintenant vous avez perdu aussi votre valise. Sans parler du parapluie », et l'homme s'assit sur la chaise, comme si l'histoire de Karl commençait à l'intéresser un peu. — Mais je crois que la valise n'est pas encore perdue. — Il n'y a que la foi qui sauve, dit l'homme, et il gratta énergiquement ses cheveux bruns, courts et drus. Avec les ports, ce sont aussi les mœurs qui changent sur un bateau ; à Hambourg, votre Butterbaum aurait peut-être surveillé votre valise, mais ici vous ne retrouverez sans doute plus trace d'aucun des deux. — En tout cas, il faut que je remonte voir immédiatement, dit Karl en jetant un coup d'œil pour repérer où il pourrait sortir. — Restez, voyons, dit l'homme, et d'une bourrade dans la poitrine, il le repoussa plutôt brutalement sur la couchette. Enfin, pourquoi ? demanda Karl, irrité. Parce que cela n'a pas de sens, dit l'homme ; moi aussi, je vais m'en aller dans un petit moment, nous irons voir ensemble. Soit la valise a été volée, alors il n'y a rien à faire et vous pouvez la pleurer jusqu'à la fin de vos jours, ou bien l'homme la surveille toujours, auquel cas c'est un imbécile et il n'a qu'à continuer à le faire, ou bien c'est simplement un homme honnête et il l'a laissée sur place, alors nous la retrouverons d'autant mieux quand le bateau sera complètement désert. Votre parapluie du reste aussi. Vous vous repérez bien sur le bateau ? demanda Karl avec méfiance, car il conservait l'impression que l'idée, convaincante au premier abord, que ses affaires se retrouveraient mieux une fois qu'il n'y aurait plus personne sur le bateau, devait cacher quelque chose. Vous savez, je suis le soutier de ce bateau, s'écria l'homme. Vous êtes le soutier, s'exclama Karl d'un ton joyeux, comme s'il n'en espérait pas tant, et, se redressant sur son coude, il examina l'homme plus attentivement. Juste devant la cabine où je dormais avec le Slovaque, il y avait un hublot d'où l'on voyait dans la salle des machines. — Oui c'est là que je travaillais dit le soutier. — Je me suis toujours beaucoup intéressé à la technique, dit Karl qui poursuivait son idée, et je serais sûrement devenu ingénieur plus tard, si je n'avais pas été obligé de partir pour l'Amérique. — Et pourquoi avez-vous dû partir ? — Bah, à quoi bon ! » dit Karl et, d'un revers de main, il envoya bouler toute cette histoire. En même temps il sourit au soutier comme s'il implorait aussi son indulgence pour ce qu'il ne lui avouait pas. Il y avait sans doute une bonne raison, dit le soutier sans que l'on puisse vraiment dire s'il essayait par là d'en réclamer ou d'en éviter le récit. — Maintenant, je pourrais moi aussi devenir soutier dit Karl, mes parents se moquent complètement de ce que je vais devenir. — Ma place va se trouver libre dit le soutier et pour s'en montrer pleinement conscient, il mit ses mains dans ses poches ; puis, voulant étirer ses jambes serrées dans un pantalon anthracite en simili cuir, tout fripé, il les balança sur la couchette. Karl dut se serrer contre la cloison. — Vous quittez le bateau ? — Hé oui, aujourd'hui on débarque. — Et pourquoi ? Cela ne vous plaît pas, ici ? — Bah, question de circonstances, ce qui compte, ce n'est pas toujours si on se plaît ou non. D'ailleurs vous avez raison ça ne me plaît pas non plus. Vous n'envisagez sans doute pas sérieusement de devenir soutier, mais c'est alors que cela peut arriver le plus facilement. En tout cas, moi je vous le déconseille. Si vous aviez l'intention de faire des études en Europe, pourquoi ne pas en faire ici. Car les universités américaines sont incomparablement meilleures. — C'est possible, dit Karl, mais je n'ai presque pas d'argent pour les études. J'ai lu, il est vrai, l'histoire de quelqu'un qui travaillait la journée dans un magasin et qui étudiait la nuit, pour finalement passer son doctorat et devenir maire, je crois, mais cela demande une sacrée persévérance, n'est-ce pas ? Je ne pense pas l'avoir. De plus, je n'étais pas spécialement bon élève, et ça ne m'a pas coûté du tout, de quitter l'école. Peut-être aussi que les écoles d'ici sont beaucoup plus exigeantes. Je ne connais presque pas l'anglais. Et d'une façon générale, on n'est pas bien disposé envers les étrangers ici, je crois. — Vous vous en êtes déjà aperçu ? Alors, c'est bien. Alors, vous êtes mon homme. Tenez, ici nous sommes sur un bateau alle-mand, qui appartient à la Compagnie Hamburg-Amerika, hé bien pourquoi ne sommes-nous pas tous des Allemands ? Pour-quoi le chef-mécanicien est-il roumain ? Il se nomme Schubal. On a peine à le croire. Et ce saligaud nous éreinte, nous autres Allemands, sur un bateau allemand. N'allez pas croire... — Le souffle lui manqua, et il agita sa main — que je me plains pour le plaisir. Je sais que vous n'avez aucune influence et que vous êtes un pauvre petit gars. Mais c'est tout de même trop fort. » Et il donna plusieurs coups de poing sur la table, sans la quitter des yeux. « Moi qui ai travaillé sur un grand nombre de bateaux — et comme un seul mot, il débita d'une traite une vingtaine de noms, Karl en attrapa le tournis —, moi qui ai été remarqué, couvert de compliments, moi qui ai toujours travaillé à la satis-faction de mes commandants et qui suis resté plusieurs années de suite sur un voilier de la marine marchande, il se leva comme si c'eût été le moment culminant de toute sa vie, ici sur ce rafiot où tout est tiré au cordeau et où l'on ne tolère pas la moindre blague — je suis un bon à rien, je suis toujours dans les pattes de Schubal, je suis un paresseux qui mérite d'être mis à la porte, et on est encore trop bon de me payer mon salaire. Vous comprenez ça ? Pas moi. — Il ne faut pas vous laisser faire », dit Karl, tout excité. Il avait presque perdu le sentiment de se trouver sur la surface mouvante d'un bateau et au bord d'un continent inconnu, tant il se sentait comme chez lui, là sur la couchette du soutier. « Avez-vous été voir le commandant ? Avez-vous déjà fait valoir votre droit auprès de lui ? — Non, je vous en prie, allez-vous-en, partez. Je n'ai pas besoin de vous ici. Vous n'écoutez pas ce que je vous dis, et vous me donnez des conseils. Comment pourrais-je donc aller voir le commandant. » Le soutier se rassit, l'air fatigué, et enfouit son visage dans ses mains. « Je ne peux rien lui conseiller de mieux », se dit Karl. Mais il songea qu'en réalité il aurait mieux fait d'aller à la recherche de sa valise plutôt que donner ici des conseils à quelqu'un qui en plus les trouvait idiots. Quand son père lui avait pour toujours remis cette valise, il lui avait demandé en plaisantant : Combien de temps la garderas-tu ?, et voici que cette précieuse valise était peut-être réellement perdue. Sa seule consolation était que son père ne serait sans doute pas informé de sa situation actuelle, même s'il cherchait à s'informer. La compagnie maritime pourrait tout au plus certifier que la valise était arrivée jusqu'à Newyork. Mais Karl était désolé d'avoir si peu utilisé les affaires qu'elle contenait, alors que maintenant il aurait eu par exemple le plus grand besoin de changer de chemise. Il avait donc fait des économies mal placées ; au seuil d'une nouvelle carrière, quand il lui aurait fallu se présenter dans une tenue impeccable, il allait devoir porter une chemise sale. Quelle jolie perspective ! À part cela, la perte de sa valise n'était pas si grave, car le costume qu'il avait sur le dos était plutôt meilleur que celui qu'elle contenait, de pur dépannage, un costume que sa mère avait dû lui raccommoder juste avant son départ. Il se souvint alors aussi qu'il y avait dans sa valise un morceau de salami de Vérone, un petit cadeau ajouté par sa mère et dont il n'avait encore pu manger qu'un minuscule morceau, car pendant la traversée, il n'avait pas eu d'appétit, et la soupe que l'on avait distribuée dans l'entrepont lui avait largement suffi. Tandis que maintenant il aurait été content d'avoir le salami à portée de main, pour en régaler le soutier. Car ces gens-là, on gagne facilement leurs faveurs en leur glissant un petit quelque chose, Karl avait appris cela de son père, qui se conciliait tous les petits employés auxquels il avait affaire en leur distribuant des cigares. À présent, Karl n'avait plus rien d'autre à distribuer que son argent, et dans la mesure où sa valise pouvait être perdue, il ne voulait pas y toucher pour l'instant. Il se remit à songer à sa valise, incapable de comprendre pourquoi il l'avait surveillée si attentivement pendant la traversée, au point de s'être presque interdit de dormir, si c'était ensuite pour se la laisser emporter aussi facilement. Il se rappela les cinq nuits pendant lesquelles il avait sans cesse soupçonné un petit Slovaque, installé pour dormir deux places plus loin sur sa gauche, de guigner sa valise. Ce Slovaque n'avait fait qu'épier Karl en attendant qu'il ferme enfin les yeux un instant, terrassé par la fatigue, pour attirer à lui la valise à l'aide d'une longue tringle avec laquelle il s'amusait ou s'exerçait sans cesse. À la lumière du jour, ce Slovaque avait l'air passablement inoffensif, mais dès qu'il faisait nuit, il se levait par moments de son matelas et jetait un coup d'œil triste vers la valise de Karl. Celui-ci pouvait suivre cela très bien, car souvent, bien que ce fût interdit par le règlement du bateau, une loupiote s'allumait ici ou là, parce que quelqu'un, pris de l'inquiétude de l'émigrant, tentait de déchiffrer un des incompréhensibles prospectus des agences d'immigration. Quand il y en avait une d'allumée à proximité, Karl pouvait somnoler un peu, mais si c'était trop loin ou s'il faisait noir, il fallait qu'il garde les yeux ouverts. Ces efforts l'avaient épuisé. Et voilà que peut-être ils n'avaient servi à rien. Ah, ce Butterbaum, si un jour il le retrouvait quelque part.

À cet instant, alors qu'un silence total avait régné jusqu'alors, on entendit retentir au-dehors et à une grande distance de petits coups brefs, comme frappés par des pieds d'enfants ; en se rapprochant ils se renforcèrent, et voilà que c'étaient plusieurs hommes qui marchaient calmement. Ils avançaient manifestement à la file, comme il était naturel dans un couloir étroit, on entendait un cliquetis comme s'il y avait des armes. Allongé

sur la couchette et près de s'abandonner à un sommeil délivré
de tous soucis au sujet de sa valise et du Slovaque, Karl sursauta
et donna une petite tape au soutier pour qu'il y prête enfin
attention, car à cet instant la tête du cortège semblait arriver
devant la porte. « C'est l'orchestre du bord, dit le soutier, ils
ont juste fini de jouer là-haut et vont faire leurs bagages. À
présent, tout est terminé et nous pouvons y aller. Venez. » Il
prit Karl par la main, attrapa encore, avant de sortir, une image
de la Vierge dans son cadre, accrochée au-dessus de sa couchette, et la fourra dans la poche de sa veste, sur sa poitrine,
puis il saisit sa valise et quitta aussitôt sa cabine avec Karl.

Maintenant je vais au bureau, dire mon opinion à ces messieurs. Il n'y a plus personne, on n'est plus tenu de prendre
des gants ; le soutier répéta plusieurs fois son intention, de
diverses façons, et tout en marchant il essaya d'écraser un rat
qui était dans le passage, mais le coup de pied qu'il lui décocha
sur le côté ne réussit qu'à le faire rentrer plus vite dans son
trou, sain et sauf. D'une manière générale, les mouvements du
soutier étaient lents, car ses jambes, bien que longues, étaient
trop pesantes.

Ils traversèrent une partie des cuisines, où quelques servantes en tabliers sales — elles faisaient exprès de s'asperger —
lavaient de la vaisselle dans de grands bacs. Le soutier appela
une certaine Line, passa son bras autour de ses hanches et fit
quelques pas avec elle, serrée contre lui et s'appuyant sur son
bras avec des mines coquettes. « Ça va être la paye, tu viens
avec moi ? demanda-t-il. — Pourquoi me donner ce mal, tu n'as
qu'à me rapporter l'argent, répondit-elle, sur quoi, s'étant
dégagée de son bras, elle s'éloigna. « Et où as-tu déniché ce joli
garçon », s'écria-t-elle encore, mais sans attendre de réponse.
On entendit rire les autres filles qui avaient interrompu leur
travail.

Mais ils continuèrent, et se retrouvèrent devant une porte
surmontée d'un petit fronton que soutenaient de petites cariatides dorées. Cela semblait un peu luxueux, sur un bateau. Karl
s'avisa qu'il n'était encore jamais venu dans ce secteur, sans

doute réservé pendant la traversée aux passagers de première et de seconde classe, tandis que maintenant, avant le grand nettoyage du bateau, on avait enlevé toutes les portes de séparation. D'ailleurs ils avaient déjà croisé plusieurs fois des hommes portant des balais sur l'épaule, qui avaient salué le soutier. Karl fut étonné par cette grande activité, il est vrai que dans son entrepont il ne l'avait guère remarquée. Des câbles électriques se déployaient aussi le long des coursives, et une petite sonnerie tintait sans arrêt.

Le soutier frappa à la porte d'un petit coup respectueux, et lorsqu'on répondit Entrez, il invita Karl d'un geste à entrer sans crainte. Celui-ci obéit, mais resta près de la porte. Par les trois fenêtres de la pièce, il aperçut la mer, et en observant l'agitation joyeuse des vagues, son cœur bondit comme s'il ne venait pas de voir la mer sans interruption durant cinq longs jours. De grands navires entrecroisaient leurs sillages, en accusant plus ou moins le choc des vagues, selon leur masse. Si l'on plissait les yeux, on avait l'impression que les navires oscillaient seulement par leur propre masse. Ils avaient à leurs mâts des pavillons étroits mais longs, que le courant d'air raidissait sans les empêcher de battre par moments. Tirées sans doute par des bateaux de guerre, on entendait des salves d'honneur, et avec les reflets étincelants de leur manteau métallisé, les longs canons de l'un d'eux, qui croisait à proximité, étaient comme caressés par sa progression régulière, fluide et pourtant peu horizontale. Quant aux diverses petites embarcations, depuis cette porte on les voyait seulement au loin, qui s'approchaient du port dans les espaces libres entre les gros bateaux. Mais derrière tout cela il y avait Newyork qui regardait Karl par les cent mille fenêtres de ses gratte-ciel. Oui dans cette pièce, on se rendait compte de l'endroit où l'on était.

Autour d'une table ronde étaient assis 3 messieurs : un officier du bord, portant l'uniforme bleu de la marine, et les deux autres, des fonctionnaires des autorités portuaires, vêtus de l'uniforme noir américain. Sur la table se trouvait une pile imposante de divers documents que l'officier, la plume à la main, parcourait des yeux avant de les passer aux deux autres, qui tantôt les lisaient, tantôt y notaient quelque chose et tantôt les rangeaient dans leurs serviettes, à moins que l'un d'eux, qui émettait sans cesse un petit sifflement entre ses dents, ne dictât à son collègue quelques mots qu'il consignait dans un procès-verbal.

Devant la fenêtre, assis à un bureau et tournant le dos à la porte, un homme de plus petite taille manipulait de grands in-folios empilés sur une solide étagère en bois, au niveau de sa tête. À côté de lui se trouvait une caisse grande ouverte, et vide, du moins au premier coup d'œil.

La deuxième fenêtre était dégagée et offrait la plus belle vue. À proximité de la troisième en revanche, deux messieurs debout conversaient à mi-voix. L'un s'appuyait contre la fenê-tre, portant lui aussi l'uniforme du bord et jouant avec la poi-gnée de sa dague. Son interlocuteur était tourné vers la fenêtre, et par instants ses mouvements laissaient apercevoir une partie des multiples décorations ornant la poitrine de l'autre. Il était en civil et comme il appuyait ses deux mains sur ses hanches, sa fine badine de bambou s'écartait elle aussi comme une dague.

Karl n'eut pas beaucoup de temps pour tout observer, car déjà un domestique s'approchait et, jetant sur le soutier un regard suggérant qu'il n'avait pas sa place ici, lui demanda ce qu'il voulait. Le soutier lui répondit à voix basse, exactement comme il avait été interrogé, qu'il désirait parler à M. le Caissier Principal. Le domestique refusa pour sa part d'un geste de la main, mais se dirigea tout de même, sur la pointe des pieds et en passant très à distance de la table ronde, vers le monsieur aux in-folios. Celui-ci — on le vit fort distinctement — se figea littéralement en entendant ce que le domestique lui disait, mais finit par se retourner vers l'homme qui demandait à lui parler, avant de manifester son refus catégorique par des gestes élo-quents en direction du soutier et aussi du domestique, pour plus de sûreté. Lequel revint alors vers le soutier et lui déclara, sur un ton confidentiel : « Fichez le camp immédiatement de cette pièce ! »

À cette réponse, le soutier baissa les yeux vers Karl, comme si ce dernier portait en dépôt son cœur, à qui sans un mot il voulait confier son malheur. Sans réfléchir davantage, Karl se dégagea, traversa la pièce en courant et heurta même légèrement la chaise de l'officier ; le domestique s'élança, penché en avant, tendant les bras comme s'il voulait attraper un vilain insecte, mais Karl arriva le premier devant la table du caissier, à laquelle il se cramponna, au cas où le domestique chercherait à l'en arracher.

Bien sûr, toute la pièce s'anima d'un seul coup. L'officier du bord, assis à la table, s'était levé d'un bond, les messieurs de l'administration portuaire regardaient très calmement, mais sans rien laisser échapper ; les deux messieurs devant la fenêtre s'étaient rapprochés l'un de l'autre ; le domestique, croyant n'avoir plus à intervenir, à partir du moment où ces importants messieurs s'intéressaient à ce qui se passait, recula d'un pas. Le soutier près de la porte guettait avec vigilance l'instant où son aide serait nécessaire. Enfin le caissier principal, assis dans son fauteuil, pivota par un grand mouvement vers la droite.

Karl fouilla dans sa poche secrète, n'hésitant pas à la dévoiler devant tous ces gens, et en sortit son passeport qu'il déposa grand ouvert sur la table, pour toute présentation. Le caissier principal parut considérer ce document comme des plus négligeables, car d'une chiquenaude il le poussa sur le côté, sur quoi Karl remit le passeport dans sa poche, considérant cette formalité comme accomplie. « Je me permettrai de dire, commença-t-il alors, que selon moi on s'est montré injuste envers monsieur le soutier. Il y a ici un certain Schubal qui lui cherche noise. Sur de nombreux bateaux, dont il peut vous préciser tous les noms, il a effectué son service à la satisfaction générale, il est consciencieux, il prend son travail très à cœur, et l'on ne voit vraiment pas pourquoi il s'en acquitterait mal précisément sur ce bateau-ci, où le service n'est pas excessivement difficile, comme par exemple sur des voiliers de la marine marchande. Il ne peut donc s'agir que d'une calomnie destinée à ralentir son avancement et à le priver de l'estime à laquelle il aurait tout à fait droit. Je viens d'évoquer son cas d'une manière générale, mais il va vous présenter lui-même ses griefs plus en détail. » Karl avait adressé ces paroles à l'ensemble des messieurs, parce qu'en effet ils lui avaient tous prêté attention et qu'il semblait beaucoup plus vraisemblable de trouver parmi eux un homme juste que précisément dans la seule personne du caissier principal. Par ruse, Karl n'avait pas révélé non plus qu'il connaissait le soutier depuis si peu de temps. D'ailleurs il eût parlé encore mieux s'il n'avait pas été troublé en découvrant soudain, de l'endroit où il se trouvait, que le monsieur à la badine de bambou avait le visage très rouge.

« Ces déclarations sont parfaitement exactes », dit le soutier avant que personne ne l'interrogeât, avant même que personne n'eût jeté un regard vers lui. Cette précipitation aurait pu être une grave erreur, si le monsieur aux décorations — qui, Karl en eut alors l'intuition, était certainement le commandant — n'avait pas déjà manifestement décidé, dans son for intérieur, de donner la parole au soutier. En effet il tendit le bras et, d'une voix assez ferme pour résister à un coup de marteau, il cria au soutier : Approchez-vous ! À présent, tout dépendait du comportement du soutier, puisque le bien-fondé de son affaire ne faisait pas le moindre doute pour Karl.

Par bonheur il s'avéra dans cette occasion que le soutier avait déjà pas mal roulé sa bosse. Gardant un calme exemplaire, il sortit sans hésiter une liasse de documents de sa mallette, ainsi qu'un petit carnet ; puis, sans tenir le moindre compte du caissier principal, il se dirigea avec le plus parfait naturel vers le commandant et déplia sur le rebord de la fenêtre ses pièces à conviction. Le caissier principal dut prendre la peine de se déplacer, lui aussi. « Cet homme est bien connu pour être un chicaneur, dit-il en guise d'explication ; il est plus souvent dans le bureau du caissier que dans la salle des machines. Il a réussi à faire le désespoir de Schubal, cet homme tellement calme. Écoutez-moi un peu ! dit-il en se tournant vers le soutier, vous poussez vraiment trop loin l'audace. Combien de fois ne vous a-t-on pas déjà mis à la porte de la comptabilité, comme vous le méritez en faisant des réclamations parfaitement indues, toutes autant qu'elles sont ! Et combien de fois ne vous êtes-vous pas alors précipité dans le bureau du caissier principal ! Combien de fois ne vous a-t-on pas déjà expliqué gentiment que votre supérieur immédiat est Schubal et que vous devez vous arranger avec lui seul, dont vous êtes le subordonné ! Et voilà maintenant que vous osez venir vous présenter à un moment où notre commandant est là, et vous n'avez pas honte de l'importuner lui aussi, et vous ne vous sentez pas ridicule non plus d'amener avec vous, comme porte-parole zélé de vos incriminations ineptes, ce petit gars, que du reste je vois pour la première fois sur ce bateau !

Karl eut beaucoup de mal à se retenir de lui sauter dessus. Mais déjà le commandant intervenait en disant : « Commençons tout de même par écouter cet homme. Je trouve de toute manière qu'avec le temps ce Schubal en fait un peu trop à sa tête, pourtant... Ce qui ne veut pas dire pour autant que je prenne votre défense. » Ces derniers mots s'adressaient au soutier ; même s'il était normal qu'il ne pût aussitôt prendre son parti, les choses semblaient bien engagées. Le soutier commença ses explications, en faisant dès le début l'effort de dire chaque fois Monsieur en désignant Schubal. Cela ravissait Karl, debout devant la table abandonnée par le caissier principal, et chaque fois, tout à sa joie, il s'appuyait sur le plateau d'un pèse-lettre. — Monsieur Schubal est injuste. Monsieur Schubal privilégie les étrangers. Monsieur Schubal expulsait le soutier de la salle des machines pour lui faire nettoyer les cabinets, ce qui n'était tout de même pas le travail d'un soutier. — Un doute perça même, à un moment, sur l'efficacité de monsieur Schubal, qui semblait plus apparente que réelle. À cette minute, Karl regarda le commandant intensément et d'un air complice comme s'ils étaient collègues, afin que surtout il ne se laisse pas influencer contre le soutier par la façon un peu maladroite dont celui-ci s'exprimait. Cependant, il ne ressortait pas grand-chose de précis de toutes ces paroles, et même si le commandant regardait toujours droit devant lui, l'air résolu à écouter cette fois le soutier jusqu'au bout, les autres messieurs commençaient à perdre patience, et bientôt la voix du soutier ne s'imposa plus dans toute la pièce, ce qui pouvait susciter quelques craintes. Le premier à réagir fut le monsieur en civil, qui agita sa badine de bambou et en frappa le parquet, très légèrement. Les autres messieurs ne pouvaient s'empêcher de lui lancer un coup d'œil de temps en temps ; les messieurs de l'administration portuaire, qui étaient manifestement pressés, reprirent les dossiers et recommencèrent à les parcourir des yeux, mais sans grande concentration ; l'officier du bord rapprocha sa chaise de la table, et le caissier principal, pensant avoir gagné la partie, poussa un profond soupir ironique. Seul le domestique ne semblait pas touché par l'inattention croissante et, compatissant un peu aux souffrances de ce pauvre hère placé sous la dépendance de ces grands personnages, il hochait gravement la tête en direction de Karl, comme s'il voulait lui dire quelque chose.

Pendant ce temps, la vie continuait dans le port, devant les fenêtres ; une barge, chargée d'une montagne de tonneaux que l'on devait avoir superbement arrimés pour qu'ils ne roulent pas, plongea presque la pièce dans l'obscurité, quand elle passa ; de petits bateaux à moteur, que Karl cette fois aurait pu observer de près, s'il avait eu le temps, filaient droit devant eux en vrombissant au gré des tressaillements de mains d'un homme debout à la barre ; d'étranges corps flottants surgissaient d'eux-mêmes çà et là dans l'eau toujours agitée, pour être aussitôt submergés et à nouveau couler, à la surprise de qui les observait ; sous les coups de rame frénétiques des matelots, des canots de la compagnie transatlantique avançaient, remplis de passagers restés assis, calmes et patients, à l'endroit où on les avait entassés, même si certains ne pouvaient pas s'empêcher de tourner la tête vers les scènes changeantes qui s'offraient à eux. Un mouvement sans trêve, une agitation qui, à travers l'élément remuant, se transmettait aux hommes sans défense et à leurs œuvres.

Mais tout incitait à se hâter, à être net, à présenter les choses très précisément ; or, que faisait le soutier ? Certes il se donnait chaud en discourant, et depuis un moment il était incapable d'attraper ses papiers posés près de la fenêtre, tant ses mains tremblaient ; de tous les côtés, il trouvait à se plaindre de ce Schubal, et à son avis le moindre de ces griefs aurait suffi à ruiner entièrement cet individu ; cependant, il ne parvint à produire devant le commandant qu'un lamentable salmigondis de plaintes. Le monsieur à la badine de bambou sifflotait depuis déjà un bon moment en regardant le plafond, les messieurs de l'administration portuaire retenaient l'officier à leur table, sans paraître vouloir le lâcher de sitôt ; manifestement, seul le calme du commandant retenait encore le caissier principal de faire un éclat, comme cela le démangeait. Le domestique au garde-à-vous s'attendait à recevoir d'un instant à l'autre un ordre de son commandant, concernant le soutier.

Karl ne pouvait donc pas rester plus longtemps passif. Il s'avança lentement vers le groupe, et en marchant il n'en réfléchit que plus vite à la façon la plus habile de prendre les choses en mains. Il était vraiment plus que temps, encore un petit instant et ils pouvaient très bien se voir tous les deux flanqués à la porte du bureau. Même si le commandant était un brave homme, même si en outre, comme Karl en avait l'impression, il avait probablement, en ce moment précis, une raison particulière d'apparaître comme un supérieur épris de justice, il n'était pas un instrument dont on pouvait jouer n'importe comment — or, c'était ce que faisait le soutier, même s'il se laissait emporter par une indignation qui ne connaissait plus de bornes.

Karl dit donc au soutier : « Il faut que vous expliquiez cela d'une façon plus simple, plus claire ; monsieur le commandant ne peut pas bien comprendre les choses, si vous les racontez ainsi. Connaît-il donc par leur prénom ou même par leur nom tous les mécaniciens et commis, pour savoir aussitôt qui vous désignez par l'un de ces noms ? Mettez donc un peu d'ordre dans vos doléances, exprimez d'abord la plus importante, puis les autres, en ordre décroissant, peut-être qu'alors un certain nombre d'entre elles ne seront même plus nécessaires. À moi, vous les avez toujours présentées si clairement. » Si en Amérique on vole les valises, on peut bien mentir aussi un peu de temps en temps, pensa-t-il pour s'excuser.

Si seulement cela avait servi à quelque chose ! Était-ce donc déjà trop tard ? Le soutier s'arrêta net en entendant cette voix familière ; mais ses regards étant complètement obscurcis par les larmes que lui arrachaient son honneur blessé, ses terribles souvenirs et sa situation tout à fait désespérée, il n'était plus en état de reconnaître Karl. Comment pourrait-il donc, Karl sans rien dire le comprit devant cet homme soudain silencieux, comment pourrait-il donc se mettre d'un seul coup à parler autrement, alors que d'une part il avait l'impression d'avoir déjà exprimé tout ce qu'il avait à dire sans rencontrer la moindre compréhension, et de l'autre, celle de n'avoir encore absolument rien dit, mais de ne pas pouvoir demander maintenant à ces messieurs de tout écouter à nouveau. Et voilà le moment où Karl, son seul partisan, intervient en prétendant lui donner de bons conseils, alors qu'en réalité il lui montre que tout est perdu, absolument tout.

Si je m'en étais mêlé plus tôt, au lieu de regarder par la fenêtre, se dit Karl qui baissa la tête devant le soutier en plaçant ses mains sur les coutures de son pantalon, pour signifier la fin de tous leurs espoirs.

Mais le soutier ne le comprit pas, il pressentit sans doute que Karl lui reprochait secrètement quelque chose, et dans la louable intention de se justifier, il se mit, pour couronner le tout, à quereller Karl. Or, les messieurs assis à la table ronde étaient depuis longtemps agacés par ce vacarme inutile qui dérangeait leurs importants travaux ; le caissier principal commençait à trouver incompréhensible la patience du commandant et avait une forte envie d'éclater ; le domestique qui avait de nouveau complètement adopté le point de vue de ses maîtres toisait le soutier d'un regard furieux ; quant au monsieur à la badine de bambou, que le commandant en personne gratifiait çà et là d'un regard amical et que le soutier à présent ennuyait, excédait même, il avait sorti un petit carnet de notes et, manifestement préoccupé par tout autre chose, il regardait tour à tour son carnet et Karl.

Oui je sais, je sais, dit Karl qui avait le plus grand mal à endiguer le flot de paroles que le soutier déversait à présent sur lui, mais restait souriant et amical malgré ce conflit. Vous avez raison, tout à fait raison, je n'en ai jamais douté. Redoutant des coups, il aurait volontiers saisi les mains, que l'autre brandissait dans tous les sens, mais ce qu'il aurait encore préféré, c'eût été de le pousser dans un coin de la pièce et de lui murmurer quelques paroles apaisantes, qu'ainsi personne n'aurait entendues. Mais le soutier était complètement hors de lui. Karl commença même à songer, idée qui le réconforta un peu, qu'au pire le soutier puiserait dans son désespoir la force de terrasser les sept hommes ici présents. Certes il y avait sur le bureau, on l'apercevait d'un coup d'œil, un tableau avec un nombre impressionnant de boutons électriques, et une seule main, en les pressant tous, pouvait ameuter l'ensemble du bateau, dont toutes les coursives grouillaient d'individus hostiles.

Alors le monsieur à la badine de bambou et qui avait vraiment l'air de tant s'ennuyer s'approcha de Karl et sans crier, mais d'une voix assez forte pour dominer les vociférations du soutier, lui demanda : Quel est votre nom, au fait ? À cet instant, comme si quelqu'un derrière la porte eût attendu les paroles du monsieur, on frappa. Le domestique regarda le commandant, qui acquiesça de la tête. Le domestique alla donc à la porte et l'ouvrit. Dehors, vêtu d'une redingote à l'ancienne mode impériale, se tenait un homme de taille moyenne que son apparence ne désignait pas vraiment comme devant travailler sur les machines, mais qui pourtant était... Schubal. Si Karl ne l'eût pas compris au regard des autres, qui exprimèrent tous une certaine satisfaction, jusques et y compris le commandant, il n'aurait pu que le constater avec frayeur en regardant le soutier, dont les poings se crispèrent si fort, à l'extrémité de ses bras contractés, qu'on eût dit que cette crispation comptait plus que tout le reste et qu'il était prêt à y consacrer ses forces vitales. Toute son énergie s'y concentrait, y compris celle qui lui permettait de se maintenir debout.

L'ennemi était donc là, frais et dispos dans son costume d'apparat, portant sous le bras un livre de comptes, avec sans doute les bulletins de salaire et les certificats du soutier, et d'un air de vouloir tout d'abord sonder sans aucune crainte l'état d'esprit des personnes présentes, il les regarda droit dans les yeux les uns après les autres. D'ailleurs, les sept hommes étaient déjà tous ses amis, car même si le commandant avait eu précédemment, ou prétendu avoir certaines préventions contre lui, il était vraisemblable qu'après l'épreuve que lui avait infligée le soutier il n'avait plus la moindre critique à formuler envers Schubal. Face à quelqu'un comme le soutier, on ne pouvait pas être trop sévère, et si [1]

---

1. Le texte écrit dans le Cahier VI s'interrompt ainsi, en plein milieu de la phrase. La suite exacte se trouve dans le Cahier II (qui contient des notations datées allant du 6 novembre 1910 au 26 mars 1911), et elle vient juste après un brouillon de lettre à Max Brod, une ébauche d'article et un texte préliminaire au roman *Richard et Samuel*.

# LA MÉTAMORPHOSE[1]

**1.** *Die Verwandlung* fut écrit entre le 17 novembre et le 7 décembre 1912. La publication n'intervint qu'en 1915 : en revue, dans le numéro d'octobre des *Weisse Blätter* (« Pages blanches »), puis en livre, dans la collection d'avant-garde *Der Jüngste Tag* (« Le Dernier Jour »), n° 22-23, aux éditions Kurt Wolff, à Leipzig.

LA MÉTAMORPHOSE

# 1

Lorsque Gregor Samsa s'éveilla un matin, au sortir de rêves agités[1], il se trouva dans son lit métamorphosé en un monstrueux insecte[2]. Il reposait sur son dos qui était dur comme une cuirasse, et, en soulevant un peu la tête, il apercevait son ventre bombé, brun, divisé par des arceaux rigides, au sommet duquel la couverture du lit, sur le point de dégringoler tout à fait, ne se maintenait que d'extrême justesse. D'impuissance, ses nombreuses pattes, d'une minceur pitoyable par rapport au volume du reste, papillonnèrent devant ses yeux[3].

« Qu'est-il advenu de moi ? » pensa-t-il. Ce n'était pas un rêve. Sa chambre, une vraie chambre humaine quoiqu'un peu trop petite, était là, paisible entre les quatre murs familiers. Au-dessus de la table, sur laquelle se trouvait déballée une collection d'échantillons de tissus — Samsa était voyageur de com-

1. Il faut citer cette première phrase, si saisissante qu'elle est devenue célèbre : « Als Gregor Samsa eines Morgens aus unruhigen Träumen erwachte, fand er sich auf seinem Bett zu einem ungeheuren Ungeziefer verwandelt. »  2. Remarquable juxtaposition avec effet d'assonance de l'adjectif *ungeheuer* qui signifie à la fois « pas comme il faut que cela soit », « hors-norme » et « prodigieux, étrange » avec le substantif *(das) Ungeziefer*, au singulier, mais qui désigne le pullulement de la vermine.  3. Pour des notes détaillées sur ce texte, tant stylistiques que littéraires, nous renvoyons le lecteur à l'édition bilingue que nous en avons donnée en 1988, *cf.* Repères bibliographiques, p. 50.

merce —, était accrochée la gravure qu'il avait découpée peu auparavant dans une revue illustrée, et placée dans un joli cadre doré. Cela représentait une dame portant une toque et un boa de fourrure, assise bien droite, qui tendait vers le spectateur un volumineux manchon de fourrure où tout son avant-bras disparaissait.

Le regard de Gregor se tourna ensuite vers la fenêtre, et le temps maussade — on entendait les gouttes de pluie marteler le zinc de la fenêtre — le rendit tout mélancolique. « Est-ce que je ne ferais pas mieux de dormir encore un peu et d'oublier toute cette bouffonnerie ? » pensa-t-il. Mais c'était tout à fait irréalisable, car il avait l'habitude de dormir sur le côté droit, et dans son état présent il ne parvenait pas à se mettre dans cette position. Il avait beau se projeter vers la droite avec toute son énergie, à chaque fois il basculait en arrière, sur le dos. Il essaya peut-être cent fois, en fermant les yeux pour ne pas être obligé de voir le frétillement des pattes, et il ne s'arrêta qu'au moment où soudain il se sentit au flanc une douleur inconnue, légère et sourde.

« Mon Dieu ! » pensa-t-il, « quel métier éprouvant ai-je choisi ! Tous les jours en voyage, tous les jours. Les contrariétés professionnelles sont beaucoup plus fortes qu'en travaillant sur place au magasin, avec en plus cette corvée des voyages qui m'est imposée, avec les soucis des correspondances pour le train, la mauvaise nourriture sans horaires réguliers, les relations instables avec les gens, toujours interrompues et qui ne deviennent jamais cordiales. Que le diable emporte tout cela ! » Il se sentit une légère démangeaison au ventre, en haut ; se traîna lentement, sur le dos, vers le montant du lit, afin de pouvoir mieux soulever la tête ; trouva l'endroit qui le démangeait, tout rempli de minuscules points blancs qu'il ne sut pas s'expliquer ; il voulut tâter l'endroit avec une patte, mais la retira aussitôt, car à ce contact des frissons glacés l'enveloppèrent.

Il glissa de nouveau dans sa position d'avant. « Se lever tôt comme ça », pensa-t-il, « cela vous abrutit complètement. L'homme a besoin de sommeil. Et certains voyageurs vivent comme des femmes de harem ! Quand il m'arrive de retourner à l'hôtel dans le courant de la matinée pour inscrire les commandes que j'ai décrochées, ces messieurs sont encore assis à prendre leur petit déjeuner. Je n'aurais qu'à essayer de faire ça avec mon patron, et je serais balancé sur-le-champ. D'ailleurs qui sait si cela ne serait pas très bon pour moi... Si je ne me retenais pas à cause de mes parents, j'aurais démissionné depuis longtemps ; je serais allé voir le patron et je lui aurais dit le fond de ma pensée, à cœur ouvert. Il en serait sûrement tombé de son pupitre ! C'est bizarre aussi, cette façon de s'asseoir sur le pupitre et de regarder son employé de haut en lui parlant, et l'autre, en plus, parce que le patron est dur d'oreille, doit s'approcher tout près ! Allons, tout espoir n'est pas encore perdu ; une fois que j'aurai rassemblé l'argent pour lui rembourser la dette des parents, — cela peut durer encore cinq à six ans — j'irai le voir, sans aucun doute. Alors la grande rupture sera consommée. Mais dans l'immédiat, il faut que je me lève parce que mon train est à cinq heures. »

Et il regarda vers le réveil qu'il entendait sur le coffre. « Dieu du ciel ! » pensa-t-il. Il était six heures et demie, et les aiguilles avançaient tranquillement ; il était même la demie passée, pas loin de moins le quart. Le réveil n'aurait-il pas sonné ? On voyait du lit qu'il avait bien été réglé sur quatre heures, et il avait certainement sonné. Bon, mais était-il possible de continuer tranquillement à dormir avec cette sonnerie qui faisait vibrer les meubles ? Son sommeil n'avait pas été paisible, c'est vrai, mais d'autant plus profond, sans doute. Et que devait-il faire, maintenant ? Le train suivant partait à sept heures ; pour l'attraper, il aurait fallu qu'il se dépêchât comme un fou, or les échantillons n'étaient pas encore emballés, et lui-même ne se sentait pas frais du tout, ni vraiment mobile. Et même s'il attrapait le train, il ne couperait pas à un savon du patron, car un agent du magasin l'avait attendu au train de cinq heures et avait signalé depuis longtemps qu'il n'était pas à son poste. C'était une créature du patron, à l'échine souple et sans aucune intelligence. Et pourquoi ne se déclarerait-il pas souffrant ? Mais cela serait très désagréable, et des plus suspects, car Gregor n'avait pas encore été malade une seule fois en cinq ans de service. Le patron ne manquerait pas de venir avec le médecin des assurances-maladie, il reprocherait aux parents la paresse de leur fils et couperait court à toutes leurs explications en s'appuyant sur le médecin des assurances, pour qui les gens sont toujours en parfaite santé, mais paresseux au travail. Et du reste, dans le cas présent, aurait-il tout à fait tort ? Gregor en effet, mis à part une somnolence franchement superflue après ce long sommeil, se sentait tout à fait bien et avait même particulièrement faim.

Tandis qu'il réfléchissait ainsi à toute vitesse sans pouvoir se décider à sortir du lit, — le réveil sonnait justement sept heures moins le quart — il y eut un coup discret frappé à la porte, à la tête de son lit. « Gregor ! » — c'était la mère qui appelait — « il est sept heures moins le quart. Tu n'avais pas l'intention de partir ? » La douce voix ! Gregor fut effrayé lorsqu'il s'entendit répondre avec une voix qui restait sans aucun doute celle d'avant, mais où se mêlait, comme par en dessous, un piaulement douloureux impossible à contenir et qui, dans un premier temps seulement, laissait les mots tout à fait distincts pour attaquer ensuite leur sonorité à tel point qu'on ne savait pas si on avait bien entendu. Gregor avait eu l'intention de répondre et de tout expliquer en détail, mais dans ces circonstances, il se contenta de dire : « Oui, oui, merci Mère, je me lève tout de suite. » Étant donné la porte en bois, la transformation dans la voix de Gregor ne devait pas se remarquer de l'extérieur, car cette explication tranquillisa la mère qui s'en alla en traînant les pieds. Mais ce bref dialogue avait attiré l'attention des autres membres de la famille sur le fait que Gregor, contre toute attente, était encore à la maison, et bientôt, à l'une des portes latérales, ce fut le père qui frappa, légèrement, mais du poing. « Gregor, Gregor ! » cria-t-il, « que se passe-t-il donc ? » Et après un court instant, il gronda encore une fois, d'une voix plus grave : « Gregor, Gregor ! » Mais à l'autre porte latérale la sœur fit une douce plainte : « Gregor, tu ne te sens pas bien ? As-tu besoin de quelque chose ? » Gregor répondit dans les deux directions : « Je suis prêt ! » en s'efforçant de prononcer très soigneusement et de ménager des pauses prolongées entre les différents mots pour que sa voix n'ait plus rien de surprenant. Aussi le père retourna-t-il à son petit-déjeuner, mais la sœur murmura : « Gregor, ouvre, je t'en conjure ! » Or Gregor ne songeait pas du tout à ouvrir, au contraire il se félicita de la prudence, acquise en voyageant, qui lui faisait verrouiller toutes les portes la nuit, même à la maison.

Il voulut d'abord se lever tranquillement sans être dérangé, s'habiller, prendre son petit-déjeuner surtout, et seulement alors réfléchir à la suite car, il s'en rendait bien compte, en réfléchissant au lit il n'aboutirait à rien de raisonnable. Il se souvint qu'il lui était déjà souvent arrivé de ressentir dans son lit une douleur légère, causée peut-être par une mauvaise position et qui, une fois qu'il était debout, se révélait purement imaginaire, et il était curieux de voir si ses impressions d'aujourd'hui allaient se dissiper peu à peu. Que la modification de sa voix ne fût rien d'autre que le premier signe d'un sérieux refroidissement, mal professionnel des voyageurs de commerce, il n'avait pas le moindre doute là-dessus.

Rejeter la couverture fut très simple ; il n'eut qu'à se gonfler un peu, et elle tomba d'elle-même. Mais ensuite, cela devint compliqué, notamment parce qu'il était d'une largeur peu commune. Il lui aurait fallu des bras et des mains pour se redresser ; mais à leur place, il n'avait que toutes ces petites pattes qui ne cessaient de s'agiter dans tous les sens, et que, de plus, il ne pouvait contrôler. S'il essayait d'en replier une, elle commençait d'abord par se détendre, et s'il réussissait enfin à faire exécuter à cette patte ce qu'il voulait, toutes les autres se mettaient à tricoter, comme laissées à elles-mêmes, dans une agitation frénétique et douloureuse. « Surtout, ne pas rester au lit outre mesure ! » se dit Gregor.

Il voulut d'abord sortir du lit le bas de son corps, mais cette partie, que du reste il n'avait pas encore vue et dont il ne pouvait pas vraiment se faire une idée, se révéla trop lourde à déplacer ; cela allait si lentement ; et quand enfin, presque à bout, sans plus de précautions, il se projeta vers l'avant en rassemblant toutes ses forces, il avait mal choisi sa direction : il se cogna violemment contre le bout du lit, et la douleur cuisante qu'il ressentit lui apprit que, pour l'instant, le bas de son corps était peut-être la partie la plus sensible.

Il essaya donc d'extirper du lit le haut du corps, et tourna prudemment la tête vers le bord. Cela fut facile, en effet, et malgré sa largeur et son poids, le corps tout entier finit par suivre peu à peu l'orientation de la tête. Mais lorsque enfin il se retrouva avec la tête à l'extérieur du lit, dans le vide, il eut peur de continuer à glisser plus loin de cette manière, car s'il devait se laisser ainsi tomber, à moins d'un miracle il se blesserait à la tête. Et il ne pouvait à aucun prix se permettre de perdre connaissance, surtout maintenant ; il préférait encore rester au lit.

Mais quand au terme de ces efforts redoublés il se retrouva haletant, étendu comme au début, quand il vit à nouveau ses petites pattes battre les unes contre les autres, peut-être encore plus fort, et qu'il ne trouva pas moyen d'introduire dans cette anarchie le calme et l'ordre, il se répéta qu'il était hors de question de rester au lit et que le plus raisonnable était de prendre tous les risques, s'il y avait un espoir, si mince fût-il, de se dégager du lit de cette façon. Mais en même temps, il n'oubliait pas de se rappeler par intermittence qu'au lieu de prendre des décisions désespérées, il valait beaucoup mieux réfléchir posément, très posément. Dans ces moments-là, il rivait son regard sur la fenêtre, le plus fort qu'il pouvait ; mais hélas ! le spectacle du brouillard matinal qui voilait complètement l'autre côté de la rue étroite ne pouvait guère inspirer de confiance et de gaieté. « Déjà sept heures ! » se dit-il en entendant encore une fois sonner le réveil, « déjà sept heures, et encore un brouillard pareil ! » Pendant un court instant il resta étendu, calme, respirant doucement, comme s'il attendait peut-être que le silence complet fît rentrer toute la scène dans la réalité et l'évidence.

Mais ensuite il se dit : « Avant que sept heures et quart ne sonnent, il est impératif que je sois entièrement sorti du lit. D'ailleurs, d'ici là, quelqu'un du magasin sera venu demander de mes nouvelles, car on ouvre avant sept heures. » Il entreprit alors de balancer très régulièrement son corps sur toute sa longueur pour sortir du lit. S'il se laissait tomber de cette manière à l'extérieur, la tête, qu'il avait l'intention de relever vivement au moment de tomber, ne devrait pas se blesser. Le dos paraissait dur, et il ne souffrirait sans doute pas en tombant sur le tapis. Ce qui l'ennuyait le plus, était d'imaginer le violent craquement qui ne manquerait pas de se produire et qui causerait probablement derrière toutes les portes sinon de l'effroi, du moins des inquiétudes. Pourtant, il fallait tenter le coup.

Une fois que Gregor fut à demi sorti du lit — cette nouvelle méthode était plus un jeu qu'un effort, il n'y avait qu'à se balancer en cadence —, il pensa soudain combien tout serait simple si on lui venait en aide. Deux personnes vigoureuses — il songea à son père et à la bonne — auraient largement suffi ; ils n'auraient eu qu'à passer leurs bras sous son dos bombé pour le décoller du lit, qu'à se pencher pour déposer leur charge et qu'à le laisser ensuite, sans intervenir, se remettre d'aplomb sur le plancher, où les pattes, comme il l'espérait, prendraient alors tout leur sens. Mais, à part le fait que les portes étaient fermées à clef, aurait-il vraiment été bien inspiré d'appeler à l'aide ? Malgré toute sa détresse, il ne put à cette pensée s'empêcher de sourire.

Il était si bien parti qu'en se balançant un peu plus fort, il allait perdre l'équilibre ; il lui fallait donc d'urgence prendre une décision irrévocable, car dans cinq minutes il serait sept heures et quart — lorsqu'on sonna à la porte de l'appartement. « C'est quelqu'un du magasin », se dit-il, et il resta comme figé, tandis que ses pattes gigotaient d'autant plus vite. L'espace d'un instant, tout se tut. « Ils n'ouvrent pas », se dit Gregor, saisi d'un espoir insensé. Mais ensuite, comme toujours, la bonne se dirigea bien sûr d'un pas décidé vers la porte, et ouvrit. Gregor n'eut qu'à entendre le premier mot de politesse du visiteur pour savoir aussitôt qui c'était — le gérant en personne. Pourquoi Gregor, et lui seul, était-il condamné à travailler pour une entreprise où, dès le moindre manquement, on concevait les pires soupçons contre vous ? Tous ces employés étaient-ils donc des canailles, sans aucune exception ? N'y avait-il donc pas un seul homme fidèle et dévoué parmi eux, un seul que ses remords auraient rendu fou s'il avait dérobé ne fût-ce que quelques heures de la matinée à l'entreprise, et qui se trouvait réellement empêché de sortir de son lit ? En vérité, ne suffisait-il pas d'envoyer aux nouvelles un apprenti, — s'il était réellement indispensable de venir ainsi poser des questions — et fallait-il que le gérant vînt en personne ? Fallait-il ainsi démontrer à toute cette famille innocente que l'examen de cette affaire suspecte ne pouvait être confiée qu'à l'intelligence du gérant ? Et Gregor, plutôt sous le coup de l'émotion où ces réflexions le plongeaient qu'à la suite d'une véritable décision, s'élança avec toute son énergie hors du lit. Il y eut un choc violent, mais qui ne fit pas vraiment grand bruit. La chute fut un peu amortie par le tapis ; en outre, le dos était plus souple que Gregor ne l'avait pensé, de là un son étouffé, à peine perceptible. Seule la tête, qu'il n'avait pas retenue avec assez de précaution, était meurtrie ; il la tourna et la frotta contre le tapis, de fureur et de douleur.

« Quelque chose est tombé, là-dedans ! » dit le gérant dans la pièce voisine, sur la gauche. Gregor essaya d'imaginer si une chose pareille ne pourrait pas aussi arriver un jour au gérant, comme à lui-même aujourd'hui ; il fallait bien reconnaître dans le fond que ce n'était pas impossible. Mais comme s'il répondait brutalement à cette interrogation, le gérant fit dans la pièce voisine quelques pas bien assurés, en faisant grincer ses bottines vernies. De l'autre pièce sur la droite, la sœur informa Gregor en chuchotant : « Gregor, le gérant est là ! » — « Je sais » dit Gregor à part lui, car il n'osa pas élever assez la voix pour se faire entendre de la sœur.

« Gregor ! » dit alors le père, depuis la pièce de gauche, « Monsieur le gérant est venu et demande pourquoi tu n'es pas parti par le premier train. Nous ne savons pas ce que nous devons lui dire. D'ailleurs, il veut aussi te parler personnellement. Je te prie donc d'ouvrir la porte ! Il aura la bonté de bien vouloir excuser le désordre de la chambre. » — « Bonjour, monsieur Samsa ! » s'écria alors le gérant sur un ton aimable. — « Il ne se sent pas bien... », dit la mère au gérant tandis que le père continuait à parler, contre la porte, « il ne se sent pas bien, croyez-moi, monsieur le gérant ! Comment Gregor pourrait-il manquer un train, sinon ? Car ce garçon n'a que le magasin dans la tête ! Je suis presque fâchée parce qu'il ne sort jamais le soir : tenez, il vient d'avoir huit jours sans quitter la ville, eh bien, il a passé toutes les soirées à la maison ! Il reste assis à la table avec nous, il lit son journal sans rien dire, il étudie des horaires de train. S'occuper avec une scie à chantourner, par exemple, est déjà une distraction pour lui. En deux ou trois soirées, il a sculpté un petit cadre ; vous serez étonné de voir comme il est joli ; il est accroché là, dans sa chambre, vous allez l'apercevoir tout de suite, dès que Gregor ouvrira. D'ailleurs, je suis heureuse que vous soyez là, monsieur le gérant ! Tout seuls, nous n'aurions pas pu décider Gregor à ouvrir la porte : il est si entêté... Et il ne se sent pas bien, c'est certain, même s'il a affirmé le contraire ce matin. » — « J'arrive tout de suite ! » dit Gregor lentement, en s'appliquant et en restant immobile pour ne pas perdre un mot de ces conversations. — « Moi non plus, chère Madame, je ne puis me l'expliquer autrement, » dit le gérant, « espérons que ce n'est rien de sérieux. D'un autre côté, je dois tout de même dire que nous, dans les affaires — est-ce heureux ou malheureux ? à chacun de le dire —, nous devons très souvent dominer nos légers malaises, par nécessité professionnelle. » — « Alors, est-ce que monsieur le gérant peut entrer te voir, maintenant ? » demanda le père, impatient, en frappant encore une fois à la porte. « Non ! » dit Gregor. Un silence gêné tomba dans la pièce de gauche, et dans celle de droite la sœur se mit à sangloter.

Pourquoi donc la sœur ne rejoignait-elle pas les autres ? Elle venait sans doute juste de se lever de son lit, et n'avait pas encore commencé à s'habiller. Et pourquoi donc pleurait-elle ? Parce qu'il ne se levait pas, refusait de laisser entrer le gérant, parce qu'il était en danger de perdre sa place et qu'alors le patron recommencerait, comme avant, à persécuter les parents avec ses exigences ? Mais c'étaient là sans doute des soucis superflus, pour l'instant. Gregor était encore là et ne songeait pas le moins du monde à abandonner sa famille. À présent, c'est vrai, il gisait là sur le tapis et, en connaissant son état, personne n'aurait sérieusement exigé de lui qu'il laissât entrer le gérant. Mais ce n'est tout de même pas à cause de cette légère impolitesse, pour laquelle on trouverait très facilement par la suite une excuse convenable, que l'on pouvait renvoyer Gregor sans plus attendre ! Et Gregor trouva qu'il serait beaucoup plus raisonnable qu'on le laissât tranquille à présent, au lieu de l'importuner avec des larmes et des objurgations. Mais c'était précisément leur ignorance qui tourmentait les autres et qui excusait leur comportement.

« Monsieur Samsa ! » s'écria alors le gérant d'une voix forte, « que se passe-t-il donc ? Vous vous barricadez dans votre chambre, vous ne répondez que par oui et par non, vous causez à vos parents de graves soucis, des soucis inutiles, et vous manquez — soit dit juste en passant — à vos devoirs professionnels d'une manière à proprement parler inouïe ! C'est au nom de vos parents et de votre directeur que je m'exprime ici : je vous demande solennellement de vous expliquer sur-le-champ, et clairement. Je m'étonne, vraiment je m'étonne ! Je croyais vous connaître comme quelqu'un de calme, de raisonnable, et voilà que vous semblez soudain vouloir afficher des humeurs bizarres. Le directeur m'a bien suggéré ce matin une explication possible de votre manquement — concernant le recouvrement dont vous avez été chargé, il y a peu —, mais j'ai donné pour ainsi dire ma parole d'honneur que cette explication ne pouvait être juste. Toutefois, en constatant maintenant votre incompréhensible obstination, je perds toute envie d'entreprendre quoi que ce soit en votre faveur. En outre, votre situation n'est pas des plus assurées... J'avais à l'origine l'intention de vous dire tout cela en tête à tête, mais comme vous me faites ici perdre mon temps de cette manière, je ne vois pas pourquoi vos honorables parents ne devraient pas aussi en être informés. Sachez donc que vos résultats ces temps derniers ont laissé fort à désirer. Cette période de l'année n'est certes pas particulièrement propice aux affaires, nous l'admettons ; mais une période où l'on n'en fait aucune, cela n'existe pas, monsieur Samsa, cela ne doit pas exister ! » — « Mais, monsieur le gérant ! » cria Gregor éperdu, oubliant tout le reste dans son émotion, « je vais ouvrir immédiatement, à l'instant ! C'est un léger malaise et quelques vertiges qui m'ont empêché de me lever. Maintenant je suis encore dans mon lit. Mais je suis de nouveau frais et dispos. Je sors du lit tout de suite. Encore une petite minute de patience !... Je ne vais pas encore aussi bien que je pensais. Mais je me sens déjà mieux. Cela vous tombe dessus sans crier gare ! Hier au soir encore, j'allais tout à fait bien, comme mes parents le savent ; ou plutôt, j'ai eu un léger pressentiment, hier au soir. Cela devait se voir à ma tête. Pourquoi donc n'ai-je rien signalé au magasin ! Mais voilà, on pense toujours qu'on triomphera du mal sans garder la chambre ! Monsieur le gérant ! Ménagez mes parents ! Pour tous les reproches que vous me faites maintenant, aucun n'est fondé ; c'est aussi pourquoi on ne m'en a rien dit. Peut-être n'avez-vous pas lu les dernières commandes que j'ai envoyées ? D'ailleurs, je vais attraper le train de huit heures, je pars en tournée, ces quelques heures de repos m'ont rendu des forces. Ne vous mettez surtout pas en retard, monsieur le gérant ! Je serai moi-même sous peu au magasin, ayez la bonté d'en informer Monsieur le directeur et de le saluer de ma part ! »

Et tout en proférant à la hâte ces paroles, en sachant à peine ce qu'il disait, probablement grâce à la pratique qu'il avait acquise dans son lit, Gregor s'était approché sans difficulté du coffre, et il essayait à présent de se redresser en y prenant appui. Il avait effectivement l'intention d'ouvrir la porte, oui, l'intention de se faire voir et de parler avec le gérant ; il était curieux de découvrir ce que diraient, en l'apercevant, ces autres qui réclamaient si fort après lui. S'ils étaient effrayés, Gregor n'était plus responsable de rien et pouvait être tranquille. En revanche, s'ils prenaient la chose tranquillement, il n'avait plus de raison de s'inquiéter lui non plus, et en se dépêchant, il pouvait de fait se trouver à la gare à huit heures. Il commença par riper à plusieurs reprises sur la surface lisse du coffre, mais à la fin, prenant un dernier élan, il se retrouva dressé verticalement, sans plus faire attention aux douleurs dans le bas de son corps, qui étaient pourtant cuisantes. Il se laissa alors retomber en suivant le dossier d'une chaise voisine, en s'accrochant à ses contours avec ses petites pattes. Cependant, il avait recouvré la maîtrise de soi et se tut, car il était désormais capable d'écouter le gérant.

« Mais y a-t-il une seule parole que vous ayez comprise ? » demanda le gérant aux parents, « est-ce qu'il ne serait pas en train de se payer notre tête ? » — « Pour l'amour du ciel ! » cria la mère, déjà en larmes... « peut-être est-il gravement malade, et nous le tourmentons ! Grete, Grete ! » s'exclama-t-elle ensuite. — « Mère ? » cria la sœur de l'autre côté. Elles se répondaient à travers la chambre de Gregor. — « Il faut que tu ailles immédiatement chez le docteur ! Gregor est malade. Va vite chercher le docteur ! As-tu entendu comment Gregor vient de parler ? » — « C'était une voix d'animal », dit le gérant avec une douceur surprenante, comparée aux hurlements de la mère. — « Anna ! Anna ! » cria le père en direction de la cuisine au-delà de l'entrée, tout en frappant dans ses mains, « Allez tout de suite chercher un serrurier ! » Et déjà les deux jeunes filles traversaient l'entrée dans un bruissement de jupes — comment la sœur avait-elle donc fait pour s'habiller si vite ? — et ouvraient la porte de l'appartement à toute volée. On ne l'entendit pas claquer en se refermant ; sans doute l'avaient-elles laissée ouverte, comme cela se produit toujours dans les demeures où vient d'arriver un grand malheur.

Mais Gregor à présent était beaucoup plus tranquille. On ne comprenait donc plus ses paroles, bien qu'elles lui eussent semblé assez distinctes, plus distinctes qu'auparavant, peut-être parce que son oreille s'était habituée. Malgré tout, on envisageait désormais l'idée que quelque chose d'un peu anormal lui était arrivé, et on était prêt à l'aider. L'assurance et la détermination avec lesquelles on avait pris ces premières dispositions lui faisaient du bien. Il sentait qu'il appartenait de nouveau au cercle des humains, et il espérait que tous les deux, le docteur et le serrurier, sans qu'il fît vraiment de différence entre eux, allaient obtenir des résultats impressionnants, faire des prodiges. Pour se donner la voix la plus claire possible en prévision des pourparlers décisifs qui allaient bientôt avoir lieu, il toussota un peu, mais en s'efforçant de le faire très doucement, car même ce bruit peut-être ne s'entendait déjà plus comme une toux humaine ; lui, en tout cas, n'osait plus en décider... Pendant ce temps-là, un silence complet s'était établi dans la pièce voisine. Peut-être les parents étaient-ils assis autour de la table avec le gérant, en train de chuchoter, peut-être étaient-ils tous penchés devant la porte, à prêter l'oreille.

Gregor s'orienta lentement vers la porte grâce au fauteuil, puis il le lâcha, se lança contre la porte, s'y appuya pour se redresser — les coussinets de ses petites pattes étaient un peu collants — et s'y reposa un instant de son effort. Mais ensuite il entreprit avec sa bouche de faire tourner la clef dans la serrure. Hélas ! il semblait qu'il n'eût pas vraiment de dents — comment s'y prendre maintenant pour saisir la clef ? Il était clair, en revanche, que ses mâchoires étaient très fortes ; et grâce à elles, il finit par réussir à bouger la clef, sans prendre garde qu'il était certainement en train de se faire du mal, car un liquide brun s'écoulait de sa bouche, se répandait sur la serrure et dégouttait sur le plancher. « Mais écoutez ! » dit le gérant dans la pièce voisine, « il tourne la clef ! » Cela fut pour Gregor un grand encouragement ; mais tous auraient dû lui crier, le père et la mère aussi : « Vas-y, Gregor ! » ils auraient dû lui crier : « Continue surtout, accroche-toi bien à la serrure ! » Et à l'idée que tous suivaient avec grand intérêt sa tentative, il mordit dans la clef avec toute l'énergie dont il était capable, sans plus penser à rien d'autre. Au fur et à mesure que la clef tournait, il décrivait des arabesques autour de la serrure ; il finit par ne plus se maintenir que par la bouche, et selon l'effort nécessaire, il se suspendait à la clef ou pesait dessus avec tout le poids de son corps. Le déclic sonore que fit enfin le pêne en revenant en arrière réveilla pour ainsi dire Gregor. Avec un soupir de soulagement, il se dit : « Je me suis donc passé du serrurier ! » et il posa tête sur la poignée pour achever d'ouvrir la porte.

Comme il avait dû l'ouvrir de cette manière, elle était déjà largement entrebâillée sans que lui-même fût encore visible. Il lui fallait d'abord pivoter lentement autour de l'un des battants, avec force précautions, s'il ne voulait pas tomber lourdement sur le dos, juste avant de pénétrer dans la pièce. Encore tout occupé par ce mouvement complexe, il n'avait pas le temps de prêter attention à autre chose, quand il entendit le gérant s'exclamer très fort « Oh ! » — cela fit l'impression d'un souffle de vent violent. Alors il le vit, lui qui était le plus près de la porte, plaquer sa main sur sa bouche ouverte et reculer lentement, comme s'il était chassé et entraîné sans à-coups par une force invisible. La mère — malgré la présence du gérant, elle avait les cheveux encore denoués et tout ébouriffés après la nuit — commença par regarder le père en joignant les mains, puis elle fit deux pas dans la direction de Gregor, avant de s'effondrer au milieu de ses jupes qui se déployèrent tout autour d'elle, le visage disparaissant complètement, incliné vers la poitrine. Le père serra le poing, l'air hostile, comme s'il voulait repousser Gregor dans sa chambre, ensuite il regarda autour de lui dans la salle, semblant hésiter ; puis il se cacha les yeux avec les mains et pleura, à en secouer sa poitrine imposante.

Gregor s'abstint donc de pénétrer dans la pièce, mais s'effaça derrière le battant fixe de la porte, si bien que seule la moitié de son corps était visible, avec la tête penchée au-dessus, de côté, ce qui lui permettait de lorgner vers les autres. Entretemps, il s'était mis à faire beaucoup plus clair ; de l'autre côté de la rue se détachait nettement un pan du mur gris, presque noir, de la maison d'en face, qui n'en finissait pas — c'était un hôpital — avec ses fenêtres régulières trouant la façade ; il pleuvait encore, mais ce n'étaient plus que de grosses gouttes que l'on voyait distinctement tomber, comme projetées une à une sur le sol. La table du petit-déjeuner, avec beaucoup trop de vaisselle, n'était pas encore débarrassée, car pour le père le petit-déjeuner était le repas le plus important de la journée et il le faisait durer des heures avec la lecture de différents journaux. Sur le mur juste en face était accrochée une photographie de Gregor, qui datait de son service militaire et où on le voyait en sous-lieutenant, la main sur son sabre, sourire d'un air insouciant en réclamant le respect dû à sa prestance et à son uniforme. La porte de l'entrée était ouverte, et comme celle de l'appartement l'était aussi, on apercevait au-delà le palier et les premières marches de l'escalier qui descendait.

« Eh bien », dit Gregor, conscient d'être le seul à avoir gardé son calme, « je vais m'habiller tout de suite, emballer la collection, et partir. Voulez-vous me laisser partir, le voulez-vous bien ? À présent, Monsieur le gérant, vous voyez que je ne suis pas un entêté et que je veux bien travailler ; c'est pénible de voyager, mais je ne pourrais pas vivre sans ces voyages. Où allez-vous donc, Monsieur le gérant ? Au magasin ? C'est cela ? Allez-vous tout raconter sans déformer la vérité ? Il arrive que l'on soit incapable de travailler pendant un moment, mais c'est précisément alors qu'il faut se souvenir des réalisations passées et bien se dire qu'une fois l'obstacle surmonté, on ne manquera pas de travailler avec d'autant plus de zèle et d'acharnement. Et j'ai tant d'obligations envers Monsieur le directeur, vous le savez très bien ! Par ailleurs, j'ai la charge de mes parents et de ma sœur. Je suis dans le pétrin, mais je vais réussir à m'en sortir. Pourtant, ne me rendez pas la tâche plus difficile qu'elle ne l'est déjà ! Continuez à prendre mon parti au magasin ! On n'aime pas le voyageur, je le sais. On pense qu'il gagne un argent fou et qu'il mène la belle vie... C'est vrai que l'on n'a pas de raison spéciale de revenir sur ce préjugé. Mais vous, Monsieur le gérant, vous connaissez beaucoup mieux toutes ces données que le reste du personnel ; entre nous, vous en savez beaucoup plus là-dessus que le directeur lui-même, qui en sa qualité de chef d'entreprise peut aisément commettre une erreur de jugement au détriment d'un employé. Et vous savez très bien que le voyageur, qui est absent du magasin presque toute l'année, peut très facilement devenir la cible des racontars, des remarques faites au hasard et des plaintes injustifiées, contre lesquelles il est tout à fait incapable de se défendre, car en général il n'en entend même pas parler pour la plupart, et c'est seulement une fois rentré chez lui, épuisé, qu'il commence à en ressentir les graves conséquences, personnellement, dans son corps, sans plus pouvoir en déterminer les causes. Monsieur le gérant, ne partez pas sans me dire un mot pour me montrer que vous me donnez raison, au moins un peu, en partie ! »

Mais le gérant, dès les premières paroles de Gregor, s'était détourné et, les lèvres retroussées, ne fit que lui jeter un regard en arrière, par-dessus son épaule qui tremblait. Pendant la harangue de Gregor, il ne resta pas un instant immobile ; et sans le lâcher du regard, il se retira en direction de la porte, mais très progressivement, comme s'il existait une interdiction secrète de quitter la pièce. Il était déjà dans l'entrée, et au mouvement brusque qu'il fit en retirant son pied pour sortir complètement de la salle, on aurait pu croire qu'il venait de se brûler la semelle. Une fois dans l'entrée, il tendit la main droite loin devant lui, vers l'escalier, comme si là-bas l'attendait une délivrance proprement surnaturelle.

Gregor se rendit compte qu'il ne devait en aucun cas laisser le gérant partir dans cet état d'esprit, s'il ne voulait pas que sa situation au magasin fût hautement compromise. Quant aux parents, ils ne voyaient pas aussi clair dans tout cela ; les années passant, ils s'étaient persuadés que Gregor était casé pour sa vie entière dans cette entreprise ; de plus, ils avaient à cette heure tant à faire avec les soucis du moment qu'ils en avaient perdu toute faculté de penser à la suite. Mais Gregor, lui, en était capable. Il fallait absolument retenir le gérant, le tranquilliser, le convaincre et enfin le circonvenir ; car c'était l'avenir de Gregor et de sa famille qui en dépendait ! Si seulement la sœur

avait été là ! Elle était avisée, elle avait déjà versé des larmes
quand Gregor gisait immobile sur le dos. Et sûrement le gérant,
cet ami des dames, se serait-il laissé influencer par elle ; elle
aurait refermé la porte de l'appartement, et dans l'entrée, en
lui parlant, elle aurait dissipé ses craintes. Mais voilà, la sœur
n'était pas là, c'était à Gregor lui-même d'agir. Et sans songer
que pour l'instant il ne connaissait pas encore ses capacités de
déplacement, sans songer non plus que peut-être — ou même
que sans doute — encore une fois sa harangue n'avait pas été
comprise, il se détacha du battant de la porte ; s'engagea dans
l'entrebâillement ; voulut aller vers le gérant qui, sur le palier,
se cramponnait déjà des deux mains à la rampe, d'une façon
ridicule ; mais aussitôt, en cherchant à se retenir et avec un
faible cri, Gregor retomba sur toutes ses petites pattes. À peine
cela était-il arrivé qu'il ressentit pour la première fois de la matinée une sensation de bien-être physique ; les petites pattes
reposaient sur une surface stable ; elles obéissaient parfaitement, comme il le constata avec joie ; elles aspiraient même à
le transporter là où il voulait aller ; et il se prit à croire que,
dans son malheur, une amélioration définitive était imminente.
Mais à l'instant même où, s'étant approché tout près de sa mère
et se balançant encore dans son élan, il se trouva sur le plancher juste en face d'elle, bien qu'elle parût complètement
absorbée dans ses pensées elle sauta tout à coup en l'air, étendant grand les bras, les doigts écartés, et hurla : « Au secours !
Pour l'amour de Dieu, au secours ! » Elle tenait la tête penchée
comme pour mieux voir Gregor, mais, chose absurde, s'éloignait en courant dans un mouvement contraire ; avait oublié
que la table encore encombrée se trouvait là, derrière ; s'assit
vivement dessus lorsqu'elle y fut, comme par distraction, et ne
sembla pas remarquer du tout qu'à côté d'elle, la grande cafetière s'était renversée et qu'un flot de café se répandait sur le
tapis.

« Mère, mère ! » dit Gregor doucement en levant les yeux vers
elle. Pour un instant, le gérant lui était complètement sorti de
l'esprit ; en revanche, il ne put s'empêcher, en voyant couler le

café, de claquer plusieurs fois des mâchoires dans le vide. Là-dessus, la mère hurla de plus belle, s'enfuit de la table, et tomba dans les bras du père qui se précipitait à sa rencontre. Mais Gregor, à présent, ne pouvait pas consacrer de temps à ses parents. Le gérant était déjà dans l'escalier : le menton sur la rampe, il jetait un dernier coup d'œil en arrière. Gregor prit de l'élan pour tenter, avec le plus de chances possibles, de le rattraper ; mais le gérant dut se douter de quelque chose, car il sauta plusieurs marches à la fois et disparut. Il poussa juste un « Hou ! » qui retentit dans toute la cage d'escalier. Hélas ! la fuite du gérant sembla aussi faire totalement perdre la tête au père qui, jusque-là, avait à peu près gardé son calme : car au lieu de se mettre lui-même à courir après le gérant, ou au moins de ne pas empêcher Gregor de le poursuivre, il saisit de la main droite la canne du gérant, que celui-ci avait abandonnée dans un fauteuil avec son chapeau et son pardessus ; de la main gauche, il attrapa sur la table un grand journal, et en tapant des pieds, il commença à repousser Gregor dans sa chambre en le menaçant de la canne et du journal. Aucune supplication ne secourut Gregor, aucune ne fut même comprise, et si humblement qu'il tournât la tête, le père n'en tapait que plus fort des pieds. À l'autre bout de la pièce, la mère avait ouvert grand une fenêtre malgré le froid qu'il faisait, et se penchant à l'extérieur, elle pressait son visage dans ses mains, en le sortant de la fenêtre. Un violent courant d'air s'engouffra de la rue dans la cage d'escalier, les rideaux de la fenêtre se soulevèrent, les journaux sur la table se gonflèrent, quelques feuilles volèrent sur le plancher. Sans pitié, le père le pressait en poussant des sifflements comme un sauvage. Or Gregor n'avait encore aucune pratique de la marche à reculons, et cela allait vraiment très lentement. Si seulement on lui avait permis de se retourner, Gregor aurait été dans sa chambre en un clin d'œil ! Mais il redoutait d'impatienter le père en perdant du temps à faire demi-tour, car il était menacé à tout instant de recevoir de la canne brandie par la main du père, sur le dos ou sur la tête, le coup fatal. À la fin, Gregor n'eut pourtant pas d'autre solution, car il constata avec horreur qu'à reculons, il ne parvenait même pas à maintenir sa direction ! Jetant sans cesse des regards inquiets sur le côté, vers le père, il entreprit donc, aussi vite qu'il pouvait, mais en réalité encore très lentement, de faire demi-tour. Le père se rendit peut-être compte de sa bonne volonté, car bien loin de le gêner, il orienta par moments son mouvement de rotation, à distance, du bout de sa canne. Si seulement il n'y avait pas eu ces sifflements insupportables du père ! Gregor en perdait complètement la tête ! Il avait déjà quasi achevé de faire demi-tour, lorsque, obsédé par ces sifflements, il se trompa et réduisit un peu son angle. Mais quand enfin il se retrouva par chance la tête devant l'ouverture de la porte, il apparut que son corps était trop large pour y passer sans encombre. Bien sûr, la pensée par exemple d'ouvrir l'autre battant de la porte pour ménager à Gregor un passage suffisant n'effleura pas le père, vu son état d'esprit du moment. Son idée fixe, sa seule idée était que Gregor devait regagner sa chambre aussi vite que possible. Jamais il n'aurait supporté les mouvements préparatoires complexes dont Gregor avait besoin pour se redresser et réussir peut-être ainsi à passer la porte. Au contraire, il se mit à faire de plus en plus de bruit pour activer la progression de Gregor, comme s'il n'y avait aucun obstacle à cela. Ce qui s'entendait derrière Gregor ne ressemblait déjà plus à la voix d'un seul père : désormais il ne s'agissait vraiment plus d'une plaisanterie. Et Gregor — advienne que pourra ! — s'engagea en force dans le passage. Son corps se souleva d'un côté, se coinça de travers dans l'ouverture, l'un de ses flancs en étant tout meurtri ; cela laissa sur la porte blanche de vilaines taches ; bientôt il fut bloqué et aurait été incapable de se dégager tout seul : ses petites pattes pendaient sur un côté, en tremblant dans le vide ; les autres, comprimées contre le plancher, le faisaient souffrir — alors le père lui donna parderrière un coup violent qui fut sur-le-champ une véritable délivrance, et en saignant à profusion, il vola en l'air très loin à l'intérieur de sa chambre. Il y eut encore la porte qu'on referma avec la canne ; puis vint enfin le silence.

# 2

Ce fut seulement au crépuscule que Gregor s'éveilla de son lourd sommeil, comme d'un évanouissement. Même s'il n'avait pas été dérangé, il n'aurait sans doute pas beaucoup tardé à se réveiller, car il avait l'impression d'être bien reposé et d'avoir assez dormi ; pourtant il lui sembla qu'il avait été réveillé par un pas rapide et par le bruit que fit la porte donnant sur l'entrée, refermée avec précaution. Les lampadaires électriques de la rue projetaient une lumière blafarde çà et là dans la pièce, au plafond et sur le haut des meubles, mais en bas, là où était Gregor, il faisait très sombre. Lentement, en tâtonnant avec ses antennes encore malhabiles dont il découvrait tout juste l'intérêt, il avança vers la porte pour voir ce qui s'était passé là-bas. Son flanc gauche semblait n'être d'un bout à l'autre qu'une escarre désagréablement tendue, et il en était réduit à boiter d'une rangée de pattes sur l'autre. Une petite patte d'ailleurs avait été grièvement atteinte au cours des événements de la matinée — c'était presque un miracle qu'une seule l'eût été — et pendait en arrière, sans ressort.

Ce fut seulement à la porte qu'il remarqua ce qui l'avait en réalité attiré là-bas : c'était l'odeur de quelque chose de comestible. En effet, il y avait là une jatte pleine de lait sucré dans lequel trempaient de petites tranches de pain blanc. Pour un peu, il en aurait ri de joie, car il avait encore plus faim que le matin, et sans attendre il plongea sa tête dans le lait, au ras des yeux. Pourtant il la releva bientôt, déçu : non seulement il éprouvait de la difficulté à manger à cause de son flanc gauche qui le gênait — il n'y parvenait du reste qu'au prix d'un effort qui faisait haleter le corps tout entier —, mais d'autre part il n'apprécia pas le lait, qui d'habitude était sa boisson favorite et que pour cette raison sans doute la sœur lui avait glissé à l'intérieur ; il se détourna même, presque écœuré, de la jatte et rampa jusqu'au milieu de la chambre.

Dans la salle, comme Gregor le constata par les rainures de

la porte, le gaz était allumé, mais alors qu'en général à cette heure de la journée le père faisait à la mère, et parfois aussi à la sœur, la lecture à haute voix du journal, qui paraissait l'après-midi, on n'entendait aujourd'hui aucun bruit. Il était bien sûr possible que l'habitude de ces séances, dont la sœur lui parlait très souvent et qu'elle lui racontait par lettres, se fût complètement perdue, ces derniers temps... Mais tout alentour régnait le même silence, bien que l'appartement ne fût certainement pas désert. « Tout de même, quelle vie paisible a mené la famille ! » se dit Gregor, et tout en contemplant fixement l'obscurité, il éprouva une grande fierté d'avoir pu permettre à ses parents et à sa sœur d'avoir une vie pareille, dans un si bel appartement. Eh quoi ! tout ce calme, tout ce confort, tout ce bien-être allaient devoir cesser, dans la terreur ? Préférant ne pas se perdre dans de semblables pensées, Gregor se mit en mouvement et parcourut la pièce en rampant dans tous les sens.

Au cours de cette longue soirée, il arriva que l'une des portes latérales, puis l'autre, fut entrebâillée un petit peu et aussitôt refermée ; quelqu'un avait sans doute eu besoin d'entrer, en ayant finalement trop de scrupules. Gregor s'arrêta alors tout près de la porte de la salle, décidé à attirer d'une façon ou d'une autre le visiteur hésitant, ou à découvrir au moins qui c'était. Mais la porte ne s'ouvrit plus et Gregor attendit en vain. Au petit matin, quand les portes étaient fermées à clef, ils avaient tous voulu entrer chez lui. Maintenant qu'il avait ouvert une porte et que manifestement, au cours de la journée, les autres avaient été ouvertes elles aussi, personne ne venait plus, et les clefs restaient même dans les serrures, à l'extérieur.

Ce fut seulement tard dans la nuit que la lumière s'éteignit dans la salle, et il fut aisé de constater que les parents et la sœur avaient veillé jusque-là, car comme on put parfaitement l'entendre, ils s'éloignèrent tous trois sur la pointe des pieds. À présent, il était certain que personne ne viendrait plus chez Gregor avant le jour ; il disposait donc de beaucoup de temps pour réfléchir, sans être dérangé, à la façon dont il devait maintenant réorganiser sa vie. Mais la grande chambre haute de plafond, où il était obligé de rester à plat sur le plancher, l'angoissait, sans qu'il pût en découvrir la raison car c'était sa propre chambre, qu'il occupait depuis cinq ans — et faisant demi-tour presque sans s'en rendre compte, il se hâta, non sans une légère honte, d'aller sous le canapé. Bien que son dos fût un peu comprimé et qu'il lui fût désormais impossible de relever la tête, il s'y sentit aussitôt très à son aise, regrettant simplement que son corps fût trop large pour pouvoir se loger tout entier dessous.

Il resta là toute la nuit, qu'il passa en partie dans un demi-sommeil dont il était sans cesse tiré par la faim, et en partie occupé par des inquiétudes et de vagues espoirs, mais qui tous menaient à la conclusion qu'il devait pour l'instant garder son calme : par de la patience et de très grands égards, il rendrait ainsi supportables pour la famille les désagréments que, dans son état actuel, il se voyait contraint de lui infliger.

Dès le lendemain matin, alors qu'il faisait encore presque nuit, Gregor eut l'occasion d'éprouver la force des décisions qu'il venait de prendre, car la sœur presque entièrement habillée ouvrit la porte donnant sur l'entrée et, très tendue, regarda à l'intérieur. Elle ne le découvrit pas tout de suite, mais en l'apercevant sous le canapé — Grand Dieu, il fallait bien qu'il fût quelque part, il n'avait pas pu s'envoler, tout de même ! — elle fut si effrayée qu'elle ne put se maîtriser et referma la porte en la faisant claquer, sans entrer. Pourtant comme si elle regrettait son geste, elle la rouvrit aussitôt et, comme s'il y avait là un grand malade ou même un étranger, elle entra sur la pointe des pieds. Gregor avait avancé le bout de la tête jusque sous le bord du canapé, et l'observait. Allait-elle remarquer qu'il avait laissé le lait, sans y toucher, et point du tout par manque d'appétit, allait-elle lui apporter autre chose à manger qui lui conviendrait mieux ? Si elle ne le faisait pas spontanément, il préférerait mourir de faim que d'attirer son attention là-dessus, bien qu'en fait, il eût terriblement envie de foncer de sous le canapé, de se jeter aux pieds de la sœur et de lui demander quelque chose de bon à manger, n'importe quoi !

Mais la sœur en s'étonnant remarqua tout de suite la jatte encore pleine, avec juste un peu de lait répandu autour ; elle la ramassa aussitôt, non pas les mains nues, mais avec un chiffon, et l'emporta. Gregor était extrêmement curieux de voir ce qu'elle lui apporterait à la place, et il songea aux choses les plus diverses. Mais jamais il n'aurait pu imaginer ce que fit la sœur, dans sa bonté. Pour tester ses goûts, elle lui apporta un assortiment complet, le tout disposé sur un vieux journal. Il y avait de vieux légumes à moitié pourris ; des os qui restaient du dîner de la veille, entourés d'une sauce blanche, figée ; quelques raisins secs et amandes ; un fromage que Gregor avait déclaré immangeable, deux jours plus tôt ; un morceau de pain sec, un tartine grossièrement beurrée, et une autre, beurrée aussi, mais salée. À tout cela, elle ajouta encore une jatte sans doute définitivement attribuée à Gregor, et où elle avait versé de l'eau. Puis, par délicatesse, sachant que Gregor ne mangerait pas devant elle, elle s'éloigna au plus vite et tourna même la clef dans la serrure afin que Gregor se rendît bien compte qu'il pouvait se mettre tout à son aise, comme il voulait. Les petites pattes de Gregor se mirent alors à flageoler tandis qu'il allait manger. Au reste, ses blessures devaient être déjà tout à fait guéries, car il n'éprouvait plus aucune gêne ; il en fut étonné et se souvint qu'un peu plus d'un mois auparavant, il s'était très légèrement entaillé le doigt avec un couteau et qu'avant-hier encore, la plaie lui avait fait assez mal. « Est-ce que je serais moins sensible maintenant ? » pensa-t-il en suçant déjà avec avidité le fromage, qui parmi tous les autres aliments, l'avait sur-le-champ particulièrement attiré. Vite, les uns après les autres, avec des larmes dans les yeux tant il avait de plaisir, il dévora le fromage, les légumes et la sauce ; en revanche, la nourriture qui n'était pas avariée ne lui disait rien ; il ne put même pas en supporter l'odeur et alla jusqu'à traîner un peu plus loin les choses qu'il avait l'intention de manger. Il avait tout fini depuis un bon moment et se reposait, s'attardant sur place, quand la sœur, pour lui signaler qu'il devait se retirer, fit tourner lentement la clef. Cela le fit aussitôt sursauter, alors qu'il somnolait déjà, et il se hâta de retourner sous le canapé. Mais il dut faire un grand effort sur lui-même pour y rester, ne fût-ce que le court instant où la sœur demeura dans la pièce, car avec son copieux repas, son corps s'était un peu arrondi et il arrivait à peine à respirer dans cet espace exigu. Pris de légers accès d'étouffement, les yeux un peu exorbités, il regarda la sœur qui, sans se douter de rien, rassemblait avec un balai non seulement les restes, mais même les aliments auxquels Gregor n'avait pas touché du tout, comme si eux aussi étaient devenus irrécupérables. Elle se dépêcha de les jeter dans un seau qu'elle referma avec un couvercle en bois, sur quoi elle sortit en emportant le tout. À peine avait-elle tourné le dos que Gregor s'extirpa de sous le canapé, s'étira, et se renfla.

C'est ainsi que Gregor reçut désormais chaque jour sa nourriture, une première fois le matin quand les parents et la bonne dormaient encore, la seconde fois après que tous avaient déjeuné, car les parents dormaient alors à nouveau un petit moment, et la sœur envoyait la bonne dehors en la chargeant de quelque commission. Eux non plus ne voulaient certainement pas que Gregor mourût de faim, mais peut-être n'auraient-ils pas pu en supporter plus que d'entendre parler de son repas ; peut-être aussi la sœur voulait-elle leur éviter un chagrin supplémentaire, fût-il minime, car de fait, ils souffraient déjà bien assez.

Quels arguments avait-on utilisés le premier matin pour se débarrasser du médecin et du serrurier, et les faire quitter l'appartement ? Gregor ne put le découvrir, car étant donné qu'on ne le comprenait pas, personne, pas même la sœur, ne pensait qu'il pût comprendre les autres, et il dut se contenter, quand la sœur était dans la chambre, de l'écouter invoquer les saints de temps à autre, entre deux soupirs. C'est seulement plus tard, quand elle se fut un peu habituée à tout cela — car bien sûr on ne put jamais parler d'une accoutumance totale —, qu'il arriva à Gregor d'attraper une remarque dont l'intention était bienveillante ou qui pouvait être interprétée ainsi. « Aujourd'hui, en tout cas, il a trouvé ça bon ! » disait-elle quand Gregor avait fait des coupes sombres dans sa nourriture, tandis que dans le cas contraire, qui peu à peu devint de plus en plus fréquent, elle prit l'habitude de dire sur un ton un peu triste : « Eh bien, tout est resté intact encore une fois ! »

Mais si Gregor était dans l'immédiat hors d'état d'apprendre aucune nouvelle directement, il comprit bien des choses en épiant ce qui se passait dans les pièces voisines, et dès qu'il y entendait des voix, même un court instant, il courait vers la porte correspondante et se pressait contre elle de tout son long. Dans les premiers temps surtout, il n'y eut aucune conversation qui ne le concernât d'une façon ou d'une autre, même à mots couverts. Pendant deux jours, à chaque repas, des délibérations portèrent sur la question de savoir comment on devait se comporter à présent ; mais on abordait aussi ce sujet entre les repas, car il y avait toujours au moins deux membres de la famille à la maison, étant donné qu'aucun d'entre eux, sans doute, ne voulait rester seul sur place et qu'il était absolument exclu de laisser l'appartement sans personne. Quant à la bonne, dès le premier jour — on ne sut pas vraiment si elle était au courant des événements, et jusqu'à quel point —, elle était tombée à genoux devant la mère en l'implorant de lui donner son congé sur-le-champ. En faisant ses adieux un quart d'heure après, elle remercia avec des larmes dans les yeux qu'on lui permît de partir, comme si c'eût été le plus grand bienfait qu'on lui eût accordé dans cette maison, et elle prononça spontanément un serment terrible, celui de ne rien révéler de tout cela à personne.

La sœur à présent devait faire aussi la cuisine, en tandem avec la mère ; cela ne donnait d'ailleurs pas beaucoup de peine, car on ne mangeait presque rien. Gregor les entendait sans cesse s'exhorter les uns les autres à manger, mais en vain, sans recevoir d'autre réponse que « Merci, cela me suffit ! » ou quelque chose de ce genre. Et peut-être que l'on ne buvait rien non plus. Souvent la sœur demandait au père s'il voulait de la bière, et offrait gentiment d'aller en chercher elle-même ; comme le père ne répondait rien, elle lui disait, pour lui ôter tout scrupule, qu'elle pouvait aussi envoyer la concierge en chercher ; alors le père finissait par lâcher un grand « non ! », et l'on n'en parlait plus.

Au cours de la première journée déjà, le père avait fait, devant la mère et la sœur réunies, un exposé général de leurs ressources et de leurs espérances. Par moments, il se levait de la table et allait à son petit coffre-fort Wertheim, qu'il avait pu sauver après la déconfiture de son magasin, survenue cinq ans auparavant, pour chercher un document quelconque ou un échéancier. On l'entendait ouvrir la serrure compliquée, puis la refermer après avoir sorti ce qu'il voulait. Ces explications du père constituèrent d'une certaine façon la première chose réjouissante qu'il fut donné à Gregor d'entendre depuis sa réclusion. Il avait cru que de ce magasin le père n'avait rien conservé du tout, du moins le père ne l'avait-il pas détrompé sur ce point et pour sa part Gregor ne lui avait pas non plus posé la question. La seule préoccupation de Gregor à ce moment-là avait été de tout mettre en œuvre pour que cette catastrophe commerciale, qui avait plongé toute la famille dans un désespoir total, fût oubliée le plus vite possible. C'est ainsi qu'il s'était alors mis à travailler avec une ardeur exceptionnelle, et de petit commis, il était devenu presque du jour au lendemain un voyageur de commerce ayant, bien sûr, des perspectives de salaire toutes différentes, et dont les succès professionnels se traduisirent aussitôt par un acompte de bon argent qui pouvait être déposé sur la table, à la maison, devant la famille étonnée et ravie. Cela avait été une période heureuse, qui n'était jamais revenue par la suite, en tout cas jamais avec cet éclat, bien que Gregor eût gagné plus tard assez d'argent pour être en mesure de supporter les dépenses de toute la famille, ce qu'il fit effectivement. On s'y était habitué, voilà tout, la famille autant que Gregor : on acceptait l'argent avec reconnaissance ; quant à lui, il le donnait volontiers, mais une certaine chaleur manqua désormais. Seule la sœur était restée proche de Gregor malgré tout, et il formait en secret un projet pour elle : contrairement à Gregor, elle aimait beaucoup la musique et savait jouer du violon d'une manière émouvante ; il voulait dès l'année prochaine, sans tenir compte des grands frais que cela occasionnerait forcément et qu'on se débrouillerait bien pour compenser d'une façon ou d'une autre, l'envoyer au conservatoire. Lors des brèves périodes où Gregor n'était pas en déplacement, on parla plusieurs fois de conservatoire avec la sœur, mais jamais autrement que comme d'un beau rêve dont il était impossible d'envisager la réalisation ; et même ces paroles innocentes, les parents ne les entendaient pas volontiers ; mais Gregor y pensait très résolument et il avait l'intention d'en faire la déclaration solennelle le soir de Noël.

Telles étaient les pensées, tout à fait vaines dans son état actuel, qui lui passaient par la tête tandis qu'il restait là debout, collé contre la porte, à écouter. Par moments il était incapable de prêter l'oreille, tant il était fatigué de partout, et il laissait aller sa tête qui cognait contre la porte ; mais il se ressaisissait aussitôt, car même le petit bruit qu'il avait causé avait été entendu à côté, plongeant tout le monde dans le silence. « Que peut-il encore fabriquer ? » disait le père après un instant, sans doute tourné vers la porte ; et c'était seulement après ces mots que la conversation interrompue reprenait peu à peu.

Gregor eut ainsi à maintes reprises — car le père avait coutume de se répéter souvent dans ses explications, en partie parce qu'il ne s'était plus occupé de ces choses-là depuis longtemps, et en partie parce que la mère ne comprenait pas toujours du premier coup — l'occasion d'apprendre que malgré tout leur malheur il subsistait du temps jadis une petite somme, certes bien mince, mais que les intérêts cumulés avaient un peu augmentée, avec le temps. Par ailleurs, l'argent que Gregor avait rapporté chaque mois à la maison — il n'avait gardé pour lui-même que quelques gulden — n'avait pas été complètement utilisé, mais s'était accumulé pour former un petit capital. Gregor, derrière sa porte, hochait la tête, tout excité, réjoui par cette prévoyance et par ce sens de l'économie inattendus. Bien sûr il aurait pu, avec ces fonds supplémentaires, rembourser davantage de la dette que son père avait envers le directeur, et le jour où il aurait pu se débarrasser de cet emploi aurait été beaucoup plus proche, mais à présent il valait mieux sans aucun doute qu'il en soit comme le père l'avait décidé.

Pourtant aujourd'hui cette somme ne suffisait absolument pas pour qu'ils arrivent à vivre avec les intérêts ; elle pouvait suffire à maintenir la famille une année, deux au maximum, mais c'était tout. Il s'agissait donc simplement d'une somme qu'on devait se garder d'entamer, qu'il fallait surtout conserver en réserve, en cas de besoin. Quant à l'argent pour vivre, il fallait le gagner. Or le père, bien qu'en bonne santé, était désormais un homme âgé, depuis cinq ans déjà il ne travaillait plus, et en aucun cas il ne pouvait présumer de ses forces. Durant ces cinq années qui avaient été les premières vacances de sa vie de dur travail et pourtant sans grand résultat, il avait fortement grossi, ce qui l'avait beaucoup ralenti. Était-ce à la vieille mère de gagner à présent de l'argent, elle qui souffrait d'asthme, qui peinait déjà rien qu'à parcourir l'appartement et qui, ayant du mal à respirer, passait un jour sur deux assise sur le sofa du salon, devant la fenêtre ouverte ? Était-ce à la sœur de gagner de l'argent, elle qui était encore une enfant avec ses dix-sept ans, et qui méritait si bien la vie qu'elle avait menée jusqu'alors, vie qui avait consisté à s'habiller gentiment, à dormir longtemps, à donner un coup de main à la maison, à participer à quelques menues distractions et surtout à jouer du violon ? À chaque fois que dans la conversation revenait cette nécessité de gagner de l'argent, Gregor lâchait tout de suite la porte, pour se jeter sur le canapé de cuir tout à côté qui était frais, tant il se sentait brûlant de honte et de chagrin.

Souvent il restait étendu là, tout au long de la nuit, sans dormir un instant, restant pendant des heures à gratter le cuir. Ou bien, ne reculant pas devant le grand effort de pousser un fauteuil vers la fenêtre, il grimpait jusqu'à la tablette et, s'arc-boutant sur le fauteuil, il s'appuyait contre la vitre, manifestement repris par une sorte de réminiscence de la sensation libératrice qu'il éprouvait autrefois à regarder par la fenêtre. En effet, il voyait de jour en jour moins nettement les choses, même peu éloignées ; il ne distinguait plus du tout l'hôpital en face de lui, de l'autre côté de la rue, dont il avait jadis toujours maudit la présence par trop obsédante, et s'il n'avait pas su pertinemment qu'il habitait dans la Charlottenstrasse, une rue calme, bien qu'en pleine ville, il aurait pu croire que sa fenêtre donnait sur une zone déserte dans laquelle le ciel gris et la terre grise se mêlaient sans qu'on pût les distinguer. Il avait suffi à la sœur attentive de voir par deux fois que le fauteuil était tout près de la fenêtre, pour que désormais elle le replaçât toujours à cet endroit après avoir fait le ménage de la chambre, et en laissant aussi ouvert le battant intérieur de la fenêtre.

Si seulement Gregor avait pu parler avec la sœur et la remercier de tout ce qu'elle était obligée de faire pour lui, il aurait supporté plus facilement ses services. Tandis que là, il en souffrait. Certes, la sœur essayait autant que possible d'effacer le côté pénible de tout cela, et plus le temps passait, plus elle y parvenait, bien sûr ; mais au fur et à mesure, Gregor voyait lui aussi la situation beaucoup plus clairement. Quand elle entrait, c'était déjà terrifiant pour lui. À peine était-elle là que, sans prendre un instant pour fermer la porte, alors qu'en général elle faisait très attention d'épargner à tous le spectacle de la chambre de Gregor, elle courait tout droit à la fenêtre et, comme au bord de l'étouffement, l'ouvrait brutalement de ses mains impatientes, s'y attardait un moment, quel que fût le froid, et respirait profondément. En courant et en faisant un bruit pareil, elle terrifiait Gregor deux fois par jour. Tant qu'elle était là, il restait à trembler sous le canapé, non sans savoir très bien qu'elle lui aurait volontiers évité tout cela, si seulement il avait été en son pouvoir de demeurer, fenêtre fermée, dans une pièce où se trouvait Gregor.

Il s'était peut-être déjà écoulé un mois depuis la métamorphose de Gregor[1], et la sœur n'avait plus de raison, à vrai dire, de s'étonner particulièrement de son aspect, quand une fois

---

**1.** Première reprise de ce mot concernant Gregor depuis le titre et le verbe « métamorphoser » dans la première phrase ; il ne réapparaîtra qu'une fois par la suite, *cf.* p. 430.

elle vint un peu plus tôt que d'habitude et se retrouva face à
Gregor qui, immobile et placé d'une manière à faire vraiment
peur, regardait par la fenêtre. Ce qui n'aurait pas étonné Gregor, c'est qu'elle ne fût pas entrée, car placé comme il était, il
l'empêchait d'ouvrir aussitôt la fenêtre. Or, non seulement elle
n'entra pas, mais elle se recula vivement et referma la porte ;
un étranger en effet aurait pu penser que Gregor l'avait guet-
tée, avec l'intention de la mordre. Gregor se dissimula bien sûr
immédiatement sous le canapé, mais il dut attendre jusqu'à
midi pour que la sœur revienne, et elle parut beaucoup plus
agitée que d'habitude. Il se rendit alors compte qu'elle ne supportait toujours pas de le voir, que son aspect lui serait sans
doute à jamais insupportable et qu'elle devait faire un violent
effort pour ne pas prendre la fuite en apercevant fût-ce la plus
petite partie de son corps dépassant du canapé. Pour lui éviter
même ce spectacle, il emporta un jour le drap du lit sur son
dos jusqu'au canapé — besogne qui lui prit quatre heures —
et le disposa de telle sorte qu'il s'en trouvait complètement
recouvert et que la sœur, même quand elle se baissait, ne pouvait pas le voir. Si elle avait trouvé ce drap inutile, elle aurait pu
l'enlever, car il n'était que trop évident que Gregor ne pouvait
éprouver aucun plaisir à être ainsi cerné, mais elle laissa le drap
placé comme il était, et Gregor crut même avoir saisi un regard
reconnaissant, une fois qu'il soulevait prudemment le tissu
avec la tête pour regarder comment la sœur réagissait à ce nouveau dispositif.

Durant les quinze premiers jours, les parents ne purent prendre sur eux de pénétrer dans sa chambre, et il les entendit
souvent rendre hommage au travail que la sœur accomplissait,
alors qu'auparavant ils s'étaient souvent irrités contre elle, car
elle leur était apparue comme une jeune fille qui n'était pas
bonne à grand-chose. Mais à présent il arrivait fréquemment
que tous les deux, le père et la mère, attendent devant la porte
de Gregor, pendant que la sœur faisait le ménage : à peine
était-elle ressortie qu'elle devait leur raconter dans le moindre
détail quel aspect avait la chambre, ce que Gregor avait mangé,

comment il s'était comporté cette fois-là et si on ne remarquait pas peut-être une légère amélioration. D'ailleurs, relativement vite la mère voulut rendre visite à Gregor, mais le père et la sœur l'en retinrent, en invoquant d'abord des motifs raisonnables que Gregor écouta avec grande attention et qu'il approuva tout à fait. Mais par la suite, il fallut recourir à la force pour l'en empêcher, et lorsqu'elle s'écria : « Mais laissez-moi donc aller chez Gregor, car il est mon malheureux fils ! Est-ce que vous ne comprenez pas que je dois y aller ? », Gregor pensa que cela serait peut-être une bonne chose, malgré tout, que sa mère entrât, non pas chaque jour bien sûr, mais peut-être une fois par semaine ; en effet, elle comprenait tout beaucoup mieux que la sœur, qui malgré son grand courage, n'était encore qu'une enfant et que peut-être seule une certaine inconscience juvénile avait au fond conduite à s'acquitter d'une aussi lourde tâche.

Le désir de Gregor de voir sa mère ne tarda pas à se réaliser. Pendant la journée, par simple égard pour ses parents, Gregor ne voulait pas se montrer près de la fenêtre, mais il ne pouvait pas non plus ramper beaucoup sur les quelques mètres carrés du plancher ; durant la nuit, il avait déjà du mal à rester étendu sans bouger ; il n'éprouva bientôt plus le moindre plaisir à manger ; c'est ainsi qu'il prit pour se distraire l'habitude de ramper de long en large sur les murs et sur le plafond. Il aimait particulièrement être en suspension là-haut : c'était tout autre chose que de rester posé sur le plancher ; on respirait plus librement ; le corps était parcouru par une légère oscillation ; et dans l'état de distraction presque heureuse où Gregor se trouvait là-haut, il pouvait arriver qu'à sa propre surprise il se lâchât, pour tomber à plat sur le plancher. Cependant il avait bien sûr une tout autre maîtrise de son corps qu'au début, et même en tombant du plafond il ne se faisait aucun mal. La sœur ne tarda pas à remarquer le nouveau divertissement que Gregor s'était inventé — car en rampant, il laissait par endroits des traces poisseuses —, et elle se mit soudain dans la tête de rendre ces déplacements le plus facile possible pour Gregor et donc de débarrasser les meubles qui le gênaient, principalement le coffre et le bureau. Or elle n'était pas en mesure de le faire seule ; elle n'osait pas demander au père de l'aider ; la bonne aurait certainement refusé, car si cette fille d'environ seize ans tenait vaillamment le coup depuis le départ de l'ancienne cuisinière, elle avait imploré comme une faveur la permission de conserver la porte de la cuisine fermée à clef, en permanence, et de n'avoir à l'ouvrir que lorsqu'on l'appelait d'une certaine façon ; il ne resta donc d'autre solution pour la sœur que de recourir à la mère, un jour où le père était absent. Et la mère arriva, avec des cris d'excitation joyeuse ; mais devant la porte de la chambre de Gregor, elle se tut. La sœur commença bien sûr par vérifier si tout était en ordre à l'intérieur ; ce fut seulement ensuite qu'elle laissa entrer la mère. Gregor avait, en toute hâte, tiré le drap encore plus bas, en faisant plisser le tissu, si bien que l'ensemble ressemblait vraiment à un simple drap négligemment jeté sur le canapé. Gregor s'abstint aussi, cette fois-là, d'épier par en-dessous ; il renonça pour cette visite à regarder la mère, satisfait déjà qu'elle eût fini par venir. « Tu peux avancer, on ne le voit pas », dit la sœur, qui tenait sans doute la mère par la main. Gregor entendit alors que ces deux faibles femmes déplaçaient le vieux coffre, en dépit de son poids, et que la sœur réclamait à tout instant de faire elle-même le plus pénible, sans écouter les avertissements de la mère qui craignait qu'elle ne s'infligeât de trop gros efforts. Cela dura très longtemps. Après sans doute un bon quart d'heure de travail, la mère dit qu'il valait mieux, dans le fond, laisser le coffre où il était, car premièrement il était trop lourd, elles n'arriveraient pas à en terminer avant le retour du père, et avec le coffre posé au milieu de la chambre, elles allaient boucher le passage pour Gregor ; ensuite, il n'était pas certain du tout qu'en retirant les meubles, on fît plaisir à Gregor. À son avis, c'était le contraire ; elle avait même le cœur serré à voir le mur nu ; et pourquoi Gregor n'aurait-il pas la même impression, étant donné qu'il était depuis si longtemps habitué à ces meubles et qu'il se sentirait abandonné, dans la chambre vide ? « Et est-ce qu'à ce moment-là... », conclut la mère en continuant à chuchoter, comme si elle voulait éviter que Gregor, dont elle ignorait où il se trouvait exactement, pût entendre seulement le son de sa voix, car elle était convaincue de toute manière qu'il ne comprenait pas ce qu'on disait, « ... est-ce qu'à ce moment-là nous n'aurions pas l'air, en retirant les meubles, de montrer que nous renonçons à tout espoir d'amélioration, et de l'abandonner à lui-même, sans le moindre égard. Il me semble que le mieux serait que nous nous efforcions de conserver la chambre exactement comme avant, pour que Gregor, à son retour chez nous, retrouve tout dans le même état et qu'il lui soit d'autant plus facile d'oublier la période intermédiaire. »

En entendant la mère parler ainsi, Gregor se rendit compte que le fait qu'on ne lui eût adressé aucune parole humaine, s'ajoutant à la routine de la vie au milieu de la famille, lui avait sans doute troublé l'esprit au cours des deux derniers mois, car sinon, il ne pouvait s'expliquer qu'il eût pu sérieusement demander que l'on vidât sa chambre. Avait-il réellement envie de laisser métamorphoser cette pièce confortable, agréablement installée avec des meubles de famille, en une caverne où il pourrait certes ramper partout sans être gêné, mais en sombrant du même coup très vite dans un oubli total de son passé humain ? N'était-il pas déjà bien près d'oublier ? Seule la voix de la mère, qu'il n'avait pas entendue depuis longtemps, l'avait tiré de sa léthargie... Rien ne devait être enlevé ; tout devait rester ; il ne pouvait pas se passer de l'effet positif de ces meubles sur lui, dans son état ; et si les meubles l'empêchaient de se livrer à ces absurdes reptations dans tous les sens, ce n'était pas un mal, mais un grand avantage !

Mais la sœur, malheureusement, était d'un avis différent ; elle avait pris cette habitude, qui n'était pas tout à fait injustifiée, de se poser face aux parents en personne particulièrement compétente dans les questions concernant Gregor ; c'est pourquoi la suggestion de la mère, à cet instant, suffit pour déterminer la sœur à persister dans son projet d'enlever non seulement le coffre et le bureau, selon son intention initiale, mais tous les meubles, à l'exception de l'indispensable canapé. Ce n'était pas bien sûr par pure provocation juvénile qu'elle exigeait cela, ni par cette confiance en soi qu'elle avait acquise si durement ces derniers temps, et d'une manière si inattendue ; car elle avait effectivement observé que Gregor avait besoin de beaucoup de place pour ramper, et qu'en revanche, d'après ce qu'on pouvait voir, il ne faisait aucun usage des meubles. Mais peut-être le tempérament exalté des jeunes filles de son âge jouait-il aussi un rôle : il cherche en toute occasion le moyen de se satisfaire, et en l'occurrence il poussait Grete à vouloir rendre la situation de Gregor encore plus effrayante, pour pouvoir ensuite en faire encore davantage pour lui. Car dans une pièce où Gregor régnerait sur des murs nus, personne d'autre que Grete n'oserait jamais pénétrer.

Elle ne se laissa donc pas ébranler dans sa décision par la mère qui, par pure inquiétude d'être dans cette chambre, manquait d'assurance et se tut bientôt pour aider la sœur à sortir le coffre, dans la mesure de ses forces. C'est vrai que Gregor pouvait à la rigueur se passer du coffre, mais quant au bureau, il devait rester ! Et à peine les femmes étaient-elles sorties de la chambre avec le coffre, pesant dessus avec de grands soupirs, que Gregor avança la tête de sous le canapé pour voir comment il pourrait intervenir avec prudence et avec le maximum d'égards. Mais par malheur ce fut justement la mère qui revint la première, tandis que Grete, dans la pièce à côté, maintenait le coffre à pleins bras, en le balançant toute seule d'un côté sur l'autre, sans réussir bien sûr à le faire avancer. Or la mère n'était pas habituée à voir Gregor, et cela aurait pu la rendre malade ; Gregor, effrayé, se hâta donc de disparaître à reculons jusqu'à l'autre extrémité du canapé, mais sans parvenir à empêcher que le drap ne remuât légèrement sur le devant. Cela suffit pour attirer l'attention de la mère. Elle s'arrêta, resta un instant interdite, puis retourna vers Grete.

Bien que Gregor se répétât sans relâche qu'il n'arrivait là rien d'extraordinaire, que c'était simplement quelques meubles que l'on déplaçait, il dut bientôt s'avouer que les allées et venues de ces femmes, leurs brèves exclamations, le crissement des meubles sur le plancher lui faisaient l'impression d'un grand vacarme déferlant de tous côtés, et il eut beau rentrer la tête et les pattes, et aplatir le corps sur le plancher, il était obligé de se dire qu'il ne pourrait pas supporter tout cela longtemps. Elles étaient en train de lui vider sa chambre, de lui prendre tout ce qu'il aimait ! Elles avaient déjà retiré le coffre dans lequel se trouvait la scie avec d'autres outils ; à présent elles en étaient à dégager son bureau, solidement fixé au plancher, le bureau sur lequel il faisait ses devoirs du temps où il fréquentait l'école de commerce, et déjà au cours complémentaire, et même à l'école primaire — il n'avait vraiment plus le temps de soupeser les bonnes intentions qui animaient les deux femmes, dont il avait du reste à ce moment-là presque oublié l'existence, car elles étaient tellement épuisées qu'elles opéraient désormais en silence, et l'on n'entendait plus que le lourd martèlement de leurs pieds.

Il fit donc une sortie — à cet instant, les femmes se trouvaient justement dans la pièce à côté, appuyées contre le bureau, en train de souffler un peu. Il changea quatre fois de direction, ne sachant réellement pas dans sa course ce qu'il devait sauver en priorité, lorsqu'il eut soudain le regard attiré par la gravure de la dame entièrement vêtue de fourrure, qui restait seule au milieu du mur nu ; il y grimpa à toute vitesse, se colla contre le verre qui le retint en faisant ventouse et qui calma son ventre brûlant. Cette gravure du moins, que Gregor recouvrait à présent tout entière, personne ne la lui prendrait, c'était sûr ! Il tordit le cou en direction de la porte de la salle pour observer les femmes quand elles reviendraient.

Elles ne s'étaient pas octroyé beaucoup de répit, et revenaient déjà ; Grete soutenait la mère d'un bras, et la portait presque. « Bon, que prenons-nous maintenant ? » dit Grete en jetant un coup d'œil autour d'elle. Alors son regard croisa celui de Gregor, sur le mur. Elle ne perdit pas contenance, sans doute uniquement parce que la mère était là ; elle pencha son visage vers elle, pour l'empêcher de regarder alentour et dit, mais en tremblant et sans réfléchir : « Allons, viens ! Est-ce qu'il ne vaut pas mieux retourner un peu dans la salle ? » Gregor comprit clairement l'intention de Grete : elle voulait mettre la mère en sécurité et le chasser ensuite du mur. Eh bien, elle pouvait toujours essayer ! Il était campé sur sa gravure et il ne la lâchait pas. Il sauterait plutôt à la figure de Grete.

Mais les paroles de Grete n'avaient pas manqué d'inquiéter la mère ; elle fit un pas sur le côté, aperçut l'énorme tache brune sur le papier à fleurs et, avant de prendre réellement conscience que ce qu'elle voyait était Gregor, elle hurla d'une voix rauque : « Ah, mon Dieu ! mon Dieu ! » et s'effondra sur le canapé, les bras grands ouverts, comme renonçant à tout ; puis elle ne bougea plus. « Dis donc, Gregor ! » s'écria la sœur, poing levé et regard lourd. Depuis la métamorphose, c'étaient les premiers mots qu'elle lui eût adressés directement. Elle se précipita dans la pièce voisine pour chercher un cordial qui tirerait la mère de son évanouissement ; Gregor voulut aider lui aussi — pour sauver sa gravure, il avait du temps devant lui ; mais il collait vraiment au verre et dut forcer pour s'en détacher ; il courut donc lui aussi dans la pièce à côté, s'imaginant qu'il pouvait donner un conseil à sa sœur, comme autrefois ; mais fut contraint de rester derrière elle, sans rien faire ; elle farfouillait parmi différents flacons, et elle eut peur encore une fois lorsqu'elle se retourna ; l'un des flacons tomba sur le plancher et se brisa : un éclat blessa Gregor de face, et l'acidité de ce qui pouvait être un médicament se répandit sur lui ; alors Grete, sans s'attarder davantage, attrapa autant de flacons que possible et courut vers la mère ; arrivée à la porte, elle la referma d'un coup de pied. Gregor se retrouvait coupé de sa mère, qui par sa faute était peut-être en danger de mort ; il n'était pas question pour lui d'ouvrir la porte, s'il ne voulait pas chasser la sœur, qui devait rester auprès de la mère ; il n'avait rien d'autre à faire que d'attendre. Et, tourmenté par l'inquiétude et par les reproches qu'il se faisait, il se mit à ramper sur le plancher, courut à travers toute la pièce, sur les murs, les meubles et le plafond, désespéré ; puis, quand à la fin tout se mit à tournoyer autour de lui, il s'abattit au beau milieu de la grande table.

Il s'écoula un petit moment. Gregor gisait là, inerte ; tout était silencieux, peut-être était-ce bon signe. Il y eut alors un coup de sonnette. La bonne était bien sûr enfermée dans sa cuisine, et Grete dut aller ouvrir. Le père était de retour. « Que s'est-il passé ? » demanda-t-il aussitôt en entrant, car la mine de Grete avait dû tout lui révéler. Grete répondit d'une voix sourde, pressant sans doute son visage contre la poitrine du père : « Mère a perdu connaissance, mais elle va déjà mieux. Gregor s'est échappé. » — « Pour ça, je m'y attendais », dit le père, « ça, je vous l'ai toujours dit, mais vous autres femmes, vous ne voulez pas écouter ! » Il était clair pour Gregor que le père avait mal interprété le trop laconique message de Grete et qu'il supposait que Gregor s'était rendu coupable d'un acte de violence. C'est pourquoi il devait essayer de calmer le père, car il n'avait ni le temps, ni la possibilité de lui expliquer les choses. Il se réfugia donc près de la porte de sa chambre et se plaqua contre elle, pour que le père, en arrivant de l'entrée, puisse voir tout de suite que Gregor avait bien l'intention de retourner immédiatement dans sa chambre, qu'il n'était pas nécessaire de le refouler et qu'il suffisait au contraire d'ouvrir la porte pour qu'il disparût aussitôt.

Mais le père n'était pas d'humeur à remarquer pareilles subtilités : « Ah ! » s'écria-t-il en entrant, comme s'il était à la fois furieux et content. Gregor décolla sa tête de la porte et la tendit en arrière vers le père. Il n'avait vraiment pas imaginé son père comme il le voyait là, debout. Mais à dire vrai, tous ces derniers temps, avec sa nouvelle manière de ramper dans tous les sens, il avait négligé de s'intéresser comme avant à ce qui se passait dans le reste de l'appartement, et il aurait dû en fait s'attendre à trouver la situation changée. Tout de même, tout de même, était-ce encore le père ? Cet homme qui autrefois restait terré au fond de son lit, épuisé, quand Gregor partait en déplacement ? Cet homme qui à son retour, le soir, l'accueillait toujours en robe de chambre, dans son grand fauteuil ?... presque plus en état de se lever, se bornant à lever les bras pour signifier sa joie ? Lui qui lors de leurs rares promenades communes, quelques dimanches dans l'année et les jours de grandes fêtes, traînait toujours un peu, entre Gregor et la mère qui déjà ne marchaient pas eux-mêmes bien vite ; lui qui progressait péniblement, emmitouflé dans son vieux manteau, en appuyant toujours sa canne avec précaution ? Qui s'arrêtait presque toujours lorsqu'il voulait dire quelque chose, les autres faisant cercle autour de lui ? Mais à présent il était bien remis sur pied : vêtu d'un uniforme bleu un peu raide, avec des boutons dorés, comme en portent les huissiers des banques ; au-dessus du collet rigide de la vareuse s'étalait un généreux double menton ; sous les sourcils broussailleux, les yeux noirs dardaient un regard vif et perçant ; la crinière blanche, d'habitude ébouriffée, était minutieusement peignée, avec une raie luisante dans les cheveux plaqués. Il fit voler sa casquette, où se distinguait un monogramme doré, celui d'une banque sans doute : elle traversa toute la pièce et atterrit sur le canapé ; puis, écartant en arrière les pans de la longue vareuse de son uniforme, les mains dans les poches du pantalon, le visage crispé, il marcha vers Gregor. Il ne savait sans doute pas lui-même ce qu'il avait l'intention de faire ; en tout cas, il levait les pieds extraordinairement haut, et Gregor fut étonné par la taille gigantesque des semelles de ses bottes. Mais il ne s'attarda pas à cette constatation, car il savait bien, depuis le premier jour de sa nouvelle vie, qu'aux yeux du père seule la plus grande sévérité était de mise envers lui. Il se mit donc à courir devant le père, s'immobilisant quand le père s'arrêtait, et repartant de plus belle au premier mouvement du père. Ils firent ainsi plusieurs fois le tour de la pièce, sans que rien de décisif se produisît, sans même que tout cela, à cause du rythme assez lent, eût ressemblé à une poursuite. C'est pourquoi Gregor demeurait pour l'instant sur le plancher, d'autant plus qu'il redoutait que le père pût considérer comme une méchanceté supplémentaire le fait de fuir sur les murs ou au plafond. Toutefois Gregor ne

pouvait pas s'empêcher de se dire que même à courir comme
ça, il ne tiendrait pas longtemps ; car pendant que le père faisait un pas, il devait, lui, exécuter un nombre de mouvements
sans commune mesure. Il commençait déjà à s'essouffler, et du
reste, dans sa vie antérieure non plus, il n'avait jamais eu les
poumons très résistants. Il n'avançait plus désormais qu'en titubant, et pour concentrer toutes ses forces dans la course, il
ouvrait à peine les yeux ; n'envisageait pas, dans son hébéte-
ment, d'autre salut que par la course ; et avait presque oublié
que les murs s'offraient à lui, bien qu'ils fussent ici encombrés
par des meubles finement sculptés, hérissés d'angles et de
pointes — alors, juste à côté de lui, projeté sans violence, quelque chose vola et roula devant lui. C'était une pomme ; une
seconde la suivit aussitôt. Terrifié, Gregor s'immobilisa ; c'était
inutile de continuer à courir, car le père avait décidé de le bom-
barder. Il avait rempli ses poches au compotier sur la desserte
et à présent, sans ajuster encore le tir, il lançait ses pommes
l'une après l'autre. Les petites pommes rouges roulaient çà et
là, sur le plancher, et s'entrechoquaient, comme électrisées.
L'une d'elles, lancée mollement, toucha Gregor au dos, mais
glissa sans lui faire de mal. Une autre en revanche, arriva juste
après et vint se ficher en plein dans le dos de Gregor. Il essaya
de se traîner plus loin, comme si cette douleur fulgurante et
incroyable pouvait passer, s'il changeait d'endroit ; mais il se
sentait pour ainsi dire cloué sur place, le corps écartelé, dans
la confusion complète de tous ses sens. Jetant un dernier
regard, il aperçut encore que l'on ouvrait brutalement la porte
de sa chambre : devant la sœur qui poussait des cris, la mère
surgit tout à coup, en chemise, car la sœur l'avait dévêtue pour
l'aider à respirer lors de son évanouissement ; la mère courut
alors vers le père, perdit en route ses jupes délacées qui glissèrent par terre l'une après l'autre ; en trébuchant sur ses vêtements, elle se précipita sur le père, l'étreignit, ne faisant plus
qu'un avec lui — mais alors Gregor cessa de voir — et, les
mains sur la nuque du père, elle l'implora d'épargner la vie de
Gregor.

## 3

La grave blessure de Gregor, dont il souffrit pendant plus d'un mois, sembla — car la pomme demeura fichée dans la chair comme un souvenir tangible, personne n'osant l'enlever — avoir rappelé même au père que Gregor, malgré sa forme actuelle, triste et répugnante[1], était un membre de la famille que l'on n'avait pas le droit de traiter en ennemi, mais envers qui la famille avait le devoir absolu de ravaler son dégoût et de supporter, rien que supporter.

Et donc, alors qu'avec cette lésion Gregor avait, sans doute définitivement, perdu de sa mobilité et qu'il lui fallait dorénavant de longues, de très longues minutes pour traverser sa chambre comme un vieil invalide — quant à ramper dans les hauteurs, il ne fallait pas y songer —, il reçut, comme pour compenser cette aggravation de son état, un avantage qui lui parut parfaitement suffisant : chaque soir on ouvrait la porte de la salle, et il prit l'habitude de la fixer des yeux, une ou deux heures à l'avance ; il pouvait ainsi, tapi dans l'obscurité de sa chambre et invisible depuis la salle, voir toute la famille autour de la table éclairée et, pour ainsi dire avec l'approbation générale, donc pas du tout comme auparavant, écouter leurs conversations.

Bien sûr, ce n'étaient plus les entretiens animés d'autrefois dont Gregor s'était toujours souvenu avec quelque nostalgie dans ses petites chambres d'hôtel, au moment où, fatigué, il devait se plonger dans les draps humides du lit. À présent, l'ambiance était le plus souvent très silencieuse. Le père ne tardait pas à s'endormir dans son fauteuil après le dîner ; la mère et la sœur s'enjoignaient l'une à l'autre de se taire ; la mère, se courbant beaucoup sous la lumière, cousait de la lingerie fine pour un magasin de nouveautés ; la sœur qui avait accepté une place

---

1. Dans la lettre du 24 novembre 1912 à sa fiancée Felice Bauer, Kafka désigne ainsi le récit qu'il est en train d'écrire : « une histoire particulièrement répugnante ».

de vendeuse apprenait, le soir, la sténo et le français, dans l'espoir d'accéder plus tard à un meilleur emploi. Parfois le père se réveillait, et comme s'il ne savait pas du tout qu'il avait dormi, disait à la mère : « Comme tu couds longtemps, ce soir encore ! » puis il se rendormait aussitôt, tandis que la mère et la sœur échangeaient un sourire las.

Avec une sorte d'entêtement, le père refusait d'enlever son uniforme d'huissier, même à la maison, et tandis que sa robe de chambre pendait, inutile, au porte-manteau, le père somnolait dans son fauteuil, avec tous ses vêtements sur lui, comme s'il était toujours prêt pour le service et que même ici, il attendît l'appel de son supérieur. En conséquence de quoi cet uniforme, qui n'avait jamais été neuf, même au début, devint de moins en moins soigné, malgré tous les soins de la mère et de la sœur ; Gregor passait souvent des soirées entières à contempler cet habit rutilant avec ses boutons dorés toujours bien astiqués, mais couvert de taches, et dans lequel le vieil homme dormait d'une façon très inconfortable et pourtant à poings fermés.

Dès que la pendule sonnait dix heures, la mère essayait de réveiller le père en lui parlant doucement, pour le convaincre d'aller se coucher, car ici il ne dormait pas vraiment, et lui qui devait prendre son service à six heures en avait le plus grand besoin. Mais avec l'entêtement qui s'était emparé de lui depuis qu'il était huissier, le père s'obstinait toujours à vouloir rester plus longtemps à la table, bien qu'il s'endormît régulièrement, après quoi on avait toutes les peines du monde pour lui faire troquer le fauteuil contre le lit. La mère et la sœur avaient beau insister de mille façons en lui faisant de petites remarques, il secouait la tête pendant des quarts d'heure entiers, les yeux fermés, sans se lever. La mère le tirait par la manche, lui disait à l'oreille des mots caressants, la sœur abandonnait son travail pour aider la mère, mais rien n'avait d'effet sur le père. Il ne s'en renfonçait que davantage dans son fauteuil. C'est seulement quand les femmes le saisissaient sous les bras qu'il ouvrait les yeux et, regardant tantôt la mère, tantôt la sœur, il avait l'habitude de dire : « En voilà une vie ! Voilà le repos de mes vieux jours ! » Et s'appuyant sur les deux femmes, il se redressait, difficilement, comme s'il était pour lui-même le plus pesant des fardeaux, puis se laissait conduire jusqu'à la porte, les renvoyait d'un geste et continuait tout seul ; alors la mère se débarrassait au plus vite de ses affaires de couture, et la sœur de sa plume, pour courir derrière le père et continuer à l'assister.

Qui donc, dans cette famille usée, épuisée par le labeur, avait le temps de s'occuper de Gregor plus qu'il n'était absolument nécessaire ? Le train de vie se réduisit de plus en plus ; on finit par renvoyer la bonne ; une énorme femme de service, toute en os, avec des cheveux blancs volant autour de la tête, venait matin et soir pour les tâches les plus grossières ; la mère s'occupait de tout le reste, en plus de ses nombreux travaux de couture. Il arriva même que l'on vendît certains bijoux de famille que la mère et la sœur avaient portés autrefois, radieuses, à l'occasion de sorties et de festivités ; c'est ce que Gregor comprit en les entendant le soir parler ensemble des sommes qu'ils en avaient obtenues. Mais la principale récrimination était toujours que l'on ne pouvait quitter cet appartement par trop vaste, compte tenu de la situation actuelle, car on n'imaginait pas comment on pourrait déménager Gregor. Mais il se rendait bien compte que les scrupules à son égard ne constituaient pas l'unique obstacle à un déménagement, car lui, on aurait pu aisément le transporter dans une caisse spéciale avec quelques trous d'aération ; ce qui au fond empêchait la famille de changer d'appartement, c'était plutôt le manque total d'espoir et l'idée qu'ils étaient sous le coup d'un malheur que personne d'autre, dans tout le cercle de leurs parents et connaissances, n'avait éprouvé. Ils en arrivèrent aux pires extrémités où le monde réduit les pauvres gens : le père allait chercher pour les employés subalternes de la banque leur petit-déjeuner, la mère s'épuisait pour du linge appartenant à des étrangers, la sœur courait derrière son comptoir pour satisfaire les clients, mais cette famille n'avait pas la force d'en faire davantage. Et Gregor recommença à souffrir, comme au début, de sa blessure dans le dos, quand il voyait la mère et la sœur revenir après avoir

mis le père au lit : laissant de côté leur travail, elles se rapprochaient et restaient assises l'une contre l'autre, joue contre
joue, et la mère disait alors, indiquant la chambre de Gregor :
« Ferme la porte là-bas, Grete ! » Gregor se retrouvait dans l'obscurité, tandis qu'à côté les femmes mêlaient leurs larmes ou
regardaient fixement la table, sans même pleurer.

Les nuits et les journées, Gregor les passait presque sans dormir. Par moments, il songeait à reprendre en main comme
autrefois les affaires de la famille, dès que l'on ouvrirait à nouveau la porte ; après une longue période, il vit réapparaître
dans ses songeries le directeur et le gérant, les commis et les
apprentis, le factotum particulièrement borné, deux ou trois
amis travaillant dans d'autres magasins, une femme de chambre
dans un hôtel de province — souvenir agréable et fugace —,
une caissière dans un magasin de chapeaux, qu'il avait sérieusement courtisée, mais sans aller assez vite ; ils surgissaient tous,
mêlés à des inconnus ou à des personnes oubliées, mais au
lieu de lui venir en aide, à lui et à sa famille, ils restaient tous
inaccessibles, et il était content quand ils disparaissaient. Mais
ensuite il n'était plus du tout d'humeur à se faire du souci pour
sa famille, il enrageait au contraire de la manière déplorable
dont on s'occupait de lui ; et bien qu'il n'imaginât rien qui pût
exciter son appétit, il faisait des plans pour parvenir jusque
dans l'office et y prendre ce qui lui revenait de droit, même s'il
n'avait pas faim. Car maintenant, sans plus réfléchir à ce qui
pourrait faire particulièrement plaisir à Gregor, la sœur, avant
d'aller au magasin le matin et le midi, glissait du bout du pied,
très vite, quelque chose à manger dans la chambre de Gregor,
n'importe quoi ; et le soir, sans faire attention si la nourriture
avait été juste goûtée ou bien — comme c'était le cas le plus
souvent — si elle n'avait pas été touchée du tout, elle la poussait dehors d'un coup de balai. Le ménage de la chambre
qu'elle faisait toujours le soir, à présent, n'aurait pas pu être
expédié plus vite. Des traînées de crasse s'étalaient sur les
murs, il y avait par endroits des boules de poussière et de saletés. Au début, quand la sœur arrivait, Gregor prenait position

dans les coins particulièrement éloquents à cet égard, voulant ainsi lui adresser un reproche. Mais il aurait sans doute pu y rester des semaines sans que la sœur se fût corrigée. En effet, elle voyait la crasse aussi bien que lui, mais elle avait décidé de ne pas y toucher, voilà tout. Cependant, avec une susceptibilité tout à fait nouvelle chez elle et qui s'était d'ailleurs emparée de toute la famille, elle veillait à ce que le ménage de Gregor lui fût réservé. Or il arriva un jour que la mère nettoya à fond la chambre de Gregor, ce qui l'obligea à utiliser plusieurs seaux d'eau — toute cette humidité ne fut d'ailleurs pas appréciée par Gregor et il resta étalé sur le canapé, sans bouger, très contrarié ; eh bien, la sanction ne se fit pas attendre pour la mère ! Car à peine la sœur eut-elle remarqué le changement dans la chambre de Gregor qu'elle courut, toute scandalisée, dans la salle, et bien que la mère l'implorât en levant les bras au ciel, elle éclata violemment en larmes devant les parents — le père dans son fauteuil avait bien sûr été réveillé en sursaut. D'abord stupéfaits, ils la regardèrent, impuissants, avant de réagir à leur tour. Le père reprocha, sur sa droite, à la mère de n'avoir pas laissé à la sœur le nettoyage de la chambre de Gregor ; cria ensuite, sur sa gauche, à la sœur qu'elle n'aurait plus jamais le droit de nettoyer la chambre de Gregor ; la mère essaya alors d'entraîner dans la chambre à coucher le père déchaîné, qui ne se connaissait plus ; la sœur, secouée de sanglots, martelait la table de ses petits poings ; et Gregor durant ce temps poussait de violents sifflements, furieux que personne n'eût l'idée de fermer la porte pour lui épargner ce spectacle et ce tapage.

Mais même si la sœur, épuisée par son travail professionnel, était excédée de s'occuper de Gregor comme par le passé, la mère n'aurait pas dû pour autant le faire à sa place, ni Gregor être négligé. Car désormais il y avait la femme de service. Cette vieille veuve qui, grâce à sa solide charpente, avait pu au cours de sa longue vie traverser les pires épreuves, ne ressentait pas vraiment de répugnance envers Gregor. Un jour par hasard, sans être du tout curieuse, elle avait ouvert la porte de la chambre, et en apercevant Gregor qui, complètement stupéfait, se mit à courir en tous sens bien que personne ne le poursuivît, elle était restée plantée là, très étonnée, les mains croisées sur le ventre. Depuis, elle ne manquait pas d'entrebâiller la porte, matin et soir, toujours en passant, et de jeter un coup d'œil chez Gregor. Au début, pour qu'il vînt vers elle, elle l'appelait avec des paroles qu'elle jugeait sans doute amicales : « Allez, viens par ici, vieux bousier[1] ! » ou « Mais regardez un peu le vieux bousier ! » Gregor ne répondait d'aucune façon à ces invites, mais s'immobilisait sur place, comme si la porte n'eût pas du tout été ouverte. Si seulement, au lieu de la laisser faire à sa guise en le dérangeant pour rien, on avait plutôt ordonné à cette servante de nettoyer la chambre une fois par jour ! Un matin tôt — une pluie violente, qui annonçait peut-être déjà la venue du printemps, battait les vitres —, Gregor fut si fort contrarié d'entendre la servante recommencer avec ses formules, qu'il se tourna vers elle comme pour l'attaquer, mais lentement et sans vigueur. D'ailleurs la servante, loin de s'effrayer, se contenta de brandir une chaise qui se trouvait à proximité de la porte, et à la voir là, debout, la bouche grande ouverte, il était clair qu'elle n'avait pas l'intention de la refermer avant que le siège dans sa main ne retombât sur le dos de Gregor. « Alors, on ne vient pas plus loin ? » demanda-t-elle quand Gregor refit demi-tour, puis elle reposa tranquillement la chaise dans le coin.

Gregor à présent ne mangeait presque plus rien. C'est seulement quand il passait par hasard devant sa pâtée qu'il en prenait une bouchée, comme par jeu ; il la gardait ensuite dans sa bouche pendant des heures et finissait en général par la recracher. Il pensa d'abord que c'était le chagrin de voir sa chambre

---

1. Ce sera la seule désignation « objective » de Gregor métamorphosé, et elle émane d'une personne étrangère à « la famille ». Sinon, on trouve le mot *Tier* (animal), mais seulement quatre fois dans tout le récit : « une voix d'animal » p. 406 (c'est le gérant qui parle), p. 443, « était-il un animal ? » (question à attribuer à un narrateur au statut incertain), p. 445, « devant ce monstre » (le texte dit : *vor diesem Untier*, désignation négative dans la scène du grand rejet), et p. 447 : « cet animal nous persécute » (c'est la sœur qui parle).

dans cet état qui le retenait de manger, mais il ne tarda pas à prendre son parti de ces transformations. On s'était mis à fourrer dans cette pièce les choses que l'on ne pouvait pas caser ailleurs, et il y en avait à présent beaucoup, étant donné que l'on avait pris trois messieurs comme locataires dans une des chambres de l'appartement. C'était des messieurs très sérieux — ils portaient tous les trois la barbe, comme Gregor le constata un jour en regardant par une fente de la porte —, très pointilleux sur l'ordre, non seulement dans leur chambre mais aussi dans le reste de l'appartement, puisqu'ils y avaient élu domicile, et tout spécialement dans la cuisine. Ils ne supportaient pas le moindre objet inutile, et encore moins ce qui était sale. De plus, ils avaient apporté avec eux presque tout ce qu'il fallait pour le ménage. C'est pourquoi beaucoup d'ustensiles étaient devenus superflus, qu'on ne pouvait pas revendre, mais qu'on ne voulait pas non plus jeter. Tout cela prit le chemin de la chambre de Gregor. Y compris la boîte à cendres et la boîte à ordures provenant de la cuisine. La servante, toujours très pressée, balançait purement et simplement dans la chambre de Gregor tout ce qu'on ne pouvait plus utiliser pour l'instant. Par chance, Gregor ne faisait en général qu'apercevoir l'objet en question et la main qui le tenait. La servante avait peut-être l'intention de venir à l'occasion, quand elle en aurait le temps, pour reprendre certaines choses ou bien pour tout jeter d'un seul coup à la poubelle ; mais en réalité, elles restaient à l'endroit où elles avaient atterri la première fois, à moins que Gregor ne les déplaçât en se promenant dans ce bric-à-brac, d'abord contraint de le faire faute d'autre espace libre pour ramper, ensuite avec un plaisir croissant, même si après ces pérégrinations il demeurait immobile durant des heures, triste et fatigué à mourir.

Comme les locataires prenaient parfois aussi leur dîner à la maison dans la salle commune, la porte en restait fermée certains soirs ; pourtant Gregor accepta très facilement qu'elle ne fût pas ouverte, car il était déjà arrivé qu'il ne profitât pas de certaines soirées où elle l'était, se tenant tapi au contraire dans le coin le plus obscur de sa chambre sans que la famille s'en aperçût. Mais une fois, la servante avait laissé la porte de la salle entrebâillée, et elle le resta même quand les locataires firent leur entrée, le soir venu, et qu'on alluma la lumière. Ils s'assirent en haut de la table, là où par le passé avaient pris place le père, la mère et Gregor ; déplièrent leurs serviettes, et prirent en main couteaux et fourchettes. Aussitôt, la mère apparut à la porte avec un plat de viande, suivie de la sœur qui portait un imposant plat de pommes de terre. Le repas bien chaud était tout fumant. Les locataires se penchèrent sur les plats disposés devant eux, comme s'ils voulaient les contrôler avant de manger, et de fait, celui qui était assis au milieu et qui semblait être considéré par les deux autres comme une autorité, découpa un morceau de viande à même le plat, manifestement pour vérifier s'il était assez tendre et s'il n'y avait pas lieu de le renvoyer à la cuisine. Il fut satisfait, et la mère et la sœur qui l'avaient observé, anxieuses, se mirent à sourire, soulagées.

Quant à la famille, elle mangeait à la cuisine. Malgré tout, avant de s'y rendre, le père allait dans la salle et après s'être incliné une seule fois, il faisait le tour de la table, la casquette à la main. Les messieurs se levaient tous ensemble et marmonnaient quelque chose dans leur barbe. Quand ils se retrouvaient seuls, ils mangeaient dans un silence quasi total. Il semblait étrange à Gregor que parmi les divers bruits du repas, on ne distinguât jamais que celui de leurs dents en train de mâcher, comme s'il fallait montrer à Gregor qu'on avait besoin de dents pour manger, et que même avec les plus belles mandibules, mais sans dents, on ne pouvait arriver à rien. « Pourtant, j'ai de l'appétit », se dit Gregor plein d'inquiétude, « mais pas pour ces choses-là [1]. Comme ces locataires se rassasient, alors que moi, je dépéris ! »

Ce fut justement ce soir-là — Gregor ne se souvenait pas d'avoir entendu le violon durant toute cette période — qu'il retentit dans la cuisine. Les locataires avaient déjà fini de dîner ;

---

1. À rapprocher de *L'Artiste du jeûne*, plus loin, p. 1491.

celui du milieu avait sorti un journal dont il avait distribué une feuille à chacun des deux autres, et ils étaient en train de lire en fumant, le dos bien calé. Lorsque le violon commença à jouer, ils dressèrent l'oreille, se levèrent et allèrent sur la pointe des pieds jusqu'à la porte de l'entrée, pour s'immobiliser sur le seuil, serrés les uns contre les autres. On avait dû les entendre depuis la cuisine, car le père cria : « Le violon dérange peut-être ces messieurs ? On peut l'arrêter tout de suite ! — Bien au contraire ! dit le monsieur du milieu, est-ce que la demoiselle ne voudrait pas venir auprès de nous jouer dans la salle où il fait bien meilleur et où elle serait plus à son aise ? — Mais comment donc ! » cria le père, comme si c'était lui qui jouait du violon. Les messieurs retournèrent dans la salle et attendirent. Le père arriva bientôt en portant le pupitre, la mère avec les partitions, et la sœur avec le violon. Elle prépara posément tout ce qu'il lui fallait pour jouer ; les parents, qui dans le passé n'avaient jamais loué de chambre et qui pour cette raison étaient d'une politesse exagérée envers les locataires, n'osèrent même pas s'asseoir sur leurs propres sièges ; le père resta appuyé contre la porte, la main droite juste glissée entre deux boutons de sa vareuse d'uniforme ; l'un des messieurs avança tout de même un fauteuil à la mère, mais comme elle le laissa à l'endroit où il l'avait placé par hasard, elle se retrouva assise à l'écart, dans un coin.

La sœur se mit à jouer ; le père et la mère suivaient attentivement, chacun de son côté, les mouvements de ses mains. Gregor, attiré par le violon, s'était risqué un peu plus loin en avant, et avait déjà la tête dans la salle. Il était à peine étonné de constater que depuis quelque temps il avait très peu d'égards pour les autres ; avant, il mettait son point d'honneur à être attentionné. Or c'est bien maintenant qu'il aurait vraiment eu des raisons de ne pas se montrer, car avec la poussière qui régnait dans sa chambre et qui volait au moindre mouvement, il était, lui aussi, couvert de saletés ; il entraînait avec lui des bouts de fil, des cheveux, des restes de nourriture, accrochés sur son dos et sur ses flancs ; et son indifférence à tout était par trop grande pour qu'il se mît sur le dos, comme il le faisait avant, plusieurs fois par jour, afin de se nettoyer contre le tapis. Or malgré l'état où il se trouvait, il n'eut pas scrupule à s'avancer quelque peu sur le plancher impeccable de la salle.

Au demeurant, personne ne lui prêtait attention. La famille était entièrement requise par le violon ; les locataires en revanche, qui avaient commencé par se poster, les mains dans les poches, derrière le pupitre, beaucoup trop près, à tel point qu'ils auraient tous pu regarder dans la partition, gênant la sœur sans aucun doute, ne tardèrent pas à se retirer vers la fenêtre en chuchotant, la tête penchée de côté ; ils restèrent là, observés avec inquiétude par le père. Selon toutes les apparences en effet, leur espoir d'entendre un beau morceau de violon, ou au moins une pièce divertissante, était déçu ; ils en avaient assez de toute cette séance, et ce n'était plus que par politesse qu'ils acceptaient d'être dérangés. La façon en particulier dont ils rejetaient dans les hauteurs la fumée de leurs cigares, par le nez et par la bouche, trahissait beaucoup d'agacement. Et pourtant la sœur jouait si bien ! Son visage était incliné sur le côté ; ses yeux, vigilants et tristes, suivaient sur la portée. Gregor rampa un peu plus loin encore, gardant la tête au ras du plancher pour pouvoir éventuellement rencontrer son regard. Était-il un animal, alors que la musique le bouleversait tant ? Il avait l'impression que s'ouvrait devant lui un chemin vers la nourriture inconnue à laquelle il aspirait. Il était résolu à progresser jusqu'à la sœur, à tirer un petit coup sur sa jupe pour lui suggérer que si elle voulait bien, elle n'avait qu'à venir avec son violon chez lui, car personne ici n'appréciait sa musique comme il le ferait, lui. Il avait l'intention de ne plus la laisser sortir de sa chambre, du moins tant qu'il serait en vie. Pour la première fois, son aspect effrayant lui servirait à quelque chose : il se voyait gardant en même temps toutes les portes de sa chambre et repoussant les assaillants de son souffle rauque. La sœur, elle, ne devait pas être contrainte, il faudrait qu'elle demeurât chez lui de son plein gré ; il faudrait qu'elle restât sur le canapé assise à côté de lui, qu'elle abaissât son oreille jusqu'à lui, et il lui confierait alors qu'il avait eu la ferme intention de l'envoyer au conservatoire et que, si ce malheur n'était pas arrivé entretemps, il l'aurait annoncé à tout le monde à Noël dernier — Noël était passé, c'est bien cela ? —, et sans tenir compte d'aucune objection. Après cette explication, la sœur, bouleversée, éclaterait en larmes ; Gregor se hausserait jusqu'à son épaule et embrasserait son cou qui était dégagé, car depuis qu'elle allait au magasin, elle ne portait ni ruban, ni col.

« Monsieur Samsa ! » cria au père le monsieur du milieu, en pointant le doigt, sans un mot de plus, vers Gregor qui avançait lentement. Le violon se tut ; le locataire commença par sourire en hochant la tête en direction de ses amis, puis regarda de nouveau vers Gregor. Au lieu de chasser Gregor, le père parut considérer comme plus urgent de rassurer les locataires, bien qu'ils ne fussent pas émus du tout et que Gregor semblât les divertir beaucoup plus que le violon. Il se hâta d'aller vers eux et tenta, bras largement écartés, de les refouler dans leur chambre, en s'interposant pour les empêcher de regarder Gregor. Alors ils commencèrent à se fâcher un peu, sans que l'on pût décider si c'était à cause de l'attitude du père ou s'ils étaient en train de découvrir qu'ils avaient eu, sans le savoir, un voisin de chambre tel que Gregor. Ils exigèrent que le père leur donnât des explications, levèrent à leur tour les bras, tiraillèrent leurs barbes d'un geste nerveux tout en reculant, mais lentement, vers leur chambre. Entre-temps, la sœur avait dominé l'effarement où l'avait plongée cette interruption brutale ; pendant un moment elle avait gardé le violon et l'archet au bout de ses mains, sans ressort, tout en continuant à regarder la partition comme si elle jouait encore ; puis elle s'était ressaisie, avait posé son instrument sur les genoux de la mère, qui était encore assise dans son fauteuil et qui respirait avec peine au prix d'un violent effort de ses poumons ; avait couru dans la chambre voisine dont les locataires se rapprochaient plus vite maintenant, pressés par le père. On vit sous les mains expertes de la sœur les couvertures et les oreillers voltiger sur les lits, pour se poser impeccablement en ordre. Avant même que les messieurs eussent atteint la chambre, elle avait fini de préparer les lits et se glissa dehors. Le père paraissait tellement repris par son entêtement qu'il en oubliait le respect qu'il devait, malgré tout, à ses locataires. Il les pressait durement, sans relâche, jusqu'à ce que le monsieur du milieu, une fois arrivé dans la chambre, frappât du pied en tonnant furieusement, ce qui arrêta net le père. « Je vous déclare céans », dit-il la main levée, en cherchant la mère et la sœur du regard, « qu'étant donné les conditions révoltantes qui règnent dans cet appartement et dans cette famille » — à ces mots, il cracha résolument sur le plancher — « je vous donne sur-le-champ mon congé pour la chambre. Bien entendu, je ne vous paierai rien du tout, même pour les jours où j'ai logé ici, et je me demande si je ne vais pas vous réclamer un dédommagement qui serait très facile à justifier, croyez-le bien ! » Il se tut et regarda droit devant lui, comme s'il attendait quelque chose. De fait, ses deux amis intervinrent aussitôt en disant : « Nous vous signifions, nous aussi, notre congé sur-le-champ ! » Là-dessus, le monsieur du milieu saisit la poignée et claqua la porte à grand fracas.

Le père tout flageolant avança à tâtons jusqu'à son fauteuil et s'y laissa tomber ; on aurait dit qu'il s'étalait comme pour son petit somme de chaque soir, mais sa tête secouée de hochements violents et comme irrépressibles montrait qu'il était loin de dormir. Durant tout ce temps, Gregor était resté sans bouger à l'endroit où les locataires l'avaient surpris. Sa déception de voir échouer son projet, mais peut-être aussi sa faiblesse, entraînée par les jeûnes prolongés, l'empêchaient de se déplacer. Il redoutait un déchaînement général, comme inéluctable, qui allait s'abattre sur lui d'un instant à l'autre, et il attendait. Il ne sursauta même pas lorsque le violon échappa aux doigts tremblants de la mère et tomba de ses genoux en résonnant beaucoup.

« Chers parents », dit la sœur, et en guise d'introduction elle frappa sur la table avec sa main, « cela ne peut pas continuer comme ça. Vous ne vous en rendez peut-être pas compte, mais moi, si ! Devant ce monstre je n'ai pas l'intention de prononcer le nom de mon frère, c'est pourquoi je dirai simplement ceci :

nous devons essayer de nous en débarrasser. Nous avons tenté
tout ce qui est humainement possible pour le soigner et pour
le supporter, et je crois que personne ne peut nous faire le
moindre reproche. »

« Elle a mille fois raison », dit le père à part lui. La mère,
qui n'avait toujours pas retrouvé son souffle, se mit à tousser
sourdement derrière sa main, avec dans les yeux une expression démente.

La sœur alla vivement à elle et lui soutint le front. Le père
semblait s'être remis à réfléchir grâce aux paroles de la sœur :
il s'était redressé dans son fauteuil, et tout en jouant avec sa
casquette d'uniforme au milieu des assiettes qui étaient restées
sur la table depuis le dîner des locataires, il jetait de temps à
autre un regard vers Gregor, toujours immobile.

« Nous devons essayer de nous en débarrasser », dit la sœur
en s'adressant cette fois exclusivement au père, car la mère
n'entendait rien, tant elle toussait, « sinon il vous tuera tous les
deux, ça, je le vois venir. Quand on doit travailler dur, comme
nous tous, on ne peut pas sans arrêt supporter en plus une
telle torture chez soi. Moi aussi, je n'en peux plus. » Et elle
éclata en sanglots si violents que ses larmes ruisselèrent jusque
sur le visage de la mère, où elle se mit à les essuyer d'un geste
machinal.

« Mais mon enfant », dit le père pris de pitié, avec une compréhension surprenante, « que devons-nous faire ? »

La sœur se contenta de hausser les épaules, révélant le désarroi qui venait de s'emparer d'elle tandis qu'elle pleurait, et qui
contrastait avec son assurance antérieure.

« S'il nous comprenait... », dit le père, s'interrogeant à demi ;
la sœur fit, dans un sanglot, un signe violent de la main pour
dire qu'il ne fallait pas y songer.

« S'il nous comprenait... », répéta le père, fermant les yeux et
se laissant pénétrer par la conviction de la sœur que c'était
impossible, « on pourrait alors peut-être conclure un accord
avec lui. Mais comme ça... »

« Il faut qu'il parte ! » cria la sœur, « c'est le seul moyen,

Père ! Il faut simplement que tu essaies de te débarrasser de l'idée que c'est Gregor. Nous avons cru cela trop longtemps, voilà la cause de notre malheur ! Mais comment cela peut-il être Gregor ? Si c'était Gregor, il se serait vite rendu compte qu'une cohabitation entre des êtres humains et un tel animal n'est pas possible, et il serait parti de lui-même. Nous n'aurions plus de frère, mais nous pourrions continuer à vivre et à honorer son souvenir. Tandis que maintenant cet animal nous persécute, chasse les locataires, veut manifestement s'emparer de tout l'appartement et nous envoyer dormir sur le trottoir... Mais regarde, Père ! » s'écria-t-elle soudain, « le voilà qui recommence ! » Et saisie d'une terreur tout à fait incompréhensible pour Gregor, la sœur abandonna la mère, repoussant même violemment le fauteuil, comme si elle préférait la sacrifier que de rester à proximité de Gregor ; elle se précipita derrière le père qui, par pure réaction à ce mouvement, se dressa lui aussi en levant les bras à mi-corps, comme pour la protéger.

Cependant Gregor ne songeait pas du tout à effrayer qui que ce soit, et surtout pas sa sœur. Il avait juste commencé à faire demi-tour pour regagner sa chambre ; cela produisait du reste un effet très curieux, car mal en point comme il était, il lui fallait s'aider de la tête pour opérer les délicats changements d'orientation, en la soulevant à chaque fois d'abord puis en la frappant contre le plancher. Il s'arrêta et regarda autour de lui. On semblait avoir compris qu'il avait de bonnes intentions ; on n'avait eu qu'un instant de terreur. À présent tous le considéraient en silence, avec tristesse. La mère gisait dans son fauteuil, les jambes étendues et serrées l'une contre l'autre ; ses yeux se fermaient presque de fatigue ; le père et la sœur étaient assis côte à côte ; la sœur avait le bras passé autour du cou de son père.

« Peut-être qu'il m'est permis maintenant de faire demi-tour », pensa Gregor, et il se remit au travail. Dans son effort, il ne pouvait réprimer un halètement et il lui fallait s'arrêter souvent. Au demeurant, personne ne le pressait, on s'en remettait entièrement à lui. Quand il eut achevé son demi-tour, il entreprit aussitôt de rentrer tout droit. Il fut surpris par la grande distance qui le séparait de sa chambre et ne parvint pas à comprendre comment, dans son état de faiblesse, il avait réussi peu auparavant à parcourir le même chemin sans presque s'en apercevoir. Toujours obsédé par l'idée de faire vite, il ne se rendit pas vraiment compte que sa famille le laissait faire sans le moindre mot ni la moindre exclamation. Ce fut seulement une fois à la porte qu'il tourna la tête, mais non pas complètement, car il sentait son cou se raidir ; il vit tout de même que derrière lui rien n'avait changé ; seule la sœur s'était levée. Son dernier regard effleura la mère qui en définitive s'était endormie.

À peine était-il dans sa chambre qu'en un tournemain la porte fut repoussée, refermée et verrouillée. Ce brusque vacarme derrière lui effraya tellement Gregor que ses petites pattes fléchirent. C'était la sœur qui avait été très rapide. Elle s'était tenue debout, attendant, puis avait bondi avec agilité, sans que Gregor l'eût du tout entendue venir ; elle cria juste « enfin ! » en direction des parents, et fit tourner la clef dans la serrure.

« Et maintenant ? » se demanda Gregor en jetant un coup d'œil autour de lui dans l'obscurité. Il ne tarda pas à découvrir qu'il ne pouvait plus bouger du tout. Cela ne l'étonna pas ; il lui paraissait même peu naturel qu'il eût réussi jusqu'à présent à se déplacer avec ces petites pattes si minces. Au reste, il se sentait plutôt à son aise. Il éprouvait sans doute des douleurs dans tout le corps, mais avait l'impression qu'elles s'atténuaient de plus en plus et qu'elles finiraient par se dissiper. La pomme pourrie, dans son dos, et la région enflammée tout autour, recouverte d'une fine poussière, il ne les sentait déjà quasiment plus. Sa famille, il s'en ressouvenait avec émotion et amour. Son opinion quant au fait qu'il devait disparaître était peut-être encore plus catégorique que celle de sa sœur. Il continua ainsi à rêvasser vaguement sans s'agiter, jusqu'à ce que trois heures sonnent à l'horloge du clocher. Il eut encore conscience de la clarté diffuse qui venait, là-dehors devant la fenêtre. Puis d'un coup sa tête retomba, malgré lui, et de ses narines s'exhala faiblement son dernier souffle.

Lorsque tôt le lendemain matin la femme de service entra — elle était si énergique et se dépêchait tellement qu'elle faisait claquer toutes les portes, même si on lui avait plusieurs fois enjoint d'y prendre garde, car dès qu'elle était là, il n'y avait plus moyen de dormir en paix dans tout l'appartement —, en faisant comme d'habitude sa petite visite, elle ne vit d'abord rien de particulier chez Gregor. Elle pensa qu'il faisait exprès de rester là sans bouger, et qu'il jouait l'offensé ; car elle lui attribuait toute l'intelligence possible. Comme elle tenait par hasard le grand balai à la main, elle s'en servit pour titiller un peu Gregor depuis la porte. N'ayant là non plus aucun succès, elle se fâcha et donna à Gregor un coup plus fort ; ce fut seulement après l'avoir bougé de sa place sans rencontrer aucune résistance qu'elle y regarda de plus près. Elle ne tarda pas alors à comprendre ce qu'il en était ; ouvrit grand les yeux, fit un petit sifflement ; mais sans s'attarder davantage, ouvrit d'un seul coup la porte de la chambre à coucher et cria d'une voix forte dans l'obscurité : « Venez voir un peu, c'est crevé ; c'est là, par terre, complètement crevé ! »

Les époux Samsa étaient assis, bien droits, dans le lit conjugal ; ils eurent beaucoup de mal à dominer leur frayeur en entendant la servante, avant d'arriver à comprendre ce qu'elle annonçait. Alors M. et Mme Samsa sortirent en grande hâte du lit, chacun de son côté ; M. Samsa jeta la couverture sur ses épaules, Mme Samsa sortit en chemise de nuit, et c'est ainsi qu'ils pénétrèrent dans la chambre de Gregor. Entre-temps, la porte de la salle où Grete dormait depuis l'installation des locataires s'était ouverte, elle aussi ; Grete était entièrement habillée, comme si elle n'avait pas dormi du tout, ce que sa pâleur semblait confirmer. « Mort ? » dit Mme Samsa en regardant la servante d'un air interrogatif, bien qu'elle pût tout vérifier par elle-même et en réalité s'en rendre compte au premier coup d'œil. « C'est bien mon avis ! » dit la servante, et pour preuve elle poussa d'un grand coup de balai le cadavre de Gregor sur le côté. Mme Samsa esquissa un geste comme pour retenir le balai, mais ne le fit pas. « Eh bien ! » dit M. Samsa, « nous pouvons remercier le Seigneur ! » Il se signa, et les trois femmes imitèrent son exemple. Grete qui ne détachait pas ses regards du cadavre dit : « Voyez un peu comme il était maigre ! Mais aussi, cela faisait si longtemps qu'il ne mangeait rien. La nourriture repartait exactement comme elle était arrivée ! » Et de fait, le corps de Gregor était tout plat et tout sec ; on ne s'en rendait vraiment compte que maintenant, car il n'était plus surélevé par les petites pattes, et l'on n'avait plus rien d'autre à examiner.

« Viens donc un instant chez nous, Grete ! » dit Mme Samsa avec un sourire mélancolique, et Grete suivit les parents dans leur chambre à coucher, non sans se retourner vers le cadavre. La servante ferma la porte derrière eux et ouvrit la fenêtre en grand. Malgré l'heure matinale, l'air frais était tempéré de quelque tiédeur. C'est qu'on était déjà fin mars.

Les trois locataires sortirent de leur chambre et, très étonnés, cherchèrent des yeux leur petit-déjeuner ; on les avait oubliés « Où est le petit-déjeuner ? » demanda le monsieur du milieu à la servante sur un ton maussade. Mais celle-ci posa un doigt sur sa bouche, et vite, sans mot dire, elle fit signe aux messieurs de venir dans la chambre de Gregor. Ils arrivèrent et restèrent debout dans la chambre déjà très claire, les mains dans les poches de leurs vestes courtes un peu élimées, faisant cercle autour du cadavre de Gregor.

Alors, la porte de la chambre à coucher s'ouvrit et M. Samsa apparut dans son uniforme, ayant à son bras d'un côté sa femme et de l'autre sa fille. Tous avaient les yeux un peu rougis ; Grete appuyait par moments le visage contre le bras de son père.

« Quittez immédiatement mon appartement ! » dit M. Samsa en montrant la porte et sans lâcher les deux femmes. « Que voulez-vous dire par là ? » dit le monsieur du milieu, un peu interloqué et avec un sourire doucereux. Les deux autres avaient les mains derrière le dos et ils se les frottaient sans arrêt, comme se réjouissant à l'avance du pugilat qui allait forcément se terminer à leur avantage. « Je l'entends exactement comme je le dis ! » répondit M. Samsa et il s'avança vers le locataire en marchant de front avec ses deux compagnes. Celui-ci commença par rester immobile en fixant le plancher, comme si dans sa tête les choses s'organisaient dans une perspective nouvelle. « Nous allons donc partir », dit-il ensuite en levant les yeux vers M. Samsa comme si, dans un brusque accès d'humilité, il lui demandait aussi l'autorisation de prendre cette décision. M. Samsa se contenta de lui adresser quelques rapides hochements de tête, en écarquillant les yeux. Là-dessus, le locataire se dirigea effectivement à grands pas vers l'entrée ; depuis un petit moment, ses deux amis avaient déjà dressé l'oreille, sans plus remuer les mains ; ils s'élancèrent alors à sa suite, comme s'ils redoutaient que M. Samsa, en arrivant avant eux dans cette pièce, pût perturber leur communication avec le chef. Une fois dans l'entrée, ils saisirent tous trois leurs chapeaux accrochés au cadre à vêtements, tirèrent leurs cannes du porte-parapluies, s'inclinèrent en silence et quittèrent l'appartement. Pris d'une méfiance qui se révéla tout à fait injustifiée, M. Samsa s'avança sur le palier avec les deux femmes ; appuyés à la rampe, ils regardèrent les trois messieurs descendre lentement le long escalier, mais sans s'arrêter ; à chaque étage, derrière la même courbe de la cage d'escalier, ils disparaissaient pour resurgir quelques instants après ; plus ils s'enfonçaient, moins la famille Samsa s'intéressait à eux, et lorsque apparut en sens inverse, bien au-dessus d'eux, un commis-boucher, son panier sur la tête, ayant fière allure, M. Samsa sans plus attendre quitta la rampe avec les femmes, et ils rentrèrent ensemble, comme soulagés, dans leur appartement.

Ils décidèrent de passer cette journée à se reposer, et d'aller se promener ; non seulement ils méritaient bien ce congé, mais ils en avaient le plus grand besoin. Ils s'assirent donc à la table et écrivirent trois lettres d'excuses : M. Samsa à sa Direction, Mme Samsa à son Patron et Grete à son Chef. Pendant qu'ils écrivaient, la femme de service entra pour dire qu'elle s'en allait, car son travail du matin était terminé. Occupés tous les trois à écrire, ils lui firent d'abord juste un signe de tête, sans la regarder, mais comme elle ne se décidait pas à s'éloigner pour autant, on finit par lever les yeux, avec irritation. « Eh bien ? » demanda M. Samsa. La servante se tenait à la porte et souriait comme si elle devait annoncer un grand bonheur à la famille, mais qu'elle ne le ferait que si on lui posait beaucoup de questions. La petite plume d'autruche qui se dressait un peu de travers sur son chapeau et qui avait irrité M. Samsa depuis le premier jour, oscillait dans tous les sens. « Alors, que voulez-vous au juste ? » demanda Mme Samsa pour qui la servante avait encore le plus de respect. « Eh bien, voilà... », répondit la servante en riant de si bon cœur qu'elle dut s'interrompre, « vous n'avez pas besoin de vous inquiéter pour savoir comment vous débarrasser du machin d'à côté. C'est déjà réglé ! » Mme Samsa et Grete plongèrent le nez dans leurs lettres comme si elles voulaient continuer à écrire ; M. Samsa comprit que la servante avait l'intention d'entrer dans les détails et s'y opposa d'un geste décidé en étendant le bras. Voyant alors qu'on ne la laissait pas raconter, elle se rappela qu'elle était très pressée, s'écria sur un ton ostensiblement offensé : « Au revoir tout le monde ! », fit volte-face comme une furie, et quitta l'appartement en faisant claquer les portes, terriblement.

« Ce soir, elle sera renvoyée », dit M. Samsa, sans que ni sa femme, ni sa fille lui réponde, car la servante semblait avoir troublé de nouveau la tranquillité qu'elles venaient à peine de recouvrer. Elles se levèrent, allèrent à la fenêtre et y restèrent en se tenant embrassées. M. Samsa, tout en restant dans son fauteuil, se tourna vers elles et les considéra sans rien dire, un court instant. Puis il s'écria : « Allez, venez donc par ici ! Finissez-en, laissez ces vieilles histoires ! Et faites aussi un peu attention à moi ! » Les deux femmes obéirent aussitôt, se précipitèrent vers lui, le cajolèrent et se hâtèrent de terminer leurs lettres.

Puis ils quittèrent l'appartement tous les trois de compagnie, ce qu'ils n'avaient plus fait depuis des mois, et prirent le tramway jusqu'à la verdure, aux abords de la ville. Le wagon, où ils étaient seuls, baignait dans la lumière chaude du soleil. Confortablement assis et bien calés contre leurs dossiers, ils évoquèrent leurs perspectives d'avenir, et il se trouva que celles-ci, à y regarder de plus près, n'étaient pas si mauvaises, car leurs emplois à tous les trois, dont ils ne s'étaient au fond encore rien dit, étaient des plus intéressants et prometteurs, surtout à long terme. Dans l'immédiat, bien sûr, l'amélioration la plus sensible dans leur situation serait obtenue sans difficulté en changeant d'appartement ; ils avaient l'intention d'en prendre un plus petit, moins onéreux, mais mieux situé et surtout plus pratique que n'était l'appartement actuel, choisi en son temps par Gregor. Durant cette conversation, M. et Mme Samsa furent frappés presque simultanément de voir comme leur fille s'animait de plus en plus et combien ces derniers temps, malgré toute cette épreuve qui lui avait pâli les joues, elle s'était épanouie pour devenir une belle jeune fille florissante. Sans plus de paroles et se comprenant du regard, presque à leur insu, ils pensèrent que le temps était venu de lui chercher un bon mari. Et ce fut pour eux comme une confirmation de leurs nouveaux rêves et de leurs beaux projets quand, au moment d'arriver, leur fille se leva la première et déploya son jeune corps.

# LE DISPARU [1]

---

# I

# LE SOUTIER [1]

Lorsque Karl Rossmann, jeune homme de dix-sept ans [2] qui avait été envoyé par ses pauvres parents en Amérique, parce qu'une bonne l'avait séduit et avait eu un enfant de lui, entra dans le port de New York sur le bateau à l'allure déjà plus lente, il s'aperçut la statue de la déesse de la Liberté qu'il observait depuis longtemps déjà, était baignée par des rayons de soleil soudain plus forts. Le bras qui brandissait l'épée [3] sem-

---

**1.** Rappelons que seul ce premier chapitre fut jugé par Kafka digne d'être publié ; il parut, avec le sous-titre de « Ein Fragment » aux éditions Kurt Wolff, à Leipzig, en 1913. Quant au choix du mot « Soutier » pour *Heizer* (de *heizen*, chauffer), qui désigne littéralement le chauffeur, celui qui travaille dans la chambre de chauffe (d'un bateau ou d'une locomotive), c'est bien sûr pour éviter, dans la langue d'aujourd'hui, l'ambiguïté avec « chauffeur » entendu comme conducteur de véhicule. **2.** Dans le texte de la version publiée, donc revue par Kafka en 1913, le personnage est encore plus jeune, puisqu'il n'a que seize ans... **3.** Cette re-création de la célèbre statue éclairant le monde est bien consciente, puisque dans le manuscrit la phrase continuait (de façon trop explicite ?) par ces mots que Kafka a ensuite biffés : « il leva les yeux vers elle et rejeta tout ce qu'il avait appris à son sujet. »

blait s'être dressé à l'instant, et autour de son grand corps soufflaient les vents libres[1].

« Si grande que ça », se dit-il et, comme il ne songeait plus
du tout à partir, il fut peu à peu repoussé contre le bastingage
par la foule sans cesse grossissante des porteurs qui passaient
près de lui.

Un jeune homme avec lequel, pendant la traversée, il avait
vaguement lié connaissance dit en passant : « Alors, vous n'avez
donc encore aucune envie de débarquer ? — Mais je suis prêt »,
lui dit Karl en riant et, comme c'était un solide garçon, il chargea crânement sa valise sur son épaule. Mais comme il regardait
son compagnon qui, balançant légèrement sa canne, s'éloignait
déjà avec les autres, il s'aperçut avec consternation qu'il avait
oublié son propre parapluie dans la soute du bateau. Il
demanda rapidement à son compagnon qui n'en parut pas très
heureux, d'avoir l'amabilité d'attendre un instant près de sa
valise, examina rapidement les lieux pour s'y retrouver à son
retour et partit d'un pas pressé. En bas, il trouva à son grand
regret, barré pour la première fois, le couloir qui aurait beaucoup raccourci son chemin, ce qui avait probablement rapport
avec le débarquement de tous les passagers, et il dut péniblement chercher son chemin à travers une infinité de petites salles, de coursives qui changeaient sans cesse de direction, de
courts escaliers qui n'arrêtaient pas de se succéder, une pièce
vide avec un bureau abandonné, jusqu'à ce que, effectivement,
n'ayant parcouru ce chemin qu'une ou deux fois et toujours en
assez nombreuse compagnie, il se trouvât bel et bien perdu.
Dans son désarroi, et comme il ne rencontrait personne et
n'entendait sans cesse que le piétinement de milliers de gens
au-dessus de lui et, de loin, comme un souffle, le dernier mouvement des machines déjà mises au point mort, il se mit sans
réfléchir à frapper à la première petite porte venue, près de

---

1. Le texte manuscrit se trouve pour une première partie (ici, pp. 375 à
392) dans le Cahier VI contenant le *Journal de 1912* ; la suite exacte est dans
le Cahier II (jusqu'un peu au-delà du deuxième chapitre) puis sur des feuilles
séparées.

laquelle, dans son errance, il s'était immobilisé. « Mais c'est ouvert ! » cria quelqu'un de l'intérieur, et Karl ouvrit avec un franc soupir de soulagement. « Pourquoi frappez-vous comme un fou à cette porte ? » demanda un homme gigantesque, à peine eut-il levé les yeux vers Karl. D'une quelconque lucarne au plafond, une lumière trouble, depuis longtemps usée en haut du bateau, tombait dans la misérable cabine où un lit, une armoire, une chaise et l'homme étaient serrés les uns contre les autres comme dans un entrepôt. « Je me suis perdu, dit Karl, je ne m'en suis pas du tout rendu compte pendant la traversée, mais c'est un bateau terriblement grand. — Oui, pour ça, vous avez raison », dit l'homme avec une certaine fierté et sans cesser de manipuler la serrure d'un petit coffre qu'il n'arrêtait pas de refermer à deux mains pour entendre l'enclenchement du pêne. « Mais entrez donc, poursuivit l'homme, vous n'allez quand même pas rester dehors. — Je ne dérange pas ? demanda Karl. — Ah, comment feriez-vous pour déranger ? — Vous êtes Allemand ? » demanda Karl pour encore se prémunir, vu qu'il avait beaucoup entendu parler des dangers qui menaçaient les nouveaux arrivants en Amérique, notamment de la part des Irlandais. « Je le suis, oui », dit l'homme. Karl hésitait encore. Alors l'homme saisit brusquement la poignée de la porte et, en la refermant brusquement, entraîna Karl à l'intérieur près de lui. « Je ne supporte pas qu'on me regarde du couloir, dit l'homme qui se remit au travail sur son coffre. Tout le monde passe là et regarde à l'intérieur, personne n'y résisterait ! — Mais le couloir est pourtant complètement vide, dit Karl, inconfortablement coincé contre le montant du lit. — Oui maintenant », dit l'homme. « C'est bien de maintenant qu'il s'agit, pensa Karl, il est difficile de discuter avec cet homme. » « Étendez-vous donc sur le lit, vous y aurez plus de place », dit l'homme. Karl s'y glissa tant bien que mal, en riant bruyamment de son premier essai infructueux. Mais à peine fut-il installé qu'il s'écria : « Mon Dieu, voilà que j'ai complètement oublié ma valise ! — Où est-elle donc ? — En haut, sur le pont, quelqu'un de ma connaissance la surveille. Au fait, comment s'ap-

pelle-t-il ? » Et de la poche secrète que sa mère lui avait cousue
pour le voyage dans la doublure de sa veste, il tira une carte
de visite. « Butterbaum, Franz Butterbaum. — Avez-vous fort
besoin de votre valise ? — Naturellement. — Alors, pourquoi
l'avez-vous donnée à un étranger ? — J'avais oublié mon parapluie en bas et j'ai couru le chercher, mais je ne voulais pas
traîner ma valise avec moi. Puis, pour comble, je me suis perdu.
— Vous êtes seul ? Sans personne pour vous accompagner ?
— Oui, seul. » « Je devrais peut-être me raccrocher à cet
homme, songea Karl d'un seul coup, où trouver à l'instant un
meilleur ami. » « Et voilà que par surcroît, vous avez perdu
votre valise. Le parapluie, je n'en parle même pas, et l'homme
s'assit sur la chaise comme si à présent le cas de Karl avait pris
à ses yeux un certain intérêt. — Mais je crois que ma valise n'est
pas encore perdue. Il n'y a que la foi qui sauve, dit l'homme en
grattant avec énergie ses cheveux bruns, courts et épais. — Sur
le bateau, les usages changent avec les ports, à Hambourg votre
Butterbaum aurait peut-être surveillé votre valise, ici il est fort
probable qu'il n'y a déjà plus trace des deux. — Mais alors il
faut que j'aille tout de suite voir là-haut, dit Karl en regardant
autour de lui par où il pourrait sortir. — Restez donc, dit
l'homme en le repoussant avec rudesse sur le lit d'une bourrade dans la poitrine. — Pourquoi donc ? demanda Karl
furieux. — Parce que ça n'a aucun sens, dit l'homme. Dans un
petit instant, moi aussi je m'en irai, et nous partirons ensemble.
Ou la valise est volée et il n'y a plus rien à faire et vous pourrez
la pleurer jusqu'à la fin de vos jours, ou l'homme vous la surveille encore, et c'est un imbécile qui n'a qu'à continuer, ou ce
n'est qu'un homme honnête qui l'a abandonnée et donc,
quand le bateau aura été complètement vidé, nous ne la retrouverons que mieux. Même chose pour votre parapluie. — Vous
vous y repérez bien sur ce bateau ? demanda Karl avec
méfiance, comme si l'idée sinon convaincante qu'il retrouverait
ses affaires plus facilement sur le navire vide, lui semblait
cacher quelque chose. — Bien sûr, je suis soutier, dit l'homme.
— Vous êtes soutier ! », s'écria Karl avec joie, comme si cela

dépassait toute espérance, et, appuyé sur le coude, il examina l'homme de plus près. « Juste devant la cabine où je dormais avec le Slovaque, était aménagé un hublot qui donnait dans la salle des machines. — Oui, c'est là que j'ai travaillé, dit le soutier. — Je me suis toujours tellement intéressé à la technique, dit Karl qui suivait son idée, et je serais sûrement devenu plus tard ingénieur, si je n'avais pas été obligé de partir en Amérique. — Pourquoi avez-vous donc été obligé de partir ? — Ah, baste ! dit Karl en balayant toute cette histoire de la main. Ce faisant, il regardait le soutier en souriant comme s'il lui demandait de lui pardonner pour la chose inavouée. — Il doit bien y avoir eu une raison, dit le soutier, sans qu'on sût vraiment s'il voulait ainsi en provoquer le récit ou l'éviter. — Maintenant, je pourrais moi aussi devenir soutier, dit Karl, mes parents se fichent désormais complètement de ce que je vais devenir. — Ma place va être libre », dit le chauffeur qui, en pleine conscience du fait, enfonça les mains dans les poches de son pantalon et, pour les étendre, il jeta sur le lit ses jambes couvertes d'un pantalon fripé, gris fer et qui avait l'aspect du cùir. Karl fut obligé de se serrer un peu plus contre la cloison. « Vous quittez le navire ? — Effectivement, nous levons le camp aujourd'hui. — Pourquoi donc ? Vous ne vous plaisez pas ? — Oui, c'est à cause des circonstances, la décision ne vient pas toujours du fait que ça vous plaise ou pas. Du reste, vous avez raison, ça ne me plaît pas non plus. Vous ne pensez sans doute pas sérieusement à devenir soutier, mais c'est justement comme ça qu'on peut le devenir le plus facilement. Moi, je vous le déconseille catégoriquement. Si vous vouliez étudier en Europe, pourquoi ne voulez-vous pas le faire ici. Les universités américaines sont sans comparaison meilleures. — C'est fort possible, dit Karl, mais je n'ai presque pas d'argent pour étudier. J'ai bien lu l'histoire de quelqu'un qui travaillait le jour dans un magasin et étudiait la nuit, jusqu'à ce qu'il devînt docteur et même maire, je crois. Mais pour cela, il faut une grande persévérance, n'est-ce pas ? Je crains d'en manquer. En outre, je n'étais pas particulièrement bon élève, je n'ai vraiment pas eu de mal à quitter l'école. Et les écoles ici sont peut-être encore plus sévères. Je ne sais presque pas l'anglais. Par ailleurs je crois qu'on a ici quelques préventions contre les étrangers. — Ça aussi, vous avez déjà pu le constater ? Alors, ça c'est bien. Vous êtes mon homme. Vous voyez, alors que nous sommes pourtant sur un navire allemand, il appartient à la ligne Hambourg-Amérique, pourquoi ne sommes-nous pas ici que des Allemands ? Pourquoi le chef mécanicien est-il Roumain ? Il s'appelle Schubal. C'est vraiment incroyable. Et ce chien nous en fait baver, à nous, des Allemands, sur un bateau allemand ! Ne croyez pas — il était à bout de souffle et il agita la main — que je me plaigne pour me plaindre. Je sais que vous n'avez aucune influence et que vous êtes, vous-même, un pauvre gars. Mais c'est trop fort ! » Et il frappa plusieurs fois durement du poing sur la table, en regardant sans cesse ce poing qui frappait. « J'ai pourtant déjà servi sur tellement de bateaux — et il cita vingt noms à la suite comme s'il s'était agi d'un seul mot, Karl en fut tout abasourdi — et je me suis distingué, j'ai été félicité, j'ai été un travailleur au goût de ses commandants, j'ai même passé plusieurs années sur le même voilier marchand — il se redressa comme si c'eût été là l'apothéose de sa vie — et ici, sur cette caisse où tout est réglé au cordeau, où l'on ne plaisante jamais — ici je ne vaux rien, ici je gêne sans arrêt ce Schubal, je suis un flemmard, je mérite d'être jeté dehors et c'est par pitié que l'on me donne mon salaire. Vous comprenez ça ? Moi pas. — Il ne faut pas vous laisser faire », dit Karl, remonté. Il avait presque perdu la sensation d'être sur le sol incertain d'un navire accostant à un continent inconnu, tant il se sentait chez lui, là sur le lit du soutier. « Êtes-vous déjà allé voir le commandant ? Avez-vous réclamé auprès de lui votre droit ? — Ah partez, vous feriez mieux de vous en aller. Je ne veux pas vous avoir ici. Vous n'écoutez pas ce que je dis et me donnez des conseils. Comment donc pourrais-je aller chez le commandant ? » Et, fatigué, le soutier se rassit et se prit le visage à deux mains. « Je ne peux pas lui donner de meilleur conseil », se dit Karl. Et il trouva en effet qu'il aurait mieux fait d'aller chercher sa valise, au lieu de donner ici des conseils que l'on considérait comme idiots. Quand son père lui avait remis sa valise pour toujours, il lui avait demandé en plaisantant : « Combien de temps l'auras-tu ? » et voilà que ce coûteux bagage était peut-être déjà perdu pour de bon. Sa seule consolation était malgré tout que son père ne puisse guère être informé de sa situation actuelle, quand bien même il entreprendrait des recherches. Qu'il fût allé jusqu'à New York, c'est tout juste ce que la compagnie maritime pouvait encore dire. Karl était en revanche désolé de n'avoir encore guère utilisé les affaires contenues dans sa valise alors que, par exemple, il aurait eu besoin, depuis longtemps, de changer de chemise. Il avait donc économisé en mauvaise part ; maintenant que justement, au début de sa nouvelle carrière, il aurait eu besoin de se présenter proprement vêtu, il serait forcé de paraître dans une chemise sale. C'étaient de belles perspectives. Sinon, la perte de sa valise n'aurait pas été bien grave, car le costume qu'il portait était même meilleur que celui de la valise, qui n'était en fait qu'un costume de secours, que sa mère avait dû encore rapiécer, juste avant le départ. Maintenant il se rappelait également qu'il y avait encore dans la valise un morceau de salami de Vérone, que sa mère avait emballé exprès pour lui faire une faveur, mais dont il n'avait réussi à dévorer que la plus infime partie, vu qu'il était resté sans aucun appétit pendant la traversée, et que la soupe servie dans l'entrepont lui avait amplement suffi. Maintenant, en revanche, il eût aimé avoir cette charcuterie sous la main pour en faire présent au soutier. Car ce genre de personnes sont faciles à gagner, si on leur glisse dans la main quelque bagatelle : Karl l'avait appris de son père qui, par ses distributions de cigares, se gagnait tous les employés subalternes avec qui il était en affaires. Maintenant Karl n'avait plus rien d'autre sur lui à offrir que son argent et, à supposer qu'il eût peut-être déjà perdu sa valise, il n'avait pour l'instant nullement l'intention d'y toucher. À nouveau, ses pensées revinrent à sa valise et il fut incapable de comprendre vraiment pourquoi, l'ayant surveillée avec tant d'attention pendant tout le voyage, au point que cette vigilance lui avait presque coûté le sommeil, il s'en était à présent laissé si facilement priver. Il se rappela les cinq nuits durant lesquelles il n'avait pas arrêté de suspecter un petit Slovaque, étendu deux couchettes plus loin sur sa gauche, de lorgner du côté de sa valise. Ce Slovaque n'avait fait qu'épier l'instant où Karl, dans un moment de faiblesse, se serait enfin assoupi, pour pouvoir tirer la valise à lui, à l'aide d'une longue perche avec laquelle durant la journée il ne cessait de jouer ou de s'exercer. Le jour, le Slovaque avait l'air plutôt innocent, mais à peine la nuit était-elle tombée qu'il se levait de temps à autre de sa couchette et jetait un regard attristé sur la valise de Karl. Karl avait pu s'en rendre compte très nettement, car il y avait toujours çà ou là quelqu'un qui, en proie à l'inquiétude de l'émigrant, avait allumé une bougie, bien que d'après le règlement du bord cela fût interdit, pour essayer de déchiffrer quelques incompréhensibles prospectus des agences d'émigration. Quand l'une de ces lumières était proche, Karl se risquait à somnoler un peu, en revanche quand elle était lointaine ou qu'il faisait sombre, il était obligé de garder les yeux ouverts. Cet effort l'avait beaucoup épuisé. Et voilà que peut-être il avait été vain. Ce Butterbaum, ah ! si jamais il devait le retrouver quelque part.

À cet instant, on entendit à l'extérieur, au loin, dans le silence jusqu'alors complet, de petits coups brefs, comme des pas d'enfants : ils se rapprochaient en devenant de plus en plus forts, et c'était maintenant la marche tranquille de plusieurs hommes. Manifestement, ils avançaient en file indienne, comme il était naturel dans ce couloir étroit ; on entendait une sorte de cliquetis d'armes. Karl qui était déjà prêt à s'étendre sur le lit pour y dormir d'un sommeil délivré de tous les soucis causés par sa valise et le Slovaque, eut un sursaut de frayeur et secoua le soutier pour attirer enfin son attention, car la tête du cortège semblait à cet instant avoir atteint la porte. « C'est l'orchestre du bateau, dit le soutier. Ils ont joué en haut et s'en vont faire leur bagage. Maintenant tout est fini et nous pouvons partir. Venez ! » Il prit Karl par la main, décrocha encore au dernier moment une image de la Vierge, sur le mur au-dessus de son lit, la fourra dans la poche intérieure de sa veste, saisit sa mallette et quitta avec Karl rapidement la cabine.

« Je m'en vais maintenant au bureau, dire ce que je pense à ces messieurs. Il n'y a plus personne ici, on n'est plus obligé de prendre des précautions », répéta le soutier de différentes façons en essayant d'écraser au passage, d'un coup de pied sur le côté, un rat qui croisait leur chemin, mais il ne réussit qu'à le faire entrer plus vite dans le trou que la bête avait pu atteindre à temps. Il avait par ailleurs des mouvements très lents, car bien qu'il eût de longues jambes, elles étaient bien trop lourdes.

Ils traversèrent une partie des cuisines où quelques filles en tabliers sales — elles faisaient exprès de se tremper — nettoyaient la vaisselle dans de grands baquets. Le soutier appela une certaine Line, la prit par la taille et la fit avancer, serrée contre son bras et jouant les coquettes. « C'est la paye maintenant, tu veux venir ? demanda-t-il. — Pourquoi me donner cette peine ? rapporte-moi plutôt l'argent », répliqua-t-elle, et elle s'arracha à son étreinte et s'enfuit. « Où as-tu donc dégotté ce beau gars ? » lui cria-t-elle encore, mais sans plus attendre de réponse. On entendit le rire de toutes les filles qui avaient interrompu leur travail.

Ils poursuivirent cependant leur chemin et arrivèrent à une porte surmontée d'un petit fronton en saillie qui était soutenu par de petites cariatides dorées. Pour l'aménagement d'un navire, cela tenait franchement du gaspillage. Karl, comme il s'en rendait compte, n'était jamais venu dans cette partie qui, pendant la traversée, était sans doute réservée aux passagers des première et deuxième classes, alors que maintenant on avait enlevé les portes de séparation pour le grand nettoyage du bateau. Ils avaient en effet déjà rencontré quelques hommes qui portaient des balais sur l'épaule et avaient salué le soutier. Karl s'étonna de cette grande activité : dans l'entrepont il n'en avait évidemment pas perçu grand-chose. Le long des coursives couraient aussi des fils d'installations électriques, et l'on entendait une petite cloche sonner sans arrêt.

Le soutier frappa respectueusement à la porte et, après que

quelqu'un eut crié « entrez ! », invita Karl d'un geste de la main à pénétrer sans crainte. Il entra donc, mais s'arrêta sur le seuil de la porte. Derrière les trois fenêtres de la pièce, il vit les vagues de la mer et, considérant leur joyeux mouvement, son cœur se mit à battre, comme si, cinq jours durant, il n'avait pas vu la mer à tout moment. De gros navires entrecroisaient leurs routes et cédaient seulement aux coups des vagues pour autant que leur poids le permettait. Quand on clignait les yeux, ces navires ne semblaient bouger que sous l'effet de leur poids. En haut des mâts, ils portaient des pavillons étroits, mais longs, et qui, déjà tendus par leur vive allure, s'agitaient dans tous les sens. Sans doute tirées par des navires de guerre, des salves d'honneur retentissaient ; les canons de l'un d'entre eux qui passait non loin, brillants du reflet de leur manteau d'acier, semblaient caressés par le mouvement du navire, sûr et paisible sans être pourtant horizontal. On ne pouvait observer que de loin, du moins de cette porte, les petits bateaux et les embarcations qui, nombreux, s'engageaient vers le port dans les espaces entre les gros navires. Derrière tout cela cependant, New York se dressait et regardait Karl des cent mille fenêtres de ses gratte-ciel. Oui, dans cette pièce, on savait où on était.

À une table ronde, trois messieurs étaient assis ; l'un était un officier du bord en uniforme bleu marine, les deux autres, des fonctionnaires de l'administration portuaire, en uniformes noirs américains. Sur la table, il y avait de hautes piles de documents divers, que l'officier parcourait d'abord, la plume à la main, pour les tendre ensuite aux deux autres, qui tantôt les lisaient, tantôt en notaient un détail, tantôt les mettaient dans leurs serviettes, à moins que l'un d'eux, qui faisait presque continuellement un petit bruit avec ses dents, ne dictât quelque point d'un procès-verbal à son collègue.

Près de la fenêtre, assis à un bureau, le dos tourné vers la porte, un homme relativement petit manipulait de grands in-folio rangés côte à côte devant lui, à hauteur de son visage sur une forte étagère. Il y avait à côté de lui un coffre-fort ouvert qui, du moins à première vue, semblait vide.

La deuxième fenêtre était dégagée et offrait la meilleure vue. Mais, près de la troisième se tenaient deux messieurs qui conversaient à mi-voix. L'un qui s'appuyait à côté de la fenêtre, portait aussi l'uniforme du navire et jouait avec la poignée de son épée. Son interlocuteur était tourné vers la fenêtre et, en bougeant, découvrait par moments une partie de la série des nombreuses décorations accrochées sur la poitrine de l'autre. Il était en civil et avait une mince badine de bambou qui, comme il avait les mains posées sur les hanches, s'écartait de lui à la manière d'une épée.

Karl n'eut guère le temps de tout voir, car un domestique eut tôt fait de se précipiter sur eux et, en lui signifiant du regard qu'il n'avait rien à faire ici, demanda au soutier ce qu'il voulait. Le soutier répondit, aussi bas qu'on l'avait interrogé, qu'il voulait parler à M. le chef comptable. Le domestique pour sa part repoussa la demande d'un geste de la main, mais se dirigea tout de même sur la pointe des pieds, en faisant un grand crochet pour éviter la table ronde, vers le monsieur aux in-folio. Ce monsieur — on le vit nettement — se figea littéralement aux paroles du domestique, mais finit par se tourner vers l'homme qui souhaitait lui parler et, dans un geste de refus catégorique, agita les mains en direction du soutier et, par mesure de précaution, en direction du domestique. Le domestique revint alors vers le soutier et dit en prenant le même ton que pour une confidence : « Fichez le camp tout de suite de cette pièce ! »

Le soutier, à cette réponse, baissa les yeux sur Karl, comme s'il se fut penché sur son propre cœur pour lui confier sa détresse en silence. Sans plus réfléchir, Karl s'élança et traversa si rapidement la pièce qu'il effleura même légèrement la chaise de l'officier ; le domestique courut, le buste penché, les bras tendus pour l'attraper comme s'il chassait une horrible bestiole, mais Karl arriva le premier à la table du chef comptable, à laquelle il se cramponna pour le cas où le domestique essaierait de l'en arracher.

Naturellement toute la pièce aussitôt s'anima. À la table, l'officier du bord s'était dressé d'un bond, les messieurs de l'administration portuaire regardaient calmement mais avec attention, les deux messieurs à la fenêtre s'étaient rapprochés l'un de l'autre ; le domestique, croyant qu'il n'avait plus sa place ici, dès lors que ces grands messieurs montraient de l'intérêt à la chose, s'écarta. Le soutier près de la porte attendait sans relâche l'instant où son aide deviendrait nécessaire. Le chef comptable fit enfin dans son fauteuil une grande rotation vers la droite.

Karl fouilla dans sa poche secrète qu'il n'hésita pas à révéler à la vue de ces gens, pour en tirer son passeport que, pour toute présentation, il posa ouvert sur la table. Le chef comptable sembla considérer ce passeport comme secondaire, car il le repoussa d'une pichenette, sur quoi Karl, comme si la formalité avait été réglée de façon satisfaisante, remit son passeport dans sa poche. « Je me permets de dire, commença-t-il alors, qu'à mon avis M. le soutier a subi une injustice. Il y a ici un certain Schubal qui l'enquiquine. Il a lui-même déjà servi à l'entière satisfaction de tout le monde sur de nombreux navires qu'il peut tous vous nommer, il est travailleur, prend sa besogne au sérieux, et on ne comprend vraiment pas pourquoi sur ce bateau, où justement le service n'est pas aussi pénible que par exemple sur les voiliers de commerce, il ne ferait pas l'affaire. Il ne peut donc s'agir que de calomnies qui l'entravent dans son avancement et le privent de l'estime qui sinon ne lui manquerait très certainement pas. Je ne vous ai présenté que des généralités sur cette affaire, il vous exposera lui-même le détail de ses doléances. » Karl s'était adressé en l'occurrence à tous les messieurs parce qu'effectivement ils l'écoutaient tous et qu'il semblait beaucoup plus probable de trouver parmi eux un homme juste que de croire d'emblée que ce juste pût être précisément le chef comptable. Par ruse, Karl avait en outre tu qu'il ne connaissait le chauffeur que depuis très peu de temps. Du reste, il aurait beaucoup mieux parlé s'il n'avait pas été déconcerté par le visage rougeaud du monsieur à la badine de bambou que, de l'endroit où il se tenait maintenant, il apercevait en fait pour la première fois.

« C'est exactement ça, mot pour mot », dit le soutier, avant que quelqu'un l'eût interrogé, avant même que l'on eût tout simplement jeté un regard sur lui. La précipitation du soutier aurait été une grosse erreur si le monsieur aux décorations — qui, comme Karl venait de le comprendre, était en tout cas le commandant — n'avait pas été déjà visiblement décidé à écouter le soutier. Il tendit en effet la main et cria au soutier : « Approchez ! » d'une voix si ferme qu'on eût pu taper dessus avec un marteau. Désormais, tout dépendait de l'attitude du soutier, car en ce qui concernait la légitimité de sa cause, Karl n'en doutait nullement.

Par bonheur il apparut à cette occasion que le soutier avait déjà beaucoup bourlingué à travers le monde. Avec un calme exemplaire et du premier coup, il sortit de sa mallette une petite liasse de papiers ainsi qu'un carnet, se dirigea vers le commandant, comme si cela allait de soi, en négligeant complètement le chef comptable, et étala ses pièces à conviction sur le rebord de la fenêtre. Il ne resta plus au chef comptable qu'à se donner la peine d'approcher. « Cet homme est connu pour être un râleur, dit-il en manière d'explication ; il est plus souvent à la caisse que dans la salle des machines. Il a poussé Schubal, cet homme si paisible, au complet désespoir. Écoutez un peu ! dit-il en se tournant vers le soutier. Vous allez ici vraiment un peu trop loin. Combien de fois ne vous a-t-on pas déjà jeté à la porte des services comptables, comme vous le méritez avec vos exigences totalement injustifiées, entièrement et sans exception ! Combien de fois en êtes-vous sorti pour courir aussitôt jusqu'ici, à la caisse principale ! Combien de fois ne vous a-t-on pas dit pour votre bien que Schubal est votre supérieur immédiat, avec lequel vous avez seul, en subordonné, à vous arranger ! Et voilà qu'en plus vous venez quand M. le commandant est là, et n'avez même pas honte de venir l'importuner, vous avez même le toupet d'amener, comme porte-parole soumis de vos accusations de mauvais goût, ce jeune homme que je vois d'ailleurs pour la première fois sur le bateau. »

Karl se fit violence pour ne pas bondir. Mais déjà le commandant intervenait pour dire :

« Écoutons une fois cet homme, tout de même. Ce Schubal m'a l'air, de toute façon, d'en faire trop à sa tête, avec le temps, ce qui cependant ne signifie nullement que je me prononce en votre faveur. » Ces derniers mots s'adressaient au soutier, il était bien naturel qu'il ne puisse pas d'emblée prendre fait et cause pour lui, mais tout semblait sur la bonne voie. Le soutier commença ses explications et se contraignait dès le début à donner du « monsieur » à Schubal. Comme Karl était content, devant le bureau abandonné par le chef comptable, il ne cessait, tout à son plaisir, d'appuyer sur un pèse-lettre. M. Schubal est injuste. M. Schubal favorise les étrangers. M. Schubal avait chassé le soutier de la salle des machines et lui avait fait nettoyer les cabinets, ce qui n'était sûrement pas dans les attributions du soutier. Une fois, les capacités de M. Schubal furent même mises en doute, qui devaient être plus apparentes que réelles. En cet instant, Karl fixa le commandant de toutes ses forces, comme s'il avait été son égal, pour l'empêcher de se laisser influencer en défaveur du soutier par l'expression quelque peu maladroite de ce dernier. Cependant, à travers tant de paroles, on n'apprit rien de bien précis et, quoique le commandant continuât à regarder devant lui, l'air résolu à écouter cette fois le soutier jusqu'au bout, les autres messieurs commençaient à s'impatienter, et la voix du soutier ne régna bientôt plus sans partage dans la pièce, ce qui laissait craindre bien des choses. Le premier, le monsieur en civil se mit à agiter sa badine de bambou et à frapper, quoique doucement, sur le plancher. Les autres messieurs, naturellement, regardèrent çà et là ; les messieurs de l'administration portuaire, qui étaient manifestement pressés, reprirent leurs dossiers et commencèrent, mais sans beaucoup de concentration, à les examiner ; l'officier de bord se rapprocha de sa table, et le chef comptable, qui croyait avoir partie gagnée, poussa un soupir plein d'ironie. Seul le domestique semblait préservé de la distraction qui se généralisait, il partageait en partie la peine de ce pauvre homme égaré parmi les grands, et hochait gravement la tête à l'adresse de Karl comme s'il avait voulu ainsi expliquer quelque chose.

Pendant ce temps, derrière les fenêtres, la vie du port se poursuivait, une barge chargée d'une montagne de barriques, qui devaient être merveilleusement arrimées pour ne pas rouler, passa en plongeant presque la pièce dans l'obscurité ; de petits bateaux à moteur, que Karl aurait pu maintenant voir distinctement, s'il en avait eu le temps, filaient à grand bruit droit devant eux, en fonction des mouvements brusques d'un homme debout au gouvernail ; d'étranges corps flottants émergeaient spontanément çà et là de l'eau qui ne cessait de s'agiter, puis, aussitôt recouverts, disparaissaient sous le regard étonné ; des canots des transatlantiques avançaient sous les coups de rames des matelots qui souquaient dur, et étaient remplis de passagers assis comme on les avait entassés, muets et pleins d'espoir, même si certains ne pouvaient s'empêcher de tourner la tête pour regarder le décor changeant. Un mouvement sans fin, une turbulence, transmis par l'élément turbulent à des hommes désarmés et à leurs œuvres.

Tout exhortait à la rapidité, à la netteté, à l'exposé très précis, mais que faisait le soutier ? Il suait bien sûr à force de parler ; il y avait longtemps que, de ses mains tremblantes, il ne pouvait plus tenir ses papiers sur la fenêtre ; de tous les points de l'horizon lui venaient des flots d'accusations contre Schubal, dont la moindre, à son avis, eût suffi à condamner totalement cet individu ; mais ce qu'il parvenait à présenter au commandant n'était qu'une triste accumulation de tout et n'importe quoi. Depuis longtemps déjà, le monsieur à la badine de bambou sifflotait doucement en regardant le plafond, les messieurs de l'administration portuaire retenaient déjà l'officier à leur table et ne faisaient nullement mine de vouloir le lâcher ; seul le calme du capitaine obligeait visiblement le chef comptable à se retenir, quand intervenir le démangeait. Au garde-à-vous, le domestique attendait à tout moment un ordre du commandant concernant le soutier.

Dans ces conditions, Karl ne pouvait plus rester sans rien faire. Il se dirigea donc lentement vers le groupe en réfléchissant d'autant plus vite à la façon la plus habile possible de prendre l'affaire en main. Il était vraiment grand temps ; encore un petit instant et ils pourraient fort bien être tous deux flanqués hors du bureau. Le commandant avait beau être un brave homme, qui peut-être avait par-dessus le marché en ce moment, comme il le semblait à Karl, une raison particulière de se montrer un supérieur équitable, il n'était quand même pas un instrument dont on pouvait jouer à sa guise — or, c'était ainsi que le soutier le traitait, entraîné, il est vrai, par son indignation qui était sans limites.

Karl dit donc au soutier : « Il faut que vous expliquiez cela plus simplement, plus clairement, monsieur le commandant ne peut pas en juger à la façon dont vous le lui racontez. Connaît-il donc tous les mécaniciens et tous les petits commissionnaires par leur nom ou même leur nom de baptême pour qu'il puisse, quand vous en citez un, savoir tout de suite de qui il s'agit ? Mettez donc de l'ordre dans vos doléances : dites-lui d'abord la plus importante puis les autres, dans l'ordre décroissant, peut-être même que vous n'aurez alors plus du tout besoin d'en mentionner le plus grand nombre. Puisque vous me les avez toujours exposées si clairement. » Si l'on peut en Amérique voler des valises, on peut bien aussi mentir par-ci par-là, pensa-t-il pour s'excuser.

Mais si seulement cela avait servi ! N'était-il d'ailleurs pas déjà trop tard ? Le soutier, il est vrai, s'interrompit sur-le-champ en entendant cette voix connue, mais ayant les yeux remplis de larmes à l'idée de son honneur viril blessé, de ses effroyables souvenirs et de son extrême détresse présente, il n'était déjà plus capable de bien reconnaître Karl. Comment d'ailleurs aurait-il pu maintenant — Karl silencieux s'en rendait bien compte devant cet homme qui, désormais, gardait le silence —, comment aurait-il pu maintenant changer tout à coup sa façon de parler, puisqu'il lui semblait avoir déjà exposé tout ce qu'il y avait à dire, sans la moindre reconnaissance, et qu'il n'avait, d'autre part, encore rien dit et ne pouvait à présent exiger de ces messieurs de tout réécouter. Et, pour comble, c'était le moment que Karl, son seul partisan, choisissait pour lui donner de bons conseils et, en réalité, lui démontrait que tout était perdu, tout.

Si j'étais intervenu plus tôt au lieu de regarder par la fenêtre, se dit Karl en baissant la tête devant le soutier et en laissant retomber ses mains sur la couture de son pantalon pour marquer la fin de tout espoir.

Mais le soutier se méprit, flaira sans doute chez Karl quelques reproches secrets et, dans sa louable intention de les lui extraire de l'esprit, il se mit, pour couronner ses exploits, à se disputer avec Karl. Ceci à un moment où les messieurs autour de la table ronde étaient depuis longtemps indignés de ce tapage inutile qui troublait leurs importants travaux, où le chef comptable finissait par ne plus rien comprendre à la patience du commandant et se préparait à éclater sous peu, où le domestique, tout entier repris dans la sphère de ses maîtres, toisait le soutier d'un œil furieux, et où enfin le monsieur à la badine de bambou, à qui le commandant lui-même lançait de temps à autre un regard amical, semblant déjà complètement blasé et même excédé à l'endroit du soutier, sortit un petit calepin et, manifestement occupé à de toutes autres affaires, laissa errer son regard alternativement entre son calepin et Karl.

« Je sais bien, je sais bien », dit Karl qui avait peine à se défendre de l'éloquence du soutier maintenant dirigée contre lui, mais qui eut tout de même un sourire amical pour lui en dépit de cette dispute. « Vous avez raison, oui raison, je n'en ai vraiment jamais douté. » Il eût aimé, de peur des coups, retenir ces mains qui s'agitaient dans tous les sens, ou mieux encore le pousser dans un coin pour lui chuchoter doucement quelques paroles apaisantes que personne en dehors d'eux n'eût pu entendre. Mais le soutier était déchaîné. Karl commençait même maintenant déjà à puiser une sorte de réconfort dans l'idée que le soutier, en cas de besoin, pourrait, avec l'énergie du désespoir, venir à bout des sept hommes présents. Par ailleurs, il y avait sur le bureau, comme un coup d'œil vous l'apprenait, un clavier garni d'un trop grand nombre de boutons électriques, et il aurait suffi d'une main appuyée dessus pour provoquer la rébellion de tout le navire avec toutes ses coursives remplies de gens hostiles.

Ce fut alors que le monsieur à la badine de bambou, pourtant si indifférent, s'approcha de Karl et demanda, pas trop fort, mais assez distinctement pour dominer les vociférations du soutier : « Comment donc vous appelez-vous ? » À cet instant, comme si quelqu'un derrière la porte avait attendu les paroles du monsieur, on frappa. Le domestique regarda le commandant de l'autre côté, celui-ci hocha la tête. Le domestique se dirigea donc vers la porte et l'ouvrit. À l'extérieur se tenait, dans un vieil habit de la marine impériale, un homme de taille moyenne qui, d'après son allure, ne semblait pas particulièrement destiné au travail aux machines et qui était pourtant — Schubal. Si Karl ne l'avait pas reconnu à l'expression dans tous les regards d'une certaine satisfaction, dont le commandant lui-même n'était pas exempt, il n'eût pas manqué de le faire avec frayeur, en voyant le soutier serrer les poings, les bras raidis, comme si cette contraction avait été pour lui l'acte le plus important auquel il était prêt à sacrifier tout ce qu'il possédait de vie. Il y appliquait à présent toute son énergie, et même celle qui le maintenait debout.

L'ennemi était donc là, libre et d'attaque, en habit de gala, un registre sous le bras, sans doute les bordereaux de salaires et les certificats de travail du soutier, et il révéla sans crainte aucune en regardant chacun tour à tour droit dans les yeux qu'il voulait avant toute chose être fixé sur leurs dispositions. Les sept étaient d'ailleurs déjà tous ses amis, car même si le commandant avait eu d'abord certains griefs contre lui ou même les eût simplement prétextés, après le tort que lui avait fait le soutier, il lui semblait sans doute qu'il n'y avait vraiment plus la moindre chose à reprocher à Schubal. À l'encontre d'un homme tel que le soutier, on ne pourrait jamais être assez sévère, et s'il y avait quelque chose à reprocher à Schubal, c'était de n'avoir pas su, au fil du temps, briser suffisamment l'esprit rebelle du soutier qui, aujourd'hui encore, avait osé se présenter devant le commandant.

Mais on pouvait peut-être encore penser que la confrontation du soutier et de Schubal ne manquerait pas non plus d'exercer sur des hommes l'effet qu'elle produirait nécessairement sur un forum supérieur, car même si Schubal était capable de bien dissimuler, il ne serait certainement pas capable de tenir jusqu'au bout. Un courte lueur de sa bassesse devait suffire pour la révéler à ces messieurs, Karl en faisait son affaire. Il connaissait déjà quelque peu la perspicacité, les faiblesses et les humeurs de chacun de ces messieurs et, à cet égard, le temps passé jusqu'alors ici n'avait pas été du temps perdu. Si seulement le soutier avait mieux tenu sa place, mais il semblait totalement inapte au combat ! Si on lui avait tenu le Schubal, il aurait pu frapper à coups de poing sur ce crâne détesté comme sur la fine coque d'une noix. Mais il n'était pratiquement pas capable de franchir les quelques pas qui les séparaient. Pourquoi donc Karl n'avait-il pas prévu ce qu'il était pourtant si facile de prévoir : que Schubal finirait forcément par venir, sinon de sa propre initiative, du moins à l'appel du commandant. Pourquoi n'avait-il pas établi en venant avec le soutier un plan de guerre précis, au lieu d'entrer comme ils l'avaient fait, sans préparation aucune, par la première porte venue ? Le chauffeur était-il encore seulement capable de parler, de dire oui et non dans les conditions d'un feu croisé de questions qui, d'ailleurs, n'aurait lieu que dans le cas le plus favorable. Il se tenait là, les jambes écartées, les genoux légèrement fléchis, la tête légèrement levée, et l'air circulait par sa bouche ouverte comme s'il n'avait plus en lui de poumons pour s'en occuper.

Karl, en tout cas, se sentait plus fort et plus lucide qu'il ne l'avait jamais été chez lui. Si seulement ses parents avaient pu le voir, dans un pays étranger, devant de notables personnalités, défendre le bien, et quoiqu'il ne l'eût pas encore mené à la victoire, se préparer entièrement à sa conquête définitive ! Réviseraient-ils leur avis sur lui ? Le feraient-ils asseoir entre eux en le félicitant ? Le regarderaient-ils une fois, une seule fois dans les yeux, ces yeux qui leur étaient si dévoués ? Questions incertaines et moment le plus inopportun pour les poser !

« Je viens parce que je crois que le soutier m'accuse de je ne sais quelles malhonnêtetés. Une fille de la cuisine m'a dit qu'elle l'avait vu venir par ici. Mon commandant, et vous tous, messieurs, je suis prêt à réfuter toute accusation, documents en main, et si besoin était, en faisant déposer des témoins impartiaux et non prévenus, qui se tiennent derrière cette porte. » Ainsi parla Schubal. C'était, à vrai dire, un discours clair et viril et, en voyant le changement d'expression des auditeurs, on eût pu croire qu'ils venaient d'entendre à nouveau pour la première fois depuis longtemps des sons humains. Ils ne remarquaient évidemment pas que même ce beau discours avait des lacunes. Pourquoi le premier mot concret qui lui était venu à l'esprit avait-il été « malhonnêtetés » ? L'accusation aurait-elle donc dû commencer par là, et non par ses préjugés nationaux ? Une fille de la cuisine avait vu le soutier sur le chemin du bureau, et Schubal avait immédiatement compris ? N'était-ce pas la conscience de sa culpabilité qui lui aiguisait la raison ? Et il avait aussitôt amené des témoins qu'il qualifiait par-dessus le marché d'impartiaux et non prévenus ? Escroquerie, pure escroquerie, et ces messieurs toléraient cela et y voyaient même un comportement juste ? Pourquoi avait-il sans aucun doute laissé s'écouler un si long moment entre la déclaration de la fille de la cuisine et sa venue ici, si ce n'était dans le but de laisser le soutier fatiguer ces messieurs au point d'en perdre peu à peu leur clarté de jugement, capacité que Schubal avait grandement à redouter ? Lui qui s'était sûrement posté depuis longtemps derrière la porte, n'avait-il pas attendu pour frapper l'instant où, en conséquence de la question accessoire de ce monsieur, il pouvait espérer que le soutier avait perdu la partie ?

Tout était clair, et d'ailleurs Schubal le faisait bien apparaître, contre son gré, mais il fallait le montrer autrement à ces messieurs, d'une façon encore plus évidente. Ils avaient besoin qu'on les secoue. Allons, Karl, vite, profites-en au moins maintenant, avant que les témoins n'arrivent et ne submergent tout.

Mais, juste à cet instant, le commandant fit signe à Schubal de s'éloigner, et — son affaire semblant remise à un peu plus tard — celui-ci s'écarta aussitôt et commença avec le domestique, qui s'était aussitôt rapproché de lui, une conversation à voix basse accompagnée de regards en biais vers le soutier et Karl et de mouvements de mains tout à fait éloquents. Schubal semblait préparer ainsi son prochain grand discours.

« Ne vouliez-vous pas un peu interroger le jeune homme que voici, M. Jakob ? dit le commandant au monsieur à la badine de bambou, dans le silence général.

— C'est vrai », dit celui-ci en inclinant un peu la tête pour le remercier de cette intention. Puis il demanda de nouveau à Karl : « Au fait, comment vous appelez-vous ? »

Karl, pensant que, dans l'intérêt de l'affaire principale, il s'agissait de régler bien vite l'incident provoqué par ce questionneur obstiné, répondit brièvement, sans présenter selon son habitude son passeport qu'il lui aurait d'abord fallu chercher : « Karl Rossmann.

— Mais », dit celui que les autres appelaient Jakob, en commençant par reculer avec un sourire presque incrédule. Le commandant, le chef comptable, l'officier, même le domestique montrèrent distinctement un immense étonnement en entendant le nom de Karl. Seuls les messieurs de l'administration portuaire et Schubal restèrent indifférents.

« Mais, répéta M. Jakob en avançant avec une certaine raideur vers Karl, je suis donc bien ton oncle Jakob, et tu es mon cher neveu. Tout ce temps, je m'en suis douté, dit-il en se tournant vers le capitaine, avant de prendre dans ses bras et d'embrasser Karl qui se laissa faire sans rien dire.

— Comment vous appelez-vous ? » demanda Karl, après qu'il eut senti que l'étreinte se relâchait, très poliment sans doute mais sans marquer d'émotion, s'efforçant de prévoir les conséquences que ce nouvel événement pourrait avoir pour le soutier. Pour l'instant, rien n'indiquait que Schubal pût tirer profit de la chose.

« Comprenez donc, jeune homme, votre chance, dit le commandant croyant que la question de Karl avait touché à la dignité de M. Jakob qui s'était tourné vers la fenêtre, visiblement pour ne pas montrer aux autres son visage ému que, de surcroît, il tamponnait avec un mouchoir. C'est le conseiller d'État Edward Jakob qui vient de se faire connaître à vous comme votre oncle. Contrairement à toutes vos prévisions jusqu'ici, une brillante carrière vous attend désormais. Tâchez de le comprendre, autant que le premier instant vous le permet, et ressaisissez-vous !

— J'ai effectivement un oncle Jakob en Amérique, dit Karl en se tournant vers le capitaine, mais si j'ai bien compris, Jakob n'est que le nom de famille de M. le conseiller d'État.

— C'est cela, dit le commandant impatient.

— Oui, mais mon oncle Jakob, qui est le frère de ma mère, s'appelle Jakob de son prénom, alors que son nom de famille devrait être évidemment le même que celui de ma mère, née Bendelmayer.

— Messieurs ! » s'écria le conseiller d'État en revenant vivement de la fenêtre à cause de l'explication de Karl. Tous, à l'exception des fonctionnaires portuaires, éclatèrent de rire, les uns comme sous le coup de l'émotion, les autres pour des raisons impénétrables.

« Ce que j'ai dit n'était pourtant pas si ridicule », pensa Karl.

« Messieurs, répéta le conseiller d'État, vous assistez, contre ma volonté et contre la vôtre, à une petite scène de famille, et je me dois donc de vous donner une explication, vu que, comme je le crois, seul M. le commandant (à cette affirmation, les deux hommes s'inclinèrent en même temps) est entièrement au courant. »

« Maintenant il faut vraiment que je fasse attention à chaque mot », se dit Karl qui, ayant jeté un regard sur le côté, se réjouit de voir que la vie commençait à revenir sur le visage du soutier.

« Je vis, depuis les nombreuses années de mon séjour américain — le mot séjour convient cependant mal ici pour le citoyen américain que je suis de toute mon âme — depuis de nombreuses années, je vis donc complètement coupé de mes parents européens, pour des raisons qui, premièrement, n'ont pas à être dites ici, et que, deuxièmement, je ne saurais exposer sans en être trop affecté. Je redoute même l'instant où je serai peut-être forcé de les présenter à mon cher neveu, sans pouvoir malheureusement éviter de lui parler sans détours de ses parents et de leur famille. »

« C'est mon oncle, aucun doute, se dit Karl en prêtant l'oreille. Il a probablement fait changer son nom. »

« Mon cher neveu a été tout simplement — disons le mot qui caractérise d'ailleurs vraiment la chose — mis à l'écart par ses parents, comme on jette dehors un chat quand il vous énerve. Je ne cherche nullement à enjoliver ce qu'a fait mon neveu pour être puni de la sorte — enjoliver n'est pas dans les habitudes américaines — mais sa faute est d'une telle espèce que le seul fait de la nommer contient déjà une excuse suffisante. »

« Voilà qui fait plaisir à entendre, pensa Karl, mais je ne veux pas qu'il le raconte à tous. D'ailleurs il ne peut pas non plus le savoir. D'où le tiendrait-il ? Mais nous verrons, et il l'apprendra, un jour ou l'autre. »

« Il a en effet, poursuivit l'oncle en s'appuyant, avec de légères inclinations, sur sa badine de bambou qu'il tenait devant lui, geste par lequel il réussit effectivement à priver ses paroles d'une part de solennité inutile qu'elles n'auraient sinon pas manqué d'avoir —, il a en effet été séduit par une bonne, Johanna Brummer, une personne de quelque trente-cinq ans. Je ne veux nullement offenser mon neveu en disant "séduit", mais il est vraiment difficile de trouver un autre mot, tout aussi pertinent. »

Karl, qui s'était déjà passablement rapproché de son oncle, se retourna pour lire à cet instant sur les visages des présents l'impression faite par ce récit. Personne ne riait, tous écoutaient avec patience et gravité. Après tout, on ne rit pas du neveu d'un conseiller d'État à la première occasion qui se présente. On aurait même plutôt pu dire que le soutier, quoique très légèrement, souriait à Karl, ce qui premièrement était un nouveau signe de vie réjouissant et deuxièmement était très pardonnable, puisque Karl, dans la cabine, avait voulu que cette affaire, devenue maintenant tellement publique, demeurât particulièrement secrète.

« Or cette Brummer, poursuivit l'oncle, a eu de mon neveu un enfant, un solide garçon qui a reçu à son baptême le nom de Jakob, sans doute en souvenir de mon humble personne qui, à travers les allusions sûrement fort vagues de mon neveu, a dû produire une grande impression sur la jeune femme. Par bonheur, dis-je. Car les parents, pour éviter le paiement de la pension alimentaire ou quelque scandale qui aurait pu rejaillir sur eux — je ne connais, comme je dois le souligner, ni la législation locale ni la situation précise des parents, je sais simplement, par deux lettres de sollicitation déjà anciennes, auxquelles je n'ai pas répondu mais que j'ai conservées et qui constituent mes seules relations épistolaires, et surtout unilatérales avec eux durant tout ce temps — les parents donc, pour éviter le paiement de la pension alimentaire et le scandale, ayant fait transporter leur fils, mon cher neveu, en Amérique avec un équipement d'une inexcusable insuffisance, comme on le voit — ce jeune homme, sans les signes et prodiges encore vivants en Amérique, en aurait été réduit à lui-même, courant déjà dans une ruelle du port de New York droit à sa perte, si cette bonne, dans une lettre à moi adressée et entrée en ma possession avant-hier après une longue errance, ne m'avait exposé toute l'histoire, jointe à la description de mon neveu, et judicieusement nommé aussi le navire. Si je m'étais donné pour but, messieurs, de vous distraire, je pourrais ici parfaitement vous lire — il tira de sa poche deux gigantesques feuilles de papier à lettres recouvertes d'un écriture serrée et les brandit — quelques passages de cette lettre. Elle produirait sûrement son effet, vu qu'elle est rédigée avec une malice un peu simple quoique de bon aloi, et beaucoup d'amour pour le père de l'enfant. Mais je ne veux ni vous distraire plus que nécessaire pour vous éclairer, ni surtout blesser en l'accueillant ici les sentiments qu'éprouve peut-être encore mon neveu qui pourra, s'il en a envie, lire cette lettre pour sa gouverne, dans le silence de la chambre qui l'attend déjà. »

Karl, en revanche, ne nourrissait aucun sentiment pour cette fille. Dans la confusion d'un passé de plus en plus lointain, elle était assise dans sa cuisine à côté du buffet, sur le plateau duquel elle appuyait les coudes. Elle le regardait aller et venir, quand il lui arrivait de venir à la cuisine chercher un verre d'eau pour son père ou faire une commission pour sa mère. Parfois elle écrivait une lettre sur le coin du buffet dans cette position incommode, en cherchant des idées sur le visage de Karl. Parfois, couvrant ses yeux de sa main, elle restait impénétrable à toute parole. Parfois elle était agenouillée dans son étroite chambrette près de la cuisine et priait devant une croix de bois, Karl ne l'observait alors qu'en passant et avec timidité par l'entrebâillement de la porte. Parfois elle courait en rond dans la cuisine et reculait en riant comme une sorcière, si Karl se mettait sur son chemin. Parfois elle fermait la porte de la cuisine après que Karl y était entré, et gardait la poignée dans la main jusqu'à ce qu'il eût réclamé de partir. Parfois elle allait chercher des choses dont il ne voulait absolument pas et en silence les lui mettait de force entre les mains. Mais une fois elle lui dit « Karl ! », et l'emmena, encore tout surpris de cette parole inattendue, en soupirant et avec force grimaces jusque dans sa chambrette qu'elle ferma à clef. En l'étouffant presque, elle se pendit à son cou, et tandis qu'elle le priait de la dévêtir, ce fut elle qui le déshabilla et le coucha dans son lit, comme si elle ne voulait plus désormais le laisser à personne d'autre, et le caresser et prendre soin de lui jusqu'à la fin du monde. « Karl, ô toi mon Karl ! » s'écriait-elle, comme si elle voyait en lui sa propriété et se le confirmait, alors que lui ne voyait pas la moindre chose et se sentait mal à l'aise au milieu de tous ces chauds édredons qu'elle semblait avoir accumulés exprès pour lui. Puis elle se coucha aussi à ses côtés et voulut lui faire révéler Dieu sait quels secrets, mais il était incapable de lui en dire un seul et elle se fâcha, pour rire ou pour de vrai ; elle le secoua, écouta son cœur battre, lui offrit sa poitrine pour qu'il écoute lui aussi, mais sans réussir à le décider, elle pressa son ventre nu contre son abdomen, chercha avec la main, d'une façon si répugnante que Karl rejeta la tête et la nuque hors de l'oreiller, entre ses jambes, puis poussa son ventre à plusieurs reprises contre lui, il eut l'impression qu'elle était une partie de lui-même et c'est peut-être pour cette raison qu'il s'était senti dans un extrême dénuement. En pleurs, il finit par retourner dans son lit après qu'elle lui eut exprimé de nombreuses fois son envie de le revoir. C'était tout, et cependant l'oncle réussissait à en faire une grosse histoire. Et la cuisinière avait donc pensé à lui et informé l'oncle de son arrivée. C'était beau de sa part et il saurait bien encore l'en récompenser un jour.

« Et maintenant, s'écria le sénateur, je veux t'entendre dire franchement si je suis ton oncle ou pas.

— Tu es mon oncle, dit Karl en lui baisant la main, ce qui lui valut un baiser sur le front. Je suis très heureux de t'avoir rencontré, mais tu te trompes si tu crois que mes parents ne disent que du mal de toi. Par ailleurs, cela mis à part, ton récit contient quelques erreurs : je veux dire que selon moi tout ne s'est pas passé comme ça dans la réalité. Mais d'ici tu ne peux évidemment pas aussi bien juger des choses, et je crois en outre qu'il n'y a pas grand mal à ce que ces messieurs soient informés avec quelque inexactitude des détails d'une affaire qui ne les regarde guère.

— Bien parlé », dit le sénateur, qui conduisit Karl auprès du commandant visiblement intéressé et dit : « N'ai-je pas un neveu merveilleux ?

— Je suis heureux, dit le commandant en s'inclinant comme seuls savent le faire les gens formés à l'école de l'armée, d'avoir fait, monsieur le sénateur, la connaissance de votre neveu. C'est un très grand honneur pour mon bateau d'avoir pu être le théâtre d'une telle rencontre. Mais la traversée dans l'entrepont a dû être très dure, car on ne peut pas savoir avec qui on s'y retrouve. Une fois, par exemple, l'aîné du plus grand magnat hongrois, dont le nom et la raison de son voyage m'ont déjà échappé, a voyagé dans notre entrepont. Je ne l'ai appris que beaucoup plus tard. À présent nous faisons de notre mieux pour adoucir autant que possible la traversée aux gens de l'entrepont, beaucoup mieux par exemple, que ne le font les lignes américaines, mais nous n'avons évidemment pas encore réussi à faire de ce voyage un réel plaisir.

— Ça ne m'a pas fait de mal, dit Karl.

— Ça ne lui a pas fait de mal ! répéta le sénateur en riant d'un rire sonore.

— Je crains simplement d'avoir perdu ma valise... », et ce disant il se souvint de tout ce qui s'était passé et de tout ce qui restait encore à faire, regarda autour de lui et aperçut tous ces gens muets de respect et d'étonnement qui étaient restés assis à leur place et braquaient les yeux sur lui. Seuls les fonctionnaires portuaires laissaient percevoir, autant que le permettaient leurs visages sévères et satisfaits d'eux-mêmes, le regret d'être venus à un moment si inopportun, et la montre de gousset qu'ils avaient maintenant posée devant eux était pour eux probablement plus importante que tout ce qui se passait dans la pièce et pouvait peut-être encore arriver.

Il est remarquable que le premier, après le commandant, à exprimer sa sympathie, fût le soutier. « Je vous félicite de tout cœur », dit-il en serrant la main de Karl, voulant par ce geste lui manifester aussi une certaine reconnaissance. En revanche, quand il voulut adresser la même phrase au sénateur, celui-ci recula comme si le soutier outrepassait ici ses droits ; le soutier renonça d'ailleurs aussitôt.

Mais les autres entrevirent alors la conduite à tenir et aussitôt créèrent autour de Karl et du sénateur une totale confusion. C'est ainsi que Karl reçut même les félicitations de Schubal, les accepta et l'en remercia. Bons derniers, dans le calme à nouveau rétabli, les fonctionnaires portuaires s'approchèrent et dirent deux mots d'anglais, ce qui produisit une impression ridicule.

Le sénateur était maintenant tout à fait d'humeur à savourer pleinement le plaisir de rappeler à soi et aux autres quelques détails plus accessoires, ce qui naturellement fut non seulement toléré, mais accueilli avec intérêt. Il fit ainsi remarquer qu'il avait noté dans son calepin les signes particuliers les plus frappants, mentionnés dans la lettre de la cuisinière, pour pouvoir les utiliser aussitôt, en cas de besoin. Il avait donc, pendant les insupportables bavardages du chauffeur, et à seule fin de se distraire, sorti son calepin et cherché pour s'amuser à mettre en rapport avec l'aspect physique de Karl les observations de la cuisinière, qui n'avaient naturellement pas la précision d'un travail de détective. « Et c'est comme ça qu'on trouve son neveu », conclut-il du même ton que s'il eut voulu qu'on le félicitât encore une fois.

« Que va-t-il à présent arriver au soutier ? » demanda Karl sans tenir compte du dernier récit de l'oncle. Dans sa nouvelle position, il croyait pouvoir exprimer tout ce qu'il pensait.

« Il arrivera au soutier ce qu'il mérite, dit le sénateur, et ce que M. le commandant jugera bon. Je crois que nous en avons assez de ce soutier, plus qu'assez, chacun de ces messieurs ici présents m'approuvera sûrement.

— Mais ce n'est pas de cela qu'il s'agit, puisqu'il est question de justice », dit Karl. Il se tenait entre son oncle et le commandant et, peut-être influencé par cette position, croyait-il tenir la décision entre ses mains.

Et malgré cela le soutier ne semblait plus rien espérer pour lui-même. Il avait les mains à demi passées dans la ceinture de son pantalon, laquelle, avec ses mouvements désordonnés, était apparue en même temps que les rayures de sa chemise. Il ne s'en souciait pas le moins du monde : il avait clamé toute sa peine, et maintenant on pouvait bien apercevoir les quelques guenilles qu'il portait sur le corps, avant de l'emporter ailleurs. Il imaginait que ce seraient le domestique et Schubal qui, de rangs subalternes parmi les présents, lui témoigneraient cette dernière faveur. Schubal serait alors tranquille, il ne serait plus au désespoir, pour reprendre l'expression du chef comptable. Le commandant pourrait ne plus embaucher que des Roumains, on parlerait roumain partout, et peut-être qu'alors tout irait vraiment mieux. Aucun soutier ne jacasserait plus à la caisse principale, on conserverait seulement un souvenir assez agréable de son dernier bavardage, puisque, comme l'avait expliqué expressément le sénateur, cela lui avait directement permis de reconnaître son neveu. Ce neveu avait d'ailleurs auparavant cherché à plusieurs reprises à lui être utile et, par conséquent, l'avait suffisamment remercié longtemps à l'avance pour le service rendu lors de cette reconnaissance ; le soutier ne pensait nullement à lui réclamer quoi que ce soit. D'ailleurs, tout neveu du sénateur qu'il était, il s'en fallait de beaucoup qu'il fût commandant, or c'était de la bouche du commandant que la méchante parole finirait par tomber. — Conformément à cet état d'esprit, le soutier ne chercha donc pas à regarder dans la direction de Karl, mais malheureusement, il ne restait, dans cette pièce peuplée d'ennemis, personne d'autre sur qui reposer ses yeux.

« Ne te méprends pas sur la situation, dit le sénateur à Karl, il s'agit peut-être d'une question de justice, mais en même temps d'une question de discipline. Les deux, et tout particulièrement la dernière, relèvent ici du jugement de M. le commandant.

— C'est comme ça », murmura le soutier. Quiconque remarqua ces mots et les comprit, sourit avec étonnement.

« En outre, nous avons déjà tant dérangé M. le commandant dans ses fonctions officielles qui, au moment de l'arrivée à New York, sont sans doute incroyablement nombreuses, qu'il est grand temps pour nous de quitter le navire, afin de ne pas transformer en événement de surcroît, en nous y ingérant sans aucune utilité, les insignifiantes disputes de deux mécaniciens. Je comprends d'ailleurs parfaitement ta façon d'agir, mon cher neveu, mais c'est précisément ce qui me donne le droit de t'emmener en toute hâte d'ici.

— Je vais à l'instant vous faire mettre une chaloupe à la mer », dit le commandant, sans élever la moindre objection contre les paroles de l'oncle, au grand étonnement de Karl, car elles pouvaient sans aucun doute apparaître comme une façon de s'humilier de la part de l'oncle. Le chef comptable se précipita sur le bureau et téléphona l'ordre du commandant au second maître.

« Il est certain que le temps presse, se dit Karl, mais je ne peux rien faire sans tous les offenser. Je ne peux tout de même pas quitter mon oncle maintenant, alors qu'il vient de me retrouver. Le commandant est sans doute poli, mais c'est bien tout. Sa politesse s'arrête à l'endroit de la discipline, et mon oncle a certainement parlé selon sa pensée. Schubal, je n'ai pas envie de lui adresser la parole, je suis même désolé de lui avoir tendu la main. Et tous ces autres gens ici sont de la menuaille. »

Et absorbé dans ces pensées, il se dirigea lentement vers le soutier, lui prit la main droite, en la sortant de sa ceinture, et la retint en jouant dans la sienne. « Pourquoi donc ne dis-tu rien ? demanda-t-il. Pourquoi acceptes-tu tout ? »

Le soutier se contenta de plisser le front, comme s'il cherchait l'expression pour ce qu'il avait à dire. Du reste il baissait les yeux sur sa main et celle de Karl.

« On t'a fait du tort plus qu'à personne sur le bateau, je le sais très bien. » Et Karl faisait jouer ses doigts entre ceux du soutier qui, les yeux brillants, regardait autour de soi comme s'il lui advenait un ravissement dont personne ne pouvait vraiment lui tenir rigueur.

« Mais il faut te défendre, dire oui et non, sinon les gens n'ont pas la moindre idée de la vérité. Tu dois me promettre de m'écouter, car moi-même, j'ai toutes les raisons de le craindre, je ne pourrai plus du tout t'aider. » Et Karl se mit alors à pleurer en baisant la main du soutier, et prit cette main gercée, presque inerte, et la pressa contre ses joues, comme un trésor auquel on est obligé de renoncer. — Mais déjà l'oncle sénateur était à ses côtés et le contraignait, quoique très légèrement, à partir. « Le soutier semble t'avoir ensorcelé, dit-il en adressant un regard d'intelligence au commandant, par-dessus la tête de Karl. Tu t'es senti abandonné, alors tu as trouvé le chauffeur et tu lui en es à présent reconnaissant, c'est tout à fait méritoire. Mais ne pousse pas les choses trop loin, ne serait-ce que par amour pour moi, et comprends peu à peu ta position. »

Derrière la porte un vacarme se produisit, on entendit des cris et il semblait même que quelqu'un avait été brutalement poussé contre la porte. Un matelot entra, la tenue en désordre, un tablier de femme noué autour de la ceinture. « Il y a des gens dehors », cria-t-il en donnant des coups de coude tout autour de soi comme s'il était encore dans la foule. Il recouvra enfin ses esprits et se préparait à saluer le commandant, quand il se rendit compte du tablier qu'il portait, l'arracha en le faisant passer par le bas, le jeta par terre et s'écria : « C'est vraiment dégoûtant, ils viennent de me mettre un tablier de femme. » Sur ce, il claqua cependant des talons et salua. Quelqu'un essaya de rire, mais le commandant dit avec sévérité : « Voilà ce que j'appelle de la bonne humeur. Qui est donc dehors ? — Ce sont mes témoins, dit Schubal en avançant, je vous prie de vouloir excuser leur conduite déplacée. Quand les hommes ont fini la traversée, ils sont parfois comme fous. — Dites-leur d'entrer immédiatement, ordonna le commandant et, se tournant aussitôt vers le sénateur, il ajouta courtoisement mais avec rapidité : Ayez à présent la bonté, cher monsieur le sénateur, de suivre, avec monsieur votre neveu, ce matelot qui va vous conduire à votre embarcation. Je n'ai pas besoin de vous dire le plaisir et l'honneur que j'ai eus, monsieur le sénateur, à faire personnellement votre connaissance. Je souhaite simplement, monsieur le sénateur, pouvoir bientôt retrouver l'occasion de poursuivre notre conversation interrompue sur la situation de la flotte américaine, et peut-être de la voir à nouveau interrompue d'une aussi agréable façon qu'aujourd'hui. — Pour le moment, cet unique neveu me suffit, dit l'oncle en riant. Et maintenant acceptez mes meilleurs remerciements pour votre amabilité, et portez-vous bien. Il ne serait d'ailleurs pas tellement impossible que tous deux — il serra affectueusement Karl contre lui — puissions à l'occasion de notre prochain voyage en Europe vous retrouver peut-être pour un certain temps. — J'en serais très heureux », dit le commandant. Les deux messieurs se serrèrent la main, Karl n'eut que le temps de tendre la sienne sans un mot au commandant, car celui-ci était déjà accaparé par quinze personnes peut-être qui, sous la direction de Schubal, opéraient une entrée un peu embarrassée, mais fort bruyante. Le matelot demanda au sénateur la permission de le précéder et leur fraya un chemin, à lui et à Karl, à travers la foule des gens qui s'inclinaient. Il semblait que ces gens, par ailleurs de fort bonne humeur, prissent la querelle de Schubal et du soutier pour une plaisanterie qui, même devant le commandant, gardait tout son comique. Karl remarqua également parmi eux la fille de cuisine, Line qui, en lui adressant un signe joyeux, renouait autour de sa taille le tablier rejeté par le matelot, car c'était le sien.

Suivant plus loin le matelot, ils quittèrent le bureau, tournèrent et s'engagèrent dans un petit couloir qui, après quelques pas, les mena à une petite porte derrière laquelle on descendait, par un court escalier, dans la chaloupe qui leur avait été préparée. Les matelots de la chaloupe, dans laquelle leur chef sauta d'un bond, se levèrent et saluèrent. Le sénateur était juste en train de conseiller à Karl de descendre avec prudence, quand celui-ci, encore sur la marche du haut, éclata en violents sanglots. Le sénateur posa sa main droite sous le menton de Karl, le tint serré contre lui et, de la main gauche, le caressa. Ils descendirent ainsi les marches une à une, et entrèrent étroitement enlacés dans la chaloupe, où le sénateur choisit pour Karl, juste en face de lui, une bonne place. Sur un signe du sénateur, les matelots repoussèrent l'embarcation du navire et se mirent aussitôt à leur travail. À peine s'étaient-ils éloignés de quelques mètres du navire que Karl fit la découverte inattendue qu'ils se trouvaient juste du côté du navire où s'ouvraient les fenêtres de la caisse principale. Les trois fenêtres étaient toutes occupées par des témoins de Schubal qui saluaient très amicalement et agitaient les mains ; l'oncle lui-même les remercia, et un matelot fit le tour de force, sans interrompre ses coups de rames réguliers, d'envoyer un baiser. C'était vraiment comme si le soutier n'avait plus existé. Karl observa plus attentivement son oncle, dont les genoux touchaient presque les siens, et se prit à douter que cet homme pût un jour remplacer pour lui le soutier. L'oncle, quant à lui, évita son regard et jeta les yeux sur les vagues au gré desquelles leur chaloupe se balançait.

# II

## L'ONCLE[1]

Dans la maison de l'oncle, Karl s'habitua bientôt aux nouvelles conditions de vie. L'oncle l'assistait avec grande prévenance jusque dans les moindres choses et à aucun moment Karl n'eut à faire d'abord ces mauvaises expériences qui aigrissent d'ordinaire tellement les débuts d'une vie à l'étranger.

La chambre de Karl était située au sixième étage d'un immeuble dont les cinq étages inférieurs, auxquels s'ajoutaient encore en sous-sol trois niveaux souterrains, étaient occupés par l'entreprise commerciale de son oncle. La lumière qui pénétrait dans sa chambre par deux fenêtres et la porte d'un balcon, ne cessait d'étonner Karl, le matin quand il y entrait, venant de l'alcôve où il dormait. Où n'aurait-il pas été obligé de loger s'il avait débarqué sur cette terre en pauvre petit immigrant ? Peut-être, en effet, comme son oncle d'après sa connaissance des lois sur l'immigration l'estimait même fort probable, ne l'aurait-on pas laissé entrer aux États-Unis, l'aurait-on au contraire renvoyé chez lui sans autrement s'inquiéter qu'il n'eût plus de patrie. Car il ne fallait pas ici espérer de pitié, et ce que Karl avait lu à cet égard sur l'Amérique était très juste ; seuls les gens heureux semblaient ici jouir vraiment de leur bonheur sous le regard indifférent de leur entourage.

Un étroit balcon courait sur toute la longueur de la pièce.

---

1. Dans une lettre à Felice Bauer du 11 novembre 1912, se trouve l'important témoignage (rétrospectif) suivant : « L'histoire que j'écris, mais qui semble prendre un tour interminable, s'appelle, pour que vous en ayez une première idée, « Le Disparu », et se déroule entièrement aux États-Unis d'Amérique. Pour l'instant cinq chapitres sont terminés, le sixième presque. Les différents chapitres s'intitulent : I. Le Soutier, II. L'Oncle, III. Une maison de campagne près de New York, IV. La Marche sur Ramses, V. Dans l'Hôtel Occidental, VI. Le Cas Robinson. [...] C'est le premier travail assez long dans lequel je me sente bien depuis un mois et demi, après quinze ans de tourment et de désespoir quasi ininterrompus. »

Mais ce qui, dans la ville natale de Karl, eût offert un point de
vue très élevé, ne permettait ici guère plus que de dominer une
rue toute droite qui, entre deux rangées d'immeubles littéralement taillés à la hache, allait se perdre dans un lointain où
les formes d'une cathédrale, immenses, émergeaient d'épaisses
brumes. Et le matin comme le soir et dans les rêves de la nuit,
s'activait dans cette rue une circulation toujours dense, qui vue
d'en haut se présentait comme un mélange inextricable, et sans
cesse renouvelé, de silhouettes humaines déformées et de toits
de véhicules de toutes sortes, d'où s'élevait un autre mélange
encore plus sauvage, fait de bruit, de poussière et d'odeurs, et
tout cela était happé et traversé par une puissante lumière sans
cesse dispersée, emportée, puis aussitôt frénétiquement rap-
portée par cette multitude d'objets, de sorte qu'elle avait pour
l'œil envoûté l'aspect précis d'une cloche de verre recouvrant
toute la rue et qu'une force brutale eût, à chaque instant, fait
voler en éclats.

Prudent comme il l'était en tout, l'oncle conseillait à Karl de
ne pas s'engager dans quoi que ce soit de sérieux pour le
moment. Il fallait certes qu'il examine et regarde toute chose,
mais sans s'y laisser prendre. Les premiers jours d'un Européen
en Amérique étaient vraiment comparables à une naissance, et
bien qu'ici, disait-il, pour que Karl n'eût pas de frayeur inutile,
on s'adaptât plus rapidement que si l'on arrivait de l'au-delà
dans le monde des humains, il fallait garder à l'esprit que le
premier jugement repose toujours sur une base fragile, pour ne
pas risquer par là d'entacher de confusion tous les jugements
ultérieurs grâce auxquels on entendait continuer à vivre ici. Lui-
même avait connu de nouveaux arrivants qui, par exemple, au
lieu de se comporter selon ces bons principes, passaient des
journées entières sur leur balcon à regarder en bas dans la rue,
comme des brebis égarées. Cela ne pouvait que semer la confusion en eux ! Ce désœuvrement solitaire qui s'égare dans la
contemplation d'une journée new-yorkaise remplie de labeur,
on aurait pu l'accorder à quelqu'un qui voyageait pour son plaisir, peut-être même, mais non sans quelques réserves, le lui

conseiller ; en revanche, pour quelqu'un qui allait rester ici, cela le conduirait à sa perte, on pouvait en l'occurrence fort bien employer ce mot, même s'il était exagéré. En effet l'oncle prenait toujours un air agacé, chaque fois qu'en venant voir Karl, ce qui n'arrivait qu'une fois par jour et toujours aux moments les plus divers, il le trouvait sur le balcon. Karl eut tôt fait de s'en rendre compte et s'interdit en conséquence autant que possible le plaisir de rester sur le balcon.

C'était d'ailleurs loin d'être son seul plaisir. Dans sa chambre il y avait un bureau américain du meilleur modèle, comme son père en avait désiré pendant des années et tenté d'acheter un à bon marché et pour un prix abordable dans toutes sortes de ventes aux enchères, sans jamais y être parvenu, compte tenu de ses faibles moyens. Naturellement, ce bureau n'avait rien de comparable aux prétendus bureaux américains qui circulent dans les ventes européennes. Il comportait, par exemple, dans sa partie supérieure une centaine de casiers aux dimensions les plus diverses, tels que le président de l'Union lui-même y eût trouvé une place convenable pour chacun de ses dossiers ; en outre il y avait sur le côté un régulateur, et en en tournant la manivelle l'on pouvait obtenir les changements les plus variés et réorganiser les casiers suivant son goût et ses besoins. De minces cloisons latérales s'abaissaient lentement et formaient le fond, ou le dessus, de nouveaux casiers qui s'élevaient alors ; un tour de manivelle, et déjà la partie supérieure avait pris un aspect très différent, et tout cela, selon la façon de tourner la manivelle, se produisait avec lenteur ou à une vitesse folle. C'était une invention des plus récentes, mais qui rappelait vivement à Karl les crèches à automates qu'on montrait chez lui aux enfants étonnés sur la foire de Noël, et Karl, lui aussi engoncé dans ses vêtements d'hiver, s'y était souvent arrêté, en comparant inlassablement les tours de manivelle qu'exécutait un vieil homme et leurs effets sur la crèche : la marche saccadée des trois rois mages, la lumière soudain brillante de l'étoile et la vie maladroite à l'intérieur de la sainte étable. Et toujours il lui avait semblé que sa mère debout derrière lui ne suivait pas d'assez près tous ces événements, il la tirait vers lui jusqu'à ce qu'il la sentît contre son dos et, à grand renfort d'exclamations bruyantes, il lui montrait des personnages plus cachés, par exemple un petit lièvre qui, dans l'herbe au premier plan, faisait d'abord le beau puis s'apprêtait à filer, jusqu'à ce que sa mère lui fermât la bouche et retombât sans doute dans son inattention antérieure. Ce bureau n'était évidemment pas fait pour rappeler de telles choses, mais dans l'histoire des inventions il existait sans doute des connexions aussi vagues que dans les souvenirs de Karl. Contrairement à Karl, l'oncle n'était absolument pas partisan de ce bureau, il avait simplement voulu lui acheter un bureau convenable, et tous étaient maintenant pourvus de ce nouveau système, dont l'avantage consistait du reste en ceci qu'il pouvait s'adapter sans grands frais à des bureaux plus anciens. Quoi qu'il en fût, l'oncle ne manqua pas de conseiller à Karl, si possible, de ne pas utiliser le régulateur ; pour renforcer l'efficacité de son conseil, l'oncle prétendit que le mécanisme était fort délicat, très facile à détériorer, et la réparation fort coûteuse. Il n'était pas difficile de s'apercevoir que ces remarques n'étaient que des faux-fuyants, même si d'un autre côté on devait se dire qu'il était très facile de bloquer le régulateur, ce que l'oncle cependant ne fit pas.

Les premiers jours, au cours desquels naturellement des conversations assez fréquentes avaient eu lieu entre Karl et l'oncle, Karl avait raconté entre autres choses que chez lui il avait joué du piano, peu certes mais volontiers, et en étant réduit, à vrai dire, aux rudiments que lui avait enseignés sa mère. Karl avait eu parfaitement conscience que ce récit équivalait à demander un piano, mais il avait déjà suffisamment regardé autour de lui pour savoir que l'oncle n'avait en aucune façon besoin d'économiser. Pourtant, cette demande ne fut pas exaucée sur-le-champ ; mais une huitaine de jours plus tard, l'oncle lui dit presque sur le ton d'une concession faite à contrecœur, que le piano venait d'arriver et que Karl, s'il le voulait, pouvait en surveiller le transport. C'était à vrai dire un travail facile, mais pas tellement plus que le transport lui-même, car il y avait dans l'immeuble un monte-charge particulier dans lequel un plein camion de déménagement pouvait sans encombre trouver place, et c'est donc dans ce monte-charge que le piano prit la voie des airs pour arriver dans la chambre de Karl. Karl aurait pu, lui aussi, monter dans le même monte-charge que le piano et les déménageurs, mais comme juste à côté un ascenseur à l'usage des personnes était libre, il le prit, en se maintenant à l'aide d'une manette constamment à la hauteur de l'autre ascenseur et, à travers les parois de verre, il ne quitta pas des yeux le bel instrument qui était maintenant sa propriété. Quand il l'eut dans sa chambre et qu'il eut plaqué les premières notes, il en éprouva une joie si folle qu'au lieu de continuer à jouer il se leva d'un bond et, à quelque distance, les mains sur les hanches, préféra le regarder avec étonnement. De plus l'acoustique de la pièce était excellente et contribua à faire disparaître complètement le léger malaise qu'il avait éprouvé au début à habiter dans un immeuble de fer. Effectivement, si le métal apparaissait beaucoup à l'extérieur du bâtiment, on ne remarquait pas la moindre partie métallique dans la pièce, et personne n'aurait pu non plus relever dans l'aménagement le moindre détail qui eût nui d'une quelconque façon au confort, absolument parfait. Karl fonda dans les premiers temps de grandes espérances sur son piano et il osait même, du moins avant de s'endormir, imaginer la possibilité d'influencer directement la vie américaine en jouant du piano. Il était à vrai dire étrange de l'entendre jouer, devant les fenêtres ouvertes sur le vacarme du dehors, un vieux chant militaire de son pays que, le soir, les soldats penchés aux fenêtres des casernes, plongeant le regard dans l'obscurité de la place, se renvoient de fenêtre en fenêtre — ; mais quand ensuite il regardait dans la rue, celle-ci n'avait pas changé et n'était qu'une petite fraction d'un vaste cycle dont on ne pouvait arrêter le mouvement intrinsèque sans connaître les différentes forces qui agissaient de tous côtés. L'oncle tolérait que Karl jouât du piano, n'y faisait non plus aucune objection, d'autant que Karl, sans attendre les observations, ne s'en accordait que rarement le plaisir ; il alla même jusqu'à apporter à Karl des partitions de marches américaines et bien sûr aussi de l'hymne national américain, mais le seul goût de la musique ne suffisait pas à expliquer qu'il eût un jour demandé très sérieusement à Karl s'il ne voulait pas aussi apprendre à jouer du violon ou du cor de chasse.

Bien sûr l'apprentissage de l'anglais avait été la première et plus importante tâche de Karl. Un jeune professeur d'une grande école de commerce arrivait le matin à sept heures dans la chambre de Karl et le trouvait déjà assis à son bureau, devant ses cahiers, ou mémorisant ses leçons en arpentant la pièce. Karl comprenait fort bien qu'il ne se hâterait jamais assez d'apprendre l'anglais et qu'en outre c'était là la meilleure occasion pour lui de procurer à son oncle une joie extrême en faisant de rapides progrès. Et en effet, alors qu'au début, dans les conversations avec son oncle, son anglais s'était limité à dire bonjour et au revoir, il réussit bientôt à transposer en anglais des parties toujours plus grandes de la conversation, commençant ainsi à aborder en même temps des thèmes plus familiers. La première poésie américaine, la description d'un incendie, que Karl put un soir réciter à son oncle, emplit celui-ci d'une grave et profonde satisfaction. Ils se tenaient ce jour-là tous deux près d'une fenêtre dans la chambre de Karl, l'oncle regardait à l'extérieur où toute clarté avait déjà disparu du ciel et, en sympathie avec les vers, en battait le rythme lent et régulier dans ses mains, tandis que Karl, debout à ses côtés, le regard fixe, déclamait à grand-peine la difficile poésie.

Plus l'anglais de Karl s'améliorait, plus l'oncle manifestait l'envie de lui faire rencontrer ses connaissances, veillant simplement à ce qu'au cours de ces réunions, le professeur d'anglais se tînt toujours, au cas où, dans le voisinage de Karl. La première personne à qui, un matin, Karl fut présenté, était un homme svelte, jeune et d'une incroyable souplesse, que l'oncle introduisit dans la chambre de Karl avec force compliments. C'était visiblement un de ces nombreux fils de millionnaires, des ratés, selon le point de vue de leurs parents, et dont l'existence se déroulait de telle façon qu'un homme ordinaire n'aurait pu suivre sans douleur le rythme d'une seule journée de la vie de ce jeune homme. Et comme s'il l'avait su ou pressenti, et avait voulu y remédier, pour autant que cela fût en son pouvoir, il arborait sur ses lèvres et dans ses yeux un constant sourire de bonheur qui semblait s'adresser à soi-même, à son interlocuteur et au monde entier.

Avec ce jeune homme, un certain M. Mak[1], on convint en total accord avec l'oncle, de faire du cheval ensemble à cinq heures et demie du matin, tantôt au manège, tantôt en plein air. Karl hésita certes tout d'abord à donner son consentement, vu qu'il n'était encore jamais monté sur un cheval et qu'il voulait d'abord apprendre un peu, mais devant l'insistance de l'oncle et de Mack, qui lui représentaient l'équitation comme un pur plaisir et un exercice hygiénique et pas du tout comme un art, il finit par accepter. Évidemment, il lui fallut désormais sortir du lit dès quatre heures et demie, et il le faisait souvent à contrecœur, car il souffrait ici, sans doute à cause de l'attention constante qu'il devait exercer toute la journée, d'un réel manque de sommeil ; mais une fois dans sa salle de bain, ses regrets avaient tôt fait de disparaître. La pomme de la douche aspergeait toute la longueur et la largeur de la baignoire — quel condisciple dans son pays, fût-il riche, possédait une chose pareille, et pour lui seul, par-dessus le marché ? — et Karl se retrouvait dans cette baignoire où il pouvait écarter les bras, et il faisait couler sur lui des flots d'eau tiède, d'eau brûlante, puis tiède à nouveau et enfin glacée, à sa fantaisie sur tel ou tel endroit ou sur toute la surface. Comme jouissant d'un petit prolongement de sommeil, il restait étendu là et les paupières fermées attrapait avec des délices particulières les dernières gouttes qui tombaient une à une, et s'écrasaient et dégoulinaient sur son visage.

Au manège, où le déposait la majestueuse automobile de son

---

**1.** L'édition critique, que nous suivons (*cf.* Préface, p. 24), ne corrige pas les quelques « incohérences » de ce fragment romanesque. Ainsi, le titre de l'oncle est-il tantôt Conseiller d'État (*Staatsrat*), tantôt sénateur (*Senator*) ; l'orthographe aussi peut fluctuer, ainsi entre Mack et Mak, Renell et Rennell.

oncle, le professeur d'anglais l'attendait déjà, alors que Mak arrivait sans exception un peu plus tard. Mais il pouvait tranquillement arriver aussi un peu plus tard, car l'exercice réel et vivant ne commençait que quand il était là. Les chevaux ne se cabraient-ils pas, sortant de leur demi-sommeil de la nuit, quand il entrait, le fouet ne claquait-il pas plus bruyamment à travers la salle, et des gens, spectateurs, palefreniers, apprentis cavaliers ou que sais-je encore ne surgissaient-ils pas sur la galerie qui courait tout autour du manège ? Cependant Karl mettait à profit le temps qui précédait l'arrivée de Mak pour faire quelques exercices préparatoires, même des plus rudimentaires. Il y avait là un homme si élancé qu'il avait à peine besoin de lever le bras pour toucher le garrot des chevaux les plus grands, et qui donnait à Karl ces leçons qui ne duraient chaque fois guère plus d'un quart d'heure. Les succès de Karl en la matière n'étaient pas démesurés, et il avait sans cesse l'occasion d'assimiler un grand nombre de plaintes en anglais, qu'il poussait d'une voix essoufflée au cours de cette leçon en s'adressant à son professeur d'anglais lequel, toujours appuyé au montant d'une certaine porte, luttait en général contre le sommeil. Mais presque toute contrariété hippique cessait avec l'arrivée de Mak. L'homme élancé était renvoyé et bientôt on n'entendait plus dans la salle encore à demi-obscure que les sabots des chevaux au galop, et l'on ne voyait guère autre chose que le bras levé de Mak donnant un ordre à Karl. Au bout d'une demi-heure de ce plaisir aussi fugace qu'un somme, on s'arrêtait, Mak était très pressé, il prenait congé de Karl, lui tapotait parfois la joue quand il avait été particulièrement satisfait de l'exercice, et disparaissait sans même, dans sa hâte extrême, l'accompagner jusqu'à la porte. Karl emmenait ensuite le professeur dans l'automobile, et ils partaient pour leur leçon d'anglais en faisant souvent des détours, car en traversant la cohue de la grande artère qui en fait menait directement de l'immeuble de l'oncle au manège, ils auraient perdu trop de temps. Au demeurant, le professeur d'anglais cessa bientôt au moins de l'accompagner : Karl, se reprochant de déranger inutilement cet homme fatigué, d'autant que la communication en anglais avec Mak était très simple, pria son oncle de dispenser le professeur de l'obligation d'aller au manège. Et après quelque réflexion, l'oncle accéda à cette demande.

Il fallut relativement longtemps avant que l'oncle se décidât à autoriser Karl à jeter ne fût-ce qu'un petit coup d'œil dans son affaire, en dépit des demandes souvent répétées de Karl. C'était une sorte d'entreprise de commission et d'expédition comme il n'en existait peut-être aucune en Europe, pour autant que Karl s'en souvenait. Son activité consistait en l'occurrence en un commerce intermédiaire, sans qu'il s'agisse d'un commerce de marchandises entre les producteurs et les consommateurs ou peut-être les négociants ; mais elle assurait l'approvisionnement en marchandises et matières premières de toutes sortes des grands cartels industriels, et les échanges entre eux. C'était donc une affaire qui englobait les achats, les magasinages, les transports et les ventes dans des proportions gigantesques, et qui devait entretenir d'étroites et incessantes relations téléphoniques et télégraphiques avec les clients. La salle des télégraphes n'était pas plus petite, mais au contraire plus grande que le bureau télégraphique de sa ville natale, que Karl un jour avait traversé en compagnie d'un de ses condisciples qui y était connu. Dans la salle des téléphones, où que l'on regardât, ce n'étaient que portes de cabines téléphoniques s'ouvrant et se refermant, et le bruit des sonneries était étourdissant. L'oncle ouvrit la première de ces portes, et dans un jaillissement de lumière électrique l'on vit un employé indifférent à tous ces bruits de portes, la tête enserrée d'un ruban d'acier qui lui appuyait les écouteurs sur les oreilles. Son bras droit reposait sur une petite table comme s'il eût été particulièrement lourd, et seuls les doigts qui tenaient le crayon s'agitaient d'un geste inhumain, régulier et rapide. Il était très économe des paroles qu'il prononçait dans le cornet, et souvent on voyait même qu'il voulait peut-être présenter une objection à son interlocuteur, demander une précision, mais que certaines paroles qu'il entendait l'obligeaient, avant de pouvoir réaliser son intention, à baisser les yeux et à écrire. Il n'était d'ailleurs pas obligé de parler, comme l'oncle l'expliqua à Karl à voix basse, car les communications que cet homme recevait, étaient simultanément enregistrées par deux autres employés, puis comparées, ce qui excluait toute possibilité d'erreur. À l'instant même où l'oncle et Karl venaient de franchir la porte, un stagiaire se glissa à l'intérieur et en ressortit avec le papier que l'employé venait d'écrire. Il régnait dans la salle une circulation incessante de gens qui couraient dans tous les sens. Personne ne saluait, le salut avait été supprimé, chacun emboîtait le pas à celui qui le précédait et regardait le sol sur lequel il voulait avancer le plus vite possible, ou bien attrapait au vol d'un coup d'œil quelques mots ou quelques chiffres sur les papiers qu'il tenait à la main et que sa course faisait voltiger.

« Tu as vraiment fait ton chemin, dit Karl un jour qu'il visitait l'entreprise dont l'exploration devait demander plusieurs jours, même si l'on ne voulait que parcourir chaque service.

— Et j'ai tout organisé moi-même il y a une trentaine d'années, remarque bien. J'avais à l'époque un petit magasin dans le quartier du port, et quand on y avait déchargé cinq caisses dans la journée, c'était beaucoup ; je rentrais chez moi gonflé d'orgueil. Aujourd'hui, je possède les troisièmes entrepôts du port, et la boutique en question sert de cantine et de dépôt d'outils à ma soixante-cinquième équipe de dockers.

— Cela tient vraiment du prodige, dit Karl.

— Tout ici évolue à cette vitesse », dit l'oncle en coupant court à l'entretien.

Un jour, l'oncle arriva juste avant le moment du repas que Karl pensait prendre seul comme d'habitude, et le pria de s'habiller immédiatement en noir et de venir partager son repas auquel participeraient deux relations d'affaires. Pendant que Karl se changeait dans la pièce voisine, l'oncle s'assit à son bureau et examina le devoir d'anglais tout juste terminé, puis tapa de la main sur la table et s'écria d'une voix forte : « Vraiment excellent ! » Il va de soi que Karl parvint à s'habiller plus facilement quand il entendit cet éloge, même s'il était par ailleurs déjà assez sûr de son anglais.

Dans la salle à manger de l'oncle, dont il se souvenait encore pour l'avoir vue le premier soir de son arrivée, deux grands et gros messieurs se levèrent pour le saluer, un certain Green[1] le premier, un certain Pollunder le second, comme il apparut durant la conversation à table. L'oncle, en effet, n'avait guère l'habitude de prononcer ne fût-ce qu'un mot en passant à propos des gens et laissait chaque fois à Karl le soin de découvrir par l'observation personnelle les choses utiles ou intéressantes. Après le repas, au cours duquel il n'avait été question que d'affaires personnelles et commerciales intimes, ce qui avait constitué pour Karl une bonne leçon, touchant le langage commercial, et où l'on avait laissé Karl s'occuper à manger en silence, comme un enfant qui n'a essentiellement rien d'autre à faire qu'à se remplir convenablement l'estomac, M. Green se pencha vers Karl et lui demanda, avec le souci évident de parler un anglais le plus distinct possible, quelles étaient, d'une façon générale, ses premières impressions sur l'Amérique. Dans un silence de mort et en jetant discrètement quelques regards vers son oncle, Karl répondit avec force détails et chercha, pour remercier, à se rendre agréable par des tournures un peu teintées de new-yorkais. À l'une de ces expressions, les trois messieurs éclatèrent même de rire tous en même temps, et Karl craignit déjà d'avoir commis une faute grossière, mais non, comme l'expliqua M. Pollunder, il avait même dit quelque chose de façon fort réussie. Ce M. Pollunder semblait du reste trouver Karl particulièrement plaisant, et tandis que l'oncle et M. Green revenaient à leurs discussions d'affaires, M. Pollunder pria Karl de rapprocher sa chaise et se mit à lui poser toutes sortes de questions sur son nom, son origine et son voyage, jusqu'à ce que, riant et toussant pour que Karl puisse se reposer, il finît par parler à toute vitesse de lui et de sa fille, avec laquelle il vivait sur un petit domaine dans les environs de New York, mais où à vrai dire, il ne pouvait passer que les soirées, car il était banquier, et son métier le retenait à New York toute

1. Après le soutier Schubal, ce géant ne sera pas le seul dans la suite, *cf.* le portier en chef Feodor, p. 598.

la journée. Karl fut d'ailleurs tout de suite cordialement invité à venir dans cette propriété, un Américain de si fraîche date comme l'était Karl avait sûrement besoin de se reposer parfois de New York. Karl demanda aussitôt à son oncle la permission d'accepter cette invitation, et l'oncle la donna en apparence avec plaisir, mais sans donner de date précise ni même en laisser entrevoir, comme Karl et M. Pollunder s'y étaient attendus.

Pourtant, dès le lendemain, Karl fut convoqué dans un des bureaux de l'oncle — il avait dix bureaux différents dans ce seul immeuble — où il trouva l'oncle et M. Pollunder, bien installés dans des fauteuils et tous deux assez silencieux. « M. Pollunder, dit l'oncle, à peine reconnaissable dans la pénombre de la pièce, M. Pollunder est venu pour t'emmener dans sa propriété, comme nous en avions parlé hier. — J'ignorais que cela serait déjà aujourd'hui, répondit Karl, sinon je me serais déjà préparé. — Si tu n'es pas prêt, il vaudrait peut-être mieux remettre cette visite à plus tard, dit l'oncle. — Des préparatifs ! s'écria M. Pollunder. Un jeune homme est toujours prêt. — Il ne s'agit pas de lui, dit l'oncle en se tournant vers son hôte, mais il faudrait de toute façon qu'il remonte encore dans sa chambre, et cela vous retarderait. — Nous avons tout notre temps, dit M. Pollunder, j'ai d'ailleurs prévu le décalage et fermé plus tôt mes bureaux. — Tu vois, dit l'oncle, tous les ennuis que provoque dès maintenant ta visite. — J'en suis désolé, dit Karl, mais je reviens tout de suite, et il allait sortir aussitôt. — Ne vous précipitez pas, dit M. Pollunder. Vous ne me causez pas le moindre ennui, au contraire, votre visite est pour moi une grande joie. — Tu vas manquer demain ta leçon d'équitation, l'as-tu déjà décommandée ? — Non, dit Karl, et cette visite dont il s'était réjoui commençait à lui peser, j'ignorais que... — Et tu veux quand même partir ? » poursuivit l'oncle. M. Pollunder, en homme aimable, vint à son aide. « Sur le trajet, nous nous arrêterons au manège et réglerons la question. — À la bonne heure, dit l'oncle. Mais Mak va quand même t'attendre. — Il ne m'attendra pas, dit Karl, mais il viendra évidemment. — Et alors ? », dit l'oncle, comme si la réponse de

Karl n'avait rien justifié. À nouveau, M. Pollunder prononça la parole décisive : « Mais Klara — c'était la fille de M. Pollunder — l'attend aussi, et dès ce soir, et elle a bien priorité sur Mak ? — Sans doute, dit l'oncle. Allons, cours dans ta chambre », et il frappa à plusieurs reprises, comme machinalement, sur le bras de son fauteuil. Karl était déjà à la porte quand l'oncle le retint en lui demandant : « Tu seras quand même de retour demain matin pour ta leçon d'anglais ? — Mais enfin ! s'écria M. Pollunder qui, d'étonnement, se retourna dans son fauteuil, autant que sa corpulence le lui permettait. Est-ce qu'il ne peut pas rester au moins la journée de demain chez nous ? Je vous le ramènerais après-demain matin. — C'est totalement impossible, répliqua l'oncle. Je ne peux permettre que s'installe un tel désordre dans ses études. Plus tard quand il aura une vie professionnelle bien réglée, je l'autoriserai très volontiers, et même pour plus longtemps, à répondre à une invitation aussi sympathique et qui lui fait honneur. » « Quelles contradictions ! » pensa Karl. M. Pollunder était devenu triste. « Mais pour un soir et une nuit, ça ne vaut presque pas la peine. — C'était aussi mon avis, dit l'oncle. — Il faut prendre ce qu'on vous donne, dit M. Pollunder en riant à nouveau. Bon, alors j'attends », s'écria-t-il à l'intention de Karl lequel, comme l'oncle ne disait plus rien, s'empressa de sortir. Quand il revint bientôt, prêt à partir, il ne trouva plus que M. Pollunder dans le bureau, l'oncle était parti. M. Pollunder, tout heureux, serra les deux mains de Karl, comme pour s'assurer aussi fermement que possible que Karl allait bien l'accompagner. Karl, encore tout échauffé de s'être dépêché, serra, lui aussi, les mains de M. Pollunder ; il était heureux de pouvoir faire cette excursion. « Mon oncle n'est-il pas fâché que je parte ? — Mais non ! Il ne disait pas tout cela avec autant de sérieux que vous le croyez. Mais votre éducation lui tient justement à cœur. — Vous a-t-il dit lui-même qu'il n'était pas si sérieux en disant tout ce qu'il avait dit ? — Oui, dit M. Pollunder avec insistance pour prouver qu'il ne savait pas mentir. — C'est étrange qu'il ait mis tant de mauvaise volonté à me donner la permission de vous rendre visite, alors que vous êtes son ami. » M. Pollunder, sans l'avouer ouvertement, ne trouvait pas non plus d'explication et, tandis que l'automobile de M. Pollunder filait dans la chaleur du soir, tous deux y réfléchirent encore longtemps, bien qu'ils eussent immédiatement parlé d'autres choses.

Ils étaient assis tout près l'un de l'autre, et M. Pollunder, en parlant, tenait la main de Karl dans la sienne. Karl voulut savoir beaucoup de choses sur Mlle Klara, comme si, impatienté par le long trajet, il eût pu grâce à ces récits arriver plus tôt que dans la réalité. Bien qu'il n'eût encore jamais traversé les rues de New York le soir et qu'à tout instant, sur les trottoirs et la chaussée, le bruit changeât de direction, tel un vent tourbillon-nant, semblant ne pas être provoqué par les hommes, mais être un élément inconnu, Karl tout en cherchant à bien comprendre les paroles de M. Pollunder, était fasciné par le gilet sombre de M. Pollunder au travers duquel pendait sereine une chaîne en or. Quittant les rues où le public, sans cacher sa peur d'arriver en retard, se pressait vers les théâtres à grands pas ou dans des véhicules fonçant à toute vitesse, ils arrivèrent, après avoir traversé des quartiers intermédiaires, dans des faubourgs où des agents de police à cheval dirigèrent sans cesse leur automo-bile vers des rues latérales, vu que les rues principales étaient occupées par des manifestations de métallurgistes en grève, et qu'on n'autorisait que les véhicules les plus indispensables à franchir les carrefours. Quand l'automobile, débouchant d'une de ces sombres ruelles où les bruits ne parvenaient qu'assour-dis, traversait l'une de ces avenues qui ressemblaient à de véri-tables places, on apercevait des deux côtés, en de longues perspectives que personne ne pouvait suivre jusqu'au bout, les trottoirs grouillant d'une foule qui avançait à tout petits pas, et dont le chant avait plus d'unité que celui d'une seule voix humaine. Mais sur la chaussée dégagée, on apercevait çà et là un policier sur un cheval immobile, ou bien des porteurs de drapeaux ou de banderoles couvertes d'inscriptions et tendues en travers de la rue, ou bien un responsable ouvrier entouré de collaborateurs ou de gardes du corps, ou bien un wagon du tramway électrique qui ne s'était pas enfui assez vite et qui se retrouvait là, vide et sombre, le wattman et le contrôleur assis sur la plate-forme. De petits groupes de curieux restaient à bonne distance des véritables manifestants, mais sans perdre leurs places, bien qu'ils ne pussent pas se faire une idée nette de la réalité des événements. Karl, lui, s'appuyait avec plaisir contre le bras que M. Pollunder lui avait posé sur les épaules ; la conviction qu'il serait bientôt le bienvenu dans une maison de campagne éclairée, entourée de murs et gardée par des chiens, lui procurait un immense bien-être, et bien qu'un début de somnolence l'empêchât de saisir parfaitement, ou du moins sans intermittence, tout ce que disait M. Pollunder, il se ressaisissait de temps à autre et se frottait les yeux pour voir, l'espace d'un instant, si M. Pollunder s'était rendu compte de son assoupissement, car c'était ce qu'il voulait éviter à tout prix.

## III

### UNE MAISON DE CAMPAGNE PRÈS DE NEW YORK

« Nous sommes arrivés », dit M. Pollunder précisément dans un instant d'absence de Karl. L'automobile se trouvait devant une maison de campagne qui, comme toutes celles des gens riches aux alentours de New York, était plus vaste et plus haute qu'il n'est d'habitude nécessaire pour une maison de campagne qui ne doit servir qu'à une famille. Comme seule la partie inférieure de la maison était éclairée, on ne pouvait aucunement en évaluer la hauteur. Sur le devant bruissaient des marronniers entre lesquels — la grille était déjà ouverte — une courte allée conduisait au perron de la maison. À sa fatigue en descendant, Karl crut remarquer que le trajet avait quand même duré assez longtemps. Dans l'obscurité de l'allée de marronniers, il entendit une voix de jeune fille dire à côté de lui : « Voilà enfin

ce M. Jakob ! — Je m'appelle Rossmann », dit Karl en prenant
la main tendue par une jeune fille dont il distinguait maintenant la silhouette. « Il n'est que le neveu de Jakob, dit M. Pollunder en manière d'explication, et lui se nomme Karl
Rossmann. — Cela ne change rien à notre joie de l'avoir ici »,
dit la jeune fille qui n'accordait guère d'importance aux noms.
Karl demanda tout de même, en se dirigeant vers la maison
entre M. Pollunder et la jeune fille : « Vous êtes mademoiselle
Klara ? — Oui, dit-elle, et déjà une lumière indécise venue de
la maison tombait sur son visage qu'elle tournait vers lui, mais
je ne voulais pas me présenter ici dans l'obscurité. » « Est-ce
donc qu'elle nous attendait à la grille ? » pensa Karl qui se
réveillait peu à peu en marchant. « Nous avons du reste un
autre invité ce soir, dit Klara. — Pas possible ! s'écria Pollunder,
contrarié. — M. Green, dit Klara. — Quand est-il arrivé ?
demanda Karl comme pris d'un pressentiment. — Il y a un instant. Vous n'avez donc pas entendu son automobile devant la
vôtre ? » Karl leva les yeux sur Pollunder pour voir comment il
prenait l'affaire, mais il avait les mains dans les poches de son
pantalon et se contentait de frapper un peu plus fort des pieds
en marchant. « C'est inutile d'habiter seulement un peu en
dehors de New York, on n'est pas épargné par les dérange-
ments. Nous allons être encore obligés de changer de domicile.
Même si je dois passer la moitié de la nuit sur la route avant
d'arriver chez moi. » Ils s'arrêtèrent devant le perron. « Mais il
y a pourtant très longtemps que M. Green n'est pas venu ici, dit
Klara qui, visiblement en complet accord avec son père, voulait
malgré tout lui faire recouvrer son calme. — Pourquoi vient-il
juste ce soir », dit Pollunder, et son discours roulait déjà avec
colère sur le bourrelet de sa lèvre inférieure dont la chair
lourde et pendante s'agitait pour un rien. « En effet ! dit Klara.
— Peut-être va-t-il bientôt repartir », fit remarquer Karl, en
s'étonnant lui-même de la bonne intelligence qui s'était installée entre lui et ces gens qui, la veille encore, lui étaient complètement étrangers. « Oh non, dit Klara, il a je ne sais quelle
importante affaire pour papa, dont la discussion durera proba-

blement longtemps, car il m'a déjà menacée en plaisantant de m'obliger, si je prétends être une maîtresse de maison accomplie, à écouter jusqu'à demain matin. — Il ne manquait plus que ça. Il va donc rester cette nuit », s'écria Pollunder, comme si l'on avait touché ainsi au comble du malheur. « J'aurais vraiment envie, dit-il, et cette nouvelle idée le rendit plus aimable, j'aurais vraiment envie de vous remettre dans mon automobile, M. Rossmann, et de vous ramener chez votre oncle. Notre soirée est déjà gâchée d'avance, et qui sait quand M. votre oncle vous confiera prochainement à nouveau à nous. En revanche, si je vous ramène dès maintenant, il ne pourra sûrement nous opposer de refus, la prochaine fois. » Et il prenait déjà Karl par la main pour exécuter son projet. Mais Karl ne bougea pas et Klara le pria de lui permettre de rester, car ni elle ni Karl au moins ne pouvaient en rien être dérangés par M. Green, et Pollunder finit lui-même par se rendre compte que sa propre résolution n'était pas des plus fermes. En outre — et ce fut peut-être l'élément décisif — on entendit soudain M. Green crier du haut des marches vers le jardin : « Mais que faites-vous donc ? — Venez », dit Pollunder en s'engageant sur le perron. Karl et Klara le suivirent, tout en s'étudiant l'un l'autre dans la lumière. « Les lèvres rouges qu'elle a ! » se dit Karl en songeant aux lèvres de M. Pollunder et comme elles s'étaient joliment métamorphosées chez sa fille. « Après le dîner, dit-elle, si vous le voulez bien, nous irons tout de suite dans mes appartements pour que nous, au moins, nous soyons débarrassés de ce M. Green, puisque papa est obligé de s'occuper de lui. Et vous aurez alors la bonté de me jouer quelque chose au piano, car papa m'a déjà dit que vous jouiez fort bien ; moi, hélas ! je suis tout à fait incapable de faire de la musique et je ne touche jamais à mon piano, quoique j'adore la musique en fait. » Karl approuva entièrement la proposition de Klara, bien qu'il eût volontiers inclus M. Pollunder dans leur compagnie. Mais devant la gigantesque silhouette de Green — Karl venait tout juste de s'habituer à la taille de Pollunder —, silhouette qui se déployait lentement devant eux à mesure qu'ils montaient les marches, Karl perdit tout espoir d'arracher ce soir d'une manière ou d'une autre M. Pollunder à cet homme.

M. Green les accueillit avec une hâte excessive, comme s'il avait beaucoup de choses à rattraper ; il prit le bras de M. Pollunder et poussa Karl et Klara devant lui dans la salle à manger qui, notamment grâce aux fleurs sur la table, dépassant à mi-hauteur des bouquets de feuillages frais, avait un air de grande fête et faisait doublement regretter la présence de cet importun de M. Green. Karl, qui attendait près de la table que les autres se fussent assis, se réjouissait encore que la grande porte vitrée restât ouverte sur le jardin, car un intense parfum pénétrait dans la pièce comme sous une tonnelle, quand M. Green entreprit de refermer cette porte en soufflant bruyamment, se baissa jusqu'aux verrous du bas, s'étira jusqu'à ceux du haut, et tout cela avec une prestesse toute juvénile, si bien que le domestique qui était accouru ne trouva plus rien à faire. Les premières paroles de M. Green à table furent pour exprimer son étonnement que Karl eût obtenu de son oncle la permission de venir ici en visite. Tout en portant à sa bouche sans aucune interruption de pleines cuillerées de soupe, il expliquait sur sa droite à Klara, sur sa gauche à M. Pollunder, pourquoi il était si étonné, et combien l'oncle veillait sur Karl, et que l'amour manifesté par cet oncle était trop grand pour que l'on puisse encore dire que c'était l'amour d'un oncle. « Non content de s'introduire ici inutilement, il faut encore qu'il vienne aussi s'immiscer entre mon oncle et moi », pensa Karl, incapable d'avaler la moindre gorgée de cette soupe à la couleur dorée. Mais comme il n'avait aucune envie de laisser voir combien cela le perturbait, il se mit à ingurgiter sa soupe en silence. Le souper se déroula avec une lenteur torturante. Seul M. Green et, tout au plus, Klara s'animaient et trouvaient ensemble l'occasion de rire parfois. M. Pollunder ne s'impliqua que rarement dans la conversation, quand M. Green se mettait à parler d'affaires. Mais il ne tardait pas à se retirer de ces discussions, et il fallait que M. Green, au bout de quelque temps, le surprenne à nouveau, impromptu. Il souligna d'ailleurs — et ce fut alors que

Klara dut rappeler à Karl, qui dressa l'oreille comme devant une menace, que le rôti était devant lui et qu'il était en train de souper — qu'il n'avait pas eu d'abord l'idée de cette visite-surprise. Car bien que l'affaire dont ils avaient encore à parler fût particulièrement urgente, ils auraient pu en discuter du moins l'essentiel aujourd'hui en ville et en réserver le détail pour le lendemain ou plus tard. Il était même allé chez M. Pollunder longtemps avant la fermeture des bureaux, mais il ne l'avait pas trouvé, si bien qu'il avait été obligé de téléphoner chez lui qu'il ne rentrerait pas cette nuit, et de venir ici en voiture. « Je vous dois donc des excuses, dit Karl d'une voix forte, avant que personne eût eu le temps de répondre, car c'est ma faute si M. Pollunder a quitté aujourd'hui son bureau plus tôt, et j'en suis fort désolé. » M. Pollunder recouvrit la plus grande partie de son visage avec sa serviette, tandis que Klara souriait à Karl ; pourtant son sourire n'était pas de sympathie, mais fait pour l'influencer de quelque façon. « Il n'y a pas besoin ici d'excuses, dit M. Green occupé à dépecer un pigeon à grands coups de couteau, bien au contraire, je suis vraiment ravi de passer la soirée en une si agréable compagnie au lieu de dîner seul chez moi où je suis servi par ma vieille gouvernante, qui est si âgée que même le chemin entre la porte et ma table lui est pénible, et que j'ai le temps de m'adosser tranquillement sur ma chaise si je veux l'observer pendant ce trajet. J'ai réussi dernièrement à obtenir que le domestique apporte les plats jusqu'à la porte de la salle à manger, mais le trajet de la porte à ma table lui appartient, si je la comprends bien. — Mon Dieu, s'écria Klara, ça, c'est de la fidélité ! — Oui, il y a encore de la fidélité sur cette terre », dit M. Green en portant un morceau à sa bouche où la langue, comme Karl le remarqua par hasard, happait d'un coup la nourriture. Il faillit se trouver mal et se leva. Presque en même temps, M. Pollunder et Klara voulurent lui prendre les mains. « Il faut que vous restiez assis », dit Klara. Et quand il se fut réinstallé, elle lui chuchota : « Nous allons bientôt disparaître ensemble. Soyez patient. » M. Green, pendant ce temps, avait continué tranquillement son repas, comme si le devoir naturel de M. Pollunder et de Klara eût été de calmer Karl après qu'il lui eut causé des désagréments.

Le repas tirait en longueur, notamment à cause de l'exactitude avec laquelle M. Green traitait chaque plat, bien qu'il fût toujours prêt à accueillir le suivant sans fatigue ; il semblait vraiment qu'il voulût se reposer à fond de sa vieille gouvernante. De temps à autre il louait l'art de Mlle Klara dans l'administration du ménage, ce qui visiblement la flattait, alors que Karl était tenté de le contrer comme s'il l'avait attaquée. Mais loin d'en rester là, M. Green déplora maintes fois, sans lever les yeux de son assiette, l'évident manque d'appétit de Karl. M. Pollunder prit l'appétit de Karl sous sa protection, alors qu'il aurait dû lui aussi, en tant qu'hôte, encourager Karl à manger. Et en effet, sous la contrainte dont il souffrit pendant tout le repas, Karl se sentit si irritable qu'en dépit de ses meilleures dispositions, il interpréta les paroles de M. Pollunder comme inamicales. Et cette disposition l'amena à se mettre soudain, aux moments les plus mal choisis, à manger rapidement et beaucoup, puis, dans un geste de lassitude, à laisser retomber sa fourchette et son couteau pour longtemps, en étant le convive le plus immobile de la compagnie, de sorte que le domestique qui présentait les plats ne savait souvent plus comment s'y prendre.

« Je dirai dès demain à M. le sénateur combien vous avez offensé Mlle Klara par votre manque d'appétit », dit M. Green en se bornant à exprimer l'intention malicieuse de ces propos par une certaine manière de manipuler ses couverts. « Regardez simplement comme cette jeune fille est triste », poursuivit-il en prenant Klara sous le menton. Elle se laissa faire et ferma les yeux. « Pauvre petite chose ! » s'écria-t-il en se renversant sur sa chaise et en riant, le visage cramoisi, avec l'entrain d'un homme rassasié. Karl cherchait en vain à s'expliquer le comportement de M. Pollunder. Celui-ci était assis devant son assiette, où il plongeait son regard, comme si c'était là que se déroulait l'essentiel. Il ne faisait rien pour rapprocher la chaise de Karl, et quand il lui arrivait de parler, c'était à tout le monde, mais il n'avait rien à dire de particulier à Karl. En revanche il tolérait que Green, ce vieux New-yorkais, célibataire endurci, tripotât Klara sans la moindre ambiguïté, qu'il offensât Karl, l'invité de Pollunder, ou du moins le traitât comme un enfant, et qu'il reprît des forces et avançât ses pions, pour agir qui sait dans quel but.

Après que l'on se fut levé de table — quand Green s'aperçut de l'humeur générale, il fut le premier à se lever, entraînant en quelque sorte tous les autres à sa suite — Karl se dirigea sur le côté d'une des grandes fenêtres qui, subdivisées en petits carreaux blancs, donnaient sur la terrasse et étaient en fait, comme il le constata en s'approchant, de véritables portes. Qu'était-il resté de l'aversion que M. Pollunder et sa fille avaient éprouvée d'abord contre Green et qui avait alors paru un peu incompréhensible à Karl ? Ils étaient maintenant en compagnie de Green et acquiesçaient à ses paroles. La fumée du cigare de M. Green, offert par Pollunder, d'une grosseur que le père de Karl aimait évoquer de temps à autre chez lui comme une réalité qu'il n'avait sans doute jamais vue de ses propres yeux, se répandait dans le salon et portait aussi l'influence de Green jusque dans les recoins et les niches où jamais il ne viendrait lui-même. Si loin que Karl se tînt, il sentait encore cette fumée lui chatouiller le nez, et l'attitude de M. Green, sur lequel de sa place il ne leva qu'une fois furtivement les yeux, lui parut détestable. Maintenant il n'excluait plus du tout que son oncle n'eût tant tardé à autoriser cette visite que parce qu'il connaissait la faiblesse de caractère de M. Pollunder et qu'en conséquence, il considérait du domaine du possible les vexations de Karl au cours de cette visite, sans aller jusqu'à les prévoir avec exactitude. La jeune Américaine non plus ne lui plaisait pas, bien qu'il eût difficilement pu l'imaginer beaucoup plus belle. Depuis que M. Green avait jeté son dévolu sur elle, il était même surpris de la beauté que pouvait prendre son visage, et particulièrement de l'éclat et de l'immense vivacité de ses yeux. Il n'avait encore jamais vu de jupe qui moulât le corps aussi étroitement que la sienne, de petits plis montraient le degré de tension de cette étoffe fine et résistante aux tonalités jaunes. Pourtant Karl n'accordait aucune importance à la jeune fille et il eût volontiers renoncé à être conduit dans ses appartements si, à la place, il avait pu ouvrir la porte sur la poignée de laquelle il avait, à tout hasard, posé ses mains, et monter dans l'automobile ou bien, si le chauffeur dormait déjà, rentrer à pied tout seul à New York. La nuit claire, avec sa pleine lune tournée vers lui, était à la disposition de tout le monde, et Karl trouvait absurde que dehors en plein air on pût avoir peur. Il se vit déjà — et pour la première fois il se sentit bien dans cette salle — le lendemain matin — à pied, il ne pouvait guère arriver plus tôt à la maison — venant surprendre son oncle. Il n'était certes encore jamais entré dans sa chambre à coucher et ne savait donc pas où elle était, mais il demanderait. Il frapperait alors à la porte et, sur un formel « Entrez ! », il se précipiterait dans la pièce et ce cher oncle, qu'il ne connaissait jusqu'à présent que vêtu et boutonné de la tête aux pieds, il le surprendrait en chemise de nuit, assis bien droit sur son lit, regardant vers la porte d'un air étonné. Ce n'était, somme toute, peut-être pas grand-chose en soi, mais il fallait songer aux conséquences que ce geste pourrait avoir. Peut-être déjeunerait-il pour la première fois en tête à tête avec son oncle, celui-ci dans son lit, lui-même sur une chaise, le petit déjeuner sur une petite table entre eux deux ; ce petit déjeuner en commun deviendrait peut-être une institution régulière, peut-être qu'à la suite de cette façon de prendre le petit déjeuner, c'était même quasiment inévitable, ils se rencontreraient plus souvent dans la journée qu'une seule fois, comme jusqu'ici, et bien sûr ils pourraient aussi se parler plus franchement. Car c'était en fin de compte tout simplement faute de telles discussions à cœur ouvert qu'il avait aujourd'hui un peu désobéi à son oncle ou plutôt n'en avait fait qu'à sa tête. Et même s'il devait passer la nuit ici — comme cela en avait malheureusement tout l'air, même si on le laissait rester près de la fenêtre et se divertir à sa guise —, peut-être cette malencontreuse visite marquerait-elle un tournant favorable dans ses rapports avec son oncle, et peut-être l'oncle dans sa chambre à coucher avait-il ce soir-là les mêmes pensées.

Un peu consolé, il se retourna. Klara se tenait devant lui et dit : « Vous ne vous plaisez donc pas en notre compagnie ? Ne voulez-vous pas vous sentir un peu chez vous ici ? Venez, je vais faire une dernière tentative. » Elle lui fit traverser le salon en direction de la porte. À une table sur le côté, les deux messieurs étaient assis devant deux grands verres remplis de boissons un peu mousseuses que Karl ne connaissait pas et qu'il aurait aimé goûter. M. Green avait un coude sur la table et tenait son visage le plus près possible de M. Pollunder ; si on ne connaissait pas M. Pollunder, on eût parfaitement pu croire que l'on discutait ici de quelque crime et non pas d'affaires. Tandis que M. Pollunder suivait Karl d'un regard aimable jusqu'à la porte, Green pour sa part, bien que d'ordinaire on cherche, même sans le vouloir, à accompagner le regard de son interlocuteur, n'accorda pas la moindre attention à Karl, pour qui ce comportement exprimait de la part de Green une sorte de conviction que chacun, Karl d'un côté et Green de l'autre, devait essayer de se débrouiller par ses propres moyens, l'avenir allant décider de leurs nécessaires rapports sociaux selon la victoire ou l'écrasement de l'un des deux. « Si c'est ce qu'il pense, se dit Karl, c'est un imbécile. Je ne lui demande vraiment rien, et il n'a qu'à me laisser tranquille, lui aussi. » À peine dans le couloir, il s'avisa qu'il avait sans doute été impoli car, les yeux fixés sur Green, il s'était presque laissé tirer hors du salon par Klara. Il n'en marcha maintenant que plus docilement à ses côtés. En parcourant les couloirs, il commença par ne pas en croire ses yeux, en apercevant, tous les vingt pas, un domestique en riche livrée, muni d'un candélabre, dont il serrait à deux mains l'épaisse base. « La nouvelle ligne électrique n'a encore été installée que dans la salle à manger, expliqua Klara. Nous avons acheté cette maison dernièrement et l'avons fait complètement transformer, pour autant qu'on puisse transformer l'architecture si originale d'une vieille maison. — En Amérique aussi il y a donc déjà de vieilles maisons, dit Karl. — Naturellement, dit

Klara en riant et en l'entraînant plus loin. Vous avez d'étranges idées sur l'Amérique. — Il ne faut pas vous moquer de moi », dit-il fâché. Après tout, il connaissait déjà l'Europe et l'Amérique, et elle seulement l'Amérique.

Au passage, Klara ouvrit une porte en la poussant légèrement de la main et dit sans s'arrêter : « C'est ici que vous dormirez. » Karl voulut bien sûr regarder sa chambre tout de suite, mais Klara lui expliqua avec impatience et presque en criant que cela ne pressait pas et qu'il était d'abord censé la suivre. Ils se tiraillèrent un peu dans le couloir, qui en avant qui en arrière, mais finalement Karl, se disant qu'il n'était pas obligé de s'aligner en tout sur Klara, se dégagea et entra dans la chambre. Une obscurité surprenante derrière la fenêtre s'expliquait par la présence d'un arbre dont la cime se balançait dans sa pleine magnificence. On entendait des chants d'oiseaux. Dans la chambre elle-même, que le clair de lune n'avait pas encore atteint, on ne pouvait en fait pratiquement rien distinguer. Karl regretta de ne pas avoir emporté la lampe de poche électrique dont son oncle lui avait fait cadeau. Dans cette maison, une lampe de poche était vraiment indispensable ; si l'on en avait eu quelques-unes, on aurait pu envoyer les domestiques se coucher. Il s'assit sur le rebord de la fenêtre, et regarda et écouta au-dehors. Un oiseau effarouché semblait se frayer un passage dans le feuillage du vieil arbre. Le sifflet d'un train de banlieue new-yorkais retentit quelque part dans la campagne. Sinon, c'était le silence.

Mais pas longtemps, car Klara entra très vite dans la chambre. Visiblement en colère, elle cria : « Qu'est-ce que ça veut dire ? » en claquant la main sur sa jupe. Karl songea d'abord à répondre seulement quand elle serait plus polie. Mais elle s'avança vers lui à grands pas en criant : « Alors, vous me suivez, oui ou non ? » et lui donna, exprès ou simplement sous le coup de la colère, une telle bourrade dans la poitrine qu'il serait tombé de la fenêtre s'il n'avait, glissant du rebord, retrouvé à la dernière minute le sol de la chambre sous ses pieds. « J'ai bien failli tomber de l'autre côté, dit-il sur un ton de reproche.

— Dommage que ça ne soit pas arrivé. Pourquoi avez-vous si peu de savoir-vivre ? Je vais vous pousser encore une fois en bas. » Effectivement elle le prit à bras-le-corps et comme, estomaqué il oubliait d'abord de se faire lourd, elle le souleva presque jusqu'à la fenêtre dans ses bras sculptés par le sport. Mais une fois là, il reprit ses esprits, se libéra d'un mouvement de hanches et la saisit à son tour à bras-le-corps. « Ah ! vous me faites mal », dit-elle aussitôt. Mais maintenant Karl pensa qu'il ne fallait plus la lâcher. Il lui laissa certes la liberté de marcher à sa convenance, mais la suivit et ne la lâcha plus. C'était d'ailleurs tellement facile de l'attraper avec sa jupe moulante. « Laissez-moi, murmura-t-elle, le visage en feu contre le sien, il dut faire un effort pour la voir, tant elle était près de lui, laissez-moi, je vous donnerai quelque chose de beau. » « Pourquoi soupire-t-elle ainsi, pensa Karl, ça ne peut pas lui faire mal, je ne la serre vraiment pas », et il ne la lâcha toujours pas. Mais soudain, après un instant de silence et d'inattention, il sentit qu'elle reprenait de la force, le long de son corps : s'étant dégagée de son étreinte, elle lui empoigna le haut du corps par une prise bien réussie, évita ses jambes par des positions de pieds d'une technique de combat inconnue et, reprenant haleine avec une superbe régularité, le poussa contre le mur. Mais il y avait là un sofa sur lequel elle étendit Karl, en disant, sans trop se pencher sur lui : « Maintenant, bouge si tu peux. — Tigresse, sale tigresse ! » put encore crier Karl dans la confusion de la rage et de la honte. « Tu es complètement folle, espèce de tigresse ! — Fais attention à ce que tu dis », répliqua-t-elle, en laissant glisser une main sur son cou qu'elle se mit à serrer si fort que Karl fut tout juste capable d'essayer de happer un peu d'air, tandis qu'elle promenait l'autre main sur sa joue, la touchait juste pour voir, retirait sa main, la levait toujours plus haut, menaçant à chaque instant de la laisser retomber pour une gifle. « Que dirais-tu, demanda-t-elle en même temps, si pour te punir de ta conduite envers une dame je te renvoyais chez toi avec une bonne gifle. Peut-être te serait-ce utile pour la suite de ta carrière, bien que ça ne puisse pas laisser un beau

souvenir. Tu me fais vraiment de la peine, tu es assez joli garçon et, si tu avais appris le jiu-jitsu, tu m'aurais probablement
rossée. Pourtant, pourtant... j'ai une envie folle de te gifler en
te voyant maintenant couché là. Je le regretterai sûrement, mais
si je devais le faire, sache déjà que je le ferais presque contre
ma volonté. Et naturellement je ne me contenterai pas d'une
gifle, mais je taperai sur la joue gauche et sur la joue droite
jusqu'à ce qu'elles enflent. Et tu es peut-être un homme d'honneur — j'aimerais presque le croire —, tu ne voudras pas vivre
davantage avec ces gifles et tu voudras quitter ce monde. Mais
pourquoi t'es-tu donc conduit ainsi avec moi. Je ne te plais
peut-être pas ? Ça ne vaut pas la peine de venir dans ma chambre ? Attention ! j'ai bien failli, à l'instant, te flanquer la gifle,
presque par mégarde. Donc si tu devais encore t'en sortir
aujourd'hui, comporte-toi plus gentiment dorénavant. Je ne
suis pas ton oncle, avec qui tu peux faire la mauvaise tête. Du
reste, je te signale aussi que, si je te relâche sans te gifler, tu ne
dois pas croire que ta situation actuelle soit la même sur le plan
de l'honneur que si tu avais vraiment reçu une gifle ; si tu voulais le croire, je préférerais te gifler réellement. Et que va dire
Mack quand je lui raconterai tout cela ? » À l'évocation de Mack,
elle lâcha Karl ; dans le flou de ses pensées, il perçut Mack
comme un libérateur. Il sentit encore un petit instant la main
de Klara sur son cou, se tortilla alors encore un peu, puis resta
allongé sans rien dire.

Elle lui ordonna de se lever, il ne répondit ni ne bougea. Elle
alluma quelque part une bougie, la chambre s'éclaira, un motif
de zigzags bleus apparut au plafond, mais Karl, la tête sur le
coussin du sofa, restait allongé tel que Klara l'avait couché et
ne se tourna pas d'un pouce. Klara déambulait dans la pièce,
sa jupe bruissait autour de ses jambes ; elle s'arrêta un long
moment, sans doute près de la fenêtre. Puis on l'entendit
demander : « Fini, la mauvaise tête ? » Karl trouvait pénible de
ne pas avoir la paix dans cette chambre que pourtant M. Pollunder lui avait réservée pour cette nuit. Cette fille tournait
là en rond, s'arrêtait et discutait, et il en avait marre d'elle,

indiciblement. Dormir vite et partir d'ici, c'était son seul désir. Il ne voulait même plus se mettre au lit, mais tout juste rester là sur ce sofa. Il guettait seulement l'instant où elle allait disparaître pour sauter sur la porte et la verrouiller, puis se jeter à nouveau sur le sofa. Il avait un immense besoin de s'étirer et de bâiller, mais il ne voulait pas le faire devant Klara. Il resta donc allongé, fixa le plafond, sentit son visage devenir de plus en plus raide, et une mouche qui lui tournait autour, tourbillonna devant ses yeux sans qu'il sût au juste ce que c'était.

Klara revint près de lui, se pencha pour croiser son regard, et s'il ne s'était pas contrôlé, il aurait été contraint de la regarder. « Maintenant je m'en vais, dit-elle. Peut-être auras-tu envie plus tard de venir me voir. La porte de mes appartements est la quatrième à partir de celle-ci, de ce côté-ci du couloir. Tu passes donc trois portes et celle à laquelle tu arrives ensuite est la bonne. Je ne redescends plus dans le salon, je vais rester désormais chez moi. Mais tu m'as sérieusement fatiguée. Je ne t'attendrai pas précisément, mais si tu as envie de venir, viens. Souviens-toi que tu as promis de me jouer du piano. Mais je t'ai peut-être complètement épuisé et tu ne peux plus bouger, alors reste et repose-toi bien. Je ne dirai rien pour le moment de notre bagarre à mon père ; je te le signale au cas où tu aurais des inquiétudes. » Là-dessus, en dépit de sa prétendue fatigue, elle sortit en deux bonds de la pièce.

Aussitôt Karl se redressa et s'assit, cette position couchée étant déjà devenue insupportable. Pour faire quelques mouvements, il alla à la porte et jeta un coup d'œil dans le couloir. Mais quelles ténèbres ! Il fut heureux de refermer la porte et de la verrouiller, puis de se retrouver à sa table éclairée par la lumière de la bougie. Il était résolu à ne pas rester plus longtemps dans cette maison, à descendre trouver M. Pollunder, à lui dire franchement comment Klara l'avait traité — il n'attachait aucune importance à avouer sa défaite — et à demander, avec ce motif parfaitement suffisant, la permission de rentrer chez lui en voiture ou à pied. Si M. Pollunder devait élever quelque objection contre ce retour immédiat, Karl lui deman-

derait au moins de le faire conduire par un domestique à l'hôtel le plus proche. En général, on n'agissait certes pas avec des
hôtes aimables comme le prévoyait ici Karl, mais on agissait
encore plus rarement avec un invité comme l'avait fait Klara.
Elle avait même considéré comme une gentillesse sa promesse
de ne pas parler pour l'instant de la bagarre à M. Pollunder,
c'était réellement révoltant. Karl avait-il donc été invité à un
pugilat, organisé de façon à ce qu'une jeune fille, qui avait probablement passé la plus grande partie de sa vie à apprendre
des prises de lutteur, l'humiliât en le jetant à terre ? Peut-être
avait-elle même pris des leçons auprès de Mack. Elle pouvait
lui raconter tout ce qu'elle voulait, celui-ci y voyait sûrement
clair, Karl le savait, bien qu'il n'eût jamais eu l'occasion de l'apprendre dans le détail. Mais Karl savait aussi que si Mack lui
donnait des leçons à lui, il ferait beaucoup plus de progrès que
Klara ; alors il reviendrait un jour ici, très probablement sans y
avoir été invité, il commencerait naturellement à examiner les
lieux, dont la connaissance exacte avait été un grand avantage
de Klara, puis il empoignerait ladite Klara et lui ferait mordre
ce sofa sur lequel, aujourd'hui, elle l'avait jeté.

Maintenant il ne s'agissait plus que de retrouver le chemin
du salon où, dans sa première distraction, il avait probablement
posé son chapeau à un endroit inconsidéré. Il voulait naturellement emporter la bougie, mais même avec de la lumière, il
n'était pas facile de se repérer. Il ne savait pas même, par exemple, si cette chambre était au même niveau que le salon : Klara
l'avait tellement tiraillé pour venir ici qu'il n'avait absolument
pas pu regarder autour de lui, en outre M. Green et les domestiques qui portaient les candélabres avaient occupé ses pensées, bref, maintenant il ne savait vraiment plus s'ils avaient pris
un escalier, ou deux, ou peut-être même aucun. D'après la vue
qu'on avait, la chambre était à une certaine hauteur, et il essaya
donc d'imaginer qu'ils avaient emprunté un escalier, mais déjà
pour entrer dans la maison, on avait dû monter des marches,
pourquoi ce côté-ci de la maison ne pouvait-il pas, lui aussi,
être surélevé ? Si seulement on avait pu voir quelque part dans

le couloir sortir d'une porte un rai de lumière ou bien entendre une voix, si lointaine et si basse qu'elle fût.

Sa montre de gousset, un cadeau de l'oncle, marquait onze heures, il prit la bougie et sortit dans le couloir. Il laissa la porte ouverte pour retrouver au moins sa chambre, au cas où ses recherches seraient vaines et, au pis, la porte de la chambre de Klara. Par mesure de sécurité, pour ne pas que la porte se refermât d'elle-même, il la cala avec une chaise. Dans le couloir, il apparut malencontreusement qu'un courant d'air soufflait dans la direction de Karl — il prit bien sûr à l'opposé de la porte de Klara, sur sa gauche — ; ce courant d'air était certes très léger, mais il aurait quand même pu éteindre la bougie, de sorte que Karl était obligé de protéger la flamme avec sa main et, par-dessus le marché, de s'arrêter très souvent pour que la flamme qui rapetissait se relevât. C'était une lente progression et le chemin en parut deux fois plus long. Karl avait déjà longé une bonne distance de mur totalement dépourvu de portes, on ne pouvait imaginer ce qu'il y avait derrière. Puis à nouveau, des portes se succédèrent, il essaya d'en ouvrir plusieurs, elles étaient verrouillées et les pièces manifestement inhabitées. C'était un gaspillage d'espace sans pareil, et Karl songea aux quartiers est de New York, que l'oncle avait promis de lui montrer et où, à ce qu'on disait, plusieurs familles logeaient dans une petite pièce, le foyer d'une famille étant un recoin où les enfants s'agglutinaient autour de leurs parents. Et il y avait ici tant de pièces vides, qui n'étaient là que pour sonner creux quand on frappait à la porte. Il semblait à Karl que M. Pollunder était trompé par de faux amis, qu'il était fou de sa fille et donc contaminé. L'oncle l'avait sûrement bien jugé et seul son principe de ne jamais influencer le jugement de Karl sur les hommes était responsable de cette visite et de ces déambulations dans les couloirs. Karl allait le dire sans ambages le lendemain à son oncle car, d'après son principe, l'oncle écouterait tout aussi volontiers et tranquillement le jugement de son neveu. Par ailleurs, ce principe était peut-être la seule chose qui ne plût pas à Karl chez son oncle, et encore ce déplaisir n'était-il pas absolu.

Soudain le mur cessa d'un côté du couloir, et une glaciale balustrade de marbre le remplaça. Karl posa la bougie à côté de lui et se pencha prudemment par-dessus. Un vide obscur souffla dans sa direction. Si c'était le hall principal de la maison — dans la lumière vacillante de la bougie apparut un pan de plafond voûté —, pourquoi n'était-on pas entré par ce hall ? À quoi pouvait bien servir cette vaste salle ? On se trouvait là-haut comme sur la galerie d'une église. Karl regretta presque de ne pouvoir rester jusqu'au lendemain dans cette maison, il aurait aimé se faire conduire partout par M. Pollunder à la lumière du jour et être renseigné sur tout.

La balustrade, du reste, n'était pas longue et bientôt Karl se retrouva dans le couloir fermé. À un brusque tournant, Karl se cogna avec violence contre le mur, et seule l'attention constante avec laquelle il crispait la main pour tenir la bougie empêcha heureusement celle-ci de tomber et de s'éteindre. Comme le couloir ne voulait pas finir, qu'aucune fenêtre n'ouvrait quelque part sur le dehors, que rien ne bougeait ni en haut ni en bas, Karl se mit à penser qu'il tournait sans arrêt à l'intérieur du même circuit et à espérer retrouver peut-être la porte ouverte de sa chambre, mais ni celle-ci ni la balustrade ne revinrent. Jusqu'à présent Karl s'était retenu de crier à haute voix, car il ne voulait pas faire de bruit dans une maison étrangère à une heure aussi tardive, mais maintenant il se rendit compte qu'il n'y avait pas de mal à cela dans cette maison sans lumière, et il allait pousser vers les deux côtés du couloir un hého ! sonore quand il aperçut dans la direction d'où il était venu une petite lumière qui se rapprochait. C'était maintenant seulement qu'il pouvait estimer la longueur de ce couloir rectiligne, cette maison était une forteresse, pas une villa. La joie de Karl à la vue de cette lumière salvatrice fut si grande qu'en oubliant toute prudence il courut dans sa direction, et dès les premiers bonds la bougie s'éteignit. Il n'y fit pas attention, car il n'en avait plus besoin : un vieux domestique venait ici à sa rencontre avec une lanterne, et il lui indiquerait le bon chemin.

« Qui êtes-vous ? » demanda le domestique en approchant sa

lanterne du visage de Karl, ce qui eut pour effet d'éclairer en même temps le sien. Son visage semblait un peu figé à cause d'une grande barbe blanche qui ne commençait à développer ses boucles soyeuses que sur la poitrine. « Ce doit être un fidèle serviteur, pour qu'on lui permette de porter une telle barbe », pensa Karl en regardant fixement la longueur et la largeur de cette barbe, sans se sentir gêné par le fait qu'il était lui-même observé. Il répondit d'ailleurs immédiatement qu'il était l'invité de M. Pollunder, que, sorti de sa chambre, il voulait se rendre à la salle à manger et qu'il n'arrivait pas à la trouver. « Eh oui, dit le domestique, nous n'avons pas encore installé l'électricité. — Je sais, dit Karl. — Ne voulez-vous pas allumer votre bougie à ma lampe ? demanda le domestique. — Je vous remercie, dit Karl en le faisant. — Il y a un tel courant d'air ici dans les couloirs, dit le domestique, la bougie s'éteint facilement, c'est pourquoi j'ai une lanterne. — Oui une lanterne est beaucoup plus pratique, dit Karl. — Et vous êtes déjà couvert de gouttes de cire, dit le domestique en éclairant avec la bougie le costume de Karl. — Je ne m'en étais vraiment pas rendu compte », s'écria Karl, fort désolé, car c'était un costume noir dont l'oncle avait dit que c'était celui qui lui allait le mieux. En outre, la bagarre avec Klara ne devait pas non plus avoir arrangé son costume, il s'en souvenait maintenant. Le domestique fut assez aimable pour le nettoyer dans la hâte tant bien que mal ; Karl n'arrêtait pas de se tourner et de lui montrer encore çà et là une tache que le domestique enlevait docilement. « Pourquoi y a-t-il en fait tant de courant d'air ici ? demanda Karl quand ils se furent déjà remis en marche. — C'est que justement il y a encore beaucoup à bâtir, dit le domestique ; on a certes déjà commencé les transformations, mais ça avance très lentement. Maintenant, par-dessus le marché, les ouvriers du bâtiment font grève, comme vous le savez peut-être. On a beaucoup d'ennuis avec un chantier pareil. On a ouvert par exemple plusieurs grandes brèches que personne ne mure, et les courants d'air traversent toute la maison. Si je ne me bourrais pas les oreilles de coton, je n'y pourrais tenir. — Alors il faut que je parle plus fort ? demanda Karl. — Non, vous avez une voix claire, dit le domestique. Mais pour revenir à ce chantier, c'est en particulier ici près de la chapelle, qu'il faudra absolument séparer plus tard du reste de la maison, que le courant d'air est vraiment insupportable. — La balustrade que l'on suit dans le couloir donne donc sur une chapelle ? — Oui. — Je l'ai tout de suite pensé, dit Karl. — Elle vaut la peine d'être vue, dit le domestique ; si elle n'avait pas existé, M. Mack n'aurait sans doute pas acheté la maison. — M. Mack ? demanda Karl, je croyais que la maison appartenait à M. Pollunder. — Sans doute, dit le domestique, mais c'est M. Mack qui, au moment de l'achat, a fait pencher la balance. Vous ne connaissez pas M. Mack ? — Oh si, dit Karl. Mais quelles sont ses relations avec M. Pollunder ? — C'est le fiancé de mademoiselle, dit le domestique. — Ah, cela, je l'ignorais, dit Karl en s'arrêtant. — Cela vous étonne-t-il tant ? demanda le domestique. — Je cherche seulement à comprendre. Quand on ignore ce genre de relations, on peut faire les pires erreurs, répondit Karl. — Je m'étonne simplement qu'on ne vous en ait rien dit, dit le domestique. — Oui, en effet, dit Karl confus. — Probablement qu'on aura pensé que vous le saviez, dit le domestique, ce n'est vraiment pas une nouveauté. D'ailleurs, nous voici arrivés », et il ouvrit une porte derrière laquelle apparut un escalier qui menait tout droit à la porte au fond de la salle à manger, toujours aussi éclairée qu'à leur arrivée. Avant que Karl n'entrât dans la salle à manger d'où parvenaient sans aucun changement les voix de M. Pollunder et de M. Green, comme deux heures auparavant, le domestique lui dit : « Si vous voulez, je vous attendrai ici, puis je vous conduirai à votre chambre. C'est toujours difficile de s'y retrouver dès le premier soir. — Je ne retournerai plus dans ma chambre, dit Karl, et sans qu'il sût pourquoi, l'énoncé de cette phrase le rendit triste. — Ce ne sera pas si grave », dit le domestique qui, avec un petit sourire condescendant, lui tapota le bras. Il avait sans doute compris que Karl avait l'intention de rester toute la nuit dans la salle à manger, en discutant et en buvant avec ces messieurs. Karl ne voulait pas maintenant se livrer à des confessions, et comme il pensait en outre que ce domestique, qui lui plaisait plus que les autres domestiques de la maison, pourrait ensuite lui indiquer la route de New York, il lui dit : « Si vous voulez m'attendre ici, c'est vraiment très aimable de votre part, et j'accepte avec reconnaissance. En tout cas, je sortirai dans un petit instant et je vous dirai alors ce que je compte faire après. J'imagine déjà que votre aide me sera encore nécessaire. — Bien, dit le domestique, qui posa la lanterne sur le sol et s'assit sur un socle bas, probablement resté vide par suite des transformations de la maison, j'attendrai donc ici. Vous pouvez aussi me laisser votre bougie, ajouta-t-il au moment où Karl allait entrer dans la salle avec sa bougie allumée. — Suis-je distrait ! », dit Karl en tendant la bougie au domestique qui se contenta d'incliner la tête, sans que l'on sût s'il le faisait exprès ou si c'était parce qu'il passait sa main dans sa barbe.

Karl ouvrit la porte qui, sans que ce fût sa faute, cliqueta bruyamment, car elle se composait d'une unique plaque de verre qui se pliait presque quand on ouvrait brusquement la porte et qu'on ne la tenait que par la poignée. Karl lâcha la porte avec effroi, car il avait souhaité faire une entrée particulièrement silencieuse. Sans plus se retourner, il s'aperçut encore que le domestique, derrière lui, était manifestement descendu de son socle et refermait la porte avec précaution et sans le moindre bruit. « Excusez le dérangement », dit-il aux deux messieurs qui le regardèrent d'un air très étonné. En même temps il parcourut la salle du regard pour voir le plus vite possible si son chapeau n'était pas là quelque part. Mais le chapeau n'était nulle part visible, la table était complètement desservie, peut-être que son chapeau avait été malencontreusement emporté à la cuisine. « Où avez-vous donc laissé Klara ? » demanda M. Pollunder, à qui du reste le dérangement n'avait pas l'air de déplaire, car il changea aussitôt de position dans son fauteuil pour se tourner complètement vers Karl. M. Green jouait les indifférents, il sortit de sa poche un portefeuille qui, par sa taille et son épaisseur, était un monstre du genre, sembla chercher un papier précis dans les soufflets, tout en lisant au cours de sa recherche d'autres papiers qui lui tombaient sous la main. « J'aurais une prière à vous adresser, qu'il ne faut pas que vous preniez mal, dit Karl, qui se dirigea vivement vers M. Pollunder et posa, pour être tout près de lui, la main sur le bras de son fauteuil. — Quel genre de prière allez-vous m'adresser ? demanda M. Pollunder avec un regard plein de franchise. Elle est naturellement déjà exaucée. » Et il posa le bras sur les épaules de Karl et l'attira vers lui, entre ses jambes. Karl supporta de bonne grâce ce geste, bien qu'il se sentît en général trop adulte pour être traité de cette façon. Mais sa prière en devint naturellement plus difficile à exprimer. « Alors, comment vous plaisez-vous chez nous ? demanda M. Pollunder. Ne vous semble-t-il pas, à vous aussi, qu'à la campagne on se sent pour ainsi dire libéré quand on vient de la ville ? En général — et un regard sans aucune équivoque, à demi caché par Karl, glissa en direction de M. Green —, en général, j'ai toujours cette impression, chaque soir. » « Il parle, pensa Karl, comme s'il ne savait rien de cette grande maison, de ses interminables couloirs, de la chapelle, des pièces vides, des ténèbres partout. » « Alors ! dit M. Pollunder. Cette prière ! et il secoua amicalement Karl qui restait là sans rien dire. — Je vous en prie, dit Karl en s'efforçant d'assourdir sa voix, mais sans pouvoir empêcher que Green, assis tout à côté, n'entendît tout, alors que Karl aurait préféré taire en sa présence une demande qui pouvait passer pour offensante envers M. Pollunder, je vous en prie, laissez-moi rentrer dès maintenant chez moi, cette nuit. » Et comme le plus dur avait été dit, tout le reste vint d'autant plus vite, et sans recourir au moindre mensonge, il dit des choses auxquelles, en réalité, il n'avait pas songé auparavant. « Je voudrais à tout prix rentrer chez moi. Je reviendrai avec plaisir, car là où vous êtes, M. Pollunder, je me sens bien. Mais aujourd'hui je ne peux pas rester ici. Vous savez que mon oncle ne m'a pas donné volontiers la permission de cette visite. Il avait sûrement pour cela de bonnes raisons, comme pour tout ce qu'il fait, et je me suis permis de lui arracher littéralement cette permission, contre son avis, plus sensé que le mien. J'ai tout simplement abusé de son affection pour moi. Peu importent maintenant ses réserves quant à cette visite, je sais simplement avec une totale certitude qu'il n'y avait rien dans ces réserves qui pût, M. Pollunder, vous blesser, vous qui êtes un excellent ami, le meilleur des amis de mon oncle. Personne d'autre ne peut, même de très loin, se comparer à vous dans l'amitié de mon oncle. C'est d'ailleurs la seule excuse de mon indocilité, mais elle n'est pas suffisante. Vous n'avez peut-être pas une idée exacte de mes rapports avec mon oncle, je n'évoquerai donc que les plus évidents. Tant que mes études d'anglais ne sont pas achevées et que je ne suis pas suffisamment averti des pratiques commerciales, je dépends totalement de la bonté de mon oncle, dont j'ai le droit de jouir, il est vrai, étant de sa famille. Vous ne devez pas croire que je puisse dès maintenant gagner mon pain d'une honnête façon — et Dieu me garde de le gagner d'une autre ! Malheureusement mon éducation a été trop peu pratique pour cela. Je suis passé par quatre classes dans un lycée européen, en étant un élève moyen, ce qui signifie moins que rien pour celui qui veut gagner de l'argent, car nos lycées sont très en retard en matière de programmes. Vous ririez si je me mettais à vous raconter ce que j'ai appris. Quand on continue ses études, qu'on achève le lycée, qu'on fréquente l'université, tout finit probablement par s'équilibrer d'une manière ou d'une autre et on a, au bout du compte, une formation convenable avec laquelle on peut entreprendre quelque chose et qui vous donne assez de caractère pour gagner de l'argent. Mais j'ai malheureusement été arraché à ces études conséquentes, parfois je crois que je ne sais rien et, en fin de compte, tout ce que je pourrais savoir serait encore trop peu pour l'Amérique. On ouvre depuis peu çà et là dans ma patrie des lycées réformés où l'on apprend aussi les langues modernes et peut-être également les sciences commerciales ; lorsque j'ai quitté l'école élémentaire, cela n'existait pas encore. Mon père voulait certes me faire donner des cours d'anglais, mais premièrement je ne pouvais prévoir à cette époque quel malheur fondrait sur moi et comme j'aurais besoin de l'anglais, et deuxièmement j'avais déjà beaucoup de travail pour le lycée, de sorte qu'il ne me restait guère de temps pour d'autres activités. — J'évoque tout cela pour vous montrer comme je suis dépendant de mon oncle et, par conséquent, combien je lui suis aussi obligé. Vous m'accorderez sûrement que dans de telles circonstances je ne puis me permettre la moindre chose contre sa volonté, même s'il la laisse à peine deviner. Aussi pour réparer, ne serait-ce qu'imparfaitement, la faute que j'ai commise à son égard, faut-il que je rentre immédiatement à la maison. » Pendant ce long discours de Karl, M. Pollunder avait écouté attentivement ; à plusieurs reprises, en particulier quand l'oncle était mentionné, il avait serré Karl contre lui, quoique imperceptiblement, et plusieurs fois d'un air grave et comme dans l'expectative, il avait regardé dans la direction de Green qui continuait à s'occuper de son portefeuille. Mais Karl, prenant au cours de son discours de plus en plus conscience du rapport qui l'unissait à son oncle, était devenu de plus en plus inquiet et sans le vouloir il avait cherché à s'arracher des bras de Pollunder ; tout l'oppressait ici, le chemin menant chez son oncle par la porte vitrée, par l'escalier, par l'allée, par les routes de campagne, par les banlieues et jusqu'à la grande artère qui débouchait directement sur la maison de son oncle lui semblait former un tout rigoureusement homogène, vide, lisse qui était spécialement préparé à son intention et le réclamait d'une voix forte. La bonté de M. Pollunder et le comportement détestable de M. Green s'estompaient, et il ne souhaitait plus rien obtenir d'autre, dans cette pièce enfumée, que la permission de prendre congé. Il sentait certes qu'il en avait fini avec M. Pollunder et qu'il était prêt à engager le combat avec M. Green, pourtant une vague angoisse l'envahissait de toutes parts, dont les coups lancinants brouillaient ses regards.

Il recula d'un pas et se retrouva à égale distance de M. Pollunder et de M. Green. « Ne vouliez-vous pas lui dire quelque chose ? demanda M. Pollunder à M. Green en lui prenant la main d'un geste presque suppliant. — Comment saurais-je ce que j'aurais à lui dire ? dit M. Green qui avait enfin tiré une lettre de sa poche et l'avait posée devant lui sur la table. C'est fort louable de sa part de vouloir retourner chez son oncle et, selon toute probabilité, cela ferait grandement plaisir à son oncle. À moins que, par son indocilité, il ne l'ait déjà que trop fâché, ce qui est également possible. Il vaudrait mieux alors qu'il restât ici. Il est vraiment difficile de parler avec certitude bien que nous soyons tous deux des amis de son oncle, et on aurait peine à trouver des différences de degré entre mon amitié et celle de Pollunder, mais nous ne pénétrons pas dans son for intérieur, surtout vu les nombreux kilomètres qui nous séparent ici de New York. — Je vous en prie, M. Green, dit Karl en faisant un effort sur lui-même pour se rapprocher de M. Green, je comprends à vos paroles que vous considérez aussi qu'il vaudrait mieux que je rentre tout de suite. — Ce n'est pas du tout ce que j'ai dit », fit M. Green en s'enfonçant dans la contemplation de la lettre dont il caressait le bord avec deux doigts. Il semblait vouloir ainsi suggérer que c'était M. Pollunder qui l'avait interrogé et qu'il lui avait répondu, mais qu'en réalité il n'avait pas affaire à Karl.

Entre-temps, M. Pollunder s'était approché de Karl et l'avait entraîné doucement loin de M. Green vers l'une des grandes fenêtres. « Cher monsieur Rossmann, dit-il, penché sur l'oreille de Karl, et en guise de préparation, il tamponna son visage avec son mouchoir, en s'arrêtant sur le nez pour se moucher, vous n'allez tout de même pas croire que je veuille vous retenir ici contre votre volonté. Il n'en est pas du tout question. Je ne peux certes pas mettre l'automobile à votre disposition, car elle est loin d'ici dans un garage public, vu que je n'ai pas encore eu le temps d'aménager un garage privé ici où tout est encore en chantier. Le chauffeur ne couche pas non plus dans la maison, mais à proximité du garage, je ne sais même pas vraiment où. Par ailleurs, son service n'exige aucunement qu'il soit chez nous en ce moment, il suffit qu'il amène la voiture, bien à l'heure, le matin. Mais tout cela ne saurait constituer un obstacle à votre retour immédiat, car si vous persistez dans votre intention, je vous accompagnerai aussitôt à la prochaine gare

du train de banlieue ; pourtant elle est si éloignée que vous
n'arriverez probablement guère plus tôt chez vous que si vous
vouliez partir demain matin avec moi dans mon automobile
— car nous partirons dès sept heures. — Je préférerais quand
même, M. Pollunder, prendre le train de banlieue, dit Karl. Je
n'avais pas du tout pensé à cette ligne de banlieue. Vous dites
vous-même que j'arriverai plus tôt avec le train qu'en automobile. — Mais il n'y a qu'une toute petite différence. — Tout de
même, M. Pollunder, tout de même, dit Karl ; et je souhaite
vivement revenir ici, en me rappelant votre amabilité, à supposer naturellement que vous soyez encore disposé à m'inviter,
après mon attitude d'aujourd'hui, et peut-être que la prochaine
fois je saurai mieux vous dire pourquoi j'accorde aujourd'hui
tant d'importance à la moindre minute qui me permettrait de
revoir mon oncle un peu plus tôt. » Et comme s'il avait déjà
obtenu la permission de s'en aller, il ajouta : « Mais surtout ne
m'accompagnez pas. C'est tout à fait inutile. Il y a dehors un
domestique qui m'accompagnera volontiers à la gare. Je n'ai
plus maintenant qu'à chercher mon chapeau. » Et en prononçant ces derniers mots, il traversait déjà la pièce pour faire en
hâte une dernière tentative de retrouver quand même son chapeau. « Ne pourrais-je pas vous dépanner d'une casquette ?
demanda M. Green en sortant une casquette de sa poche, peut-
être que par hasard elle vous ira. » Stupéfait, Karl s'arrêta et dit :
« Je ne vais tout de même pas vous priver de votre casquette. Je
peux très bien sortir tête nue. Je n'ai absolument besoin de
rien. — Ce n'est pas ma casquette. Prenez-la donc ! — Alors
merci », dit Karl pour en finir au plus vite, et il prit la casquette.
Il s'en coiffa et se mit à rire, car elle lui allait parfaitement, il la
reprit à la main et la contempla, mais sans pouvoir trouver ce
qu'il y cherchait de particulier ; c'était une casquette complètement neuve. « Elle va très bien ! dit-il. — Bon, alors elle vous
va ! » s'écria M. Green en tapant sur la table.

Karl se dirigeait déjà vers la porte pour retrouver le domestique quand M. Green se leva, s'étira, après cette bonne chère et
ce repos prolongé, se frappa énergiquement la poitrine et dit,

sur un ton qui tenait à la fois du conseil et de l'ordre : « Avant que vous partiez, il faut que vous preniez congé de Mlle Klara. — Il le faut », reprit M. Pollunder qui s'était lui aussi levé. On sentait à sa voix que les mots ne lui venaient pas du cœur, il avait laissé mollement tomber ses mains sur la couture de son pantalon et ne cessait de déboutonner et de reboutonner sa veste, qu'il portait fort courte, selon la mode du moment, elle lui arrivait à peine aux hanches, ce qui habillait mal des gens de son embonpoint. D'ailleurs quand on le voyait debout à côté de M. Green, on avait nettement l'impression que l'embonpoint de M. Pollunder n'était pas sain, toute la masse de son dos était un peu voûtée, le ventre avait l'air mou et relâché, une véritable charge, et le visage paraissait blême et tourmenté. En revanche, M. Green était peut-être encore plus gros que M. Pollunder, mais son embonpoint était cohérent, toutes les parties du corps se soutenaient l'une l'autre, les pieds étaient joints à la façon militaire, il portait droite sa tête qu'il balançait légèrement, il donnait l'impression d'un grand gymnaste, d'un moniteur de gymnastique.

« Commencez donc par aller voir Mlle Klara, poursuivit M. Green. Cela vous fera sûrement plaisir et s'accorde par ailleurs vraiment bien avec mon emploi du temps. J'ai, en effet, quelque chose d'intéressant à vous dire, avant que vous ne partiez d'ici, et qui peut sans doute être décisif pour votre retour. Hélas, je suis tenu, par ordre supérieur, de ne rien vous dévoiler avant minuit. Vous pouvez imaginer que j'en suis moi aussi désolé, car cela contrarie mon repos nocturne, mais je m'en tiens à ma mission. Il est maintenant onze heures et quart, je peux donc encore discuter le reste de mes affaires avec M. Pollunder ; votre présence ne pouvant que déranger, vous n'avez qu'à passer un bon petit moment avec Mlle Klara. À minuit sonnant, présentez-vous ici où vous apprendrez ce que je dois vous dire. »

Karl pouvait-il repousser cette exigence qui ne lui demandait vraiment que le moindre geste de politesse et de gratitude à l'égard de M. Pollunder et qui, en outre, lui était adressée par un homme grossier, jusque-là indifférent, alors que M. Pollunder, que l'affaire regardait, observait une extrême retenue dans ses paroles et ses regards ? Et quelle était cette chose intéressante qu'il n'avait le droit d'apprendre qu'à minuit ? Si elle n'accélérait pas son retour au moins des trois quarts d'heure dont elle le retardait, elle l'intéressait peu. En revanche, il n'était pas du tout convaincu de pouvoir vraiment retourner voir Klara, alors qu'elle était son ennemie. Si au moins il avait eu sur lui le morceau de fer que son oncle lui avait offert comme presse-papiers. La chambre de Klara risquait fort d'être une bien dangereuse caverne. Mais il était absolument impossible de dire ici la moindre chose contre Klara, vu qu'elle était la fille de Pollunder et même, comme il venait de l'entendre, la fiancée de Mack. Il aurait suffi qu'elle modifiât d'un rien son attitude envers Karl, et il l'aurait franchement admirée pour toutes ses relations. Il réfléchissait encore à tout cela quand il s'aperçut qu'on ne lui demandait aucunement de réfléchir, car Green ouvrit la porte et dit au domestique qui sauta au bas de son socle : « Conduisez ce jeune homme chez Mlle Klara. »

« C'est comme ça qu'on exécute des ordres », pensa Karl après que le domestique, gémissant tant il était vieux, se fut presque mis à courir pour le mener par un très court chemin à la chambre de Klara. En passant devant la sienne dont la porte était toujours ouverte, Karl voulut entrer un instant, peut-être pour recouvrer son sang froid. Mais le domestique ne le laissa pas faire. « Non, dit-il, il faut que vous alliez chez Mlle Klara. Vous l'avez vous-même entendu. — Je ne resterai ici qu'un instant, dit Karl en pensant, pour faire diversion, se jeter quelques instants sur le canapé, afin que le temps passât plus vite jusqu'à minuit. — Ne compliquez pas l'exécution de ma mission », dit le domestique. « Il a l'air de considérer comme une punition que je doive me rendre chez Mlle Klara », pensa Karl qui avança de quelques pas, mais par défi s'arrêta à nouveau. « Venez donc, jeune homme, dit le domestique, puisque vous êtes déjà là. Je sais que vous vouliez partir cette nuit même, mais tout ne se fait pas comme on le souhaite, je vous avais bien dit d'emblée que ce ne serait guère possible. — Oui, je veux partir et je partirai, dit Karl, maintenant je veux simplement prendre congé de Mlle Klara. — Ah ! bon, dit le domestique, et Karl vit bien qu'il n'en croyait pas un mot, alors pourquoi hésitez-vous à prendre congé, venez donc. »

« Qui est dans le couloir ? » dit la voix de Klara, et on la vit se pencher par l'une des portes voisines, en tenant à la main une grande lampe de table à abat-jour rouge. Le domestique se précipita vers elle et l'informa, Karl le suivit lentement. « Vous venez bien tard », dit Klara. Sans lui répondre aussitôt, Karl à voix basse mais sur le ton d'un ordre strict, vu qu'il connaissait déjà son caractère, dit au domestique : « Attendez-moi tout près de cette porte ! » « J'étais sur le point d'aller me coucher », dit Klara en posant la lampe sur la table. Comme en bas dans la salle à manger, le domestique referma soigneusement la porte de l'extérieur. « Il est déjà onze heures et demie passées. — Onze heures et demie passées », répéta Karl interrogatif, comme effrayé par ce nombre.

« Mais il faut alors que je prenne immédiatement congé de vous, dit Karl, car à minuit sonnant, je dois être en bas dans la salle à manger. — Vous avez donc des affaires qui pressent tellement », dit Klara en mettant en ordre d'un air distrait les plis de sa robe de chambre entrouverte, elle avait le visage en feu et ne cessait de sourire. Karl crut s'apercevoir qu'il ne risquait pas de retomber dans une bagarre avec Klara. « Ne pourriez-vous pas me jouer encore un peu de piano, comme papa hier et vous-même aujourd'hui me l'aviez promis ? — Mais n'est-il pas déjà trop tard ? » demanda Karl. Il aurait aimé lui faire plaisir, car elle était fort différente de tout à l'heure, comme si elle était en quelque sorte remontée dans les sphères de M. Pollunder et de Mack. « C'est vrai, il est déjà tard », dit-elle, et l'envie de la musique sembla déjà lui avoir passé. « En plus, le moindre son se répercute dans toute la maison, je suis persuadée que si vous jouez, même les domestiques dans leurs mansardes vont être réveillés. — Alors laissons là la musique, j'espère fermement pouvoir revenir, et d'ailleurs, si cela ne vous dérange pas trop, venez donc un jour rendre visite à mon oncle et à cette occasion, jetez aussi un coup d'œil dans ma chambre. J'ai un magnifique piano. Mon oncle me l'a offert. Alors, si cela vous convient, je vous jouerai tous mes petits morceaux, ils ne sont malheureusement pas nombreux, ni faits pour un si gros instrument, sur lequel seuls des virtuoses devraient se faire entendre. Mais vous pourrez tout de même avoir ce plaisir, si vous me prévenez à l'avance de votre visite, car mon oncle va prochainement engager pour moi un célèbre professeur — vous pouvez vous imaginer la joie que j'en éprouve — dont le jeu vaudra qu'on vienne me rendre visite pendant le cours. Pour être sincère, je suis heureux qu'il soit déjà trop tard pour vous jouer quelque chose, car je ne sais encore rien du tout, vous seriez étonnée du peu que je sais. Maintenant, permettez-moi de prendre congé, après tout il est déjà l'heure de dormir. » Et comme Klara le regardait gentiment et semblait ne pas lui avoir gardé rancune de la bagarre, il ajouta en souriant et lui tendant la main : « Là où je suis né, on a coutume de dire : "Dors bien et fais de beaux rêves."

— Attendez, dit-elle sans prendre sa main, peut-être devriez-vous quand même jouer quelque chose. » Et elle disparut par une petite porte latérale, à côté du piano. « Que se passe-t-il ? pensa Karl, je ne peux pas attendre longtemps, si charmante soit-elle. » On frappa à la porte du couloir, et le domestique, qui n'osait pas ouvrir la porte en grand, chuchota dans l'entrebâillement : « Excusez-moi, on vient juste de m'appeler, et je ne peux plus attendre. — Allez-y, dit Karl qui se faisait fort maintenant de retrouver seul le chemin de la salle à manger, laissez-moi simplement la lanterne devant la porte. Au fait, quelle heure est-il ? — Bientôt minuit moins le quart, dit le domestique. — Comme le temps passe lentement », dit Karl. Le domestique s'apprêtait déjà à refermer la porte quand Karl, se souvenant qu'il ne lui avait pas encore donné de pourboire, sortit un shilling de la poche de son pantalon — à la mode américaine, il avait toujours de la monnaie qui tintait en vrac dans cette poche, en même temps que des billets dans la poche de son gilet — et le tendit au domestique en lui disant : « Pour vos bons services. »

Klara était déjà revenue, les mains sur ses cheveux bien tirés, lorsque Karl se rappela qu'il n'aurait pas dû renvoyer le domestique, car qui le mènerait maintenant à la gare du train de banlieue ? Qu'importe, M. Pollunder pourrait encore bien dénicher un domestique, peut-être même du reste que celui-ci avait été appelé dans la salle à manger pour être ensuite à sa disposition. « Eh bien je vous demande de jouer quand même un peu. Ici on entend si rarement de la musique qu'on ne voudrait pas en laisser passer l'occasion. — Alors il est grand temps, dit Karl qui, sans plus réfléchir, s'assit aussitôt au piano. — Voulez-vous une partition ? demanda Klara. — Merci, je ne sais pas encore bien lire les notes », répondit Karl qui jouait déjà. C'était une petite chanson qui, Karl le savait bien, aurait dû être jouée avec une certaine lenteur, pour être tant soit peu comprise, surtout d'une oreille étrangère, mais il la débita comme la plus affreuse des marches militaires. Après cela, le silence de la maison, troublé comme par une grande bousculade, retrouva partout sa place. On restait assis là comme sonné, sans bouger. « Très bien », dit Klara, mais il n'y avait aucune formule de politesse qui aurait pu flatter Karl après cette exécution. « Quelle heure est-il ? demanda-t-il. — Minuit moins le quart. — J'ai donc encore un petit moment », dit-il en songeant à part soi : « C'est à prendre ou à laisser. Je ne suis pas obligé de jouer les dix chansons que je connais, mais je peux peut-être en jouer une convenablement. » Et il entama sa chanson de soldat préférée. Si lentement que le désir de l'auditeur piqué au vif s'étirait jusqu'à la note suivante que Karl retenait et ne lâchait que difficilement. Il était en effet obligé à chaque chanson de commencer par chercher des yeux les bonnes touches, tout en sentant aussi monter en lui une souffrance qui, par-delà la fin de la chanson, cherchait une autre fin sans arriver à la trouver. « Je ne suis vraiment bon à rien », dit Karl, le morceau fini, et il regarda Klara, avec des larmes dans les yeux.

On entendit alors dans la chambre voisine de bruyants

applaudissements. « Il y a quelqu'un d'autre qui écoute ! s'écria Karl tout secoué. — Mack », dit Klara à voix basse. Et déjà on entendait Mack qui appelait : « Karl Rossmann, Karl Rossmann ! »

Karl enjamba d'un seul coup la banquette du piano et ouvrit la porte. Il aperçut Mack sur un grand lit à baldaquin, mi-couché mi-assis, le couvre-lit jeté négligemment sur ses jambes. Le ciel de soie bleue était le seul luxe un peu féminin de ce lit d'ailleurs simple, en bois massif et taillé à angles droits. Sur la petite table de nuit brûlait une seule bougie, mais la literie et la chemise de Mack étaient si blanches que la lumière tombant sur elles s'y reflétait jusqu'à presque éblouir ; le baldaquin brillait aussi, du moins au bord, la soie mal tendue retombant en légères ondulations. Mais juste derrière Mack, le lit et tout le reste sombraient dans une obscurité complète. Klara s'appuya au montant du lit et n'eut plus d'yeux que pour Mack.

« Salut, dit Mack en lui tendant la main. Vous jouez vraiment très bien, jusqu'ici je ne connaissais que vos talents de cavalier. — Je réussis aussi mal dans l'un que dans l'autre, dit Karl. Si j'avais su que vous écoutiez, je n'aurais sûrement pas joué. Mais votre demoiselle — il s'interrompit, hésita à dire "fiancée", puisque manifestement Mack et Klara couchaient déjà ensemble. — Je m'en doutais bien, dit Mack, aussi a-t-il fallu que Klara vous attire de New York jusqu'ici, sans quoi je ne vous aurais jamais entendu jouer. C'est vraiment du travail de débutant et, même dans ces chansons que vous avez pourtant étudiées et qui sont d'une écriture fort simple, vous avez fait quelques fautes, mais comme je ne méprise le jeu de personne, cela m'a quand même fait très plaisir. Mais ne voulez-vous pas vous asseoir et rester encore un petit moment avec nous. Klara, donne-lui donc une chaise. — Je vous remercie, dit Karl en hésitant. Je ne peux pas rester, quelle qu'en soit mon envie. Je m'aperçois trop tard qu'il y a des pièces si confortables dans cette maison. — Je fais tout transformer de la sorte », dit Mack.

À ce moment douze coups de cloche retentirent en une succession si rapprochée que l'on sonnait encore quand le suivant se faisait entendre, Karl sentit sur ses joues le souffle du grand mouvement de ces cloches. Quel village était-ce, pour avoir des cloches pareilles !

« Il est grand temps », dit Karl qui se contenta de tendre la main vers Mack et Klara sans prendre les leurs et sortit en courant dans le couloir. N'y retrouvant pas la lanterne, il regretta d'avoir donné trop tôt le pourboire au domestique. Il pensait retrouver la porte ouverte de sa chambre en tâtonnant le long du mur, mais à peine était-il à mi-chemin qu'il vit M. Green brandissant une bougie, avancer rapidement en titubant. Dans la main qui tenait la bougie, il avait également une lettre.

« Eh bien Rossmann, pourquoi ne venez-vous pas ? Pourquoi me faites-vous attendre ? Qu'est-ce que vous avez donc fabriqué chez Mlle Klara ? » « Que de questions ! pensa Karl, et en plus maintenant il me pousse contre le mur », en effet il se tenait tout contre Karl qui était appuyé le dos au mur. Green prenait dans ce couloir des dimensions assez ridicules, et Karl se demanda pour s'amuser s'il n'avait pas peut-être dévoré le bon M. Pollunder.

« Vous n'êtes vraiment pas un homme de parole. Vous promettez de descendre à minuit et, au lieu de cela, vous rôdez autour de chez Mlle Klara. Moi, par contre, je vous ai promis pour minuit quelque chose d'intéressant et je suis déjà là avec ce quelque chose. »

Et sur ces mots, il tendit la lettre à Karl. Sur l'enveloppe, il y avait : « À Karl Rossmann. À remettre personnellement à minuit quel que soit l'endroit où on le trouvera. » « En fin de compte, dit M. Green pendant que Karl ouvrait la lettre, j'ai bien du mérite, je crois, d'être venu jusqu'ici exprès pour vous de New York, de sorte que vous auriez pu tout de même me dispenser de vous courir après dans les couloirs.

— De mon oncle ! dit Karl dès qu'il eut jeté un regard sur la lettre. Je m'y attendais, dit-il en se tournant vers M. Green.

— Que vous vous y attendiez ou non m'est radicalement indifférent. Mais lisez donc », dit celui-ci en approchant la bougie de Karl.

Karl lut à sa lumière : Mon cher neveu, Comme tu t'en seras déjà aperçu au cours de notre hélas trop courte vie commune, je suis un homme qui a des principes bien établis. C'est très désagréable et très triste, non seulement pour mon entourage, mais aussi pour moi, pourtant je dois à mes principes tout ce que je suis, et personne ne peut exiger que je me raye de la carte, personne, pas même toi, mon cher neveu, bien que tu sois le premier dont j'admettrais, si l'idée m'en venait, cette offensive générale contre moi. Je serais alors le premier à te saisir dans ces mêmes mains avec lesquelles je tiens le papier et j'écris, et à te porter en triomphe. Mais comme rien n'indique pour le moment que cela puisse arriver un jour, je suis absolument contraint, après l'incident d'aujourd'hui, de te chasser de chez moi et te prie instamment de ne pas chercher à me rendre visite, non plus qu'à me joindre par lettre ou par aucun intermédiaire. Tu t'es décidé contre ma volonté à t'éloigner de moi ce soir, restes-en alors à cette décision toute ta vie, c'est seulement ainsi que ç'aura été une décision virile. J'ai choisi pour t'apporter cette nouvelle M. Green, mon meilleur ami, qui trouvera surement à te dire assez de paroles apaisantes dont je ne dispose vraisemblablement pas en cet instant. C'est un homme influent et, ne serait-ce que pour l'amour de moi, il te soutiendra de ses conseils et de ses actes dans tes premiers pas vers l'indépendance. Pour comprendre notre séparation qui, au moment où j'achève cette lettre, me semble à nouveau incompréhensible, je me dois sans cesse de répéter que de ta famille, ne vient jamais rien de bon. Si M. Green devait oublier de te rendre ta valise et ton parapluie, rappelle-le lui. Avec mes meilleurs vœux pour ton bonheur ultérieur.

Ton dévoué oncle Jakob.

« Avez-vous terminé ? demanda Green. — Oui, dit Karl, m'avez-vous apporté la valise et le parapluie ? demanda Karl. —- Les voici, dit Green en posant la vieille valise de Karl, qu'il avait tenue jusque-là de la main gauche, cachée dans son dos, par terre près de Karl. — Et le parapluie ? poursuivit Karl. — Tout est là, dit Green en présentant le parapluie qu'il avait suspendu à l'une des poches de son pantalon. Ces choses ont été apportées par un certain Schubal, chef-mécanicien de la ligne Hambourg-Amérique, il a prétendu les avoir trouvées sur le navire. Vous pourrez à l'occasion le remercier. — J'ai maintenant au moins retrouvé mes vieilles affaires, dit Karl en posant le parapluie sur la valise. — Mais à l'avenir il faudra que vous y fassiez mieux attention, vous signale M. le sénateur, remarqua M. Green qui demanda ensuite, visiblement par curiosité personnelle : Qu'est-ce que cette étrange valise ? — C'est une valise que les soldats de mon pays emportent quand ils partent au régiment, répondit Karl, c'est la vieille cantine de mon père. Elle est d'ailleurs fort pratique. » Il ajouta en souriant : « À condition de ne pas l'oublier quelque part. — Après tout, vous avez reçu une leçon suffisante, dit M. Green, et vous n'avez sûrement pas de second oncle en Amérique. Je vous donne encore un billet de troisième pour San Francisco. J'ai décidé ce voyage pour vous parce que premièrement, les possibilités d'emploi à l'est [*sic*] sont pour vous nettement meilleures et parce que deuxièmement, votre oncle est ici impliqué dans toutes les affaires qui pourraient vous concerner et qu'il faut absolument éviter une rencontre. À Frisco, vous pourrez travailler sans être dérangé, commencez tranquillement tout au bas de l'échelle et essayez de grimper peu à peu grâce à votre travail. »

Karl ne discernait aucune méchanceté dans ces paroles, la mauvaise nouvelle que Green avait gardée toute la soirée par-devers lui était transmise, et Green apparaissait désormais comme un personnage inoffensif, avec lequel on pouvait peut-être parler plus ouvertement qu'avec tout autre. Le meilleur homme du monde que l'on choisit pour être le messager d'une décision si secrète et si cruelle sans qu'il y ait de sa faute, semble nécessairement suspect tant qu'il la garde pour soi. « Je vais quitter immédiatement cette maison, dit Karl s'attendant à l'approbation d'un homme d'expérience, car je n'y ai été accueilli que parce que j'étais le neveu de mon oncle : étranger, je n'ai rien à y faire. Auriez-vous l'amabilité de m'indiquer la sortie et de me mettre sur le chemin qui me conduira à l'auberge la plus proche. — Mais vite, alors, dit Green. Vous me causez bien des ennuis. » À la vue du grand pas que Green venait aussitôt de faire, Karl hésita, car cette hâte était suspecte, et en saisissant M. Green par le pan de sa veste, il dit, soudainement conscient de la vraie nature des choses : « Il faut que vous m'expliquiez encore un point. Sur l'enveloppe de la lettre que vous deviez me transmettre, il est simplement écrit que je devais l'avoir à minuit, quel que soit l'endroit où on me trouverait. Pourquoi alors m'avez-vous retenu ici en prenant prétexte de cette lettre, quand j'ai voulu partir à onze heures et quart ? Vous outrepassiez par là votre mission. » Green fit précéder sa réponse d'un geste de la main qui marquait avec emphase l'inutilité de la remarque de Karl, et dit : « Il est peut-être écrit sur l'enveloppe que je doive me défoncer pour vous, et le contenu de la lettre donne-t-il à penser qu'il faille en interpréter l'adresse ainsi ? Si je ne vous avais pas retenu, j'aurais été contraint de vous remettre la lettre à minuit sur la route. — Non, dit Karl sans se troubler, ce n'est pas tout à fait cela. Il est écrit sur l'enveloppe : « à remettre après minuit ». Si vous étiez trop fatigué, vous n'auriez peut-être pas pu me suivre, ou bien, ce qu'à la vérité M. Pollunder a lui-même contesté, je serais déjà arrivé à minuit chez mon oncle, c'eût été au fond votre devoir de me ramener chez mon oncle dans votre automobile, dont tout à coup nous n'avons plus entendu parler, puisque j'exigeais de rentrer. La suscription ne dit-elle pas fort nettement que minuit devait être pour moi la toute dernière limite ? Et c'est votre faute si je l'ai laissé passer. »

Karl observa Green d'un regard pénétrant et vit bien que la honte d'être démasqué luttait en lui avec la joie d'avoir réalisé son dessein. Green se ressaisit enfin et dit, du même ton que si Karl, qui pourtant se taisait depuis longtemps déjà, l'avait interrompu dans son discours : « Pas un mot de plus ! » et il poussa Karl, qui avait repris sa valise et son parapluie, vers l'extérieur par une petite porte qu'il avait ouverte devant lui.

Karl étonné se retrouva dehors. Un escalier sans rampe qui descendait, accolé à la maison, se présenta. Il n'eut qu'à le prendre, puis à tourner légèrement à droite pour emprunter l'allée qui conduisait à la route. Dans le grand clair de lune, on ne pouvait en aucune façon se perdre. En bas dans le jardin, il entendit les aboiements répétés de chiens en liberté qui couraient dans l'ombre des arbres. Comme tout le reste était silencieux, on les entendait très nettement faire de grands bonds, puis retomber dans l'herbe.

Les chiens ne l'ayant pas ennuyé, Karl sortit sans encombre du jardin. Il ne pouvait déterminer avec certitude dans quelle direction se trouvait New York ; à son arrivée, il avait accordé trop peu d'importance à ces détails qui auraient pu maintenant lui être utiles. Il finit par se dire qu'après tout il n'était absolument pas obligé d'aller à New York, où personne ne l'attendait et où même, c'était une certitude, personne ne l'attendait. Il choisit donc une direction au hasard et se mit en route.

## IV

## LA MARCHE SUR RAMSES

Dans la petite auberge où Karl arriva, après une courte marche, et qui, en vérité, ne constituait qu'une ultime petite halte pour les transports hippomobiles new-yorkais et n'était donc guère utilisée à l'ordinaire comme gîte de nuit, Karl demanda le lit le moins cher, car il croyait devoir commencer dès maintenant à économiser. L'aubergiste lui répondit par conséquent en lui indiquant d'un signe, comme s'il avait été un employé, de monter l'escalier, où il fut accueilli par une vieille bonne femme échevelée, furieuse d'être dérangée dans son sommeil, qui presque sans l'écouter ni cesser de lui faire à voix basse des recommandations, le conduisit dans une chambre dont elle referma la porte, non sans lui avoir soufflé auparavant un chut ! à la figure.

Karl commença par se demander si les rideaux de la fenêtre étaient simplement baissés ou si par hasard la pièce n'avait pas même de fenêtre, tant il faisait noir ; il finit par apercevoir une petite lucarne masquée par une toile qu'il tira, faisant ainsi entrer un peu de lumière. La chambre avait deux lits, mais tous deux étaient déjà occupés. Karl y aperçut deux jeunes gens plongés dans un lourd sommeil et qui surtout n'inspiraient pas grande confiance, vu qu'ils dormaient tout habillés sans motif intelligible, l'un d'eux ayant même gardé ses bottes.

Au moment où Karl dégageait la lucarne, l'un des dormeurs leva un peu les bras et les jambes en l'air, ce qui offrit un spectacle tel que Karl, en dépit de ses soucis, rit en lui-même.

Il comprit bientôt que, mis à part le fait qu'il n'y avait pas d'autre endroit où s'étendre, ni canapé, ni sofa, il ne réussirait jamais à trouver le sommeil, car il ne pouvait se permettre d'exposer la valise qu'il venait à peine de retrouver et l'argent qu'il portait sur lui à quelque danger. Mais il ne voulait pas non plus repartir, n'osant repasser aussitôt devant la logeuse et l'aubergiste pour quitter la maison. Après tout, la sécurité ici n'était peut-être pas moindre que sur la route. Il était bien sûr frappant de ne découvrir aucun bagage dans toute la pièce, pour autant que la pénombre le permît. Mais les deux jeunes gens étaient peut-être, et fort certainement, les domestiques qui, à cause des clients, devaient se lever bientôt et dormaient donc tout habillés. Ce n'était sûrement pas un grand honneur de dormir avec eux, mais le danger n'en était que moindre. Simplement, tant qu'il y aurait l'ombre d'un doute, il ne devait à aucun prix s'endormir.

Par terre devant l'un des lits étaient posées une bougie et des allumettes que Karl alla chercher sur la pointe des pieds. Il n'avait aucun scrupule à faire de la lumière car, d'après le contrat de l'aubergiste, la chambre lui appartenait autant qu'aux deux autres qui, en outre, avaient déjà profité de la moitié de la nuit pour dormir et, par la possession des deux lits, disposaient par rapport à lui d'un avantage incomparable. Cependant, marchant avec précaution et mesurant ses gestes, il se donna bien entendu toutes les peines du monde pour ne pas les réveiller.

Il commença par vouloir examiner sa valise pour avoir un aperçu de ses affaires dont il ne se souvenait déjà qu'imparfaitement et dont la part la plus précieuse devait sûrement s'être déjà perdue. Car quand Schubal met la main sur quelque chose, il y a peu d'espoir qu'on le retrouve intact. Toutefois il avait pu espérer un gros pourboire de la part de l'oncle, alors que, d'un autre côté, s'il manquait certains objets, Karl pouvait l'imputer au véritable gardien de la valise, M. Butterbaum.

Au premier coup d'œil en ouvrant la valise, l'indignation saisit Karl. Que d'heures n'avait-il pas consacrées pendant la traversée à mettre de l'ordre dans sa valise et à sans cesse le parfaire, et voilà que maintenant tout était dans un tel désordre que le couvercle sauta tout seul quand la serrure s'ouvrit. Mais à sa grande joie Karl s'aperçut bientôt que ce désordre avait pour seule raison qu'on avait emballé après coup le costume qu'il avait porté pendant la traversée et pour lequel la valise n'avait bien sûr pas été prévue. Il ne manquait pas la moindre chose. Dans la poche secrète de sa veste se trouvaient non seulement son passeport mais aussi l'argent qu'il avait emporté de la maison, de sorte qu'en l'ajoutant à celui qu'il avait déjà sur lui, il en avait pour l'instant suffisamment. De même, le linge qu'il portait en arrivant était là, lavé et repassé. Il mit aussitôt sa montre et son argent dans cette poche secrète qui avait fait ses preuves. Le seul fait regrettable était que le salami de Vérone, qui lui non plus n'avait pas disparu, avait communiqué son odeur à toutes les affaires. S'il ne trouvait pas un moyen quelconque de l'éliminer, Karl avait la perspective de se promener des mois durant enveloppé de cette odeur.

Pendant qu'il cherchait quelques objets qui se trouvaient au fond, en l'occurrence une bible de poche, du papier à lettres et les photographies de ses parents, sa casquette tomba de sa tête dans la valise. Dans son ancien environnement, il la reconnut tout de suite, c'était sa casquette, celle-là même que sa mère lui avait donnée comme casquette de voyage. Cependant il avait pris soin de ne pas la mettre sur le bateau, sachant qu'en Amérique on portait en général la casquette plutôt que le chapeau, raison pour laquelle il n'avait pas voulu user déjà la sienne avant d'arriver. Mais voilà que M. Green s'en était servi pour se divertir aux dépens de Karl. Peut-être aussi que l'oncle l'en avait chargé ? Et dans un mouvement de rage involontaire, il prit le couvercle de la valise qui se referma à grand bruit.

Maintenant il n'y avait plus rien à faire, les deux dormeurs étaient réveillés. L'un commença à s'étirer et à bâiller, l'autre aussitôt en fit autant. Or presque tout le contenu de la valise était renversé sur la table : si c'étaient des voleurs, ils n'avaient qu'à approcher et choisir. Pour parer à cette éventualité, mais aussi pour tirer d'emblée les choses au clair, Karl se dirigea, la bougie à la main, vers les lits et expliqua de quel droit il était là. Ils semblèrent ne pas s'être attendus à cette explication, car, encore beaucoup trop endormis pour pouvoir discuter, ils se contentèrent de le regarder sans aucun étonnement. Tous deux étaient de très jeunes gens, mais les travaux pénibles ou la misère leur avaient rendu prématurément saillants les os du visage, des barbes mal tenues pendaient à leur menton, leurs cheveux, qu'ils n'avaient pas fait couper depuis longtemps, étaient tout ébouriffés autour de leur tête, et, encore tout endormis, ils se frottaient les yeux de leurs doigts repliés, des yeux profondément enfoncés dans leurs orbites.

Karl, voulant profiter de leur faiblesse momentanée, dit : « Je m'appelle Karl Rossmann et je suis allemand. Dites-moi aussi votre nom et votre nationalité, je vous prie, puisque nous partageons cette chambre. Je vous déclare encore d'emblée que je ne prétends pas à un lit, puisque je suis arrivé tellement tard et que je n'ai pas non plus l'intention de dormir. En outre, il ne faut pas que vous vous offusquiez de mon beau costume, je suis ce qu'il y a de plus pauvre et c'est sans espoir. »

Le plus petit des deux — c'était celui qui avait gardé ses bottes — fit signe avec ses bras, ses jambes et ses mimiques que rien de tout cela ne l'intéressait et que ce n'était vraiment pas le moment de tenir ce genre de discours, puis se recoucha et s'endormit aussitôt ; l'autre, un homme au teint mat, se recoucha lui aussi, mais dit encore avant de se rendormir, la main nonchalamment tendue : « Lui là s'appelle Robinson [1] et il est irlandais, je m'appelle Delamarche, je suis français et demande maintenant le silence. » À peine eut-il dit cela que, prenant tout son souffle, il éteignit la bougie de Karl et retomba sur son oreiller.

« Le danger est donc provisoirement écarté », se dit Karl en retournant à la table. Si leur besoin de dormir n'était pas simulé, tout allait bien. Le seul désagrément était que l'un d'entre eux était un Irlandais. Karl ne savait plus très bien dans quel livre il avait lu une fois au pays qu'en Amérique il fallait se méfier des Irlandais. Pendant son séjour chez l'oncle, il aurait eu évidemment tout loisir de creuser la question du danger impliqué par les Irlandais, mais s'étant cru à l'abri pour toujours, il avait complètement omis de la poser. Il voulut donc, avec la bougie qu'il venait de rallumer, regarder plus précisément cet Irlandais et trouva en l'occurrence que celui-ci avait l'air plus supportable que le Français. Il avait même encore une trace de rondeur sur les joues et souriait très gentiment dans son sommeil, pour autant que Karl pût le constater à une certaine distance en se mettant sur la pointe des pieds.

Fermement décidé malgré tout à ne pas dormir, Karl s'assit sur la seule chaise de la pièce, remit provisoirement à plus tard le soin de ranger sa valise, vu qu'il disposait encore de toute la nuit pour cela, et feuilleta en silence quelques pages de sa bible. Puis il prit la photographie de ses parents, sur laquelle le père qui était de petite taille se dressait tout droit, tandis que la mère était assise un peu voûtée dans le fauteuil devant lui. Le père avait une main posée sur le dossier du siège, l'autre, le

---

**1.** La diversité des noms et des nationalités parcourt les différents chapitres, caractérisant la société américaine cosmopolite : après le Roumain Schubal, les Américains Mack, Green et Pollunder, le Français Delamarche, l'Irlandais Robinson, viendra l'Italien Giacomo, la cuisinière en chef viennoise Grete Mitzelbach, la dactylo poméranienne Therese Berchtold, le portier en chef hongrois Feodor, et le « Negro » que deviendra finalement le jeune Karl, abandonnant son patronyme bien germanique de Rossmann, littéralement « le cavalier, l'homme au coursier »...

poing fermé, sur un livre illustré ouvert à côté de lui sur un fragile guéridon. Il y avait une autre photographie qui montrait Karl avec ses parents, son père et sa mère le scrutaient du regard, cependant qu'il était obligé de regarder l'appareil comme l'exigeait le photographe. Mais cette photographie, on ne la lui avait pas donnée pour le voyage.

Il n'en regardait que plus attentivement celle qui était posée devant lui et cherchait à capter, sous différents angles, le regard de son père. Mais il avait beau changer la position de la bougie, le père ne voulait pas se faire plus vivant, sa forte moustache horizontale non plus ne ressemblait en rien à la réalité, ce n'était pas une bonne photo. La mère, en revanche, était plus ressemblante, elle avait la bouche crispée comme si on lui avait fait mal et qu'elle se forçait à sourire. Il semblait tellement à Karl que cela devait frapper quiconque regardait cette photo que, l'instant suivant, la netteté de cette impression lui parut trop forte et presque insensée. Comment une photo pouvait-elle vous donner si vivement la ferme conviction d'un sentiment caché chez l'être photographié. Et il détourna un instant les yeux de la photo. Comme il la regardait à nouveau, il remarqua la main de sa mère qui pendait devant l'accoudoir du fauteuil, offerte aux baisers. Il se demanda s'il ne serait peut-être pas bon d'écrire à ses parents comme ils le lui avaient effectivement tous deux réclamé, son père le dernier à Hambourg avec une grande fermeté. Certes, l'horrible soir où sa mère, devant la fenêtre, lui avait annoncé son départ pour l'Amérique, il s'était irrévocablement juré de ne jamais leur écrire, mais que valait ici, dans cette nouvelle situation, le serment d'un jeune homme inexpérimenté. Il eût pu tout aussi bien jurer à l'époque qu'au bout de deux mois en Amérique, il serait général dans la milice américaine, alors qu'il se trouvait en fait dans une mansarde en compagnie de deux fripouilles, dans une auberge aux portes de New York et qu'en outre il devait s'avouer qu'il y était vraiment à sa place. Et il examina en souriant le visage de ses parents, comme si on pouvait y voir s'ils avaient toujours le désir de recevoir des nouvelles de leur fils.

En les regardant, il s'aperçut bientôt qu'il était quand même très fatigué et qu'il ne pourrait sans doute pas veiller toute la nuit. La photo lui échappa des mains, il posa alors son visage sur l'image, dont la fraîcheur lui fut bienvenue sur sa joue et il s'endormit, avec cette impression agréable.

Il fut réveillé tôt par un chatouillement sous le bras. C'était le Français qui se permettait cette incongruité. Mais l'Irlandais était, lui aussi, déjà planté devant la table, et tous deux ne le regardaient pas avec moins d'intérêt que Karl n'en avait manifesté envers eux dans la nuit. Karl ne s'étonna pas que leur lever ne l'eût pas déjà réveillé ; ils n'avaient certainement pas eu besoin de marcher doucement avec des intentions perfides, car il dormait profondément, et en outre s'habiller, et aussi sûrement se laver ne leur avait pas donné beaucoup de travail.

Ils échangèrent alors avec un certain formalisme de véritables salutations, et Karl apprit qu'ils étaient tous deux monteurs mécaniciens, que, à New York depuis quelque temps, ils n'avaient pu trouver de travail et qu'en conséquence ils étaient tombés passablement bas. Robinson ouvrit sa veste pour le prouver, et l'on put voir qu'il n'avait pas de chemise, ce dont en réalité on aurait déjà pu se rendre compte à la vue de son faux col flottant, fixé par-derrière à sa veste. Ils avaient l'intention de se rendre à pied dans la petite ville de Butterford, à deux jours de marche de New York, où, paraît-il, il y avait des emplois libres. Ils n'avaient rien contre le fait que Karl les accompagnât et lui promirent, premièrement, de lui porter de temps en temps sa valise et, deuxièmement, au cas où ils trouveraient eux-mêmes du travail, de le faire engager comme apprenti, ce qui serait facile, pourvu qu'il y eût du travail. Karl avait encore à peine accepté qu'ils lui donnaient déjà en amis, le conseil de quitter son bel habit, car celui-ci deviendrait gênant quand il se présenterait à un emploi. Il y avait justement dans cette maison une bonne occasion de se débarrasser de cet habit, car la logeuse faisait commerce de vêtements. Ils aidèrent Karl à enlever son costume, alors qu'il n'était pas encore complètement décidé sur ce point, et ils l'emportèrent. Lorsque

Karl, resté seul et encore un peu endormi, enfila lentement
son vieux costume de voyage, il se reprocha d'avoir vendu ce
vêtement qui pouvait peut-être le gêner pour se présenter à
une place d'apprenti, mais ne pourrait que lui être utile pour
en trouver une meilleure, et il ouvrit la porte pour rappeler les
deux autres, mais il se heurta aussitôt à eux qui déposèrent sur
la table le demi-dollar de la recette en faisant si joyeuse mine
qu'il était impossible de se convaincre qu'ils n'eussent pas tiré
leur propre profit de cette vente, et même un profit fâcheuse-
ment important.

On n'eut d'ailleurs pas le temps d'en discuter, car la logeuse
entra, aussi endormie que dans la nuit, et chassa les trois hommes dans le couloir en expliquant qu'il fallait préparer la chambre pour de nouveaux clients. Il n'y avait bien sûr pas un mot
de vrai là-dedans, elle agissait par pure méchanceté. Karl qui
s'apprêtait à remettre de l'ordre dans sa valise dut regarder la
femme s'emparer de ses affaires à pleines mains et les balancer
violemment dans la valise comme s'il s'était agi de vulgaires
animaux que l'on doit faire rentrer dans leur niche. Les deux
monteurs mécaniciens essayèrent bien de l'en empêcher en
tirant sur sa robe et en lui tapant dans le dos, mais s'ils avaient
l'intention de venir ainsi en aide à Karl, ils rataient complètement leur coup. Quand la femme eut refermé la valise, elle en
mit la poignée dans la main de Karl, se débarrassa des deux
monteurs mécaniciens par un grand geste et les chassa tous
trois hors de la chambre en les menaçant de les priver de café,
s'ils n'obéissaient pas. Cette femme avait sans doute complètement oublié que Karl dans un premier temps n'avait rien eu à
voir avec les monteurs mécaniciens, vu qu'elle les traitait
comme un seul et même groupe. Il est vrai que les monteurs
mécaniciens lui avaient vendu l'habit de Karl et prouvé ainsi
une certaine communauté.

Dans le couloir, les allées et venues se poursuivirent encore
longtemps, et le Français en particulier, qui avait pris Karl sous
le bras, ne cessait de rouspéter en menaçant d'assommer l'aubergiste, si jamais il osait se montrer, et semblait s'y préparer

en frottant l'un contre l'autre d'un air furieux ses poings fermés. Un jeune garçon innocent finit par arriver, qui dut se mettre sur la pointe des pieds pour tendre la cafetière au Français. Hélas ! il n'y avait qu'une cafetière, et on ne put faire comprendre au garçon qu'on désirait aussi des verres. De la sorte, un seul pouvait boire à la fois, et les deux autres, debout à côté, attendaient. Karl n'avait aucune envie de boire, mais ne voulant pas vexer les autres, quand ce fut son tour, il garda simplement la cafetière contre ses lèvres sans rien faire.

En guise d'adieu, l'Irlandais jeta la cafetière sur le carrelage, ils quittèrent la maison sans être vus de quiconque et se trouvèrent dans le brouillard matinal, épais et jaunâtre. Ils marchèrent le plus souvent côte à côte en silence au bord de la route, Karl devait porter sa valise, les autres ne le relaieraient sûrement qu'à sa demande ; de temps à autre une automobile jaillissait du brouillard, et les trois hommes tournaient la tête vers ces voitures le plus souvent gigantesques et dont la construction était si remarquable et l'apparition si brève que l'on n'avait même pas le temps de seulement constater le nombre de leurs occupants. Plus tard, débutèrent les colonnes de voitures à chevaux qui ravitaillaient New York et qui, par rangées de cinq, occupaient toute la largeur de la chaussée et défilaient en colonnes ininterrompues, de sorte que personne n'aurait pu traverser la route. De temps à autre, celle-ci s'élargissait pour former une place au milieu de laquelle, en haut d'une plate-forme, un agent de police allait et venait pour pouvoir tout surveiller et avec un petit bâton régler la circulation sur la grande route et les routes secondaires qui débouchaient ici, circulation qui restait sans surveillance jusqu'à la prochaine place et le prochain agent, mais que les cochers et les chauffeurs silencieux et attentifs maintenaient d'eux-mêmes en assez bon ordre. C'était ce calme général qui étonnait le plus Karl. S'il n'y avait pas eu les cris des bêtes insoucieuses de l'abattoir, on n'aurait peut-être rien entendu à part le claquement des sabots et le sifflement des pneus antidérapants. Cependant la vitesse n'était pas toujours la même, bien sûr. Quand à certains endroits il fallait opérer de grands changements, par suite de l'affluence beaucoup trop importante sur le côté, toutes les rangées stoppaient et n'avançaient qu'au pas, mais il arrivait aussi que pour un bref instant tout repartît à la vitesse de l'éclair jusqu'à se calmer à nouveau comme sous l'effet d'un frein unique. Il n'y avait pourtant pas la moindre poussière montant de la chaussée, tout évoluait dans l'air le plus clair. Pas le moindre piéton ; il n'y avait ici aucune marchande se rendant de son propre chef au marché de la ville, comme au pays de Karl ; en revanche, de grands véhicules à plate-forme apparaissaient çà et là, sur lesquels se tenaient une vingtaine de femmes chargées de hottes, peut-être donc des marchandes, et qui tendaient le cou pour observer la circulation et y trouver l'espoir d'avancer plus rapidement. Puis on voyait des véhicules du même type où quelques hommes se promenaient, les mains dans les poches de leur pantalon. Sur l'un de ces véhicules qui portaient diverses inscriptions, Karl lut en poussant un petit cri : « Les Transports Jakob embauchent des dockers ». Le véhicule passait à ce moment très lentement, et un petit homme vif et voûté, debout sur le marchepied, invita les trois marcheurs à monter. Karl se réfugia derrière les monteurs mécaniciens, comme si son oncle avait pu se trouver sur le véhicule et le voir. Il fut heureux que les deux hommes refusent l'invitation, tout en se sentant comme vexé par la mine arrogante avec laquelle ils le firent. Ils ne devaient surtout pas se croire trop bons ouvriers pour entrer au service de l'oncle. Il le leur fit comprendre sur-le-champ, bien sûr sans le leur dire expressément. Là-dessus, Delamarche le pria fermement de ne pas se mêler d'affaires qu'il ne comprenait pas, cette façon de racoler les gens était une scandaleuse escroquerie et la firme Jakob avait mauvaise réputation dans tous les États-Unis. Karl ne répondit pas, mais se rapprocha désormais plus de l'Irlandais ; il le pria d'ailleurs de porter sa valise, ce qu'il finit par faire après que Karl eut répété plusieurs fois sa demande. Mais il n'arrêta plus de gémir sous le poids de la valise jusqu'à ce qu'il s'avère que sa seule intention était de la soulager du salami de Vérone qui sans doute, dès l'hôtel, l'avait agréablement impressionné. Karl fut obligé de le déballer, le Français s'en empara pour le travailler avec son couteau en forme de poignard et le dévorer presque tout entier à lui seul. Robinson n'en reçut qu'une rondelle de temps à autre, Karl en revanche, à nouveau obligé de porter sa valise s'il ne voulait pas l'abandonner sur la route, n'en eut rien, comme s'il avait déjà prélevé sa part à l'avance. Il lui sembla trop mesquin d'en mendier un petit bout, mais sa bile s'en échauffa.

Tout brouillard avait déjà disparu, au loin brillait une haute montagne dont la crête ondulée se perdait dans les brumes ensoleillées. Au bord de la route, des champs mal cultivés entouraient de grandes usines qui, noires de fumée, se dressaient en pleine campagne. Aux façades des immeubles locatifs, éparpillés au petit bonheur la chance, de nombreuses fenêtres palpitaient sous les mouvements et les reflets divers et, sur tous les frêles et minuscules balcons, des femmes et des enfants s'affairaient de mille façons, se cachant pour réapparaître au milieu des torchons et du linge qui, pendus et étendus, flottaient et se gonflaient puissamment dans le vent du matin. En quittant des yeux les maisons, on apercevait des alouettes qui volaient haut dans le ciel et plus bas, des hirondelles qui rasaient presque la tête des gens dans leur véhicule.

Beaucoup de choses rappelaient à Karl son pays, et il se demandait s'il faisait bien de quitter New York et de partir vers l'intérieur des terres. À New York il y avait la mer et, à tout moment, la possibilité de retourner chez lui. Du coup, il s'arrêta et dit à ses deux compagnons qu'il avait à nouveau envie de rester à New York. Et comme Delamarche voulait tout simplement l'entraîner, Karl ne se laissa pas faire et dit qu'il avait bien encore le droit de décider de son sort. Il fallut enfin que l'Irlandais intervînt et expliquât que Butterford était beaucoup plus belle que New York, et ils durent tous deux le supplier vivement pour qu'il se remît en route. Encore ne l'eût-il pas fait s'il ne s'était dit qu'il valait peut-être mieux pour lui partir dans un lieu où la possibilité du retour dans son pays serait moins facile. Il y travaillerait et y progresserait certainement mieux, puisque d'inutiles pensées ne viendraient pas le déranger.

Et ce fut lui à présent qui entraîna les deux autres, et ceux-ci étaient tellement heureux de son ardeur que, sans même se faire prier, ils portèrent tour à tour la valise, Karl ne comprenant pas vraiment en quoi il était précisément la cause de cette grande joie. Ils arrivèrent dans une région de collines et, chaque fois qu'ils s'arrêtaient, ils pouvaient en se retournant voir un panorama de plus en plus vaste de New York et de son port. Le pont qui relie New York à Boston, délicatement suspendu au-dessus de l'Hudson, frémissait quand on clignait un peu les yeux. Il semblait dépourvu de toute circulation et en dessous s'étirait le ruban lisse et inanimé de l'eau. Tout, dans ces deux gigantesques villes, semblait vide et disposé là pour rien. Petits et grands immeubles ne présentaient pratiquement aucune différence entre eux. Dans la profondeur invisible des rues, la vie se poursuivait sans doute à sa manière, mais au-dessus il n'y avait rien d'autre à voir qu'une légère brume, qui certes ne bougeait pas, mais semblait pouvoir se dissiper sans peine. Même dans le port, le plus grand du monde, le calme s'était installé et, de temps à autre seulement, sans doute sous l'influence du souvenir d'un spectacle antérieur aperçu de plus près, on croyait voir un bateau glissant sur une courte distance. Mais on ne pouvait pas non plus le suivre longtemps, il échappait vite au regard, et on ne le retrouvait plus.

Cependant Delamarche et Robinson apercevaient manifestement beaucoup plus de choses, ils désignaient à droite et à gauche, en les surplombant de leurs mains tendues, des places et des jardins dont ils citaient les noms. Ils ne pouvaient comprendre que Karl, après avoir été plus de deux mois à New York, n'eût guère vu autre chose de la ville qu'une rue. Et ils lui promirent, quand ils auraient suffisamment gagné d'argent à Butterford, de venir avec lui à New York et de lui en montrer toutes les curiosités et tout particulièrement, bien entendu, tous les endroits où l'on s'amusait jusqu'au comble du bonheur. Sur ces mots, Robinson se mit à entonner à pleine voix une chanson que Delamarche accompagna en tapant dans ses mains, dans laquelle Karl reconnut un air d'opérette de son pays, mais avec son texte en anglais, cette chanson lui plut comme jamais elle ne lui avait plu chez lui. Il y eut donc en plein air un petit spectacle auquel tout le monde participa, seule la ville en bas, qui était censée s'amuser de cette mélodie, sembla n'en rien savoir du tout.

Une fois, Karl demanda où se trouvaient les Transports Jakob, et il vit aussitôt Delamarche et Robinson pointer l'index peut-être vers un même lieu, peut-être vers plusieurs, fort distants de là. Comme ils se remettaient en marche, Karl demanda à quel moment ils pourraient, en ayant gagné suffisamment d'argent, revenir au plus tôt à New York. Delamarche dit que cela pourrait fort bien être dans un mois, car à Butterford on manquait d'ouvriers et les salaires étaient élevés. Naturellement ils mettraient leur argent dans une caisse commune pour compenser en camarades les éventuelles différences de salaires. Cette caisse commune ne plaisait pas à Karl, bien qu'étant apprenti il fût naturellement destiné à gagner moins qu'un ouvrier spécialisé. En outre, Robinson déclara que, si à Butterford il n'y avait pas de travail, ils seraient bien sûr obligés de poursuivre leur route, soit pour se placer quelque part comme ouvriers agricoles, soit peut-être se rendre sur les placers de Californie, projet qui, à en juger par ses descriptions fort détaillées, avait sa préférence. « Pourquoi êtes-vous donc devenus monteurs mécaniciens, si vous voulez maintenant aller sur les placers ? » demanda Karl qui n'aimait pas entendre évoquer la nécessité de voyages plus longs et incertains. « Pourquoi je suis devenu monteur mécanicien ? demanda Robinson, certainement pas pour que le fils de ma mère crève ensuite de faim. Sur les placers, on a un bon salaire. — Autrefois, dit Delamarche. — Ça continue », dit Robinson qui se mit à évoquer plusieurs de ses connaissances, qui étaient ainsi devenues riches et l'étaient encore, et qui bien sûr ne remuaient plus le petit doigt, mais, en vieux amis, seraient évidemment prêts à l'aider, et ses camarades aussi, à faire fortune. « Nous réussirons bien à dénicher un emploi à Butterford », dit Delamarche, exprimant ainsi ce que Karl pensait tout bas, mais ce n'était pas formulé avec beaucoup d'assurance.

Dans la journée, ils ne s'arrêtèrent qu'une seule fois dans une auberge, et ils mangèrent en plein air, sur ce qui apparut à Karl comme une table de fer, une viande presque crue qu'avec le couteau et la fourchette on n'arrivait pas à couper, mais seulement à déchirer. Le pain avait une forme cylindrique, et dans chacun était planté un long couteau. Avec cette nourriture, on servait un liquide noir qui brûlait le gosier. Delamarche et Robinson devaient pourtant le trouver bon, ils levaient souvent leurs verres à la réalisation de différents souhaits et trinquaient en les maintenant un petit moment en l'air l'un contre l'autre. À la table voisine étaient assis des ouvriers en blouses éclaboussées de chaux, qui buvaient tous le même liquide. Des automobiles qui passaient en grand nombre, projetaient des nuages de poussière au-dessus des tables. On se passait de grandes pages de journal, on parlait avec excitation de la grève des ouvriers du bâtiment, on citait assez souvent le nom de Mack ; Karl demanda de qui il s'agissait et apprit que c'était le père de ce Mack qu'il connaissait et le plus grand entrepreneur de New York. La grève lui coûtait des millions et menaçait peut-être sa prospérité. Karl ne crut pas un mot de ces bavardages de gens mal informés et malveillants.

Karl eut en outre son repas gâché par la grande question de savoir comment ce repas allait être payé. Il eût été naturel que chacun paie sa part, mais Delamarche aussi bien que Robinson avaient à l'occasion fait remarquer qu'ils avaient dépensé leur dernier sou pour la dernière nuit à l'hôtel. On ne voyait sur aucun d'eux ni montre, ni bague, ni quoi que ce fût à mettre en gage. Et Karl ne pouvait cependant leur reprocher d'avoir gagné quelque chose en vendant ses vêtements, c'eût été les offenser et les quitter pour toujours. Mais l'étonnant était que ni Delamarche ni Robinson ne se faisaient le moindre souci pour le paiement, ils étaient même d'assez bonne humeur pour tenter le plus souvent possible de nouer des relations avec la serveuse qui, la mine fière et la démarche pesante, allait et venait entre les tables. Ses cheveux lui tombaient des deux côtés un peu sur le front et les joues, et elle les ramenait sans cesse en arrière avec les deux mains. Finalement, au moment où l'on s'attendait peut-être à ses premières paroles aimables, elle s'approcha de la table, y posa les deux mains et demanda : « Qui paye ? » Jamais mains ne s'étaient dressées aussi vite que maintenant celles de Delamarche et de Robinson en désignant Karl. Il ne s'en émut pas, car il l'avait prévu et ne voyait aucun mal à ce que ses camarades dont il attendait lui aussi des avantages, le laissent payer quelques bagatelles, bien qu'il eût trouvé plus convenable de discuter expressément la chose avant l'instant décisif. Le seul ennui était qu'il lui fallait d'abord extraire l'argent de sa poche secrète. Son intention première avait été de réserver cet argent pour un cas de nécessité absolue et donc de se mettre provisoirement pour ainsi dire sur le même plan relatif que ses camarades. L'avantage qu'il tirait sur eux de cet argent et surtout du fait qu'il n'en révélait pas la possession était largement compensé par le fait qu'ils vivaient en Amérique depuis leur enfance, qu'ils savaient suffisamment par leur expérience comment gagner de l'argent et qu'enfin ils n'avaient jamais été habitués à de meilleures conditions d'existence que celles d'aujourd'hui. Les intentions de Karl relatives à son argent n'allaient pas nécessairement être contrariées par ce paiement car, en fin de compte, il pouvait se passer d'un quart de livre et donc le poser sur la table en déclarant que c'était sa seule fortune et qu'il était prêt à la sacrifier pour leur voyage en commun jusqu'à Butterford. Pour faire le trajet à pied, cette somme suffisait d'ailleurs parfaitement. Mais il ne savait pas s'il avait assez de monnaie, et en outre, cet argent, comme son paquet de billets de banque, se trouvait quelque part au fond de sa poche secrète, dont il valait mieux secouer tout le contenu sur la table pour y trouver quelque chose. Or, il était totalement inutile que ses camarades apprennent l'existence de cette poche secrète. Ils semblaient par bonheur continuer à s'intéresser plus à la serveuse qu'à la façon dont Karl réunirait l'argent pour payer. Sous prétexte de lui demander l'addition, Delamarche attira la serveuse entre lui et Robinson, et elle ne put repousser les avances de ces deux importuns qu'en posant toute sa main sur le visage de l'un et de l'autre alternativement pour les repousser.

Pendant ce temps, Karl, rougissant d'effort, réunissait dans une main sous le plateau de la table l'argent qu'il allait chercher et sortait, pièce par pièce, de sa poche secrète. Il lui sembla enfin, quoiqu'il ne connût pas encore bien la monnaie américaine, qu'il avait une somme suffisante, du moins d'après le nombre de pièces, et il les posa sur la table. Le bruit de l'argent interrompit aussitôt les plaisanteries. Au grand dépit de Karl et à l'étonnement général, il apparut qu'il y avait là près d'une livre. Nul ne demanda, il est vrai, pour quelle raison Karl n'avait pas parlé plus tôt de cet argent qui eût suffi pour un voyage confortable en train jusqu'à Butterford, mais Karl fut quand même fort embarrassé. Le repas payé, il ramassa lentement sa monnaie ; Delamarche eut le temps de saisir dans sa main une pièce que Karl destinait au pourboire de la serveuse, qu'il prit dans ses bras et serra contre lui pour lui donner ensuite l'argent de l'autre côté.

Karl leur fut d'ailleurs reconnaissant de ne faire aucune remarque sur cet argent, après qu'ils eurent repris leur marche, et songea même quelque temps à leur avouer toute sa fortune, mais y renonça, ne trouvant pas d'occasion propice. Sur le soir, ils arrivèrent dans une région plus agricole et fertile. Tout autour, on voyait des champs d'un seul tenant qui s'étendaient en commençant à verdir sur de douces collines, de riches propriétés bordaient la route et, pendant des heures, on marchait entre les grilles dorées de leurs jardins ; à plusieurs reprises ils traversèrent le même fleuve qui coulait avec lenteur et un grand nombre de fois ils entendirent au-dessus de leur tête des trains passer dans un bruit de tonnerre sur des viaducs qui s'élançaient à une belle hauteur.

Le soleil était en train de se coucher sur la lisière rectiligne des forêts au loin, quand sur une hauteur, ils se jetèrent dans l'herbe au milieu d'un petit groupe d'arbres pour se reposer de leurs fatigues. Delamarche et Robinson, allongés là, s'étiraient tant qu'ils pouvaient ; Karl, assis bien droit, regardait à quelques mètres en contrebas la route sur laquelle des automobiles continuaient, comme déjà dans la journée, à filer tranquillement les unes à côté des autres, comme si elles étaient expédiées en nombre toujours égal d'un bout de l'horizon et attendues en même nombre à l'autre. Durant toute la journée et depuis le petit matin, Karl n'en avait vu aucune s'arrêter, ni aucun passager en descendre.

Robinson fit la proposition de passer la nuit ici, vu qu'ils étaient tous passablement fatigués, qu'ils pourraient alors repartir d'autant plus tôt le lendemain qu'en fin de compte ils ne pourraient guère trouver un gîte moins cher ni mieux situé avant qu'il ne fasse nuit noire. Delamarche était d'accord et seul Karl se crut obligé de faire remarquer qu'il avait suffisamment d'argent pour payer un gîte, à tout le monde même dans un hôtel. Delamarche dit qu'ils auraient encore besoin de cet argent, qu'il devait y faire bien attention. Delamarche ne cacha nullement qu'on comptait déjà sur l'argent de Karl. Comme sa première proposition était acceptée, Robinson continua en expliquant qu'il leur fallait maintenant, avant de dormir, manger quelque chose de sérieux pour prendre des forces pour le lendemain, et que l'un d'entre eux devait aller chercher un repas pour tous à l'hôtel dont l'enseigne brillait au bord de la route, tout près : "Hôtel Occidental". Comme il était le plus jeune et que par ailleurs personne ne se proposait, Karl n'hésita pas à offrir ses services et, après avoir pris une commande de lard, de pain et de bière, il partit vers l'hôtel en face.

Il devait y avoir une grande ville dans les parages, car la première salle dans laquelle Karl pénétra était remplie d'une foule bruyante, et le long du buffet qui occupait l'un des murs du fond et les deux murs latéraux, quantité de serveurs avec des tabliers blancs sur la poitrine couraient constamment, sans pouvoir satisfaire l'impatience des clients, car l'on entendait à tout moment des jurons et des poings qui frappaient sur les tables, aux endroits les plus divers. Personne ne faisait attention à Karl ; du reste, on n'était pas servi dans la salle même ; les clients, assis à de minuscules tables que trois personnes suffisaient à faire disparaître, allaient chercher au buffet tout ce dont ils avaient envie. Sur toutes ces petites tables il y avait une grande bouteille d'huile, de vinaigre ou d'un liquide semblable, dont on aspergeait tous les mets que l'on était allé chercher au buffet avant de manger. Pour arriver d'abord au buffet où les difficultés ne feraient sans doute que commencer, surtout avec sa grosse commande, il lui fallait se faufiler entre les nombreuses tables, ce qui naturellement, même avec force précautions, était impossible sans importuner grossièrement les clients qui cependant supportèrent tout, comme insensibles, y compris quand Karl, lui-même poussé par un client contre une petite table, faillit la renverser. Il eut beau s'excuser, on ne le comprit pas, et d'ailleurs lui non plus ne comprit pas un traître de mot de ce qu'on lui criait.

Au buffet, il eut du mal à trouver une toute petite place libre où, un long moment, la vue lui fut bouchée par les coudes de ses voisins appuyés sur le comptoir. Il semblait d'ailleurs que l'habitude fût ici de s'appuyer sur les coudes et de caler ses poings contre ses tempes ; Karl ne put s'empêcher de penser à son professeur de latin, le docteur Krumpal, qui détestait cette position et qui, chaque fois, s'approchait discrètement, brandissait soudain une règle sans qu'on s'y attende et, d'un coup cuisant, repoussait vos coudes de la table.

Karl était étroitement serré contre le comptoir, car à peine s'y était-il installé qu'on avait placé une table derrière lui, et l'un des clients qui s'y était assis lui effleurait le dos de son grand chapeau, chaque fois qu'il renversait légèrement la tête en discutant. En outre il y avait bien peu d'espoir d'obtenir quelque chose du serveur, même après que ses deux pesants voisins, une fois satisfaits, furent partis. À plusieurs reprises, par-dessus le comptoir, Karl avait attrapé un serveur par son tablier, mais toujours celui-ci s'était débarrassé de lui, avec une grimace. Impossible d'en retenir un, ils n'arrêtaient pas de courir. Si au moins il y avait eu dans le voisinage de Karl quelque chose de convenable à manger et à boire, il se serait servi, se serait renseigné sur le prix, aurait posé l'argent et serait parti avec joie. Or il n'y avait juste devant lui que des poissons qui ressemblaient à des harengs, et dont les écailles noires avaient sur le bord des reflets dorés. Ils pouvaient être très chers et

ne rassasieraient probablement personne. On pouvait en outre
atteindre de petits tonnelets de rhum, mais Karl ne voulait pas
rapporter de rhum à ses camarades, qui ne semblaient que trop
rechercher en toute occasion l'alcool le plus fort, et il n'avait
aucune envie d'encore les y encourager.

Il ne restait donc plus à Karl qu'à chercher une autre place
et à recommencer tous ses efforts. Mais l'heure était déjà fort
avancée. La pendule à l'autre bout de la salle, dont on réussissait tout juste, en la scrutant du regard, à distinguer les aiguilles
à travers la fumée, indiquait déjà neuf heures passées. Mais aux
autres endroits du buffet, la presse était encore plus grande
qu'à celui-ci qui se trouvait un peu sur le côté. En outre, la salle
se remplissait de plus en plus à mesure que l'heure avançait. De
nouveaux clients ne cessaient d'entrer par la porte principale, à
grands coups de Hello ! À plusieurs endroits, des clients débar-
rassaient le buffet d'autorité, s'asseyaient sur le zinc et buvaient
à la santé des uns et des autres ; c'étaient les meilleures places,
on dominait toute la salle.

Karl continua à se frayer un chemin à travers la foule, mais il
avait perdu tout espoir d'attraper quelque chose. Il se reprochait de s'être proposé pour cette commission, lui qui ignorait
les usages du pays. Ses camarades lui chercheraient querelle à
juste titre et ils penseraient par-dessus le marché qu'il n'avait
rien rapporté uniquement pour économiser son argent. Il se
trouvait maintenant dans un coin où l'on mangeait à toutes les
tables des plats de viande chaude avec de belles pommes de
terre dorées, il ne comprenait pas comment les gens s'étaient
procuré tout cela.

Il aperçut alors à quelques pas devant lui une femme d'un
certain âge qui faisait manifestement partie du personnel de
l'hôtel et discutait en riant avec un client. En même temps,
elle fourrageait sans arrêt dans sa coiffure avec une épingle à
cheveux. Karl décida aussitôt de présenter sa commande à cette
femme, d'abord parce qu'étant la seule femme dans cette salle
elle faisait à ses yeux exception au milieu du bruit et de l'agitation générale, et aussi pour la simple raison qu'elle était la

seule employée de l'hôtel que l'on pût aborder, à supposer évidemment qu'au premier mot qu'il lui adresserait, elle ne courût pas à ses affaires. Mais ce fut tout le contraire qui arriva. Karl ne lui avait pas encore adressé le moindre mot, tout juste l'avait-il légèrement considérée qu'elle se tourna vers lui, comme il arrive parfois au milieu d'une conversation que l'on regarde sur le côté ; et interrompant son discours, elle lui demanda gentiment s'il cherchait quelque chose, dans un anglais limpide comme la grammaire. « Je pense bien, dit Karl, je n'arrive pas à me faire servir ici. — Alors venez avec moi, mon petit », dit-elle en prenant congé de son interlocuteur qui ôta son chapeau, ce qui apparut ici comme une incroyable marque de politesse ; elle prit Karl par la main, se dirigea vers le buffet, écarta un client, ouvrit un portillon dans le comptoir, parcourut avec Karl le passage qui le longeait et où il fallait faire attention aux infatigables serveurs qui couraient toujours, ouvrit une double porte capitonnée, et ils se retrouvèrent dans de vastes resserres bien fraîches. « Il faut juste savoir comment cela marche », se dit Karl.

« Alors, que voulez-vous ? » demanda-t-elle en se penchant avec obligeance vers lui. Elle était très grosse, tout son corps ballottait, mais son visage avait une forme presque délicate, toutes proportions gardées. À la vue des nombreuses victuailles empilées avec soin sur les étagères et les tables, Karl fut tenté d'imaginer bien vite pour sa commande un médianoche plus recherché, notamment parce qu'il pouvait attendre de cette femme influente d'être servi à un prix intéressant, mais finalement, rien de convenable ne lui venait à l'idée, il se contenta de prononcer les mots lard, pain et bière. « Rien d'autre ? demanda la femme. — Non merci, dit Karl, mais pour trois personnes. » À la question de la femme sur les deux autres, Karl évoqua brièvement ses camarades, il était heureux d'être un peu questionné.

« Mais c'est un vrai repas de prisonnier », dit la femme, en attendant manifestement que Karl exprimât d'autres désirs. Mais celui-ci, craignant qu'elle lui fît cadeau de tout cela et n'ac-

ceptât pas d'argent, se tut. « Nous allons voir ça tout de suite »,
dit la femme qui avec une étonnante mobilité, vu sa corpulence, se dirigea vers une table, coupa avec un couteau long et
mince, à lame en forme de scie, un gros morceau de lard fort
en viande, saisit sur une étagère une miche de pain, prit par
terre trois bouteilles de bière et déposa tout cela dans un
panier léger qu'elle tendit à Karl. Entre-temps elle expliquait à
Karl qu'elle l'avait amené ici parce que, là-bas au buffet, les
victuailles dans la fumée et les nombreuses émanations perdaient toujours leur fraîcheur malgré la rapidité de leur con-
sommation. Mais pour les gens dans la salle, tout cela était
assez bon. Dès lors, Karl ne dit plus rien, ne sachant pas à quoi
il devait ce traitement de faveur. Il pensait à ses camarades qui,
peut-être, si bons connaisseurs de l'Amérique qu'ils fussent,
n'avaient jamais accédé à ces resserres et auraient dû se contenter des victuailles défraîchies du buffet. On n'entendait ici
aucun bruit venant de la salle, les murs devaient être très épais
pour garder suffisamment de fraîcheur sous ces voûtes. Karl
avait déjà depuis un petit moment son panier à la main, mais
il ne songeait pas encore à payer et ne bougeait pas non plus.
Mais quand la femme voulut rajouter dans son panier un bouteille comme il y en avait sur les tables de la salle, il la remercia
avec effroi.

« Vous avez encore à marcher longtemps ? demanda la
femme. — Jusqu'à Butterford, répondit Karl. — C'est encore
bien loin, dit la femme. — Encore un jour de marche, dit Karl.
— Pas plus ? demanda la femme. — Oh ! non », dit Karl.

La femme rangea quelques objets sur les tables ; un serveur
entra, cherchant des yeux quelque chose, la femme lui indiqua
alors un large plat dans lequel se trouvait un tas de sardines
parsemé d'un peu de persil, et il sortit en portant le plat à bout
de bras dans la salle.

« Mais au fait, pourquoi voulez-vous donc passer la nuit
dehors ? demanda la femme. — Nous avons ici suffisamment
de place. Dormez chez nous à l'hôtel. » C'était, pour Karl, d'autant plus séduisant qu'il avait fort mal passé la nuit précédente.

« J'ai mon bagage dehors, dit-il en hésitant et non sans vanité. — Vous n'avez qu'à l'apporter, dit la femme, ce n'est pas un obstacle. — Mais mes camarades ! dit Karl en s'apercevant aussitôt qu'en fait c'étaient eux l'obstacle. — Ils peuvent naturellement passer aussi la nuit ici, dit la femme. Venez donc ! Ne vous faites pas prier comme ça. — Par ailleurs, mes camarades sont de braves gens, dit Karl, mais ils ne sont pas propres. — Vous n'avez donc pas vu la saleté dans la salle ? demanda la femme avec une grimace. Vraiment n'importe qui peut venir chez nous. Je vais donc tout de suite faire préparer trois lits. Cependant ce ne sera qu'au grenier, car l'hôtel est complet, moi aussi j'ai émigré au grenier, mais c'est toujours mieux que dehors. — Je ne peux pas amener mes camarades », dit Karl. Il s'imaginait le raffut que tous les deux feraient dans les couloirs de cet hôtel distingué. Robinson salirait tout et Delamarche poursuivrait immanquablement cette femme de ses importunités. « Je ne vois pas pourquoi ce ne serait pas possible, dit la femme, mais si vous le voulez, laissez donc vos camarades dehors et venez chez nous tout seul. — Impossible, impossible, dit Karl, ce sont mes camarades et je dois rester avec eux. — Vous êtes têtu, dit la femme en détournant le regard, on vous veut du bien, on aimerait vous rendre service, et vous résistez à toute force. » Karl comprenait tout cela, mais ne sachant pas comment s'en sortir, il se contenta d'ajouter : « Grand merci de votre amabilité », puis se rappelant qu'il n'avait pas encore payé, il demanda le montant de sa dette. « Vous me paierez quand vous rapporterez le panier, dit la femme. Il me le faut au plus tard demain matin. — Vous l'aurez », dit Karl. Elle ouvrit une porte qui donnait directement sur l'extérieur et ajouta pendant qu'il sortait en s'inclinant : « Bonne nuit. Mais vous avez tort. » Il avait déjà fait quelques pas quand elle lui cria encore : « Au revoir, à demain ! »

À peine fut-il dehors qu'il entendit de nouveau le vacarme toujours aussi fort de la salle, auquel se mêlait à présent la musique d'un orchestre de cuivres. Il était heureux de n'avoir pas dû sortir en traversant la salle. Les cinq étages de l'hôtel étaient à présent éclairés et, sur le devant, illuminaient la route sur toute sa largeur. Dehors, les automobiles continuaient à passer, mais de manière discontinue ; en arrivant elles grossissaient plus vite que dans la journée, elles exploraient la chaussée avec les rayons blancs de leurs lanternes, striaient la zone éclairée de l'hôtel de leurs lumières plus pâles qui reprenaient leur éclat en fonçant plus loin dans l'obscurité.

Karl trouva ses camarades déjà profondément endormis, il avait trop tardé à revenir. Il s'apprêtait à disposer d'une façon appétissante ce qu'il avait rapporté sur des papiers, dans son panier, pour réveiller seulement ses camarades lorsque tout serait prêt, lorsqu'il s'aperçut avec effroi que la valise qu'il leur avait confiée fermée et dont il avait les clefs dans sa poche, était grande ouverte, la moitié de son contenu dispersé tout autour dans l'herbe. « Levez-vous ! cria-t-il. Vous restez à dormir et pendant ce temps il y a eu des voleurs. — Il manque donc quelque chose ? » demanda Delamarche. Robinson, qui n'était pas encore tout à fait réveillé, s'emparait déjà de la bière. « Je ne sais pas, cria Karl, mais la valise est ouverte. C'est bien imprudent de s'allonger pour dormir et de laisser la valise sans surveillance. » Delamarche et Robinson se mirent à rire et le premier dit : « La prochaine fois, il ne faudra pas que vous restiez parti aussi longtemps. L'hôtel est à dix pas d'ici, et vous avez mis trois heures pour y aller et en revenir. Nous avons eu faim et, pensant que vous pouviez avoir quelque chose à manger dans votre valise, nous avons chatouillé la serrure jusqu'à ce qu'elle s'ouvre. Du reste, il n'y avait vraiment rien dedans et vous n'avez qu'à tout remballer tranquillement. — Ah ! tiens », dit Karl en fixant le panier qui se vidait rapidement, et en écoutant l'étrange bruit que Robinson émettait en buvant : le liquide, après avoir coulé dans les profondeurs de sa gorge, revenait précipitamment avec une sorte de sifflement pour ne rouler qu'ensuite à grands flots dans l'abîme. « Vous avez déjà fini de manger ? demanda-t-il à un instant où les deux hommes reprenaient haleine. — N'avez-vous donc pas déjà mangé à l'hôtel ? demanda Delamarche, croyant que Karl revendiquait sa part. — Si vous voulez encore manger, dépêchez-vous, dit Karl en se dirigeant vers sa valise. — On dirait qu'il a ses humeurs, dit Delamarche à Robinson. — Je n'ai pas d'humeurs, dit Karl, mais est-ce que c'est normal de fracturer ma valise en mon absence, et de jeter mes affaires partout. Je sais qu'entre camarades on doit tolérer bien des choses et je m'y étais d'ailleurs préparé, mais là c'est trop. Je vais passer la nuit à l'hôtel et je n'irai pas à Butterford. Dépêchez-vous de manger, je dois rendre le panier. — Tu vois, Robinson, voilà qui s'appelle parler, dit Delamarche, ça c'est un beau discours. C'est bien un Allemand. Tu m'as mis très tôt en garde contre lui, mais j'ai été bonne poire et je l'ai pris quand même avec nous. Nous lui avons accordé notre confiance, nous l'avons traîné toute une journée avec nous, en perdant au moins une demi-journée, et maintenant, parce que quelqu'un l'a attiré à l'hôtel, il nous dit au revoir, tout simplement au revoir. Mais comme c'est un fourbe d'Allemand, il ne le fait pas ouvertement, il prend pré-texte de sa valise, et comme c'est un Allemand malappris, il ne peut pas s'en aller sans nous blesser dans notre honneur et nous traiter de voleurs, parce qu'on lui a fait une petite blague avec sa valise. » Karl, qui rangeait ses affaires, répondit sans se retourner : « Continuez à parler ainsi, vous me facilitez le départ. Je sais très bien ce qu'est la camaraderie. En Europe aussi j'ai eu des amis et aucun ne peut me reprocher d'avoir été fourbe et malappris avec lui. Maintenant j'ai évidemment perdu le contact, mais si je devais un jour revenir en Europe, tous me recevraient gentiment et me reconnaîtraient immédia-tement pour leur ami. Et vous, Delamarche, et vous, Robinson, je vous aurais trahi alors que vous avez eu l'amabilité, ce que je ne cacherai jamais, de m'accepter et de me donner l'espoir d'un apprentissage à Butterford ? En fait il s'agit d'autre chose. Vous n'avez rien, ce qui ne vous diminue pas le moins du monde à mes yeux, mais vous êtes jaloux du peu que je pos-sède et cherchez en conséquence à m'humilier, ça je ne peux pas le supporter. Et maintenant que vous avez fracturé ma valise, au lieu de me dire un mot d'excuse, vous m'injuriez et continuez en insultant mon peuple — du même coup, vous m'enlevez aussi toute possibilité de rester avec vous. Au demeurant, tout cela en fait ne vous concerne pas, Robinson. Je ne vous fais aucun reproche sur votre caractère, sinon d'être trop dépendant de Delamarche. — Eh bien, dites donc, dit Delamarche en marchant sur Karl et lui donnant une légère bourrade comme pour attirer son attention, c'est donc comme ça que vous vous démasquez. Toute la journée, vous m'avez emboîté le pas, vous vous êtes accroché à mes basques, vous avez imité tous mes mouvements, tout en restant muet comme une carpe. Mais maintenant que vous vous sentez soutenu je ne sais comment dans cet hôtel, vous commencez à tenir de grands discours. Vous êtes un petit roublard, et je me demande au fond si nous allons prendre la chose aussi gentiment. Si nous n'allons pas exiger d'être payés pour ce que vous avez appris en nous observant toute la journée. Dis donc, Robinson, il s'imagine que nous lui envions ce qu'il possède. Une journée de travail à Butterford — sans parler de la Californie — et nous en aurons dix fois plus que ce que vous nous avez montré et que vous avez sans doute encore, caché dans la doublure de votre veste. Alors, attention à votre gueule ! » S'étant relevé de sa valise, Karl vit alors Robinson approcher, encore à moitié endormi, mais un peu excité par la bière. « Si je restais encore longtemps ici, dit-il, il pourrait encore m'arriver d'autres surprises. Vous semblez avoir envie de me passer à tabac. — La patience a ses limites, dit Robinson. — Vous feriez mieux de vous taire, Robinson, dit Karl sans quitter des yeux Delamarche, dans votre for intérieur vous me donnez raison, mais vous voulez donner l'impression que vous êtes du côté de Delamarche. — Vous voulez peut-être le soudoyer ? demanda Delamarche. — Jamais de la vie, dit Karl. Je suis content de partir, et je ne veux plus rien avoir à faire avec aucun d'entre vous. Mais je voudrais encore vous dire une chose : vous m'avez reproché d'avoir de l'argent et de vous l'avoir caché. En admettant que ce soit vrai, ne se justifiait-il pas d'agir ainsi avec des gens que je ne connaissais que depuis quelques heures, et ne confirmezvous pas par votre attitude présente la justesse d'une telle conduite ? — Reste calme », dit Delamarche à Robinson, encore que celui-ci n'eût pas bougé. Puis il demanda à Karl : « Puisque vous avez le culot d'être si franc, poussez donc la sincérité, puisque nous parlons si gentiment ensemble, jusqu'à nous confier pourquoi au fond vous voulez aller à l'hôtel. » Karl fut obligé d'enjamber la valise pour s'écarter, tant Delamarche s'était rapproché de lui. Mais Delamarche ne se laissa pas démonter, il repoussa la valise, fit un pas en avant, posant ainsi le pied sur un plastron blanc qui était resté dans l'herbe, et répéta sa question.

Comme en réponse, un homme déboucha de la route, muni d'une lampe de poche à la lumière éblouissante, et se dirigea vers le groupe. C'était un serveur de l'hôtel. À peine eut-il aperçu Karl qu'il dit : « Voilà presque une demi-heure que je vous cherche. Je viens d'explorer tous les talus des deux côtés de la route. En effet, Mme la cuisinière en chef vous fait dire qu'elle a besoin d'urgence du panier qu'elle vous a prêté. — Le voici », dit Karl d'une voix tremblante d'émotion. Delamarche et Robinson s'étaient écartés avec une apparente discrétion, comme ils le faisaient toujours devant des étrangers respectables. Le serveur prit le panier et dit : « Et puis, Mme la cuisinière en chef vous fait demander si vous n'avez pas réfléchi et si vous ne voudriez pas quand même pas passer la nuit à l'hôtel. Les deux autres messieurs seraient aussi les bienvenus, si vous voulez les amener. Les lits sont déjà préparés. Cette nuit, il fait chaud, mais il n'est pas sans danger de dormir sur ce talus, on y trouve assez souvent des serpents. — Puisque Mme la cuisinière en chef est si aimable, j'accepterai son invitation », dit Karl s'attendant à ce que ses camarades disent quelque chose. Mais Robinson restait là, l'air stupide, et Delamarche, les mains dans les poches de son pantalon, regardait les étoiles. Tous deux espéraient manifestement que Karl les emmènerait avec lui sans plus de façon. « Dans ce cas, dit le serveur, je suis chargé de vous conduire à l'hôtel et de porter votre bagage. — Alors attendez encore un instant, je vous prie », dit Karl en

se penchant pour mettre dans sa valise les quelques affaires
encore dispersées.

Tout à coup il se redressa. La photographie manquait, elle
avait été posée sur le dessus et elle n'était nulle part. Il y avait
tout, seule la photographie manquait. « Je n'arrive pas à trouver
la photographie, dit-il à Delamarche en attendant une réponse.
— Quelle photographie ? demanda celui-ci. — La photographie
de mes parents, dit Karl. — Nous n'avons vu aucune photographie, dit Delamarche. — Il n'y avait pas de photographie
dedans, monsieur Rossmann, confirma aussi Robinson. — Mais
c'est impossible, dit Karl dont les regards en quête de secours
incitèrent le serveur à se rapprocher. Elle était posée tout au-
dessus et voilà qu'elle a disparu. Vous auriez mieux fait de ne
pas vous amuser avec cette valise. — Toute erreur est exclue,
dit Delamarche, il n'y avait pas de photographie dans cette
valise. — Elle avait pour moi plus de valeur que tout le reste,
dit Karl au serveur qui faisait quelques pas en cherchant dans
l'herbe. Elle est irremplaçable, je n'en retrouverai pas d'autre. »
Et quand le serveur eut abandonné ses vaines recherches, il
ajouta : « C'était la seule photo que je possédais de mes
parents. » Là-dessus, le serveur dit à haute voix sans ménagements : « Peut-être pourrions-nous encore fouiller les poches
de ces messieurs. — Oui, dit Karl aussitôt, il faut que je
retrouve cette photographie. Mais avant de fouiller leurs
poches, je précise que je donnerai la valise avec tout son contenu à celui qui me rendra volontairement la photographie. »
Après un instant de silence général, Karl dit au serveur : « Mes
camarades veulent donc visiblement qu'on fouille leurs poches.
Mais même maintenant je promets toute la valise à celui dans
la poche duquel on trouvera la photographie. Je ne peux pas
faire davantage. » Le serveur se mit aussitôt à fouiller Delamarche qui lui paraissait plus difficile à traiter que Robinson qu'il
confia à Karl. Il fit remarquer à Karl qu'il fallait les fouiller tous
les deux en même temps, sinon l'un d'eux pourrait faire disparaître subrepticement la photographie. D'emblée, Karl trouva
dans la poche de Robinson une cravate qui lui appartenait, mais

il la laissa et cria au serveur : « Tout ce que vous pourrez trouver sur Delamarche, laissez-le lui, je vous prie. Je ne veux que la photographie, rien que la photographie. » En fouillant les poches intérieures, la main de Karl se posa sur la poitrine chaude et adipeuse de Robinson et il prit conscience qu'il commettait peut-être une grande injustice envers ses camarades. Il fit donc désormais le plus vite possible. D'ailleurs tout cela avait été vain, la photographie ne se trouvait ni sur Robinson ni sur Delamarche.

« Cela ne sert à rien, dit le serveur. — Ils ont sans doute déchiré la photographie et en ont jeté les morceaux, dit Karl, je pensais que c'étaient mes amis, mais en secret ils ne cherchaient qu'à me nuire. Pas Robinson en fait, qui n'aurait jamais eu l'idée que cette photographie avait pour moi une telle valeur, mais Delamarche c'est sûr. » Karl ne voyait devant lui que le serveur dont la lanterne éclairait un petit cercle, tandis que tout le reste, Robinson et Delamarche y compris, était dans une profonde obscurité.

Il n'était bien sûr plus du tout question d'amener les deux hommes à l'hôtel. Le serveur chargea la valise sur son épaule, Karl prit le panier et ils s'en allèrent. Karl était déjà sur la route lorsque, interrompant ses réflexions, il s'arrêta et cria dans le noir : « Écoutez ! Si l'un de vous devait encore avoir la photographie et voulait me la rapporter à l'hôtel, je reste prêt à lui donner la valise et — je le jure — je ne le dénoncerai pas. » Aucune réponse ne descendit jusqu'à eux, on n'entendit qu'un lambeau de phrase, le début d'un appel de Robinson, que Delamarche lui avait sans doute fait aussitôt ravaler. Karl attendit encore un long moment pour voir si, là-haut, on ne changeait pas de décision. Deux fois il cria, en laissant un intervalle : « Je suis toujours là. » Mais il n'y eut aucune réponse, une fois seulement une pierre dévala la pente, peut-être tombée par hasard, peut-être mal lancée.

# V

## À L'HÔTEL OCCIDENTAL

À l'hôtel, Karl fut immédiatement conduit dans une sorte de bureau où la cuisinière en chef, un agenda à la main, dictait une lettre à une jeune dactylo devant sa machine à écrire. Sa dictée extrêmement précise, la frappe maîtrisée et dynamique des touches couraient plus vite que le tic-tac de la pendule, perceptible par intermittences, qui marquait déjà presque onze heures et demie. « Voilà ! » dit la cuisinière en chef en refermant bruyamment son agenda ; la dactylo se leva d'un bond et remit le couvercle en bois sur la machine, geste mécanique durant lequel elle ne quitta pas Karl des yeux. Elle avait encore l'air d'une écolière, son tablier était très soigneusement repassé, avec par exemple des fronces sur les épaules, son chignon était bien haut, et on était un peu surpris de lui voir un visage sérieux après avoir détaillé tout cela. Après s'être inclinée d'abord devant la cuisinière en chef, puis devant Karl, elle s'éloigna, et Karl sans le vouloir lança à la cuisinière en chef un regard interrogateur.

« C'est bien que vous soyez enfin venu, dit-elle. Et vos camarades ? — Je ne les ai pas amenés, dit Karl. — Ils vont sans doute repartir très tôt », dit la cuisinière en chef, comme pour s'expliquer la chose. « Ne va-t-elle pas croire que je pars aussi avec eux ? » se demanda Karl, qui dit donc pour qu'aucun doute ne subsiste : « Nous nous sommes séparés brouillés. » La cuisinière en chef sembla prendre cela comme une bonne nouvelle. « Vous voilà donc libre ? demanda-t-elle. — Oui je suis libre », dit Karl, et rien ne lui paraissait aussi insignifiant. « Écoutez, ne voudriez-vous pas prendre un emploi ici dans cet hôtel ? demanda la cuisinière en chef. — Très volontiers, dit Karl, mais je manque terriblement de compétence. Par exemple, je ne sais même pas taper à la machine. — Ce n'est pas l'essentiel, dit la cuisinière en chef. Car vous n'auriez provisoirement qu'un tout petit emploi, et ce serait ensuite à vous de faire en sorte de monter par votre travail et votre application. Mais je crois en tout cas qu'il vaudrait bien mieux pour vous de vous fixer quelque part, au lieu de vagabonder comme ça par le monde. Vous ne me semblez pas fait pour ça. » « Mon oncle serait certainement d'accord avec tout cela », se dit Karl en hochant la tête. En même temps il se souvint qu'il ne s'était pas encore présenté, alors qu'on s'occupait tant de lui. « Je vous prie de m'excuser, dit-il, de ne m'être même pas encore présenté, je m'appelle Karl Rossmann. — Vous êtes allemand, n'est-ce pas ? — Oui, dit Karl, je suis en Amérique depuis très peu de temps. — D'où êtes-vous donc ? — De Prague, en Bohême, dit Karl. — Voyez-vous cela, s'écria la cuisinière en chef dans un allemand fortement teinté d'anglais, et en levant un peu les bras, nous sommes donc compatriotes, je m'appelle Grete Mizelbach et je suis de Vienne. Et je connais parfaitement Prague, j'ai été employée six mois à l'Oie d'or sur la place Venceslas. Mais voyez-vous ça ! — C'était quand ? demanda Karl. — Ça fait déjà bien des années. — L'ancienne Oie d'or, dit Karl, a été détruite, il y a deux ans. — Oui, bien sûr », dit la cuisinière en chef toute à ses souvenirs du temps passé.

Mais tout à coup, retrouvant sa vivacité, elle s'écria en saisissant les mains de Karl : « Maintenant qu'il est avéré que vous êtes un compatriote, il ne faut à aucun prix que vous partiez d'ici. Vous n'avez pas le droit de me faire ça. Auriez-vous envie, par exemple, d'être liftier ? Il suffit que vous disiez oui et vous l'êtes. Quand vous aurez un peu circulé, vous saurez qu'il n'est pas particulièrement facile d'obtenir ces emplois, car ce sont les meilleurs débuts que l'on puisse imaginer. Vous entrez en rapport avec tous les clients, on vous voit toujours, on vous confie de petites commissions, bref, vous avez tous les jours la possibilité d'arriver à une meilleure situation. Tout le reste, je m'en charge ! — J'aimerais beaucoup être liftier », dit Karl après un petit silence. C'eût été une grosse sottise que d'avoir scrupule à accepter un emploi de liftier en considération de ses cinq classes de lycée. Ici en Amérique il y aurait plutôt eu de quoi en avoir honte, de ces cinq classes de lycée. D'ailleurs, les liftiers avaient toujours plu à Karl, ils lui étaient apparus comme la parure des hôtels. « On n'exige pas de connaissances des langues ? demanda-t-il encore. — Vous parlez allemand et un bon anglais, cela suffit parfaitement. — L'anglais, je ne l'ai appris qu'en Amérique, en deux mois et demi, dit Karl, qui pensait ne pas devoir taire son unique avantage. — Cela parle déjà suffisamment en votre faveur, dit la cuisinière en chef. Quand je songe aux difficultés que j'ai eues en anglais. À vrai dire, il y a déjà trente ans de cela. J'en parlais justement hier encore. Car je fêtais mon cinquantième anniversaire, hier. » Et elle chercha en souriant à lire sur le visage de Karl l'impression que faisait sur lui un âge aussi respectable. « Je vous souhaite donc beaucoup de bonheur, dit Karl. — Ça peut toujours servir », dit-elle en serrant la main de Karl, et cette vieille expression du pays qui lui était revenue en parlant allemand, la rendit à nouveau un peu mélancolique.

« Mais je vous retiens ici, s'écria-t-elle ensuite. Vous êtes sûrement fatigué, et nous pourrons d'ailleurs discuter bien mieux de tout cela quand il fera jour. La joie d'avoir rencontré un compatriote me fait perdre complètement la tête. Venez, je vais vous conduire à votre chambre. — J'ai encore quelque chose à vous demander, madame la cuisinière en chef, dit Karl en apercevant le coffre d'un téléphone sur une table. Il est possible que demain, peut-être très tôt, mes anciens camarades m'apportent une photographie dont j'ai un besoin urgent. Auriez-vous la bonté de téléphoner au portier qu'il m'envoie ces gens ou me fasse appeler ? — Certainement, dit la cuisinière en chef, mais ne suffirait-il pas qu'il leur demande lui-même la photographie ? Quelle est donc cette photographie, si je puis me permettre cette question ? — C'est la photographie de mes parents, dit Karl, non, il faut que je parle moi-même à ces gens. » La cuisinière en chef ne dit plus rien et téléphona cette consigne à la loge du portier, en précisant le numéro de la chambre de Karl, le 536.

Ils sortirent ensuite par une porte qui faisait face à la porte d'entrée et prirent un petit couloir où, appuyé contre la grille d'un ascenseur, un jeune liftier somnolait. « Nous pouvons nous débrouiller nous-mêmes, dit la cuisinière en chef en faisant entrer Karl dans l'ascenseur. Dix à douze heures de travail, c'est franchement un peu trop pour un garçon de cet âge, dit-elle tandis qu'ils montaient. Mais c'est caractéristique de l'Amérique. Voilà, par exemple, ce jeune garçon, il n'est arrivé ici avec ses parents qu'il y a six mois, il est italien. Et maintenant on dirait qu'il est incapable de supporter le travail, il a déjà la figure creusée, il s'endort pendant son service, quoiqu'il soit serviable de nature — mais il suffira qu'il travaille encore six mois ici, ou ailleurs en Amérique, et il supportera tout sans aucun mal, et dans cinq ans ce sera un solide gaillard. Des exemples pareils, je pourrais vous en citer pendant des heures. Ce faisant, je ne pense pas du tout à vous, car vous êtes un garçon robuste. Vous avez dix-sept ans, n'est-ce pas ? — J'en aurai seize le mois prochain, répondit Karl. — Seize seulement ! dit la cuisinière en chef. Alors, courage ! »

En haut, elle conduisit Karl dans une chambre qui, mansardée, avait un mur en pente, mais par ailleurs éclairée par deux lampes à incandescence, paraissait très confortable. « Ne soyez pas effrayé par l'aménagement, dit la cuisinière en chef, il faut savoir que ce n'est pas une chambre d'hôtel, mais une pièce de mon appartement, qui en compte trois, de sorte que vous ne me dérangerez aucunement. Je vais verrouiller la porte de communication, si bien que vous ne serez pas du tout gêné. Demain, en qualité de nouvel employé de l'hôtel, vous aurez naturellement votre petite chambre personnelle. Si vous étiez venu avec vos camarades, je vous aurais fait coucher dans le dortoir des grooms, mais comme vous êtes tout seul, je pense que vous serez mieux ici, même s'il vous faudra dormir sur un simple divan. Et maintenant dormez bien, pour prendre des forces pour le service. Demain encore, il ne sera pas trop dur. — Je vous remercie mille fois pour votre gentillesse. — Attendez, dit-elle en s'arrêtant au moment de sortir, vous auriez bientôt été réveillé. » Et elle se dirigea vers une porte sur le

côté, frappa et cria : « Therese ! — Oui, madame la cuisinière
en chef, répondit la voix de la petite dactylographe. — Quand
tu viendras me réveiller demain matin, il faudra que tu passes
par le couloir, un invité dort ici dans la chambre. Il est mort de
fatigue. » Disant ces mots, elle sourit à Karl. « As-tu compris ?
— Oui, madame la cuisinière en chef. — Alors bonne nuit !
— Je vous souhaite une bonne nuit. »

« Je dors en effet terriblement mal depuis des années, expliqua la cuisinière en chef. Or, je peux maintenant être satisfaite
de mon emploi et n'ai, à vrai dire, aucun souci à me faire. Mais
ce sont sûrement les suites de mes vieux soucis qui me donnent
ces insomnies. Je peux être contente quand je m'endors à trois
heures du matin. Mais comme il me faut être à mon poste à
cinq heures, au plus tard à cinq heures et demie, je suis obligée
de me faire réveiller, et ce avec beaucoup de précautions, pour
ne pas me rendre plus nerveuse que je suis. Alors, c'est Therese
qui me réveille. Mais maintenant je crois que vous savez vraiment déjà tout, et je n'arrive pas à m'en aller. Bonne nuit ! » Et
en dépit de son poids, elle sortit presque lestement de la pièce.

Karl était heureux de pouvoir dormir, car la journée l'avait
fort éprouvé. Et il ne pouvait souhaiter un environnement plus
agréable pour dormir longtemps sans être dérangé. À vrai dire,
la pièce n'avait pas été conçue comme chambre à coucher,
c'était plutôt une salle de séjour ou plus exactement un salon
pour la cuisinière en chef, et l'on avait ajouté ce soir-là exprès
pour lui une table de toilette ; mais il ne se sentait nullement
un intrus, au contraire il s'en trouvait plutôt choyé. Sa valise
était posée comme il fallait, et il y avait sûrement longtemps
qu'elle n'avait pas été en lieu plus sûr. Sur une commode à
tiroirs, recouverte d'un gros tissage de laine se trouvaient diverses photographies encadrées et sous verre ; Karl, examinant la
pièce, s'arrêta et les regarda. C'étaient pour la plupart de vieilles photographies, qui représentaient le plus souvent des jeunes filles vêtues d'habits démodés et inconfortables, coiffées de
petits chapeaux délurés mais qui montaient haut ; la main
droite appuyée sur un parapluie, elles tournaient les yeux vers

l'observateur, sans toutefois le regarder en face. Parmi les portraits d'hommes, Karl fut surtout frappé par la photo d'un
jeune soldat, qui avait posé son képi sur un guéridon et se
tenait là, bien droit, les cheveux noirs ébouriffés, et semblait
réprimer un rire fier. Les boutons de son uniforme avaient été
dorés après coup sur le cliché. Toutes ces photographies
venaient certainement encore d'Europe, on aurait pu sans
doute le vérifier en lisant au dos, mais Karl ne voulait pas y
toucher. Il avait lui aussi eu envie d'exposer, dans sa chambre
future, la photographie de ses parents comme celles-ci l'étaient
ici.

Après une toilette minutieuse de tout le corps, qu'il s'était
efforcé d'exécuter le plus silencieusement possible à cause de
sa voisine, il était en train de s'étirer sur son canapé en savourant les prémices du sommeil, quand il crut entendre frapper
faiblement à une porte. Impossible d'abord de savoir à quelle
porte c'était, peut-être d'ailleurs n'était-ce qu'un bruit fortuit.
Il ne se reproduisit d'ailleurs pas tout de suite, et Karl dormait
presque déjà quand il se répéta. Mais il n'y avait maintenant
plus de doute, quelqu'un frappait, et cela provenait de la chambre de la dactylographe. Sur la pointe des pieds, Karl s'approcha de la porte et demanda si bas qu'il n'eût pu réveiller
quiconque, même si quelqu'un avait juste dormi à côté : « Vous
désirez quelque chose ? » La réponse arriva aussitôt, tout aussi
basse : « Ne voudriez-vous pas ouvrir la porte ? La clef est de
votre côté. — Je vous en prie, dit Karl, il faut simplement que
je me rhabille. » Il y eut un court silence, puis la voix reprit :
« Ce n'est pas nécessaire. Ouvrez et couchez-vous dans votre
lit, j'attendrai un peu. — D'accord », dit Karl en faisant ce qu'on
lui avait dit, mais en tournant également le bouton pour allumer. « Je suis couché », dit-il alors un peu plus fort. La petite
dactylographe sortit de l'obscurité de sa chambre, vêtue exactement comme en bas au bureau, elle n'avait pas dû songer à
aller dormir, pendant tout ce temps.

« Mille excuses, dit-elle en se penchant un peu sur le lit de
Karl, et n'allez pas me trahir, je vous en prie. Je ne vais d'ail-

leurs pas vous déranger longtemps, je sais que vous êtes mort de fatigue. — Ce n'est pas grave, dit Karl, mais il aurait peut-être mieux valu que je m'habille. » Il était obligé de rester étendu sous les draps pour être couvert jusqu'au cou, car il n'avait pas de chemise de nuit. « Je ne reste qu'un instant, dit-elle en prenant une chaise, puis-je m'asseoir près du canapé ? » Karl hocha la tête. Elle s'assit alors si près du canapé que Karl dut reculer contre le mur pour pouvoir lever les yeux vers elle. Son visage était rond et régulier, seul le front était d'une hauteur peu commune, mais cela pouvait aussi tenir à sa coiffure qui ne lui allait pas très bien. Ses vêtements étaient très propres et bien tenus. Elle écrasait dans sa main gauche un mouchoir.

« Resterez-vous longtemps ici ? demanda-t-elle. — Ce n'est pas encore fixé, répondit Karl, mais je pense que je resterai. — Ce serait vraiment très bien, dit-elle en passant le mouchoir sur son visage, je suis vraiment si seule ici. — Voilà qui m'étonne, dit Karl, Mme la cuisinière en chef est pourtant très gentille avec vous. Elle ne vous traite pas du tout comme une employée. Je croyais même que vous étiez parentes. — Oh ! non, dit-elle, je m'appelle Therese Berchtold, je suis originaire de Poméranie. » Karl se présenta également. Là-dessus, elle le regarda pour la première fois avec attention, comme si en se nommant il lui était devenu un peu plus étranger. Ils se turent un instant. Puis elle dit : « N'allez pas croire que je suis ingrate. Sans la cuisinière en chef, je serais dans une situation bien pire. J'étais autrefois fille de cuisine dans cet hôtel et j'ai été en grand danger d'être renvoyée, car j'étais incapable d'accomplir ce dur travail. On a ici de très grandes exigences. Il y a un mois, une fille de cuisine s'est évanouie de surmenage et a dû rester quinze jours à l'hôpital. Et je ne suis pas très résistante, j'ai eu beaucoup à souffrir étant enfant, ce qui a un peu retardé ma croissance, vous ne croiriez sans doute pas que j'ai déjà dix-huit ans. Mais je suis déjà plus résistante, à présent. — Le service ici doit être vraiment très pénible, dit Karl. Je viens de voir en bas un liftier qui dormait debout. — C'est pourtant les liftiers qui ont la meilleure position, dit-elle, ils se font de l'argent avec les

pourboires et, en fin de compte, ils ont un travail de loin moins
éreintant que les gens de la cuisine. Pour moi, j'ai vraiment eu
de la chance, Mme la cuisinière en chef a eu besoin un jour
d'une fille pour disposer les serviettes d'un banquet, elle a
envoyé quelqu'un en bas à la cuisine, il y a là une bonne cinquantaine de filles, j'étais disponible par hasard, et elle a été
contente de moi, car j'ai toujours su parfaitement disposer les
serviettes. Et c'est ainsi que depuis elle m'a gardée auprès d'elle
et m'a formée petit à petit pour devenir sa secrétaire. Ce faisant,
j'ai beaucoup appris. — Y a-t-il donc tant de choses à écrire ?
demanda Karl. — Ah ! énormément, répondit-elle, vous ne pouvez certainement pas l'imaginer. Vous avez bien vu qu'aujour-
d'hui j'ai travaillé jusqu'à onze heures et demie, et ce n'était
pas un jour extraordinaire. D'ailleurs je n'écris pas continuellement, j'ai aussi beaucoup de courses à faire en ville. — Comment s'appelle donc la ville ? demanda Karl. — Vous ne le savez
pas ? dit-elle, Ramses. — Est-ce une grande ville ? demanda Karl.
— Très grande, répondit-elle, je n'aime pas y aller. Mais vous
ne voulez vraiment pas dormir maintenant ? — Non, non, dit
Karl, je ne sais encore même pas pourquoi vous êtes entrée.
— Parce que je ne puis parler avec personne. Je ne suis pas
une pleurnicheuse, mais quand on n'a vraiment personne, on
est heureux quand enfin quelqu'un vous écoute. Je vous ai déjà
vu en bas dans la salle, j'arrivais juste pour chercher la cuisinière en chef lorsqu'elle vous a emmené dans les resserres.
— C'est une salle effroyable, dit Karl. — Je ne m'en rends déjà
plus compte du tout, répondit-elle. Je voulais simplement dire
que la cuisinière en chef est aussi bonne pour moi que l'était
ma défunte mère. Mais il y a tout de même entre nous une telle
différence de position que je ne peux lui parler librement.
Parmi les filles de cuisine, j'ai eu autrefois de bonnes amies,
mais il y a longtemps qu'elles ne sont plus ici, et les nouvelles,
je les connais à peine. En fin de compte, j'ai souvent l'impression que mon travail actuel me fatigue beaucoup plus que l'ancien, que je ne peux vraiment pas l'accomplir aussi bien que
l'autre, et que Mme la cuisinière en chef ne me garde dans mon

emploi que par pitié. En fin de compte, il faut vraiment avoir eu une meilleure instruction pour devenir secrétaire. C'est un péché de le dire, mais souvent, très souvent j'ai peur de devenir folle. Mais pour l'amour de Dieu », dit-elle en parlant soudain plus vite et en saisissant un instant l'épaule de Karl, puisqu'il tenait les mains sous la couverture, « il ne faut pas que vous en parliez à Mme la cuisinière en chef, sans quoi je serai vraiment perdue. Si à présent, en plus des difficultés que je lui crée par mon travail, j'allais par-dessus le marché lui faire de la peine, ce serait vraiment un comble. — Il va de soi que je ne lui dirai rien, répondit Karl. — Alors c'est bien, dit-elle, et restez ici. Je serais heureuse que vous restiez ; si cela vous convient, nous pourrions nous entraider. Du premier instant que je vous ai vu, j'ai eu confiance en vous. Et malgré cela — pensez donc comme je suis mauvaise — j'ai eu peur aussi que Mme la cuisinière en chef puisse vous prendre à ma place comme secrétaire et me congédier. C'est seulement après être restée longtemps seule ici, pendant que vous étiez en bas au bureau, que je me suis dit qu'au fond il serait même excellent que vous preniez mon travail, car vous y seriez sûrement meilleur que moi. Si vous ne vouliez pas faire les commissions en ville, je pourrais conserver cette tâche. Mais sinon je serais certainement beaucoup plus utile à la cuisine, d'autant plus que j'ai déjà repris quelques forces. — La chose est déjà réglée, dit Karl, je vais être liftier et vous resterez secrétaire. Mais si jamais vous faisiez à Mme la cuisinière en chef la moindre allusion à vos projets, je lui révélerais également le reste de ce que vous m'avez dit aujourd'hui, en dépit de la peine que j'en aurais. » Ce ton émut tellement Therese qu'elle se jeta au pied du lit et plongea sa tête dans les couvertures en gémissant. « Je ne révélerai rien, dit Karl, mais vous non plus, il ne faudra rien dire. » Maintenant il ne pouvait plus rester complètement caché sous sa couverture, il lui caressa un peu le bras, ne trouva rien de bien à lui dire et pensa simplement qu'ici la vie était amère. Pour finir, elle recouvra son calme, du moins assez pour se sentir honteuse de ses pleurs, regarda Karl avec gratitude, l'encouragea à dormir longtemps le lendemain matin, et promit, si elle trouvait le temps, de monter vers les huit heures pour le réveiller. « Puisque vous réveillez avec tant de talent, dit Karl. — Oui, il y a des choses que je sais faire », dit-elle en promenant doucement sa main sur sa couverture en guise d'adieu, et elle s'en fut dans sa chambre.

Le lendemain, Karl insista pour prendre tout de suite son service, bien que la cuisinière en chef voulût le laisser libre ce jour-là pour qu'il visite Ramses. Mais Karl déclara très simplement qu'il trouverait bien l'occasion par la suite, que maintenant, pour lui, l'essentiel était de commencer à travailler, car en Europe déjà, il avait interrompu inutilement un travail tout différent, et il débutait comme liftier à un âge où les garçons, du moins les plus ardents, étaient en passe d'accéder à un meilleur travail, conséquence naturelle des choses. Il était très normal qu'il débutât comme liftier, mais tout aussi normal qu'il dût particulièrement se dépêcher. Dans ces conditions, la visite de la ville ne lui procurerait aucun plaisir. Il ne put même pas se décider à faire la petite promenade que Therese lui avait proposée. Il avait sans cesse devant les yeux l'idée que, s'il n'était pas assez travailleur, il pourrait se retrouver comme Delamarche et Robinson.

Chez le tailleur de l'hôtel, on lui essaya un uniforme de liftier, d'apparence fort somptueux avec ses boutons et ses galons dorés, mais que Karl enfila quand même avec une certaine répugnance, car la veste, surtout sous les bras, était froide, raide et définitivement imprégnée de la sueur des liftiers qui l'avaient portée avant lui. Il fallut d'ailleurs l'élargir, lui donner notamment de la poitrine, car aucun des dix uniformes dont on disposait, ne pouvait lui convenir, même provisoirement. Malgré les retouches ici nécessaires et bien que le maître tailleur semblât fort méticuleux — deux fois il retourna à l'atelier l'uniforme sorti de ses mains —, tout fut réglé en moins de cinq minutes, et Karl ressortit bientôt de l'atelier en liftier, avec un pantalon collant et une veste qui, en dépit des véhémentes protestations du maître tailleur, le serrait de partout et l'incitait à effectuer sans cesse des exercices de respiration, pour voir s'il pouvait encore respirer.

Il se présenta ensuite chez le maître d'hôtel en chef qui allait être son supérieur hiérarchique, un bel homme svelte au grand nez, qui pouvait avoir une quarantaine d'années. Il n'avait absolument pas le temps, même pour un très bref entretien, et se contenta de sonner un liftier qui fut par hasard justement celui que Karl avait aperçu la veille. Le maître d'hôtel en chef ne l'appela que par son prénom, Giacomo, ce que Karl n'apprit que plus tard, car prononcé en anglais, ce nom était méconnaissable. Ce jeune garçon reçut alors la mission de montrer à Karl en quoi consistait le service des ascenseurs, mais il était si craintif et si pressé que Karl put à peine en apprendre les rudiments, bien qu'au fond il y eût très peu de choses à montrer. Giacomo était sûrement de mauvaise humeur parce que c'était manifestement à cause de Karl qu'il devait quitter son service aux ascenseurs et aller seconder les femmes de chambre, ce qu'il considérait, après certaines expériences qu'il n'évoquait pas, comme déshonorant. Karl fut fort déçu de voir qu'un liftier avait seulement affaire à la machinerie de l'appareil en pressant sur un bouton pour le mettre en marche, alors que les réparations du moteur étaient exclusivement réservées aux mécaniciens de l'hôtel et que Giacomo par exemple, malgré six mois de service dans l'ascenseur, n'avait jamais vu de ses propres yeux ni le moteur au sous-sol ni la machinerie à l'intérieur de l'ascenseur, malgré tout le plaisir qu'il en aurait eu, affirmait-il. D'ailleurs c'était un service monotone et si pénible, avec ses douze heures de travail, tantôt de jour tantôt de nuit, qu'on ne pouvait pas y tenir, à moins d'arriver à dormir debout une minute par-ci par-là, d'après Giacomo. Karl ne fit aucune remarque, mais il comprit bien que c'était justement ce bel art qui avait coûté sa place à Giacomo[1].

1. « J'ai représenté l'Amérique la plus moderne », déclara Kafka, d'abord mécontent du choix (dû à Franz Werfel) des éditions Kurt Wolff pour l'illustration du *Soutier* : une gravure de 1838, de H.W. Bartlett, « View of the ferry at Brooklyn, New York ». — Pour préciser l'image de l'Amérique qu'avait Kafka, on peut consulter la notice de Claude David dans l'édition de La Pléiade, *Franz Kafka, Œuvres complètes I*, pp. 823-834, ainsi que les Actes de deux récents colloques : *Entre critique et rire : Le Disparu de Franz*

Karl trouva fort agréable que l'ascenseur dont il avait à s'occuper ne fût destiné qu'aux étages supérieurs, car ainsi il n'aurait pas affaire aux gens riches et exigeants. Bien sûr, il y apprendrait moins qu'ailleurs, mais c'était suffisant pour un début.

Une fois passée la première semaine, Karl comprit qu'il était parfaitement à la hauteur de son service. Les pièces en bronze de son ascenseur étaient les mieux astiquées, aucun des trente autres ascenseurs ne pouvait sur ce plan se comparer avec le sien, et elles auraient peut-être été encore plus brillantes si le garçon affecté au même ascenseur que lui avait été tant soit peu plus travailleur et ne s'était pas senti encouragé dans sa négligence par le zèle de Karl. C'était un Américain de naissance, nommé Renell, un jeune homme coquet aux yeux noirs et aux joues glabres, un peu creuses. Il possédait un élégant costume dans lequel, les soirs de liberté, il s'empressait de se rendre en ville, légèrement parfumé ; de temps à autre, il demandait aussi à Karl de le remplacer le soir parce qu'il devait satisfaire d'urgence à des obligations de famille, et il se souciait peu que son aspect extérieur contredît de telles excuses. Pourtant Karl l'avait en sympathie et il aimait que ces soirs-là, avant de sortir, Renell s'arrêtât dans son costume de ville près de lui, en bas devant l'ascenseur, et s'excusât encore un peu, tout en enfilant ses gants avant de traverser le couloir. En fait, Karl ne voulait en le remplaçant que lui rendre un service qui, au début, lui semblait naturel envers un collègue plus âgé, il n'entendait pas que cela devînt une institution régulière. Car ces éternels trajets en ascenseur étaient à vrai dire suffisamment fatigants et même le soir ne s'interrompaient pratiquement jamais.

Bientôt Karl apprit aussi à faire les rapides et profondes courbettes que l'on exigeait des liftiers et il attrapa les pourboires au vol. Ils disparaissaient dans la poche de son gilet, et personne n'eût pu dire d'après ses mines s'ils étaient importants

*Kafka*, Université de Montpellier, 1997, et *Le Disparu / L'Amérique — Écritures d'un nouveau monde ?* Presses universitaires de Strasbourg, 1997.

ou non. Devant les dames, il ouvrait la porte avec un petit supplément de galanterie et les suivait lentement dans l'ascenseur car, craignant pour leurs robes, leurs chapeaux et leurs fanfreluches, elles avaient l'habitude d'entrer moins résolument que les hommes. Pendant le trajet, parce que c'était le plus discret, il restait tout près de la porte, le dos tourné aux voyageurs, et tenait la poignée de la porte pour l'ouvrir tout à coup à l'instant de l'arrivée et la repousser sur le côté sans risquer d'effrayer les gens. Il était rare que quelqu'un pendant le trajet lui tapât sur l'épaule pour lui demander quelque menu renseignement, il se retournait alors précipitamment comme s'il s'y était attendu, et donnait la réponse à haute voix. Souvent, malgré le grand nombre d'ascenseurs, et en particulier à la sortie des théâtres ou après l'arrivée de certains express, il y avait une telle affluence qu'aussitôt après avoir abandonné les clients dans les étages, il devait redescendre à triple vitesse pour accueillir en bas ceux qui attendaient. Il avait également la possibilité, en tirant sur un câble métallique qui traversait la caisse de l'ascenseur, d'accélérer la vitesse habituelle, mais en réalité le règlement l'interdisait, et cela passait d'ailleurs pour dangereux. Aussi ne le faisait-il jamais quand il transportait des passagers, mais lorsqu'il les avait déposés en haut et que d'autres attendaient en bas, il ne connaissait aucune prudence et travaillait sur son câble à grands coups de main cadencés, à l'égal d'un matelot. Il savait d'ailleurs que les autres liftiers en faisaient autant, et il ne voulait pas perdre ses passagers au profit des autres. Certains clients, qui séjournaient quelque temps à l'hôtel, ce qui du reste était ici assez courant, lui montraient çà et là par un sourire qu'ils le considéraient comme leur liftier ; Karl accueillait cette amabilité d'un air grave, mais avec plaisir. Parfois quand le trafic faiblissait un peu, il pouvait également accepter certaines petites commissions comme, par exemple, d'aller chercher une petite chose oubliée dans sa chambre par un client qui ne voulait pas se déranger pour si peu ; il volait alors vers son ascenseur qui, dans ces moments-là, lui était encore plus familier, il montait tout seul, entrait dans la chambre inconnue où, la plupart du temps, étaient répandues ou pendaient aux portemanteaux d'étranges choses qu'il n'avait jamais vues, il sentait l'odeur caractéristique d'un savon nouveau, d'un parfum, d'une eau dentifrice et, sans s'attarder une minute, revenait avec l'objet qu'il avait trouvé, le plus souvent en dépit de vagues indications. Bien des fois, il regrettait de ne pas pouvoir accepter des commissions plus importantes, parce qu'il y avait pour s'en charger des grooms et des chasseurs spéciaux qui faisaient leurs trajets à bicyclette, voire à motocyclette ; Karl ne pouvait s'employer, dans le meilleur des cas, qu'à transmettre des messages entre les chambres et les salles à manger ou les salles de jeu.

Quand après une journée de douze heures il quittait son travail, trois jours à six heures du soir et les trois jours suivants à six heures du matin, il était tellement fatigué qu'il se dirigeait tout droit vers son lit sans se soucier de personne. Celui-ci se trouvait dans le dortoir commun aux liftiers ; Mme la cuisinière en chef, dont l'influence n'était peut-être pas aussi grande qu'il l'avait cru le premier soir, s'était bien efforcée de lui trouver une petite chambre à lui, et elle y serait sûrement parvenue ; mais en voyant quelles difficultés elle rencontrait et tous les coups de téléphone qu'à cause de cette affaire elle échangeait avec le supérieur de Karl, le maître d'hôtel en chef tellement occupé, Karl y renonça et persuada la cuisinière en chef qu'il entendait vraiment y renoncer en lui faisant observer qu'il ne voulait pas être jalousé par les autres garçons à cause d'un avantage qu'il n'aurait pas gagné par son propre travail.

À vrai dire, ce dortoir n'était pas une chambre paisible. Car chacun employant différemment ses douze heures de liberté à manger, dormir, s'amuser et gagner quelque argent supplémentaire, il y régnait en permanence la plus grande agitation. Certains dormaient et tiraient leur couverture jusqu'aux oreilles pour ne rien entendre ; mais si l'un d'eux se réveillait quand même, il hurlait avec une telle fureur à cause des cris des premiers que le reste des dormeurs, même ayant un très bon sommeil, n'y pouvait résister. Pratiquement chaque garçon avait sa

pipe, on en faisait une sorte de luxe, Karl aussi s'en était procuré une et ne tarda pas à y prendre goût. Or on n'avait pas le
droit de fumer pendant le service, avec pour conséquence
qu'au dortoir chacun fumait à tous les moments où il ne dormait pas vraiment. Chaque lit était en conséquence enveloppé
de son propre nuage de fumée et l'ensemble plongé dans une
brume générale. Il était impossible, malgré l'accord sur ce principe de la majorité, d'obtenir que dans la nuit la lumière ne
brûlât qu'à une des extrémités de la salle. Si cette proposition
s'était imposée, ceux qui voulaient dormir auraient pu le faire
tranquillement dans l'obscurité d'une moitié de la salle
— c'était une grande salle de quarante lits — pendant que les
autres auraient pu, dans la partie éclairée, jouer aux dés ou aux
cartes et se consacrer à toute autre occupation nécessitant de
la lumière. Si l'un de ceux dont le lit se trouvait dans la moitié
éclairée de la salle voulait dormir, il aurait pu se coucher dans
un des lits inoccupés de la partie obscure, car il y avait toujours
assez de lits vides et personne ne faisait d'objection à une telle
occupation provisoire de son lit par un autre. Mais il ne se
passait pas de nuit où l'on observât cette division. Il se trouvait
toujours, par exemple, deux garçons pour éprouver l'envie,
après avoir profité de l'obscurité pour dormir un peu, de jouer
aux cartes sur une planche posée entre leurs lits, et bien sûr ils
allumaient une lampe électrique à proximité, dont la vive
lumière réveillait en sursaut les dormeurs tournés vers elle. On
se retournait bien encore quelque temps dans son lit, mais on
finissait par ne rien trouver de mieux à faire que d'entreprendre une partie avec son voisin, lui aussi réveillé, à la lumière
d'une autre lampe. Et toutes les pipes de se remettre naturellement à dégager de la fumée. Il y en avait pourtant quelques-
uns qui voulaient dormir à tout prix — Karl en faisait souvent
partie — et qui, au lieu de poser la tête sur l'oreiller, se la
recouvraient ou l'entortillaient dedans, mais comment pouvait-
on prétendre rester endormi quand votre plus proche voisin se
levait en pleine nuit pour aller s'amuser encore un peu en ville
avant le service, se lavait à grand bruit, et en éclaboussant par-

tout, dans la cuvette qu'il avait apportée à la tête de votre propre lit, enfilait ses bottes à grand bruit et de plus en tapant par terre pour mieux entrer dedans — presque tous portaient des bottes trop étroites, malgré leur forme américaine — et finalement, parce qu'il lui manquait quelque accessoire pour sa tenue, soulevait l'oreiller du dormeur sous lequel, à vrai dire, on était réveillé depuis longtemps déjà, n'attendant que cela pour lui sauter dessus. Or c'étaient tous des sportifs et de jeunes gaillards, robustes en général, qui ne voulaient rater aucune occasion de faire des exercices sportifs. Et l'on pouvait être sûr que, si l'on était réveillé en sursaut au beau milieu de la nuit par un grand bruit, on trouverait par terre à côté de son lit deux lutteurs et, sous une lumière vive, debout sur tous les lits environnants, un cercle d'experts en chemise et en caleçon. Une fois, à l'occasion d'un de ces matchs de boxe nocturnes, l'un des combattants tomba sur Karl qui dormait, et la première chose que Karl aperçut en ouvrant les yeux fut le sang qui coulait du nez du jeune homme et qui, avant même qu'on pût rien entreprendre, avait inondé toute la literie. Souvent Karl passait presque ses douze heures de liberté à essayer de gagner quelques heures de sommeil, bien qu'il fût très attiré par les distractions des autres ; mais il avait sans cesse l'impression que tous les autres avaient dans la vie une avance sur lui qu'il devait combler par un travail plus appliqué et quelques renoncements. Bien que le sommeil lui tînt donc très à cœur, surtout à cause de son travail, il ne se plaignait ni à la cuisinière en chef ni à Therese de l'ambiance de ce dortoir, car d'abord tous les jeunes gens en souffraient globalement autant que lui sans s'en plaindre vraiment, et ensuite les ennuis du dortoir faisaient nécessairement partie du travail de liftier qu'il avait accepté avec gratitude des mains de la cuisinière en chef.

Une fois par semaine, au changement d'équipe, il avait vingt-quatre heures de liberté qu'il employait en partie à rendre une ou deux visites à la cuisinière en chef et à échanger, n'importe où dans un coin, dans un couloir et fort rarement dans sa chambre quelques rapides propos avec Therese, dont il attendait les rares moments de liberté. Parfois, il l'accompagnait aussi dans ses courses en ville qui devaient être toutes effectuées avec une hâte extrême. Alors ils couraient presque jusqu'à la prochaine station de métro, Karl lui tenant son sac à la main, le trajet s'effectuait en un rien de temps, comme si la rame eût été entraînée sans plus de résistance ; déjà ils en sortaient, faisaient claquer leurs semelles en montant l'escalier plutôt que d'attendre l'ascenseur qu'ils trouvaient trop lent ; les grandes places d'où les rues rayonnaient comme les branches d'une étoile, surgissaient en emmêlant la circulation qui débouchait en ligne droite de toutes les directions ; mais Karl et Therese, tout près l'un de l'autre, couraient dans les différents bureaux, blanchisseries, entrepôts et magasins, pour transmettre des commandes ou des réclamations, du reste sans gravité, mais peu faciles à régler au téléphone. Therese s'aperçut bientôt qu'ici l'aide de Karl n'était pas à dédaigner et que même elle accélérait un grand nombre de choses. Jamais elle n'était obligée en sa compagnie d'attendre, comme souvent d'habitude, que les commerçants, surchargés de travail, veuillent l'écouter. Il s'approchait du comptoir et y cognait jusqu'à ce que quelqu'un réponde ; il arrivait à franchir le mur d'une foule compacte en lançant un appel dans son anglais encore un peu artificiel et aisément repérable parmi cent autres voix ; il allait, sans hésiter, trouver les gens, même s'ils s'étaient retirés, pleins d'orgueil, au fin fond des plus longs magasins. Il ne le faisait pas par outrecuidance et respectait toute résistance, mais il se sentait dans une position sûre qui lui donnait des droits : l'*Hôtel Occidental* [1] était un client dont on n'avait pas le droit de se moquer et, en fin de compte, Therese avait besoin d'être aidée, malgré toute son expérience. « Vous devriez toujours m'accompagner », disait-elle parfois en riant de bonheur quand ils revenaient d'une opération particulièrement bien accomplie.

Au cours du mois et demi où Karl demeura à Ramses, il ne

---

1. En français dans le texte.

passa que trois fois plusieurs heures dans la petite chambre de
Therese. Cette pièce était bien sûr plus petite que les autres
pièces de la cuisinière en chef, les quelques objets qui s'y trouvaient étaient en quelque sorte empilés autour de la fenêtre ;
mais après son expérience du dortoir, Karl connaissait la valeur
d'une chambre personnelle et plutôt tranquille, et bien qu'il
ne le dît jamais explicitement, Therese se rendait bien compte
que sa chambre lui plaisait. Elle n'avait aucun secret pour lui,
d'ailleurs après sa visite du premier soir il aurait été quasi
impossible qu'elle ait des secrets pour lui. C'était une enfant
illégitime, son père était contremaître dans le bâtiment et avait
fait venir la mère et l'enfant de Poméranie, mais comme s'il eût
ainsi accompli son devoir ou attendu d'autres personnes que
cette femme épuisée par le travail et cette faible enfant, dont il
avait pris livraison au débarcadère, il avait peu après leur arrivée émigré sans beaucoup d'explications au Canada, et ces
deux êtres abandonnés n'avaient reçu de lui ni lettre ni nouvelle, ce qui en partie n'avait rien d'étonnant, car la mère et la
fille étaient allées se perdre dans les quartiers populeux de l'est
new-yorkais.

Une fois — Karl se tenait à ses côtés près de la fenêtre et regardait dans la rue — Therese raconta la mort de sa mère. Sa mère et
elle, un soir d'hiver, — elle devait avoir alors dans les cinq ans —
chacune avec son baluchon, couraient dans les rues à la recherche d'un endroit pour dormir. Sa mère d'abord l'avait tenue par
la main, il y avait une tempête de neige et ce n'était pas facile
d'avancer, puis la main s'était refroidie, et elle avait lâché Therese
sans plus se retourner sur elle, qui devait maintenant se donner
du mal pour s'accrocher d'elle-même aux jupes de sa mère. Therese trébuchait souvent et même tombait, mais sa mère était
comme prise de folie et ne s'arrêtait pas. Et ces bourrasques de
neige dans les longues rues droites new-yorkaises ! Karl n'avait
pas encore connu d'hiver à New York. Quand on marche contre
le vent et qu'il tourbillonne, on ne peut ouvrir les yeux un seul
instant, le vent sans cesse vous projette une neige râpeuse sur le
visage, on court, mais on n'avance pas, c'est à désespérer. Un

enfant est alors avantagé bien sûr par rapport aux adultes, il avance en courant sous le vent et y éprouve même un peu de plaisir. Aussi Therese n'avait-elle pas su vraiment comprendre sa mère, ce jour-là, et elle était fermement convaincue que si ce soir-là elle s'était comportée plus intelligemment avec elle — mais elle n'était encore qu'un si petit enfant —, celle-ci n'aurait pas souffert une mort si lamentable. Sa mère était sans travail depuis deux jours déjà, il n'y avait plus le moindre sou, la journée s'était passée dehors sans rien manger, et dans leurs baluchons elles traînaient seulement des chiffons inutilisables que, peut-être par superstition, elles n'avaient osé jeter. On avait laissé espérer à sa mère pour le lendemain matin du travail sur un chantier, mais comme elle avait essayé de l'expliquer toute la journée à Therese, elle craignait de ne pouvoir profiter de cette bonne occasion, car elle se sentait morte de fatigue ; le matin déjà, elle avait, à l'effroi des passants, craché beaucoup de sang dans la rue, et son seul désir était de se mettre au chaud quelque part et de se reposer. Or ce soir-là, justement, il était impossible de trouver la moindre petite place. Quand elles n'étaient pas déjà chassées par le concierge de sous le porche, où l'on aurait quand même pu se reposer un peu des intempéries, elles parcouraient d'étroits couloirs glacés, montaient de hauts escaliers, contournaient les étroites terrasses des cours, frappaient au hasard à des portes, n'osaient pas même adresser la parole à quelqu'un, puis suppliaient toute personne venant à leur rencontre, et une ou deux fois sa mère s'assit, à bout de souffle, sur une marche d'escalier, attira vers elle Therese qui se défendait presque et l'embrassa en pressant douloureusement les lèvres sur son visage. Plus tard, quand on sait que ce furent ses derniers baisers, on ne comprend pas qu'on ait pu, même en n'étant qu'une pauvre gosse, être aveugle au point de ne pas s'en être aperçu. Dans certaines pièces devant lesquelles elles passaient, les portes étaient ouvertes pour évacuer un air étouffant, et dans les vapeurs enfumées qui, semblant provenir d'un incendie, emplissaient les pièces surgissait quelque silhouette qui, debout sur le seuil, démontrait par sa présence muette ou par une brève parole l'impossibilité de trouver un gîte dans la pièce en question. Maintenant il lui semblait avec le recul que sa mère n'avait cherché sérieusement un abri que pendant les premières heures, car à partir de minuit environ elle n'avait plus adressé la parole à personne, sans cesser pour autant de courir jusqu'à l'aube avec de courts arrêts, et bien que dans tous ces immeubles, dont le portail d'entrée non plus que les portes des appartements ne ferment jamais, la vie ne s'arrête nullement et que l'on rencontre des gens à chaque pas. Naturellement elles n'avançaient plus bien vite, faisant les derniers efforts dont elles étaient encore capables, et en réalité elles ne faisaient sans doute plus que se traîner. Therese ne savait pas non plus si, de minuit à cinq heures du matin, elles avaient été dans vingt immeubles ou dans deux, ou même dans un seul. Les couloirs de ces immeubles sont construits sur des plans habiles qui utilisent au mieux l'espace, mais ne tiennent aucun compte des facilités d'orientation : combien de fois sans doute n'avaient-elles pas arpenté les mêmes couloirs ! Therese se souvenait obscurément qu'elles avaient une nouvelle fois quitté le porche d'un immeuble qu'elles n'avaient cessé d'explorer pendant une éternité, mais il lui semblait aussi qu'à peine dans la rue elles avaient rebroussé chemin pour s'y précipiter à nouveau. Pour l'enfant, ç'avait été bien sûr une douleur incompréhensible d'être entraînée ainsi, tantôt tenue par sa mère, tantôt en s'accrochant à elle, sans un petit mot de consolation ; et tout cela, où elle ne comprenait rien, lui semblait alors avoir pour seule explication que sa mère voulait s'enfuir loin d'elle. Aussi, même quand sa mère la tenait par la main Therese s'accrochait-elle plus fort, et pour plus de sûreté se cramponnait encore de l'autre main à ses jupes, tout en pleurant. Elle ne voulait pas être abandonnée ici, au milieu de ces gens qui devant elles montaient les escaliers en tapant des pieds, ou bien arrivaient par-derrière, sans qu'on les vît encore, cachés par un tournant de l'escalier, se prenaient de querelle dans les couloirs devant une porte et se poussaient l'un l'autre dans la pièce. Des ivrognes rôdaient dans l'immeuble en chantant sourdement, et par chance la mère réussit juste à s'échapper avec Therese au moment où certains de ces groupes se rejoignaient. Sans doute auraient-elles pu, à cette heure tardive de la nuit, quand on ne fait plus autant attention et que plus personne ne défend résolument ses droits, se glisser au moins dans un de ces dortoirs loués par des entrepreneurs et devant lesquels elles étaient passées, mais Therese n'y entendait rien et sa mère ne voulait plus se reposer. Le matin, au début d'une belle journée d'hiver, elles s'étaient toutes deux appuyées contre la façade d'un immeuble et s'y étaient peut-être un peu endormies, à moins qu'elles n'eussent fait que regarder fixement autour d'elles, les yeux grands ouverts. Il apparut que Therese avait perdu son baluchon, et la mère se mit à la battre pour la punir de son étourderie, mais Therese n'entendit et ne sentit aucun coup. Puis elles continuèrent à marcher à travers les rues qui s'animaient, la mère longeant le mur ; elles traversèrent un pont, où la mère balaya de la main le givre du garde-fou, et elles finirent par arriver — à l'époque Therese l'avait accepté sans y penser, aujourd'hui elle ne le comprenait pas — justement au chantier où la mère était convoquée pour ce matin-là. Elle ne dit pas à Therese si elle devait l'attendre ou partir, et Therese prit cela comme l'ordre d'attendre, puisque c'était ce qui correspondait le mieux à ses désirs. Elle s'assit donc sur un tas de briques et regarda sa mère ouvrir son baluchon, en tirer un bout de tissu bariolé et le nouer autour du fichu qu'elle avait porté toute la nuit. Therese était trop fatiguée pour avoir même l'idée d'aider sa mère. Sans se présenter à la baraque du chantier comme c'était l'usage, et sans rien demander à personne, la mère monta à une échelle, comme si elle savait déjà quel travail lui était attribué. Therese s'en étonna, vu que d'ordinaire les femmes manœuvres n'étaient employées qu'en bas, à éteindre la chaux, à faire passer les briques et à d'autres tâches aussi simples. Elle pensa donc que sa mère voulait aujourd'hui effectuer un travail mieux payé et, tout endormie, elle lui sourit d'en bas. La construction n'était pas encore bien haute, il n'y avait guère que le rez-de-chaussée, mais déjà les grands montants de l'échafaudage de la construction ultérieure, bien que dépourvus encore des bastaings de plate-forme, se détachaient sur le ciel bleu. En haut, la mère contourna adroitement les maçons qui posaient les briques les unes sur les autres et, fait étrange, ne lui demandèrent aucune explication ; d'une main délicate elle se tenait prudemment à une barre de bois qui servait de garde-fou, et Therese en bas s'étonna dans son demi-sommeil de cette adresse et crut encore que sa mère lui accordait un regard d'amitié. Mais voilà que sur sa passerelle, la mère, arrivant à un petit tas de briques devant lequel le garde-fou finissait, et sans doute aussi la plate-forme, ne s'arrêta pas, marcha droit sur le tas de briques, son adresse sembla l'avoir abandonnée, elle renversa le tas de briques et, basculant par-dessus, tomba dans le vide. De nombreuses briques roulèrent à sa suite et pour finir, un long moment après, une lourde planche se détacha quelque part et s'abattit sur elle avec fracas. Le dernier souvenir que Therese garda fut celui de sa mère, les jambes écartées, gisant dans la robe à carreaux qui venait encore de Poméranie, avec cette planche en bois brut qui la recouvrait presque entièrement, et des gens qui maintenant accouraient de toute part et d'un homme qui, en haut de l'échafaudage, criait quelque chose d'un ton furieux.

Il était tard quand Therese eut achevé son récit. Elle avait tout raconté en détail, contrairement à son habitude, et c'était justement aux endroits sans importance, comme la description des montants de l'échafaudage qui se détachaient un à un sur le ciel, qu'elle avait dû s'arrêter, des larmes dans les yeux. Aujourd'hui, dix ans plus tard, elle connaissait chaque détail de l'événement, et comme le spectacle de sa mère au-dessus du rez-de-chaussée à moitié terminé était le dernier souvenir de sa mère vivante, et qu'elle ne pouvait le transmettre assez clairement à son ami, elle voulut y revenir encore une fois, son récit terminé, mais elle resta court, cacha son visage dans ses mains et ne dit plus un mot.

Mais il y avait aussi des moments plus joyeux dans la chambre de Therese. Dès sa première visite, Karl y avait trouvé un manuel de correspondance commerciale qu'à sa demande elle lui avait prêté. Il avait été convenu en même temps que Karl ferait les devoirs contenus dans le livre et les soumettrait à Therese, qui avait déjà étudié cet ouvrage pour les modestes travaux qu'elle avait à faire. Karl passait donc des nuits entières sur son lit dans le dortoir du bas, avec du coton dans les oreilles, prenant toutes les positions possibles, à lire le livre et griffonner dans un petit carnet avec un stylo, l'un et l'autre offerts par la cuisinière en chef pour le récompenser d'un grand inventaire qu'il avait présenté de façon fort pratique et établi avec beaucoup de soin. Il arrivait à tirer parti de la plupart des désagréments causés par les autres garçons en se faisant chaque fois donner de petits conseils sur la langue anglaise, jusqu'à ce que les autres s'en lassent et le laissent en paix. Souvent il s'étonnait de voir que les autres s'arrangeaient parfaitement de leur situation présente, n'en sentaient nullement le caractère provisoire — on ne gardait pas de liftiers de plus de vingt ans —, ne voyaient pas la nécessité de décider de leur future profession et, malgré l'exemple de Karl, ne lisaient tout au plus que des romans policiers, dont on se repassait les lambeaux crasseux d'un lit à l'autre.

Or, quand ils se retrouvaient, Therese le corrigeait avec une extrême minutie ; il s'ensuivait des avis divergeants, Karl citait comme témoin son grand professeur new-yorkais, mais Therese n'accordait pas plus d'importance à celui-ci qu'aux opinions grammaticales des liftiers. Elle lui prenait le stylo de la main et barrait l'endroit dont elle était convaincue qu'il était incorrect ; mais dans ces cas litigieux, Karl barrait à son tour, par amour de la précision, les ratures de Therese, même si en général la chose n'était pas censée tomber jamais sous les yeux d'une autorité supérieure à Therese. Mais parfois la cuisinière en chef arrivait et tranchait toujours en faveur de Therese, ce qui ne prouvait rien, puisque Therese était sa secrétaire. En revanche, elle permettait une réconciliation générale, car on faisait du thé, on allait chercher des gâteaux, et Karl devait parler de l'Europe, souvent interrompu d'ailleurs par la cuisinière en chef qui n'arrêtait pas de poser des questions et de s'étonner, ce qui faisait prendre conscience à Karl que beaucoup de choses avaient changé là-bas dans un temps relativement court et qu'elles avaient dû déjà changer depuis son départ et changeraient continuellement.

Cela faisait peut-être un mois que Karl était à Ramses, quand un soir Renell lui dit en passant qu'il avait été interpellé devant l'hôtel par un homme du nom de Delamarche qui lui avait posé des questions sur Karl. Et Renell, n'ayant aucune raison de rien dissimuler, avait raconté conformément à la vérité que Karl était liftier, mais que, vu la protection de la cuisinière en chef, il pouvait encore espérer bien d'autres emplois. Karl remarqua avec quels égards Renell avait été traité par Delamarche, qui l'avait même invité à dîner le soir même. « Je n'ai plus rien à faire avec Delamarche, dit Karl. Et méfie-toi de lui, toi aussi ! — Moi ? » dit-il en s'étirant, et il s'éloigna d'un pas rapide. C'était le garçon le plus mignon de l'hôtel, et la rumeur courait parmi les autres, sans qu'on sût qui en était l'auteur, qu'une dame distinguée, qui habitait depuis un certain temps déjà dans l'hôtel, l'avait au moins embrassé dans l'ascenseur. Pour qui connaissait cette rumeur, il était en tout cas fort piquant de regarder passer cette dame si sûre d'elle, dont l'aspect extérieur n'eût jamais laissé imaginer la moindre possibilité d'une telle attitude, marchant à pas calmes et légers, avec ses fines voilettes et sa taille corsetée très serré. Elle logeait au premier étage, et l'ascenseur de Renell n'était pas le sien, mais bien sûr, aux moments où il n'y avait plus de place dans les autres, on ne pouvait pas empêcher ce genre de clients d'en prendre un autre. Il arrivait donc que cette dame prît de temps à autre l'ascenseur de Karl et de Renell, et en réalité seulement quand Renell était de service. Ce pouvait être un hasard, mais personne n'y croyait, et quand l'ascenseur démarrait avec eux, il y avait dans tout le groupe des liftiers une agitation difficile à réprimer, qui avait même déjà provoqué l'intervention d'un maître d'hôtel. En tout cas, que la dame en fût la cause, ou bien la rumeur, Renell avait changé, il était devenu encore plus arrogant, il abandonnait totalement le soin du nettoyage à Karl, qui attendait la première occasion pour en discuter à fond, et il ne se montrait plus jamais au dortoir. Personne ne s'était

jamais aussi complètement éloigné de la communauté des liftiers, car en général ils faisaient bloc, au moins pour les questions de service, et avaient une organisation reconnue par la
direction de l'hôtel.

Karl repassait tout cela dans sa tête, pensait aussi à Delamarche,
tout en s'acquittant de son service comme d'habitude. Vers
minuit, il y eut une petite diversion, car Therese, qui lui faisait
assez souvent la surprise de petits cadeaux, lui apporta une grosse
pomme et une tablette de chocolat. Ils causèrent un instant, à
peine dérangés par les interruptions dues aux trajets de l'ascenseur. La conversation roula également sur Delamarche, et Karl se
rendit compte qu'en le tenant depuis quelque temps pour un
individu dangereux, il s'était en réalité laissé influencer par Therese car c'était bien ainsi que Therese le voyait à travers les récits
de Karl. En revanche, Karl le tenait au fond simplement pour un
pauvre type qui s'était laissé corrompre par le malheur et avec
lequel on pouvait quand même s'entendre. Mais Therese con-
testa très vivement cet avis et discuta longuement pour obtenir de
Karl qu'il n'adressât plus la parole à Delamarche. Au lieu de donner sa promesse, Karl la pressa à plusieurs reprises d'aller dormir,
minuit étant déjà passé depuis longtemps, et comme elle refusait,
il menaça de quitter son poste et de la ramener dans sa chambre.
Quand elle fut enfin prête à partir, il dit : « Pourquoi te fais-tu
d'inutiles soucis, Therese ? Si cela doit te permettre de mieux dormir, je te promets volontiers que je ne parlerai pas à Delamarche,
à moins de ne pouvoir l'éviter. » Puis il y eut beaucoup de trajets,
le garçon de l'ascenseur voisin ayant été requis pour quelque
autre service, et Karl dut s'occuper des deux ascenseurs. Il y eut
des clients pour parler de désordre, et un monsieur qui accompagnait une dame toucha même légèrement Karl de sa canne pour
l'inciter à se dépêcher, avertissement bien inutile. Si au moins les
clients en voyant qu'il n'y avait pas de garçon dans l'un des ascenseurs, étaient venus tout de suite vers celui de Karl, mais ils n'en
faisaient rien, au contraire ils se dirigeaient vers l'ascenseur voisin
et restaient plantés là, la main sur la poignée, ou alors ils entraient
eux-mêmes dans l'ascenseur, ce que les liftiers devaient éviter à

tout prix, selon les dispositions les plus strictes du règlement. Karl dut donc assurer des trajets fort fatigants, sans avoir conscience en même temps d'accomplir scrupuleusement son devoir. Pour comble, vers trois heures du matin, un bagagiste, vieil homme avec lequel il s'était un peu lié d'amitié, vint lui demander un service, mais il ne put absolument pas le lui rendre, car il y avait justement des clients devant les deux ascenseurs et il lui fallut même de la présence d'esprit pour décider aussitôt d'aller à grands pas vers un des deux groupes. Il fut donc heureux de voir revenir l'autre liftier et lui lança quelques paroles de reproche à cause de sa longue absence, bien qu'il n'en fût sans doute pas responsable. Passé quatre heures, les choses se calmèrent un peu, Karl en avait d'ailleurs grandement besoin. Il s'appuya lourdement à la rampe à côté de son ascenseur, mangea lentement la pomme, dont monta dès la première bouchée un puissant parfum et regarda en dessous de lui, dans un puits de lumière entouré des grandes fenêtres des resserres, derrière lesquelles de lourds régimes de bananes suspendus jetaient une vague lueur.

## VI

## LE CAS ROBINSON

Alors quelqu'un lui tapota l'épaule. Karl, pensant naturellement que c'était un client, remit le plus vite possible la pomme dans sa poche et se précipita vers l'ascenseur, sans même regarder l'homme. « Bonsoir, monsieur Rossmann, dit alors l'homme, c'est moi, Robinson. — Mais vous avez drôlement changé, dit Karl en secouant la tête. — Oui, je vais bien », dit Robinson en regardant son costume qui se composait de pièces assez chic peut-être, mais tellement hétéroclites qu'il en avait l'air minable. Le plus frappant, c'était un gilet blanc, manifestement porté pour la première fois, avec quatre petites poches galonnées de noir, sur lequel du reste, en bombant le torse, Robinson cherchait à attirer l'attention. «Vous avez des habits coûteux», dit Karl en songeant un instant à son propre costume, si simple et si beau, dans lequel il aurait pu faire bonne figure, même à côté de Renell, et que ses deux mauvais amis avaient vendu. «Oui, dit Robinson, je m'achète presque chaque jour quelque chose. Comment trouvez-vous ce gilet ? — Fort bien, dit Karl. — Mais ce ne sont pas de vraies poches, c'est juste pour avoir l'air », dit Robinson en prenant Karl par la main pour qu'il puisse s'en convaincre vraiment. Mais Karl recula, car de la bouche de Robinson émanait une insupportable odeur d'eau de vie. «Vous buvez à nouveau beaucoup, dit Karl qui était revenu près de la rampe. — Non, dit Robinson, pas beaucoup », et il ajouta, en contradiction avec la satisfaction qu'il venait d'exprimer : « Qu'est-ce que l'homme a d'autre, sur cette terre ? » L'ascenseur interrompit la conversation, et à peine Karl fut-il redescendu qu'il y eut un appel téléphonique, chargeant Karl d'aller chercher le médecin de l'hôtel, vu qu'une dame du septième étage venait de s'évanouir. Pendant le trajet, Karl espéra en secret que Robinson, entre-temps, serait parti, car il ne voulait pas être vu avec lui ni non plus, en songeant à l'avertissement de Therese, entendre parler de Delamarche. Mais Robinson l'attendait encore, dans l'attitude figée d'un homme complètement ivre, quand un employé haut placé dans l'hôtel passa, en redingote noire et haut-de-forme, sans par bonheur accorder apparemment grande attention à Robinson. « Rossmann, ne voudriez-vous pas venir nous voir un jour ou l'autre, nous avons la vie belle maintenant, dit Robinson en regardant Karl d'un œil séducteur. — C'est vous qui m'invitez ou c'est Delamarche ? demanda Karl. — Moi et Delamarche. Nous sommes d'accord là-dessus, dit Robinson. — Alors je vous dis ceci et vous prie de le répéter à Delamarche : Nos adieux, si d'aventure ce n'avait pas été parfaitement clair, ont été définitifs. Vous m'avez fait, tous les deux, plus de mal que n'importe qui. Vous seriez-vous mis dans la tête de continuer à m'ennuyer ? — Mais nous sommes vos camarades, dit Robinson », et de répugnantes larmes d'ivrogne lui montèrent aux yeux. « Delamarche vous fait dire qu'il veut vous dédommager pour tout ce qui s'est passé. Nous habitons à présent avec Brunelda, une merveilleuse cantatrice. » Et, en écho, il allait se mettre à chanter à haute voix, si Karl ne lui avait encore sifflé à temps entre les dents : « Mais taisez-vous immédiatement, vous ne savez donc pas où vous êtes. — Rossmann, dit Robinson, tout juste intimidé à propos du chant, vous pouvez dire ce que vous voulez, mais je suis tout de même votre camarade. Et vous qui maintenant avez une si belle situation ici, vous pourriez me passer un peu d'argent. — Vous le boiriez aussitôt, dit Karl, j'aperçois même là dans votre poche je ne sais quelle bouteille d'eau de vie, à laquelle vous avez sûrement bu pendant que j'étais parti, car au début vous aviez encore à peu près l'esprit clair. — C'est uniquement pour me donner des forces quand je me déplace, dit Robinson pour s'excuser. — Je n'ai plus aucune envie de vous amender, dit Karl. — Mais l'argent ! dit Robinson les yeux écarquillés. — Vous avez sûrement reçu de Delamarche la mission de rapporter de l'argent. Bon, je vais vous en donner, mais à la seule condition que vous déguerpissiez d'ici sur-le-champ et que vous ne reveniez plus jamais me voir. Si vous avez quelque chose à me faire savoir, écrivez-moi. Karl Rossmann, liftier, Hôtel Occidental, cette adresse suffit. Mais je le répète, il n'est plus question que vous veniez me trouver ici. J'y fais mon service et je n'ai pas le temps de recevoir des visites. Alors, voulez-vous l'argent, à ces conditions ? » demanda Karl en fouillant dans la poche de son gilet, car il était décidé à sacrifier les pourboires de la nuit. Robinson se contenta de hocher la tête, et respira avec effort. Se méprenant, Karl demanda encore une fois : « Oui ou non ? »

Robinson lui fit alors signe d'approcher et, en se contorsionnant de manière fort éloquente, chuchota : « Rossmann, je me sens très mal. — Au diable », dit Karl malgré lui et, le prenant à deux mains, il le traîna jusqu'à la rampe.

Et déjà tout ce que Robinson avait eu dans la bouche se déversait dans les profondeurs. Impuissant, dans les courts moments de répit que lui laissait son malaise, il tendait les mains à l'aveu-glette pour caresser Karl. « Vous êtes vraiment un bon garçon », disait-il alors, ou bien « Voilà, c'est fini », ce qui était encore loin d'être vrai, ou encore : « Les chiens, quel truc ils ont bien pu me verser ! » Karl, à ses côtés, agacé et dégoûté, n'y tint plus et se mit à faire les cent pas. Ici, dans ce coin près de l'ascenseur, Robinson était un peu caché, mais que se passerait-il si quelqu'un le remar-quait, l'un de ces clients riches et susceptibles qui n'attendent que cela pour déposer une réclamation auprès du premier res-ponsable qui se présente, lequel en prend prétexte pour se ven-ger sur tout le personnel de la maison ; à moins que vînt à passer l'un de ces détectives privés constamment remplacés, qui sont connus de la seule direction de l'hôtel et qu'on suppute dans toute personne qui vous examine du regard, alors qu'elle n'est peut-être que myope. Et il suffisait qu'en bas, dans ce restaurant qui ne fermait pas de la nuit, quelqu'un se rendît dans les resser-res pour que, découvrant avec surprise cette horreur au fond de la cage éclairée, il interrogeât Karl par téléphone sur ce qui, au nom du ciel, s'était passé là-haut. Karl pourrait-il alors désavouer Robinson ? Et s'il le faisait, Robinson n'irait-il pas, dans sa bêtise et son désespoir, s'autoriser simplement de Karl, au lieu de pré-senter toutes ses excuses ? Et ne faudrait-il pas alors renvoyer Karl sur-le-champ, vu que s'était produit le fait inouï qu'un liftier, l'employé le plus subalterne et le moins indispensable dans l'im-mense hiérarchie du personnel de cet hôtel, avait laissé son ami salir l'hôtel et faire peur aux clients ou même les faire fuir ? Pou-vait-on tolérer plus longtemps un liftier qui avait de tels amis et qui, pour comble, leur permettait de lui rendre visite pendant ses heures de service ? Toutes les apparences n'étaient-elles pas qu'un tel liftier fût lui-même un ivrogne ou pis encore, car quoi de plus naturel que de supposer qu'il gavait ses amis avec les pro-visions de l'hôtel, jusqu'à ce que, dans un quelconque endroit de cet hôtel méticuleusement entretenu, ils commettent des choses comme Robinson en ce moment ? Et pourquoi un tel garçon se limiterait-il au vol de victuailles, quand les possibilités de voler étaient vraiment innombrables, vu la négligence bien connue des

clients, les armoires ouvertes partout, les objets de valeur traînant sur les tables, les cassettes ouvertes, les clefs jetées distraitement n'importe où ?

À cet instant, Karl vit au loin des clients remonter d'un cabaret
au sous-sol, où un spectacle de variétés venait de se terminer. Karl
se plaça près de son ascenseur, sans oser se retourner vers Robinson par crainte de ce qu'il pourrait voir. Qu'il n'entendît aucun
bruit, pas même un soupir venir de par-là n'était pas fait pour le
rassurer. Il servit bien ses clients, les monta et les descendit, mais
sans pouvoir cacher entièrement sa distraction et, à chaque descente, il s'attendait à découvrir en bas une mauvaise surprise.

Il finit par trouver à nouveau le temps d'aller voir Robinson
qui se faisait tout petit dans son coin, le visage plaqué sur les
genoux. Il avait repoussé son chapeau melon très en arrière.
« Bon, maintenant vous allez filer, dit Karl à voix basse et d'un
ton décidé, voici l'argent. Si vous vous dépêchez, je peux
encore vous montrer le chemin le plus court. — Je ne pourrai
pas m'en aller, dit Robinson en s'essuyant le front avec un
minuscule mouchoir, je vais mourir ici. Vous ne pouvez pas
vous imaginer comme je me sens mal. Delamarche m'emmène
partout dans les endroits chic, mais je ne supporte pas tous ces
breuvages compliqués, je le dis à Delamarche tous les jours. —
Il n'empêche que vous ne pouvez pas rester ici, dit Karl, réfléchissez à l'endroit où vous êtes. Si on vous trouve ici, vous
aurez une amende, et je perdrai mon poste. C'est ce que vous
voulez ? — Je ne peux pas m'en aller, dit Robinson, j'aimerais
mieux sauter en bas », et il montra entre les barreaux de la
rampe la cage de l'ascenseur. « Quand je suis assis comme ça,
c'est encore supportable, mais je ne peux pas me lever, j'ai
déjà essayé pendant que vous étiez parti. — Alors, je vais aller
chercher une voiture, et vous irez à l'hôpital », dit Karl en
secouant un peu les jambes de Robinson qui, à chaque instant,
manquait de tomber dans une totale apathie. Mais à peine
Robinson eut-il entendu le mot hôpital, qui parut éveiller en
lui d'horribles images, qu'il se mit à pleurer bruyamment et à
tendre les mains vers Karl pour demander grâce.

« Du calme », dit Karl en lui rabattant les mains d'une tape, puis il courut voir le liftier qu'il avait remplacé cette nuit, lui demanda de lui rendre le même service un petit instant, revint vite à Robinson, redressa avec toute son énergie l'homme qui ne cessait de soupirer et lui chuchota : « Robinson, si vous voulez que je m'occupe de vous, faites maintenant un effort pour marcher droit pendant quelques mètres. Je vais en effet vous mettre dans mon lit, où vous pourrez rester jusqu'à ce que vous soyez remis. Vous allez être étonné en voyant comme vous allez vite vous rétablir. Mais maintenant surtout soyez raisonnable, car il y a des gens partout dans les couloirs, et mon lit aussi se trouve dans un dortoir collectif. Il suffit que vous vous fassiez un peu remarquer, et je ne pourrai plus rien pour vous. Et il faut que vous gardiez les yeux ouverts, je ne peux pas vous emmener comme un agonisant. — Je veux bien faire tout ce que vous jugerez bon, dit Robinson, mais vous n'arriverez pas à m'emmener tout seul. Ne pourriez-vous pas aller chercher Renell ? — Renell n'est pas ici, dit Karl. — Ah ! oui, dit Robinson, Renell est avec Delamarche. Ils m'ont tous deux envoyé vous voir. Je confonds déjà tout. » Karl utilisa ce moment et d'autres plus incompréhensibles encore du monologue de Robinson pour le pousser en avant, et finit par arriver sans encombres avec lui jusqu'au recoin d'où partait un couloir éclairé un peu plus faiblement, menant au dortoir des liftiers. Justement l'un d'eux arrivait et les croisa à vive allure. Du reste, ils n'avaient fait jusque-là que des rencontres sans danger ; entre quatre et cinq heures, c'était en effet la période la plus calme, et Karl savait bien que s'il n'arrivait pas à se débarrasser de Robinson à ce moment-là, il ne faudrait plus du tout y songer au petit matin, quand l'activité quotidienne débute.

Dans le dortoir, il y avait justement à l'autre bout de la salle une grosse bagarre, l'habituel spectacle, on entendait des applaudissements en rythme, des piétinements nerveux et des encouragements sportifs. Dans les lits de la moitié de la salle située près de la porte on ne voyait que de rares dormeurs impénitents ; la plupart étaient couchés sur le dos et regardaient en l'air pendant que, çà et là, l'un ou l'autre sautait de son lit comme il était, vêtu ou dévêtu, pour aller voir où en étaient les choses à l'autre bout. C'est ainsi que Karl mena Robinson, qui entre-temps s'était un peu habitué à marcher, jusqu'au lit de Renell sans trop attirer l'attention, car ce lit était très près de la porte et par bonheur, resté inoccupé, alors que dans son propre lit, comme il s'en aperçut de loin, un garçon inconnu dormait paisiblement. À peine Robinson eut-il senti le lit sous lui qu'il s'endormit — une jambe pendait encore au-dehors. Karl lui tira la couverture sur la figure et crut, au moins pour quelque temps, ne pas avoir de soucis à se faire, vu que Robinson ne se réveillerait sûrement pas avant six heures du matin, ce qui lui laissait le temps de revenir et peut-être déjà de trouver avec Renell un moyen de se débarrasser de Robinson. L'inspection du dortoir par une quelconque autorité supérieure ne se produisait que dans des cas exceptionnels ; les liftiers avaient obtenu depuis plusieurs années la suppression de l'inspection générale jadis régulière, il n'y avait donc rien à craindre de ce côté-là.

Revenu à son ascenseur, Karl eut juste le temps de le voir monter, de même que celui de son voisin. Inquiet, il attendit de pouvoir se l'expliquer. Son ascenseur descendit le premier, et le garçon qui, quelques instants auparavant, avait couru dans le couloir en sortit. « Dis, où étais-tu donc passé, Rossmann ? demanda celui-ci. Pourquoi étais-tu parti ? Pourquoi ne l'as-tu pas signalé ? — Mais je lui avais demandé qu'il me remplace un instant, répondit Karl en montrant le liftier voisin qui approchait justement. Je l'ai bien remplacé, moi aussi, pendant deux heures, au plus gros de l'affluence. — C'est très joli, tout cela, dit l'apostrophé, mais ça ne suffit pas. Ne sais-tu donc pas que l'on doit signaler la moindre absence pendant le service au bureau du maître d'hôtel en chef. C'est pour cela que tu as le téléphone. Je t'aurais volontiers déjà remplacé, mais tu sais bien que ce n'est pas si facile. Il y avait justement devant les deux ascenseurs les nouveaux clients de l'express de quatre heures trente. Je ne pouvais pas commencer par ton ascenseur et faire attendre mes clients, j'ai donc commencé par monter avec le mien. — Et alors ? demanda Karl avec anxiété, vu que les deux garçons se taisaient. — Alors, dit le liftier de l'ascenseur voisin, le maître d'hôtel en chef passe juste à ce moment, il voit les gens qui attendent devant ton ascenseur, il s'échauffe, me demande où tu es, à moi qui viens d'arriver en courant, je n'en ai aucune idée puisque tu ne m'as pas dit où tu allais, et le voilà qui téléphone à l'instant au dortoir pour qu'un autre garçon descende immédiatement. — D'ailleurs, je t'ai croisé dans le couloir », dit le remplaçant de Karl. Karl hocha la tête. « Naturellement, assura l'autre garçon, j'ai tout de suite dit que tu m'avais demandé de te remplacer, mais est-ce qu'il écoute ce genre d'excuses. Tu ne le connais sans doute pas encore. Et nous devons te faire savoir qu'il faut que tu ailles immédiatement dans son bureau. Il vaut mieux que tu ne t'arrêtes pas et que tu y coures. Peut-être qu'il te pardonnera encore, tu n'as été vraiment parti que deux minutes. Réclame-toi tranquillement de moi en disant que tu m'as demandé de te remplacer. Que tu m'as remplacé, il vaut mieux ne pas le dire, c'est un conseil ; moi, il ne peut rien m'arriver, j'avais l'autorisation, mais il n'est pas bon de parler d'une telle chose et de la mêler à cette affaire, avec laquelle elle n'a rien à voir. — C'était la première fois que j'avais quitté mon poste, dit Karl. — C'est toujours comme ça, mais on n'y croit pas », dit le garçon et, comme des gens approchaient, il courut à son ascenseur. Le remplaçant de Karl, un garçon de quatorze ans environ, qui visiblement avait pitié de Karl, dit : « Il y a déjà eu beaucoup de cas où l'on a pardonné ce genre de chose. Habituellement, on vous envoie faire un autre travail. Un seul garçon a été renvoyé pour une affaire pareille, autant que je sache. Il faut simplement que tu t'inventes une bonne excuse. Ne dis surtout pas que tu t'es subitement senti mal, il te rirait au nez. Il vaudrait mieux que tu dises qu'un client t'a chargé d'une commission pressée pour un autre client, et que tu ne sais plus qui était le premier et que tu n'as pas pu trouver le second. — Allons, dit Karl, ça ne sera pas si grave que ça » : après tout ce qu'il avait entendu, il ne croyait plus à une issue favorable. Et même si cette négligence dans le service devait lui être pardonnée, Robinson était encore couché dans le dortoir comme pour incarner sa faute et, avec le caractère colérique du maître d'hôtel en chef, il n'était que trop vraisemblable que l'on ne se contenterait pas d'une enquête superficielle et qu'on finirait encore bien par dénicher Robinson. Il n'existait, à vrai dire, aucune interdiction formelle d'emmener des personnes extérieures au dortoir, mais c'était pour la simple raison que l'on n'interdit justement pas des choses inimaginables.

Lorsque Karl entra dans le bureau du maître d'hôtel en chef, celui-ci était en train de prendre son café du matin, il avalait une gorgée et se replongeait dans un registre que venait visiblement de lui apporter le portier en chef de l'hôtel, également présent, pour qu'il l'examinât. C'était un homme de grande taille, que son uniforme richement chamarré — des cordons et des galons dorés serpentaient jusque sur ses épaulettes et ses manches — rendait encore plus large d'épaules qu'il n'était de nature. Une moustache noire et luisante, qui se terminait en pointe comme chez les Hongrois, ne bougeait pas, si vite qu'il tournât la tête. Du reste, à cause du poids de ses habits, l'homme ne pouvait que difficilement remuer et il ne se tenait jamais qu'en appui sur ses jambes écartées afin de bien répartir son poids.

Karl était entré franchement et vite, comme il s'y était habitué dans cet hôtel, car la lenteur et les précautions qui marquent la politesse chez les particuliers sont considérées chez les liftiers comme de la paresse. En outre, il ne fallait pas qu'il donne l'impression en entrant d'avoir mauvaise conscience. Le maître d'hôtel en chef avait bien jeté un rapide coup d'œil sur la porte qui s'ouvrait, mais il était immédiatement retourné à son café et à sa lecture sans plus se soucier de Karl. En revanche, le portier se sentit peut-être gêné par la présence de Karl, peut-être avait-il quelque information secrète ou une prière à transmettre, en tout cas il jetait sans cesse un regard méchant à Karl en inclinant la tête avec raideur pour ensuite, après avoir croisé son regard, manifestement comme il en avait l'intention, se tourner à nouveau vers le maître d'hôtel en chef. Mais Karl croyait que cela ne ferait pas bon effet si, maintenant qu'il était là, il quittait à nouveau le bureau sans en avoir reçu l'ordre du maître d'hôtel en chef. Or celui-ci continuait à étudier le registre et entre-temps grignotait un morceau de gâteau dont, par moments, sans s'arrêter de lire, il secouait le sucre. Soudain une feuille du registre tomba par terre ; le portier ne tenta même pas de la ramasser, il savait qu'il n'y parviendrait pas, ce ne fut d'ailleurs pas nécessaire, car Karl était déjà accouru et tendait la feuille au maître d'hôtel en chef qui la lui prit avec un mouvement de main comme si elle était remontée toute seule. Ce tout petit service n'avait servi à rien, car le portier ne cessa pas de lui envoyer des regards méchants.

Malgré tout, Karl était plus calme qu'avant. Que le maître d'hôtel en chef semblât accorder si peu d'importance à son affaire pouvait être considéré comme un bon signe. C'était d'ailleurs compréhensible, en fin de compte. Naturellement, un liftier ne représente rien et ne peut en conséquence rien se permettre, mais justement parce qu'il n'est rien, il ne peut non plus rien commettre d'extraordinaire. Après tout, le maître d'hôtel en chef avait lui aussi dans sa jeunesse été liftier — ce qui faisait encore la fierté de cette génération de liftiers —, c'était lui qui les avait organisés pour la première fois, et il lui était sûrement arrivé un jour, à lui aussi, de quitter son poste sans autorisation, bien qu'à vrai dire personne maintenant ne pût l'obliger à s'en souvenir et qu'il ne fallût pas perdre de vue qu'en qualité d'ancien liftier, il devait justement se faire un devoir de maintenir l'ordre dans cette catégorie par une sévérité parfois implacable. En outre Karl fondait son espoir sur le temps qui passait. D'après la pendule du bureau, il était déjà plus de cinq heures et quart ; à tout moment Renell pouvait rentrer, il était peut-être même déjà là, car il devait s'être rendu compte que Robinson n'était pas revenu ; d'ailleurs, Delamarche et Renell ne pouvaient pas être restés bien loin de l'Hôtel Occidental, comme Karl le pensa soudain, car sinon Robinson

n'aurait pas pu, dans son triste état, trouver le chemin de l'hôtel. Si donc Renell découvrait maintenant Robinson dans son
lit, ce qui ne manquerait pas de se produire, alors tout serait
parfait. Car avec son sens pratique, en particulier quand il
s'agissait de ses intérêts, Renell ferait quitter bien vite l'hôtel à
Robinson d'une manière ou d'une autre, ce qui pourrait se faire
d'autant plus facilement que Robinson aurait, entre-temps,
recouvré quelques forces et qu'en outre, Delamarche attendait
probablement devant l'hôtel pour l'accueillir. Or, quand Robinson serait parti, Karl pourrait affronter le maître d'hôtel en chef
beaucoup plus sereinement et peut-être s'en tirer pour cette
fois, même si c'était avec une lourde réprimande. Il discuterait
alors avec Therese pour savoir s'il pourrait dire la vérité à la
cuisinière en chef — il n'y voyait pour sa part aucun obstacle —
et si c'était possible, l'affaire s'arrangerait sans trop de dégâts.

Karl venait tout juste de se rassurer un peu grâce à ces
réflexions et s'apprêtait à recompter discrètement les pourboires de la nuit, car il lui semblait qu'ils avaient été particulièrement importants, quand le maître d'hôtel en chef reposa le
registre sur la table en disant « Attendez encore un instant, Feodor, je vous prie », et sautant debout comme un ressort, il cria
si fort après Karl que celui-ci, terrorisé, ne put d'abord que
regarder fixement dans le grand trou noir de cette bouche.

« Tu as quitté ton poste sans autorisation. Sais-tu ce que cela
signifie ? Cela signifie le renvoi. Je ne veux entendre aucune
excuse ; tes prétextes mensongers, tu peux les garder pour toi,
il me suffit simplement de savoir que tu t'es absenté. Si je tolère
et pardonne cela une fois, les quarante liftiers plaqueront le
service à la première occasion et je pourrai monter seul mes
cinq mille clients par les escaliers. »

Karl se tut. Le portier s'était rapproché et tirait un peu vers
le bas la petite veste de Karl, qui faisait quelques plis, sans
aucun doute pour attirer spécialement l'attention du chef du
personnel sur ce léger désordre du costume de Karl.

« Tu as peut-être eu un malaise soudain ? » demanda le maître d'hôtel en chef avec perfidie. Karl l'examina du regard et

répondit : « Non. — Tu n'as donc même pas eu un malaise ?
cria de plus belle le maître d'hôtel en chef. Il faut donc que
tu aies inventé quelque formidable mensonge. Accouche donc.
Quelle excuse as-tu ? — Je ne savais pas qu'il fallait demander
l'autorisation par le téléphone, dit Karl. — Voilà qui est excellent », dit le maître d'hôtel en chef en attrapant Karl par le col
de sa veste et en le transportant presque suspendu en l'air jusque devant un règlement des ascenseurs fixé au mur. Le portier
aussi les suivit jusqu'au mur. « Là ! lis ! » dit le maître d'hôtel
en chef en désignant un paragraphe. Karl crut qu'il devait juste
lire des yeux. « Tout haut ! » ordonna le maître d'hôtel en chef.
Au lieu de lire tout haut, Karl dit, dans l'espoir de mieux calmer
le maître d'hôtel en chef : « Je connais ce paragraphe, car on
m'a donné le règlement et je l'ai lu minutieusement. Mais c'est
justement ce genre de disposition dont on n'a jamais besoin,
que l'on oublie. J'ai pris mon service il y a deux mois et je
n'ai jamais quitté mon poste. — En revanche, tu vas le quitter
maintenant », dit le maître d'hôtel en chef qui retourna à la
table, reprit le registre comme s'il voulait continuer à le lire,
mais le jeta sur la table comme un inutile chiffon et se mit à
marcher en tous sens dans la pièce, le rouge au front et aux
joues. « À cause d'un sale gamin comme ça, voilà ce qu'on est
obligé de faire ! Des ennuis pareils pendant le service de nuit ! »
répéta-t-il en soufflant. « Savez-vous qui voulait monter quand
ce gaillard a plaqué son ascenseur ? » demanda-t-il en se tournant vers le portier. Et il cita un nom à l'évocation duquel le
portier, qui connaissait sûrement tous les clients et pouvait
juger, fut pris d'un tel frisson de frayeur qu'il jeta sur Karl un
rapide coup d'œil, comme si seule son existence confirmait que
le porteur de ce nom avait été obligé d'attendre un moment
pour rien près d'un ascenseur que son garçon avait plaqué.
« C'est affreux ! » dit le portier en secouant lentement la tête
avec une inquiétude sans bornes en direction de Karl, qui le
regardait tristement et pensait qu'il allait aussi devoir expier
l'esprit borné de cet homme. « Du reste, je vois bien qui tu es,
dit le portier en pointant son grand index, gros et raide. Tu es

le seul liftier qui, par principe, ne me salue pas. Qu'est-ce que tu t'imagines ! Toute personne qui passe devant la loge du portier doit me saluer. Avec les autres portiers, tu peux te comporter comme tu veux, mais moi j'exige qu'on me salue. Je fais bien parfois comme si je ne voyais rien, mais sois tout à fait tranquille, je sais très exactement qui me salue et qui ne me salue pas, mon bonhomme. » Et il se détourna de Karl et, en se redressant de toute sa taille, se dirigea vers le maître d'hôtel en chef qui cependant, au lieu de se prononcer sur les propos du portier, terminait son petit déjeuner et survolait un journal du matin qu'un domestique venait de déposer dans la pièce.

« Monsieur le portier en chef », dit Karl qui, profitant de l'inattention du maître d'hôtel en chef, voulait au moins tirer au clair l'affaire du portier, car il comprenait que ce n'étaient peut-être pas les reproches du portier qui pouvaient lui nuire, mais bien son hostilité, « je vous assure que je vous salue. Je ne suis pas depuis très longtemps en Amérique et j'arrive d'Europe où, comme on sait, on salue bien plus que nécessaire. Je n'ai naturellement pas encore pu m'en déshabituer complètement et il y a encore deux mois, à New York où je fréquentais par hasard des milieux distingués, on me conseillait en toute occasion d'abandonner ma politesse exagérée. Et je ne vous aurais pas salué ! Je vous ai salué chaque jour plusieurs fois. Mais bien sûr pas chaque fois que je vous voyais, étant donné que je passe cent fois par jour devant vous. — C'est chaque fois que tu dois me saluer, chaque fois sans exception, tout le temps que tu me parles, tu dois tenir ton calot à la main, tu dois sans cesse t'adresser à moi en disant Monsieur le portier en chef, et non pas vous. Et tout cela, à chaque fois et sans exception. — À chaque fois ? » répéta Karl à voix basse et d'un ton interrogateur ; il se souvenait maintenant que, depuis qu'il était ici, le portier n'avait cessé de le regarder sévèrement et d'un air de reproche, dès le premier matin où, pas encore bien adapté à son rôle de domestique, il avait interrogé ce portier un peu trop hardiment et sans s'embarrasser des convenances, pour savoir si par hasard deux hommes ne l'avaient pas demandé et n'avaient pas laissé une photographie à son intention. « Tu vois maintenant où mène une pareille conduite », dit le portier, qui était revenu tout près de Karl et désignait le maître d'hôtel en chef encore en train de lire, comme si celui-ci était l'agent de sa vengeance. « Dans ton prochain emploi, tu auras compris qu'il faut saluer le portier, même si ce n'est peut-être que dans un misérable tripot. »

Karl se rendit compte qu'en fait il avait déjà perdu sa place, car le maître d'hôtel en chef l'avait déjà dit, le portier l'avait répété comme un fait acquis et, dans le cas d'un liftier, il n'était sûrement pas nécessaire que la direction de l'hôtel confirmât le renvoi. Pourtant, tout s'était passé plus vite qu'il n'avait pensé, car il y avait tout de même deux mois qu'il travaillait là du mieux qu'il pouvait et sûrement mieux que bien d'autres garçons. Mais, au moment décisif, ce genre de choses n'entre manifestement en ligne de compte sur aucun continent, ni en Europe ni en Amérique ; bien au contraire, on décide selon le verdict qui vous monte aux lèvres dans un premier mouvement de colère. Peut-être eût-il mieux valu maintenant qu'il prît congé et s'en allât sur-le-champ ; la cuisinière en chef et Therese dormaient peut-être encore ; pour leur épargner la déception et la tristesse que susciterait en tout cas sa conduite s'il leur disait personnellement adieu, il pourrait leur adresser ses adieux par lettre, faire rapidement sa valise et s'en aller en silence. En revanche, s'il restait ne fût-ce qu'un jour de plus — car il avait, à vrai dire, un peu besoin de dormir — il devait s'attendre à voir son affaire prendre les dimensions d'un scandale, à essuyer des reproches de tous les côtés, à assister au spectacle insupportable des larmes de Therese et peut-être même de la cuisinière en chef, et même à récolter peut-être une punition, par-dessus le marché. Mais d'autre part il était désemparé d'avoir à faire face ici à deux ennemis et de ne pouvoir prononcer un mot, sans que l'un ou l'autre y trouvât à redire et l'interprétât en mal. Il se tut donc et se réjouit provisoirement du calme qui régnait dans la pièce, car le maître d'hôtel en chef continuait à lire son journal, et le portier en

chef reclassait son registre éparpillé sur la table selon les numéros de pages, ce qui lui causait de grandes difficultés vu son
évidente myopie.

Enfin le maître d'hôtel en chef reposa son journal en bâillant,
s'assura d'un regard que Karl était encore présent et tourna la
manivelle du téléphone. Il cria plusieurs fois allô, mais personne ne répondit. « Personne ne répond », dit-il au portier en
chef. Celui-ci qui, comme Karl crut le voir, observait l'opération
du téléphone avec un intérêt particulier, dit : « Il est déjà six
heures moins le quart. Elle est sûrement déjà réveillée. Vous
n'avez qu'à sonner plus fort. » À cet instant, sans nouvel appel,
le téléphone répondit. « Ici, Isbary, le maître d'hôtel en chef.
Bonjour, madame la cuisinière en chef. Je ne vous ai tout de
même pas réveillée, n'est-ce pas ? J'en suis fort navré. Oui, oui,
il est déjà six heures moins le quart. Mais je suis sincèrement
navré de vous avoir fait peur. Vous devriez débrancher le téléphone quand vous dormez. Non, non, effectivement, je n'ai
aucune excuse, surtout que je veux vous entretenir d'une
affaire insignifiante. Mais bien sûr j'ai le temps, je vous en prie,
je reste au téléphone si vous voulez. » « Elle est sans doute
accourue en chemise de nuit au téléphone », dit le maître d'hôtel en chef avec un sourire au portier en chef qui, pendant tout
ce temps, était resté penché sur la boîte du téléphone avec une
expression de vive attention. « Je l'ai vraiment réveillée, c'est la
petite jeune fille qui tape à la machine pour elle, qui la réveille
d'habitude et qui aujourd'hui exceptionnellement a dû oublier.
Je suis désolé de lui avoir fait peur, elle est suffisamment nerveuse comme ça. — Pourquoi s'est-elle arrêtée de parler ?
— Elle est allée voir ce que fait la jeune fille », répondit le maître d'hôtel en chef, l'écouteur déjà contre l'oreille car le téléphone sonnait à nouveau. « On la retrouvera bien, poursuivit-
il dans l'appareil. Il ne faut pas vous effrayer de tout comme
ça, vous avez vraiment besoin d'un bon repos. Alors, voici donc
ma petite question. Il y a ici un liftier du nom de — il se tourna
d'un air interrogateur vers Karl qui, étant très attentif, put l'aider en lui donnant tout de suite son nom — du nom de Karl

Rossmann, donc ; si je me souviens bien, vous vous êtes un peu intéressée à lui ; malheureusement il a mal récompensé votre gentillesse, il a quitté son poste sans autorisation, me causant par là de graves désagréments, dont je ne peux encore prévoir toutes les conséquences, et je viens donc à l'instant de le renvoyer. J'espère que vous ne prenez pas la chose au tragique. Comment ? Renvoyé, oui renvoyé. Mais puisque je vous dis qu'il a quitté son poste. Non, là je ne peux vraiment pas vous céder, chère madame la cuisinière en chef. Il s'agit de mon autorité, l'enjeu est vraiment de taille, un liftier comme celui-là va me corrompre toute la bande. Et c'est justement avec les liftiers qu'on doit être diablement vigilant. Non, non, dans ce cas, je ne peux vous faire cette faveur, quel que soit le plaisir que j'ai toujours à vous être agréable. Et même si je le laissais travailler ici, avec le seul dessein de m'échauffer la bile, c'est pour vous, oui vraiment pour vous, madame la cuisinière en chef, qu'il ne peut pas rester. Vous lui portez un intérêt qu'il ne mérite absolument pas, et comme je le connais et que je vous connais aussi, je sais que cela risque de vous causer les pires déceptions que je veux à tout prix vous épargner. Je le dis très franchement, bien que ce garçon obstiné soit à quelques pas de moi. Il est renvoyé ; non, non, madame la cuisinière en chef, il est tout à fait renvoyé ; non, non, on ne le changera pas de travail, on ne peut l'utiliser nulle part. D'ailleurs, je ne suis pas le seul à m'en plaindre. Le portier en chef, par exemple, comment, ah oui, Feodor, c'est ça, il se plaint de l'impolitesse et de l'insolence de ce garçon. Comment, ce n'est pas suffisant ? Dites, chère madame la cuisinière en chef, vous n'êtes plus vous-même, à cause de ce garçon. Non, vous ne pouvez pas insister davantage. »

À cet instant, le portier se pencha à l'oreille du maître d'hôtel en chef et chuchota quelque chose. Le maître d'hôtel en chef le regarda d'abord d'un air étonné, puis se mit à parler si vite dans le téléphone que tout d'abord Karl ne comprit pas bien et fit deux pas sur la pointe des pieds pour se rapprocher.

« Chère madame la cuisinière en chef, disait-il, à franchement parler, je n'aurais pas cru que vous jugiez si mal les gens. J'apprends à l'instant quelque chose sur votre chérubin, qui va changer fondamentalement votre opinion et je suis presque désolé d'être moi-même obligé de vous le dire. Donc, ce garçon bien élevé dont vous faites un modèle de bonne conduite, ne passe pas une nuit de liberté sans aller courir en ville et n'en revient que le matin. Oui, oui, madame la cuisinière en chef, des témoins le prouvent, des témoins irrécusables. Pourriez-vous maintenant me dire d'où il tire l'argent pour ces divertissements ? Comment il peut maintenir son attention pendant le service ? Et voudriez-vous peut-être que je vous décrive à quoi il se livre en ville ? Mais je vais me dépêcher de me débarrasser de ce garçon sans perdre de temps. Et je vous en prie, voyez là un avertissement comme quoi il faut être prudent avec des gars qui viennent on ne sait d'où. »

« Mais monsieur le maître d'hôtel en chef, s'écria alors Karl, franchement soulagé par l'erreur grossière qui semblait s'être produite ici et qui allait peut-être servir à arranger tout cela, d'un seul coup, il y a sûrement une confusion. Je crois que M. le portier en chef vous a dit que je partais toutes les nuits. Mais ce n'est absolument pas vrai, je passe au contraire toutes les nuits au dortoir, tous les liftiers peuvent le certifier. Quand je ne dors pas, j'étudie la correspondance commerciale, et jamais je ne quitte le dortoir la nuit. C'est très facile à prouver. M. le portier en chef me confond manifestement avec quelqu'un d'autre, et maintenant je comprends aussi pourquoi il croit que je ne le salue pas.

— Tais-toi immédiatement, cria le portier en chef en brandissant le poing, là où d'autres eussent agité un doigt, tu prétends que je te confonds avec quelqu'un d'autre. Mais alors, je ne peux plus être portier en chef si je confonds les gens. Vous entendez, monsieur Isbary, je ne peux plus être portier en chef, si maintenant je confonds les gens. Dans mes trente années de service, je n'ai encore jamais confondu personne, comme des centaines de messieurs les maîtres d'hôtel en chef que nous avons eus durant ce temps peuvent le confirmer, et c'est avec toi, misérable gamin, que je me mettrais à confondre les gens. Avec toi, avec ta bobine sans un poil au menton si facile à reconnaître. Qu'y a-t-il à confondre, tu pourrais filer en ville toutes les nuits derrière mon dos que rien qu'à ta tête, j'aurais la certitude que tu es une canaille finie.

— Laisse, Feodor ! dit le maître d'hôtel en chef, dont la conversation téléphonique avec la cuisinière en chef semblait s'être soudain interrompue. L'affaire est vraiment toute simple. Il ne s'agit pas en premier lieu de ses distractions nocturnes. Il voudrait peut-être avant son départ provoquer je ne sais quelle grande enquête sur sa vie nocturne. J'imagine déjà que cela lui plairait. On convoquerait éventuellement les quarante liftiers qui tous, cités comme témoins, l'auraient bien sûr eux aussi confondu ; il faudrait donc faire témoigner peu à peu tout le personnel ; on arrêterait bien entendu le fonctionnement de l'hôtel un moment, et si malgré tout cela on finissait par le mettre à la porte, il se serait quand même bien amusé. Il vaut mieux que nous évitions cela. Il a déjà abusé de la crédulité de la cuisinière en chef, cette brave femme, cela doit suffire. Je ne veux plus rien entendre, tu es renvoyé sur-le-champ pour négligence dans le service. Je vais te donner une attestation, afin que ton salaire te soit payé jusqu'à aujourd'hui. Vu ton comportement, entre nous soit dit, c'est un pur cadeau, et je ne le fais que par égard pour Mme la cuisinière en chef. »

Un appel téléphonique empêcha le maître d'hôtel en chef de signer aussitôt l'attestation. « Décidément, les liftiers m'en font voir aujourd'hui ! » s'écria-t-il dès les premiers mots entendus. « C'est vraiment inouï ! » cria-t-il au bout d'un petit moment. Et, se détournant du téléphone, il s'adressa au portier de l'hôtel et dit : « S'il te plaît, Feodor, retiens-moi un peu ce gars, nous aurons encore à lui parler. » Et au téléphone, il ordonna : « Monte immédiatement ! »

Le portier en chef put alors donner libre cours à sa fureur, ce qu'il n'avait pu faire durant la discussion. Il saisit Karl par le haut du bras, mais au lieu de le maintenir avec calme, ce qui finalement eût été supportable, il relâchait de temps à autre son étreinte pour l'accentuer ensuite de plus en plus, apparemment sans limite, vu sa grande force physique, et Karl vit passer une ombre devant ses yeux. En outre, il ne se contentait pas de tenir Karl et, comme s'il avait reçu en même temps l'ordre de lui régler son compte, il le soulevait aussi par moments en l'air et le secouait, en répétant sur un ton mi-interrogateur à l'attention du maître d'hôtel en chef : « Est-ce que je ne suis pas en train de le confondre, est-ce que je ne suis pas en train de le confondre. »

Ce fut une délivrance pour Karl quand le plus gradé des liftiers entra, un certain Bess, un gros garçon éternellement essoufflé qui détourna un peu sur lui l'attention du portier en chef. Karl était si sonné qu'il salua à peine quand, à son grand étonnement, il aperçut derrière le jeune homme Therese se glisser dans le bureau, blanche comme un linge, les vêtements en désordre, les cheveux mal relevés. Elle s'approcha de lui aussitôt et chuchota : « La cuisinière en chef est-elle déjà au courant ? — Le maître d'hôtel en chef le lui a dit par téléphone, répondit Karl. — Alors c'est bon, alors c'est bon, dit elle rapidement, le regard vif. — Non, dit Karl, tu ne sais pas ce qu'ils ont contre moi. Il faut que je parte, la cuisinière en chef, elle aussi, en est déjà persuadée. Je t'en prie, ne reste pas ici, remonte, je viendrai tout à l'heure te dire adieu. — Mais Rossmann, qu'est-ce qui te prend ? Tu resteras avec nous tant qu'il te plaira. Le maître d'hôtel en chef fait tout ce que veut la cuisinière en chef, il l'aime, je l'ai appris dernièrement par hasard. Sois tranquille. — Je t'en prie, Therese, va-t'en maintenant. Je ne peux pas me défendre aussi bien si tu restes ici. Et il faut que je me défende sans rien omettre puisque l'on produit des mensonges contre moi. Or, plus je pourrai faire attention et me défendre, plus il y aura d'espoir que je reste. Allons Therese... » Malheureusement, sous l'effet d'une subite douleur, il ne put s'empêcher d'ajouter à voix basse : « Si seulement ce portier en chef me lâchait ! Je ne savais pas du tout qu'il était mon ennemi. Mais comme il me serre et me tire sans arrêt ! » En même temps, il se dit : « Mais pourquoi dire cela ? Aucune femme ne peut écouter cela de sang froid », et effectivement, Therese se tourna vers le portier en chef, avant qu'il ait pu de sa main libre l'en empêcher : « Monsieur le portier en chef, je vous en prie, lâchez immédiatement Rossmann. Vous lui faites vraiment mal. Madame la cuisinière en chef va dans un instant venir en personne et alors on verra bien que, dans tout cela, on lui fait du tort. Lâchez-le, quel plaisir cela peut vous faire de le torturer. » Et elle saisit même la main du portier en chef. « C'est un ordre, petite demoiselle, un ordre », dit le portier en chef en attirant gentiment Therese vers lui de sa main libre, tandis que de l'autre il serrait Karl encore plus fort, non comme s'il voulait simplement lui faire mal, mais comme s'il avait, concernant ce bras qui se trouvait en sa possession, des intentions spéciales qui étaient encore loin de se réaliser.

Therese mit quelque temps à se dégager de l'étreinte du portier en chef et s'apprêtait à intercéder en faveur de Karl auprès du maître d'hôtel en chef, qui écoutait toujours le récit très détaillé de Bess, quand la cuisinière en chef entra à toute allure. « Dieu soit loué ! » s'écria Therese et, un instant, on n'entendit résonner dans la pièce que ces paroles. Le maître d'hôtel en chef se leva d'un bond et poussa Bess sur le côté : « Vous venez donc en personne, madame la cuisinière en chef. À cause de cette bagatelle ? Après notre conversation au téléphone, j'aurais pu m'en douter, mais tout de même je n'y croyais pas. Cependant l'affaire de votre protégé ne cesse de s'aggraver. Je crains de n'avoir pas seulement à le renvoyer, mais aussi à le faire mettre en prison. Écoutez plutôt ! » Et il fit signe à Bess d'approcher. « Je voudrais d'abord dire quelques mots à Rossmann », dit la cuisinière en chef en s'asseyant sur une chaise, le maître d'hôtel en chef l'y ayant invitée. « Karl, je t'en prie, approche », dit-elle alors. Karl obéit ou, plutôt, fut traîné jusqu'à elle par le portier en chef. « Lâchez-le donc, dit la cuisinière en chef d'un air irrité, ce n'est quand même pas un assassin. » Alors le portier en chef le lâcha, mais auparavant il le serra encore si fort que les larmes lui montèrent aux yeux, à cause de l'effort qu'il venait de faire.

« Karl, dit la cuisinière en chef, qui posa calmement les mains sur ses genoux et, penchant la tête, le regarda — cela n'avait rien d'un interrogatoire — je veux avant tout te dire que j'ai encore entièrement confiance en toi. M. le maître d'hôtel en chef est, lui aussi, un homme juste, j'en réponds. Tous deux, au fond, nous aimerions bien te garder ici. » Elle jeta en même temps un rapide coup d'œil sur le maître d'hôtel en chef comme pour le prier de ne pas l'interrompre. Ce qu'il fit. « Oublie donc ce qu'on t'a peut-être dit jusqu'à présent ici. Surtout ce que t'a peut-être dit M. le portier en chef, il ne faut pas le prendre trop au tragique. C'est certes un homme assez irritable, ce qui n'est pas étonnant vu son travail, mais il a aussi femme et enfants et sait qu'il ne faut pas tourmenter inutilement un garçon qui doit se débrouiller par lui-même, parce que le reste du monde s'en charge déjà suffisamment. »

Le silence était grand dans le bureau. Le portier en chef, attendant des explications, regardait le maître d'hôtel en chef, celui-ci regardait la cuisinière en chef et secouait la tête. Le liftier Bess ricanait fort stupidement dans le dos du maître d'hôtel en chef. Therese sanglotait de joie et de chagrin et se donnait toutes les peines du monde pour que personne ne l'entendît.

Mais Karl, bien que ce geste ne pût qu'être interprété comme un mauvais présage, au lieu de lever les yeux sur la cuisinière en chef qui cherchait certainement les siens, regardait fixement le plancher. Dans son bras, la douleur irradiait dans toutes les directions, sa chemise collait à la meurtrissure, et il aurait bien ôté sa veste pour examiner la chose. Ce que disait la cuisinière en chef partait naturellement d'une intention fort bienveillante, mais malheureusement il lui semblait qu'elle avait une attitude qui était de nature à faire apparaître par contraste qu'il ne méritait pas cette gentillesse, qu'il avait joui pendant deux mois des bienfaits de la cuisinière en chef sans en être digne, et qu'il ne méritait rien d'autre que de se retrouver entre les mains du portier en chef.

« Je dis cela, poursuivit la cuisinière en chef, pour que tu répondes maintenant sans te troubler, ce que du reste tu aurais probablement fait, tel que je crois te connaître. »

« Puis-je aller chercher le médecin en attendant, car cet homme pourrait bien, pendant ce temps, perdre tout son sang », intervint soudain le liftier Bess, d'une façon fort polie, mais fort gênante.

« Va », dit le maître d'hôtel en chef à Bess, qui disparut aussi-tôt. Puis à la cuisinière en chef : « Voici l'affaire. Ce n'est pas pour s'amuser que le portier en chef a retenu ce garçon. En bas au dortoir des liftiers, on a en effet découvert dans un lit, couché sous les couvertures, un homme, un parfait inconnu et complètement ivre. On l'a réveillé, bien sûr, et on a voulu le faire partir. Mais cet homme s'est mis alors à faire un grand ramdam en hurlant à la ronde que le dortoir appartenait à Karl Rossmann dont il était l'invité, Rossmann qui l'avait amené et qui punirait tout ceux qui oseraient le toucher. Du reste, il était également obligé d'attendre Karl Rossmann parce que celui-ci lui avait promis de l'argent qu'il était juste parti chercher. Faites bien attention à ceci, s'il vous plaît, madame la cuisinière en chef : il lui avait promis de l'argent et était parti le chercher. Tu peux toi aussi faire attention, Rossmann », glissa le maître d'hôtel en chef à Karl qui venait justement de se tourner vers Therese, laquelle, comme fascinée, regardait fixement le maître d'hôtel en chef et ne cessait d'écarter de son front quelque mèche de cheveux, à moins qu'elle fit ce geste machinalement. « Mais peut-être suis-je en train de te rappeler je ne sais quels engagements. En effet, l'homme d'en bas a poursuivi en disant qu'à ton retour vous iriez tous deux faire une visite nocturne à je ne sais quelle cantatrice, dont personne, en tout cas, n'a compris le nom, car l'homme n'arrivait jamais à le prononcer qu'en chantant. »

Ici, le chef du personnel s'interrompit, car la cuisinière en chef, qui visiblement avait pâli, s'était levée de sa chaise qu'elle repoussa légèrement. « Je vous épargne la suite, dit le maître d'hôtel en chef. — Non, non, je vous en prie, dit la cuisinière en chef en lui prenant la main, continuez, je veux tout entendre, c'est pour cela que je suis ici. » Le portier en chef qui s'était avancé et se frappait bruyamment la poitrine pour montrer que, dès le début, il avait vu clair en tout, fut à la fois apaisé et repoussé par le maître d'hôtel en chef qui lui lança : « Oui, vous aviez tout à fait raison, Feodor !

— Il n'y a plus grand chose à raconter, dit le maître d'hôtel en chef. Vu ce que sont les garçons, ils ont commencé par se moquer de l'homme, puis à lui chercher querelle, et comme il y a toujours de bons boxeurs parmi eux, ils l'ont tout simplement assommé, et je n'ai même pas osé demander où il saigne ni à combien d'endroits, car ces garçons sont de terribles boxeurs et un homme ivre leur facilite bien sûr la tâche.

— Bon », dit la cuisinière en chef en tenant sa chaise par le dossier et regardant la place qu'elle venait de quitter. « Eh bien ! dis quelque chose, Rossmann, je t'en prie ! » ajouta-t-elle. Therese avait quitté sa place pour s'approcher de la cuisinière en chef et lui avait pris le bras, ce que Karl ne l'avait jamais vu faire. Le maître d'hôtel en chef se tenait juste derrière la cuisinière en chef et lissait lentement un des coins un peu retourné du modeste petit col de dentelle de la cuisinière en chef. Près de Karl, le portier en chef dit : « Alors, ça vient ? » mais, ce disant, il ne voulait que dissimuler un coup qu'en même temps il envoyait dans le dos de Karl.

« C'est vrai, dit Karl avec moins d'assurance qu'il n'eût voulu à cause du coup, j'ai amené cet homme au dortoir.

— Nous ne voulons pas en savoir davantage », dit le portier au nom de tous. La cuisinière en chef se tourna en silence vers le maître d'hôtel en chef, puis vers Therese.

« Je ne pouvais pas m'en sortir autrement, poursuivit Karl. Cet homme est un ancien camarade, il est venu ici me rendre visite, alors que nous ne nous étions pas vus depuis deux mois, mais il était tellement soûl qu'il ne pouvait repartir tout seul. »

Le maître d'hôtel en chef, à côté de la cuisinière en chef, dit à part soi à mi-voix : « Il est donc venu en visite, et ensuite il était tellement soûl qu'il n'a pas pu repartir. » La cuisinière en chef chuchota quelques mots par-dessus l'épaule du maître d'hôtel en chef, qui sembla lui faire des objections avec un sourire qui, visiblement, n'avait rien à voir avec cette affaire. En plein désarroi, Therese — Karl ne regardait qu'elle — pressait son visage contre la cuisinière en chef et ne voulait plus rien voir. Le seul à être entièrement satisfait des explications de Karl, était le portier en chef qui, à plusieurs reprises, répéta : « C'est tout à fait juste, on doit assistance à son compagnon de beuverie », en cherchant par ses regards et ses mouvements de mains à graver cette explication dans l'esprit des présents.

« C'est donc moi le responsable, dit Karl en marquant une pause, comme s'il attendait de ses juges une parole aimable qui pût lui donner le courage de poursuivre sa défense, mais elle ne vint pas, et je ne suis responsable que d'avoir amené cet homme au dortoir ; il s'appelle Robinson, c'est un Irlandais. Tout ce qu'il a dit d'autre, il l'a dit sous l'effet de l'ivresse, et ce n'est pas vrai.

— Tu ne lui as donc pas promis d'argent ? demanda le maître d'hôtel en chef.

— Si », dit Karl, désolé de l'avoir oublié ; par inadvertance ou distraction, il s'était trop catégoriquement qualifié d'innocent. « Je lui ai promis de l'argent parce qu'il m'en a demandé. En revanche, je n'étais pas parti en chercher, je voulais lui donner les pourboires que j'avais gagnés cette nuit. » Et tirant, pour preuve, l'argent de sa poche, il montra dans le creux de sa main quelques petites pièces.

« Tu t'enferres de plus en plus, dit le maître d'hôtel en chef. Si on devait te croire, il faudrait sans cesse oublier ce que tu as dit l'instant d'avant. D'abord tu n'as fait qu'amener cet homme — je ne crois même pas au nom de Robinson : depuis que l'Irlande existe, aucun Irlandais ne s'est appelé comme ça —, d'abord donc tu n'as fait qu'amener cet homme au dortoir, ce qui suffirait, du reste, pour que tu sois mis à la porte en quatrième vitesse — en revanche, d'abord tu ne lui as pas promis d'argent, puis à nouveau, quand on t'interroge par surprise, tu lui as promis de l'argent. Or, nous ne sommes pas ici pour jouer au jeu des questions et des réponses, en revanche nous voulons entendre ta justification. Pour commencer, tu ne voulais pas aller chercher d'argent, mais lui donner tes pourboires de la nuit, or il apparaît ensuite que tu as encore cet argent sur toi, et donc visiblement que tu voulais aller en chercher d'autre, ce que confirme par ailleurs ta longue absence. Au bout du compte, il n'y aurait rien d'étonnant à ce que tu aies voulu aller chercher de l'argent dans ta valise à son intention ; mais que tu le nies de toutes tes forces, voilà qui est assez singulier. De même, le fait que tu veuilles taire que c'est toi qui as commencé par soûler cet homme ici à l'hôtel, ce qui ne fait pas le moindre doute, car tu as toi-même avoué qu'il est venu seul, mais qu'il ne pouvait repartir seul, et qu'au dortoir il a, lui-même, crié à la cantonade qu'il était ton invité. Il ne reste donc maintenant plus que deux questions auxquelles, si tu veux simplifier l'affaire, tu peux répondre toi-même, mais que l'on pourra en fin de compte résoudre aussi sans ton concours : premièrement, comment t'es-tu débrouillé pour accéder aux magasins, et deuxièmement comment t'es-tu procuré l'argent que tu comptais distribuer ? »

« Il est impossible de se défendre en l'absence de bonne volonté », se dit Karl et il ne répondit plus au maître d'hôtel en chef, malgré la peine que cela faisait probablement à Therese. Il savait que tout ce qu'il pourrait dire prendrait aussitôt un tout autre aspect que ce qu'il avait voulu dire, et que seule la façon de voir les choses trancherait ici le bien et le mal.

« Il ne répond pas, dit la cuisinière en chef.

— C'est ce qu'il a de plus raisonnable à faire, dit le maître d'hôtel en chef.

— Il inventera encore bien quelque chose », dit le portier en chef en caressant avec soin sa moustache, de sa main tout à l'heure si cruelle.

« Calme-toi, dit la cuisinière en chef à Therese qui à côté d'elle commençait à sangloter ; tu vois, il ne répond pas, comment puis-je faire quelque chose pour lui dans ces conditions. En fin de compte, c'est moi qui ai des torts envers M. le maître d'hôtel en chef. Dis-moi, Therese, ai-je omis d'après toi de faire quelque chose pour lui ? » Comment Therese pouvait-elle le savoir, et à quoi servait-il que la cuisinière en chef, par cette question et cette prière adressées publiquement à la jeune fille, se compromît peut-être fort devant ces deux messieurs ?

« Madame la cuisinière en chef, dit Karl qui se ressaisit encore une fois, mais uniquement pour épargner à Therese la peine de répondre, et pour cette seule raison, je ne crois pas vous avoir fait honte d'une quelconque façon et, après une enquête précise, chacun devrait s'en rendre compte.

— Chacun, dit le portier en chef en désignant du doigt le maître d'hôtel en chef, c'est une pique contre vous, monsieur Isbary.

— Allons, madame la cuisinière en chef, dit celui-ci ; il est six heures et demie, c'est tard, très tard. Je pense que le mieux est que vous me laissiez conclure cette affaire devant laquelle on s'est déjà montré trop indulgent. »

Le petit Giacomo était entré, mais comme il voulait s'approcher de Karl, il s'arrêta, effrayé par le silence général, et attendit.

La cuisinière en chef, depuis les dernières paroles de Karl, n'avait pas cessé de le regarder, et rien n'indiquait non plus qu'elle eût entendu la remarque du maître d'hôtel en chef. Ses yeux regardaient Karl ouvertement, ils étaient grands et bleus, mais un peu ternis à cause de l'âge et de toutes les fatigues. À la voir là debout, balançant légèrement sa chaise devant elle, on pouvait fort bien s'attendre à ce qu'elle dise l'instant d'après : « Allons Karl, cette affaire, quand j'y réfléchis, n'est pas encore clairement établie, et comme tu l'as dit fort justement, elle réclame une enquête précise. Nous allons donc maintenant l'organiser, que l'on soit d'accord ou pas, car il faut que justice soit faite. »

Mais à la place, la cuisinière en chef dit au bout d'un bref silence que personne n'avait osé rompre — seule l'horloge, pour confirmer les paroles du maître d'hôtel en chef, sonna six heures et demie, et en même temps qu'elle, chacun le savait, toutes les horloges de tout l'hôtel ; cela résonnait dans l'oreille et on le pressentait comme la vibration redoublée d'une unique et immense impatience : « Non, Karl, non, non ! Nous n'allons pas nous en laisser conter. Les causes justes ont aussi une certaine tournure que ton affaire n'a pas, je dois en convenir. Je peux le dire et je le dois aussi, car c'est moi qui étais venue avec le plus de prévention en ta faveur. Tu vois que Therese aussi se tait. » (Or, elle ne se taisait pas, elle pleurait.)

La cuisinière en chef s'arrêta, sous l'effet d'une décision qu'elle venait soudain de prendre et dit : « Karl, viens donc ici », et quand il fut près d'elle — immédiatement, le maître d'hôtel en chef et le portier en chef se rapprochèrent, derrière son dos, et entamèrent une vive discussion — elle lui passa le bras gauche autour du corps, l'entraîna au fond de la pièce avec Therese qui suivit passivement et, tout en allant et venant avec eux, elle dit : « Il est possible, Karl, et tu sembles te reposer là-dessus, sinon je ne te comprendrais pas du tout, qu'une enquête te donne raison sur quelques points de détail. Pourquoi pas ? Tu as peut-être effectivement salué le portier en chef. J'en suis même certaine, je sais aussi ce que je dois penser du portier en chef, tu vois qu'en ce moment je te parle encore franchement. Mais ces petites justifications ne te servent de rien. Le maître d'hôtel en chef, dont j'ai appris, au cours de longues années, à apprécier la connaissance des hommes et qui est l'être le plus sûr que je connaisse, s'est clairement exprimé sur ta culpabilité, et elle me semble en effet incontestable. Peut-être as-tu simplement agi sans réfléchir, mais peut-être aussi n'es-tu pas celui pour qui je t'avais pris. Et pourtant — elle s'interrompit et jeta un bref coup d'œil sur les deux messieurs derrière eux — je ne puis encore me désaccoutumer de te considérer, au fond, comme un garçon honnête.

— Madame la cuisinière en chef ! Madame la cuisinière en chef, l'avertit le maître d'hôtel en chef qui avait surpris son regard.

— Nous avons presque terminé », dit la cuisinière en chef qui, en parlant plus vite, entreprit de persuader Karl : « Écoute, Karl, comme j'entrevois l'affaire, je suis encore heureuse que le maître d'hôtel en chef ne veuille pas ouvrir une enquête, car s'il voulait le faire, je devrais l'en empêcher, dans ton intérêt. Personne ne doit apprendre comment et avec quoi tu as nourri cet homme qui, du reste, ne peut avoir été l'un de tes anciens camarades, comme tu le prétends, puisque tu as eu en les quittant une grave dispute avec ces gens, de sorte que tu n'irais pas maintenant régaler l'un d'eux. Ce ne peut donc être qu'un compagnon de rencontre avec lequel tu auras fraternisé imprudemment la nuit dans quelque bistrot de la ville. Mais comment, Karl, as-tu pu me cacher toutes ces choses ? Si le dortoir t'était insupportable et si c'était l'innocente et première raison de tes escapades nocturnes, pourquoi ne m'en as-tu jamais soufflé mot, tu sais bien que je voulais te procurer une chambre individuelle et que je n'y ai renoncé que sur tes prières. Il semble maintenant que tu as seulement préféré le dortoir parce que tu t'y sentais plus libre. Or, tu me faisais garder ton argent dans ma caisse et tu m'apportais tes pourboires toutes les semaines ; où, pour l'amour de Dieu, as-tu pris l'argent de tes plaisirs et où voulais-tu maintenant aller chercher cet argent pour ton ami ? Voilà bien sûr des choses que, pour le moment du moins, je n'envisage pas de laisser entendre au maître d'hôtel en chef, car alors une enquête serait peut-être inévitable. Il faut donc absolument que tu quittes l'hôtel et ce, le plus vite possible. Rends-toi sur-le-champ à la pension Brenner — tu y es déjà allé plusieurs fois avec Therese — ils te recevront gratuitement avec cette recommandation — et à l'aide d'un porte-mine en or qu'elle avait tiré de son corsage, la cuisinière en chef écrivit quelques lignes sur une carte de visite, sans interrompre son discours. J'y ferai suivre ta valise sur-le-champ, Therese, cours au vestiaire des liftiers et fais-lui son bagage » (mais Therese ne bougea pas encore ; au contraire, comme elle avait supporté toute la peine, elle voulait assister entièrement au tournant favorable que prenait l'affaire de Karl grâce à la bonté de la cuisinière en chef).

Quelqu'un, sans se montrer, ouvrit un peu la porte et la referma aussitôt. Visiblement, ce devait être pour Giacomo, car celui-ci s'avança et dit : « Rossmann, j'ai quelque chose à te transmettre. — Un instant, dit la cuisinière en chef, en fourrant sa carte de visite dans la poche de Karl qui l'avait écoutée, la tête baissée. Ton argent, je le garde provisoirement. Tu sais que tu peux me le confier. Pour aujourd'hui, ne sors pas et réfléchis à ton affaire ; demain — aujourd'hui, je n'ai pas le temps, je me suis déjà attardée ici beaucoup trop longtemps — j'irai chez Brenner et nous verrons ce que nous allons pouvoir faire pour toi. Je ne t'abandonnerai pas, en tout cas dès aujourd'hui tu peux en être sûr. Tu n'as pas de soucis à te faire pour ton avenir, ce sont plutôt les derniers événements qui doivent te soucier. » Sur ces mots, elle lui donna une petite tape sur l'épaule et retourna près du maître d'hôtel en chef ; Karl leva la tête et suivit des yeux cette grande et forte femme qui s'éloignait de lui d'un pas tranquille, avec aisance.

« N'es-tu donc pas content, dit Therese qui était restée près de lui, que tout ait si bien évolué ? — Oh si », dit Karl en lui souriant, mais sans savoir pourquoi il devait être content qu'on le renvoyât comme un voleur. La joie brillait dans les yeux de Therese comme s'il lui eût été fort indifférent que Karl eût commis un crime ou non, qu'il eût été jugé justement ou non, pourvu qu'on le laissât se sauver, dans la honte ou dans l'honneur. Voilà comment se comportait Therese, elle qui était pourtant si scrupuleuse dans ses propres affaires, et retournait et examinait des semaines durant dans sa tête un mot un peu ambigu de la cuisinière en chef. Il lui demanda exprès : « Tu vas faire ma valise tout de suite et me l'expédier ? » Sans le vouloir, il ne put s'empêcher de secouer la tête avec étonnement en voyant Therese répondre si vite à sa demande ; et, persuadée qu'il y avait dans sa valise des choses qu'il fallait tenir secrètes vis-à-vis des autres, elle se garda de lever les yeux sur Karl et de lui tendre la main, et se contenta de chuchoter. « Bien sûr, Karl, tout de suite, je vais faire ta valise tout de suite. » Et déjà elle était partie.

Mais il n'était maintenant plus possible de retenir Giacomo qui, exaspéré par sa longue attente, se mit à crier : « Rossmann, l'homme se roule par terre en bas dans le couloir et refuse de se laisser emmener. Ils voulaient le transporter à l'hôpital, mais il se défend et affirme que jamais tu ne permettrais qu'il aille à l'hôpital. Il réclame une automobile et qu'on le ramène chez lui, disant que tu paieras l'automobile. Tu es d'accord ? »

« Cet homme a confiance en toi », dit le maître d'hôtel en chef. Karl haussa les épaules et, comptant son argent, le mit dans la main de Giacomo : « C'est tout ce que j'ai, dit-il.

— Il faut aussi que je te demande si tu l'accompagnes, demanda encore Giacomo en faisant tinter la monnaie.

— Il ne l'accompagnera pas, dit la cuisinière en chef.

— Allez, Rossmann, dit rapidement le maître d'hôtel en chef, sans même attendre que Giacomo fût dehors, tu es renvoyé sur-le-champ. »

Le portier en chef hocha la tête à plusieurs reprises comme si le maître d'hôtel en chef se fût contenté de répéter ses propres paroles.

« Je ne peux prononcer à haute voix les raisons de ton renvoi, car sinon je serais obligé de te faire emprisonner. »

Le portier en chef jeta sur la cuisinière en chef un regard particulièrement sévère, car il s'était parfaitement rendu compte qu'elle était à l'origine de cet excès d'indulgence.

« Maintenant va voir Bess, change-toi, rends-lui ta livrée et quitte immédiatement la maison, mais immédiatement. »

La cuisinière en chef ferma les yeux, voulant ainsi rassurer Karl. Comme il s'inclinait devant elle avant de partir, il se rendit compte un instant que le maître d'hôtel en chef avait pris discrètement la main de la cuisinière en chef et jouait avec. Le portier en chef accompagna Karl à pas lourds jusqu'à la porte qu'il ne lui laissa pas fermer, mais la maintint encore ouverte pour pouvoir crier dans son dos : « Dans quinze secondes, je veux te voir passer devant moi à la porte principale, note-le bien. »

Karl se dépêcha autant qu'il le put pour éviter les ennuis à la porte principale, mais tout se déroula beaucoup plus lentement qu'il le voulait. Il commença par avoir du mal à trouver Bess et, à ce moment, celui du petit déjeuner, tout était plein

de monde ; puis il s'aperçut qu'un liftier lui avait emprunté
son vieux pantalon et Karl dut chercher aux portemanteaux de
presque tous les lits avant de le trouver, de sorte que cinq bonnes minutes étaient déjà passées quand il arriva à la porte principale. Juste devant lui, une dame passait au milieu de quatre
messieurs. Ils se dirigeaient ensemble vers une grande automobile qui les attendait et dont un chasseur tenait déjà la portière
ouverte, tout en tendant horizontalement et droit son bras gauche sur le côté, geste qui paraissait fort cérémonieux. Mais Karl
avait espéré vainement sortir inaperçu derrière ce groupe distingué. Déjà le portier en chef lui saisissait la main et, entre
deux messieurs auxquels il demanda pardon, le tirait à lui.
« C'est ça que tu appelles quinze secondes », dit-il en regardant
Karl de côté comme s'il observait une montre en mauvais état
de marche. « Viens ici », dit-il alors en l'entraînant dans la
grande loge des portiers, que Karl avait eu depuis longtemps
envie de voir, mais dans laquelle maintenant, poussé par le portier, il n'entrait qu'avec méfiance. Il était déjà sur le seuil quand
il se retourna et tenta de repousser le portier en chef et de
s'échapper. « Non, non, c'est par ici qu'on entre, dit le portier
en chef en faisant pivoter Karl. — Mais je suis déjà renvoyé, dit
Karl voulant signifier par là que plus aucune personne de l'hôtel n'avait à le commander. — Tant que je te tiens, tu n'es pas
renvoyé », dit le portier, ce qui, en effet, était vrai.

En fin de compte, Karl ne trouva aucune raison de se défendre contre le portier. Que pouvait-il au fond encore lui arriver ?
En outre, les parois de la loge des portiers étaient faites exclusivement d'immenses vitres, à travers lesquelles on voyait la foule
des gens dans le vestibule affluer dans les deux sens, aussi nettement que si l'on avait été parmi eux. Il semblait même n'y
avoir dans toute cette loge aucun coin où l'on pût se soustraire
aux regards. Quelle que parût la hâte des gens dehors, le bras
tendu, la tête baissée, les yeux aux aguets et brandissant leurs
bagages, pratiquement aucun ne manquait de jeter un coup
d'œil dans la loge, car derrière les vitres étaient toujours affi-
chés des informations et des renseignements importants, tant

pour les clients que pour le personnel de l'hôtel. En outre, la loge des portiers communiquait directement avec le vestibule, car deux sous-portiers étaient assis derrière deux grandes fenêtres coulissantes et étaient constamment occupés à donner des renseignements sur les affaires les plus diverses. C'étaient des gens littéralement débordés de travail et Karl aurait parié que le portier en chef, tel qu'il le connaissait, avait bien manœuvré au cours de sa carrière pour éviter ces postes. Ces deux préposés aux renseignements avaient toujours — on ne pouvait pas bien s'en rendre compte de l'extérieur —, au moins dix visages interrogateurs devant eux, dans l'ouverture de la fenêtre. Parmi ces dix questionneurs, qui changeaient constamment, il y avait souvent une confusion de langues, comme si chaque individu était envoyé par un pays différent. Toujours quelques-uns posaient leurs questions en même temps que les autres, et toujours certains parlaient entre eux, de surcroît. La plupart voulaient prendre ou déposer quelque chose dans la loge, si bien que l'on voyait toujours surgir de la mêlée quelques mains qui s'agitaient avec impatience. Parfois quelqu'un demandait quelque chose en rapport avec un journal qui se déployait inopinément dans les airs et recouvrait un instant tous les visages. Devant tout cela, les deux sous-portiers devaient tenir bon. Ne faire que parler n'eût pas suffi à cette tâche, ils jacassaient, surtout l'un, un homme lugubre au visage encadré d'une barbe noire, qui donnait des renseignements sans la moindre interruption. Il ne regardait ni le plateau de la table, sur lequel il avait tout le temps des gestes à accomplir, ni le visage de tel ou tel questionneur, mais exclusivement droit devant lui, à l'évidence pour ménager et concentrer ses forces. Du reste, sa barbe gênait un peu pour comprendre son discours, et Karl, pendant le petit moment qu'il resta près de lui, ne put saisir qu'avec peine ce qu'il disait, même si peut-être c'était qu'il avait alors été obligé d'utiliser, malgré son accent anglais, des langues étrangères. En outre, ce qui déconcertait, c'était qu'un renseignement en suivait un autre de très près, lequel débordait sur lui, et que souvent un questionneur écoutait encore avec attention, croyant qu'il s'agissait toujours de son affaire, avant de s'apercevoir au bout d'un petit moment qu'elle était déjà réglée. Il fallait aussi s'habituer à ce que jamais le sous-portier ne demandât de répéter une question, même si elle avait été dans son ensemble compréhensible, mais posée avec une légère ambiguïté ; un hochement de tête à peine perceptible trahissait alors qu'il n'avait pas l'intention de répondre à cette question, et c'était au questionneur de reconnaître sa propre erreur et de mieux formuler sa demande. C'était surtout cela qui faisait passer à bien des gens tellement de temps devant le guichet. Pour les aider, on avait attribué à chaque sous-portier un chasseur qui devait aller chercher au triple galop, sur une étagère à livres ou dans diverses caisses, tout ce dont le sous-portier avait alors besoin. C'étaient les postes les mieux payés, quoique les plus fatigants, qu'il y eût à l'hôtel pour de tous jeunes gens ; en un certain sens, ils étaient même encore plus pénibles que ceux des sous-portiers, car ceux-ci n'avaient qu'à réfléchir et à parler, alors que ces jeunes gens devaient à la fois réfléchir et courir. Si d'aventure ils n'apportaient pas le bon objet, le sous-portier n'avait pas le temps bien sûr, vu la presse, de leur faire de longues leçons ; d'un revers de main il jetait tout simplement au bas de la table ce qu'ils venaient d'y déposer. Ce qui était très intéressant, c'était la relève des sous-portiers, laquelle eut justement lieu après l'entrée de Karl. Cette relève devait bien sûr avoir lieu assez souvent, du moins pendant la journée, car peu de personnes eussent sûrement pu tenir plus d'une heure derrière le guichet. Annonçant la relève, une cloche sonnait, et simultanément les deux sous-portiers dont ce devait maintenant être le tour entraient par une porte latérale, chacun suivi de son chasseur. Ils se postaient tout d'abord sans rien faire près du guichet et contemplaient un petit instant les gens à l'extérieur pour constater à quel stade en étaient au juste les réponses aux questions. Quand l'instant leur paraissait favorable pour intervenir, ils frappaient sur l'épaule du sous-portier à relever, qui, bien qu'il ne se fût en rien soucié jusque-là de ce qui se passait dans son dos, comprenait aussitôt et libérait sa place. Tout cela se déroulait si rapidement que souvent les gens à l'extérieur en étaient surpris et reculaient presque de peur, à la vue de ce nouveau visage qui avait si soudainement surgi devant eux. Les deux hommes que l'on venait de relever s'étiraient, puis penchés sur deux cuvettes préparées à l'avance, aspergeaient leur tête brûlante ; quant aux chasseurs que l'on venait de relever, ils n'avaient pas encore le droit de s'étirer, ils devaient encore s'appliquer un petit moment à ramasser et à remettre en place les objets qui, pendant leur service, avaient été jetés par terre.

En quelques instants, Karl avait enregistré tout cela avec une attention extrême et suivi sans mot dire, avec un léger mal de tête, le portier en chef qui continuait à l'entraîner. Visiblement le portier en chef avait aussi observé la grande impression que cette façon de donner des renseignements avait faite sur Karl, et il lui saisit soudain la main et dit : « Tu vois, c'est comme ça qu'on travaille ici. » Karl n'avait évidemment pas fainéanté dans cet hôtel, mais il n'avait quand même pas soupçonné un tel travail, et, oubliant presque totalement que le portier en chef était son grand ennemi, il leva les yeux vers lui et hocha la tête sans rien dire en signe de reconnaissance. Mais le portier en chef prit cela comme un excès d'estime pour les sous-portiers et peut-être comme une impolitesse envers sa propre personne, car, comme s'il se moquait de Karl, il s'écria sans se soucier de savoir si on pouvait l'entendre : « Naturellement, c'est ici le travail le plus bête de tout l'hôtel ; quand on a écouté une heure, on connaît à peu près toutes les questions que l'on vous pose, et le reste, on n'a pas besoin d'y répondre. Si tu n'avais pas été insolent et mal élevé, si tu n'avais pas menti, mené une vie dissolue, picolé et volé, j'aurais peut-être pu t'employer derrière l'une de ces fenêtres, car, pour cela, je ne peux utiliser que des têtes de mules comme toi. » Karl fit semblant de ne pas entendre l'injure, pour autant qu'elle le concernât, tant il était indigné que l'honorable et pénible travail des sous-portiers, au lieu d'être reconnu, fût tourné en dérision et, par-dessus le marché, par un homme qui, s'il avait osé s'asseoir une fois à l'un de ces guichets, aurait certainement dû déguerpir au bout de quelques minutes sous les quolibets de tous les questionneurs. « Laissez-moi, dit Karl, dont la curiosité au sujet de la loge des portiers était plus que satisfaite, je ne veux plus rien avoir à faire avec vous. — Ça ne suffit pas pour partir », dit le portier en chef en lui serrant les bras au point que Karl ne pouvait plus les bouger, et en le transportant littéralement à l'autre bout de la loge des portiers. Les gens dehors ne voyaient-ils pas cette violence du portier en chef ? Ou s'ils la voyaient, comment donc admettaient-ils que personne ne s'en indignât, que personne au moins ne frappât au carreau pour montrer au chef portier qu'il était observé et n'avait pas le droit d'agir avec Karl comme bon lui semblait.

Mais bientôt Karl cessa aussi d'espérer aucun secours venant du vestibule, car le portier en chef avait tiré une cordelette, des rideaux noirs se refermèrent rapidement sur la moitié du vitrage de la loge des portiers et sur toute la hauteur. Dans cette partie de la loge aussi, il y avait certes des gens, mais étant tous en plein travail, ils n'avaient ni yeux ni oreilles pour ce qui ne relevait pas de leur travail. En outre, ils dépendaient complètement du portier en chef et plutôt que d'aider Karl, ils auraient plutôt aidé le portier en chef à dissimuler tout ce qui pouvait lui passer par la tête. Il y avait là, par exemple, six sousportiers près de six téléphones. La disposition était telle, comme on s'en rendait compte sur-le-champ, qu'un seul homme prenait toujours les communications, tandis que son voisin transmettait les ordres par téléphone d'après les notes prises par le premier. Leurs téléphones étaient de ce tout dernier modèle qui n'avait nullement besoin de cabine, car la sonnerie n'était pas plus forte qu'un léger grésillement ; on pouvait chuchoter dans l'appareil, et pourtant, grâce à des amplificateurs électriques particuliers, la voix arrivant à l'autre bout était tonitruante. Aussi entendait-on à peine les trois hommes parler dans leurs téléphones, et l'on eût pu croire qu'ils observaient en murmurant un phénomène au fond de leur cornet de téléphone, tandis que les trois autres, comme étourdis par le bruit qui les agressait, du reste imperceptible pour leur entourage, penchaient la tête sur le papier qu'ils avaient pour tâche de remplir. Là aussi, chacun des trois préposés avait à sa disposition un jeune homme à ses côtés ; ces trois chasseurs ne faisaient rien d'autre que tendre à tour de rôle l'oreille vers leur chef, puis, comme piqués par un éperon, chercher dans de gigantesques livres jaunes les numéros de téléphone — le bruit de ces quantités de feuilles que l'on tournait, dépassait de loin le bruit des appareils.

Karl ne pouvait effectivement s'empêcher d'observer tout cela avec précision, bien que le portier en chef qui s'était assis, le retînt dans une sorte d'étreinte devant lui. « Il est de mon devoir, dit le portier en chef en secouant Karl, comme s'il avait uniquement voulu obtenir que celui-ci tournât le visage, de rattraper au moins un peu, au nom de la direction de l'hôtel, ce que le maître d'hôtel en chef a négligé pour je ne sais quelle raison. Ici, tout le monde soutient tout le monde. Sans cela, une si grande entreprise serait impensable. Tu vas peut-être dire que je ne suis pas ton supérieur immédiat, c'est d'autant plus méritoire de ma part de m'occuper de cette affaire qui, sinon, aurait été négligée. Du reste, je suis dans un certain sens, en tant que portier en chef, au-dessus de tout le monde, car toutes les portes de l'hôtel dépendent bien de moi, donc cette porte principale, les trois portes secondaires et les dix portes de service, sans parler des innombrables petites portes et des sorties sans porte. Bien sûr, toutes les équipes de service qui en sont chargées, me doivent une absolue obéissance. En considération de ce grand honneur, j'ai bien sûr d'autre part envers la direction le devoir de ne laisser sortir personne qui paraisse tant soit peu suspect. Or justement, car tel est mon bon plaisir, tu me parais même fort suspect. » Et la joie aidant, il leva les mains pour les laisser aussitôt retomber si fort qu'elles claquèrent en faisant mal à Karl. « Il est possible, ajouta-t-il en s'en amusant comme un roi, que tu sois sorti par une autre porte sans te faire remarquer, car tu ne m'importes pas bien sûr au point de donner des ordres particuliers à ton sujet. Mais maintenant que tu es ici, je veux y prendre du plaisir. Du reste, je n'ai pas douté que tu ne viennes pas au rendez-vous que nous nous étions donné à la porte principale, car la règle veut que l'être insolent et désobéissant cesse d'exercer ses vices juste à l'endroit qui lui est préjudiciable. Tu auras sûrement encore souvent l'occasion de t'en rendre compte sur toi.

— Ne croyez pas », dit Karl en respirant la singulière odeur de moisi qui se dégageait du portier et dont il venait juste de se rendre compte, maintenant qu'il était resté si longtemps tout près de lui, « ne croyez pas, dit-il, que je sois entièrement en votre pouvoir, je peux crier. — Et moi, je peux te fermer la bouche, dit le portier en chef avec autant de calme et de rapidité qu'il comptait, en cas de nécessité, exécuter son geste. Et penses-tu vraiment que si on devait entrer ici à cause de toi, il se trouverait quelqu'un pour te donner raison contre moi, le portier en chef ? Tu vois donc, j'espère, l'absurdité de tes espérances. Quand tu étais encore en livrée, vois-tu, tu méritais encore un peu l'attention, mais dans ce costume qui n'est vraiment possible qu'en Europe ! » Et il tira dans les sens les plus différents sur le costume qui, effectivement, bien qu'il fût encore presque neuf, cinq mois plus tôt, était maintenant fatigué, fripé, mais surtout couvert de taches, ce qui était essentiellement dû au sans-gêne des liftiers qui, chaque jour, pour balayer et cirer le plancher du dortoir conformément au règlement général, n'effectuaient pas dans leur paresse un réel nettoyage, mais arrosaient le sol avec de l'huile, éclaboussant ainsi scandaleusement par la même occasion tous les vêtements accrochés aux portemanteaux. On pouvait d'ailleurs ranger ses vêtements où l'on voulait, il y avait toujours quelqu'un qui, n'ayant pas les siens sous la main, trouvait en revanche facilement ceux d'un autre et les empruntait. Et peut-être que ce dernier, étant justement chargé ce jour-là de nettoyer la salle, ne se contentait pas d'éclabousser vos habits et les arrosait complètement d'huile du haut jusqu'en bas. Seul Renell avait caché ses vêtements dans quelque endroit secret où pratiquement personne ne les avait trouvés, d'autant qu'on n'empruntait sans doute pas les habits des autres par méchanceté ou par avarice, mais qu'on les prenait simplement par hâte et négligence, là où on les trouvait. Mais même le costume de Renell avait au milieu du dos une tache d'huile ronde et rougeâtre, et en ville, un connaisseur eût pu reconnaître le liftier grâce à cette tache, même dans cet élégant jeune homme.

Et Karl se disait, à ces souvenirs, qu'étant liftier il avait bien assez souffert aussi et que pourtant tout cela avait été en vain, car ce travail ne lui avait pas permis, comme il l'avait espéré, d'accéder à une meilleure situation ; bien au contraire, on l'avait à présent refoulé encore plus bas et il avait même frôlé de très près la prison. De surcroît, il était encore maintenant retenu par ce portier en chef qui était en train de réfléchir à la façon dont il pourrait continuer à le couvrir de honte. Et oubliant alors complètement que le portier en chef n'était pas du tout homme à pouvoir se laisser convaincre, Karl s'écria en se frappant plusieurs fois le front, de sa main restée libre : « Et quand bien même je ne vous aurais vraiment pas salué, comment donc un adulte peut-il garder une telle rancune pour un salut oublié !

— Je ne suis pas rancunier, dit le portier en chef, je veux simplement te fouiller les poches. Je suis certes convaincu que je n'y trouverai rien, car tu auras certainement eu la prudence de tout faire emporter par ton ami, un petit peu chaque jour. Mais il faut que tu sois fouillé. » Et déjà il enfonçait la main dans une poche de la veste de Karl avec une telle violence que les coutures latérales craquèrent. « Il n'y a donc rien dans celle-ci », dit-il en triant dans sa main le contenu de cette poche, un calendrier publicitaire de l'hôtel, une feuille avec un exercice de correspondance commerciale, quelques boutons de veste et de pantalon, la carte de visite de la cuisinière en chef, une lime à ongles qu'un jour un client lui avait lancée en faisant ses bagages, un vieux miroir de poche que Renell lui avait offert pour le remercier de l'avoir remplacé peut-être une dizaine de fois, et quelques autres babioles. « Il n'y a vraiment rien », répéta le portier en chef en jetant tout cela sous le banc comme s'il allait de soi que ce qui appartenait à Karl, dans la mesure où il ne l'avait pas volé, restât sous le banc.

« Maintenant, ça suffit », se dit Karl — son visage devait être écarlate —, et comme le portier en chef rendu imprudent par la convoitise, fouillait dans la seconde poche de Karl, il se dégagea d'un seul coup de ses manches, bondit sans bien calculer la distance, bouscula assez violemment un sous-portier contre son appareil, courut jusqu'à la porte dans cette atmosphère étouffante et sans doute plus lentement qu'il n'en avait l'intention, mais il eut le bonheur de se retrouver à l'extérieur avant que le portier en chef, dans son lourd manteau, eût pu seulement se relever. L'organisation du service de garde ne devait vraiment pas être si parfaite ; il y avait bien quelques sonneries par-ci par-là, mais Dieu seul savait pour quoi ; des employés de l'hôtel allaient et venaient bien dans le hall d'entrée, en si grand nombre que l'on aurait presque pu croire qu'ils voulaient de cette façon discrète rendre la sortie impossible, car on ne décelait guère d'autre sens à ce va-et-vient — mais quoi qu'il en soit, Karl se retrouva bientôt dehors ; pourtant il dut encore rester sur le trottoir le long de l'hôtel, car on ne pouvait accéder à la chaussée, une file ininterrompue d'automobiles avançant au ralenti devant la porte principale. Ces automobiles, simplement pour arriver le plus vite possible près de leur propriétaire, étaient littéralement imbriquées les unes dans les autres, chacune poussée en avant par la suivante. Quelques piétons, particulièrement pressés de parvenir sur la chaussée, traversaient çà et là entre les voitures comme s'il s'était agi d'un passage public, complètement indifférents aux occupants de l'automobile, de simples chauffeurs et des domestiques ou même des gens fort distingués. Mais Karl trouva ce comportement exagéré, et qu'il fallait sans doute bien connaître les habitudes pour s'y risquer, il pourrait facilement tomber sur une automobile dont les occupants prendraient mal la chose, le jetteraient à terre et provoqueraient un scandale, et c'était le pire qu'il eût à redouter, lui l'employé suspect, qui s'était enfui en bras de chemise de l'hôtel. En fin de compte, la file des automobiles ne pouvait pas durer éternellement comme ça, et c'était encore là, tant qu'il resterait près de l'hôtel, qu'il était en fait le moins suspect. Effectivement, Karl finit par arriver à un endroit où la file des automobiles, sans s'interrompre, s'éloignait du trottoir et se faisait moins dense. Il allait se glisser au milieu de la circulation, où bien des gens qui avaient l'air encore beaucoup plus suspects que lui marchaient librement, quand il entendit tout près quelqu'un l'appeler par son nom. Il se retourna et aperçut deux liftiers qu'il connaissait bien sortant d'une petite porte basse qui ressemblait à l'entrée d'un caveau et tirant à grand-peine une civière sur laquelle Karl reconnut à l'instant Robinson gisant, le crâne, le visage et les bras enveloppés de multiples pansements. C'était affreux de le voir diriger ses bras vers ses yeux pour essuyer avec ses bandages les larmes provoquées par la douleur ou quelque autre peine, à moins que ce fût par la joie de revoir Karl. « Rossmann, cria-t-il d'un ton de reproche, pourquoi me fais-tu donc attendre si longtemps. Ça fait déjà une heure que j'essaie de me défendre pour empêcher qu'on m'emmène avant que tu n'arrives. Ces types — et il lança un coup de tête à l'un des liftiers comme si les pansements le protégeaient des coups — sont de vrais démons. Ah, Rossmann, ma visite chez toi m'a coûté cher. — Que t'a-t-on donc fait ? dit Karl en s'approchant de la civière que les liftiers, pour se reposer, posèrent en riant. — Tu me le demandes encore, soupira Robinson, et tu vois dans quel état je suis. Réfléchis ! Je suis très probablement estropié à vie. Je souffre horriblement de là jusque là — et il montra d'abord sa tête, puis ses orteils. J'aurais voulu que tu voies comme je saignais du nez. Mon gilet est complètement fichu, je l'ai d'ailleurs laissé là-bas, mon pantalon est tout déchiré, je suis en caleçon — et il souleva un peu la couverture et invita Karl à regarder en dessous. Que vais-je devenir ! Je vais être obligé de rester allongé au moins plusieurs mois et je dois te dire tout de suite que je n'aurai personne d'autre que toi pour me soigner, Delamarche a trop peu de patience. Rossmann, mon petit Rossmann ! » Et Robinson, pour gagner Karl à sa cause par des caresses tendit la main vers Karl, qui recula légèrement. « Mais pourquoi a-t-il fallu que je vienne te rendre visite ! » répéta-t-il à plusieurs reprises, pour que Karl n'oubliât pas qu'il était complice de son infortune. Karl se rendit compte immédiatement que les plaintes de Robinson n'étaient pas provoquées par ses blessures, mais par une énorme et persistante gueule de bois car, à peine terrassé dans une lourde ivresse, il avait été réveillé, et à sa grande surprise boxé jusqu'au sang, sans plus pouvoir recouvrer ses esprits. La bénignité de ses blessures se voyait déjà aux pansements informes, faits de vieux bouts de tissu, dont les liftiers l'avaient entièrement enveloppé, visiblement pour s'amuser. Et d'ailleurs ces deux garçons à chaque bout de la civière pouffaient de rire par moments. Mais ce n'était pas le lieu de ramener Robinson à ses esprits, car les passants couraient ici sans se soucier du groupe réuni près de la civière ; à plusieurs reprises, des gens sautèrent par-dessus Robinson en faisant un vrai bond d'athlète, et comme le chauffeur payé avec l'argent de Karl criait : « En route, en route », les liftiers unissant leurs derniers efforts soulevèrent la civière ; Robinson saisit la main de Karl et dit, pour l'embobiner : « Allez viens, viens donc » ; Karl, dans la tenue où il se trouvait, ne serait-il pas plus en sécurité dans l'obscurité de l'automobile ? Il s'assit donc à côté de Robinson qui appuya sa tête sur lui ; par la fenêtre du coupé, les liftiers restés dehors serrèrent amicalement la main de celui qui avait été leur collègue, et l'automobile vira brusquement pour prendre la chaussée ; un accident sembla inévitable, mais la circulation qui digère tout, eut tôt fait d'absorber paisiblement la course rectiligne de cette automobile.

La rue dans laquelle l'automobile s'arrêta[1], devait être dans une lointaine banlieue, car le calme régnait alentour ; des enfants jouaient, accroupis sur le bord du trottoir, un homme avec un tas de vieux habits sur les épaules criait en levant un

---

1. L'édition critique conserve l'absence de titre du manuscrit. Signalons qu'en 1927 ce chapitre avait reçu celui de « L'Asile » pour la première édition procurée par Max Brod. Les traducteurs français optèrent successivement pour « Une visite » (en 1946, A. Vialatte), « Brunelda » (en 1988, B. Lortholary, à la suite de l'éditeur C. David en 1976).

regard observateur vers les fenêtres des maisons ; dans sa fatigue, Karl se sentit mal à l'aise lorsque, sortant de l'automobile,
il posa le pied sur l'asphalte que le soleil du matin réchauffait
et éclairait. « C'est bien ici que tu habites ? » cria-t-il à l'intérieur
de l'automobile. Robinson, qui pendant tout le trajet avait paisiblement dormi, grogna une vague affirmation et parut attendre
que Karl le prît et le sortît du véhicule. « Je n'ai donc plus rien
à faire ici. Adieu, dit Karl en s'apprêtant à descendre la rue
légèrement en pente. — Mais Karl, qu'est-ce qui te prend ?
s'écria Robinson qui, saisi par l'inquiétude, se redressa à peu
près sur ses jambes dans la voiture, mais avec les genoux
encore un peu flageolants. — Il faut pourtant que je m'en aille,
dit Karl qui avait assisté au rapide rétablissement de Robinson.
— En bras de chemise ? demanda celui-ci. — Je trouverai bien
le moyen de me payer une veste », répondit Karl avec un signe
de tête confiant à Robinson, puis il salua en levant la main et
serait effectivement parti si le chauffeur n'avait pas crié : « Encore un petit instant de patience, monsieur. » Il apparut de
désagréable façon que le chauffeur prétendait encore à un supplément, car l'attente devant l'hôtel n'avait pas encore été
payée. « Mais oui, cria Robinson du fond de l'automobile pour
confirmer la justesse de cette exigence, j'ai été obligé de t'attendre tellement longtemps, là-bas. Il faut que tu lui donnes
encore quelque chose. — Oui. C'est sûr, dit le chauffeur.
— D'accord, mais il faudrait que j'aie encore de quoi, dit Karl
en plongeant la main dans sa poche de pantalon, bien qu'il sût
que c'était inutile. — Je ne peux m'en prendre qu'à vous, dit
le chauffeur en se campant les jambes écartées, je ne peux rien
exiger de ce malade-ci. » Un jeune garçon au nez rongé, sorti
de sous le porche, s'approcha et les écouta à quelques pas de
distance. Un agent de police qui faisait sa ronde dans la rue,
aperçut sans lever la tête cet homme en bras de chemise et
s'arrêta. Robinson qui, lui aussi, avait remarqué l'agent de
police, fit la bêtise de lui crier par l'autre fenêtre : « Ce n'est
rien, ce n'est rien », comme si l'on pouvait chasser un agent de
police comme on chasse une mouche. Les enfants qui avaient

observé l'agent de police, voyant celui-ci s'arrêter, eurent l'attention attirée sur Karl et le chauffeur, et accoururent au trot. Sous le porche d'en face, une vieille femme les regardait fixement.

« Rossmann », cria alors une voix venue d'en haut. C'était Delamarche qui appelait du balcon du dernier étage. On ne l'apercevait que fort indistinctement sur le fond d'un fade bleu pâle du ciel ; il était manifestement en robe de chambre et observait la rue avec des jumelles de spectacle. À côté de lui, un parasol était ouvert, sous lequel une femme semblait assise. « Eho ! cria-t-il en faisant tout son possible pour être compris, est-ce que Robinson est là aussi ? — Oui », répondit Karl, vigoureusement soutenu par un deuxième « Oui » lancé par Robinson du fond de la voiture. « Eho, reprit la voix, j'arrive tout de suite. » Robinson se pencha hors de la voiture. « Ça, c'est un homme », dit-il, et cet éloge de Delamarche était lancé à Karl, au chauffeur, à l'agent de police et à tous ceux qui voulaient l'entendre. En haut, sur le balcon que l'on continuait à regarder distraitement, bien que Delamarche l'eût déjà quitté, une forte femme en robe rouge se leva alors sous le parasol, prit les jumelles de spectacle posées sur le rebord de la balustrade et regarda à travers celle-ci les gens en bas qui ne détournèrent le regard que petit à petit. Karl, attendant Delamarche, scrutait le porche de l'immeuble et la cour, au-delà, traversée par une file quasiment ininterrompue de commis dont chacun portait sur l'épaule une petite caisse visiblement très lourde. Le chauffeur était revenu à sa voiture et, pour bien employer son temps, en nettoyait les phares avec un bout de chiffon. Robinson tâta ses membres, parut étonné du peu de douleur qu'il pouvait ressentir en dépit de son extrême attention, et entreprit de détacher avec prudence, en penchant très fort sa tête, les gros pansements qu'il avait à la jambe. L'agent de police tenait son petit bâton noir en travers devant lui et attendait posément, avec la grande patience que doivent avoir les agents de police, qu'ils soient en service ordinaire ou sur le qui-vive. Le garçon au nez rongé s'assit sur une borne du porche et étendit les jambes. À petits pas, les enfants s'approchèrent de Karl, car celui-ci, bien qu'il ne fît pas attention à eux, leur semblait être la personne la plus importante, à cause de ses manches de chemise bleues.

Au temps qui s'écoula jusqu'à l'arrivée de Delamarche, on pouvait imaginer la grande hauteur de cet immeuble. Et Delamarche arriva même très vite dans sa robe de chambre précipitamment refermée. «Vous voilà donc!» s'écria-t-il d'un ton à la fois réjoui et sévère. Comme il marchait à grands pas, il découvrait à chaque instant ses sous-vêtements de couleur. Karl ne saisit pas bien pourquoi ici en ville, dans ce gigantesque immeuble de location, Delamarche se promenait en pleine rue aussi légèrement vêtu que s'il avait été dans sa villa personnelle. Tout comme Robinson, il avait lui aussi beaucoup changé. Son visage basané aux muscles grossièrement taillés, rasé de près et impeccablement soigné, avait l'air fier et inspirait le respect. L'éclat perçant de ses yeux désormais toujours un peu froncés surprenait. Sa robe de chambre violette était certes vieille, tachée et trop grande pour lui, mais en haut de ce hideux vêtement bouffait un immense foulard de soie lourde et sombre. «Alors?» demanda-t-il à la cantonade. L'agent de police se rapprocha un peu et s'appuya contre le capot de l'automobile. Karl donna une courte explication : «Robinson est un peu crevé, mais s'il s'en donne la peine, il pourra fort bien monter l'escalier ; le chauffeur demande encore un supplément pour la course que j'ai déjà payée. Et maintenant, je m'en vais. Bonne journée. — Tu ne t'en vas pas, dit Delamarche. — C'est ce que je lui ai déjà dit, annonça Robinson du fond de la voiture. — Pourtant je pars », dit Karl en faisant quelques pas. Mais Delamarche était déjà derrière lui et le ramenait avec brutalité. «Je te dis que tu restes, cria-t-il. — Mais laissez-moi donc », dit Karl, s'apprêtant, si nécessaire, à conquérir sa liberté à coups de poing, bien que les perspectives de succès face à un homme comme Delamarche fussent réduites. Cependant, il y avait là l'agent de police, il y avait le chauffeur, des groupes d'ouvriers passaient çà et là dans cette rue évidemment si calme d'ordinaire, et on tolérerait que Delamarche lui fît du tort ? Il n'aurait pas voulu être seul dans une pièce avec lui, mais ici ? Delamarche payait maintenant tranquillement le chauffeur qui, avec force révérences, empocha la grosse somme qu'il n'avait pas méritée et, de gratitude, se dirigea vers Robinson et se mit visiblement à discuter avec lui sur la meilleure manière de le sortir de là et de le transporter. Karl s'aperçut qu'on ne l'observait plus : peut-être que Delamarche tolérerait plus facilement qu'il s'en allât en silence, bien sûr il valait mieux éviter les disputes ; Karl se dirigea donc tout simplement vers la chaussée pour s'esquiver le plus vite possible. Les enfants s'agglutinèrent autour de Delamarche pour attirer son attention sur la fuite de Karl, mais il ne fut même pas obligé d'intervenir lui-même, car le policier, brandissant son bâton, dit « halte ! »

« Comment t'appelles-tu », demanda-t-il en remettant son bâton sous son bras et en sortant lentement un carnet. Karl le vit alors pour la première fois de plus près, c'était un homme vigoureux, mais qui avait déjà les cheveux presque tout blancs. « Karl Rossmann, dit-il. — Rossmann », répéta l'agent de police, sans doute uniquement parce que c'était un homme posé et consciencieux, mais Karl qui, en fait, avait affaire pour la première fois aux autorités américaines, vit déjà dans cette répétition s'exprimer un certain soupçon. Et en effet, son affaire ne devait pas être bonne, car même Robinson, que ses propres soucis occupaient si fort, agita les mains en silence du fond de la voiture pour demander à Delamarche d'aider quand même Karl. Mais Delamarche refusa en secouant vivement la tête et observa sans plus intervenir, les mains dans ses gigantesques poches. Sur sa borne, le garçon expliqua à une femme qui venait de franchir le porche l'ensemble des faits depuis le tout début. En demi-cercle derrière Karl, les enfants levaient les yeux sans rien dire vers l'agent de police.

« Montre tes papiers d'identité », dit l'agent de police. Ce n'était sûrement qu'une question de pure forme, car quand on n'a pas de veste, on ne saurait avoir beaucoup de papiers d'identité sur soi. Karl se tut donc, préférant répondre en détail à la question suivante et masquer ainsi, autant que possible, l'absence de ses papiers. Mais la question suivante fut : « Tu n'as donc pas de papiers d'identité ? » et Karl fut bien obligé de répondre : « Pas sur moi. — Mais c'est grave », dit l'agent de police en regardant d'un air songeur autour de lui et en frappant de deux doigts la couverture de son carnet. « Gagnes-tu quelque argent ? finit par demander l'agent de police. — J'étais liftier, dit Karl. — Tu étais liftier, tu ne l'es donc plus, et de quoi vis-tu donc maintenant ? — Maintenant je vais chercher un nouveau travail. — Ah, tu viens donc d'être renvoyé ? — Oui, il y a une heure. — Brusquement ? — Oui », dit Karl en levant la main comme pour s'excuser. Il ne pouvait pas raconter ici toute l'histoire et même si c'eût été possible, il lui semblait parfaitement inutile de détourner une injustice menaçante par le récit d'une injustice déjà subie. Et s'il n'avait pas pu rentrer dans ses droits devant la bonté de la cuisinière en chef et la perspicacité du maître d'hôtel en chef, il ne fallait sûrement pas s'attendre à autre chose de ces gens présents ici, dans la rue.

« Et tu as été renvoyé sans ta veste ? demanda l'agent de police. — Eh oui », dit Karl ; en Amérique aussi c'était donc dans les manières des autorités de poser des questions sur ce qui leur crevait les yeux. (Comme ces interrogatoires inutiles des autorités avaient pu agacer son père quand il s'était procuré son passeport.) Karl avait grande envie de s'enfuir et d'aller se cacher quelque part pour ne plus devoir écouter les questions. Maintenant l'agent de police posait même la question que Karl avait le plus redoutée et qui, comme il la prévoyait avec inquiétude, avait fait qu'il s'était sans doute jusqu'à présent comporté plus imprudemment qu'il n'aurait fallu : « Dans quel hôtel étais-tu donc employé ? » Il baissa la tête et ne répondit pas : c'était une question à laquelle il ne voulait absolument pas répondre. Il ne fallait pas qu'il retourne flanqué d'un agent de police à l'Hôtel Occidental, que des interrogatoires y aient lieu, auxquels seraient convoqués ses amis et ses ennemis, que la cuisinière en chef perdît complètement la bonne opinion déjà fort entamée qu'elle avait de Karl, en le voyant revenir, quand elle le supposait à la pension Brenner, appréhendé en bras de chemise par un agent de police, sans sa carte de visite, tandis que le maître d'hôtel en chef hocherait probablement la tête d'un air entendu, et que le portier en chef évoquerait la main de Dieu, qui finit toujours par retrouver les canailles.

« Il était employé à l'Hôtel Occidental, dit Delamarche en se plaçant à côté de l'agent de police. — Non, cria Karl en frappant du pied, ce n'est pas vrai. » Delamarche le regarda avec une moue pleine d'ironie, comme s'il pouvait encore trahir bien d'autres choses. L'énervement inattendu de Karl avait provoqué une grande agitation parmi les enfants qui se rapprochèrent de Delamarche pour pouvoir mieux, de là, observer Karl. Robinson avait complètement sorti la tête de la voiture et, par curiosité, se tenait tranquille ; de temps à autre, son unique mouvement était de cligner des yeux. Le garçon sous le porche battait des mains de plaisir, la femme à ses côtés lui donna un coup de coude pour qu'il reste tranquille. C'était justement pour les porteurs la pause du déjeuner, et ils apparurent tous avec de grandes gamelles remplies de café noir, dans lesquelles ils remuaient de longs bouts de pain. Plusieurs s'assirent sur le bord du trottoir, tout le monde buvait à grand bruit son café.

« Vous connaissez bien ce garçon, demanda l'agent de police à Delamarche. — Plus que je ne le voudrais, dit celui-ci. Je lui ai fait, en son temps, beaucoup de bien, mais il m'en a fort mal remercié, ce que vous comprendrez facilement, même après le très court interrogatoire auquel vous l'avez soumis. — Oui, dit l'agent de police, ça a l'air d'être un garçon très buté. — Il l'est, dit Delamarche, mais ce n'est encore pas le pire de ses défauts. — Ah ? dit l'agent de police. — Oui, dit Delamarche qui était maintenant en veine de discours et qui, les mains dans les poches, agitait continuellement son manteau, c'est un sacré gredin. Moi et mon ami, là dans la voiture, nous l'avons ramassé par hasard dans la misère, il n'avait, à l'époque, aucune idée de la vie américaine, il arrivait tout juste d'Europe, où l'on n'avait non plus rien pu faire de lui, alors nous l'avons traîné avec nous, nous l'avons associé à notre vie, nous lui avons tout expliqué, nous avons voulu lui trouver une situation, nous pensions, en dépit de tous les indices défavorables, encore faire de lui quelqu'un d'utilisable, quand une nuit il a soudain disparu, tout bonnement filé et ce, dans un ensemble de circonstances que je préfère taire. Ça s'est bien passé comme ça, n'est-ce pas ? » demanda Delamarche pour conclure, en tirant Karl par sa manche de chemise. « Arrière, les enfants », cria l'agent de police, car ceux-ci s'étaient tellement avancés que Delamarche avait failli trébucher sur l'un d'eux. Entre-temps, les porteurs qui avaient jusqu'à présent sous-estimé l'intérêt de cet interrogatoire étaient aussi devenus attentifs et avaient formé un cercle serré derrière Karl, qui désormais n'eût pu reculer d'un pas et qui de surcroît avait sans cesse dans les oreilles le brouhaha de leurs voix car, dans un anglais probablement mêlé de mots slaves et complètement incompréhensible, ils s'emportaient plus qu'ils ne parlaient.

« Merci pour le renseignement, dit l'agent de police en saluant Delamarche. De toute façon, je vais l'emmener et le renvoyer à l'Hôtel Occidental. » Mais Delamarche dit : « Puis-je vous demander de me confier provisoirement ce garçon, j'ai quelques affaires à régler avec lui. Je m'engage à le ramener ensuite moi-même à l'hôtel. — Je ne peux pas, dit l'agent de police. — Voici ma carte de visite », dit Delamarche en lui tendant une petite carte. L'agent de police la regarda d'un air approbateur, mais dit avec un sourire courtois : « Non, ce n'est pas la peine. »

Autant Karl s'était jusqu'alors méfié de Delamarche, autant il voyait maintenant en lui le seul salut possible. Sans doute la manière qu'il avait de réclamer Karl à l'agent de police était-elle suspecte, mais il serait quand même plus facile de convaincre Delamarche que l'agent, de ne pas le reconduire à l'hôtel. Et même si Karl y revenait tenu par Delamarche, ce serait beaucoup moins grave qu'en compagnie de cet agent de police. Mais pour l'instant, Karl ne devait naturellement pas montrer qu'en fait il préférait Delamarche, sinon tout serait fichu. Et il regarda avec inquiétude la main de l'agent de police qui, à tout instant, pouvait se lever pour s'assurer de lui.

« Il faudrait au moins que je sache pourquoi il a été brusquement renvoyé, dit enfin l'agent de police tandis que Delamarche, l'air contrarié, regardait sur le côté et froissait du bout des
doigts la carte de visite. — Mais il n'est pas du tout renvoyé,
cria Robinson à la surprise générale en se penchant, appuyé
sur le chauffeur, le plus loin qu'il put hors de la voiture. Au
contraire, il a là-bas un bon emploi. Au dortoir, il est le grand
chef et peut y introduire qui il veut. Simplement, il est énormément occupé, et quand on a quelque chose à lui demander, il
faut attendre longtemps. Il est tout le temps fourré chez le maître d'hôtel en chef, chez la cuisinière en chef, et c'est un
homme de confiance. Il n'a nullement été renvoyé. Je ne sais
pas pourquoi il a dit ça. Comment serait-il renvoyé ? Je me suis
grièvement blessé à l'hôtel, alors il a été chargé de me ramener
à la maison, et comme il n'avait pas sa veste à ce moment-là, il
est monté dans la voiture sans sa veste. Je ne pouvais pas
encore attendre qu'il aille la chercher. — Alors, c'est clair », dit
Delamarche en écartant les bras, comme s'il reprochait à l'agent
de police de ne pas connaître les hommes, et ces quatre mots
semblèrent apporter une irréfutable clarté aux déclarations
incertaines de Robinson.

« Et c'est vrai aussi, tout ça ? demanda l'agent de police un
peu ébranlé. Et si c'est vrai, comment se fait-il que ce garçon
prétend avoir été renvoyé ? — À toi de répondre », dit Delamarche. Karl regarda cet agent de police qui, parmi ces personnes
étrangères occupées seulement d'elles-mêmes, devait maintenir l'ordre, et en songeant à ses soucis d'ordre général, Karl se
mit un peu à sa place. Il ne voulait pas mentir et joignit les
mains avec fermeté dans son dos.

Sous le porche un surveillant apparut et claqua des mains en
signe que les porteurs devaient reprendre le travail. Ils vidèrent
le marc de leurs gamelles à café et rentrèrent en silence d'un
pas traînant dans l'immeuble. « Ce n'est pas comme ça que
nous nous en sortirons », dit l'agent de police en voulant attraper Karl par le bras. Sans l'avoir décidé, Karl recula un peu, il
sentit l'espace libre qui venait de s'ouvrir avec le départ des

porteurs, se retourna et, après avoir fait quelques grands bonds, se mit à courir. Les enfants poussèrent un cri à l'unisson et le suivirent un peu en courant, leurs petits bras tendus. « Arrêtez-le ! » cria l'agent de police dans la direction de la longue rue presque vide et, tout en poussant son cri à intervalles réguliers, il se mit à poursuivre Karl à longues foulées silencieuses qui trahissaient une grande force et un bon entraînement. C'était une chance pour Karl que la poursuite eût lieu dans un quartier ouvrier. Les ouvriers ne sont pas du côté des autorités. Karl courait au milieu de la chaussée, parce que c'était là qu'il rencontrait le moins d'obstacle, et de temps à autre il apercevait sur le trottoir des ouvriers qui s'arrêtaient et l'observaient tranquillement, pendant que l'agent de police leur criait « Arrêtez-le » ; tout en courant, celui-ci restait sur le trottoir bien plat, d'intelligente façon, brandissant sans cesse son bâton en direction de Karl. Karl avait peu d'espoir et faillit le perdre complètement quand l'agent de police, à l'approche de rues adjacentes où il y avait sûrement d'autres patrouilles, se mit à donner des coups de sifflet vraiment assourdissants. Le seul avantage de Karl était son vêtement léger, il volait ou plutôt dévalait la rue qui descendait de plus en plus ; malheureusement, distrait à cause de son insomnie, il faisait souvent de trop grands bonds, inutiles, et qui lui faisaient perdre du temps. Par ailleurs, l'agent de police savait quel était son objectif et n'avait donc pas à réfléchir ; pour Karl, en revanche, la course était en fait accessoire : il devait réfléchir, choisir parmi diverses possibilités et prendre à tout moment de nouvelles décisions. Son plan assez désespéré était d'éviter pour l'instant les rues adjacentes, vu qu'on ne pouvait savoir ce qui s'y trouvait ; peut-être irait-il là se jeter directement dans un poste de police ; il voulait, aussi longtemps que ce serait possible, rester sur cette rue largement dégagée, qui se terminait au bas d'une pente par un pont dont le début disparaissait dans les vapeurs d'eau et de soleil. Cette décision prise, il s'apprêtait à réunir ses forces pour accélérer sa course, afin de passer particulièrement vite la première rue latérale, quand il aperçut pas très loin devant lui un agent de police à l'affût dans l'obscur renfoncement d'un immeuble à l'ombre, prêt au moment opportun à bondir sur lui. Karl n'avait plus à présent d'autre solution que de se jeter dans la rue transversale et quand, dans cette rue, il s'entendit fort innocemment appelé par son nom — il lui sembla d'abord que c'était une illusion, car pendant tout ce temps il n'avait pas cessé d'entendre un bourdonnement —, il n'hésita pas plus longtemps et, pour surprendre au mieux les agents de police, il pivota sur un pied pour prendre cette rue à angle droit.

À peine avait-il fait deux bonds — il avait déjà oublié qu'on l'avait appelé par son nom, quand il entendit siffler le deuxième agent de police ; on remarquait son énergie toute fraîche, et des passants, plus loin dans cette rue latérale, semblèrent accélérer l'allure —, qu'une main surgissant d'une petite porte saisit Karl et l'entraîna dans un couloir obscur avec ces mots « Tais-toi. » C'était Delamarche, complètement hors d'haleine, les joues en feu, les cheveux tout collés autour de la tête. Il tenait sa robe de chambre sous le bras et n'était vêtu que de sa chemise et de son caleçon. Il avait aussitôt fermé la porte, qui n'était pas la grande entrée mais une simple porte de service sans grande apparence, et tiré le verrou. « Un instant », dit-il alors en s'appuyant au mur, la tête renversée, et respirant difficilement. Karl était presque dans ses bras, à demi évanoui, la tête posée sur sa poitrine. « Ces messieurs sont en train de passer », dit Delamarche en montrant la porte du doigt, l'oreille aux aguets. Les deux agents de police passaient effectivement à l'instant, leur course résonnait dans la rue vide comme quand on frappe de l'acier sur de la pierre. « Tu es vraiment arrivé à temps », dit Delamarche à Karl, qui n'avait pas encore repris son souffle et ne pouvait sortir le moindre mot. Delamarche l'assit avec précaution par terre, s'agenouilla près de lui, lui caressa le front à plusieurs reprises et l'observa. « Maintenant, ça va déjà mieux, dit Karl enfin en se relevant péniblement. — Alors, allons-y », dit Delamarche, qui avait remis sa robe de chambre et poussa devant lui Karl qui, de faiblesse, penchait encore la tête. De temps à autre, il secouait

Karl pour lui redonner des forces. « Tu prétends être fatigué ?
dit-il. Pourtant dehors tu courais comme un cheval en liberté,
alors que moi, je devais me faufiler à travers ces maudits couloirs et ces cours. Mais heureusement, moi aussi, je sais courir. » Tout fier, il prit son élan et donna un grand coup de poing
dans le dos de Karl. « De temps à autre, une course de vitesse
comme ça avec la police, c'est un bon exercice. — J'étais déjà
fatigué quand j'ai commencé à courir, dit Karl. — Quand on
court mal, on ne s'excuse pas, dit Delamarche. Si je n'avais pas
été là, il y a longtemps qu'ils t'auraient rattrapé. — Je le pense
aussi, dit Karl. Je vous suis très obligé. — Sans aucun doute »,
dit Delamarche.

Ils empruntèrent un long passage étroit, pavé de pierres sombres et lisses. Çà et là s'ouvrait à droite ou à gauche une volée
d'escalier, à moins que l'on aperçût un autre couloir encore
plus long. Il n'y avait pratiquement pas d'adultes, seuls des
enfants jouaient sur les marches vides. Debout contre une
rampe, une petite fille pleurait, le visage luisant de larmes. À
peine eût-elle remarqué Delamarche que, la bouche ouverte et
tout essoufflée, elle se mit à monter l'escalier et ne fut rassurée
que tout en haut, une fois convaincue en se retournant souvent
que personne ne la suivait ou ne voulait la suivre. « Celle-là, je
l'ai renversée dans ma course il y a un instant », dit Delamarche
en riant et, comme il la menaçait du poing, elle se remit à monter l'escalier quatre à quatre en hurlant.

Les cours qu'ils traversèrent semblaient, elles aussi, presque
complètement abandonnées. De temps à autre seulement, un
commis de magasin poussait un chariot à deux roues, une
femme remplissait un broc d'eau à la fontaine, un facteur traversait d'un pas tranquille toute la cour, un vieil homme à
moustache blanche était assis, les jambes croisées, devant une
porte vitrée et fumait sa pipe, des hommes déchargeaient des
caisses devant une entreprise de transport, les chevaux inoccupés tournaient la tête avec indifférence, un homme en blouse
de travail, un papier à la main, surveillait la manœuvre, dans
un bureau la fenêtre était ouverte et un employé, assis à son

pupitre, en avait détourné les yeux et regardait au-dehors d'un air songeur à l'endroit précis où Karl et Delamarche passaient.

« On ne peut pas souhaiter coin plus tranquille, dit Delamarche. Le soir, pendant quelques heures il y a beaucoup de bruit, mais là, pendant la journée, c'est impeccable. » Karl hocha la tête, ce silence lui semblait trop grand, pour sa part. « Je ne pourrais pas habiter ailleurs, dit Delamarche, car Brunelda ne supporte absolument aucun bruit. Connais-tu Brunelda ? Tu vas la voir. En tout cas, je te recommande de te tenir le plus tranquille possible. »

Quand ils arrivèrent à l'escalier qui menait à l'appartement de Delamarche, l'automobile était déjà partie, et le garçon au nez rongé, sans s'étonner de la moindre façon de la réapparition de Karl, annonça qu'il avait porté Robinson en haut de l'escalier. Delamarche se contenta de lui faire un signe de tête, comme si c'eût été son domestique et qu'il eût accompli là un devoir tout naturel, et entraîna dans l'escalier Karl, qui hésitait un peu et regardait la rue ensoleillée. « Nous sommes presque arrivés », répéta Delamarche à plusieurs reprises pendant qu'ils gravissaient les marches, mais sa prédiction refusait de s'accomplir : sans cesse, un nouvel escalier venait se greffer sur un autre, en prenant juste une direction à peine différente. Une fois même, Karl s'arrêta, non pas vraiment par fatigue, mais parce qu'il se sentait désarmé devant un escalier d'une telle longueur. « L'appartement est très en hauteur, dit Delamarche quand ils furent repartis, mais cela a aussi ses avantages. On sort très rarement, on reste toute la journée en robe de chambre, on se sent très bien. Naturellement, à cette hauteur, plus personne ne vient nous rendre visite. » « D'où pourraient-ils venir ? » pensa Karl.

Enfin, sur un palier, Robinson apparut devant la porte fermée d'un appartement, ils avaient atteint leur but ; l'escalier ne s'achevait pas encore là, mais se poursuivait dans la demi-obscurité, sans que rien n'indiquât son aboutissement prochain. « C'est bien ce que j'avais pensé, dit Robinson à voix basse comme si les douleurs l'accablaient encore, Delamarche le ramène ! Rossmann, que serais-tu sans Delamarche ! » Robinson était là en sous-vêtements et cherchait à s'envelopper tant bien que mal dans la petite couverture qu'on lui avait donnée à l'Hôtel Occidental ; impossible de comprendre pourquoi il n'entrait pas dans l'appartement, au lieu de risquer d'être ridicule aux yeux des gens qui passaient. « Est-ce qu'elle dort ? demanda Delamarche. — Je ne crois pas, dit Robinson, mais j'ai quand même préféré attendre que tu arrives. — Il faut d'abord que nous voyions si elle dort », dit Delamarche en se penchant sur le trou de la serrure. Après avoir longtemps regardé, en tournant la tête de différentes façons, il se leva et dit : « On ne la voit pas bien, le store est baissé. Elle est assise sur le canapé, elle dort peut-être. — Est-elle donc malade ? » demanda Karl, car Delamarche restait planté là comme s'il demandait conseil. Mais celui-ci renvoya la question sur un ton tranchant : « Malade ? — Il ne la connaît vraiment pas », dit Robinson pour l'excuser.

Quelques portes plus loin, deux femmes étaient sorties dans le couloir ; elles s'essuyaient les mains sur leurs tabliers, regardaient Delamarche et Robinson et paraissaient s'amuser d'eux. Une toute jeune fille aux cheveux blonds et brillants surgit brusquement d'une porte et, se glissant entre les deux femmes, se pendit à leurs bras.

« Ce sont de répugnantes bonnes femmes, dit Delamarche à mi-voix, visiblement par égard pour le sommeil de Brunelda ; prochainement, je les dénoncerai à la police et elles me ficheront la paix pendant des années. Ne regarde pas par là », siffla-t-il à Karl, qui n'avait rien trouvé de mal à regarder ces femmes, alors qu'il fallait de toute façon attendre dans le couloir le réveil de Brunelda. Il secoua la tête avec indignation, comme s'il n'avait pas de réprimande à recevoir de Delamarche, et, pour le signifier plus nettement encore, il allait se diriger vers les femmes ; mais Robinson le rattrapa par la manche en disant « Rossmann, garde-t'en bien », et Delamarche, en entendant la fillette éclater de rire et déjà irrité par Karl, devint si furieux qu'il se rua en gesticulant à la fois des bras et des jambes sur les femmes qui disparurent

chacune par une porte comme entraînées par un courant d'air.
« C'est comme ça qu'assez souvent, je suis obligé ici de nettoyer
les couloirs », dit Delamarche en revenant à pas lents ; puis se
souvenant de la résistance de Karl, il dit : « Mais de toi, j'attends
un tout autre comportement, sinon tu pourrais faire avec moi de
bien mauvaises expériences. »

Une voix venue de la pièce demanda alors, sur un ton doux
et fatigué : « Delamarche ? — Oui, répondit Delamarche en
regardant la porte avec gentillesse, est-ce que nous pouvons
entrer ? — Oh oui », lui fut-il répondu, et Delamarche, après
avoir encore effleuré d'un regard les deux hommes qui attendaient derrière lui, ouvrit la porte avec lenteur.

On pénétra dans une complète obscurité. Le rideau de la
porte du balcon — il n'y avait pas de fenêtre — descendait
jusqu'à terre et laissait passer peu de lumière, mais par ailleurs
la surabondance des meubles et des vêtements accrochés partout dans la pièce contribuait beaucoup à l'obscurcir. L'air était
confiné, et l'on reconnaissait l'odeur de la poussière accumulée
ici dans des coins visiblement inaccessibles à quelque main que
ce fût. La première chose que Karl remarqua en entrant, ce fut
trois armoires serrées l'une derrière l'autre.

Sur le canapé était allongée la femme qui précédemment avait
regardé du haut du balcon. Le bas de sa robe rouge était un peu
de travers et tout un pan pendait jusque par terre ; on voyait ses
jambes presque jusqu'aux genoux, elle portait de gros bas
blancs de laine, elle n'avait pas de chaussures. « Il fait une chaleur, Delamarche », dit-elle en détournant le visage du mur et
en tendant la main avec indolence à Delamarche, qui la prit et
la baisa. Karl ne regarda que son double menton qui roula en
même temps qu'elle tourna la tête. « Veux-tu peut-être que je
relève le rideau ? demanda Delamarche. — Surtout pas ça, dit-
elle en fermant les yeux et comme au désespoir, ce sera encore
pire après. » Karl s'était approché du pied du canapé pour
mieux examiner la femme, et s'étonna de ses plaintes, car la
chaleur n'avait absolument rien d'extraordinaire. « Attends, je
vais te mettre un peu plus à l'aise », dit Delamarche d'un air

craintif et, lui défaisant en haut du cou quelques boutons, il ouvrit la robe, ce qui découvrit le cou et la naissance des seins et laissa apparaître le délicat feston de dentelle beige de sa chemise. « Qui est-ce ? dit soudain la femme en montrant Karl du doigt, pourquoi me regarde-t-il aussi fixement ? — C'est un peu trop tôt pour te rendre utile », dit Delamarche en poussant Karl sur le côté, tout en rassurant la femme par ces mots : « Ce n'est que le garçon que je t'ai amené pour te servir. — Mais je ne veux personne, cria-t-elle, pourquoi m'amènes-tu des étrangers dans cet appartement ! — Mais tu demandes tout le temps quelqu'un pour faire le service », dit Delamarche en s'agenouillant ; il n'y avait sur le canapé, en dépit de sa grande largeur, pas la moindre place à côté de Brunelda. « Ah ! Delamarche, dit-elle, tu ne me comprends pas, absolument pas. — C'est vrai que je ne te comprends pas, dit Delamarche en lui prenant le visage entre ses mains. Mais ce n'est pas irrémédiable. Si tu veux, il s'en va à l'instant. — Maintenant qu'il est là, qu'il reste », répliqua-t-elle, et Karl, dans sa fatigue, lui fut si reconnaissant pour ces mots qui n'étaient peut-être pas très aimables que, continuant obscurément à penser à cet interminable escalier qu'il aurait peut-être dû redescendre tout de suite, il enjamba Robinson qui dormait paisiblement sur sa couverture et, en dépit des furieuses gesticulations de Delamarche, dit : « En tout cas, je vous remercie de me laisser rester encore un peu ici. Il y a bien vingt-quatre heures déjà que je n'ai pas dormi, tout en ayant suffisamment travaillé et eu pas mal d'émotions. Je suis effroyablement fatigué. Je ne sais pas très bien où j'en suis. Mais quand j'aurais dormi quelques heures, vous pourrez sans aucun scrupule me demander de partir, et je m'en irai volontiers. — Tu peux parfaitement rester ici, dit la femme en ajoutant avec ironie : Nous avons de la place en abondance, n'est-ce pas. — Il faut donc que tu t'en ailles, dit Delamarche, nous n'avons pas besoin de toi. — Non, qu'il reste », dit la femme, cette fois sérieusement. Et Delamarche dit à Karl comme pour mettre ce désir à exécution : « Donc allonge-toi quelque part. — Il peut se coucher sur les rideaux, mais il faut d'abord qu'il retire ses bottes pour ne rien déchirer. » Delamarche désigna à Karl l'endroit auquel elle pensait. Entre la porte et les trois armoires, des rideaux de fenêtre les plus variés avaient été jetés en tas. Si on les avait tous régulièrement pliés, les lourds en dessous, les plus légers au-dessus, et si, pour finir, on avait retiré les divers anneaux et barres de bois disséminés à l'intérieur du tas, c'eût été une couche supportable ; mais ainsi ce n'était qu'une masse instable et glissante, sur laquelle cependant Karl se coucha immédiatement, car il était trop fatigué pour se lancer dans des préparatifs d'aucune sorte et devait aussi se garder, par égard pour ses hôtes, de faire beaucoup de manières.

Il était déjà presque complètement endormi quand il entendit un grand cri ; en se redressant, il vit Brunelda assise sur le canapé, les bras largement ouverts pour étreindre Delamarche à genoux devant elle. Gêné par ce spectacle, Karl se renversa sur le dos et replongea dans les rideaux pour continuer à dormir. Il lui apparaissait nettement qu'il ne tiendrait pas deux jours ici, il était donc plus nécessaire que jamais de commencer par dormir tout son soûl, pour pouvoir ensuite, en toute lucidité, prendre une décision rapide et judicieuse.

Mais Brunelda avait déjà remarqué les yeux de Karl, écarquillés de fatigue qui, une fois déjà, l'avaient effrayée, et s'écria : « Delamarche, je ne supporte pas cette chaleur, j'étouffe, il faut que je me déshabille, il faut que je prenne un bain, fais-moi sortir ces deux-là où tu veux, dans le couloir, sur le balcon, mais que je ne les voie plus. On est chez soi et sans cesse on est dérangé. Si j'étais seule avec toi, Delamarche. Ah ! mon Dieu, ils sont encore là ! Quel toupet, ce Robinson qui se couche là en sous-vêtements en présence d'une dame. Et ce jeune étranger qui, il y a un instant, m'a regardée avec des yeux de sauvage et s'est recouché pour me berner. Qu'ils s'en aillent, Delamarche, ils m'ennuient, ils me pèsent sur la poitrine. Si je meurs maintenant, ce sera leur faute.

— Je les mets dehors à l'instant, commence à te déshabiller », dit Delamarche qui s'approcha de Robinson, lui posa le pied sur la poitrine et le secoua. En même temps, il cria à Karl : « Rossmann, debout ! Il faut que vous alliez sur le balcon ! Et malheur à vous, si vous rentrez avant qu'on ne vous appelle ! Et maintenant grouille-toi, Robinson — et ce disant, il secoua Robinson encore plus fort — et toi, Rossmann, fais attention, que je ne vienne pas aussi m'occuper de toi — et il frappa deux fois très fort dans ses mains. — Que c'est long ! » cria depuis son canapé Brunelda, qui en s'asseyant avait largement écarté les jambes pour donner plus d'espace à son corps démesurément gros ; ce n'est qu'au prix d'efforts extrêmes, en soufflant beaucoup et se reposant souvent, qu'elle pouvait se pencher pour tout juste attraper l'extrémité supérieure de ses bas et les baisser un peu. Elle ne put les retirer complètement, Delamarche, qu'elle attendait maintenant avec impatience, dut s'en charger.

Complètement abruti de fatigue, Karl était descendu à quatre pattes de son tas de rideaux et se dirigeait lentement vers la porte du balcon ; un morceau de tissu s'était enroulé autour de son pied, et il le traînait avec indifférence. Dans sa distraction, il dit même en passant devant Brunelda : « Je vous souhaite une bonne nuit », puis il passa avec lenteur devant Delamarche, qui tira légèrement le rideau sur le côté, et sortit sur le balcon. Juste derrière Karl arriva Robinson, pas moins endormi, car il bredouillait à part lui : « Tout le temps, on vous maltraite ! Si Brunelda ne nous accompagne pas, je n'irai pas sur le balcon. » Mais en dépit de cette affirmation, il sortit sans plus de résistance, et comme Karl s'était déjà enfoncé dans le fauteuil, il se coucha aussitôt à même la pierre.

Quand Karl se réveilla, c'était le soir, les étoiles étaient déjà dans le ciel, derrière les hauts immeubles de l'autre côté de la rue montait le clair de lune. Ce n'est qu'après avoir regardé plusieurs fois autour de lui cet endroit inconnu et avoir respiré l'air frais et rafraîchissant que Karl prit conscience du lieu où il était. Qu'il avait été imprudent : il avait négligé tous les conseils de la cuisinière en chef, tous les avertissements de Therese, toutes ses craintes personnelles, il était là, tranquillement assis sur le balcon de Delamarche, et avait passé la moitié de la journée à dormir, comme si derrière le rideau ne s'était pas trouvé

Delamarche, son grand ennemi. Par terre, le paresseux Robinson se retourna et tira Karl par le pied ; il semblait l'avoir d'ailleurs réveillé de cette façon, car il dit : « Tu en as un sacré sommeil, Rossmann ! Voilà bien l'insouciante jeunesse. Tu vas encore dormir combien de temps. Je t'aurais bien laissé encore somnoler, mais premièrement je m'ennuie trop sur ce sol et deuxièmement j'ai très faim. Je te demande de te lever un peu, j'ai mis là sous le fauteuil quelque chose à manger, j'aimerais bien l'en retirer. Tu en auras un peu, toi aussi. » Et Karl, s'étant levé, vit alors Robinson ramper sur le ventre, sans se mettre debout, tendre les mains sous le fauteuil pour en tirer un plateau argenté à peu près comme ceux qui servent à conserver les cartes de visite. Mais sur ce plateau, il y avait une demi-saucisse toute noire, quelques maigres cigarettes, une boîte de sardines ouverte mais encore bien remplie et débordante d'huile, et une quantité de bonbons qui, écrasés pour la plupart, formaient une boule. Puis apparut encore un grand morceau de pain et une espèce de flacon de parfum, mais qui paraissait contenir tout autre chose, car Robinson la montra avec une satisfaction particulière et, levant la tête vers Karl, fit claquer sa langue. « Tu vois, Rossmann », dit Robinson, tout en engloutissant sardine sur sardine et en s'essuyant, de temps à autre, l'huile des mains sur un plaid de laine que sans doute Brunelda avait oublié sur le balcon. « Tu vois, Rossmann, c'est comme ça qu'il faut mettre son repas de côté, si on ne veut pas mourir de faim. Tu sais, je suis complètement tenu à l'écart. Et quand on est sans arrêt traité comme un chien, on finit par penser qu'on l'est vraiment. C'est bien que tu sois là, Rossmann, je peux au moins parler avec quelqu'un. Dans l'immeuble, personne ne me parle. On nous déteste. Et tout cela à cause de Brunelda. C'est, bien sûr, une superbe femme. Tu sais — et il fit signe à Karl de se pencher pour lui chuchoter à l'oreille — un jour, je l'ai vue toute nue. Oh ! » et en souvenir de ce plaisir, il se mit à serrer les jambes de Karl et à taper dessus jusqu'à ce que Karl s'écriât : « Robinson, tu es complètement fou », lui saisît les mains et le repoussât.

« Tu n'es encore qu'un enfant, Rossmann », dit Robinson, qui sortit de sous sa chemise un poignard qu'il portait suspendu à son cou par une cordelette, le tira de son fourreau et coupa en tranches la saucisse sèche. « Tu as encore beaucoup à apprendre. Mais chez nous, tu es à la bonne source. Assieds-toi donc. Tu n'as pas envie de manger quelque chose. Mais l'appétit va peut-être te venir en me regardant. Tu ne veux pas boire non plus ? Mais tu ne veux donc vraiment rien. Et tu n'es pas non plus particulièrement causant. Mais qu'importe avec qui l'on est sur le balcon pourvu qu'il y ait quelqu'un. J'y suis en effet très souvent. Ça amuse tellement Brunelda. Il suffit qu'il lui passe quelque chose par la tête, une fois elle a froid, une fois elle a très chaud, une fois elle veut dormir, une fois elle veut se peigner, une fois elle veut ouvrir son corset, une autre fois elle veut le mettre, et toujours on m'envoie sur le balcon. Parfois elle fait vraiment ce qu'elle dit, mais la plupart du temps, elle reste étendue comme avant sur le canapé et ne bouge pas. Autrefois, j'écartais souvent le rideau, un petit peu comme ça, et je regardais, mais depuis qu'un jour, Delamarche — je sais qu'il ne voulait pas, et que c'est à la demande de Brunelda qu'il l'a fait — m'a donné plusieurs coups de fouet au visage — tu vois les marques ? — je n'ose plus regarder. Et c'est ainsi que je reste allongé sur le balcon et n'ai d'autre plaisir que de manger. Avant-hier, comme j'étais couché là le soir tout seul, à ce moment-là j'avais encore les élégants habits que j'ai malheureusement perdus dans ton hôtel — ces chiens qui vous arrachent du corps vos habits onéreux ! —, donc comme j'étais couché là tout seul et que je regardais en bas entre les barreaux du garde-fou, tout cela me rendit si triste que je me mis à pleurer. Alors, par hasard, sans que je m'en rende compte immédiatement, Brunelda est sortie et venue vers moi dans sa robe rouge — c'est celle qui lui va vraiment le mieux de toutes —, elle m'a un peu regardé et a fini par dire : "Mon Robinsonnet, pourquoi pleures-tu ?" Puis elle a relevé sa robe et, avec le bord, elle m'a essuyé les yeux. Qui sait ce qu'elle eût encore fait si Delamarche ne l'avait pas appelée à cet instant et si elle n'avait été forcée de rentrer sur-le-champ dans la pièce. Naturellement, j'ai pensé que c'était maintenant mon tour et j'ai demandé, à travers le rideau, si je pouvais déjà rentrer dans la pièce. Et que crois-tu que Brunelda ait dit ? "Non !" a-t-elle dit, et "qu'est-ce qui te prend ?" a-t-elle dit.

— Pourquoi donc restes-tu ici, si l'on te traite comme ça ? demanda Karl.

— Excuse-moi, Rossmann, ta question n'est pas très maligne, répondit Robinson. Tu resteras bien, toi aussi, et même si on te traite encore plus durement. D'ailleurs on ne me traite pas si durement que ça.

— Non, dit Karl, c'est sûr que je m'en irai et si possible dès ce soir. Je ne resterai pas chez vous.

— Et comment, par exemple, comptes-tu t'y prendre pour t'en aller ce soir ? demanda Robinson qui avait découpé et sorti avec son couteau la mie de son pain et la trempait soigneusement dans l'huile de la boîte de sardines. Comment veux-tu t'en aller, alors que tu n'as même pas le droit d'entrer dans la pièce.

— Mais pourquoi n'avons-nous pas le droit d'entrer ?

— Eh bien, tant qu'on n'a pas sonné, nous n'avons pas le droit d'entrer, dit Robinson qui, ouvrant la bouche le plus large possible, mangeait son pain tout gras, en recueillant d'une main l'huile qui gouttait pour de temps à autre plonger le reste du pain dans le creux de sa main qui lui servait de réservoir. Tout ici est devenu plus strict. Au début, il n'y avait là qu'un mince rideau, on ne voyait certes pas à travers, mais le soir on reconnaissait les ombres. Brunelda a trouvé cela désagréable, j'ai alors transformé un de ses manteaux de théâtre en rideau et j'ai dû l'accrocher ici à la place de l'ancien. Maintenant on ne voit plus rien du tout. Autrefois j'avais toujours le droit de demander si je pouvais entrer, et on me répondait, selon les circonstances "oui" ou "non", mais j'en ai probablement beaucoup trop profité et j'ai trop souvent posé la question ; Brunelda ne le supportait pas — elle est très délicate malgré son embonpoint, elle a souvent la migraine et, presque tout le temps, de la goutte dans les jambes — et l'on a donc décidé que je n'avais plus le droit de demander, et qu'en revanche on appuierait sur la sonnette de table pour me dire d'entrer. Cela fait un tel bruit qu'elle me réveille même quand je dors — à un moment j'ai eu ici un chat pour me distraire : il s'est sauvé tout épouvanté par ce bruit et n'est plus revenu. Aujourd'hui donc, elle n'a pas encore sonné — en effet, quand ça sonne, j'ai non seulement le droit de rentrer, mais il faut aussi que je le fasse — et quand ça reste sans sonner aussi longtemps, ça peut durer encore un bon bout de temps.

— Bon, dit Karl, mais ce qui vaut pour toi n'est pas nécessairement valable pour moi. D'ailleurs, ce genre de chose ne vaut que pour celui qui se laisse faire.

— Mais, s'écria Robinson, pourquoi cela ne serait-il pas valable aussi pour toi ? Bien sûr que ça vaut aussi pour toi. Attends tranquillement ici avec moi jusqu'à ce que ça sonne. Après, tu verras si tu peux essayer de t'en aller.

— Mais au fond, pourquoi ne pars-tu pas ? Est-ce seulement parce que Delamarche est ton ami, ou plutôt l'a été ? Est-ce donc une vie ? Est-ce que ça ne serait pas mieux à Butterford, où vous vouliez d'abord aller ? Ou même en Californie, où tu as des amis ?

— Oui, dit Robinson, personne n'aurait pu prévoir cela. » Et avant de poursuivre son récit, il ajouta : « À ta santé, mon cher Rossmann, en buvant une longue rasade à la bouteille de parfum. À l'époque, quand tu nous as si vilainement laissés tomber, nous étions dans une sacrée mauvaise posture. Les premiers jours, nous n'avons pas pu trouver de travail ; d'ailleurs Delamarche ne voulait pas travailler, il en aurait bien trouvé, mais il m'envoyait toujours en chercher et, moi, je n'ai aucune chance. Il se contentait de traîner à droite et à gauche, mais sur la fin de la journée, il avait juste rapporté un porte-monnaie de dame ; c'était sans doute un très beau porte-monnaie, tout en perles, dont il a fait depuis cadeau à Brunelda, mais il n'y avait presque rien dedans. Alors il a dit que nous devrions aller mendier dans les appartements : c'est vrai qu'on peut se procurer ainsi bien des choses utiles ; nous sommes donc allés mendier et pour que cela fasse meilleure impression, j'ai chanté devant les portes des appartements. Et comme Delamarche a toujours de la chance, nous n'avons eu qu'à nous arrêter devant le deuxième, un très riche appartement au rez-de-chaussée et, sur le seuil, chanter quelque chose à la cuisinière et au domestique. Là-dessus, la dame à qui appartient cet appartement arrive ; c'est Brunelda qui justement monte l'escalier. Son corset était peut-être trop serré et elle n'arrivait pas à gravir les quelques marches. Mais comme elle avait l'air belle, Rossmann ! Elle portait une robe toute blanche et une ombrelle rouge. Elle était à croquer. À déguster. Ah ! mon Dieu ! mon Dieu ! comme elle était belle. Quelle femme ! Non, dis-moi comment il peut exister des femmes comme ça ? Bien sûr, la bonne et le domestique ont tout de suite accouru à sa rencontre et l'ont presque portée. Nous nous sommes mis à gauche et à droite de la porte et nous avons salué, c'est comme ça qu'on fait ici. Elle s'est arrêtée un instant, parce qu'elle n'arrivait pas encore à bien respirer et alors, je ne sais pas ce qui s'est vraiment passé, la faim me fit perdre un peu mes esprits, et de près, elle était encore plus belle et d'une ampleur immense et, grâce à un corset spécial, que je peux te faire voir dans l'armoire, si ferme de partout — je l'ai un peu touchée par derrière, mais très légèrement tu sais, comme ça, tout juste touchée. Naturellement on ne peut pas tolérer qu'un mendiant se mette à toucher une dame riche. Ce fut à peine un frôlement, mais après tout, ce fut quand même un frôlement, et qui sait jusqu'où les choses seraient allées si Delamarche ne m'avait pas donné tout de suite une gifle et une gifle telle qu'à l'instant je dus me tenir la joue à deux mains.

— Vous en avez fait de belles, dit Karl qui, complètement captivé par l'histoire, s'assit par terre. C'était donc Brunelda ?

— Eh ! bien, oui, dit Robinson, c'était Brunelda.

— Ne disais-tu pas à un moment qu'elle était cantatrice ? demanda Karl.

— Bien sûr qu'elle est cantatrice, et une grande cantatrice », répondit Robinson qui retournait une grosse boule de bonbons sur sa langue et, de temps à autre, repoussait de ses doigts un morceau de bonbon qui lui sortait avec insistance de la bouche. « Mais bien sûr, sur le moment, nous ne le savions pas encore, nous voyions simplement que c'était une dame riche et très distinguée. Elle fit comme si rien ne s'était passé, et peut-être n'avait-elle même rien senti, car je ne l'avais effectivement touchée que du bout des doigts. Mais elle n'arrêtait pas de regarder Delamarche qui, à son tour, la regardait droit dans les yeux — il sait si bien le faire. Là-dessus, elle lui a dit : "Entre donc un petit instant", en lui montrant avec son ombrelle l'appartement où Delamarche devait la précéder. Ils sont alors entrés tous les deux, et les domestiques ont refermé la porte derrière eux. Moi, ils m'ont oublié dehors, j'ai alors pensé que ça ne durerait pas très longtemps et je me suis assis sur les marches pour attendre Delamarche. Mais au lieu de Delamarche, c'est le domestique qui est sorti, en m'apportant une soupière bien remplie, "c'est une attention de Delamarche", me suis-je dit. Le domestique est encore resté un petit instant près de moi pendant que je mangeais, en me parlant un peu de Brunelda, et c'est là que je me suis aperçu de l'importance que cette visite chez Brunelda pouvait avoir pour nous. Car Brunelda était une femme divorcée, elle avait une grosse fortune et était complètement indépendante. Son ancien mari, un fabricant de cacao, l'aimait certes encore, mais elle ne voulait plus du tout entendre parler de lui. Il venait très souvent la voir, toujours très élégamment vêtu, comme pour une noce — c'est la pure vérité, je le connais personnellement —, mais le domestique, en dépit des plus grosses gratifications, n'osait pas demander à Brunelda si elle voulait le recevoir vu que, le lui ayant déjà demandé à plusieurs occasions, Brunelda lui avait chaque fois jeté à la figure ce qui lui tombait alors sous la main. Une fois même, sa grosse bouillotte remplie d'eau, avec laquelle elle lui avait cassé une incisive. Oui, Rossmann, tu peux faire ces yeux-là !

— D'où connais-tu son mari ? demanda Karl.

— Il monte quelquefois ici, dit Robinson.

— Jusqu'ici ? » Étonné, Karl frappa légèrement le sol de la main.

« Il y a de quoi s'étonner, poursuivit Robinson, moi-même, je l'ai été quand le domestique, à l'époque, me l'a raconté. Pense donc, quand Brunelda n'était pas à la maison, le mari se faisait conduire par le domestique dans ses appartements et chaque fois il emportait un brimborion en souvenir, et chaque fois il laissait quelque objet fort cher et fort délicat à l'intention de Brunelda, et interdisait sévèrement au domestique de dire de qui ça venait. Mais un jour qu'il avait apporté — comme le domestique me l'a dit, et je le crois — un objet en porcelaine hors de prix, Brunelda, qui avait dû s'apercevoir de quelque chose, l'a aussitôt jeté par terre, l'a piétiné, a craché dessus et fait encore autre chose, de sorte que le domestique, dégoûté, a dû se forcer pour le débarrasser.

— Qu'est-ce que son mari lui a donc fait ? demanda Karl.

— À vrai dire, je ne sais pas, dit Robinson. Mais rien de particulier, je crois, en tout cas, qu'il ne le sait pas lui-même, j'en ai déjà parlé plusieurs fois avec lui. Il m'attend tous les jours là-bas au coin de la rue ; quand j'arrive, il faut que je lui donne les dernières nouvelles ; si je ne peux pas, il attend une demi-heure, puis il repart. Cela m'a fait de bons revenus supplémentaires, car il paye très largement les informations, mais depuis que Delamarche l'a appris, il faut que je lui rapporte tout et j'y vais donc plus rarement.

— Mais que veut le mari ? demanda Karl, qu'est-ce qu'il peut bien vouloir ? Il sait pourtant qu'elle ne veut pas de lui.

— Oui », soupira Robinson en allumant une cigarette et en soufflant la fumée en l'air, avec de grands gestes des bras. Puis, semblant se raviser, il dit : « Que m'importe ? Je sais simplement qu'il donnerait beaucoup d'argent pour avoir le droit de coucher ici sur ce balcon, comme nous. »

Karl se leva, s'appuya sur le garde-fou et regarda en bas dans la rue. La lune était déjà visible, mais sa lumière ne descendait pas encore jusqu'au fond de la rue. Si vide la journée, cette rue était pleine de gens, surtout devant les porches des immeubles ; tout ce monde s'activait lentement, d'une pesante façon ; les manches de chemise des hommes, les robes claires des femmes se détachaient faiblement sur l'obscurité ; tous étaient tête nue. Maintenant, les nombreux balcons des alentours étaient tous occupés : sous la lumière d'une lampe à incandescence les familles étaient, selon la place disponible, assises autour d'une petite table, soit simplement alignées sur des chaises, ou bien elles se contentaient de passer la tête au-dehors. Les hommes étaient là, les jambes écartées, les pieds glissés entre les montants des garde-fous, et lisaient des journaux qui touchaient presque le sol, ou bien ils jouaient aux cartes, apparemment sans rien dire, mais en tapant de grands coups sur les tables ; les femmes avaient plein d'ouvrages de couture sur les genoux et n'accordaient qu'occasionnellement un bref regard à leur entourage ou à la rue ; sur le balcon voisin, une femme blonde et chétive ne cessait de bâiller en renversant les yeux et levait chaque fois devant sa bouche la pièce de lingerie qu'elle était en train de repriser ; même sur les plus petits balcons, les enfants arrivaient à se poursuivre, ce qui agaçait beaucoup les parents. Dans de nombreux appartements, il y avait des gramophones qui passaient des chansons ou quelque musique d'orchestre ; on ne s'intéressait pas particulièrement à cette musique : mais de temps à autre, le père de famille faisait un signe et quelqu'un se précipitait dans la pièce pour mettre un nouveau disque. À de nombreuses fenêtres, on voyait des couples d'amoureux totalement immobiles ; à l'une d'elle, en face de Karl, il y avait un de ces couples : le jeune homme avait passé son bras autour de la jeune fille et, de la main, lui pressait la poitrine.

« Connais-tu quelqu'un parmi les gens d'à côté ? » demanda Karl à Robinson, qui venait lui aussi de se lever et, parce qu'il avait des frissons, s'était, outre sa couverture, encore enveloppé dans le plaid de Brunelda.

« Presque personne. C'est justement ce qu'il y a de terrible dans ma situation, dit Robinson en attirant Karl près de lui, pour pouvoir lui chuchoter à l'oreille, sinon, je ne serais pas en train de me plaindre. Car à cause de Delamarche, Brunelda a vendu tout ce qu'elle avait, et elle a emménagé ici, avec toutes ses richesses, dans cet appartement de banlieue pour pouvoir se consacrer entièrement à lui et que personne ne les dérange ; c'était d'ailleurs aussi le souhait de Delamarche.

— Et ses domestiques, elle les a renvoyés ? demanda Karl.

— Tout à fait, dit Robinson. Où d'ailleurs, les aurait-on logés ici, les domestiques ? Ces gens sont des messieurs fort exigeants. Un jour chez Brunelda, Delamarche a tout simplement chassé de la pièce un domestique à coups de gifles : elles volaient l'une derrière l'autre jusqu'à ce que l'homme se retrouvât dehors. Naturellement, les autres domestiques ont fait cause commune avec lui et ont fait du bruit devant la porte ; alors Delamarche est sorti (à l'époque, je n'étais pas domestique, mais ami de la maison, j'étais quand même de leur côté), et il a demandé : "Que voulez-vous ?" Le plus ancien des domestiques, un certain Isidor, lui a alors répondu : "Vous n'avez rien à nous dire, notre maîtresse, c'est madame." Comme tu t'en aperçois sans doute, ils avaient beaucoup de respect pour Brunelda. Mais Brunelda, sans s'occuper d'eux, a couru vers Delamarche ; à l'époque, elle n'était pas encore aussi lourde que maintenant. Elle l'a pris dans ses bras devant tout le monde, l'a embrassé et appelé "mon Delamarche chéri". Et elle a fini par dire : "Et débarrasse-moi donc de ces singes." Les singes, c'étaient donc les domestiques. Imagine la tête qu'ils ont faite. Puis Brunelda a tiré la main de Delamarche vers la bourse qu'elle portait à la ceinture. Delamarche a puisé dedans et a donc commencé à payer leur dû aux domestiques. Brunelda n'a participé à la paye qu'en demeurant là avec sa bourse ouverte à la ceinture. Delamarche fut obligé d'y puiser souvent, car il distribuait l'argent sans le compter et sans vérifier ce qui était réclamé. Pour finir, il a dit : "Maintenant, puisque vous ne voulez pas parler avec moi, je vous dis simplement au nom de Brunelda : Filez, et tout de suite." Voilà comment ils ont été renvoyés. Ensuite, il y a encore eu quelques procès ; Delamarche a même dû se rendre une fois au tribunal, mais je ne sais rien de plus précis. Simplement, dès le départ des serviteurs, Delamarche a dit à Brunelda : "Donc maintenant, tu n'as plus de domestiques ?" Elle a dit : "Mais il y a Robinson." Alors Delamarche a dit en me tapant sur l'épaule : "C'est bon, tu seras notre domestique." Et Brunelda m'a tapoté la joue. Si l'occasion se présente, Rossmann, laisse-la, toi aussi, te tapoter la joue, tu n'imagines pas comme c'est beau.

— Tu es donc devenu le domestique de Delamarche ? » dit Karl pour résumer.

Robinson perçut l'apitoiement contenu dans cette question, et répondit : « Je suis domestique, mais peu de gens s'en rendent compte. Tu vois, toi-même tu ne le savais pas, bien que tu sois chez nous déjà depuis un petit moment. Tu as vu, cette nuit, chez vous à l'hôtel, comment j'étais habillé. J'avais sur moi le fin du fin : est-ce que les domestiques vont habillés comme ça ? Le seul problème, c'est que je n'ai pas le droit de sortir souvent ; il faut toujours que je sois à portée de main : dans cette pagaille, il y a toujours quelque chose à faire. Car une seule personne ne suffit pas pour tout le travail. Comme tu l'as peut-être remarqué, nous avons énormément de choses partout dans la pièce ; ce que nous n'avons pas pu vendre lors du grand déménagement, nous l'avons pris avec nous. Naturellement, on aurait pu le donner en cadeau, mais Brunelda ne fait pas de cadeaux. Imagine simplement le travail qu'il a fallu pour monter ces affaires par l'escalier.

— Robinson, c'est toi qui as tout monté ? s'écria Karl.

— Qui d'autre l'aurait fait ? dit Robinson. Il y avait bien un homme de peine, un flemmard, mais j'ai dû faire presque tout le travail tout seul. Brunelda se tenait en bas près de la voiture. En haut, Delamarche disait où il fallait mettre les affaires, et moi je n'arrêtais pas d'aller et venir. Ça a duré deux jours, c'est très long, pas vrai ? Mais tu ne peux savoir le nombre d'affaires qu'il y a ici dans cette chambre, toutes les armoires sont pleines et, derrière les armoires, il y en a jusqu'au plafond. Si l'on avait engagé quelques hommes, le transport aurait été vite fini, mais Brunelda ne voulait en confier le soin à personne d'autre qu'à moi. C'était vraiment très gentil, mais j'y ai ruiné ma santé pour le restant de mes jours, et qu'avais-je donc d'autre que ma santé. Dès que je fais un petit effort, ça me lance ici, là et là. Crois-tu que les gars à l'hôtel, ces grenouilles vertes — comment les appeler autrement ? — auraient jamais eu raison de moi, si j'avais été en bonne santé. Mais même si je ne suis pas bien, je n'en dirai pas un mot à Delamarche et à Brunelda, je travaillerai tant que ça ira, et quand ça n'ira plus, je me coucherai pour mourir, et alors ils verront, trop tard, que j'étais malade et que malgré tout je n'ai jamais cessé de travailler et que je me suis tué à leur service. Ah ! Rossmann », dit-il pour finir en s'essuyant les yeux sur la manche de chemise de Karl. Au bout d'un petit moment, il ajouta : « Tu n'as donc pas froid à rester là comme ça en chemise.

— Laisse, Robinson, dit Karl, tu es tout le temps en train de pleurer. Je ne crois pas que tu sois si malade. Tu as l'air d'être en très bonne santé, mais comme tu es sans arrêt couché sur ce balcon, tu t'imagines un tas de choses. Tu as peut-être parfois un point à la poitrine, moi aussi j'en ai, tout le monde en a. Si tous les gens avaient envie de pleurer comme toi pour la moindre bagatelle, toutes ces personnes sur les balcons seraient en train de pleurer.

— Je sais mieux ce qu'il en est, dit Robinson en s'essuyant maintenant les yeux avec le coin de sa couverture. L'étudiant qui habite à côté, chez la logeuse qui nous faisait la cuisine à nous aussi, m'a dit dernièrement, comme je rapportais la vaisselle : "Écoutez, Robinson, vous ne seriez pas malade ?" Comme il m'est interdit de parler aux gens, je me suis contenté de poser la vaisselle et j'allais partir quand il s'est approché de moi et m'a dit : "Écoutez-moi, nom de Dieu, ne poussez pas les choses à leur extrémité, vous êtes malade. — D'accord, mais, je vous en prie, que dois-je faire ? — Ça, c'est votre affaire", a-t-il dit et il m'a tourné le dos. Les autres qui étaient là en train de manger, ont ri. Comme nous avons ici des ennemis partout, j'ai préféré partir.

— Alors les gens qui se moquent de toi, tu les crois, et les gens qui te veulent du bien, tu ne les crois pas.

— Mais je sais bien dans quel état je suis, dit Robinson en sursautant, mais il se remit aussitôt à pleurer.

— En fait, tu ne sais pas ce que tu as, tu devrais te chercher quelque part un travail convenable au lieu de faire ici le domestique de Delamarche. Car pour autant que je puisse en juger par tes récits et par ce que j'ai vu moi-même, ce n'est pas un travail, c'est un esclavage. Personne ne pourrait le supporter, crois-moi. Or toi, parce que tu es l'ami de Delamarche, tu penses que tu n'as pas le droit de le quitter. C'est faux, s'il ne se rend pas compte de la vie de misère que tu mènes, tu n'as plus la moindre obligation à son égard.

— Tu crois donc réellement, Rossmann, que je me rétablirai si je cesse de servir ici.

— Certainement, dit Karl.

— Certainement ? répéta Robinson.

— Très certainement, dit Karl en riant.

— Je pourrais donc commencer dès maintenant à me remettre, dit Robinson en regardant Karl.

— Et comment ? demanda celui-ci.

— Mais parce que c'est toi qui vas te charger ici de mon travail, répondit Robinson.

— Qui donc te l'a dit ? demanda Karl.

— C'est un vieux projet. Ça fait déjà plusieurs jours qu'on en parle. Les choses ont commencé quand Brunelda m'a disputé parce que je ne tenais pas l'appartement assez propre. J'ai bien sûr promis que j'allais immédiatement remettre de l'ordre partout. Dans mon état je ne peux pas par exemple me glisser partout pour enlever la poussière : on ne peut déjà pas bouger, même au milieu de la pièce, et encore moins entre les meubles et les affaires entreposées. Et si on veut tout nettoyer parfaitement, il faut aussi changer les meubles de place, et il faudrait que je le fasse tout seul ? En outre, tout cela devrait se faire sans aucun bruit parce que Brunelda, qui ne quitte presque pas la pièce, ne doit pas être dérangée. J'ai donc bien promis de tout nettoyer, mais en réalité, je ne l'ai pas fait. Quand Brunelda s'en est aperçue, elle a dit à Delamarche que ça ne pou-

vait pas continuer comme ça et qu'il fallait prendre une aide.
"Je ne veux pas, Delamarche, a-t-elle dit, que tu me fasses un
jour le reproche de n'avoir pas bien tenu le ménage. Moi-
même, je ne peux pas me fatiguer, tu le comprends bien, et
Robinson ne suffit pas ; au début il était très en forme et s'occupait de tout, mais maintenant il est tout le temps fatigué et le
plus souvent reste assis dans un coin. Mais une pièce avec
autant d'objets que la nôtre ne se range pas toute seule." Là-
dessus, Delamarche a réfléchi à ce qu'il fallait faire, car on ne
peut naturellement pas accueillir n'importe qui dans un pareil
désordre, même pas à l'essai, car on nous surveille de tous les
côtés. Mais comme je suis vraiment ton ami et que j'ai entendu
Renell raconter combien tu travaillais dur à l'hôtel, je t'ai proposé. Delamarche a tout de suite accepté, même si l'autre fois
tu t'étais comporté avec tant d'insolence, et j'ai été naturellement très heureux de pouvoir t'être utile de cette façon. En
effet, cet emploi semble fait pour toi : tu es jeune, fort et adroit,
alors que je ne vaux plus rien. Mais pour être franc tu n'es pas
engagé pour autant : si tu ne plais pas à Brunelda, nous ne
pourrons pas te garder. Efforce-toi donc de lui être agréable ;
pour le reste, je m'en charge.

— Et que feras-tu quand je serai domestique ici ? » demanda
Karl sans se sentir du tout contraint : la première frayeur que
lui avaient causée les confidences de Robinson était passée.
Delamarche n'avait donc pas de pires intentions à son endroit
que de le faire domestique — s'il en avait eu de pires, ce bavard
de Robinson les aurait sûrement trahies —, mais dans ce cas,
Karl se risquerait cette nuit même à quitter les lieux. On ne
peut obliger personne à accepter un emploi. Et Karl, qui auparavant s'était passablement inquiété de savoir si, après son renvoi de l'hôtel, il retrouverait assez vite pour ne pas mourir de
faim un emploi convenable et, si possible, aussi respectable, se
disait à présent que, comparé à l'emploi qui lui était ici destiné
et qui lui répugnait, tout autre emploi suffirait et qu'il eût
même préféré la misère du chômage à celui-ci. Mais il n'essaya
pas de faire comprendre cela à Robinson, surtout maintenant

que Robinson avait le jugement complètement faussé par l'espoir de se voir déchargé par Rossmann.

« Je m'en vais donc, dit Robinson en accompagnant son discours de gestes satisfaits de la main — il avait appuyé les coudes sur le garde-fou — commencer par tout t'expliquer et te montrer les affaires entreposées. Tu as de l'instruction et sûrement une belle écriture, tu pourrais donc dresser immédiatement une liste de toutes les choses que nous avons là. Brunelda le souhaite depuis longtemps déjà. Si demain matin il fait beau, nous demanderons à Brunelda d'aller s'asseoir sur le balcon et, pendant ce temps, nous serons tranquilles et pourrons travailler dans la pièce sans la déranger. Car c'est à cela surtout qu'il te faut faire attention, Rossmann. Surtout ne pas déranger Brunelda. Elle entend tout, c'est sans doute parce qu'elle est cantatrice qu'elle a l'oreille si sensible. Mettons que tu roules le tonneau d'eau de vie qui est derrière les armoires : ça fait du bruit parce qu'il est lourd et qu'il y a un peu partout différents objets, de sorte qu'on ne peut pas le rouler d'un seul coup. Mettons que Brunelda soit tranquillement couchée sur le canapé à attraper des mouches qui, d'une façon générale, la dérangent beaucoup. Tu crois donc qu'elle ne s'occupe pas de toi, et tu continues à rouler ton tonneau. Elle est toujours couchée tranquillement. Mais à l'instant où tu t'y attends le moins et où tu fais un minimum de bruit, elle se redresse d'un seul coup, frappe des deux mains si fort sur le canapé qu'elle disparaît derrière la poussière — depuis que nous sommes ici, je n'ai pas battu le canapé, mais je ne peux pas, elle y est tout le temps couchée — et se met à pousser des cris horribles, comme un homme, et elle crie comme ça des heures durant. Les voisins lui ont interdit de chanter, mais personne ne peut lui interdire de crier, il faut qu'elle crie ; d'ailleurs maintenant, c'est devenu plus rare : moi et Delamarche, nous sommes devenus très prudents. D'autant que cela lui a fait beaucoup de mal. Un jour, elle s'est évanouie, et j'ai été obligé — Delamarche venait juste de s'en aller — d'aller chercher l'étudiant d'à côté ; il l'a aspergée avec le liquide d'un grand flacon ; cela allait déjà

mieux, mais ce liquide avait une odeur insupportable : aujour-
d'hui quand on respire dans la direction du canapé, on le sent
encore. L'étudiant est évidemment notre ennemi, comme tous
les gens d'ici ; aussi méfie-toi de tout le monde et n'aie de relation avec personne.

— Dis donc, Robinson, dit Karl, voilà un service bien pénible. C'est un bel emploi que celui pour lequel tu m'as recommandé.

— Ne t'inquiète pas, dit Robinson en secouant la tête, les
yeux fermés, pour dissiper toutes les inquiétudes possibles de
Karl, cet emploi a aussi des avantages qu'aucun autre ne peut
t'offrir. Tu es à tout moment dans le voisinage d'une dame
comme Brunelda, tu dors parfois dans la même chambre
qu'elle ; cela procure déjà, tu peux l'imaginer, divers agréments.
Tu seras largement payé, il y a de l'argent en quantité ; moi,
étant l'ami de Delamarche, je n'ai rien touché, c'est seulement
quand je sortais que Brunelda me donnait quelque chose, mais
toi naturellement, tu seras payé comme n'importe quel domestique. Tu n'es d'ailleurs rien d'autre. Mais l'essentiel pour toi,
c'est que je te faciliterai beaucoup le travail. Au début bien sûr,
je ne ferai rien, pour me rétablir, mais dès que j'irai un peu
mieux, tu pourras compter sur moi. Le service de Brunelda, à
proprement parler, je le garderai d'ailleurs, je veux dire la coiffure et l'habillage, dans la mesure où Delamarche ne s'en occupera pas. Tu n'auras à te soucier que du rangement de la pièce,
des commissions et des travaux ménagers un peu plus durs.

— Non, Robinson, dit Karl, rien de tout cela ne m'attire.

— Ne fais pas de bêtises, Rossmann, dit Robinson en approchant son visage de celui de Karl, ne gaspille pas cette belle
occasion. Où donc trouveras-tu d'emblée un emploi ? Qui te
connaît ? Qui connais-tu ? Nous qui sommes deux hommes,
nous qui avons déjà beaucoup vécu et avons une grande expérience, nous avons couru partout pendant des semaines sans
trouver de travail. Ce n'est pas facile, c'est même à vous désespérer, tant c'est difficile. »

Karl hocha la tête, tout étonné de voir que Robinson était

aussi capable de parler raisonnablement. Ces conseils n'avaient pourtant aucune valeur pour lui : il ne fallait pas qu'il reste ici ; il y aurait bien dans cette grande ville une petite place pour lui ; toute la nuit, il le savait, les auberges étaient en général bondées : on avait besoin de personnel pour les clients ; il avait maintenant de l'expérience en la matière, il s'adapterait bien vite et sans difficultés dans n'importe quel établissement. Au bas de l'immeuble d'en face, il y avait justement une petite auberge d'où sortaient les flonflons d'une musique. La porte de l'entrée n'était fermée que par un grand rideau jaune qui, parfois agité par un courant d'air, s'envolait d'un seul coup dans la rue. Sinon, la rue était à vrai dire devenue beaucoup plus calme. La plupart des balcons étaient à nouveau obscurs ; seule brillait au loin çà et là quelque lumière isolée, mais à peine l'avait-on aperçue un instant que les gens se levaient et, tandis qu'ils s'engouffraient à l'intérieur de l'appartement, un homme tendait le bras vers la lampe à incandescence et, ultime présence sur le balcon, tournait le bouton de la lumière après avoir jeté un bref coup d'œil sur la rue.

« Voici que commence la nuit, se dit Karl, si je reste encore plus longtemps ici, je ferai déjà partie du groupe. » Il se retourna pour tirer le rideau de la porte de l'appartement. « Que fais-tu ? demanda Robinson en se plaçant entre Karl et le rideau. — Je veux m'en aller, dit Karl, laisse-moi faire, laisse-moi ! — Tu ne veux tout de même pas les déranger, s'écria Robinson, mais qu'est-ce qui te prend ? » Et, passant les bras autour du cou de Karl, il s'accrocha à lui de tout son poids, enserra les jambes de Karl entre les siennes et le fit tomber à l'instant par terre. Or parmi les liftiers, Karl avait un peu appris à se bagarrer et il envoya à Robinson un coup de poing sous le menton, mais pas trop fort et avec ménagement. Mais l'autre lui donna très vite et brutalement un grand coup de genou dans le ventre et, portant les mains à son menton, se mit tout aussitôt à gémir si fort que, sur le balcon voisin, un homme hurla « Silence ! » en frappant vivement dans ses mains. Karl resta encore un peu étendu sans bouger pour surmonter la douleur que lui avait

causée le coup de Robinson. Il se contenta de tourner le visage
vers le rideau qui pendait, immobile et lourd, devant la pièce
manifestement obscure. Il semblait ne plus y avoir personne :
peut-être Delamarche était-il sorti avec Brunelda, et Karl avait
déjà pleine liberté. Quant à Robinson qui se comportait vraiment comme un chien de garde, il était définitivement écarté.

C'est alors que retentirent par intermittences, au loin dans la
rue, des bruits de trompettes et de tambours. Les différents
cris d'un grand nombre de gens se rejoignirent bientôt en une
clameur générale. Karl tourna la tête et vit tous les balcons
s'animer à nouveau. Lentement, il se releva et, comme il n'arrivait pas à se mettre bien debout, il s'appuya de tout son poids
contre le garde-fou. En bas sur les trottoirs, des jeunes gars
défilaient à grands pas, bras tendus, la casquette à bout de bras,
les visages tournés en arrière. La chaussée était encore libre.
Au bout de longues perches, des gens agitaient des lampions
cernés par une fumée jaunâtre. Les tambours et les trompettes
arrivaient juste à la lumière en rangs serrés, et Karl s'étonnait
de leur nombre, quand il entendit des voix dans son dos ; il se
retourna et vit Delamarche lever le lourd rideau, puis Brunelda
surgit en robe rouge dans l'obscurité de la pièce, un châle de
dentelle sur les épaules, un petit bonnet foncé sur ses cheveux
probablement non coiffés et simplement noués, dont quelques
mèches dépassaient çà et là. Elle tenait à la main un petit éventail ouvert, mais elle ne l'agitait pas et le serrait tout contre elle.

Karl se plaqua sur le côté, contre le garde-fou pour leur laisser la place. Personne certainement ne le forcerait à rester ici,
et même si Delamarche devait s'y essayer, Brunelda le renver-
rait sur-le-champ, s'il voulait. Car elle ne pouvait vraiment pas
le souffrir, son regard lui faisait peur. Mais comme il faisait un
pas vers la porte, elle l'aperçut et lui dit : « Où vas-tu donc,
petit ? » Karl s'arrêta, sous les regards réprobateurs de Delamarche, et Brunelda l'attira près d'elle : « Tu ne veux donc pas
regarder le défilé en bas ? dit-elle en le poussant devant elle
contre le garde-fou. Sais-tu de quoi il s'agit ? » Karl l'entendit
dans son dos, tandis qu'il faisait un mouvement involontaire,

mais vain, pour se dégager de cette pression. Il jeta un regard triste en bas dans la rue, comme si la raison de sa tristesse s'y trouvait.

Delamarche resta d'abord les bras croisés derrière Brunelda, puis il courut dans la pièce et lui apporta les jumelles de spectacle. En bas, derrière les musiciens [1], le gros du défilé apparut. Sur les épaules d'un géant était assis un monsieur dont on ne voyait, de là-haut, que le crâne chauve vaguement luisant au-dessus duquel il brandissait son haut-de-forme pour un salut permanent. Autour de lui, des gens portaient manifestement des panneaux en bois qui, du balcon, paraissaient tout blancs ; la disposition était telle que ces pancartes s'appuyaient littéralement de tous les côtés sur le monsieur qui surgissait à bonne hauteur au milieu. Comme le défilé avançait, cette muraille de pancartes se disloquait sans cesse pour se reformer aussitôt. Toute la largeur de la rue — mais sur une longueur insignifiante, pour autant que l'on pouvait en juger dans l'obscurité — était occupée par les partisans du monsieur qui faisaient cercle autour de lui, tapaient dans leurs mains et scandaient sur quelques notes ce qui était sans doute le nom de ce monsieur, un nom très court mais incompréhensible. Certains d'entre eux, adroitement répartis dans la foule, avaient des phares d'automobiles extrêmement puissants dont ils promenaient lentement la lumière de haut en bas et de bas en haut sur les immeubles de chaque côté de la rue. À la hauteur où se trouvait Karl, ces lumières ne dérangeaient plus ; en revanche, on voyait les gens sur les balcons inférieurs se cacher les yeux le plus vite possible de la main, à chaque passage des rayons.

À la demande de Brunelda, Delamarche s'enquit auprès des gens du balcon voisin de ce que pouvait signifier cette manifestation. Karl était assez curieux de savoir si on lui répondrait et comment. En effet, Delamarche dut poser trois fois sa question sans qu'on lui réponde. Il se penchait déjà dangereusement par-des-

---

1. À partir de là et jusqu'à la fin de ce fragment (p. 685), il manque une partie du manuscrit ; le texte est donc celui de la première édition procurée par Max Brod en 1927.

sus le garde-fou ; Brunelda commençait à trépigner de colère contre les voisins, Karl sentait son genou. Pourtant une réponse finit par arriver ; mais en même temps, sur ce balcon où les gens se pressaient, tout le monde se prit à rire bruyamment. Delamarche leur lança alors si fort une réplique que, s'il n'y avait pas eu à ce moment autant de bruit dans la rue, tout le voisinage aurait forcément dressé l'oreille avec stupeur. En tout cas, cela eut pour effet que les rires cessèrent aussitôt, et de manière peu naturelle.

« Demain on élit un juge dans notre circonscription, et celui qu'ils portent en bas est candidat, dit Delamarche en revenant tout à fait calmé auprès de Brunelda. Décidément, s'écria-t-il en tapotant avec affection Brunelda dans le dos, nous ne savons déjà plus ce qui se passe dans le monde.

— Delamarche, dit Brunelda en revenant sur l'attitude des voisins, comme j'aimerais déménager, si ce n'était pas aussi fatigant. Mais je ne peux malheureusement pas me le permettre. » Et, tout en poussant de grands soupirs, inquiète et distraite, elle tiraillait la chemise de Karl qui s'efforçait sans cesse de repousser le plus discrètement possible ces petites mains potelées, et il y réussit assez facilement, car Brunelda ne songeait pas à lui, absorbée qu'elle était par de tout autres pensées.

Mais Karl, lui aussi, oublia bientôt Brunelda et accepta de sentir le poids de ses bras sur ses épaules, car les événements de la rue l'accaparaient. Sur l'ordre d'un petit groupe d'hommes gesticulants, qui défilaient juste devant le candidat et dont les conversations devaient avoir une importance particulière, car on voyait de tous côtés des visages attentifs se tourner vers eux, le cortège s'arrêta inopinément devant le restaurant. Un des chefs leva la main, signe qui s'adressait aussi bien à la foule qu'au candidat. La foule se tut et le candidat, qui essaya à plusieurs reprises de se dresser sur les épaules de son porteur et retomba chaque fois assis, tint un petit discours en agitant dans tous les sens et à toute vitesse son haut-de-forme. La scène était fort visible, vu que pendant son discours tous les phares d'automobile avaient été braqués sur lui, de sorte qu'il se trouvait au centre d'une étoile de lumière.

En revanche, on put alors parfaitement se rendre compte de

l'intérêt que toute la rue prenait à l'affaire. Sur les balcons occupés par des partisans du candidat, on accompagnait ceux qui chantaient son nom et, les mains tendues loin au-dessus du garde-fou, on applaudissait mécaniquement. Sur les autres balcons, qui étaient même la majorité, un puissant contre-chant s'éleva, mais qui manquait d'unité, car il s'agissait de partisans de divers candidats. En revanche, les adversaires du candidat présent se retrouvèrent ensuite unis pour le siffler tous ensemble, et à plusieurs endroits on remit même les gramophones en marche. D'un balcon à l'autre, on vidait des querelles politiques avec une excitation renforcée par l'heure nocturne. La plupart des gens étaient déjà en tenue de nuit et avaient juste passé une robe de chambre ; les femmes s'enveloppaient dans de grands châles sombres ; les enfants auxquels on ne faisait pas attention grimpaient dangereusement sur les bords des balcons et sortaient toujours plus nombreux des chambres obscures, où ils avaient déjà commencé à dormir. De temps à autre, des individus particulièrement échauffés lançaient en direction de leurs adversaires des objets non identifiables ; certains atteignaient leur but, mais la plupart retombaient dans la rue, où ils provoquaient fréquemment des hurlements de colère. Quand les responsables en bas trouvaient le bruit trop fort, les tambours et les trompettes étaient chargés d'intervenir, et leur fanfare retentissant, lancée à toute force et qui semblait interminable, écrasait toutes les voix humaines jusque sous les toits des immeubles. Et chaque fois, ils s'arrêtaient net — on y croyait à peine —, et aussitôt la foule de la rue, visiblement entraînée à cela, entonnait dans cet instant de silence général l'hymne du parti — à la lumière des phares, on distinguait la bouche grande ouverte de chaque individu — jusqu'à ce que les adversaires, ayant entre-temps repris leurs esprits, se remettent à hurler de tous les balcons et fenêtres dix fois plus fort qu'avant, en imposant au parti d'en bas, après sa brève victoire, un silence que du moins de tout là-haut on pouvait croire total.

« Ça te plaît, petit ? » demanda Brunelda qui se tournait et retournait tout contre le dos de Karl pour en voir le plus possible avec ses jumelles. Karl répondit d'un simple hochement de tête. Accessoirement, il s'aperçut que Robinson faisait visiblement à Delamarche un rapport détaillé et empressé sur la réaction de Karl, mais que Delamarche ne semblait y accorder aucune importance, car de sa main gauche il cherchait sans cesse à écarter Robinson, alors qu'il avait passé la droite autour de la taille de Brunelda. « Ne veux-tu pas regarder dans les jumelles ? » demanda Brunelda en tapotant sur la poitrine de Karl pour montrer que c'était à lui qu'elle s'adressait.

— Je vois suffisamment, dit Karl.

— Essaie quand même, dit-elle, tu verras mieux.

— J'ai de bons yeux, répondit Karl, je vois tout. » Et quand elle approcha les jumelles de ses yeux, il ne ressentit pas ce geste comme une amabilité mais comme une gêne, et en effet elle ne lui dit qu'un mot « Toi ! », sur un ton certes mélodieux mais menaçant. Et déjà Karl avait les jumelles devant les yeux et n'y voyait plus rien du tout.

« Je n'y vois vraiment rien », dit-il en voulant se débarrasser des jumelles, mais elle les tenait fermement, et il ne pouvait ni reculer ni décaler sa tête coincée entre les seins de Brunelda.

« Maintenant tu y vois déjà mieux, dit-elle en tournant la molette des jumelles.

— Non, je ne vois toujours rien », dit Karl en songeant qu'il avait, malgré lui, effectivement débarrassé Robinson de Brunelda, puisque celle-ci passait à présent ses insupportables caprices sur lui.

« Quand verras-tu enfin quelque chose ? » dit-elle en continuant à tourner la molette — Karl avait maintenant tout le visage sous sa lourde haleine. « Maintenant ? demanda-t-elle.

— Non, non et non ! » s'écria Karl, bien qu'il pût à présent effectivement tout distinguer, quoique de façon fort imprécise. Mais Brunelda eut à cet instant quelque chose à faire avec Delamarche ; elle écarta un peu les jumelles du visage de Karl qui put, sans qu'elle y fît particulièrement attention, regarder par-dessous les jumelles dans la rue. Après cela, elle n'insista plus pour imposer sa volonté et se remit à utiliser les jumelles.

En bas, un serveur était sorti du restaurant et, s'affairant sur le seuil de la porte, il prenait rapidement les commandes des chefs. On le voyait se dresser sur la pointe des pieds pour mieux voir l'intérieur de la salle et appeler le plus de serveurs possible à la rescousse. Pendant ces préparatifs qui, manifestement, avaient pour but une grande tournée gratuite, le candidat ne renonçait pas à son discours. Son porteur, le géant qui était uniquement à son service, n'arrêtait pas de pivoter légèrement, au bout de quelques phrases, pour que le discours parvienne à toutes les parties de la foule. La plupart du temps, le candidat se tenait tout recroquevillé et, par des mouvements saccadés de son unique main libre et de son haut-de-forme dans l'autre, il essayait de donner à ses paroles le plus de force possible. Mais parfois, à intervalles presque réguliers, il se levait, traversé par l'inspiration, les bras écartés : il ne parlait plus à un groupe mais à tout le monde ; il parlait aux habitants des immeubles jusqu'aux derniers étages, et pourtant il était évident que même aux étages inférieurs personne ne pouvait l'entendre et que, même si c'eût été possible, personne ne l'aurait voulu, car chaque fenêtre et chaque balcon étaient occupés par au moins un orateur qui hurlait. Pendant ce temps, quelques serveurs apportèrent du restaurant un plateau de la taille d'un billard, chargé de verres remplis d'un liquide brillant. Les chefs organisèrent la distribution qui prit la forme d'un défilé à la porte du restaurant. Mais bien qu'on ne cessât de remplir les verres sur le plateau, il n'y en avait pas assez pour cette foule, et deux rangées de serveurs durent se glisser à droite et à gauche du plateau pour continuer la distribution. Le candidat avait cessé son discours bien sûr et profitait de la pause pour reprendre des forces. Son porteur le promenait lentement à l'écart de la foule et de la lumière vive, et seuls quelques-uns de ses plus proches partisans l'accompagnaient et lui parlaient en levant haut la tête.

« Regarde le petit, dit Brunelda, à force de regarder, il en oublie où il est. » Et par surprise, elle saisit le visage de Karl entre ses mains et le tourna pour le regarder dans les yeux.

Mais cela ne dura qu'un instant, parce que Karl, se dégageant de ses mains et agacé qu'on ne le laissât pas un instant tranquille, en même temps que plein d'envie de descendre dans la rue et de voir tout cela de près, tenta alors à toute force de se libérer du poids de Brunelda et dit :

« Je vous en prie, laissez-moi partir.

— Tu resteras chez nous », dit Delamarche, sans détourner son regard de la rue, et il se contenta de tendre une main pour empêcher Karl de s'en aller.

« Laisse, dit Brunelda en repoussant la main de Delamarche, il va rester, c'est sûr. » Et elle pressa Karl encore plus fort contre le garde-fou : il aurait fallu qu'il se batte avec elle pour se libérer. Et même s'il y était parvenu, à quoi cela l'aurait-il avancé ? À sa gauche se tenait Delamarche, à sa droite Robinson venait de se redresser : il était carrément prisonnier.

« Sois heureux qu'on ne te jette pas dehors », dit Robinson en tapotant Karl avec la main qu'il avait passée sous le bras de Brunelda.

« Qu'on ne le jette pas dehors ? dit Delamarche. On ne jette pas dehors un voleur en cavale, on le livre à la police. Et c'est ce qui pourrait fort bien lui arriver dès demain matin s'il ne se tient pas tranquille. »

À partir de là, Karl n'eut plus aucune joie à regarder le spectacle en bas. C'était seulement parce que Brunelda l'empêchait de se relever qu'il se penchait un peu par-dessus le garde-fou. Tout à ses soucis, il jetait des regards distraits sur les gens d'en bas qui, par groupes d'une vingtaine, arrivaient devant la porte du restaurant, saisissaient les verres, se retournaient et les brandissaient dans la direction du candidat à présent tout occupé de lui-même, criaient le salut du parti, vidaient leurs verres et, sans doute dans un bourdonnement inaudible de là-haut, les remettaient sur le plateau pour faire place à un autre groupe qui braillait déjà d'impatience. Sur ordre des chefs, la fanfare qui jusqu'alors avait joué dans le restaurant, était revenue dans la rue ; ses grands instruments à vent brillaient au milieu de la sombre foule, mais leur musique se perdait presque dans le bruit général. Maintenant la rue, au moins du côté du restaurant, était pleine de gens à perte de vue. Ils affluaient d'en haut, par où Karl était arrivé en voiture, ce matin ; d'en bas, ils accouraient depuis le pont, et les gens des immeubles aussi n'avaient pas pu résister à la tentation de participer personnellement à toute l'affaire : sur les balcons et dans l'encadrement des fenêtres ne se tenaient plus guère que les femmes et les enfants, tandis que les hommes se pressaient en bas au débouché des porches. Mais maintenant la musique et la distribution avaient atteint leur but, le rassemblement était suffisamment important ; un chef flanqué de deux phares d'automobile fit signe à la musique de s'arrêter, lança un grand coup de sifflet, et l'on vit alors le porteur, qui s'était un peu égaré avec le candidat sur ses épaules, traverser à toute vitesse un groupe de partisans qui leur frayait le passage.

À peine parvenu à la porte du restaurant, le candidat commença son nouveau discours dans la lumière des phares d'automobile à présent tous concentrés sur lui. Mais maintenant tout était bien plus difficile qu'auparavant, le porteur n'avait plus la moindre liberté de mouvement : la cohue était trop forte. Les plus proches partisans, ceux qui, juste avant, avaient essayé de renforcer par tous les moyens possibles l'effet du discours du candidat, avaient maintenant du mal à rester dans son voisinage, une vingtaine d'entre eux se cramponnaient tant bien que mal au porteur. Mais même cet homme vigoureux ne pouvait plus faire un seul pas comme il voulait : il ne fallait plus songer à influer sur la foule en pivotant de telle ou telle façon, en avançant ou en reculant à l'instant propice. La foule déferlait au hasard, les uns plaqués sur les autres, plus personne ne tenait debout ; les adversaires semblaient s'être grandement multipliés par l'apport d'un nouveau public ; le porteur qui s'était longuement maintenu près de la porte du restaurant, semblait désormais se laisser ballotter sans résistance d'un côté à l'autre de la rue ; le candidat continuait à discourir, mais on ne savait plus très bien si c'était pour expliquer son programme ou pour appeler du secours ; sauf erreur, un candidat adverse devait se trouver là, ou même plusieurs, car on apercevait çà et là, dans un éclat de lumière soudain, un homme porté en l'air par la foule et qui, le visage blême et les poings fermés, tenait un discours salué par des acclamations de nombreuses gens.

« Que se passe-t-il donc ? demanda Karl, haletant et désemparé, en se tournant vers ses gardiens.

— Comme il est bouleversé, le petit », dit Brunelda à Delamarche en saisissant Karl par le menton pour attirer sa tête à elle. Mais ce n'était pas ce que Karl voulait et, les événements de la rue lui ayant littéralement fait oublier toute politesse, il s'ébroua si fort que Brunelda non seulement le lâcha, mais recula et lui rendit sa pleine liberté. « Maintenant, tu en as assez vu, dit-elle, visiblement fâchée de l'attitude de Karl, va dans la chambre, fais le lit et prépare tout pour la nuit. » Elle tendit la main vers la pièce. C'était la direction que Karl voulait prendre depuis plusieurs heures, il ne protesta pas. On entendit alors dans la rue le fracas d'une grande quantité de verre brisé. Karl ne put se retenir et bondit encore à toute vitesse vers le garde-fou pour jeter en bas un bref et dernier coup d'œil. Un assaut des adversaires, peut-être même décisif, avait réussi ; les phares d'automobile des partisans qui grâce à leur puissante lumière avaient au moins permis que les événements essentiels se déroulent sous les yeux de tout le public et qu'ainsi les choses restent dans certaines limites, avaient tous été brisés en même temps ; le candidat et son porteur baignaient désormais dans l'incertaine lumière générale qui soudainement répandue, donnait l'impression d'une obscurité complète. On aurait été à présent incapable de dire, même approximativement, où se trouvait le candidat, et la confusion née des ténèbres était encore accrue par un grand chant qu'on entonnait tout juste à l'unisson, en bas près du pont, et qui se rapprochait.

« Ne t'ai-je pas dit ce que tu avais à faire maintenant ? dit Brunelda, dépêche-toi. Je suis fatiguée », ajouta-t-elle en s'étirant, ce qui donna à sa poitrine une courbe encore plus prononcée que d'habitude. Delamarche qui n'avait pas cessé de lui tenir la taille, l'entraîna près de lui dans un coin du balcon. Robinson les suivit pour écarter les reliefs de son repas qu'il y avait laissés.

Il fallait que Karl profite de cette occasion favorable ; il n'était plus temps de regarder en bas, où il aurait encore suffisamment le temps de voir les événements de la rue, et bien mieux que d'en-haut. En deux bonds, il traversa la pièce éclairée d'une lumière rougeâtre, mais la porte était verrouillée, et la clef enlevée. Il fallait maintenant la trouver, mais qui aurait trouvé une clef dans ce désordre et dans le peu de temps fort précieux dont Karl disposait. À cet instant, il aurait déjà dû être dans l'escalier, à courir, courir ! Et il en était à chercher la clef ! Il la chercha dans tous les tiroirs accessibles, farfouilla sur la table, où traînaient toute sorte de vaisselle, des serviettes et le début d'un ouvrage de broderie, fut attiré par un fauteuil sur lequel se trouvait un inextricable tas de vieux vêtements, dans lequel la clef aurait pu se trouver mais restait introuvable, et il finit par se jeter sur le canapé plutôt malodorant, pour en tâter tous les coins et les replis à la recherche de la clef. Puis il abandonna et s'arrêta au beau milieu de la pièce. Il se dit que Brunelda avait certainement attaché la clef à sa ceinture : il y avait là tant de choses accrochées que toute recherche était inutile.

Karl saisit à l'aveuglette deux couteaux et les enfonça entre les battants de la porte, l'un en haut, l'autre en bas pour obtenir deux prises éloignées l'une de l'autre. Mais à peine eut-il tiré sur les couteaux que bien sûr les lames se cassèrent. C'était tout ce qu'il voulait, les restes qu'il pouvait maintenant enfoncer plus fermement, n'en tiendraient que mieux. Et il se mit à tirer de toutes ses forces, les bras largement écartés, les jambes arc-boutées, gémissant, le regard rivé sur la porte. Elle ne pourrait résister bien longtemps, il s'en aperçut avec joie au bruit nettement audible des verrous qui cédaient ; mais plus les choses se déroulaient avec lenteur, meilleur c'était : il ne fallait pas que la serrure sautât brusquement, sinon sur le balcon, on s'en apercevrait ; il fallait au contraire la détacher très lentement, et Karl s'y employait avec d'infinies précautions, les yeux toujours plus près de la serrure.

« Regardez-moi ça ! » Il venait d'entendre la voix de Delamarche. Ils étaient tous trois dans la pièce, ayant déjà tiré le rideau derrière eux, Karl n'avait pas dû les entendre arriver. En les voyant, il lâcha les couteaux. Il n'eut pas le temps de prononcer le moindre mot d'explication ou d'excuse, car, dans un accès de fureur qui dépassait largement l'occasion présente, Delamarche bondit sur Karl — la cordelière de sa robe de chambre, dénouée, décrivit un grand arc dans l'air. Celui-ci réussit au dernier moment à esquiver l'attaque : il aurait pu arracher les couteaux de la porte et les utiliser pour se défendre, mais il ne le fit pas ; en revanche, s'étant baissé, il bondit, saisit par son large col la robe de chambre de Delamarche, la tira en l'air pour la lui remonter jusque par-dessus la tête — Delamarche avait une robe de chambre vraiment beaucoup trop grande — et réussit ainsi à tenir par la tête Delamarche qui, décidément surpris, se mit à agiter les mains à l'aveuglette et, donna au bout d'un moment, mais sans grande efficacité, des coups de poing dans le dos de Karl qui, pour se protéger le visage, s'était jeté contre la poitrine de Delamarche. Karl encaissa les coups de poing, bien qu'il se tordît de douleur et que les coups devinssent de plus en plus forts, mais comment ne pas les encaisser quand il voyait la victoire à sa portée. La tête de Delamarche entre les mains, les pouces sans doute sur ses yeux, il le dirigea dans le coin le plus encombré de meubles et chercha en outre avec la pointe des pieds à entortiller la cordelière de la robe de chambre de Delamarche autour de ses jambes pour le faire tomber.

Mais comme il était obligé de se concentrer entièrement sur Delamarche, d'autant qu'il sentait celui-ci lui résister de plus en plus et ce corps ennemi se raidir de plus en plus nerveusement contre le sien, il oublia qu'en fait il n'était pas seul avec Delamarche. Mais il allait bien vite en retrouver le souvenir, car soudain ses pieds, que Robinson qui s'était jeté derrière lui par terre écartait en hurlant, se refusèrent. Dans un soupir, Karl lâcha Delamarche qui recula encore d'un pas. Brunelda, les jambes largement écartées, pliant les genoux, occupait de toute

sa masse le milieu de la pièce et suivait les événements, avec
un regard brillant. Comme si elle participait elle-même au combat, elle respirait profondément, en mesurait du regard l'ampleur et avançait lentement les poings. Delamarche, ayant
rabattu le col de sa robe de chambre, y voyait à nouveau clair,
et pour lui bien sûr il ne s'agissait plus d'un combat, mais simplement d'un châtiment. Il saisit Karl par le devant de sa chemise, le souleva presque de terre et sans même le regarder tant
il le méprisait, l'expédia si violemment contre une armoire à
quelques pas, que Karl pensa d'abord que les douleurs cuisantes qu'il ressentait dans le dos et à la tête après avoir heurté le
meuble, avaient été directement causées par la main de Delamarche. Dans les ténèbres qui montaient devant ses yeux papil-
lotants, il entendit encore Delamarche lui crier : « Espèce de
crapule ». Et tandis qu'il s'écroulait, épuisé au pied de l'armoire, il entendit encore faiblement résonner dans ses oreilles
les mots : « Attends un peu ! »

Quand il recouvra ses esprits, il était dans l'obscurité complète ; on devait être encore en pleine nuit : un mince rayon de
lune passait sous le rideau du balcon. On entendait la respiration régulière des trois dormeurs ; la plus forte, et de loin, était
celle de Brunelda : elle soufflait bruyamment dans son sommeil
comme elle le faisait de temps à autre quand elle parlait ; en
revanche, il n'était pas facile de déterminer dans quelle direction se trouvait chacun des dormeurs : le bruit de leur respiration remplissait toute la pièce. Ce fut seulement après avoir un
peu exploré tout autour que Karl pensa à lui, et tout à coup il
eut très peur, car, bien qu'il se sentît tout courbatu et raidi par
la douleur, il n'était quand même pas allé jusqu'à penser qu'il
pouvait être grièvement blessé et saigner. Mais maintenant il se
sentait un poids sur la tête, et il avait sur tout le visage, le cou,
la poitrine sous sa chemise quelque chose d'humide, comme
du sang. Il avait besoin de lumière pour se rendre précisément
compte de son état, peut-être qu'à force de l'avoir battu on
l'avait estropié, auquel cas Delamarche n'hésiterait pas sans
doute à le relâcher, mais que ferait-il après : il n'aurait vraiment

plus aucun espoir. Le garçon au nez rongé, sous le porche, lui revint à l'esprit, et il resta un instant le visage entre les mains.

Ensuite, il se tourna machinalement vers la porte et, à quatre pattes, se dirigea en tâtonnant dans sa direction. Il sentit bientôt au bout de ses doigts une botte puis une jambe. C'était Robinson, qui d'autre eût dormi avec ses bottes ? On lui avait ordonné de se coucher en travers de la porte pour empêcher Karl de s'enfuir. Mais ne savait-on donc pas dans quel état Karl se trouvait ? Pour l'instant, il n'avait aucune intention de s'enfuir, il voulait simplement trouver de la lumière. Ne pouvant sortir par la porte, il fallait qu'il aille sur le balcon.

Il trouva la table à un endroit visiblement très différent de celui du soir : à sa grande surprise, le canapé dont Karl s'approcha bien sûr avec la plus grande prudence était vide ; en revanche, il buta au milieu de la pièce sur un grand tas de vêtements, de couvertures, de rideaux, de coussins et de tapis. Il pensa d'abord que ce n'était qu'un petit tas comme celui qu'il avait trouvé le soir sur le canapé et qui avait peut-être roulé par terre, mais à son grand étonnement il remarqua, en poursuivant sa progression, qu'il y avait là toute une voiturée de choses qu'on avait dû sortir pour la nuit des armoires où on les conservait pendant la journée. Toujours rampant, il contourna le tas et s'aperçut bientôt que tout cela formait une sorte de lit en haut duquel, comme il s'en convainquît en passant prudemment la main, reposaient Delamarche et Brunelda.

Comme il savait maintenant où chacun dormait, il se hâta de gagner le balcon. De l'autre côté du rideau, c'était un tout autre monde où il se redressa sans tarder. Dans l'air frais de la nuit et en plein clair de lune, il arpenta plusieurs fois le balcon. Il regarda dans la rue devenue silencieuse ; il y avait encore de la musique dans le restaurant, mais elle n'en sortait qu'assourdie ; devant la porte, un homme balayait le trottoir ; dans cette rue où la veille au soir, on n'avait pas pu faire la différence dans le vacarme général entre les cris d'un candidat et des milliers d'autres voix, on entendait à présent distinctement le bruit du balai grattant les pavés.

Le bruit d'une table qu'on déplaçait sur le balcon voisin attira l'attention de Karl : assis là, quelqu'un étudiait. Un jeune homme, portant une barbichette en pointe qu'il ne cessait de tortiller, lisait en remuant rapidement les lèvres. Le visage tourné vers Karl, il était assis devant une petite table couverte de livres ; il avait détaché la lampe à incandescence du mur et l'avait calée entre deux gros livres, baignant ainsi entièrement dans une lumière crue.

« Bonsoir », dit Karl qui croyait avoir remarqué que le jeune homme avait regardé de son côté.

Mais il avait dû se tromper, car le jeune homme, semblant ne pas l'avoir encore aperçu, mit la main au-dessus de ses yeux pour ne pas être aveuglé par la lumière et déterminer qui venait soudain de le saluer, puis comme il n'y voyait toujours rien, il leva la lampe électrique pour éclairer un peu le balcon voisin.

« Bonsoir », dit-il alors à son tour, puis, jetant un bref regard scrutateur vers Karl, il ajouta : « Eh bien ?

— Je vous dérange ? demanda Karl.

— Oui, bien sûr », dit l'homme en remettant la lampe à sa place initiale.

Par ces mots, il se refusait évidemment à toute conversation, mais Karl n'en demeura pas moins dans le coin du balcon le plus proche de lui. Karl le regarda en silence lire son livre, tourner les pages, rechercher par moments quelque chose dans un autre livre qu'il saisissait toujours en un rien de temps, et prendre parfois des notes dans un cahier dont il approchait chaque fois son visage d'une manière surprenante.

Cet homme pouvait-il être un étudiant ? Il donnait tout à fait l'impression d'étudier. Karl n'était guère différent — il y avait longtemps déjà — quand il était chez lui, assis à la table de ses parents en train de faire ses devoirs, pendant que son père lisait le journal ou tenait les comptes et rédigeait des lettres pour une société, et que sa mère, occupée à coudre, tirait en l'air son aiguille. Pour ne pas gêner son père, Karl ne posait sur la table que son cahier et ses divers crayons, rangeant les livres nécessaires à droite et à gauche sur des chaises. Comme c'était calme ! Qu'il était rare de voir des étrangers entrer dans cette pièce ! Petit enfant déjà, Karl avait toujours aimé regarder sa mère fermer le soir la porte de l'appartement à clef. Elle ne se doutait pas que Karl en fût à présent à essayer de forcer les portes des autres avec des couteaux.

Et à quoi lui avaient servi ses études ! Il avait tout oublié ; s'il s'était agi de les continuer ici, il aurait eu beaucoup de mal. Il se souvenait qu'une fois, chez ses parents, il avait été malade un mois entier — quel travail il lui avait fallu pour rattraper ce qu'il n'avait pas pu apprendre ! Et il y avait maintenant si longtemps qu'il n'avait plus lu de livre, à part le manuel de correspondance commerciale anglaise.

Soudain Karl s'entendit apostrophé : « Dites, jeune homme, ne pourriez-vous pas vous installer ailleurs ? Vous me gênez terriblement à me regarder comme ça. À deux heures du matin, on peut quand même exiger de pouvoir travailler sur son balcon sans être dérangé. Avez-vous donc quelque chose à me demander ?

— Vous faites des études ? demanda Karl.

— Oui, bien sûr, dit l'homme, profitant de cette perte de temps pour remettre de l'ordre dans ses livres.

— Alors, je ne veux pas vous déranger, dit Karl, d'ailleurs, je rentre dans la chambre. Bonne nuit. »

L'homme ne daigna pas même répondre ; l'incident étant clos, il avait brusquement décidé de se remettre à son travail, le front lourdement appuyé sur sa main droite.

Alors Karl se rappela, juste devant le rideau, pourquoi au fond il était sorti : il ne savait vraiment pas dans quel état il était. Qu'est-ce qui pesait ainsi sur sa tête ? Il y porta la main et s'étonna : il n'y avait pas de blessure sanguinolente, contrairement à ce qu'il avait redouté dans l'obscurité de la chambre, c'était juste un pansement en forme de turban encore tout humide. À en juger d'après les restes de dentelle qui pendouillaient çà et là, on avait arraché des bouts de vieille lingerie de Brunelda, et Robinson lui en avait sans doute hâtivement enveloppé la tête. Mais il avait oublié de les tordre, et pendant l'évanouissement de Karl, toute l'eau avait coulé sur son visage et s'était répandue sous sa chemise, d'où son effroi.

« Vous êtes encore là ? demanda l'homme en clignant des yeux dans sa direction.

— Maintenant, je m'en vais vraiment, dit Karl, j'étais juste venu regarder quelque chose ; dans la chambre, il fait complètement noir.

— Mais qui êtes-vous ? demanda l'homme en posant son porte-plume dans le livre ouvert devant lui et en s'approchant du garde-fou. Comment vous appelez-vous ? Comment se fait-il que vous soyez chez ces gens ? Vous êtes ici depuis longtemps ? Et qu'est-ce que vous vouliez regarder ? Tournez donc la molette de votre lampe que l'on puisse vous voir. »

Karl le fit, mais avant de répondre, il referma mieux le rideau de la porte afin qu'à l'intérieur on ne pût rien remarquer. « Excusez-moi, dit-il en chuchotant, si je parle aussi bas. Si ceux qui sont dedans m'entendaient, ça serait à nouveau l'émeute.

— À nouveau ? demanda l'homme.

— Oui, dit Karl, j'ai déjà eu hier soir une grande dispute avec eux. Je dois encore avoir une énorme bosse. » Et il se tâta l'arrière du crâne.

« C'était quel genre de dispute ? » demanda l'homme et, comme Karl ne répondait pas tout de suite, il ajouta : « Vous pouvez tranquillement me confier ce que vous avez sur le cœur contre ces gens. En effet, je les déteste tous les trois, et particulièrement votre madame. Je serais d'ailleurs étonné qu'on ne vous ait pas déjà monté la tête contre moi. Je m'appelle Josef Mendel et je suis étudiant.

— Si, dit Karl, on m'a déjà parlé de vous, mais pas en mal. Vous avez bien soigné une fois Mme Brunelda, n'est-ce pas ?

— C'est vrai, dit l'étudiant en riant, le canapé a-t-il gardé l'odeur ?

— Oh ! oui, dit Karl.

— J'en suis ravi, dit l'étudiant en se passant la main dans les cheveux. Et pourquoi vous fait-on des bosses ?

— On s'est disputé », dit Karl en réfléchissant à la manière d'expliquer cela à l'étudiant. Mais il s'interrompit et dit : « Je ne vous dérange vraiment pas ?

— Premièrement, dit l'étudiant, vous m'avez déjà dérangé, et je suis hélas si nerveux qu'il me faut ensuite longtemps pour me réhabituer. Depuis que vous avez commencé vos promenades sur le balcon, je n'avance plus dans mon travail. Mais deuxièmement, je fais toujours une pause à trois heures. Vous pouvez donc très bien me raconter tranquillement tout cela. Ça m'intéresse, d'ailleurs.

— C'est très simple, dit Karl, Delamarche veut que je sois son domestique. Or je ne veux pas. Et j'aurais préféré partir dès hier soir. Il a voulu m'en empêcher, il a verrouillé la porte ; j'ai voulu la forcer, et on en est alors venu à se bagarrer. Je suis très malheureux d'être encore là.

— Avez-vous donc un autre emploi ? demanda l'étudiant.

— Non, dit Karl, mais ça n'a aucune importance, pourvu que je parte d'ici.

— Voyez-vous cela, dit l'étudiant, ça n'a pas d'importance ? » Et tous deux se turent un petit moment.

« Pourquoi donc ne voulez-vous pas rester chez ces gens ? reprit l'étudiant.

— Delamarche est un mauvais homme, dit Karl, il y a déjà quelque temps que je le connais. Une fois, il m'est arrivé de marcher toute une journée avec lui et j'étais content quand je l'ai quitté. Et il faudrait maintenant que je sois son domestique ?

— Si tous les domestiques s'avisaient d'être aussi délicats que vous dans le choix de leurs patrons ! dit l'étudiant avec l'air de sourire. Voyez-vous, moi, dans la journée, je suis vendeur, le vendeur le plus subalterne, plutôt une sorte de garçon de courses, dans le grand magasin Montly. Ce Montly est sans aucun doute une fripouille, mais cela ne me touche pas ; j'enrage seulement de toucher un salaire de misère. Prenez donc exemple sur moi.

— Comment ? dit Karl, la journée, vous êtes vendeur et la nuit, vous étudiez ?

— Oui, dit l'étudiant, ce n'est pas possible autrement. J'ai déjà essayé toutes les situations possibles, mais ce mode de vie est encore le meilleur. Il y a des années, je n'étais qu'étudiant, le jour et la nuit, voyez-vous, mais j'ai failli en mourir de faim ; je dormais dans un vieux fond de crasse et je n'osais pas me montrer dans les amphithéâtres avec le costume que je portais. Mais c'est du passé.

— Et quand dormez-vous ? demanda Karl en regardant l'étudiant d'un air étonné.

— Ah oui, dormir ! dit l'étudiant, je dormirai quand j'aurai fini mes études. Pour le moment, je bois du café noir. » Et se retournant, il sortit une grande bouteille de sous sa table, versa du café noir dans une petite tasse et l'ingurgita comme on avale en toute hâte des médicaments pour en sentir le moins possible le goût.

« Un sacré truc, le café noir, dit l'étudiant, dommage que vous soyez si loin, j'aurais pu vous en passer un peu.

— Je n'aime pas le café noir, dit Karl.

— Moi non plus, dit l'étudiant en riant. Mais que ferais-je si je n'en avais pas. Sans café noir, Montly ne me garderait pas un seul instant. Je dis toujours Montly, même si bien sûr il ignore jusqu'à mon existence. Je ne sais pas au juste comment je me comporterais au magasin si je n'y avais pas derrière le comptoir une grande bouteille comme celle-ci, toujours prête, car je ne me suis jamais risqué à arrêter de boire du café ; mais faites-moi confiance, je ne tarderais pas à m'écrouler derrière le comptoir et à dormir. Malheureusement, les gens s'en doutent et, là-bas, on m'appelle café noir, ce qui est une plaisanterie stupide et qui a sûrement déjà nui à mon avancement.

— Et quand aurez-vous fini vos études ? demanda Karl.

— Ça avance lentement », dit l'étudiant en baissant la tête. Il s'éloigna du garde-fou et se rassit à sa table ; puis, les coudes appuyés sur son livre ouvert, il dit en se passant les mains dans les cheveux : « Ça peut encore durer un ou deux ans.

— Moi aussi, je voulais faire des études, dit Karl, comme si cette circonstance lui donnait droit à plus de confiance que ne lui en avait déjà témoigné l'étudiant qui gardait maintenant le silence.

— Bah, dit l'étudiant, sans qu'on pût vraiment savoir s'il s'était déjà remis à lire ou s'il se contentait de regarder distraitement son livre ; estimez-vous heureux d'avoir cessé vos études. Moi-même, voilà des années que je n'étudie plus que par principe. J'en tire peu de satisfaction, et mes perspectives d'avenir sont encore moindres. Quelles perspectives envisager ! L'Amérique est pleine de faux docteurs.

— Je voulais devenir ingénieur, s'empressa de dire Karl à l'étudiant qui semblait ne plus lui accorder la moindre attention.

— Et maintenant que vous êtes censé devenir domestique chez ces gens, dit l'étudiant en levant rapidement les yeux, vous trouvez cela pénible, bien sûr. »

Cette conclusion de l'étudiant était à vrai dire un malentendu, mais qui peut-être allait servir à Karl auprès de lui. Il demanda donc : « Ne pourrais-je pas éventuellement trouver un emploi dans votre magasin ? »

Cette question arracha complètement l'étudiant de son livre ; l'idée ne lui venait pas qu'il pût aider Karl à trouver là un emploi. « Essayez, dit-il, ou plutôt n'essayez pas. Avoir obtenu cet emploi chez Montly est le plus grand succès de ma vie. Si j'avais à choisir entre mes études et cet emploi, je choisirais naturellement mon emploi. Mes efforts ne conduisent qu'à ne pas subir la nécessité d'un tel choix.

— C'est si difficile que ça d'obtenir un emploi là-bas, dit Karl à part soi.

— Ah ! qu'est-ce que vous croyez, dit l'étudiant, il est plus facile de devenir juge d'arrondissement ici que groom chez Montly. »

Karl se tut. Cet étudiant qui avait pourtant tellement plus d'expérience que lui, et qui, pour des raisons que Karl ignorait encore, détestait Delamarche et, en revanche, ne lui voulait sûrement aucun mal, ne trouvait pas un mot pour l'encourager à quitter Delamarche. En outre, il ignorait tout du danger qui menaçait Karl du côté de la police et dont seule sa présence chez Delamarche le protégeait en partie.

« Vous avez bien vu hier soir la manifestation en bas ? N'est-ce pas ? Si on ne connaissait pas la situation, on serait amené à penser que ce candidat, qui s'appelle Lobter, a quelques chances ou du moins que c'est quelqu'un qui compte, pas vrai ?

— Je ne comprends rien à la politique, dit Karl.

— C'est une erreur, dit l'étudiant. Mais mis à part cela, vous avez bien des yeux et des oreilles. Cet homme avait sans aucun doute des amis et des ennemis, cela ne peut vous avoir échappé. Et maintenant songez que cet homme n'a, à mon avis, pas la moindre chance d'être élu. Il se trouve que je sais tout sur lui : quelqu'un qui habite dans l'immeuble le connaît. Ce n'est pas un incapable et, vu ses opinions et son passé politiques, il serait même justement le juge qu'il faudrait dans cet arrondissement. Mais personne ne pense qu'il puisse être élu, et il va se ramasser, mais se ramasser en beauté ; pour la campagne électorale, il aura jeté par la fenêtre les quelques dollars qu'il avait, et ce sera tout. »

Karl et l'étudiant se regardèrent un instant en silence. L'étudiant hocha la tête en souriant et frotta de sa main ses yeux fatigués.

« Bon ! vous n'avez pas encore envie d'aller dormir ? ajouta-t-il, moi, il faut que je continue à travailler. Vous voyez ce qui me reste encore à étudier. » Et il feuilleta rapidement la moitié d'un livre pour donner à Karl une idée du travail qui l'attendait encore.

« Alors, bonne nuit, dit Karl en s'inclinant.

— Venez donc nous dire bonjour une fois, dit l'étudiant qui était déjà à nouveau assis à sa table, mais seulement si vous en avez envie, bien entendu. Il y a toujours beaucoup de monde ici. De neuf à dix heures du soir, j'aurai toujours un peu de temps pour vous.

— Vous me conseillez donc de rester chez Delamarche ? demanda Karl.

— Absolument », dit l'étudiant qui replongeait déjà la tête dans ses livres. On avait l'impression qu'il n'avait pas lui-même prononcé ce mot, qui sonnait encore aux oreilles de Karl comme proféré par une voix plus profonde que celle de l'étudiant. Lentement, il se dirigea vers le rideau, jeta encore un regard vers l'étudiant qui était maintenant immobile sous sa lumière, environné de ténèbres, et il se glissa dans la pièce. Les respirations réunies des trois dormeurs l'accueillirent. Il chercha le canapé le long du mur, et quand il l'eut trouvé, il s'étendit tranquillement dessus comme s'il en avait l'habitude. Puisque cet étudiant, qui connaissait parfaitement Delamarche et les conditions de vie du pays et, de plus, était un homme cultivé, lui avait conseillé de rester ici, il ne devait pas hésiter pour l'instant. Il avait moins d'ambitions que l'étudiant ; qui sait si, même dans son pays, il eût réussi à mener ses études jusqu'au bout, et si cela ne paraissait guère possible dans son pays, personne ne pouvait exiger qu'il le fît ici, à l'étranger. En revanche, l'espoir de trouver un emploi où il pût donner sa mesure et être reconnu pour ses mérites était sûrement plus grand s'il acceptait pour l'instant la place de domestique chez Delamarche et là, en sécurité, attendait l'occasion la plus favorable. Il semblait, en effet, qu'il y eût dans cette rue quantité de bureaux de moyenne et de faible importance qui, en cas de besoin, n'étaient peut-être pas trop regardants dans le choix de leur personnel. S'il le fallait, il ne détesterait pas faire l'employé de commerce, mais en réalité il n'était pas exclu qu'on pût un jour l'embaucher pour un vrai emploi de bureau et qu'un jour, devenu employé, il se retrouvât assis devant sa table à regarder sans aucun souci un petit moment par la fenêtre ouverte comme cet employé qu'il avait vu le matin en traversant les cours. En fermant les yeux, l'idée rassurante lui vint qu'après tout il était jeune et que Delamarche finirait bien un jour par lui donner congé ; ce ménage ne donnait vraiment pas l'impression d'être fait pour l'éternité. En revanche, si Karl avait un jour un tel emploi dans un bureau, il ne s'occuperait de rien d'autre que de son travail et ne disperserait pas ses forces comme l'étudiant. Si cela s'avérait nécessaire, il consacrerait aussi ses nuits au bureau, ce que pour commencer, vu sa modeste formation commerciale, on lui demanderait. Il ne penserait qu'à l'intérêt de l'entreprise qu'il aurait à servir, et accepterait toutes les besognes, même celles que les autres employés refuseraient comme indignes d'eux. Ces bonnes intentions se bousculaient dans sa tête, comme si son futur patron eût été debout au pied du canapé et les eût lues sur son visage.

Sur ces pensées, Karl s'endormit et ne fut plus dérangé qu'une fois, au début de son premier sommeil, par un puissant soupir de Brunelda qui, sans doute tourmentée par de mauvais rêves, se retournait sur sa couche.

*
* *

« Debout ! debout ! » s'écria Robinson[1] tandis que Karl ouvrait les yeux. Le rideau de la porte n'était pas encore tiré, mais on voyait à la lumière régulière du soleil qui passait par les interstices que la matinée était déjà fort avancée. Robinson courait dans tous les sens, le regard préoccupé, portant tantôt une serviette, tantôt un seau d'eau, tantôt du linge et des vêtements, et chaque fois qu'il passait devant Karl, il tentait par un signe de tête de l'encourager à se lever, tout en brandissant ce qu'il tenait à la main, pour lui montrer tout le mal que, pour la dernière fois, il se donnait à sa place puisque, naturellement, Karl ne pouvait, dès le premier matin, rien comprendre aux particularités de son service.

Mais Karl vit bientôt quel était en fait l'objet des soins de Robinson. Dans un espace séparé du reste de la pièce par deux armoires que Karl n'avait encore jamais vues, avait lieu une grande toilette. On voyait la tête de Brunelda, son cou dégagé — elle avait justement les cheveux rabattus sur le visage — et la naissance de sa nuque dépasser au-dessus des armoires, et,

---

1. D'après une étude minutieuse des feuilles du manuscrit, l'édition critique a établi que Max Brod avait eu tort de considérer cette partie comme un « premier fragment », alors qu'elle est simplement séparée par un trait horizontal.

d'un côté puis de l'autre, la main levée de Delamarche tenant une éponge de bain avec laquelle il lavait et frottait Brunelda, et qui éclaboussait partout. On entendait les ordres brefs que Delamarche donnait à Robinson, lequel était contraint de passer les objets non pas par l'accès normal de cet espace, pour l'instant condamné, mais par un petit interstice entre l'une des armoires et un paravent, et à chaque fois il devait en outre tendre le bras à l'extrême tout en détournant la tête. « La serviette ! La serviette ! » criait Delamarche. Et Robinson, sous le coup de l'émotion causée par cet ordre, n'avait pas encore levé la tête de sous la table, où il était en train de chercher quelque chose, qu'on entendait déjà : « Où est donc l'eau ? Putain ! », et au-dessus de l'armoire apparut le visage furieux de Delamarche. Tout ce dont, de l'avis de Karl, on n'avait d'habitude besoin qu'une fois pour se laver et s'habiller, était ici réclamé et apporté des dizaines de fois et ce dans tous les ordres possibles. Sur un petit poêle électrique, une bassine pleine d'eau chauffait en permanence, et sans arrêt Robinson transportait jusqu'à la salle de bain cette lourde charge entre ses jambes largement écartées. Vu la quantité de travail, on pouvait comprendre qu'il ne s'en tînt pas toujours avec exactitude aux ordres, et comme une nouvelle serviette lui était réclamée, il se contenta de prendre une chemise posée sur le vaste lit au milieu de la pièce, pour en faire une grosse boule qu'il lança par-dessus les armoires.

Mais Delamarche avait lui aussi un dur travail et s'il s'en prenait si vivement à Robinson — dans son irritation, il avait carrément oublié Karl — c'était peut-être parce que lui-même, il n'arrivait pas à satisfaire Brunelda. « Ah ! s'écria-t-elle, et même Karl qui se sentait bien peu concerné sursauta, comme tu me fais mal ! Fiche le camp ! Je préfère me laver moi-même que de souffrir à ce point ! Voilà maintenant que je ne peux même plus lever le bras. Je vais me trouver mal, tellement tu me l'as serré. Je dois avoir des bleus partout dans le dos. Naturellement, ce n'est pas toi qui vas me le dire. Attends, je vais les montrer à Robinson ou à notre petit. Non, je ne vais pas le faire, mais sois donc un peu doux. Fais attention, Delamarche, dire que chaque matin, tu persistes à ne pas faire attention. Robinson, cria-t-elle soudain en brandissant une petite culotte de dentelle au-dessus de sa tête, viens à mon secours, regarde comme je souffre, et lui, il appelle cette torture une toilette, ce Delamarche. Robinson, Robinson, où es-tu ? Toi non plus, tu n'as pas de cœur ? » Karl fit en silence un signe du doigt pour que Robinson y aille, mais Robinson secoua la tête en baissant les yeux d'un air supérieur. « Qu'est-ce qui te prend ? dit Robinson à l'oreille de Karl, il ne faut pas prendre au pied de la lettre ce qu'elle dit. Je n'y suis allé qu'une seule fois et n'y reviendrai plus jamais. Cette fois-là, ils m'ont empoigné tous les deux et plongé dans la baignoire, où j'ai failli me noyer. Et des jours durant, Brunelda m'a reproché de n'avoir aucune pudeur, en me répétant sans cesse : "Ça fait longtemps que tu n'es pas venu me voir dans mon bain", ou "Quand reviendras-tu me regarder dans mon bain ?" Il a fallu que je la supplie plusieurs fois à genoux pour qu'elle arrête. Je ne suis pas prêt de l'oublier. » Et pendant que Robinson racontait cela, Brunelda ne cessait de crier : « Robinson ! Robinson ! Mais où est-il donc passé ? »

Mais malgré ses cris, personne ne venait à son secours, et elle n'obtenait aucune réponse — Robinson s'était assis à côté de Karl, et ils regardaient tous les deux en silence les armoires, au-dessus desquelles apparaissaient de temps à autre les têtes de Brunelda ou de Delamarche —, pourtant Brunelda continuait à se plaindre haut et fort de Delamarche : « Mais, Delamarche, criait-elle, maintenant je ne sens plus du tout que tu me laves. Où as-tu l'éponge ? Allez, vas-y ! Si seulement je pouvais me baisser, si seulement je pouvais bouger ! Je te montrerais comment on lave quelqu'un. Où est l'époque où, là-bas dans le domaine de mes parents, encore jeune fille, je nageais chaque matin dans le Colorado, plus agile que toutes mes amies. Alors que maintenant ! Quand donc apprendras-tu à me laver, Delamarche, tu agites l'éponge dans tous les sens, tu te fatigues et je ne sens rien. Si je t'ai dit qu'il ne fallait pas frotter en m'écorchant la peau, je ne souhaitais pas non plus rester plantée là et prendre froid. D'ici à ce que je saute de la baignoire et que je me sauve comme je suis. »

Elle ne mit cependant pas sa menace à exécution — et à vrai dire, elle n'était absolument pas en état de le faire — ; craignant qu'elle pût prendre froid, Delamarche semblait l'avoir attrapée et replongée dans la baignoire, car on entendit un puissant clapotis.

« Ça, tu t'y entends, Delamarche, dit Brunelda un peu plus bas ; les câlins, ça y va, quand tu as fait une bêtise. » Il y eut alors un instant de silence. « À présent il l'embrasse, dit Robinson en levant les sourcils.

— Et maintenant quel est le prochain travail ? » demanda Karl. Comme il avait décidé de rester, il voulait assurer son service sans plus attendre. Il laissa Robinson, qui ne lui répondit pas, seul sur le canapé et se mit en devoir de défaire le lit, encore tout aplati par le poids des dormeurs durant la longue nuit, et de plier soigneusement chaque partie de cette masse, ce qui n'avait pas dû arriver depuis des semaines.

« Va voir, Delamarche, dit alors Brunelda, je crois qu'ils mettent notre lit en l'air. Il faut penser à tout, on n'est jamais tranquille. Il faut que tu sois plus sévère avec ces deux-là, sinon ils n'en feront qu'à leur tête. — C'est certainement le petit, avec son maudit désir de bien faire », cria Delamarche en s'apprêtant probablement à quitter d'un bond le lieu du bain ; déjà Karl lâchait tout ce qu'il avait entre les mains quand, par bonheur, Brunelda dit : « Ne t'en va pas, Delamarche, ne t'en va pas. Ah ! comme cette eau est brûlante, c'est tellement fatigant. Reste près de moi, Delamarche. » Karl s'aperçut alors de la vapeur qui ne cessait de s'élever de derrière les deux armoires.

D'un air épouvanté, Robinson porta la main à sa joue comme si Karl avait fait quelque chose de grave. « Il faut laisser les choses dans l'état où elles étaient, cria la voix de Delamarche, vous ne savez donc pas qu'après son bain Brunelda se repose toujours une heure ? Quelle organisation déplorable ! Attendez donc un peu que j'arrive. Robinson, tu es sans doute à nouveau en train de rêver. C'est toi, et toi seul, que je rends responsable de tout ce qui peut arriver. Tu dois contenir le petit, ici on n'en fait pas qu'à sa tête. Quand on veut quelque chose, vous n'êtes pas là, et quand il n'y a rien à faire, vous vous mettez à faire du zèle. Retournez dans votre trou et attendez qu'on ait besoin de vous. »

Mais l'instant d'après, tout était oublié, car Brunelda susurrait avec une grande lassitude, comme submergée par l'eau brûlante : « Le parfum ! Apportez-moi le parfum ! — Le parfum ! cria Delamarche. Bougez-vous. » Oui, mais où était le parfum ? Karl regarda Robinson, Robinson regarda Karl. Karl comprit qu'il lui faudrait ici prendre seul tout en main, Robinson n'avait aucune idée de l'endroit où était le parfum, il se contenta de s'allonger par terre et avec les bras sans cesse d'explorer sous le canapé, mais il ne dénichait rien d'autre que des moutons de poussière et des cheveux de femme. Karl commença par se précipiter sur la table de toilette qui se trouvait tout près de la porte, mais il n'y avait dans les tiroirs que de vieux romans anglais, des revues et des partitions, et ils étaient tellement remplis qu'une fois ouverts, on ne pouvait plus les refermer. « Le parfum, soupirait pendant ce temps Brunelda. Comme c'est long ! Je me demande si on va me donner mon parfum aujourd'hui ! » Devant l'impatience de Brunelda, Karl ne pouvait évidemment pas chercher soigneusement : il était obligé de s'en remettre à ses premières intuitions. Le flacon n'était pas dans l'armoire de toilette, sur laquelle il n'y avait d'ailleurs que de vieux flacons de médicaments et de pommade ; de toute façon, tout le reste avait déjà été emporté sur le lieu du bain. Le flacon était peut-être dans le tiroir de la table des repas. Mais en se dirigeant vers la table — Karl ne pensait qu'au parfum, à rien d'autre — il se cogna violemment contre Robinson qui avait fini par abandonner ses recherches sous le canapé et, obéissant à une certaine intuition de l'endroit où se trouvait le parfum, marchait tel un aveugle droit sur Karl. On entendit avec netteté le choc de leurs crânes ; Karl ne dit mot, en revanche Robinson, sans toutefois s'arrêter, se mit à hurler comme un perdu.

« Au lieu de chercher mon parfum, les voilà qui se battent, dit Brunelda. Cette pagaille me rend malade, Delamarche, et je vais fort sûrement finir par mourir dans tes bras. Il me faut ce parfum, cria-t-elle après avoir rassemblé ses forces, il me le faut absolument. Je ne sortirai pas de la baignoire avant qu'on ne me l'ait apporté, dussé-je rester ici jusqu'au soir. » Et elle tapa du poing dans l'eau qu'on entendit gicler.

Or le parfum n'était pas non plus dans le tiroir de la table des repas : il contenait sans doute exclusivement des objets de toilette de Brunelda, tels de vieux poudriers, des petits pots de maquillage, des brosses à cheveux, des mèches postiches et quantité de babioles enchevêtrées et collées ensemble, mais le parfum n'y était pas. Quant à Robinson qui, sans cesser de crier, dans un coin où étaient entassées une centaine de boîtes et de petits cartons, les ouvrait tous les uns après les autres, fouillait dedans faisant que, chaque fois, la moitié du contenu, en général des outils à couture et du courrier, tombait par terre et y restait, Robinson non plus ne trouvait rien, comme il le signifiait de temps à autre à Karl en secouant la tête et en haussant les épaules.

Soudain Delamarche, en caleçon, quitta précipitamment les lieux du bain, tandis qu'on entendait les pleurs convulsifs de Brunelda. Karl et Robinson suspendirent leurs recherches et regardèrent Delamarche qui, trempé de la tête aux pieds, le visage et les cheveux tout dégoulinants, s'écria : « Maintenant, faites-moi le plaisir de chercher. Ici ! » ordonna-t-il d'abord à Karl, puis « Là-bas ! » à Robinson. Karl cherchait réellement, allant même jusqu'à vérifier les endroits où Robinson avait déjà été envoyé, mais il ne trouva pas plus de parfum que Robinson qui, avec plus de zèle qu'il n'en mettait à chercher, surveillait du coin de l'œil Delamarche, lequel dans la mesure où l'espace le permettait, allait et venait dans la pièce en martelant le sol et eût certainement préféré rouer de coups aussi bien Karl que Robinson.

« Delamarche, cria Brunelda, viens donc au moins m'essuyer. D'évidence, ces deux-là ne trouveront pas mon parfum et ne font que mettre du désordre partout. Il faut qu'ils arrêtent immédiatement leurs recherches. Tout de suite ! Et qu'ils posent tout ce qu'ils ont dans les mains ! Et ne touchent plus à rien ! Ils seraient capables de faire de ce logement une écurie. Prends-les par le col, Delamarche, s'ils n'arrêtent pas ! Mais ils continuent à travailler, un carton vient de tomber. Qu'ils ne le ramassent pas, qu'ils laissent tout et sortent de la pièce ! Ferme la porte, tire le verrou derrière eux et viens me voir. Il y a déjà trop longtemps que je suis dans l'eau, j'ai les jambes toutes froides.

— J'arrive, Brunelda, j'arrive », cria Delamarche en poussant Karl et Robinson précipitamment vers la porte. Mais avant de les mettre dehors, il les chargea d'aller chercher le petit déjeuner et, si possible, d'emprunter à quelqu'un un bon parfum pour Brunelda.

« Il y a un de ces désordres et une crasse chez vous, dit Karl une fois dans le couloir, dès que nous serons revenus avec le petit déjeuner, il faudra commencer à ranger.

— Si seulement je n'étais pas aussi souffrant, dit Robinson. Et cette façon de vous traiter ! » Robinson était sûrement vexé que Brunelda n'eût pas fait la moindre différence entre lui, qui était à son service depuis plusieurs mois déjà, et Karl qui n'était arrivé que la veille. Mais il ne méritait pas mieux et Karl dit : « Il faut que tu te ressaisisses un peu. » Mais pour ne pas le laisser sombrer dans son désespoir, il ajouta : « Ce sera le travail d'une seule fois. Je t'installerai un lit derrière les armoires, et quand tout sera un peu mieux rangé, tu pourras y rester couché toute la journée et ne t'occuper de rien, et très vite tu seras rétabli.

— Maintenant tu comprends donc toi-même où j'en suis, dit Robinson en détournant son regard de Karl pour être seul avec sa souffrance. Mais me laisseront-ils jamais rester couché tranquillement ?

— Si tu veux, j'en parlerai moi-même à Delamarche et à Brunelda.

— Brunelda a-t-elle des égards envers qui que ce soit ? »

s'écria Robinson qui, sans avoir prévenu Karl, ouvrit d'un coup de poing une porte devant laquelle ils venaient d'arriver.

Ils entrèrent dans une cuisine où de petits nuages bien noirs montaient d'un fourneau qui semblait nécessiter des réparations. L'une des femmes que Karl avait vues la veille dans le couloir était agenouillée devant la porte du fourneau et, à mains nues, posait de gros morceaux de charbon dans le feu qu'elle examinait dans toutes les directions. Ce faisant, elle gémissait à cause de sa position à genoux, malaisée pour une vieille femme.

« Évidemment, il ne manquait plus que cette calamité », dit-elle en apercevant Robinson. Elle se releva avec peine, la main sur la caisse à charbon, et referma la porte du fourneau, dont elle avait enveloppée la poignée avec son tablier. « C'est maintenant, à quatre heures de l'après-midi — Karl regarda avec étonnement la pendule de la cuisine — qu'il vous faut votre petit déjeuner ? Tas de voyous ! »

« Asseyez-vous, dit-elle ensuite, et attendez que j'aie le temps de m'occuper de vous. »

Robinson fit asseoir Karl sur un petit banc près de la porte et lui chuchota : « Nous sommes obligés de lui obéir. C'est qu'en effet nous dépendons d'elle. C'est elle qui nous a loué notre chambre et elle peut bien sûr nous mettre à la porte à tout moment. Mais nous ne pouvons pas changer de logement, comment déménager une nouvelle fois toutes ces affaires. Et surtout Brunelda n'est pas transportable.

— Et ici, dans ce couloir, on ne pourrait pas trouver une autre chambre ? demanda Karl.

— Personne ne voudra de nous, répondit Robinson, dans tout l'immeuble, personne ne voudra de nous. »

Ils restèrent donc assis en silence sur le petit banc et attendirent. La femme ne cessait de courir entre deux tables, un baquet à lessive et le fourneau. En entendant ses exclamations, on comprenait que sa fille n'était pas bien et qu'elle était donc obligée d'assurer tout le travail, à savoir servir et nourrir toute seule une trentaine de locataires. En outre, le fourneau était

défectueux, la cuisson n'avançait pas : une soupe épaisse chauffait dans deux immenses marmites et la femme avait beau y
plonger souvent la louche et en laisser retomber de haut le
contenu, la soupe n'arrivait pas à cuire, à cause sans doute du
mauvais feu ; presque assise par terre devant la porte du fourneau, la femme entreprit donc de tisonner les braises. La fumée
qui emplissait la cuisine lui arrachait des quintes de toux qui
devenaient parfois si fortes qu'elle prenait une chaise et, plusieurs minutes durant, ne faisait plus que tousser. À plusieurs
reprises, elle fit observer que pour aujourd'hui elle ne servirait
plus le petit déjeuner, parce qu'elle n'en avait ni le temps ni
l'envie. Comme ils avaient reçu d'un côté l'ordre d'aller chercher le petit déjeuner et que, de l'autre, ils n'avaient aucune
possibilité de l'obtenir par la force, Karl et Robinson ne répondaient pas à ces remarques et restaient assis bien tranquillement, comme si de rien n'était.

Un peu partout sur des chaises et des petits bancs, sur les
tables et dessous, et même par terre, entassée dans un coin, il
y avait encore la vaisselle sale du petit déjeuner des locataires.
On apercevait des pots contenant sans doute des restes de café
ou de lait ; dans certaines soucoupes, il y avait encore des miet-
tes de beurre ; d'une grande boîte de fer blanc tombée par terre
des gâteaux secs avaient roulé assez loin. Il était très possible,
dans ces conditions, de rassembler tout cela pour en faire un
petit déjeuner, auquel Brunelda, sans en connaître l'origine, ne
trouverait pas à redire. Karl en était là de ses réflexions et en
regardant la pendule se disait qu'il y avait déjà une demi-heure
qu'ils attendaient, et que peut-être Brunelda furieuse excitait
Delamarche contre leurs domestiques, quand la femme — tout
en fixant Karl des yeux — s'écria entre deux quintes de toux :
« Vous pouvez continuer à attendre, vous n'aurez pas de petit
déjeuner. En revanche vous aurez le dîner dans deux heures.

— Viens, Robinson, dit Karl, nous allons préparer notre petit
déjeuner nous-mêmes. — Comment ? dit la femme, la tête penchée. — Soyez donc raisonnable, je vous prie, dit Karl, pourquoi ne voulez-vous pas nous donner de petit déjeuner ? Ça

fait déjà une demi-heure que nous attendons, c'est largement suffisant. Nous payons bien pour tout cela, n'est-ce pas, et nous payons même certainement plus que tous les autres. Que nous prenions le petit déjeuner si tard vous gêne sûrement, mais nous sommes vos locataires, nous avons l'habitude de prendre notre petit déjeuner un peu tard, et vous êtes tout de même un peu tenue de vous en arranger. Aujourd'hui que mademoiselle votre fille est malade, votre tâche est naturellement très difficile ; mais sachant cela, nous sommes prêts à composer notre petit déjeuner avec ces restes, si ce n'est pas possible autrement et que vous n'avez rien de frais. »

Mais la femme n'entendait se laisser entraîner par personne dans une aimable explication, d'autant que pour ces locataires-là même les restes du petit déjeuner des autres lui paraissaient encore trop bons ; d'autre part, elle en avait quand même assez de l'insistance des deux domestiques : elle s'empara donc d'un plateau qu'elle flanqua contre le ventre de Robinson, lequel, en pleurnichant, mit un moment à comprendre qu'il devait tenir ce plateau pour y recevoir la nourriture que la femme s'apprêtait à choisir. Elle y posa alors à toute vitesse quantité de choses, mais l'ensemble avait plutôt l'air d'un tas de vaisselle sale que d'un petit déjeuner prêt à être servi. Tandis que la femme les poussait dehors et que, le dos rond comme s'ils redoutaient des injures ou des coups, ils filaient vers la porte, Karl prit encore des mains de Robinson le plateau qui ne lui semblait pas suffisamment en sécurité.

Dans le couloir, une fois qu'ils furent assez loin de la porte de la logeuse, Karl s'assit, posa le plateau par terre, d'abord pour le nettoyer, puis pour rassembler les choses qui devaient l'être, c'est-à-dire verser le lait dans un seul pot, gratter les restes de beurre pour les mettre sur une même assiette, puis effacer les traces d'un premier usage, et donc nettoyer les couteaux et les cuillères, recouper bien droit les petits pains entamés, et donner ainsi un meilleur aspect à l'ensemble. Robinson considérait que ce travail était inutile et affirma que le petit déjeuner avait été souvent bien plus mal présenté, mais Karl resta ferme et s'estima heureux que Robinson ne voulût pas, avec ses doigts sales, participer à son travail. Pour qu'il se tînt tranquille, Karl lui avait adjugé d'emblée, mais une fois pour toutes, comme il le lui avait expliqué, quelques gâteaux secs et le fond d'un petit pot précédemment rempli de chocolat.

Quand ils furent arrivés devant leur appartement et que Robinson mit sans plus de façon la main sur le loquet, Karl le retint, car il n'était pas sûr qu'ils eussent la permission d'entrer. « Mais si, dit Robinson, il est simplement en train de la coiffer. » Effectivement, dans la pièce que personne n'avait encore aérée, et dont on n'avait pas ouvert les rideaux, Brunelda était assise, les jambes largement écartées, et Delamarche, debout derrière elle, penchant très bas la tête, peignait ses cheveux courts et sûrement très emmêlés. Brunelda portait à nouveau une robe très ample, mais cette fois rose pâle, et peut-être un peu plus courte que celle de la veille, en tout cas on voyait au moins ses bas blancs grossièrement tricotés presque jusqu'aux genoux. Impatiente d'en finir avec cette longue séance de coiffure, Brunelda promenait sa grosse langue rouge sur ses lèvres et parfois même, criant « Voyons, Delamarche ! », s'arrachait toute aux mains de Delamarche qui, le peigne levé, attendait tranquillement qu'elle remît la tête en arrière.

« Ça a duré longtemps », dit Brunelda s'adressant d'abord à tout le monde, puis à Karl en particulier : « Il faudra que tu sois un peu plus vif si tu veux qu'on soit content de toi. Tu ne dois pas prendre exemple sur ce paresseux et ce glouton de Robinson. Vous avez certainement déjà déjeuné quelque part entre-temps : je vous préviens que la prochaine fois je ne le tolérerai pas. [1] »

C'était très injuste, et Robinson lui aussi secoua la tête et remua les lèvres, sans toutefois proférer aucun son ; Karl en revanche comprenait qu'on ne pouvait avoir prise sur les

---

**1.** C'est ici que Kafka s'interrompt quand il déclare à Felice, le 26 janvier 1913 : « Mon roman m'a totalement vaincu avant-hier. Il m'échappe, je n'arrive plus à le cerner. » Il écrira la fin de ce chapitre durant la phase créatrice de l'été 1914, ainsi que le *Fragment 1*, cf. plus loin, p. 699.

patrons qu'en leur présentant un travail incontestable. Il alla donc chercher dans un coin une petite table basse japonaise, la couvrit d'une nappe et y présenta ce qu'ils rapportaient. Pour qui connaissait l'origine du petit déjeuner, l'ensemble pouvait paraître satisfaisant, pourtant Karl ne pouvait s'empêchait de penser qu'il y avait fort à redire.

Par bonheur, Brunelda avait faim. Elle hochait la tête avec bienveillance en regardant Karl faire ces préparatifs, et le gêna même à plusieurs reprises en avançant sa main molle et grasse, qui écrasait tout sur son passage, pour attraper prématurément quelque morceau. « Il a bien travaillé », dit-elle avec un fort bruit de bouche, et elle tira Delamarche, qui laissa le peigne planté dans ses cheveux en vue du travail ultérieur, pour qu'il s'assoie à côté d'elle sur une chaise. Delamarche aussi se radoucit en voyant le repas ; ils avaient tous deux très faim ; leurs mains se croisaient dans tous les sens au-dessus de la petite table. Karl comprit que, pour donner satisfaction, il lui fallait toujours apporter le plus de choses possibles et, se souvenant qu'il avait laissé par terre dans la cuisine quantité de victuailles encore consommables, il dit : « Comme c'était la première fois, je ne savais pas comment disposer tout cela, la prochaine fois je ferai mieux. » Mais pendant qu'il disait cela, il se souvint à qui il parlait : il s'était laissé trop facilement prendre par son affaire. Brunelda hocha la tête vers Delamarche d'un air satisfait et, pour récompenser Karl, lui tendit une poignée de gâteaux secs.

# FRAGMENTS

FRAGMENTS

# 1

## LE DÉPART DE BRUNELDA[1]

Un matin, poussant le fauteuil d'invalide dans lequel se tenait Brunelda, Karl franchit la porte de l'immeuble. Il n'était plus aussi tôt qu'il l'avait espéré. Ils s'étaient mis d'accord pour quitter les lieux avant la fin de la nuit pour ne pas attirer l'attention dans les rues, ce qui eût été inévitable en plein jour, malgré le grand châle gris dont Brunelda voulait modestement se recouvrir. Mais le transport dans l'escalier avait duré trop longtemps, en dépit de l'aide fort complaisante de l'étudiant qui était beaucoup plus faible que Karl, comme on s'en aperçut dans la circonstance. Brunelda se comporta très courageusement, soupira à peine et chercha par tous les moyens à faciliter le travail des porteurs. Mais on ne put faire autrement que la déposer toutes les cinq marches pour s'accorder et lui accorder le repos le plus nécessaire. C'était un matin froid : un vent glacé soufflait dans les couloirs comme dans une cave, pourtant Karl et l'étudiant étaient tout en sueur, et à chaque arrêt, ils étaient obligés, pour se sécher le visage, d'attraper chacun un coin du châle de Brunelda, qu'elle leur tendait d'ailleurs de bonne grâce. Dans ces conditions, ils n'arrivèrent que deux heures plus tard au rez-de-chaussée, où la petite voiture les attendait depuis la

1. Ce titre (« Ausreise Bruneldas ») a été inscrit par Kafka sur la feuille enserrant les quatre feuillets de cette partie du manuscrit, qui s'interrompt au milieu d'une phrase (p. 704).

veille. La hisser dedans leur demanda encore un certain travail, mais ensuite on put considérer que l'affaire était réussie, car il ne devait pas être difficile de pousser la voiture, grâce à ses grandes roues ; on pouvait seulement craindre que la voiture se disloquât sous le poids de Brunelda. De toute façon il fallait en courir le risque : on ne pouvait pas emmener la voiture de rechange que, à moitié par plaisanterie, l'étudiant avait proposé de trouver et de pousser lui-même. On fit alors des adieux à l'étudiant, qui furent même fort cordiaux. Tous les désaccords entre Brunelda et lui parurent oubliés ; il s'excusa même de s'être laissé aller à l'offenser autrefois pendant sa maladie, mais Brunelda dit que tout cela était oublié depuis longtemps et plus que réparé. Pour finir, elle demanda à l'étudiant d'avoir l'extrême amabilité d'accepter en souvenir d'elle un dollar qu'elle eut le plus grand mal à extraire de sous ses nombreux jupons. Ce cadeau, vu l'avarice bien connue de Brunelda, était d'une très grande importance et fit d'ailleurs très grand plaisir à l'étudiant qui, tout à sa joie, lança la pièce en l'air. Mais il lui fallut ensuite la chercher par terre, Karl dut l'aider et finit par la retrouver sous la voiture de Brunelda. Les adieux qu'échangèrent l'étudiant et Karl furent naturellement beaucoup plus simples : ils se contentèrent de se serrer la main et se déclarèrent convaincus qu'ils se reverraient un jour ou l'autre, et que cette fois l'un d'eux au moins — ce serait Karl selon l'étudiant, ce serait l'étudiant selon Karl — aurait acquis quelque renommée, ce qui malheureusement jusqu'à ce jour n'avait pas été le cas. Là-dessus, Karl saisit avec allant le timon de la voiture et, la poussant, franchit le portail. L'étudiant qui agitait son mouchoir les suivit des yeux jusqu'à ce qu'ils eussent disparu. À plusieurs reprises, Karl lui rendit son salut par des signes de tête, Brunelda elle aussi aurait aimé se retourner, mais ces mouvements étaient trop fatigants pour elle. Pour lui permettre quand même un dernier adieu, Karl fit faire demi-tour à la voiture au bout de la rue, si bien que Brunelda put à son tour apercevoir l'étudiant qui profita de la circonstance pour agiter son mouchoir avec beaucoup d'ardeur.

Karl dit alors que maintenant ils ne pouvaient plus s'accorder le moindre arrêt, que la route était longue et qu'ils étaient partis beaucoup plus tard que prévu. En effet, on apercevait déjà de temps à autre des voitures et, bien que rares encore, des gens qui se rendaient à leur travail. Par cette remarque, Karl n'avait pas voulu dire autre chose que ce qu'il avait dit, mais Brunelda, sensible comme elle l'était, l'interpréta autrement et se recouvrit toute de son châle gris. Karl n'y fit aucune objection ; la voiture à bras ainsi recouverte d'un châle gris était évidemment fort spectaculaire, mais infiniment moins que si l'on avait vu Brunelda à découvert. Il avançait très prudemment ; avant de tourner au coin d'une rue, il observait la prochaine ; quand la chose lui paraissait nécessaire, il lui arrivait même d'arrêter la voiture et de faire quelques pas tout seul en éclaireur ; s'il prévoyait une rencontre peut-être indésirable, il attendait pour l'éviter ou choisissait même une tout autre rue. Même alors il ne risquait nullement de faire un détour important, car il avait étudié à l'avance tous les chemins possibles. Il n'en rencontra pas moins des obstacles auxquels il aurait pu s'attendre, mais dont les détails étaient imprévisibles. C'est ainsi que, dans une rue légèrement montante que l'on voyait toute et qui, par bonheur, semblait complètement vide, avantage que Karl tenta d'exploiter en forçant l'allure, un agent de police surgit de la sombre encoignure d'un portail et demanda à Karl ce qu'il pouvait bien transporter dans sa voiture si soigneusement couverte. Mais malgré les regards sévères qu'il avait jetés à Karl, il ne put s'empêcher de sourire lorsqu'il souleva la couverture et aperçut la face congestionnée et craintive de Brunelda. « Quoi ? dit-il. Je croyais que tu transportais dix sacs de pommes de terre, et voilà que c'est une femme et une seule ? Où allez-vous donc, tous les deux ? Qui êtes-vous ? » Brunelda n'osait pas regarder l'agent de police et ne quittait pas Karl des yeux, doutant nettement que même celui-ci pût la sauver. Or Karl avait déjà suffisamment l'expérience des policiers : l'affaire ne lui semblait pas bien dangereuse. « Montrez donc, mademoiselle, dit-il, le document qu'on vous a donné. — Ah ! oui, dit Brunelda en se

mettant à chercher d'un air si désespéré qu'elle n'en paraissait
en réalité que plus suspecte. — La demoiselle, dit l'agent de
police avec une ironie non dissimulée, ne va pas retrouver son
document. — Oh si, dit Karl, très calme, elle l'a sûrement, mais
elle l'a égaré. » Il se mit alors à chercher lui aussi et, en effet,
l'extirpa de derrière le dos de Brunelda. L'agent de police se
contenta d'y jeter un rapide coup d'œil. « C'est donc ça, dit
l'agent en souriant. Mademoiselle est donc une demoiselle
comme ça ? Et c'est vous, mon petit, qui servez d'intermédiaire
et assurez le transport ? Vous ne pouvez vraiment pas trouver
de meilleure occupation ? » Karl se contenta de hausser les
épaules, c'était une fois de plus une de ces ingérences bien
connues de la police. « Allez, bon voyage », dit l'agent voyant
qu'il n'aurait pas de réponse. Il y avait probablement du mépris
dans ses paroles, si bien que Karl reprit la route sans le saluer,
le mépris de la police valait mieux que son attention.

Quelques instants plus tard, il fit une nouvelle rencontre,
plus désagréable encore, s'il se peut. En effet, un homme s'approcha, qui poussait devant lui une carriole chargée de bidons
de lait et qui aurait bien voulu savoir ce qu'il y avait dans la
voiture de Karl sous le châle gris. Rien ne laissait supposer qu'il
dût prendre le même chemin que Karl, mais il restait à ses
côtés, malgré les changements de direction étonnants que Karl
opérait. Il se contenta d'abord de quelques exclamations
comme : « Tu dois avoir un lourd chargement » ou « Tu as mal
fait ton chargement, il y a quelque chose en haut qui va tomber. » Puis il demanda sans façon : « Qu'est-ce que tu as donc,
sous ce châle ? » Karl dit : « En quoi ça te regarde ? » Mais
comme cette réponse avait rendu l'homme plus curieux, Karl
finit par dire : « Ce sont des pommes. — Tout ça de pommes !,
s'étonna l'homme en ne cessant de répéter cette phrase. Mais
c'est toute une récolte, conclut-il. — Eh oui », dit Karl. Mais,
soit qu'il ne le crût pas, soit qu'il voulût le faire enrager,
l'homme continua à le suivre, et — tout en marchant — avança
la main vers le châle comme pour plaisanter et pour finir osa
même tirer dessus. Ce que Brunelda devait endurer ! Par égard

pour elle, Karl ne voulait pas s'engager dans une dispute avec cet homme et entra sous le premier porche venu, comme si ce lieu avait été sa destination. « Me voici arrivé, dit-il, merci de m'avoir accompagné. » Étonné, l'homme s'arrêta devant le porche et suivit Karl des yeux, qui s'apprêtait tranquillement, si c'était nécessaire, à traverser toute la première cour. L'homme ne pouvait plus avoir de doute, mais pour satisfaire une dernière fois sa méchanceté, il arrêta sa voiture, suivit Karl sur la pointe des pieds et tira si fort sur le châle qu'il faillit découvrir le visage de Brunelda. « C'est pour que tes pommes prennent l'air », dit-il en retournant à sa voiture. Encore une fois Karl ne protesta pas, vu que cela le débarrassait définitivement de cet homme. Puis il conduisit sa voiture dans un coin de la cour où se trouvaient quelques grandes caisses vides, à l'abri desquelles, sous le châle, il comptait dire à Brunelda quelques paroles rassurantes. Mais il mit du temps à la convaincre, car elle était tout en larmes et le suppliait très sérieusement de rester derrière les caisses toute la journée et de ne repartir qu'à la nuit tombée. Peut-être n'aurait-il pas réussi à lui seul à la persuader qu'elle se trompait si, quelqu'un ayant jeté par terre une des caisses vides à l'autre bout de l'amoncellement, le bruit n'avait pas résonné si fort dans cette cour déserte que Brunelda prit peur et que, sans plus oser dire un mot, elle rabattit le châle sur sa tête et fut probablement ravie que Karl décidât aussitôt de repartir.

Les rues certes étaient maintenant de plus en plus animées, mais la voiture attirait moins l'attention que Karl ne l'avait craint. Il eût peut-être été plus judicieux de choisir un autre moment pour le transport. S'il fallait refaire un tel déplacement, Karl oserait l'accomplir à l'heure du déjeuner. Sans autres ennuis, il finit par tourner dans l'étroite et sombre ruelle où se trouvait l'Entreprise n° 25. Le gérant, qui louchait, attendait devant la porte, la montre à la main. « Es-tu toujours aussi peu à l'heure ? demanda-t-il. — Il y a eu plusieurs difficultés, dit Karl. — Il y en a toujours, c'est bien connu, dit le gérant. Mais ici dans cette maison, on ne les considère pas comme des excuses. Sache-le ! » Karl ne faisait pratiquement plus attention à ce genre de propos : chacun profitait de son pouvoir pour insulter son subalterne. Une fois qu'on en avait pris l'habitude, on ne les entendait pas plus que le tic-tac régulier d'une pendule. En revanche, ce qui l'effraya, quand il poussa la voiture dans le couloir, ce fut la saleté qui régnait là et à laquelle, au demeurant, il s'était attendu. Si on y regardait de plus près, c'était une saleté incompréhensible. Les pavés du couloir étaient presque bien balayés, la peinture des murs était assez récente, les palmiers artificiels juste un peu poussiéreux, et pourtant tout était gras et répugnant ; c'était comme si on avait fait un mauvais usage des objets et qu'aucune mesure de propreté ne fût plus en état de corriger les choses. Quand il arrivait quelque part, Karl aimait réfléchir à ce qui pouvait y être amélioré et à la joie que cela devait procurer de s'y mettre à l'instant, sans tenir compte du travail peut-être infini que cela susciterait. Mais ici, il ne voyait pas ce qu'on aurait pu faire. Lentement, il retira le châle qui recouvrait Brunelda. « Soyez la bienvenue, mademoiselle », dit le gérant en faisant des manières ; il n'y avait aucun doute que Brunelda lui faisait bonne impression. Dès qu'elle s'en aperçut, Brunelda sut en tirer parti, à la grande satisfaction de Karl. Toute l'anxiété des heures précédentes disparut. Elle

## 2 [1]

Karl aperçut à un coin de rue une affiche avec l'inscription suivante : « Sur le champ de courses de Clayton, aujourd'hui de six heures du matin à minuit, on embauche du personnel pour le théâtre d'Oklahama [2] ! Le grand théâtre d'Oklahama vous appelle ! Il appelle aujourd'hui pour la seule et unique fois ! Qui laisse passer aujourd'hui l'occasion la laisse passer pour toujours ! Qui pense à son avenir est des nôtres ! Chacun est le bienvenu ! Que celui qui veut devenir artiste se présente ! Nous sommes le théâtre qui peut employer tout le monde, chacun à sa place ! Celui qui s'est décidé à nous rejoindre, nous le félicitons sur-le-champ ! Mais dépêchez-vous pour être admis avant minuit ! À minuit, tout sera fermé et ne rouvrira plus jamais ! Maudit soit qui ne nous croit pas ! En avant pour Clayton ! »

Il y avait certes beaucoup de gens devant l'affiche, mais elle ne semblait pas rencontrer une grande approbation. Il y avait tellement d'affiches que personne ne les prenait plus au

---

**1.** Max Brod avait intitulé cette partie du manuscrit *Das Oklahoma-Naturtheater* (« Le Théâtre en plein air d'Oklahoma »). Dans le manuscrit, ce fragment apparaît inachevé par les deux bouts. Il fut rédigé en octobre 1914, durant les deux semaines de congé où Kafka écrira aussi *Dans la colonie pénitentiaire*.      **2.** Cette orthographe fantaisiste d'Oklahoma se trouve partout dans le manuscrit de Kafka. Or elle figurait aussi dans l'ouvrage d'Arthur Holitscher, journaliste munichois qui publia en 1911 et 1912 dans la revue berlinoise *Die Neue Rundschau* des articles que Kafka lut très probablement, puisqu'il en possédait l'édition en livre, parue en 1913 et intitulée *L'Amérique d'hier et d'aujourd'hui. Souvenirs de voyage.* Kafka est d'ailleurs friand des témoignages les plus divers, voir par exemple dans le *Journal de 1912*, la notation du 2 juin (p. 344).

sérieux. Et cette affiche était encore plus invraisemblable que les affiches ne le sont d'habitude. Elle avait surtout un grand défaut, il n'y avait pas un mot sur le salaire. S'il avait tant soit peu mérité d'être mentionné, l'affiche en aurait certainement parlé ; elle n'aurait pas oublié la chose la plus alléchante. Personne ne voulait devenir artiste, mais en revanche tout le monde voulait être payé pour son travail.

Il y avait pourtant sur cette affiche de quoi allécher vivement Karl. Il y était dit : « Chacun est le bienvenu ». Chacun, donc Karl aussi. Tout ce qu'il avait fait jusqu'alors était oublié, personne ne lui en ferait reproche. Il avait le droit de se présenter à un travail qui n'était pas honteux et pouvait même faire l'objet d'un appel public ! Et c'était tout aussi publiquement que la promesse lui était faite de l'engager, lui aussi. Il ne demandait rien de mieux ; il voulait enfin faire ses débuts dans une carrière honorable, et voilà que peut-être l'occasion s'en présentait. Toutes les grandes promesses qui étaient sur l'affiche étaient peut-être un mensonge, le grand théâtre d'Oklahama n'était peut-être qu'un petit cirque ambulant, mais il lui suffisait qu'il voulût engager des gens. Karl se dispensa de relire l'affiche une seconde fois, mais chercha des yeux encore une fois la phrase : « Chacun est le bienvenu. »

Il pensa d'abord rallier Clayton à pied, mais ç'aurait été une dure marche de trois heures, et il serait peut-être arrivé juste à temps pour apprendre que tous les emplois disponibles étaient déjà occupés. D'après l'affiche, le nombre des bénéficiaires était certes illimité, mais c'était toujours ainsi que ce genre d'offres d'emploi était rédigé. Karl voyait bien qu'il lui faudrait ou renoncer à cet emploi ou s'y rendre en métro. Il compta rapidement son argent qui, sans ce trajet, lui aurait suffi pour huit jours, et tourna et retourna les pièces dans le creux de sa main. Un monsieur qui l'avait observé, lui tapa sur l'épaule et dit : « Bonne chance pour ce voyage à Clayton. » Karl hocha la tête sans répondre et poursuivit ses calculs. Mais bientôt décidé, il préleva l'argent nécessaire au trajet et courut jusqu'au métro.

À peine descendu à Clayton, il entendit le bruit de nombreuses trompettes. C'était un tumulte confus : les trompettes n'étaient pas accordées entre elles, on soufflait sans tenir compte des autres. Karl n'en fut pourtant pas gêné : c'était plutôt la preuve que le théâtre d'Oklahama était une grande entreprise. Mais quand il sortit de la station du métro et embrassa d'un coup d'œil l'ensemble, il s'aperçut que tout cela était encore plus grand qu'il eût pu se l'imaginer d'une manière ou d'une autre et il ne comprit pas comment une entreprise pouvait engager des frais pareils dans le seul but de recruter du personnel. Devant l'entrée de l'hippodrome, on avait aménagé une longue estrade de faible hauteur, sur laquelle des centaines de femmes habillées en anges, dans des étoffes blanches avec de grandes ailes dans le dos, soufflaient dans de longues trompettes dorées, très brillantes. Elles ne se tenaient cependant pas directement sur l'estrade, mais chacune était juchée sur un piédestal que l'on ne voyait pas, car les longs plis de leur costume les recouvraient entièrement. Comme ces piédestaux étaient très hauts — certains sans doute faisaient jusqu'à deux mètres — les silhouettes des femmes paraissaient gigantesques ; seule la petitesse de leur tête troublait un peu cette impression de grandeur ; et leurs cheveux dénoués, pendant trop courts entre leurs grandes ailes, de chaque côté, faisaient aussi un effet presque ridicule. Pour éviter la monotonie, on avait utilisé des piédestaux de hauteurs très diverses : il y avait de toutes petites femmes, guère plus grandes que nature, mais d'autres à côté d'elles s'élevaient à des hauteurs qui pouvaient faire croire que le moindre coup de vent les mettrait en danger. Et toutes ces femmes soufflaient en même temps dans leur instrument.

Il n'y avait pas beaucoup de spectateurs. Minuscules, comparés à ces immenses silhouettes, une dizaine de jeunes gars déambulaient devant l'estrade, les yeux tournés vers les femmes au-dessus d'eux. Ils se montraient tantôt l'une tantôt l'autre, mais ne semblaient pas avoir l'intention d'entrer pour se faire embaucher. Le seul homme un peu plus âgé se tenait légèrement à l'écart. Il avait aussi amené sa femme et un enfant dans son landau. La femme tenait d'une main la voiture et s'appuyait de l'autre sur l'épaule de l'homme. Ils admiraient le spectacle, mais on voyait bien qu'ils étaient déçus. Ils devaient s'être attendus, eux aussi, à trouver l'occasion d'un travail, mais ces sonneries de trompettes les déconcertaient.

Karl était dans la même situation. Il se rapprocha de l'homme, écouta un peu les trompettes, puis demanda : « C'est pourtant bien ici le bureau d'embauche pour le théâtre d'Oklahama ? — Je le croyais aussi, dit l'homme, mais ça fait déjà une heure que nous attendons et nous n'entendons que des trompettes. Nulle part on ne voit d'affiche, personne ne fait d'annonce, on ne voit personne qui puisse vous renseigner. » Karl dit : « On attend peut-être qu'il y ait plus de gens. Il n'y en a vraiment pas encore assez. — C'est possible », dit l'homme, et ils se turent à nouveau. Il était d'ailleurs difficile de comprendre quelque chose dans le bruit des trompettes. Mais la femme chuchota quelques mots à l'oreille de son mari, il hocha la tête et elle s'adressa aussitôt à Karl : « Vous ne pourriez pas aller jusque dans l'hippodrome et demander où se trouve le bureau d'embauche ? — Si, dit Karl, mais il faudrait que je traverse l'estrade et que je passe entre les anges. — Est-ce si difficile ? » demanda la femme. S'agissant de Karl, le chemin lui semblait aisé, en revanche elle ne voulait pas y envoyer son mari. « Bon d'accord, dit Karl, j'y vais. — Vous êtes vraiment aimable », dit la femme, puis elle lui serra la main, et son mari aussi. Les jeunes gars s'attroupèrent pour voir de près Karl monter sur l'estrade. Les femmes donnèrent l'impression de souffler plus fort comme pour saluer le premier demandeur d'emploi. Cependant celles devant lesquelles il passait ôtaient la trompette de leur bouche et se penchaient sur le côté pour voir où il allait. Karl aperçut à l'autre extrémité de l'estrade un homme qui faisait les cent pas avec impatience et qui, manifestement, ne faisait qu'attendre les gens pour leur donner tous les renseignements que l'on pouvait désirer. Karl se dirigeait déjà vers lui quand il entendit son nom prononcé au-dessus de lui : « Karl », criait un ange. Karl leva les yeux et, plein d'une surprise joyeuse, partit à rire : c'était Fanny. « Fanny, s'écria-t-il en levant la main pour la saluer. — Viens me voir, cria Fanny, tu ne vas tout de même pas passer sans t'arrêter. » Et elle déplia ses draperies, découvrant ainsi le piédestal et un étroit escalier qui montait jusqu'à elle. « On a le droit de monter ? demanda Karl. — Qui nous empêchera de nous serrer la main », s'écria Fanny en regardant autour d'elle, d'un air fâché, pour voir si quelqu'un n'était pas déjà en train de venir le leur interdire. Mais Karl montait déjà l'escalier. « Plus lentement, cria Fanny, sinon tu vas faire tomber le piédestal et nous deux avec. » Mais rien ne se produisit, Karl parvint sans encombre à la dernière marche. « Tu vois, dit Fanny après qu'ils se furent salués, tu vois le travail qu'on m'a donné. — C'est vraiment bien », dit Karl en regardant autour de lui. Toutes les femmes du voisinage avaient déjà remarqué sa présence et pouffaient de rire. « C'est presque toi la plus haute, dit Karl en allongeant la main pour évaluer la hauteur des autres. — Je t'ai tout de suite vu, dit Fanny, quand tu es sorti de la station, mais ici je suis malheureusement au dernier rang, on ne me voit pas et je ne pouvais pas non plus t'appeler. J'ai eu beau jouer très fort, tu ne m'as pas reconnue. — Vous jouez toutes vraiment très mal, dit Karl, laisse-moi souffler. — D'accord, dit Fanny en lui tendant la trompette, mais ne gâche pas l'ensemble, sinon on me renverra. » Karl se mit à souffler : il avait pensé qu'il s'agissait d'une trompette de grossière facture, tout juste destinée à faire du bruit, mais à présent il s'avérait que c'était un instrument capable d'exécuter presque toutes les finesses. Si tous ces instruments étaient de même nature, on en faisait un très mauvais usage. Sans se laisser perturber par le bruit des autres, Karl joua à pleins poumons une mélodie qu'il avait entendue un jour quelque part dans un bistrot. Il était heureux d'avoir retrouvé une vieille amie et de pouvoir jouir du privilège de jouer de la trompette et espérer avoir bientôt une bonne situation. De nombreuses femmes cessèrent de jouer pour l'écouter, et quand soudain il s'arrêta, il y en avait à peine la moitié qui jouait encore ; le bruit complet ne reprit que peu à peu.

« Tu es un artiste, dit Fanny quand Karl lui rendit la trompette. Fais-toi engager comme trompettiste. — On prend donc aussi des hommes ? demanda Karl. — Oui, dit Fanny, nous jouons deux heures. Puis nous sommes relayées par des hommes habillés en diables. La moitié joue de la trompette, l'autre moitié du tambour. C'est très beau, comme d'ailleurs toute la mise en scène fort somptueuse. Notre robe n'est-elle pas jolie, elle aussi ? Et les ailes ? » Elle laissa glisser les yeux sur son corps. « Crois-tu, demanda Karl, que je puisse, moi aussi, trouver encore un emploi ? — Très certainement, dit Fanny, c'est le plus grand théâtre du monde. Quelle heureuse coïncidence que d'être à nouveau ensemble ! À vrai dire, cela dépend de l'emploi qu'on va te donner. Il serait aussi très possible que nous soyons tous deux engagés ici et que nous ne nous voyions jamais. — Est-ce vraiment si grand que cela ? demanda Karl. — C'est le plus grand théâtre du monde, répéta Fanny ; à dire vrai, je ne m'en suis pas encore aperçue par moi-même, mais certaines de mes collègues qui sont déjà allées à Oklahama disent qu'il n'a pratiquement pas de limites. — Il n'y a pourtant pas grand monde qui se présente, dit Karl en montrant au pied de l'estrade les jeunes gars et la petite famille. — C'est vrai, dit Fanny. Mais songe que nous embauchons des gens dans toutes les villes, que notre équipe de recrutement est toujours en route et qu'il y en a encore beaucoup d'autres comme celle-là. — Le théâtre n'est donc pas encore ouvert ? demanda Karl. — Oh ! si, dit Fanny, c'est un vieux théâtre, mais on ne cesse de l'agrandir. — Je m'étonne, dit Karl, que les gens ne s'y bousculent pas plus. — Oui, dit Fanny, c'est étrange. — C'est peut-être, dit Karl, que ce luxe d'anges et de diables effraie plus qu'il n'attire. — Que vas-tu chercher là, dit Fanny. Mais après tout c'est possible. Dis-le à notre chef, cela lui rendra peut-être service. — Où est-il ? demanda Karl. — Sur l'hippodrome, dit Fanny, dans la tribune des arbitres. — Ça aussi, ça m'étonne, dit Karl, pourquoi l'embauche se fait-elle sur l'hippodrome ? — Oui, dit Fanny, nous faisons partout les plus grands prépara- tifs pour recevoir la plus grande affluence. Il y a beaucoup de place sur l'hippodrome. Et l'on a installé les bureaux d'embauche à tous les guichets où se font d'habitude les paris. Il doit y avoir deux cents bureaux différents. — Mais, dit Karl, le théâtre d'Oklahama fait-il donc tant de recettes qu'il puisse entretenir de telles équipes de recrutement ? — Quelle importance ? dit Fanny, mais maintenant Karl, va-t'en, pour ne rien rater. Moi d'ailleurs, il faut que je me remette à jouer. Essaie en tout cas d'obtenir un emploi dans cette troupe, et reviens tout de suite me l'annoncer. Dis-toi que j'attends la nouvelle avec grande impatience. » Elle lui serra la main, lui recommanda de descendre avec prudence, posa à nouveau les lèvres sur sa trompette, mais se garda de jouer avant d'avoir vu Karl en sûreté sur le sol. Karl replaça les plis de l'étoffe par-dessus l'escalier, comme ils étaient avant ; Fanny le remercia d'un signe de tête, et Karl, réfléchissant à ce qu'il venait d'entendre, se dirigea vers l'homme qui l'avait déjà aperçu, là-haut avec Fanny, et qui s'était approché du piédestal pour l'attendre.

« Vous voulez donc entrer chez nous ? demanda l'homme. Je suis le chef du personnel de cette troupe et je vous souhaite la bienvenue. » Il ne cessait de se pencher légèrement en avant, comme par politesse, sautillait sur place et jouait avec sa chaîne de montre. « Je vous remercie, dit Karl, j'ai lu l'affiche de votre société et je me présente conformément à votre demande. — Fort bien, dit l'homme d'un air approbateur, malheureusement tout le monde ne se comporte pas ici avec la même justesse que vous. » Karl pensa que ce pouvait être le moment de faire remarquer à cet homme que les moyens de séduction mis en œuvre par l'équipe de recrutement manquaient sans doute leur effet, précisément par excès de magnificence. Mais il se tut, car cet homme n'était pas le directeur de la troupe ; en outre, il eût été assez mal venu de proposer d'emblée des améliorations alors qu'il n'était pas encore engagé. Aussi dit-il simplement : « Il y a encore quelqu'un qui attend dehors pour se présenter et m'a envoyé en éclaireur pour tâter le terrain. Puis-je aller le chercher maintenant ? — Bien sûr, dit l'homme, plus il y a de gens qui viennent, mieux ça vaut. — Il a aussi avec lui une femme et un petit enfant dans un landau. Faut-il aussi qu'ils viennent ? — Bien sûr, dit l'homme qui eut l'air de sourire des doutes de Karl. Nous pouvons utiliser tout le monde. — Je reviens tout de suite », dit Karl qui courut aussitôt jusqu'au bord de l'estrade. Il fit signe au couple en criant que tout le monde pouvait venir. Il aida à hisser le landau sur l'estrade, et ils marchèrent désormais de conserve. Voyant cela, les jeunes gars se consultèrent, puis, les mains dans les poches, ils grimpèrent lentement sur l'estrade, hésitant encore jusqu'au dernier moment, et finirent par suivre Karl et la famille. De nouveaux voyageurs sortaient justement de la station du métro et, en apercevant l'estrade et les anges, marquèrent leur étonnement en levant les bras. Il semblait tout de même que les candidatures devenaient un peu plus nombreuses. Karl était très heureux d'être arrivé si tôt, peut-être le premier ; le couple était inquiet et posait différentes questions pour savoir si les exigences étaient grandes. Karl dit qu'il ne savait encore rien de précis, mais qu'il avait vraiment l'impression que tout le monde, sans exception, serait pris. Il pensait que l'on n'avait pas à s'en faire.

Le chef du personnel venait déjà à leur rencontre ; il était très content de voir arriver tant de gens ; il se frotta les mains, salua chacun tour à tour par une petite révérence et les aligna sur un rang. Karl était le premier, ensuite venait le couple, et les autres seulement après. Une fois tout le monde disposé — les jeunes gars avaient commencé par se bousculer, et il fallut un petit moment avant que le calme se rétablisse de leur côté —, le chef du personnel dit, pendant que les trompettes s'arrêtaient : « Au nom du théâtre d'Oklahama, je vous salue. Vous êtes venus de bonne heure (il allait pourtant être bientôt midi), l'affluence n'est pas encore bien grande, les formalités de votre engagement n'en seront que plus vite réglées. Vous avez naturellement tous vos papiers sur vous. » Les jeunes gars sortirent aussitôt quelques papiers de leurs poches et les brandirent dans la direction du chef du personnel ; le mari poussa du coude sa femme qui sortit de dessous l'édredon du landau une pleine liasse de papiers. Karl, lui, n'en avait aucun. Cela ferait-il obstacle à son embauche ? Ce n'était pas invraisemblable. Cependant Karl savait par expérience que de tels règlements se laissent facilement transgresser, pourvu qu'on soit un peu décidé. Le chef du personnel examina le rang, s'assura que tout le monde avait ses papiers et, comme Karl levait aussi la main, il supposa, bien qu'elle fût vide, qu'il était lui aussi en règle. « C'est bon, dit alors le chef du personnel en faisant un geste de refus aux jeunes gars qui voulaient qu'on examinât immédiatement leurs papiers, vos papiers seront examinés dans les bureaux d'embauche. Comme vous l'avez déjà vu sur notre affiche, nous pouvons utiliser tout le monde. Mais il faut naturellement que nous sachions quel métier vous avez exercé jusqu'à présent pour pouvoir vous mettre à l'endroit où vous pourrez le mieux mettre en valeur vos connaissances. » « C'est pourtant un théâtre », pensa Karl, pris d'un doute, et il écouta de toute son attention. « Nous avons donc, poursuivit le chef du personnel, installé des bureaux d'embauche dans les boutiques des bookmakers, un bureau par catégorie professionnelle. Chacun de vous va donc maintenant m'indiquer son métier, les familles relèvent globalement du bureau d'embauche du mari ; je vais ensuite vous conduire dans les bureaux où des spécialistes examineront d'abord vos papiers, puis vos connaissances ; inutile d'avoir peur : l'examen sera très rapide. Votre embauche y sera immédiate, et on vous donnera d'autres instructions. Commençons donc. Voici le premier bureau, destiné aux ingénieurs, comme le dit l'écriteau. Il y a peut-être un ingénieur parmi vous ? » Karl se présenta. Il pensait que, n'ayant pas de papiers, il devait tâcher de passer le plus rapidement possible par toutes ces formalités ; d'ailleurs, il était un peu autorisé à se présenter ici puisqu'il avait voulu être ingénieur. Mais quand les jeunes gars virent que Karl se présentait, ils furent jaloux et se présentèrent également : tout le monde était ingénieur. Le chef du personnel se redressa et dit aux jeunes gars : « Vous êtes ingénieurs ? » Tous alors baissèrent lentement les mains ; Karl, en revanche, persista dans sa première déclaration. Le chef du personnel le regarda avec un peu d'incrédulité, Karl lui paraissait trop misérablement vêtu et aussi trop jeune pour pouvoir être ingénieur, mais il ne fit aucune autre remarque, peut-être par gratitude, pensant que Karl lui avait amené ces candidats. Il lui montra simplement le bureau d'un geste engageant, et Karl s'y rendit, tandis que le chef du personnel se tournait vers les autres.

Dans le bureau pour les ingénieurs, deux messieurs étaient assis des deux côtés d'un pupitre rectangulaire et comparaient deux grandes listes posées devant eux. L'un lisait tout haut, l'autre soulignait dans sa liste les noms prononcés. Quand ils virent Karl arriver et les saluer, ils repoussèrent aussitôt leurs listes et saisirent d'autres grands livres qu'ils ouvrirent. L'un d'eux, sans doute un simple secrétaire, dit : « Présentez-moi vos papiers. — Je ne les ai malheureusement pas sur moi, dit Karl. — Il ne les a pas sur lui », dit le secrétaire à l'autre monsieur, en inscrivant aussitôt la réponse dans son livre. « Vous êtes ingénieur ? demanda alors l'autre qui semblait être le chef du bureau. — Je ne le suis pas encore, dit Karl rapidement, mais... — Suffit, dit le monsieur encore plus rapidement, ce n'est pas à nous qu'il faut vous adresser. Je vous prie de regarder l'écriteau. » Karl serra les dents ; le monsieur dut s'en être rendu compte, car il dit : « Ce n'est pas une raison pour vous inquiéter. Nous pouvons utiliser tout le monde. » Et il fit signe à l'un des employés qui, désœuvrés, allaient et venaient entre les barrières. « Menez ce monsieur au bureau des personnes ayant des connaissances techniques. » L'employé suivit l'ordre à la lettre et prit Karl par la main. Ils passèrent entre un grand nombre de baraques ; dans l'une, Karl aperçut l'un des gars qui était déjà engagé et qui serrait la main de ces messieurs pour les remercier. Dans le bureau où on venait de l'amener, l'affaire se passa, Karl l'avait prévu, comme dans le premier bureau, sauf qu'apprenant qu'il avait fréquenté un collège, on l'envoya au bureau pour les anciens élèves de collège. Mais lorsque, une fois là, Karl expliqua qu'il avait fréquenté un collège européen, on se déclara là aussi incompétent et on le fit conduire au bureau pour anciens élèves des collèges européens. C'était une baraque située à l'extrême limite de l'hippodrome, et non seulement plus petite, mais aussi plus basse que toutes les autres. L'employé qui l'avait amené jusqu'ici était furieux de ce long trajet et des nombreux refus dont il attribuait l'unique responsabilité à Karl. Il n'attendit même pas les questions et s'enfuit aussitôt. Ce bureau était d'ailleurs le dernier recours. Apercevant le chef de bureau, Karl fut presque effrayé de la ressemblance de cet homme avec un professeur qui enseignait sans doute encore au collège moderne qu'il avait fréquenté. La ressemblance ne tenait à vrai dire, comme il s'en convainquit immédiatement, qu'à des détails ; mais Karl s'étonna : ces lunettes posées sur un large nez, cette barbe blonde soignée comme un objet de curiosité, ce dos légèrement voûté et cette voix sonore qui se faisait entendre au moment où on s'y attendait le moins ébahirent Karl encore un bon moment. Heureusement, on ne lui demanda pas non plus une grande attention : tout se passa beaucoup plus simplement que dans les autres bureaux. On nota certes encore une fois qu'il n'avait pas ses papiers, et le chef de bureau qualifia cela de négligence incompréhensible ; mais le secrétaire qui avait ici la haute main sur tout, passa rapidement là-dessus et déclara, après quelques brèves questions de son chef, et alors que celui-ci s'apprêtait à en poser une plus importante, que Karl était accepté. La bouche ouverte, le chef se tourna vers le secrétaire, mais celui-ci fit un geste définitif de la main et dit : « Accepté », puis inscrivit tout aussitôt la décision dans son livre. Le secrétaire était visiblement d'avis qu'avoir été élève d'un collège européen était tellement déshonorant qu'on ne pouvait que croire sur parole toute personne qui affirmait une telle référence. Karl n'ayant pour sa part rien à objecter, il s'approcha de lui et voulut le remercier. Mais il y eut encore un léger contretemps quand on lui demanda son nom. Il ne répondit pas tout de suite, il avait de la réticence à dire son vrai nom et à le laisser recopier. Une fois qu'il aurait obtenu même un emploi très modeste et qu'on serait satisfait de lui, on pourrait savoir son nom, mais pas maintenant ; il l'avait d'ailleurs caché trop longtemps pour pouvoir maintenant le révéler. Comme sur le moment aucun autre nom ne lui venait à l'esprit, il se contenta de donner celui qu'il avait porté dans ses derniers emplois : « Negro. — Negro ? » demanda le chef en tournant la tête et en faisant une grimace comme si Karl venait d'atteindre le sommet de l'invraisemblable. Un instant, le secrétaire examina aussi Karl d'un œil scrutateur, puis répéta le mot « Negro » et l'enregistra. « Vous n'avez tout de même pas enregistré Negro, l'apostropha son chef. — Si, Negro », dit calmement le secrétaire avec un mouvement de la main comme pour obliger son chef à s'occuper de la suite. Le chef se contint, se leva et dit : « Le théâtre d'Oklahoma vous a donc... » Mais il n'alla pas plus loin, il ne pouvait rien faire contre sa conscience ; il se rassit et dit : « Il ne s'appelle pas Negro. » Le secrétaire fronça les sourcils, se leva lui aussi, et dit : « Alors c'est moi qui vais vous annoncer que vous êtes engagé au théâtre d'Oklahoma et qu'on va maintenant vous présenter à notre directeur. » On appela un autre employé qui conduisit Karl à la tribune des arbitres.

En bas, près de l'escalier, Karl aperçut le landau et, juste à ce moment, le couple qui redescendait, la femme portant l'enfant dans les bras. « Vous êtes accepté ? » demanda le mari : il avait l'air plus fringant qu'auparavant, et sa femme aussi le regarda par-dessus son épaule en riant. Karl lui répondant alors qu'il venait d'être embauché et qu'il allait pour se faire présenter, l'homme dit : « Je vous félicite. Nous aussi, nous venons de l'être, il semble que ce soit une bonne entreprise ; bien sûr, on ne peut pas tout comprendre d'un seul coup, mais c'est partout pareil. » Ils se dirent encore « au revoir », et Karl monta sur la tribune. Il marchait lentement car le petit espace là-haut semblait encombré de gens, et il ne voulait pas les bousculer. Il s'arrêta même et embrassa du regard l'hippodrome qui s'étendait dans toutes les directions jusqu'à de lointaines forêts. Il eut tout à coup envie de voir une course de chevaux : il n'en avait encore jamais eu l'occasion depuis qu'il était en Amérique. En Europe, quand il était petit garçon, on l'avait une fois emmené aux courses, mais la seule chose dont il se souvenait, c'était que sa mère l'avait traîné à travers une foule de gens qui ne voulaient pas s'écarter. Au fond, il n'avait encore jamais vu de course. Derrière lui, un appareil se mit à grincer ; il se retourna et vit monter jusqu'en haut de l'appareil où pendant les courses on affichait le nom des gagnants, l'inscription suivante : « Kalla commerçant, avec femme et enfant ». C'était donc l'endroit d'où l'on communiquait aux secrétariats le nom des personnes embauchées.

Juste à ce moment, quelques messieurs descendaient l'escalier, le crayon et le carnet de notes à la main, parlant avec animation ; Karl se serra contre la rampe pour les laisser passer, puis, comme il y avait en haut un peu plus de place, remonta. Dans un coin de la plate-forme entourée d'une balustrade de bois — tout cet appareil ressemblait au toit plat d'une étroite tour —, un monsieur était assis, les bras posés sur la balustrade et la poitrine rayée d'une large écharpe de soie blanche avec l'inscription : Directeur de la 10e équipe de recrutement du théâtre d'Oklahama. À côté de lui, sur une petite table, se trouvait un de ces appareils téléphoniques que l'on emploie pendant les courses et grâce auquel manifestement le chef apprenait toutes les données nécessaires sur chaque candidat avant la présentation, car avant même d'interroger Karl, il dit à un monsieur qui se penchait vers lui, les jambes croisées et la main sous le menton : « Negro, un élève d'un collège européen. » Et comme si du coup il considérait comme réglé le cas de Karl, qui s'inclinait profondément, il regarda au bas de l'escalier pour voir si quelqu'un d'autre arrivait. Mais vu que personne ne se présentait, il prêta épisodiquement l'oreille à la conversation que l'autre monsieur menait avec Karl, tout en regardant souvent vers la piste de courses et en tambourinant sur la balustrade. Ses doigts délicats et cependant robustes, longs et vifs, attiraient par instants l'attention de Karl pourtant suffisamment accaparée par l'autre monsieur.

« Vous étiez sans emploi ? » demanda d'abord ce monsieur. Cette question, à l'image de presque toutes celles qu'il posait, était très simple, nullement perfide ; en outre, il ne contrôlait nullement les réponses par des questions incidentes, mais sa manière d'interroger, en ouvrant de grands yeux, en observant l'effet de ses questions, le buste incliné en avant, en écoutant les réponses la tête penchée sur la poitrine et en les répétant de temps à autre à haute voix, donnait à tout cela une signification particulière qu'on ne pouvait certes pas comprendre, mais dont le pressentiment vous rendait prudent et gêné. Il arriva assez souvent que Karl voulût reprendre la réponse qu'il venait de donner et la remplacer par une autre qui lui vaudrait peut-être une plus grande approbation, mais pourtant il ne cessa de se retenir, car il savait quelle mauvaise impression pouvait produire pareille hésitation et voyait en outre combien l'effet de ses réponses était le plus souvent imprévisible. Mais par ailleurs son embauche semblait déjà décidée, et cette certitude le soutenait.

À la question s'il avait été sans emploi, il répondit par un simple « oui ». « Où étiez-vous employé pour la dernière fois ? » demanda alors le monsieur. Karl allait répondre quand celui-ci levant l'index répéta : « Pour la dernière fois ! » Karl avait d'emblée très bien compris la question ; sans le vouloir, il secoua la tête pour rejeter cette dernière intervention qui l'embrouillait, et répondit : « Dans un bureau. » C'était encore la vérité ; en revanche, si le monsieur exigeait de plus amples détails sur la nature du bureau, il se verrait dans l'obligation de mentir. Mais le monsieur s'en abstint et se contenta de la question à laquelle il était facile de répondre en respectant la vérité : « Y étiez-vous content ? — Non », s'écria Karl en lui coupant presque la parole. Par un regard discret, Karl se rendit compte que le chef souriait légèrement ; Karl regretta de ne pas avoir réfléchi à sa dernière réponse, mais crier ce non avait été trop tentant, car pendant ses derniers mois de travail il n'avait cessé de désirer vivement qu'un de ses employeurs, qu'il ne connaissait pas, entrât un jour dans son bureau et lui posât cette question. Or sa réponse pouvait encore lui attirer un autre désagrément, puisque le monsieur pouvait maintenant lui demander pourquoi il n'avait pas été content. Mais la question fut autre :

« Pour quel genre de poste vous sentez-vous fait ? » Il était possible que cette question contînt vraiment un piège, car pourquoi la lui posait-on, puisque Karl était déjà engagé comme comédien ; bien qu'il en fût conscient, il ne put se faire violence et déclarer qu'il se sentait particulièrement apte au métier de comédien. Aussi éluda-t-il la question et dit, au risque de paraître insolent : « J'ai lu l'affiche en ville et comme il y était écrit que l'on pouvait utiliser tout le monde, je me suis présenté. — Nous le savons, dit le monsieur qui se tut, montrant ainsi qu'il tenait à sa question initiale. — Je suis engagé comme comédien, dit Karl avec hésitation, pour faire comprendre au monsieur la difficulté dans laquelle cette dernière question l'avait mis. — C'est exact, dit le monsieur qui se tut à nouveau. — Il est vrai, dit Karl, ébranlé dans son espoir d'avoir trouvé un emploi, que je ne sais pas si je suis capable de faire du théâtre. Mais je m'y efforcerai et j'essayerai d'exécuter tout ce qu'on me confiera. » Le monsieur se tourna vers le directeur, ils hochèrent tous deux la tête : Karl semblait avoir bien répondu ; il reprit courage et attendit de pied ferme la question suivante. Ce fut : « Qu'aviez-vous l'intention d'étudier à l'origine ? » Pour être précis — ce monsieur attachait toujours beaucoup d'importance à la précision —, il ajouta : « En Europe, j'entends. » En disant cela, il retira la main de son menton et fit un léger mouvement, comme s'il voulait par là signifier en même temps combien l'Europe était lointaine et combien les projets qu'un jour on y avait formés avaient peu d'importance. Karl dit : « Je voulais devenir ingénieur. » Cette réponse lui coûta : parfaitement conscient de ce qu'avait été jusqu'alors sa carrière en Amérique, il était ridicule de rafraîchir ici le vieux souvenir de ses ambitions de devenir un jour ingénieur — le serait-il un jour devenu, même en Europe ? — mais ne trouvant pas d'autre réponse à cet instant, il avait donc donné celle-ci. Le monsieur la prit pourtant au sérieux, comme il le faisait pour tout le reste. « Ma foi, ingénieur, dit-il, ce n'est pas possible tout de suite, mais peut-être vous conviendrait-il provisoirement d'exécuter quelques basses tâches techniques.

— Certainement », dit Karl ; il était très content : certes, s'il acceptait cette proposition, il quitterait l'état d'acteur pour se retrouver chez les techniciens, mais il pensait effectivement pouvoir faire mieux ses preuves dans ce travail. D'ailleurs, il ne cessait de se le répéter, la nature du travail importait moins que de se fixer durablement quelque part. « Êtes-vous assez fort pour un travail pénible ? demanda le monsieur. — Oh ! oui », dit Karl. Sur ces mots, le monsieur fit venir Karl près de lui et lui tâta le bras. « C'est un garçon vigoureux », dit-il ensuite en tirant Karl par le bras vers le directeur. Le directeur fit un signe de tête en souriant, tendit la main à Karl sans quitter pour autant sa confortable position, et dit : « Nous en avons donc terminé. On réexaminera tout cela à Oklahoma. Faites honneur à notre troupe de recrutement. » Karl s'inclina pour prendre congé, puis voulut aussi dire au revoir à l'autre monsieur, mais celui-ci arpentait déjà la plate-forme de long en large, le nez en l'air, comme s'il avait déjà complètement terminé son travail. Pendant que Karl redescendait, on hissa sur le tableau indicateur près de l'escalier l'inscription : « Negro, technicien » Comme les choses suivaient ici leur cours normal, Karl n'eût pas vraiment regretté à présent de lire son vrai nom sur le panneau. Tout était même organisé avec un très grand soin, car au pied de l'escalier, Karl était déjà attendu par un employé qui lui attacha un ruban autour du bras. Levant alors le bras pour voir ce qui y était écrit, Karl constata qu'il y était bien écrit : « technicien ».

Or, avant de se laisser maintenant conduire où que ce soit, Karl voulait d'abord annoncer à Fanny que tout s'était heureusement passé. Mais à son grand regret, il apprit de l'employé que les anges, comme les diables étaient déjà partis pour la prochaine destination annoncer l'arrivée de l'équipe de recrutement, le lendemain. « Dommage, dit Karl, dont c'était la première déception qu'il éprouvait dans cet établissement, j'avais une amie parmi les anges. — Vous la reverrez à Oklahoma, dit l'employé, mais maintenant venez, vous êtes le dernier. » Il fit longer à Karl l'arrière de l'estrade où les anges se trouvaient tout à l'heure ; il n'y avait plus maintenant que les piédestaux vides. Mais la supposition de Karl que, sans la musique des anges, il y aurait plus de candidats à un emploi, se révéla inexacte, car plus aucun adulte ne se tenait devant l'estrade ; seuls quelques enfants se disputaient une longue plume blanche tombée sans doute d'une aile d'ange. Un gamin la tenait en l'air, pendant que les autres cherchaient à s'appuyer d'une main sur sa tête pour attraper la plume de l'autre.

Karl désigna les enfants, mais l'employé dit sans les regarder : « Dépêchez-vous un peu. Il en a fallu du temps avant qu'on vous accepte. Est-ce qu'on avait des doutes ? — Je ne sais pas », dit Karl étonné, mais il ne le pensait pas. Même dans les situations les plus claires, il se trouvait toujours quelqu'un pour vouloir inquiéter son prochain. Mais au charmant spectacle de la grande tribune des spectateurs devant laquelle ils arrivaient alors, Karl oublia bientôt la remarque de l'employé. Sur cette tribune se trouvait en effet un long banc entièrement recouvert d'une nappe blanche ; les nouveaux embauchés étaient tous assis, le dos tourné à la piste, sur un banc plus bas, et on les servait. Ils étaient tous joyeux et excités, et lorsque, bon dernier, Karl s'assit sur le banc sans se faire remarquer, un grand nombre d'entre eux se levèrent, le verre à la main, et l'un d'eux porta un toast au directeur de la dixième équipe de recrutement qu'il appela le « père des demandeurs d'emploi ». Quelqu'un fit remarquer qu'on pouvait d'ailleurs l'apercevoir d'ici, et en effet la tribune des arbitres avec les deux messieurs était visible à une assez faible distance. Tout le monde brandit alors son verre dans cette direction ; Karl aussi prit le verre qui se trouvait devant lui, mais si fort qu'on criât ou qu'on cherchât à se faire remarquer, rien n'indiquait que l'on eût perçu l'ovation dans la tribune des arbitres ou qu'on voulût au moins la percevoir. Le directeur était appuyé dans le coin, comme avant, et l'autre monsieur se tenait près de lui, le menton dans la main.

On se rassit un peu déçu ; de temps à autre, quelqu'un se retournait encore vers la tribune des arbitres, mais bientôt on ne s'occupa plus que du copieux repas : une énorme volaille,

comme Karl n'en avait encore jamais vu, avec de nombreuses
fourchettes plantées dans la chair rôtie et croustillante, fit le
tour de la tablée ; les employés ne cessaient de verser du vin
— on s'en apercevait à peine, on était penché sur son assiette,
et le jet de vin rouge tombait dans votre verre — et si l'on
ne voulait pas participer à toutes ces réjouissances, on pouvait
regarder des vues du théâtre d'Oklahoma qui étaient empilées
à un bout de la table, destinées à passer de main en main. Mais
on ne se souciait guère de ces photos, et Karl qui était le dernier n'en vit arriver qu'une jusqu'à lui. Mais à en juger d'après
cette photo, toutes devaient valoir la peine d'être vues. Elle
représentait la loge du président des États-Unis. À première
vue, on pouvait penser que ce n'était pas une loge, mais la
scène, tant l'arrondi de la balustrade avançait dans le vide. Toutes les parties de cette balustrade étaient en or. Entre les colonnettes qui semblaient découpées avec les ciseaux les plus fins,
des médaillons étaient disposés côte à côte, qui représentaient
d'anciens présidents ; l'un avait un nez remarquablement droit,
des lèvres épaisses et, sous des paupières bombées, les yeux
fixés sur le sol. Tout autour de la loge, des côtés et du plafond
tombaient des rayons de lumière ; une lumière blanche et
pourtant douce découvrait littéralement le premier plan, tandis
que le fond de la loge, sous les nombreuses nuances d'un
velours rouge qui retombait sur les côtés en un drapé retenu
par des cordons, ressemblait à un vide aux sombres lueurs rou-
geoyantes. On avait peine à imaginer des gens dans cette loge,
tant tout cela avait un air souverain. Karl n'en oubliait pas de
manger, mais il regardait souvent cette reproduction qu'il avait
posée à côté de son assiette.

Finalement, il en aurait encore regardé très volontiers au
moins une autre, mais il ne voulait pas aller la chercher lui-
même, car un employé avait posé la main sur les photos, sans
doute fallait-il les garder dans le bon ordre ; Karl se contenta
donc de jeter un coup d'œil sur la table afin de voir si l'une
des photos arrivait encore. Alors, à son grand étonnement — et
d'abord il n'en crut pas ses yeux — il remarqua parmi ceux qui

se penchaient très bas sur leur repas un visage qu'il connaissait bien : Giacomo. Aussitôt, il courut vers lui. « Giacomo », s'écriat-il. Celui-ci, intimidé comme toujours quand il était surpris, se leva en interrompant son repas, se retourna dans le petit espace entre les bancs, s'essuya la bouche d'un revers de main, puis montra sa grande joie de revoir Karl et le pria de s'asseoir auprès de lui ou de l'emmener là où Karl avait sa place : ils allaient tout se raconter et resteraient toujours ensemble. Karl ne voulait pas déranger les autres, et préféra que chacun restât provisoirement à sa place : le repas serait bientôt terminé et bien sûr ensuite on ne se quitterait plus jamais. Mais Karl resta encore près de Giacomo, simplement pour le regarder. Que de souvenirs des temps passés ! Où était la cuisinière en chef ? Que faisait Therese ? Giacomo lui-même n'avait guère changé d'aspect ; les prédictions de la cuisinière en chef, qu'il deviendrait en six mois un Américain osseux, ne s'étaient pas réalisées : il était toujours aussi délicat, ses joues étaient aussi creuses qu'avant, bien qu'à cet instant elles fussent gonflées par un énorme morceau de viande dont il retirait avec lenteur les os superflus pour les jeter dans son assiette. Comme Karl le lut sur son brassard, Giacomo n'avait pas non plus été engagé comme comédien, mais comme liftier : le théâtre d'Oklahama semblait vraiment pouvoir utiliser tout le monde.

Perdu dans la contemplation de Giacomo, Karl resta trop longtemps loin de sa place ; il s'apprêtait à y revenir quand le chef du personnel arriva, monta sur l'un des bancs les plus haut placés, frappa dans ses mains et fit un petit discours, pendant que la plupart des gens se levaient et que ceux qui étaient restés assis, parce qu'ils étaient incapables de quitter leur repas, finirent par devoir eux aussi se lever, à cause des coups de coude des autres. « J'ose espérer, dit-il — Karl, entre-temps, était retourné à sa place sur la pointe des pieds —, que vous êtes satisfaits de notre repas d'accueil. En général, on vante les repas de notre équipe de recrutement. Malheureusement, je dois déjà vous faire lever de table, car le train qui doit vous mener à Oklahama part dans cinq minutes. C'est un long voyage, mais vous verrez qu'on a pris bien soin de vous. Je vous présente ici le monsieur qui dirigera votre transport et à qui vous devez obéissance. » Un petit monsieur maigre grimpa sur le banc où se tenait le chef du personnel et, prenant à peine le temps de s'incliner pour saluer, agita aussitôt nerveusement les mains pour montrer à tous comment il fallait se rassembler, se mettre en ordre puis en mouvement. Mais on ne lui obéit pas immédiatement, car l'homme qui dans le groupe avait auparavant déjà fait un discours, frappa de la main sur la table et se lança dans une assez longue allocution de remerciement, bien qu'il vînt d'être dit — Karl commençait à s'inquiéter — que le train allait bientôt partir. Mais l'orateur ne prêtait pas la moindre attention au chef du personnel qui ne l'écoutait pas, occupé à donner diverses instructions au directeur du transport ; lancé dans un grand discours, il énuméra tous les plats qui avaient été servis, porta un jugement sur chacun d'eux et conclut, pour résumer, par ces mots : « Messieurs, voilà comment on gagne notre cœur. » Tout le monde se mit à rire, sauf ceux à qui s'adressait ce discours, pourtant il y avait dans ces mots plus de vérité que d'humour.

Il fallut payer ce discours en parcourant maintenant au pas de course le chemin de la gare. Mais ce ne fut pas non plus bien difficile car — ce fut alors seulement que Karl s'en aperçut — personne ne portait de bagages, — le seul étant de fait le landau qui, en tête de la troupe et poussé par le père, sautillait mollement. Combien de gens démunis et douteux étaient rassemblés ici, que pourtant on avait si bien reçus et dorlotés ! Et on avait expressément recommandé au directeur du transport de veiller sur eux. Tantôt il saisissait lui-même d'une main la poignée du landau et levait l'autre pour encourager la troupe, tantôt il se retrouvait au dernier rang qu'il incitait à avancer, tantôt il courait le long de la colonne, repérait au milieu les traînards et essayait de leur montrer en agitant les bras comment ils devaient courir.

Quand ils arrivèrent à la gare, le train était déjà prêt. Les gens dans la gare se montraient la troupe, on entendait des

exclamations comme « Ils font tous partie du théâtre d'Oklahama » ; ce théâtre semblait beaucoup plus connu que Karl ne
l'avait pensé, mais à vrai dire il ne s'était jamais intéressé au
théâtre. Un wagon entier était spécialement destiné à la troupe ; le directeur du transport pressait les gens de monter, plus
que ne le faisait le contrôleur. Il commença par inspecter chaque compartiment, mit un peu d'ordre ici et là, et ne s'installa
que quand tout fut fini. Karl avait trouvé par hasard une place
au coin de la fenêtre et fait venir Giacomo auprès de lui. Ils
étaient donc assis, serrés l'un contre l'autre, et se réjouissaient
à l'idée de partir tous deux : jamais encore ils n'avaient voyagé
en Amérique en se faisant aussi peu de souci. Quand le train
se mit en marche, ils agitèrent les mains par la portière, tandis
que les gars assis en face d'eux se poussaient du coude, trouvant cela ridicule.

Ils roulèrent deux jours et deux nuits [1]. Karl commençait seulement à comprendre la grandeur de l'Amérique. Il ne se lassait pas de regarder par la fenêtre et Giacomo se serra contre lui pour en faire autant, jusqu'à ce que les gars assis face à eux, occupés à jouer aux cartes et gênés par son manège, lui eussent cédé volontairement leur place près de la fenêtre. Karl les remercia — tout le monde ne pouvait comprendre l'anglais de Giacomo — et ils devinrent avec le temps beaucoup plus aimables, comme il est bien normal entre voisins de compartiment ; cependant même cette cordialité fut à plusieurs reprises importune, vu que par exemple, chaque fois qu'une carte tombait par terre et qu'ils la cherchaient, ils pinçaient énergiquement le mollet de Karl ou de Giacomo. À chaque fois Giacomo poussait un cri de surprise, Karl essayait parfois de répondre en donnant un coup de pied, mais pour le reste il souffrait tout cela en silence.

Ce qui se passait dans le petit compartiment saturé de fumée, même avec la fenêtre ouverte, s'effaçait devant ce qu'il y avait à voir dehors.

Le premier jour, ils traversèrent une région de hautes montagnes. Des masses rocheuses d'un noir bleuâtre avançaient leurs crénelures pointues jusqu'au train ; on se penchait par la fenêtre pour tenter en vain d'en apercevoir les sommets ; d'étroites vallées, sombres et déchiquetées, s'ouvraient ; on indiquait avec le doigt la direction où elles allaient se perdre ; de larges torrents de montagne surgissaient, pareils à de grosses vagues, sur un fond de collines, en charriant mille petites vagues d'écume ; ils se précipitaient sous les ponts que le train empruntait, et ils étaient si proches que leur souffle glacé faisait frissonner le visage [2].

---

**1.** Ce dernier fragment est séparé dans le manuscrit par un blanc et un large trait horizontal qui délimite ailleurs les chapitres, d'où la présentation retenue par l'édition critique, que nous suivons également ici.    **2.** Dans son *Journal*, Kafka notera, le 30 septembre 1915 : « Rossmann et K., l'innocent et le coupable, tous deux finalement punis de mort sans distinction, l'innocent d'une main plus légère, plutôt mis à l'écart qu'abattu. »

# L'ÉTÉ 1914 :
# DIABOLIQUE EN TOUTE INNOCENCE !

*Teuflisch in aller Unschuld*. C'est dans le *Journal*, à la date du 23 juillet. Après la rupture de ses fiançailles avec Felice Bauer, le 12 juillet, Franz Kafka avait retrouvé Ernst Weiss et son amie Rahel Sanzara, alias Hansi. Ils séjournèrent ensemble jusqu'au 26 juillet à Marielyst, une station balnéaire danoise sur la Baltique. On corrigeait les épreuves de *Der Kampf*, le deuxième roman de Weiss (ensuite rebaptisé *Franziska*). Franz prenait donc quand même des vacances, en compagnie très littéraire, très artiste. Il trouve d'ailleurs que le docteur Weiss ressemble de plus en plus à Jizchak Löwy. Bizarre rapprochement, nouveau en tout cas, entre le Juif occidental et le Juif oriental : Franz Kafka est manifestement sous influence...

Toute cette affaire du « tribunal » à l'Askanischer Hof, le 12 juillet à Berlin, est très peu claire. On va répétant, avec un air entendu, cette formule du *Journal* « *der Gerichtshof im Hotel* », « la cour de justice à l'hôtel ». Ce n'est au fond qu'une métaphore appartenant en propre à Franz Kafka, qui a été reprise par tous ses commentateurs et qui contribue à sa légende. Le nom même de l'hôtel plaît beaucoup à Kafka ; il n'hésite pas à le citer ; cela sonne un peu comme l'hôtel d'Ascagne, l'hôtel d'un fils célèbre [1] !

En réalité, il y a eu comme une « explosion » provoquée par Kafka, pour se débarrasser d'un problème urgent et doulou-

1. Dans la réalité, le nom de cet hôtel berlinois rappelle la Maison Ascanienne, dynastie allemande qui régna sur le Brandebourg (1134-1319), sur la Saxe jusqu'en 1423, sur l'Anhalt jusqu'en 1918. Or, ces souverains modifièrent leur nom *Ascharier* en *Askanier* pour le rendre « mythologiquement » proche d'Ascagne Jule, l'ancêtre légendaire de la *gens Julia*, dont descendaient Jules César et Auguste.

reux. Toute une histoire serait à écrire pour faire apparaître le jeu « diabolique et innocent » de Kafka. En effet, il ne manque pas d'écrire à Felice qu'il y a deux êtres en lui : celui qui l'aime sincèrement et celui qui ne pense qu'à son travail d'artiste ; et « son travail est cause que les idées les plus ignobles ne lui sont pas étrangères ». Elles sont tellement ignobles quelquefois qu'il détruit des pages entières de son *Journal*.

C'est l'artiste vraisemblablement, et sous l'influence d'Ernst Weiss, qui a sans doute tissé une toile très compliquée, retorse et prodigieuse, pour échapper au mariage et surtout à l'appartement meublé que les futures belles-mères lui préparaient à Prague : « Non seulement je n'ai pas besoin d'un tel appartement, mais j'en ai peur. » Pour s'y soustraire, Kafka a multiplié les lettres soyeuses, à Felice Bauer, à Grete Bloch — le fil rouge étant peut-être celui de son impuissance, cette impuissance « psychique » dont Marthe Robert dit qu'elle pourrait constituer un exemple de manuel (in *Seul, comme Franz Kafka, op. cit.*). En tout cas, c'est avec un instinct très sûr que Kafka a tendu sa toile, et son intrigue est digne de figurer dans le *Cortège de démons* de son ami Ernst Weiss [1]. *Dämonen-zug !* « Zug », c'est-à-dire aussi une force entraînante, un courant d'air...

Le résultat objectif, pour l'écrivain du moins, est qu'il peut noter dans son *Journal*, à la date du 31 décembre 1914, exceptionnellement : « D'une manière générale, mon travail depuis le mois d'août n'a été ni insuffisant ni mauvais (...). Textes inachevés : Le Procès, Souvenir du chemin de fer de Kalda, Le Maître d'école de village, Le Substitut, ainsi que d'autres fragments plus courts. Achevé seulement : La Colonie pénitentiaire et un chapitre du Disparu, tous deux pendant mes quinze jours de congé. »

Le 7 octobre 1914, Kafka avait décidé, fait remarquable, de prendre une semaine de congé pour avancer la rédaction du *Procès*. Et il n'avait pas hésité à la prolonger encore d'une semaine. C'est peut-être moins remarquable. Pendant cette

1. Voir le recueil de nouvelles ainsi intitulé, traduites par nous (B.V.C. et G.R.), éd. Amiot. Lenganey 1992.

période, son travail créateur, son travail vivant est intense, épuisant. Mais c'est pour revenir à son roman américain, dont il compose le chapitre peut-être final : *Le Grand Théâtre d'Oklahoma*. Notons au passage qu'il désigne un seul chapitre comme « achevé » (*Geschrieben an Fertigem*) : il faudra s'en souvenir pour comprendre comment il a composé *Le Procès*, réputé inachevé comme *Le Disparu*, alors qu'en réalité c'est d'une façon très différente. Il est incontestable que l'automne 1914, pour l'écrivain Franz Kafka, est une période faste, comme deux ans auparavant, l'automne déjà...

Ceci amène à réfléchir sur la fonction de Felice durant ces deux années, invraisemblablement torturantes. Tout se passe comme si Franz avait voulu dédoubler à son tour sa fiancée. Felice est à la fois hypostasiée comme la Berlinoise énergique, substantiellement libre et douée d'avenir — et constatée comme une simple petite-bourgeoise assez vulgaire, cherchant à se cultiver, mais ne comprenant rien à la littérature. Felice dédoublée peut donc contribuer à stimuler Kafka dans son travail littéraire, de deux façons très différentes. Soit elle ouvre un espace de liberté parce qu'elle constitue une promesse de vie tout autre, d'un avenir à Berlin, capitale allemande du dynamisme, en desserrant les griffes de Prague. Ou bien elle représente à son tour une menace d'assujettissement, comparable en cela au père de l'écrivain. Dans le premier cas, Felice facilite la production merveilleuse de l'automne 1912 ; dans le second, grâce à la rupture de l'Askanischer Hof, elle contribue douloureusement à la moisson de 1914. Tant il est vrai qu'on se débarrasse plus facilement d'une fiancée que d'un père. N'est-ce pas, Énée ? N'est-ce pas, Georg Bendemann[1] ?

Franz Kafka est donc devenu un conteur — c'est ce qu'il veut être comme écrivain. Mais ses contes n'appartiennent pas à un folklore particulier. Ils sont tirés d'un fonds qu'il appelle lui-même son monde intérieur. Et il est intimement convaincu que ce monde est d'une richesse exceptionnelle, voire monstrueuse

---

1. Énée : le père d'Ascagne ; Georg Bendemann : le fils, dans *Le Verdict*.

(*eine « ungeheure Welt »*). Produire de tels récits, avec passion, avec une exigence de vérité par rapport à soi-même, difficilement concevable pour qui n'est pas artiste — et le Rilke des *Lettres à un jeune poète* pourrait apparaître ici comme le critique le plus qualifié —, signifie pour Kafka tout à la fois liberté, avenir et purification. Cette activité, superlativement égocentrique, se heurte à toutes sortes de contraintes torturantes, révoltantes. Pour y échapper, ou du moins les alléger un peu, l'artiste imagine sans cesse des dispositifs parfaitement surprenants, inquiétants, scandaleux pour son entourage. Pendant deux ans, et au-delà, Felice fut l'un des ressorts les plus importants dans ce dispositif ; elle devint ambivalente, à son insu. D'une certaine façon, la tuberculose prendra le relais, en 1917. Et sans doute avantageusement, aux yeux de l'artiste du moins.

Dans *L'Autre Procès*, publié en 1969, Élias Canetti a bien montré ce fonctionnement dans le détail. L'auteur de *Masse et Puissance* est fasciné, et il a beaucoup de mal à retenir un jugement moral. C'est qu'au fond on se retrouve dans la problématique scandaleuse du génie créateur — génialement présentée par Diderot. Comme le disait déjà son Neveu de Rameau, eussiez-vous préféré qu'il fût bon père de famille, bon époux, bon marchand de drap... ou qu'il écrivît *Le Procès* et *La Colonie pénitentiaire* ? Pourtant le livre de Canetti nous paraît franchement décevant quand il affirme que le « tribunal » de l'Askanischer Hof devint *Le Procès* par une transposition des plus évidentes. « Il est facile de démontrer que le contenu émotionnel de ces deux événements (les fiançailles et leur rupture, à six semaines d'intervalle) a immédiatement passé dans *Le Procès* qu'il avait commencé à rédiger en août. » C'est pourquoi Canetti s'abstient de le démontrer ! Il faudrait essayer, au moins une fois, de se hisser (de se guinder ?) du côté de la production. Les commentaires innombrables, intarissables, et le plus souvent inutiles, des récits de Kafka témoignent à leur tour d'une réception naïvement égocentrique. Kafka, lui, est capable de se placer de l'un et de l'autre côté, mais successivement. Et c'est *Le Verdict* — toujours lui — qui peut en fournir le meilleur exemple.

Le 11 février 1913, Kafka note dans son *Journal* : « À l'occasion de la correction des épreuves du *Verdict*, j'écris, dans la mesure où elles sont présentes à mon esprit, toutes les relations qui sont devenues claires pour moi dans ce récit. Cela est nécessaire, car ce récit est sorti de moi comme une véritable naissance, tout couvert de saletés et de mucus, et seule ma main peut parvenir jusqu'à ce corps, seule elle en a le désir. » Une naissance, soit. Et c'est toujours un peu dégoûtant, n'est-ce pas, Saint Augustin ! Mais la main ? Cette main qui seule peut effectuer la naissance — voilà ce que Kafka revendique passionnément, dans un travail de soi sur soi.

Cette passion de Kafka pour produire des récits ne venant que de soi-même, et par conséquent inimitables et inassimilables, s'entretient et s'exalte d'une conviction concernant la mort — sa mort. On lit dans son *Journal*, le 13 décembre 1914, à une date où il est dans une période créatrice exceptionnelle : « Ce que j'ai écrit de meilleur tient à cette capacité que j'ai de mourir content. Dans tous ces passages réussis et fortement convaincants, il s'agit toujours de quelqu'un qui meurt [...]. Mais pour moi [...], de telles descriptions sont secrètement un jeu, car je me réjouis de mourir dans la personne du mourant, j'exploite de façon bien calculée l'attention du lecteur concentrée sur la mort. » Dans *La Colonie pénitentiaire* comme dans *Le Procès*, comme dans *Le Verdict*, il y a en effet toujours quelqu'un qui meurt, durement, atrocement... et pour Kafka c'est un jeu, qui lui donne une supériorité sur le lecteur, qui lui donne aussi l'occasion de composer une « plainte aussi parfaite que possible », une plainte « qui suit son cours dans l'harmonie et la pureté ». Ce témoignage de l'artiste permet de revenir aussi sur la tentation, récurrente chez lui, de se suicider : et si c'était pour se donner l'occasion de vérifier sa supériorité, ou pour se donner l'occasion de pousser une plainte qui permette un déploiement d'art ? et si c'était pourquoi la tuberculose a pu relayer Felice ? Secret qu'il dissimula, en son temps, à Max Brod. L'auteur du *Monde enchanté de l'amour* ne voit que les souffrances et la production merveilleuse de son ami ; il ne soupçonne pas comment elles sont inextricablement liées.

Il faut donc envisager *La Colonie pénitentiaire* et *Le Procès* comme des productions spécialement liées à ce jeu particulier, ce jeu sans trêve jusqu'à la mort, où toute satisfaction partielle doit « être payée, et payée après coup, afin qu'aucun repos ne vous soit accordé ». Ce jeu, difficile à partager, constitue ce que Kafka appelle la littérature. Il s'agit essentiellement d'y affirmer sa liberté contre tout pouvoir, en dansant devant sa mort. Cela amène des thèmes plus ou moins originaux. Le tribunal, la loi, le juge, le père, le chef ne le sont pas particulièrement. La hache, le couteau, le couperet, les aiguilles, sans l'être davantage, représentent cependant des défis plus grands à l'imagination du conteur et de son lecteur. La cave, les trous, les terriers sont du même ordre. Les pays exotiques figurent dans la tradition des contes populaires de tous les pays. Mais où Kafka innove le plus, c'est en matière d'animaux : il en imagine des grands et des petits ; ce sont les petits qui lui appartiennent le plus profondément — ou les petits devenus géants —, et ils peuvent surgir à tout instant.

Dans la période de création intense de l'automne 1914 règnent donc la loi, les juges, mais aussi les rats et une taupe géante, et des aiguilles, et des couteaux, qui entrent par ici et qui ressortent par là, dans la Sibérie lointaine, dans une île torride des mers du Sud, dans les paysages déchiquetés et glacés que traverse le train du Grand Théâtre d'Oklahoma.

Ainsi *La Colonie pénitentiaire* est-il un récit exotique qui joue avec le thème d'une mort particulièrement affreuse, causée non par l'application d'une loi rigoureuse sur le corps d'un condamné, mais par le suicide sacrificiel d'un bourreau fanatique, et très distingué — la mort affreuse étant décrite deux fois, avec des variations pour renforcer l'effet recherché. Ce que l'on n'a pas suffisamment examiné, c'est pourquoi Kafka souhaitait un dénouement plus cohérent. D'une façon curieuse, il imagine différentes scènes avec métamorphoses animales. Ces ébauches se trouvent dans son *Journal* au mois d'août 1917 (*cf.* pp. 1108-1110). Le voyageur se transforme en chien sautant partout, ou bien les bagnards reçoivent l'ordre de casser le plus

menu possible les cailloux du chemin, pour qu'un serpent délicat qui s'appelle Madame puisse s'y glisser sans s'égratigner. Il
apparaît ainsi que les animaux et les êtres humains sont facilement interchangeables. Tout cela est nébuleux et fascinant :
Kafka lui-même en convenait. La question naît aussi de savoir
si une métamorphose animale « gêne » plus le lecteur au début
d'un récit qu'à la fin. Quoi qu'il en soit, le récit exotique qu'est
*La Colonie pénitentiaire* tend vers un autre ordre dans lequel
l'animalité est en puissance d'humanité, autant que l'inverse !
Et le conte permet de le suggérer avec une telle assurance que
le lecteur est bien forcé de l'admettre — quitte à se lancer par
après dans un commentaire infini...

En dépit des apparences, *Le Procès* est aussi un conte, ou un
recueil de contes des plus étranges. Kafka procéda d'une façon
qui ne lui était pas habituelle. Nous employons à dessein le
verbe « procéder » : pour suggérer qu'il faut prendre le mot
« procès » dans tous les sens possibles, le processus de l'écriture et la procédure judiciaire fournissant la matière du récit.
Toutes ces significations sont présentes en allemand comme en
français, parce que cela vient du latin ! — Du reste, Kafka dans
son manuscrit écrit « Process » (et non *Prozess*, aujourd'hui
plus usuel).

Malcolm Pasley, l'éditeur anglais qui a longtemps jalousement veillé sur les manuscrits de Kafka conservés à Oxford, a
permis de renouveler beaucoup la lecture du *Procès*. Mais plus
encore, peut-être, et plus récemment Roland Reuss et Peter
Staengle [1].

L'édition critique de Malcolm Pasley (1990, S. Fischer Verlag)
fait ressortir en effet que très tôt, dès le mois d'août 1914 peut-
être, Kafka disposait du « premier chapitre », celui de l'arrestation, et du « dernier », celui de l'exécution. L'écrivain pouvait
ainsi, cette fois à partir d'un cadre bien délimité, reprendre sa
pratique consistant à plonger dans le flux de son inspiration,
au long des nuits, jusqu'à épuisement. Malcolm Pasley pense

---

1. Voir la Préface, pp. 25-27.

que Kafka constituait des liasses de feuillets quand un « chapitre » était terminé ; tandis que les autres feuilles restaient en
attente, simplement placées les unes sur les autres. Et l'éminent
« scholar » de suggérer que le texte réel du *Procès* ressemble à
la muraille de Chine : les différents « chapitres » correspondent
à des tronçons plus ou moins achevés, tandis que l'ensemble
est assez bien dessiné et assure une ligne narrative générale,
objectif que l'écrivain cherchait sans aucun doute à atteindre,
vu les difficultés de son travail pour achever *Le Disparu*. Il s'agit
donc ici d'un procédé expérimental, que Kafka ne reprendra
jamais par la suite.

Roland Reuss et Peter Staengle, à partir du moment où le
Literaturarchiv de Marbach eut acheté l'original du *Procès* à
Londres, chez Sotheby's, à l'automne 1988 (1,1 million de
livres, prix alors inégalé pour un manuscrit littéraire) purent
concevoir l'idée simple et géniale de le reproduire en fac-
similé. Leur travail ne fut publié qu'en 1997 — et fait partie de
leur « Historisch-Kritische Ausgabe », édition historico-critique
de toute l'œuvre de Franz Kafka[1] : une entreprise grandiose,
s'il en est... *Le Procès* se présente sous la forme d'une cassette
cartonnée contenant, pour le manuscrit proprement dit, seize
fascicules non numérotés (c'est essentiel !), un fascicule d'introduction et un CD-Rom reprenant la version papier. — L'examen de cette édition tout à fait particulière, et difficilement
surpassable pour la connaissance du manuscrit, révèle d'une
part que le travail de Kafka a été d'une profusion proliférante
pendant l'été et l'automne de 1914 ; et d'autre part que la chronologie précise de cette production ne peut pas être saisie,
Kafka ayant noirci des feuilles se trouvant au total dans dix
cahiers différents : la notion d'inachèvement vaut donc ici à la
fois pour l'ensemble et pour le détail du texte. Ainsi, le manuscrit du *Procès* est un ensemble « ouvert » ; lui conférer une
forme « fermée », comme tous les éditeurs l'ont fait depuis Max
Brod, consistera toujours à aller au-delà de Kafka, à prétendre
faire mieux que lui !

---

1. *Cf.* Repères bibliographiques, p. 48.

Pour la genèse du texte, il n'est pas exclu que Kafka ait commencé par la fin, intitulée simplement *Ende*. Sans pouvoir entrer ici dans le détail, la meilleure raison nous paraît être que ce texte se trouvait au tout début d'un cahier (désigné par les éditeurs comme *Processheft 1*) qui lui-même a pu être commencé pour un travail de grande ampleur. Le fac-similé montre clairement que ce texte a procédé d'un seul jet, ne comportant que des corrections ou des reprises immédiates, avec quelquefois des graphies ou des lapsus très ambigus, voire révélateurs [1]. Cette hypothèse (que nous faisons) du début par la fin permet aussi de comprendre comment la scène de l'Askanischer Hof a pu être « réglée » en grande partie par Kafka lui-même comme un drame, et un drame si intime qu'il fut de nature à favoriser le travail secret (en grande partie inavouable même pour l'écrivain) de son inspiration poétique... Ne se juge-t-il pas dans son *Journal*, le 23 juillet 1914 « diabolique en toute innocence » ?

Commencer par écrire *Ende*, c'est sans doute beaucoup plus qu'une plaisanterie facile ; c'est un véritable mot d'articulation entre la vie et l'écriture. Il nous semble que s'explique mieux ainsi le caractère de tout ce « passage », au sens fort du mot — récit d'un trépas, d'un trépassement ; ce chapitre est une pochade macabre et pathétique, d'un humour noir, très visuel, conforme au génie essentiel de Franz Kafka. Et dans le manuscrit, F.B. traverse la scène — grandes lettres dans la page, et qui ont dû après coup étonner l'écrivain lui-même. C'est donc Felice Bauer qui traverse la scène tout d'abord, autant que Fräulein Bürstner... Et vers la toute fin, se trouve un *lapsus calami*, non corrigé, dans une suite de phrases d'abord au présent et toutes à la troisième personne : « Je lève les mains » — *Je* et non plus il... Il, c'est-à-dire K., grand K. !

Dans la présente édition, pour souligner cette singularité de la rédaction du *Procès*, pour concrétiser l'état « ouvert » de ce texte majeur de notre modernité, pour suggérer aussi en quoi pouvait consister sa diablerie (et en toute innocence, espérons-

---

1. Nous les signalons en note, *cf.* pp. 745 à 751.

le du moins !), nous isolons et nous donnons en tout premier le texte qui s'intitule *Ende*, de la main même de Kafka. Nous présentons ensuite un bref extrait du commentaire critique de Roland Reuss pour faire comprendre dans quel esprit a travaillé l'équipe des éditions Stroemfeld/Roter Stern. Nous revenons ensuite à l'édition de Malcolm Pasley que nous suivons dans l'ensemble du présent volume : donc, dix « chapitres » moins inachevés que les autres, suivis de six textes plus ou moins longs, dont le caractère fragmentaire est manifeste.

En effet, ce que l'édition de Roland Reuss et Peter Staengle présente de très stimulant à la curiosité du lecteur ne contredit en rien le principal apport de Malcolm Pasley pour l'interpréta-tion : le récit le plus célèbre de Franz Kafka ne doit pas être borné par quelque contour que ce soit ; c'est une forme ouverte où s'entrelacent des contes étranges pour s'entretenir dans la richesse du vivre et du mourir. Car le message principal est tout à fait clair : il y a une Loi ; mais nous risquons tous d'être des hors-la-loi, entourés cependant de mille juges et agents de justice, très subalternes. Certains d'entre nous, qui ne sont pas les pires du troupeau, s'en désespèrent et en crè-vent, comme des chiens. Mais ceci n'est qu'un mot du Père ; car sait-on vraiment ce qu'est un chien ? ce qu'est la honte ?... Et si, comme *Le Voyageur ragaillardi* (dans une autre fin possi-ble de *La Colonie pénitentiaire*), nous prenions ces mots à la lettre et que nous nous mettions à courir de tous côtés à quatre pattes ?

Kafka était en tout cas spécialement content de la parabole intitulée *Devant la Loi*, qu'il désignait souvent comme « la légende » (p. 1054). C'est le seul passage du livre qui fut publié de son vivant, dès septembre 1915, dans un hebdomadaire sio-niste de Prague : *Selbstwehr* (« Autodéfense »). Que Kafka ait choisi un tel « lieu » de publication devrait rendre tout lecteur prudent, pour peu qu'il se reporte au commentaire étincelant (et infini !) qui en est donné dans le « chapitre » intitulé « Dans la cathédrale » (*Im Dom*, pp. 926 à 948).

Dès 1925 pourtant, Max Brod s'empressa de publier le

manuscrit du *Procès*, mais en ne retenant d'abord que dix chapitres censés constituer le corps du roman et dans l'intention, nettement affirmée par la suite, de conquérir un large public pour l'œuvre de son ami révéré.

Quant à *La Colonie pénitentiaire*, écrite vivement en octobre 1914, elle fut imprimée en 1919 dans une édition de luxe chez Kurt Wolff. — Rappelons aussi que pendant plusieurs années Kafka aurait voulu que l'on éditât ensemble *Le Verdict*, *La Métamorphose* et *La Colonie pénitentiaire*, sous le titre commun de *Châtiments*.

# LE PROCÈS

*Le traducteur remercie Brigitte Vergne-Cain pour son travail minutieux de relecture qui a permis à la présente traduction de voir le jour.*

## FIN [1]

La veille de son trente et unième anniversaire — il était environ neuf heures du soir, l'heure où les rues sont silencieuses —, deux messieurs se présentèrent au domicile de K. En redingote, pâles et gras, portant des hauts-de-forme qui semblaient inamovibles. Après avoir échangé quelques politesses devant la porte de l'appartement pour savoir qui entrerait le premier, ils répétèrent le même cérémonial en plus grand devant la porte de K. Sans que la visite lui ait été annoncée, il était assis sur une chaise près de la porte, vêtu de noir lui aussi, en train d'enfiler de nouveaux gants qui épousaient étroitement la forme de ses doigts, dans l'attitude de quelqu'un qui attend des invités. Il se leva aussitôt et regarda les messieurs avec curiosité. « C'est donc vous qu'on me destine ? » demanda-t-il. Les messieurs acquiescèrent en se désignant mutuellement, le haut-de-forme à la main. K. s'avoua à lui-même qu'il s'était attendu à une autre visite. Il s'approcha de la fenêtre et jeta encore un coup d'œil dans la rue obscure.

1. Conformément à l'hypothèse que nous avons présentée dans la Notice (p. 737), nous plaçons en ouverture ce chapitre-clé (que l'on retrouvera cependant aussi à sa place « attitrée », p. 948). À titre exceptionnel, les notes seront ici plus nombreuses, car nous souhaitons faire percevoir au lecteur ce qu'apporte la consultation des dix fac-similés procurés par l'édition historico-critique de Roland Reuss (*op. cit.*, *cf.* Repères bibliographiques) : le « dossier » intitulé *Ende* se compose en effet de cinq pages écrites au recto et au verso à l'encre noire, avec une plume d'acier ; ces pages racontant la *Fin* se trouvaient *au tout début* du Cahier généralement désigné comme le *premier*, « Processheft 1 ».

Presque toutes les fenêtres, de l'autre côté, étaient encore sombres elles aussi, et les rideaux souvent baissés. Au même étage,
derrière une fenêtre éclairée, deux petits enfants jouaient
ensemble dans un parc et, encore incapables de se déplacer,
cherchaient à se toucher de leurs petites mains. « On m'envoie
de vieux acteurs de second ordre, se dit K. en regardant derrière
lui une nouvelle fois pour s'en convaincre. On veut m'expédier
à peu de frais. » Brusquement K. se tourna vers eux et demanda :
« Dans quel théâtre jouez-vous ? — Dans quel théâtre ? »
demanda le premier monsieur à son collègue d'un air perplexe,
tremblant du coin des lèvres. L'autre fit une mimique, tel un
muet aux prises avec un organisme rebelle. « On ne les a pas préparés à être interrogés », se dit K., et il alla chercher son chapeau.

À peine dans l'escalier, les messieurs voulurent le prendre
par le bras, mais K. leur dit : « Attendez que nous soyons dans
la rue, je ne suis pas malade. » Mais aussitôt devant la porte
d'entrée, ils lui prirent le bras comme il n'en avait encore
jamais fait l'expérience en marchant avec quelqu'un. Ils
tenaient les épaules collées derrière les siennes, et au lieu de
plier les bras, ils les enroulaient tout le long des siens, en serrant ses mains d'une prise méthodique, exercée et irrésistible.
K. avançait entre eux, le corps rigide et tendu ; ils formaient
maintenant une telle unité tous les trois, que si on en avait
renversé un, on les aurait renversés tous ensemble. C'était une
unité comme ne peuvent en former que les choses inanimées.

Sous les réverbères, K. s'efforça à maintes reprises de voir ses
compagnons plus nettement qu'il n'avait pu le faire dans la
pénombre de sa chambre, mais d'aussi près c'était difficile[1]. Ce
sont peut-être des ténors, songea-t-il à la vue de leurs épais
doubles mentons. La propreté de leurs visages le dégoûtait. On
voyait littéralement encore la main qui leur avait nettoyé le coin
des yeux, frotté la lèvre supérieure, récuré les plis du menton[2].

1. Dans le manuscrit, on lit ici, sur une ligne, une phrase interrompue et
biffée : « Chaque fois, il était effrayé par le teint blême de leurs visages ».
2. On trouve ici une phrase biffée, sur deux lignes : « , leurs sourcils étaient
comme appliqués sur la peau, et n'arrêtaient pas de monter et de descendre,

Remarquant cela, K. s'immobilisa, et du coup les deux autres en firent autant ; ils étaient au bord d'une place aérée et déserte, ornée de massifs de fleurs. « Pourquoi est-ce précisément vous qu'on a envoyés ! » dit-il, et c'était plus un cri qu'une question. Les messieurs ne savaient apparemment que répondre ; ils attendaient, laissant baller leur bras inoccupé, comme font les infirmiers quand un malade veut se reposer. « Je n'irai pas plus loin », dit K. pour voir leur réaction. À cela les messieurs n'avaient pas besoin de répondre, il leur suffisait de maintenir leur étreinte et d'essayer de soulever K. pour le faire avancer, mais K. résista. « Je n'aurai plus beaucoup besoin de mes forces, je vais utiliser maintenant toutes celles dont je dispose », pensa-t-il. Il songea aux mouches qui essaient de se libérer de la glu en y laissant leurs petites pattes arrachées. « Ces messieurs vont avoir du travail. »

C'est alors que devant eux, F.B. [1] sortit d'une rue en contrebas et grimpa sur la place par un petit escalier. Il n'était pas tout à fait certain que ce fût elle, quoique la ressemblance fût forte. D'ailleurs K. ne se souciait guère que ce soit vraiment F.B. ; seule l'inutilité [2] de sa résistance le frappa soudain. Il n'y avait rien d'héroïque à résister, à faire maintenant des difficultés à ces messieurs, à tenter, en se défendant, de goûter un dernier semblant de vie. Il se mit en route, et un peu de la joie qu'il procura ainsi aux messieurs [3] passa en lui. Ils le laissèrent à présent décider de l'itinéraire, et il choisit d'emboîter le pas à la demoiselle devant eux, non qu'il eût voulu la rattraper,

indépendamment du mouvement de la marche. » — Le côté farce, burlesque, était-il trop appuyé ?

**1.** On a réellement un choc en découvrant ici dans le manuscrit non pas « Fräulein Bürstner » — comme Max Brod et Malcolm Pasley l'ont rétabli, en toute logique bien sûr —, mais F.B., c'est-à-dire les initiales de Felice Bauer. Or ce chapitre a été écrit très peu de temps après la « scène du tribunal de l'Askanischer Hof », qui déclara rompues les fiançailles entre F.B. et Kafka, le 12 juillet 1914.    **2.** Avant ce mot, *Wertelosigkeit*, Kafka avait amorcé *Gleichg(ültigkeit)*, « indiff(érence) ».    **3.** Kafka avait d'abord écrit *Wächter* (« gardes »), qu'il corrigea aussitôt, vu que dès le début du chapitre il est question de « messieurs » (*Herren*).

non qu'il eût voulu la voir aussi longtemps que possible, mais pour ne pas oublier l'avertissement qu'elle constituait à ses yeux. « La seule chose que je puisse faire maintenant, se dit-il, et le rythme de ses pas réglé sur ceux des trois [1] autres le confirma dans ses pensées, la seule chose que je puisse faire, c'est conserver jusqu'au bout mon sang-froid et mon esprit d'analyse. J'ai toujours voulu avoir une vingtaine de mains pour m'en prendre à l'univers entier, et ce, dans un but contestable. J'avais tort ; dois-je montrer à présent que même un procès d'un an ne m'a pas servi de leçon ? Dois-je m'en aller en homme incapable de comprendre ? Faut-il qu'on puisse raconter qu'au début du procès, je voulais le terminer, et qu'arrivé maintenant à son terme, je veux le recommencer ? Je ne veux pas qu'on dise cela. Je suis reconnaissant qu'on m'ait donné, pour m'escorter sur ce chemin, des messieurs à demi muets et inintelligents, et qu'on m'ait laissé le soin de m'adresser à moi-même les paroles qui s'imposent. »

Entre-temps, la demoiselle avait pris une ruelle transversale, mais K. pouvait se passer d'elle désormais, et il s'abandonna à ses compagnons. En parfaite harmonie, ils franchirent tous trois [2] un pont au clair de lune ; les messieurs obéissaient maintenant à sa moindre impulsion ; lorsqu'il se dirigea légèrement vers le parapet, ils se tournèrent eux aussi d'un seul bloc. Les eaux qui étincelaient en frémissant sous le clair de lune se divisaient autour d'une petite île où arbres et buissons formaient une sorte de masse compacte de verdure. Au-dessous d'eux, invisibles à présent, s'étendaient des allées de graviers aux bancs confortables où K. s'était allongé et prélassé pendant bien des étés. « Je n'avais pas du tout l'intention de m'arrêter », dit-il à ses compagnons, honteux de les voir si complaisants. Dans le dos de K., le premier

---

1. Max Brod avait corrigé (sans le signaler) ce chiffre *deux* qui lui paraissait erroné, alors que « les trois autres », loin d'être absurde, signifie que F. B. est comptée avec les autres à ce moment précis de la marche.    2. Avant de le biffer, Kafka avait écrit : *Sie zogen* (« Ils franchirent ») qu'il corrigea en *Alle drei zogen*, ce qui renoue avec « ils formaient une telle unité tous les trois » (p. 746).

sembla adresser au second un léger reproche pour cet arrêt dû à une méprise [1], puis ils continuèrent.

Ils passèrent par quelques rues montantes où des policiers étaient postés ici et là, ou bien faisaient leur ronde, parfois au loin, parfois tout près [2]. Un policier à la moustache broussailleuse, la main posée sur le manche de son sabre [3], s'approcha comme avec une intention précise de ce groupe un peu suspect [4]. Les messieurs s'arrêtèrent, le policier paraissait sur le point d'ouvrir la bouche, lorsque K. entraîna violemment les messieurs en avant. Il se retourna par prudence de temps à autre pour voir si le policier ne les suivait pas ; mais lorsqu'ils furent séparés de lui par un coin de rue, K. se mit à courir, et les messieurs durent le suivre, bien que très essoufflés.

Ils sortirent ainsi rapidement de la ville, qui dans cette direction débouchait presque sans transition sur la campagne. Une petite carrière de pierre abandonnée et déserte se trouvait près d'un immeuble d'aspect encore très citadin. C'est là que les messieurs firent halte, soit que cet endroit eût été leur but dès le début, soit qu'ils fussent trop épuisés pour continuer à courir. Ils lâchèrent K., qui attendit en silence ; ils ôtèrent leurs hauts-de-forme et, tout en considérant la carrière, essuyèrent avec leurs mouchoirs la sueur de leur front. Partout brillait le clair de lune, avec ce naturel et ce calme qu'aucune autre lumière ne possède.

Après un échange de politesses pour savoir qui aurait à exécuter les tâches suivantes — il semblait que les messieurs avaient

---

**1.** Cette précision ajoutée au-dessus de la ligne remplace la première formulation qui disait : « ... reproche, parce qu'il s'était immobilisé. »  **2.** La première formule *in der Nähe* (« à proximité ») a été renforcée ici par l'ajout, au-dessus de la ligne, du superlatif *in nächster Nähe*, « tout près ».  **3.** Ont été barrés ici les mots précisant que ce sabre « lui avait été confié par l'État » (*des /vom Staat ihm anvertrauten/ Säbels*).  **4.** Le manuscrit montre ici que quatre lignes biffées sont en outre globalement rayées par un trait transversal, mais avec deux demi-lignes (* et **) qui ne sont pas raturées horizontalement. Le contenu est remarquable : « L'État me propose son aide /*murmura K. à l'oreille de l'un des messieurs/. Comme si je faisais tomber d'un seul coup tout le procès dans le ressort de l'État. Et cela pourrait même m'amener /** à devoir prendre la défense des messieurs contre l'État. »

reçu leurs ordres sans répartition précise —, l'un d'eux s'approcha de K. et lui ôta sa veste, son gilet et, pour finir, sa chemise. K.
frissonna malgré lui, et le monsieur lui donna une légère tape
dans le dos pour le réconforter. Puis il replia soigneusement les
affaires de K., comme on le fait pour des choses dont on se resservira, même si ce n'est pas dans l'immédiat. Pour ne pas laisser K.
immobile et exposé à la fraîcheur nocturne, il le prit par le bras
et fit les cent pas avec lui, tandis que l'autre monsieur cherchait
dans la carrière un endroit idoine. Lorsqu'il l'eut trouvé, il fit un
signe, et l'autre monsieur y conduisit K. C'était près de la paroi ;
il y avait là un bloc qui s'était détaché [1]. Les messieurs firent
asseoir K. par terre, l'appuyèrent contre [2] la pierre et disposèrent
sa tête dessus. Malgré toute la peine qu'ils se donnèrent et toute
la complaisance qu'il leur manifesta, l'attitude de K. restait des
plus contraintes et fort peu vraisemblable. Le premier monsieur
demanda donc à l'autre de lui laisser un instant le soin de mettre
K. en position, mais cela n'améliora guère les choses. Ils finirent
par laisser K. dans une posture qui n'était même pas la meilleure
de celles qu'ils avaient trouvées jusque-là. Le même monsieur
ouvrit alors sa redingote et, d'un fourreau suspendu à un ceinturon qui enserrait son gilet, il sortit un long couteau de boucher
aiguisé, à double tranchant ; il le tint en l'air [3] et examina les deux
tranchants à la lumière. Les politesses écœurantes recommencèrent, le premier tendit par-dessus K. [4] le couteau au second, et
celui-ci le lui tendit en sens inverse. K. savait fort bien, à présent,
que son devoir eût été de s'emparer du couteau qui passait de
main en main au-dessus de lui, et de se transpercer. Mais il n'en
fit rien, et tourna son cou encore libre en regardant autour de lui.
Il ne pouvait se montrer entièrement à la hauteur, il ne pouvait
faire tout le travail des autorités ; le responsable de cette dernière

---

1.　On lit ensuite, barré d'un trait horizontal : « ayant la forme d'une souche
basse ».　　2. On voit aux deux mots raturés « et disposèr... » que le premier
jet fut précisé par « l'appuyèrent contre » : *und bett/lehnten ihn an den Stein.*
3.　Cette précision, très visuelle, a été ajoutée aussitôt en raturant le premier
jet qui disait directement « il examina les deux tranchants ».　　4. Même type
de repentir immédiat ici (ajout au-dessus de la ligne : *über K. hinweg*), puisque le premier jet disait simplement « tendit à l'autre le couteau ».

erreur, c'était celui qui lui avait refusé le reste [1] des forces nécessaires à cet acte. Son regard tomba sur le dernier étage de
l'immeuble qui jouxtait la carrière. Comme une lumière soudainement allumée, les battants d'une fenêtre s'y ouvrirent ; au loin,
là-haut, une figure humaine frêle et indécise se pencha tout d'un
coup en avant, et tendit [2] les bras encore plus loin. Qui était-ce ?
Un ami ? Un être bon ? Un être compatissant ? Quelqu'un qui
voulait aider ? Était-ce quelqu'un de seul ? Tout le monde l'était-
il ? Y avait-il encore un secours ? Y avait-il des objections qu'on
avait oubliées ? Bien sûr, il y en avait. La logique a beau être inébranlable, elle ne résiste pas à quelqu'un qui veut vivre. Où était [3]
le juge qu'il n'avait jamais vu ? Où était [4] le haut tribunal auquel
il n'avait jamais accédé [5] ? Il leva les mains [6] en écartant tous les
doigts.

Mais sur la gorge de K. se posèrent les mains d'un des messieurs,
tandis que l'autre lui enfonçait le couteau dans le cœur et l'y
retournait deux fois. De ses yeux défaillants, K. vit encore, tout
près de son visage [7], les messieurs appuyés l'un contre l'autre, joue
contre joue, qui regardaient s'accomplir la décision. « Comme un
chien ! » dit-il, c'était comme si la honte devait lui survivre [8].

---

1. Ici, deux adjectifs ont été successivement raturés, d'abord « manquant » :
*den fehlenden Rest*, puis, juste au-dessus, l'adjectif « nécessaire » (*nöti-
gen*).       2. Un premier verbe, raturé, disait « écarta » (*breitete*), « tendit »
(*streckte*) le remplace à la fin de la ligne.       3. Ce verbe était d'abord au présent,
et la phrase disait seulement « Où est le juge ? », car la suite « qu'il n'avait jamais
vu » a été ajoutée au-dessus de la ligne.       4. Même chose, Kafka avait d'abord
écrit : « Où est le haut tribunal ? », qui sonne comme une question métaphysique,
fondamentale, car déconnectée pour ainsi dire du destin de l'individu K. La suite
« auquel il n'avait jamais accédé » est écrite au-dessus de la ligne.       5. Une
phrase ici a été biffée, qui disait : « J'ai quelque chose à dire » : *Ich habe zu reden*
(souligné par nous).       6. Le lapsus calami continue : « Je lève (corrigé en « leva ») la main (corrigé en « les mains ») : *Ich hebe(/hob) die Hand (Hände)*.
7. Cette indication « tout près de son visage », *nahe vor seinen* (sic) *Gesicht*, a été
ajoutée au-dessus de la ligne, à cet endroit précis.       8. Ici, avant de « trouver »
cette phrase aujourd'hui célèbre, Kafka a essayé deux formulations, écrites à la
suite, sur la ligne, puis biffées : « , son dernier sentiment de vivant fut la honte.
jusque dans l'ultime [moment de son] trépas la honte ne lui fut pas épargnée. »
— , *sein letztes Lebensgefühl war Scham. bis ins letzte Sterben blieb ihm die
Scham nicht erspart. Cf.* Notice, p. 733.

# Remarques à propos du Cahier
## *Quelqu'un avait dû calomnier Josef K.* [1]

**1.** In *Le Procès*, p. 105, édition historico-critique des œuvres de F. Kafka, par Roland Reuss avec la collaboration de Peter Staengle, Stroemfeld/Roter Stern 1997. Voir la Notice sur l'Été 1914, p. 729.

Verso de la deuxième des cinq feuilles composant l'ensemble manuscrit intitulé « Fin ». On y trouve *la demoiselle* (das Fräulein, à la ligne 14) désignée d'abord par les simples initiales F. B. (lignes 2 et 5) qui sont bien connues, depuis la dédicace pour *Le Verdict* (p. 358), comme celles de Felice Bauer (*cf.* p. 729 et suivantes).

## PARTICULARITÉS

Cet ensemble, qui apparut seulement comme achevé une fois qu'il eut reçu — après-coup — une feuille portant le n° 25, en partie sténographiée, n'a pas (n'a plus ?) de feuille de couverture. Entre autres questions, celle de son titre définitif (de ses titres définitifs ?) doit donc rester en suspens. On ne peut pas non plus s'appuyer sur une indication provisoire de Kafka concernant le titre à donner aux 25 feuillets de cette liasse. La déclaration générale de Max Brod lors de sa première édition du *Procès* en 1925, disant que « la subdivision en chapitres, ainsi que les titres des chapitres étaient dus à Kafka » n'implique pas qu'il ait nécessairement trouvé une feuille de couverture pour le chapitre initial qui (selon lui) « portait l'inscription Arrestation/Conversation avec Mme Grubach/Puis Mlle Bürstner ». Pour des raisons évidentes[1], Brod devait éviter tout ce qui eût contribué à affaiblir le caractère achevé et intégral du texte qu'il publiait, et une comparaison entre le manuscrit et cette première édition montre qu'il a choisi de faire un certain nombre de compromis dans cette optique.

Le manuscrit tel qu'il est conservé et le principe d'une édition qui, dans le cas du *Procès*, repose uniquement sur le manuscrit ne peut donc autoriser aucune solution d'ordre divinatoire, qui serait fondée sur une interprétation contestable de la remarque de Max Brod. Le choix opéré par l'édition historico-critique des œuvres de F. Kafka est donc — contrairement

---

**1.** On peut les lire en français dans son Post-scriptum à la 2ᵉ édition, pp. 348-349, *Le Procès*, 2ᵉ édition, NRF Gallimard, 1957.

au procédé adopté par Brod — de désigner cette liasse (comme toujours en pareils cas) par les premiers mots du texte : « *Quelqu'un avait dû calomnier Josef K.* »

© Stroemfeld Verlag, 1997.

*Traduit par B. Vergne-Cain et G. Rudent*
*(avec l'aimable autorisation de R. Reuss)*

## ARRESTATION

Quelqu'un avait dû calomnier Josef K., car sans qu'il eût rien fait de mal, il fut arrêté un matin. La cuisinière de Mme Grubach, sa logeuse, qui tous les jours lui apportait son petit-déjeuner vers huit heures, ne vint pas cette fois-là. Cela n'était encore jamais arrivé. K. attendit encore un petit moment ; appuyé contre son oreiller, il vit la vieille dame qui habitait en face de chez lui en train de l'observer avec une curiosité tout à fait inhabituelle ; mais ensuite, sous l'effet simultané de la surprise et de la faim, il sonna. Aussitôt l'on frappa, et un homme entra, qu'il n'avait encore jamais vu dans cette maison. Il était svelte et pourtant de solide constitution, il portait un costume noir moulant qui, à l'instar des vêtements de voyage, était muni de divers rabats, poches, boucles, boutons et d'une ceinture, par suite de quoi, sans qu'on fût en mesure d'en désigner l'usage, il semblait particulièrement pratique. « Qui êtes-vous ? » demanda K. en se redressant aussitôt à moitié dans son lit. Mais l'homme ignora la question, comme s'il fallait accepter son apparition, et répondit simplement : « Vous avez sonné ? — Il faut qu'Anna m'apporte mon petit-déjeuner », fit K., et il essaya d'abord, en gardant le silence, par un effort d'attention et de réflexion, d'établir qui pouvait être cet homme. Mais ce dernier ne s'exposa pas trop longtemps à son regard ; il se tourna vers la porte, et l'entrouvrit pour dire à quelqu'un qui visiblement se trouvait juste derrière : « Il veut qu'Anna lui apporte son petit-déjeuner. » Un léger rire résonna alors dans la pièce voisine ; à l'entendre, on ne pouvait être certain que plusieurs personnes n'y eussent part. Quoique l'inconnu n'ait rien pu

apprendre ainsi qu'il ne sût déjà, il tint à dire à K. sur le ton
de la proclamation : « C'est impossible. — Ce serait bien la
première fois », fit K. en sautant de son lit pour enfiler rapidement son pantalon. « Je m'en vais voir quelle sorte de gens se
trouvent à côté, et comment madame Grubach va me rendre
compte de ce dérangement. » À vrai dire, il lui vint tout de suite
à l'esprit qu'il n'aurait pas dû déclarer cela tout haut, et qu'il
reconnaissait ainsi en quelque sorte un droit de regard à l'inconnu ; mais cela ne lui paraissait guère important à présent.
Ce fut pourtant ainsi que l'inconnu perçut ses propos, car il
dit : « Ne préférez-vous pas rester ici ? — Je ne veux ni rester
ici, ni que vous m'adressiez la parole, tant que vous ne vous
serez pas présenté. — Cela partait d'une bonne intention », fit
l'inconnu en ouvrant alors lui-même la porte. Dans la pièce
voisine, où K. entra plus lentement qu'il ne le souhaitait, tout
semblait, à première vue, exactement comme la veille au soir.
C'était le salon de Mme Grubach, peut-être y avait-il aujour-
d'hui dans cette pièce surchargée de meubles, de napperons,
de porcelaines et de photographies, un peu plus de place que
d'habitude, on ne s'en rendait pas compte tout de suite, d'autant moins que le principal changement tenait à la présence
d'un homme qui était assis près de la fenêtre ouverte, avec un
livre, et qui leva maintenant les yeux. « Vous auriez dû rester
dans votre chambre ! Franz ne vous l'a-t-il donc pas dit ? — Si,
et qu'est-ce que vous voulez ? » fit K., dont le regard se porta
du nouveau venu vers le dénommé Franz, qui était resté dans
l'embrasure de la porte, avant de revenir à l'autre. Par la fenêtre
ouverte, on apercevait encore la vieille dame qui, avec une
curiosité vraiment sénile, s'était approchée de la fenêtre, maintenant juste en face, pour continuer à tout regarder. « Je m'en
vais dire à madame Grubach... », fit K. en paraissant s'arracher
à l'emprise des deux hommes, pourtant à bonne distance de
lui, et il voulut avancer. « Non, fit l'homme près de la fenêtre
en jetant le livre sur une petite table et en se levant. Vous n'avez
pas le droit de vous en aller, car vous êtes prisonnier. — Cela
en a tout l'air, fit K. Et pourquoi donc ? demanda-t-il ensuite.

— Nous ne sommes pas chargés de vous le dire. Allez dans votre chambre et attendez. La procédure vient d'être engagée, et vous apprendrez tout en temps voulu. J'outrepasse ma mission en vous parlant aussi amicalement. Mais j'espère que personne, à part Franz, ne m'entend, et d'ailleurs lui aussi vous traite gentiment, à l'encontre du règlement. Si vous continuez à avoir autant de chance que pour la désignation de vos gardiens, vous pouvez avoir confiance. » K. voulait s'asseoir, mais il vit à présent qu'il n'y avait rien d'autre dans la pièce, hormis la chaise près de la fenêtre. « Vous comprendrez bientôt combien tout cela est vrai », fit Franz en s'avançant vers lui en même temps que l'autre homme. Ce dernier, en particulier, était nettement plus grand que K. et ne cessait de lui taper sur l'épaule. Tous deux examinèrent la chemise de nuit de K. et dirent qu'il allait devoir à présent en mettre une bien moins belle, mais qu'ils lui garderaient celle-ci avec tout le reste de son linge, et le lui rendraient si son affaire se terminait bien. « Mieux vaut nous donner vos effets, plutôt que de les laisser au dépôt, dirent-ils, car au dépôt, il y a souvent des vols, et de surcroît on y vend toutes les affaires après un certain temps, sans se soucier que la procédure correspondante soit ou non terminée. Et combien ces procès-là s'éternisent, surtout ces derniers temps ! Bien sûr, vous finiriez par obtenir du dépôt le produit de la vente, mais d'une part, cette recette est déjà minime en soi, car au moment de la vente ce n'est pas le montant de l'offre qui est déterminant, mais celui du pot-de-vin ; d'autre part l'expérience montre que le produit de ces ventes s'amenuise en passant de main en main et au fil des années. » K. ne fit guère attention à ce discours ; il attachait peu de valeur au droit qui était peut-être encore le sien de disposer de ses affaires ; il lui importait bien davantage d'obtenir des éclaircissements sur sa situation ; mais en présence de ces gens, il ne pouvait même pas réfléchir, le ventre du deuxième garde — car ce ne pouvaient être que des gardes — venait sans cesse buter presque amicalement contre lui ; pourtant lorsqu'il levait les yeux, il apercevait un visage fort mal assorti à ce corps rebondi : sec, osseux, au nez fort, tordu d'un côté, et qui échangeait au-dessus de lui des signes de connivence avec l'autre garde. Quelle sorte de gens était-ce donc là ? De quoi parlaient-ils ? À quelle administration appartenaient-ils ? K. vivait pourtant dans un État régi par le Droit, partout régnait la paix, toutes les lois étaient en vigueur, qui osait l'agresser chez lui ? Il avait toujours tendance à prendre les choses à la légère, autant que possible, à ne croire au pire que lorsque le pire arrivait, à ne prendre aucune précaution pour l'avenir, même lorsqu'il était entouré de menaces. Mais ici, cette attitude ne lui semblait pas être la bonne ; certes, on pouvait considérer cette affaire comme une plaisanterie, une grossière plaisanterie que, pour des motifs inconnus, peut-être parce que c'était aujourd'hui son trentième anniversaire, ses collègues de la banque lui avaient faite, c'était possible, bien sûr : peut-être lui suffirait-il de rire d'une certaine manière au nez des gardes, et ils riraient avec lui, peut-être étaient-ce des commissionnaires du coin de la rue, ils en avaient un peu l'air — cependant, presque depuis l'instant où il avait aperçu le garde Franz, il était cette fois fermement résolu à ne pas lâcher le moindre avantage qu'il pourrait avoir sur ces gens. Le risque qu'on dise après coup qu'il n'avait pas compris la plaisanterie, était tout à fait négligeable à ses yeux ; en revanche — sans qu'il eût d'ailleurs pour habitude de tirer la leçon de ses expériences —, il se souvenait de certains cas, en soi sans importance, où à la différence de ses amis, il avait sciemment adopté une conduite imprudente, sans le moins du monde envisager les conséquences éventuelles, et où il en avait été puni par ce qui avait résulté. Cela ne devait pas se reproduire, en tout cas pas cette fois ; si c'était une comédie, eh bien il y jouerait son rôle.

Pour l'instant, il était encore libre. « Permettez, fit-il en se glissant précipitamment entre les gardes pour rentrer dans sa chambre. — Il a l'air raisonnable », entendit-il derrière lui. Aussitôt dans sa chambre, il tira brusquement les tiroirs de son secrétaire ; tout y était très bien rangé, mais, dans son agitation, il ne trouva pas tout de suite les papiers d'identité que précisé-

ment il cherchait. Il finit par trouver le certificat d'immatricula-
tion de son vélo, et il allait le montrer aux gardes, mais ce
document lui sembla trop insignifiant : il continua à chercher
et trouva son extrait de naissance. Au moment où il entra de
nouveau dans la pièce voisine, la porte d'en face s'ouvrit, et
Mme Grubach fit mine d'entrer. On ne la vit qu'un instant, car
à peine avait-elle reconnu K. qu'elle fut prise d'un embarras
évident, présenta ses excuses, et disparut en fermant la porte
avec force précautions. K. eut juste le temps de dire : « Mais
entrez ». Debout au milieu de la pièce avec ses papiers, l'œil
encore rivé sur la porte qui ne se rouvrait pas, il fut tiré de sa
torpeur par un appel des gardes, assis à la petite table devant
la fenêtre ouverte et, K. s'en rendit compte à présent, en train
de dévorer son petit-déjeuner. « Pourquoi n'est-elle pas
entrée ? demanda-t-il. — Elle n'a pas le droit, fit le plus grand.
Après tout, vous êtes en état d'arrestation. — Comment puis-je
être en état d'arrestation ? Et de cette manière, qui plus est ?
— Voilà que vous recommencez, maintenant, fit le garde en
trempant une tartine dans le petit pot de miel. Nous ne répondons pas à ce genre de questions. — Vous allez devoir y répondre, fit K. Voici mes papiers, montrez-moi les vôtres maintenant
et avant tout, le mandat d'arrêt. — Bonté divine ! fit le garde.
Pourquoi faut-il que vous soyez incapable de vous adapter à
votre situation et que vous sembliez déterminé à nous irriter
inutilement, nous qui, parmi vos semblables, sommes sans
doute les plus proches de vous ! — Il a raison, croyez-le », fit
Franz qui, au lieu de porter à sa bouche la tasse de café qu'il
tenait à la main, lança à K. un regard probablement entendu,
mais incompréhensible. K. échangea malgré lui plusieurs
regards avec Franz, puis se mit tout de même à déplier ses
papiers en disant : « Voici mes papiers d'identité. — Que voulez-vous que nous en fassions ? s'écria alors le grand garde.
Votre comportement est pire que celui d'un enfant. Que voulez-vous donc ? Voulez-vous hâter la fin de votre maudit grand
procès en discutant d'identité et de mandat d'arrêt avec nous
autres gardes ? Nous sommes des employés, à peine capables

de nous y retrouver dans des papiers d'identité, et dont le seul
lien avec votre affaire est que nous montons la garde dix heures
par jour chez vous en étant payés pour cela. Voilà tout ce que
nous sommes ; cependant nous sommes capables de nous rendre compte que les hautes autorités que nous servons, avant
d'ordonner une telle arrestation, se renseignent très précisément sur les motifs de l'arrestation et sur la personne du prévenu. Il n'y a pas d'erreur à ce niveau. Les autorités dont nous
relevons, pour autant que je les connaisse, et je n'en connais
que les échelons les moins élevés, ne sont pas du genre à aller
rechercher la faute au sein de la population ; au contraire,
comme le dit la loi, c'est la faute qui les attire, et elles doivent
alors nous envoyer, nous autres gardes. C'est la loi. Où pourrait-il y avoir erreur ? — J'ignore cette loi, fit K. — Tant pis pour
vous, fit le garde. — Elle n'existe sans doute que dans vos
têtes », dit K., qui voulait se glisser d'une manière ou d'une
autre dans les pensées des gardes, les tourner à son avantage
ou s'y nicher. Mais le garde ignora simplement sa remarque en
disant : « Vous en sentirez les effets. » Franz intervint alors :
« Tu vois, Willem, il reconnaît qu'il ignore la loi, et affirme en
même temps être innocent. — Tu as parfaitement raison, mais
il n'y a pas moyen de lui faire rien entendre », dit l'autre. K. ne
répondit plus rien ; dois-je, songea-t-il, me laisser troubler
encore davantage par les sornettes de ces sous-fifres — puisqu'eux-mêmes se reconnaissent comme tels ? De toutes les
façons, ils parlent de choses auxquelles ils ne comprennent
rien. Leur assurance ne tient qu'à leur bêtise. Deux ou trois
mots que j'échangerai avec une personne de mon niveau ren-
dront les choses incomparablement plus claires qu'une interminable conversation avec ces individus. Il arpenta un certain
nombre de fois l'espace restant libre dans la pièce ; de l'autre
côté, il vit la vieille dame : elle avait attiré à la fenêtre un vieillard encore plus âgé, qu'elle tenait dans ses bras. K. devait mettre fin à cette exhibition : « Conduisez-moi à votre supérieur,
dit-il. — Quand il le souhaitera ; pas avant, fit le garde qui avait
été nommé Willem. Et maintenant, ajouta-t-il, je vous conseille

d'aller dans votre chambre, d'adopter un comportement calme, et d'attendre ce qui sera décidé à votre sujet. Nous vous conseillons de ne pas vous disperser en pensées inutiles, mais de vous concentrer, car il sera beaucoup exigé de vous. Vous ne nous avez pas traités comme notre prévenance l'eût mérité ; quoi que nous soyons par ailleurs, vous avez oublié qu'actuellement, par rapport à vous, nous sommes au moins des hommes libres, et ce n'est pas un mince avantage. Malgré tout, si vous avez de l'argent, nous sommes prêts à aller vous chercher une petite collation au café d'en face. »

Sans répondre à cette offre, K. demeura immobile un petit instant. Peut-être les deux hommes n'oseraient-ils pas le retenir s'il ouvrait la porte de la chambre voisine, ou même la porte de l'antichambre ; peut-être la solution la plus simple de toute cette histoire serait-elle de la pousser à l'extrême. Mais peut-être qu'alors ils porteraient la main sur lui, et une fois vaincu, il perdrait aussi la supériorité qu'il conservait malgré tout encore, dans une certaine mesure, vis-à-vis d'eux. C'est pourquoi, préférant la certitude de la solution qu'apporterait forcément le cours naturel des choses, il retourna dans sa chambre sans qu'un autre mot fût prononcé par lui ou par les gardes.

Il se jeta sur son lit et prit sur la table de chevet une belle pomme qu'il avait mise de côté la veille au soir pour son petit-déjeuner. À présent il allait se réduire à cette pomme ; en tout cas, comme il s'en assura en y mordant à belles dents, elle était bien meilleure que le petit-déjeuner venant d'un troquet minable qu'il aurait pu obtenir par les bonnes grâces des gardes. Il se sentait en forme, confiant ; certes, il n'était pas à son poste à la banque, ce matin, mais vu la position relativement élevée qu'il y occupait, cela lui serait aisément pardonné. Devrait-il présenter la véritable excuse ? Il envisageait de le faire. Si on ne le croyait pas, ce qui serait compréhensible dans le cas présent, il pourrait invoquer le témoignage de Mme Grubach ou bien celui des deux vieillards de l'autre immeuble, qui étaient sans doute en train de s'acheminer vers la fenêtre d'en face. K. s'étonnait, ou du moins il trouvait étonnant, dans la logique des gardes, que ces derniers l'aient poussé à regagner sa chambre et l'y aient laissé seul, alors qu'il avait dix fois la possibilité de s'y donner la mort. À vrai dire il se demandait en même temps, cette fois dans sa propre logique, quel motif il pourrait avoir d'agir ainsi. Parce que les deux autres étaient assis dans la pièce voisine et avaient intercepté son petit-déjeuner ? Il eût été tellement absurde de se donner la mort que, même s'il eût voulu le faire, l'absurdité de la chose l'en eût rendu incapable. Si les limites intellectuelles des gardes n'avaient été aussi manifestes, on aurait pu supposer qu'eux aussi, forts de la même conviction, ne voyaient aucun danger à le laisser seul. Si le cœur leur en disait, ils pouvaient à présent le regarder se dirigeant vers un petit placard où il conservait une bonne eau-de-vie, et vider un premier petit verre pour remplacer son petit-déjeuner, avant de confier à un deuxième petit verre la mission de lui donner du courage, cela par pure précaution, pour le cas improbable où il en aurait besoin.

C'est alors qu'un appel provenant de la pièce voisine le fit sursauter, au point que ses dents cognèrent contre le verre. « L'inspecteur vous appelle », entendit-il. Seul le cri l'effraya, ce cri brusque, cassant, militaire, dont il n'eût guère cru capable le garde Franz. Quant à l'ordre lui-même, il le recevait bien volontiers. « Enfin ! » s'écria-t-il en retour ; il verrouilla le placard et se précipita aussitôt dans la pièce voisine. Les deux gardes y étaient debout et le refoulèrent dans sa chambre, comme de bien entendu. « Mais à quoi pensez-vous ? s'écrièrent-ils. C'est en chemise que vous avez l'intention de vous présenter devant l'inspecteur ? Il vous fera rouer de coups, et nous avec ! — Laissez-moi, allez au diable ! s'écria K., qu'ils avaient déjà repoussé jusqu'à sa penderie ; si on me surprend au lit, il ne faut pas s'attendre à me trouver en tenue de gala. — C'est inutile », dirent les gardes, qui devenaient toujours très calmes, presque tristes même, lorsque K. se mettait à crier, et parvenaient ainsi à le troubler, ou à le ramener plus ou moins à la raison. « Ridicules cérémonies ! » grogna-t-il encore, mais déjà il soulevait une veste posée sur la chaise et la tenait en l'air quelques instants dans ses deux mains, comme pour la soumettre au jugement des gardes. Ils secouèrent la tête. « Il faut que ce soit une veste noire », firent-ils. À ces mots, K. jeta la veste par terre et dit, sans savoir lui-même dans quel sens il disait cela : « Nous n'en sommes pourtant pas encore à l'audience plénière. » Les gardes sourirent, mais se contentèrent de répéter : « Il faut que ce soit une veste noire. — Volontiers, si c'est le moyen d'accélérer la procédure », fit K. ; il ouvrit son armoire, chercha longtemps parmi les nombreux vêtements et choisit son meilleur costume noir, un habit dont la coupe avait presque fait sensation parmi ses connaissances ; il enfila aussi une nouvelle chemise et commença à s'habiller avec soin. Il croyait en lui-même être parvenu à tout accélérer, parce que les gardes avaient oublié de l'obliger à prendre un bain. Il les observa en redoutant qu'ils ne s'en souviennent, mais bien sûr l'idée ne les effleura même pas ; en revanche, Willem n'oublia pas d'envoyer Franz annoncer à l'inspecteur que K. s'habillait.

Lorsqu'il fut fin prêt, il dut frôler Willem en traversant la pièce voisine, où il n'y avait personne, pour se rendre dans la pièce suivante, dont la porte à deux battants était déjà grande ouverte. Cette pièce, K. le savait très bien, était habitée depuis peu par une certaine Mlle Bürstner, dactylographe, qui d'ordinaire partait très tôt au bureau, rentrait tard chez elle, et avec laquelle K. n'avait guère échangé plus que des salutations. Sa table de chevet avait été écartée du lit et placée au milieu de la chambre pour servir de table d'audience, et l'inspecteur y était assis. Il avait les jambes croisées et un bras posé sur le dossier de la chaise.

Dans un coin de la chambre se tenaient trois jeunes gens qui regardaient les photographies de Mlle Bürstner, disposées sur un pêle-mêle fixé au mur. Un chemisier blanc était suspendu à la poignée de la fenêtre ouverte. À la fenêtre d'en face, les deux vieillards étaient de nouveau à leur poste ; mais le groupe s'était élargi, car derrière eux, les dominant de sa haute taille, se dressait un homme en chemise à col ouvert, qui tenait sa barbiche rousse entre ses doigts et la tortillait. « Josef K. ? » demanda l'inspecteur, peut-être dans le seul but de ramener vers lui le regard distrait de K. Celui-ci acquiesça. « Vous êtes sans doute très surpris par les événements de ce matin ? » demanda l'inspecteur tout en déplaçant des deux mains les quelques objets qui étaient posés sur la petite table de chevet, la bougie avec les allumettes, un livre et une pelote à aiguilles, comme s'il ce fût agi d'objets dont il avait besoin pour l'audience. « Certainement », fit K., et il éprouva un immense bien-être à se trouver enfin en face d'un homme raisonnable, avec lequel il pouvait parler de sa situation, « je suis certainement surpris, mais pas du tout outre mesure. — Pas outre mesure ? demanda l'inspecteur en plaçant maintenant la bougie au milieu de la petite table et en regroupant les autres objets tout autour. — Je me fais peut-être mal comprendre, s'empressa d'observer K. Je veux dire... ici, K. s'interrompit et chercha du regard un siège. Je puis m'asseoir, tout de même ? demandat-il. — Ce n'est pas l'usage, répondit l'inspecteur. — Je veux dire, fit maintenant K. sans attendre, que je suis bien sûr très surpris ; mais quand on a passé trente années sur cette terre et qu'on a dû se débrouiller seul, comme ce fut mon lot, on est aguerri contre les surprises, et on ne les prend pas trop au tragique. Surtout celle d'aujourd'hui. — Pourquoi surtout celle d'aujourd'hui ? — Je ne veux pas dire que je prends toute cette affaire pour une plaisanterie, le dispositif mis en place me semble d'une trop grande ampleur. Il faudrait que les autres pensionnaires de la maison y prennent part, et vous tous également ; cela dépasserait les limites d'une plaisanterie. Je ne veux donc pas dire qu'il s'agisse d'une plaisanterie. — Très juste, fit l'inspecteur tout en vérifiant le nombre d'allumettes contenues dans la boîte. — Mais d'un autre côté, poursuivit K. en se tournant en même temps vers toutes les personnes présentes (il eût même volontiers inclus les trois individus regardant les photographies), d'un autre côté, il ne peut pas s'agir d'une affaire très importante. Je le déduis du fait que je suis accusé, mais incapable de trouver la moindre faute dont on puisse m'accuser. Pourtant cela aussi est secondaire ; la question essentielle est la suivante : qui m'accuse ? Quelles autorités ont lancé la procédure ? Êtes-vous des fonctionnaires ? Personne ne porte d'uniforme, à moins qu'on ne veuille appeler votre tenue — ici il se tourna vers Franz — un uniforme, mais c'est plutôt une tenue de voyage. Je demande des explications sur ces questions, et je suis convaincu que nous pourrons nous quitter dans les meilleurs termes après ces éclaircissements. » L'inspecteur fit claquer la boîte d'allumettes en la posant sur la table. « Vous vous trompez lourdement, fit-il. Ces messieurs ici présents et moi-même sommes d'une importance tout à fait négligeable par rapport à votre affaire, nous en ignorons même à peu près tout. Nous pourrions porter les uniformes les plus réglementaires, et votre cause ne s'en porterait pas plus mal. Je ne puis absolument pas non plus vous dire que vous êtes accusé, ou plutôt, j'ignore si vous l'êtes. Vous êtes en état d'arrestation, c'est exact, je n'en sais pas davantage. Peut-être les gardes ont-ils dit autre chose en bavardant, mais ce n'était que bavardages précisément. Donc, si je ne puis répondre à vos questions, je puis du moins vous donner ce conseil : ne songez pas tant à nous et à ce qui va vous arriver ; songez plutôt à vous-même. Et ne clamez pas si fort votre innocence, cela nuit à l'impression plutôt bonne que vous faites par ailleurs. Vous devriez aussi montrer plus de retenue dans vos propos ; même si vous n'aviez dit que deux ou trois mots, on aurait pu déduire de votre comportement presque tout ce que vous avez dit auparavant ; d'ailleurs, il n'y avait rien là qui vous fût excessivement favorable. »

K. dévisagea l'inspecteur. Voilà qu'un individu, peut-être plus jeune que lui, lui donnait des leçons ! On le punissait de sa franchise par une réprimande ? Et il n'apprenait rien sur le motif de son arrestation, ni sur ceux qui en avaient donné l'ordre ? Pris d'une certaine agitation, il arpenta la pièce, ce dont personne ne l'empêcha ; il remonta ses manchettes, se palpa la poitrine, remit ses cheveux en ordre, passa devant les trois messieurs en disant : « c'est vraiment insensé », sur quoi ceux-ci se tournèrent vers lui et le regardèrent avec bienveillance, quoique d'un air grave, et il finit par s'arrêter de nouveau devant la table de l'inspecteur. « Le procureur Hasterer est un de mes bons amis, fit-il, puis-je lui téléphoner ? — Certainement, dit l'inspecteur, mais je ne vois pas quel sens cela aurait, à moins que vous n'ayez une affaire privée à discuter avec lui. — Quel sens ? s'écria K., plus consterné qu'irrité. Qui êtes-vous donc ? Vous réclamez du sens et vous jouez la comédie la plus insensée qui soit ? Et il n'y aurait pas de quoi s'émouvoir ? Ces messieurs ont commencé par faire intrusion chez moi, et voilà qu'à présent ils restent là, assis ou debout, et me font faire des acrobaties devant vous. Quel sens cela aurait de téléphoner à un procureur, quand je suis paraît-il en état d'arrestation ? Fort bien, je ne téléphonerai pas. — Mais si, faites, dit l'inspecteur en tendant la main vers l'antichambre où se trouvait le téléphone, je vous en prie, téléphonez donc. — Non, je ne veux plus », fit K., et il se dirigea vers la fenêtre. De l'autre côté, les messieurs-dames étaient encore à la fenêtre, et c'est seulement en voyant K. s'approcher à son tour qu'ils semblèrent un peu troublés dans leur paisible contemplation. Les vieux firent mine de se lever, mais l'homme derrière eux les calma. « Là-bas aussi, il y a des spectateurs », cria K. à l'inspecteur d'une voix forte, en pointant l'index vers l'extérieur. « Fichez le camp ! » cria-t-il ensuite dans la même direction. Les trois autres reculèrent aussitôt de deux ou trois pas ; les deux vieillards se mirent même derrière l'homme qui les protégeait de sa corpulence et, à en juger d'après le mouvement de ses lèvres, leur tenait des propos rendus incompréhensibles par la distance. Mais ils ne disparurent pas complètement ; ils semblaient plutôt attendre le moment où ils pourraient revenir à la fenêtre sans être vus. « Des gens indiscrets et sans scrupules ! » fit K. en se tournant vers l'intérieur de la pièce. Peut-être l'inspecteur était-il d'accord avec lui, K. crut le constater en lui jetant un coup d'œil discret. Mais il était fort possible aussi qu'il n'ait pas écouté, car il avait une main fermement appuyée sur la table et semblait comparer la longueur de ses doigts. Les deux gardes étaient assis sur un coffre recouvert d'une belle étoffe et se frottaient les genoux. Les trois jeunes gens avaient les mains sur les hanches et promenaient leurs regards autour d'eux. Le calme régnait, comme dans n'importe quel bureau oublié. « Eh bien, messieurs, s'écria K., et pendant un instant, il eut l'impression de les porter tous sur ses épaules, à en juger d'après vos mines, mon affaire semble réglée. Je suis d'avis qu'il vaut mieux ne plus se demander si vos procédés sont justifiés ou injustifiés et conclure tout cela en échangeant une poignée de main, en signe de réconciliation. Si vous êtes vous aussi de mon avis, alors, s'il vous plaît... » et il s'avança vers la table de l'inspecteur en lui tendant la main. L'inspecteur leva les yeux, se mordit les lèvres et regarda la main tendue ; K. croyait encore que l'inspecteur allait toper là. Mais il se leva, prit un chapeau melon qui était posé sur le lit de Mlle Bürstner et à deux mains l'ajusta soigneusement sur sa tête, comme on fait lorsque l'on essaye un nouveau chapeau. « Que tout vous paraît simple ! dit-il en même temps à K., nous devrions conclure tout cela par une réconciliation, disiez-vous ? Non, non, il n'en est pas question. Je ne veux pas pour autant dire par là que vous deviez désespérer. Mais non, pourquoi ? Vous êtes seulement en état d'arrestation, rien de plus. C'est ce que j'avais à vous communiquer, je l'ai fait, et j'ai également constaté comment vous avez pris la chose. Cela suffit pour aujourd'hui et nous pouvons prendre congé, du moins pour l'instant. Vous voulez sans doute aller à la banque maintenant ? — À la banque ? demanda K. Je me croyais en état d'arrestation. » K. posa sa question sur un certain ton de défi, car même si sa poignée de main avait été refusée, il se sentait de plus en plus indépendant vis-à-vis de tous ces gens, surtout depuis que l'inspecteur s'était levé. Il jouait avec eux. Il avait l'intention, au cas où ils partiraient, de courir jusqu'à la porte d'entrée et de leur offrir de se laisser arrêter. C'est pourquoi il répéta : « Comment puis-je aller à la banque, si je suis en état d'arrestation ? — Ah ! fit l'inspecteur qui se trouvait déjà près de la porte, vous m'avez mal compris ; vous êtes en état d'arrestation, certes, mais cela ne doit pas vous empêcher d'exercer votre profession. Vous ne devez pas non plus être gêné dans vos habitudes. — Alors ce n'est pas bien méchant, d'être en état d'arrestation, fit K. en s'approchant de l'inspecteur. — Je n'ai jamais rien dit d'autre, fit celui-ci. — Mais alors, il ne semble même pas vraiment nécessaire de m'avoir informé de mon arrestation », fit K. en se rapprochant encore. Les autres aussi s'étaient approchés.

Ils étaient maintenant tous réunis dans un espace exigu, près de la porte. « C'était mon devoir, fit l'inspecteur. — Un devoir idiot, fit K. durement. — Peut-être, répondit l'inspecteur, mais nous n'allons pas perdre notre temps en propos de ce genre. Je supposais que vous souhaitiez aller à la banque. Puisque vous faites attention à tout ce qu'on dit, j'ajoute que je ne vous oblige pas à aller à la banque, j'avais seulement supposé que vous le souhaitiez. Et pour vous faciliter la tâche et attirer le moins possible l'attention sur votre arrivée à la banque, j'ai mis à votre disposition ces trois messieurs, qui sont vos collègues. — Quoi ? », s'écria K. en regardant les trois hommes, éberlué. Ces personnages si insignifiants, si anémiques, si jeunes, qu'il se rappelait seulement en groupe, debout près des photographies, étaient effectivement des employés de sa banque, ce n'étaient pas des collègues, la formule était excessive et indiquait une faille dans l'omniscience de l'inspecteur, mais bien de petits employés de la banque. Comment cela avait-il pu échapper à K. ? Combien il avait dû être absorbé par l'inspecteur et les gardes pour ne pas reconnaître ces trois individus ! Rabensteiner, raide et balançant les mains, Kullych, le blond aux yeux enfoncés dans les orbites, et Kaminer, dont le sourire insupportable était dû à une contraction musculaire chronique. « Bonjour, fit K. après un petit instant, et il tendit la main aux messieurs qui s'inclinaient poliment. Je ne vous avais absolument pas reconnus. Donc nous allons au bureau maintenant, c'est cela ? » Les messieurs acquiescèrent en riant d'un air empressé, comme si, pendant tout ce temps, ils n'avaient rien attendu d'autre ; mais au moment où K. constata qu'il avait oublié son chapeau, qui était resté dans sa chambre, ils coururent le chercher tous ensemble à la queue leu leu, révélant malgré tout un certain embarras. K. resta immobile et les suivit du regard à travers les deux portes ouvertes ; le dernier était bien sûr l'indifférent Rabensteiner, qui se contentait d'un élégant petit trot. Kaminer tendit le chapeau à K. et, comme il était d'ailleurs assez souvent obligé de le faire à la banque, K. dut se rappeler expressément que le sourire de Kaminer n'était pas intentionnel, et qu'il était même incapable de sourire quand il le voulait. Dans l'antichambre, Mme Grubach, qui n'avait pas l'air de se sentir très coupable, ouvrit à tous ces messieurs la porte d'entrée et, comme il le faisait si souvent, K. baissa les yeux vers le cordon de son tablier, qui creusait fort inutilement une ligne dans son corps massif. Au rez-de-chaussée, K. décida, sa montre à la main, de prendre une automobile afin de ne pas aggraver inutilement son retard d'une demi-heure déjà. Kaminer courut au coin de la rue chercher la voiture ; les deux autres s'efforçaient manifestement de distraire K., lorsque soudain Kullych montra du doigt la porte de la maison d'en face, où surgissait justement l'homme à la barbiche blonde : d'abord un peu gêné d'apparaître maintenant dans toute sa hauteur, il recula vers le mur et s'y adossa. Les vieillards étaient sans doute encore dans l'escalier. K. fut irrité que Kullych eût attiré l'attention sur cet homme, qu'il avait lui-même déjà aperçu, et qu'il s'attendait même à apercevoir. « Ne regardez pas par là ! » s'écria-t-il, sans se rendre compte que c'était une singulière façon de parler à des hommes, et à des adultes. Mais aucune explication ne fut nécessaire, car déjà l'automobile arrivait ; on s'assit, et l'on se mit en route. Alors K. se rappela qu'il n'avait pas remarqué le départ de l'inspecteur et des gardes ; l'inspecteur lui avait dissimulé les trois employés, et les employés, l'inspecteur. Cela ne révélait guère de présence d'esprit, et K. résolut de se surveiller de plus près sous ce rapport. Néanmoins il se tourna encore une fois sans le vouloir et se pencha en arrière par-dessus la capote de l'automobile pour essayer d'apercevoir l'inspecteur et les gardes. Mais il se retourna aussitôt sans avoir réellement essayé de distinguer qui que ce soit, et s'installa confortablement dans le coin de la voiture. En dépit des apparences, il aurait eu besoin d'être réconforté à ce moment précis, mais ces messieurs semblaient fatigués ; Rabensteiner regardait à droite, la tête penchée à l'extérieur de la voiture, Kullych à gauche, et seul restait Kaminer avec son rictus dont, par charité, il était malheureusement interdit de plaisanter.

## CONVERSATION AVEC Mme GRUBACH,
## PUIS AVEC Mlle BÜRSTNER

Ce printemps, K. avait coutume de passer ses soirées, quand la chose était encore possible après le travail — car le plus souvent il restait au bureau jusqu'à neuf heures —, en faisant une petite promenade, seul ou avec des gens de sa connaissance ; puis il se rendait dans une brasserie où il restait d'ordinaire assis à sa table attitrée jusqu'à onze heures en compagnie de messieurs, en général plus âgés que lui. Mais cet emploi du temps avait aussi des exceptions, par exemple lorsque K. se voyait inviter par le directeur de la banque, qui appréciait beaucoup son efficacité dans le travail et sa compétence, à une promenade en auto ou à un dîner dans sa villa. En outre, K. se rendait une fois par semaine chez une jeune fille du nom d'Elsa qui travaillait la nuit et jusqu'au petit matin comme serveuse dans une taverne, et pendant la journée recevait toutes ses visites en restant dans son lit.

Mais ce soir-là — la journée avait vite passé sous la pression du travail et des nombreux témoignages de respect et d'amitié qu'il avait reçus à l'occasion de son anniversaire —, K. voulait aussitôt rentrer chez lui. Il n'avait cessé d'y songer pendant toutes les petites interruptions de la journée ; sans savoir exactement pourquoi, il lui semblait que les événements de la matinée avaient répandu un grand désordre dans l'appartement de Mme Grubach, et que sa propre présence était indispensable pour rétablir l'ordre. Or, sitôt cet ordre rétabli, toute trace de ces événements serait effacée et les choses reprendraient leur cours ordinaire. Il n'y avait rien de particulier à redouter de la part des trois employés ; ils s'étaient de nouveau noyés dans la masse du personnel de la banque, et on ne constatait aucun changement dans leur attitude. K. les avait plusieurs fois convoqués dans son bureau, séparément et tous ensemble, dans le seul but de les observer ; il avait toujours pu les renvoyer en toute quiétude.

Lorsqu'à neuf heures et demie, il arriva devant la maison où il habitait, il rencontra à la porte un jeune gaillard qui était là debout, jambes écartées, à fumer la pipe. « Qui êtes-vous ? » demanda K. aussitôt en approchant son visage du garçon, car on n'y voyait pas grand-chose dans la pénombre du vestibule. « Je suis le fils du concierge, monsieur, répondit le garçon tout en retirant sa pipe de sa bouche et en s'écartant. — Le fils du concierge ? demanda K. en frappant le sol de sa canne avec impatience. — Monsieur désire-t-il quelque chose ? Dois-je aller chercher mon père ? — Non, non », fit K. avec une sorte de mansuétude dans la voix, comme si le garçon avait fait quelque chose de mal, mais qu'il lui pardonnait. « C'est bon », fit-il en avançant, mais avant de monter l'escalier, il se retourna encore une fois.

Il aurait pu aller directement dans sa chambre, mais comme il souhaitait parler à Mme Grubach, il frappa aussitôt à sa porte. Elle était assise en train de repriser, devant une table où il restait encore un tas de vieux bas. D'un air distrait, K. s'excusa de venir si tard, mais Mme Grubach fut très aimable et ne voulut pas entendre parler d'excuses : il pouvait toujours venir la trouver, il savait très bien qu'il était son meilleur locataire, son locataire favori. K. examina la pièce autour de lui ; elle avait parfaitement retrouvé son état d'origine ; la vaisselle du petit-déjeuner qui, ce matin, était posée sur la petite table près de la fenêtre, avait aussi été rangée. Les mains féminines accomplissent bien des besognes sans rien dire, songea-t-il, car lui, il aurait pu fracasser la vaisselle sur-le-champ, peut-être, mais sûrement pas la débarrasser. Il regarda Mme Grubach avec une certaine reconnaissance. « Pourquoi travaillez-vous si tard ? » demanda-t-il. Ils étaient maintenant tous les deux assis à la table, et K. plongeait de temps en temps sa main dans le tas de bas. « Il y a beaucoup de travail, fit-elle, pendant la journée, j'appartiens aux locataires ; si je veux mettre de l'ordre dans mes affaires, il ne me reste que les soirées. — Je vous ai sans doute donné plus de travail que d'ordinaire, aujourd'hui. — Comment donc ? demanda-t-elle en s'animant un peu et en posant son ouvrage sur ses genoux. — Je parle des messieurs qui étaient ici ce matin. — Ah oui, fit-elle en reprenant son calme, cela ne m'a pas donné particulièrement de travail. » Sans rien dire K. la regarda se remettre à repriser. Elle a l'air de s'étonner que j'en parle, songea-t-il, elle a l'air de trouver déplacé que j'en parle. Il importe d'autant plus que je le fasse. Il n'y a qu'avec une vieille femme que je puisse en parler. « Si, cela vous a sûrement donné du travail, dit-il alors, mais ça ne se reproduira pas. — Non, ça ne peut pas se reproduire, renchérit-elle en souriant à K. d'un air presque mélancolique. — Le croyez-vous sérieusement ? demanda K. — Oui, fit-elle plus doucement, mais avant tout, vous ne devez pas prendre ça trop au tragique. Tant de choses arrivent dans le monde ! Puisque vous me parlez avec une telle confiance, monsieur K., je peux bien vous avouer que j'ai un peu écouté derrière la porte et que les deux gardes m'ont raconté deux ou trois choses à moi aussi. C'est qu'il s'agit de votre bonheur, et que je l'ai très à cœur, plus, peut-être, que je ne devrais, car je ne suis que votre logeuse. Eh bien, j'ai donc entendu deux ou trois choses, mais je ne peux pas dire que ce soit particulièrement grave. Non. Certes, vous êtes en état d'arrestation, mais pas comme on arrête un voleur. Quand on est arrêté comme un voleur, alors c'est grave, mais cette arrestation... Ça me donne l'impression de quelque chose de savant, pardonnez-moi si je dis des bêtises, ça me donne l'impression de quelque chose de savant, que je ne comprends pas, c'est vrai, mais qu'on n'est pas non plus forcé de comprendre.

« — Il n'y a rien de bête dans vos propos, madame Grubach ; en tout cas, moi aussi je suis en partie de votre avis ; mais je juge la chose avec encore plus de sévérité ; je n'y vois absolument rien de savant, je l'estime nulle et non avenue. J'ai été pris par surprise, voilà tout. Si, dès mon réveil, je m'étais levé tout de suite sans me laisser déconcerter par l'absence d'Anna, et si j'étais allé vous trouver sans faire la moindre attention à quiconque m'eût barré la route, si j'avais, cette fois-ci exceptionnellement, pris mon petit-déjeuner dans la cuisine, par exemple, si je vous avais demandé d'aller chercher mes vêtements dans ma chambre, bref, si j'avais agi raisonnablement, il ne serait rien arrivé d'autre, tout ce qui faisait mine d'arriver aurait été étouffé dans l'œuf. Mais on est si peu préparé. À la banque, par exemple, je suis préparé, rien de tel ne pourrait m'arriver là-bas : j'y ai un domestique rien que pour moi, le téléphone direct et le téléphone interne sont devant moi sur mon bureau, il y a sans arrêt des gens, des clients, des employés qui entrent ; mais en outre et avant tout, j'y suis sans cesse dans le contexte du travail, j'ai donc l'esprit en éveil, j'aurais même plaisir à me trouver confronté là-bas à ce genre de situation. Bon, tout cela est du passé, et en fait, je n'avais aucune intention d'en parler, je voulais simplement entendre votre avis, l'avis d'une femme raisonnable, et je suis ravi que nous soyons d'accord. Et maintenant, il faut que vous me serriez la main, un pareil accord doit être scellé par une poignée de main. »

Va-t-elle me tendre la main ? L'inspecteur ne m'a pas tendu la main, songea-t-il, et il jeta sur la femme un regard différent d'avant, inquisiteur. Elle se leva, puisque lui aussi s'était levé ; elle était un peu embarrassée, car elle n'avait pas compris tout ce que K. avait dit. Mais cet embarras lui fit tenir des propos qu'elle n'avait nullement l'intention de tenir, et, qui plus est, des propos déplacés : « Ne prenez pas tant les choses au tragique, monsieur K., fit-elle avec des larmes dans la voix, et en oubliant bien sûr la poignée de main. — Je ne sache pas que je prenne les choses au tragique », fit K., soudain fatigué et voyant bien le peu de valeur qu'avait l'assentiment de cette femme.

Près de la porte, il lui demanda encore : « Mademoiselle Bürstner est-elle chez elle ? — Non, répondit Mme Grubach en accompagnant d'un sourire cette information toute sèche et, avec un peu de retard, d'une dose raisonnable de sympathie. Elle est au théâtre. Vouliez-vous lui demander quelque chose ? Dois-je lui transmettre un message ? — Oh, je voulais juste lui dire deux mots. — J'ignore hélas ! quand elle rentrera ; quand elle va au théâtre, elle rentre tard, d'habitude. — Cela n'a aucune espèce d'importance, fit K. en se tournant déjà vers la porte pour sortir, tête baissée, je voulais seulement m'excuser d'avoir occupé sa chambre ce matin. — C'est inutile, monsieur K., vous êtes trop prévenant, d'ailleurs la demoiselle n'est au courant de rien, elle avait quitté la maison tôt le matin, et tout est remis en ordre, jugez-en vous-même. » Et elle ouvrit la porte de la chambre de Mlle Bürstner. « Merci, je vous crois », fit K., mais il se dirigea tout de même vers la porte ouverte. La lune silencieuse éclairait la chambre obscure. Pour autant qu'on pût voir, tout était effectivement à sa place, même le chemisier n'était plus accroché à la poignée de la fenêtre. Les oreillers semblaient placés particulièrement haut sur le lit et étaient en partie éclairés par la lune. « La demoiselle rentre souvent tard, dit K. en regardant Mme Grubach comme si elle en eût porté la responsabilité. — Ah ! quand on est jeune ! fit Mme Grubach avec indulgence. — Bien sûr, bien sûr, fit K., mais cela peut aller trop loin. — C'est bien vrai, dit Mme Grubach, comme vous avez raison, monsieur K. Peut-être surtout dans ce cas précis. Loin de moi le désir de calomnier mademoiselle Bürstner, c'est une bonne et gentille jeune fille, aimable, ordonnée, ponctuelle, travailleuse ; j'apprécie beaucoup toutes ces qualités, mais il est vrai qu'elle devrait montrer plus de fierté, plus de retenue. Je l'ai déjà vue deux fois ce mois-ci dans des rues isolées, et chaque fois avec un monsieur différent. Cela me fait beaucoup de peine, et Dieu m'est témoin que je ne le raconte qu'à vous, monsieur K., mais il faudra bien que j'en parle moi-même avec la demoiselle. Ce n'est d'ailleurs pas le seul détail qui me la rende suspecte. — Vous vous trompez entièrement, fit K. avec une rage qu'il fut presque incapable de dissimuler, de surcroît vous avez manifestement mal compris ma remarque à propos de la demoiselle, ce n'est pas ce que je voulais dire. Je vous déconseille tout net de faire la moindre observation à la demoiselle, vous vous méprenez complètement, je connais très bien cette demoiselle, rien de ce que vous avez dit n'est vrai. Mais d'ailleurs je vais peut-être trop loin ; je ne veux pas vous en empêcher, dites-lui ce que vous voudrez. Bonsoir. — Monsieur K., fit Mme Grubach d'une voix suppliante en se précipitant derrière K., qui avait déjà ouvert sa porte, mais je n'ai pas l'intention de parler à la demoiselle pour l'instant ; bien sûr, je continuerai à l'observer avant ça, vous êtes le seul à qui j'aie confié ce que je savais. Après tout, les propriétaires sont bien obligés de garder en tête ces choses-là, s'ils veulent maintenir la propreté de leur pension, et je ne vise rien d'autre par là. — La propreté ! » s'écria encore K. à travers la porte entrebâillée, si vous voulez maintenir la propreté de votre pension, c'est d'abord à moi que vous devrez donner congé. » Puis il claqua sa porte, sans plus se soucier des coups discrets qu'on frappait de l'autre côté.

En revanche, n'ayant aucune envie de dormir, il décida de ne pas se coucher tout de suite et de profiter de l'occasion pour voir à quelle heure Mlle Bürstner rentrerait. Peut-être y aurait-il aussi moyen, même si c'était inconvenant, d'échanger deux mots avec elle. Accoudé à la fenêtre et frottant ses yeux fatigués, il envisagea même de punir Mme Grubach en persuadant Mlle Bürstner de donner son congé en même temps que lui. Mais cette réaction lui parut aussitôt terriblement exagérée, et il se soupçonna même de chercher à changer de domicile à cause des événements de la matinée. Rien n'eût été plus insensé, et surtout plus vain et plus méprisable.

Lorsqu'il se fut lassé de surveiller la rue déserte, il s'allongea sur le canapé, après avoir entrouvert la porte de l'antichambre, afin d'être en mesure d'apercevoir aussitôt, depuis le canapé, quiconque entrerait dans la maison. Jusqu'aux alentours de onze heures, il resta tranquillement allongé sur son canapé à fumer un cigare. Puis, incapable de tenir en place, il se rendit un instant dans l'antichambre, comme s'il eût pu de la sorte hâter la venue de Mlle Bürstner. Il n'éprouvait pas de désir particulier pour elle, il n'arrivait même pas à se rappeler exactement à quoi elle ressemblait, mais il voulait lui parler maintenant, et il était irrité à la pensée que par son retard, elle introduisait à nouveau l'agitation et le désordre dans cette fin de journée. C'était aussi sa faute si, ce soir, il n'avait pas dîné et s'était abstenu de sa visite prévue pour aujourd'hui chez Elsa. Certes, il pouvait remédier à ces deux choses en se rendant dans la taverne où Elsa travaillait. Il avait d'ailleurs l'intention de le faire plus tard, après son entretien avec Mlle Bürstner.

Il était onze heures et demie passées lorsque des pas résonnèrent dans l'escalier. K., plongé dans ses pensées, parcourait d'un pas sonore l'antichambre de long en large, comme s'il se fût agi de sa propre chambre, et il se réfugia derrière sa porte. C'était Mlle Bürstner qui était de retour. Tout en verrouillant la porte, elle serra en frissonnant un châle de soie sur ses frêles épaules. Elle allait entrer dans sa chambre l'instant suivant, et il était hors de question que K. puisse y pénétrer à minuit ; il fallait donc qu'il lui parle maintenant, mais malheureusement il avait négligé d'allumer l'électricité dans sa chambre, si bien qu'en sortant de cette pièce obscure il risquait fort de donner l'impression de l'agresser, ou au moins de lui causer une grande frayeur. Dans son désarroi, et comme il n'y avait pas un instant à perdre, il murmura par la porte entrebâillée : « Mademoiselle Bürstner ! » Cela ressemblait à une prière, non à un appel. « Il y a quelqu'un ? » demanda Mlle Bürstner en regardant autour d'elle, les yeux écarquillés. — C'est moi, fit K. en s'avançant. — Ah, monsieur K. ! dit Mlle Bürstner en souriant. Bonsoir ! et elle lui tendit la main. — Je voulais vous dire deux mots : me permettrez-vous de le faire maintenant ? — Maintenant ? demanda Mlle Bürstner, est-il indispensable que ce soit maintenant ? C'est un peu étrange, non ? — Je vous attends depuis neuf heures. — Eh oui, j'étais au théâtre, j'ignorais que vous m'attendiez. — Ce dont j'ai à vous parler date d'aujourd'hui seulement. — Bon, eh bien, je n'y vois pas d'objection majeure, sinon que je tombe de fatigue. Entrez donc un instant dans ma chambre. Il n'est pas question de discuter ici, nous allons réveiller tout le monde et cela me gênerait encore plus pour nous que pour les autres. Attendez que j'allume dans ma chambre, puis éteignez la lumière ici. » K. s'exécuta, mais il attendit ensuite que Mlle Bürstner, depuis sa chambre, l'invite encore une fois tout doucement à entrer. « Asseyez-vous », dit-elle en désignant le divan ; elle-même resta debout au pied du lit, malgré la fatigue dont elle avait parlé ; elle ne posa même pas son petit chapeau orné d'une multitude de fleurs. « Que vouliez-vous donc ? Je suis vraiment curieuse de l'apprendre. »

Elle croisa les jambes avec aisance. «Vous allez peut-être dire, commença K., que l'affaire n'était pas si pressante qu'il faille en parler maintenant, mais... — Je n'écoute jamais les préambules, fit Mlle Bürstner. — Cela me facilitera la tâche, dit K. Tôt ce matin, votre chambre a été, en quelque sorte par ma faute, mise un peu en désordre par des étrangers, contre ma volonté et cependant, comme je vous l'ai dit, par ma faute ; c'est pourquoi je voulais vous présenter mes excuses. — Ma chambre ? demanda Mlle Bürstner et, au lieu d'examiner sa chambre, elle braqua sur K. un regard inquisiteur. — C'est la vérité, fit K., et tous deux se regardèrent alors dans les yeux pour la première fois ; en soi, la manière dont cela s'est produit se passe de commentaire. — Mais c'est pourtant la seule chose intéressante, dit Mlle Bürstner. — Non, fit K. — Bon, fit Mlle Bürstner, je ne veux pas m'immiscer dans vos secrets, si vous maintenez que c'est sans intérêt, je ne fais aucune objection. J'accepte volontiers les excuses que vous me présentez, d'autant que je ne vois pas la moindre trace de désordre. » Les mains appuyées contre ses hanches, elle fit le tour de la chambre. Elle s'arrêta devant le pêle-mêle contenant les photographies. « Si, regardez ! s'écriat-elle. Mes photos sont toutes sens dessus dessous. Voilà qui est fort déplaisant. Quelqu'un est en effet entré sans autorisation dans ma chambre. » K. acquiesça et maudit en son for intérieur l'employé Kaminer, toujours incapable de maîtriser sa stupide et vaine agitation. « Il est singulier, dit Mlle Bürstner, que je sois obligée de vous interdire ce que vous devriez vous interdire à vous-même, à savoir de pénétrer dans ma chambre en mon absence. — Je vous ai pourtant expliqué, mademoiselle, fit K. en s'approchant lui aussi des photographies, que ce n'est pas moi qui ai touché à vos photographies ; mais puisque vous ne me croyez pas, je dois vous avouer que la commission d'enquête a amené trois employés de la banque et que l'un d'entre eux, que je ferai renvoyer à la prochaine occasion, a probablement manipulé les photographies. Oui, une commission d'enquête est venue ici, ajouta K. devant le regard interrogateur de la demoiselle. — Vous concernant ? demanda la demoiselle. — Oui, répondit K. — Non ! s'écria la demoiselle en souriant. — Mais si, dit K., me croyez-vous donc innocent ? — Enfin, innocent... fit la demoiselle, je ne veux pas prononcer de jugement hâtif et peut-être lourd de conséquences ; je ne vous connais pas, après tout ; il faut tout de même être un grand criminel pour avoir sur le dos une commission d'enquête. Mais puisque vous êtes libre — je déduis au moins de votre calme que vous ne vous êtes pas échappé de prison —, vous n'avez pas pu commettre un crime grave. — C'est vrai, dit K., mais il est possible que la commission d'enquête se soit rendu compte que je ne suis pas coupable, ou en tout cas pas au degré que l'on supposait. — Certes, c'est une éventualité, fit Mlle Bürstner, très attentive. — Voyez-vous, dit K., vous n'avez pas beaucoup d'expérience en matière judiciaire. — Non, je n'en ai guère, dit Mlle Bürstner, et je l'ai déjà souvent regretté, car je voudrais tout savoir, et j'éprouve justement un immense intérêt pour les questions judiciaires. Le tribunal a quelque chose de particulièrement attirant, vous ne trouvez pas ? Mais je vais sûrement élargir mes connaissances dans ce domaine, car j'entre le mois prochain comme employée de bureau dans un cabinet d'avocat. — Excellent, fit K., alors vous pourrez m'aider un peu dans mon procès. — C'est possible, fit Mlle Bürstner, pourquoi pas ? J'aime bien utiliser mes connaissances. — Je parle sérieusement, dit K., ou du moins à moitié sérieusement, comme vous-même. L'affaire est vraiment trop mineure pour faire appel à un avocat, mais je pourrais bien avoir besoin des services d'un conseiller. — Oui, mais si je dois vous conseiller, il faudrait que je sache ce dont il s'agit, fit Mlle Bürstner. — Voilà le hic, fit K., je l'ignore moi-même. — Alors vous m'avez fait une plaisanterie, dit Mlle Bürstner excessivement déçue, il était tout à fait inutile de choisir une heure aussi tardive pour cela. » Et elle s'éloigna des photographies devant lesquelles ils étaient restés debout ensemble tout ce temps. « Mais non, mademoiselle, fit K, je ne me moque pas. Pourquoi refusez-vous de me croire ? Je viens de vous dire ce que je sais. Plus que je n'en sais, même, car il ne s'agissait pas d'une commission d'enquête, je la désigne ainsi faute de lui trouver un autre nom. Il n'y a pas eu d'enquête, j'ai été simplement arrêté, mais par une commission. » Mlle Bürstner était assise sur le divan et riait à nouveau. « Comment cela s'est-il donc passé ? demanda-t-elle. — Ce fut horrible », fit K., mais il n'y songeait guère à présent, tout absorbé par le spectacle de Mlle Bürstner qui avait le visage appuyé sur une main — son coude reposant sur le coussin du divan —, tandis que son autre main caressait lentement sa hanche. — C'est trop flou, dit Mlle Bürstner. — Qu'est-ce qui est trop flou ? demanda K. Puis il se souvint et demanda : Voulez-vous que je vous montre comment cela s'est passé ? » Il voulait bouger, sans partir cependant. « Je suis bien fatiguée, fit Mlle Bürstner. — Vous êtes rentrée si tard, dit K. — Et pour finir, vous me faites des reproches ; ce n'est que justice d'ailleurs, car je n'aurais pas dû vous laisser entrer. Et ce n'était pas non plus nécessaire, la suite l'a démontré. — C'était nécessaire, c'est seulement maintenant que vous allez le comprendre, fit K. Puis-je éloigner la petite table de nuit de votre lit ? — En voilà une idée ! fit Mlle Bürstner, bien sûr que non ! — Alors je ne pourrai pas vous montrer, fit K. vivement, comme si on lui avait infligé par là un immense préjudice. — Bon, si c'est pour les besoins de la description, alors poussez la petite table, mais faites doucement, dit Mlle Bürstner, puis elle ajouta après un petit instant d'une voix plus faible : Ma fatigue me rend plus indulgente que je ne devrais l'être. » K. plaça la petite table au milieu de la chambre et s'assit derrière. « Il faut que vous vous représentiez bien la disposition des personnages, c'est très intéressant. Je suis l'inspecteur ; là-bas sur la malle, sont assis deux gardes ; près des photographies, il y a trois jeunes gens debout. À la poignée de la fenêtre, je le mentionne juste en passant, est accroché un chemisier blanc. Et maintenant ça commence. Ah oui, j'allais m'oublier, moi, le personnage le plus important, je me tiens donc devant la petite table. L'inspecteur est assis très à son aise, les jambes croisées, laissant pendre son bras ici, par-dessus le dossier, un parfait butor. Et maintenant donc, cela commence

vraiment. L'inspecteur crie comme s'il devait me réveiller, il
hurle tout bonnement ; et, je regrette, si je veux vous faire comprendre, il faut que je hurle moi aussi, d'ailleurs c'est seulement mon nom qu'il hurle ainsi. » Mlle Bürstner, qui écoutait
en riant, posa son index sur la bouche de K. pour l'empêcher
de hurler, mais il était trop tard, K. était trop absorbé par son
rôle, il hurla lentement : « Josef K. ! », moins fort, d'ailleurs,
qu'il n'avait menacé de le faire, mais assez cependant pour que
ce cri, qu'il avait poussé d'un seul coup, semblât se répandre
progressivement dans la chambre.

Aussitôt on frappa quelques coups sonores, brefs et réguliers
à la porte de la chambre d'à côté. Mlle Bürstner pâlit et posa la
main sur son cœur. K. sursauta de façon particulièrement violente, car, pendant un court instant, sa pensée était restée prisonnière des événements de la matinée et de la jeune fille
devant laquelle il était en train de les reconstituer. À peine
s'était-il ressaisi qu'il bondit vers Mlle Bürstner et lui prit la
main. « Ne craignez rien, murmura-t-il, je vais tout arranger.
Mais qui cela peut-il être ? Il n'y a que le salon à côté, où personne ne dort. — Si, chuchota Mlle Bürstner à l'oreille de K.,
depuis hier un neveu de madame Grubach dort ici, un capitaine. Il n'y a pas d'autre chambre libre en ce moment. Je l'avais
oublié moi aussi. Aviez-vous besoin de crier si fort ! J'en suis
bien malheureuse. — Vous n'avez aucune raison, fit K. et, tandis qu'elle se laissait retomber contre le coussin, il lui baisa le
front. — Allez-vous-en, allez-vous-en, dit-elle en se redressant
tout à coup, partez donc, partez, à quoi songez-vous, il écoute
à la porte, il va tout entendre. Comme vous me tourmentez !
— Je ne partirai pas avant que vous ne soyez un peu calmée,
fit K. Venez dans l'autre coin de la pièce, il ne pourra pas nous
entendre là-bas. » Elle s'y laissa conduire. « Vous oubliez, fit-il,
qu'il s'agit d'un désagrément pour vous, c'est vrai, mais que
vous ne courez aucun danger. Vous savez que madame Grubach, qui est la seule personne qui importe ici, surtout si le
capitaine est son neveu, a pour moi une véritable vénération et
croit rigoureusement tout ce que je lui dis. Elle est en outre

mon obligée, car elle m'a emprunté une assez grosse somme d'argent. J'accepte toute explication que vous pourrez proposer de notre présence ensemble, pourvu qu'elle ait un minimum de vraisemblance, et je m'engage à faire en sorte que madame Grubach en soit non seulement convaincue devant des tiers, mais qu'elle y croie elle-même en toute sincérité. Surtout, ne me ménagez pas. Si vous voulez qu'on dise que je vous ai agressée, madame Grubach sera instruite en ce sens et le croira sans me retirer sa confiance, tant elle tient à moi. » Mlle Bürstner, muette et quelque peu tassée sur elle-même, regardait fixement le plancher. « Pourquoi madame Grubach ne croirait-elle pas que je vous ai agressée ? » ajouta K. Il regardait ses cheveux juste devant lui, des cheveux roux, avec une raie au milieu, bien ramassés en un chignon bas. Il crut qu'elle allait lever les yeux, mais sans changer d'attitude, elle dit : « Excusez-moi, ce sont ces coups brusques qui m'ont effrayée, non pas tant les suites que pourrait avoir la présence du capitaine. Il y avait un tel silence après votre cri, puis on a frappé, c'est ce qui m'a fait si peur, en outre j'étais assise près de la porte, les coups ont retenti presque à côté de moi. Je vous remercie de vos propositions, mais je les refuse. Je peux assumer la responsabilité de tout ce qui se passe dans ma chambre, et vis-à-vis de n'importe qui. Je m'étonne que vous ne sentiez pas ce que vos propositions ont de blessant, en dehors de vos bonnes intentions que je ne manque pas, bien sûr, de reconnaître. Mais à présent partez, laissez-moi seule, j'en ai encore plus besoin qu'auparavant. Les quelques minutes que vous avez sollicitées se sont transformées en plus d'une demi-heure. » K. lui prit la main, puis le poignet : « Mais vous n'êtes pas en colère contre moi ? » fit-il. Elle écarta la main de K. et répondit : « Non, non, je ne suis jamais en colère contre personne. » Il saisit à nouveau son poignet, ce qu'elle toléra à présent, et elle le mena ainsi jusqu'à la porte. Il était fermement décidé à s'en aller. Mais devant la porte, comme s'il ne s'était pas attendu à trouver une porte à cet endroit, il trébucha, et Mlle Bürstner profita de cet instant pour se dégager ; elle ouvrit la porte, et se glissa dans l'antichambre, d'où elle murmura en direction de K. : « Allons, venez maintenant, je vous en prie — elle montrait du doigt la porte du capitaine d'où sortait un rayon de lumière —, il a allumé, et il s'amuse à nos dépens. — J'arrive », fit K. en accourant ; il l'attira contre lui, l'embrassa sur la bouche puis sur tout le visage, comme un animal altéré lape l'eau d'une source enfin découverte. Enfin il l'embrassa sur le cou, à la hauteur de la gorge, et laissa ses lèvres s'y attarder longuement. Un bruit provenant de la chambre du capitaine lui fit lever les yeux. « Je m'en vais, maintenant », fit-il ; il voulut appeler Mlle Bürstner par son prénom, mais il l'ignorait. Elle acquiesça d'un air las, lui abandonna sa main à baiser en se détournant à moitié déjà, l'air de n'en rien savoir, et un peu voûtée, rentra dans sa chambre. Peu après, K. était allongé dans son lit. Il s'endormit très vite ; avant de s'endormir, il songea encore un petit instant à sa conduite : il en était satisfait, mais s'étonna de ne pas l'être davantage encore ; il s'inquiétait vraiment pour Mlle Bürstner, à cause du capitaine.

## PREMIER INTERROGATOIRE

K. avait été avisé par téléphone qu'un petit interrogatoire aurait lieu le dimanche suivant dans le cadre de son affaire. On lui signala que de tels interrogatoires se succéderaient régulièrement, sinon toutes les semaines, du moins assez fréquemment. D'une part, il était de l'intérêt général de terminer le procès rapidement ; mais d'un autre côté, il était indispensable que tout soit examiné en profondeur pendant les séances, sans toutefois que celles-ci puissent jamais durer trop longtemps, en raison de la fatigue qu'elles impliquaient. Aussi avait-on opté pour la solution de ces interrogatoires fréquents, mais brefs. On avait choisi le dimanche comme jour d'interrogatoire, pour ne pas déranger K. dans ses activités professionnelles. On supposait qu'il serait d'accord, et s'il souhaitait un autre jour, on s'efforcerait, dans la mesure du possible, de répondre à ses

vœux. Les interrogatoires pouvaient par exemple aussi avoir
lieu la nuit, mais K. ne serait sans doute pas assez frais à ce
moment-là. Quoi qu'il en soit, sauf objection de la part de K.,
on s'en tiendrait au dimanche. Bien entendu, il devait se présenter sans faute, on n'avait pas besoin d'insister là-dessus. On
lui communiqua le numéro de l'immeuble où il devait se rendre ; il se trouvait dans une rue d'un faubourg lointain où K.
n'était encore jamais allé.

K. reposa l'écouteur sans répondre, après avoir reçu ce message ; il décida aussitôt d'y aller, le dimanche ; c'était certainement nécessaire ; le procès démarrait et il devait y faire face, ce
premier interrogatoire devant aussi être le dernier. Il était
encore debout à côté de l'appareil, l'air songeur, lorsqu'il
entendit derrière lui la voix du directeur-adjoint ; il voulait téléphoner, mais K. lui barrait le passage. « De mauvaises nouvelles ? demanda le directeur-adjoint sans réfléchir, non pas pour
s'informer, mais afin d'éloigner K. de l'appareil. — Non, non »,
fit K. en s'écartant, sans toutefois s'en aller. Le directeur-adjoint
prit l'appareil et dit par-dessus l'écouteur, tout en attendant sa
communication : « Je voulais vous demander, monsieur K. si
vous me feriez le plaisir, dimanche, de venir faire avec nous
une excursion sur mon voilier ? La compagnie sera assez nombreuse, vous y retrouverez sans doute des connaissances. Le
procureur Hasterer, notamment. Voulez-vous venir ? Allons,
acceptez donc ! » K. s'efforçait de prêter attention à ce que le
directeur-adjoint disait. Cela n'était pas sans importance pour
lui, car cette invitation du directeur-adjoint, avec qui il ne s'était
jamais très bien entendu, signifiait un effort de réconciliation
de sa part, et indiquait l'ascendant que K. avait pris dans la
banque, ainsi que la valeur que le deuxième personnage de la
hiérarchie attachait à son amitié, ou, du moins, à sa neutralité.
Même lancée par-dessus l'écouteur en attendant une communication téléphonique, cette invitation était humiliante pour le
directeur-adjoint. Mais K. dut lui infliger une deuxième humiliation en répondant : « Merci beaucoup, mais hélas ! je n'ai pas
le temps dimanche, j'ai un autre engagement. — Dommage »,

fit le directeur-adjoint en se tournant pour prendre la communication qui venait d'être établie. La conversation ne fut pas
brève, mais K. était tellement distrait qu'il resta debout à côté
de l'appareil pendant toute sa durée. Ce n'est qu'au moment
où le directeur-adjoint raccrocha qu'il sursauta et déclara, pour
excuser un peu sa présence inutile : « On vient de me téléphoner que je dois me rendre quelque part, mais on a oublié de
me dire à quelle heure. — Demandez donc encore une fois,
fit le directeur-adjoint. — Ça n'est pas si important », dit K,
quoique son excuse précédente, déjà boiteuse en elle-même,
en fût encore affaiblie. En s'en allant, le directeur-adjoint parla
encore de diverses questions. K. s'obligea à lui répondre, mais
il était surtout en train de songer que le mieux serait d'y aller
dimanche à neuf heures du matin, puisque c'est l'heure à
laquelle tous les tribunaux commencent leur travail, les jours
ouvrables.

Il faisait gris, ce dimanche-là ; K. était très fatigué ; il était resté
tard dans la nuit au restaurant, car on avait fêté quelque chose
entre habitués, et il en avait presque oublié de se réveiller. En
toute hâte, sans avoir le temps de réfléchir et de mettre en ordre
les divers projets qu'il avait élaborés pendant la semaine, il s'habilla et partit en courant sans petit-déjeuner vers le faubourg
qu'on lui avait indiqué. Bizarrement, quoiqu'il n'eût guère le
temps de regarder autour de lui, il rencontra les trois employés
mêlés à son procès : Rabensteiner, Kullych et Kaminer. Les deux
premiers passèrent dans un tramway qu'il croisa sur son chemin,
mais Kaminer était assis à la terrasse d'un café et au passage de K.,
il s'inclina avec curiosité par-dessus la balustrade. Sans doute le
suivirent-ils tous du regard en s'étonnant de voir leur supérieur
courir ; par une sorte de défi, K. avait décidé de ne pas prendre
de voiture ; dans cette affaire qui était la sienne, la moindre aide
extérieure, si minime fût-elle, lui faisait horreur ; il souhaitait également n'avoir recours à personne, pour ne mettre lui-même personne au courant, même très vaguement ; enfin il n'avait aucune
envie de s'abaisser devant la commission d'enquête par un excès
de ponctualité. Cependant il courait à présent, pour arriver, dans

la mesure du possible à neuf heures, quoiqu'il n'eût même pas été convoqué à une heure précise.

Il avait cru qu'il reconnaîtrait l'immeuble de loin grâce à une indication quelconque dont il n'avait pas exactement idée, ou encore grâce à l'agitation particulière qui régnerait autour de l'entrée. Mais la Juliusstrasse où le bâtiment devait se trouver et à l'entrée de laquelle K. resta un instant immobile, était bordée de part et d'autre d'immeubles quasi uniformes, de grands immeubles de rapport, gris, habités par de pauvres gens. À cette heure du dimanche matin, il y avait des gens à presque toutes les fenêtres ; des hommes en bras de chemise étaient accoudés en train de fumer ou bien ils tenaient de petits enfants devant le rebord, avec prudence et affection. À d'autres fenêtres s'entassait de la literie au-dessus de laquelle la tête d'une femme toute décoiffée faisait une furtive apparition. On se criait des messages d'un côté à l'autre de la rue, et juste au-dessus de K. l'un d'eux provoqua un grand fou rire. À intervalles réguliers sur toute cette longue rue, il y avait de petites épiceries en contrebas du trottoir, auxquelles menaient quelques marches. Des femmes y entraient et en sortaient, ou restaient debout à causer sur les marches. Un marchand de fruits ambulant qui vantait sa marchandise vers les fenêtres, plus haut, ne faisant pas plus attention que K., manqua de le renverser avec son chariot. Au même instant, un gramophone qui avait connu des jours meilleurs dans les quartiers plus favorisés, se mit à grésiller abominablement.

K. s'enfonça dans la rue sans hâte, comme s'il avait tout son temps à présent ou comme si le juge d'instruction était en train de le regarder du haut d'une fenêtre, et savait donc qu'il était au rendez-vous. Il était peu après neuf heures. L'immeuble était assez éloigné ; il était d'une proportion presque inhabituelle : la porte cochère, en particulier, était haute et large. Elle était manifestement destinée aux camions appartenant aux divers entrepôts qui, fermés à présent, entouraient la grande cour et portaient le nom de diverses firmes ; K. en connaissait certaines grâce au registre de transactions de la banque. Contrairement à son habitude, il repéra assez exactement tous ces détails extérieurs, et s'arrêta aussi un instant à l'entrée de la cour. Près de lui, un homme était assis pieds nus sur une caisse en lisant un journal. Deux garçons se balançaient sur une charrette à bras. Une jeune fille fluette, en peignoir, se tenait debout près d'une pompe et regardait vers K. tandis que l'eau coulait dans son broc. Dans un coin de la cour, on était en train de tendre entre deux fenêtres un fil où le linge était déjà mis à sécher. Un homme se tenait en bas et dirigeait le travail en criant quelques instructions.

K. se dirigea vers l'escalier pour se rendre dans la salle d'interrogatoire, mais il s'arrêta de nouveau, car en plus du premier, il aperçut dans la cour encore trois autres cages d'escaliers ; un petit passage à l'extrémité de la cour semblait de surcroît ouvrir sur une deuxième cour. Il était furieux qu'on ne lui ait pas indiqué avec plus de précision l'emplacement de la salle ; on le traitait vraiment avec une singulière négligence ou indifférence, et il comptait bien le faire remarquer haut et fort. Il finit cependant par monter l'escalier et s'amusa à se rappeler la formule du garde Willem, selon laquelle la faute attirait le tribunal : il en découlait que la salle d'interrogatoire devait en fait donner sur l'escalier que K. choisirait au hasard.

En grimpant, il dérangea les nombreux enfants qui jouaient dans l'escalier et le regardèrent d'un air mauvais lorsqu'il enjamba leurs rangs. « Si je dois revenir ici prochainement, se dit-il, il faudra que j'apporte des sucreries pour les amadouer, ou bien ma canne pour les corriger. » Juste avant le premier palier, il dut même attendre un petit instant qu'une bille termine son parcours, tandis que deux garçons, avec le visage fermé de voyous déjà montés en graine, le retenaient par son pantalon ; s'il avait voulu se dégager, il aurait été forcé de leur faire mal, et il redouta leurs cris.

Au premier étage, la véritable recherche commença. Ne pouvant tout de même pas demander où se trouvait la commission d'enquête, il inventa un menuisier du nom de Lanz — ce nom lui vint à l'esprit, car c'était celui du neveu de Mme Grubach, le capitaine — ; il allait maintenant demander dans tous les appartements si un menuisier nommé Lanz habitait là, de manière à pouvoir jeter un coup d'œil à l'intérieur des pièces. Cependant, dans la plupart des cas, ce fut possible sans difficulté, car presque toutes les portes étaient ouvertes et les enfants entraient et sortaient en courant. Il s'agissait en général de petites pièces à une seule fenêtre, où l'on faisait aussi la cuisine. Plusieurs femmes avaient un nourrisson dans les bras et s'activaient devant le fourneau de leur main libre. De jeunes adolescentes qui ne semblaient vêtues que d'un tablier couraient dans tous les sens d'un air très affairé. Dans toutes les chambres, les lits étaient encore occupés, avec des malades ou des dormeurs attardés allongés dessus, ou encore des gens étendus tout habillés. Lorsque la porte d'un appartement était close, K. frappait et demandait si un menuisier du nom de Lanz habitait là. Le plus souvent, c'était une femme qui ouvrait ; elle écoutait sa question et se tournait vers quelqu'un dans la chambre, qui se dressait sur son lit. « Le monsieur demande si un menuisier nommé Lanz habite ici. — Un menuisier nommé Lanz ? demandait l'autre depuis son lit. — Oui », répondait K., quoiqu'il ne fît aucun doute que la commission d'enquête ne se trouvait pas là, et que sa tâche était donc terminée. Beaucoup croyaient que K. avait impérativement besoin de trouver le menuisier Lanz ; ils réfléchissaient longtemps, citaient le nom d'un menuisier, mais qui ne s'appelait pas Lanz, ou bien un nom qui ressemblait de très loin à Lanz, ou bien ils demandaient chez des voisins, ou bien ils accompagnaient K. à une porte très éloignée, où il leur semblait qu'un individu de ce genre était peut-être sous-locataire, où peut-être logeait quelqu'un susceptible de fournir de meilleurs renseignements. K. finit par avoir à peine besoin de poser lui-même la question, se faisant ainsi trimbaler d'étage en étage. Il regretta d'avoir adopté ce plan qui lui avait d'abord semblé si pratique. Avant d'arriver au cinquième étage, il se décida à abandonner ses recherches, salua un aimable jeune ouvrier qui voulait le conduire plus haut, et descendit. Mais il fut de nouveau contrarié à l'idée d'avoir entrepris tout cela en vain ; il revint sur ses pas et frappa à la première porte du cinquième étage. La première chose qu'il aperçut dans la petite pièce fut une grande horloge qui indiquait déjà dix heures. « Un menuisier nommé Lanz habite-t-il ici ? demanda-t-il. — Entrez, je vous prie », fit une jeune femme aux yeux noirs brillants, en train de laver du linge d'enfant dans un baquet, et qui désigna d'une main trempée la porte ouverte de la pièce d'à côté.

K. eut l'impression de pénétrer dans une assemblée. Une foule de gens les plus divers — personne ne s'occupa du nouvel arrivant — emplissait une pièce assez vaste à deux fenêtres, avec une galerie en mezzanine tout autour, bondée elle aussi, et où les gens étaient contraints de se pencher pour se tenir debout et se cognaient le dos et la tête au plafond. Trouvant l'atmosphère irrespirable, K. ressortit et dit à la jeune femme, qui l'avait sans doute mal compris : « C'est bien un menuisier, un certain Lanz que j'ai demandé, n'est-ce pas ? — Oui, fit la femme, entrez, je vous prie. » K. ne lui aurait peut-être pas obéi si la femme n'était venue vers lui et n'avait saisi la poignée de la porte en disant : « Je dois fermer derrière vous, plus personne n'a le droit d'entrer. — Voilà qui est fort raisonnable, dit K., mais il y a déjà trop de monde. » Néanmoins il entra de nouveau.

Se glissant entre deux hommes qui discutaient tout à côté de la porte — l'un avait les deux mains tendues en avant et faisait mine de compter de l'argent, l'autre le regardait droit dans les yeux —, une main prit celle de K. C'était un petit garçon aux joues rouges. « Venez, venez », fit-il. K. se laissa conduire ; il s'avéra qu'à travers cette foule grouillante, il restait malgré tout un étroit passage, séparant peut-être deux partis opposés ; cela semblait aussi confirmé par le fait qu'à droite et à gauche dans les premiers rangs, K. n'aperçut guère de visages tournés vers lui, mais seulement le dos de personnes dont les propos et les gestes ne s'adressaient qu'à des membres de leur propre parti. Ils étaient pour la plupart habillés en noir, vêtus de longs costumes du dimanche élimés qui flottaient autour d'eux. Seuls ces habits rendaient K. perplexe ; autrement, il eût pris tout cela pour une réunion politique de quartier.

À l'autre bout de la salle où l'on conduisait K., était posée de biais sur une estrade très basse, également bondée, une petite table derrière laquelle, tout près du bord, était assis un petit homme dodu à la respiration courte, qui s'entretenait en poussant des éclats de rire avec un individu debout derrière lui, accoudé sur le dossier de la chaise et les jambes croisées. Il levait de temps en temps son bras en l'air, comme pour caricaturer quelqu'un. Le garçon qui guidait K. eut du mal à faire son annonce. Debout sur la pointe des pieds, il avait déjà par deux fois tenté de dire quelque chose sans que l'homme, là-haut, lui eût prêté la moindre attention. C'est seulement lorsqu'un des individus sur l'estrade lui fit remarquer le garçon, que l'homme se tourna vers lui et se pencha pour écouter le rapport qu'il lui chuchota. Il sortit ensuite sa montre et jeta un coup d'œil rapide vers K. « Vous étiez censé arriver voici une heure et cinq minutes », fit-il. K. s'apprêtait à répondre, mais il n'en eut pas le temps, car à peine l'homme avait-il parlé, qu'un grondement général s'éleva sur le côté droit de la salle. « Vous étiez censé arriver voici une heure et cinq minutes », répéta l'homme alors en haussant la voix, et en même temps il jeta un rapide coup d'œil dans la salle. Aussitôt le grondement s'amplifia et se dissipa peu à peu, puisque l'homme ne disait plus rien. Il régnait à présent dans la salle un silence bien plus grand qu'à l'entrée de K. Seuls les gens dans la galerie ne cessaient d'échanger des observations. Ils semblaient moins bien habillés que ceux d'en bas, pour autant qu'on pût distinguer quoi que ce soit là-haut, à travers la pénombre, la fumée et la poussière. Plusieurs avaient apporté des coussins qu'ils avaient placés entre leurs têtes et le plafond, pour ne pas s'érafler.

K. avait décidé d'observer plutôt que de parler, aussi renonça-t-il à justifier son prétendu retard et dit simplement : « Si je suis arrivé en retard, en tout cas me voici à présent. » Des applaudissements s'ensuivirent, de nouveau en provenance du côté droit. Voilà des gens faciles à conquérir, songea K., et il ne fut troublé que par le silence du côté gauche de la salle, qui était juste derrière lui, et d'où seuls quelques applaudissements très isolés avaient fusé. Il réfléchit à ce qu'il pourrait dire pour conquérir tout l'auditoire en même temps ou, si cela était impossible, au moins par moments l'autre moitié.

« Oui, fit l'homme, mais je ne suis plus tenu de vous interroger, maintenant — *nouveau grondement, mais ambigu cette fois, car l'homme poursuivit en faisant signe aux gens de se taire —*, j'y consens néanmoins exceptionnellement aujourd'hui. Mais pareil retard ne saurait se renouveler. Et maintenant avancez. » Quelqu'un sauta de l'estrade, afin de libérer une place pour K., et ce dernier s'y hissa. Il se trouva debout, tout contre la table ; la cohue, derrière lui, était telle qu'il dut résister pour ne pas précipiter en bas de l'estrade la table du juge d'instruction, voire le juge lui-même.

Mais celui-ci n'y prit pas garde ; assis tout à son aise dans son fauteuil et après avoir adressé une dernière remarque à l'homme qui était derrière lui, il saisit un petit registre, seul objet qui se trouvât sur la table. Il ressemblait à un cahier d'écolier, vieux et tout déformé à force d'avoir été feuilleté. « Donc, fit le juge d'instruction, tout en feuilletant son cahier et en se tournant vers K. d'un ton péremptoire, vous êtes artisan-peintre ? — Non, fit K., je suis administrateur en chef dans une grande banque. » Cette réponse suscita en bas, du côté droit de la salle, une si franche hilarité que K. ne put s'empêcher de rire lui aussi. Les gens s'appuyaient des mains sur leurs genoux et étaient secoués comme par une violente crise de toux. Quelques personnes riaient même dans la galerie. Le juge d'instruction, fort en colère à présent, et n'ayant probablement aucun pouvoir sur les gens du parterre, chercha à se dédommager auprès de la galerie ; il se leva d'un bond, menaça la galerie, et ses sourcils, en soi peu saillants, se contractèrent et devinrent noirs, épais et broussailleux au-dessus de ses yeux.

Mais la moitié gauche de la salle était toujours silencieuse, les gens y étaient debout en rangs, le visage tourné vers l'estrade, et ils écoutaient avec le même calme les propos échangés là-haut et le vacarme de l'autre parti ; ils toléraient même que certains individus dans leurs rangs réagissent par moments de la même façon que l'autre parti. Les gens du côté gauche, moins nombreux au demeurant, pouvaient fort bien être tout aussi insignifiants que ceux du côté droit, mais le calme de leur attitude leur donnait un air de plus grande importance. Lorsque K. se mit à parler, il fut convaincu d'exprimer leur point de vue.

« Votre question, monsieur le juge d'instruction, à savoir si je suis artisan-peintre — d'ailleurs, vous ne m'avez rien demandé, vous m'avez asséné cette déclaration —, est révélatrice de l'ensemble de la procédure intentée contre moi. Vous pouvez objecter qu'il ne s'agit nullement d'une procédure, et vous avez tout à fait raison, car il ne s'agit d'une procédure que si je lui reconnais cette qualité. Or, je la reconnais en cet instant, par compassion, pour ainsi dire. La compassion est la seule attitude que l'on puisse adopter ici, à supposer que l'on veuille accorder de l'intérêt à cette procédure. Je ne dis pas que ce soit une procédure bâclée, mais je suis heureux de vous avoir soumis cette formule pour que vous y réfléchissiez. »

K. s'interrompit et baissa les yeux vers la salle. Il avait tenu des propos cinglants, plus cinglants qu'il n'en avait l'intention, mais justes néanmoins. Il aurait mérité des applaudissements ici et là, et pourtant le silence régnait ; on attendait manifestement la suite avec curiosité ; peut-être un éclat se préparait-il dans le silence, éclat qui mettrait fin à toute l'affaire. Il fut gênant qu'à cet instant on vît s'ouvrir la porte, au fond de la salle, et entrer la jeune femme qui avait probablement terminé sa lessive, et qui, malgré toutes ses précautions, attira vers elle quelques regards. Seul le juge d'instruction procura une joie immédiate à K., car il parut aussitôt frappé par les propos qu'il venait d'entendre. Jusque-là, il était resté debout en l'écoutant, car la harangue de K. l'avait surpris alors qu'il s'était levé pour fustiger la galerie. Il profita de cette interruption pour s'asseoir discrètement, comme dans l'espoir que cela passerait inaperçu. Sans doute pour se redonner une expression calme, il reprit son petit cahier.

« Inutile, continua K., votre petit cahier lui aussi, monsieur le juge d'instruction, confirme mes propos. » Satisfait de n'entendre résonner calmement que ses propres paroles dans cette assemblée d'étrangers, K. osa même arracher le cahier des mains du juge d'instruction et il le leva en l'air en le tenant du bout des doigts par une des pages du milieu, comme un objet répugnant, de sorte que les pages couvertes d'une écriture serrée, maculées, aux bordures jaunies, pendaient des deux côtés. « Voici les dossiers du juge d'instruction, fit-il en laissant tomber le cahier sur la table. Continuez tranquillement à lire, monsieur le juge d'instruction, ce livre de comptes ne me fait vraiment pas peur, quoiqu'il me soit inaccessible, car je ne puis le tenir que du bout des doigts. » Ce fut forcément un geste de profonde humiliation (du moins fallait-il l'interpréter ainsi) que le juge d'instruction saisît le petit cahier tel qu'il était tombé sur la table, s'efforçât de le remettre un peu en ordre, et l'ouvrît à nouveau pour le lire.

Les visages des gens du premier rang fixaient K. avec une telle curiosité qu'il baissa un petit instant les yeux vers eux. Il s'agissait sans exception d'hommes assez âgés ; quelques-uns avaient une barbe blanche. Étaient-ce peut-être ceux qui décidaient, ceux qui pouvaient influencer toute cette assemblée, dont même l'humiliation du juge d'instruction n'avait pas suffi à secouer la torpeur où elle était plongée depuis le discours de K. ?

« Ce qui m'est arrivé, poursuivit K. un peu plus doucement qu'auparavant, sans cesser de scruter les visages du premier rang, ce qui donnait à son discours une allure un peu distraite, ce qui m'est arrivé n'est qu'un cas isolé, sans grande importance à ce titre, puisque je ne le prends pas trop au sérieux, mais révélateur d'une procédure utilisée à l'encontre d'une multitude de gens. Ce sont eux que je défends ici, non moi-même. »

Il avait haussé le ton malgré lui. Quelque part, quelqu'un applaudit en levant les bras et cria « Bravo ! Et pourquoi pas ? Bravo ! Et encore bravo ! » Deux ou trois personnes, au premier rang, tiraillèrent leur barbe, mais personne ne se retourna à cause de cet éclat. K. lui non plus n'y accorda guère d'importance, mais il fut tout de même réconforté ; il ne jugeait plus nécessaire à présent que tous applaudissent, il lui suffisait que l'auditoire se mette à réfléchir et que, de temps en temps, une personne se laisse convaincre par sa force de persuasion.

« Je ne recherche pas les effets de manche, dit K. dans le droit fil de sa réflexion, j'en serais d'ailleurs incapable. Monsieur le juge d'instruction parle sans doute beaucoup mieux, cela fait partie de son métier. Ce que je souhaite, c'est que soit abordé publiquement un dysfonctionnement du service public. Écoutez : voici environ dix jours, j'ai été arrêté ; les conditions mêmes de cette arrestation me font rire, mais ce n'est pas la question maintenant. J'ai été surpris dans mon lit au petit matin ; peut-être — cette hypothèse n'est pas exclue, vu les propos du juge d'instruction — avait-on ordre d'arrêter je ne sais quel artisan-peintre, tout aussi innocent que moi, mais c'est moi qu'on a choisi. La chambre d'à côté était occupée par deux gardes, de grossiers personnages. On n'aurait pu prendre meilleures précautions si j'avais été un dangereux voleur. Ces gardes étaient en outre des canailles sans aucun sens moral : ils m'ont cassé les oreilles avec leur bavardage, ont essayé de se faire soudoyer, m'ont raconté toutes sortes d'histoires pour me soutirer du linge et des vêtements ; ils voulaient de l'argent, soi-disant pour m'apporter un petit-déjeuner, après avoir déjà dévoré sous mes yeux et sans la moindre vergogne mon propre petit-déjeuner. Mais ce n'est pas tout. J'ai été conduit dans une troisième pièce et mis en présence de l'inspecteur. C'était la chambre d'une dame que j'estime beaucoup, et j'ai dû voir cette chambre pour ainsi dire profanée à cause de moi, mais non par ma faute, par la présence des gardiens et de l'inspecteur. J'eus du mal à garder mon calme. Mais j'y suis parvenu, et j'ai demandé à l'inspecteur avec le plus grand calme — s'il était ici, il serait forcé de le confirmer — pourquoi j'étais en état d'arrestation. Or, quelle fut la réponse de cet inspecteur, que je vois encore devant moi, assis sur le fauteuil de la dame que je viens d'évoquer, incarnation de la plus stupide arrogance ? Messieurs, il ne m'a au fond rien répondu ; peut-être ne savait-il vraiment rien ; il m'avait arrêté, et cela lui suffisait. Il avait même fait du zèle en amenant dans la chambre de cette dame trois employés subalternes de ma banque, qui ont entrepris de manipuler et de mettre en désordre des photographies appartenant à la dame. La présence de ces employés avait bien entendu un autre but : tout comme ma logeuse et sa femme de chambre, ils devaient répandre la nouvelle de mon arrestation, nuire à ma respectabilité et en particulier ébranler ma situation à la banque. Or, tout cela a lamentablement échoué ; même ma logeuse, personne sans aucune prétention — je prononcerai son nom ici pour lui rendre hommage : elle s'appelle madame Grubach —, même madame Grubach a été suffisamment clairvoyante pour comprendre qu'une telle arrestation ne signifie rien de plus qu'une agression menée dans la rue par des gamins livrés à eux-mêmes. Je le répète, tout cette affaire ne m'a procuré que des désagréments et une colère passagère, mais n'aurait-elle pas pu avoir des suites plus graves ? »

Lorsque K. s'interrompit et jeta un coup d'œil vers le juge d'instruction, il crut observer que celui-ci sans rien dire, faisait justement signe des yeux à quelqu'un dans la foule. K. sourit en disant : « À cet instant même, le juge d'instruction à côté de moi adresse un signe convenu à l'un d'entre vous. Il y a donc parmi vous des gens que l'on manipule depuis cette estrade. J'ignore si ce signe avait pour but d'entraîner les sifflements ou les applaudissements, et en divulguant la chose dès maintenant, je renonce en parfaite connaissance de cause à découvrir la signification de ce signe. Elle m'est tout à fait indifférente, et j'autorise publiquement monsieur le juge d'instruction à transmettre aux employés qu'il rétribue, là-bas dans le parterre, ses ordres à haute et intelligible voix plutôt que par signes dérobés, en disant tantôt : "Sifflez, à présent !" et tantôt : "Applaudissez, maintenant !" »

Par embarras ou par impatience, le juge d'instruction s'agitait en tous sens dans son fauteuil. L'homme derrière lui, avec lequel il s'était déjà entretenu, se pencha de nouveau vers lui, soit pour lui redonner globalement du courage, soit pour lui donner un conseil précis. Dans la salle, les gens discutaient à voix basse, mais avec entrain. Les deux partis qui semblaient précédemment avoir des avis si opposés, se mélangeaient ; certaines personnes montraient K. du doigt, d'autres le juge d'instruction. L'atmosphère enfumée qui régnait dans la salle était extrêmement pénible, elle empêchait même d'observer avec précision les gens debout plus loin. Ce devait être particulièrement dérangeant pour les spectateurs de la galerie, car ils étaient contraints, non sans lancer des regards craintifs vers le juge d'instruction, d'interroger à voix basse les membres de l'assemblée pour s'informer plus en détail. Les réponses aussi étaient communiquées à voix basse, on se cachait la bouche derrière les mains.

« J'ai presque terminé », fit K. et, faute de clochette à proximité, il frappa du poing sur la table ; effrayées par ce bruit, la tête du juge d'instruction et celle de son conseiller se séparèrent aussitôt : « Toute cette affaire me touche fort peu, c'est pourquoi je la juge calmement, et vous gagnerez beaucoup à m'écouter, à supposer que vous teniez tant soit peu à ce prétendu tribunal. Je vous prie de bien vouloir remettre à plus tard les commentaires que vous voudriez échanger au sujet de ce que j'avance, car j'ai peu de temps et vais bientôt partir. »

Le silence se fit aussitôt, tant K. dominait désormais l'assemblée. On ne criait plus dans tous les sens comme au début, on n'applaudissait même plus, mais on semblait déjà convaincu, ou sur le point de l'être.

« Il ne fait aucun doute », dit K. très doucement, car il se plaisait à voir toute l'assemblée tendue pour l'écouter : de ce silence surgissait un bourdonnement plus excitant que les plus frénétiques applaudissements, « il ne fait aucun doute que derrière tous les agissements de ce tribunal, donc, dans mon cas précis, derrière l'arrestation et la présente instruction, une vaste organisation se dissimule. Une organisation qui non seulement emploie des gardes corrompus, des inspecteurs stupides et des juges d'instruction modestes dans le meilleur des cas, mais qui entretient de surcroît une haute magistrature et une magistrature suprême, avec son incontournable cortège d'huissiers, de greffiers, de gendarmes et autres auxiliaires, peut-être même ses bourreaux, le mot ne me fait pas peur. Et quel est le sens de cette vaste organisation, messieurs ? Il consiste à faire arrêter des personnes innocentes et à intenter contre elles des procédures folles et, le plus souvent, comme dans mon cas, sans résultat. Comment, vu l'absurdité de tout cela, éviter les formes les plus graves de corruption des fonctionnaires ? C'est impossible, même pour lui-même, le plus haut magistrat n'y parviendrait pas. Voilà pourquoi les gardes cherchent à dépouiller le prévenu de ses vêtements, voilà pourquoi les inspecteurs entrent par effraction dans la demeure d'autrui, voilà pourquoi, au lieu de leur faire subir un interrogatoire, on humilie des innocents devant des assemblées tout entières. Les gardes m'ont parlé de dépôts où la propriété du prévenu est consignée ; je voudrais voir ces dépôts où pourrissent les biens que le prévenu a péniblement accumulés à force de travail, dans la mesure où ils ne sont pas volés par les cupides préposés du dépôt. »

K. fut interrompu par un cri perçant provenant du fond de la salle ; il entoura ses yeux de sa main pour regarder dans cette direction, car la lumière terne du jour rendait blanchâtre et éblouissante cette atmosphère enfumée. C'était la blanchisseuse ; dès son entrée, K. l'avait repérée comme une potentielle source de perturbation. Il était impossible de dire si c'était de sa faute ou non, cette fois. K. vit simplement qu'un homme l'avait attirée dans un coin près de la porte et la pressait contre lui. Ce n'était pas elle, toutefois, qui criait, mais l'homme ; il avait la bouche grande ouverte et regardait le plafond. Un petit groupe s'était formé autour d'eux ; les spectateurs de la galerie qui se trouvaient à proximité, semblaient ravis que le sérieux répandu par K. dans l'assemblée soit ainsi dissipé. La première réaction de K. fut de s'y précipiter aussitôt, persuadé que tous tiendraient à rétablir l'ordre là-bas et, tout au moins, à évacuer le couple de la salle, mais les premiers rangs devant lui restèrent impassibles, personne ne bougea, et personne ne le laissa passer. Au contraire, on l'en empêcha, de vieux messieurs tendirent les bras et une main inconnue derrière lui — il n'eut pas le temps de se retourner — le saisit par le col ; K. ne songeait plus au couple, à vrai dire ; il avait l'impression que sa liberté était entravée, qu'on l'arrêtait pour de bon, et il sauta sans réfléchir de l'estrade. Il se trouvait maintenant face à face avec la foule. S'était-il mépris sur ces gens ? Avait-il surestimé l'effet de son discours ? Avait-on joué la comédie tant qu'il parlait, et maintenant qu'il en arrivait aux conclusions, en avait-on assez de jouer la comédie ? Quels visages tout autour de lui ! De petits yeux noirs regardaient furtivement de droite à gauche, les joues étaient flasques comme chez les ivrognes, les longues barbes étaient raides et clairsemées, et quand on y passait la main, c'était comme si on y dessinait des griffes, non comme si on passait la main dans une barbe. Mais sous les barbes — et ce fut là la véritable découverte que fit K. — brillaient sur le col des vestons des insignes de tailles et de couleurs diverses. Tous avaient ces insignes, pour autant qu'on pût en juger. Ils appartenaient tous à un même groupe, tous ceux qui semblaient former les partis de gauche et de droite, et lorsqu'il se retourna soudain, il vit les mêmes insignes au col du juge d'instruction qui, les mains repliées dans son giron, regardait tranquillement en bas. « C'est donc cela ! s'écria K. en levant les bras au ciel, car il fallait de l'espace pour cette soudaine découverte. Vous êtes tous fonctionnaires, à ce que je vois, vous êtes la bande d'individus corrompus que j'ai vilipendés ; vous êtes accourus pour m'écouter et m'espionner, vous avez fait semblant de former des partis, et l'un d'eux m'a applaudi pour me mettre à l'épreuve ; vous vouliez apprendre comment tromper les innocents. Eh bien vous n'êtes pas venus pour rien, je l'espère ; soit vous vous êtes divertis à voir quelqu'un attendre que vous preniez la défense de l'innocence — laisse-moi tranquille, ou je te frappe, lança K. au visage d'un vieillard tremblant qui s'était particulièrement rapproché de lui —, soit au contraire vous avez vraiment appris quelque chose. Et sur ce, je vous souhaite bonne chance

dans l'exercice de votre métier. » Il saisit rapidement son chapeau, qui était posé sur le bord de la table, et se précipita vers
la sortie dans le silence général, ou en tout cas le silence de la
surprise la plus totale. Le juge d'instruction sembla cependant
avoir pris K. de vitesse, car il l'attendait près de la porte. « Un
instant », fit-il ; K. s'arrêta, mais il ne regardait pas le juge d'instruction, il ne regardait que la porte dont il avait déjà saisi la
poignée. « Je voulais simplement, fit le juge d'instruction, vous
signaler que vous vous êtes aujourd'hui — mais vous n'en avez
sans doute pas encore pris conscience — privé de l'avantage
qu'un interrogatoire représente toujours pour le prévenu. »
Tourné vers la porte, K. éclata de rire. « Misérables, s'écria-t-il,
je vous en fais cadeau, de tous vos interrogatoires » ; il ouvrit la
porte et dévala l'escalier. Derrière lui s'éleva le bruit de l'assemblée qui s'animait de nouveau ; sans doute commençait-on à
discuter les événements, comme font les étudiants.

## DANS LA SALLE D'AUDIENCE DÉSERTE — L'ÉTUDIANT — LES BUREAUX DU GREFFE

Chaque jour de la semaine suivante, K. attendit une nouvelle
convocation ; il ne pouvait croire qu'on l'ait pris au pied de la
lettre lorsqu'il avait renoncé aux interrogatoires ; et lorsque le
samedi soir arriva effectivement sans qu'il ait reçu la convocation attendue, il s'estima tacitement invité à comparaître de
nouveau à la même heure et au même endroit. Il y retourna
donc le dimanche ; cette fois, il franchit directement escaliers
et couloirs ; quelques personnes qui se souvenaient de lui le
saluèrent sur le palier, mais il n'eut plus besoin d'interroger
personne et parvint bientôt à la bonne porte. Aussitôt qu'il
frappa, on lui ouvrit et sans se retourner pour regarder la
femme qu'il connaissait, debout près de la porte, il voulut
entrer directement dans la pièce voisine. « Il n'y a pas d'audience, aujourd'hui, fit la femme. — Et pourquoi n'y aurait-il

pas d'audience ? » demanda-t-il, incrédule. Cependant la femme le convainquit en ouvrant la porte de la pièce. Elle était effectivement vide et semblait encore plus pitoyable, vide, que le dimanche précédent. Quelques livres étaient posés sur la table, qui n'avait pas changé de place sur l'estrade. « Puis-je regarder les livres ? demanda K. sans curiosité particulière, mais simplement pour que sa visite n'ait pas été complètement vaine. — Non, dit la femme en refermant la porte, ça n'est pas permis. Les livres appartiennent au juge d'instruction. — Ah bon, fit K. en acquiesçant, ce sont sans doute des recueils de lois, et il est de la nature de cet appareil judiciaire qu'on soit condamné non seulement en toute innocence, mais encore en toute ignorance. — Il faut croire, fit la femme, qui ne l'avait pas exactement compris. — Bon, eh bien je m'en vais, fit K. — Dois-je transmettre un message au juge d'instruction ? demanda la femme. — Vous le connaissez ? demanda K. — Bien sûr, dit la femme, puisque mon mari est huissier. » C'est alors seulement que K. se rendit compte que cette pièce où il n'y avait rien, l'autre jour, qu'une cuve à lessive, se présentait maintenant comme un salon parfaitement meublé. La femme remarqua son étonnement et dit : « Oui, nous sommes logés ici gratuitement, mais nous devons débarrasser la pièce les jours d'audience. La position de mon mari a quelques inconvénients. — Je ne m'étonne pas tant de la pièce, fit K. en la regardant avec colère, que du fait que vous soyez mariée. — Vous faites peut-être allusion à l'incident de la dernière audience, quand je vous ai dérangé au milieu de votre discours ? demanda la femme. — Bien entendu, fit K., aujourd'hui c'est chose passée et presque oubliée, mais l'autre jour, j'étais vraiment furieux. Et maintenant, c'est vous-même qui dites que vous êtes une femme mariée. — Cela ne vous a pas nui, que votre discours soit interrompu. Même après, on a continué à vous juger très défavorablement. — C'est fort possible, fit K. en détournant la conversation, mais cela ne vous excuse pas. — Aux yeux de tous ceux qui me connaissent, je suis excusée, dit la femme, l'individu qui m'a embrassée ce jour-là me poursuit depuis longtemps. J'ai beau ne pas être attirante aux yeux du plus grand nombre, pour lui je le suis. Il n'y a pas moyen de s'en prémunir, même mon mari a fini par s'y faire ; s'il veut garder sa place, il faut qu'il le supporte, car cet homme est étudiant et deviendra sans doute très puissant. Il est toujours après moi ; il s'en allait juste avant que vous arriviez. — Cela s'accorde avec tout le reste, fit K., ça ne m'étonne pas. — Vous voulez sans doute améliorer une ou deux choses ici ? demanda la femme lentement d'un air inquisiteur, comme si elle eût tenu des propos dangereux, tant pour elle-même que pour K. Je l'ai bien vu à votre discours, qui m'a personnellement beaucoup plu. À vrai dire, je n'ai entendu qu'une partie, j'ai raté le début et pendant la conclusion, j'étais couchée par terre avec l'étudiant...

Tout est si répugnant ici, fit-elle après un silence en saisissant la main de K. Croyez-vous parvenir à améliorer les choses ? » K. sourit en tournant un peu la sienne à l'intérieur des mains souples de la femme. « En fait, dit-il, je ne suis pas chargé d'améliorer les choses ici, comme vous dites, et si vous alliez, par exemple, dire cela au juge d'instruction, il vous rirait au nez ou il vous punirait. En réalité, je ne me serais certainement pas mêlé de mon propre gré de ces affaires, et les améliorations dont cet appareil judiciaire a besoin n'auraient jamais troublé mon sommeil. Mais, du fait de ma prétendue arrestation — car je suis en état d'arrestation —, j'ai été contraint d'intervenir ici, et ce pour veiller à mes propres intérêts. Mais si je puis en même temps vous être utile en quoi que ce soit, ce sera bien sûr très volontiers. Non seulement par altruisme, mais parce qu'en outre vous aussi, vous pouvez m'aider. — Et comment donc le pourrais-je ? demanda la femme. — Par exemple en me montrant les livres, là-bas sur cette table. — Mais certainement », s'écria la femme en l'entraînant précipitamment à sa suite. C'étaient de vieux livres racornis ; une couverture était presque fendue par le milieu, les morceaux ne tenaient que par quelques fils. « Comme tout est sale ici », fit K. en secouant la tête, et la femme essuya, au moins superficiellement, la poussière avec son tablier avant que K. eût pu saisir les livres. K.

ouvrit celui qui se trouvait au sommet de la pile : une image inconvenante surgit. Un homme et une femme nus étaient assis sur un canapé, l'intention générale du dessinateur était claire, mais si grande avait été sa maladresse qu'on ne voyait en fin de compte qu'un homme et une femme dont les corps beaucoup trop massifs sortaient de l'image, assis bien droit avec une excessive raideur et se tournant à grand peine l'un vers l'autre par suite d'une erreur de perspective. K. ne feuilleta pas plus avant, il ouvrit simplement la page de garde du deuxième ouvrage, c'était un roman intitulé : *Les tourments que Grete dut endurer de la main de son époux Hans*. « Voilà les recueils de lois qu'on étudie ici, fit K., c'est par de tels individus que je dois être jugé. — Je vous aiderai, dit la femme. Le voulez-vous ? — En seriez-vous vraiment capable sans vous mettre vous-même en danger ? Vous avez pourtant dit auparavant que votre mari était en situation d'extrême dépendance vis-à-vis de ses supérieurs. — Je veux vous aider malgré tout, dit la femme, venez, il faut que nous en discutions. Ne parlez plus du danger que je cours, je ne crains le danger que lorsque je décide de le craindre. Venez. » Elle montra du doigt l'estrade et le pria de s'asseoir à côté d'elle sur la marche. « Vous avez de beaux yeux foncés, dit-elle après s'être assise, en regardant le visage de K. par en dessous, il paraît que moi aussi j'ai de beaux yeux, mais les vôtres sont bien plus beaux. D'ailleurs je les ai tout de suite remarqués l'autre jour, lorsque vous êtes entré ici pour la première fois. Et c'est à cause de vous que je suis venue dans la salle de réunion, chose que je ne fais jamais d'habitude, et qui même m'est plus ou moins interdite. — C'est donc simplement cela, songea K., elle s'offre à moi, elle est corrompue comme tout le monde par ici, elle en a assez des gens de justice, ce qui est d'ailleurs compréhensible, voilà pourquoi elle salue le premier étranger venu en le complimentant sur ses yeux. » Et K. se leva sans un mot, comme s'il avait exprimé ses pensées à haute voix et expliqué ainsi son comportement à la femme. « Je ne crois pas que vous puissiez m'aider, fit-il ; pour m'aider vraiment, il faudrait avoir des liens avec de hauts fonctionnaires. Mais vous ne connaissez sûrement que les petits employés qui traînent ici par milliers. Ceux-là, vous les connaissez sûrement très bien et vous pourriez obtenir d'eux bien des choses, je n'en doute pas ; mais le maximum qu'on pourrait obtenir d'eux serait sans le moindre effet sur le dénouement du procès. Vous, en revanche, vous y perdriez quelques amis. Je ne le souhaite pas. Conservez les mêmes relations qu'auparavant avec ces gens, il me semble en effet qu'elles vous sont indispensables. Je ne dis pas cela sans regret, car, pour répondre malgré tout un peu à votre compliment, vous me plaisez bien, vous aussi, surtout lorsque vous me regardez de cet air si triste, comme maintenant, ce que vous n'avez d'ailleurs aucune raison de faire. Vous appartenez à la société que je dois combattre, mais vous vous y trouvez fort bien, vous aimez même l'étudiant, et si vous ne l'aimez pas, du moins le préférez-vous à votre mari. Cela se devinait facilement dans vos propos. — Non ! s'écria-t-elle en restant assise et en saisissant la main de K., que celui-ci ne lui retira pas assez vite. Vous n'avez pas le droit de partir maintenant, vous n'avez pas le droit de partir avec un jugement erroné sur mon compte ! Arriveriez-vous vraiment à partir maintenant ? Suis-je vraiment si indigne que vous ne vouliez même pas me faire le plaisir de rester ici encore un petit moment ? — Vous me comprenez de travers, fit K. en s'asseyant, si vous tenez absolument à ce que je reste ici, je reste volontiers, j'ai tout mon temps ; après tout, je suis venu en m'attendant à une audience aujourd'hui. Ce que j'ai dit, il y a un instant, visait simplement à vous prier de ne rien entreprendre en ma faveur dans mon procès. Mais cela ne doit pas vous offenser, si vous songez que l'issue du procès ne m'importe guère et qu'une condamnation me fera simplement rire. À supposer que ce procès parvienne réellement un jour à son terme, ce dont je doute fort. Je crois plutôt que, par paresse ou par négligence ou peut-être même par peur, les fonctionnaires ont déjà interrompu la procédure ou vont l'interrompre prochainement. Au demeurant, il est possible également que l'on poursuive une apparence de procès dans l'espoir d'un pot-de-vin assez substantiel ; tout à fait en vain, je puis le dire dès aujourd'hui, car je ne verserai de pots-de-vin à personne. Malgré tout il y a un service que vous pourriez me rendre, ce serait de faire savoir au juge d'instruction, ou à quiconque se plaît à diffuser les nouvelles importantes, que jamais, par aucun de ces stratagèmes dont ces messieurs ont sans doute toute une panoplie, je ne me laisserai inciter à verser le moindre pot-de-vin. Cela ne les mènerait nulle part, vous pouvez le leur dire franchement. D'ailleurs on l'aura peut-être déjà remarqué, et même si ce n'est pas le cas, je ne tiens pas vraiment à ce qu'on s'en rende compte dès maintenant. Cela ne ferait qu'épargner du travail à ces messieurs, et à moi, il est vrai, quelques désagréments, mais je les assume volontiers, sachant qu'à chaque fois on en subit le contrecoup, de l'autre côté. Et je veillerai personnellement à ce qu'il en soit bien ainsi. Au fait, connaissez-vous le juge d'instruction ? — Bien sûr, dit la femme, c'est même à lui que j'ai pensé d'abord en vous proposant de l'aide. J'ignorais que ce n'était qu'un petit fonctionnaire, mais si vous le dites, c'est probablement vrai. Je crois néanmoins que le rapport qu'il remet aux autorités supérieures a tout de même quelque influence. Et il écrit tant de rapports. Vous dites que les fonctionnaires sont paresseux, mais ils ne le sont sûrement pas tous, surtout pas ce juge d'instruction-là, il écrit beaucoup. Dimanche dernier, par exemple, la séance a duré jusqu'au soir. Tout le monde est parti, mais le juge d'instruction est resté dans la salle, j'ai dû lui apporter une lampe ; je n'avais qu'une petite lampe de cuisine, mais il s'en est contenté, et il a commencé aussitôt à écrire. Entre-temps, mon mari lui aussi était arrivé, car il avait justement congé ce dimanche-là ; nous sommes allés chercher les meubles, nous avons réinstallé notre chambre, puis des voisins sont venus, nous avons encore discuté à la lumière d'une chandelle, bref, nous avons oublié le juge d'instruction et sommes allés nous coucher. Soudain pendant la nuit, qui devait être déjà très avancée, je me réveille, le juge d'instruction se tient à côté du lit et voile la lampe de sa main pour que la lumière ne tombe pas sur mon mari ; c'était une précaution inutile, car mon mari dort si profondément que même la lumière ne l'aurait pas réveillé. J'ai eu si peur que j'ai failli crier, mais le juge d'instruction a été très gentil, il m'a recommandé la prudence, a murmuré qu'il avait passé tout ce temps à écrire, qu'à présent il me rapportait la lampe, et qu'il n'oublierait jamais le moment où il m'avait aperçue endormie. Tout cela juste pour vous dire que le juge d'instruction écrit réellement une multitude de rapports, en particulier sur vous, car votre audition fut sûrement l'un des principaux objets de la séance de dimanche. Des rapports d'une pareille longueur ne peuvent tout de même pas être complètement dénués d'importance. Vous voyez bien en outre, d'après cet incident, que le juge d'instruction cherche mes faveurs et que c'est précisément maintenant, dans les premiers temps (il vient sans doute juste de me remarquer), que je puis avoir une grande influence sur lui. De sa grande affection pour moi, j'ai maintenant plusieurs autres preuves. Hier, par l'intermédiaire de l'étudiant en qui il a une grande confiance et qui est son collaborateur, il m'a envoyé en cadeau des bas de soie, soi-disant pour me remercier de remettre en ordre la salle d'audience, mais ce n'est qu'un prétexte, car, de toute façon, ce travail m'incombe, et il vaut un salaire à mon mari. Ce sont de jolis bas, regardez — elle allongea les jambes, souleva ses jupes jusqu'aux genoux et regarda les bas elle aussi —, ce sont de jolis bas, mais en réalité ils sont trop fins et ils ne sont pas faits pour moi. »

Soudain elle s'interrompit, posa la main sur celle de K., comme pour le calmer, et murmura : « Silence, Berthold nous regarde. » K. leva lentement les yeux. Un homme jeune se tenait dans l'embrasure de la porte de la salle d'audience ; il était petit, ses jambes n'étaient pas tout à fait droites et il cherchait à se donner l'air important grâce à sa barbe courte, roussâtre et clairsemée, qu'il caressait sans arrêt. K. le regarda avec curiosité, car c'était le premier étudiant en droit, cette science inconnue, qu'il eût rencontré en chair et en os, pour ainsi dire ; cet homme parviendrait sans doute un jour à une position élevée dans la hiérarchie des fonctionnaires. L'étudiant, en revan-

che, ne sembla guère faire attention à K. ; il se contenta
d'extraire un doigt de sa barbe pour faire signe à la femme, et
il alla près de la fenêtre ; la femme se pencha vers K. en murmurant : « Ne m'en veuillez pas, je vous en supplie, n'ayez pas non
plus mauvaise opinion de moi ; il faut que j'aille le retrouver à
présent, cet homme affreux, regardez donc ses jambes torses.
Mais je reviens dans un instant, et ensuite j'irai avec vous, si
vous m'emmenez, j'irai où vous voudrez, vous pourrez faire
de moi ce que vous voudrez, je serai heureuse d'être le plus
longtemps possible loin d'ici et même toujours, de préférence. » Elle caressa encore la main de K., puis se leva d'un
bond et courut à la fenêtre. Sans le vouloir, K. chercha encore
à attraper sa main dans le vide. Cette femme l'attirait vraiment,
et il avait beau réfléchir, il ne trouvait pas de raison solide pour
ne pas céder à cette attirance. Il écarta sans peine l'objection
passagère que cette femme était en train de le piéger pour le
compte du tribunal. De quelle façon pouvait-elle le piéger ? Ne
restait-il pas assez libre pour battre en brèche le tribunal, du
moins dans la mesure où le tribunal le concernait ? Ne pouvait-
il avoir ce minimum de confiance en lui-même ? Et cette offre
d'aide, apparemment sincère, n'était peut-être pas sans intérêt.
Et peut-être n'y avait-il pas de meilleur moyen de se venger du
juge d'instruction et de ses acolytes, que de leur arracher cette
femme et de l'emmener avec lui. Il se pourrait alors qu'il arrive
au juge d'instruction, après avoir peiné sur la rédaction de ses
rapports mensongers sur K., tard dans la nuit, de trouver vide
le lit de cette femme. Et ce, parce qu'elle appartiendrait à K.,
parce que cette femme près de la fenêtre, ce corps chaud, souple, voluptueux, dans sa robe sombre d'étoffe lourde et grossière, appartiendrait à K., et à lui seul.

Après avoir ainsi éliminé ses scrupules concernant la femme,
il commença à trouver un peu trop long ce dialogue à voix
basse près de la fenêtre ; il cogna contre l'estrade avec ses
doigts, puis avec le poing. Par-dessus l'épaule de la femme,
l'étudiant jeta un coup d'œil rapide en direction de K., mais ne
se laissa pas troubler ; il se pressa même tout contre elle et

l'enlaça. Elle inclina la tête, comme pour l'écouter attentivement ; et tandis qu'elle se penchait, il lui posa un baiser sonore
dans le cou, sans vraiment s'arrêter de parler. K. y vit la confirmation de la tyrannie que l'étudiant exerçait sur la femme, et
dont elle s'était plainte ; il se leva et se mit à arpenter la salle.
Tout en lançant des coups d'œil en biais vers l'étudiant, il réfléchissait au moyen le plus rapide de se débarrasser de lui ; c'est
pourquoi il accueillit non sans plaisir cette remarque de l'étudiant, manifestement dérangé par les allées et venues de K., qui
par instants tenaient plutôt du trépignement : « Si vous êtes
impatient, vous pouvez partir. Vous auriez pu aussi partir plus
tôt, personne ne vous aurait regretté. Oui, vous auriez même
dû partir dès mon arrivée, et au plus vite. » Même si toute la
fureur imaginable explosait dans cette remarque, on y lisait
aussi l'arrogance du futur magistrat s'adressant à un accusé qui
lui déplaît. K. resta debout tout près de lui et dit en souriant :
« Je suis impatient, c'est vrai, mais la façon la plus simple pour
vous d'y mettre fin, ce sera de nous laisser. Au cas pourtant où
vous seriez venu étudier — car j'ai entendu dire que vous êtes
étudiant —, je vous céderai volontiers la place en partant avec
cette dame. Il vous faudra d'ailleurs beaucoup étudier avant de
devenir juge. À vrai dire, je ne connais pas encore très exactement votre appareil judiciaire, mais je présume que les grossièretés où vous excellez, il est vrai, et sans la moindre vergogne,
n'y suffiront pas. — On n'aurait pas dû autant lui lâcher la
bride, fit l'étudiant, comme pour expliquer à la femme les propos blessants de K., c'était une erreur. Je l'ai dit au juge d'instruction. On aurait dû au moins le consigner dans sa chambre
entre les interrogatoires. On a du mal à comprendre le juge
d'instruction, parfois. — Discours inutiles, fit K. en tendant la
main vers la femme, venez. — Ah oui ? dit l'étudiant, non et
non, vous ne l'aurez pas » ; et avec une force qu'on n'eût pas
soupçonnée chez lui, il la souleva d'un bras et courut vers la
porte en courbant le dos, et en levant vers elle un regard tendre. Il était évident que ce geste traduisait une certaine crainte
vis-à-vis de K., mais il osa tout de même encore attiser la colère

de K. en caressant et en pressant le bras de la femme de la main qui lui restait libre. K. fit quelques pas en courant à ses côtés, prêt à s'emparer de lui et, s'il le fallait, à l'étrangler, mais la femme dit alors : « Inutile, c'est le juge d'instruction qui m'envoie chercher, je ne peux pas venir avec vous, ce petit monstre, et en disant ces mots elle passa la main sur le visage de l'étudiant, ce petit monstre ne me lâchera pas. — Et vous ne voulez pas qu'on vous libère ! s'écria K. en posant la main sur l'épaule de l'étudiant, qui chercha à y enfoncer les dents. — Non ! s'écria la femme en repoussant K. des deux mains, non, non, surtout pas ça, à quoi songez-vous donc ? Ce serait ma perte ! Laissez-le, je vous en prie, mais laissez-le ! Il ne fait qu'exécuter l'ordre du juge d'instruction en me conduisant chez lui. — Eh bien qu'il file, mais vous, je ne veux plus jamais vous voir », fit K. déçu et furieux, et il donna à l'étudiant un coup dans le dos qui le fit trébucher, pour aussitôt bondir encore plus haut avec son fardeau, tant il était heureux de ne pas être tombé. K. les suivit lentement, comprenant que c'était la première incontestable défaite que ces gens lui avaient infligée. Bien sûr, ce n'était pas une raison pour s'inquiéter : il n'avait subi cette défaite que parce qu'il avait cherché la bataille. S'il restait chez lui et menait sa vie habituelle, il était mille fois supérieur à chacun de ces individus, et il pouvait les écarter chacun de son chemin d'un coup de pied. Et il se représenta une scène, grotesque entre toutes : ce pitoyable étudiant, ce gamin bouffi, ce barbu difforme s'agenouillait devant le lit d'Elsa et, les mains jointes, la suppliait de lui faire grâce. K. trouva cette idée si plaisante qu'il décida, si jamais l'occasion s'en présentait, d'emmener un jour l'étudiant chez Elsa.

Par curiosité, K. se précipita encore vers la porte, voulant voir où la femme était emportée ; l'étudiant n'allait tout de même pas la porter à bras le corps dans les rues. L'itinéraire s'avéra beaucoup plus court. Juste en face de l'appartement, un étroit escalier en bois conduisait vraisemblablement au grenier ; il formait un tournant qui empêchait d'en voir le bout. L'étudiant hissa la femme le long de cet escalier, très lentement cette fois et en ahanant, car la course précédente l'avait affaibli. La femme fit au revoir de la main à K., en bas, et chercha à signifier en haussant et en baissant les épaules qu'elle était innocente de cet enlèvement ; mais il n'y avait guère de regret dans ce geste. K. la regarda d'un air impassible, comme une étrangère ; il ne voulait ni trahir sa déception, ni montrer non plus combien il lui était aisé de la surmonter.

Ils avaient tous les deux déjà disparu, mais K. restait sur le seuil de la porte. Il lui fallait supposer que la femme non seulement l'avait trompé, mais lui avait menti en alléguant qu'on la portait chez le juge d'instruction. Le juge d'instruction ne pouvait tout de même pas être assis au grenier, en train de l'attendre. On avait beau regarder l'escalier de bois, il ne fournissait aucune explication. C'est alors que K. remarqua un petit écriteau à côté de l'entrée ; il s'en approcha et lut ces lignes écrites d'une main enfantine, mal exercée : « Entrée des Bureaux du Greffe. » C'était donc ici, dans le grenier de cet immeuble de rapport, que se trouvaient les bureaux du greffe ? Voilà une installation qui n'inspirait guère le respect, et il était rassurant, pour un accusé, de s'imaginer les faibles moyens financiers dont ce tribunal disposait, s'il avait aménagé ses bureaux là où les locataires, eux-mêmes parmi les plus pauvres, jetaient leur fatras. À vrai dire, il n'était pas exclu qu'on eût assez d'argent, mais les fonctionnaires devaient se précipiter dessus avant qu'il soit utilisé pour le tribunal. Cela était même fort probable, vu l'expérience de K. jusqu'ici ; et en fait, si une pareille décadence était certes humiliante pour un accusé, elle était aussi beaucoup plus rassurante, au fond, que ne l'eût été la pauvreté du tribunal. K. comprenait aussi à présent qu'on ait honte de convoquer l'accusé dans le grenier pour le premier interrogatoire, et qu'on préfère l'importuner dans son appartement. Et dans quelle position K. se trouvait-il vis-à-vis de ce juge assis dans un grenier, alors que lui-même, à la banque, disposait d'un vaste bureau et d'une antichambre, et pouvait contempler l'animation de la grand-place, en bas, à travers une immense baie vitrée ! Certes, il n'avait pas de revenus annexes provenant de pots-de-vin ou de malversations ; il ne pouvait pas non plus demander à son commis de lui apporter sous son bras une femme au bureau.

K. était encore debout devant l'écriteau lorsqu'un homme monta l'escalier, regarda à travers la porte ouverte dans le salon, d'où l'on pouvait aussi apercevoir la salle d'audience, puis finit par demander à K. s'il n'avait pas vu une femme ici récemment. « Vous êtes l'huissier, n'est-ce pas ? demanda K. — Oui, fit l'homme, ah oui, vous êtes l'accusé K., je vous reconnais maintenant, soyez le bienvenu. » Et il tendit la main à K., qui ne s'y attendait guère. « Mais il n'y a pas d'audience annoncée pour aujourd'hui, fit ensuite l'huissier, devant le silence de K. — Je sais », dit K. en contemplant la tenue civile de l'huissier qui portait pour seul insigne de ses fonctions, en plus de quelques boutons ordinaires, deux boutons dorés qui semblaient avoir été prélevés sur un vieux manteau d'officier. « J'ai parlé avec votre femme il y a un petit moment. Elle n'est plus ici. L'étudiant l'a emportée chez le juge d'instruction. — Vous voyez, fit l'huissier, on est toujours en train de me la prendre. C'est pourtant dimanche aujourd'hui, et je ne suis pas censé travailler, mais rien que pour m'éloigner, on m'envoie porter un message qui de toute façon ne sert à rien. Et on ne m'envoie pas loin, de sorte que je conserve l'espoir de revenir à temps, si je me hâte. Je cours donc aussi vite que possible, je crie mon message au bureau où l'on m'a envoyé, en entrebâillant juste la porte, tellement à bout de souffle qu'on l'aura à peine compris, puis je me précipite dans l'autre sens, mais l'étudiant m'a pris de vitesse ; il est vrai qu'il avait aussi moins de chemin à faire, il n'avait qu'à dévaler l'escalier du grenier. Si je n'étais pas si tributaire de ces gens, j'aurais depuis longtemps déjà fracassé l'étudiant contre le mur. Ici, à côté de l'écriteau. J'en rêve sans arrêt. C'est ici, un peu au-dessus du plancher, qu'il est écrabouillé, les bras allongés, les doigts écartés, ses jambes arquées tellement contorsionnées qu'elles forment un cercle, et tout autour, des giclées de sang. Mais jusqu'ici, ça n'a été qu'un rêve. — N'y-a-t-il pas d'autre recours ? demanda K. en souriant. — Pas que je sache, fit l'huissier. Et maintenant c'est encore pire ; jusque-là il se contentait de la porter chez lui, mais à présent, d'ailleurs je m'y attendais depuis longtemps, il la porte aussi chez le juge d'instruction. — Votre femme n'a-t-elle donc aucune part de culpabilité ? demanda K., et il dut se contenir en posant cette question, tant il éprouvait de jalousie lui aussi en ce moment. — Mais bien sûr, fit l'huissier, c'est même elle la plus coupable. C'est elle qui s'est jetée à son cou. Quant à lui, il court après toutes les femmes. Dans ce seul immeuble, il a déjà été mis à la porte de cinq appartements où il s'était faufilé. Ma femme est la plus belle de toute la maison, il est vrai, et c'est justement moi qui ne puis me défendre. — Si telle est la situation, il n'y a en effet aucun recours, fit K. — Et pourquoi pas ? demanda l'huissier. Il faudrait, lorsqu'il s'apprête à toucher ma femme, infliger une telle rossée à l'étudiant, qui est un lâche, qu'il ne s'y risque plus jamais. Mais je ne puis me le permettre, et les autres ne me rendent pas ce service, car tous redoutent son pouvoir. Seul un homme comme vous pourrait le faire. — Comment cela, moi ? dit K. surpris. — Vous êtes pourtant accusé, fit l'huissier. — Oui, fit K., mais il me faudrait d'autant plus redouter l'influence qu'il exerce, sinon sur l'issue du procès, du moins probablement sur l'instruction préliminaire. — Oh oui bien sûr, dit l'huissier, comme si l'opinion de K. valait autant que la sienne. Mais en règle générale il n'y a pas de procès sans issue chez nous. — Je ne suis pas de votre avis, fit K., mais cela ne m'empêchera pas de m'occuper de l'étudiant, à l'occasion. — Je vous en serais très reconnaissant », fit l'huissier sur un ton un peu cérémonieux, ne semblant pas croire, en fait, que son vœu le plus cher pût se réaliser. « Peut-être, poursuivit K., que d'autres, parmi vos fonctionnaires, et même tous, mériteraient le même traitement. — Oui, oui », fit l'huissier, comme si la chose allait de soi. Puis il regarda K. avec un air confiant qu'il n'avait jamais eu jusque-là malgré toute son amabilité, et il ajouta : « Tout le monde se rebelle. » La conversation semblait malgré tout l'avoir mis quelque peu mal à l'aise, car il s'interrompit sur ces mots :

« Je dois me présenter au bureau, maintenant. Voulez-vous m'accompagner ? — Je n'ai rien à y faire, dit K. — Vous pourrez voir les bureaux. Personne ne s'occupera de vous. — Cela vaut-il donc la peine d'être vu ? demanda K. en hésitant ; mais il avait très envie de l'accompagner. — Bon, fit l'huissier, je pensais que cela vous intéresserait. — Fort bien, finit par dire K., je vous accompagne. » Et il monta l'escalier plus vite que l'huissier.

Il faillit tomber en entrant, car il y avait encore une marche derrière la porte. « On n'a guère d'égards pour le public, fit-il. — On n'a aucun égard, tout bonnement, fit l'huissier, regardez un peu la salle d'attente ici. » C'était un long couloir qui communiquait par des portes faites en planches grossières avec les divers compartiments du grenier. Quoiqu'il n'y eût pas à proprement parler d'ouverture pour laisser passer la lumière, il ne faisait pas complètement sombre malgré tout, car de nombreux compartiments, au lieu d'être séparés du couloir par des cloisons d'un seul tenant, l'étaient par de simples grilles en bois qui montaient jusqu'au plafond, mais laissaient filtrer un peu de lumière et permettaient aussi d'apercevoir des fonctionnaires en train d'écrire à leur bureau, ou tout simplement debout de l'autre côté de la grille, en train de regarder les gens dans le couloir à travers les trous. Il n'y avait que peu de gens dans le couloir, sans doute parce que c'était dimanche. Ils faisaient très modeste impression. À distance presque régulière les uns des autres, ils étaient assis sur les deux rangées de longs bancs en bois qui étaient disposés des deux côtés du couloir. Tous portaient une tenue négligée, même si la plupart, à en juger d'après leur physionomie, leur attitude, la façon dont leur barbe était taillée, et une multitude d'autres petits détails à peine perceptibles, appartenaient aux classes supérieures. En l'absence de portemanteaux, prenant exemple les uns sur les autres, ils avaient placé leurs chapeaux sous le banc. Lorsque ceux qui étaient assis à côté de la porte aperçurent K. et l'huissier, ils se levèrent pour les saluer ; voyant cela, les autres se crurent eux aussi obligés de saluer, si bien que tous se levèrent

au passage des deux hommes. Ils ne se dressaient jamais complètement, ils gardaient le dos penché, les genoux pliés, se
tenant comme des mendiants dans la rue. K. attendit l'huissier
qui marchait à quelques pas derrière lui et dit : « Comme ils
doivent être humiliés. — Oui, fit l'huissier, ce sont des accusés,
tous ceux que vous voyez ici sont accusés. — Vraiment ! fit K.
Ce sont donc mes collègues. » Et il se tourna vers le plus proche, un homme grand, mince, aux cheveux grisonnants.
« Qu'attendez-vous ici ? » demanda K. poliment. Mais cette
question inattendue plongea l'homme dans l'embarras, spectacle d'autant plus pénible qu'il s'agissait manifestement d'un
homme qui avait l'expérience du monde, qui savait sûrement
se maîtriser en d'autres lieux et avait du mal à renoncer à la
supériorité qu'il avait acquise vis-à-vis de bon nombre de gens.
Mais ici, il ne savait que répondre à une question pourtant si
simple, et regardait les autres comme s'il eût été de leur devoir
de lui venir en aide, et comme si personne n'eût pu solliciter de
réponse de sa part, si cette aide lui était refusée. Alors l'huissier
s'avança pour le calmer et l'encourager : « Ce monsieur
demande simplement ce que vous attendez. Répondez donc. »
La voix de l'huissier, qu'il connaissait probablement, fut plus
efficace : « J'attends... » commença-t-il, et il s'interrompit. Il
avait manifestement choisi ce début de phrase pour répondre
très exactement à la question, mais maintenant il ne trouvait
plus la suite. Quelques-uns de ceux qui attendaient s'étaient
approchés et entouraient le groupe ; l'huissier leur dit : « Allez-
vous-en, allez-vous-en, libérez le passage. » Ils reculèrent un
peu, mais sans regagner leurs places. Entre-temps, l'homme
interrogé avait repris ses esprits, et il répondit même avec un
léger sourire : « Voici un mois, j'ai proposé de produire quelques preuves touchant mon procès et j'attends qu'elles soient
examinées. — Vous semblez vous donner beaucoup de peine,
fit K. — Oui, dit l'homme, c'est une affaire qui me concerne.
— Tout le monde ne pense pas comme vous, fit K. ; moi aussi,
par exemple, je suis accusé, mais par ma foi, je n'ai présenté
aucune pareille demande, ni entrepris quoi que ce soit de ce

genre. Jugez-vous donc cela nécessaire ? — Je ne sais pas exactement », fit l'homme, perdant à nouveau tous ses moyens ; il
avait l'air de croire que K. se moquait de lui, et c'est pourquoi,
craignant de commettre une nouvelle erreur, il eût sans doute
préféré répéter intégralement sa précédente réponse ; mais
devant le regard impatient de K., il se contenta de dire : « En
ce qui me concerne, j'ai présenté plusieurs demandes. — Vous
ne croyez sans doute pas que je sois accusé ? demanda K. —
Oh mais si, fit l'homme en s'écartant un peu, mais il n'y avait
aucune conviction dans sa réponse, seulement de la crainte. —
Vous ne me croyez donc pas ? » fit K. et, provoqué inconsciemment par ce comportement servile, K. saisit l'homme par le
bras, comme pour le forcer à le croire. Mais il ne voulait pas lui
faire mal, et d'ailleurs, il avait exercé une pression très légère ;
cependant l'homme hurla comme si K. l'avait attrapé, non avec
deux doigts, mais avec des pinces incandescentes. Ce hurlement ridicule acheva de le rendre insupportable à K. ; si on
refusait de le croire accusé, tant mieux ; peut-être même cet
homme le prenait-il pour un juge. Et en guise d'adieu il le saisit
avec une vraie fermeté cette fois-ci, le repoussa sur son banc,
et poursuivit son chemin. « La plupart des accusés sont très
sensibles », fit l'huissier. Derrière eux, presque tous ceux qui
attendaient entouraient maintenant l'homme qui avait déjà
cessé de hurler, et semblaient l'interroger sur les détails de l'incident. Un garde vint au devant de K., reconnaissable principalement à un sabre dont le fourreau, au moins d'après sa
couleur, était en aluminium. K. s'en étonna et alla jusqu'à tendre la main pour le toucher. Le garde, que les hurlements
avaient attiré, demanda ce qui s'était passé. L'huissier chercha
en quelques mots à le rassurer, mais le garde déclara qu'il
devait s'en assurer lui-même, puis fit un salut, et continua son
chemin à pas très rapides mais très courts, sans doute ralentis
par la goutte.

K. eut tôt fait d'oublier le garde et les gens du couloir, surtout qu'à mi-chemin environ de sa longueur, il aperçut une
possibilité de tourner à droite par une ouverture sans porte.

Il demanda à l'huissier si c'était la bonne direction, l'huissier
acquiesça, et K. s'y engagea donc. Il trouvait agaçant de devoir
toujours précéder d'un ou deux pas l'huissier, risquant, au
moins dans ces lieux, de passer pour un prévenu qu'on escorte
chez le juge. Aussi attendit-il à plusieurs reprises l'huissier ;
mais aussitôt celui-ci restait de nouveau en arrière. Enfin, pour
mettre fin à ce malaise, K. déclara : « J'ai vu à présent à quoi ça
ressemble par ici, je voudrais m'en aller, maintenant. — Vous
n'avez pas encore tout vu, fit l'huissier sur un ton parfaitement
anodin. — Je ne veux pas tout voir, dit K., se sentant d'ailleurs
vraiment fatigué, je veux m'en aller, où est la sortie ? — Vous
n'êtes tout de même pas déjà égaré ? demanda l'huissier d'un
air étonné. Continuez ici jusqu'au coin, puis prenez à droite et
descendez le couloir directement jusqu'à la porte. — Venez
avec moi, fit K. Indiquez-moi le chemin, je vais me tromper : il
y a tant de chemins par ici. — C'est le seul chemin, fit l'huissier,
maintenant sur le ton du reproche, je ne peux pas retourner
avec vous, car il faut que j'aille porter mon message, et vous
m'avez déjà fait perdre beaucoup de temps. — Venez avec moi,
répéta K. plus sèchement, comme s'il avait enfin pris l'huissier
en flagrant délit de mensonge. — Mais ne criez pas ainsi, murmura l'huissier, il y a des bureaux partout, ici. Si vous ne voulez
pas rentrer seul, faites encore un petit bout de chemin avec
moi ou attendez ici que j'aie porté mon message, ensuite je
rentrerai volontiers avec vous. — Non, non, dit K., je n'attendrai pas ; vous allez venir avec moi maintenant. » K. n'avait pas
encore jeté un coup d'œil dans la pièce où il se trouvait ; c'est
seulement lorsque s'ouvrit une des nombreuses portes en planches qui se dressaient tout autour, qu'il regarda dans cette
direction. Une jeune fille, sans doute alertée par ses éclats de
voix, entra et demanda : « Ce monsieur désire ? » Derrière elle,
plus loin, on voyait dans la pénombre un autre homme s'approcher. K. regarda l'huissier. Celui-ci avait pourtant dit que personne ne ferait attention à lui, et voilà qu'il en accourait déjà
deux ; un peu plus, et l'ensemble des fonctionnaires se rendraient compte de sa présence, et demanderaient une explica-

tion. La seule explication compréhensible et acceptable était qu'il était accusé, et voulait savoir la date du prochain interrogatoire ; mais c'était justement celle qu'il ne voulait pas donner, d'autant qu'elle n'était pas conforme à la vérité, car seule la curiosité l'avait poussé à venir ou encore, explication encore moins envisageable, le désir de constater que cet appareil judiciaire était aussi répugnant de l'intérieur que de l'extérieur. D'ailleurs son hypothèse semblait vérifiée ; il ne voulait pas pénétrer plus avant, ce qu'il avait vu jusqu'ici l'avait suffisamment oppressé ; à ce moment précis, il n'était pas en état de faire face à un fonctionnaire important, comme il pouvait en surgir un derrière chaque porte ; il voulait partir, avec l'huissier, ou seul, s'il le fallait.

Mais sa façon de rester là debout sans rien dire ne pouvait qu'attirer l'attention ; de fait, la jeune fille et l'huissier le regardaient comme si, la minute suivante, il allait subir quelque profonde métamorphose qu'ils ne voulaient pas manquer d'observer. Et l'homme que K. avait déjà remarqué au loin se tenait sur le seuil de la porte, cramponné au linteau de la porte basse et se balançant un peu sur la pointe des pieds, comme un spectateur impatient. Mais la jeune fille fut tout de même la première à s'apercevoir que le comportement de K. provenait d'un léger malaise ; elle apporta un fauteuil et demanda : « Vous ne voulez pas vous asseoir ? » K. s'assit aussitôt et, pour avoir un meilleur soutien, il appuya les coudes sur les accoudoirs. « Vous avez un peu la tête qui tourne, n'est-ce pas ? » lui demanda-t-elle. Son visage était tout contre lui à présent, avec l'expression sévère qu'ont certaines femmes, même dans la fleur de leur jeunesse. « Ne vous inquiétez pas, fit-elle, cela n'a rien d'extraordinaire, presque tout le monde a ce genre de crise en venant ici pour la première fois. C'est votre première fois ici ? Eh bien, ça n'a donc rien d'extraordinaire. Sur la charpente du toit, le soleil tape dur, et c'est la chaleur du bois qui rend l'atmosphère si lourde et étouffante. C'est pourquoi cet endroit n'est guère fait pour loger des bureaux, malgré les grands avantages qu'il présente par ailleurs. Et les jours de grande affluence, c'est-à-

dire presque tous les jours, l'atmosphère devient quasiment
irrespirable. Et si vous songez encore qu'on met ici toutes sortes
de linge à sécher — on ne peut l'interdire aux locataires —,
vous ne vous étonnerez pas de vous être senti un peu mal. Mais
on finit par s'habituer très bien à l'atmosphère. Quand vous
viendrez pour la deuxième ou la troisième fois, vous ne remar-
querez presque plus ce qu'elle a d'oppressant. Vous sentez-vous
mieux à présent ? » K. ne répondit pas, il souffrait de se voir à
la merci de ces gens à cause de cette soudaine faiblesse ; de
surcroît, loin de se sentir mieux maintenant qu'il avait appris
l'origine de son malaise, il se sentait un peu plus mal encore.
La jeune fille le remarqua aussitôt ; pour lui donner de l'air frais,
elle attrapa un long crochet posé contre le mur et s'en servit
pour ouvrir une petite lucarne, située juste au-dessus de K. et
donnant sur l'extérieur. Mais il tomba une telle quantité de suie
que la jeune fille dut aussitôt refermer la lucarne et nettoyer
avec son mouchoir les mains de K., car celui-ci était trop fatigué
pour le faire lui-même. Il serait volontiers resté assis là tranquillement en attendant d'avoir repris assez de force pour s'en
aller ; et moins on s'occuperait de lui, plus vite il y parviendrait.
Mais déjà la jeune fille ajoutait : « Vous ne pouvez pas rester ici,
nous gênons la circulation — K. l'interrogea des yeux : quelle
circulation gênait-il donc ici ? — Si vous le voulez, je vais vous
emmener à l'infirmerie. Aidez-moi je vous prie », dit-elle à
l'homme qui était debout sur le seuil de la porte ; celui-ci s'approcha aussitôt. Mais K. ne voulait pas aller à l'infirmerie, il
voulait justement éviter d'être emmené plus loin, plus on l'emmènerait loin, plus son état empirerait. C'est pourquoi il répondit : « Je peux marcher », et se leva en tremblant, car il en avait
perdu l'habitude, tant son siège était confortable. Mais il se
trouva alors incapable de se tenir droit. « Non, je n'y arrive pas »,
fit-il avec un hochement de tête, et il se rassit en soupirant. Il
se rappela l'huissier qui, en dépit de tout, aurait pu facilement
le conduire à l'extérieur, mais il semblait parti depuis longtemps. K. regarda derrière la jeune fille et l'homme debout
devant lui, mais il ne put trouver l'huissier.

« Je crois, fit l'homme, qui d'ailleurs était élégamment vêtu et attirait entre autres le regard par un gilet gris se terminant en deux longues pointes, que le malaise de ce monsieur tient à l'atmosphère qui règne ici, c'est pourquoi le mieux, et sans doute ce qu'il préférera, c'est que nous le conduisions, non à l'infirmerie, mais tout bonnement hors de ces bureaux. — C'est cela, s'écria K., si ravi qu'il coupa presque la parole au monsieur, j'irai certainement tout de suite mieux, d'ailleurs je ne suis pas si faible, j'ai simplement besoin qu'on me soutienne un peu sous les épaules, je ne vous occasionnerai pas beaucoup d'efforts, et de surcroît la route n'est pas longue ; conduisez-moi simplement à la sortie, je m'assiérai un petit peu sur les marches et je serai vite rétabli, car je ne suis guère sujet à ce genre de crises, j'en suis le premier étonné. Moi aussi, après tout, je suis fonctionnaire, et je suis habitué à l'air des bureaux ; mais on dirait qu'ici, l'atmosphère est vraiment insupportable, vous le dites vous-même. Ayez donc l'amabilité de m'accompagner un peu, car j'ai la tête qui tourne, et je me sens mal quand je me lève seul. » Et il souleva les épaules pour permettre aux deux autres de le saisir sous les bras.

Mais l'homme, loin de répondre à cette invite, se contenta de garder calmement les mains dans les poches de son pantalon et éclata de rire. « Vous voyez, fit-il à la jeune fille, j'ai tapé dans le mille. C'est seulement ici que ce monsieur ne se sent pas bien, pas en général. » La jeune fille sourit en retour, mais elle tapota du bout des doigts le bras de l'homme, comme s'il avait poussé trop loin la plaisanterie envers K. « Mais qu'allez-vous imaginer, fit l'homme en continuant de rire, j'ai bien l'intention de conduire ce monsieur dehors. — Alors tout va bien, dit la jeune fille, en inclinant un instant sa jolie tête. N'attribuez pas trop d'importance à ce rire, dit-elle à K. qui, à nouveau renfrogné, regardait droit devant lui et ne semblait réclamer aucune explication, ce monsieur — vous me permettrez de vous présenter ? (le monsieur donna sa permission d'un geste de la main) —, ce monsieur, donc, est le préposé aux renseignements. Il fournit aux justiciables en attente tous les renseignements dont ils ont besoin, et comme notre appareil judiciaire est mal connu de la population, il y a beaucoup de demandes de renseignements. Il sait répondre à toutes les questions ; vous pouvez le mettre à l'épreuve, si le cœur vous en dit. Mais ce n'est pas là son seul mérite, l'élégance de sa mise est son deuxième mérite. Nous autres, je veux dire les fonctionnaires, nous avons été d'avis qu'il fallait habiller avec élégance le préposé aux renseignements, afin de donner dès l'abord une impression de dignité ; car il a constamment, et le premier, affaire aux justiciables. Nous autres, vous n'avez qu'à me regarder pour vous en convaincre, nous portons des vêtements très laids et très vieillots, hélas ! mais à quoi bon dépenser de l'argent en habits, puisque nous sommes presque toujours dans les bureaux ; nous dormons même sur place. Cependant, comme je vous l'ai dit, pour le préposé aux renseignements nous avons estimé nécessaire une jolie tenue. Mais comme nous n'avons pas pu l'obtenir de notre administration, qui est un peu particulière à cet égard, nous avons lancé une souscription — les justiciables eux aussi y ont contribué — et nous lui avons acheté ces beaux habits, et d'autres encore. Tout serait au point maintenant pour qu'il fasse bonne impression, mais il gâche tout avec son rire qui effraie les gens. — C'est vrai, fit le monsieur d'un air moqueur, mais je ne vois pas, mademoiselle, pourquoi vous racontez toutes nos petites histoires à ce monsieur, ou plutôt pourquoi vous les lui infligez, car il n'a aucun désir de les connaître. Voyez donc comme il reste assis là, manifestement absorbé par ses propres affaires. » K. n'eut même pas envie de répliquer ; la jeune fille avait peut-être de bonnes intentions, elle cherchait peut-être à le distraire, ou à lui donner la possibilité de reprendre ses esprits, mais le moyen était mal choisi. « Il fallait que je lui explique votre rire, fit la jeune fille. Car il était offensant. — Je crois qu'il pardonnerait des offenses bien pires pourvu que je me décide à le conduire dehors. » K. ne dit rien, il ne leva pas même le regard ; il supportait que ces deux individus parlent de lui comme d'une chose, il le préférait même. Mais soudain il sentit sous son bras

la main du préposé aux renseignements et sous l'autre, celle
de la jeune fille. « Allons, levez-vous, petite nature, fit le préposé aux renseignements. — Je vous remercie beaucoup tous
les deux », fit K. heureusement surpris ; il se leva lentement et
guida lui-même ces mains étrangères là où il avait le plus
besoin d'être soutenu. « On pourrait croire, murmura la jeune
fille à l'oreille de K. tandis qu'ils approchaient du couloir, que
je tiens coûte que coûte à présenter le préposé aux renseignements sous un éclairage favorable, mais peu importe, je tiens
tout de même à dire la vérité. Il n'a pas le cœur dur. Il n'est
pas tenu de raccompagner les justiciables malades, et pourtant
il le fait, comme vous le constatez. Peut-être personne, parmi
nous, n'a-t-il le cœur dur, peut-être souhaiterions-nous tous
offrir notre aide, mais notre statut de fonctionnaires de justice
nous donne facilement l'air d'avoir le cœur dur et de ne vouloir
aider personne. Cela me fait vraiment de la peine. — Vous ne
voulez pas vous asseoir un petit peu ici ? » demanda le préposé
aux renseignements ; ils étaient déjà loin dans le couloir et précisément devant l'accusé auquel K. s'était adressé auparavant.
K. eut presque honte en le voyant ; il s'était tenu si droit devant
lui précédemment, et maintenant deux personnes étaient obligées de le soutenir ; son chapeau se balançait au bout des
doigts écartés du préposé aux renseignements, il était décoiffé,
ses cheveux pendaient sur son front couvert de sueur. Mais
l'accusé ne sembla rien remarquer de tout cela, restant humblement debout devant le préposé aux renseignements dont le
regard passa au-dessus de lui, et cherchant seulement à s'excuser de sa présence. « Je sais, dit-il, que mes demandes n'ont pas
pu être examinées pour aujourd'hui. Mais je suis tout de même
venu, j'ai pensé que je pourrais attendre ici, c'est dimanche,
j'ai tout mon temps, et je ne dérange personne ici. — Il ne faut
pas tant vous excuser, fit le préposé aux renseignements, votre
inquiétude est fort louable ; certes vous prenez inutilement de
la place ici, mais tant que cela ne me gène pas, je ne veux pas
vous empêcher de suivre en détail le cours de votre affaire.
Quand on a vu des gens qui négligent honteusement leur

devoir, on apprend à être patient avec les gens comme vous. Asseyez-vous. — Comme il sait parler aux justiciables », murmura la jeune fille. K. acquiesça, mais sursauta aussitôt, car le préposé aux renseignements lui demanda une nouvelle fois : « Ne voulez-vous pas vous asseoir ici ? — Non, fit K., je ne veux pas me reposer. » Il avait dit cela sur un ton aussi catégorique que possible ; en réalité, cela lui aurait fait grand bien de s'asseoir. Il était comme saisi du mal de mer. Il se croyait sur un vaisseau au milieu d'une traversée difficile. Il avait l'impression que l'eau se fracassait contre les cloisons en bois, qu'un grondement montait des profondeurs du couloir, comme de flots qui déferlent, il lui semblait que le couloir tanguait, et que les gens qui attendaient des deux côtés étaient tantôt soulevés, tantôt abaissés. Le calme de la jeune fille et de l'homme qui le conduisaient était d'autant plus incompréhensible. Il était à leur merci, et s'ils le lâchaient, il tomberait comme une planche. Leurs petits yeux jetaient des regards perçants à droite et à gauche, K. sentait leurs pas réguliers, sans y participer, car il était presque soulevé à chaque pas. Il finit par remarquer qu'ils lui parlaient, mais il ne comprit pas ce qu'ils disaient ; il entendait simplement le bruit qui emplissait tout l'espace et que semblait traverser en continu un son aigu, comme venant d'une sirène. « Plus fort », murmura-t-il la tête baissée et tout honteux, car il savait qu'ils avaient parlé assez fort, même si leurs propos lui avaient paru incompréhensibles. Enfin, comme si le mur qui se trouvait devant lui avait été déchiré, un courant d'air frais vint à sa rencontre, et il entendit prononcer ces mots à côté de lui : « D'abord, il veut partir, mais ensuite on peut lui répéter cent fois que c'est la sortie, et il ne bouge pas. » K. s'aperçut qu'il se trouvait devant la porte de sortie, que la jeune fille avait ouverte. Il eut l'impression que toutes ses forces lui étaient revenues d'un seul coup ; pour avoir un avant-goût de liberté, il descendit aussitôt une marche et prit congé de ses accompagnateurs, qui se penchèrent vers lui. « Merci beaucoup », répéta-t-il ; il leur serra à tous les deux plusieurs fois la main, et s'interrompit seulement lorsqu'il crut observer qu'habitués

à l'atmosphère des bureaux, ils supportaient mal l'air relativement frais provenant de l'escalier. Ils étaient à peine en mesure
de répondre, et la jeune fille serait peut-être tombée, si K.
n'avait pas vivement fermé la porte. K. resta encore un instant
sans bouger, sortit un miroir de poche et remit ses cheveux en
place, ramassa son chapeau, qui était sur le palier suivant —
sans doute le préposé aux renseignements l'avait-il lancé —,
puis il dévala l'escalier avec un tel entrain et à si grandes enjambées que ce revirement lui fit presque peur. Son état de santé,
d'ordinaire fort sûr, ne lui avait encore jamais joué de pareils
tours. Son corps avait-il par hasard l'intention de se révolter, et
de lui préparer un nouveau procès, parce qu'il supportait l'ancien avec trop de facilité ? Il n'écarta pas complètement l'idée
d'aller chez un médecin à la prochaine occasion, mais il résolut
en tout cas — et là-dessus, il pouvait se fier à lui-même — d'utiliser dorénavant tous ses dimanches matins à meilleur escient
que cette fois.

## LE FOUETTEUR

À quelques soirées de là, K. passait par le corridor séparant
son bureau de l'escalier principal — et cette fois, il était presque le dernier à rentrer chez lui, seuls deux employés travaillaient encore au service des expéditions, sous le faible éclairage
d'une lampe à incandescence —, lorsque derrière une porte
(dont il avait toujours cru qu'elle abritait un simple débarras),
il entendit pousser des soupirs. Surpris, il s'arrêta et tendit
l'oreille une nouvelle fois pour s'assurer qu'il ne se trompait
pas — il y eut un petit instant de silence, puis de nouveau des
soupirs. — D'abord il voulut aller chercher un des employés :
il faudrait peut-être un témoin ; mais il fut saisi d'une curiosité
si irrésistible qu'il ouvrit brutalement la porte. Comme il avait
eu raison de le supposer, c'était un débarras. Juste derrière le
seuil, le sol était jonché de vieux imprimés inutilisables et de

bouteilles d'encre en céramique, renversées. Mais à l'intérieur
de cette pièce se tenaient trois hommes, courbés à cause du
manque de hauteur. Une chandelle fixée sur une étagère les
éclairait. « Que faites-vous ici ? » demanda K., en proie à une
vive agitation, mais sans hausser la voix. L'homme qui dominait
manifestement les autres et qui attirait d'abord le regard, était
vêtu d'une espèce de vêtement de cuir sombre qui lui découvrait amplement le cou jusqu'à la poitrine, et les bras complètement. Il ne répondit pas, mais les deux autres s'écrièrent :
« Maître ! Nous devons recevoir le fouet parce que tu t'es plaint
de nous au juge d'instruction. » Alors seulement K. s'aperçut
que c'étaient effectivement les gardes Franz et Willem, et que
le troisième personnage tenait une baguette à la main pour les
fouetter. « Mais voyons, fit K. en les regardant fixement, je ne
me suis pas plaint, j'ai simplement dit comment les choses
s'étaient déroulées chez moi. Et il est vrai que votre conduite
n'a pas été au-dessus de tout reproche. — Maître, fit Willem,
tandis que Franz cherchait manifestement à se protéger du troisième personnage en se cachant derrière lui, si vous saviez à
quel point nous sommes mal payés, vous auriez meilleure opinion de nous. J'ai une famille à nourrir, et Franz que voici voulait se marier ; on cherche à s'enrichir comme on peut, et le
travail à lui seul, même le plus assidu, n'y suffit pas. La finesse
de votre linge m'a séduit ; bien sûr les gardes n'ont pas le droit
d'agir de la sorte, nous avons eu tort, mais il est de tradition
que le linge revienne aux gardes ; il en a toujours été ainsi,
croyez-moi ; cela se comprend, d'ailleurs : quelle importance
peuvent encore avoir ces choses pour celui qui a le malheur
d'être arrêté ? Mais s'il en parle ouvertement, il faut qu'il y ait
châtiment. — J'ignorais ce que vous dites, et je n'ai aucunement réclamé que vous soyez punis ; j'y voyais une question de
principe. — Franz, fit Willem en se tournant vers l'autre garde,
ne te disais-je pas que monsieur n'avait pas réclamé que nous
soyons châtiés ? Tu viens d'entendre à présent qu'il ne savait
même pas que nous devions l'être. — Ne te laisse pas émouvoir
par ces discours, dit à K. le troisième personnage, ce châtiment

est aussi juste qu'inévitable. — Ne l'écoute pas, fit Willem, et il s'interrompit pour vite porter à sa bouche la main sur laquelle il avait reçu un coup de baguette, on nous châtie seulement parce que tu nous a dénoncés. Rien ne nous serait arrivé sinon, même si l'on avait appris ce que nous avons fait. Peut-on appeler cela de la justice ? Nous deux, mais moi surtout, nous avions fait amplement nos preuves comme gardes — tu dois admettre toi-même que, du point de vue des autorités, nous avons bien monté la garde —, nous avions des perspectives d'avancement et nous serions sûrement devenus fouetteurs comme celui-ci, qui a eu juste la chance de n'être dénoncé par personne, car ce genre de dénonciation est vraiment très rare. Maintenant, maître, tout est perdu, c'en est fini de notre carrière, il nous faudra exécuter des tâches plus subalternes encore que celle de garde, et en plus, nous allons recevoir cette correction qui fait affreusement mal. — Cette baguette peut-elle donc infliger pareilles douleurs ? demanda K. en examinant la baguette que le fouetteur agitait devant lui. — Nous allons devoir nous mettre complètement nus, fit Willem. — Voyons, fit K. en examinant le fouetteur ; il était bronzé comme un matelot, et avait un visage brutal qui respirait la santé. N'y-a-t-il pas moyen de leur épargner le fouet à tous les deux ? lui demanda-t-il. — Non, fit le fouetteur en secouant la tête avec un sourire. Déshabillez-vous ! » ordonna-t-il aux gardes. Et à K., il ajouta : « Ne va pas croire tout ce qu'ils disent, la crainte des coups de baguette les a déjà rendus un peu idiots. Ce que celui-ci, par exemple — il désigna Willem —, t'a raconté sur sa possible carrière, est franchement ridicule. Vois comme il est dodu — les premiers coups de fouet se perdront tout bonnement dans la graisse. — Sais-tu comment il est devenu si gras ? Il a pour habitude de dévorer le petit-déjeuner de tous les prévenus. N'a-t-il pas aussi dévoré le tien ? Eh bien, c'est ce que je disais. Or, un homme avec un ventre pareil ne pourra jamais, au grand jamais, devenir fouetteur, c'est tout à fait exclu. — Ce genre de fouetteur existe aussi, affirma Willem, qui était en train de défaire la ceinture de son pantalon. — Non, fit le fouetteur en lui caressant le cou avec sa baguette d'une façon qui le fit tressaillir, tu n'es pas censé écouter, tu es censé te déshabiller. — Je te donnerai une bonne récompense si tu les laisses partir », fit K. en sortant son portefeuille sans regarder à nouveau le fouetteur — car il est préférable pour les deux parties de régler ce genre d'affaires les yeux baissés — . « Tu as sans doute l'intention de me dénoncer moi aussi ensuite, fit le fouetteur, et de me faire fouetter moi aussi. Non et non ! — Sois donc raisonnable, dit K., si j'avais voulu faire châtier ces deux individus, je ne chercherais pas maintenant à acheter leur liberté. Je pourrais simplement fermer cette porte, décider de ne plus rien voir ou entendre, et rentrer chez moi. Mais je n'en fais rien ; au contraire, je tiens vraiment à les libérer ; si j'avais soupçonné qu'ils allaient être châtiés, ou simplement qu'ils étaient susceptibles de l'être, je n'aurais jamais cité leur nom. Car je ne les considère pas comme coupables ; c'est l'organisation qui est coupable, ce sont les hauts fonctionnaires. — C'est cela même, s'écrièrent les gardes, qui reçurent aussitôt un coup sur leur dos maintenant dévêtu. Si tu avais ici sous ta baguette un magistrat haut placé, fit K. et, tout en parlant, il retint la baguette qui allait de nouveau se lever, franchement, je ne t'empêcherais pas de frapper à toute volée ; au contraire, je te donnerais encore de l'argent pour que tu consacres toute ta force à cette digne cause. — C'est vrai, tu m'as l'air de bonne foi, dit le fouetteur, mais je refuse de me laisser corrompre. Je suis préposé au fouet, donc je fouette. » Le garde Franz, peut-être dans l'attente d'un heureux dénouement après l'intervention de K., avait gardé une attitude plutôt réservée ; il s'avança à présent vers la porte, vêtu de son seul pantalon, s'accrocha au bras de K. tout en s'agenouillant et murmura : « Si tu ne peux pas obtenir qu'on nous épargne tous les deux, essaie du moins de me libérer. Willem est plus âgé que moi, il est moins sensible à tous égards ; de surcroît il a déjà, voici quelques années, été condamné à recevoir le fouet, une peine légère ; mais moi, je n'ai pas encore été déshonoré, et je n'ai agi que sous l'impulsion de Willem, car je suis son élève, en bien comme en mal. En bas devant la banque, ma pauvre fiancée attend le dénouement ; j'ai tellement honte. » Il essuya son visage ruisselant de pleurs sur la veste de K. «J'ai assez attendu », fit le fouetteur ; il saisit la baguette à deux mains et frappa Franz, tandis que Willem se tapissait dans un coin et regardait en cachette, sans oser tourner la tête. Alors le cri poussé par Franz s'éleva, un son unique et ininterrompu qui semblait provenir non d'un être humain, mais d'un instrument martyrisé ; le couloir tout entier en résonna, tout l'immeuble dut l'entendre ; « ne hurle pas », s'écria K, ne pouvant se retenir, et, tout en lançant un regard inquiet dans la direction d'où les employés n'allaient pas manquer d'arriver, il poussa Franz, pas très fort, mais assez cependant pour qu'il s'écroule à moitié évanoui en tâtant convulsivement le sol de ses mains ; mais il ne put échapper aux coups : même au sol, la baguette le retrouva ; tandis qu'il se tordait sous les coups, sa pointe s'élevait et s'abaissait en cadence. Et bientôt, un employé apparut au loin et, à quelques pas de lui, un deuxième. K. avait aussitôt fermé la porte ; il s'approcha d'une des fenêtres de la cour et l'ouvrit. Les hurlements avaient complètement cessé. Pour ne pas ameuter les employés, il lança : « C'est moi ! — Bonsoir, monsieur l'administrateur ! lui cria-t-on en retour. Est-il arrivé quelque chose ? — Non, non, répondit K., c'est juste un chien qui crie dans la cour. » Mais comme les employés ne bougeaient pas, il ajouta : « vous pouvez continuer à travailler. » Pour ne pas être contraint d'engager la conversation avec eux, il se pencha à la fenêtre. Lorsqu'après quelques instants, il regarda de nouveau dans le corridor, ils avaient disparu. Mais K. resta maintenant près de la fenêtre, n'osant pas entrer dans le débarras, et ne voulant pas non plus rentrer chez lui. Son regard plongeait dans une petite cour carrée, entourée de tous côtés par des bureaux ; les fenêtres étaient déjà sombres à présent, seules celles du dernier étage captaient le reflet de la lune. K. s'efforça de pénétrer du regard l'obscurité d'un coin de la cour où quelques brouettes étaient emboîtées les unes dans les autres. Il était tourmenté de ne pas avoir réussi à empêcher les coups de baguette, mais ce n'était pas sa faute si la tentative n'avait pas abouti : si Franz n'avait pas crié — cela lui avait sûrement fait très mal, mais dans les moments cruciaux, il faut se dominer —, s'il n'avait pas crié, K. aurait, du moins selon toute vraisemblance, trouvé un autre moyen de persuader le fouetteur. Si l'ensemble des petits fonctionnaires étaient des canailles, pourquoi justement le fouetteur, qui avait la charge la plus inhumaine de toutes, eût-il dû faire exception ? D'ailleurs, K. avait bien repéré la lueur qui était passée dans ses yeux à la vue du billet de banque ; s'il avait commencé à administrer les coups de baguette pour de bon, c'était manifestement pour faire augmenter encore un peu le montant du pot-de-vin. Et K. n'aurait pas regardé à la dépense, il tenait vraiment à libérer les gardes ; puisqu'il avait commencé à s'attaquer à la corruption de cet appareil judiciaire, il était tout naturel qu'il intervînt aussi de ce côté. Mais dès l'instant où Franz s'était mis à hurler, il n'y avait bien sûr plus rien à faire. K. ne pouvait permettre que les employés accourent, et peut-être avec toutes sortes d'autres gens, et le surprennent en pourparlers avec ces messieurs dans le cagibi. Nul ne pouvait vraiment exiger de lui une pareille abnégation. S'il avait eu de telles intentions, il eût presque été plus simple que K. se soit lui-même déshabillé et se soit offert aux coups du fouetteur, à la place des gardes. D'ailleurs, le fouetteur n'aurait sûrement pas accepté cette substitution car, sans rien y gagner, il eût ainsi gravement manqué à son devoir, et ce probablement à double titre, car tant que son procès était en cours, K. était sans doute intouchable pour tous les employés du tribunal. Il est vrai que des dispositions particulières pouvaient aussi s'appliquer ici. Quoi qu'il en soit, K. n'avait eu d'autre choix que de fermer la porte, même si ce geste ne le mettait pas entièrement à l'abri de tout danger. Quant au nouveau coup qu'il avait donné à Franz pour finir, c'était regrettable et seule son émotion pouvait l'excuser.

Au loin, il entendit les pas des employés ; pour ne pas attirer leur attention, il ferma la fenêtre et se dirigea vers le grand escalier. Arrivé à la porte du cagibi, il resta immobile quelques instants, l'oreille tendue. Il n'y avait pas un bruit. L'homme avait pu fouetter à mort les gardes, car ils étaient entièrement à sa merci. K. tendait déjà la main vers le loquet, mais il la retira. Il ne pouvait plus secourir personne, et les employés allaient forcément arriver d'un instant à l'autre ; il se promit cependant de faire état publiquement de cette affaire et, dans la mesure de ses forces, de châtier comme ils le méritaient les véritables coupables, ces hauts fonctionnaires dont aucun n'avait encore osé se montrer à lui. En descendant l'escalier devant la banque, il observa soigneusement tous les passants, mais même dans un périmètre assez large, on ne voyait pas de jeune fille en train d'attendre quelqu'un. En déclarant que sa fiancée l'attendait, Franz avait donc dit un mensonge, certes excusable, dans le seul but de susciter davantage la pitié.

Le lendemain encore, K. ne cessa de songer aux gardes ; il était distrait dans son travail et dut rester au bureau encore un peu plus longtemps que la veille pour en venir à bout. Sur le chemin du retour, en repassant devant le cagibi, il l'ouvrit comme par habitude. Il fut bouleversé par ce qu'il aperçut, au lieu de l'obscurité attendue. Tout était dans le même état que la veille au soir, lorsqu'il avait ouvert la porte. Les imprimés et les bouteilles d'encre juste derrière le seuil, le fouetteur avec sa baguette, les gardes encore tout habillés, la chandelle sur l'étagère ; et les gardes commencèrent à se lamenter en criant : « Maître ! » K. referma aussitôt la porte en claquant et la frappa des deux poings comme pour la verrouiller plus solidement. Au bord des larmes, il courut trouver les employés qui travaillaient tranquillement à la machine à copier et qui interrompirent leur travail, l'air étonnés. « Décidez-vous une bonne fois pour toutes à nettoyer le cagibi, s'écria-t-il, nous croulons sous la saleté. » Les employés étant prêts à le faire le lendemain, K. acquiesça : si tard dans la soirée, il ne pouvait plus les obliger à travailler comme il en avait d'abord eu l'intention. Il s'assit un moment afin de garder les employés à proximité quelques instants, mélangea deux ou trois copies, croyant donner ainsi l'impression qu'il les examinait, puis, voyant que les employés n'oseraient pas partir en même temps que lui, il partit et rentra chez lui fatigué, l'esprit vide.

## L'ONCLE — LENI

Un après-midi — K. était très occupé juste avant l'expédition du courrier — Karl, son oncle, petit propriétaire terrien de province, entra dans le bureau en se faufilant entre deux employés qui apportaient des documents. K. fut moins effrayé par ce spectacle qu'il ne l'avait été, voici assez longtemps déjà, par l'idée de la venue de son oncle. L'oncle allait forcément venir, K. en avait la certitude depuis environ un mois. Alors déjà il avait cru le voir, un peu voûté, écrasant son panama dans sa main gauche, déjà en train de lui tendre la main droite de loin, puis la lui présentant précipitamment par-dessus son bureau, sans précaution et renversant tout sur son passage. L'oncle était toujours pressé, car lors de ses séjours dans la capitale, qui n'excédaient jamais une journée, il était obsédé par la fâcheuse idée de devoir exécuter tous les projets qu'il s'était fixés, et en outre de ne rater aucune conversation, aucune affaire, aucune distraction qui pourraient se présenter. En tout cela K., qui avait envers son ancien tuteur une dette de reconnaissance particulière, devait l'aider de son mieux, et de surcroît l'héberger pour la nuit. « Le fantôme de province » : voilà le surnom qu'il lui donnait en général.

Dès qu'ils se furent salués — K. l'avait invité à s'asseoir dans le fauteuil, mais il n'avait pas le temps —, il demanda à K. un court entretien en privé. « Il le faut, fit-il en avalant avec peine, il le faut pour me tranquilliser. » K. renvoya aussitôt les employés de son bureau, avec l'ordre de ne laisser entrer personne. « Qu'ai-je appris, Josef ? » s'écria l'oncle lorsqu'ils furent seuls, et il s'assit sur le bureau, entassant sans les regarder des feuilles sous son séant, pour être mieux assis. K. se tut, sachant ce qui allait suivre ; mais se sentant soudain libéré d'un travail pénible, il s'abandonna d'abord à une agréable lassitude, et regarda par la fenêtre le trottoir d'en face, dont on n'apercevait depuis son fauteuil qu'une petite parcelle triangulaire, un simple pan de mur entre deux vitrines de magasins. « Tu regardes par la fenêtre ! s'écria l'oncle en levant les bras, pour l'amour du ciel, Josef, réponds-moi ! Est-ce vrai ? Est-il donc possible que ce soit vrai ? — Cher oncle, fit K. en s'arrachant à sa rêverie, je ne vois vraiment pas ce que tu veux de moi. — Josef, fit l'oncle sur le ton de l'avertissement, tu as toujours dit la vérité, autant que je sache. Dois-je voir dans tes dernières paroles un mauvais présage ? — Je me doute bien de ce que tu veux, fit K. d'une voix obéissante, tu as sans doute entendu parler de mon procès. — En effet, répondit l'oncle en acquiesçant lentement, j'ai entendu parler de ton procès. — Qui t'en a donc parlé ? demanda K. — Erna m'a écrit, fit l'oncle, elle n'a aucun contact avec toi, tu ne te soucies malheureusement guère d'elle, et malgré tout, elle en a entendu parler. J'ai reçu sa lettre aujourd'hui et, bien sûr, j'ai accouru. Sans autre espèce de motif, mais celui-là semble suffisant. Je puis te lire le passage de la lettre qui te concerne. » Il sortit la lettre de sa serviette. « Le voici. Elle m'écrit : "Voici déjà longtemps que je n'ai pas vu Josef ; une fois, la semaine dernière, je me suis rendue à la banque, mais Josef était tellement occupé qu'on ne m'a pas introduite ; j'ai attendu presque une heure, mais ensuite j'ai dû rentrer, car j'avais une leçon de piano. Je lui aurais volontiers parlé, peut-être l'occasion s'en présentera-t-elle prochainement. Pour ma fête il m'a envoyé une grosse boîte de chocolats, c'était une très gentille attention. J'avais oublié de vous en parler dans ma lettre à ce moment-là, je m'en souviens seulement maintenant que vous me le demandez. Pour tout vous dire, le chocolat a tôt fait de disparaître à la pension : à peine s'est-on rendu compte qu'on a reçu des chocolats en cadeau, qu'ils ont déjà disparu. Mais à propos de Josef, je voulais vous dire autre chose encore : comme je l'ai mentionné, on ne m'a pas introduite auprès de lui à la banque, car il était en pourparlers avec un monsieur. Après avoir attendu tranquillement quelque temps, j'ai demandé à un employé si la réunion allait durer encore longtemps. Il a dit que c'était fort possible, car il s'agissait probablement du procès intenté contre M. l'Administrateur. J'ai demandé de quel genre de procès il s'agissait donc, s'il ne se trompait pas, mais lui a dit qu'il ne se trompait pas, qu'il s'agissait d'un procès et même d'un grave procès, mais qu'il n'en savait pas davantage. Il aurait bien voulu aider personnellement M. l'Administrateur, car celui-ci était très bon et très juste, mais il ne savait pas comment s'y prendre et il souhaitait surtout que des messieurs influents veillent sur lui. Ce serait d'ailleurs sûrement le cas et tout finirait bien, mais pour l'instant, à en juger d'après l'humeur de M. l'Administrateur, les choses allaient fort mal. Je n'ai, bien sûr, guère accordé d'importance à ces propos, je me suis efforcée de calmer cet employé naïf, je lui ai interdit d'en parler à d'autres gens et tiens tout cela pour du bavardage. Il serait peut-être bon cependant, cher Père, que tu t'enquières de cette affaire lors de ta prochaine visite ; il te sera facile de te renseigner plus précisément et, s'il le fallait vraiment, d'intervenir par l'intermédiaire des personnages très influents que tu connais. Si, en revanche, cela n'est pas nécessaire, ce qui est le plus probable, cela donnera au moins à ta fille l'occasion de t'embrasser bientôt, ce qui lui ferait plaisir." Gentille enfant », fit l'oncle quand il eut terminé la lecture, et il essuya quelques larmes. K. acquiesça ; à cause des perturbations de ces derniers temps, il avait complètement oublié Erna ; il n'avait même plus pensé au jour de son anniversaire, et elle avait manifestement inventé l'histoire des chocolats dans le seul but de renforcer sa position vis-à-vis de son oncle et de sa tante. Ce geste était très touchant et les places de théâtre qu'il comptait désormais lui envoyer régulièrement seraient loin d'être une récompense suffisante ; mais il ne se sentait pas capable en ce moment d'aller faire des visites à la pension et de s'entretenir avec une petite lycéenne de dix-sept ans. « Et que dis-tu à présent ? demanda l'oncle auquel la lettre avait fait oublier toute sa hâte et son agitation, et qui semblait la lire encore une fois. — Oui, mon oncle, fit K., c'est vrai. — Vrai ? s'écria l'oncle.

Qu'est-ce qui est vrai ? Comment cela peut-il être vrai ? Quelle
sorte de procès ? Pas un procès criminel, tout de même ? — Un
procès criminel, répondit K. — Et tu es assis tranquillement ici,
avec un procès criminel sur le dos ? s'écria l'oncle, qui parlait
de plus en plus fort. — Plus je serai calme, mieux ce sera pour
l'issue du procès, fit K. d'un ton las. Ne crains rien. — Cela
n'est pas fait pour me calmer ! s'écria l'oncle ; Josef, mon cher
Josef, songe à toi, songe à tes proches, à notre réputation. Jusqu'ici tu nous as fait honneur, tu n'as pas le droit de te mettre
à nous faire honte. L'attitude que tu as, et il regarda K. en inclinant la tête, me déplaît, ce n'est pas l'attitude d'un homme
injustement accusé, et qui a encore toutes ses forces. Maintenant, dis-moi vite de quoi il s'agit pour que je puisse t'aider.
Bien sûr, il s'agit de la banque ? — Non, fit K. en se levant, mais
tu parles trop fort, mon cher oncle, l'employé est sans doute
debout derrière la porte à nous écouter. Cela me met mal à
l'aise. Je préfère que nous sortions. Je répondrai alors à toutes
tes questions, dans la mesure du possible. Je sais fort bien que
je dois des comptes à ma famille. — C'est vrai ! s'écria l'oncle,
c'est parfaitement vrai, mais dépêche-toi, Josef, dépêche-toi
donc. — J'ai juste encore deux ou trois instructions à donner »,
fit K. et il appela par téléphone son adjoint, qui entra après un
petit instant. Dans son agitation, l'oncle lui indiqua de la main
que K. l'avait fait appeler, ce qui ne faisait d'ailleurs aucun
doute. K., debout devant le bureau, et en lui désignant divers
documents, expliqua à voix basse au jeune homme, qui écoutait d'un air froid, mais attentif, quelles affaires restaient encore
à régler aujourd'hui en son absence. L'oncle le dérangeait :
d'abord il resta là debout à rouler de grands yeux et à se mordre nerveusement les lèvres, sans écouter vraiment, mais en
ayant tout l'air, ce qui était déjà dérangeant. Puis il arpenta la
pièce, s'arrêtant de temps à autre devant la fenêtre ou devant
un tableau, ne cessant de lancer des exclamations, du type :
« C'est parfaitement incompréhensible pour moi », ou encore :
« Qu'on me dise un peu quelles peuvent en être les conséquences. » Le jeune homme fit celui qui ne remarquait rien, écouta

calmement l'ensemble des instructions de K., prit quelques notes à son usage personnel, et partit après s'être incliné devant K. ainsi que devant son oncle ; mais ce dernier lui tournait justement le dos, regardait par la fenêtre et, les mains tendues, était en train de froisser les rideaux. À peine la porte s'était-elle refermée que l'oncle s'exclama : « Enfin ce pantin est parti ; nous pouvons y aller nous aussi, à présent. Ce n'est pas trop tôt ! » Il n'y eut hélas ! pas moyen d'empêcher l'oncle de poser ses questions sur le procès dans le hall où se trouvaient quelques fonctionnaires et quelques employés, et que le directeur-adjoint était justement en train de traverser. « Eh bien, Josef, commença l'oncle, tout en répondant d'un léger salut à ceux qui s'inclinaient en les voyant, dis-moi maintenant en toute franchise ce que c'est que ce procès. » K. fit quelques observations insignifiantes, rit aussi un peu, et attendit d'être parvenu à l'escalier pour expliquer à l'oncle qu'il n'avait pas voulu parler en toute franchise devant ces gens. « Tu as raison, fit l'oncle, mais parle, à présent. » La tête inclinée, tirant sur un cigare à petites bouffées précipitées, il écoutait. « Avant tout, mon oncle, fit K., il ne s'agit pas d'un procès devant un tribunal ordinaire. — C'est grave, fit l'oncle. — Comment ça ? fit K. en regardant l'oncle. — Je suis d'avis que c'est grave », répéta l'oncle. Ils étaient debout sur le grand escalier qui donnait sur la rue ; le portier semblait écouter, aussi K. entraîna-t-il l'oncle en bas ; le trafic animé de la rue les accueillit. L'oncle, qui avait pris le bras de K., ne le pressait plus de questions sur le procès ; ils avancèrent même quelque temps sans parler. « Mais comment est-ce arrivé ? finit par demander l'oncle en s'arrêtant si brusquement que les gens qui marchaient derrière lui s'écartèrent, pris de frayeur. Ce genre de choses n'arrive tout de même pas d'un seul coup, elles se préparent depuis longtemps, il a dû y avoir des signes avant-coureurs, pourquoi ne m'as-tu pas écrit ? Tu sais que je ferais tout pour toi ; après tout, je suis encore ton tuteur en quelque sorte, et j'en étais fier jusqu'à aujourd'hui. Bien sûr, je t'aiderai encore à présent, mais maintenant que le procès est en cours, c'est très difficile. Le mieux serait en tout cas que tu prennes un petit congé, et que tu viennes chez nous à la campagne. D'ailleurs, tu as un peu maigri, je le remarque à présent. Tu reprendras des forces à la campagne, ce sera bien, car il y a sûrement beaucoup de fatigues qui t'attendent. Et surtout, tu seras ainsi en quelque sorte soustrait à l'emprise du tribunal. Ils disposent ici de tous les moyens coercitifs imaginables, qu'ils utiliseront forcément, automatiquement contre toi aussi ; mais à la campagne, il leur faudrait d'abord déléguer des agents, ou chercher à agir sur toi par lettre, par télégraphe ou par téléphone. Cela diminue bien entendu l'effet ; certes, tu n'en retrouveras pas pour autant la liberté, mais cela te permettra de respirer. — Ils pourraient fort bien m'interdire de partir, dit K., qui commençait un peu à suivre le raisonnement de son oncle. — Je ne crois pas qu'ils le feront, dit l'oncle d'un air songeur, la perte de pouvoir qu'implique ton départ n'est pas si grande. — Je croyais, fit K. en prenant son oncle par le bras pour l'empêcher de rester immobile, que tu accorderais encore moins d'importance que moi à toute cette affaire, et voilà qu'à présent tu la prends très au sérieux... — Josef, s'écria l'oncle en cherchant à échapper à son étreinte pour pouvoir s'arrêter de marcher, mais K. l'en empêcha, comme tu as changé ! Tu as toujours eu une perception si juste des choses, et c'est maintenant qu'elle t'abandonne ? Veux-tu donc perdre ce procès ? Sais-tu ce que cela signifie ? Cela signifie que l'on tire tout bonnement un trait sur toi. Et tous tes proches seront emportés avec toi, ou subiront tout au moins une extrême humiliation. Reprends-toi donc, Josef. Ton indifférence me rend fou. À te voir, on serait presque tenté de croire le dicton : Avoir un pareil procès, c'est l'avoir déjà perdu. — Mon cher oncle, fit K., cette excitation est totalement inutile ; elle l'est de ta part et le serait aussi de la mienne. Ce n'est pas en s'excitant qu'on gagne un procès ; accorde un peu de poids à mon expérience concrète, moi qui conserve, aujourd'hui encore, le plus grand respect pour la tienne, même lorsqu'elle me surprend. Puisque tu dis que ma famille elle aussi aurait à pâtir du procès — ce que pour ma part je ne comprends absolument pas, mais peu importe —, je consens à te suivre en tous points. Mais, même dans ta perspective, il me semble que ce séjour à la campagne serait en ma défaveur, car il serait synonyme de fuite et d'aveu de ma culpabilité. De surcroît, s'il est vrai qu'on me persécute davantage ici, je puis aussi mieux faire avancer l'affaire. — C'est juste, fit l'oncle d'une voix suggérant qu'ils se rapprochaient enfin, j'ai seulement émis cette proposition parce que je voyais ta cause menacée par ton indifférence, si tu restais ici : j'estimais alors préférable de travailler pour toi à ta place. Mais si tu veux t'en occuper toi-même en y consacrant toutes tes forces, il va de soi que cela est bien préférable. — Il semble donc que nous soyons d'accord là-dessus, fit K. Et as-tu maintenant une proposition sur ce que je dois faire dans l'immédiat ? — Il faut bien entendu que je réfléchisse encore à l'affaire, dit l'oncle, songe que depuis vingt ans je vis presque sans interruption à la campagne : on perd son flair pour ce genre d'affaires. Certaines relations importantes avec des personnalités qui s'y connaissent peut-être mieux dans ce domaine se sont peu à peu distendues. Je suis un peu isolé à la campagne, tu le sais bien. En fait, c'est seulement dans ce genre de circonstances qu'on s'en rend compte. Ton affaire m'a pris moi aussi à moitié par surprise, quoique, bizarrement, j'aie soupçonné quelque chose de ce genre d'après la lettre d'Erna, et en aie eu la quasi-certitude lorsque je t'ai aperçu aujourd'hui. Mais peu importe, l'essentiel maintenant, c'est de ne pas perdre de temps. » Avant même d'avoir fini de parler, se dressant sur la pointe des pieds, il avait hélé un taxi et, tout en criant une adresse au conducteur, il attira K. à sa suite dans la voiture. « Nous allons maintenant voir l'avocat Huld, dit-il, c'est un de mes camarades d'école. Son nom t'est sûrement familier. Non ? Voilà qui est étrange. Il a pourtant une solide réputation comme défenseur et en tant qu'avocat des pauvres. Mais c'est surtout dans l'homme que j'ai une grande confiance. — J'approuverai tout ce que tu entreprendras », fit K., même si la façon hâtive et brutale dont l'oncle traitait l'affaire le mettait mal à l'aise. Il n'était pas très réjouissant de se rendre en tant qu'accusé chez un avocat des pauvres. « J'ignorais, fit-il, qu'on pût faire appel à un avocat pour une affaire de ce genre. — Mais bien entendu, dit l'oncle, cela va de soi. Pourquoi pas ? Et maintenant raconte-moi tout ce qui s'est passé jusqu'ici, pour que je connaisse l'affaire dans le détail. » K. commença aussitôt son récit, sans passer quoi que ce soit sous silence, son entière franchise étant la seule protestation qu'il pouvait se permettre d'opposer à l'opinion de l'oncle, aux yeux duquel le procès représentait une infamie. Il ne mentionna le nom de Mlle Bürstner qu'une fois en passant, mais cela ne nuisait pas à sa franchise, car Mlle Bürstner n'avait aucun lien avec le procès. Pendant son récit, il regarda par la fenêtre et observa qu'ils approchaient justement du faubourg où se trouvaient les bureaux du tribunal ; il le signala à son oncle, mais celui-ci ne vit rien de particulièrement remarquable dans cette coïncidence. La voiture s'arrêta devant une maison obscure. L'oncle sonna aussitôt à la première porte du rez-de-chaussée ; tandis qu'ils attendaient, il sourit en montrant ses grandes dents et murmura : « Huit heures, une heure de visite inhabituelle pour des clients. Mais Huld ne m'en tiendra pas rigueur. » À travers le judas apparurent deux grands yeux noirs, ils regardèrent les deux visiteurs un petit instant et disparurent ; mais la porte ne s'ouvrit pas. L'oncle et K. s'assurèrent mutuellement qu'ils avaient bien vu les deux yeux. « Une nouvelle femme de chambre qui a peur des étrangers », fit l'oncle en frappant de nouveau. De nouveau les yeux apparurent, on les aurait presque crus tristes à présent, mais peut-être n'était-ce là aussi qu'une illusion, provoquée par la flamme nue d'une lampe à gaz qui brûlait fortement en sifflant juste au-dessus de leurs têtes, mais diffusait peu de lumière. « Ouvrez, s'écria l'oncle en frappant du poing contre la porte, nous sommes des amis de monsieur l'Avocat. — Monsieur l'Avocat est malade », murmura-t-on derrière eux. Sur le seuil d'une porte, à l'autre bout du petit corridor, se tenait un monsieur en robe de chambre qui leur communiqua cette information d'une voix à peine perceptible. L'oncle, déjà furieux d'avoir attendu si longtemps, se retourna

brusquement, et s'écria : « Malade ? Il est malade, dites-vous ? »
et il s'avança vers lui d'un air presque menaçant, comme si le
monsieur eût été la maladie elle-même. « On vous ouvre », fit
le monsieur en désignant la porte de l'avocat ; et, serrant les
pans de sa robe de chambre, il disparut. On avait effectivement
ouvert la porte ; une jeune fille — K. reconnut à nouveau les
yeux sombres un peu saillants — vêtue d'un long tablier blanc
était debout dans le vestibule, une bougie à la main. « La prochaine fois, vous ouvrirez plus vite », fit l'oncle en guise de
salut, tandis que la jeune fille esquissait une révérence. « Viens,
Josef », dit-il ensuite à K., qui se faufila lentement devant la
jeune fille. « Monsieur l'Avocat est malade », fit-elle en voyant
l'oncle se précipiter vers une porte sans s'arrêter. K. dévisageait
encore la jeune fille qui s'était retournée pour refermer à double tour la porte d'entrée ; elle avait le visage rond, comme une
poupée ; non seulement les contours de ses joues pâles et de
son menton étaient ronds, mais aussi ses tempes et le bord de
son front. « Josef ! s'écria de nouveau l'oncle, et il demanda à
la jeune fille : C'est sa maladie de cœur ? — Je crois », fit la
jeune fille, ayant trouvé le temps de les précéder avec la bougie
et d'ouvrir la porte de la chambre. Dans un coin de la chambre,
que la lueur de la bougie n'éclairait pas encore, un visage à
longue barbe se redressa dans le lit. « Leni, qui est-ce ? »
demanda l'avocat, aveuglé par la flamme qui l'empêchait
encore de reconnaître les visiteurs. « C'est Albert, ton vieil ami,
fit l'oncle. — Ah, Albert », fit l'avocat en se laissant retomber
sur les oreillers, comme si, pour cette visite, les faux-semblants
eussent été inutiles. « Cela va-t-il vraiment si mal ? demanda
l'oncle en s'asseyant au bord du lit. Je ne puis le croire. C'est
un accès de ta maladie de cœur qui passera, comme les précédents. — C'est possible, dit l'avocat à voix basse, mais c'est le
plus grave de tous. J'ai du mal à respirer, je ne dors presque
pas, et je perds chaque jour un peu plus mes forces. — Ah, fit
l'oncle en écrasant son panama de sa grande main sur son
genou. Voilà de mauvaises nouvelles. Au fait, es-tu bien soigné ?
En plus, c'est si triste ici, si sombre. Cela fait déjà bien long-

temps que je suis venu pour la dernière fois, l'atmosphère m'avait semblé plus conviviale. Même ta petite demoiselle ici ne semble pas très gaie, ou bien elle joue la comédie. » La jeune fille se tenait toujours près de la porte, la bougie à la main ; pour autant que son regard indécis le laissât deviner, elle regardait plutôt K. que l'oncle, même lorsque celui-ci parlait d'elle. K. s'appuyait contre un fauteuil qu'il avait poussé à proximité de la jeune fille. « Quand on est malade comme moi, fit l'avocat, on a besoin de repos. Je ne trouve pas cela triste. » Après une petite pause, il ajouta : « Et Leni s'occupe bien de moi, elle est gentille. » Mais cela ne put convaincre l'oncle : il était visiblement prévenu contre l'infirmière et, s'il ne rétorqua rien au malade, il n'en poursuivit pas moins la jeune fille d'un regard sévère tandis que celle-ci s'approchait du lit, posait la bougie sur la table de nuit, se penchait au-dessus du malade et chuchotait avec lui tout en remettant de l'ordre dans les oreillers. Oubliant presque les égards dus au malade, il se leva, suivit l'infirmière de-ci de-là, et K. n'aurait pas été surpris en le voyant la tirer par ses jupes pour l'éloigner du lit. Quant à K., il regardait tout cela avec calme, la maladie de l'avocat ne le contrariait même pas vraiment ; n'ayant pu s'opposer au zèle que l'oncle avait conçu pour son affaire, il accueillait volontiers la façon dont ce zèle se voyait maintenant contré sans intervention de sa part. C'est alors que l'oncle, peut-être dans le seul but d'offenser la garde-malade, prononça ces mots : « Mademoiselle, veuillez, s'il vous plaît, nous laisser seuls un petit instant, j'ai une affaire personnelle à discuter avec mon ami. » La jeune fille, qui était encore penchée de tout son long au-dessus du malade, pour lisser le drap contre le mur, tourna simplement la tête, et dit d'une voix très calme, contrastant de façon frappante avec les propos de l'oncle, qui sous l'effet de la colère hésitaient ou déferlaient tour à tour : « Vous voyez, monsieur est très malade, il ne peut discuter aucune affaire. » Elle avait probablement repris les propos de l'oncle par simple commodité, mais même sans parti pris, on pouvait y voir de la raillerie ; l'oncle, bien sûr, prit la mouche. « Espèce de friponne... » grommela-t-il d'une voix rendue d'abord rauque et plutôt incompréhensible par la contrariété ; K. sursauta, quoiqu'il se fût attendu à quelque chose de ce genre, et il se précipita vers son oncle, dans la ferme intention de lui fermer la bouche des deux mains. Mais heureusement, le malade se redressa derrière la jeune fille ; le visage de l'oncle se rembrunit, comme s'il était en train d'avaler quelque chose de répugnant, puis il dit d'une voix plus calme : « Nous n'avons pas encore perdu la tête, vous savez ; si ce que je demande était impossible, je ne le demanderais pas. Maintenant sortez, s'il vous plaît. » L'infirmière se tenait bien droite à côté du lit, faisant face à l'oncle ; K. crut observer que d'une main, elle caressait la main de l'avocat. « Tu peux tout dire devant Leni, fit le malade sur un ton qui l'invitait instamment à poursuivre. — Ce n'est pas de moi qu'il s'agit, fit l'oncle, ce n'est pas mon secret. » Et il se retourna, comme s'il se refusait à toute autre tractation, mais lui accordait encore quelques minutes de réflexion. « De qui s'agit-il donc ? demanda l'avocat d'une voix mourante, et il s'affaissa de nouveau. — De mon neveu, fit l'oncle, je l'ai d'ailleurs amené avec moi. » Et il fit les présentations : « L'administrateur Josef K. — Oh ! fit le malade d'une voix beaucoup plus animée, et il tendit la main à K. ; toutes mes excuses, je ne vous avais pas remarqué... Va, Leni », fit-il ensuite à la garde-malade, qui cessa aussi de lutter, et il lui tendit la main, comme pour lui dire adieu avant une longue séparation. « Donc, fit-il enfin à l'oncle qui, lui aussi mieux disposé, s'était rapproché, tu n'es pas venu me voir sur mon lit de malade, tu es venu pour affaires. » On eût dit que l'idée d'une visite à un malade avait paralysé l'avocat, tant il semblait ragaillardi à présent : il restait constamment appuyé sur un coude, ce qui devait être assez fatigant, et ne cessait de tirer sur les poils du milieu de sa barbe. « Tu as déjà l'air d'aller beaucoup mieux, fit l'oncle, maintenant que cette sorcière est sortie. » Il s'interrompit et murmura : « Je parie qu'elle écoute » et il bondit vers la porte. Mais il n'y avait personne derrière, l'oncle revint, non pas déçu, car le fait qu'elle n'écoutât pas à la porte lui semblait une vilenie plus noire encore, mais rempli d'amer-

tume. « Tu te trompes sur elle », fit l'avocat sans pousser plus
loin la défense de son infirmière ; peut-être voulait-il signifier
par là qu'elle n'avait pas besoin d'être défendue. Mais il poursuivit d'une voix compatissante : « Touchant l'affaire de ton
neveu, je m'estimerais heureux si mes forces suffisaient à cette
tâche particulièrement ardue ; je crains fort qu'elles n'y suffisent pas, mais en tout cas, je veux tenter l'impossible ; si je n'y
suffis pas, il sera toujours temps de faire appel à une personne
supplémentaire. Pour être honnête, cette affaire m'intéresse
trop pour que je puisse renoncer à toute forme de participa-
tion. Si mon cœur n'y résiste pas, du moins trouvera-t-il là une
digne occasion de flancher complètement. » Ayant l'impression
de ne rien comprendre à tout ce discours, K. regardait son
oncle dans l'espoir d'une explication, mais celui-ci, assis et
tenant une bougie dans la main sur la table de nuit d'où une
fiole avait déjà roulé sur le tapis, acquiesçait à tout ce que disait
l'avocat, était d'accord sur tout, et lançait de temps à autre un
coup d'œil à K. pour lui signifier de partager ce sentiment.
L'oncle avait-il peut-être déjà parlé du procès à l'avocat ? Mais
c'était impossible, tout ce qui précédait contredisait cette hypothèse. Aussi déclara-t-il : « Je ne comprends pas... — Bon, peut-
être est-ce moi qui vous ai mal compris ? demanda l'avocat tout
aussi étonné et perplexe que K. J'ai peut-être été trop vite en
besogne. De quoi vouliez-vous donc me parler ? Je croyais qu'il
s'agissait de votre procès. — Bien sûr, fit l'oncle, qui demanda
ensuite à K. : Que veux-tu donc ? — Oui, mais d'où tenez-vous
vos renseignements sur moi et sur mon procès ? demanda K.
— Ah, c'est donc cela, fit l'avocat avec un sourire, mais je suis
avocat, je fréquente le milieu de la justice, on parle de divers
procès, et on garde en mémoire les plus frappants, surtout lorsqu'il s'agit du neveu d'un ami. Il n'y a rien là de bien étonnant.
— Que veux-tu donc ? demanda l'oncle une nouvelle fois,
comme tu es inquiet. — Vous fréquentez le milieu de la justice ?
demanda K. — Oui, fit l'avocat. — Tu poses des questions de
petit enfant, fit l'oncle. — Qui voulez-vous que je fréquente,
sinon les gens de ma spécialité ? » ajouta l'avocat. Cela semblait

tellement irréfutable que K. ne répondit rien. Il eût voulu
répondre : « Pourtant, vous exercez auprès du tribunal qui
siège au Palais de Justice, et non auprès de celui qui siège au
grenier, mais il ne put se décider à le dire. — Songez donc,
poursuivit l'avocat sur le ton de l'évidence, comme si son explication eût été superflue et n'eût constitué qu'une parenthèse,
songez donc que de telles fréquentations me procurent aussi
des avantages considérables pour ma clientèle, à plus d'un
égard, et qu'il faut parfois même passer sous silence. Bien sûr,
je suis un peu limité maintenant, du fait de ma maladie, mais
je reçois tout de même la visite de bons amis du tribunal, et
j'apprends deux ou trois choses. J'en sais peut-être plus que
bien des gens en parfaite santé qui passent toute la journée au
tribunal. Ainsi, par exemple, un ami très cher me rend visite en
ce moment même. Et il désigna un coin obscur de la chambre.
— Où ça ? » demanda K. presque impoliment sous le coup de
la surprise. Il regarda en hésitant autour de lui ; la lumière de
la petite bougie était loin d'éclairer jusqu'au mur d'en face. Et
en effet quelque chose, là-bas dans le coin, se mit à bouger. À
la lumière de la bougie que l'oncle tenait maintenant à bout de
bras, on distinguait, assis près d'une petite table, un assez vieux
monsieur. Sans doute avait-il à peine respiré pour passer si
longtemps inaperçu. Il se leva cérémonieusement, de toute évidence mécontent qu'on ait attiré l'attention sur lui. On eût dit
qu'en agitant ses mains comme de petites ailes, il voulait
repousser toutes les présentations et les salutations, qu'il ne
voulait en aucun cas déranger les autres par sa présence, et
qu'il demandait instamment à être replongé dans l'obscurité et
à ce que sa présence soit oubliée. Mais il n'était plus possible
désormais de le satisfaire. « Eh bien, vous nous avez pris par
surprise », dit l'avocat en guise d'explication, et en même
temps, il fit au monsieur un signe l'encourageant à s'approcher,
ce qu'il fit lentement, en regardant autour de lui d'un air hésitant, et néanmoins avec une certaine dignité. « Monsieur le
Directeur du greffe — ah oui, toutes mes excuses, je n'ai pas
fait les présentations — voici mon ami Albert K., son neveu

l'administrateur Josef K., et voici monsieur le Directeur du greffe — donc, monsieur le Directeur du greffe m'a fait l'amitié de me rendre visite. À vrai dire, seul peut apprécier la valeur d'un telle visite l'initié qui sait à quel point monsieur le Directeur du greffe est surchargé de travail. Or, il est venu malgré tout, et nous bavardions paisiblement, pour autant que ma faiblesse le permettait ; sans avoir interdit à Leni de laisser entrer les visiteurs, car il n'y en avait pas de prévu, nous pensions cependant devoir rester seuls ; mais c'est alors qu'ont retenti tes coups à la porte, Albert ; monsieur le Directeur du greffe s'est reculé dans le coin avec son fauteuil et sa table, mais il s'avère à présent que nous avons peut-être, c'est-à-dire, si vous le désirez, une affaire en commun à discuter, et que nous pouvons fort bien nous rapprocher de nouveau. Monsieur le Directeur du greffe... fit-il en inclinant la tête et avec un sourire obséquieux, tout en lui indiquant un fauteuil à proximité du lit. — Je ne puis hélas ! rester que quelques minutes, fit le directeur du greffe d'un ton amical, en s'asseyant confortablement dans le fauteuil et en regardant sa montre, les affaires m'appellent. Mais je ne veux pas laisser passer l'occasion de faire la connaissance d'un ami de mon ami. » Il inclina légèrement la tête en direction de l'oncle, qui sembla enchanté de cette rencontre, mais qui, étant par nature incapable d'exprimer aucune déférence, accompagna les propos du directeur du greffe d'un rire embarrassé, quoique sonore. Un vilain spectacle ! K. pouvait tout observer tranquillement, car personne ne s'occupait de lui ; maintenant qu'on l'avait fait resurgir, le directeur du greffe prit les rennes de la conversation, comme il semblait en avoir l'habitude ; l'avocat, dont la faiblesse tout à l'heure avait peut-être pour seul but de chasser les nouveaux visiteurs, écoutait attentivement, l'oreille dans le creux de la main ; l'oncle, qui faisait office de porte-bougie — il la maintenait en équilibre sur sa cuisse, et l'avocat lui jetait fréquemment un coup d'œil inquiet — fut bientôt délivré de son embarras, et n'éprouva plus que du ravissement à goûter l'éloquence du directeur du greffe tout en contemplant les douces ondulations de la main dont il accompagnait ses propos. K., appuyé contre le pied de lit, était peut-être complètement ignoré par le directeur du greffe même à dessein, et servait de simple auditeur à ces vieux messieurs. D'ailleurs, il savait à peine de quoi il s'agissait, et il se mit tantôt à songer à l'infirmière et à la façon désagréable dont l'oncle l'avait traitée, tantôt à se demander s'il n'avait pas déjà vu une fois le directeur du greffe, peut-être même dans l'assemblée lors de sa première comparution. Même s'il se trompait en effet, le directeur du greffe n'en eût pas moins fait excellente figure parmi les membres de l'assemblée qui siégeaient au premier rang, parmi les vieux messieurs à la barbe clairsemée.

C'est alors qu'un bruit de porcelaine brisée dans l'antichambre leur fit à tous dresser l'oreille. « Je vais voir ce qui s'est passé », dit K., et il sortit lentement, comme pour donner encore aux autres le temps de le retenir. K. avait à peine pénétré dans l'antichambre et cherchait à s'y retrouver dans l'obscurité, lorsque sur sa main qui tenait encore la poignée, une petite main, beaucoup plus petite que la sienne, se posa et ferma doucement la porte. C'était la garde-malade qui attendait là. « Il ne s'est rien passé, murmura-t-elle, j'ai simplement jeté une assiette contre le mur pour vous faire sortir. » Embarrassé, K. répondit : « Moi aussi je pensais à vous. — Tant mieux, fit la garde-malade. Venez. » Après avoir fait quelques pas, ils arrivèrent à une porte en verre dépoli qu'elle ouvrit devant K. « Entrez donc », fit-elle. Il s'agissait sûrement du bureau de l'avocat ; pour autant qu'on pût en juger d'après le clair de lune qui n'éclairait vivement qu'un petit rectangle de plancher sous chacune des deux grandes fenêtres, il était garni de gros meubles anciens. « Par ici », dit-elle en indiquant un coffre sombre dont le dossier était en bois ciselé. Une fois assis, K. regarda autour de lui ; c'était une grande pièce, haute de plafond ; la clientèle de l'avocat des pauvres devait se sentir perdue ici. K. s'imagina les visiteurs s'approchant à petits pas de cet imposant bureau. Mais il cessa vite d'y penser et n'eut plus d'yeux que pour l'infirmière, qui s'était assise tout à côté de lui et le pressait quasiment contre l'accoudoir. « Je pensais, fit-elle, que vous viendriez me voir de vous-même sans que j'aie besoin de vous appeler. C'était tout de même bizarre. D'abord vous me regardez sans arrêt dès votre arrivée et ensuite vous me faites attendre... Au fait, appelez-moi Leni, ajouta-t-elle brusquement et sans autre transition, comme s'il n'eût pas fallu perdre un instant de cet entretien. — Volontiers, fit K. Mais pour ce qui est de ma bizarrerie, Leni, elle est facile à expliquer. Premièrement, il fallait bien que j'écoute le bavardage de ces vieux messieurs, et je ne pouvais pas m'enfuir sans motif ; deuxièmement, je ne suis pas effronté, mais plutôt timide, et vous non plus Leni, vous n'aviez pas vraiment l'air de quelqu'un que l'on conquiert en un tournemain. — Ce n'est pas ça, fit Leni, en posant son bras sur le dossier et en regardant K., mais je ne vous plaisais pas et je ne vous plais probablement toujours pas. — Plaire, le mot est trop faible, dit K. pour gagner du temps. — Oh ! » sourit-elle, et la remarque de K. et cette petite exclamation lui conférèrent une certaine supériorité. Aussi K. resta-t-il un petit instant silencieux. Il s'était accoutumé à l'obscurité de la pièce, et distinguait à présent quelques détails du mobilier. Il remarqua surtout un grand tableau accroché à droite de la porte ; il se pencha en avant pour mieux l'examiner. Il représentait un homme en robe de magistrat, trônant sur un grand fauteuil surélevé dont les dorures ressortaient à plusieurs endroits du tableau. Ce qu'il y avait de singulier, c'est que ce juge n'était pas calmement assis, drapé dans sa dignité, mais qu'il appuyait son bras gauche avec force contre le dossier et l'accoudoir, tandis que son bras droit était complètement dégagé et ne tenait l'accoudoir que de la main, comme s'il allait bondir d'un instant à l'autre en un mouvement violent et peut-être indigné pour dire quelque chose de décisif ou même pour prononcer le verdict. Il fallait sans doute imaginer l'accusé au pied de l'escalier dont on apercevait les marches supérieures sur le tableau, recouvertes d'un tapis jaune. « Peut-être est-ce là mon juge, fit K. en désignant le tableau. — Je le connais, fit Leni en levant elle aussi les yeux vers le tableau, il vient assez souvent

ici. Ce tableau date de sa jeunesse, mais il est impossible qu'il
ait jamais entretenu la moindre ressemblance avec ce portrait,
car il est d'une taille presque minuscule. Pourtant il s'est fait
étirer en longueur par le peintre, car il est d'une folle vanité,
comme tout le monde ici. Mais moi aussi je suis coquette, et je
suis très mécontente de ne pas vous plaire. » À cette dernière
remarque, K. ne répondit qu'en enlaçant Leni et en l'attirant
vers lui ; elle posa sans rien dire la tête sur son épaule. Mais en
poursuivant, il demanda : « Quel est son grade ? — Il est juge
d'instruction, fit-elle en saisissant la main avec laquelle K. la
tenait enlacée et en jouant avec ses doigts. — Lui aussi, seulement juge d'instruction, fit K. déçu, les hauts fonctionnaires se
cachent. Mais il trône pourtant sur un grand fauteuil. — Tout
cela est pure invention, fit Leni, le visage penché sur la main
de K. ; en réalité il est assis sur une chaise de cuisine, avec une
vieille couverture de cheval pliée en dessous. Mais faut-il que
vous pensiez sans arrêt à votre procès ? ajouta-t-elle lentement.
— Non, pas du tout, fit K., j'y pense même sans doute trop peu.
— Ce n'est pas là-dessus que vous avez tort, dit Leni, d'après ce
que j'ai entendu dire, vous êtes trop intransigeant. — Qui a dit
cela ? demanda K. ; il sentait le corps de Leni tout contre sa
poitrine et regardait sa longue et opulente chevelure brune aux
tresses serrées. — Je serais indiscrète si je vous répondais, fit
Leni. Je vous en prie, ne me demandez pas de noms, mais perdez ce travers, ne soyez plus si intransigeant : il n'y a pas moyen
de lutter contre ce tribunal, on est contraint d'avouer. Passez
donc aux aveux à la prochaine occasion. C'est indispensable
pour trouver un moyen de s'en sortir, indispensable. Et même
cela est impossible sans aide extérieure ; mais il ne faut pas
vous inquiéter pour cette aide, c'est moi-même qui vous la
fournirai. — Vous connaissez sacrément ce tribunal et les
supercheries qui sont ici de mise », fit K. et, comme elle se
pressait un peu trop violemment contre lui, il la souleva et la
prit sur ses genoux. « C'est bien, comme ça », fit-elle, et elle
s'installa sur ses genoux en lissant sa robe et en remettant
d'aplomb sa blouse. Puis elle passa ses deux mains autour de

son cou, se pencha en arrière et le regarda longuement. « Et si je ne passe pas aux aveux, vous ne pourrez pas m'aider ? » demanda K., pour voir. Voilà que je recrute des aides féminines, songea-t-il presque surpris : d'abord Mlle Bürstner, ensuite la femme de l'huissier et enfin cette petite garde-malade qui a l'air d'éprouver pour moi un désir incompréhensible. Elle reste là assise sur mes genoux, comme si c'était le seul endroit qui lui convienne ! « Non, répondit Leni en secouant lentement la tête, dans ce cas je ne pourrai pas vous aider. Mais au fond, vous ne voulez pas de mon aide, vous n'y attachez pas d'importance, vous êtes têtu et vous ne vous laissez pas convaincre. » Après un petit instant, elle demanda : « Avez-vous une amoureuse ? — Non, fit K. — Oh, mais si, fit-elle. — Oui, c'est vrai, fit K., je l'ai reniée alors que j'ai même sa photographie sur moi. » À sa demande, il lui montra une photo d'Elsa ; recroquevillée sur ses genoux, elle examina la photo. C'était un instantané, Elsa avait été prise en photo à la fin d'une de ces danses tourbillonnantes, comme elle aimait à en exécuter dans la taverne, les plis de sa jupe volaient encore tout en rond autour d'elle ; elle avait les mains sur les hanches et, tendant le cou, elle regardait de côté en souriant ; la photo ne permettait pas de voir à qui elle souriait. « Son corset est très serré, fit Leni en indiquant l'endroit où cela se voyait, d'après elle. Elle ne me plaît pas, elle est maladroite et fruste. Peut-être est-elle douce et gentille avec vous, c'est l'impression que pourrait donner cette photo. Les grandes gaillardes de ce genre sont souvent incapables d'être autre chose que douces et gentilles. Mais pourrait-elle se sacrifier pour vous ? — Non, dit K., pas plus qu'elle n'est douce et gentille, elle ne pourrait se sacrifier pour moi. Et je n'ai jusqu'ici exigé d'elle ni l'un ni l'autre. Je n'avais même encore jamais regardé cette photo aussi soigneusement que vous. — Vous ne tenez donc pas beaucoup à elle, dit Leni, ce n'est donc pas votre amoureuse. — Si, fit K., je ne reviens pas sur ma parole. — Même si elle est votre amoureuse en ce moment, fit Leni, elle ne vous manquerait pas beaucoup si vous la perdiez ou si vous l'échangiez contre quelqu'un d'autre, moi par exemple. — Certainement, dit K. en souriant, ce serait envisageable, mais elle a un gros avantage sur vous : elle ne sait rien de mon procès, et quand bien même elle en saurait quelque chose, elle n'y penserait pas. Elle ne chercherait pas à me prêcher la docilité. — Ce n'est pas un avantage, fit Leni. Si elle n'en a aucun autre, je ne perds pas courage. A-t-elle un quelconque défaut corporel ? — Un défaut physique ? demanda K. — Oui, dit Leni, car moi, j'en ai un petit, regardez. » Elle écarta le majeur et l'annulaire de sa main droite : la membrane qui les reliait remontait presque jusqu'à la dernière articulation de ses doigts menus. Dans l'obscurité, K. ne remarqua pas immédiatement ce qu'elle voulait lui montrer, aussi guida-t-elle sa main pour qu'il puisse toucher. « Quel caprice de la nature, fit K. en ajoutant après avoir examiné la main tout entière : une jolie petite griffe ! » Avec une espèce de fierté, Leni observa la façon dont K. ne cessait d'écarter et de rapprocher ses deux doigts d'un air étonné ; enfin il les effleura d'un baiser et les lâcha. « Oh ! s'écria-t-elle aussitôt, vous m'avez embrassée ! » À toute vitesse, la bouche ouverte, elle se hissa sur son giron en s'aidant des genoux ; K. leva les yeux vers elle d'un air presque consterné ; maintenant qu'elle était si près de lui, une odeur poivrée, âcre et excitante, émanait d'elle ; elle prit sa tête contre elle, se pencha au-dessus de lui, lui mordit et lui embrassa le cou, et le mordit même dans les cheveux. « Vous avez fait l'échange, s'écriait-elle de temps à autre, vous voyez, vous avez fini par faire l'échange ! » Alors son genou glissa et, en poussant un petit cri, elle tomba presque sur le tapis ; K. l'enlaça pour la retenir, et il fut entraîné par terre avec elle. « Maintenant, tu m'appartiens », fit-elle.

« Tiens, voici la clé de la maison, viens quand tu voudras » : ce furent ses derniers mots, et un baiser lancé au hasard atterrit encore sur le dos de K. tandis qu'il s'en allait. Lorsqu'il franchit la grille, une pluie légère tombait ; il se dirigeait vers le milieu de la rue pour apercevoir peut-être Leni encore à la fenêtre, lorsque, de l'automobile qui attendait devant la maison et que K. avait été trop distrait pour remarquer, surgit son oncle, qui le saisit par les bras et le poussa contre la grille, comme pour l'y clouer. « Mais mon garçon ! s'écria-t-il, comment as-tu pu faire cela ! Tu as affreusement nui à ta cause, qui était en bonne voie. Tu vas te fourrer avec cette petite malpropre, qui de surcroît est manifestement la maîtresse de l'avocat, et tu t'absentes pendant des heures. Tu ne cherches même pas un prétexte, tu ne dissimules rien, non, tu agis ouvertement, tu te précipites vers elle et tu restes auprès d'elle. Et pendant ce temps, nous sommes assis ensemble, ton oncle qui se démène pour toi, l'avocat qu'il s'agit de gagner à ta cause, et surtout le Directeur du greffe, ce grand personnage, qui est tout simplement maître de ton affaire, au stade où elle se trouve à présent. Nous nous apprêtons à discuter des moyens qui existent pour t'aider, je suis soucieux de ménager l'avocat, celui-ci de ménager le Directeur du greffe, et tu aurais toutes les raisons de me soutenir, au moins. Au lieu de cela, ton absence se prolonge. Il finit par devenir impossible de dissimuler la chose ; bon, ces messieurs ont du savoir-vivre, ils n'en parlent pas, ils m'épargnent, mais ils finissent eux aussi tout de même par ne plus y tenir, et ne pouvant parler de l'affaire, ils se taisent. Nous sommes restés assis là pendant plusieurs minutes sans un mot, à écouter si tu allais te décider à revenir. Tout cela en vain. Enfin le Directeur du greffe, qui est resté beaucoup plus longtemps qu'il n'en avait d'abord l'intention, se lève, prend congé, me plaint visiblement sans pouvoir m'aider ; avec une gentillesse incompréhensible, il attend encore quelques instants à la porte, puis s'en va. Bien sûr, j'étais soulagé qu'il soit parti, je n'arrivais plus à respirer. Et sur le pauvre avocat, tout cela a eu des effets encore plus violents ; le brave homme, il ne pouvait plus dire un mot lorsque j'ai pris congé de lui. Tu as sans doute contribué à ruiner complètement sa santé et tu précipites ainsi la mort d'un homme dont ton sort dépend. Et moi, ton oncle, tu me fais attendre ici sous la pluie pendant des heures — tâte un peu, je suis trempé. »

## L'AVOCAT — L'INDUSTRIEL — LE PEINTRE

Par une matinée d'hiver — dehors, il neigeait dans une lumière blafarde — K. était assis dans son bureau, déjà extrêmement fatigué malgré l'heure peu avancée. Pour se protéger au moins des petits employés, il avait donné la consigne à son clerc de n'en laisser entrer aucun, disant qu'un travail important l'occupait. Mais au lieu de travailler, il pivota sur son fauteuil, déplaça lentement quelques objets sur son bureau, puis, sans s'en rendre compte, il laissa son bras posé de tout son long sur le bureau et resta assis immobile, la tête inclinée.

L'idée du procès ne le quittait plus. Il s'était souvent demandé s'il ne serait pas bon de préparer une défense écrite et de la présenter au tribunal. Il voulait y faire le bref récit de sa vie et, pour chaque événement un peu marquant, expliquer les motifs qui l'avaient poussé à agir, dans quelle mesure cette façon d'agir lui semblait rétrospectivement louable ou condamnable, et enfin quels motifs il pouvait invoquer dans l'une ou l'autre hypothèse. Les avantages d'une défense ainsi rédigée sur la simple défense présentée par l'avocat, lui-même tout sauf irréprochable, ne faisaient aucun doute. K. ignorait du reste quelles démarches l'avocat était en train d'effectuer ; il ne faisait pas grand-chose, en tout cas : voici un mois déjà qu'il ne l'avait pas convoqué, et à aucun des précédents entretiens K. n'avait eu le sentiment que cet homme pourrait grand-chose pour lui. Surtout, il ne l'avait presque pas interrogé. Pourtant, il y avait tellement de questions à poser. Poser des questions, c'était l'essentiel. K. avait le sentiment qu'il aurait pu lui-même formuler toutes les questions nécessaires. L'avocat, en revanche, au lieu d'en poser, prenait lui-même la parole, ou bien restait assis en face de lui sans rien dire, se penchait un peu en avant par-dessus son bureau, sans doute parce qu'il était dur d'oreille, tirait sur quelques poils de sa barbe et regardait le tapis, peut-être juste à l'endroit où K. s'était allongé avec Leni. De temps à autre, il adressait à K. quelques exhortations creuses, comme on en adresse aux enfants. Propos aussi inutiles qu'ennuyeux, que K. comptait ne pas rémunérer d'un centime en lui réglant ses honoraires. Une fois convaincu de l'avoir assez humilié, l'avocat se mettait en général à lui redonner un peu de courage. Il racontait alors qu'il avait déjà gagné en totalité ou en partie plusieurs procès de ce genre, qui, sans être en réalité aussi difficiles que celui-ci peut-être, semblaient de l'extérieur encore plus désespérés. Il avait la liste de ces procès, là dans son tiroir — en disant cela, il tapotait au hasard l'un des tiroirs de son bureau —, malheureusement le secret professionnel lui interdisait de montrer ces documents. Pourtant, la grande expérience qu'il avait acquise à travers tous ces procès allait bien sûr profiter à K. Bien sûr, il s'était aussitôt mis au travail et la première requête était déjà presque achevée. C'était très important, car la première impression produite par la défense déterminait souvent toute l'orientation de la procédure. Hélas ! il se voyait contraint de le signaler à K., il arrivait parfois que le tribunal ne lise pas les premières requêtes. On les versait simplement au dossier en indiquant que dans l'immédiat, l'audition et l'observation de l'accusé comptaient plus que tous les documents écrits. Si le justiciable insiste, on ajoute qu'avant le verdict, au moment où tous les matériaux seront réunis, toutes les pièces relatives à l'affaire seront bien sûr examinées, y compris donc cette première requête. Hélas ! cela aussi est faux dans la plupart des cas : la première requête est en général mal classée, voire bel et bien perdue ; et même lorsqu'elle est conservée jusqu'à la fin, — du moins selon la rumeur qui était parvenue aux oreilles de l'avocat —, on la lit à peine. Tout cela était regrettable, mais non entièrement injustifié : K. ne devait pas oublier que la procédure n'est pas publique ; si le tribunal l'estime nécessaire, elle peut être rendue publique, mais la loi ne l'exige pas. Il s'ensuit que les documents conservés au tribunal, et surtout l'acte d'accusation, sont inaccessibles à l'accusé et à sa défense ; c'est pourquoi en général on ne sait pas, ou du moins pas exactement, sur quoi la première requête doit porter, si bien qu'en fait, c'est par le seul effet du hasard qu'elle peut contenir quelque chose d'important pour l'affaire. C'est seulement plus tard qu'on est en mesure d'élaborer des requêtes d'une réelle pertinence et bien argumentées, lorsque durant les auditions de l'accusé le détail des chefs d'accusation et leur fondement apparaissent avec plus de netteté, ou se laissent deviner. Dans ces circonstances, la défense se trouve bien sûr dans une situation très défavorable et difficile. Mais cela aussi est voulu. Car en réalité, la loi n'autorise pas la défense, elle la tolère simplement ; et la question de savoir si l'alinéa concerné doit être interprété au moins dans le sens de la tolérance, est elle-même controversée. C'est pourquoi il n'y a pas, à strictement parler, d'avocats de la défense qui soient reconnus par le tribunal ; ceux qui interviennent devant ce tribunal ne sont tous, au fond, que des avocaillons. Cela nuit bien sûr considérablement à toute la dignité de la profession, et la prochaine fois que K. irait dans les bureaux du tribunal, il n'aurait qu'à jeter un coup d'œil dans la salle réservée aux avocats, pour avoir vu cela au moins une fois dans sa vie. Il serait sans doute horrifié au spectacle de la faune qui s'y réunit. Rien que la salle basse et étroite qui leur est attribuée indique le mépris du tribunal vis-à-vis de ces gens. Le seul éclairage provient d'une petite lucarne, située si haut que lorsque quelqu'un veut regarder dehors, où du reste il va respirer la fumée de la cheminée débouchant juste sous son nez et qui va lui noircir le visage, il doit d'abord chercher un collègue qui le hisse sur son dos. Il y a dans le plancher de cette salle — pour donner un dernier exemple de son délabrement — un trou, vieux de plus d'un an, pas assez grand pour qu'un être humain passe à travers, mais assez pour qu'on y enfonce complètement une jambe. La salle des avocats est au deuxième étage du grenier, de sorte que, si quelqu'un s'y enfonce, sa jambe reste suspendue au plafond du premier grenier, et ce au milieu du couloir où les justiciables attendent. Il n'y a nulle exagération, de la part des avocats, à qualifier de scandaleuse cette situation. Les réclamations auprès de l'administration n'ont pas le moindre résultat, néanmoins il est rigoureusement interdit aux avocats de modifier quoi que ce soit dans la salle à leurs propres frais. Cependant, même cette façon de traiter les avocats a ses raisons. L'on tient à neutraliser au maximum la défense, tout doit reposer sur l'accusé lui-même. Point de vue qui, au fond, n'est pas mauvais, pourtant ce serait une grave erreur d'en déduire qu'auprès de ce tribunal, les avocats sont inutiles à l'accusé. Au contraire, ils lui sont ici plus indispensables que devant aucun autre tribunal. Car en général la procédure est tenue secrète non seulement vis-à-vis du public, mais aussi de l'accusé. Ceci bien sûr dans la mesure du possible, mais c'est possible dans une très large mesure. En effet l'accusé lui non plus n'a pas accès aux documents du tribunal, et il est très difficile de déterminer à partir des interrogatoires sur quels documents ils se fondent, particulièrement pour un accusé tout de même intimidé et distrait par mille soucis. Or, c'est ici que la défense entre en jeu. En général, les défenseurs n'ont pas le droit d'être présents aux interrogatoires ; aussi est-ce après l'interrogatoire, et si possible au sortir de la salle d'audience, qu'ils doivent sonder l'accusé sur l'interrogatoire, et dans ces comptes rendus souvent déjà très flous trouver des éléments utiles à la défense. Mais ce n'est pas l'essentiel, car on n'apprend pas grand-chose de cette façon, même si, là comme ailleurs, un homme habile en apprend plus que d'autres. Le plus important malgré tout, ce sont les relations personnelles de l'avocat : c'est ce qui fait principalement la valeur de la défense. Or, d'après son expérience personnelle, K. avait sans doute compris maintenant que l'organisation du tribunal, dans les échelons inférieurs, n'est pas parfaite, elle comprend des fonctionnaires déloyaux et corruptibles, ce qui introduit en quelque sorte des failles dans le système clos du tribunal. Et c'est par là que s'engouffrent la majorité des avocats, c'est là qu'on verse les pots-de-vin et qu'on écoute aux portes ; il y eut même, au moins dans les premiers temps, des cas de vols de documents. Il est indéniable que de la sorte on obtient à court terme des résultats étonnamment favorables à l'accusé, ce qui donne à ces petits avocats matière à parader et à attirer de nouveaux clients ; mais pour le déroulement ultérieur du procès, cela ne signifie rien, ou rien de bon. N'ont de véritable valeur que les relations personnelles honnêtes, et ce avec les hauts fonctionnaires, c'est-à-dire bien sûr les hauts fonctionnaires des échelons inférieurs. C'est par leur seule entremise qu'il est possible d'influer, certes d'une manière d'abord imperceptible, mais ensuite toujours plus nette, sur le déroulement du procès. Bien sûr, seul un petit nombre d'avocats le peuvent, et c'est là que le choix de K. avait été très favorable. Pas plus d'un ou deux avocats peut-être pouvaient se prévaloir de relations comparables à celles de Me Huld. Ceux-là ne se soucient pas de la faune qui hante la salle des avocats et n'ont rien à faire avec elle. Mais leurs relations avec les fonctionnaires du tribunal n'en sont que plus étroites. Lui, Me Huld, n'avait même pas toujours besoin d'aller au tribunal, d'attendre dans l'antichambre des juges d'instruction que ceux-ci daignent faire leur apparition et d'obtenir, selon leur humeur, un succès de pure façade, voire nul dans la plupart des cas. Pas du tout, et K. l'avait vu de lui-même : les magistrats, même certains parfois fort haut placés, donnent volontiers des renseignements, explicites ou du moins faciles à interpréter, discutent de la suite immédiate du procès, vont même dans certains cas jusqu'à se laisser convaincre, et adoptent alors une opinion différente de la leur. Pourtant, sur ce chapitre, il ne fallait pas trop leur faire confiance ; ils ont beau exprimer avec force des intentions nouvelles favorables à la défense, peut-être qu'à peine revenus dans leur bureau ils vont élaborer pour le jour suivant une décision judiciaire dia-métralement opposée et peut-être plus sévère encore pour l'accusé que leur intention première, qu'ils déclaraient avoir abandonnée. Contre cela il n'y avait bien sûr aucune riposte possible ; en effet, ce qu'ils ont dit en tête à tête n'a été dit, précisément, qu'en tête à tête, et n'autorise aucune conclusion officielle, même si la défense ne devait pas chercher, de toute façon, à conserver les faveurs de ces messieurs. D'un autre côté, il était aussi parfaitement exact que si ces messieurs entrent en relation avec la défense — une défense compétente, bien entendu —, ce n'est pas par simple philanthropie ou par amitié, mais plutôt parce que dans une certaine mesure ils dépendent d'elle. Ici se percevait bien l'inconvénient d'un système judiciaire stipulant d'emblée le huis clos. Les fonctionnaires n'ont aucun contact avec la population, ils sont bien équipés pour les procès ordinaires, d'une importance courante : un tel procès suit son cours presque de lui-même et demande juste à être activé de temps à autre ; mais face aux cas très simples et aux cas particulièrement difficiles, ils sont souvent désemparés ; confinés sans cesse, jour et nuit, dans leur loi, ils n'ont pas le sens des relations humaines, et cela leur manque cruellement dans les cas de ce genre. C'est alors qu'ils vont voir l'avocat pour lui demander conseil, accompagnés d'un huissier transportant ces documents d'ordinaire si confidentiels. À la fenêtre que voici, on avait pu voir nombre de messieurs qu'on ne se serait pas attendu à y trouver, jetant dans la rue un regard désolé, tandis qu'à son bureau, l'avocat étudiait les pièces pour pouvoir leur donner un bon conseil. C'était d'ailleurs à ces occasions qu'on pouvait constater le sérieux extrême avec lequel ces messieurs exercent leur profession, et le grand désespoir où les précipitent des obstacles que leur nature ne leur permet pas de surmonter. En général, leur position n'était pas facile, il ne fallait pas être injuste envers eux et considérer qu'elle était facile. L'échelonnement des degrés hiérarchiques du tribunal s'élevait à l'infini, et même l'initié n'en voyait pas le bout. En revanche, les procédures devant les tribunaux étaient en général tenues secrètes, y compris vis-à-vis des fonctionnaires subalternes, c'est pourquoi ils peuvent rarement suivre dans leur totalité les affaires qu'ils traitent ; leur cause apparaît dans leur horizon sans qu'ils sachent souvent d'où elle vient, et elle poursuit sa route sans qu'ils en connaissent la direction. Les enseignements que peut procurer l'étude des différents stades du procès, du verdict et de ses motifs sont donc inaccessibles à ces fonctionnaires. Ils ont seulement le droit de s'occuper de la partie du procès délimitée pour eux par la loi, et quant au reste, c'est-à-dire aux résultats de leur propre travail, ils en savent en général moins que la défense qui, en principe, reste tout de même presque jusqu'à la fin du procès en liaison constante avec l'accusé. De ce côté aussi, par conséquent, la défense peut leur fournir bien des informations utiles. Si K. gardait tout cela présent à l'esprit, s'étonnait-il encore de l'irritabilité des fonctionnaires, qui s'exprime parfois — chacun en faisait l'expérience — de manière blessante vis-à-vis des accusés ? Tous les fonctionnaires sont irrités, même lorsqu'ils ont l'air calmes. Bien entendu, les petits avocats en souffrent au premier chef. On raconte par exemple l'histoire suivante, qui a toute l'apparence de la vérité. Un vieux fonctionnaire, un monsieur bon et silencieux, avait étudié un cas difficile que les requêtes de l'avocat avaient particulièrement embrouillé, et ceci sans interruption pendant un jour et une nuit — car ces fonctionnaires sont vraiment d'un zèle à nul autre pareil. Or, sur le matin, après vingt-quatre heures d'un travail sans doute assez peu fructueux, il alla à la porte d'entrée, s'y plaça en embuscade, et jeta en bas de l'escalier tout avocat qui cherchait à entrer. Les avocats se réunirent en bas sur le palier et tinrent conseil sur l'attitude à adopter ; d'un côté, ils n'ont pas véritablement le droit d'entrer, c'est pourquoi ils ne sont guère en mesure d'entreprendre aucune démarche légale contre ce fonctionnaire et doivent, on l'a déjà mentionné, veiller à ne pas s'aliéner les fonctionnaires. Mais d'un autre côté, chaque journée passée hors du tribunal est perdue pour eux, aussi tenaient-ils beaucoup à se frayer un passage. Ils finirent par se mettre d'accord pour fatiguer le vieux monsieur. Les avocats furent envoyés un à un : chacun grimpait l'escalier, puis, après avoir opposé autant de résistance passive que possible, se laissait jeter en bas, où ses collègues le réceptionnaient. Cela dura environ une heure ; puis le vieux monsieur, déjà épuisé par son travail nocturne, fut accablé par la fatigue, et regagna son bureau. Ceux d'en bas refusèrent tout d'abord d'y croire, et commencèrent par dépêcher l'un d'eux, avec mission de vérifier derrière la porte s'il n'y avait en effet personne. C'est alors seulement qu'ils entrèrent, probablement sans même oser rouspéter. Car les avocats — dont pourtant le plus humble a une vue au moins partielle de la situation — sont bien loin de vouloir introduire ou imposer les moindres améliorations au tribunal ; en revanche — et c'est fort révélateur — presque tous les accusés, y compris les gens les plus simples, commencent dès le début du procès à envisager des améliorations à proposer et gaspillent souvent ainsi un temps et des forces qu'ils pourraient utiliser à bien meilleur escient. La seule attitude judicieuse, c'était de se contenter de la situation telle quelle. Même s'il était possible d'améliorer des détails — mais c'est là une illusion déraisonnable —, on aurait dans la meilleure hypothèse obtenu quelque chose pour les cas à venir, mais l'on se serait causé à soi-même le plus grand tort en attirant sur soi l'attention de ces fonctionnaires toujours vindicatifs. Surtout ne pas attirer l'attention ! Se tenir tranquille, même tout à fait à contrecœur ! S'efforcer de comprendre que ce grand organisme judiciaire est pour ainsi dire perpétuellement en équilibre instable ; en y modifiant quelque chose de sa propre initiative là où on se trouve, on sape le sol sous ses pas et l'on risque même de sombrer définitivement, tandis que le grand organisme compense facilement ailleurs cette légère perturbation — car tout est lié — et demeure inchangé ; à moins, chose fort probable, qu'il ne devienne encore plus fermé, encore plus vigilant, encore plus sévère, encore plus méchant. Qu'on laisse donc l'avocat faire son travail au lieu d'intervenir. Les reproches sont bien inutiles, surtout lorsqu'on ne parvient pas à faire comprendre leur origine dans tout son sens ; il lui fallait néanmoins dire à K. combien il avait nui à sa propre cause par son attitude envers le directeur du greffe. Il fallait presque rayer cet homme influent de la liste des personnages auprès desquels on pouvait tenter quelque chose en faveur de K. Il faisait la sourde oreille aux allusions les plus discrètes au procès. En effet, par

bien des côtés, les fonctionnaires étaient comme des enfants.
Des broutilles (parmi lesquelles, à vrai dire, on ne pouvait
hélas ! ranger la conduite de K.), suffisent souvent à les blesser,
à tel point qu'ils n'adressent plus la parole même à de bons
amis, se détournent d'eux lorsqu'ils les rencontrent, et travaillent à leur nuire autant qu'ils peuvent. Puis un beau jour et,
chose surprenante, sans raison particulière, ils se laissent déri-
der par une petite plaisanterie qu'on risque seulement parce
que tout semble perdu, et les voilà réconciliés. Il était tout à la
fois difficile et facile de se comporter avec eux, il n'y a guère
de principes établis. On s'étonnait parfois qu'une seule vie
d'une durée moyenne permette d'en comprendre suffisamment pour pouvoir travailler ici en remportant quelques succès. Certes il y a des heures sombres, comme chacun en
connaît, où l'on croit n'avoir rien accompli, où l'on a l'impression que seuls les procès destinés depuis le début à une issue
favorable se sont bien terminés, comme c'eût été aussi le cas
sans aide extérieure, alors que les autres ont été perdus malgré
toutes les démarches successives, toutes les fatigues, tous les
petits succès apparents dont on se réjouissait tant. Alors, plus
rien ne semble certain et, confronté à des questions précises,
l'on n'oserait même pas nier avoir fait dévier des procès qui
d'eux-mêmes se déroulaient bien, et justement en étant intervenu. Cela aussi est une forme de confiance en soi, mais c'est
tout ce qui reste alors. Les avocats sont particulièrement expo-
sés à ce genre de crises — car ce sont de simples crises, bien
sûr, rien de plus — lorsque tout d'un coup, on leur retire un
procès qu'ils ont mené assez loin et de manière satisfaisante.
C'est sans doute le pire qui puisse arriver à un avocat. Non que
ce soit l'accusé qui leur retire le procès, cela n'arrive jamais, je
crois ; un accusé, une fois qu'il a pris un avocat, doit toujours
le conserver, quoi qu'il arrive. Comment pourrait-il en effet
tenir seul, après avoir eu recours à l'aide de quelqu'un ? Cela
ne se produit donc jamais ; en revanche, il arrive parfois que le
procès prenne une direction où l'avocat n'a plus le droit de
l'accompagner. L'avocat se voit simplement retirer le procès,

l'accusé, et tout le reste ; alors, même les meilleures relations avec les fonctionnaires ne peuvent plus servir à rien, car eux-mêmes ne sont pas informés. Le procès vient d'entrer dans une phase où il est désormais interdit d'apporter aucune aide, où il se déroule devant des tribunaux inaccessibles, et où l'avocat ne parvient même plus à joindre l'accusé. On rentre alors un beau jour chez soi, pour trouver sur son bureau la multitude de requêtes qu'on a rédigées avec beaucoup de zèle et en formant les plus beaux espoirs pour ce procès : ne pouvant être transmises à ce nouveau stade du procès, elles ont été retournées ; ce sont des chiffons sans valeur. Cela dit, le procès n'en est pas pour autant perdu, absolument pas ; du moins n'y a-t-il aucune raison décisive de le supposer ; on ne sait simplement plus rien du procès, et l'on n'en aura plus aucune nouvelle. Heureusement, les cas de ce genre sont exceptionnels, et même si le procès de K. devait prendre cette tournure, il était pour l'instant encore très éloigné de ce stade. Il y avait donc encore de nombreuses occasions de travail pour l'avocat, et K. pouvait être certain qu'elles seraient exploitées. Comme il le lui avait dit, la requête n'avait pas encore été présentée, mais rien ne pressait ; beaucoup plus importantes étaient les discussions préliminaires avec les fonctionnaires compétents, et celles-ci avaient déjà eu lieu. Avec des succès divers, il fallait l'admettre en toute franchise. Il valait mieux pour l'instant ne pas livrer de détails qui ne pourraient avoir qu'une influence défavorable sur K., en l'incitant à des excès d'optimisme ou d'inquiétude ; il suffisait de dire que certains individus avaient tenu des propos très favorables et s'étaient montrés fort prévenants, tandis que d'autres avaient tenu des propos moins favorables, sans toutefois complètement refuser leur aide. Le résultat était donc très réjouissant dans l'ensemble, mais il ne fallait pas en tirer de conclusions précises ; car toutes les procédures d'instruction préliminaire commencent de la même façon, et seul leur développement ultérieur indique leur valeur réelle. Quoi qu'il en soit, rien n'était encore perdu, et si l'on réussissait malgré tout encore à gagner le directeur du greffe — plusieurs manœuvres d'approche avaient déjà été effectuées dans ce sens — alors, comme le disent les chirurgiens, toute la blessure serait nettoyée, et l'on pourrait attendre la suite avec confiance.

Dans ce genre de discours, l'avocat était intarissable. Ils se répétaient à chaque visite. Il y avait toujours progrès, mais jamais la nature de ces progrès ne pouvait être communiquée. Sans cesse on travaillait à la première requête, mais elle n'était pas terminée, ce qui, lors de la visite suivante, s'avérait le plus souvent une bénédiction, car, sans qu'on eût pu le prévoir, la période précédente aurait été particulièrement mal choisie pour présenter la requête. Si K., épuisé par ces discours, faisait remarquer parfois que même en tenant compte de toutes les difficultés, les choses avançaient avec une grande lenteur, on lui rétorquait que les choses n'avançaient pas avec lenteur, mais qu'on en serait sans doute beaucoup plus loin si K. s'était adressé à l'avocat en temps voulu. Il avait hélas ! omis de le faire, et cette omission entraînerait d'autres inconvénients encore, en dehors de la question des délais.

Leni était la seule interruption bienfaisante lors de ces visites ; elle faisait toujours en sorte d'apporter son thé à l'avocat en présence de K. Puis elle se tenait debout derrière K., feignant d'observer l'avocat qui, penché avec une espèce d'avidité au-dessus de la tasse, versait le thé et le buvait, et elle laissait K. lui prendre la main en cachette. Un silence total régnait. L'avocat buvait, K. pressait la main de Leni, et Leni s'aventurait parfois à caresser doucement les cheveux de K. « Tu es encore là ? demandait l'avocat après avoir terminé. — Je voulais remporter le plateau », disait Leni ; il y avait encore une dernière pression de main, l'avocat s'essuyait la bouche et recommençait à haranguer K. avec une vigueur nouvelle.

L'avocat cherchait-il à le réconforter, ou à lui ôter tout espoir ? K. l'ignorait, mais il tint bientôt pour acquis que sa défense n'était pas en de bonnes mains. Tout ce que l'avocat racontait pouvait être vrai, même s'il cherchait manifestement par tous les moyens à se mettre en avant, et n'avait sans doute jamais plaidé un procès de l'importance qu'il attribuait à celui de K. Ses relations personnelles avec les fonctionnaires, dont il se targuait en permanence, n'en restaient pas moins suspectes. Allait-il les exploiter dans le seul intérêt de K. ? L'avocat ne manquait jamais de souligner qu'il ne s'agissait que de petits fonctionnaires, qui étaient donc dans une situation très dépendante, dont la carrière pouvait sans doute bénéficier de certains retournements du procès. Utilisaient-ils l'avocat pour provoquer de tels retournements, bien sûr toujours défavorables à l'accusé ? Peut-être pas à chaque procès, c'était assurément peu probable : sans doute y avait-il des procès où ils procuraient certains avantages à l'avocat pour le récompenser de ses services, car ils devaient aussi tenir à préserver sa réputation. Mais si les choses se passaient bien ainsi, comment interviendraient-ils dans le procès de K., qui, comme l'avocat l'expliquait, était un procès d'une difficulté et donc d'une importance particulières, et qui avait, dès le début, suscité un grand intérêt au tribunal ? Il n'y avait guère de doutes sur ce qu'ils feraient. On pouvait déjà en trouver un indice dans le fait que la première requête n'avait toujours pas été présentée, quoique le procès durât depuis des mois déjà et qu'aux dires de l'avocat, tout en fût encore à ses débuts, ce qui était naturellement bien fait pour endormir l'accusé et le maintenir sans défense, pour ensuite lui assener par surprise le verdict, ou du moins l'annonce que l'instruction, conclue en sa défaveur, était transmise aux autorités supérieures.

Il était indispensable que K. intervienne en personne. Même dans les moments de grande fatigue comme en cette matinée d'hiver où sans qu'il veuille rien, tout lui tournait dans la tête, cette conviction s'imposait. Le mépris qu'il avait eu auparavant pour le procès n'était plus tenable. S'il avait été seul au monde, il lui eût été facile de dédaigner le procès, même s'il ne faisait pas le moindre doute qu'alors, le procès n'aurait pas été entamé. Mais à présent, son oncle l'avait déjà traîné chez l'avocat, et d'autres considérations familiales venaient s'y ajouter ; sa position n'était plus entièrement indépendante de l'évolution du procès ; il avait lui-même eu l'imprudence d'y faire allusion devant des connaissances, avec une espèce de plaisir inexplicable ; d'autres en avaient mystérieusement entendu parler ; ses relations avec Mlle Bürstner semblaient osciller au gré du procès — bref, il n'avait plus guère le choix d'accepter ou de refuser le procès : il était plongé dedans et devait se défendre. S'il était fatigué, tant pis pour lui.

Cependant, il n'y avait pas de raison de se faire trop de soucis pour l'instant. Il avait réussi en assez peu de temps à s'élever à la force du poignet au poste éminent qu'il occupait à la banque et à s'y maintenir en faisant partout reconnaître ses mérites ; il n'avait qu'à consacrer maintenant à ce procès un peu du talent qui lui avait permis cette ascension, et tout finirait bien, cela ne faisait aucun doute. Mais pour arriver à quelque chose, il fallait refuser d'emblée toute idée d'une éventuelle faute. Il n'y avait pas de faute. Le procès n'était qu'une grande affaire, comme il en avait déjà souvent conclu au profit de la banque, une affaire où, comme c'était la règle, divers dangers vous menaçaient, dangers qu'il s'agissait précisément d'écarter. Pour y arriver, il était absolument interdit de caresser la moindre idée de faute, il fallait au contraire s'attacher le plus possible à l'idée de son propre intérêt. Dans cette perspective, il était aussi indispensable de retirer au plus vite son mandat à l'avocat, dès ce soir, de préférence. Certes, à en croire ses récits, c'était là un geste sans précédent et sans doute une grave offense, mais K. ne pouvait tolérer que des obstacles dont son propre avocat était peut-être la cause, viennent contrecarrer ses efforts dans le cadre du procès. Cependant, une fois l'avocat éliminé, il faudrait aussitôt présenter la requête et si possible, insister quotidiennement pour qu'elle soit examinée. Dans ce but, il ne suffirait pas, bien sûr, que K. reste assis comme les autres dans le couloir et mette son chapeau sous la banquette. Il faudrait que lui-même, ou les femmes, ou d'autres messagers, prennent d'assaut jour après jour les fonctionnaires et les contraignent, au lieu de regarder dans le couloir à travers le treillage, à s'asseoir à leur bureau et à étudier les requêtes de K. Il ne faudrait jamais relâcher ces efforts, il faudrait tout organiser et tout surveiller ; pour une fois, le tribunal allait être confronté à un accusé qui savait défendre ses droits.

Mais quoique K. fût certain de pouvoir accomplir tout cela, la rédaction de la requête était d'une difficulté accablante. Quelques jours auparavant, il y a environ une semaine, il avait éprouvé de la honte à la seule idée de devoir éventuellement rédiger lui-même une telle requête ; que cela aussi pût être difficile, voilà à quoi il n'avait guère songé. Il se rappela comment, un matin où il était surchargé de travail, il avait soudain tout écarté et pris son bloc-notes pour esquisser les grandes lignes d'une requête de ce genre, et les mettre peut-être à la disposition de ce lourdaud d'avocat ; à ce moment précis, la porte de la direction s'était ouverte et le directeur-adjoint était entré en poussant un grand éclat de rire. Cela avait été un moment très pénible pour K., même si, bien sûr, le directeur-adjoint ne riait pas de la requête, dont il ne savait rien, mais d'une blague qu'on racontait à la bourse et qu'il venait d'entendre ; pour faire comprendre cette blague, il fallait un dessin que le directeur-adjoint, penché sur le bureau de K. et lui ayant ôté de la main son crayon à papier, avait exécuté sur le bloc-notes destiné à la requête.

Aujourd'hui, K. ne ressentait plus aucune honte ; il fallait rédiger la requête. S'il ne trouvait pas de temps à lui consacrer au bureau, ce qui était fort probable, il devrait la rédiger chez lui pendant la nuit. Si les nuits ne suffisaient pas, il devrait prendre un congé. Surtout ne pas s'arrêter à mi-chemin, car il n'y avait rien de plus stupide, dans les affaires comme en toute autre circonstance. Certes, la requête impliquait un travail presque interminable. On n'avait pas besoin d'être très angoissé de nature pour se convaincre aisément qu'elle était impossible à terminer. Non par paresse ou par fourberie, les seules raisons qui pouvaient empêcher l'avocat de terminer, mais parce qu'ignorant le chef d'accusation et ses prolongements éventuels, K. devait se remémorer toute sa vie, l'exposer et l'examiner sous tous les angles, jusqu'aux actions et aux événements les plus infimes. Et que ce travail était triste ! Il y avait peut-être là matière à s'occuper l'esprit, une fois retombé en enfance, après la retraite, et à meubler les longues journées. À présent, K. avait besoin de se concentrer sur son travail ; encore en pleine ascension et constituant déjà une menace pour le directeur-adjoint, il voyait passer les heures à toute allure ; comme un homme jeune, il voulait profiter de ses soirées et de ses nuits si courtes, et voilà qu'il lui fallait se mettre à rédiger cette requête. De nouveau il allait se répandre en lamentations. Presque malgré lui, dans le seul but d'y couper court, il effleura du doigt le bouton de la sonnerie électrique reliée à l'antichambre. En appuyant, il leva les yeux vers l'horloge. Il était onze heures ; il avait passé deux heures à rêvasser, un temps long et précieux et, bien sûr, il était encore moins frais qu'auparavant. Mais il n'avait pas perdu son temps ; il avait pris des décisions peut-être salutaires. Le clerc apporta, outre le courrier, les cartes de visite de deux messieurs qui attendaient K. depuis assez longtemps déjà. C'étaient d'importants clients de la banque, et à vrai dire, il eût fallu ne les faire attendre sous aucun prétexte. Pourquoi venaient-ils si mal à propos ? Et pourquoi, semblaient demander à leur tour les messieurs derrière la porte close, le très assidu K. consacrait-il à des problèmes privés les meilleurs moments pour traiter les affaires ? Fatigué de ce qui précédait et attendant avec fatigue ce qui allait suivre, K. se leva pour accueillir le premier visiteur.

C'était un petit monsieur jovial, un industriel que K. connaissait bien. Il exprima ses regrets d'avoir dérangé K. au milieu d'un travail important et K. exprima les siens pour avoir fait si longtemps attendre l'industriel. Mais même ces regrets, il les formula de façon machinale et d'une voix presque dénuée de sincérité, ce que l'industriel, s'il n'avait pas été entièrement absorbé par son affaire, n'aurait pu manquer d'observer. Au lieu de cela, il se dépêcha de sortir de toutes ses poches des factures et des tableaux qu'il étala devant K. ; il expliqua divers articles, corrigea une petite erreur de calcul qui lui avait sauté aux yeux à l'occasion de ce survol rapide, rappela à K. une affaire similaire qu'il avait conclue avec lui voici environ un an, mentionna en passant que, cette fois-ci, une autre banque était prête à consentir d'immenses sacrifices pour obtenir ce contrat, et enfin il se tut, pour écouter à son tour l'avis de K. Au début, K. avait effectivement bien suivi les propos de l'industriel, la pensée de cette affaire importante l'avait lui aussi captivé, mais hélas ! peu de temps ; ayant bientôt cessé d'écouter, il avait continué encore un petit moment à acquiescer aux exclamations les plus sonores de l'industriel, mais il avait fini par ne même plus y faire attention, en se contentant de regarder ce crâne chauve penché sur les papiers et en se demandant quand l'industriel se rendrait enfin compte que tout son discours était inutile. Lorsqu'il se tut, K. crut d'abord vraiment que c'était pour lui donner l'occasion d'admettre qu'il était incapable d'écouter. Et ce fut avec regret qu'il constata au regard tendu de l'industriel, visiblement prêt à toutes les objections, qu'il fallait poursuivre cette discussion d'affaires. Il inclina donc la tête comme pour obéir à un ordre et se mit à parcourir lentement les papiers, le crayon à la main, s'arrêtant de temps à autre pour regarder fixement un chiffre. L'industriel supposa qu'il allait faire des objections : peut-être les chiffres n'étaient-ils pas vraiment arrêtés, peut-être n'étaient-ils pas déterminants, en tout cas l'industriel recouvrit les papiers d'une main et, s'approchant tout près de K., se remit à décrire les grandes lignes de l'affaire. « C'est difficile », dit K. en faisant la moue, et comme les papiers, seule réalité tangible, étaient dissimulés, il s'affaissa sur l'accoudoir du fauteuil. Il fit seulement mine de lever les yeux lorsque la porte de la direction s'ouvrit et que, de manière assez vague, comme derrière un voile de gaze, le directeur-adjoint y apparut. K. ne réfléchit pas davantage à cette apparition, il en constata simplement l'effet immédiat, qui fut très satisfaisant pour lui. Car aussitôt l'industriel bondit de son fauteuil et se précipita vers le directeur-adjoint ; K. aurait voulu qu'il fût encore dix fois plus rapide, car il craignait que le directeur-adjoint ne disparaisse à nouveau. Crainte inutile : ces messieurs se rencontrèrent, se tendirent la main et s'approchèrent ensemble du bureau de K. L'industriel se plaignit d'avoir trouvé chez l'administrateur aussi peu d'intérêt pour l'affaire, et montra du doigt K. qui, sous le regard du directeur-adjoint, se pencha de nouveau sur les papiers. Lorsqu'ensuite, les deux hommes s'appuyèrent sur le bureau et que l'industriel entreprit de gagner le directeur-adjoint à sa cause, K. eut l'impression qu'au-dessus de sa tête, deux personnages, dont son imagination exagérait la taille, étaient en train de négocier à son propre sujet. Lentement, en levant les yeux avec prudence, cherchant à savoir ce qui se passait là-haut, il prit sans regarder une des feuilles sur le bureau, la posa à plat sur sa main, et tandis que lui-même il se levait, la fit monter peu à peu vers ces messieurs. Ce faisant, il ne songeait à rien de précis ; il agissait uniquement dans l'idée qu'il devrait se conduire ainsi lorsqu'il aurait terminé la grande requête qui achèverait de l'innocenter. Le directeur-adjoint consacrait toute son attention à l'entretien et ne jeta qu'un bref coup d'œil à la feuille ; il ne lut guère ce qui s'y trouvait écrit, car ce qui avait de l'importance pour l'administrateur n'en avait aucune à ses yeux ; il la prit de la main de K. en disant : « Merci, je suis déjà au courant », et la reposa calmement sur la table. K. le regarda de travers, plein d'amertume. Mais le directeur-adjoint ne s'en rendit pas compte ou bien, s'il s'en rendit compte, cela ne fit qu'ajouter à sa bonne humeur, il éclata de rire à plusieurs reprises ; par une repartie cinglante, il plongea l'industriel dans l'embarras, l'en sortit aussitôt en s'adressant à lui-même une objection, et finit par l'inviter à passer dans son bureau, où ils pourraient mener à terme la négociation. « C'est une affaire très importante, dit-il à l'industriel, je le comprends fort bien. Et monsieur l'Administrateur — même en prononçant ces mots, il ne s'adressait en fait qu'à l'industriel — appréciera certainement que nous l'en déchargions. Cette affaire exige qu'on y réfléchisse au calme. Or, il semble aujourd'hui avoir beaucoup de travail ; cela fait en outre déjà plusieurs heures que des gens l'attendent dans l'antichambre. » K. eut encore assez d'aplomb pour se détourner du directeur-adjoint et adresser au seul industriel un sourire amical, quoique figé ; autrement, il n'intervint guère ; se penchant un peu, il s'appuya des deux mains sur le bureau comme un commis derrière son comptoir, et suivit du regard les deux messieurs qui, tout en devisant, prirent les papiers sur la table et disparurent dans le bureau de la direction. Dans l'embrasure de la porte, l'industriel se retourna et dit qu'il ne prenait pas encore congé ; il informerait bien sûr monsieur l'administrateur de la suite des pourparlers, et il avait encore une autre petite chose à lui communiquer.

K. était enfin seul. Il ne songeait pas à faire entrer d'autres clients, étant juste vaguement conscient combien il était agréable que dehors, les gens fussent persuadés qu'il était encore en pourparlers avec l'industriel, et que pour cette raison personne, pas même le clerc, ne pût entrer dans son bureau. Il alla à la fenêtre, s'assit sur le rebord en s'accrochant d'une main à la poignée et regarda la place en bas. La neige tombait encore, le temps ne s'était toujours pas éclairci.

Il resta ainsi longtemps, sans savoir ce qui le préoccupait en fait ; de temps à autre seulement, avec une légère frayeur, il jetait un coup d'œil par-dessus son épaule vers la porte de l'antichambre, où il s'imaginait avoir entendu un bruit. Mais personne n'entrant, il reprit son calme, se dirigea vers la table de toilette, s'aspergea d'eau froide et, l'esprit plus libre, regagna sa place à la fenêtre. La décision de prendre en main sa propre défense lui semblait maintenant plus grave qu'il ne l'avait d'abord supposé. Tant qu'il avait fait reposer sa défense sur l'avocat, le procès l'avait peu affecté, au fond ; il l'avait observé de loin et était demeuré lui-même quasiment hors d'atteinte ; il avait pu, quand il le souhaitait, vérifier où en était son affaire, mais aussi se retirer quand il le souhaitait. Maintenant en revanche, s'il assurait sa propre défense, il devrait au moins temporairement se mettre à la merci du tribunal ; certes, cela aboutirait plus tard à sa libération entière et définitive, mais pour l'obtenir, il devrait dans l'intervalle courir des risques bien plus grands qu'auparavant. Au cas où il en aurait douté, la réunion d'aujourd'hui avec le directeur-adjoint et l'industriel aurait pu amplement le convaincre du contraire. Comme il était resté assis là, tout abasourdi par la simple décision de se

défendre lui-même ! Et comment les choses évolueraient-elles ?
Quelles journées l'attendaient ! Trouverait-il le chemin qui le mènerait malgré tous les obstacles à une fin heureuse ? Une défense
soignée — autrement, cela n'avait aucun sens —, une défense soignée n'impliquait-elle pas en même temps la nécessité de s'isoler,
dans la mesure du possible, de tout le reste ? Y parviendrait-il sans
encombres ? Et comment accomplirait-il cela à la banque ? En
outre, il ne s'agissait pas seulement de la requête, pour laquelle
un congé eût peut-être suffi, même s'il eût déjà été très audacieux
d'en demander un en ce moment ; il s'agissait de tout un procès,
dont la durée était imprévisible. Quel obstacle venait de surgir
dans la carrière de K. !

Et il devait maintenant travailler pour la banque ? — Il jeta
un regard vers son bureau. — Il devait maintenant faire
entrer les clients et traiter avec eux ? Tandis que son procès
poursuivait son cours, que là-haut dans le grenier les fonctionnaires du tribunal en examinaient les pièces, il devait
s'occuper des affaires de la banque ? Cela ne ressemblait-il
pas à un supplice qui, dûment approuvé par le tribunal, était
lié au procès et l'accompagnait ? Et à la banque, tiendrait-on
compte de sa situation particulière pour évaluer son travail ?
Personne n'y songerait, jamais. Son procès n'était pas entièrement ignoré, même s'il était encore difficile de dire qui était
au courant, et jusqu'à quel point. Mais on pouvait espérer
que la rumeur n'en soit pas parvenue jusqu'au directeur-
adjoint ; autrement, on aurait certainement déjà constaté que
sans aucune solidarité ni aucun sens de l'humanité, il s'en
fût servi contre K. Et le directeur ? Certes, il était bien disposé
envers K. et, sitôt qu'il entendrait parler du procès, il ferait
sans doute tout son possible pour lui faciliter la tâche ; mais
il ne prévaudrait sûrement pas, car vu que le contrepoids
représenté par K. jusque-là s'affaiblissait, il était de plus en
plus soumis à l'influence du directeur-adjoint, qui utilisait
aussi la mauvaise santé du directeur pour renforcer son propre pouvoir. Que pouvait donc espérer K. ? Peut-être affaiblis-
sait-il sa résistance par de telles considérations ; mais il ne

fallait pas non plus se faire d'illusions, et conserver autant de lucidité que les circonstances le permettaient.

Sans raison particulière, simplement pour ne pas être obligé de retourner aussitôt à sa table, il ouvrit la fenêtre. Elle était difficile à ouvrir, et il dut tourner la poignée à deux mains. Alors, s'engouffrant sur toute la largeur et la hauteur de la fenêtre, un mélange de brouillard et de fumée pénétra dans la pièce et l'emplit d'une légère odeur de brûlé. Le vent fit entrer aussi quelques flocons de neige. « Un vilain automne », dit derrière K. l'industriel, qui était entré discrètement dans le bureau après avoir quitté le directeur-adjoint. K. acquiesça et regarda avec appréhension la serviette de l'industriel, qui allait sans doute en extraire des papiers pour communiquer à K. le résultat de son entretien avec le directeur-adjoint. Mais l'industriel suivit le regard de K., tapota sur sa serviette et, sans l'ouvrir, lui dit : « Vous voulez savoir comment cela s'est passé. Plutôt bien. J'ai presque le contrat dans ma serviette. Un homme charmant, votre directeur-adjoint, mais redoutable ! » Il rit, serra la main de K. et chercha à le faire rire lui aussi. De son côté, K. jugea suspect que l'industriel ne veuille pas lui montrer les papiers et ne trouva pas matière à rire dans sa remarque. « Monsieur l'administrateur, fit l'industriel, on dirait que le temps ne vous vaut rien. Vous avez l'air très abattu aujourd'hui. — Oui, dit K. en portant la main à sa tempe. Maux de tête, soucis familiaux. — C'est cela, dit l'industriel, un homme pressé qui était incapable d'écouter autrui posément, chacun doit porter sa croix. » K. avait fait sans le vouloir un pas vers la porte, comme pour raccompagner l'industriel vers la sortie, mais celui-ci ajouta : « J'aurais encore une petite chose à vous dire, monsieur l'administrateur. Je crains fort que cela ne vous importune, aujourd'hui surtout, mais cela fait déjà deux fois que je viens vous voir ces derniers temps et chaque fois, j'ai oublié de vous en parler. Si je continue à remettre au lendemain, cela n'aura sans doute plus aucun intérêt. Or ce serait dommage, car peut-être, au fond, ce que j'ai à vous communiquer n'est-il pas sans valeur. » Avant que K. ait eu le temps de répondre, l'industriel s'approcha de lui et de son index replié, lui frappa doucement la poitrine en murmurant : « Vous avez un procès, pas vrai ? » K. recula et s'écria aussitôt : « C'est le directeur-adjoint qui vous l'a dit. — Mais non, fit l'industriel, d'où voulez-vous qu'il le sache ? — Et vous ? demanda K. en retrouvant son calme. — J'apprends de temps à autre ce qui se passe au tribunal, dit l'industriel. Cela concerne justement ce que je voulais vous communiquer. — Tant de gens sont en relation avec le tribunal ! » dit K. la tête baissée, en conduisant l'industriel à son bureau. Ils s'assirent de nouveau comme auparavant et l'industriel déclara : « Hélas ! je ne peux pas vous communiquer grand-chose. Mais dans ce genre d'affaires, il ne faut rien négliger. En outre, je ressens le besoin de vous aider d'une manière ou d'une autre, si modeste soit mon aide. Jusqu'ici nous étions bons amis en affaires, pas vrai ? Alors, voilà. » K. voulut s'excuser de sa conduite lors de l'entretien d'aujourd'hui, mais l'industriel ne se laissa pas interrompre ; il coinça sa serviette sous son épaule pour indiquer qu'il était pressé, et poursuivit : « J'ai entendu parler de votre procès par un certain Titorelli. Il est peintre ; Titorelli est seulement son nom d'artiste, j'ignore son nom véritable. Cela fait déjà plusieurs années qu'il m'apporte de temps en temps de petits tableaux dans mon bureau, pour lesquels je lui donne toujours une sorte d'aumône — car c'est presque un mendiant. Du reste, ce sont de jolis tableaux, des paysages de landes, entre autres. Ces achats — car nous en avons tous deux pris l'habitude — se succédaient sans encombre. Mais ces visites devinrent un peu trop fréquentes ; je lui fis des reproches, nous nous mîmes à parler ; je me demandais comment sa peinture suffisait à le faire vivre et j'appris, à ma grande surprise, que les portraits constituaient sa principale source de revenus. Il me raconta qu'il travaillait pour le tribunal. Pour quel tribunal ? demandai-je. Et il se mit à me parler du tribunal. Vous pourrez sans doute mieux que quiconque vous imaginer l'étonnement où me plongèrent ces récits. Depuis lors, à chaque visite, j'ai des nouvelles du tribunal, et ainsi, peu à peu, je comprends mieux ce qui s'y passe. Il faut dire que Titorelli est bavard et que je dois souvent l'interrompre, d'une part parce qu'il me raconte sûrement aussi des mensonges, mais surtout parce qu'un homme d'affaires comme moi, qui croule sous ses propres soucis professionnels, ne peut guère se préoccuper de choses extérieures. Mais continuons... Je viens juste de songer que Titorelli pourrait éventuellement vous être de quelque secours, il connaît beaucoup de juges et quand bien même il n'aurait guère d'influence personnellement, il peut du moins vous conseiller sur les moyens d'accéder à divers personnages influents. Et quand bien même ces conseils ne seraient pas en soi d'un intérêt décisif, j'estime qu'ils n'en seront pas moins d'une grande importance en votre possession. Car vous êtes presque un avocat. Je dis toujours : l'administrateur K., c'est presque un avocat. Oh, je ne me fais pas de soucis pour votre procès. Alors, voulez-vous aller voir Titorelli ? Sur ma recommandation, sans doute fera-t-il tout son possible. Je crois vraiment que vous devriez y aller. Pas forcément aujourd'hui, bien sûr : un de ces jours, à l'occasion. Cependant — je tiens à l'ajouter — vous n'êtes en rien obligé d'aller le voir parce que je viens de vous le conseiller. Au contraire, si vous croyez pouvoir vous passer de Titorelli, il vaut sûrement mieux le laisser de côté. Peut-être avez-vous déjà un plan précis, et Titorelli serait susceptible de le bouleverser. Alors dans ce cas, bien sûr, n'allez surtout pas le voir. De plus, il doit en coûter beaucoup de se faire conseiller par un gaillard de cet acabit. Enfin, c'est comme vous voudrez. Voici un mot de recommandation et voilà l'adresse. »

Déçu, K. prit la lettre et la fourra dans sa poche. Même dans le meilleur des cas, l'avantage que pouvait lui apporter cette recommandation était sans commune mesure avec le dommage subi du seul fait que l'industriel fût au courant de son procès et que le peintre en répandît la nouvelle. Il dut vraiment se forcer pour adresser deux ou trois mots de remerciements à l'industriel, qui se dirigeait déjà vers la porte. « J'irai le voir, dit-il en prenant congé devant le seuil ; ou plutôt, étant à présent très occupé, je lui écrirai de bien vouloir me rendre visite au bureau. — Je savais bien, dit l'industriel, que vous trouveriez la meilleure solution. Toutefois je pensais que vous préféreriez éviter de faire venir à la banque des gens comme ce Titorelli et de parler ici du procès avec lui. Il n'est pas non plus toujours bénéfique d'expédier des lettres adressées de votre main à de tels individus. Mais vous avez sans doute réfléchi à tout cela, et vous savez ce que vous pouvez faire. » K. acquiesça et accompagna l'industriel jusque dans l'antichambre. Mais malgré son calme apparent, il était très inquiet sur son sort. S'il avait dit qu'il écrirait à Titorelli, c'était en fait simplement pour montrer à l'industriel qu'il appréciait sa recommandation à sa juste valeur et qu'il réfléchissait au moyen de rencontrer Titorelli sans tarder ; mais s'il avait jugé précieuse l'assistance de Titorelli, il n'aurait pas non plus hésité à lui écrire vraiment. Or, seule la remarque de l'industriel lui avait fait réaliser les dangers que cela pouvait entraîner. Pouvait-il désormais si peu se fier à sa propre intelligence ? S'il était capable d'inviter noir sur blanc un individu douteux à venir à la banque et, alors que seule une porte le séparait du directeur-adjoint, de lui demander conseil sur son procès, n'était-il pas possible, et même fort probable qu'il ne perçoive pas d'autres dangers, ou qu'il s'y précipite tout droit ? Il n'y aurait pas toujours quelqu'un à ses côtés pour le prévenir. Et c'était justement maintenant, où il devait mobiliser toutes ses forces pour agir, que surgissaient de pareils doutes sur sa propre lucidité, inconnus de lui jusque là ! Les difficultés qu'il éprouvait à exécuter son travail au bureau allaient-elles aussi commencer à affecter son procès ? À vrai dire, il ne comprenait plus du tout comment il avait pu vouloir écrire à Titorelli pour le faire venir à la banque.

Il secouait encore la tête en y songeant, lorsque le clerc vint lui signaler que trois messieurs étaient assis sur une banquette dans l'antichambre. Voilà longtemps déjà qu'ils attendaient d'être introduits auprès de K. En le voyant discuter avec le clerc, ils s'étaient levés et chacun cherchait une occasion favorable pour devancer les autres auprès de K. Puisque la banque manquait d'égards au point de leur faire perdre leur temps dans l'antichambre, ils allaient eux aussi se montrer sans égards. « Monsieur l'administrateur », disait déjà l'un d'entre eux. Mais K. avait envoyé le clerc lui chercher son manteau d'hiver et, tout en l'enfilant avec son aide, dit aux trois visiteurs : « Veuillez m'excuser, messieurs, je n'ai hélas ! pas le temps de vous recevoir pour l'instant. Je vous présente toutes mes excuses, mais j'ai une affaire pressante à expédier, et je dois m'en aller tout de suite. Vous avez vu vous-mêmes combien de temps je viens d'être retenu. Auriez-vous l'amabilité de revenir demain, ou à un autre moment ? Ou bien pourrions-nous éventuellement parler de vos affaires au téléphone ? À moins que vous ne souhaitiez me dire maintenant en deux mots ce dont il s'agit, et je vous adresserai ensuite une réponse écrite détaillée. Le mieux serait toutefois que vous reveniez prochainement. » Les propositions de K. suscitèrent un tel étonnement chez ces messieurs, censés maintenant avoir attendu en pure perte, qu'ils se regardèrent bouche bée. « Nous sommes donc d'accord ? » demanda K., après s'être tourné vers le clerc qui lui apportait aussi son chapeau. À travers la porte ouverte du bureau de K., on voyait la neige dehors, qui tombait maintenant à gros flocons. Aussi K. releva-t-il le col de son manteau et le boutonna jusqu'en haut.

À cet instant, le directeur-adjoint sortit de la pièce voisine, regarda en souriant K., vêtu de son manteau, qui parlait avec ces messieurs, et demanda : « Vous sortez, monsieur l'Administrateur ? — Oui, dit K. en se redressant, j'ai une affaire à expédier. » Mais le directeur-adjoint s'était déjà tourné vers les messieurs. « Et ces messieurs ? demanda-t-il. Je crois qu'ils attendent depuis longtemps déjà. — Nous venons de nous mettre d'accord », fit K. Mais il n'y avait plus moyen de retenir les messieurs à présent ; ils entourèrent K. et déclarèrent qu'ils n'auraient pas attendu des heures si leurs affaires n'avaient pas été importantes et n'avaient dû être discutées maintenant, et qui plus est, dans le détail, en privé. Le directeur-adjoint les écouta un petit moment, tout en observant K., qui tenait son chapeau à la main, et l'époussetait par endroits ; « Messieurs, leur dit-il enfin, il y a une solution fort simple. Si vous vous contentez de moi, je me chargerai volontiers des pourparlers à la place de monsieur l'Administrateur. Il faut bien sûr que vos affaires soient discutées tout de suite. Comme vous, nous sommes des professionnels, et nous savons combien le temps des hommes d'affaires est précieux. Si vous voulez bien entrer... » Et il ouvrit la porte qui donnait sur l'antichambre de son bureau.

Comme le directeur-adjoint s'entendait bien à s'approprier tout ce que K. devait lâcher par nécessité ! Mais K. n'en lâchait-il pas plus qu'il n'était vraiment indispensable ? Tandis qu'un espoir vague et fort mince, il devait l'admettre, le faisait courir chez un peintre inconnu, sa réputation subissait ici un dommage irréparable. Il eût sans doute mieux fait d'ôter son manteau et de reconquérir les faveurs des deux messieurs, qui pour l'instant attendaient sans doute encore, à côté. Et K. l'eût peut-être tenté, s'il n'avait aperçu dans son bureau le directeur-adjoint en train de chercher quelque chose sur ses étagères, comme si elles lui appartenaient. En voyant K. s'approcher de la porte, en proie à une vive agitation, il s'écria : « Ah, vous n'êtes pas encore parti ! » Il tourna vers lui son visage sillonné de rides qui semblaient indiquer non son âge, mais sa force, et recommença aussitôt à chercher. « Je cherche le double d'un contrat, dit-il, le représentant de la compagnie affirme qu'il est chez vous. Vous ne voulez pas m'aider ? » K. fit un pas, mais le directeur-adjoint dit : « Merci, je viens de le trouver » ; puis il rentra dans son bureau avec une grosse chemise de documents, qui contenait non seulement la copie du contrat, mais certainement bien d'autres papiers.

« Je ne suis pas capable de lui tenir tête en ce moment, se dit K., mais dès que j'aurai surmonté mes difficultés personnelles, il sera le premier à en sentir les effets, et il lui en cuira. » Un peu calmé par cette idée, K. chargea le clerc, qui depuis un certain temps lui tenait la porte du couloir ouverte, d'annoncer au directeur, quand l'occasion s'y prêterait, qu'il était sorti pour affaires, et il quitta la banque, presque heureux de pouvoir pendant un moment se consacrer plus entièrement à son procès.

Il se rendit aussitôt en voiture chez le peintre, qui habitait dans un faubourg situé exactement à l'opposé de celui du greffe. Ce quartier était encore plus pauvre, les immeubles encore plus sombres, et les rues pleines d'une crasse qui dégoulinait lentement sur la neige fondue. Dans l'immeuble où le peintre habitait, seul un battant de la grande porte était ouvert, mais on avait percé un trou dans l'autre battant, contre le mur ; au moment précis où K. s'approchait, il en jaillit un immonde liquide jaune tout fumant, devant lequel un rat prit la fuite dans l'égout tout proche. En bas de l'escalier, un petit enfant était vautré à plat ventre par terre en train de pleurer, mais on l'entendait à peine, à cause du vacarme assourdissant qui provenait d'un atelier de ferblantier, de l'autre côté du porche. La porte de l'atelier était ouverte ; trois apprentis se tenaient en demi-cercle autour d'une pièce qu'ils martelaient. Une grande plaque de fer blanc accrochée au mur jetait une lumière blafarde qui passait entre deux apprentis, éclairant leurs visages et leurs tabliers. K. ne jeta qu'un bref coup d'œil, voulant en finir aussi vite que possible, juste poser quelques questions au peintre en deux ou trois mots, et retourner aussitôt à la banque. S'il rencontrait ici ne fût-ce que le moindre succès, cela aurait sûrement un effet bénéfique sur son travail d'aujourd'hui à la banque. Au troisième étage, il dut modérer son allure, car il était à bout de souffle ; les marches, comme les étages, étaient excessivement hautes et le peintre était censé habiter sous les combles, dans une mansarde. L'air aussi était des plus étouffants : l'étroit escalier ne donnait pas sur la cour, il était entouré de murs percés seulement ici et là de petites fenêtres tout en hauteur. Au moment où K. faisait halte, quelques petites filles sortirent en courant d'un appartement, passèrent devant lui, et montèrent l'escalier à toute vitesse en riant. K. les suivit lentement, rattrapa une des petites filles qui, ayant trébuché, était restée en arrière, et lui demanda tandis qu'ils montaient ensemble : « Est-ce qu'un peintre nommé Titorelli habite ici ? » La fillette, une enfant un peu bossue de treize ans à peine, lui répondit par un coup de coude en lui lançant une œillade. Ni sa jeunesse ni sa difformité n'avaient pu empêcher qu'elle soit déjà toute dévergondée. Sans même sourire, elle regarda K. gravement, l'œil vif et aguicheur. K. fit semblant de ne pas remarquer son attitude et demanda : « Connais-tu le peintre Titorelli ? » Elle acquiesça et demanda à son tour : « Que lui voulez-vous ? » K. trouva utile de réunir encore un ou deux renseignements rapides sur Titorelli : « Je veux qu'il fasse mon portrait, dit-il. — Votre portrait ? » demanda-t-elle, et elle ouvrit exagérément la bouche, puis donna à K. une légère tape sur la main, comme s'il avait tenu des propos particulièrement surprenants ou déplacés, elle releva des deux mains sa petite jupe déjà fort courte, et courut aussi vite qu'elle put rattraper les autres fillettes, dont les cris indistincts se perdaient déjà dans les hauteurs. Mais au prochain tournant de l'escalier, K. les retrouva toutes ensemble. La bossue les avait manifestement informées sur les intentions de K. et elles l'attendaient. Elles se tenaient debout de part et d'autre de l'escalier, appuyées contre le mur afin que K. puisse passer entre elles à son aise, et lissaient leurs tabliers avec leurs mains. Tous ces visages et ces petites filles rangées des deux côtés, offraient un mélange d'innocence et de dépravation. La bossue prit la tête des fillettes qui se regroupèrent en riant derrière K., et ouvrit la marche. C'est grâce à elle que K. trouva aussitôt le chemin. En effet, il allait continuer à monter tout droit, mais elle lui indiqua un escalier sur le côté, qu'il fallait suivre pour arriver chez Titorelli. Cet escalier qui menait chez lui était des plus étroits, très long, sans tournant ; visible en un seul coup d'œil sur toute sa longueur, il s'interrompait en haut juste devant la porte de Titorelli. Cette porte assez bien éclairée, contrairement au reste de l'escalier, par une petite lucarne située de biais juste au-dessus, était en planches de bois brut sur lesquelles le nom Titorelli était badigeonné en rouge. K., suivi de son cortège, était à peine au milieu de l'escalier lorsque la porte s'entrouvrit tout en haut, manifestement à cause de tous ces bruits de pas, et un homme, sans doute vêtu de sa seule chemise de nuit, apparut dans l'embrasure. « Oh ! » s'écria-t-il en voyant arriver cette foule, et il disparut. La bossue applaudit de joie, et les autres petites filles se pressèrent derrière K. pour le faire avancer plus vite.

Mais ils n'étaient pas encore parvenus en haut que le peintre ouvrit grand la porte, et, avec une profonde révérence, invita K. à entrer. En revanche, il repoussa les petites filles et il n'en laissa entrer aucune, malgré leurs prières et leurs tentatives pour pénétrer avec ou sans sa permission. Seule la bossue parvint à se glisser sous son bras tendu, mais le peintre se lança à sa poursuite, la saisit par les jupes, la fit valser une fois autour de lui, puis la reposa devant la porte avec les autres petites filles, qui n'avaient pas osé franchir le seuil pendant que le peintre avait quitté son poste. K. ne savait que penser, car tout avait l'air de se passer en bonne intelligence. Les fillettes, près de la porte, tendaient le cou l'une derrière l'autre, criaient au peintre diverses plaisanteries que K. ne comprenait pas, et le peintre riait lui aussi, tout en faisant presque tournoyer la bossue dans sa main. Puis il ferma la porte, s'inclina une nouvelle fois devant K., lui tendit la main, et se présenta : « Titorelli, artiste-peintre. » K. montra du doigt la porte derrière laquelle les petites filles murmuraient, et dit : « Vous semblez être très aimé dans la maison. — Ah les friponnes ! » fit le peintre, cherchant en vain à boutonner le col de sa chemise de nuit. Pour le reste, il était pieds nus, ayant pour seul autre vêtement un ample pantalon de lin jaune pâle, serré par une ceinture dont le bout pendait de chaque côté. « Ces friponnes sont vraiment pénibles », continua-t-il, et, renonçant à ajuster sa chemise de nuit, dont le dernier bouton venait de lâcher, il alla chercher un siège et invita K. à s'asseoir. « J'ai peint l'une d'entre elles un jour — elle n'est même pas là aujourd'hui — et depuis, elles me persécutent toutes. Quand je suis là, elles n'entrent qu'avec ma permission, mais dès que je suis sorti, il y en a toujours au moins une qui s'y glisse. Elles se sont fait faire un double de ma clé, qu'elles se prêtent tour à tour. On ne peut imaginer combien c'est pénible. Par exemple, je rentre chez moi avec une dame dont je dois faire le portrait, j'ouvre la porte avec ma clé et je trouve, disons, la bossue là-bas, près de la petite table, en train de se colorer les lèvres en rouge avec mon pinceau, tandis que ses petits frères et sœurs, qu'elle est censée surveiller, se promènent çà et là et font des saletés dans tous les coins de la pièce. Ou bien je rentre tard le soir chez moi, comme cela m'est arrivé hier — c'est pourquoi je vous prie de bien vouloir excuser mon état et le désordre de la pièce — donc, je rentre tard le soir et m'apprête à grimper dans mon lit ; à ce moment-là quelque chose me pince la jambe, je regarde sous le lit, et j'en extirpe une autre de ces créatures. Pourquoi elles se pressent toutes ainsi autour de moi, je n'en sais rien, mais vous avez pu remarquer à l'instant que je ne cherche pas à les attirer. Bien sûr, cela me dérange aussi dans mon travail. Si cet atelier n'était pas mis gratuitement à ma disposition, j'aurais déménagé depuis longtemps. » À cet instant, une petite voix, tendre et craintive à la fois, cria derrière la porte : « Titorelli, est-ce que nous pouvons entrer maintenant ? — Non, répondit le peintre. — Pas même moi toute seule ? demanda-t-elle à nouveau. — Pas même toi », dit le peintre ; il alla vers la porte et la verrouilla.

Entre-temps, K. avait parcouru la pièce du regard ; il ne lui serait jamais venu à l'esprit qu'on pût appeler cette misérable petite pièce un atelier. On pouvait à peine y effectuer plus de deux enjambées en longueur et en travers. Tout était en bois : plancher, murs, plafond, et entre les lattes, on apercevait de petites fentes. En face de K., il y avait contre le mur un lit encombré de draps et de couvertures de diverses couleurs. Au milieu de la pièce, sur un chevalet, un tableau était dissimulé sous une chemise dont les manches pendillaient jusqu'au sol. Derrière K. se trouvait la fenêtre, mais le brouillard empêchait de voir au-delà du toit enneigé de l'immeuble voisin.

En entendant la clé tourner dans la serrure, K. se souvint qu'il ne voulait pas s'attarder. Il sortit donc de sa poche la lettre de l'industriel et la tendit au peintre en disant : « Ce monsieur, une de vos connaissances, m'a parlé de vous, et je suis venu sur son conseil. » Le peintre parcourut rapidement la lettre et la jeta sur le lit. Si l'industriel n'avait pas évoqué très précisément Titorelli comme une de ses connaissances, comme un pauvre qui vivait de ses aumônes, on aurait vraiment pu croire que Titorelli ne le connaissait pas, ou du moins n'arrivait pas à se souvenir de lui. Pour comble, le peintre demanda maintenant : « Souhaitez-vous acheter des tableaux ou que je fasse votre propre portrait ? » K. le regarda d'un air interdit. Quel était au juste le contenu de cette lettre ?

K. avait considéré comme une évidence que l'industriel, dans sa lettre, informait le peintre que K. voulait seulement l'interroger sur son procès. Il avait péché par précipitation et par manque de réflexion en accourant ici ! Mais il fallait maintenant répondre au peintre d'une manière ou d'une autre, et ayant jeté un coup d'œil au chevalet, il lui dit : « Vous êtes en train de travailler sur un tableau ? — Oui, fit le peintre en lançant sur le lit, à côté de la lettre, la chemise posée sur le chevalet. C'est un portrait. Le travail est bon, mais il n'est pas tout à fait terminé. » Le hasard était favorable à K. : la possibilité de parler du tribunal s'offrait littéralement à lui, car de toute évidence c'était le portrait d'un juge. Il entretenait d'ailleurs une ressemblance frappante avec le tableau accroché dans le bureau de l'avocat. Certes, il s'agissait ici d'un tout autre juge ; c'était un gros homme à l'épaisse barbe noire qui, de chaque côté, remontait le long de ses joues ; de plus, chez l'avocat, c'était un tableau à l'huile, alors qu'on avait ici un pastel esquissé à petites touches à peine visibles. Mais tout le reste était semblable, car ici aussi le magistrat s'appuyant aux accoudoirs était sur le point de se lever de son grand fauteuil, l'air menaçant. « Mais c'est un juge », faillit dire K. aussitôt ; il se retint néanmoins et s'approcha du tableau comme pour l'étudier en détail. Il ne pouvait s'expliquer un grand personnage qui se dressait au milieu, au-dessus du dossier du grand fauteuil, et il demanda au peintre qui c'était. « Il faut encore que j'y travaille un peu », répondit le peintre ; il prit sur une petite table un pastel et en effleura les contours du personnage, sans pour autant le rendre plus explicite aux yeux de K. « C'est la justice, dit-il enfin. — À présent, je la reconnais, fit K. Voici le bandeau sur les yeux, et voici la balance. Mais n'a-t-elle pas des ailes aux talons, et n'est-elle pas en train de s'élancer ? — Oui, dit le peintre, j'ai dû la peindre ainsi sur commande, c'est à la fois la justice et la déesse de la victoire. — Mauvaise combinaison, fit K. en souriant, la justice doit rester immobile, autrement la balance se met à vaciller, et il n'y a plus de jugement équitable possible. — Je me plie aux exigences de mon commanditaire, dit le peintre. — Mais bien sûr, fit K. qui n'avait voulu offenser personne par sa remarque. Vous avez peint ce personnage tel qu'il se tient vraiment au-dessus du grand fauteuil. — Non, dit le peintre, je n'ai vu ni le personnage ni le grand fauteuil, tout cela n'est qu'invention, mais on m'a indiqué ce que je devais peindre. — Comment cela ? demanda K., en faisant mine, à dessein, de ne pas le comprendre tout à fait ; c'est pourtant un juge qui siège sur son fauteuil. — Oui, dit le peintre, mais ce n'est pas un magistrat très haut placé, et il n'a jamais siégé sur ce grand fauteuil. — Et il se fait pourtant représenter dans une attitude aussi solennelle ? Car il siège là comme un président de tribunal. — Eh oui, ces messieurs sont vaniteux, fit le peintre. Mais on les autorise en haut lieu à se faire peindre ainsi. Chacun se voit exactement indiquer comment il a le droit de se faire peindre. Hélas, on ne peut juger, d'après ce tableau, des détails du costume et du fauteuil, les teintes pastel se prêtent mal à ce genre de sujet. — Oui, fit K., il est singulier que ce soit un pastel. — Le juge l'a voulu ainsi, dit le peintre, c'est pour une dame. » La vue du tableau semblait lui avoir donné envie de travailler : il retroussa ses manches, prit quelques pastels, et K. observa comment, sous la pointe tremblante des crayons, une ombre rougeâtre se formait autour de la tête du juge et irradiait vers les bords du tableau. Peu à peu, ce jeu d'ombres entoura la tête comme une parure ou comme le signe d'une haute distinction. Mais à part une imperceptible coloration, tout restait clair autour du personnage de la justice, et dans cette clarté il semblait ressortir avec une force particulière : il ne rappelait presque plus la déesse de la justice, ni celle de la victoire ; c'était plutôt une parfaite image de la déesse de la chasse, maintenant. Le travail du peintre fascinait K. plus qu'il ne le voulait ; mais il finit tout de même par se reprocher d'être resté si longtemps sans avoir au fond rien entrepris pour sa propre cause. « Comment s'appelle ce juge ? demanda-t-il soudain. — Je n'ai pas le droit de le dire », répondit le peintre, qui était penché sur son tableau et négligeait visiblement son hôte, après l'avoir d'abord reçu avec tant de prévenance. K. y vit un caprice et s'en irrita, car cela lui faisait perdre du temps. « Vous êtes un homme de confiance pour le tribunal, n'est-ce pas ? » demanda-t-il. Aussitôt le peintre posa ses crayons, se redressa, se frotta les mains et regarda K. en souriant. « Allons, dites-moi plutôt la vérité, fit-il, vous voulez des renseignements sur le tribunal, comme l'indique d'ailleurs votre lettre de recommandation, et vous avez commencé par me parler de mes tableaux pour m'amadouer. Mais je ne vous en veux pas, vous ne pouviez pas savoir que ce n'est pas la bonne façon de s'y prendre avec moi. Oh, je vous en prie ! » fit-il d'un ton incisif, en refusant d'entendre les objections que K. allait lui faire. Puis il continua : « Au reste, votre remarque est parfaitement juste, je suis un homme de confiance pour le tribunal. » Il s'interrompit, comme pour laisser à K. le temps d'assimiler cette réalité. On entendait à nouveau les petites filles derrière la porte. Elles se pressaient sans doute autour de la serrure ; peut-être pouvait-on aussi voir par les fentes à l'intérieur de la pièce. K. renonça à s'excuser d'une manière ou d'une autre, car il ne voulait pas distraire le peintre ; mais il ne voulait pas non plus qu'il devienne trop arrogant et se rende ainsi en quelque sorte inaccessible ; aussi lui demanda-t-il : « Est-ce un poste officiellement reconnu ? — Non », fit le peintre sèchement, comme si on l'empêchait de poursuivre. Mais K. ne voulait pas qu'il se taise, et dit : « En fait, ce genre de postes non officiels ont souvent plus d'influence que ceux qui le sont. — C'est précisément mon cas, acquiesça le peintre en fronçant les sourcils. J'ai parlé de votre cas hier avec l'industriel, il m'a demandé si je voulais bien vous aider, et j'ai répondu : "Qu'il vienne donc me voir un de ces jours" ; et je me réjouis maintenant de vous voir si vite accouru. Cette histoire semble vous tenir très à cœur, ce qui bien sûr ne m'étonne guère. Mais ne souhaitez-vous pas d'abord ôter votre veste ? » Malgré son intention de rester très peu de temps, K. accueillit bien volontiers cette invitation du peintre. Il trouvait que l'atmosphère de la pièce était peu à peu devenue étouffante et avait plusieurs fois considéré avec étonnement un petit poêle en fer, éteint sans aucun doute, qui était dans un coin : la chaleur de la pièce était inexplicable. Tandis qu'il ôtait son manteau et déboutonnait aussi sa veste, le peintre s'excusa : « J'ai besoin de chaleur. C'est très confortable ici, pas vrai ? De ce point de vue, la pièce est très bien située. » K. ne répondit rien ; en fait ce n'était pas la chaleur qui le mettait mal à son aise, c'était plutôt cette atmosphère confinée qui empêchait presque de respirer ; cela faisait sans doute longtemps que la pièce n'avait pas été aérée. Le peintre ajouta encore à ce désagrément en l'invitant à s'asseoir sur le lit, tandis que lui-même s'asseyait sur le seul siège de la pièce, devant le chevalet. De plus, le peintre ne semblait pas comprendre pourquoi K. restait sur le bord du lit ; il le pria au contraire de s'installer confortablement et, voyant son hésitation, il vint lui-même le pousser au milieu des draps et des oreillers. Puis il retourna à son siège et posa enfin la première question concrète qui fit oublier à K. tout le reste. « Êtes-vous innocent ? demanda-t-il. — Oui », dit K. Il éprouva un véritable plaisir à répondre à cette question, d'autant qu'il s'adressait à un particulier, et n'engageait donc pas sa responsabilité. Personne ne l'avait encore interrogé avec autant de franchise. Pour savourer ce plaisir, il ajouta encore : « Je suis entièrement innocent. — Bon », fit le peintre, et il pencha la tête, avec l'air de réfléchir. Soudain, il releva la tête et dit : « Si vous êtes innocent, alors l'affaire est très simple. » Le regard de K. s'assombrit ; ce prétendu homme de confiance du tribunal parlait comme un enfant ignorant. « Mon innocence ne simplifie rien », dit K. Il ne put s'empêcher de sourire et secoua lentement la tête. « Tout dépend des innombrables subtilités où le tribunal se perd. Car là où il n'y avait rien à l'origine, il finit par faire apparaître une faute énorme. — Oui oui, bien sûr, dit le peintre, comme si K. eût inutilement troublé le cours de ses pensées. Mais vous êtes quand même innocent ? — Oh oui, dit K. — C'est l'essentiel », dit le peintre. Aucune objection ne pouvait l'influencer ; cependant malgré son assurance, il était difficile de savoir s'il tenait ces propos par conviction ou par indifférence. Voulant d'abord s'en assurer, K. lui demanda : « Vous connaissez sûrement le tribunal bien mieux que moi ; je n'en sais guère plus que ce que j'en ai entendu dire, mais par toutes sortes de gens. Cependant tous semblaient d'accord sur un point : aucune accusation n'est lancée à la légère ; et lorsqu'il émet une accusation, le tribunal est fermement convaincu de la faute de l'accusé et se laisse très difficilement persuader du contraire. — Difficilement ? demanda le peintre en lançant une main en l'air. Jamais on ne peut l'en persuader. Si je peignais tous les juges, les uns à côté des autres, ici sur une toile et si vous plaidiez votre cause devant cette toile, vous auriez plus de chances de réussir que devant le véritable tribunal. — Oui », dit K. à part soi en oubliant qu'il voulait juste sonder le peintre.

Derrière la porte, une fillette recommença à demander : « Titorelli, il ne s'en va pas bientôt ? — Taisez-vous, s'écria le peintre en direction de la porte, vous ne voyez donc pas que je suis en conversation avec monsieur ? » Mais sans se contenter de cette réponse, la petite fille demanda : « Tu vas faire son portrait ? » Et, le peintre ne répondant pas, elle ajouta : « Je t'en prie, ne fais pas son portrait, il est si laid. » Des cris d'approbation parfaitement incompréhensibles s'ensuivirent. Le peintre bondit vers la porte, l'entrouvrit à peine — on apercevait juste les mains jointes des petites filles tendues pour le supplier — et dit : « Si vous ne vous taisez pas, je vous jetterai toutes en bas de l'escalier. Asseyez-vous là, sur les marches et tenez-vous tranquilles. » Sans doute n'obéirent-elles pas aussitôt, car il dut ordonner : « Assises sur les marches ! » Alors seulement, le silence se fit.

« Veuillez m'excuser », dit le peintre en revenant vers K. Celui-ci s'était à peine tourné vers la porte, laissant au peintre le soin de décider s'il le protégerait, et comment. Il ne fit pas un geste non plus lorsque le peintre s'inclina vers lui et lui murmura au coin de l'oreille, pour ne pas être entendu dehors : « Ces fillettes aussi appartiennent au tribunal. — Comment ? » demanda K. en écartant la tête pour regarder le peintre. Mais celui-ci se rassit sur son siège et dit, moitié pour plaisanter, moitié en guise d'explication : « Tout appartient au tribunal. — Je ne l'avais pas encore remarqué », fit K. sèchement ; cette remarque générale du peintre enlevait à l'allusion aux fillettes tout son côté inquiétant. K. regarda tout de même un petit instant vers la porte, derrière laquelle les fillettes étaient maintenant assises en silence. Une, seulement, avait fait passer un brin de paille à travers une fente entre deux poutres, et le faisait aller et venir lentement.

« Vous n'avez pas encore l'air d'avoir une vision d'ensemble du tribunal, dit le peintre, les jambes écartées et faisant claquer la pointe de ses pieds sur le plancher. Mais puisque vous êtes innocent, vous n'en aurez pas non plus besoin. À moi tout seul, je vous tirerai d'affaire. — Et comment ferez-vous ? demanda K. Vous venez de dire vous-même que le tribunal est complètement fermé aux arguments les plus probants. — Fermé aux seuls arguments qui sont présentés au tribunal, dit le peintre en levant l'index, comme si K. n'avait pas remarqué une subtile distinction. Car il en va autrement des tentatives effectuées dans les coulisses du tribunal, c'est-à-dire dans les salles de délibération, dans les couloirs, ou par exemple ici, dans l'atelier. » Ce que le peintre disait maintenant lui semblait moins invraisemblable, cela concordait au contraire fort bien avec ce que K. avait entendu dire ailleurs. C'était même très encourageant. Si grâce aux relations personnelles, les juges étaient vraiment aussi faciles à manipuler que l'avocat l'avait prétendu, alors celles du peintre avec les magistrats vaniteux étaient d'une importance décisive, et il ne fallait surtout pas les sous-estimer. Du coup, le peintre devenait une excellente recrue dans le groupe de gens dont K. s'entourait peu à peu pour être soutenu. On avait jadis, à la banque, loué ses talents d'organisateur ; maintenant où il ne pouvait compter que sur lui-même, c'était une bonne occasion de les mettre vraiment à l'épreuve. Le peintre observa l'effet produit sur K. par son explication, puis il ajouta d'un ton un peu inquiet : « N'êtes-vous pas frappé de m'entendre parler presque comme un juriste ? C'est la constante fréquentation de ces messieurs du tribunal qui a cette influence sur moi. J'y gagne bien sûr beaucoup, mais mon élan artistique se perd en grande partie. — Comment êtes-vous donc entré en contact avec les magistrats pour la première fois ? demanda K., voulant d'abord gagner la confiance du peintre avant de le prendre vraiment à son service. Ce fut très simple, dit le peintre, j'ai hérité de ce contact. Mon père était déjà peintre auprès du tribunal. C'est une charge héréditaire. On ne peut pas la confier à des nouveaux venus. Car il y a une telle multitude de règles établies, et surtout secrètes, pour représenter les divers degrés de la hiérarchie, qu'elles sont inconnues en dehors de certaines familles. Là, dans le tiroir, par exemple, j'ai les cahiers de mon père, que je ne montre à personne. Mais seul celui qui les connaît est capable de peindre les juges. Et même si je les perdais, j'aurais en tête assez de règles pour que personne ne puisse me disputer mon poste. Chaque juge veut se faire peindre comme les hauts magistrats de jadis, et moi seul en suis capable. — Voilà une situation enviable, dit K., songeant à son poste à la banque, votre position est donc inébranlable ? — En effet, inébranlable, fit le peintre en bombant le torse. C'est aussi pourquoi je puis, de temps à autre, m'aventurer à aider un pauvre malheureux qui a un procès sur les bras. — Et comment vous y prenez-vous ? » demanda K. comme si ce n'était pas lui que le peintre venait de traiter de pauvre malheureux. Mais sans se laisser distraire, le peintre ajouta : « Dans votre cas par exemple, voici ce que j'entreprendrai, puisque vous êtes entièrement innocent. » Ces allusions répétées à son innocence commençaient à agacer K. Il avait parfois l'impression que, par de telles remarques, le peintre posait l'issue favorable du procès comme une condition préalable à son aide, ce qui, bien sûr, la rendait inutile. Malgré ces doutes, K. s'astreignit à ne pas l'interrompre. Il ne voulait pas renoncer à l'aide du peintre, il y était décidé, et cette aide ne lui semblait pas plus douteuse que celle de l'avocat. K. la préférait même de loin, car elle était offerte de manière plus anodine et plus franche.

Le peintre avait rapproché son siège du lit, et continua à voix basse : « J'ai oublié de vous demander d'abord quel type d'acquittement vous souhaitez. Il y a trois possibilités : le véritable acquittement, l'acquittement apparent et la procédure dilatoire. Le véritable acquittement est bien sûr le meilleur, mais je n'ai pas la moindre influence sur ce type d'issue. À mon avis, il n'existe aucun individu qui puisse influer sur un véritable acquittement. Celui-ci dépend sans doute uniquement de l'innocence de l'accusé. Puisque vous êtes innocent, il serait réellement possible que vous vous reposiez exclusivement sur votre innocence. Mais à ce moment-là vous n'avez pas besoin de mon aide, ni d'aucune autre. »

D'abord décontenancé par cet exposé ordonné, K. répondit cependant, à voix basse comme le peintre : « Je crois que vous êtes en train de vous contredire. — Comment cela ? » dit le peintre patiemment, et il s'appuya en souriant contre le dossier de son fauteuil. Ce sourire fit naître chez K. l'impression qu'il s'apprêtait à exposer les contradictions inhérentes non aux propos du peintre, mais à la procédure elle-même. Il ne renonça pas pour autant et dit : « Vous avez observé tout à l'heure que le tribunal reste sourd aux arguments probants, ensuite vous avez limité cette affirmation au tribunal public, et maintenant vous allez jusqu'à dire que l'innocent n'a pas besoin d'aide devant le tribunal. Là déjà, il y a contradiction. Vous avez dit aussi tout à l'heure que l'on peut influencer personnellement les juges, mais vous contestez à présent qu'on puisse jamais obtenir le véritable acquittement, comme vous le désignez, en usant d'une influence personnelle. C'est une deuxième contradiction. — Ces contradictions sont faciles à résoudre, dit le peintre. Il s'agit ici de deux choses différentes, à savoir ce que la loi stipule, et ce que j'ai personnellement constaté : vous ne devez pas les confondre. Dans la loi — qu'à vrai dire je n'ai pas lue —, il est bien entendu stipulé d'un côté que l'innocent se voit acquitté, mais d'un autre côté il n'est pas stipulé que les juges peuvent être influencés. Or j'ai constaté précisément le contraire. Je n'ai jamais entendu parler d'un véritable acquittement, mais on m'a raconté de nombreux exercices d'influence. Il est bien sûr possible que dans les cas dont j'ai connaissance, il n'y ait jamais eu d'innocent. Mais cela n'est-il pas improbable ? Dans un si grand nombre de cas, pas un seul innocent ? Enfant déjà, j'écoutais attentivement mon père lorsqu'il nous parlait des procès, à la maison ; les juges qui venaient dans son atelier parlaient du tribunal, eux aussi ; dans nos milieux, on ne parle de rien d'autre ; dès que j'eus la possibilité d'aller moi-même au tribunal, j'en profitai toujours ; j'ai écouté une multitude de procès dans leurs phases importantes et je les ai suivis tant qu'il était possible d'y assister, mais sans avoir connu un seul véritable acquittement, je dois dire. — Pas un seul, donc, fit K. comme s'il s'adressait à lui-même et à ses espérances. Cela confirme l'opinion que j'ai déjà du tribunal. De ce côté aussi, il n'y a donc rien à faire. Un seul bourreau pourrait remplacer tout le tribunal. — Il ne faut pas généraliser, dit le peintre mécontent, j'ai seulement parlé de mes expériences personnelles, après tout. — C'est bien assez, dit K., à moins que vous n'ayez entendu parler d'acquittements dans le temps jadis ? — Il paraît en effet que des acquittements de ce genre ont existé, répondit le peintre. Mais il est très difficile de s'en assurer. Les décisions finales du tribunal ne sont pas rendues publiques, elles ne sont même pas accessibles aux juges ; c'est pourquoi il ne reste que des légendes sur les procédures passées. Et, c'est certain, la plupart font même état de véritables acquittements ; on peut y croire, mais on ne peut les prouver. Il ne faut cependant pas négliger complètement ces légendes, elles comportent sans doute une part de vérité ; elles sont aussi très belles ; j'ai moi-même peint deux ou trois tableaux les illustrant. — De simples légendes ne modifient pas mon opinion, dit K., et on ne peut pas non plus invoquer de telles légendes devant le tribunal, sans doute ? » Le peintre éclata de rire. « Non, on ne peut pas, dit-il. — Alors inutile d'en parler », fit K. qui était pour l'instant ouvert à toutes les opinions du peintre, même s'il les jugeait invraisemblables et si elles contredisaient d'autres récits. Il n'avait pas le temps de vérifier tout ce qu'il disait, et encore moins de le réfuter. S'il arrivait à décider le peintre à l'aider d'une manière ou d'une autre, même si ce n'était pas déterminant, il aurait fait le maximum. Aussi poursuivit-il : « Faisons donc abstraction du véritable acquittement ; vous avez évoqué deux autres possibilités. — L'acquittement apparent et la procédure dilatoire. Il ne peut s'agir que de ces deux catégories, fit le peintre. Mais avant que nous en parlions, ne voulez-vous pas ôter votre veste ? Vous devez avoir très chaud. — Oui », fit K. ; toute son attention s'était concentrée sur les explications du peintre, mais maintenant qu'on lui rappelait la chaleur qu'il faisait, la sueur se mit à perler sur son front. « C'est presque insupportable. » Le peintre acquiesça avec l'air de comprendre fort bien le malaise de K. « Ne pourrait-on pas ouvrir la fenêtre ? demanda K. — Non, dit le peintre. C'est juste une vitre encastrée dans le mur, on ne peut pas l'ouvrir. » K. se rendit compte alors qu'il n'avait cessé d'attendre le moment où lui-même, ou le peintre, irait d'un seul coup ouvrir grand la fenêtre. Il se préparait à aspirer même le brouillard à pleine bouche. Le sentiment d'être ici complètement coupé de l'air libre lui fit tourner la tête. Il tapota sur l'édredon à côté de lui et dit d'une voix faible : « Mais c'est inconfortable et malsain. — Oh non ! dit le peintre en prenant la défense de sa fenêtre. Comme elle ne s'ouvre pas, elle conserve beaucoup mieux la chaleur qu'une double fenêtre, même si c'est une simple vitre. Et si je veux aérer, mais ce n'est pas indispensable puisque l'air pénètre partout par les fentes entre les lattes, je peux ouvrir une de mes portes, ou même les deux. » Un peu rasséréné par cette explication, K. chercha du regard la deuxième porte. Remarquant cela, le peintre dit : « Elle est der-

rière vous, j'ai dû la bloquer en mettant le lit devant. » Alors
seulement K. vit la petite porte dans le mur. « Tout est trop
petit pour un atelier ici, fit le peintre, comme pour devancer
une éventuelle critique de K. J'ai dû m'installer avec les moyens
du bord. Bien sûr, le lit devant la porte est très mal placé. Ainsi
le juge dont je fais le portrait en ce moment entre toujours par
la porte à côté du lit, et je lui en ai donné une clé, afin qu'il
puisse m'attendre ici, dans l'atelier, quand je suis absent. Mais
il a l'habitude de venir tôt le matin, quand je dors encore. Bien
sûr, il me tire du plus profond sommeil, en ouvrant la porte à
côté du lit. Vous perdriez tout respect pour les juges si vous
entendiez avec quels jurons je l'accueille lorsqu'il enjambe
mon lit, aux aurores. Je pourrais certes lui reprendre la clef,
mais cela ne ferait qu'aggraver les choses. Il suffit d'un tout
petit effort pour faire sauter les portes de leurs gonds, ici. »
Pendant tout ce discours, K. se demanda s'il devait ôter sa
veste, mais il finit par réaliser qu'autrement, il serait incapable
de rester ici plus longtemps ; il enleva donc sa veste, mais la
posa sur ses genoux pour pouvoir la remettre aussitôt que la
discussion prendrait fin. À peine avait-il ôté sa veste qu'une des
fillettes s'écria : « il vient d'enlever sa veste », et on les entendit
qui se pressaient toutes aux fentes pour voir elles-mêmes le
spectacle. « Les fillettes croient, dit le peintre, que je vais faire
votre portrait, et que c'est pour cela que vous vous déshabillez.
— Ah bon », fit K., goûtant fort peu la plaisanterie, car il ne se
sentait pas beaucoup mieux qu'auparavant, quoiqu'il fût maintenant assis en bras de chemise. Il demanda d'une voix presque
bougonne : « Comment appeliez-vous les deux autres possibilités ? » Il avait déjà oublié les formules. « L'acquittement apparent et la procédure dilatoire, dit le peintre. C'est à vous de
choisir. Vous pouvez les obtenir tous les deux avec mon aide,
mais non sans peine, bien sûr : la différence, à cet égard, étant
que l'acquittement apparent exige un effort concentré et ponc-
tuel, et la procédure dilatoire un effort bien moindre, mais prolongé. Commençons donc par l'acquittement apparent. Si c'est
cela que vous désirez, j'écrirai sur une feuille de papier une

attestation de votre innocence. Le texte de ce genre d'attestation m'a été transmis par mon père ; il est absolument inattaquable. Muni de cette attestation, je fais alors le tour des juges
que je connais. Je commence par exemple en présentant l'attestation au juge dont je fais le portrait en ce moment, lorsqu'il
viendra poser ce soir. Je lui présente l'attestation, je lui explique que vous êtes innocent et me porte garant de votre innocence. Mais ce n'est pas là qu'une garantie de façade : elle
m'engage bel et bien. » Dans le regard du peintre se lisait
comme un reproche à l'idée que K. voulait lui faire supporter
la charge d'une telle garantie. « Ce serait très gentil, dit K. Et le
juge vous croirait, sans toutefois m'acquitter véritablement ? —
Comme je l'ai déjà dit, répondit le peintre. D'ailleurs il n'est
pas absolument certain que tous me croient ; plusieurs juges
demanderont par exemple que je vous fasse venir en personne.
Alors, il faudra m'accompagner. À vrai dire, l'affaire est déjà à
moitié gagnée en pareil cas, d'autant que je vous indiquerai
bien sûr exactement quelle conduite adopter selon le juge. Les
choses se passent moins bien avec les juges qui me congédient
d'emblée — et cela se produira aussi. Avec ceux-là, malgré les
nombreuses tentatives que je ne manquerai pas, bien sûr, d'effectuer, il faudra renoncer ; mais nous le pouvons aussi, car un
juge à lui seul ne peut faire pencher la balance. Une fois réunies
assez de signatures en bas de votre attestation, je vais la présenter au juge chargé d'instruire votre procès. Il se peut que j'aie
aussi sa signature, et dans ce cas-là, tout va encore un peu plus
vite que d'habitude. Mais en général, il n'y plus guère d'obstacles, à partir de là ; c'est le moment où l'accusé est le plus
confiant. C'est un fait singulier, mais véridique : les gens sont
plus confiants en cette période qu'après l'acquittement. Il n'y
a plus besoin d'aucun effort particulier à ce moment-là. Avec
l'attestation, le juge dispose de la garantie de plusieurs juges,
il peut vous acquitter en toute tranquillité et, une fois diverses
formalités expédiées, il le fera sans aucun doute, pour me faire
plaisir à moi ainsi qu'à d'autres connaissances. Quant à vous,
vous quittez le tribunal et vous êtes libre. — Me voilà donc li-

bre, dit K. d'une voix hésitante. — Oui, fit le peintre, mais libre en apparence seulement ou, pour mieux m'exprimer, en liberté temporaire. En effet les petits magistrats, dont font partie ceux que je connais, n'ont pas le droit de prononcer un acquittement définitif ; seul détient ce droit le tribunal suprême, auquel ni vous ni moi ne pouvons accéder. Nous ignorons comment les choses se présentent là-bas et, soit dit en passant, nous ne tenons pas non plus à le savoir. Nos juges ne disposent donc pas du droit éminent de vous libérer de l'accusation, en revanche il ont le droit de vous en dégager. Autrement dit, lorsque vous êtes acquitté de cette façon, vous êtes momentanément soustrait à l'accusation ; mais elle continue à planer au-dessus de vous, et il suffit que l'ordre en vienne d'en haut pour qu'elle prenne aussitôt effet. Grâce à mes rapports privilégiés avec le tribunal, je puis aussi vous dire comment se manifeste concrètement, dans les directives destinées au greffe, la distinction entre véritable acquittement et acquittement apparent. Lors d'un véritable acquittement, les actes du procès doivent être entièrement classés, ils disparaissent complètement de la procédure ; on détruit l'accusation bien sûr, mais aussi le procès et même l'acquittement, on détruit tout. Ce n'est pas la même chose pour l'acquittement apparent. Le dossier n'a été modifié en aucune façon : on y a seulement versé l'attestation d'innocence, l'acquittement, et l'exposé des motifs. Par ailleurs, il ne disparaît pas de la procédure ; la circulation interne aux différents bureaux du greffe ne devant jamais s'interrompre, il est transmis aux tribunaux supérieurs, revient aux tribunaux inférieurs et fait ainsi la navette, avec des oscillations et des interruptions plus ou moins importantes. Ces trajets sont imprévisibles. Vu de l'extérieur, il semble parfois que tout soit oublié depuis longtemps, le dossier perdu, et l'acquittement intégral. Un initié ne s'y fiera pas. Aucun dossier ne se perd ; le tribunal ignore l'oubli. Un jour — sans que personne s'y attende —, un juge quelconque prend en main le dossier pour y regarder de plus près, découvre que dans ce cas précis l'accusation est toujours en vigueur et ordonne l'arrestation immédiate. J'ai supposé ici qu'une longue période s'écoulait entre l'acquittement apparent et la nouvelle arrestation ; c'est possible et je connais des cas de ce genre ; mais il est tout aussi envisageable qu'en sortant du tribunal, l'individu acquitté rentre chez lui, et que des mandataires l'y attendent déjà pour l'arrêter de nouveau. Alors bien sûr, plus question de vivre en homme libre. — Et le procès recommence depuis le début ? demanda K., presque incrédule. — Absolument, fit le peintre, le procès recommence depuis le début ; mais comme auparavant, il est de nouveau possible d'obtenir un acquittement apparent. Il faut de nouveau rassembler toutes ses forces et ne pas se résigner. » Le peintre fit peut-être cette remarque après avoir constaté l'air un peu accablé de K. « Tout de même, demanda K. comme pour prévenir cette fois d'autres révélations, un deuxième acquittement n'est-il pas plus difficile à obtenir que le premier ? — On ne peut rien avancer de précis là-dessus, répondit le peintre. Vous voulez dire sans doute que la deuxième arrestation influence la sentence des juges dans un sens défavorable à l'accusé ? Tel n'est pas le cas. Car les juges ont prévu cette arrestation dès l'acquittement. Cette circonstance n'intervient donc guère. Il se peut en revanche que, pour une multitude d'autres raisons, l'humeur des juges et leur analyse juridique de l'affaire aient changé ; il faut alors que les efforts en vue d'un deuxième acquittement soient adaptés aux circonstances nouvelles, et en général, aussi vigoureux que lors du premier acquittement. — Mais ce deuxième acquittement n'est pas définitif non plus, fit K. en détournant la tête, l'air dégoûté. — Bien sûr que non, dit le peintre, le deuxième acquittement est suivi de la troisième arrestation, le troisième acquittement, de la quatrième arrestation, et ainsi de suite. C'est inhérent à la notion même d'acquittement apparent. » K. se taisait. « Visiblement, vous n'avez pas l'air de trouver avantageux l'acquittement apparent, dit le peintre, peut-être la procédure dilatoire vous correspond-elle mieux. Voulez-vous que je vous explique au juste en quoi elle consiste ? » K. acquiesça. Le peintre s'était renversé dans sa chaise ; sa chemise de nuit était grande ouverte, il y avait passé une main, et se caressait le torse et les côtes. « La procédure dilatoire, dit le peintre en regardant droit devant lui un instant, comme s'il cherchait l'explication parfaitement adéquate, la procédure dilatoire consiste à maintenir le procès dans sa phase préliminaire. Pour y parvenir, il faut que l'accusé et son aide, mais surtout son aide, restent en contact permanent avec le tribunal. Je le répète, il n'y a pas besoin ici de dépenser autant d'énergie que pour obtenir un acquittement apparent, mais il faut être beaucoup plus vigilant. Il ne faut pas perdre de vue le procès, aller voir le juge compétent à intervalles réguliers ainsi que dans certaines circonstances particulières, et chercher par tous les moyens à conserver ses faveurs ; si on ne connaît pas le juge personnellement, il faut alors le faire influencer par des juges que l'on connaît, sans pour autant devoir se permettre d'abandonner les conversations directes. Si on ne néglige rien de tout cela, on peut avoir la relative certitude que le procès ne dépassera pas sa première phase. Le procès certes ne s'interrompt pas, mais l'accusé a presque autant de garanties de ne pas être condamné que s'il était libre. Par rapport à l'acquittement apparent, la procédure dilatoire présente l'avantage que l'avenir de l'accusé est moins incertain ; il est préservé de l'angoisse d'une arrestation soudaine et n'a pas à craindre de devoir, au moment précis où ses autres affaires s'y prêtent le moins, supporter les efforts et les émotions liés à l'obtention de l'acquittement apparent. Bien sûr, la procédure dilatoire présente aussi pour l'accusé certains inconvénients non négligeables. En disant cela, je ne songe pas au fait que dans ce cas de figure, l'accusé n'est jamais libre, car au sens strict il ne l'est pas davantage avec un acquittement apparent. Il y a un autre inconvénient. Le procès ne peut pas rester au point mort sans motifs au moins apparents. Il faut donc qu'il se passe quelque chose vis-à-vis de l'extérieur. Il faut que diverses mesures soient prises de temps à autre : l'accusé doit être interrogé, il doit y avoir des perquisitions, etc. Dans le petit cercle où il a été artificiellement cantonné, le procès doit tourner sans cesse. Cela entraîne bien sûr certains désagréments pour l'accusé, mais n'allez pas non plus vous en faire une idée trop terrible. Tout cela n'est que façade ; les interrogatoires, par exemple, sont très courts ; si d'aventure on n'a pas le temps ou l'envie d'y aller, on peut s'excuser ; avec certains juges, on peut même prendre des dispositions longtemps à l'avance et d'un commun accord ; il s'agit au fond, puisqu'on est accusé, de se présenter chez son juge de temps en temps. » Pendant ces derniers mots, K. avait mis sa veste sur son bras et s'était levé. « Le voilà qui se lève », entendit-on crier aussitôt dehors, derrière la porte. « Vous partez déjà ? demanda le peintre qui s'était levé lui aussi. C'est sûrement l'air qui vous chasse. J'en suis navré. J'aurais encore bien des choses à vous dire. J'ai dû beaucoup me résumer. Mais j'espère que j'ai été clair. — Oh oui », fit K., qui avait attrapé mal à la tête en s'efforçant de l'écouter. Malgré cette confirmation, le peintre récapitula encore une fois l'ensemble, comme pour donner à K. de quoi se consoler sur le chemin du retour : « Les deux méthodes ont un point commun : elles empêchent l'accusé d'être condamné. — Mais elles l'empêchent aussi d'être véritablement acquitté, murmura K., comme s'il avait honte de s'en être rendu compte. — Vous avez compris le fond des choses », dit le peintre rapidement. K. posa la main sur son manteau, sans arriver à se décider à enfiler sa veste. Il aurait préféré tout mettre en boule et se précipiter à l'air libre, le paquet sous le bras. Même les petites filles ne pouvaient l'inciter à s'habiller, quoiqu'elles fussent déjà en train de se crier prématurément les unes aux autres qu'il s'habillait. Tenant à s'expliquer l'humeur de K. d'une manière ou d'une autre, le peintre déclara : « Vous n'avez sans doute pas encore pris de décision concernant mes propositions. Je vous approuve. Je vous aurais même dissuadé de décider tout de suite. L'écart entre avantages et inconvénients est infime. Il faut tout peser minutieusement. Mais il ne faut pas non plus perdre trop de temps. — Je reviendrai bientôt », fit K. et, soudain résolu, il enfila sa veste, jeta son manteau par-dessus ses épaules, et se précipita vers la porte derrière laquelle les fillettes se mirent aussitôt à crier. K. croyait les voir à travers la porte, tant elles criaient. « Il faudra tenir parole, dit le peintre qui ne l'avait pas suivi, autrement je viendrai moi-même prendre de vos nouvelles à la banque. — Ouvrez donc la porte, dit K. en tirant violemment sur la poignée que les fillettes retenaient de l'autre côté, à en juger d'après la résistance. — Tenez-vous à ce que les fillettes vous importunent ? demanda le peintre. Sortez plutôt par ici », et il désigna la porte derrière le lit. K. accepta, et revint d'un bond vers le lit. Mais au lieu d'ouvrir la porte, le peintre se glissa sous le lit, puis, une fois dessous, lui demanda : « Juste un instant. Vous ne voulez pas voir un tableau que je pourrais vous vendre ? » K. ne voulait pas être impoli ; le peintre s'était vraiment intéressé à lui et avait promis de continuer à l'aider ; par suite de son étourderie, il n'avait pas encore été question de rémunérer cette aide. K. ne pouvait pas maintenant l'envoyer promener, et se laissa montrer le tableau, quoique frémissant d'impatience à l'idée de quitter l'atelier. Le peintre tira sous le lit une pile de tableaux non encadrés, recouverts d'une poussière si épaisse que, lorsqu'il essaya de la disperser en soufflant dessus, elle tourbillonna sous les yeux de K. et l'empêcha assez longtemps de respirer. « Paysage de lande », fit le peintre en lui tendant le tableau. Il représentait deux arbres chétifs qui se dressaient loin l'un de l'autre dans l'herbe sombre. À l'arrière-plan, il y avait un coucher de soleil avec beaucoup de couleurs. « Fort beau, dit K., j'achète. » K. n'avait pas fait attention à la sécheresse de son ton, et il fut heureux qu'au lieu de le prendre mal, le peintre prenne par terre un deuxième tableau. « Celui-ci complète le précédent », dit le peintre. Pourtant, s'il avait été conçu pour compléter le précédent, on ne distinguait pas la moindre différence par rapport au premier tableau : il y avait aussi les arbres, l'herbe, et là-bas le coucher de soleil. Mais K. ne s'en souciait guère. « Ce sont de beaux paysages, fit-il, je les achète tous les deux, je les accrocherai dans mon bureau. — Le motif semble vous plaire, dit le peintre en sortant un troisième tableau, c'est une chance que j'en aie encore un troisième qui leur ressemble. » Mais il ne se contentait pas de leur ressembler, c'était

encore exactement le même paysage de lande. Le peintre profitait à merveille de l'occasion pour vendre de vieux tableaux.
« Je vais le prendre aussi, fit K. Combien coûtent les trois ? —
Nous en reparlerons, dit le peintre, vous êtes pressé et, de
toute façon, nous restons en contact. Je me réjouis au demeurant que ces tableaux vous plaisent, j'inclurai dans le lot tous
ceux que j'ai là-dessous. Il n'y a que des paysages champêtres,
j'en ai peint beaucoup. Les gens rejettent souvent ce genre de
tableaux parce qu'ils sont trop sombres, mais d'autres, dont
vous êtes, ont une prédilection pour ce qui est sombre. » Mais
K. n'avait pas l'esprit à écouter le peintre nécessiteux évoquer
ses expériences professionnelles. « Enveloppez-moi tous les
tableaux, s'écria-t-il en interrompant le peintre au milieu de
son discours, mon clerc viendra les chercher demain. — Ce
n'est pas la peine, fit le peintre. J'espère vous trouver un porteur qui va vous accompagner tout de suite. » Et il se pencha
enfin au-dessus du lit pour ouvrir la porte. « N'ayez pas peur
de monter sur le lit, dit le peintre, tous les gens qui entrent par
ici le font. » Même sans cette invitation, K. n'aurait eu aucun
scrupule ; il avait déjà posé un pied au milieu de l'édredon,
lorsqu'il regarda à travers la porte ouverte et retira son pied.
« Qu'est-ce que cela ? demanda-t-il au peintre. — Quelque
chose vous surprend ? demanda celui-ci, surpris à son tour.
C'est le greffe. Vous ignoriez qu'il y en avait un ici ? Mais il y a
un greffe dans presque tous les greniers, pourquoi ici justement ferait-il défaut ? Mon atelier aussi fait en réalité partie du
greffe, mais le tribunal l'a mis à ma disposition. » Ce n'était pas
tant d'avoir, ici aussi, trouvé un greffe que s'effrayait K., c'était
surtout de lui-même qu'il s'effrayait, de son ignorance concernant le tribunal. La règle de conduite fondamentale pour un
accusé était, lui semblait-il, d'être toujours prêt, de ne jamais
se laisser surprendre, de ne pas regarder ingénument à droite,
alors que le juge se tenait sur sa gauche à côté de lui — et il
ne cessait justement d'enfreindre cette règle. Un long couloir
s'étirait devant lui, dégageant une atmosphère qui rendait celle
de l'atelier rafraîchissante, par comparaison. Des banquettes

étaient disposées de part et d'autre, exactement comme dans le greffe dont K. relevait. Des règles précises semblaient régir l'aménagement de ces bureaux. À cette heure, la fréquentation était assez réduite. Un homme était là-bas, à moitié allongé, le visage enfoui dans ses bras sur la banquette, semblant dormir ; un autre était debout dans la pénombre, au bout du couloir. K. enjamba le lit, et le peintre le suivit avec les tableaux. Ils trouvèrent bientôt un huissier — K. reconnaissait maintenant tous les huissiers au bouton doré qu'ils avaient sur leurs vêtements de civil, parmi les boutons habituels — et le peintre le chargea d'accompagner K. avec les tableaux. K. titubait plutôt qu'il ne marchait, et tenait son mouchoir pressé contre sa bouche. Ils approchaient déjà de la sortie lorsque les petites filles se précipitèrent à leur rencontre ; elles non plus ne lui auraient donc pas été épargnées. Ayant de toute évidence repéré que la deuxième porte de l'atelier avait été ouverte, elles avaient fait le tour pour arriver de ce côté. « Je ne peux plus vous accompagner, s'écria le peintre en riant sous l'assaut des fillettes. Au revoir ! Et ne réfléchissez pas trop longtemps ! » K. ne se retourna même pas. Dans la rue, il prit la première voiture qu'il rencontra. Il voulait à tout prix se débarrasser de l'huissier dont le bouton doré attirait sans cesse son regard, même si personne d'autre, sans doute, ne le remarquait. Par excès de zèle, l'huissier voulut s'asseoir sur le siège du cocher, mais K. le fit redescendre. Il était midi passé depuis longtemps lorsque K. arriva devant la banque. Il eût volontiers laissé les tableaux dans la voiture, mais craignit d'être obligé, à un moment ou à un autre, de les montrer à nouveau au peintre. Il les fit donc porter dans son bureau et les mit sous clef dans le dernier tiroir de son bureau, pour qu'ils soient au moins à l'abri des regards du directeur-adjoint pendant les jours suivants.

## LE NÉGOCIANT BLOCK[1] — RENVOI DE L'AVOCAT

Finalement K. s'était tout de même décidé à retirer à l'avocat la charge de sa défense. Certes, il ne parvenait pas à éliminer tous ses doutes sur la sagesse de cette mesure, mais la conviction de sa nécessité fut la plus forte. Le jour où il avait l'intention d'aller chez l'avocat, cette décision avait privé K. d'une grande partie de son énergie ; il travailla avec une lenteur particulière, dut rester très longtemps au bureau, et il était déjà dix heures passées lorsqu'il se retrouva enfin devant la porte de l'avocat. Avant même de sonner, il se demanda s'il ne vaudrait pas mieux lui signifier son renvoi par téléphone ou par lettre ; un entretien personnel serait sûrement très pénible. K. finit néanmoins par ne pas y renoncer ; toute autre forme de renvoi serait acceptée en silence ou avec deux ou trois formules de politesse ; et si Leni ne parvenait pas à glaner quelques renseignements, K. ne saurait jamais comment l'avocat avait pris son renvoi, ni les conséquences que cela pourrait avoir pour K., selon l'avis non négligeable de l'avocat. Si, en revanche, l'avocat assis en face de K. était pris au dépourvu par l'annonce de son renvoi, K. n'aurait aucun mal à déchiffrer tout ce qu'il souhaitait sur sa physionomie et dans son comportement, même si l'avocat refusait de s'exprimer. Il n'était d'ailleurs pas exclu que K. se laisse convaincre qu'il valait mieux, tout compte fait, lui laisser sa défense, et renonce alors à le congédier.

Comme d'habitude, le premier coup de sonnette à la porte de l'avocat ne servit à rien. « Leni pourrait se dépêcher un peu », songea K. Mais c'était déjà une chance qu'un autre résident ne vînt pas s'en mêler, comme il le faisait d'ordinaire, que ce fût l'homme à la robe de chambre, ou quelque autre importun. Tout en appuyant une deuxième fois sur le bouton, K. jeta

---

**1.** L'édition historico-critique en fac-similé (*cf.* Notice, p. 736) montre que sur la page de couverture de cette liasse, Kafka a inscrit « Kaufmann Beck » et non Block. Ce nouveau nom, fait remarquable, n'est pas juif. Ce changement est-il intentionnel, ou bien est-ce une « erreur » ? — c'est indécidable...

un coup d'œil à l'autre porte qui, cette fois, resta fermée elle aussi. Enfin, deux yeux apparurent derrière le judas, à la porte de l'avocat, mais ce n'étaient pas ceux de Leni. Quelqu'un ouvrit, mais en bloquant encore la porte, et en criant d'abord « C'est lui ! » vers l'intérieur, avant d'ouvrir complètement. K. avait poussé la porte, car il entendait déjà derrière lui qu'on se dépêchait de tourner la clef dans la serrure de l'autre apparte-ment. Aussi, lorsqu'enfin la porte s'ouvrit devant lui, il s'en-gouffra littéralement dans l'antichambre, et put apercevoir Leni, à qui était destiné le cri d'alerte de celui qui avait ouvert, en train de s'enfuir en chemise dans le couloir qui desservait les pièces. Il la suivit un petit instant du regard, puis se tourna vers celui qui avait ouvert. C'était un petit homme sec et barbu, il tenait une chandelle à la main. « Vous êtes employé ici ? demanda K. — Non, répondit l'homme, je ne suis pas de la maison, l'avocat défend simplement mes intérêts ; je suis ici pour une question juridique. — Sans votre veston ? demanda K. en pointant de la main la carence vestimentaire du person-nage. — Oh, toutes mes excuses, fit l'homme en s'éclairant avec la chandelle, comme s'il constatait le fait à l'instant même. — Leni est votre maîtresse ? » demanda K. froidement. Il avait les jambes un peu écartées et les mains jointes derrière le dos, tenant son chapeau. La simple possession d'un solide pardes-sus lui procurait un net sentiment de supériorité vis-à-vis de cet avorton. « Oh mon Dieu, fit l'autre terrorisé en levant une main pour se protéger le visage, non, non, à quoi songez-vous ? — Vous avez l'air honnête, fit K. en souriant, malgré tout... venez. » Avec son chapeau, il lui fit signe de le précéder. « Et comment vous appelez-vous ? demanda K. en chemin. — Block, je suis le négociant Block », fit le petit homme en se tournant vers K. pour se présenter ; mais K. ne le laissa pas s'arrêter. « C'est votre nom véritable ? demanda K. — Mais bien sûr, répondit-il, pourquoi en doutez-vous ? — Je pensais que vous pourriez avoir des raisons de taire votre nom », fit K. Il éprou-vait un sentiment de liberté que l'on a d'ordinaire seulement à l'étranger, lorsque l'on parle à de petites gens sans rien révéler

de soi-même, et qu'on évoque avec indifférence ce qui intéresse ceux-ci, les rehaussant ainsi à leurs propres yeux tout en
restant libre de les planter là à son gré. K. s'arrêta près de la
porte du bureau de l'avocat, l'ouvrit et cria au négociant, qui
avait continué d'avancer docilement : « Pas si vite ! Éclairez un
peu par ici. » K. pensait que Leni avait pu se cacher là ; il fit
fouiller tous les recoins par le négociant, mais la pièce était
vide. Devant le portrait du juge, K. retint le négociant par ses
bretelles dans le dos. « Connaissez-vous cet individu ? »,
demanda-t-il, l'index pointé vers le haut. Le négociant leva la
chandelle, et dit en clignant des yeux : « C'est un magistrat. —
Un juge haut placé ? » demanda K. en se plaçant de biais pour
observer l'impression que faisait le tableau sur le négociant. Il
levait un regard admiratif. « C'est un haut magistrat, dit-il. —
Vous n'êtes guère perspicace, dit K. C'est le plus humble d'entre les plus humbles juges d'instruction. — À présent, je m'en
souviens, fit le négociant en abaissant sa chandelle, je l'ai déjà
entendu dire. — Mais bien sûr, s'écria K., j'oubliais que vous
l'aviez forcément entendu dire. — Et pourquoi donc, pourquoi
donc ? » demanda le négociant en se dirigeant vers la porte,
repoussé des deux mains par K. Dehors, dans le couloir, K. lui
dit : « Vous savez, n'est-ce pas, où Leni s'est cachée ? —
Cachée ? dit le négociant ; non, mais il se pourrait qu'elle soit
dans la cuisine en train de préparer la soupe de l'avocat. —
Pourquoi ne pas l'avoir dit tout de suite ? demanda K. — Je
m'apprêtais à vous y conduire, mais vous m'avez rappelé,
répondit le négociant, comme désorienté par ces ordres contradictoires. — Vous vous croyez très malin, fit K. ; eh bien conduisez-moi. » K. n'était encore jamais allé dans cette cuisine ; elle
était étonnamment grande et bien équipée. Le fourneau, à lui
seul, était trois fois plus grand que les fourneaux habituels ;
quant au reste, on n'en voyait pas le détail, car pour l'instant
une seule lampe accrochée près de l'entrée éclairait la pièce.
Leni était debout, comme toujours en tablier blanc, devant le
fourneau, et cassait des œufs dans une casserole posée sur un
réchaud à alcool. « Bonsoir, Josef, dit-elle en lui lançant un

regard de côté. — Bonsoir », dit K., et de la main il indiqua au négociant un siège un peu à l'écart pour qu'il s'y asseye, ce qu'il fit. De son côté, K. vint se placer tout contre le dos de Leni, se pencha sur son épaule et demanda : « Qui est cet homme ? » Leni enlaça K. d'une main, tandis que de l'autre elle remuait la soupe, et l'attira vers elle en disant : « C'est un malheureux, un pauvre négociant, un certain Block. Tiens, regarde-le ! » Ils tournèrent tous deux la tête. Le négociant était assis sur le siège que K. lui avait désigné ; il avait mouché la chandelle, dont la lumière était inutile à présent, et il écrasait la mèche entre ses doigts pour l'empêcher de fumer. « Tu étais en chemise », fit K. en la forçant à garder la tête face au fourneau. Elle se tut. « C'est ton amant ? » demanda K. Elle allait attraper la soupière, mais K. lui prit les deux mains et dit : « Réponds-moi ! » Leni lui dit : « Viens dans le bureau, je vais tout t'expliquer. — Non, fit K., je veux que tu t'expliques ici. » Elle s'accrocha à son cou et voulut l'embrasser, mais K. la repoussa en disant : « Je ne veux pas que tu m'embrasses maintenant. — Josef, fit Leni en le regardant dans les yeux d'un air suppliant, quoique franc, tu ne vas tout de même pas être jaloux de M. Block. — Rudi, dit-elle ensuite en se tournant vers le négociant, viens donc à mon secours, tu vois qu'on me soupçonne, pose ta chandelle. » On eût pu penser qu'il n'avait pas fait attention, mais il avait parfaitement suivi. « Je ne vois pas non plus pourquoi vous devriez être jaloux, dit-il sans grande conviction. — En fait, moi non plus je ne vois pas pourquoi », fit K., et il regarda le négociant en souriant. Leni éclata de rire, et, profitant de l'inattention de K. pour s'accrocher à son bras, elle murmura : « Laisse-le tranquille, tu vois bien le genre d'homme que c'est. Je me suis un peu occupée de lui parce que c'est un gros client de l'avocat, voilà tout. Et toi ? Veux-tu parler avec l'avocat dès maintenant ? Il est très mal aujourd'hui, mais si tu veux, je t'annoncerai quand même. Et une chose est sûre, tu vas passer la nuit avec moi. Cela fait si longtemps que tu n'es pas venu nous voir, même l'avocat a demandé de tes nouvelles. Ne néglige pas le procès ! Moi aussi, je dois te faire part de diverses choses que j'ai apprises. Mais d'abord enlève ton manteau ! » Elle l'aida à se débarrasser, prit son chapeau, courut accrocher ses affaires dans le vestiaire, puis revint en courant pour s'occuper de la soupe. « Veux-tu que je commence par t'annoncer ou par lui apporter sa soupe ? — Commence par m'annoncer », dit K. Il était contrarié : à l'origine, il avait eu l'intention de discuter son affaire en détail avec Leni, notamment la question délicate du renvoi, mais la présence du négociant lui en avait ôté l'envie. Jugeant néanmoins son affaire trop importante pour laisser ce petit négociant interférer de manière peut-être décisive, il rappela Leni, qui était déjà dans le couloir. « En fin de compte, apporte-lui d'abord sa soupe, dit-il, il faut qu'il prenne des forces avant notre entretien, il en aura besoin. — Vous aussi, vous êtes donc un client de l'avocat », murmura le négociant dans son coin, comme pour s'en assurer. Mais sa question fut mal reçue. « En quoi cela vous regarde-t-il ? » fit K., et Leni ajouta : « Vas-tu te taire ?... Bon, alors je commence par lui apporter sa soupe, dit-elle à K., en versant la soupe dans un bol. La seule chose à craindre dans ce cas, c'est qu'il s'endorme bientôt ; après avoir mangé, il s'endort rapidement. — Ce que je lui dirai le tiendra éveillé », fit K. en essayant à nouveau de lui faire entrevoir qu'il comptait traiter une question importante avec l'avocat ; il attendait que Leni lui demande de quoi il s'agissait, pour lui demander conseil. Mais elle se contentait d'exécuter point par point les ordres prononcés. En passant devant lui avec la tasse, elle fit exprès de le frôler doucement et murmura : « Dès qu'il aura mangé sa soupe, je t'annoncerai, pour t'avoir de nouveau à moi toute seule dès que possible. — Vas-y donc, fit K., vas-y donc. — Sois un peu plus gentil », fit-elle, en se retournant encore une fois avec le bol dans l'embrasure de la porte.

K. la suivit du regard ; sa décision était maintenant définitive : l'avocat serait renvoyé ; d'ailleurs, sans doute valait-il mieux qu'il n'ait pas pu en discuter avec Leni au préalable ; faute d'avoir une vue d'ensemble, elle lui aurait sûrement déconseillé le renvoi, l'en aurait peut-être même dissuadé pour cette fois ; il serait resté dans le doute et l'inquiétude, pour finir au bout d'un certain temps par exécuter sa décision, car elle était inéluctable. Plus vite il l'exécuterait, moins il y aurait de préjudice. Peut-être d'ailleurs le négociant avait-il quelque chose à dire à ce sujet.

K. se retourna ; à peine le négociant s'en rendit-il compte qu'il voulut se lever. « Restez assis, dit K. en approchant un siège du sien. Vous êtes un vieux client de l'avocat ? demanda K. — Oui, dit le négociant, un très vieux client. — Cela fait combien d'années qu'il défend vos intérêts ? demanda K. — J'ignore ce que vous entendez par là, dit le négociant, dans les affaires de droit commercial (je suis négociant en grains) l'avocat me défend depuis que je suis à mon compte, voici donc une vingtaine d'années ; et dans mon propre procès, auquel vous faites sans doute allusion, il me défend aussi depuis le début, cela fait déjà plus de cinq ans. Oui, cinq ans passés, ajouta-t-il en sortant un vieux portefeuille, j'ai tout écrit ici : si vous voulez, je vous dirai les dates exactes. Il n'est pas facile de tout retenir. Mon procès dure sans doute depuis beaucoup plus longtemps encore, il a commencé peu après la mort de ma femme, et cela fait déjà plus de cinq ans et demi. » K. se rapprocha de lui. « L'avocat se charge donc aussi d'affaires ordinaires ? » demanda-t-il. Ce lien entre les tribunaux et la jurisprudence lui semblait des plus rassurants. « Certainement, fit le négociant et il ajouta à mi-voix : On le dit même plus compétent dans ce domaine que dans l'autre. » Mais il eut l'air ensuite de regretter ses paroles ; il posa une main sur l'épaule de K. et dit : « Je vous en supplie, ne me trahissez pas. » K. lui tapa sur la cuisse pour le rassurer et lui dit : « Non, je ne suis pas un traître. — C'est qu'il est vindicatif, dit le négociant. — Contre un client aussi fidèle, il ne fera sûrement rien, dit K. — Oh si ! dit le négociant, quand il est irrité, il ne fait aucune différence ; au reste, je ne lui suis pas vraiment fidèle. — Comment donc ? demanda K. — Puis-je avoir confiance en vous ? demanda le négociant d'un air dubitatif. — Je le crois, dit K. — Eh bien, dit le négociant, je vais vous faire une confidence partielle ; mais vous aussi, vous devez me livrer un secret, de façon à ce que nous ayons partie liée ensemble, vis-à-vis de l'avocat. — Vous êtes très prudent, dit K. ; je vous confierai un secret qui vous donnera toute tranquillité. En quoi consiste donc votre infidélité vis-à-vis de l'avocat ? — Eh bien, dit le négociant en hésitant et comme s'il avouait quelque chose de déshonorant, j'ai d'autres avocats en dehors de lui. — Mais ce n'est pas bien méchant, dit K. un peu déçu. — Dans ces circonstances, si, dit le négociant qui avait encore du mal à respirer depuis son aveu, même si la remarque de K. lui redonnait confiance. Ça n'est pas permis. Et encore moins de prendre, en plus d'un avocat au sens strict, des avocaillons. Or c'est justement ce que j'ai fait ; à part lui, j'ai encore cinq avocaillons. — Cinq ! s'écria K., étonné par ce chiffre, cinq avocats en plus de celui-ci ? Le négociant acquiesça : — Je suis même en pourparlers avec un sixième. — Mais pourquoi vous faut-il tant d'avocats ? demanda K. — Ils sont tous nécessaires, dit le négociant. — Vous ne voulez pas m'expliquer ? demanda K. — Volontiers, dit le négociant. Avant tout, je ne veux pas perdre mon procès, cela va de soi. Par conséquent, je ne dois rien négliger qui puisse me servir ; même si l'utilité que je puis en attendre concrètement est des plus minces, je ne dois pas y renoncer. C'est pourquoi j'ai consacré au procès tout ce que je possède. Ainsi, j'ai retiré tout l'argent investi dans mon négoce ; jadis, mes bureaux occupaient presque un étage, aujourd'hui je me contente d'une petite pièce sur la cour, où je travaille avec un apprenti. Bien sûr, ce n'est pas seulement le manque d'argent, c'est surtout la baisse d'énergie qui a entraîné cette régression. Si l'on veut faire quelque chose pour son procès, on ne peut guère s'occuper d'autre chose. — Vous travaillez donc personnellement au tribunal ? demanda K. C'est justement là-dessus que je voudrais me renseigner. — J'ai peu de choses à vous raconter, dit le négociant ; d'abord en effet j'ai essayé, mais j'ai vite renoncé. C'est trop épuisant, et les résultats sont minimes. Pour moi en tout cas, il s'est avéré impossible d'y travailler et d'y négocier à la fois. Le simple fait de rester assis à attendre là-bas est très fatigant. D'ailleurs, vous connaissez vous-même l'atmosphère pesante du greffe. — Comment savez-vous donc que j'y ai été ? demanda K. — Je me trouvais dans la salle d'attente lorsque vous êtes passé. — Quel drôle de hasard ! s'écria K. avec enthousiasme, oubliant tout à fait combien le négociant lui avait d'abord paru ridicule. Vous m'avez donc vu ! Vous étiez dans la salle d'attente lorsque je suis passé. Oui, j'y suis passé une fois. — Le hasard n'est pas si grand, dit le négociant, j'y suis presque tous les jours. — Je devrai sans doute y aller assez souvent désormais, fit K. ; mais je n'y serai pas accueilli avec autant de considération que la première fois. Tous se sont levés. On a dû me prendre pour un juge. — Non, dit le négociant, c'est l'huissier que nous avons salué cette fois-là. Que vous étiez un accusé, cela, nous le savions. Les nouvelles de ce genre se répandent très vite. — Vous étiez donc déjà au courant, dit K. ; mais alors, ma conduite vous a peut-être semblé arrogante. N'y a-t-il pas eu de commentaires ? — Non, dit le négociant, au contraire. Mais ce sont des bêtises. — Quelle sorte de bêtises ? demanda K. — Pourquoi posez-vous cette question ? dit le négociant d'un air contrarié, vous n'avez pas l'air de connaître encore les gens là-bas, et vous allez peut-être mal interpréter mes propos. N'oubliez pas que dans cette procédure, on ne cesse d'entendre des choses qui dépassent l'entendement ; bien souvent, on est simplement trop fatigué et trop préoccupé pour faire face et, faute de mieux, on se rabat sur la superstition. Je parle des autres, mais je ne vaux guère mieux. Une de ces superstitions consiste chez beaucoup à vouloir lire sur le visage de l'accusé l'issue de son procès, en particulier d'après le dessin de ses lèvres. Ces gens ont donc affirmé que d'après vos lèvres, vous seriez sûrement condamné, et dans un avenir proche. Je vous le répète, c'est une superstition ridicule et, dans la plupart des cas, entièrement contredite par les faits ; mais lorsqu'on vit en pareille compagnie, il est difficile d'échapper à ce genre d'opinions. Imaginez quelle peut être la force de cette superstition. Vous avez parlé à quelqu'un, là-bas, n'est-ce pas ? Mais il a été à peine capable de vous répondre.

Bien sûr, les causes de désarroi ne manquent pas en pareil endroit, mais la forme de vos lèvres en était une parmi les autres. Il nous a raconté ensuite qu'il croyait avoir vu aussi sur vos lèvres le signe de sa propre condamnation. — Sur mes lèvres ? demanda K. en sortant un miroir de poche et en s'y regardant. Je ne lis rien de particulier sur mes lèvres. Et vous ? — Moi non plus, dit le négociant, absolument rien. — Que ces gens sont superstitieux ! s'écria K. — Ne vous l'ai-je pas dit ? demanda le négociant. — Passent-ils donc leur temps à se fréquenter et à échanger des avis ? dit K. Jusqu'ici, je me suis tenu complètement à l'écart. — En général, ils ne se fréquentent pas, dit le négociant ; ce serait impossible, ils sont trop nombreux. De plus, ils ont peu d'intérêts communs. Lorsque parfois, dans un groupe, on croit voir surgir un intérêt commun, on s'aperçoit vite qu'on se trompait. Aucune action commune n'est possible contre le tribunal. Chaque cas est examiné en lui-même, car ce tribunal est extrêmement minutieux. Aucune action commune n'est donc possible ; seul un particulier obtient parfois quelque chose, en secret ; c'est seulement une fois la chose obtenue que les autres l'apprennent ; personne ne sait comment c'est arrivé. Il n'y a donc aucune communauté ; certes on se retrouve de temps à autre dans la salle d'attente, mais on n'y discute guère. Les superstitions existent depuis des temps immémoriaux et se propagent d'elles-mêmes pour ainsi dire. — J'ai vu les messieurs dans la salle d'attente, là-bas, dit K., leur attente m'a semblé des plus vaines. — L'attente n'est pas vaine, fit le négociant, seules le sont les interventions indépendantes. Je vous ai déjà dit que j'ai en ce moment cinq avocats en plus de celui-ci. On serait tenté de croire — je l'ai d'abord cru moi-même — que je pourrais leur confier entièrement l'affaire. Rien ne serait plus faux. Je peux encore moins la leur confier que si j'en avais un seul. Cela doit vous paraître incompréhensible ? — Non, fit K., et pour inciter le négociant à parler moins vite, il posa de manière apaisante sa main sur la sienne ; mais je voudrais vous prier de parler un peu plus lentement, toutes ces choses sont très importantes

pour moi, et j'ai du mal à vous suivre. — Vous faites bien de
me le rappeler, dit le négociant ; c'est vrai que vous êtes un
nouveau, un jeune. Votre procès a tout juste six mois, pas vrai ?
Oui, j'en ai entendu parler. Un procès si jeune ! Moi, en revanche, j'ai retourné ces choses une multitude de fois dans ma
tête, rien au monde n'est plus évident pour moi. — Vous vous
réjouissez sans doute que votre procès ait déjà tant progres-
sé ? » demanda K., ne voulant pas demander directement où en
étaient les affaires du négociant. Mais il n'obtint pas de réponse
explicite pour autant. « Oui, cela fait cinq ans que je traîne mon
procès, dit le négociant en baissant la tête, ce n'est pas une
mince performance. » Puis il se tut un court instant. K. tendit
l'oreille pour vérifier si ce n'était pas Leni qui revenait déjà.
D'un côté, il ne voulait pas qu'elle revienne, car il avait encore
beaucoup de questions à poser, et il ne voulait pas non plus
que Leni le surprenne en train d'échanger des confidences avec
le négociant ; mais d'un autre côté il était fâché de la voir, malgré sa présence, passer tout ce temps auprès de l'avocat, bien
plus qu'il n'en fallait pour lui donner sa soupe. « Je me rappelle
encore avec précision, reprit le négociant, et aussitôt K. fut
attentif, l'époque où mon procès avait à peu près le même âge
que le votre. J'avais seulement cet avocat à l'époque, mais je
n'étais pas très content de lui. — Là, je vais tout savoir, songea
K., et il acquiesça vivement, comme pour encourager le négociant à dire tout ce qui valait la peine d'être su. Mon procès,
continua le négociant, n'avançait pas ; certes il y avait des interrogatoires, et je m'y rendais chaque fois, je réunissais des documents, présentais tous mes livres de compte au tribunal, ce qui
n'était même pas nécessaire, je l'appris par la suite ; je courais
sans cesse chez l'avocat, il introduisait aussi diverses requêtes...
— Diverses requêtes ? demanda K. — Bien sûr, dit le négociant.
— C'est essentiel pour moi, dit K. ; dans mon cas, il travaille
toujours sur la première requête. Il n'a encore rien fait. Je le
vois à présent, il me néglige de manière scandaleuse. — Que
votre requête ne soit pas terminée, cela peut avoir divers motifs
valables, dit le négociant. Au reste, la suite a démontré que mes

requêtes étaient sans la moindre valeur. J'en ai même lu une, grâce aux bons offices d'un fonctionnaire du tribunal. Elle était certes érudite, mais dénuée de contenu, en fait. Surtout beaucoup de latin, que je ne comprends pas, puis des pages et des pages de harangue à l'intention du tribunal, puis des flatteries destinées à certains fonctionnaires qui, sans être nommés, étaient faciles à identifier pour un initié, puis l'avocat chantait ses propres louanges tout en rampant littéralement devant le tribunal ; enfin il examinait des cas anciens, censés être analogues au mien. Ces analyses, pour autant que je fusse en mesure de les suivre, était menées avec grand soin, au demeurant. En disant cela, je ne cherche pas à me prononcer sur le travail de l'avocat ; la requête que j'ai lue n'en était qu'une parmi plusieurs autres, mais en tout cas, et c'est ce dont je vais vous parler maintenant, mon procès ne me semblait faire aucun progrès. — Quel genre de progrès attendiez-vous au juste ? demanda K. — Votre question est parfaitement raisonnable, dit le négociant en souriant, les progrès visibles sont fort rares dans cette procédure. Mais j'ignorais cela à l'époque. Je suis négociant et je l'étais alors encore plus que maintenant : je voulais des progrès tangibles, il fallait que toute l'affaire s'achemine vers une fin, ou connaisse au moins une progression régulière. Au lieu de cela, il n'y avait que des auditions dont la plupart avaient le même contenu ; j'avais les réponses toutes prêtes, comme une litanie ; plusieurs fois par semaine, des envoyés du tribunal venaient dans mon magasin, dans mon appartement, n'importe où, pourvu que j'y sois ; bien sûr, c'était gênant (de ce point de vue au moins, les choses se sont beaucoup améliorées : on est nettement moins dérangé par un coup de téléphone) ; parmi mes relations de travail, mais surtout parmi mes proches, la rumeur de mon procès commençait à se répandre ; j'étais donc malmené de tous côtés, mais rien ne semblait indiquer que même la première séance au tribunal fût prévue pour bientôt. Je me rendis donc chez l'avocat pour me plaindre. Il me fournit de longues explications, mais refusa tout net d'agir comme je l'entendais ; personne, selon lui, ne pouvait influer sur la date de l'audience ; quant à présenter une requête dans ce sens — comme je le demandais —, voilà qui était sans précédent et nous conduirait, lui et moi, à notre perte. Je me suis dit : ce que cet avocat ne veut ou ne peut pas faire, un autre le voudra et le pourra. Je cherchai donc d'autres avocats. J'anticipe tout de suite sur votre question : personne n'a sollicité, ni obtenu que soit fixée la date de l'audience plénière ; à une réserve près, sur laquelle je reviendrai, la chose est véritablement impossible : sur ce point précis, l'avocat ne m'a donc pas trompé ; mais pour le reste, je n'eus pas à regretter de m'être adressé à d'autres avocats. Maître Huld a pu déjà vous raconter bien des choses sur les avocaillons, il vous les a sans doute dépeints comme tout à fait méprisables, et c'est la vérité. Mais lorsqu'il parle d'eux et se compare à eux, lui-même et ses autres collègues, il fait une petite erreur que je tiens à vous signaler, juste en passant. Pour mieux les distinguer, il désigne toujours les avocats de son milieu par la formule "grands avocats". Cela est faux ; chacun, bien sûr, peut se dire "grand" s'il en a envie, mais en la matière seul décide l'usage en vigueur dans les tribunaux. Or, d'après cet usage, il existe à côté des avocaillons les petits et les grands avocats. Cet avocat et ses collègues ne sont que de petits avocats ; les grands avocats, quant à eux, — et j'en ai seulement entendu parler, je ne les ai jamais vus — sont situés beaucoup plus haut dans la hiérarchie par rapport aux petits avocats que ces derniers par rapport à ces avocaillons tant méprisés. — Les grands avocats ? demanda K. Mais qui sont-ils ? Comment les approche-t-on ? — Vous n'en avez donc encore jamais entendu parler ? dit le négociant. Il n'y a guère d'accusé qui, après en avoir entendu parler, ne se mette à en rêver pendant un certain temps. Mieux vaut ne pas vous y laisser entraîner. J'ignore qui sont les grands avocats et il est sans doute impossible de les approcher. Je ne connais pas un seul cas dans lequel on puisse dire avec certitude qu'ils soient intervenus. Ils défendent beaucoup de gens, mais on ne peut l'obtenir par une initiative individuelle ; ils défendent seulement ceux qu'ils veulent défendre. Il faut cependant que l'affaire dont ils s'occupent ait déjà franchi le tribunal de première instance. Au reste, il vaut mieux ne pas y penser, car sinon, on se met à trouver si répugnants et inutiles les entretiens avec les autres avocats, leurs conseils et leurs prestations, qu'on préférerait tout envoyer promener, aller se mettre au lit et ne plus entendre parler de rien. Mais rien ne serait plus bête, bien sûr, et le repos qu'on goûterait au lit serait de courte durée. — Vous n'avez donc pas songé aux grands avocats, à l'époque ? demanda K. — Pas longtemps, fit le négociant en souriant de nouveau, mais on ne peut hélas ! les oublier complètement ; la nuit surtout est propice à ce genre de pensées. Mais à l'époque, je voulais des résultats immédiats, et je suis donc allé voir les avocaillons. »

« Comme vous voilà assis l'un à côté de l'autre ! », s'écria Leni, de retour avec le bol et debout dans l'embrasure de la porte. Ils étaient en effet assis côte à côte, le moindre mouvement aurait suffi pour que leurs têtes se cognent ; le négociant qui, sans parler de sa petite taille, avait en plus le dos voûté, avait contraint K. lui aussi à courber l'échine s'il voulait tout entendre. « Encore un petit instant ! cria-t-il à Leni en cherchant à l'éloigner, la main toujours posée sur celle du négociant, et tremblant d'impatience. — Il voulait que je lui raconte mon procès, fit le négociant à Leni. — Raconte, raconte », dit-elle. Elle parlait au négociant avec tendresse, mais aussi d'un ton dédaigneux qui déplut à K. ; il s'en rendait compte à présent, cet homme n'était pas sans valeur, du moins avait-il une expérience qu'il savait communiquer. Leni le jugeait sans doute injustement. Il observa avec colère la façon dont elle retirait de la main du négociant la chandelle qu'il n'avait cessé de tenir pendant tout ce temps, lui essuyait la main avec son tablier, puis s'agenouillait à côté de lui pour gratter un peu de cire qui était tombée sur son pantalon. « Vous alliez me parler des avocaillons, fit K. en écartant sans autre commentaire la main de Leni. — Que veux-tu donc ? demanda Leni, et après avoir donné à K. une petite tape, elle continua son travail. — Oui, des avocaillons », fit le négociant en passant la main sur son front, comme pour réfléchir. K. voulut l'aider et dit : « Vous vouliez obtenir des résultats immédiats, et vous êtes donc allé voir les avocaillons. — Tout à fait », dit le négociant, mais il n'alla pas plus loin. « Peut-être ne veut-il pas en parler devant Leni », songea K. et, maîtrisant l'impatience où il était d'entendre le reste tout de suite, il n'insista plus.

« M'as-tu annoncé ? demanda-t-il à Leni. — Bien sûr, fit-elle, il t'attend. Laisse Block, à présent ; tu pourras lui parler plus tard, de toute façon il reste ici. » K. hésitait encore. « Vous restez ici ? » demanda-t-il au négociant ; il voulait entendre sa propre réponse ; il ne voulait pas que Leni parle du négociant comme s'il était absent ; il était plein d'une colère rentrée envers Leni. Et de nouveau, seule Leni répondit : « Il dort assez souvent ici. — Il dort ici ? » s'écria K. ; il avait cru que le négociant allait se contenter de l'attendre ici tandis qu'il expédierait l'entretien avec l'avocat, mais qu'ensuite, ils partiraient ensemble, et auraient une discussion approfondie, sans interruption. « Eh oui, dit Leni, tout le monde n'a pas comme toi le privilège d'être reçu à n'importe quelle heure chez l'avocat. Tu n'as pas l'air surpris que l'avocat te reçoive encore à onze heures du soir, malgré sa maladie. Tu as trop tendance à trouver naturel ce que tes amis font pour toi. Bon, tes amis ou moi, en tout cas, nous le faisons volontiers. Le seul remerciement que je veuille et dont j'aie besoin, c'est que tu m'aimes. — Que je t'aime ? » songea K. tout d'abord ; c'est alors seulement que l'idée lui traversa la tête : « Oui, c'est vrai je l'aime. » Négligeant tout le reste, il répondit néanmoins : « Il me reçoit parce que je suis son client. Si pour cela aussi il fallait l'aide de quelqu'un, on ne pourrait faire un pas sans quémander et remercier simultanément. — Qu'il est de mauvaise humeur aujourd'hui, pas vrai ? demanda Leni au négociant. — C'est moi l'absent, à présent, songea K., et il en voulut presque aussi au négociant lorsque celui-ci renchérit sur l'impolitesse de Leni en disant : — C'est pour d'autres raisons encore que l'avocat le reçoit. Son cas est plus intéressant que le mien. De surcroît, son procès en est encore à ses débuts, il n'est donc sans doute pas encore trop enlisé, et voilà pourquoi l'avocat s'en occupe encore avec plaisir. Cela changera par la suite. — Oui, oui, fit Leni, et elle regarda le négociant en riant : qu'il est bavard ! En même temps elle se tourna vers K. : mais surtout, ne va pas le croire. Il est aussi gentil qu'il est bavard. C'est peut-être pour cela que l'avocat ne peut pas le supporter. En tout cas, il ne le reçoit que lorsqu'il est d'humeur. Je me suis déjà donné beaucoup de mal pour changer les choses, mais c'est impossible. Imagine, parfois j'annonce Block, et il ne le reçoit que trois jours plus tard. Mais si Block n'est pas au rendez-vous lorsqu'il est convoqué, alors tout est perdu, et il faut l'annoncer à nouveau. C'est pourquoi j'ai permis à Block de dormir ici ; d'ailleurs, il est déjà arrivé qu'il sonne au milieu de la nuit pour le voir. Block se tient donc prêt aussi la nuit. En revanche, lorsqu'il apprend que Block est ici, l'avocat revient parfois sur son ordre de le faire entrer. » K. interrogea le négociant du regard. Celui-ci acquiesça, et dit avec la même franchise que pendant sa conversation avec K., peut-être était-il distrait par l'humiliation : « Oui, on devient peu à peu très dépendant vis-à-vis de son avocat. — Il se plaint pour avoir l'air, c'est tout, fit Leni. Car il aime beaucoup dormir ici, il me l'a avoué souvent. » Elle se dirigea vers une petite porte et la poussa. « Veux-tu voir sa chambre ? » demanda-t-elle. K. s'avança jusqu'au seuil et vit une chambre basse, sans aucune fenêtre, entièrement occupée par un lit étroit. Il fallait enjamber le pied du lit pour s'allonger. À la tête du lit, il y avait une niche dans le mur, où étaient rangés avec soin une chandelle, un encrier et une plume, ainsi qu'un tas de papiers, sans doute des documents relatifs au procès. « Vous dormez dans la chambre de bonne ? demanda K. en se retournant vers le négociant. — Leni l'a aménagée pour moi, répondit le négociant, c'est très commode. » K. le regarda longuement ; la première impression que lui avait faite le négociant avait peut-être été juste, tout compte fait ; il avait beaucoup d'expérience, car son procès durait depuis longtemps, mais il l'avait payée cher. Soudain, la vue du négociant lui devint insupportable. « Mets-le donc au lit ! », cria-t-il à Leni, qui ne semblait rien comprendre. K. voulait voir l'avocat et, par son renvoi, se libérer à la fois de lui et aussi de Leni et du négociant. Mais avant même qu'il fût arrivé à la porte, le négociant lui lança à voix basse : « Monsieur l'administrateur... » K. se retourna, l'air méchant. « Vous avez oublié votre promesse, dit le négociant depuis son siège, les bras tendus vers K. d'un air suppliant : vous deviez encore me confier un secret. — C'est vrai, fit K. en effleurant aussi du regard Leni, qui l'observait attentivement ; eh bien écoutez-moi ; à vrai dire, ce n'est presque plus un secret. Je vais voir l'avocat pour le congédier. — Il le congédie ! » s'écria le négociant, et il sauta de son siège et se mit à arpenter la cuisine, les deux bras en l'air. Il s'écriait sans arrêt : « Il congédie l'avocat ! » Leni allait se précipiter sur K., mais elle se heurta au négociant, ce qui valut à ce dernier un bon coup de poing. Les poings encore serrés, elle courut derrière K., mais il avait déjà une bonne avance. Il était déjà entré dans la chambre de l'avocat lorsque Leni le rattrapa. Il avait presque fermé la porte derrière lui, mais Leni, la bloquant avec un pied, le saisit par le bras et voulut le tirer en arrière. Mais il serra son poignet si fort qu'elle dut lâcher prise en poussant un gémissement. Elle n'osa pas entrer dans la chambre aussitôt, et K., de son côté, ferma la porte à clef.

« Voilà déjà très longtemps que je vous attends », dit l'avocat depuis son lit ; il posa sur sa table de nuit un document qu'il lisait à la lueur de la chandelle, mit des lunettes, et lança à K. un regard perçant. Au lieu de s'excuser, K. répondit : « Je ne resterai qu'un instant. » La remarque de K. n'étant pas une excuse, l'avocat n'y fit pas attention et dit : « Je ne vous laisserai plus venir à une heure aussi tardive, désormais. — Vous devancez mes désirs », fit K. L'avocat le questionna du regard. « Asseyez-vous, dit-il. — Puisque vous le souhaitez, dit K., et il avança un siège près de la table de nuit et s'assit. — Il me semblait que vous aviez verrouillé la porte, fit l'avocat. — Oui, dit K., c'était à cause de Leni. » Il n'avait l'intention d'épargner personne. Mais l'avocat lui demanda : « Vous a-t-elle de nouveau importuné ? — Importuné ? demanda K. — Oui », fit l'avocat en riant, ce qui lui donna un accès de toux ; dès que ce fut passé, il se remit à rire. « Vous avez tout de même déjà remarqué qu'elle cherche à s'imposer ? » demanda-t-il en tapotant la main de K., que ce dernier avait par distraction posée sur la table de nuit et retira précipitamment. « Vous n'y accordez pas beaucoup d'importance, fit l'avocat devant le silence de K., tant mieux. Autrement j'aurais peut-être dû vous présenter des excuses. C'est une bizarrerie de Leni, que je lui ai d'ailleurs pardonnée depuis longtemps et dont je ne parlerais pas, si vous ne veniez à l'instant de verrouiller la porte. Cette bizarrerie, vous êtes sans doute le dernier à qui je croirais devoir l'expliquer, mais vous me regardez d'un air si consterné... je le fais donc : sa bizarrerie, c'est que Leni trouve beaux la plupart des accusés. Elle s'attache à tous les accusés, les aime tous, et semble, à vrai dire, aimée de tous ; pour me distraire, elle m'en fait parfois le récit ensuite, si je le lui permets. Tout cela ne m'étonne pas autant que vous semblez l'être. Si on a l'œil pour cela, on trouve les accusés souvent beaux, en effet. C'est un phénomène singulier, qui relève en quelque sorte du domaine des sciences naturelles. Bien entendu, l'accusation n'entraîne pas une modification nette de l'apparence, susceptible d'être déterminée avec précision. Néanmoins ce n'est pas comme dans les autres affaires judiciaires ; la plupart des gens conservent leurs habitudes de vie et ne sont guère gênés par le procès, s'ils sont entre les mains d'un bon avocat. Et pourtant, ceux qui ont de l'expérience en ce domaine sont capables de repérer un à un les accusés parmi une foule immense. Comment cela ? allez-vous me demander. Ma réponse ne va guère vous satisfaire. Les accusés sont les plus beaux. Ce ne peut être la faute qui les rend beaux, car en réalité — en tant qu'avocat, je dois du moins tenir ce discours — tous ne sont pas coupables ; ce ne peut pas être non plus le châtiment à venir qui les rend déjà beaux, car ils ne seront pas tous châtiés ; cela ne peut donc tenir qu'à la procédure entamée contre eux, et qui d'une certaine façon leur colle à la peau. Certes, il y en a qui sont particulièrement beaux. Mais ils sont tous beaux, même Block, ce misérable ver de terre. »

Lorsque l'avocat eut terminé, K. était parfaitement calme, il avait même acquiescé ostensiblement à ses dernières paroles, se confortant ainsi dans sa vieille opinion : l'avocat cherchait toujours, et cette fois-ci encore, à le distraire par toutes sortes d'informations sans lien avec son affaire et à le détourner de la question essentielle : quel travail réel avait-il fourni pour le procès de K. ? L'avocat dut remarquer que K. lui résistait plus que d'habitude, car il se tut pour donner à K. la possibilité de s'exprimer ; puis, devant son silence, il lui demanda : « Êtes-vous venu me voir aujourd'hui dans un but précis ? — Oui, dit K. en voilant un peu la chandelle d'une main pour mieux voir l'avocat, je voulais vous dire qu'à compter de ce jour, je vous retire ma défense. — Vous ai-je bien compris, demanda l'avocat en se redressant à moitié dans son lit et en s'appuyant d'une main sur ses oreillers. — Je crois, dit K., assis très raide, comme aux aguets. — Bon, nous pouvons aussi discuter de ce projet, fit l'avocat après un petit instant. — Ce n'est plus un projet, fit K. — Admettons, dit l'avocat, mais nous n'allons tout de même rien précipiter. » Il utilisait le terme « nous », comme s'il n'avait pas l'intention de lâcher K., comme si, à défaut d'être son défenseur, il eût voulu rester son conseiller. « Cela n'a rien de précipité, fit K., en se levant avec lenteur pour aller se placer derrière sa chaise, c'est une décision mûrement réfléchie, peut-être même trop longtemps. Elle est sans appel. — Alors permettez-moi encore de dire quelques mots », fit l'avocat, et après avoir écarté l'édredon, il s'assit sur le bord du lit. Ses jambes nues couvertes de poils blancs tremblaient de froid. Il pria K. de lui attraper une couverture sur le canapé. K. alla chercher la couverture et dit : « Vous risquez inutilement de prendre froid. — L'occasion est suffisamment importante, fit l'avocat en s'enveloppant le haut du corps dans l'édredon et en enroulant ses jambes dans la couverture. Votre oncle est mon ami et vous aussi, vous m'êtes devenu cher avec le temps. Je l'avoue franchement. Je n'ai pas à en avoir honte. » Ces émouvants propos du vieil homme tombaient fort mal, car ils obligeaient K. à fournir une explication détaillée qu'il eût préféré éviter ; de surcroît ils le troublaient — il se l'avouait en toute franchise —, même s'ils ne pourraient pas le faire revenir sur sa décision. « Je vous remercie de votre amitié, dit-il ; je reconnais d'ailleurs que vous vous êtes occupé de mon affaire dans toute la mesure de vos possibilités et de ce qui vous semble être mon intérêt. J'ai cependant acquis la conviction, ces derniers temps, que cela n'est pas suffisant. Jamais, bien sûr, je n'essaierai de vous convaincre de mon opinion, vous qui êtes beaucoup plus âgé et plus expérimenté ; si j'ai parfois essayé de le faire malgré moi, veuillez m'en excuser ; mais cette affaire, pour reprendre vos propres termes, est suffisamment importante, et je suis convaincu qu'il faut intervenir dans le procès avec beaucoup plus d'énergie que jusqu'à maintenant. — Je vous comprends, dit l'avocat, vous êtes impatient. — Je ne suis pas impatient, fit K. un peu piqué et surveillant moins son langage. Vous avez pu remarquer lors de ma première visite avec mon oncle que je ne me souciais guère du procès ; si on ne me le rappelait pas de force, pour ainsi dire, je l'oubliais bel et bien. Mais mon oncle insista pour que je vous confie ma défense ; je l'ai fait pour lui être agréable. On aurait pu s'attendre alors à ce que je trouve le procès encore plus facile à supporter qu'auparavant, car après tout, si l'on se fait défendre par un avocat, c'est pour se décharger un peu de ce fardeau. Or c'est l'inverse qui s'est produit. Jamais le procès ne m'a autant préoccupé que depuis que vous me défendez. Quand j'étais seul, je n'effectuais aucune démarche, mais je sentais à peine mon procès ; maintenant, à l'inverse, j'avais un défenseur, et les conditions étaient réunies pour qu'il se passe quelque chose : dans une tension croissante, je n'ai cessé d'attendre votre intervention, mais elle n'est pas venue. Certes, vous m'avez communiqué divers renseignements sur le tribunal que personne d'autre, peut-être, n'aurait pu me procurer. Mais cela ne saurait me suffire, maintenant que d'une façon littéralement secrète, le procès me serre de plus en plus près. » K. avait repoussé sa chaise et se tenait debout, les mains dans les poches de sa veste. « Quand on a pratiqué son métier pendant un certain temps, dit l'avocat calmement et à voix basse, il ne se passe plus rien de très nouveau. Combien de clients, à des stades analogues de leur procès, se sont tenus debout devant moi comme vous, et m'ont adressé des propos analogues. — Alors, dit K., tous ces clients qui se ressemblent ont eu raison comme moi. Cela ne me contredit pas. — Je ne cherchais pas à vous contredire, fit l'avocat, mais je voulais ajouter que j'eusse espéré vous voir manifester plus de jugement que les autres, d'autant que je vous ai fourni plus d'informations sur mon activité et sur le système judiciaire qu'aux clients ordinaires. Or, force m'est de constater maintenant qu'en dépit de tout, vous n'avez pas assez confiance en moi. Vous ne me facilitez pas les choses. » Comme l'avocat s'humiliait devant K. ! Et sans le moindre égard pour l'honneur de la profession, dont c'était là sûrement le point le plus sensible. Pourquoi agissait-il ainsi ? Si l'on se fiait aux apparences, c'était pourtant un avocat très occupé et de surcroît un homme riche ; une baisse de revenus ou la perte d'un client ne devaient guère compter à ses yeux. Étant par ailleurs en mauvaise santé, il aurait dû lui-même être soucieux d'alléger sa charge de travail. Et cependant, il se cramponnait à K. Pourquoi ? Était-ce par sympathie personnelle pour l'oncle, ou bien jugeait-il le procès de K. vraiment si extraordinaire qu'il espérait s'y distinguer, soit au bénéfice de K., soit — et il ne fallait jamais exclure cette possibilité — aux yeux de ses amis du tribunal ? K. eut beau le dévisager sans retenue, il ne laissait rien transparaître. On aurait presque pu croire qu'il gardait exprès un visage impassible en attendant de voir l'effet de son discours. Mais il interpréta visiblement le mutisme de K. dans un sens beaucoup trop favorable lorsqu'il poursuivit : « Vous aurez observé que si j'ai un grand bureau, je n'emploie aucun collaborateur. Il en était autrement jadis, il fut un temps où quelques jeunes juristes travaillaient pour moi ; aujourd'hui je travaille seul. Cela tient d'une part à l'évolution de mon activité, car je me suis de plus en plus cantonné à des affaires du genre de la vôtre, et de l'autre à la connaissance toujours plus approfondie que j'en ai acquise. J'ai découvert que je ne pouvais confier ce travail à personne si je ne voulais pas nuire à mes clients et à la tâche que j'avais assumée. Mais la décision d'effectuer tout le travail

seul eut pour conséquence naturelle que je dus décliner presque toutes les causes qu'on me demandait de défendre, et ne
pus accepter que celles qui me touchaient de près — d'ailleurs,
il y a assez d'individus, et même tout près d'ici, qui se précipitent sur le moindre rogaton que je laisse tomber ! Et de surcroît
je tombai malade, par surmenage. Je ne regrette pas ma décision, cependant ; peut-être aurais-je dû refuser davantage de
procès que je ne l'ai fait ; mais il s'est avéré indispensable que
je me consacre entièrement aux procès que j'avais pris en
charge, et j'en ai été récompensé par les résultats. Au détour
d'une lecture, j'ai trouvé jadis une très jolie évocation de la
différence qui existe entre la défense dans les cas ordinaires et
la défense dans des cas comme celui-ci. Le texte disait : le premier avocat conduit son client le long d'un fil à coudre jusqu'au
verdict, mais l'autre prend aussitôt son client sur ses épaules et
le porte jusqu'au verdict, et encore au-delà, sans le reposer à
terre. C'est exact. Mais je n'étais pas tout à fait dans le vrai en
disant que je ne regrette jamais cet immense travail. Quand il
est entièrement méconnu, comme dans votre cas, eh bien alors,
j'ai presque des regrets. » Ce discours impatienta K. plus qu'il
ne le persuada. Il crut déceler dans l'intonation de l'avocat ce
qui l'attendait s'il cédait ; les vaines promesses allaient recommencer : allusions à la requête qui avançait, aux fonctionnaires
du tribunal mieux disposés, mais aussi aux immenses difficultés
qui s'interposaient, — bref, ce seraient les même rengaines,
pour bercer à nouveau K. de vagues espoirs et le tourmenter
par de vagues menaces. Il fallait l'en empêcher une fois pour
toutes, et c'est pourquoi il répondit : « Que comptez-vous
entreprendre dans mon affaire, si vous en conservez la défense ? » L'avocat se soumit même à cette question franchement
insultante et répondit : « Je continuerai ce que j'ai déjà entrepris pour vous. — Je le savais, fit K., inutile d'en dire davantage.
— Je vais effectuer encore une tentative, dit l'avocat, comme si
ce n'était pas K., mais lui-même qui avait des raisons de s'emporter. Car j'ai l'impression que la mauvaise opinion que vous
avez de mon assistance, ainsi que tout le reste de votre attitude,

tiennent au fait que, pour un accusé, on vous traite trop bien ou, plus exactement, avec indolence, avec une indolence apparente. Cela aussi a une raison ; il vaut souvent mieux être enchaîné que libre. Mais je voudrais quand même vous montrer comment d'autres accusés sont traités ; peut-être cela vous servira-t-il de leçon. Je m'en vais convoquer Block, ouvrez la porte et asseyez-vous ici, à côté de la table de nuit. — Volontiers », dit K. en faisant ce que l'avocat lui avait demandé ; il était toujours prêt à apprendre. Mais pour parer à toute éventualité, il demanda encore : « Vous avez bien enregistré que je vous retire ma défense ? — Oui, dit l'avocat, mais aujourd'hui encore vous pourriez revenir sur votre décision. » Il se remit au lit, ramena son édredon jusqu'au menton et se tourna vers le mur. Puis il sonna.

Presque en même temps que la sonnerie apparut Leni, cherchant par de rapides coups d'œil à savoir ce qui s'était passé ; il lui sembla rassurant de voir K. assis tranquillement à côté du lit de l'avocat. Elle fit à K. un signe de la tête en souriant ; il la regarda froidement. « Va chercher Block », dit l'avocat. Mais au lieu d'aller le chercher, elle se contenta d'aller à la porte et de crier : « Block ! Chez l'avocat ! » puis, sans doute parce que l'avocat restait tourné vers le mur et ne s'occupait de rien, elle se glissa derrière la chaise de K. Elle ne cessa alors de le déranger en se penchant sur le dossier ou en passant la main dans ses cheveux et en lui caressant les joues avec beaucoup de tendresse et de précautions. K. finit par chercher à l'en empêcher en lui prenant la main, qu'elle lui abandonna après quelque résistance.

Block était accouru à l'appel de son nom, mais il restait derrière la porte et semblait se demander s'il devait entrer. Les sourcils relevés et la tête inclinée, il avait l'air de guetter un deuxième appel. K. aurait pu l'encourager à entrer, mais s'étant promis de rompre une fois pour toutes, non seulement avec l'avocat, mais avec tout ce qu'il y avait chez lui, il resta immobile. Leni elle aussi se taisait. Block remarqua qu'au moins, personne ne le chassait et entra sur la pointe des pieds, le visage

tendu, les mains crispées derrière le dos. Il avait laissé la porte
ouverte pour une retraite éventuelle. Il ne regardait pas K.,
mais fixait l'épais édredon sous lequel l'avocat n'était même
pas visible, tant il s'était rapproché du mur. C'est alors qu'on
entendit sa voix : « C'est Block ? » demanda-t-il. Cette question
eut sur Block, qui avait déjà reculé de plusieurs pas, l'effet d'un
coup sur la poitrine suivi d'un coup dans le dos ; il tituba, se
figea dans une profonde révérence et dit : « Pour vous servir.
— Que veux-tu ? demanda l'avocat. Tu tombes mal. — Ne m'a-
t-on pas appelé ? » demanda Block, s'adressant davantage à lui-
même qu'à l'avocat, les mains tendues pour se protéger, et prêt
à fuir. « On t'a appelé, dit l'avocat, mais tu tombes mal quand
même. » Et après une pause il ajouta : « Tu tombes toujours
mal. » Depuis que l'avocat parlait, Block ne regardait plus le lit,
il avait l'œil rivé quelque part dans un coin, comme si la vue
de celui qui parlait était trop aveuglante pour qu'il puisse la
supporter. L'avocat n'était pas non plus facile à entendre, car il
parlait contre le mur à voix basse et très vite. « Voulez-vous que
je m'en aille ? demanda Block. — Maintenant que tu es là, dit
l'avocat, reste ! » On aurait pu croire que l'avocat n'avait pas
réalisé le vœu de Block mais l'avait menacé de coups de fouets,
car Block fut saisi de véritables tremblements. « J'étais hier, dit
l'avocat, chez mon ami le troisième juge et j'ai peu à peu
orienté la conversation sur ton cas. Veux-tu savoir ce qu'il a
dit ? — Oh, s'il vous plaît », fit Block. Comme l'avocat tardait à
répondre, Block répéta sa supplique et s'inclina, comme s'il
allait s'agenouiller. Mais K. le rabroua : « Que fais-tu ? » s'écria-
t-il. Leni ayant essayé d'étouffer son cri, il lui saisit l'autre main.
Il n'y avait aucun amour dans cette étreinte, et Leni soupira
plusieurs fois en cherchant à se libérer les mains. Mais ce fut
Block qui fut puni pour l'exclamation de K., car l'avocat lui
demanda : « Qui est donc ton avocat ? — C'est vous, fit Block.
— Et à part moi ? demanda l'avocat. — Il n'y a personne d'autre, dit Block. — Alors n'obéis à personne d'autre », dit l'avocat.
Block fut parfaitement d'accord, il toisa K. d'un œil sombre et
secoua vivement la tête dans sa direction. Si on avait transposé

cette attitude en paroles, elle se serait traduite par de grossières insultes. Et dire que K. avait voulu parler amicalement de sa propre affaire avec cet individu ! « Je ne te dérangerai plus, dit K., en se reculant sur sa chaise, mets-toi à genoux ou bien à quatre pattes, fais ce que tu voudras, peu m'importe. » Mais Block avait malgré tout le sens de l'honneur, au moins vis-à-vis de K., car il se précipita sur lui en gesticulant, les poings serrés, et s'écria, aussi fort qu'il osait le faire près de l'avocat : « Vous n'avez pas le droit de me parler ainsi, ça n'est pas permis. Pourquoi m'insultez-vous ? Et de surcroît ici, devant monsieur l'avocat, où on nous tolère, vous et moi, par pure compassion ? Vous ne valez pas mieux que moi, car vous aussi vous êtes accusé et vous avez un procès. Mais si vous n'en restez pas moins un monsieur, alors j'en suis un comme vous, voire supérieur à vous. Et je veux être traité comme tel, notamment par vous. Mais si vous vous estimez privilégié d'être assis tranquillement ici et de pouvoir tranquillement écouter tandis que moi, pour reprendre votre formule, je me mets à quatre pattes, permettez-moi de vous rappeler ce vieux dicton des juristes : Pour le suspect, le mouvement est préférable au repos car celui qui se repose peut toujours, sans le savoir, se trouver sur le plateau d'une balance en train d'être pesé avec ses péchés. » K. ne répondit rien : l'œil fixe, il dévisagea simplement cet homme égaré. Quelles métamorphoses il avait subies, rien que durant la dernière heure ! Était-ce le procès qui le ballottait ainsi de-ci, de-là et l'empêchait de distinguer ses amis de ses ennemis ? Ne voyait-il donc pas que l'avocat faisait exprès de l'humilier et visait seulement à exhiber son pouvoir devant K., peut-être afin de le soumettre lui aussi ? Mais si Block était incapable de s'en rendre compte, ou s'il redoutait l'avocat à tel point qu'il ne lui servait à rien de s'en rendre compte, comment se faisait-il alors qu'il fût assez malin ou téméraire pour tromper l'avocat, et lui cacher qu'il employait d'autres avocats ? Et comment osait-il attaquer K. quand celui-ci était en mesure de trahir aussitôt son secret ? Mais poussant l'audace encore plus loin, il s'approcha du lit de l'avocat et, là aussi, commença à se plaindre de K. :

« Monsieur l'avocat, dit-il, vous avez entendu comment cet homme m'a parlé. On compte encore les heures de son procès, et voilà qu'il veut déjà me donner des leçons, à moi qui suis en procès depuis cinq ans. Il va même jusqu'à m'insulter. Il ne sait rien, et il m'insulte, moi qui, dans la mesure de mes faibles forces, ai étudié dans le détail ce qu'exigent la dignité, le devoir et les usages du tribunal. — Ne t'occupe de personne, dit l'avocat, et fais ce qui te semble juste. — Bien sûr », fit Block comme pour s'exhorter au courage, et il s'agenouilla près du lit après avoir lancé un bref regard de côté. « Me voici à genoux, mon Avocat », dit-il. Mais l'avocat restait silencieux. Block caressa prudemment l'édredon d'une main. Dans le silence qui régnait à présent, Leni, tout en se libérant des mains de K., dit : « Tu me fais mal. Laisse-moi. Je vais voir Block. » Et elle alla s'asseoir sur le bord du lit. Block se réjouit fort de sa venue, il la pria aussitôt par de silencieuses, mais ardentes mimiques d'intervenir en sa faveur auprès de l'avocat. Il avait visiblement un besoin pressant d'entendre les révélations de l'avocat, mais peut-être dans le seul but de les faire exploiter par ses autres avocats. Leni savait sans doute exactement comment circonvenir l'avocat : elle désigna la main de l'avocat et avança les lèvres comme pour donner un baiser. Aussitôt Block exécuta le baise-main, et le réitéra encore deux fois, sur l'invitation de Leni. Mais l'avocat restait toujours muet. Alors Leni se pencha sur lui, révélant ainsi les belles formes de son corps dressé en avant et, inclinée contre son visage, elle caressa les longs cheveux blancs de l'avocat. Cela finit tout de même par lui arracher une réponse. « J'hésite à le lui dire », fit l'avocat, et on le vit qui secouait un peu la tête, peut-être pour mieux sentir la pression de la main de Leni. Block tendait l'oreille, tête baissée, comme si en écoutant ainsi, il eût transgressé un commandement. « Pourquoi donc hésites-tu ? » demanda Leni. K. eut le sentiment d'entendre un dialogue très au point, déjà souvent répété et destiné à l'être encore souvent, et dont seul Block pouvait croire à la nouveauté. « Comment s'est-il comporté aujourd'hui ? » demanda l'avocat au lieu de répondre. Avant de se prononcer là-dessus, Leni baissa les yeux vers Block et l'observa un petit instant, tandis qu'il levait les mains vers elle et la suppliait en les frottant l'une contre l'autre. Elle finit par acquiescer gravement, se tourna vers l'avocat et lui dit : « Il a été calme et assidu. » Un vieux négociant, un homme à la longue barbe, implorait une jeune fille de témoigner en sa faveur. Même s'il avait peut-être une idée derrière la tête, rien ne pouvait justifier cela aux yeux d'autrui. C'était presque humiliant à voir. K. ne comprenait pas comment l'avocat avait pu penser le convaincre par cette exhibition. S'il ne l'avait pas fait fuir auparavant, il y serait parvenu avec cette scène. Tels étaient donc les effets de la méthode de l'avocat, à laquelle, par bonheur, K. n'avait pas été suffisamment longtemps exposé : le client finissait par oublier le reste du monde, dans le seul espoir de se traîner jusqu'au terme du procès en suivant cette voie sans issue. Ce n'était plus un client, c'était le chien de l'avocat. Si ce dernier lui avait ordonné de ramper sous le lit comme dans une niche et d'aboyer, il l'eût fait avec joie. Comme s'il avait eu pour mission de retenir exactement tout des propos qui se tenaient ici pour les dénoncer en haut lieu et en faire un rapport, K. écoutait d'une oreille attentive et critique. « Qu'a-t-il fait pendant toute la journée ? demanda l'avocat. — Pour qu'il ne me dérange pas dans mon travail, dit Leni, je l'ai enfermé dans la chambre de bonne où d'ailleurs il se tient d'habitude. Par la lucarne, j'ai pu de temps à autre vérifier ce qu'il faisait. Il était toujours agenouillé sur le lit, ayant déplié sur le rebord de la fenêtre les documents que tu lui as prêtés, et il les lisait. Cela m'a fait bonne impression ; car la fenêtre n'ouvre que sur un conduit d'aération et ne donne presque aucune lumière. Pourtant Block lisait ; cela m'a montré comme il est docile. — Je me réjouis de l'apprendre, dit l'avocat. Mais a-t-il fait une lecture intelligente ? » Pendant cet entretien, Block ne cessait d'agiter les lèvres ; il formulait visiblement les réponses qu'il espérait entendre de la bouche de Leni. « Là-dessus, dit Leni, je ne peux certainement pas répondre avec certitude. En tout cas, j'ai vu qu'il faisait une lecture approfondie. Il a passé toute la journée à lire la même page en suivant les lignes du doigt. Chaque fois que j'ai regardé à l'intérieur, il soupirait, comme si la lecture lui donnait beaucoup de peine. Les documents que tu lui as prêtés doivent être difficiles à comprendre. — Oui, dit l'avocat, il est vrai qu'ils le sont. Je ne crois pas non plus qu'il y comprenne grand-chose. Ils sont juste censés lui donner une idée de la difficulté du combat que je mène en sa défense. Et pour qui suis-je en train de mener ce difficile combat ? Pour — c'est presque ridicule à dire — pour Block. Cela aussi, il faut qu'il apprenne à en saisir le sens. Les a-t-il étudiés sans interruption ? — Presque sans interruption, répondit Leni, une fois seulement, il m'a priée de lui donner de l'eau à boire. Alors, je lui ai tendu un verre à travers la lucarne. Puis, à huit heures, je l'ai laissé sortir pour lui donner quelque chose à manger. » Block lança à K. un bref coup d'œil, comme si les éloges dont il était l'objet devaient impressionner K. lui aussi. Il avait l'air plein d'espoir à présent, ses mouvements étaient plus libres et il se déplaça un peu, toujours à genoux. L'effet glacial des propos que l'avocat tint alors n'en fut que plus marqué. « Tu chantes ses louanges, dit l'avocat. Mais tu n'en rends que plus difficile ce que j'ai à dire. Car les paroles du juge n'ont pas été favorables à Block, ni à son procès. — Pas favorables ? demanda Leni. Comment est-ce possible ? » Block la regardait d'un air tendu, comme s'il l'eût crue capable de tourner à son avantage les propos tenus par le juge, voici déjà longtemps. « Pas favorables, dit l'avocat. Il fut même désagréablement impressionné lorsque je commençai à évoquer Block. "Ne me parlez pas de Block, dit-il. — C'est mon client, dis-je. — Vous vous laissez abuser, dit-il. — Je n'estime pas sa cause perdue, dis-je. — Vous vous laissez abuser, répéta-t-il. — Je ne crois pas, dis-je. Block est assidu dans son procès et suit son affaire en détail. Il habite presque chez moi pour être toujours au courant. On ne rencontre pas toujours un pareil zèle. Certes, c'est un personnage déplaisant, il a de mauvaises manières et il est sale ; mais du point de vue du procès, il est irréprochable". J'ai dit "irréprochable" en faisant exprès d'exagérer. À cela il me répondit : "Block est simplement rusé. Il a acquis une grande expérience et s'y entend pour faire traîner le procès. Mais son ignorance dépasse encore sa ruse. Que dirait-il, s'il apprenait que son procès n'a pas encore commencé, si on lui disait que le coup de cloche qui en annonce l'ouverture n'a pas encore retenti." Calme-toi, Block », fit l'avocat, car Block était en train de se redresser sur ses genoux vacillants et allait visiblement solliciter une explication. C'était la première fois que l'avocat lui adressait directement plusieurs paroles de suite. L'œil fatigué, il regardait à moitié dans le vide, à moitié plus bas, vers Block, qui retomba lentement à genoux sous son regard. « Cette déclaration du juge n'a aucune importance pour toi, fit l'avocat. Cesse donc de sursauter à chaque mot. Si tu continues, je ne te révélerai plus rien. On ne peut pas commencer une phrase sans être dévisagé comme si c'était ton verdict qui allait tomber. Tu devrais avoir honte devant mon client ! Qui plus est, tu ébranles sa confiance en moi. Que veux-tu donc ? Tu es toujours vivant, toujours sous ma protection. Craintes insensées ! Tu as lu je ne sais où, que dans plusieurs cas, le verdict tombe à l'improviste et qu'il est prononcé à un moment arbitraire, par une personne arbitraire. Cela est vrai, mais avec d'innombrables réserves, et il n'est pas moins vrai que tes craintes me dégoûtent, et que j'y constate un manque de la confiance nécessaire. Qu'ai-je donc dit ? J'ai cité la déclaration d'un juge. Tu sais que les opinions sur la procédure s'accumulent jusqu'à la rendre impénétrable. Ce juge, par exemple, situe le début de la procédure à un autre moment que moi. C'est une divergence d'opinions, rien de plus. À un certain stade du procès, une vieille coutume exige qu'on donne un coup de cloche. D'après ce juge c'est alors que le procès commence. Je ne puis t'exposer maintenant tous les arguments contraires, tu n'y comprendrais rien ; contente-toi de savoir qu'ils sont nombreux. » Perplexe, Block caressait des doigts la fourrure de la descente de lit ; la crainte que lui inspirait la déclaration du juge lui faisait momentanément oublier sa soumission vis-à-vis de l'avocat ; il ne songeait plus qu'à lui-même et retournait dans tous les sens les propos du juge. « Block, fit Leni sur le ton du reproche, en le redressant légèrement par le col de sa veste. Laisse donc cette fourrure et écoute l'avocat. »

## DANS LA CATHÉDRALE

K. reçut pour mission de faire visiter quelques monuments à un très important correspondant italien de la banque, dont c'était le premier séjour dans cette ville. C'était une mission qu'il eût certainement considérée comme un honneur en d'autres circonstances, mais dont il se chargea à contrecœur, maintenant qu'il ne pouvait sauvegarder sa réputation à la banque qu'aux prix d'immenses efforts. Chaque heure qu'il était contraint de passer hors du bureau lui causait du souci ; même s'il était incapable d'utiliser son temps de bureau comme jadis et passait de nombreuses heures à maintenir tout juste une apparence de véritable travail, il était d'autant plus préoccupé lorsqu'il n'était pas au bureau. Il s'imaginait alors le directeur-adjoint qui, ayant toujours été aux aguets, entrait de temps en temps dans son bureau, s'asseyait à sa table, fouillait dans ses papiers, recevait et lui prenait des clients avec lesquels K. s'était presque lié d'amitié au fil des années, et dénichait peut-être même de ces erreurs auxquelles K. se voyait maintenant exposé de tous côtés dans son travail, et qu'il ne pouvait plus éviter. Aussi, chaque fois qu'on lui confiait une affaire à l'extérieur, voire un petit voyage, quel que fût le prestige de ces missions — et par le plus grand des hasards, elles s'étaient accumulées ces derniers temps —, il soupçonnait toujours qu'on veuille l'éloigner quelque temps du bureau pour examiner son travail ou, du moins, qu'on n'y juge pas sa présence indispensable. Il eût pu aisément refuser la plupart de ces missions, mais il n'osait le faire car, si ses craintes avaient le moindre fondement, refuser la mission revenait à admettre sa peur. C'est pourquoi il acceptait ces missions avec une indifférence apparente et une fois, devant effectuer pendant deux jours un voyage d'affaires épuisant, il alla même jusqu'à passer sous silence un très mauvais rhume pour ne pas risquer qu'on l'empêche de partir en invoquant le temps d'automne pluvieux qui régnait alors. Lorsqu'il revint de ce voyage avec d'horribles maux de tête, il apprit que le lendemain, il devait promener le correspondant italien. Grande fut sa tentation de refuser pour une fois, surtout parce que le travail qu'on lui confiait n'avait aucun rapport direct avec les affaires de la banque ; s'acquitter de cette obligation mondaine envers le correspondant était sans doute assez important en soi, mais pas pour K. ; il savait bien que seuls des succès professionnels lui permettraient de se maintenir et qu'en leur absence, même si contre toute attente il parvenait à charmer cet Italien, cela ne servirait absolument à rien ; il ne voulait pas être écarté du bureau, fût-ce pendant une journée, car il craignait trop de ne plus être autorisé à revenir ; il savait pertinemment que cette crainte était exagérée, mais elle l'oppressait malgré tout. À vrai dire, il était presque impossible dans ce cas précis d'inventer une objection valable ; sa connaissance de la langue italienne, quoique limitée, était suffisante. Mais les rudiments d'histoire de l'art qu'il avait acquis jadis furent le facteur déterminant : on en avait eu connaissance à la banque avec une bonne part d'exagération, car pendant un temps, et d'ailleurs pour des raisons exclusivement professionnelles, il avait été membre de l'Association pour la Sauvegarde des Monuments Artistiques de la Ville. Or, d'après la rumeur, l'Italien était amateur d'art ; le choix de K. pour le guider s'était donc imposé.

C'est par une matinée de tempête et de grosse pluie que K., contrarié par la journée qui l'attendait, arriva à son bureau dès sept heures afin d'expédier au moins un peu de travail avant que cette visite ne l'oblige à tout lâcher. Il était très fatigué, car il avait passé la moitié de la nuit à étudier une grammaire italienne pour se préparer un peu ; la fenêtre, où il avait beaucoup trop tendance à venir s'asseoir ces derniers temps, l'attirait plus que son bureau, mais il tint bon et se mit au tra-

vail. Malheureusement le clerc entra aussitôt et annonça que
M. le Directeur l'avait envoyé voir si M. l'Administrateur était
déjà là ; car si c'était le cas, il le priait de bien vouloir se rendre
dans le salon de réception, le monsieur italien étant déjà là.
« J'arrive tout de suite », fit K. en mettant un petit dictionnaire
dans sa poche ; il emporta sous son bras un catalogue des
curiosités de la ville qu'il avait préparé pour l'étranger, et se
rendit dans la salle de direction, en traversant le bureau du
directeur-adjoint. Il était heureux d'être arrivé si tôt au bureau
et de pouvoir être immédiatement disponible, ce que, sans
doute, personne n'espérait vraiment. Bien sûr, le bureau du
directeur-adjoint était encore vide, comme au beau milieu de
la nuit, sans doute le clerc avait-il dû le convoquer lui aussi au
salon de réception, mais sans succès. Lorsque K. entra, les deux
messieurs se levèrent de leurs profonds fauteuils. Le directeur,
manifestement ravi de sa venue, lui adressa un sourire amical
et fit aussitôt les présentations ; l'Italien donna à K. une vigoureuse poignée de main et en riant traita quelqu'un de lève-tôt,
K. ne comprit pas exactement de qui il parlait ; de surcroît,
c'était un mot étrange, dont il lui fallut un petit instant pour
deviner le sens. Il répondit par quelques formules bien léchées
que l'Italien accueillit d'un nouvel éclat de rire en lissant plusieurs fois d'une main nerveuse son épaisse moustache gris
bleuté. Elle était manifestement parfumée, on était presque
tenté de s'approcher pour sentir. Une fois tout le monde assis,
un petit entretien préliminaire s'engagea ; K. s'aperçut alors
avec un immense embarras qu'il ne comprenait l'Italien que
par bribes. Quand il parlait bien calmement, K. comprenait
presque tout, mais cela restait exceptionnel ; la plupart du
temps, un véritable déluge de paroles sortait de sa bouche, et
il secouait la tête comme s'il y prenait plaisir. En outre, chaque
fois qu'il parlait ainsi, il s'embarquait dans une espèce de dia-
lecte qui n'avait plus rien d'italien pour K., mais que le directeur, non content de le comprendre, parlait aussi ; K. aurait
certes pu prévoir la chose, car l'Italien venait du sud de l'Italie,
où le directeur avait lui aussi passé quelques années. K. se ren-

dit compte en tout cas qu'il lui serait à peu près impossible de se faire entendre de l'Italien, dont le français non plus n'était guère compréhensible ; de surcroît, sa moustache cachait les mouvements de ses lèvres, dont la vue l'aurait peut-être aidé pour le comprendre. Commençant à prévoir bien des désagréments, K. renonça pour l'instant à essayer de le comprendre — en présence du directeur qui avait tant de facilité, c'eût été un effort inutile — et il se contenta d'observer d'un air chagrin l'Italien bien calé dans son fauteuil, mais sans se laisser aller et qui pinçait de temps à autre son élégant petit veston, levait les bras et agitait les mains avec souplesse en essayant de décrire quelque chose que K., penché en avant, les yeux rivés sur ces mains, n'arrivait pourtant pas à saisir. Finalement, n'ayant rien d'autre à faire que de suivre machinalement du regard le va-et-vient des répliques, K. sentit revenir sa fatigue du début et il se surprit avec horreur sur le point de se lever par inadvertance, et de faire demi-tour pour s'en aller. Enfin, l'Italien regarda sa montre et se leva d'un bond. Après avoir pris congé du directeur, il vint se placer tout à côté de K., si près même que celui-ci dut reculer son fauteuil pour pouvoir bouger. Le directeur, lisant sûrement dans le regard de K. sa détresse face à cette pratique de l'Italien, se glissa dans la conversation et ce, avec tant d'intelligence et de délicatesse qu'on eût cru qu'il se contentait d'ajouter de petits conseils alors qu'en fait, il expliquait à K. en les résumant tous les propos de l'Italien, qui ne se lassait pas de l'interrompre. K. apprit par son intermédiaire que l'Italien avait encore quelques affaires à expédier, et qu'il ne disposerait hélas ! dans l'ensemble que de peu de temps ; n'ayant nullement l'intention de voir toutes les curiosités au pas de course il avait plutôt décidé — bien sûr, si K. était d'accord, la décision n'appartenait qu'à lui — de visiter seulement la cathédrale, mais à fond. Il était ravi de pouvoir faire cette visite en compagnie d'un homme aussi savant et aussi aimable — c'était K. qui était ainsi désigné, mais il faisait tout pour ne pas entendre les propos de l'Italien et saisir au vol ceux du directeur — et il le priait, si l'heure lui convenait, de se trouver dans deux heures, à dix heures environ, dans la cathédrale. Il espérait pouvoir garantir de s'y trouver lui-même à cette heure. K. répondit deux ou trois mots de circonstance, l'Italien serra d'abord la main du directeur, puis celle de K., puis de nouveau celle du directeur, et suivi des deux hommes il se dirigea vers la porte, en se détournant déjà à moitié, mais sans pourtant s'arrêter de parler un seul instant. K. resta encore un petit moment auprès du directeur, qui semblait particulièrement souffrant aujourd'hui. Croyant lui devoir des excuses, celui-ci dit — ils étaient debout l'un près de l'autre, en personnes proches — qu'il avait d'abord eu l'intention d'accompagner l'Italien lui-même, mais qu'en fin de compte — et il ne donna pas de motifs plus précis — il avait préféré envoyer K. S'il ne comprenait pas l'Italien au début, K. ne devait pas se laisser décontenancer, cela s'apprenait très vite, et même si K. ne comprenait pas grand-chose, ça n'était pas si grave, car l'Italien ne se souciait guère d'être compris. Au reste, K. avait une étonnante maîtrise de l'italien et se sortirait sans doute brillamment d'affaire. Sur ces mots, K. fut congédié. Il utilisa le temps qui lui restait pour noter avec l'aide du dictionnaire les mots rares dont il avait besoin pour la visite de la cathédrale. C'était un travail des plus fastidieux ; des employés apportaient le courrier, des collègues entraient pour diverses questions ; voyant K. occupé, ils restaient devant la porte et ne déguerpissaient qu'après avoir été entendus ; enfin le directeur-adjoint ne manqua pas cette occasion de le déranger : il entra plusieurs fois dans le bureau de K., lui prit des mains le dictionnaire et le feuilleta, manifestement sans but ; des clients apparaissaient aussi, lorsque la porte s'ouvrait, dans la pénombre de l'antichambre, et s'inclinaient en hésitant, car ils voulaient attirer l'attention, mais n'étaient pas sûrs d'être vus — toute cette agitation gravitait autour de K. tandis qu'il dressait la liste des mots dont il avait besoin, puis les cherchait dans le dictionnaire, puis les notait, puis s'exerçait à les prononcer, et enfin essayait de les apprendre par cœur. Mais sa bonne mémoire de jadis semblait l'avoir complètement abandonné ; parfois il était pris d'une telle rage contre l'Italien qui lui causait cette fatigue, qu'il enfouissait le dictionnaire sous des papiers avec la ferme intention de ne plus se préparer, puis il se rendait compte qu'il ne pouvait tout de même pas aller et venir devant les chefs-d'œuvre de la cathédrale sans ouvrir la bouche, et ressortait le dictionnaire, en proie à une fureur redoublée.

À neuf heures et demie, juste au moment où il allait sortir, le téléphone sonna : c'était Leni qui lui souhaitait le bonjour et voulait prendre de ses nouvelles ; K. la remercia rapidement et lui signala qu'il lui était impossible d'entamer une conversation, car il devait aller à la cathédrale. « À la cathédrale ? demanda Leni. — Eh oui, à la cathédrale. — Et pourquoi à la cathédrale ? » demanda Leni. K. essaya de le lui expliquer en bref, mais à peine avait-il commencé que Leni dit brusquement : « Ils te harcèlent. » K. ne pouvait supporter les marques de sympathie qu'il n'avait pas sollicitées et auxquelles il ne s'attendait pas ; il prit congé en deux mots, mais tandis qu'il reposait l'écouteur, il ajouta, s'adressant à moitié à lui-même, à moitié à la jeune fille là-bas, qu'il n'entendait plus : « Oui, ils me harcèlent. »

Mais il se faisait tard, il risquait déjà presque de ne pas arriver à l'heure. Il y alla en taxi et, s'étant rappelé au dernier moment le catalogue qu'il n'avait pas trouvé l'occasion de remettre plus tôt, il l'emporta. Il le garda sur ses genoux et tambourina dessus nerveusement pendant tout le trajet. La pluie avait faibli, mais il faisait frais, humide et sombre : on n'y verrait pas grand-chose dans la cathédrale, en revanche le mauvais rhume de K. allait sans doute nettement empirer, à passer un long moment debout sur les dalles froides.

La place de la cathédrale était déserte ; K. se souvint qu'enfant déjà, il avait été frappé par le fait que sur cette place étroite les rideaux de presque toutes les maisons étaient tirés. À vrai dire, vu le temps ce jour-là, cela se comprenait mieux que d'habitude. À l'intérieur de la cathédrale aussi, tout semblait désert, bien sûr personne n'avait l'idée d'y venir à cette heure. K. parcourut les deux bas-côtés, et ne vit qu'une vieille femme, enve-

loppée dans un châle épais et contemplant à genoux une image
de la vierge. De loin, il aperçut encore un bedeau qui disparaissait en boitant par une porte donnant sur le mur. K. était ponc-
tuel, il était entré juste comme onze heures sonnaient, mais
l'Italien n'était pas encore là. K. retourna à l'entrée principale,
y resta un certain temps, indécis, puis fit le tour de la cathédrale
sous la pluie pour vérifier si l'Italien n'était pas éventuellement
en train d'attendre à une entrée latérale. Il ne le trouva nulle
part. Le directeur avait-il mal compris l'heure du rendez-vous ?
Mais aussi, comment ne pas comprendre cet homme de travers ? Quoi qu'il en soit, K. devait au moins l'attendre une
demi-heure. Fatigué, il voulut s'asseoir et retourna dans la
cathédrale ; il trouva sur une marche un petit bout de tissu
ressemblant à un tapis, le tira du bout du pied devant un banc
situé à proximité, s'emmitoufla dans son manteau, releva son
col et s'assit. Pour se distraire, il ouvrit le catalogue, le feuilleta
un instant, mais dut bientôt s'interrompre, car il se mit à faire
si sombre qu'en levant les yeux, il put à peine distinguer un
détail dans le bas-côté tout proche.

Au loin, un grand candélabre triangulaire étincelait sur le
maître-autel ; K. n'aurait pu affirmer avec certitude s'il avait déjà
vu ces cierges. Peut-être venait-on seulement de les allumer.
Les bedeaux ont l'allure sournoise par profession, ils passent
inaperçus. En se retournant par hasard, K. vit, non loin de lui,
un grand cierge fixé sur un pilier, qui brûlait également. C'était
fort beau, mais tout à fait insuffisant pour éclairer les retables
dont la plupart étaient accrochés au-dessus des autels latéraux,
dans les ténèbres ; l'obscurité s'en trouvait plutôt renforcée.
L'Italien se montrait aussi raisonnable que discourtois en ne
venant pas, il n'y aurait rien eu à voir ; il eût fallu se contenter
de scruter par fragments quelques tableaux avec la lampe électrique de K. Pour voir ce que cela donnait, K. alla dans une
petite chapelle latérale, gravit deux ou trois marches jusqu'à
une balustrade en marbre peu élevée et se pencha au-dessus
pour éclairer le retable de sa lampe. On était gêné par la lueur
vacillante de la lampe du Saint-Sacrement, placée devant. La

première chose que vit K., ou plutôt qu'il devina, fut un grand chevalier en armure qui était représenté à la lisière du tableau. Il se tenait appuyé sur son épée, qu'il avait plantée devant lui dans le sol dépouillé — où seuls pointaient çà et là quelques brins d'herbe. Il semblait observer attentivement une scène qui se déroulait devant lui. On s'étonnait qu'il restât ainsi immobile sans s'approcher. Peut-être était-il destiné à monter la garde. K. n'avait pas vu de tableau depuis longtemps, et il contempla assez longtemps le chevalier, quoiqu'il fût sans cesse obligé de cligner de l'œil, car il ne supportait pas la lumière verte de sa lampe. Lorsqu'ensuite il la promena sur le reste du tableau, il découvrit une mise au tombeau de facture traditionnelle ; le tableau était d'ailleurs récent. Il remit sa lampe dans sa poche et revint à sa place.

Il était sans doute inutile à présent d'attendre l'Italien, mais il devait pleuvoir à verse dehors, et le froid n'étant pas aussi pénétrant qu'il l'avait redouté, K. décida pour le moment de rester. Non loin de lui se trouvait la grande chaire, dont le petit dais était orné de deux simples croix dorées, disposées en oblique, dont les extrémités se croisaient. La paroi extérieure de la balustrade et le passage la reliant au pilier supportant la chaire étaient recouverts d'un entrelacs de feuillage vert auquel s'accrochaient des angelots, certains animés, d'autres immobiles. K. vint se placer devant la chaire et l'examina de tous côtés ; la pierre avait été travaillée avec minutie, la profonde obscurité qui régnait entre les feuilles et derrière elles semblait y avoir été capturée et y être tenue prisonnière ; K. posa la main dans un des trous et palpa la pierre avec précaution ; il avait ignoré jusque-là l'existence de cette chaire. C'est alors qu'il remarqua par hasard, derrière la rangée de bancs suivante, un bedeau qui était là debout, vêtu d'un habit noir à longs plis, une tabatière dans la main gauche, en train de l'observer. « Que veut donc cet homme ? songea K. Me trouve-t-il suspect ? Veut-il un pourboire ? » Mais lorsqu'il vit que K. l'avait remarqué, le bedeau pointa dans une direction imprécise sa main droite, dont deux doigts serraient encore une prise de tabac. Son attitude était presque incompréhensible ; K. attendit encore un petit instant, mais le bedeau ne cessait de montrer quelque chose de la main et insistait par des hochements de tête. « Que veut-il donc ? » demanda K. à voix basse, car il n'osait crier ici ; puis il sortit son porte-monnaie, et se faufila le long du banc suivant pour arriver jusqu'à l'homme. Mais celui-ci fit aussitôt de la main un geste de refus, haussa les épaules et s'en alla en boitant. C'est par une démarche semblable à cette boiterie précipitée, qu'enfant, K. s'efforçait d'imiter un homme à cheval. « Un vieillard sénile, songea-t-il, il a juste assez de tête pour faire son service à l'église. Comme il s'arrête de marcher lorsque je m'arrête, et comme il me guette pour voir si je vais le suivre ! » K. suivit en souriant le vieillard tout le long du bas-côté, à peu près jusqu'à la hauteur du maître-autel ; le vieillard ne cessait de montrer quelque chose du doigt, mais K. fit exprès de ne pas se retourner, car ce geste avait pour seul but de l'empêcher de suivre le vieillard. Finalement, K. renonça bel et bien à marcher sur ses traces, ne voulant ni trop l'inquiéter ni complètement le faire fuir, au cas où l'Italien se déciderait à arriver.

Lorsqu'il pénétra dans la nef centrale pour retrouver la place où il avait laissé le catalogue, il aperçut contre un pilier jouxtant presque les stalles du chœur une deuxième petite chaire, toute simple, en pierre pâle et dépouillée. Elle était si petite qu'elle ressemblait presque, de loin, à une niche encore vide, destinée à recevoir une statue. Depuis la balustrade le prédicateur ne pouvait sûrement même pas reculer d'un seul pas. De surcroît, la voûte en pierre de la chaire partait beaucoup plus bas que de coutume et, quoiqu'elle fût sans ornement, sa courbure empêchait un homme de taille moyenne de se tenir droit, l'obligeant à se pencher sans cesse par-dessus la balustrade. L'ensemble semblait conçu pour torturer le prédicateur ; on ne pouvait pas comprendre à quoi servait cette chaire, alors qu'on disposait de l'autre, si grande et si artistement décorée.

Du reste, K. n'aurait sans doute pas remarqué cette petite chaire, si une lampe, comme celles qu'on allume d'habitude juste avant un prêche, n'avait été accrochée en haut. Allait-il y

avoir un sermon ? Dans cette église vide ? K. abaissa son regard
vers l'escalier qui montait en colimaçon jusqu'à la chaire, en
enserrant le pilier ; il était si étroit qu'on l'eût cru fait non pour
servir à un homme, mais à la décoration du pilier. Et pourtant,
là K. eut un sourire d'étonnement, un ecclésiastique était
debout sous la chaire, la main posée sur la rampe, prêt à grimper, et le regardait. Puis il fit un très léger signe de la tête ;
aussitôt, K. se signa en s'inclinant, ce qu'il aurait dû faire plus
tôt. L'ecclésiastique prit un peu d'élan et grimpa dans la chaire
à petits pas rapides. Allait-il vraiment entamer un sermon ?
Peut-être le bedeau n'était-il pas si fou et avait-il voulu diriger
K. vers le prédicateur, ce qui, à vrai dire, était indispensable
dans cette église vide. Au reste il y avait encore quelque part
une vieille femme devant une image de la Vierge, qui aurait dû
venir, elle aussi. Et s'il devait y avoir sermon, pourquoi l'orgue
ne l'annonçait-il pas ? Mais l'orgue restait silencieux, jetant seulement par intermittences une faible lueur tout là-haut, dans
les ténèbres.

K. se demanda s'il ne devait pas s'éloigner au plus vite ; s'il
ne le faisait pas dès maintenant, il n'y aurait pas moyen pendant
le sermon, il lui faudrait alors rester jusqu'à la fin ; il perdait
tellement de temps au bureau ; voilà longtemps qu'il n'était
plus obligé d'attendre l'Italien ; il regarda sa montre : il était
onze heures. Mais pouvait-il vraiment y avoir un sermon ? K.
pouvait-il à lui tout seul constituer une assemblée ? Et s'il avait
été un étranger, qui voulait simplement visiter l'église ? Au
fond, il n'était rien d'autre. C'était folie de penser qu'il allait y
avoir un sermon, maintenant, à onze heures, un jour de
semaine, par un temps détestable. L'ecclésiastique — ce jeune
homme au visage glabre était un ecclésiastique, à n'en pas douter — grimpait certainement dans la seule intention d'éteindre
la lampe qui avait été allumée par erreur.

Mais ce ne fut pas le cas ; au contraire, l'ecclésiastique vérifia
la lampe et la fit briller un peu plus fort, puis il se tourna lentement vers la balustrade et en saisit des deux mains le rebord
anguleux. Il resta debout un certain temps dans cette position,

en regardant autour de lui sans bouger la tête. K. avait fait plusieurs pas en arrière et s'accouda au banc de la première travée. Sans savoir exactement où, il aperçut vaguement quelque part le bedeau qui se tassait paisiblement sur lui-même en pliant l'échine, comme ayant achevé sa tâche. Quel calme régnait à présent dans la cathédrale ! Mais K. allait devoir le perturber, car il n'avait pas l'intention de rester ; si c'était le devoir de l'ecclésiastique de prêcher à une certaine heure, indépendamment des circonstances, qu'il le fasse, il y arriverait aussi bien sans l'aide de K., de même la présence de K. n'ajouterait sûrement rien à la force de son sermon. K. se mit donc lentement en marche, il longea le banc à tâtons sur la pointe des pieds, arriva dans la vaste nef centrale et la remonta sans être dérangé ; seules les dalles résonnaient à chaque pas, même léger, dont les voûtes répercutaient l'écho, faible mais constant, en l'amplifiant régulièrement. K. se sentait un peu abandonné, à marcher seul entre les bancs vides, peut-être sous le regard attentif de l'ecclésiastique, en outre la dimension de la cathédrale lui semblait à la limite de ce qui était humainement supportable. Arrivé à sa place initiale, il attrapa sans s'arrêter sur son passage le catalogue qu'il avait laissé là et l'emporta. Il avait presque dépassé les derniers bancs et approchait de l'espace libre qui les séparait de la sortie, lorsqu'il entendit pour la première fois la voix de l'ecclésiastique. Une voix puissante et exercée. Comme elle envahissait la cathédrale, prête à l'accueillir ! Mais ce n'était pas l'assemblée des fidèles que l'ecclésiastique apostrophait ; c'était tout à fait clair et sans échappatoire possible, il appelait : « Josef K ! »

K. s'arrêta net et regarda le sol devant lui. À cet instant, il était encore libre ; il pouvait encore avancer et s'échapper par une des trois petites portes en bois, non loin de lui dans la pénombre. Cela signifierait qu'il n'avait pas compris, ou bien qu'il avait compris, mais ne voulait pas s'en préoccuper. En revanche, s'il se retournait, il était pris, car c'était reconnaître qu'il avait compris, que l'appel s'adressait bien à lui, et qu'il comptait obéir. Si l'ecclésiastique avait crié encore une fois, K.

serait sûrement parti, mais comme tout restait silencieux tandis que K. lui aussi attendait, il finit par tourner légèrement la tête, car il voulait voir ce que l'ecclésiastique était en train de faire. Il était tranquillement debout dans sa chaire, mais il était clair qu'il avait remarqué le mouvement de tête de K. C'eût été se livrer à un jeu de cache-cache puéril que de ne pas se retourner complètement, à présent. K. s'exécuta et du doigt, l'ecclésiastique lui fit signe de s'approcher. Puisque, désormais, tout pouvait se dérouler ouvertement, il courut jusqu'à la chaire à grandes enjambées, mû par la curiosité et par le désir d'abréger. Arrivé à la hauteur des premiers bancs, il s'arrêta, mais l'ecclésiastique jugea la distance encore trop grande, il tendit la main et, pointant l'index vers le bas, lui indiqua un emplacement juste devant la chaire. K. obéit de nouveau ; à cette place, il lui fallait pencher la tête très en arrière pour voir l'ecclésiastique. « Tu es Josef K., dit l'ecclésiastique avec un grand mouvement de la main, sur la balustrade. — Oui », dit K., songeant à la franchise avec laquelle il disait toujours son nom, jadis ; depuis quelque temps, ce nom lui pesait, et même des gens qu'il rencontrait pour la première fois le connaissaient ; qu'il était doux de commencer par se présenter, et ensuite seulement d'être connu ! « Tu es accusé, dit tout bas l'ecclésiastique. — Oui, dit K., c'est ce qu'on m'a fait savoir. — Alors tu es celui que je cherche, fit l'ecclésiastique. Je suis l'aumônier des prisons. — Ah bon, dit K. — Je t'ai fait convoquer, dit l'ecclésiastique, pour te parler. — Je l'ignorais, fit K. Je suis venu ici pour faire visiter la cathédrale à un Italien. — Ne t'occupe pas des détails secondaires, dit l'ecclésiastique. Qu'as-tu à la main ? Est-ce un livre de prières ? — Non, répondit K., c'est un catalogue des curiosités de la ville. — Pose-le », fit l'ecclésiastique. K. le jeta sur le sol si violemment qu'il s'ouvrit et glissa quelques secondes, les pages toutes chiffonnées. « Sais-tu que ton procès est mal en point ? demanda l'ecclésiastique. — C'est aussi mon avis, fit K. Je me suis donné tout le mal du monde, mais sans résultat jusqu'ici. Il est vrai que je n'ai toujours pas terminé la requête. — Comment envisages-tu la fin ? demanda l'ecclésiastique. — Jadis, je croyais que tout finirait bien, dit K. Maintenant, j'en doute parfois moi-même. J'ignore comment cela finira. Le sais-tu ? — Non, dit l'ecclésiastique, mais je crains que ça ne finisse mal. On t'estime coupable. Peut-être ton procès ne dépassera-t-il jamais le tribunal de première instance. Pour l'instant, du moins, on estime ta faute démontrée — Mais je ne suis pas coupable, dit K. C'est une erreur. Comment un homme peut-il être coupable, de toute façon ? Nous sommes tous des êtres humains ici, l'un comme l'autre. — C'est vrai, dit l'ecclésiastique, mais c'est ce que disent tous les coupables. — As-tu, toi aussi, un préjugé contre moi ? demanda K. — Je n'ai aucun préjugé contre toi, dit l'ecclésiastique. — Je te remercie, dit K. Mais tous les autres qui sont impliqués dans la procédure en ont un. Et ils le communiquent même aux personnes extérieures. Ma position devient de plus en plus difficile. — Tu te méprends sur les faits, dit l'ecclésiastique. Le verdict ne vient pas en une fois, la procédure se transforme peu à peu en verdict. — C'est donc cela, dit K. en baissant la tête. — Quelle va être ta prochaine démarche pour ton affaire ? demanda l'ecclésiastique. — Je vais encore chercher de l'aide, dit K. en levant la tête pour voir ce qu'en pensait l'ecclésiastique. Il y a encore certaines possibilités que je n'ai pas exploitées. — Tu cherches trop d'aide au dehors, dit l'ecclésiastique d'un ton réprobateur, surtout auprès des femmes. Ne vois-tu donc pas que là n'est pas le vrai secours ? — Parfois, et même souvent, je pourrais te donner raison, dit K., mais pas toujours. Les femmes ont un grand pouvoir. Si je pouvais inciter deux ou trois femmes que je connais à travailler ensemble pour moi, j'aurais forcément gain de cause. Surtout avec ce tribunal où il n'y a pour ainsi dire que des coureurs de jupons. Montre de loin une femme au juge d'instruction et pour arriver à temps, il renversera son bureau et l'accusé sur son passage. » L'ecclésiastique pencha la tête vers la balustrade, c'était la première fois que le sommet de la chaire semblait le forcer à se baisser. Quelle sorte de tempête pouvait-il y avoir dehors ? Ce n'était plus une journée morose, il faisait déjà nuit noire. Aucun vitrail de la grande verrière ne jetait la moindre lueur sur l'obscurité du mur. Et voilà que le bedeau se mettait à moucher l'un après l'autre les cierges sur le maître-autel. « Es-tu fâché ? demanda K. à l'ecclésiastique. Tu ignores peut-être quel genre de tribunal tu sers. » Il n'obtint pas de réponse. « Mais il ne s'agit que de mon expérience », fit K. Là-haut, le silence persistait. « Je ne voulais pas t'offenser », dit K. C'est alors que l'ecclésiastique laissa tomber vers lui ce cri : « Ne vois-tu pas à deux pas devant toi ? » C'était un cri de colère, mais en même temps le cri de celui qui voit quelqu'un tomber et, pris de peur lui aussi, a l'imprudence de crier malgré lui.

Ils restèrent tous deux longtemps silencieux. L'ecclésiastique ne pouvait certainement pas distinguer K. dans l'obscurité qui régnait en bas, alors que K. le voyait nettement à la lumière de la petite lampe. Pourquoi l'ecclésiastique ne descendait-il pas ? Il n'avait pas fait de sermon, il s'était simplement contenté de communiquer à K. des informations qui, à y regarder de plus près, risquaient plus de lui nuire que de lui être utiles. Mais ses bonnes intentions semblaient incontestables ; il n'était pas impossible, s'il descendait, que K. tombe d'accord avec lui ; il n'était pas impossible qu'il donne à K. un conseil décisif et recevable, lui indiquant par exemple, non comment influer sur le procès, mais comment en sortir, le contourner, vivre en dehors du procès. Cette possibilité devait exister, K. y avait maintes fois songé ces derniers temps. Or, si l'ecclésiastique en avait connaissance, il la dévoilerait peut-être si on le lui demandait, malgré son appartenance au tribunal et quoique, réprimant sa douceur naturelle, il eût même élevé la voix contre K. lorsqu'il avait attaqué le tribunal.

« Ne veux-tu pas descendre ? dit K. Tu n'as pas de sermon à prêcher. Descends auprès de moi. — Je peux venir à présent », fit l'ecclésiastique, qui regrettait peut-être son éclat de voix. Tandis qu'il décrochait la lampe, il ajouta : « Je devais d'abord te parler de loin. Autrement je me laisse trop aisément influencer et j'oublie mon devoir. »

K. l'attendait au pied de l'escalier. À peine l'ecclésiastique

commençait-il à descendre les premières marches qu'il lui tendait déjà la main. « As-tu un peu de temps à me consacrer ?
demanda K. — Autant qu'il te sera nécessaire », dit l'ecclésiastique en lui tendant la petite lampe à porter. Même de près, son
attitude gardait une certaine solennité. « Tu es très aimable »,
dit K. Ils arpentèrent ensemble la nef latérale plongée dans les
ténèbres. « Tu es une exception parmi tous ceux qui appartiennent au tribunal. Tu m'inspires davantage confiance que tous
ceux que je connais, et ils sont nombreux. Je puis parler franchement avec toi. — Ne te trompe pas, dit l'ecclésiastique. —
Et en quoi donc me tromperais-je ? demanda K. — Tu te trompes au sujet du tribunal, fit l'ecclésiastique, les textes qui servent de préambule à la loi évoquent cette erreur : Devant la loi,
il y a un portier [1]. Un homme de la campagne arrive devant ce
portier et sollicite l'entrée. Mais le portier déclare que pour
l'instant, il ne peut lui permettre d'entrer. L'homme réfléchit,
puis demande si alors, il pourra entrer plus tard. "C'est possible, dit le portier, mais pas pour l'instant." La porte de la loi
étant ouverte comme toujours, le portier s'écarte, et l'homme
se penche pour regarder à l'intérieur, à travers la porte. Voyant
cela, le portier se met à rire et dit : "Si tu es tellement attiré,
essaie d'entrer malgré mon interdiction. Mais attention : je suis
puissant. Et je ne suis que le dernier de tous les portiers. Mais
de salle en salle, il y a des portiers, chacun plus puissant que
le précédent. À moi-même la seule vue du troisième m'est déjà
insupportable." L'homme de la campagne ne s'attendait pas à
de pareilles difficultés ; il faut pourtant bien que la loi soit
accessible toujours et à tous, songe-t-il, mais maintenant qu'il
examine de plus près le portier dans son manteau de fourrure,
avec son grand nez pointu, sa longue et fine barbe noire à la
tartare, il finit par décider qu'il préfère attendre de recevoir la
permission d'entrer. Le portier lui donne un tabouret et le fait
asseoir à côté de la porte. Il y reste assis pendant des jours et

---

1. Ici commence la « légende », comme Kafka la désignait, qu'il publia dans
le recueil *Un médecin de campagne*, sous le titre « Devant la Loi »,
(*cf.* p. 1054, dans une traduction différente).

des années. Il fait de nombreuses tentatives pour qu'on le laisse entrer, et fatigue le portier avec ses demandes. Le portier le soumet parfois à de petits interrogatoires, lui pose des questions sur son pays et sur maintes autres choses, mais ce sont des questions qui ne témoignent d'aucune sympathie, comme en posent les grands seigneurs ; et la conclusion est toujours la même : il ne peut pas encore le laisser entrer. L'homme, qui a fait de nombreux préparatifs pour son voyage, utilise tout, quelle qu'en soit la valeur, pour corrompre le portier. Ce dernier accepte tout, mais dit en même temps : "J'accepte juste pour que tu n'aies pas l'impression d'avoir négligé quoi que ce soit." Pendant ces nombreuses années, l'homme observe le portier presque sans interruption. Il oublie les autres portiers, et celui-ci, le premier, lui semble être le seul obstacle à son entrée dans la loi. Il maudit la fatalité, à haute voix pendant les premières années, puis il vieillit et se contente de marmonner dans sa barbe. Il devient sénile, et comme, pendant toutes ces années passées à étudier le portier, il a aussi remarqué les puces dans son col de fourrure, il supplie même les puces de l'aider à faire changer d'avis le portier. Enfin, sa vue baisse, et il ne sait plus si l'obscurité se répand vraiment autour de lui ou si ce sont juste ses yeux qui le trompent. Mais il distingue dans l'obscurité une lumière éclatante qui perce sans discontinuer à travers la porte de la loi. Il n'a plus longtemps à vivre, désormais. Avant sa mort, tout ce qu'il a vécu pendant tout ce temps se résume dans sa tête en une question qu'il n'a pas encore posée au portier. Il lui fait signe, car il ne peut plus redresser son corps raidi. Le portier est obligé de se pencher vers lui, car les différences de taille se sont beaucoup modifiées au détriment du vieil homme. "Que veux-tu encore savoir, demande le portier, tu es insatiable. — Tout le monde s'efforce d'atteindre la loi, dit l'homme, comment se fait-il que personne, à part moi, n'ait sollicité l'entrée pendant toutes ces années ?" Le portier se rend compte que la fin de l'homme est proche, et comme il est presque sourd, il lui hurle à l'oreille pour se faire entendre : "Personne d'autre ne pouvait obtenir l'autorisation d'entrer, car cette entrée était faite pour toi seul. Maintenant, je m'en vais et je ferme."

« — Le portier a donc trompé cet homme, dit K. aussitôt, fasciné par cette histoire. — Ne va pas si vite, dit l'ecclésiastique, n'accepte pas une opinion extérieure sans l'avoir examinée. Je t'ai raconté l'histoire comme les textes la formulent. Il n'est nulle part question de tromperie. — Mais cela va de soi, dit K., et ta première interprétation était fort juste. Le portier n'a fait cette révélation libératrice qu'au moment où elle ne pouvait plus être d'aucun usage pour cet homme. — La question ne lui avait pas été posée jusque-là, répondit l'ecclésiastique, songe aussi qu'il était seulement portier et qu'à ce titre il a accompli son devoir. — Pourquoi crois-tu qu'il a accompli son devoir ? demanda K. Il ne l'a pas accompli. Son devoir était peut-être de repousser tous les étrangers, mais cet homme-là, il aurait dû le laisser entrer, car l'entrée était faite pour lui. — Tu ne respectes pas assez les textes et tu déformes l'histoire, dit l'ecclésiastique. L'histoire comporte en effet deux déclarations importantes du portier concernant l'entrée dans la loi, l'une au début, l'autre à la fin. Le premier passage dit qu'il "ne peut pour l'instant lui permettre d'entrer" et le second : "cette entrée était faite pour toi seul". S'il y avait contradiction entre ces deux déclarations, alors tu aurais raison, et le portier aurait trompé cet homme. Or, il n'y en a aucune. Au contraire, la première déclaration annonce même la seconde. On pourrait presque dire que le portier a été au-delà de son devoir en laissant entrevoir à l'homme la possibilité d'une entrée ultérieure. Il semble qu'à cette époque, son unique devoir était de repousser cet homme. Et en fait, de nombreux commentateurs des textes s'étonnent que le portier ait même fait cette allusion, car il semble soucieux d'exactitude et il exerce strictement sa fonction. Pendant de nombreuses années, il ne quitte pas son poste et il ne ferme la porte que tout à la fin ; il est très conscient de l'importance de sa charge, car il dit "je suis puissant" ; il respecte ses supérieurs, car il dit "je ne suis que le dernier portier" ; quand il s'agit d'accomplir son devoir, il ne se laisse ni attendrir, ni mettre en colère, car il est dit de l'homme qu'il "fatigue le portier avec ses demandes" ; il n'est pas bavard, car pendant toutes ces années, il se contente, comme c'est écrit, de poser "des questions qui ne témoignent d'aucune sympathie" ; il est incorruptible, car en parlant d'un cadeau, il déclare : "J'accepte seulement pour que tu n'aies pas l'impression d'avoir négligé quoi que ce soit" ; enfin son aspect extérieur indique un caractère tatillon, avec son grand nez pointu et sa longue et fine barbe noire à la tartare. Peut-il y avoir portier plus fidèle à son devoir ? Mais d'autres traits fort favorables à celui qui sollicite l'entrée existent dans la personnalité du portier, et qui aident malgré tout à comprendre qu'il ait pu aller un peu au-delà de son devoir en signalant une possibilité ultérieure. On ne saurait nier en effet qu'il est un peu naïf et, par suite, un peu présomptueux. Les propos qu'il tient sur sa puissance et sur celle des autres portiers ainsi que sur leur vue, qu'il déclare ne pouvoir supporter — ces propos, dis-je, peuvent être justes en soi, le ton sur lequel il les profère n'en indique pas moins que ses conceptions sont obscurcies par sa naïveté et son arrogance. Les commentateurs disent à ce propos : La juste conception d'une chose et sa mauvaise compréhension ne s'excluent pas totalement. Mais il faut admettre en tout cas que cette naïveté et cette arrogance, même si elles s'expriment sous des dehors bien inoffensifs, affaiblissent néanmoins la façon dont il garde la porte ; ce sont des failles dans le caractère du portier. À cela vient s'ajouter que le portier semble gentil de tempérament ; il est loin d'incarner en permanence sa charge. Dès les premiers instants, il a l'humour d'inviter l'homme à entrer, malgré l'interdiction formelle ; puis, il ne le renvoie pas ; au contraire, il lui donne, ainsi qu'il est écrit, un tabouret et le fait asseoir à côté de la porte. La patience avec laquelle il supporte les demandes de cet homme pendant toutes ces années, les petits interrogatoires, les cadeaux qu'il accepte, l'élégance avec laquelle il tolère que l'homme maudisse à haute voix, à côté de lui, le malheureux hasard qui a assigné le portier à ce poste — tout cela part d'un mouvement de pitié. N'importe quel portier n'aurait pas agi de la sorte. Et enfin, il se penche vers l'homme, sur un signe de lui, pour lui donner l'occasion de poser une dernière question. Seule une légère impatience — car le portier sait que tout est fini — s'exprime dans les mots : "tu es insatiable". Il y a même des gens qui vont encore plus loin dans ce sens et estiment que les mots "tu es insatiable" expriment une sorte d'admiration bienveillante, quoiqu'empreinte de condescendance. En tout cas, le personnage du portier apparaît ainsi sous un jour autre que tu ne le croyais. — Tu connais l'histoire plus précisément que moi et depuis plus longtemps », dit K. Ils restèrent silencieux un petit instant. Puis K. ajouta : « Tu crois donc que l'homme n'a pas été trompé ? — Comprends-moi bien, dit l'ecclésiastique, je te montre seulement les opinions qui existent à ce sujet. Tu n'es pas obligé de faire trop attention aux opinions. Les textes sont immuables et les opinions ne sont souvent qu'une expression du désespoir que ce fait inspire. Dans ce cas précis, il y a même une opinion selon laquelle c'est le portier lui-même qui est trompé — Cette opinion va vraiment un peu loin, dit K. Comment la justifie-t-on ? — À partir de la naïveté du portier, répondit l'ecclésiastique. On dit qu'il ne connaît pas l'intérieur de la loi, mais seulement le chemin qu'il doit sans cesse arpenter devant l'entrée. L'idée qu'il se fait de l'intérieur est jugée puérile, et l'on suppose qu'il redoute lui-même ce qu'il veut faire craindre à cet homme. Oui, il le redoute plus que l'homme, car celui-ci veut à tout prix entrer, même après avoir entendu parler des redoutables portiers à l'intérieur ; le portier, en revanche, ne veut pas entrer, du moins n'en est-il nulle part question. D'autres prétendent certes qu'il a déjà dû aller à l'intérieur, puisqu'il a été engagé au service de la loi, ce qui n'a pu avoir lieu qu'à l'intérieur. À quoi on peut répondre qu'il a pu fort bien être nommé portier par une voix provenant de l'intérieur et qu'en tout cas, il n'a pas pu s'avancer très loin, puisque déjà la vue du troisième portier lui est insupportable. En outre, l'histoire ne dit pas non plus qu'il ait rien raconté sur l'intérieur pendant toutes ces années, hormis la remarque sur les portiers. Cela pourrait lui être interdit, mais il n'a rien dit non plus de cette interdiction. Tout cela amène à conclure qu'il ne sait rien sur l'aspect et la signification de l'intérieur, et se trompe à ce propos. Mais on dit qu'il se trompe aussi sur l'homme de la campagne, car il lui est subordonné sans le savoir. Qu'il traite l'homme en subordonné, on en a la preuve dans nombre de détails qui te sont peut-être encore présents à la mémoire. Mais à en croire cette opinion, le fait qu'en réalité, ce soit lui le subordonné, ressort avec la même évidence. D'abord, l'homme libre est supérieur à celui qui est lié. S'il s'assied sur le tabouret à côté de la porte et y passe sa vie entière, c'est de son plein gré, l'histoire ne mentionne aucune contrainte. Le portier, lui, est lié à son poste par sa fonction, il n'a pas le droit de s'éloigner, et selon toutes les apparences, il n'a pas non plus le droit d'entrer, même s'il le voulait. En outre, il a beau être au service de la loi, son service se limite à cette entrée, et donc à l'homme à qui cette entrée est destinée. C'est aussi pour cette raison qu'il lui est subordonné. On peut présumer que pendant de nombreuses années, pendant toute une vie d'homme, il n'a d'une certaine façon rempli qu'une fonction vide, car il est dit que c'est un homme qui arrive, donc un homme adulte, ce qui implique que le portier a dû attendre longtemps avant que le but de son existence ne se réalise, c'est-à-dire aussi longtemps qu'en aura décidé l'arbitraire de l'homme, qui, après tout, est venu de son plein gré. Mais la fin de son service aussi est déterminée par la vie de l'homme : il lui reste donc subordonné jusqu'au bout. Et l'accent ne cesse d'être mis sur le fait que le portier ne semble rien savoir de tout cela. Mais on ne s'y arrête guère, car, selon cette opinion, le portier est victime d'une illusion encore plus grave, qui porte sur la nature de sa fonction. En effet, à la fin, il parle de l'entrée en disant : "Maintenant je m'en vais, et je ferme", mais au début, il est dit que la porte de la loi est ouverte comme toujours ; or si elle reste toujours ouverte — toujours, c'est-à-dire quelle que soit la longévité de l'homme pour qui elle est faite — alors le portier ne pourra pas non plus la fermer. Ici les opinions divergent quant à savoir si le portier, en annonçant qu'il va fermer la porte, entend simplement donner une réponse, ou mettre l'accent sur les devoirs de sa fonction, ou encore plonger l'homme au dernier moment dans la tristesse et le repentir. Mais beaucoup sont d'accord pour dire qu'il ne pourra pas fermer la porte. Ils croient même qu'au moins à la fin, il est même subordonné à l'homme dans ce qu'il sait, car celui-ci aperçoit la lumière éclatante qui perce à l'entrée de la loi, alors que par définition, le portier tourne sans doute le dos à l'entrée, et ne dit rien qui suggère qu'il ait remarqué le moindre changement. — Voilà une démonstration solide, fit K., qui s'était répété à mi-voix certains passages des explications de l'ecclésiastique. La démonstration est solide et je crois aussi à présent que le portier est victime d'une illusion. Mais je n'en renonce pas pour autant à mon opinion initiale, car elles se recouvrent en partie. Peu importe que le portier y voie clair ou soit abusé. J'ai dit que l'homme était victime d'une illusion. Si le portier y voit clair, on pourrait en douter, mais si le portier est abusé, alors son illusion doit nécessairement se reporter sur l'homme. Il est vrai qu'alors, le portier n'abuse plus personne, mais il est si naïf qu'on devrait aussitôt lui retirer sa fonction. Songe en effet que l'illusion dont le portier est victime ne lui nuit en rien, mais nuit infiniment à l'homme. — C'est là que tu rencontres une opinion opposée, dit l'ecclésiastique. Certains prétendent en effet que l'histoire ne donne à personne le droit de juger le portier. Quelle que soit la façon dont nous le percevons, il n'en reste pas moins un serviteur de la loi, il appartient donc à la loi, ce qui le soustrait au jugement des hommes. On ne doit pas non plus croire le portier subordonné à l'homme. Être attaché par sa fonction, ne serait-ce qu'à l'entrée de la loi, vaut infiniment mieux que de vivre en liberté dans le monde. L'homme ne fait qu'arriver à la loi, le portier s'y trouve déjà. C'est la loi qui l'a mis à son poste ; douter de sa dignité, ce serait douter de la loi. — Je ne suis pas d'accord avec cette opinion, fit K. en secouant la tête, car si on s'y rallie, on est obligé de tenir pour vrais tous les propos du portier. Or, tu as déjà amplement démontré que cela est impossible. — Non, dit l'ecclésiastique, on n'est pas obligé de tout croire vrai, il suffit de l'estimer nécessaire. — Triste opinion, dit K. C'est ériger le mensonge en ordre universel. »

K. dit cela pour conclure, mais ce n'était pas son jugement définitif. Il était trop fatigué pour dominer cette histoire dans toutes ses implications ; elle l'entraînait aussi dans des raisonnements inhabituels, choses irréelles mieux faites pour être discutées entre eux par les fonctionnaires du tribunal que par lui. Cette histoire toute simple était devenue informe, il voulait s'en débarrasser, et l'ecclésiastique fit alors preuve d'une grande délicatesse, et le lui permit en accueillant par le silence cette observation de K., quoiqu'il fût certainement lui-même d'un avis opposé.

Ils marchèrent quelque temps en silence ; K. restait tout près de l'ecclésiastique sans savoir, dans ces ténèbres, où il se trouvait. La lampe qu'il tenait à la main s'était éteinte depuis longtemps. À un moment, une statuette de saint en argent étincela juste devant lui, de ce seul éclat argenté, puis se fondit aussitôt dans l'obscurité. Pour ne pas dépendre entièrement de l'ecclésiastique, K. lui demanda : « Ne sommes-nous pas à proximité de l'entrée principale ? — Non, dit l'ecclésiastique, nous en sommes loin. Veux-tu déjà t'en aller ? » K. n'y songeait pas à ce moment précis, mais il se hâta de répondre : « Absolument, je dois m'en aller. Je suis administrateur dans une banque, on m'attend, je suis venu seulement pour montrer la cathédrale à un correspondant étranger. — Eh bien, dit l'ecclésiastique en lui tendant la main, va. — Mais je ne me repère pas tout seul dans le noir, dit K. — Avance sur ta gauche en direction du mur, dit l'ecclésiastique, puis suis-le tout du long, et tu trouveras une sortie. » L'ecclésiastique avait à peine reculé de deux ou trois pas, lorsque K. s'écria d'une voix assez forte : « Je t'en prie, encore un instant ! — Je ne bouge pas, dit l'ecclésiastique. — N'attends-tu rien d'autre de moi ? dit K. — Non, fit l'ecclésiastique. — Tu viens d'être si gentil, dit K., et tu m'as tout expliqué, mais maintenant tu me laisses partir, comme si je n'étais rien pour toi. — Mais tu dois t'en aller, dit l'ecclésiastique. — Oui..., fit K., cependant il faut que tu le comprennes. — Commence donc toi-même par comprendre qui je suis, dit l'ecclésiastique. — Tu es l'aumônier des prisons, fit K. en s'approchant de lui ; son retour immédiat à la banque n'était pas aussi indispensable qu'il l'avait prétendu, il pouvait bien rester encore. — Cela signifie donc que j'appartiens au tribunal, dit l'ecclésiastique. Qu'aurais-je donc à attendre de toi ? Le tribunal n'attend rien de toi. Il te reçoit quand tu viens et il te laisse partir quand tu t'en vas. »

FIN

La veille de son trente et unième anniversaire — il était environ neuf heures du soir, l'heure où les rues sont silencieuses —, deux messieurs se présentèrent au domicile de K. En redingote, pâles et gras, portant des hauts-de-forme qui semblaient inamovibles. Après avoir échangé quelques politesses devant la porte de l'appartement pour savoir qui entrerait le premier, ils répétèrent le même cérémonial en plus grand devant la porte de K. Sans que la visite lui ait été annoncée, il était assis sur une chaise près de la porte, vêtu de noir lui aussi, en train d'enfiler de nouveaux gants qui épousaient étroitement la forme de ses doigts, dans l'attitude de quelqu'un qui attend des invités. Il se leva aussitôt et regarda les messieurs avec curiosité. « C'est donc vous qu'on me destine ? » demanda-t-il. Les messieurs acquiescèrent en se désignant mutuellement, le haut-de-forme à la main. K. s'avoua à lui-même qu'il s'était attendu à une autre visite. Il s'approcha de la fenêtre et jeta encore un coup d'œil dans la rue obscure. Presque toutes les fenêtres, de l'autre côté, étaient encore sombres elles aussi, et les rideaux souvent baissés. Au même étage, derrière une fenêtre éclairée, deux petits enfants jouaient ensemble dans un parc et, encore incapables de se déplacer, cherchaient à se toucher de leurs petites mains. « On m'envoie de vieux acteurs de second ordre, se dit K. en regardant derrière lui une nouvelle fois pour s'en convaincre. On veut m'expédier à peu de frais. » Brusquement K. se tourna vers eux et demanda : « Dans quel théâtre jouez-vous ? — Dans quel théâtre ? » demanda le premier monsieur à son collègue d'un air perplexe, tremblant du coin des lèvres. L'autre fit une mimique, tel un muet aux prises avec un organisme rebelle. « On ne les a pas préparés à être interrogés », se dit K., et il alla chercher son chapeau.

À peine dans l'escalier, les messieurs voulurent le prendre par le bras, mais K. leur dit : « Attendez que nous soyons dans la rue, je ne suis pas malade. » Mais aussitôt devant la porte d'entrée, ils lui prirent le bras comme il n'en avait encore jamais fait l'expérience en marchant avec quelqu'un. Ils tenaient les épaules collées derrière les siennes, et au lieu de plier les bras, ils les enroulaient tout le long des siens, en serrant ses mains d'une prise méthodique, exercée et irrésistible. K. avançait entre eux, le corps rigide et tendu ; ils formaient maintenant une telle unité tous les trois, que si on en avait renversé un, on les aurait renversés tous ensemble. C'était une unité comme ne peuvent en former que les choses inanimées.

Sous les réverbères, K. s'efforça à maintes reprises de voir ses compagnons plus nettement qu'il n'avait pu le faire dans la pénombre de sa chambre, mais d'aussi près c'était difficile. Ce sont peut-être des ténors, songea-t-il à la vue de leurs épais doubles mentons. La propreté de leurs visages le dégoûtait. On voyait littéralement encore la main qui leur avait nettoyé le coin des yeux, frotté la lèvre supérieure, récuré les plis du menton.

Remarquant cela, K. s'immobilisa, et du coup les deux autres en firent autant ; ils étaient au bord d'une place aérée et déserte, ornée de massifs de fleurs. « Pourquoi est-ce précisément vous qu'on a envoyés ! » dit-il, et c'était plus un cri qu'une question. Les messieurs ne savaient apparemment que répondre ; ils attendaient, laissant baller leur bras inoccupé, comme font les infirmiers quand un malade veut se reposer. « Je n'irai pas plus loin », dit K. pour voir leur réaction. À cela les messieurs n'avaient pas besoin de répondre, il leur suffisait de maintenir leur étreinte et d'essayer de soulever K. pour le faire avancer, mais K. résista. « Je n'aurai plus beaucoup besoin de mes forces, je vais utiliser maintenant toutes celles dont je dispose », pensa-t-il. Il songea aux mouches qui essaient de se libérer de la glu en y laissant leurs petites pattes arrachées. « Ces messieurs vont avoir du travail. »

C'est alors que devant eux, Mlle Bürstner sortit d'une rue en contrebas et grimpa sur la place par un petit escalier. Il n'était pas tout à fait certain que ce fût elle, quoique la ressemblance fût forte. D'ailleurs K. ne se souciait guère que ce soit vraiment Mlle Bürstner ; seule l'inutilité de sa résistance le frappa soudain. Il n'y avait rien d'héroïque à résister, à faire maintenant des difficultés à ces messieurs, à tenter, en se défendant, de goûter un dernier semblant de vie. Il se mit en route, et un peu de la joie qu'il procura ainsi aux messieurs passa en lui. Ils le laissèrent à présent décider de l'itinéraire, et il choisit d'emboîter le pas à la demoiselle devant eux, non qu'il eût voulu la rattraper, non qu'il eût voulu la voir aussi longtemps que possible, mais pour ne pas oublier l'avertissement qu'elle constituait à ses yeux. « La seule chose que je puisse faire maintenant, se dit-il, et le rythme de ses pas réglé sur ceux des trois autres le confirma dans ses pensées, la seule chose que je puisse faire, c'est conserver jusqu'au bout mon sang-froid et mon esprit d'analyse. J'ai toujours voulu avoir une vingtaine de mains pour m'en prendre à l'univers entier, et ce, dans un but contestable. J'avais tort ; dois-je montrer à présent que même un procès d'un an ne m'a pas servi de leçon ? Dois-je m'en aller en homme incapable de comprendre ? Faut-il qu'on puisse raconter qu'au début du procès, je voulais le terminer, et qu'arrivé maintenant à son terme, je veux le recommencer ? Je ne veux pas qu'on dise cela. Je suis reconnaissant qu'on m'ait donné, pour m'escorter sur ce chemin, des messieurs à demi muets et inintelligents, et qu'on m'ait laissé le soin de m'adresser à moi-même les paroles qui s'imposent. »

Entre-temps, la demoiselle avait pris une ruelle transversale, mais K. pouvait se passer d'elle désormais, et il s'abandonna à ses compagnons. En parfaite harmonie, ils franchirent tous trois un pont au clair de lune ; les messieurs obéissaient maintenant à sa moindre impulsion ; lorsqu'il se dirigea légèrement vers le parapet, ils se tournèrent eux aussi d'un seul bloc. Les eaux qui étincelaient en frémissant sous le clair de lune se divisaient autour d'une petite île où arbres et buissons formaient une sorte de masse compacte de verdure. Au-dessous d'eux, invisibles à présent, s'étendaient des allées de graviers aux bancs confortables où K. s'était allongé et prélassé pendant bien des étés. « Je n'avais pas du tout l'intention de m'arrêter », dit-il à ses compagnons, honteux de les voir si complaisants. Dans le dos de K., le premier sembla adresser au second un léger reproche pour cet arrêt dû à une méprise, puis ils continuèrent.

Ils passèrent par quelques rues montantes où des policiers étaient postés ici et là, ou bien faisaient leur ronde, parfois au loin, parfois tout près. Un policier à la moustache broussailleuse, la main posée sur le manche de son sabre, s'approcha comme avec une intention précise de ce groupe un peu suspect. Les messieurs s'arrêtèrent ; le policier paraissait sur le point d'ouvrir la bouche, lorsque K. entraîna violemment les messieurs en avant. Il se retourna par prudence de temps à autre pour voir si le policier ne les suivait pas ; mais lorsqu'ils furent séparés de lui par un coin de rue, K. se mit à courir, et les messieurs durent le suivre, bien que très essoufflés.

Ils sortirent ainsi rapidement de la ville, qui dans cette direction débouchait presque sans transition sur la campagne. Une petite carrière de pierre abandonnée et déserte se trouvait près d'un immeuble d'aspect encore très citadin. C'est là que les messieurs firent halte, soit que cet endroit eût été leur but dès le début, soit qu'ils fussent trop épuisés pour continuer à courir. Ils lâchèrent K., qui attendit en silence ; ils ôtèrent leurs hauts-de-forme et, tout en considérant la carrière, essuyèrent avec leurs mouchoirs la sueur de leur front. Partout brillait le clair de lune, avec ce naturel et ce calme qu'aucune autre lumière ne possède.

Après un échange de politesses pour savoir qui aurait à exécuter les tâches suivantes — il semblait que les messieurs avaient reçu leurs ordres sans répartition précise —, l'un d'eux s'approcha de K. et lui ôta sa veste, son gilet et, pour finir, sa chemise. K. frissonna malgré lui, et le monsieur lui donna une légère tape dans le dos pour le réconforter. Puis il replia soigneusement les affaires de K., comme on le fait pour des choses dont on se resservira, même si ce n'est pas dans l'immédiat. Pour ne pas laisser K. immobile et exposé à la fraîcheur nocturne, il le prit par le bras et fit les cent pas avec lui, tandis que l'autre monsieur cherchait dans la carrière un endroit idoine. Lorsqu'il l'eut trouvé, il fit un signe, et l'autre monsieur y conduisit K. C'était près de la paroi ; il y avait là un bloc qui s'était détaché. Les messieurs firent asseoir K. par terre, l'appuyèrent contre la pierre et disposèrent sa tête dessus. Malgré toute la peine qu'ils se donnèrent et toute la complaisance qu'il leur manifesta, l'attitude de K. restait des plus contraintes et fort peu vraisemblable. Le premier monsieur demanda donc à l'autre de lui laisser un instant le soin de mettre K. en position, mais cela n'améliora guère les choses. Ils finirent par laisser K. dans une posture qui n'était même pas la meilleure de celles qu'ils avaient trouvées jusque-là. Le même monsieur ouvrit alors sa redingote et, d'un fourreau suspendu à un ceinturon qui enserrait son gilet, il sortit un long couteau de boucher aiguisé, à double tranchant ; il le tint en l'air et examina les deux tranchants à la lumière. Les politesses écœurantes recommencèrent, le premier tendit par-dessus K. le couteau au second, et celui-ci le lui tendit en sens inverse. K. savait fort bien, à présent, que son devoir eût été de s'emparer du couteau qui passait de main en main au-dessus de lui, et de se transpercer. Mais il n'en fit rien, et tourna son cou encore libre en regardant autour de lui. Il ne pouvait se montrer entièrement à la hauteur, il ne pouvait faire tout le travail des autorités ; le responsable de cette dernière erreur, c'était celui qui lui avait refusé le reste des forces nécessaires à cet acte. Son regard tomba sur le dernier étage de l'immeuble qui jouxtait la carrière. Comme une lumière soudainement allumée, les battants d'une fenêtre s'y ouvrirent ; au loin, là-haut, une figure humaine frêle et indécise se pencha tout d'un coup en avant, et tendit les bras encore plus loin. Qui était-ce ? Un ami ? Un être bon ? Un être compatissant ? Quelqu'un qui voulait aider ? Était-ce quelqu'un de seul ? Tout le monde l'était-il ? Y avait-il encore un secours ? Y avait-il des objections qu'on avait oubliées ? Bien sûr, il y en avait. La logique a beau être inébranlable, elle ne résiste pas à quelqu'un qui veut vivre. Où était le juge qu'il n'avait jamais vu ? Où était le haut tribunal auquel il n'avait jamais accédé ? Il leva les mains en écartant tous ses doigts.

Mais sur la gorge de K. se posèrent les mains d'un des messieurs, tandis que l'autre lui enfonçait le couteau dans le cœur et l'y retournait deux fois. De ses yeux défaillants, K. vit encore, tout près de son visage, les messieurs appuyés l'un contre l'autre, joue contre joue, qui regardaient s'accomplir la décision. « Comme un chien ! » dit-il ; c'était comme si la honte devait lui survivre.

# FRAGMENTS

## L'AMIE DE B.

Les jours suivants, il fut presque impossible à K. d'échanger ne fût-ce que deux ou trois mots avec Mlle Bürstner. Il essaya de l'approcher de diverses manières, mais elle réussit toujours à l'en empêcher. En sortant du bureau, il rentrait aussitôt chez lui et restait dans sa chambre sans allumer la lumière, assis sur le canapé, avec pour seule occupation de surveiller l'antichambre. Si d'aventure la bonne passait et fermait la porte de la chambre apparemment vide, il se levait peu après pour l'ouvrir à nouveau. Le matin, il se levait une heure plus tôt que d'habitude, dans l'espoir de rencontrer Mlle Bürstner seule lorsqu'elle partait pour son bureau. Mais aucune de ces tentatives n'aboutit. Alors il lui écrivit, à la fois chez elle et à son bureau, une lettre où il cherchait à justifier une nouvelle fois sa conduite, offrait toutes les réparations possibles, promettait de ne jamais dépasser les limites qu'elle lui fixerait, et la priait simplement de lui accorder un unique entretien, d'autant plus qu'il ne pouvait rien entreprendre auprès de Mme Grubach avant d'avoir conféré avec elle ; enfin, il l'informait que pendant toute la journée du dimanche suivant, il attendrait dans sa chambre un signe d'elle lui permettant d'espérer voir sa prière exaucée, ou lui expliquant du moins pourquoi c'était impossible, quoiqu'il lui eût promis une totale soumission. Les lettres ne furent pas renvoyées, mais il n'en résulta aucune réponse non plus. En revanche, il y eut, le dimanche, un signe assez explicite. Tôt le matin, K. remarqua à travers le trou de la serrure une agitation particulière dans l'antichambre, dont l'explication ne se fit pas attendre. Une demoiselle professeur de français, c'était d'ailleurs une Allemande et elle se nommait Montag, jeune fille frêle, pâle et un peu boiteuse qui avait jusque-là habité seule, emménageait dans la chambre de Mlle Bürstner. Pendant des heures, on la vit traîner la jambe à travers l'antichambre. Il restait toujours un peu de linge, ou un napperon ou un livre oubliés qu'il fallait aller chercher spécialement et porter dans sa nouvelle chambre.

Lorsque Mme Grubach apporta le petit-déjeuner — depuis qu'elle avait mis K. tellement en colère, elle ne confiait pas la moindre tâche à la bonne —, K. ne put se retenir de lui adresser la parole pour la première fois depuis cinq jours. « Pourquoi y a-t-il donc tout ce bruit dans l'antichambre aujourd'hui ? demanda-t-il en versant le café. Ne pourrait-on y mettre fin ? Est-on obligé de choisir le dimanche pour faire le ménage ? » Sans lever les yeux vers Mme Grubach, il remarqua cependant qu'elle poussait comme un soupir de soulagement. Même dans ces questions pourtant sévères de K., elle voyait un pardon, ou une amorce de pardon. « Personne ne fait le ménage, Monsieur K., dit-elle, c'est simplement mademoiselle Montag qui emménage chez mademoiselle Bürstner et transporte ses affaires. » Elle n'ajouta rien, mais attendit de voir comment K. réagirait à sa réponse, et s'il lui permettrait de continuer à parler. Mais K. la mit à l'épreuve ; il remua son café avec sa cuiller d'un air songeur, sans un mot. Puis il leva les yeux vers elle et dit : « Avez-vous désormais renoncé à vos anciens soupçons sur mademoiselle Bürstner ? — Monsieur K., s'écria Mme Grubach, qui n'attendait que cette question, en tendant vers K. ses mains jointes. La dernière fois, vous avez si mal pris une remarque anodine. Je ne songeais pas le moins du monde à vous offenser, ni vous ni qui que ce soit. Vous me connaissez pourtant depuis assez longtemps pour en être convaincu. Vous n'imaginez pas combien j'ai souffert ces derniers jours. Moi, calomnier mes locataires ! Et vous, monsieur K., vous en étiez persuadé ! Et vous disiez que je devais vous donner votre congé ! Vous donner votre congé ! » Cette dernière exclamation était déjà étouffée par les larmes, elle se couvrit le visage avec son tablier, et éclata en sanglots.

« Allons, ne pleurez pas, madame Grubach », dit K. en regardant par la fenêtre ; il ne pensait qu'à Mlle Bürstner, et au fait qu'elle accueillait une jeune inconnue dans sa chambre. « Allons, ne pleurez pas, répéta-t-il en se tournant de nouveau vers l'intérieur, où Mme Grubach pleurait toujours. Je ne pensais pas à mal, moi non plus, l'autre jour. Nous avons été tous les deux victimes d'un malentendu. Ce genre de chose peut arriver à de vieux amis. » Mme Grubach regarda par-dessus son tablier pour voir si K. lui pardonnait vraiment. « Voyons, je vous assure », dit K., et puisqu'à en juger d'après l'attitude de Mme Grubach, le capitaine n'avait rien laissé transpirer, il osa ajouter : « Croyez-vous donc sincèrement que je pourrais me brouiller avec vous à cause d'une jeune fille qui m'est étrangère ? — C'est justement cela, monsieur K., fit Mme Grubach, qui pour son malheur, dès qu'elle se sentait un peu plus libre, s'empressait de commettre une bévue. « Je n'arrêtais pas de me demander : pourquoi monsieur K. s'intéresse-t-il tant à mademoiselle Bürstner ? Pourquoi se querelle-t-il avec moi à cause d'elle, alors qu'il sait que le moindre mot vindicatif de sa part m'empêche de dormir ? Je n'ai pourtant rien dit sur la demoiselle que je n'aie vu de mes propres yeux. » K. ne répondit pas, il aurait été obligé, dès le premier mot, de la chasser de la chambre, ce qu'il ne souhaitait pas. Il se contenta de boire son café et de faire sentir à Mme Grubach qu'elle était de trop. Dehors, on entendait de nouveau le pas traînant de Mlle Montag qui arpentait l'antichambre. « Vous entendez ? demanda K. avec un geste vers la porte. — Oui, dit Mme Grubach en soupirant, j'ai proposé de l'aider et aussi de la faire aider par la bonne, mais elle est têtue, elle veut tout transporter elle-même. Je m'interroge sur mademoiselle Bürstner. Je trouve souvent pénible d'avoir mademoiselle Montag pour locataire, mais mademoiselle Bürstner va jusqu'à la prendre avec elle dans sa chambre. — Il ne faut pas que cela vous préoccupe, fit K. en écrasant les restes de sucre au fond de sa tasse. En subissez-vous quelque inconvé-

nient ? — Non, fit Mme Grubach, au fond, c'est une aubaine
pour moi, cela me permet de récupérer une chambre et d'y
mettre mon neveu, le capitaine. Je redoutais déjà qu'il ait pu
vous déranger ces derniers jours, où j'ai dû le loger à côté, dans
le salon. Il ne fait pas très attention. — Quelle idée ! dit K. en
se levant, absolument pas. Vous avez l'air de me juger d'une
sensibilité excessive parce que ces déambulations de mademoiselle Montag — la voilà maintenant qui repart en sens inverse
— m'insupportent. » Mme Grubach se sentit bien impuissante.
« Dois-je lui dire, monsieur K., de remettre à plus tard le reste
de son déménagement ? Si vous le souhaitez, je le fais tout de
suite. — Mais il faut bien qu'elle emménage chez mademoiselle
Bürstner ! dit K. — Oui, fit Mme Grubach, ne voyant pas exactement où K. voulait en venir. — Alors dans ce cas, dit K., il faut
bien qu'elle transporte ses affaires. » Mme Grubach se contenta
d'acquiescer. Cet embarras muet, qui avait tous les dehors de
la provocation, irrita K. davantage encore. Il se mit à arpenter
la chambre de la fenêtre jusqu'à la porte, ôtant ainsi à
Mme Grubach la possibilité de s'éloigner, ce qu'elle eût sans
doute fait autrement.

K. avait déjà fait une fois l'aller-retour jusqu'à la porte, lorsqu'on frappa. C'était la bonne qui annonça que Mlle Montag
souhaitait dire quelques mots à M. K., et le priait de se rendre
dans la salle à manger, où elle l'attendait. K. écouta la bonne
d'un air songeur, puis il se tourna avec un regard presque rail-
leur vers Mme Grubach, effrayée. Ce regard semblait dire que
K. avait prévu depuis longtemps l'invitation de Mlle Montag, et
qu'elle était du même acabit que les tracas qu'il lui fallait endurer ce dimanche matin par la faute des locataires de Mme Grubach. Il renvoya la bonne avec ordre de transmettre qu'il
arrivait tout de suite, puis alla vers son armoire pour changer
de veste ; en fait de réponse à Mme Grubach, qui rouspétait à
voix basse sur cette importune, il la pria de bien vouloir emporter tout de suite le plateau du petit-déjeuner. « Mais vous n'avez
presque rien mangé, dit Mme Grubach. — Emportez-le, vous
dis-je ! » s'écria K. ; il avait l'impression que Mlle Montag avait

pour ainsi dire mis partout son grain de sel et qu'elle rendait tout écœurant.

En traversant l'antichambre, il jeta un coup d'œil vers la porte fermée de la chambre de Mlle Bürstner. Ce n'était pas là, toutefois, qu'il était invité, mais dans la salle à manger ; il ouvrit grand la porte sans frapper.

La pièce était longue mais étroite, avec une seule fenêtre. Il y avait juste assez de place pour qu'on ait pu placer de biais deux buffets dans les angles, de chaque côté de la porte, l'espace restant étant occupé par la longue table de salle à manger qui allait presque de la porte jusqu'à la grande fenêtre, devenue quasi inaccessible. La table était déjà mise, et les couverts étaient nombreux, car le dimanche, presque tous les locataires prenaient là leur repas de midi.

Lorsque K. entra, Mlle Montag qui était à la fenêtre vint à sa rencontre en longeant la table. Ils se saluèrent en silence. Puis Mlle Montag, redressant un peu trop le menton comme toujours, lui dit : « J'ignore si vous me connaissez. » K. la regarda en fronçant les sourcils. « — Bien sûr, dit-il, cela fait assez longtemps que vous logez chez madame Grubach. — Mais vous ne vous intéressez guère à cette pension, je crois, dit Mlle Montag. — Non, fit K. — Vous ne voulez pas vous asseoir ? » dit Mlle Montag. En silence, ils reculèrent chacun une chaise à l'extrémité de la table et s'assirent face à face. Mais Mlle Montag se releva aussitôt pour aller chercher son petit sac à main, qu'elle avait laissé sur le rebord de la fenêtre ; elle traîna la jambe à travers toute la pièce. Une fois revenue en balançant légèrement son petit sac à main, elle dit : « Je voudrais juste vous dire quelques mots de la part de mon amie. Elle voulait venir en personne, mais elle est un peu souffrante aujourd'hui. Elle vous prie de l'excuser et de m'écouter à sa place. D'ailleurs, elle n'aurait rien pu vous dire d'autre que ce que je vous dirai. Au contraire, je crois pouvoir vous en dire plus, vu ma relative neutralité. N'êtes-vous pas de cet avis ? — Qu'y aurait-il donc à dire ? » répondit K., fatigué de voir les yeux de Mlle Montag constamment dirigés sur ses lèvres. Elle s'arrogeait ainsi un pouvoir sur ce qu'il allait dire. « Il est clair que mademoiselle Bürstner me refuse l'entretien privé que je lui ai demandé. — C'est cela, fit Mlle Montag, ou plutôt, pas du tout, vous présentez les choses de manière beaucoup trop tranchée. En général, les entretiens privés ne sont pas choses qu'on accepte ou qu'on refuse. Mais il peut arriver qu'on les juge inutiles, ce qui est le cas. Après votre remarque, je peux parler librement. Vous avez prié mon amie par écrit ou verbalement de vous accorder un entretien. Or mon amie sait, du moins dois-je le supposer, quel sera l'objet de cette entrevue, et c'est pourquoi elle est convaincue, pour des motifs que j'ignore, qu'il ne servirait à personne qu'elle ait effectivement lieu. Du reste, elle m'en a juste touché un mot hier en passant ; elle a ajouté qu'une pareille idée vous étant venue par un simple hasard, cette entrevue ne devait guère vous importer, et que vous n'auriez pas besoin d'explication particulière pour comprendre aussitôt, ou du moins d'ici peu, l'absurdité de tout cela. J'ai répondu qu'elle avait peut-être raison, mais que par souci d'absolue clarté, je jugerais préférable de vous transmettre une réponse explicite. Je me suis proposée pour accomplir cette tâche, et après quelques hésitations, mon amie y a consenti. J'espère maintenant avoir agi comme vous aussi le souhaitez ; car la moindre incertitude dans une affaire, si futile soit-elle, est toujours douloureuse, et si, comme dans le cas présent, on peut l'écarter sans peine, il vaut mieux alors le faire tout de suite. — Je vous remercie », dit aussitôt K. ; il se leva lentement, regarda Mlle Montag, puis la table, puis la fenêtre — la maison d'en face était éclairée par le soleil — et se dirigea vers la porte. Mlle Montag fit quelques pas à sa suite, comme si elle n'avait qu'à moitié confiance. Mais devant la porte, ils durent tous les deux reculer, car elle s'ouvrit, et le capitaine Lanz entra. K. le voyait de près pour la première fois. C'était un homme grand, d'une quarantaine d'années, au visage hâlé et rebondi. Il fit une courte révérence, qui s'adressait aussi à K., puis s'approcha de Mlle Montag et lui fit un respectueux baisemain. Il avait beaucoup d'aisance dans ses mouvements. Sa politesse envers Mlle Montag contrastait vivement avec la façon dont K. l'avait traitée. Cependant Mlle Montag ne semblait pas en vouloir à K., car il crut remarquer qu'elle voulait le présenter au capitaine. Mais K. ne voulait pas être présenté, il n'eût pas été capable de la moindre amabilité vis-à-vis du capitaine ou de Mlle Montag ; à ses yeux, ce baisemain l'avait rattachée à un groupe qui, sous les dehors les plus inoffensifs et les plus désintéressés, voulait le tenir à l'écart de Mlle Bürstner. Mais ce ne fut pas la seule chose que K. crut observer, il observa aussi que Mlle Montag avait choisi une bonne méthode, mais à double tranchant. Elle exagérait l'importance des relations entre Mlle Bürstner et K., elle exagérait surtout l'importance de l'entretien sollicité et cherchait en même temps à tourner les choses de telle façon qu'on avait l'impression que c'était K. qui exagérait tout. L'avenir la détromperait, K. ne voulait rien exagérer, il savait que Mlle Bürstner était une petite dactylo qui ne pourrait lui résister longtemps. Et il refusait de tenir compte de ce que Mme Grubach lui avait raconté sur Mlle Bürstner. Plongé dans ces réflexions, il quitta la pièce presque sans dire au revoir. Il voulait retourner aussitôt dans sa chambre, mais un petit rire de Mlle Montag qu'il entendit derrière lui dans la salle à manger lui donna l'idée qu'il pourrait peut-être leur faire à tous deux une surprise, à Mlle Montag et au capitaine. Il regarda autour de lui, l'oreille tendue, pour s'assurer que personne ne viendrait le déranger ; le calme régnait dans les pièces environnantes, on entendait seulement la conversation dans la salle à manger et, dans le couloir qui conduisait à la cuisine, la voix de Mme Grubach. L'occasion semblait favorable ; K. s'approcha de la porte de Mlle Bürstner et frappa doucement. Comme rien ne bougeait, il frappa de nouveau, mais il n'y avait toujours pas de réponse. Était-elle en train de dormir ? Ou bien était-elle vraiment souffrante ? Ou bien refusait-elle de répondre parce qu'elle soupçonnait que seul K. pouvait frapper si doucement ? K. supposa qu'elle refusait de répondre et frappa plus fort ; puis, ses coups demeurant sans succès, il finit par ouvrir prudemment la porte, non sans avoir le sentiment de faire une chose répréhensible, et en outre inutile. Il n'y avait personne dans la chambre. Pour le reste, elle ne ressemblait plus guère à celle que K. avait connue. Il y avait maintenant contre le mur deux lits placés l'un derrière l'autre ; à proximité de la porte, trois fauteuils étaient recouverts d'un tas de vêtements et de linge, une armoire était ouverte. Mlle Bürstner était sans doute sortie pendant que Mlle Montag tenait à K. de grands discours dans la salle à manger. K. n'en fut pas trop bouleversé, n'espérant plus rencontrer Mlle Bürstner aussi facilement ; il avait presque fait cette tentative dans le seul but de défier Mlle Montag. Mais il ne lui fut que plus douloureux d'apercevoir, tandis qu'il refermait la porte, Mlle Montag et le capitaine en train de discuter. Peut-être étaient-ils là depuis que K. avait ouvert la porte ; veillant à ne pas donner l'impression de l'observer, ils discutaient à voix basse et se contentaient de suivre les gestes de K., comme on regarde distraitement autour de soi pendant une conversation. Mais K. sentit tout le poids de ces regards ; il se hâta de rentrer dans sa chambre en longeant le mur.

## LE PROCUREUR

Malgré la connaissance des hommes et l'expérience du monde qu'il avait acquises pendant ses longues années d'activité à la banque, K. avait toujours voué une estime particulière au groupe d'habitués qu'il retrouvait dans une brasserie pour dîner, et jamais il ne niait en son for intérieur que ce fût pour lui un grand honneur d'appartenir à ce groupe. Il se composait presque exclusivement de juges, de procureurs et d'avocats ; quelques jeunes fonctionnaires et quelques clercs d'avocat y étaient aussi admis, mais ils s'asseyaient en bout de table et avaient seulement le droit de se mêler aux débats lorsqu'on leur adressait des questions précises. Et le plus souvent, ces questions avaient pour seul but d'amuser la galerie ; le procureur Hasterer, en particulier, qui d'habitude était le voisin de K., aimait à humilier ainsi ces jeunes messieurs. Lorsqu'il posait sa grande main velue au milieu de la table, les doigts écartés, et se tournait vers le bout de la table, tout le monde tendait l'oreille. Et lorsque quelqu'un, là-bas, s'emparait de la question, mais soit ne pouvait même pas la décrypter, ou alors regardait d'un air songeur au fond de son verre de bière ou bien, au lieu de parler, se contentait de faire claquer sa mâchoire ou encore — et c'était le pire — émettait dans un flux ininterrompu de paroles un avis erroné ou non autorisé, les vieux messieurs se tournaient sur leurs sièges en souriant, et alors seulement ils semblaient commencer à se sentir à leur aise. Les véritables discussions sérieuses entre spécialistes leur étaient réservées.

K. avait été introduit dans ce groupe par un avocat qui était le conseiller juridique de sa banque. À une certaine époque, K. avait été obligé de s'entretenir dans son bureau avec lui jusque tard dans la soirée, ce qui l'avait tout naturellement amené à dîner avec l'avocat à la table que celui-ci fréquentait, et à goûter cette compagnie. Il ne voyait ici que des gens instruits, respectés et, en un certain sens, puissants, dont la distraction consistait à s'efforcer de résoudre des questions difficiles et sans grand rapport avec la vie ordinaire. Il ne pouvait guère intervenir, bien sûr, mais il avait ainsi l'occasion d'apprendre bien des choses qui pourraient aussi lui servir tôt ou tard à la banque, et il pouvait de surcroît nouer avec le tribunal des liens personnels qui étaient toujours utiles. Mais le groupe aussi sembla volontiers l'accueillir. Il acquit bientôt le statut de spécialiste en affaires, et — quoique avec un soupçon d'ironie — on considérait son avis dans ce domaine comme faisant autorité. Il n'était pas rare que deux convives dont les jugements différaient sur une question de droit demandent à K. son opinion, de sorte que le nom de K. revenait sans cesse dans les arguments et les contre-arguments, et était invoqué dans les analyses les plus abstraites, dont K. avait depuis longtemps perdu le fil. En revanche, beaucoup de choses s'éclaircirent peu à peu pour lui, d'autant qu'il disposait à ses côtés d'un bon conseiller en la personne du procureur Hasterer, qui s'était également lié d'amitié avec lui. K. le raccompagnait même assez souvent le soir jusque chez lui. Mais il lui fallut beaucoup de temps pour s'habituer à marcher bras dessus bras dessous à côté de cet homme gigantesque qui aurait fort bien pu le dissimuler très discrètement dans les plis de sa grande cape.

Peu à peu, cependant, ils se trouvèrent si souvent ensemble que toutes les différences de culture, de profession et d'âge s'estompèrent. Ils se fréquentaient comme s'ils avaient été depuis toujours inséparables ; et si, dans leurs rapports, une apparence de supériorité semblait parfois percer, ce n'était pas celle de Hasterer, mais celle de K., dont l'expérience pratique était souvent corroborée par les faits, parce qu'elle avait été acquise sur le terrain, ce qui est impossible du haut d'un tribunal.

Bien sûr, cette amitié fut vite connue de tous les habitués ; on oublia à moitié qui avait introduit K. dans le groupe ; en tout cas c'était Hasterer qui le protégeait à présent, et si son droit à siéger là était mis en doute, il pouvait légitimement invoquer Hasterer. K. acquit ainsi une position privilégiée, car Hasterer était aussi respecté que redouté. La force et la virtuosité de sa pensée juridique étaient tout à fait admirables ; mais si de ce point de vue nombre de ces messieurs se trouvaient au moins à égalité avec lui, aucun cependant ne manifestait à ce point une véhémence passionnée lorsqu'il défendait son opinion. K. avait l'impression que Hasterer, à défaut de convaincre son adversaire, lui inspirait au moins la terreur : devant son seul index tendu, beaucoup battaient en retraite. C'était alors comme si l'adversaire oubliait qu'il se trouvait en compagnie de vieilles connaissances et de collègues, qu'il s'agissait après tout seulement de questions théoriques, et qu'en réalité, rien ne pouvait lui arriver — malgré tout cela, il se taisait, et un simple hochement de tête était déjà une preuve de courage. C'était un spectacle presque douloureux lorsque, l'adversaire étant assis à l'autre bout de la table, Hasterer constatait qu'il n'y aurait pas moyen de tomber d'accord à pareille distance, écartait son assiette encore pleine et se levait lentement pour aller trouver l'homme en question. Les gens assis à proximité penchaient alors la tête en arrière pour observer son visage. Certes, ce n'étaient là que des incidents relativement rares ; seules, pour ainsi dire, les questions juridiques pouvaient ainsi l'échauffer, et principalement celles qui concernaient les procès qu'il avait dirigés ou dirigeait encore. Quand il ne s'agissait pas de ce genre de questions, il était aimable et tranquille, son rire était affable, et sa passion allait au boire et au manger. Il pouvait même arriver qu'il n'écoute pas la discussion générale, se tourne vers K., pose le bras sur le dossier de son fauteuil, lui demande à voix basse des nouvelles de la banque, puis lui parle de son propre travail, ou encore de ses relations féminines, qui lui donnaient presque autant de tracas que le tribunal. On ne le voyait parler ainsi à personne d'autre dans le groupe et de fait, lorsque l'on voulait demander quelque chose à Hasterer — il s'agissait le plus souvent de le réconcilier avec un collègue —, on allait souvent d'abord trouver K. pour le prier de servir d'intermédiaire, ce qu'il faisait toujours volontiers et aisément. Sans exploiter d'ailleurs à cet égard ses relations avec Hasterer, il était très poli et très modeste vis-à-vis de tous et, chose plus importante encore que la politesse et la modestie, il savait distinguer entre les niveaux hiérarchiques des différents messieurs et traiter chacun selon son rang. Il est vrai que Hasterer ne cessait de l'instruire sur ce chapitre ; c'étaient là les seules règles que Hasterer ne violait jamais, même dans les débats les plus animés. C'est aussi pourquoi en s'adressant aux jeunes messieurs en bout de table qui n'avaient presque aucun avancement, il parlait à la cantonade, comme si, au lieu d'être des individus distincts, ils n'eussent formé qu'un bloc compact. Or c'étaient justement ces messieurs qui lui manifestaient le plus grand respect, et lorsque vers onze heures, il se levait pour rentrer chez lui, il y en avait aussitôt un pour l'aider à enfiler son gros manteau et un autre qui lui ouvrait la porte en s'inclinant jusqu'à terre, et qui continuait bien sûr à la tenir lorsque K. quittait la salle à la suite de Hasterer.

Alors que, les premiers temps, K. faisait un petit bout de che-

min avec Hasterer, ou inversement, ces soirées furent suivies
d'une invitation à entrer chez Hasterer et à passer un petit
moment avec lui. Ils restaient alors souvent une heure à déguster alcool et cigares. Hasterer tenait tant à ces soirées, qu'il ne
voulut même pas y renoncer lorsqu'il logea chez lui, pendant
quelques semaines, une femme nommée Hélène. C'était une
grosse femme d'un certain âge au teint cireux et aux boucles
noires tout autour du front. K. la vit d'abord toujours au lit ;
elle y restait d'ordinaire couchée sans la moindre gêne, lisant
un roman-feuilleton sans s'occuper de la conversation des messieurs. Quand l'heure avançait, elle s'étirait, bâillait et, faute de
pouvoir attirer autrement l'attention, jetait un fascicule de son
roman sur Hasterer. Celui-ci se levait alors en souriant, et K.
prenait congé. Mais plus tard, lorsque Hasterer commença à se
fatiguer d'Hélène, elle perturba sérieusement leurs réunions.
Elle attendait désormais ces messieurs tout habillée, et ce, en
général, dans une tenue qu'elle jugeait sans doute fort élégante
et de grand prix, mais qui n'était en réalité qu'une vieille robe
de bal surchargée, agrémentée de quelques rangées de longues
franges qui frappaient par leur laideur. K. ne savait pas exactement à quoi ressemblait cette tenue : il refusait pour ainsi dire
de la regarder et restait assis des heures durant, les yeux à moitié baissés, tandis qu'elle arpentait la pièce en se dandinant, ou
s'asseyait près de lui ; plus tard, sa position devenant toujours
plus précaire, elle chercha même en désespoir de cause à rendre Hasterer jaloux en ayant l'air de préférer K. C'était par pur
désespoir et non par malice qu'elle se penchait sur la table
avec son dos dénudé, arrondi et grassouillet, et approchait son
visage de K. pour le forcer ainsi à lever les yeux. Elle obtint
seulement le refus de K., la fois suivante, d'entrer chez Hasterer ; et lorsqu'il finit par revenir, au bout de quelque temps,
Hélène avait été renvoyée pour de bon ; K. prit la nouvelle
comme allant de soi. Ce soir-là, les deux hommes restèrent très
longtemps ensemble et, à l'instigation de Hasterer, ils burent à
leur fraternité ; en rentrant chez lui, K. était presque un peu
étourdi par la fumée et par la boisson.

Dès le matin suivant, le directeur de la banque observa au cours d'une conversation professionnelle qu'il lui semblait avoir vu K., la veille au soir. Sauf erreur de sa part, K. marchait bras dessus bras dessous avec le procureur Hasterer. Le directeur semblait trouver cela si singulier qu'il nomma l'église — ce qui, à vrai dire, correspondait aussi à son exactitude coutumière — le long de laquelle cette rencontre avait eu lieu, près de la fontaine. S'il avait voulu décrire un mirage, il n'aurait pu s'exprimer autrement. K. lui expliqua donc que le procureur était son ami et qu'ils étaient bel et bien passés devant l'église la veille au soir. Le directeur sourit d'un air étonné et invita K. à s'asseoir. C'était un de ces instants qui rendaient le directeur si cher aux yeux de K., des instants où, chez cet homme faible, malade, toussotant, croulant sous les plus hautes responsabilités, se faisait jour un certain souci du bien-être de K. et de son avenir ; certes, à l'instar d'autres employés qui avaient fait la même expérience avec le directeur, on pouvait ne voir dans cette sollicitude que froideur et apparence, n'y voir qu'un bon moyen, en leur consacrant deux minutes, de s'attacher pendant des années les services d'employés de valeur —, quoi qu'il en soit, K. était subjugué par le directeur pendant ces instants-là. Peut-être aussi le directeur ne parlait-il pas tout à fait avec K. comme avec les autres ; non qu'il oubliât sa supériorité hiérarchique pour traiter K. d'égal à égal — ce qui était sa pratique régulière dans leurs relations professionnelles —, mais cette fois-ci justement, il semblait avoir oublié la position de K., et lui parlait comme à un enfant, ou comme à un jeune homme inexpérimenté qui postule pour la première fois à un emploi et qui, pour une raison incompréhensible, suscite la sympathie du directeur. K. n'eût sans doute toléré ce ton chez personne, pas même chez le directeur, si sa sollicitude ne lui avait paru authentique, ou si du moins l'éventualité d'une telle sollicitude, comme elle se manifestait à ces moments-là, ne l'avait complètement tenu sous son charme. K. reconnaissait sa faiblesse ; peut-être tenait-elle au fait qu'il avait vraiment gardé un côté enfantin à cet égard, car il n'avait jamais joui de la sollicitude de son propre père, mort très jeune ; il avait très tôt quitté la maison et avait repoussé plutôt qu'attiré la tendresse de sa mère, qui vivait encore, à moitié aveugle, dans la même petite ville, et à laquelle il avait rendu visite voici environ deux ans pour la dernière fois.

« Je n'étais pas au courant de cette amitié », fit le directeur, et seul un léger sourire amical adoucit la sévérité de ces propos.

### EN ALLANT CHEZ ELSA

Un soir, juste avant de partir, K. reçut un coup de téléphone lui ordonnant de venir aussitôt au greffe. On lui déconseillait de désobéir. Ses remarques inouïes, disant que les interrogatoires étaient inutiles, n'avaient aucun résultat et ne pouvaient en avoir aucun, qu'il refusait de s'y rendre à l'avenir, ne tiendrait aucun compte des invitations qui lui seraient adressées par téléphone ou par écrit, et mettrait à la porte les messagers — toutes ces remarques avaient été consignées par écrit et lui avaient déjà beaucoup nui. Pourquoi refusait-il donc d'être docile ? Ne s'efforçait-on pas de mettre de l'ordre dans l'écheveau de son procès, sans regarder au temps ni à la dépense ? Voulait-il délibérément faire obstruction et qu'on en vienne à prendre des mesures coercitives qui lui avait été épargnées jusque-là ? La présente convocation était une dernière tentative. Libre à lui d'agir à sa guise, à condition de ne pas oublier que le haut tribunal ne pouvait se laisser tourner en dérision.

Or, K. avait annoncé sa visite à Elsa pour ce soir-là, et ne serait-ce que pour ce motif, il lui était impossible de se rendre au tribunal ; bien sûr, il était heureux de pouvoir justifier ainsi sa non-comparution, même si bien sûr il ne comptait pas recourir jamais à cette justification et ne serait très probablement pas allé au tribunal, même en l'absence de toute obligation ce soir-là. Cependant, fort de son bon droit, il demanda au téléphone ce qui arriverait s'il ne venait pas. « On saura vous trouver, répondit-on. — Et serai-je puni de ne pas être venu de moi-même ? demanda K. en souriant, dans l'attente de ce qu'il allait entendre. — Non, répondit-on. — Parfait, dit K., quelles raisons aurais-je donc de donner suite à la convocation d'aujourd'hui ? — En général, on ne cherche pas à déchaîner contre soi-même les moyens puissants dont le tribunal dispose, fit la voix qui faiblissait, puis devint inaudible. — C'est une grave imprudence, songea K. en s'en allant, il faut pourtant bien essayer de découvrir les puissants moyens en question. »

Sans hésiter, il se fit conduire chez Elsa. Bien calé dans le coin de la voiture, les mains dans les poches de son manteau — il commençait déjà à faire froid —, il observa l'animation qui régnait dans les rues. Il songeait avec une certaine satisfaction aux difficultés considérables qu'il causait au tribunal, si celui-ci siégeait bel et bien. Il n'avait pas explicitement déclaré s'il irait ou non au tribunal ; le juge attendait donc, peut-être même toute l'assemblée attendait-elle, mais, au grand dam de la galerie, K. manquerait au rendez-vous. Sans se laisser troubler par le tribunal, il allait où il voulait. Pendant un instant, il ne fut pas sûr de ne pas avoir donné par étourderie l'adresse du tribunal au cocher, il lui cria donc l'adresse d'Elsa ; le cocher acquiesça : c'était la seule adresse qui lui avait été indiquée. K. oublia alors peu à peu le tribunal et, comme par le passé, la banque se mit de nouveau à occuper toutes ses pensées.

## QUERELLE AVEC LE DIRECTEUR-ADJOINT

Un matin, K. se sentit beaucoup plus dispos et résistant que d'ordinaire. Il ne songeait guère au tribunal ; mais quand l'idée le traversait, il lui semblait que, grâce à un dispositif caché qu'il faudrait certes chercher à tâtons dans l'obscurité, on pourrait facilement saisir, extirper et démanteler cette organisation aux dimensions impossibles à cerner. Son état exceptionnel incita même K. à inviter le directeur-adjoint à venir dans son bureau pour parler ensemble d'une affaire qui pressait déjà depuis quelque temps. Le directeur-adjoint, en de telles occasions, faisait toujours comme si ses rapports avec K. n'avaient pas changé le moins du monde pendant les derniers mois. Il entrait calmement, comme au temps de leur constante rivalité, écoutait calmement l'exposé de K., manifestait sa sympathie par de petites remarques familières, avec un air de camaraderie même, et sans nécessairement le faire exprès, semait le trouble dans l'esprit de K. par le simple fait que rien ne pouvait le distraire de l'affaire en question et qu'il était prêt à s'y consacrer littéralement jusqu'au plus profond de son être, alors que, devant ce modèle de conscience professionnelle, les pensées de K. se mettaient aussitôt à battre la campagne et le contraignaient à abandonner presque sans résistance l'affaire au directeur-adjoint. Un jour, les choses se passèrent si mal qu'à la fin, K. se rendit seulement compte que le directeur-adjoint se levait soudain et retournait dans son bureau sans dire un mot. K. ignorait ce qui s'était passé ; il se pouvait que l'entretien se soit conclu dans les règles, mais il se pouvait aussi que le directeur-adjoint l'ait interrompu parce que K. l'avait offensé sans s'en rendre compte, ou parce qu'il avait tenu des propos aberrants, ou encore parce que le directeur-adjoint avait acquis la conviction que K. n'écoutait pas et se préoccupait d'autre chose. Il était même possible que K. ait pris ou que le directeur-adjoint lui ait soutiré une décision ridicule, qu'il se hâtait maintenant d'exécuter pour nuire à K. Du reste, il ne fut plus jamais question de cette affaire, K. ne voulant pas en rappeler le souvenir, et le directeur-adjoint restant sur sa réserve ; il n'y eut d'ailleurs aucune suite visible, au moins dans l'immédiat. Quoi qu'il en soit, K. n'avait pas été refroidi par cet incident : dès qu'une occasion idoine se présentait et qu'il se sentait à peu près d'aplomb, il se rendait à la porte du directeur-adjoint pour le voir ou l'inviter dans son bureau. Ce n'était plus le moment de se dérober devant lui, comme il l'avait fait jadis. Il n'espérait plus remporter

prochainement un succès décisif qui le libérerait d'un coup
de tout souci et le rétablirait en même temps dans ses anciennes relations avec le directeur-adjoint. K. voyait bien qu'il ne
pouvait renoncer ; s'il cédait, comme les faits l'exigeaient
peut-être, il courait le risque de n'arriver peut-être jamais à
remonter la pente. Il ne fallait pas laisser croire au directeur-
adjoint que c'en était fini de K., il ne fallait pas qu'il reste
tranquillement assis dans son bureau, fort de cette conviction ; il fallait troubler son calme, il devait se rendre compte
aussi souvent que possible que K. était en vie et que, comme
tout ce qui vit, il était susceptible de le surprendre un jour
par des aptitudes nouvelles, même s'il semblait bien inoffensif à présent. Certes, K. se disait parfois qu'avec cette
méthode il ne luttait pour rien d'autre que pour son honneur, car dans cet état de faiblesse, il ne pouvait lui servir
à rien de s'opposer sans cesse au directeur-adjoint, de renforcer son sentiment de puissance, et de lui permettre d'étudier
la situation du moment pour prendre des mesures parfaitement adaptées. Mais K. n'aurait guère pu changer d'attitude,
il était plein d'illusions sur lui-même, il se sentait parfois sûr
de pouvoir se mesurer au directeur-adjoint en toute quiétude, les expériences les plus malheureuses ne lui servaient
pas de leçon ; là où dix tentatives avaient échoué, il croyait
pouvoir réussir à la onzième, même si les choses avaient
tourné uniformément en sa défaveur. Lorsqu'après une confrontation de ce genre, il se retrouvait épuisé, en sueur, la
tête vide, il ignorait si c'étaient l'espoir ou le désespoir qui
l'avaient poussé chez le directeur-adjoint ; mais la fois suivante, il n'y avait de nouveau aucune ambiguïté : seul l'espoir
le précipitait à la porte du directeur-adjoint.

Tel était le cas aujourd'hui. Le directeur-adjoint entra aussitôt, puis resta debout près de la porte, nettoya son lorgnon,
comme il en avait depuis peu pris l'habitude, et regarda K. ;
puis, pour ne pas trop donner l'impression de ne s'occuper
que de lui, il examina le reste de la pièce. On eût dit qu'il
profitait de l'occasion pour vérifier son acuité visuelle. K.

endura ses regards, sourit même un peu, et invita le directeur-adjoint à s'asseoir. Quant à lui, il se jeta dans son fauteuil, le rapprocha autant qu'il put du directeur-adjoint, prit aussitôt les papiers nécessaires sur sa table, et commença son rapport. Le directeur-adjoint sembla d'abord écouter à peine. Le plateau du secrétaire de K. était entouré d'une petite bordure ciselée. Tout ce secrétaire était d'un travail admirable et la bordure elle aussi était parfaitement fixée dans le bois. Mais le directeur-adjoint fit comme s'il venait de remarquer qu'il y avait du jeu, et chercha à éliminer ce défaut en tapotant vivement de l'index sur la bordure. K. voulut aussitôt interrompre son rapport, mais le directeur-adjoint refusa, déclarant qu'il entendait et comprenait tout dans le détail. Mais alors que K. ne parvenait pas pour l'instant à lui arracher la moindre observation sur l'affaire, la bordure semblait exiger des mesures particulières, car le directeur-adjoint sortit son canif, prit la règle de K. comme levier et chercha à soulever la bordure, sans doute pour pouvoir ensuite l'enfoncer plus facilement. K. avait inclus dans son rapport une proposition toute nouvelle, dont il attendait le plus grand effet sur le directeur-adjoint ; lorsqu'il parvint à cette proposition, il ne put s'interrompre, tant son propre travail l'absorbait, ou plutôt tant il avait plaisir à songer, chose de plus en plus rare, qu'il avait encore son mot à dire dans cette banque, et que ses idées avaient encore la force de le justifier. Peut-être était-ce même là la meilleure forme de défense, non seulement à la banque mais aussi dans son procès, bien meilleure peut-être que toute autre défense qu'il avait déjà tentée ou envisagée. Poursuivant sa lecture sans ralentir, K. n'avait pas le temps de dissuader expressément le directeur-adjoint de s'activer ainsi sur la bordure ; deux ou trois fois seulement pendant sa lecture, il passa sa main restée libre le long de la bordure d'un geste apaisant, pour montrer ainsi presque inconsciemment au directeur-adjoint que cette bordure n'avait aucun défaut, et que, même si elle en avait un, il était pour l'instant plus important et aussi plus convenable de l'écouter que d'entreprendre la moindre réparation de ce genre. Mais, comme cela arrive souvent chez des individus énergiques dont seul l'intellect est actif, ce travail manuel s'était mis à passionner le directeur-adjoint ; un morceau de la bordure était maintenant bel et bien sorti et il fallait à présent remettre les colonnettes dans les trous correspondants. Cette opération était plus difficile que toutes les précédentes. Le directeur-adjoint dut se lever et essayer d'enfoncer avec les deux mains la bordure dans le plateau du secrétaire. Mais malgré l'énergie dépensée, la manœuvre échoua. Pendant sa lecture — qu'il avait d'ailleurs émaillée de nombreuses remarques improvisées —, K. s'était juste vaguement rendu compte que le directeur-adjoint s'était levé. Sans jamais complètement perdre de vue l'activité annexe du directeur-adjoint, il avait néanmoins supposé que ses gesticulations étaient plus ou moins en rapport avec son exposé ; il se leva donc lui aussi, et tendit un papier au directeur-adjoint, en pointant le doigt sous un chiffre. Entre-temps, le directeur-adjoint s'étant rendu compte que la pression de ses mains ne suffisait pas, il avait promptement décidé de s'asseoir de tout son poids sur la bordure. Cette fois, cela réussit, les colonnettes rentrèrent dans les trous en grinçant ; mais sous l'effet de la précipitation, une colonnette se plia et, à un endroit, la partie supérieure, très fragile, se cassa en deux. « Du mauvais bois », dit le directeur-adjoint, contrarié ; il descendit du bureau et posa

## L'IMMEUBLE

Sans avoir tout d'abord une intention précise, K. avait tenté à diverses occasions d'apprendre où se trouvait le siège du service d'où avait émané la première citation le concernant. Il n'eut aucune difficulté à l'apprendre : dès qu'il le leur demanda, Titorelli et Wolfhart lui indiquèrent tous deux le numéro exact de l'immeuble. Par la suite, avec le sourire qu'il réservait toujours aux plans secrets, non soumis à son approbation, Titorelli compléta cette information en affirmant que ce service ne jouait pas le moindre rôle, ne transmettait que ce qu'on lui ordonnait, et constituait seulement l'organe externe du grand ministère public dont l'accès était, lui, interdit aux justiciables. Si l'on avait donc un vœu à formuler auprès du ministère public — il y en avait bien sûr toujours une multitude, mais il n'était pas toujours sage de les exprimer —, il fallait alors s'adresser au service subalterne déjà nommé, même si jamais on ne pourrait accéder ainsi au véritable ministère public, ni y faire parvenir ses vœux.

Connaissant déjà le caractère du peintre, K. se garda de le contredire, et sans en demander davantage, il se contenta d'acquiescer et de prendre bonne note de ces paroles. Comme souvent déjà ces derniers temps, il eut de nouveau l'impression que, lorsqu'il s'agissait de le tourmenter, Titorelli remplaçait amplement l'avocat. La seule différence était que K. n'était pas autant à la merci de Titorelli et qu'il aurait pu se débarrasser de lui quand il le désirait, sans autre cérémonie ; de surcroît, Titorelli était fort loquace, voire bavard, quoiqu'il l'eût été davantage jadis ; enfin, K. était lui-même tout à fait en mesure de tourmenter Titorelli.

Et il ne manqua pas de le faire à ce propos, évoquant à plusieurs reprises cet immeuble d'un air de dissimuler quelque chose à Titorelli, comme s'il avait noué dans ces services des relations encore trop incertaines pour pouvoir être révélées sans danger ; en revanche si Titorelli cherchait à obtenir des précisions, K. changeait brusquement de sujet et n'en parlait plus pendant longtemps. Ce genre de petits succès le réjouissaient ; il s'imaginait alors beaucoup mieux connaître ces gens proches du tribunal, il s'imaginait pouvoir déjà jouer avec eux, s'immiscer presque parmi eux, accéder, quelques instants au moins, à une meilleure vue d'ensemble, tout comme celle dont ils bénéficiaient, juchés sur la première marche du tribunal. S'il finissait par perdre sa position subalterne, ici, quelle importance ? Même dans ce cas, il restait une possibilité de salut là-bas, il n'avait qu'à se glisser parmi ces gens ; si, à cause de leur position inférieure ou pour quelque autre raison, ils n'avaient pu l'aider dans son procès, ils pouvaient malgré tout l'accueillir parmi eux et le cacher ; bien mieux, s'il procédait après assez de réflexion et en secret, ils ne pourraient pas refuser de le servir ainsi, notamment Titorelli dont il était devenu l'intime et le bienfaiteur.

K. ne caressait pas tous les jours de pareils espoirs, cependant ; en général il restait lucide et se gardait de négliger ou de sauter par-dessus la moindre difficulté ; mais parfois — en général le soir, lorsqu'il était dans un état de total épuisement après le travail —, il trouvait une consolation dans les plus menus incidents de la journée, voire dans les plus ambigus. Il s'allongeait alors d'habitude sur le divan de son bureau — car il ne pouvait plus quitter son bureau sans s'être reposé une heure sur son divan — et dans ses pensées, il enchaînait observation sur observation. Il ne se limitait pas strictement aux gens qui avaient rapport avec le tribunal, dans son demi-sommeil ils se mélangeaient tous ; il oubliait alors l'immense travail du tribunal, il avait l'impression d'être le seul accusé, et que tous les autres se confondaient, comme les fonctionnaires et les juristes dans les couloirs d'un tribunal, même les plus stupides avaient le menton baissé sur la poitrine, les lèvres retroussées et le regard fixe, comme perdus dans de graves réflexions. Puis les locataires de Mme Grubach apparaissaient toujours, ils étaient en formation serrée, debout joue contre joue, comme un chœur d'accusateurs. Il y avait beaucoup d'inconnus parmi eux, car depuis bien longtemps K. ne s'occupait plus du tout des affaires de la pension. Mais le grand nombre de ces inconnus le mettait mal à son aise pour entrer en contact avec le groupe, ce qu'il était parfois obligé de faire lorsqu'il y recherchait Mlle Bürstner. Il parcourait ainsi du regard le groupe et soudain deux yeux complètement étrangers lui lançaient un éclair et le retenaient. Il était alors incapable de trouver Mlle Bürstner, mais lorsqu'ensuite, pour éviter toute erreur, il cherchait encore une fois, il la trouvait au beau milieu du groupe, les bras autour de deux messieurs qui se tenaient à ses côtés. Ce spectacle ne l'affectait guère, d'autant qu'il n'avait rien de nouveau ; au contraire, c'était le souvenir ineffaçable d'une photographie de bord de mer aperçue un jour dans la chambre de Mlle Bürstner. Pourtant ce spectacle éloignait K. du groupe, et même s'il revint plusieurs fois au même endroit, il arpentait maintenant de long en large le bâtiment du tribunal. Il se repérait toujours fort bien dans toutes les salles ; des corridors perdus, qu'il n'avait jamais pu voir, lui semblaient familiers, comme s'il y avait toujours habité ; des détails s'imprimaient sans cesse dans son cerveau avec une douloureuse netteté ; un étranger, par exemple, se promenait dans une antichambre, il était habillé en torero ; la jacquette semblait avoir été tailladée à coups de couteau, le très court gilet empesé qui lui entourait le corps était en grosse dentelle jaunie, et sans interrompre un instant sa promenade, cet homme se laissait inlassablement dévisager par K. Le dos courbé, K. rôdait autour de lui et l'observait en écarquillant les yeux. Il connaissait tous les motifs de la dentelle, tous les défauts des franges, tous les mouvements du gilet, et ne se lassait pas de l'observer. Ou plutôt, il en avait assez depuis longtemps, mieux encore, il n'avait jamais voulu le regarder, mais il était fasciné. « Quelles mascarades les pays étrangers vous offrent ! » songeait-il en écarquillant encore davantage les yeux. Et il restait à suivre cet homme jusqu'au moment où il se retournait sur son divan et enfouissait son visage dans le cuir.

## VOYAGE CHEZ LA MÈRE

Soudain, pendant le déjeuner, il se souvint qu'il devait rendre visite à sa mère. Déjà le printemps était presque terminé et cela faisait donc trois ans qu'il ne l'avait pas vue. Elle lui avait naguère demandé de venir la voir quand il aurait son anniversaire ; malgré de nombreux empêchements, il avait satisfait à cette demande et lui avait même promis de passer chacun de ses anniversaires chez elle, promesse qu'il avait cependant déjà trahie à deux reprises. En revanche cette fois-ci, au lieu d'attendre son anniversaire, qui tombait pourtant deux semaines plus tard, il allait s'y rendre immédiatement. Certes, il se disait qu'il n'y avait pas de raison particulière de partir aussitôt ; au contraire, les nouvelles régulières qu'il recevait tous les deux mois d'un cousin qui avait un commerce dans cette petite ville et gérait l'argent que K. lui envoyait pour sa mère, étaient plus rassurantes que jamais. Sans doute sa mère était-elle en train de perdre la vue, mais K. s'y attendait depuis des années, après les déclarations des médecins ; son état général, par contre, s'était amélioré ; certains maux de la vieillesse avaient disparu au lieu de s'aggraver, en tout cas elle se plaignait moins. De l'avis du cousin, cela tenait peut-être au fait que ces dernières années — lors de sa visite, K. en avait déjà observé presque avec dégoût de légers symptômes —, elle était devenue d'une immense piété. Le cousin lui avait décrit de façon très expressive la façon dont la vieille femme, qui jadis ne se traînait qu'avec difficulté, marchait désormais d'un pas fort assuré à son bras lorsqu'il la conduisait à l'église, le dimanche. Et K. pouvait faire confiance à son cousin, car il était d'un naturel inquiet et exagérait plutôt le négatif que le positif dans ses comptes rendus.

Quoi qu'il en soit, K. avait décidé de s'y rendre ; entre autres désagréments, il avait depuis peu constaté en lui-même un côté pleurnicheur, presque une sorte de mollesse qui le poussait à céder à tous ses désirs — enfin, dans ce cas précis, ce défaut servait au moins la bonne cause.

Il s'approcha de la fenêtre pour rassembler un peu ses idées, puis fit desservir son déjeuner, envoya le clerc annoncer son départ à Mme Grubach et chercher sa valise, où Mme Grubach était priée d'empaqueter ce qui lui semblait nécessaire, puis il donna à M. Kühne quelques instructions pour le temps où il serait absent du bureau, se mit à peine en colère lorsque M. Kühne, avec une impolitesse qui était devenue une habitude, écouta les instructions le visage tourné sur le côté, comme s'il savait exactement ce qu'il avait à faire et ne tolérait cette attribution de consignes que comme une formalité, et pour finir il alla chez le directeur. K. ayant sollicité deux jours de congé pour aller rendre visite à sa mère, le directeur lui demanda bien sûr si elle était malade. « Non », dit K. sans autre explication. Il était debout au milieu de la pièce, les mains croisées derrière le dos. En fronçant les sourcils, il réfléchissait. Avait-il précipité ses préparatifs de départ ? Ne valait-il pas mieux rester ? Qu'allait-il faire là-bas ? Était-ce par sentimentalité qu'il voulait s'y rendre ? Et aussi par sentimentalité qu'il allait peut-être manquer ici quelque chose d'important, l'occasion d'intervenir qui pouvait survenir chaque jour, à toute heure, puisque cela faisait maintenant des semaines que le procès semblait au point mort et que presque aucune nouvelle précise ne lui était parvenue ? Et n'allait-il pas de surcroît effrayer la vieille femme, ce qui bien sûr n'était pas son intention, mais pouvait fort bien arriver malgré lui, puisque tant de choses arrivaient malgré lui ces temps-ci. Et sa mère ne désirait nullement le voir. Jadis, les invitations pressantes de sa mère se renouvelaient régulièrement dans les lettres de son cousin, mais cela avait cessé depuis longtemps. Ce n'était donc pas pour sa mère qu'il partait, la chose était claire. Pourtant, s'il partait en nourrissant un espoir quelconque pour lui-même, alors il se conduisait en parfait imbécile, et dans le désespoir qui en résulterait, son imbécillité trouverait là-bas sa récompense. Mais comme si tous ces doutes n'avaient pas été les siens, et que des étrangers eussent cherché à les lui insuffler, K. s'éveilla pour ainsi dire de sa torpeur en maintenant sa décision de partir. Entre-temps, le directeur s'était penché sur un journal, par hasard ou, chose plus probable, par sollicitude envers K. ; il leva les yeux lui aussi, tendit la main à K. en se levant et, sans poser d'autres questions, lui souhaita bon voyage.

K. attendit ensuite le clerc en faisant les cent pas dans son bureau, envoya promener presque sans un mot le directeur-adjoint qui entra plusieurs fois pour s'informer des motifs de son départ et, dès qu'il eut enfin sa valise, se hâta de descendre pour prendre la voiture qu'on avait commandée. Il était déjà dans l'escalier lorsqu'au dernier moment, l'employé Kullych apparut en haut, tenant à la main un début de lettre pour laquelle il voulait de toute évidence solliciter ses instructions. K. le repoussa d'un geste de la main, mais avec sa niaiserie coutumière, cet individu à la grosse tête blonde se méprit sur ce signe et courut après K. comme un dératé, en faisant des bonds périlleux et en agitant le bout de papier. K. en fut tellement furieux que lorsque Kullych le rattrapa sur le grand escalier, il lui prit la lettre des mains et la déchira. Lorsque K. se retourna dans la voiture, Kullych était debout au même endroit ; il n'avait sans doute toujours pas compris son erreur, et suivait du regard la voiture qui s'éloignait, tandis qu'à côté de lui, le portier ôtait respectueusement sa casquette. K. restait donc toujours un des premiers employés de la banque ; s'il s'avisait de le nier, le portier dirait le contraire. Et il avait beau la contredire, sa mère le prenait même pour le directeur de la banque, et ce depuis des années. Pour elle, jamais il ne sombrerait, quels que soient les coups infligés à sa réputation. Peut-être était-ce un bon présage que, juste avant de partir, il ait acquis la conviction de pouvoir encore arracher une lettre des mains d'un employé qui avait même des liens avec le tribunal, et la déchirer sans présenter les moindres excuses. Pourtant il n'avait pas pu faire ce qu'il eût fait le plus volontiers : donner à Kullych deux claques retentissantes sur ses joues pâles et rondes.

# DANS LA COLONIE PÉNITENTIAIRE [1]

1. Ce texte, écrit entre le 15 et le 18 octobre 1914, ne fut pas publié avant mai 1919, aux éditions Kurt Wolff, dans une collection de luxe tirée à 1000 exemplaires, les « Drugulin-Drucke ». Cependant Kafka en avait donné une lecture publique le 10 novembre 1916 à Munich, dans la Galerie Goltz, pour une de leurs « Soirées de littérature moderne » à laquelle Rilke assista très probablement, comme la carte à Felice du 7 décembre 1916 en témoigne ; nous partageons sur ce point la conviction de M. Pasley, contrairement aux éditeurs des *Lettres à Felice* (*cf.* aussi Notice, p. 1022).

« C'est un appareil singulier », dit l'officier au visiteur en voyage d'étude, et il considéra d'un regard plutôt admiratif cet appareil que pourtant il connaissait fort bien. Le voyageur paraissait avoir accepté par simple politesse l'invitation du commandant qui lui avait proposé d'assister à l'exécution d'un soldat, condamné pour insubordination et outrage à son supérieur. On n'avait pas l'air de porter grand intérêt à cette exécution dans la colonie pénitentiaire, d'ailleurs. En tout cas, il n'y avait dans ce vallon sablonneux et cerné de tous côtés par des pentes pelées et abruptes, outre l'officier et le voyageur, que le condamné, un homme à l'air abruti, la bouche largement fendue, la tignasse et le visage crasseux, ainsi qu'un soldat tenant la lourde chaîne dans laquelle aboutissaient des chaînes plus petites enserrant les chevilles, les poignets et le cou du condamné, et qui étaient également reliées entre elles par des chaînes transversales. Le condamné avait d'ailleurs une telle attitude de chien soumis qu'on avait l'impression qu'on aurait pu le laisser librement divaguer sur les pentes du vallon et qu'il suffirait de le siffler au moment de l'exécution pour qu'il revînt.

Le voyageur n'était guère attiré par cet appareil et, manifestement indifférent, il fit quelques pas derrière le condamné, pendant que l'officier effectuait les derniers préparatifs, tantôt se glissant au pied de l'appareil solidement fiché dans le sol, tantôt grimpant sur une échelle pour inspecter les parties supérieures. C'était sans doute des tâches que l'on aurait pu confier à un mécanicien, mais l'officier s'en acquittait avec beaucoup de soin, soit qu'il fût un ardent partisan de cet appareil, soit qu'il fût pour d'autres raisons impossible de confier ce travail à quelqu'un d'autre. « À présent tout est prêt ! » s'écria-t-il enfin, en redescendant l'échelle. Il était incroyablement fatigué et respirait avec peine, la bouche grande ouverte, ayant glissé derrière le col de son uniforme deux fins mouchoirs de dame. « Ces uniformes sont vraiment trop lourds pour les tropiques, dit le voyageur au lieu de l'interroger sur l'appareil, comme l'officier s'y attendait. — Certainement, répondit-il, puis il nettoya ses mains tachées d'huile et de graisse dans un seau d'eau qu'on avait préparé ; mais ils représentent notre pays ; nous ne voulons pas être coupés de notre pays natal. — Donc, vous voyez cet appareil, continua-t-il en se séchant les mains dans un torchon et en l'indiquant d'un geste. Jusqu'ici il fallait l'actionner à la main, alors que maintenant l'appareil travaille entièrement seul. » Le voyageur acquiesça et suivit l'officier. Celui-ci, désireux de se prémunir contre toute éventualité, ajouta : « Bien sûr, il peut y avoir des perturbations ; j'espère évidemment qu'il n'en surviendra pas aujourd'hui, mais il faut toujours l'envisager. Car cet appareil doit fonctionner pendant douze heures d'affilée. Cependant, même si de légères perturbations se produisent, elles sont des plus minimes et on y pare immédiatement.

Vous ne voulez pas vous asseoir ? » demanda-t-il pour finir, en sortant d'une pile de sièges un fauteuil en rotin qu'il offrit au voyageur ; celui-ci ne put refuser. Il se retrouva donc assis au bord d'une fosse où il jeta un bref coup d'œil. Elle n'était pas fort profonde. Sur un des côtés, la terre était amoncelée pour faire rempart, et de l'autre était disposé l'appareil. « Je ne sais pas, dit l'officier, si le commandant vous a déjà expliqué cet appareil. » Le voyageur fit un vague geste de la main ; l'officier n'en demanda pas davantage, car à présent il pouvait lui donner lui-même des explications. « Cet appareil, dit-il en attrapant une manivelle contre laquelle il s'appuya, est une invention de notre ancien commandant. J'y ai collaboré dès les premiers essais et j'ai suivi tout au long les travaux de mise au point. Mais c'est à lui seul que revient le mérite de l'invention. Avez-vous entendu parler de notre ancien commandant ? Non ? Eh bien, je n'exagère pas en affirmant que l'organisation de toute cette colonie pénitentiaire est son œuvre. Nous qui sommes ses amis, nous avons su dès sa mort que cette colonie constituait un ensemble tellement cohérent que son successeur, eût-il mille nouveaux projets en tête, ne pourrait rien changer à cet état de choses, au moins durant un certain nombre d'années. Et nos prévisions se sont vérifiées ; le nouveau commandant a bien dû s'en rendre compte. Quel dommage que vous n'ayez pas connu l'ancien !... Mais je bavarde, s'interrompit l'officier, alors que l'appareil est ici, devant nous. Comme vous voyez, il se compose de trois parties. Avec le temps sont apparues pour chacune des appellations populaires, pour ainsi dire. La partie inférieure, c'est le lit, celle du haut le traceur, et celle du milieu ici, qui est suspendue, la herse. — La herse ? demanda le voyageur. Il n'avait pas fait très attention, le soleil tapait vraiment dur dans ce vallon sans arbre et on avait du mal à se concentrer. Il en admirait d'autant plus cet officier sanglé comme pour la parade dans son étroite vareuse ornée de lourdes épaulettes et de longues fourragères, qui lui détaillait son affaire avec tant d'entrain et qui de plus, tout en parlant, resserrait ici ou là un boulon, d'un tour de clé. Le soldat paraissait être dans le même état d'esprit que le voyageur. Il avait enroulé autour de ses deux poignets la chaîne du condamné et se tenait en appui sur son fusil, laissant retomber sa tête, ne se souciant plus de rien. Le voyageur n'en fut pas étonné, car l'officier s'exprimait en français, langue que très certainement ne comprenaient ni le soldat ni le condamné. Du coup, il était d'autant plus surprenant de voir que le condamné essayait malgré tout de suivre les explications de l'officier. Avec une sorte d'obstination ensommeillée, il dirigeait chaque fois ses regards vers l'endroit que désignait l'officier et lorsque celui-ci s'interrompit, sur une question du voyageur, il arrêta lui aussi son regard, comme le fit l'officier, sur le voyageur.

— Oui, la herse, dit l'officier, c'est le nom qui convient. Les aiguilles sont disposées comme sur une herse, et l'ensemble se conduit aussi à la façon d'une herse, quoique sur place et d'une façon beaucoup plus complexe. Vous allez du reste le comprendre tout de suite. Ici, sur le lit, on couche le condamné. — Je vais d'abord vous décrire l'appareil, n'est-ce pas, avant de le faire fonctionner[1]. Ainsi vous pourrez mieux suivre la manœuvre. D'ailleurs il y a dans le traceur une roue dentée qui est usée ; elle grince affreusement et on s'entend à peine quand c'est en marche ; malheureusement il est très difficile ici de se procurer des pièces détachées... Donc, vous avez là le lit, comme je le disais. Il est recouvert d'une couche d'ouate sur toute sa surface ; vous verrez ensuite à quoi cela sert. On étend le condamné à plat ventre sur cette couche d'ouate, et nu, bien entendu ; vous voyez ici des sangles pour l'attacher par les mains, là par les pieds et là par le cou. À la tête du lit, là où, comme je l'ai dit, vient tout de suite se poser le visage de l'homme, se trouve ce petit tampon de feutre que l'on peut régler sans difficulté pour qu'il aille se loger précisément dans sa bouche. Il a pour objet de l'empêcher de crier et de se mordre la langue. Et l'homme est contraint de prendre le tampon dans sa bouche, sinon la courroie maintenant son cou lui briserait la nuque. — C'est vraiment de l'ouate ? demanda le voyageur en se penchant en avant. — Mais tout à fait, dit l'officier en souriant, vous pouvez tâter. » Il prit la main du voyageur et l'appliqua sur la surface du lit. « C'est une ouate qui a subi une préparation spéciale, c'est pourquoi on ne l'identifie pas bien ; je vous expliquerai ensuite dans quel but. » Le voyageur commençait à s'intéresser un peu plus à l'appareil ; levant sa main pour protéger ses yeux du soleil, il le considéra du haut en bas. C'était une construction imposante. Le lit et le traceur avaient le même volume et ressemblaient à deux coffres sombres. Le traceur surplombait le lit d'environ deux mètres ; les deux étaient assemblés par quatre piliers de laiton qui resplen-

---

1. Dans son *Kafka-Kommentar* (*op. cit.*, p. 174 et suiv.), H. Binder soutient la thèse de W. Burns, selon laquelle Kafka aurait été inspiré par *Le Jardin des supplices* d'Octave Mirbeau (1899) ; la traduction en allemand de ce texte à la fois pornographique et rempli de sadisme fut aussitôt interdite, après sa parution en 1901.

dissaient presque, sous le soleil. Entre les deux coffres, suspendue à une tige métallique, flottait la herse.

L'officier qui avait à peine remarqué l'indifférence manifestée d'abord par le voyageur, sentit en revanche très bien que son intérêt s'éveillait ; il interrompit donc ses explications pour laisser au voyageur le temps d'examiner l'appareil à loisir. Le condamné imita le voyageur ; ne pouvant pas se protéger les yeux, il devait cligner des yeux pour regarder en haut.

« Donc, l'homme est sur le ventre », dit le voyageur, et en s'appuyant contre le dossier de son fauteuil il se croisa les jambes.

— Oui, dit l'officier qui recula un peu sa casquette et passa sa main sur son visage brûlant ; maintenant, écoutez-moi ! Le lit, ainsi que le traceur, sont chacun équipés de piles électriques ; le lit en a besoin pour fonctionner, le traceur pour actionner la herse. Dès que l'homme est attaché, on met le lit en marche. Il s'anime de minuscules tremblements, de très rapides vibrations latéralement et d'avant en arrière. Vous avez sans doute vu ce genre d'appareils dans des cliniques ; simplement, dans le lit d'ici, chaque mouvement est calculé avec précision ; car il doit correspondre aux moindres déplacements de la herse. C'est en effet à la herse que revient l'exécution du verdict.

— Et en quoi consiste le verdict ? demanda le voyageur.
— Comment, vous ne le savez pas non plus ? fit l'officier surpris, en se mordant les lèvres. Pardonnez-moi si mes explications sont un peu désordonnées ; je vous en fais mille excuses. Car jadis, c'était le commandant qui expliquait tout cela ; mais le commandant actuel se dérobe aussi à ce devoir, à cet honneur ; cependant, qu'un visiteur de votre importance — voulant protester contre cet hommage, le voyageur leva les deux mains, mais l'officier s'obstina — qu'un visiteur de votre importance ne soit même pas informé de la manière dont nous exécutons le verdict, voilà encore une innovation que... un juron lui venait aux lèvres, mais il se maîtrisa et dit seulement : On ne m'en a pas avisé, et je n'en suis pas responsable. Du reste,

c'est moi qui suis le mieux qualifié pour expliquer nos procédures d'exécution, car j'ai sur moi — il donna un petit coup sur sa poche-poitrine — les dessins qu'en a tracés en personne l'ancien commandant.

— Des dessins de la main du commandant ? demanda le voyageur. Alliait-il donc tous les talents ? Était-il à la fois soldat, juge, technicien, chimiste et traceur ?

— Mais oui, fit l'officier en acquiesçant de la tête, le regard immobile et songeur. Ensuite il examina ses mains ; elles ne lui parurent pas assez propres pour prendre les dessins ; il retourna donc près du seau et les lava de nouveau. Puis il sortit un petit portefeuille en cuir et dit : « Notre verdict ne paraît pas sévère, à l'entendre. La loi que le condamné a transgressée, la herse la lui inscrit sur le corps. À ce condamné, par exemple — l'officier montra l'homme —, on va inscrire sur le corps : Honore ton supérieur ! »

Le voyageur jeta un bref coup d'œil à l'homme ; lorsque l'officier l'avait désigné, il penchait la tête, paraissant écouter de toutes ses forces pour saisir quelque chose. Pourtant les mouvements de ses lèvres boursouflées, pressées l'une sur l'autre, montraient nettement qu'il ne pouvait rien comprendre. Le voyageur avait eu l'intention de poser plusieurs questions ; mais, voyant cet homme ainsi, il demanda seulement : « Connaît-il son verdict ? — Non, dit l'officier prêt à poursuivre aussitôt ses explications, mais le voyageur l'interrompit : Il ne connaît pas le verdict prononcé contre lui ? — Non, répéta l'officier ; puis il se tut un instant, comme s'il attendait que le voyageur justifiât plus précisément sa question ; alors il dit : Il serait inutile de le lui annoncer. Puisqu'il va l'apprendre dans son corps. » Le voyageur allait se taire quand il sentit que le condamné braquait ses yeux sur lui ; il semblait lui demander s'il pouvait approuver ce qui venait de lui être décrit. Du coup, le voyageur déjà réinstallé au fond de son fauteuil se pencha de nouveau et demanda : « Mais qu'il ait été condamné, il le sait tout de même, n'est-ce pas ? — Cela non plus, dit l'officier, et il sourit au voyageur comme s'il s'attendait à entendre encore d'autres déclarations surprenantes. — Non ! dit le voyageur en passant sa main sur son front, alors en ce moment, cet homme ne sait pas encore comment sa défense a été accueillie ? — Il n'a pas eu la possibilité de présenter sa défense, dit l'officier en détournant les yeux, comme s'il se parlait à lui-même et ne voulait pas faire honte au voyageur en lui racontant des choses qui, de son point de vue, allaient de soi. — Il faut pourtant qu'il ait eu la possibilité de se défendre », dit le voyageur en se levant de son fauteuil.

L'officier comprit qu'il risquait fort de devoir interrompre assez longtemps son explication de l'appareil ; il s'approcha donc du voyageur, passa son bras sous le sien et d'un geste, lui montra le condamné, qui, voyant l'attention concentrée sur lui, se mit aussitôt au garde-à-vous — du reste, le soldat avait tiré sur sa chaîne —, et il dit : « La situation est la suivante. Je remplis ici, dans cette colonie pénitentiaire, la fonction de juge. Malgré mon jeune âge. Car du temps de l'ancien commandant déjà, je l'assistai dans toutes les affaires disciplinaires et je suis celui qui connaît le mieux l'appareil. Voici le principe qui guide mes décisions : La faute ne fait jamais de doute. D'autres tribunaux peut-être n'obéissent pas à ce principe, car ils sont dirigés collégialement et ont d'autres tribunaux au-dessus d'eux. Cela n'est pas le cas ici, ou du moins ce n'était pas le cas du temps de l'ancien commandant. Le nouveau a en effet déjà manifesté des velléités d'intervenir dans ma juridiction, mais jusqu'à maintenant j'ai réussi à l'en empêcher et je continuerai à le faire. — Vous vouliez que je vous explique le cas présent ; il est aussi simple que beaucoup d'autres. Ce matin, un capitaine a accusé cet homme, qui lui est affecté comme ordonnance et qui dort devant sa porte, de s'être endormi à son poste. Au début de chaque heure, il est tenu de se lever et de saluer devant la porte dc son capitaine. Un devoir sans aucune difficulté, mais pourtant nécessaire, car l'homme doit rester dispos, tant pour monter la garde que pour faire son service. La nuit dernière, le capitaine a voulu vérifier si son ordonnance s'acquittait bien de son devoir. À deux heures sonnantes, il ouvre sa porte d'un seul coup et le trouve recroquevillé dans un coin, endormi. Il va chercher sa cravache et le frappe au visage. Alors, au lieu de se lever et de lui demander pardon, voilà l'homme qui saisit les jambes de son supérieur, et les secoue en hurlant : « Jette ta cravache, ou je te bouffe ! » — Tels sont les faits. Le capitaine est venu me trouver, il y a une heure ; j'ai noté sa déposition, et à la suite, le verdict. Puis je fis enchaîner l'homme. Tout s'est passé très simplement. Si j'avais commencé par convoquer l'homme pour un interrogatoire, il n'en serait résulté que de la confusion. Il aurait menti, et si j'avais réussi à réfuter ses mensonges, il en aurait forgé d'autres, et ainsi de suite. Tandis qu'à présent je le tiens et je ne le lâcherai plus. — Est-ce que tout est clair, maintenant ? Mais le temps passe, il faudrait commencer l'exécution et je n'ai pas encore terminé de vous expliquer l'appareil. » Il fit rasseoir le voyageur dans son fauteuil, retourna vers l'appareil et poursuivit : « Comme vous voyez, la herse a une forme correspondant au corps humain ; ici, c'est la herse pour le torse, et là, la herse pour les jambes. Pour la tête, seule est prévue cette petite pointe. Vous comprenez ? » Il se pencha vers le voyageur d'un air aimable, tout prêt à lui fournir des explications plus détaillées.

Le voyageur considérait la herse en plissant le front. Il n'était pas satisfait par les informations concernant cette procédure. Bien sûr, il devait admettre qu'il s'agissait d'une colonie pénitentiaire, et qu'en pareil lieu il fallait appliquer des mesures spéciales et procéder en toutes choses selon l'usage militaire. D'ailleurs, il fondait aussi quelque espoir sur le nouveau commandant, qui avait manifestement l'intention d'instituer, mais petit à petit, une nouvelle procédure que la cervelle limitée de cet officier ne pouvait pas concevoir. Et, poursuivant son idée, le voyageur demanda : « Le commandant assistera-t-il à l'exécution ? — Cela n'est pas certain, dit l'officier, si désagréablement surpris par cette brusque question que son visage en perdit toute amabilité. C'est d'ailleurs pour cela que nous devons nous hâter. À mon grand regret, je vais être obligé d'abréger mes explications. Mais demain, quand l'appareil aura été nettoyé — c'est son unique défaut, de se salir à ce point —, je compléterai éventuellement mes explications. Je termine donc par le strict nécessaire. — Quand l'homme est étendu sur le lit et que celui-ci commence à vibrer, la herse s'abaisse sur le corps. Elle vient d'elle-même se placer de façon à effleurer seulement le corps de ses pointes ; une fois qu'elle est en place, le câble métallique se tend, devenant une tige rigide. Alors le jeu commence. Un spectateur peu averti ne se rend pas compte de la différence entre les châtiments. La herse paraît travailler uniformément. En vibrant elle darde ses pointes dans le corps, qui vibre lui aussi avec le lit. Or, pour permettre à chacun de vérifier l'exécution du verdict, la herse est en verre. Y fixer les aiguilles n'a pas manqué de poser quelques problèmes techniques, mais après plusieurs essais, on y est parvenu. Car nous n'avons pas ménagé nos efforts. Et à présent, chacun peut voir à travers le verre l'inscription s'accomplir sur le corps. Vous ne voulez pas venir pour regarder les aiguilles de près ? »

Le voyageur se leva lentement, s'approcha et se pencha au-dessus de la herse. « Vous voyez ici, dit l'officier, des aiguilles de deux sortes et disposées différemment. Chaque aiguille longue est flanquée d'une aiguille courte. La plus longue sert en effet à écrire, et la plus courte projette de l'eau pour nettoyer le sang et garder net le texte écrit. L'eau mêlée de sang coule ensuite dans de petites rainures, qui mènent dans cette grande rigole que voici, dont le tuyau d'évacuation aboutit dans la fosse. » L'officier montrait du doigt le trajet précis que suivait l'eau mêlée de sang. Au moment où, pour mieux se faire comprendre, il faisait de ses deux mains le geste de la recueillir au bout du tuyau, le voyageur releva la tête et voulut regagner son fauteuil à reculons, en tâtonnant. Alors il vit avec frayeur que le condamné, répondant lui aussi à l'invitation de l'officier, était venu regarder la herse de plus près. Il avait légèrement tiré en avant le soldat tenant sa chaîne et s'était penché lui aussi au-dessus du verre. On voyait que son regard mal assuré avait également cherché à voir ce que les deux messieurs venaient d'observer, mais qu'il n'y parvenait pas, n'ayant pas reçu l'explication. Il se penchait au hasard, ici et là. Ses yeux avides parcouraient le verre, d'un bout à l'autre. Le voyageur voulut le repousser, car ce qu'il faisait était sans doute répréhensible. Mais l'officier retint le voyageur d'une main, tandis que de l'autre il saisissait un peu de terre entassée et la lançait sur le soldat. Celui-ci rouvrit les yeux d'un seul coup, vit ce que le condamné avait osé faire, laissa tomber son fusil et, se bloquant sur ses talons enfoncés dans le sol, il tira le condamné vers l'arrière en le faisant aussitôt tomber, puis il le toisa du regard tandis que l'autre se débattait en faisant sonner ses chaînes. « Relève-le ! » cria l'officier, car il trouvait que le voyageur se laissait trop distraire par le condamné. Le voyageur se penchait en effet au-dessus de la herse sans y faire attention, voulant seulement voir ce qui arrivait au condamné. « Traite-le avec précaution ! » cria de nouveau l'officier. Il fit le tour de l'appareil en courant, empoigna lui-même le condamné sous les épaules et, bien que celui-ci ne tînt guère sur ses pieds, il le remit debout avec l'aide du soldat.

« Maintenant je sais tout, dit le voyageur quand l'officier revint vers lui. — Sauf le plus important », dit celui-ci en lui prenant le bras et en lui faisant lever les yeux. « Là-haut dans le traceur se trouve le mécanisme qui détermine le mouvement de la herse, et ce mécanisme est réglé selon le dessin stipulé par le verdict. J'utilise toujours les dessins de l'ancien commandant. Les voici — il sortit quelques feuillets du portefeuille en cuir — mais je ne peux pas vous les remettre, ils sont ce que je possède de plus précieux. Asseyez-vous, je vais vous les montrer d'ici, et vous verrez très bien. » Il présenta le premier feuillet. Le voyageur eût volontiers formulé quelque compliment, mais il ne distinguait que des lignes labyrinthiques qui se croisaient dans tous les sens et couvraient si entièrement la surface qu'on avait du mal à trouver quelques espaces blancs. « Lisez, dit l'officier. — Je ne peux pas, dit le voyageur. — C'est pourtant net, reprit l'officier. — C'est très remarquable, dit le voyageur pour gagner du temps, mais je suis incapable de le déchiffrer. — Ah oui, fit l'officier en riant et en rangeant le portefeuille, ce n'est pas calligraphié pour les enfants des écoles ! Il faut prendre son temps pour le lire. Vous finiriez d'ailleurs sûrement par y arriver. Il ne peut pas s'agir ici d'une écriture toute simple, n'est-ce pas ; car elle ne doit pas tuer tout de suite, mais seulement après une durée de douze heures en moyenne ; le tournant est calculé pour intervenir à la sixième heure. Il faut donc qu'un très, très grand nombre d'ornements s'ajoute à l'inscription proprement dite ; les lettres elles-mêmes ne forment qu'une sorte de mince ceinture autour du corps ; le reste du corps reçoit les ornements. Vous rendez-vous bien compte maintenant du travail réalisé par la herse et l'ensemble de l'appareil ?... Et regardez donc ! » Il sauta sur l'échelle, tourna une roue, cria vers le bas : « Attention, écartez-vous ! » et tout se mit en branle. Si la roue n'avait pas grincé, c'eût été magnifique. L'officier, comme surpris par cette roue rétive, leva dans sa direction un poing menaçant, mais aussitôt, semblant s'excuser, il tendit les bras vers le voyageur et redescendit pour voir fonctionner l'appareil depuis le sol. Il y avait autre chose qui ne marchait pas bien, et qu'il était le seul à repérer ; il grimpa de nouveau, plongea les deux mains à l'intérieur du traceur, puis, au lieu de prendre l'échelle, il se laissa glisser le long d'un des piliers pour dégringoler plus vite et, voulant se faire comprendre au milieu de ce vacarme, il hurla de toutes ses forces dans l'oreille du voyageur : « Vous comprenez le fonctionnement ? La herse commence à écrire ; quand elle a terminé la première inscription des caractères sur le dos de l'homme, la couche d'ouate se déroule et fait lentement pivoter le corps sur le côté pour présenter à la herse une nouvelle surface. Pendant ce temps, les endroits blessés par l'inscription viennent s'appliquer sur l'ouate, spécialement traitée en vue d'arrêter aussitôt l'hémorragie et les préparer à recevoir une inscription plus en profondeur. Quand le corps sera de nouveau retourné, les dents que voici, au bord de la herse, viendront arracher cette ouate collée sur les meurtrissures, et elles la jetteront dans la fosse ; alors la herse pourra se remettre au travail. Elle écrit ainsi, de plus en plus profondément, douze heures durant. Pendant les six premières heures, le condamné continue à vivre presque comme avant, à part qu'il souffre. Au bout de deux heures, on retire le tampon de feutre, car l'homme n'a plus la force de crier. Ici, à la tête du lit, dans cette écuelle chauffée électriquement, on met une bouillie de riz que l'homme peut manger s'il a envie, en lapant avec sa langue. Aucun ne manque cette occasion. Je l'ai constaté chez tous, et mon expérience est grande. C'est seulement au bout de six heures que disparaît le goût de manger. En général je m'age-nouille alors ici et j'observe le phénomène. L'homme n'avale même pas sa dernière bouchée, il ne fait que la retourner dans sa bouche, puis la recrache dans la fosse. Il faut alors que je me penche, sinon je la recevrais dans la figure. Et comme l'homme devient alors calme, vers la sixième heure ! Le plus stupide accède à l'intelligence. Cela se voit d'abord autour des yeux. Et à partir de là, cela irradie. C'est un spectacle à donner envie d'aller s'étendre sous la herse. Ensuite, il ne se passe rien de plus, sinon que l'homme commence à déchiffrer l'inscription, il pointe les lèvres comme s'il tendait l'oreille. Vous avez vu, ce n'est pas facile de déchiffrer des yeux l'inscription ; mais notre homme la déchiffre à travers ses meurtrissures. C'est une tâche ardue, sans aucun doute ; et il lui faudra six heures pour en venir à bout. À ce moment-là, la herse le transperce de part en part et le lance dans la fosse où il dégringole en claquant sur l'ouate et l'eau mêlée de sang. Alors le jugement est rendu, et ensemble, le sodat et moi, nous l'enterrons. »

Le voyageur avait tendu l'oreille à l'officier et, les mains dans les poches de sa veste, considérait le travail de la machine. Le condamné aussi regardait, mais sans comprendre. Il se pen-chait un peu et observait les aiguilles qui tremblaient, quand le soldat, sur un signe de l'officier, fendit d'un coup de couteau l'arrière de sa chemise et de son pantalon, de sorte qu'ils tom-bèrent à ses pieds ; le condamné voulut ramasser ses affaires pour se couvrir, mais le soldat le souleva en faisant tomber sur le sol ses dernières hardes. L'officier mit la machine en marche, et sans que personne ne dise un mot, on étendit le condamné sous la herse. On détacha ses chaînes, qui furent remplacées par les courroies ; le condamné en parut d'abord presque soulagé. Alors la herse s'abaissa un peu plus, car l'homme était maigre. Lorsque les pointes le touchèrent, un frisson parcourut sa peau ; tandis que le soldat s'occupait de sa main droite, il tendit la gauche, sans savoir vers quoi ; mais c'était la direction où se trouvait le voyageur. L'officier ne quittait pas des yeux le voyageur à ses côtés, comme s'il cherchait à lire sur son visage l'impression que produisait sur lui cette exécution qu'il venait de lui expliquer, au moins dans les grandes lignes.

La courroie destinée à l'un des poignets se rompit ; sans doute le soldat l'avait-il trop serrée. Il fallait que l'officier intervienne, le soldat lui tendait la courroie déchirée. Tout en s'approchant de lui, l'officier tourna le visage vers le voyageur et déclara : « Cette machine est très compliquée, il est inévitable qu'ici ou là un élément fatigue ou casse ; mais il ne faut pas mal la juger pour autant, globalement ; du reste, cette courroie peut être remplacée sur le champ ; je vais prendre une chaîne ; mais la finesse des vibrations pour le bras droit sera moindre. » Et en installant la chaîne, il ajouta : « Les fonds destinés à entretenir la machine sont aujourd'hui très limités. Sous l'ancien commandant, je disposais librement de sommes réservées à cette unique fin. Il y avait ici un magasin où l'on entreposait toutes sortes de pièces détachées. J'avoue que je dépensais presque trop, à cette époque je veux dire, pas aujourd'hui, contrairement à ce qu'affirme le commandant, à qui tout sert de prétexte pour combattre les anciennes institutions. Il gère maintenant lui-même les fonds pour la machine, et si j'envoie chercher une nouvelle courroie, on me réclame pour preuve la courroie déchirée, et la nouvelle met quinze jours à venir, et elle sera de moindre qualité et pas bonne à grand-chose. Et comment puis-je faire fonctionner la machine dans l'intervalle, personne ne s'en soucie. »

Le voyageur réfléchissait : c'est toujours un problème d'intervenir de façon décisive dans les affaires d'autrui. Il n'était ni membre de cette colonie pénitentiaire, ni citoyen de l'État

auquel elle appartenait. S'il s'avisait de condamner cette exécution ou même de s'y opposer, on pouvait lui dire : Tu n'es pas
d'ici, tais-toi. À cela il n'aurait rien eu à répliquer, il aurait juste
pu ajouter qu'en effet il ne se comprenait pas lui-même, car
son seul but en voyageant était d'observer, et nullement de
réformer par exemple les institutions judiciaires d'autres pays.
Cependant la situation ici poussait vraiment trop à réagir. L'injustice de la procédure et l'inhumanité de l'exécution ne faisaient aucun doute. Personne ne pourrait soupçonner un seul
instant le voyageur de défendre ses propres intérêts, car le condamné lui était inconnu, ce n'était ni un compatriote ni un
individu suscitant une quelconque pitié. Quant au voyageur, il
avait des recommandations provenant de hauts fonctionnaires,
on l'avait reçu avec grande courtoisie, et cette invitation à assister à l'exécution paraissait même indiquer que l'on désirait connaître son opinion sur cette façon de rendre la justice. Et ceci
était d'autant plus vraisemblable qu'il venait de comprendre
sans la moindre équivoque que le commandant n'était nullement partisan de cette procédure et qu'il manifestait envers
l'officier un comportement presque hostile.

Soudain le voyageur entendit l'officier pousser un cri de
rage. Il venait juste, non sans peine, d'installer le tampon de
feutre dans la bouche du condamné, quand celui-ci, pris d'une
irrésistible nausée, ferma les yeux et se mit à vomir. Aussitôt
l'officier le saisit par les épaules et le redressa, pour tourner
sa tête vers la fosse ; mais il était trop tard, déjà la vomissure
dégoulinait sur la machine. « Tout ça, c'est la faute du commandant ! » hurla l'officier hors de lui, en secouant les montants de
laiton à l'avant, « voilà ma machine aussi dégoûtante qu'une
porcherie ! » Les mains toutes tremblantes, il montra au
voyageur ce qui était arrivé. « Est-ce que je n'ai pas passé des
heures à essayer d'expliquer au commandant que la veille de
l'exécution, aucune nourriture ne doit être distribuée. Mais
aujourd'hui on tend à l'indulgence et on n'est pas de cet avis.
Les dames du commandant font ingurgiter des tas de sucreries
au condamné, avant qu'il ne soit emmené. Toute sa vie, il s'est

nourri de poisson avarié, et maintenant il doit manger des sucreries ! Mais enfin, ce serait possible et je n'aurais rien à objecter si seulement on me livrait le nouveau tampon que je réclame depuis déjà trois mois. Comment peut-on en effet sans être écœuré prendre dans sa bouche ce tampon-ci, dans lequel ont mordu plus d'une centaine d'hommes et qu'ils ont sucé pendant leur agonie ? »

Le condamné avait posé à nouveau sa tête et paraissait paisible, le soldat s'occupait à nettoyer la machine avec la chemise du condamné. L'officier revint vers le voyageur qui, pressentant quelque chose, recula d'un pas, mais l'officier le prit par la main et l'entraîna sur le côté. « Je voudrais vous dire quelques mots en particulier, dit-il, vous permettez ? — Bien sûr », dit le voyageur et, les yeux baissés, il l'écouta.

« Cette procédure et cette exécution, que vous avez maintenant l'occasion d'admirer, n'ont plus aujourd'hui, dans notre colonie, aucun partisan déclaré. Je suis leur seul défenseur, et donc le seul à défendre l'héritage de l'ancien commandant. Je ne peux plus envisager aucune extension de cette procédure, je consacre toutes mes forces à conserver ce qui existe. Du vivant de l'ancien commandant, la colonie était remplie de ses partisans ; j'ai un peu la même force de conviction que notre ancien commandant, mais aucunement son pouvoir ; en conséquence, ses partisans se sont dissimulés, ils sont encore nombreux, mais personne ne se déclare. Aujourd'hui par exemple, un jour d'exécution, si vous allez au salon de thé et que vous prêtiez l'oreille, vous n'entendrez peut-être que des déclarations ambiguës. Or ils en sont tous partisans, mais sous l'actuel commandant et face à ses convictions actuelles, ils ne me sont d'aucune utilité. Maintenant je vous pose une question : Faut-il qu'à cause de ce commandant et de ses femmes qui l'influencent, une œuvre pareille, l'œuvre de toute une vie — il indiqua la machine — soit ruinée ? Peut-on laisser faire cela ? Même si on est un étranger, simplement pour quelques jours sur notre île ? Or il n'y a pas de temps à perdre, on est en train de tramer quelque chose contre ma façon de rendre la justice ; des con-

certations sont déjà en cours dans le haut commandement, auxquelles je ne suis pas associé ; et même votre visite aujourd'hui
me semble caractéristique de toute cette situation ; on est
lâche, alors on vous envoie en avant, vous, un étranger.
— Comme l'exécution était différente, dans l'ancien temps !
Dès la journée précédant l'exécution, le vallon grouillait de
monde ; tous venaient pour ce seul spectacle ; le commandant
arrivait de grand matin, avec ses dames ; des fanfares réveil-
laient tout le campement ; je faisais mon rapport, annonçant
que tout était prêt ; l'assistance — aucun haut fonctionnaire ne
se permettait d'y manquer — prenait place autour de la machine ; ce tas de fauteuils en rotin est un pitoyable reliquat de
cette époque. La machine, bien astiquée, était rutilante, pour
chaque exécution ou presque je remplaçais quelques pièces.
Devant des centaines d'yeux — il y avait des spectateurs sur
la pointe des pieds jusque sur les pentes environnantes —, le
commandant étendait lui-même le condamné sous la herse. Ce
qu'aujourd'hui un simple soldat a le droit de faire était alors
mon office, en qualité de président du tribunal, et j'en étais
honoré ! Puis l'exécution commençait. Aucune fausse note ne
troublait le travail de la machine. Certains avaient cessé de
regarder et, les yeux fermés, ils restaient étendus sur le sable ;
tous savaient une chose : la justice est en train de s'accomplir.
Dans le silence on n'entendait que les gémissements du condamné, assourdis par le tampon de feutre. Aujourd'hui la
machine ne parvient plus à arracher au condamné des gémissements assez violents pour que le tampon ne puisse pas les
étouffer ; mais jadis, les aiguilles projetaient en écrivant un
liquide acide, que l'on n'a plus le droit d'utiliser à présent.
Enfin... ensuite arrivait la sixième heure ! Il était impossible
d'accéder à la demande de tous ceux qui voulaient regarder de
près. Dans sa sagesse, le commandant ordonnait que l'on
donne la priorité aux enfants ; pour moi, vu mes fonctions, je
pouvais rester là en permanence ; je me tenais en général avec
deux petits enfants dans les bras, un de chaque côté. Comme
sur tous nos visages se reflétait l'expression transfigurée de

l'homme martyrisé, et comme nous offrions nos joues à la lumière de cette justice enfin atteinte et déjà sur le point de disparaître ! Quelle époque, camarade ! » L'officier avait manifestement oublié qui se trouvait devant lui ; il avait pris le voyageur dans ses bras et posé sa tête sur son épaule. Le voyageur était fort gêné et regardait avec impatience au loin, par-dessus la tête de l'officier. Le soldat avait terminé son nettoyage et vidait maintenant une boîte de bouillie de riz dans l'écuelle. À peine le condamné s'en rendit-il compte qu'il parut parfaitement remis et voulut laper la bouillie avec sa langue. Mais chaque fois, le soldat l'écartait, car la bouillie était sans doute prévue pour plus tard, pourtant il n'était sûrement pas correct non plus que le soldat y plongeât lui aussi ses mains sales et qu'il en mangeât sous le nez du condamné affamé.

L'officier reprit vite contenance. « Je n'avais pas l'intention de vous attendrir, dit-il, je sais qu'il est aujourd'hui impossible de faire comprendre à quiconque cette époque révolue. Du reste, la machine fonctionne encore et elle travaille d'elle-même. Elle travaille d'elle-même toute solitaire qu'elle est, ici dans ce vallon. Et pour finir, après un vol plané incroyablement doux, le cadavre tombe toujours dans la fosse, même si les gens ne viennent plus, comme jadis, s'attrouper par centaines, telles des mouches, autour de la fosse. Nous devions jadis construire une solide balustrade tout autour, elle est arrachée depuis longtemps. »

Le voyageur, désireux de cacher son visage à l'officier, regardait autour de lui, au hasard. L'officier crut qu'il considérait ce vallon désolé ; il lui prit alors les deux mains, fit quelques pas pour se retrouver en face de lui et demanda : « Vous voyez un peu, cette honte ? »

Mais le voyageur se taisait. L'officier se détourna un instant ; les jambes écartées, les mains sur les hanches, il resta immobile, les yeux fixant le sol. Puis, adressant un sourire d'encouragement au voyageur, il dit : « Je n'étais pas loin de vous hier, quand le commandant vous a invité. J'ai entendu en quels termes. J'ai compris tout de suite dans quelle intention il vous adressait cette invitation. Bien qu'il ait assez de pouvoir pour intervenir contre moi, il n'ose pas encore le faire, mais il entend m'exposer à votre jugement, celui d'un étranger renommé. Son calcul est très avisé ; vous êtes depuis deux jours sur notre île, vous ne connaissiez nullement notre ancien commandant ni ses convictions, vous êtes prisonnier des opinions courantes en Europe, il se peut que vous soyez par principe opposé à la peine de mort en général, et à ce type d'exécution mécanique en particulier, en outre vous voyez se dérouler ici une exécution sans aucun public, tristement, sur une machine déjà un peu détériorée — eh bien, compte tenu de tous ces facteurs (se dit le commandant), ne serait-il pas très possible que vous n'approuviez pas ma façon de procéder ? Et si vous ne l'approuvez pas, vous serez disposé (je continue dans l'optique du commandant) à ne pas le cacher, car vous êtes certainement très sûr de vos convictions, tant de fois vérifiées. Cependant, vous avez appris à observer et à respecter les multiples particularités de si nombreux peuples que probablement vous ne prendrez pas position contre cette procédure d'une façon aussi radicale que vous le feriez peut-être dans votre propre pays. D'ailleurs, ce n'est pas du tout ce que demande le commandant. Une parole rapide, et simplement imprudente suffira. Et même si elle ne correspond pas à votre conviction, pour peu qu'elle ait l'air d'aller dans le sens qu'il souhaite. C'est avec une roublardise consommée qu'il vous interrogera, j'en suis certain. Et ses dames seront assises en cercle, et tendront l'oreille ; par exemple vous direz : « Chez nous, la procédure est différente », ou bien « Chez nous, l'accusé est interrogé avant le verdict », ou bien « Chez nous, l'accusé est informé du verdict », ou bien « Chez nous, il existe d'autres châtiments que la peine de mort », ou encore « Chez nous, la torture n'existe plus depuis le Moyen-Âge ». Ce sont des remarques tout à fait justes et qui vous paraissent aller de soi, des remarques innocentes qui ne concernent en rien ma procédure. Mais comment le commandant les entendra-t-il ? Je le vois d'ici, ce bon commandant, il poussera aussitôt sa chaise sur le côté et se précipitera vers le balcon, je vois d'ici ses dames qui le suivront en courant, j'entends déjà sa voix — que ses dames comparent au tonnerre — et ce sera pour déclarer : « Un grand chercheur occidental, chargé d'examiner les procédures judiciaires dans les différents pays, vient de dire que notre procédure, conforme à d'anciens usages, est inhumaine. Après ce jugement émanant d'une telle personnalité, il m'est impossible de tolérer plus longtemps cette procédure. J'ordonne donc qu'à partir d'aujourd'hui... etc. » Vous voulez intervenir, vous n'avez pas dit ce qu'il vient de déclarer, vous n'avez pas désigné ma procédure comme inhumaine, votre profonde perspicacité vous permet au contraire de la considérer comme la plus humaine et la plus digne de l'humanité, vous admirez même tout ce mécanisme — mais c'est trop tard ; on ne vous laisse pas arriver jusqu'au balcon, que les dames remplissent déjà ; vous cherchez à attirer l'attention ; vous essayez de crier ; mais la main d'une dame vous ferme la bouche — et nous voilà perdus, aussi bien moi que l'œuvre de l'ancien commandant. »

Le voyageur dut réprimer un sourire ; la tâche qu'il avait crue si ardue était donc si aisée. Il répondit, pour gagner du temps : « Vous surestimez mon influence ; le commandant a lu ma lettre de recommandation, il sait donc que je ne suis pas un expert en procédures judiciaires. Si j'exprimais mon opinion, ce serait celle d'un simple particulier, nullement plus importante que celle de n'importe qui, et en tout cas beaucoup moins importante que celle du commandant qui dans cette colonie pénitentiaire dispose, je crois le savoir, de droits fort étendus. Si son opinion sur cette procédure est déjà aussi arrêtée que vous le pensez, alors je le crains, l'arrêt de cette procédure est proche, sans que ma très modeste assistance soit nécessaire. »

L'officier commençait-il à comprendre ? Non, il ne comprenait pas encore. Il secoua la tête avec vivacité, se retourna pour jeter un bref coup d'œil vers le condamné et le soldat, qui sursautèrent et s'écartèrent de l'écuelle ; puis il revint tout près du voyageur, et sans le regarder, mais en fixant un endroit de sa veste, il dit d'une voix plus basse : « Vous ne connaissez pas le commandant ; vis-à-vis de lui et de nous tous, vous êtes en quelque sorte — pardonnez l'expression — inoffensif ; et croyez-moi, votre influence est tout à fait considérable. J'ai été ravi d'apprendre que vous étiez la seule personne devant assister à l'exécution. Cette décision du commandant était destinée à me blesser, et je la retourne à mon avantage. C'est sans être distrait par les insinuations fallacieuses et les regards méprisants — comme c'eût été inévitable, si plus de monde avait assisté à l'exécution — que vous avez écouté mes explications, examiné la machine et que vous vous disposez à assister à l'exécution. Sans doute votre jugement est-il déjà formé ; et si de menues incertitudes subsistaient, le spectacle de l'exécution va les dissiper. Maintenant je vous adresse une prière : aidez-moi face au commandant ! »

Le voyageur ne le laissa pas continuer. « Mais comment le pourrais-je, s'exclama-t-il, c'est complètement impossible ! Je suis tout aussi incapable de vous aider que de vous nuire.

— Vous le pouvez », dit l'officier. Le voyageur vit, non sans inquiétude, que l'officier serrait les poings. « Vous le pouvez », répéta l'officier d'un ton plus insistant. J'ai un plan qui doit réussir. Vous croyez que votre influence ne suffira pas. Je sais qu'elle suffira. Mais en admettant que vous ayez raison, n'est-il donc pas nécessaire de tout tenter pour maintenir cette procédure, même ce qui pourrait être insuffisant ? Écoutez donc mon plan. Pour le réaliser, il faut d'abord que vous soyez le plus réservé possible dans la colonie quant à votre jugement sur la procédure. Si l'on ne vous interroge pas directement, il ne faut rien en dire du tout ; si vous en parlez, que ce soit bref, et très vague ; il faut que l'on remarque que cela vous coûte d'en parler, que vous êtes irrité, et que, si vous deviez vous exprimer sans fard, ce serait forcément pour vous répandre en imprécations. Je ne vous demande pas de mentir ; pas du tout ; il faut seulement que vos réponses soient brèves, par exemple : « Oui, j'ai vu l'exécution », ou bien : « Oui, j'ai écouté toutes les explications ». Juste cela, pas davantage. Car cette irritation que l'on doit remarquer chez vous a de nombreuses raisons, dont certaines ne vont pas dans le sens du commandant. Lui-même va se méprendre totalement, bien sûr, et l'interpréter selon son optique. C'est là-dessus que mise mon plan. Dans le bâtiment du quartier général doit avoir lieu demain, sous la présidence du commandant, une grande réunion de tous les fonctionnaires importants. Et bien entendu, le commandant a réussi à transformer ce genre de séances en véritable spectacle. On a construit une galerie, où l'assistance est toujours nombreuse. Je suis tenu de participer à ces délibérations, mais elles m'écœurent au plus haut point. Or vous allez très certainement être invité à cette séance ; si vous vous comportez aujourd'hui selon mon plan, cette invitation prendra la forme d'une demande instante. Cependant, si pour une invraisemblable raison vous n'étiez pas invité, il faudrait réclamer d'y assister ; il ne fait alors aucun doute que cette invitation vous serait accordée. Demain vous serez donc assis dans la loge du commandant, auprès de ses dames. Il jette souvent un coup d'œil là-haut pour s'assurer de votre présence. Après avoir abordé plusieurs sujets insignifiants, ridicules, uniquement discutés à cause des auditeurs — il s'agit en général de constructions portuaires, encore et toujours les constructions portuaires ! — on en vient à la procédure judiciaire. Si le commandant n'y songeait pas, ou que cela tardât vraiment trop, je ferai en sorte que ce soit le cas. Je me lèverai pour annoncer que l'exécution d'aujourd'hui a eu lieu. Très brièvement, en rapportant le fait. Un tel rapport n'est certes pas d'usage en pareil lieu, mais je le ferai. Le commandant me remercie comme toujours, avec un sourire aimable, puis, car il ne peut s'en empêcher, il saisit cette occasion propice. « Nous venons de recevoir » dira-t-il à peu de choses près, « l'annonce de cette exécution. Je voudrais toutefois compléter ce rapport en ajoutant que cette même exécution a eu lieu en présence du grand chercheur qui, vous le savez, fait actuellement à notre colonie l'insigne honneur de sa visite. Notre séance d'aujourd'hui revêt elle aussi une particulière importance du fait de sa présence. Pourquoi ne demanderions-nous pas maintenant à ce grand savant quel jugement il porte sur cette exécution conforme aux anciens usages, ainsi que sur la procédure qui la précède ? » Applaudissements de tous côtés bien sûr, chacun approuve, moi le plus bruyamment. Le commandant s'incline devant vous et déclare : « Je vous pose donc cette question, au nom de tous. » Alors vous avancez jusqu'à la balustrade. Vous y poserez vos mains bien en vue, sinon les dames les saisiront pour jouer avec vos doigts... Alors vous aurez enfin la parole. Je ne sais pas comment je supporterai la tension des heures qui me séparent de cet instant. Il faudra que dans votre discours vous renonciez à toute modération, que vous fassiez résonner très fort la vérité, penchez-vous loin en avant sur le balcon, hurlez, je dis bien hurlez votre opinion à la figure du commandant, votre opinion inébranlable. Mais peut-être ne souhaitez-vous rien de tel, que cela ne corresponde pas à votre tempérament, peut-être que dans votre pays on se comporte tout autrement dans ce genre de cas, c'est très bien aussi, cela suffira parfaitement, alors ne vous levez pas, dites juste quelques mots, et chuchotez-les, pour que seuls les entendent les fonctionnaires assis un peu plus bas que vous, cela suffira, il n'est aucunement nécessaire que vous mentionniez l'absence de public lors de l'exécution, ni la roue qui grince, ni la courroie déchirée ou le répugnant tampon de feutre, non, je me charge de tout le reste, et croyez-moi, si mes paroles ne lui font pas quitter la salle, elles le feront tomber à genoux et l'obligeront à reconnaître : Ancien commandant, je m'incline devant toi. — Voilà mon plan ; voulez-vous m'aider à le réaliser ? Mais certainement que vous le voulez, et même, vous le devez. » Là-dessus, l'officier prit le voyageur par les deux bras et le regarda dans les yeux, en respirant avec peine. Il avait hurlé si fort les deux dernières phrases que même le soldat et le condamné avaient dressé l'oreille ; bien qu'incapables de comprendre, ils s'arrêtèrent de manger et, tout en mastiquant, regardèrent le voyageur.

La réponse qu'il devait donner ne faisait depuis le début aucun doute pour le voyageur ; il avait connu trop de choses dans sa vie pour balancer ici un seul instant ; il était foncièrement honnête et dépourvu de crainte. Cependant, en voyant le soldat et le condamné, il hésita, le temps d'un soupir. Mais il finit par répondre comme il le devait : « Non. » L'officier cligna des yeux plusieurs fois de suite, mais ne détourna pas le regard. « Voulez-vous une explication ? » demanda le voyageur. L'officier fit signe que oui. « Je suis un adversaire de cette procédure, dit alors le voyageur ; avant même que vous m'ayez parlé avec confiance — une confiance que bien sûr je ne trahirai pas, quoi qu'il arrive —, je me demandais si j'étais en droit d'intervenir contre cette procédure et si mon intervention avait la moindre chance d'aboutir. Je voyais très clairement à qui je devais m'adresser en premier : au commandant, bien sûr. Vous avez encore confirmé cette évidence, mais sans que ma décision en ait d'abord été renforcée, bien au contraire, car votre conviction sincère ne me laisse pas indifférent, même si elle n'ébranle pas la mienne. »

Sans un mot, l'officier se tourna vers la machine, saisit l'un des piliers de laiton et, se penchant un peu en arrière, leva la tête vers le traceur comme pour vérifier que tout était en ordre. Le soldat et le condamné semblaient s'être liés d'amitié ; si difficile que cela fût pour lui, à cause des sangles qui le serraient, le condamné faisait des signes au soldat ; celui-ci se penchait vers lui ; le condamné lui chuchota quelque chose, et le soldat opina.

Le voyageur suivit l'officier et dit : « Vous ne savez pas encore ce que je vais faire. J'ai certes l'intention d'exprimer au commandant mon opinion sur la procédure, mais je le ferai en particulier, et non durant une quelconque réunion ; du reste, je ne resterai pas ici assez longtemps pour qu'on puisse m'inviter à aucune réunion, je vais partir dès demain matin, ou du moins m'embarquer. »

On eût dit que l'officier n'avait pas écouté. « La procédure ne vous a donc pas convaincu », marmonna-t-il en souriant, comme un vieillard qui sourit devant la bêtise d'un enfant tout en gardant pour lui les véritables réflexions qu'elle lui inspire.

« Le temps est donc venu, dit-il enfin, tandis que ses yeux clairs, remplis d'une invitation, d'un appel à coopérer, se posaient sur le voyageur.

— Le temps de quoi ? demanda le voyageur, inquiet, mais il n'obtint pas de réponse.

— Tu es libre », dit l'officier au condamné dans sa langue. L'homme ne comprit pas d'abord. « Hé, tu es libre ! », dit l'officier. Pour la première fois le visage du condamné se remplit de vie. Était-ce la vérité ? N'était-ce pas un caprice de l'officier, peut-être passager ? Le voyageur étranger avait-il obtenu sa grâce ? Que se passait-il ? Son visage exprima toutes ces questions. Mais pas longtemps. Quelles que soient les raisons, s'il en avait le droit, il voulait être réellement libre, et il commença à s'agiter, autant que la herse le lui permettait.

— Tu vas me déchirer les courroies, dit l'officier, du calme ! Nous allons te dégager. » Et assisté du soldat auquel il avait fait signe, il se mit à l'œuvre. Le condamné, sans un mot, riait tout seul doucement, tournant tantôt son visage sur la gauche vers l'officier, et tantôt à droite vers le soldat, sans oublier non plus le voyageur.

« Sors-le de là », ordonna l'officier au soldat. Il fallait faire très attention, à cause de la herse. Impatient comme il l'était, le condamné avait déjà quelques petites écorchures sur le dos.

Mais dès ce moment-là, l'officier ne se soucia presque plus de lui. Il s'approcha du voyageur, sortit à nouveau son petit portefeuille de cuir, feuilleta dedans, trouva enfin le feuillet qu'il cherchait et le présenta au voyageur. « Lisez, dit-il. — Je n'y arrive pas, dit le voyageur. Je vous ai déjà dit que je ne peux pas lire ces feuilles. — Mais regardez celle-ci d'un peu plus près, dit l'officier en venant se placer à côté du voyageur pour la lire avec lui. Voyant que cela ne suffisait pas, il pointa son petit doigt au-dessus de la feuille, mais à distance comme s'il ne fallait à aucun prix l'effleurer, pour guider le voyageur et lui faciliter la lecture. Le voyageur faisait tout son possible, voulant donner au moins ce plaisir à l'officier, mais il n'y parvenait pas. Alors l'officier se mit à épeler l'inscription, ensuite il la lut encore une fois en entier. « Cela dit : Sois juste ! », lut-il, maintenant vous arrivez à lire, n'est-ce pas ? » Le voyageur se pencha tellement sur le papier que l'officier, craignant qu'il ne le touche, l'écarta aussitôt ; alors le voyageur ne dit plus rien, mais il était évident qu'il n'arrivait toujours pas à lire. — « Cela dit : Sois juste ! dit l'officier encore une fois. — C'est possible, dit le voyageur, je veux bien croire que c'est écrit là. — Alors c'est bien », dit l'officier, l'air un peu satisfait tout de même et, la feuille à la main, il grimpa sur l'échelle ; avec force précautions il installa la feuille dans le traceur et parut régler tout autrement le mécanisme ; c'était un travail très ardu, et il devait s'agir de rouages minuscules, car par instants la tête de l'officier disparaissait complètement dans le traceur, tant il devait inspecter le mécanisme en détail.

Resté en bas, le voyageur suivait avec attention ce travail tandis que son cou se crispait et que le ciel, saturé de lumière, lui donnait mal aux yeux. Le soldat et le condamné étaient occupés de leur côté. Le soldat tâchait de récupérer avec sa baïonnette la chemise et le pantalon du condamné, qui étaient déjà au fond de la fosse. La chemise était affreusement sale, et le condamné la lava dans le seau d'eau. Lorsqu'ensuite il enfila sa chemise et son pantalon, il ne put retenir un éclat de rire, comme le soldat, car à l'arrière, ces vêtements étaient fendus en deux. Peut-être le condamné croyait-il de son devoir d'amuser le soldat, car il virevolta plusieurs fois devant le soldat, accroupi par terre et qui riait en se tapant sur les cuisses. Mais, en s'avisant de la présence des messieurs, ils se calmèrent tout de même.

Quand l'officier en eut enfin terminé là-haut, il considéra encore une fois en souriant tout cet ensemble, avec ses différentes parties, et cette fois il fit retomber le couvercle du traceur, jusque-là resté ouvert ; alors il redescendit, regarda dans la fosse, puis vers le condamné, constata avec satisfaction que ce dernier en avait retiré ses vêtements ; puis il s'approcha du seau d'eau pour se laver les mains, s'aperçut à la dernière minute qu'il était d'une saleté répugnante, fut désolé de ne pas pouvoir se laver les mains, et finit par les plonger dans le sable — non que cet expédient lui convînt, mais il fallait se résigner — ; alors il se redressa et se mit à déboutonner la veste de son uniforme. Aussitôt, les deux mouchoirs de dames qu'il avait glissés derrière son col lui tombèrent dans les mains. « Tiens, voilà des mouchoirs pour toi », dit-il en les lançant au condamné. Et, se tournant vers le voyageur, il expliqua : « Cadeaux de ces dames. »

Malgré la hâte manifeste avec laquelle il déboutonnait sa veste, puis se dévêtait entièrement, il manipulait chaque vêtement avec grand soin, lissant même des doigts les fourragères d'argent ornant la veste de son uniforme et tapotant un gland pour qu'il retombe bien. Une chose pourtant s'accordait mal avec ce soin : à peine en avait-il fini avec un vêtement qu'il le balançait dans la fosse, d'un geste irrité. À la fin il ne lui resta dans la main que son sabre court, avec sa dragonne. Il le sortit de son fourreau, le brisa, puis saisissant tout ensemble, morceaux de sabre, fourreau et dragonne, il les lança si vivement au loin qu'ils tintèrent les uns contre les autres en dégringolant dans la fosse.

Il était là maintenant, tout nu. Le voyageur se mordait les lèvres, sans dire un mot. Il savait ce qui allait arriver, mais il n'avait aucun droit de retenir l'officier en quoi que ce soit. Si la procédure judiciaire à laquelle l'officier tenait était réellement sur le point d'être supprimée — peut-être à la suite de l'intervention dont le voyageur, pour sa part, se faisait un devoir —, alors l'officier avait tout à fait raison d'agir ainsi ; à sa place, le voyageur n'aurait rien fait d'autre.

Le soldat et le condamné commencèrent par ne rien comprendre, et d'abord ils ne regardèrent même pas. Le condamné était tout content d'avoir récupéré les mouchoirs, mais il ne put s'en réjouir très longtemps, car le soldat les lui déroba d'un geste rapide et imprévisible. Alors le condamné essaya de les lui reprendre, mais le soldat les avait glissés sous sa ceinture et les surveillait de près. Ils se bagarrèrent un peu, à moitié pour rire. Ce fut seulement quand l'officier se tint là, entièrement nu, qu'ils devinrent attentifs. Le condamné surtout parut frappé, comme s'il pressentait un grand revirement. Ce qui lui était arrivé à lui, arrivait maintenant à l'officier. Peut-être cela irait-il jusqu'aux dernières extrémités. C'était probablement le voyageur étranger qui en avait donné l'ordre. Il s'agissait donc d'une vengeance. Sans avoir lui-même tout souffert jusqu'au bout, il était pourtant vengé jusqu'au bout. Un large rire silencieux apparut sur son visage et ne le quitta plus.

Mais l'officier s'était tourné vers la machine. S'il était déjà évident auparavant qu'il la comprenait parfaitement, il était à présent sidérant de voir comment il maniait la machine et comment elle lui obéissait. Il lui avait suffi d'approcher sa main de la herse, et aussitôt elle s'éleva et s'abaissa plusieurs fois jusqu'à trouver la bonne position pour le recevoir ; il posa juste sa main sur le bord du lit, et aussitôt il se mit à vibrer ; le tampon de feutre s'avança vers sa bouche, on vit bien que l'officier ne voulait pas le prendre, mais cette hésitation ne dura qu'une minute, aussitôt il se résigna et l'accepta. Tout était prêt, il ne manquait que les courroies, qui pendaient sur les côtés ; mais elles n'étaient manifestement pas nécessaires, l'officier n'avait pas besoin d'être attaché. Alors le condamné remarqua les courroies détachées ; à son idée une exécution n'était pas parfaite si les courroies n'étaient pas attachées, il fit vivement signe au soldat et ils coururent attacher l'officier. Celui-ci avait déjà tendu le pied pour pousser la manivelle qui devait mettre le traceur en marche ; il vit alors que les deux autres s'étaient approchés ; il retira son pied et se laissa attacher. Mais il ne pouvait plus atteindre la manivelle ; ni le soldat ni le condamné ne sauraient la trouver, et le voyageur était décidé à ne pas bouger d'un pouce. Cela ne fut pas nécessaire ; à peine les courroies furent-elles fixées que la machine se mit d'elle-même à travailler ; le lit vibra, les aiguilles entrèrent en danse sur la peau, la herse avançait et reculait au-dessus. Le voyageur avait déjà regardé fixement un instant quand il se rappela qu'un rouage aurait dû grincer dans le traceur ; mais rien ne faisait de bruit, on n'entendait pas le moindre bourdonnement.

Par ce travail en silence, la machine se soustrayait pour ainsi dire à l'attention. Le voyageur jeta un coup d'œil vers le soldat et le condamné. Le plus concentré était le condamné, qui s'intéressait à chaque partie de la machine, tantôt se penchant en avant, tantôt essayant de se grandir, sans cesse pointant l'index pour montrer quelque chose au soldat. Le voyageur trouva cela inconvenant. Il était résolu à rester là jusqu'au bout, mais il n'aurait pas pu supporter longtemps la vue des deux autres. « Rentrez chez vous », dit-il. Le soldat y aurait été volontiers disposé, mais le condamné ressentit cet ordre comme une véritable punition. Il leva ses deux mains en implorant la permission de rester, et comme le voyageur hochait la tête d'un air intraitable, il se mit même à genoux. Le voyageur comprit que les ordres ne serviraient à rien et s'apprêtait à aller lui-même chasser les deux hommes. À cet instant il entendit un bruit en haut, dans le traceur. Il leva les yeux. Était-ce la roue dentée qui faisait encore des siennes ? Non, c'était autre chose. Le couvercle du traceur se souleva lentement, puis s'ouvrit complètement. Les crans d'une roue dentée apparurent et montèrent, bientôt apparut le rouage entier, on eût dit qu'une force énorme comprimait le traceur de sorte que cette roue dentée ne trouvait plus sa place, et elle roula jusqu'au bord du traceur, tomba sur le sol, roula un peu plus loin sur la tranche, puis se coucha. Mais déjà une autre montait là-haut, et fut suivie par toute une série, des grandes, des plus petites, certaines à peine reconnaissables, et à toutes il arrivait la même chose, chaque fois on se disait que le traceur était sûrement vidé, mais déjà il en surgissait une nouvelle série, particulièrement nombreuse, qui montait, tombait, roulait sur le sable et se couchait. Cet événement fit complètement oublier au condamné l'ordre du voyageur, les roues dentées l'enchantaient, chaque fois il aurait voulu en saisir une et engageait le soldat à l'aider, mais toujours il reculait sa main, effrayé d'apercevoir la suivante qui, à l'instant où elle arrivait en roulant, lui faisait peur.

Le voyageur quant à lui était fort inquiet ; il était évident que la machine partait en morceaux ; son allure tranquille n'était qu'une illusion ; il avait le sentiment de devoir à présent prendre soin de l'officier, puisque celui-ci n'était plus en mesure de le faire. Mais pendant que son attention était accaparée par la chute des roues dentées, il avait négligé de surveiller le reste de la machine ; et quand la dernière roue dentée se fut détachée du traceur et qu'il se pencha au-dessus de la herse, il eut une nouvelle surprise, encore plus terrible. La herse n'écrivait pas, elle piquait seulement, et l'ensemble du lit ne faisait pas pivoter le corps, il se contentait de le soulever vers les aiguilles tout en vibrant. Le voyageur voulut intervenir, et si possible tout arrêter, car ce n'était plus le supplice que l'officier voulait produire, c'était du meurtre, tout simplement. Il tendit les mains. Mais déjà la herse se soulevait vers le côté, en emportant le corps percé de part en part, comme elle ne le faisait habituellement qu'au bout de douze heures. Le sang coulait à flots, et non pas mêlé d'eau, car les projections d'eau elles non plus n'avaient pas fonctionné cette fois. Et l'ultime mécanisme n'intervint pas davantage, le corps ne se détacha pas des longues aiguilles, il resta suspendu au-dessus de la fosse, le sang ruisselant de toutes parts, sans y tomber. Déjà la herse essayait de regagner sa position d'avant, mais comme si elle s'apercevait d'elle-même qu'elle n'était pas encore libérée de sa charge, elle resta au-dessus de la fosse. « Venez m'aider ! » cria le voyageur au soldat et au condamné, tout en attrapant lui-même les pieds de l'officier. Il avait l'intention d'appuyer sur les pieds, tandis qu'eux, de l'autre côté, saisiraient la tête, ce qui permettrait de détacher peu à peu le corps des aiguilles. Mais les deux hommes ne pouvaient se décider à venir ; le condamné détourna même la tête ; le voyageur dut s'approcher d'eux et les pousser de force vers la tête de l'officier. Presque malgré lui, il vit alors le visage du cadavre. Il était exactement comme de son vivant ; on n'y découvrait aucun trace de la délivrance promise ; ce que tous les autres avaient trouvé dans cette machine, l'officier ne l'avait pas trouvé ; les lèvres étaient crispées l'une contre l'autre ; les yeux étaient ouverts, ils avaient une expression de vie, le regard était calme et convaincu, la pointe du long aiguillon de fer transperçait le front[1].

---

1. En renvoyant le manuscrit à son éditeur Kurt Wolff, le 11 novembre 1918, Kafka signale qu'il a enlevé un petit passage du texte — qui pourrait se situer ici (mais le manuscrit n'a pas été retrouvé, on ne peut donc le vérifier). Un peu plus tard en novembre, Kafka demande que l'on ménage à

***

Quand le voyageur, ayant derrière lui le soldat et le condamné, approcha des premières maisons de la colonie, le soldat en indiqua une en disant : « Là, c'est la maison de thé. »

Au rez-de-chaussée d'une maison se trouvait une pièce profonde, basse sous plafond, une sorte de caverne dont les murs et le plafond étaient noircis par la fumée. Du côté de la rue, c'était ouvert sur toute la longueur. Bien que la maison de thé ne fût guère différente des autres bâtiments de la colonie, tous en très piteux état hormis les constructions princières du quartier général, elle fit tout de même sur le voyageur l'impression d'un souvenir historique, et il sentit la puissance des époques révolues. Il s'en approcha, et, suivi de ses deux compagnons, il passa entre les tables vides qui étaient disposées sur la rue devant la maison de thé, en respirant l'air froid et l'odeur de renfermé qui venaient de l'intérieur. « C'est ici qu'est enterré l'Ancien, dit le soldat, car le prêtre lui a refusé une place dans le cimetière. On s'est demandé un certain temps où il fallait l'enterrer, et finalement on l'a mis ici. L'officier ne vous en a certainement pas parlé, car c'est la chose dont il avait le plus honte, bien sûr. Il a même tenté à plusieurs reprises, la nuit, de déterrer l'Ancien, mais à chaque fois on l'a chassé. — Où est la tombe ? demande le voyageur qui n'arrivait pas à croire le soldat. Aussitôt, le soldat et le condamné partirent tous les deux en courant, les bras tendus dans la direction où devait se trouver la tombe. Ils emmenèrent le voyageur jusqu'au mur du fond, près duquel des clients étaient assis à quelques tables. C'étaient sans doute des ouvriers du port, des hommes costauds, portant tous une barbe noire au poil court et luisant. Aucun n'avait de veste, leurs chemises étaient déchirées, c'était des gens du peuple, pauvres et humiliés. En voyant approcher le voyageur, quelques-uns se levèrent, se plaquèrent contre le mur et le regardèrent. « C'est un étranger, murmurait-on çà et

ce même endroit un « espace blanc assez important, en le remplissant par exemple d'astérisques ».

là, il veut voir la tombe. » Ils déplacèrent une des tables, sous laquelle en effet se trouvait une pierre tombale. Une pierre très simple, assez plate pour qu'une table pût la dissimuler. Elle portait une inscription en tout petits caractères, le voyageur dut s'agenouiller pour pouvoir les lire. Elle disait : « Ci-gît l'ancien commandant. Ses partisans, qui aujourd'hui n'ont pas le droit de se nommer, lui ont creusé cette tombe et posé cette pierre. Selon une prophétie, le commandant ressuscitera au bout d'un certain nombre d'années, et depuis cette maison, il mènera ses partisans à la reconquête de la colonie. Croyez et attendez ! » Quand il eut terminé sa lecture et qu'il se redressa, le voyageur vit les hommes rassemblés autour de lui et souriant comme s'ils avaient lu avec lui l'inscription, comme s'ils la trouvaient ridicule et l'invitaient à se rallier à leur avis. Le voyageur fit semblant de ne pas s'en s'apercevoir, il leur distribua quelques pièces, attendit que l'on eût replacé la table au-dessus de la tombe, puis il quitta la maison et se rendit au port.

Le soldat et le condamné avaient retrouvé dans la maison de thé des gens qu'ils connaissaient et qui les retinrent. Mais sans doute repartirent-ils sans tarder, car le voyageur n'avait encore descendu que la moitié de la longue échelle menant aux bateaux que déjà ils arrivaient en courant derrière lui. Sans doute avaient-ils l'intention d'obliger le voyageur au dernier moment à les emmener. Tandis qu'en bas, celui-ci négociait avec un marin le prix qu'il demandait pour l'emmener jusqu'au vapeur, les deux hommes dégringolèrent l'échelle, en silence, car ils n'osaient pas crier. Mais quand ils arrivèrent en bas, le voyageur était déjà dans le bateau, et le marin le détachait du quai. Ils auraient encore pu sauter dans le bateau, mais le voyageur, saisissant un gros cordage à nœuds, les en menaça et les empêcha de sauter[1].

---

1. Comme ce fut déjà le cas pour *La Métamorphose*, Kafka n'était pas satisfait par l'épilogue de son récit, et l'on constate dans son *Journal de 1917* qu'il essaye à plusieurs reprises d'écrire une autre fin : entre le 6 et le 9 août, on dénombre neuf ébauches, de longueurs très variables (*cf.* p. 1107 et suiv.).

# 1917 : HEUREUX DANS SON MALHEUR

« Tu es heureux dans ton malheur. » La formule appartient à Max Brod, dans sa lettre du 8 octobre 1917. Cela plaît tellement à Franz qu'il recopie tout le passage, en le commentant largement, dans la dernière épître à Felice, le 16 octobre, depuis Zürau. C'est un gros village (aujourd'hui Sirem), du nord-ouest de la Bohême, où sa sœur Ottla s'est installée au printemps pour tenir une ferme parce qu'elle ne supportait plus le magasin du père, surtout le père. Depuis plusieurs années, elle est d'ailleurs passionnément éprise d'un Tchèque, Joseph David, un goy en dépit de son nom, et qui, dans ces années-là, est soldat sur le front de l'est. Ils s'épousèrent en 1920, au grand dam de Max Brod, entre autres. Mais Franz encouragea sa sœur. Joseph David devint docteur en droit, comme son beau-frère ; c'était un Tchèque patriote, puriste quant à sa langue : après l'Indépendance, il révisait les lettres officielles de Franz ; il aimait aussi le football, était anglomane, collectionnait les timbres. Il n'était ni un artiste, ni un intellectuel. Et Franz avait beaucoup d'affection pour lui.

En tout cas, le malheur évoqué par Max Brod, c'est la tuberculose. La maladie fut diagnostiquée progressivement, si l'on peut dire, début septembre, après plusieurs hémoptysies, dramatiques mais minimisées dans la solitude verrouillée du palais Schönborn, la nuit, au pied du Hradschin. Depuis le mois de mars, Kafka y occupe un logement qui lui plaît beaucoup, sans aucun confort évidemment. Son grave accident de santé échappe donc à la famille. Seuls les amis intimes sont informés. Quand la crise se produit, Franz est rentré depuis trois semaines d'un voyage en Hongrie, pour accompagner Felice chez sa sœur Else. Ce dut être une véritable expédition, sur laquelle nous sommes réduits aux suppositions. Franz et Felice s'étaient de nouveau fiancés, à Prague cette fois, Else et son mari vivaient à Budapest depuis plusieurs années ; mais tout d'un coup ils se retrouvaient à Arad, au Banat, au moment où la Roumanie déclarait la guerre aux Empires centraux. En juillet, le danger était écarté : Bucarest avait été rapidement conquise par les Allemands. Quoi qu'il en soit, Kafka rentre seul à Prague, par étapes. En s'arrêtant à Vienne, il déclare à un poète de ses amis qu'il vient de rompre avec sa fiancée. À Budapest, auparavant, il n'avait pas manqué de revoir Isaak Löwy. Ce fut leur dernière rencontre, très pénible vu la situation déplorable et le mauvais état de santé du comédien. Mais Kafka en rapporta l'idée d'un texte sur les Juifs de l'est ; il obtint que Löwy, merveilleux conteur, lui envoyât un bout de manuscrit ; et Kafka le révisa lui-même, à Zürau, durant l'automne 1917 ; il le destinait à Martin Buber. Le texte est intitulé par Kafka, très significativement : « Sur le théâtre juif ». Ce sont quelques pages très vives, à rapprocher de la conférence brillante [1] qu'il avait prononcée en février 1912, sur le « jargon » — comme on désignait le yiddisch en bon allemand de Prague. Kafka n'a donc pas varié dans son intérêt pour les Juifs de l'est — leurs contes, leur théâtre, leurs mœurs. Et il ne s'agissait pas pour lui des seuls Hassidim, ces cathares réfractaires aux traditions immémoriales attestées dès avant la diaspora ; il s'agissait surtout d'une source populaire, naïve, fervente et ancestrale, où l'auteur d'*Un médecin de campagne* puisa beaucoup de son inspiration, mais sans que cela donne lieu à des références explicites — en dépit d'une connaissance toujours approfondie de cette tradition, comme les différents *Journaux* en témoignent.

La tuberculose n'abat pas l'écrivain. Bien au contraire : c'est un bonheur paradoxal qui vient couronner une année de reprise poétique exceptionnelle. Kafka perçoit sa maladie comme une confirmation de tout son être. Il écrit à Felice, malgré tout, que ses maux de tête ont été lavés par l'hémoptysie. Et à Max : « Ce n'est pas une maladie particulière, digne de recevoir un nom spécial, mais uniquement une aggravation du

1. Voir p. 311.

germe de mort. » L'écrivain ne se sent pas plus menacé qu'auparavant ; il connaît au contraire des transports surprenants : « Je me fais l'effet de n'être pas encore né, d'être moi-même une chose obscure lancée au galop dans l'obscurité. » (*Lettre à Max Brod*, début octobre 1917.) L'obscurité — la nuit, la cave, le souterrain, le tunnel —, tous ces mots désignent, dans la correspondance avec les intimes, le lieu où écrire. Et le galop évoque nécessairement un cheval : cette figure emblématique — restée ignorée jusqu'à ce que Malcolm Pasley en éclaire magistralement le sens —, emblématique de l'œuvre en cours, de la course de l'écriture pure.

Paradoxalement, la tuberculose constitue dans le « fonctionnement » secret de l'écrivain l'adjuvant principal ; elle permet à Kafka de s'absenter de Prague, de s'absenter du bureau, du magasin et de l'usine, de ne plus songer à se faire mobiliser, elle lui permet de rompre définitivement avec Felice, de remplacer l'obsession de la culpabilité par l'idée exaltante de la responsabilité.

Au moment où la tuberculose est diagnostiquée, Kafka franchit un degré dans sa conscience d'écrivain : il se sent appelé ; il se sent toujours coupable, bien sûr, mais pour de meilleures raisons ; il se met à voir les prophètes comme des êtres chétifs et craintifs, comme de mauvais élèves qui, par erreur, sortent du rang sous le rire de tous les autres, comme des Sancho Pança qui deviendraient capables d'inventer Don Quichotte. Il ne déteste pas d'observer très attentivement comment vivent les rabbins miraculeux. Il considère les paysans de Zürau comme des aristocrates en exil. Il lit de plus en plus la Bible. Il lit aussi avec passion Kierkegaard. Il lit toujours beaucoup de mémoires et d'autobiographies, les plus divers. Mais c'est dans un combat incessant, moral et physique, dont les composants ordinaires sont l'introspection la plus cruelle, les maux de tête affreux et interminables, l'insomnie. Et quand il n'écrit rien du tout dans aucun de ses cahiers, c'est alors qu'il connaît la peur de perdre ses forces et de sombrer dans la folie.

Mais pour fixer la chronologie de sa production poétique, un retour en arrière s'impose. En février 1915, la création s'était tarie. Seule *La Colonie pénitentiaire* fut achevée, sans que la fin donnât vraiment satisfaction au poète. C'est alors qu'il avait recommencé à écrire régulièrement à Felice, mais des cartes postales le plus souvent (des cartes sans image !), en usant à plusieurs reprises de la troisième personne, comme pour amorcer des fictions ou produire des aphorismes. Ces étranges « défiancés » se retrouvaient quelquefois. L'énergique Berlinoise avait un passeport, le fonctionnaire pragois n'en avait pas. Il y eut ainsi, après beaucoup de rencontres ratées, un séjour très réussi, à Marienbad (aujourd'hui Marianské Lazné), pendant dix jours, à la mi-juillet 1916, dans un colossal palace, l'Hôtel Balmoral et Osborne. Et c'est dans l'euphorie, paradoxale, de ce séjour que l'écrivain rêve de pouvoir s'établir à Berlin, après la guerre, avec Felice, mais dans des chambres séparées.

Par ailleurs, le monde littéraire n'ignorait pas absolument Kafka. À l'automne 1915, Carl Sternheim, richissime, avait reçu le prix Fontane ; à la suite d'intrigues peu claires, où Max Brod dut jouer le plus grand rôle, Sternheim désigna publiquement Kafka comme le jeune conteur pragois qui méritait d'en recevoir le montant (800 marks). La vente du *Soutier* (*Der Heizer*) devint soudain plus rapide. *La Métamorphose* fut imprimée en toute hâte. *Contemplation* fut rééditée. L'éditeur (Kurt Wolff) et l'auteur (Franz Kafka) se mettent d'accord pour publier *Le Verdict* et *Dans la colonie pénitentiaire*. Il ne faut donc pas s'étonner que le 10 novembre 1916, Kafka soit à Munich pour faire une lecture publique de *La Colonie pénitentiaire* (encore à paraître) à la Galerie Goltz, haut lieu de la création la plus moderne. Il est plus que probable que Rilke, qui vivait alors à Munich, y assista, et les deux poètes eurent une conversation, que Kafka évoque dans une carte postale à Felice, le 7 décembre 1916 : « Après avoir dit des choses très aimables sur *Le Soutier*, il a ajouté que ni *La Métamorphose* ni *La Colonie pénitentiaire* ne possédaient la même cohérence. Cette remarque n'est pas intelligible sans plus d'explication, mais elle est pénétrante. » Pareille approbation dut être déterminante pour Kafka ; elle l'encouragea dans certains choix poétiques qui sont à l'origine du recueil suivant : *Un médecin de campagne*, composé de quatorze récits, et que Kafka envisagea d'intituler *Responsabilité*. Par opposition, on ne peut que songer à la brouille intervenue avec Ernst Weiss, en avril précédent. Kafka dit à Felice qu'elle se produisit dans des conditions qui rappelaient étrangement la scène de l'Askanischer Hof ! Kafka s'était-il débarrassé de Weiss comme de Felice — au moment où ils risquaient trop de corrompre les sources profondes de son inspiration poétique ? Rappelons au passage qu'Arthur Schnitzler (que Kafka détestait au demeurant) jugeait Weiss comme un jeune « Literat[1] », un écrivain doué mais factice, sans don prophétique. Rilke proposait pour la création de Kafka une autre épure...

En dépit de l'échec, trop avéré par ailleurs, de la lecture munichoise — le public est choqué, les critiques désapprobateurs —, Kafka retrouve l'inspiration. Car soudain tout est changé. Franz et Ottla, sa sœur, sont devenus très complices. Ils trouvent ensemble la petite maison de la ruelle des Alchimistes, n° 22, sur le Hradschin. Ottla en devient la locataire officielle et elle met ce logement à la disposition de son frère. Franz est enthousiaste. L'ambiance est favorable, malgré l'hiver, malgré la guerre. C'est là que furent écrits la plupart des récits du *Médecin de campagne*. Après chaque séance, Kafka rentre à pied chez lui, Lange Gasse, dans cet immeuble moderne beaucoup trop bruyant pour qu'il puisse y écrire. Les cartes postales à Felice ne tarissent pas : « Étrange le sentiment que l'on a lorsqu'on ferme sa porte dans cette rue étroite, à la clarté des étoiles. » « Habiter là est merveilleux, merveilleux le chemin du retour vers minuit, lorsque je prends le vieil escalier du Château pour rentrer en ville. »

Il ne faut donc pas s'étonner que les habitudes de l'écrivain changent, dans son écriture aussi. Il n'utilise plus les cahiers *in-*

---

**1.** Voir son *Diagramme* des différentes formes d'esprit, p. 41 de notre édition des *Romans et Nouvelles 1885-1908*, vol. 1, La Pochothèque, Le Livre de Poche, 1994.

*quarto*. Il écrit désormais dans des cahiers plus petits, *in-octavo*. « Du genre de ceux que nous appelions au lycée cahiers de vocabulaire », dit Max Brod. Sur les douze conservés à Oxford, il y en a d'ailleurs quatre qui servirent à l'apprentissage de l'hébreu. Les huit autres constituent le plus poétique des *Journaux* : ce sont les cahiers bleu, bleu foncé, où peu de dates sont indiquées. Selon Malcolm Pasley, ils appartiennent tous à cette exceptionnelle période de création : rue des Alchimistes, puis au palais Schönborn, puis à Zürau. Ils ne sont pas numérotés, mais l'éminent éditeur anglais a pu reconstituer une chronologie, des plus convaincantes. Il en ressort que très vite Kafka envisagea la publication d'un recueil de textes courts. Des listes de titres apparaissent souvent dans son *Journal* et dans sa *Correspondance*. Car il n'hésite pas à faire savoir à ses amis, à Martin Buber, à Kurt Wolff et à d'autres encore dans le monde des revues, qu'il est prêt à publier des textes. Le 22 avril 1917, il en envoie douze à Martin Buber, en précisant : « Tous ces textes, ainsi que quelques autres, doivent paraître plus tard sous forme de livre, avec le titre général de *Responsabilité*. » Le 20 août 1917, peu après les hémoptysies, à Kurt Wolff : « Je propose comme titre du nouveau volume *Un médecin de campagne*, avec comme sous-titre « Petits récits ». Je conçois le sommaire à peu près comme suit : *Le Nouvel avocat, Un médecin de campagne, À cheval sur le seau à charbon, Au quatrième balcon, Une vieille page, Devant la loi, Chacals et Arabes, Une visite à la mine, Le plus proche village, Un message impérial, Le Souci du père de famille, Onze fils, Un fratricide, Un rêve, Un rapport pour une académie.* » Cette composition de quinze textes, dans cet ordre, ne variera pratiquement pas jusqu'aux épreuves, que Kafka ne corrigera cependant qu'en 1919 ; le livre paraîtra au printemps 1920 (daté 1919) ; l'écrivain s'était impatienté plus d'une fois ; il avait aussi songé à changer d'éditeur ; Max Brod l'en dissuada. Dès le 27 janvier 1918, Kafka insista pour que tout le recueil portât la dédicace « À mon père ». Il explique à Max Brod (fin mars 1918) : « Depuis que je me suis décidé à dédier le livre à mon père, il m'importe beaucoup qu'il paraisse bientôt. Non que j'espère par là apaiser mon père — les racines de cette hostilité sont impossibles à extirper —, mais j'aurai quand même fait quelque chose, j'aurai, sinon émigré en Palestine, du moins voyagé jusque-là en passant le doigt sur la carte. » Le recueil manifeste donc la prise de responsabilité du Fils, toujours face au Père, mais dans une espèce de dépassement, rendu possible par la création poétique, et surtout par la publication d'un ouvrage nettement plus épais que les précédents — où le père pourrait lire au moins la dédicace...

*Der Kübelreiter*, « le cavalier du seau », troisième sur la liste, fut écarté du recueil, mais in extremis. Kafka n'en aimait pas la fin. Et pourtant il était très attaché à ce récit : selon l'interprétation de Malcolm Pasley, c'est le huitième des « onze fils » : « Mon huitième fils me donne beaucoup de chagrin, et au fond je ne sais pas pourquoi. Il me regarde comme si nous ne nous connaissions pas, et pourtant je me sens paternellement très proche de lui. » Le cavalier du seau dut attendre dix-huit mois encore après la parution du recueil ; on put le lire pour la première fois dans la *Prager Presse* du 25 décembre 1921, et ce petit conte pourrait être entendu comme un appel à plus d'humanité, en ce jour de Noël, quand l'antisémitisme n'honorait pas la jeune République tchécoslovaque, en dépit de son premier président, Thomas Masaryk — Kafka cependant était entré dans sa dernière période de création, celle de l'oubli de soi : il s'élevait encore une fois, sans espoir de retour, mais ce n'était pas, cela ne devait plus être vers la Région des Montagnes Glacées.

Pour en revenir à 1917 et caractériser la production de cette quatrième période (avril 1916-avril 1918), nous voudrions suggérer quelques pistes qui en renouvellent la lecture, en nous inspirant des essais, érudits et toniques, de Malcolm Pasley (rassemblés dans le volume intitulé « L'écriture est intangible » : *Die Schrift ist unveränderlich*, Fischer, 1995). Cela dit, de quelque façon qu'on s'y prenne, on n'échappera pas à la nécessité, de considérer et de faire tenir ensemble des textes de nature très différente : poétiques et non poétiques, publiés et non publiés du vivant de l'auteur, posthumes-de-confection et post-

humes-mieux-établis. Nous essaierons pourtant de faire prévaloir un point de vue « poétique ».

Si l'on s'en tient aux quinze textes déjà évoqués, quelques
caractéristiques communes s'imposent. À l'évidence, l'inspiration est des plus riches : le cirque, la Chine, l'Afrique, la mine,
la ville, la campagne, les animaux, des êtres très incertains (plus
qu'hybrides), en des temps qui ne le sont pas moins. Les références à la famille deviennent moins nettes que dans la production
antérieure. Quand un père ou des fils interviennent, c'est dans
un cadre peu réaliste. Ce qui permet de penser que Kafka n'hésite pas à se livrer à des jeux poétiques compliqués. Pour Malcolm Pasley, c'est le cas des *Onze Fils*, du *Souci du père de
famille* et d'*Une visite à la mine*. Il y voit le résultat de « semi-
private games », des jeux grâce auxquels le poète développe
ingénument, et audacieusement, sa contemplation d'objets proches : le seau à charbon, les manuscrits qui peuvent aisément
chauffer la petite maison (comme il l'écrit à Ottla !), les revues
littéraires qui lui parviennent et dont il est friand. Les Onze Fils
naissent ainsi de la contemplation de onze textes déjà écrits dans
les petits cahiers ; les ingénieurs dans la mine naissent quand le
poète-mineur feuillette un almanach littéraire où figurent des
poètes majeurs ; Odradek, fait de bric et de broc, renvoie au
*Chasseur Gracchus* dont la longue histoire est en cours d'émul-
sion sans que le poète arrive à la faire prendre vraiment. Après
avoir parlé de « supercheries littéraires », Malcolm Pasley en vint
à dire « semi-private games » ; cela nous paraît beaucoup plus
juste. Car nous avons affaire à un écrivain qui croit tellement à
la puissance mystérieuse de la poésie qu'il espère réaliser une
transmutation : le texte ainsi produit, quand il est réussi, n'est
jamais une allégorie. Ainsi écrit-il, le 12 mai 1917, à Martin
Buber : « Je vous demande de ne pas nommer ces textes des
allégories. Si vous voulez un titre pour les deux, peut-être : Deux
histoires d'animaux. » Il s'agissait de *Chacals et Arabes* et *Un
rapport pour une académie*. Aux yeux de Kafka, la merveille est
de pouvoir pousser hors de soi un texte qui réalise, sans tricher,
une vision ; qui institue un lieu, une scène, une action, un dis-

cours. Dans cette opération tous les êtres peuvent s'échanger d'une façon paradoxale, toutes les frontières s'abolir. Et il s'ensuit des commentaires infinis. À cet égard, *Devant la loi* constitue un cas encore plus net de jeu d'écriture. C'est « le deuxième fils » : « beau, mince, bien proportionné » ; celui qui fait l'objet du plus long développement, « car au fond je devrais être heureux d'avoir un tel enfant », dit le père des Onze Fils. Et de fait, dans le chapitre intitulé *Dans la cathédrale*, à un moment décisif du *Procès*, ce texte suscitait déjà un commentaire éblouissant, dramatique, irréel, épuisant (p. 926). En tout cas, cette « Légende », comme Kafka la désigne, établit une continuité dans sa « poétique » la plus secrète, de 1914 à 1917. À partir de là on comprend mieux comment a pu se développer chez Kafka, dans la crainte et le tremblement, la pensée effrayante qu'il pourrait être « appelé » à une écriture apocalyptique, messianique.

Et comme nous ne pouvons pas donner ici tous les textes écrits durant ces années très fécondes, il est indispensable d'évoquer rapidement la production cachée de cette période qui ne s'interrompt pas, malgré la tuberculose déclarée.

De Prague à Zürau court comme un fil rouge le thème unique du Chasseur Gracchus et du Gardien de Tombeau : les morts et les vifs se rencontrent... où ? comment ? Kafka est manifestement hanté par le sujet, hésite entre la forme narrative et la forme dramatique — et cherche aussi du côté de l'aphorisme. Le metteur en scène Henri Ronse fut bien inspiré de les réunir, en 1972, dans un seul spectacle intitulé *Le Gardien de Tombeau* : des ombres métaphysiques en costumes précieux s'animaient un peu, en usant d'une langue surannée qui n'excluait pas quelques intonations populaires rocailleuses. C'est également le climat des aphorismes de Zürau, du moins pour ceux qui sont retenus par le « poète » ; car il a tendance à rejeter ensuite de sa liste numérotée les maximes trop évidemment telles, au profit de miniatures énigmatiques qui font songer à des haïkaï, mais aussi aux *Diapsalmata* de Kierkegaard... « Quelqu'un s'étonnait de parcourir si facilement le chemin de l'éternité : en effet, il le dévalait à fond de train ! », ou bien : « Des léopards font irruption dans le temple et avalent le contenu des vases sacrés ; cela se répète continuellement, si bien que pour finir on peut le prévoir d'avance et cela devient partie de la cérémonie. »

Ces fragments se trouvent surtout dans les cahiers bleus, mais il y en a aussi dans le grand cahier *in-quarto*, le *Journal de l'année 1917*. Nous avons fait le pari qu'il pouvait se lire avec un minimum de notes explicatives. Si l'on se prête à l'expérience, il peut en résulter une ambiance propice à rencontrer le poète, comme en dedans de lui-même. Disons, pour guider un peu le lecteur, qu'on y perçoit quelques pôles qui agissent sporadiquement : Gracchus, pour plusieurs esquisses narratives ; le Gardien de Tombeau, pour les dialogues ; les remarques rétrospectives sur les œuvres déjà écrites ; les remarques familières, pour lesquelles le lecteur doit solliciter un peu son imagination affective ; les rêves — et surtout le dernier, du 10 novembre —, très kleistien, où de jeunes officiers prussiens, sifflés comme des chiens, affectueusement, surgissent tout d'un coup, « en communiquant la certitude de la victoire »[1].

C'est dans le même esprit que, « délivrés par l'intervention de ces hommes » et bien réveillés, nous avons placé en tout premier le cavalier du seau — *À cheval sur le seau à charbon*, en conservant le beau titre d'Alexandre Vialatte — comme œuvre emblématique de toute cette période « bleue », entre avril 1916 et avril 1918. Vient ensuite le recueil du *Médecin de campagne*, que nous donnons conformément à l'édition originale de 1920, et enfin le *Journal de l'année 1917* (Cahiers inquarto XI et XII), en suivant l'édition critique procurée par Malcolm Pasley et son équipe[2].

---

1. Signalons ici que Kafka lisait avec ferveur les récits de Heinrich von Kleist (1777-1811), notamment *Michael Kohlhaas* et *La Marquise d'O*.   2. La comparaison précise avec les éditions de Max Brod (en 1937, puis en 1950) met en évidence ses diverses « Interventions » — telles que coupures, déplacements de certains fragments, erreurs de lecture, normalisations de la ponctuation qui parfois modifient le sens. — Une nouvelle édition intégrale en français de ce que l'on appelle (à tort) « le » *Journal* de Kafka (dont la traduction aujourd'hui disponible date de 1954) permettrait sans aucun doute de renouveler et d'enrichir maintes réflexions.

# À CHEVAL SUR LE SEAU À CHARBON [1]

1.  Sur fond de vague de froid hivernal et pénurie de charbon très sensibles — surtout que depuis la fin novembre 1916 Kafka écrit dans la maisonnette du 22, rue des Alchimistes, sur le Hradschin, grâce à sa sœur Ottla (*cf.* Notice, p. 1019) —, ce texte fut écrit dans le Cahier B *in-octavo*, sans doute au début de janvier 1917.

Consommé, tout le charbon ; vide, le seau ; inutile, la pelle ; soufflant le froid, le poêle ; la chambre, parcourue par un air glacé ; devant la fenêtre, arbres raides de givre ; le ciel, un bouclier d'argent brandi contre quiconque lui demande du secours. Il faut que j'aie du charbon ; il n'est tout de même pas possible que je meure de froid ; derrière moi le poêle impitoyable, devant moi le ciel, tout pareil ; il faut donc que je passe juste entre les deux, sur ma monture, et qu'au milieu j'aille chercher du secours chez le marchand de charbon. Mais il est devenu insensible à mes prières habituelles ; je dois lui démontrer très précisément que, comme je n'ai plus la moindre miette de charbon, il est lui-même aussi important pour moi que le soleil dans le ciel. Il faut que j'arrive tel un mendiant prêt à rendre l'âme et gémissant de faim sur le seuil, à qui la cuisinière d'une grande maison décide de donner à boire le restant de son dernier café ; c'est ainsi que, furibond, mais subissant l'éblouissant rayon du commandement : « Tu ne tueras point ! », le marchand sera obligé de lancer dans mon seau une pleine pelletée de charbon.

Ma façon de surgir doit être aussitôt décisive ; c'est pourquoi je vais y aller en chevauchant mon seau. À cheval dessus, ma main posée sur l'anse comme sur une bride très rudimentaire, j'ai du mal à prendre le virage en descendant mon escalier ; mais en bas, mon seau s'élève magnifiquement, une splendeur ; les chameaux couchés au ras du sol ne sont pas moins beaux quand ils se redressent en s'ébrouant sous la baguette de leur guide. Dans la rue figée par le gel, on avance d'un petit trot régulier ; je suis souvent soulevé jusqu'au niveau des premiers étages ; jamais je ne descends jusqu'aux portes d'entrée.

Et c'est à une hauteur peu commune que je plane en arrivant devant la cave voûtée du marchand de charbon, au fond de laquelle il est en train d'écrire, penché sur sa petite table ; pour laisser s'échapper la trop grande chaleur, il a laissé sa porte ouverte.

« Marchand de charbon ! lui crié-je d'une voix rendue caverneuse par la brûlure du froid, et environné par la vapeur fumante de mon souffle, je t'en prie, marchand de charbon, donne-moi un peu de charbon ! Mon seau est déjà tellement vide que je peux partir à cheval dessus. Sois bon pour moi ! Je te paierai aussitôt que je pourrai. »

Le marchand met sa main en cornet sous son oreille. « Est-ce que j'entends bien ? demande-t-il par-dessus son épaule, en se retournant vers sa femme qui tricote sur le banc près du poêle, est-ce que j'entends bien ? C'est un client.

— Moi, je n'entends rien du tout, dit sa femme en respirant calmement, penchée sur ses aiguilles, le dos bien au chaud.

— Oh si ! dis-je très fort, c'est moi ; je suis client depuis longtemps ; fidèle et sérieux ; sans argent pour l'instant, c'est tout.

— Femme, dit le marchand, c'est bien ça, il y a quelqu'un ; je ne peux tout de même pas me tromper à ce point ; et il faut être client depuis longtemps, être un très vieux client pour savoir me toucher comme ça.

— Qu'as-tu, mon homme ? répond-elle et, s'arrêtant un instant, elle serre son tricot sur sa poitrine ; ce n'est personne ; la rue est déserte ; tous nos clients sont pourvus ; nous pourrions fermer la boutique plusieurs jours et nous reposer.

— Mais je suis là, moi, sur mon seau ! m'écrié-je, et des larmes, uniquement causées par le froid, me voilent les yeux ; « je vous en prie, levez les yeux ; vous me découvrirez tout de suite ; je vous en demande une pelletée ; et si vous m'en donnez deux, vous me comblerez de bonheur. Puisque tous vos autres clients sont pourvus... Ah, si seulement je pouvais déjà l'entendre claquer au fond de mon seau !

— Je viens, dit le marchand et, debout sur ses courtes jambes il s'apprête à monter l'escalier de la cave, mais déjà sa femme l'a rejoint, elle le retient par le bras et dit : Tu vas rester ici. Et si tu t'obstines, c'est moi qui vais monter. Rappelle-toi ta mauvaise toux de cette nuit. Mais pour une affaire, et peut-être même imaginaire, tu oublies femme et enfant, et tu t'abîmes les poumons. J'y vais. — Alors, énumère-lui bien les différentes sortes que nous avons en stock ; je te crierai à chaque fois le prix. — Bon, dit la femme et elle monte jusqu'à la rue. Bien sûr, elle m'aperçoit aussitôt.

— Madame la marchande de charbon ! m'écrié-je, je vous salue bien ; juste une pelletée ; à mettre là directement, dans mon seau ; je la rapporterai moi-même chez moi ; une pelletée du moins bon. Je vous la paierai bien sûr intégralement, mais pas tout de suite, pas tout de suite. » Comme ils sonnent bizarrement, ces petits mots *pas tout de suite*, et comme ils vous dérangent l'esprit quand ils se mêlent au carillon du soir qui tinte au même instant, dans le clocher tout proche.

— Alors, qu'est-ce qu'il veut ? crie le marchand. — Rien, répond la femme bien fort, il n'y a rien, je te dis ; je ne vois rien, je n'entends rien ; c'est seulement six heures qui sonnent, et nous allons fermer. Le froid est incroyable. Sans doute que demain nous aurons tout de même beaucoup à faire. »

Elle ne voit rien et n'entend rien ; cependant elle dénoue son tablier et essaie de me repousser en l'agitant. Malheureusement elle y parvient. Mon seau a toutes les qualités d'une bonne monture ; mais aucune force de résistance ; il est trop léger ; un tablier de femme lui fait déjà quitter le sol.

« Espèce de méchante ! » lui crié-je encore en me retournant, tandis que mi-méprisante, mi-satisfaite, elle gesticule en l'air avec sa main, en repartant déjà vers son magasin ; « espèce de méchante ! Je t'ai demandé une pelletée du moins bon, et tu me l'as refusée. » Là-dessus, je m'élève vers la Région des Montagnes Glacées où je me perds sans espoir de retour [1].

---

**1.** Max Brod publia en 1953, dans le volume qu'il intitula *Préparatifs de noce à la campagne* un bref fragment qui pourrait prolonger cette fin et que Kafka a probablement enlevé pour la publication. Le voici : « Fait-il plus chaud ici qu'en bas, sur la terre hivernale ? Des sommets blancs de tous côtés, mon seau l'unique tache sombre. Si tout à l'heure j'étais en haut, je suis en bas maintenant, je me tords le cou à regarder les montagnes. Des étendues de glace couvertes de gelée blanche, coupée de stries laissées par les pistes des patineurs disparus. Sur la neige haute dont pas un pouce ne cède, je marche sur la trace des petits chiens arctiques. Ma chevauchée a perdu tout sens, je descends et je porte mon seau sur mon épaule. » (Traduction Marthe Robert.) Rappelons qu'après avoir d'abord prévu d'inclure ce texte en troisième position dans le recueil du *Médecin de campagne*, Kafka l'en retira au moment de la correction des épreuves, et il ne fut publié pour la première fois que le 25 décembre 1921 dans le supplément de Noël de la *Prager Presse*.

# UN MÉDECIN DE CAMPAGNE [1]

## Petits récits [2]

**1.** *Ein Landarzt.* Pour la rédaction, la composition et la publication « tardive » de cet ensemble de quatorze récits, en avril 1920, voir la Notice, pp. 1019 et suiv. **2.** *Kleine Erzählungen.* Cette désignation, à laquelle Kafka tenait beaucoup, est la troisième qu'il retient (ce recueil étant le cinquième livre qu'il fait paraître), après « Une histoire pour F.B. » (ouvrant *Le Verdict*), « Un fragment » pour *Le Soutier*, et avant « Quatre histoires » pour le dernier recueil : *Un artiste du jeûne.*

*À mon père* [1]

---

**1.** Remarquable dédicace que celle-ci, puisque l'incompréhension de Hermann Kafka devant l'activité littéraire de son fils restera totale et permanente. C'est d'ailleurs en mai 1919 que Franz rédigera sa *Lettre au Père* où éclate une dernière fois l'intensité de ce conflit — mais que le père sans doute ne lira pas...

## LE NOUVEL AVOCAT[1]

Nous avons un nouvel avocat, maître Bucéphale. Son aspect physique ne rappelle guère l'époque où il était encore le destrier d'Alexandre de Macédoine. Mais si l'on connaît bien les faits, on remarque certaines choses. Ainsi, j'ai vu récemment sur le grand escalier un huissier des plus simples jeter sur l'avocat un regard ébahi, avec l'air connaisseur du modeste habitué des courses, tandis que celui-ci, levant haut les cuisses, gravissait l'une après l'autre les marches de marbre, qui résonnaient sous ses pas.

Le Barreau dans l'ensemble est satisfait d'avoir accepté Bucéphale. Avec une intelligence surprenante, on se dit qu'étant donné l'organisation actuelle de la société, Bucéphale est dans une situation délicate et que pour cette raison en tout cas, sans oublier son importance dans l'histoire universelle, il mérite d'être encouragé. Aujourd'hui — nul ne peut le nier —, il n'y a pas d'Alexandre le Grand. Beaucoup de gens sans doute sont des experts du meurtre ; l'habileté nécessaire pour percer de sa lance un ami assis de l'autre côté de la table du banquet est assez répandue, elle aussi ; et beaucoup de gens trouvent la Macédoine trop limitée, de sorte qu'ils maudissent Philippe, le

---

1. Dans son *Kafka-Kommentar* (op. cit., p. 209-200), H. Binder explore les « influences possibles » pour ce texte, « à partir d'écrivains contemporains

1. Ce texte (*Der neue Advokat*) fut d'abord publié — encadré par *Un fratricide* et *Une vieille page* — dans le premier numéro, daté juillet-août 1917, de la revue mensuelle d'avant-garde intitulée *Marsyas*, publiée par Th. Tagger (c'est-à-dire le dramaturge viennois Ferdinand Bruckner).

père... Mais personne, absolument personne n'est capable de les mener jusqu'aux Indes. À l'époque déjà, les portes des Indes étaient restées hors d'atteinte, mais l'épée du roi en avait montré la direction. Aujourd'hui les portes ont été transférées en un tout autre lieu, bien plus loin, bien plus haut ; personne n'indique leur direction ; beaucoup de gens ont l'épée à la main, mais c'est seulement pour gesticuler ; et si l'on essaie de les suivre des yeux, on s'égare.

Peut-être que le mieux est donc réellement, comme l'a fait Bucéphale, de se plonger dans les textes de lois. Libre, ne sentant pas peser sur ses flancs les reins d'un cavalier, bien au calme sous sa lampe, loin du fracas de la bataille d'Alexandre, il lit et il feuillette les pages de nos vieux livres[1].

---

1. Dans son *Kafka-Kommentar* (*op. cit.*, p. 204-206), H. Binder explore les « influences possibles » pour ce texte : à partir d'écrivains contemporains comme Brod, Max Pulver, Wassermann, ou d'ouvrages historiques sur les figures d'Alexandre et de Napoléon, que Kafka associe dans une fascination mâtinée d'auto-dépréciation, à partir aussi de légendes juives, dont sa bibliothèque personnelle est riche.

UN MÉDECIN DE CAMPAGNE

## UN MÉDECIN DE CAMPAGNE [1]

J'étais dans un grand embarras ; je devais partir pour un voyage urgent ; un grand malade m'attendait dans un village éloigné de dix lieues [2] : de violentes rafales de neige emplissaient le vaste espace qui me séparait de lui : j'avais une voiture, légère et à grandes roues, parfaitement adaptée à nos routes de campagne ; emmitouflé dans ma pelisse, ma trousse à la main, j'étais déjà dans la cour, prêt à partir ; mais c'est le cheval qui manquait, le cheval ! La nuit précédente, ayant fourni trop d'efforts par cet hiver glacial, le mien avait crevé ; en ce moment, ma servante courait dans tout le village pour qu'on nous prête un cheval ; mais c'était sans espoir, je le savais, et avec la neige qui s'épaississait sur moi, de plus en plus engourdi, je restais là en vain. La servante apparut au portail, seule, et agita la lanterne ; évidemment, qui pourrait bien prêter son cheval à une heure pareille, et pour un tel trajet ? Je traversai encore une fois la cour ; je ne voyais pas la moindre

**1.** *Ein Landarzt*. Une première publication du récit-titre, antérieure à celle du recueil, eut lieu en décembre 1917 dans l'almanach *Die neue Dichtung* (« La nouvelle littérature »), publié par l'éditeur Kurt Wolff pour annoncer son programme de l'année 1918 ; il était suivi d'un autre inédit de Kafka, *Der Mord*, une première version de *Un fratricide*, voir ce récit, p. 1078.
**2.** Il faut rappeler ici que l'un des oncles maternels de Kafka, Siegfried Löwy, était médecin de campagne en Moravie à Triesch (l'actuel Trest, près de Jivlava) où il vivait en célibataire (amateur de chevaux), et un peu maniaque (de son emploi du temps et de sa nourriture) ; Kafka l'aimait beaucoup, avec une certaine ironie affectueuse.

possibilité ; distrait, tourmenté, je me cognai le pied contre la
porte branlante de la porcherie, inutilisée depuis bien des
années. Elle s'ouvrit et battit plusieurs fois sur elle-même. Il en
sortit de la chaleur, et comme une odeur de chevaux. Une lanterne sourde d'écurie se balançait à l'intérieur, au bout d'une
corde. Un homme, accroupi dans ce cagibi sans hauteur, montra son visage ouvert, ses yeux bleus. « Faut-il atteler ? »
demanda-t-il en avançant à quatre pattes. Ne sachant que dire,
je me penchai pour voir ce qu'il y avait d'autre dans la porcherie. Ma servante était à côté de moi. « On ne se doute pas des
réserves que l'on a dans sa propre maison ! » dit-elle, et nous
rîmes tous les deux. « Allons mon frère, allons ma sœur ! » cria
le palefrenier, et deux chevaux, des bêtes puissantes aux fortes
croupes, avancèrent l'un derrière l'autre, serrant les jambes,
baissant comme des chameaux leurs têtes bien proportionnées,
et il leur fallut imprimer de violentes torsions à leurs poitrails
vigoureux pour passer l'ouverture de la porte, qu'ils remplis-
saient entièrement. Aussitôt ils se redressèrent de toute leur
hauteur, le corps chaud et fumant. « Aide-le ! » dis-je, et sans se
faire prier, la servante courut apporter au palefrenier les har-
nais pour atteler. Mais dès qu'elle arrive près de lui, le palefrenier l'enlace et plaque son visage contre le sien. Elle pousse un
cri et se réfugie auprès de moi ; deux rangées de dents ont
laissé leur marque rouge sur sa joue. Furieux, je crie : « Espèce
de brute, tu veux le fouet ? » mais aussitôt je me rappelle que
c'est un étranger, que j'ignore d'où il vient et qu'il va m'aider
de son plein gré, quand tous les autres déclarent forfait.
Comme s'il devinait mes pensées, il ne se formalise pas de ma
menace et se tourne simplement un instant vers moi, en continuant à s'occuper des chevaux. « Montez », dit-il ensuite ; et en
effet : tout est prêt. Jamais encore je n'ai eu un si bel attelage,
je le vois bien, et je monte gaiement dans la voiture. « En revanche, c'est moi qui conduis, tu ne connais pas le chemin, dis-je.
— Certainement, dit-il, d'ailleurs je ne vous accompagne pas,
je reste auprès de Rosa. — Non ! » hurle Rosa, et pressentant
justement son inéluctable destin, elle part en courant vers la

maison ; j'entends cliqueter la chaîne qu'elle met à la porte ;
j'entends la serrure se refermer ; je la vois ensuite dans le couloir, qui court d'une pièce à l'autre en éteignant toutes les
lumières pour se rendre introuvable. « Tu m'accompagnes, dis-
je au palefrenier, sinon je renonce à cette course, si urgente
soit-elle. Je n'ai pas l'intention de t'abandonner ma servante
pour prix de mon trajet. — Hue ! » dit-il, et il frappe dans ses
mains ; la voiture est emportée d'un seul coup, comme une
branche par le courant ; j'entends encore la porte de ma maison qui se fend et vole en morceaux sous l'assaut du palefrenier, puis mes yeux et mes oreilles s'emplissent d'un puissant
sifflement qui envahit tous mes sens à la fois. Mais cela aussi
ne dure qu'un instant ; car comme si juste derrière mon portail
se trouvait la ferme de mon malade, je m'y trouve déjà ; les
chevaux s'arrêtent, tranquilles ; la neige ne tombe plus ; clair
de lune, de tous côtés ; les parents du malade sortent aussitôt
de la maison ; sa sœur les suit ; on me porte presque pour
m'aider à descendre ; leurs paroles confuses ne m'apprennent
rien ; dans la chambre du malade, l'air est à peine respirable ;
le poêle, que l'on ne surveille plus, fume ; je vais ouvrir la fenêtre un grand coup ; mais d'abord je veux voir le malade. Maigre,
sans fièvre, ni brûlant ni froid, le regard éteint, sans chemise,
le garçon se redresse sous son édredon, s'accroche à mon cou
et murmure dans mon oreille : « Docteur, laisse-moi mourir ! »
Je me retourne : personne n'a entendu ; les parents sont penchés en avant, sans un mot, attendant mon verdict ; la sœur a
apporté une chaise pour ma trousse. Je l'ouvre et cherche
parmi mes instruments ; depuis son lit, à tâtons, le garçon
essaye sans arrêt d'attraper ma main pour me rappeler sa prière ; je saisis une petite pince, je l'examine à la lumière de la
bougie, puis je la remets à sa place. « C'est bien ça, me dis-je,
sarcastique, voilà les cas où les dieux vous aident, vous
envoient le cheval qui manque, en mettent même un second,
vu l'urgence du cas, et fournissent aussi le palefrenier, en
plus ! » À cet instant, je repense pour la première fois à Rosa :
que faire, comment vais-je la sauver, comment vais-je la sous-

traire à l'étreinte de ce palefrenier, moi qui suis à dix lieues de distance et qui ai devant ma voiture des chevaux qui n'en font qu'à leur tête ? Ces chevaux, voilà qu'ils se sont débrouillés pour détacher leurs rênes ; les voilà qui, de l'extérieur, ouvrent les fenêtres, je ne sais comment ; qui passent chacun la tête par une fenêtre et, sans se laisser troubler par les cris de la famille, regardent le malade. « Je vais rentrer immédiatement », me dis-je, comme si les chevaux m'incitaient à me mettre en route ; pourtant je ne proteste pas quand la sœur, me croyant engourdi par la chaleur, m'enlève ma pelisse. On me présente un verre de rhum, le vieux me tapote l'épaule, familiarité justi-fiée puisqu'il m'offre un tel trésor. Je secoue la tête ; pris au piège dans l'étroit horizon mental de ce vieil homme, je suis au bord du malaise ; c'est pour cette seule raison que je refuse de boire. La mère est debout près du lit et m'invite à appro-cher ; j'obéis, et tandis qu'un des chevaux pousse en direction du plafond un hennissement sonore, je pose ma tête contre la poitrine du garçon, que ma barbe mouillée fait frissonner. Cela confirme ce que je savais : ce garçon est en bonne santé... circu-lation sanguine un peu déficiente, une mère inquiète qui l'abreuve de café... oui, en bonne santé, et la meilleure chose serait de le tirer du lit avec une bourrade. Mais je ne suis pas là pour changer le monde, et je le laisse dans son lit. Je suis employé par le district, et je fais mon devoir sans mégoter, jus-qu'au moment où c'en est presque trop. Mal payé, je suis pour-tant généreux et secourable envers les pauvres. Dans l'immédiat, il faut que je m'occupe de Rosa ; pour la suite ce garçon a peut-être raison, moi aussi je veux bien mourir. À quoi est-ce que je sers ici, dans cet interminable hiver ? Mon cheval est crevé, et il ne s'est trouvé personne dans le village pour me prêter le sien. C'est dans la porcherie que je dois aller chercher un attelage ; si par hasard il n'y avait pas eu là des chevaux, j'aurais dû partir avec des truies ! C'est ainsi. Et je fais oui de la tête à la famille. Ils ne se doutent de rien. Et s'ils savaient, ils ne le croiraient pas. C'est facile de rédiger des ordonnances, mais se faire comprendre des gens pour le reste, voilà qui est difficile. Eh bien, on pourrait dire que ma visite est terminée ; une fois de plus, on m'a dérangé sans nécessité ; j'ai l'habitude, avec la complicité de ma sonnette de nuit tout le district me tourmente ; mais que cette fois j'aie dû livrer Rosa, cette belle fille qui vit maintenant chez moi depuis des années, sans que je fasse vraiment attention à elle — c'est un trop grand sacrifice, et j'en suis réduit à chercher dans ma tête des arguties pour le justifier et ne pas insulter cette famille qui, avec la meilleure volonté, ne peut pas me rendre Rosa. Mais à l'instant où je referme ma trousse en réclamant d'un geste ma pelisse, devant la famille au complet... le père reniflant le verre de rhum qu'il tient à la main... la mère, que sans doute j'ai déçue — mais enfin, à quoi s'attendent ces gens ? —, se mordant les lèvres, avec les larmes aux yeux, et la sœur brandissant une serviette toute tâchée de sang... Je me sens disposé, sans savoir comment, à reconnaître jusqu'à un certain point que dans le fond ce garçon est peut-être malade. Je m'approche de lui, il me sourit comme si je lui apportais la plus reconstituante des soupes — ah, voilà les deux chevaux qui hennissent ; ce vacarme commandé en haut lieu doit sans doute me faciliter l'examen ! — et voilà que je fais une découverte : en effet, ce garçon est malade. Sur son côté droit, à proximité de la hanche, s'est ouverte une plaie grande comme la paume d'une main. Rose, avec des nuances très variées, sombre dans le fond et plus claire vers les bords, d'un grain délicat, avec du sang coagulé par endroits, béante comme une mine à ciel ouvert. Voilà, vu de loin. De près apparaît quelque chose de plus grave. Qui peut voir cela sans pousser un léger sifflement ? Des vers, aussi gros et forts que mon petit doigt, roses en eux-mêmes, mais éclaboussés de sang, se tortillent, retenus à l'intérieur de la plaie, et tendent leurs minuscules têtes blanches et leurs petites pattes en direction de la lumière. Pauvre garçon, personne ne peut rien pour toi. J'ai découvert ta grande plaie : cette fleur à ton côté te mène à ta perte. La famille est heureuse, elle voit que je m'active ; la sœur le dit à sa mère, la mère le dit au père, et celui-ci aux quelques invités qui, sur la pointe des pieds et les

bras écartés pour s'équilibrer, arrivent par le clair de lune de
la porte ouverte. « Me sauveras-tu ? » murmure le garçon dans
un sanglot, complètement ébloui par toute cette vie dans sa
plaie. Les gens sont ainsi, dans ma région. Toujours à demander l'impossible au médecin. Ils ont perdu leur ancienne foi ;
le curé reste chez lui et il découpe en chiffons ses chasubles,
l'une après l'autre ; mais le médecin est censé tout réussir, avec
sa fine main de chirurgien. Hé bien, à votre guise ! ce n'est pas
moi qui me suis proposé ; si vous voulez m'utiliser pour une
cause sacrée, je ne m'y opposerai pas davantage ; que puis-je
espérer de mieux, un vieux médecin de campagne, privé de sa
servante ! Les voilà qui s'approchent, la famille et les anciens
du village, et qui me déshabillent ; un chœur d'écoliers conduits par l'instituteur s'est placé devant la maison et chante un
air tout simple avec les paroles que voici :

> « Déshabillez-le, et il saura guérir,
> S'il ne sait pas guérir, alors tuez-le !
> C'est qu'un médecin, c'est qu'un médecin ! »

Je me retrouve alors déshabillé et, les doigts dans ma barbe,
je regarde calmement les gens en penchant ma tête ; je suis
parfaitement serein, très supérieur à tous, et je le demeure,
même si cela ne me sert à rien puisqu'à présent ils m'attrapent
par la tête et par les pieds, et me transportent dans le lit. Ils
me déposent le long du mur, du côté de la plaie. Puis ils sortent
tous de la pièce ; on referme la porte ; le chant s'arrête ; des
nuages passent devant la lune ; les couvertures tièdes m'enve-
loppent ; comme des ombres, les têtes des chevaux s'agitent
dans les ouvertures des fenêtres. « Tu sais », c'est une voix que
j'entends dans mon oreille, « je n'ai pas grande confiance en
toi. En plus, tu t'es simplement laissé débarquer ici au hasard,
tu n'es pas venu en marchant, de toi-même. Au lieu de m'aider,
tu me prends de la place sur mon lit de mort. Si je pouvais, je
t'arracherais les yeux. — Tu as raison, dis-je, c'est une honte.
Et moi qui suis médecin ! Que dois-je faire ? Crois-moi, ce n'est
pas facile pour moi non plus. — Tu crois que je vais me conten-

ter de ce genre d'excuse ? Bah, je n'ai pas le choix. Il faut toujours que je m'estime content. Je suis venu au monde avec une belle plaie, je n'ai rien reçu d'autre en partage. — Mon jeune ami, dis-je, ton défaut, c'est de ne pas avoir de vue d'ensemble. Moi qui suis allé voir dans leur chambre tous les malades des alentours, je peux te le dire : ta plaie n'est pas si terrible. Un angle aigu, découpé par une hache, en deux coups. Il y a beaucoup de gens qui tendent le flanc et qui entendent à peine les coups de hache dans la forêt, et encore moins qu'elle se rapproche d'eux. — Est-ce réellement ainsi, ou cherches-tu à m'abuser dans ma fièvre ? — C'est réellement ainsi, alors prends et emporte avec toi la parole d'honneur d'un médecin assermenté. » Et il la prit et ne dit plus rien. À présent il était temps de songer à m'en sortir sain et sauf. Les chevaux étaient là, fidèles au poste. Mes vêtements, ma pelisse et ma trousse furent vite attrapés ; je ne voulus pas me retarder en m'habillant ; si les chevaux se dépêchaient comme à l'aller, j'allais pour ainsi dire sauter de ce lit dans le mien. Docile, un des chevaux se recula de la fenêtre ; je lançai mon ballot dans la voiture ; la pelisse vola trop loin, mais une des manches fut retenue par un crochet. Ça irait bien. Je m'élançai sur le cheval. Les rênes flottant mollement, les deux chevaux à peine attachés ensemble, la voiture cahotant derrière tant bien que mal, et pour finir la pelisse traînant dans la neige. « Hue ! » dis-je, mais il était pas question d'aller vite ; nous traversions la solitude neigeuse aussi lentement que des vieillards ; longtemps la chanson des enfants, nouvelle, mais trompeuse, résonna derrière nous :

> « Soyez contents, vous les malades,
> On a mis le médecin dans votre lit ! »

À ce train-là, jamais je ne serai rentré ; mon cabinet florissant est perdu ; un successeur va me flouer, et sans grand profit, car il ne pourra pas me remplacer ; dans ma maison, le répugnant palefrenier fait des ravages ; Rosa est sa victime ; je ne veux pas trop y penser. Nu, exposé au froid de la plus malheureuse des époques, dans une voiture terrestre attelée de chevaux qui ne

le sont pas, je suis un vieil homme qui erre au hasard. Ma
pelisse traîne derrière la voiture, mais je ne peux pas l'atteindre, et parmi mes malades, cette racaille agitée, aucun ne
remue le petit doigt. Berné ! Berné ! Avoir obéi une seule fois
à la fausse alerte de la sonnette de nuit — c'est à jamais irréparable.

## AU QUATRIÈME BALCON [1]

S'il y avait sur la piste une écuyère fragile, pulmonaire, montant un cheval fourbu, obligée pendant des mois par un impitoyable patron brandissant sa chambrière à tourner interminablement en rond devant un public inlassable, fendant l'air sur son cheval, envoyant des baisers, tournoyant sur sa taille, et si ce jeu, rythmé par le tumulte incessant de l'orchestre et des ventilateurs, se poursuivait dans un avenir gris toujours plus béant, accompagné par des applaudissements faiblissant, puis s'enflant de nouveau sous des mains qui sont de véritables marteaux-pilons... peut-être qu'un jeune spectateur du quatrième balcon dévalerait alors le long escalier desservant tous les gradins, qu'il se précipiterait sur la piste et crierait : Stop ! au milieu des fanfares de cet orchestre toujours prêt à s'adapter.

Mais comme ce n'est pas le cas ; comme une belle dame, en blanc et rouge, arrive dans les airs, entre les rideaux qu'écartent devant elle des hommes en livrée, d'un air fier ; comme le

---

**1.** *Auf der Gallerie* (sic). Le manuscrit n'a pas été conservé. D'après la liste envoyée le 20 août 1917 à son éditeur, Kafka avait d'abord prévu en troisième position *À cheval sur le seau à charbon*, mais il l'enlèvera par la suite. Dans son *Kafka-Kommentar* (*op. cit*, p. 212), H. Binder signale un texte de Robert Walser, *Lustspielabend* (Soirée de spectacle), proche par sa trame narrative, un spectateur observant d'en haut la scène et le public. Cette prose avait paru dans l'almanach publié par Kurt Wolff pour l'année 1914 et intitulé *Das bunte Buch* : Kafka le possédait, car son texte *À méditer par les gentlemen-rider*, *cf.* p. 271, y avait paru, et il admirait Walser.

directeur, cherchant son regard d'un air dévoué, retient son souffle devant elle, en animal soumis ; qu'il la soulève avec précaution et la dépose sur son cheval blanc pommelé comme si elle était sa petite-fille adorée qui part pour un dangereux voyage ; qu'il ne peut se résoudre à donner le signal de son fouet ; qu'il le donne enfin à contrecœur, d'un claquement ; qu'il court, bouche ouverte, à côté du cheval ; qu'il suit d'un regard perçant les sauts de l'écuyère ; qu'il reste stupéfait d'une telle virtuosité ; qu'il tente de l'inciter à la prudence en lançant des exclamations en anglais ; que d'un air furieux il exhorte à une extrême vigilance les garçons de piste qui présentent les cerceaux ; que juste avant le grand Saut Périlleux il lève les bras pour conjurer l'orchestre de faire silence ; que pour finir il soulève la petite sur son cheval frémissant, qu'il l'embrasse sur les deux joues et juge toujours insuffisants les hommages du public ; tandis qu'elle-même, s'appuyant sur lui, dressée sur la pointe des pieds, nimbée d'une poussière tourbillonnante, écartant ses bras et rejetant sa petite tête en arrière, voudrait partager son bonheur avec le cirque tout entier... comme il en est ainsi, le spectateur du quatrième balcon pose son visage sur la balustrade et, sombrant dans la marche finale comme dans un rêve pénible, il pleure, sans le savoir.

# UNE VIEILLE PAGE [1]

Il semble que de nombreuses négligences ont été commises dans la défense de notre patrie. Jusqu'à présent nous ne nous en sommes pas inquiétés et avons poursuivi notre travail ; mais les événements de ces derniers temps nous donnent des soucis.

J'ai une échoppe de cordonnier sur la place devant le palais impérial. Dès l'aube, quand j'ouvre mon magasin, je vois que les entrées de toutes les rues qui convergent ici sont déjà occupées par des hommes en armes. Or, ce ne sont pas nos soldats, mais de toute évidence des nomades, venus du nord. D'une manière que je n'arrive pas à comprendre, ils ont pénétré jusque dans la capitale, pourtant très éloignée de la frontière. En tout cas, ils sont donc ici ; et il semble que leur nombre augmente chaque matin.

Comme le veut leur nature, ils campent en plein air, car ils détestent les habitations. Ils s'occupent à aiguiser leurs épées, à tailler les pointes de leurs flèches, à entraîner leurs chevaux. Cette place calme, toujours tenue impeccablement propre, ils l'ont transformée en une véritable écurie. Bien sûr, nous essayons parfois de sortir en courant de nos magasins pour enlever au moins les pires immondices, mais cela se produit de

---

1. *Ein altes Blatt*. C'est d'emblée avec ce titre, souligné, que Kafka écrit ce texte dans le Cahier C in-octavo, précédé du long fragment *Beim Bau der chinesischen Mauer* (« Lors de la construction de la muraille de Chine »). La première publication eut lieu dans la revue *Marsyas*, avec *Le nouvel avocat* (*cf.* note 1, p. 1039).

plus en plus rarement, car ces efforts ne servent à rien et nous exposent en outre au danger d'être piétinés sous les sabots des chevaux excités, ou blessés par les fouets.

Parler avec les nomades est impossible. Ils ne connaissent pas notre langue, d'ailleurs c'est à peine s'ils en ont une. Ils communiquent entre eux à la manière des choucas. Sans cesse, on entend ces cris de choucas. Notre façon de vivre, nos institutions leur sont aussi incompréhensibles qu'indifférentes. En conséquence, ils refusent aussi tout langage gestuel. On peut se décrocher la mâchoire et se tordre les mains dans tous les sens ; ils n'auront pas compris pour autant et ne comprendront jamais. Souvent, ils font des grimaces ; ils montrent alors le blanc de leurs yeux, et l'écume leur monte aux lèvres, mais ce n'est ni pour exprimer quelque chose ni pour vous effrayer ; ils le font parce que c'est leur habitude. Ce dont ils ont besoin, ils le prennent. On ne peut pas dire qu'ils emploient la violence. Avant qu'ils se servent, on s'écarte et on leur abandonne tout ce qu'ils veulent.

Dans mes réserves aussi, ils se sont abondamment servis. Mais je ne peux pas me plaindre, quand je vois par exemple ce qui arrive au boucher d'en face. À peine rentre-t-il de la marchandise, que tout lui est arraché et dévoré par les nomades. Leurs chevaux aussi mangent de la viande ; souvent, un cavalier est vautré à côté de son cheval, et ils se nourrissent tous les deux du même morceau de viande, chacun à un bout. Le boucher a peur et n'ose pas interrompre ses livraisons. Mais nous le comprenons bien, et nous nous cotisons pour l'aider. Si les nomades n'avaient plus de viande, qui sait quelles idées leur viendraient ; pourtant, qui sait quelles idées leur viendront, même si chaque jour ils trouvent de la viande ?

Récemment le boucher s'est dit qu'il pourrait au moins s'épargner la peine d'abattre les bêtes, et un matin il leur a présenté un bœuf tout vivant. Il ne faut pas qu'il recommence. Je suis sans doute resté une bonne heure allongé sur le sol, au fin fond de mon échoppe, ayant entassé sur moi tous mes vêtements, mes couvertures et mes coussins pour essayer de

ne plus entendre les beuglements du bœuf sur lequel les nomades se ruaient de tous côtés pour arracher avec leurs dents
des lambeaux de chair fumante. Le calme était revenu depuis
longtemps avant que je n'ose mettre le pied dehors ; tels des
buveurs autour du tonneau, ils étaient vautrés, épuisés, autour
des restes du bœuf.

Ce fut à ce moment-là qu'il me parut avoir aperçu l'empereur
en personne, derrière une fenêtre du palais ; d'ordinaire il ne
vient jamais dans ces appartements donnant sur l'extérieur ; il
vit toujours uniquement dans le jardin le plus au centre de son
palais ; mais cette fois, telle fut du moins mon impression, il
s'appuyait contre la fenêtre et, penchant la tête, considérait ce
qui se passait devant son château.

« À quoi cela va-t-il mener ? nous demandons-nous tous.
Combien de temps allons-nous supporter cette charge et ce
tourment ? Le palais impérial a attiré les nomades, mais il est
incapable de les refouler. Le portail reste fermé ; la garde, qui
autrefois était relevée au pas de parade, se cantonne à présent
derrière des fenêtres grillées. C'est à nous, les artisans et commerçants, qu'est confié le salut de la patrie ; mais nous ne sommes pas à la hauteur d'une pareille mission ; d'ailleurs, nous
ne nous sommes jamais targués d'en être capables. C'est un
malentendu, et il cause notre perte. »

Le Procès                                    1055

# DEVANT LA LOI [1]

Devant la Loi, près de la porte, se tient un gardien. Un homme de la campagne vient trouver ce gardien et lui demande la permission d'accéder à la Loi. Mais le gardien lui dit qu'il ne peut pas la lui accorder pour l'instant. L'homme réfléchit, puis il demande si l'accès lui sera possible un peu plus tard. « Peut-être, dit le gardien, mais pour l'instant, non. » Comme la grande porte menant à la Loi est ouverte, comme toujours, et que le gardien fait un pas sur le côté, l'homme se penche pour regarder à l'intérieur, par la porte. En s'en apercevant, le gardien rit et lui dit : « Si tu en as tellement envie, essaie d'entrer quand même, malgré mon interdiction. Mais n'oublie pas : Je suis puissant. Et je suis le moins important des gardiens. Et devant la porte de chaque salle se tient un gardien, toujours plus puissant que le précédent. Même moi, je suis déjà incapable de regarder en face le troisième d'entre eux. » L'homme de

---

1. *Vor dem Gesetz*. C'est ce texte (dont il était très content, fait assez rare pour être souligné) que Kafka nommait la « Légende ». Il le tira du chapitre *Dans la cathédrale*, dans son manuscrit du *Procès* (*cf.* p. 940), pour le publier d'abord le 7 septembre 1915, dans le numéro du Nouvel An juif de la revue hebdomadaire sioniste *Selbstwehr* (nᵒ 24). Une deuxième publication eut lieu dans l'almanach de Kurt Wolff pour l'année 1916 (paru en décembre 1915) intitulé *Vom jüngsten Tag*. Dans son *Kafka-Kommentar* (*op. cit.*, p. 183), H. Binder en situe la rédaction dans la deuxième semaine de décembre 1914 ; il signale une multiple influence possible de la pièce de Franz Werfel, *Esther, impératrice de Perse*, que celui-ci avait lue à ses amis pragois le 2 décembre.

la campagne ne s'attendait pas à de pareilles difficultés ; la Loi doit pourtant rester accessible à chacun et en permanence, songe-t-il ; mais en considérant plus attentivement le gardien dans sa pelisse fourrée, son grand nez pointu, sa longue barbe noire et maigre de Tartare, il décide qu'il va plutôt attendre d'obtenir l'autorisation d'entrer. Le gardien lui donne un tabouret et le fait asseoir sur le côté, près de la porte. Il reste assis là pendant des jours, pendant des années. Il fait de nombreuses tentatives pour qu'on le laisse entrer, et il fatigue le gardien par ses prières. Souvent le gardien le soumet à un petit interrogatoire à propos de la région d'où il vient et de mille autres choses, mais il pose ces questions d'un ton indifférent, comme le font les gens importants ; et pour finir, il dit toujours qu'il ne peut pas encore l'autoriser à entrer. L'homme, qui avait emporté toutes sortes de choses pour ce voyage, les utilise toutes, et jusqu'aux plus précieuses, pour soudoyer le gardien. Celui-ci accepte à chaque fois, mais en disant : « Je le prends seulement pour que tu ne croies pas avoir négligé quoi que ce soit. » Pendant toutes ces années, l'homme observe le gardien presque sans répit. Il oublie les autres gardiens, et celui-ci, le premier, lui apparaît comme le seul obstacle l'empêchant d'accéder à la Loi. Il maudit ce malheureux hasard, d'abord très fort et sans vergogne dans les premières années ; ensuite, l'âge venant, il ne fait plus que grommeler entre ses dents. Il retombe en enfance ; et comme, à force d'observer le gardien au cours des années, il s'est même aperçu qu'il y avait des puces dans le col de sa pelisse, il implore aussi ces puces de lui venir en aide et de faire changer d'avis le gardien. Il finit par ne plus voir très clair, et il ne sait plus si le jour baisse réellement autour de lui ou si ce sont seulement ses yeux qui le trompent. Pourtant il est encore capable, à ce moment-là, de distinguer dans l'obscurité une lueur qui, sans jamais s'éteindre, vient de l'intérieur de la Loi. Alors il n'en a plus pour longtemps. Avant sa mort, toutes ses expériences des dernières années lui reviennent en tête et se concentrent en une seule question, que pour l'instant il n'a encore pas posée au gardien.

Il l'appelle d'un geste, car il ne peut plus redresser son corps de plus en plus raide. Le gardien doit se pencher très bas pour se rapprocher de lui, car la différence de taille entre eux s'est beaucoup modifiée, au détriment de l'homme. « Que veux-tu encore savoir, à présent ? demande le gardien, tu es insatiable. — Mais enfin, dit l'homme, tout le monde s'efforce d'atteindre la Loi : comment donc se fait-il que durant toutes ces années personne, à part moi, n'ait demandé l'autorisation d'entrer ? » Le gardien comprend que l'homme est presque au bout et, pour se faire entendre de ses oreilles déficientes, il lui hurle : « Personne ne pouvait obtenir cette autorisation ici, sauf toi, car cette entrée t'était destinée, à toi seul. Maintenant, je vais m'en aller et la refermer. »

# CHACALS ET ARABES [1]

Nous campions dans l'oasis. Mes camarades dormaient. Un Arabe, haut et blanc, passa près de moi ; il avait nourri les chameaux et s'en allait dormir à côté des autres.

Je me jetai dans l'herbe, sur le dos ; je voulais dormir ; je n'y arrivais pas ; au loin, le hurlement plaintif d'un chacal ; je me redressai. Et d'un seul coup, ce qui avait été si lointain fut proche. Autour de moi, un grouillement de chacals ; l'or pâle des yeux, tour à tour luisants et éteints ; des corps sveltes et agiles, remuant comme sous la loi d'un fouet.

L'un d'eux arriva par-derrière, se faufila sous mon bras et se glissa contre moi, comme s'il avait besoin de ma chaleur, puis il se mit en face de moi et me dit, ses yeux touchant presque les miens :

« Je suis le chacal le plus ancien, dans cette vaste région. Je suis heureux de pouvoir encore te saluer ici. J'en avais presque abandonné l'espoir, car nous t'attendons depuis un temps infini ; ma mère t'attendait, et sa mère déjà, et toutes les mères avant elle, jusqu'à la mère de tous les chacals. Tu peux me croire !

— Cela m'étonne, dis-je en oubliant d'allumer le tas de bois

1. *Schakale und Araber.* Écrit, sans titre, dans le Cahier B in-octavo, séparé seulement par un brouillon de lettre de *À cheval sur le seau à charbon.* Première publication dans le numéro 2 de la revue sioniste dirigée par Martin Buber : *Der Jude* (Le Juif), accompagné de *Un rapport pour une académie,* *cf.* Notice, p. 1020.

qui était préparé pour que sa fumée tienne les chacals à distance, cela m'étonne beaucoup d'entendre ça. C'est un pur hasard si je suis venu du grand Nord, et mon voyage sera court. Que voulez-vous donc, chacals ? »

Et comme enhardis par ces paroles peut-être un peu trop amicales, ils resserrèrent leur cercle autour de moi ; ils respiraient tous à petits coups rauques.

« Nous savons, reprit l'ancien, que tu viens du Nord, et c'est précisément cela qui fonde notre espoir. Il y a là-bas une intelligence qui ne se trouve pas ici parmi les Arabes. De leur orgueil froid, tu le sais, on ne peut faire jaillir la moindre étincelle d'intelligence. Ils tuent des animaux pour les manger, et la charogne, ils la dédaignent.

— Ne parle pas si fort, dis-je, il y a des Arabes qui dorment tout près.

— Tu es vraiment un étranger, dit le chacal, sinon tu saurais que jamais un chacal n'a craint un Arabe, depuis que le monde existe. Nous devrions les craindre ? N'est-ce pas assez malheureux déjà, que nous soyons relégués au milieu d'un peuple pareil ?

— C'est possible, très possible, dis-je, je ne prétends pas porter de jugement sur des choses qui me sont aussi extérieures ; on dirait qu'il s'agit d'un conflit très ancien ; c'est sans doute une question de sang ; donc, cela ne finira peut-être qu'avec le sang.

— Tu es très avisé », dit le vieux chacal ; et tous ils respirèrent plus vite encore ; comme hors d'haleine, alors qu'ils étaient au repos ; de leurs gueules ouvertes sortait une odeur âcre, que par moments on ne pouvait supporter qu'en serrant les dents. « Tu es très avisé ; ce que tu dis s'accorde avec notre doctrine ancienne. Nous prendrons donc leur sang, et le conflit sera réglé.

— Oh ! dis-je plus violemment que je ne voulais, ils se défendront ; avec leurs fusils, ils vous abattront par bandes entières.

— Tu te méprends, dit-il, et de cette manière bien humaine, qui subsiste donc jusque dans le grand Nord. Non, nous n'allons pas les tuer. Les eaux du Nil ne suffiraient pas pour nous laver de cette souillure. Car à la seule vue de leurs corps vivants, nous nous échappons vers un air plus pur, nous courons vers le désert qui pour cette raison est notre territoire. »

Et les chacals tout autour, rejoints dans l'intervalle par des quantités d'autres, venus de très loin, plongèrent la tête entre leurs pattes de devant, avec lesquelles ils se nettoyèrent le museau ; on eût dit qu'ils voulaient dissimuler une répugnance si affreuse que si j'avais pu, je me serais échappé de leur cercle en faisant un grand bond.

« Qu'avez-vous donc l'intention de faire ? demandai-je, en voulant me lever ; mais je ne pus : deux jeunes animaux avaient planté leurs crocs dans le dos de ma veste et de ma chemise ; je dus rester assis. « Ils tiennent ta traîne, expliqua le vieux chacal gravement, c'est un signe de respect. — Qu'ils me lâchent ! m'écriai-je en me tournant tantôt vers le vieux, tantôt vers les deux jeunes. — Si tu l'exiges, ils vont le faire, bien sûr, dit le vieux. Mais cela va prendre un petit moment, car selon l'usage ils ont enfoncé leurs crocs profondément et ils ne peuvent desserrer que peu à peu leurs mâchoires. Pendant ce temps, écoute notre prière. — Votre comportement ne me dispose guère en votre faveur, dis-je. — Ne nous fais pas payer notre infortune, dit-il en recourant pour la première fois au ton plaintif qu'avait naturellement sa voix, nous sommes de pauvres animaux, nous n'avons que nos crocs ; pour tout ce que nous voulons faire, le bien comme le mal, nous n'avons rien, à part nos crocs. — Hé bien, que veux-tu ? demandai-je, à peine radouci.

— Seigneur, s'écria-t-il, et tous les chacals poussèrent un hurlement ; il me sembla que là-bas, très loin, cela sonnait comme une mélodie. Seigneur, il faut que tu mettes fin au conflit qui déchire le monde. Tel que tu es, tu corresponds à la description qu'ont donnée nos ancêtres de celui qui le fera. Il faut que les Arabes nous accordent la paix ; un air respirable ; un horizon purifié, sans aucun d'eux à portée de vue ; sans le moindre gémissement de mouton égorgé par un Arabe ; que chaque bête vive jusqu'à son terme et meure paisiblement ; que nous puissions la vider de son sang et la purifier jusqu'à l'os sans être importunés. La pureté, c'est seulement la pureté que nous voulons — là, ils se mirent tous à pleurer, à sangloter — comment fais-tu donc pour supporter ce monde, toi dont le cœur est noble et les entrailles sensibles ? Leur blancheur n'est que saleté ; le noir chez eux est saleté ; leur barbe est une horreur ; on a la nausée en regardant le coin de leurs yeux ; et s'ils lèvent le bras, c'est l'enfer qui surgit du creux de leurs aisselles. C'est pourquoi, ô Seigneur, c'est pourquoi, ô cher Seigneur, à l'aide de la toute-puissance de tes mains, va leur trancher la gorge avec cette paire de ciseaux, à l'aide de la toute-puissance de tes mains ! » Alors, obéissant à un brusque mouvement de sa tête, un chacal s'approcha, qui portait, pendue à une de ses canines, une petite paire de ciseaux de couture couverts de vieille rouille.

« Voilà enfin les ciseaux, maintenant c'est fini ! » s'écria le guide de notre caravane, un Arabe, qui contre le vent s'était faufilé parmi nous et brandissait à présent son gigantesque fouet.

Ils se dispersèrent tous en un clin d'œil, mais restèrent cependant à proximité, tapis les uns contre les autres, tous ces animaux, tellement serrés et immobiles qu'on eût dit une mince haie sur laquelle auraient voleté des feux follets.

« Ainsi, Seigneur, toi aussi tu as vu et entendu ce spectacle, dit l'Arabe avec un rire aussi gai que le permettait la réserve habituelle de sa tribu. — Tu sais donc ce que veulent ces bêtes ? lui demandai-je. — Bien sûr, Seigneur, dit-il, c'est de notoriété publique ; tant qu'il y aura des Arabes, ces ciseaux arpenteront le désert, jusqu'à la fin des temps ils l'arpenteront avec nous. Chaque Européen se les voit présenter pour cette grande mission ; chaque Européen est celui qui leur semble appelé à l'accomplir. Ces animaux sont remplis d'un espoir insensé ; des fous, ce sont de véritables fous ! Nous les aimons pour cette raison ; ce sont nos chiens ; plus beaux que les vôtres. Mais regarde, un chameau est mort pendant la nuit, je l'ai fait apporter. »

Quatre porteurs arrivèrent et jetèrent devant nous le pesant cadavre. A peine eut-il touché le sol que les chacals firent entendre leurs voix. Chacun d'entre eux comme irrésistiblement tiré par une corde, ils s'approchèrent en hésitant, le ventre rasant la terre. Ils avaient oublié les Arabes, oublié leur haine, la présence de ce cadavre âcre et fumant supprimait tout le reste et les ensorcelait. Déjà l'un d'eux s'accrochait à son cou, et le premier coup de dent trouva la carotide. Comme une petite pompe déchaînée qui, vaille que vaille, mais sans espoir de succès, tente d'éteindre un terrible incendie, chaque muscle de son corps travaillait en frémissant sur place. Et déjà, pour la même tâche, tous se vautraient sur le cadavre en un grand amoncellement.

Alors le guide fit violemment claquer en l'air dans les deux sens son fouet cinglant. Ils relevèrent leurs têtes ; à la fois soûlés et sans forces ; virent les Arabes debout devant eux ; reçurent soudain des coups de fouet en plein museau ; reculèrent d'un bond et coururent un peu plus loin. Mais déjà le sang du chameau faisait de larges flaques dont la vapeur s'élevait, son corps était béant, largement déchiré en plusieurs endroits. Ils ne pouvaient pas résister ; à nouveau ils furent là ; de nouveau, le guide brandit son fouet ; je lui saisis le bras.

« Tu as raison, Seigneur, dit-il, laissons-les à leur métier ; d'ailleurs, il est temps de nous mettre en route. Tu les as vus. Des bêtes prodigieuses, n'est-ce pas ? Et comme elles nous haïssent ! »

# UNE VISITE DANS LA MINE [1]

Aujourd'hui les ingénieurs les plus importants sont venus nous voir, au fond. La direction leur a probablement donné mission d'ouvrir de nouvelles galeries, et les ingénieurs se sont déplacés pour effectuer les tout premiers repérages. Comme ces gens sont jeunes, et en même temps déjà si différents les uns des autres ! Chacun s'est épanoui librement et leur tempérament affirmé, n'étant pas entravé, se manifeste déjà malgré leur jeune âge.

L'un d'eux, les cheveux noirs, l'air vif, promène ses regards partout.

Un deuxième, portant un carnet, prend des notes en marchant, regarde autour de lui, compare, inscrit.

Un troisième, les mains dans les poches de son veston, ce qui tire tous ses vêtements, avance bien droit ; veille à rester très digne ; seules ses lèvres, qu'il mord sans arrêt, révèlent sa jeunesse impatiente, indomptable.

Un quatrième donne au troisième des explications que celui-

---

1. *Ein Besuch im Bergwerk*. Le manuscrit n'a pas été conservé ; Max Brod émit l'hypothèse qu'un premier titre en avait été *Kastengeist* (Esprit de caste), qui figurait sur une première liste de textes à publier, établie fin février 1917, à la fin du premier Cahier in-octavo. Malcolm Pasley suggéra dès 1966 dans son article « Drei literarische Mystifikationen » (et le reprit dans « Kafkas halbprivate Spielereien », in *Die Schrift it unveränderlich, op. cit.*) que l'almanach de Kurt Wolff pour l'année 1917 (paru en décembre 1916) et intitulé *Der neue Roman* pouvait être le point de départ de ce texte, *cf.* Notice, p. 1026.

ci ne réclame pas ; plus petit que lui, trottant à ses côtés comme un tentateur, il a l'air, avec son index qui reste pointé, de lui énumérer comme dans une litanie tout ce qu'il faut regarder ici.

Un cinquième, peut-être le plus élevé dans la hiérarchie, ne supporte pas d'être accompagné ; marche tantôt en avant, tantôt en arrière ; le groupe règle son allure sur la sienne ; il est pâle et frêle ; les responsabilités lui ont creusé les orbites ; souvent il presse sa main contre son front, en réfléchissant.

Le sixième et le septième avancent un peu courbés, rapprochant leurs têtes, bras dessus bras dessous, absorbés par leur conversation ; si nous n'étions pas ici évidemment dans notre mine de charbon, où nous travaillons dans la galerie la plus profonde, on pourrait prendre ces messieurs osseux, imberbes et aux gros nez ronds pour de jeunes ecclésiastiques. L'un passe son temps à rire discrètement, en ronronnant un peu comme un chat ; l'autre, l'air aussi jovial, mène la conversation et, de sa main libre, semble battre la mesure. Comme ces deux messieurs doivent être assurés de leur position, et combien de services ont-ils sans doute déjà rendus à notre mine, malgré leur jeune âge, pour se permettre, au cours d'une visite aussi importante et sous les yeux de leur supérieur, de s'entretenir si longuement de leurs affaires privées, ou en tout cas d'affaires n'ayant aucun lien direct avec leur mission présente ! Ou bien se pourrait-il que malgré leurs rires et leur inattention ; ils remarquent parfaitement tout ce qu'il faut ? Sur des messieurs de ce genre, on ose à peine formuler un jugement précis.

D'un autre côté, il ne fait pourtant pas le moindre doute que le huitième par exemple est incomparablement plus concentré sur son travail qu'eux, voire que tous les autres messieurs. Partout, il faut qu'il touche et qu'il tapote avec un petit marteau qu'il tire chaque fois de sa poche, puis l'y remet. Parfois il s'agenouille dans la crasse, malgré ses vêtements élégants, et tapote le sol ; ensuite, et toujours en marchant, ce sont les murs ou la voûte au-dessus de sa tête. À un moment, il s'est étendu de tout son long sur le sol et n'a plus bougé ; nous pensions déjà qu'il était arrivé un malheur ; mais avec un petit soubresaut de son corps mince, il s'est soudain remis debout. Il avait donc seulement procédé à une nouvelle investigation. Nous croyons connaître notre mine et ses roches, mais ce que cet ingénieur examine ici sans relâche, c'est une chose incompréhensible pour nous.

Un neuvième pousse devant lui une espèce de voiture d'enfant où se trouvent les appareils de mesure. Des appareils extrêmement précieux, enveloppés avec grand soin dans plusieurs couches de très fine ouate. C'est bien sûr un employé qui devrait pousser ce chariot, mais on préfère ne pas le lui confier ; il fallait un ingénieur, et il s'en acquitte volontiers, cela se voit. C'est sans doute le plus jeune de tous, peut-être même ne comprend-il encore rien au fonctionnement de tous ces appareils, mais il ne les quitte pas des yeux, ce qui parfois risque de lui faire cogner le chariot contre le mur.

Cependant il y a un autre ingénieur qui avance à côté du chariot et s'interpose. Manifestement, celui-là connaît à fond ces appareils, il semble en être le responsable attitré. De temps en temps, sans arrêter le chariot, il extrait l'élément d'un appareil, regarde à travers, le serre ou le desserre d'un tour de vis, le secoue et le tapote, le porte à son oreille et l'écoute ; enfin, tandis que le conducteur du chariot s'arrête en général, il replace avec le plus grand soin le minuscule élément, à peine visible de loin. Cet ingénieur est un peu autoritaire, mais c'est seulement au nom des appareils. Rien que sur un signe de son doigt, sans un mot, nous sommes déjà tenus, à dix pas devant le chariot, de nous effacer sur le côté, même là où il n'y a pas de place pour s'effacer.

Derrière ces deux messieurs marche l'employé, qui n'a rien à faire. Comme il est naturel, vu leur immense savoir, ces messieurs ont depuis longtemps dépouillé tout orgueil, alors que l'employé en paraît tout imprégné. Une main dans le dos, et l'autre caressant l'étoffe fine de sa livrée ou les boutons dorés qui en ornent le devant, il incline souvent sa tête à gauche, puis à droite comme si nous l'avions salué et qu'il nous répondît, ou comme s'il supposait que nous l'avions salué, sans pouvoir s'en assurer du haut de sa grandeur. Nous ne le saluons pas, bien entendu ; mais à le voir, on pourrait presque croire que c'est une chose inouïe d'être un employé de bureau auprès de la direction de la mine. À vrai dire, nous rions derrière son dos ; mais comme il ne se retournerait pas, même sur un coup de tonnerre, nous continuons à lui accorder l'intérêt que l'on éprouve devant un phénomène incompréhensible.

On ne travaillera plus guère aujourd'hui ; l'interruption s'est prolongée trop longtemps ; de tels visiteurs vous enlèvent en repartant toute idée de travail. Il est par trop tentant de suivre ces messieurs des yeux jusqu'à ce qu'ils aient disparu dans la pénombre de la galerie d'exploration. D'ailleurs, notre équipe aura bientôt fini sa journée ; nous n'assisterons pas au retour de ces messieurs.

## LE VILLAGE LE PLUS PROCHE[1]

Mon grand-père aimait à dire : « C'est étonnant, ce que la vie est courte. Maintenant, elle se condense dans mon souvenir à un tel point que je n'arrive quasiment plus à concevoir, par exemple, comment quelqu'un de jeune peut décider de partir à cheval pour le village le plus proche, sans redouter qu'en lui-même — et en dehors de tout hasard malheureux — le temps d'une vie ordinaire, ponctuée d'événements heureux, ne suffise pas, et de beaucoup, pour une telle chevauchée. »

---

1. *Das nächste Dorf*. Le manuscrit n'a pas été conservé. Sur la première liste établie par Kafka à la fin février 1917, ce très bref texte pourrait être désigné par le titre *Ein Reiter* (Un cavalier), et sur une deuxième liste, dans la lettre à Martin Buber du 22 avril, par *Die kurze Zeit* (Le bref moment).

# UN MESSAGE IMPÉRIAL [1]

L'empereur — paraît-il — t'a envoyé à toi, l'individu, le misérable sujet, l'ombre minuscule réfugiée au loin, le plus loin possible du soleil impérial, c'est à toi et à nul autre que l'empereur sur son lit de mort a envoyé un message. Il a fait s'agenouiller le messager auprès du lit et lui a murmuré son message à l'oreille ; il y accordait tant d'importance qu'il se l'est fait répéter. Par un signe de tête, il a confirmé l'exactitude des paroles entendues. Et devant l'immense assistance réunie pour sa mort — car tous les murs qui faisaient obstacle ont été abattus, et sur les marches des perrons monumentaux, vastes et imposants se tiennent dans un cercle les Grands de l'empire —, devant leurs yeux à tous, il a dépêché le messager. Aussitôt le messager s'est mis en route ; un homme vigoureux, infatigable ; avançant un bras, puis l'autre, il se fraie un passage à travers la foule ; quand il rencontre de la résistance, il montre sur sa poi-

1. *Eine Kaiserliche Botschaft*. Ce texte se trouve dans le Cahier C in-octavo, à l'intérieur du fragment intitulé par Kafka *Lors de la construction de la muraille de Chine*, écrit en mars 1917. Il y est encadré par deux phrases que Kafka a écartées pour la publication, et que nous voudrions citer. On lit, précédant immédiatement le début : « Il y a une légende ("eine Sage") qui exprime bien cette relation. » (i.e. entre le peuple et l'empereur) ; et à la fin, après un alinéa, on lit : « C'est exactement ainsi, avec aussi peu d'espoir et tout autant d'espoir que notre peuple considère l'empereur. » — Une première publication avait eu lieu, le 24 septembre 1919, dans le numéro 38/39 de la revue hebdomadaire sioniste *Selbstwehr*, qui annonçait ainsi la prochaine parution du recueil *Un médecin de campagne*.

trine l'emblème du soleil ; il progresse donc aisément, mieux que tout autre. Cependant la foule est si nombreuse ; ses demeures s'étendent à l'infini. S'il avait le champ libre, comme il volerait, et bientôt sans doute tu entendrais le son magnifique de ses poings heurtant ta porte. Mais au lieu de cela, que ses efforts sont inutiles ! Il en est encore à vouloir franchir le seuil des salles du palais intérieur ; jamais il ne les dépassera ; et s'il y parvenait, rien ne serait gagné ; il lui faudrait encore lutter pour descendre les escaliers ; et s'il y parvenait, rien ne serait gagné ; il resterait les cours à traverser, et par-delà les cours, le deuxième palais entourant le premier ; et de nouveau des escaliers, des cours ; et de nouveau un palais ; et ainsi de suite durant des millénaires ; et si enfin il débouchait en trombe par le dernier portail — jamais pourtant, jamais cela n'arrivera —, il reste encore, s'étendant devant lui, la ville capitale, le centre du monde, trônant sur la substance par elle accumulée et qui l'emplit. Personne ne peut s'y frayer un passage, et encore moins s'il porte le message d'un mort. — Mais toi, tu es assis à ta fenêtre, et tu rêves à ce message, quand vient le soir.

# LE SOUCI DU PÈRE DE FAMILLE [1]

Selon les uns, *odradek* est un mot d'origine slave, et ils essaient d'en expliquer la formation sur cette base. D'autres pensent plutôt que ce mot vient de l'allemand et qu'il a seulement subi des influences slaves. Cependant, le caractère hypothétique de ces deux interprétations laisse penser qu'aucune n'est véritablement fondée, d'autant plus que ni l'une ni l'autre ne permet de trouver un sens à ce mot [2].

Personne ne se livrerait bien sûr à de telles investigations s'il n'existait dans la réalité un être nommé Odradek. À première vue il ressemble à une bobine de fil plate, en forme d'étoile, et on dirait en effet qu'il est tapissé de fil ; d'ailleurs ce ne sont probablement que de vieux bouts de fil cassés, rafistolés par

1. *Die Sorge des Hausvaters*. Pas de manuscrit conservé pour ce texte, sans doute écrit au printemps 1917 ; son titre figure sur la liste envoyée par Kafka le 20 août suivant à l'éditeur Kurt Wolff. — Il parut dans la revue sioniste *Selbstwehr* n° 51/52, le 19 décembre 1919, annoncé comme appartenant au recueil d'*Un médecin de campagne*, « à paraître prochainement ».
2. Dans son *Kafka-Kommentar* (*op. cit.*, p. 233), H. Binder rappelle les diverses hypothèses étymologiques faites par les « kafkologues » depuis Max Brod : *od* — racine slave signifiant « s'écartant de » ; *rad* — proche de l'allemand « Rat » : le conseil, mais proche aussi du tchèque *rad* : l'ordre, ou aussi de *rod* — en tchèque « le sexe » ; *ek* — étant une marque de diminutif ; tout cela désignant un petit être marginal, en dehors des repères, hybride. — Selon M. Pasley (*cf.* son article : « Kafkas halbprivate Spielereien », in *Die Schrift ist unveränderlich*, *op. cit.*, pp. 73-75), Odradek figurerait l'ensemble des fragments (non cohérents entre eux) concernant *Le Chasseur Gracchus*.

des nœuds, mais aussi tout emmêlés, de textures et de couleurs très variées. Pourtant, ce n'est pas une simple bobine, car au centre de l'étoile se dresse à la verticale une petite tige de bois, sur laquelle prend à angle droit un autre bâtonnet. Sur ce bâtonnet d'un côté, et de l'autre sur l'une des pointes de l'étoile, l'ensemble peut se tenir debout, comme sur deux jambes.

On serait tenté de croire que cet assemblage a eu jadis une autre forme mieux adaptée, et que l'actuelle résulte d'un accident. Mais cela ne semble pas être le cas ; du moins ne voit-on aucun indice en ce sens ; nulle part on ne distingue un point de départ ou une arête vive qui indiquerait ce genre de chose ; l'ensemble paraît dépourvu de signification, mais former à sa manière un tout. On ne peut d'ailleurs rien dire de plus précis, vu qu'Odradek est extraordinairement mobile et impossible à capturer.

Selon les moments, il se tient au grenier, dans la cage d'escalier, dans les couloirs ou dans le vestibule. Il arrive qu'on ne l'aperçoive pas pendant des mois ; sans doute s'est-il alors transporté dans d'autres maisons ; pourtant il revient ensuite invariablement dans la nôtre. Parfois, quand on débouche sur le palier et qu'il est là, appuyé contre le bas de la rampe, on a envie de lui adresser la parole. On ne lui pose aucune question difficile bien sûr, on a plutôt tendance — ne serait-ce qu'à cause de sa taille minuscule — à le traiter comme un enfant. « Et comment t'appelles-tu ? lui demande-t-on. — Odradek, dit-il. — Et où habites-tu ? — Pas de domicile fixe, dit-il en riant ; mais c'est tout juste un rire, comme on en pousse quand on n'a pas de poumon. Cela ressemble plutôt au bruit de feuilles tombées que l'on remue. En général la conversation s'arrête là. D'ailleurs, même des réponses de ce genre, on ne les obtient pas toujours ; il y a de longues périodes où il reste muet, comme le bois dont il semble fait.

C'est en vain que je me demande ce qu'il adviendra de lui. Est-ce qu'il peut mourir, en effet ? Tout ce qui meurt a eu pour commencer une sorte de but, une sorte d'activité, et c'est ce qui l'a usé ; pour Odradek, ce n'est pas le cas. Se pourrait-il donc qu'un jour, en traînant ses bouts de fil derrière lui, il dégringole encore l'escalier sous les pieds de mes enfants et de mes petits-enfants ? Il ne fait aucun mal à personne, manifestement ; mais l'idée qu'il pourrait aussi être destiné à me survivre m'est presque douloureuse.

## ONZE FILS [1]

J'ai onze fils.

Le premier a un physique des plus anodins, mais il est
sérieux et intelligent ; cependant, même si je l'aime, cet enfant,
comme tous les autres, je n'ai pas beaucoup d'estime pour lui.
Sa façon de penser me paraît trop simple. Il ne regarde ni à
droite, ni à gauche, ni plus loin ; sans cesse il tourne en rond
dans le cercle étroit de ses pensées, ou plutôt il tourne sur lui-
même.

Le deuxième est beau, mince, bien proportionné ; on est
enchanté quand on le voit s'exercer à l'escrime. Lui aussi est
intelligent, mais en plus il connaît le monde ; il a vu beaucoup
de choses, et on dirait que pour cette raison le tempérament
de son pays lui parle davantage et lui est plus proche qu'à ceux
qui sont toujours restés chez eux. Pourtant, il est certain que
cet avantage ne résulte pas uniquement, ni même surtout de
ses voyages ; c'est plutôt l'une des inimitables singularités de

---

1. *Elf Söhne*. Ce titre a été rajouté sur la deuxième liste, de fin mars 1917,
qui comporte en tout douze textes. Selon M. Pasley (*cf.* note 1, p. 1062 et
Notice, p. 1026), et Kafka ayant déclaré à Max Brod que « les onze fils sont
tout simplement les onze histoires auxquelles je travaille en ce moment », il
faudrait effectivement le comprendre comme un « commentaire » des onze
textes qui le précèdent. — Rappelons que tout le recueil est dédié à son père
par Kafka, qui accéderait ainsi, au niveau de l'écriture, à la dignité de « père
de famille »... Mais il y a onze fils — et non douze, qui serait un chiffre pair,
suggérant une certaine perfection (religieuse, naturelle).

cet enfant, et que chacun reconnaît par exemple s'il essaie d'imiter la virtuosité de ses plongeons, à la fois assortis de pirouettes compliquées et témoignant d'une maîtrise qu'il faut bien dire furieuse. Le courage et le désir de l'imitateur sont assez grands pour qu'il s'avance jusqu'au bout du tremplin, mais là, tout à coup, au lieu de sauter il s'asseoit et lève les bras en s'excusant. — Malgré tout cela (car au fond je devrais être heureux d'avoir un tel enfant), je ne le considère pas d'une manière entièrement positive. Son œil gauche est un peu plus petit que le droit, et cligne souvent ; certes, c'est un tout petit défaut, qui rend son visage encore plus hardi qu'il ne le serait autrement, et devant l'harmonie incomparable de sa personnalité, nul ne songerait à critiquer cet œil plus petit et qui cligne. Moi, son père, je le fais. Bien sûr, ce n'est pas ce défaut physique qui me fait de la peine, mais une sorte de légère irrégularité qui d'une certaine façon en résulte dans son esprit, une sorte de poison qui circule dans son sang, une sorte d'incapacité, que je suis seul à voir, à développer entièrement ses talents. Mais il est vrai d'un autre côté que c'est précisément cela qui fait de lui mon véritable fils, car ce défaut, qui est le sien, est également présent dans toute notre famille, et chez ce fils-là il est seulement plus accentué.

Le troisième est beau lui aussi, mais pas d'une beauté qui me plaît. C'est celle d'un chanteur : la bouche bien dessinée ; l'œil rêveur ; la tête qui demande un rideau derrière elle pour faire de l'impression ; le torse excessivement bombé ; les mains qui se lèvent pour un rien et qui retombent pour encore moins ; les jambes qui prennent des poses parce qu'elles n'ont pas de vigueur. Et il y a autre chose : le son de sa voix n'est pas épanoui ; fait illusion un instant ; suscite l'attention du connaisseur ; mais manque très vite de souffle. — Bien que dans l'ensemble tout m'incite à exhiber ce fils, je préfère le tenir à l'écart ; lui-même ne cherche pas à s'imposer, mais non par lucidité sur ses défauts, c'est pure innocence. D'ailleurs il se sent étranger dans notre époque ; on dirait qu'en plus de ma famille dont il est un des membres, il en a une autre, qu'il a perdue à jamais, et il est souvent si morose que rien ne peut l'égayer.

Mon quatrième fils est peut-être le plus sociable de tous. Comme c'est un véritable enfant de son époque, n'importe qui le comprend, il évolue sur le même terrain que ses contemporains, et chacun est tenté de l'approuver d'un signe de tête. C'est peut-être cette approbation générale qui donne à son caractère une certaine légèreté, à ses mouvements une certaine liberté, à ses jugements une certaine insouciance. On aurait parfois envie de répéter l'une ou l'autre de ses paroles, mais l'une ou l'autre seulement, car dans l'ensemble il est tout de même victime de cette trop grand légèreté. Il ressemble à quelqu'un qui saute admirablement, qui fend l'air comme une hirondelle, mais pour aller à la fin mordre la poussière lamentablement, comme un bon à rien. Ce genre de pensées me gâche tout le plaisir que j'ai à voir cet enfant.

Le cinquième de mes fils est gentil et bon ; promettait beaucoup moins qu'il n'a accompli ; était tellement insignifiant qu'en sa présence on se sentait pour ainsi dire seul ; a pourtant réussi à conquérir un certain prestige. Si l'on me demandait comment c'est arrivé, je serais bien embarrassé pour répondre. Finalement, c'est peut-être l'innocence qui arrive le mieux à ses fins, au milieu des éléments déchaînés en ce bas monde, et innocent, il l'est. Peut-être trop innocent, même. Cordial avec tout le monde. Peut-être trop cordial, même. Je l'avoue : je me sens mal à l'aise quand on fait son éloge devant moi. Car on se facilite un peu trop la tâche en choisissant quelqu'un qui en est aussi manifestement digne, comme l'est mon fils.

Mon sixième fils, du moins à première vue, semble le plus réfléchi. Mais c'est un perdant et un bavard. C'est pourquoi on n'a pas facilement prise sur lui. Quand il a le dessous, il sombre dans une invincible tristesse, et quand il l'emporte, il conforte sa prééminence en bavardant. Je ne lui dénie cependant pas une certaine générosité, tout à fait désintéressée ; en plein jour, il a parfois du mal à réfléchir, comme s'il était dans un rêve. Sans être malade — au contraire, il est en parfaite santé —, il lui arrive de vaciller, surtout au crépuscule ; mais il n'a pas besoin d'aide, il ne tombe pas. Ce phénomène s'explique peut-être par la façon dont son corps s'est développé : il est beaucoup trop grand pour son âge. Cela le rend globalement laid, malgré quelques éléments de grande beauté, par exemple ses mains et ses pieds. D'ailleurs son front n'est pas beau non plus : comme ratatiné, à la fois dans la peau et dans l'ossature.

Le septième de mes fils m'appartient peut-être plus que tous les autres. Le monde méconnaît sa valeur ; il ne comprend pas son sens de l'humour, très singulier. Pour ma part, je ne le surestime pas ; je sais que ce n'est pas quelqu'un d'important ; si le monde avait pour seul défaut de le méconnaître, ce serait un monde irréprochable. Pourtant, je n'imagine pas volontiers ma famille sans lui. Il nous apporte à la fois de l'anxiété et un respect de la tradition, et chez lui, du moins est-ce mon sentiment, les deux choses sont incontestablement liées. Sans doute est-il lui-même moins que personne capable de les utiliser toutes les deux ; ce n'est pas lui qui mettra en branle la roue de l'avenir ; mais son état d'esprit est très stimulant, très prometteur ; je voudrais qu'il ait des enfants, et eux aussi, à leur tour. Malheureusement ce souhait ne semble pas devoir se réaliser. Rempli d'une autosatisfaction des plus regrettables, bien que compréhensible à mes yeux, et qui d'ailleurs tranche radicalement sur le jugement porté sur lui par son entourage, il se promène seul partout et ne se soucie pas des jeunes filles, mais sans perdre jamais sa bonne humeur pour autant.

Mon huitième fils me donne beaucoup de chagrin, et au fond je ne sais pas pourquoi. Il me regarde comme si nous ne nous connaissions pas, et pourtant je me sens paternellement très proche de lui. Le temps a arrangé bien des choses ; jadis, j'étais parfois pris d'un tremblement rien qu'en pensant à lui. Il va son propre chemin ; a rompu toute relation avec moi ; et avec sa tête de pioche, son petit corps d'athlète — dans son enfance, seules ses jambes étaient un peu faiblardes, mais cela s'est sans doute amélioré, depuis —, il réussira sûrement partout, comme il voudra. J'ai souvent eu envie de le rappeler auprès de moi pour lui demander ce qu'il devenait au juste, pourquoi il se coupait à ce point de son père et quels étaient au fond ses projets, mais le voici à présent tellement loin et le temps a déjà tellement passé que les choses vont sans doute en rester là. On m'a dit qu'il est le seul de mes fils à porter la barbe ; sur un homme aussi petit, ce n'est certainement pas beau.

Mon neuvième fils est très élégant et il a ce regard doux destiné aux femmes. Si doux que par instants il est capable de me séduire, moi qui sais qu'en réalité il suffit d'une éponge humide pour effacer cet éclat surnaturel. Mais le plus caractéristique chez ce garçon, c'est qu'il n'a aucune intention de séduire ; il se contenterait de passer sa vie allongé sur un canapé, en perdant son temps à regarder le plafond, ou même, de préférence, en laissant ses yeux se reposer derrière ses paupières. Quand il se trouve dans cette position qu'il aime entre toutes, il parle volontiers et avec aisance ; d'une façon dense et concrète ; à l'intérieur d'étroites limites, cependant ; quand il les dépasse, ce qui est inévitable, vu leur étroitesse, ses paroles deviennent tout à fait creuses. On aimerait l'arrêter d'un geste, si l'on pouvait espérer que ce regard recru de sommeil puisse s'en apercevoir.

Mon dixième fils passe pour avoir le caractère insincère. Je ne voudrais ni contester tout à fait ce défaut, ni le confirmer tout à fait. Il est certain qu'en le voyant s'approcher avec un air solennel totalement déplacé à son âge, le pardessus toujours boutonné jusqu'en haut, portant un chapeau noir un peu vieux, mais brossé néanmoins avec un soin extrême, le visage impassible, le menton un peu prognathe, les paupières lourdes et bombées sur ses yeux, et parfois deux doigts posés près de sa bouche... en le voyant ainsi, on se dit : voici un insondable hypocrite ! Mais il faut alors l'écouter parler ! Sensé ; circonspect ; sans un mot de trop ; coupant net aux questions avec une vivacité méchante ; étonnamment en accord avec tout l'univers, d'une façon évidente et joyeuse ; un accord qui forcément lui raidit la nuque et lui fait porter la tête haute. Beaucoup de gens fort imbus de leur intelligence et qui, pour cette raison, se sentent autorisés à trouver repoussant son aspect physique, il a su les fasciner irrésistiblement par ses paroles. D'un autre côté, il y a aussi des gens que son aspect physique laisse indifférents, mais qui trouvent ses paroles hypocrites. Étant son père, je ne veux pas trancher là-dessus ; pourtant je dois reconnaître que ceux qui portent ce jugement méritent en tout cas plus de considération que les premiers.

Mon onzième fils est délicat, c'est sans doute le plus faible de mes fils ; mais sa faiblesse est trompeuse ; il y a en effet des périodes où il est vigoureux et assuré, bien que même alors il subsiste chez lui un certain fond de faiblesse. Cependant ce n'est pas une faiblesse déshonorante, c'est quelque chose qui n'apparaît comme une faiblesse que sur cette terre. L'aptitude à voler n'est-elle pas aussi une faiblesse, puisqu'elle comporte vacillements, hésitations et battements d'ailes ? Mon fils réagit d'une façon comparable. Un père bien sûr ne peut se réjouir de pareilles particularités ; car elles sont évidemment de nature à mener une famille à sa perte. Parfois il me regarde, comme s'il voulait me dire : « Je t'emmènerai avec moi, Père. » Alors je songe : « Tu es bien le dernier à qui je me confierais. » Et son regard semble me répondre : « Eh bien, que je sois au moins le dernier ! »

Voilà mes onze fils.

# UN FRATRICIDE [1]

Il est établi que le meurtre se déroula de la façon suivante :

Schmar, l'assassin, se posta vers neuf heures du soir, par une nuit de clair de lune, au coin de la rue où Wese, la victime, arrivant de la rue où se trouvait son agence, devait tourner pour s'engager dans la rue où il habitait.

L'air froid de la nuit, à glacer les os de n'importe qui. Pourtant Schmar avait mis un costume bleu léger ; en outre, le veston court n'était pas boutonné. Il ne sentait pas du tout le froid ; il faut dire qu'il n'arrêtait pas de bouger. L'arme du crime, mi-baïonnette, mi-couteau de cuisine, il la gardait bien en main, la lame nue. Considérait le couteau sous le clair de lune ; le tranchant lançait des éclairs ; pas assez, au goût de Schmar ; il en frappa les briques du pavement, d'où jaillirent des étincelles ; le regretta peut-être ; et pour réparer les dégâts, il frotta la lame comme l'archet d'un violon contre la semelle de sa botte, tandis que, debout sur une jambe et penché en avant, il prêtait l'oreille à la fois vers le couteau chuintant contre sa botte et vers la fatidique ruelle transversale.

Pourquoi Pallas le rentier ne réagissait-il pas, lui qui observait tout depuis sa fenêtre au deuxième étage ? Allez sonder la

1. *Ein Brudermord* avait déjà paru dans la revue *Marsyas*, n° 1, juillet-août 1917, après *Une vieille page* et *Le nouvel avocat*. Une première version du texte, intitulé *Der Mord* (donc sans connotation biblique !) avait paru dans l'almanach de Kurt Wolff *Die neue Dichtung* (« La littérature nouvelle »), publié en décembre 1917, avec *Un médecin de campagne* (p. 1041).

nature humaine ! Le col relevé, serrant sur son gros ventre la ceinture de sa robe de chambre et hochant la tête, il regardait en bas.

Et cinq immeubles plus loin, de l'autre côté de la rue, Mme Wese, son manteau de renard posé sur sa chemise de nuit, tâchait d'apercevoir son mari, car aujourd'hui il tardait singulièrement.

Enfin la cloche à la porte de l'agence de Wese retentit, trop fort pour la cloche d'une porte, tintant dans toute la ville, montant vers le ciel ; et Wese, ce vaillant travailleur nocturne, sort de l'immeuble là-bas, encore invisible dans cette rue-ci, annoncé seulement par le tintement de la cloche ; aussitôt les pavés comptent ses pas tranquilles.

Pallas se penche loin en avant ; il ne veut rien laisser échapper. Mme Wese, rassurée par la cloche, referme sa fenêtre à grand bruit. Schmar, lui, se met à genoux ; tout le reste de son corps étant couvert, il presse son visage et ses mains nues contre les pavés ; alors que tout est glacé, Schmar brûle.

À la limite précise des deux rues, Wese s'immobilise, prenant juste appui sur sa canne déjà posée dans l'autre rue. Pur caprice. C'est le ciel dans la nuit qui l'a fasciné, ce bleu sombre, cet or. Il le contemple sans s'en rendre compte, il enlève son chapeau sans s'en rendre compte, et se caresse les cheveux ; rien ne bouge là-haut pour lui dévoiler l'avenir le plus proche ; tout reste à sa place absurde, inexplicable. Que Wese se remette à marcher est en soi très raisonnable, mais il marche vers le couteau de Schmar.

« Wese ! » s'écrie Schmar, dressé sur la pointe des pieds, le bras tendu, abaissant à l'oblique son couteau tranchant. « Wese ! Julia t'attendra en vain ! » Et dans le cou à droite, et dans le cou à gauche, et en troisième, au creux du ventre, Schmar le perce. Les rats d'égout, quand on les ouvre en deux, font le même bruit que Wese.

« C'est fait », dit Schmar, et le couteau, cet accessoire sanglant désormais superflu, il le jette contre la façade de l'immeuble le plus proche. « Bonheur d'avoir assassiné ! Soulagement, impression d'avoir des ailes en voyant couler le sang d'un autre ! Wese, vieux noctambule, ami, copain de brasserie, tu dégoulines sur le sol obscur de la rue. Pourquoi n'es-tu pas juste une vessie gonflée de sang, comme ça je m'assiérais sur toi et tu disparaîtrais totalement ? Tout ne se réalise pas, les fleurs de mes rêves n'ont pas toutes éclos, ta lourde dépouille est étendue là, déjà insensible aux coups de pied. À quoi rime la question muette que tu poses ainsi ? »

Pallas, ruminant en lui-même tout ce venin pêle-mêle, se dresse d'un seul coup sur le seuil de sa porte, dont les deux battants s'ouvrent. « Schmar ! Schmar ! Tout vu, rien laissé échapper ! » Pallas et Schmar se mesurent du regard, Pallas est satisfait, Schmar ne sait que penser.

Mme Wese accourt, une foule de gens à ses côtés, le visage d'un seul coup tout vieilli par la terreur. Son manteau de renard s'ouvre, elle se précipite sur Wese, ce corps en chemise de nuit est à lui ; mais la fourrure qui se referme sur le couple, comme le gazon sur un tombeau, appartient à la foule.

Schmar, se mordant les lèvres pour réprimer à grand-peine un dernier haut-le-cœur, pressant sa bouche sur l'épaule de l'agent de police qui, d'un pas alerte, l'emmène avec lui.

# UN RÊVE [1]

Josef K. fit un rêve :

C'était une belle journée et K. décidait d'aller se promener. Mais à peine avait-il fait deux pas qu'il se retrouvait dans le cimetière. Le tracé des allées y était très artificiel, avec des tournants peu pratiques, pourtant il parcourait l'une de ces allées en glissant, comme emporté par un courant rapide, mais en conservant fermement la position du vol plané. À une certaine distance il aperçut le monticule d'une tombe récemment creusée, où il décida de s'arrêter. Ce monticule exerçait une sorte de fascination sur lui, et il avait l'impression qu'il ne pourrait pas y arriver assez vite. Mais par moments il ne le distinguait presque plus, car il disparaissait sous des bannières dont les étoffes agitées battaient vivement les unes contre les autres ; on ne voyait pas les porte-étendard, mais il semblait régner là-bas une grande allégresse.

---

1. *Ein Traum* a connu plusieurs publications : dès novembre 1916, dans « L'almanach de la nouvelle jeunesse » édité par le (futur) Malik Verlag et dans un recueil intitulé *Das jüdische Prag* (« La Prague juive »), édité par la revue *Selbstwehr* en décembre 1916, puis dans le quotidien *Prager Tagblatt*, le 6 janvier 1917. Les avis des kafkologues divergent quant à savoir si ce texte appartient ou non à la période de création du *Procès*, vu l'homonymie. Signalons la notation de Kafka dans son *Journal*, le 27 janvier 1922 (il est à Spindelmühle, *cf.* la Notice, p. 1129) : « Bien que j'aie inscrit distinctement mon nom à l'hôtel, bien que de leur côté ils m'aient déjà écrit sans se tromper, ce qui est écrit sur le tableau d'en bas, c'est Josef K. Dois-je les éclairer ou bien dois-je me laisser éclairer par eux ? »

Ses regards étaient encore fixés au loin quand soudain il aperçut le monticule en question à côté de lui, au bord de l'allée, voire déjà presque derrière lui. Il sauta en vitesse dans l'herbe. Comme l'allée continuait à défiler sous ses pieds, il perdit l'équilibre et tomba sur ses deux genoux, juste devant le monticule. De l'autre côté de la tombe se tenaient deux hommes qui soulevaient ensemble une pierre tombale ; dès que K. apparut, ils l'enfoncèrent dans la terre où elle se ficha, comme scellée. À cet instant sortit des buissons un troisième homme, que K. identifia aussitôt comme un artiste. Il ne portait qu'un pantalon et une chemise mal boutonnée ; il avait sur la tête un béret de velours ; il tenait à la main un crayon des plus ordinaires avec lequel, tout en s'approchant, il dessinait déjà des personnages dans l'air.

Muni de ce crayon, il commença tout en haut de la pierre ; elle était très grande, et il n'avait pas besoin de se pencher ; il devait juste s'avancer un peu, car il ne voulait pas marcher sur le monticule qui le séparait de la pierre. Il se dressa donc sur la pointe des pieds et s'appuya de la main gauche sur la pierre. Grâce à une manœuvre particulièrement subtile, il parvint à tracer des lettres dorées, avec ce crayon ordinaire ; il inscrivit : « Ci-gît »... Chacun des caractères était beau, d'un seul jet, bien gravé et parfaitement doré. Lorsqu'il eut écrit ces deux mots, il se retourna vers K. ; celui-ci, très curieux de le voir poursuivre l'inscription, se souciait à peine de cet homme et ne regardait que la pierre. En effet l'homme allait se remettre à écrire, mais il ne pouvait pas, quelque chose l'en empêchait ; il laissa retomber son crayon, et se retourna de nouveau vers K. Alors celui-ci regarda l'artiste à son tour et comprit qu'il était dans un grand embarras, sans pouvoir toutefois en formuler la cause. Toute sa vivacité l'avait quitté. K. lui aussi se sentit très embarrassé ; ils échangèrent des regards désemparés ; ils étaient en présence d'un affreux malentendu que ni l'un ni l'autre ne pouvait dissiper. Fort mal à propos, une petite cloche dans la chapelle du cimetière se mit à sonner ; mais l'artiste leva le bras, gesticula de la main, et elle s'arrêtant. Un instant plus tard, elle sonna de nouveau ; tout doucement cette fois, sans rien réclamer, et s'arrêtant bientôt ; comme si elle voulait juste vérifier sa sonorité. K. était désespéré de voir l'artiste dans cette situation, il fondit en larmes et sanglota longuement, en cachant son visage dans ses mains. L'artiste attendit que K. se fût apaisé ; puis, ne trouvant pas d'autre issue, il se remit à son inscription. Le premier petit trait qu'il grava fut un soulagement pour K., bien que l'artiste ne l'eut manifestement tracé qu'avec la plus vive répugnance ; d'ailleurs l'écriture n'était plus aussi belle, et surtout il semblait manquer d'or, le trait qui n'en finissait pas était pâle et sans fermeté, la seule qualité de la lettre fut sa grande taille. C'était un J, et il était presque terminé quand l'artiste donna un furieux coup de pied dans le monticule, ce qui fit voler la terre tout autour. Enfin K. comprit l'artiste ; il n'était plus temps d'implorer sa pitié ; avec tous ses doigts il se mit à creuser la terre, qui n'opposait presque pas de résistance ; tout semblait avoir été préparé ; c'était seulement pour l'apparence qu'une mince croûte recouvrait le sol ; juste audessous s'ouvrait un grand trou aux parois abruptes, dans lequel K., poussé doucement à basculer en arrière, s'abîma. Et tandis qu'en bas, redressant encore sa tête sur sa nuque, il était peu à peu absorbé par le gouffre insondable, son nom là-haut s'inscrivait sur la pierre, à toute allure et en lettres magnifiquement ornées.

Enchanté par ce spectacle, il se réveilla.

# UN RAPPORT POUR UNE ACADÉMIE [1]

Éminents Académiciens,

Vous me faites l'honneur de m'inviter à remettre à votre Académie un rapport sur ma vie antérieure, quand j'étais singe [2].

Je ne puis pas, hélas ! déférer dans ce sens précis à votre invitation. Cinq ans bientôt me séparent de la condition de singe : un intervalle peut-être bref au regard du calendrier, mais infiniment long à parcourir au galop, comme je l'ai fait, accompagné à certains moments par des hommes remarquables, par des conseils, des applaudissements, des musiques d'orchestre, mais en réalité tout seul, car ces escortes, pour filer la comparaison, s'arrêtaient toujours bien avant la barrière. Accomplir tout cela n'aurait jamais été possible si je m'étais obstiné à m'accrocher à mes origines et aux souvenirs de ma jeunesse [3].

---

1. *Ein Bericht für eine Akademie*. Le 22 avril 1917, Kafka envoya ce texte avec douze autres à Martin Buber, pour sa revue mensuelle *Der Jude* qui, sous le titre de *Deux histoires d'animaux*, le publia à la suite de *Chacals et Arabes* dans les numéros d'octobre et de novembre 1917. **2.** Plus de la première moitié du texte, mais sans son titre, occupe la dernière partie du Cahier D in-octavo ; il est précédé (non pas immédiatement, car deux autres ébauches s'intercalent, la seconde commençant par « Mes deux mains commencèrent la lutte ») par deux assez longs fragments où intervient le singe Rotpeter ; l'un est narratif : « Nous connaissons tous Rotpeter... », l'autre est un dialogue : « Quand je suis assis comme ça en face de vous, Rotpeter »... **3.** Dans son *Kafka-Kommentar* (*op. cit.*, p. 226), H. Binder a signalé plusieurs « sources » possibles, inscrivant Kafka dans cette « Weltliteratur » dont

En effet, la règle absolue que je m'imposai fut de renoncer à toute obstination ; moi, un singe libre, je me soumis à ce joug. Mais du coup, mes souvenirs me devinrent de plus en plus inaccessibles. Alors qu'au début, si les hommes l'avaient voulu, le retour me restait possible à travers l'immense portail que forme le ciel au-dessus de la terre, ce passage devint de plus en plus bas et étroit, à mesure de mon évolution accélérée à grands coups de fouet ; je me sentais plus à l'aise et mieux entouré dans le monde humain ; le vent de tempête que mon passé soufflait encore jusqu'à moi s'apaisa ; ce n'est plus aujourd'hui qu'un courant d'air qui me refraîchit les talons ; et le trou très lointain par où il passe, et par où je passai jadis moi-même, est devenu si petit que, si j'avais un jour assez d'énergie et de volonté pour retourner jusque là-bas, je devrais m'écorcher jusqu'au sang pour arriver à m'y glisser. Très franchement, même si j'aime assez évoquer ces choses en termes imagés, très franchement, messieurs : votre condition de singe, si tant est que vous ayez un tel passé, ne peut pas vous être plus lointaine que la mienne ne l'est pour moi. Et pourtant, elle chatouille au talon chacun de ceux qui marchent sur cette terre : le petit chimpanzé, comme le grand Achille.

Mais peut-être vais-je tout de même pouvoir répondre à votre demande dans un sens très limité, et ce sera même avec grande joie. La première chose que j'appris fut la poignée de main ; serrer la main est un témoignage de franchise ; hé bien, qu'en ce jour où j'ai atteint le sommet de ma carrière, cette première poignée de main soit complétée par des paroles franches ! Elles ne vont rien apporter de vraiment nouveau à votre Académie

il se nourrit en effet, comme en témoignent tant de notations dans son *Journal*. — Ce serait, de E.T.A. Hoffmann, les *Nouvelles d'un jeune homme cultivé* (1814) — parues dans les *Kreisleriana*, 2ᵉ série (en français in *Fantaisies dans la manière de Callot*, éd. Phébus, 1979) — et la *Lettre de Milo, singe civilisé à son amie Pipi, en Amérique du Nord* (1815) — texte français in *Contes fantastiques*, volume 3, éd. GF, 1982. — Mais aussi, Hoffmann étant lui-même inspiré par une nouvelle de Cervantès intitulée *Le Colloque des chiens*, les *Informations sur les récentes fortunes du chien Berganza*, (en français dans le volume des éditions Phébus cité ci-dessus).

et resteront très en deçà de ce qui m'a été demandé, mais que je suis incapable de formuler, avec la meilleure volonté... j'espère pourtant qu'elles montreront quelle trajectoire a suivi un ancien singe pour s'introduire dans le monde des hommes et s'y établir. Cependant, si je n'étais pas parfaitement sûr de moi et si ma situation dans tous les grands music-halls du monde civilisé n'était pas assurée, voire inexpugnable, je devrais m'interdire même le modeste récit qui va suivre :

Je suis originaire de la Côte de l'Or. Pour la façon dont je fus capturé, j'en suis réduit aux rapports des autres. Une expédition de chasse montée par l'entreprise Hagenbeck[1] — depuis, j'ai d'ailleurs vidé plus d'une bonne bouteille de vin rouge avec son patron — était à l'affût dans les taillis au bord de l'eau, un soir où je courais boire au milieu de ma bande. On tira ; je fus le seul touché ; je reçus deux coups.

L'un à la joue ; léger, celui-là ; mais il m'a laissé une grande cicatrice rouge sur ma peau rasée et elle m'a valu l'affreux nom de Rotpeter[2], qui ne me correspond pas du tout et qu'on dirait vraiment inventé par un singe — comme si cette tache rouge sur ma joue était la seule différence entre moi et un singe dressé nommé Peter, mort peu auparavant et relativement célèbre. Mais passons...

La seconde balle m'atteignit en dessous de la hanche. La blessure était profonde, et j'en ai conservé jusqu'à aujourd'hui une légère boiterie. Dans un article écrit par un des innombrables braques qui se déchaînent contre moi dans les journaux, j'ai lu récemment que ma nature de singe n'est pas encore totalement réprimée ; la meilleure preuve étant que j'aime à enlever mon pantalon quand j'ai de la visite, pour montrer l'impact de cette balle. Ce genre d'individu mériterait qu'on lui fasse sauter l'un après l'autre, d'un coup de pistolet, chaque doigt de sa petite main d'écrivaillon. Car moi, je peux me permettre d'ôter mon

---

**1.** Dans son *Kafka-Kommentar* (*op. cit.*, p. 227), H. Binder précise que le directeur de cirque et marchand d'animaux Karl Hagenbeck (1844-1913) ouvrit effectivement en 1907 le parc zoologique de Stellingen, à Hambourg.    **2.** Pierre-le-rouge

pantalon devant qui je veux ; on ne verra rien d'autre qu'une fourrure bien soignée et la cicatrice laissée par... disons, pour choisir ici un terme approprié, mais qui ne donne lieu à aucun malentendu... laissée par un coup de fusil criminel. Tout est parfaitement visible ; rien n'a besoin d'être dissimulé ; lorsque la vérité est en jeu, on renonce aux manières les plus raffinées, quand on a l'esprit relevé. Mais si cet écrivaillon retirait son pantalon quand il a de la visite, on verrait sûrement autre chose, et je veux considérer comme une marque de bon sens qu'il s'en abstienne. Alors, qu'il ne vienne pas m'importuner avec sa délicatesse !

Après ces coups de feu, je me réveillai — c'est là que je commence à me souvenir — à l'intérieur d'une cage, dans l'entrepont du vapeur Hagenbeck. Ce n'était pas une cage entièrement grillée ; car on avait simplement ajusté des barreaux sur trois côtés d'une caisse, qui formait donc la quatrième paroi. L'ensemble était trop bas pour se tenir debout et trop étroit pour s'asseoir. J'étais donc accroupi, les genoux repliés, sans cesse agités d'un tremblement, et en outre, comme au début je voulais sans doute qu'on me laisse seul et toujours dans le noir, je restais tourné vers le fond de la caisse, avec les barreaux qui m'entaillaient la chair du dos. On considère comme avantageux d'entreposer ainsi les animaux sauvages dans la toute première phase, et aujourd'hui, étant passé par là, je ne puis nier qu'il en soit ainsi, dans une perspective humaine.

Mais à l'époque, je ne pensais pas ce genre de chose. Pour la première fois de ma vie, je n'avais pas d'issue ; en tout cas, je ne pouvais pas avancer tout droit ; il y avait la caisse devant moi, dont chaque planche était solidement clouée à la suivante. Il y avait bien un interstice entre chacune, sur toute la hauteur, que je saluai d'abord d'un stupide hurlement de bonheur quand je m'en aperçus, mais il n'était même pas assez large pour laisser passer ma queue, et toute ma force de singe ne réussit pas à l'augmenter.

Il paraît, d'après ce que l'on m'a raconté par la suite, que je faisais particulièrement peu de bruit, d'où l'on conclut que soit je ne survivrais pas longtemps, ou bien, si j'arrivais à dépasser la première phase critique, que je serais très facile à dresser. Je survécus à cette phase. Étouffer mes sanglots, chercher mes puces à grand-peine, lécher sans entrain une noix de coco, cogner mon crâne contre la paroi de la caisse, tirer la langue dès que quelqu'un s'approchait de moi : telles furent les premières occupations de ma nouvelle vie. Mais tout cela baignant dans un unique sentiment : pas d'issue. Aujourd'hui je ne puis bien sûr que décrire avec des mots humains ce que je ressentais alors en tant que singe, et je le déforme nécessairement ; pourtant, même si je n'ai plus accès à ce qui était alors la vérité du singe, elle se trouve au moins dans la direction que je décris, cela ne fait pas le moindre doute.

Car j'avais toujours eu jusque-là beaucoup d'issues, et maintenant, plus une seule. J'étais bloqué. Si l'on m'avait cloué sur place, ma faculté de mouvement n'en aurait pas été diminuée. Et pourquoi ? Tu peux te gratter jusqu'au sang entre les orteils, tu n'en trouveras pas la raison. Tu peux te presser l'arrière-train contre les barreaux jusqu'à ce qu'ils te coupent presque en deux, tu n'en trouveras pas la raison. Je n'avais pas d'issue ; il fallait pourtant que je m'en procure une, car sinon je ne pouvais pas vivre. Toujours contre la paroi de cette caisse : j'en aurais crevé, c'est sûr. Mais chez Hagenbeck, la place des singes, c'est entre les parois d'une caisse : donc, je cesserais d'être un singe. Un beau raisonnement, et limpide, que j'ai sans doute concocté à partir de mon ventre, car les singes pensent avec leur ventre.

Je crains que l'on ne comprenne pas exactement ce que j'entends par issue. J'utilise ce terme dans son sens le plus courant et le plus fort. C'est à dessein que je ne dis pas liberté. Je ne parle pas du grand sentiment de la liberté tous azimuts. Peut-être l'ai-je éprouvé quand j'étais singe, et j'ai rencontré des hommes qui en éprouvent un vif désir. Mais pour ma part, je ne réclamais pas la liberté, pas plus à cette époque qu'aujourd'hui. D'ailleurs le plus souvent, les hommes s'abusent les uns les autres en invoquant la liberté. Et comme la liberté est l'un des sentiments les plus sublimes qui soient, l'illusion qui en résulte est aussi des plus sublimes. Dans les music-halls, il m'est souvent arrivé, en attendant mon numéro, de regarder un couple d'artistes évoluer sur leurs trapèzes là-haut. Ils s'élançaient, se balançaient, sautaient, leurs vols planés les envoyaient dans les bras de l'autre, l'un des deux attrapait son partenaire par les cheveux, avec ses dents. « Cela aussi, c'est la liberté humaine, cette maîtrise souveraine du mouvement, pensais-je. » Quelle dérision de la divine nature ! Sous les hurlements de rire qu'un pareil spectacle arracherait à des singes, aucune bâtisse ne résisterait.

Non, ce n'était pas la liberté que je désirais. Seulement une issue ; à droite, à gauche, peu importe ; je n'avais pas d'autre exigence ; et même si cette issue devait être une illusion ; l'exigence n'était pas grande, l'illusion ne le serait pas davantage. Avancer, aller plus loin ! Surtout ne pas rester là, les bras en l'air, coincé contre la paroi d'une caisse.

Aujourd'hui je le vois très clairement : sans le plus grand calme intérieur, je n'aurais jamais pu m'en sortir. D'ailleurs, tout ce que je suis devenu, je le dois peut-être à ce calme qui s'empara de moi après les premiers jours, là-bas sur le bateau. Or ce calme, je le trouvai sans doute grâce à l'équipage de ce bateau.

Ce sont de braves gens, malgré tout. Encore aujourd'hui, j'ai plaisir à me rappeler le son de leurs pas lourds que j'entendais résonner dans mon demi-sommeil. Ils avaient l'habitude de tout entreprendre avec une extrême lenteur. Si l'un d'eux voulait se frotter les yeux, il levait sa main comme si elle était lestée d'un poids. Leurs plaisanteries n'étaient pas fines, mais cordiales. À leurs rires se mêlait toujours une toux dont le son paraissait menaçant, mais ne l'était pas. Ils avaient toujours dans la bouche quelque chose à cracher et se souciaient peu de l'endroit où ils le crachaient. Ils se plaignaient toujours de mes puces, qui leur sautaient dessus ; cependant ils ne m'en voulaient jamais sérieusement ; ils savaient que les puces se développent dans mon pelage et que les puces sautent partout ; ils s'en accommodaient. Quand ils étaient de repos, quelques-uns venaient parfois s'asseoir en demi-cercle autour de moi ; parlaient à peine, se contentant d'échanger quelques grognements ; fumaient la pipe, allongés de tout leur long sur des caisses ; se tapaient sur les cuisses au moindre de mes mouvements ; et par moments, l'un ou l'autre attrapait une baguette et me chatouillait là où j'en avais envie. Si aujourd'hui on m'invitait à partir en voyage sur ce bateau, je refuserais certainement, mais il est non moins certain que je n'aurais pas que des mauvais souvenirs à évoquer en me retrouvant dans l'entrepont.

Le calme auquel je parvins au milieu de ces gens, me retint avant tout de tenter aucune évasion. En y songeant à présent, il me semble que j'ai dû au moins pressentir qu'il me fallait trouver une issue pour continuer à vivre, mais que la fuite ne pourrait m'en procurer aucune. Je ne sais plus si une évasion était possible, mais je le pense ; un singe trouve toujours, paraît-il, le moyen de s'évader. Avec mes dents d'aujourd'hui, je dois déjà faire attention pour craquer de simples noix, mais à cette époque j'aurais sûrement fini par faire sauter le cadenas avec mes dents. Je ne le fis pas. À quoi cela m'aurait-il avancé, du reste ? Dès que j'aurais pointé la tête, on aurait remis la main sur moi pour m'enfermer dans une cage encore pire ; ou bien, sans qu'on s'en aperçoive, j'aurais peut-être cherché refuge auprès des autres animaux, par exemple chez les serpents géants juste en face, et j'aurais rendu mon dernier souffle sous leurs étreintes ; ou alors j'aurais réussi à me faufiler jusque sur le pont et à sauter par-dessus bord, et j'aurais tangué quelque temps sur l'océan, avant de me noyer. Des actes désespérés. Je ne calculais pas vraiment à la manière des hommes, mais sous l'influence de mon entourage, je me comportais comme si j'avais calculé.

Si je ne calculais pas, j'observais sans doute avec le plus grand calme. Je voyais ces hommes aller et venir, toujours les mêmes visages, les mêmes mouvements, il me semblait souvent

qu'il n'y en avait qu'un. Cet homme, ou ces hommes marchaient donc sans entraves. Une perspective grandiose m'apparut peu à peu. Personne ne me promit que, si je devenais
comme eux, mes barreaux disparaîtraient. On ne fait pas ce
genre de promesse à propos de projets apparemment irréalisa-
bles. Mais une fois que les projets sont réalisés, on entend
après coup prononcer les promesses, et dans les termes mêmes
que l'on avait alors vainement espérés. En fait, il n'y avait rien
chez ces hommes qui m'attirât vraiment. Si j'avais été un adepte
de la liberté dont j'ai parlé, j'aurais certainement préféré
l'océan à l'issue que me suggéraient leurs regards troubles. En
tout cas, j'observais ces hommes depuis déjà très longtemps
quand je me mis à envisager ce genre de choses, et il me fallut
accumuler toutes ces observations avant de m'orienter dans
cette direction précise.

C'était tellement facile d'imiter ces gens. Cracher, j'en fus
capable dès les premiers jours. Ainsi, nous nous crachions les
uns les autres à la figure ; la seule différence, c'était que moi,
je me léchais ensuite le visage pour me nettoyer, pas eux. Je
fumai bientôt la pipe comme un vétéran ; et quand à la fin,
j'enfonçai mon pouce dans le fourneau de la pipe, tout l'entrepont hurlait de rire ; mais je mis très longtemps à comprendre
la différence entre une pipe vide et une pipe bourrée.

Ce qui me donna le plus de mal, ce fut la bouteille de gnôle.
Son odeur me faisait horreur ; je me forçais le plus possible ;
mais il me fallut des semaines avant de me dominer. Bizarrement, ces combats contre moi-même étaient ce que les gens
prenaient le plus au sérieux chez moi. Dans mon souvenir, je
ne distingue d'ailleurs pas ces hommes entre eux, mais il y en
avait un qui revenait souvent, seul ou avec des camarades, le
jour ou la nuit, à n'importe quelle heure ; avec sa bouteille, il
s'installait en face de moi et me donnait une leçon. Il ne me
comprenait pas, il voulait résoudre l'énigme de mon être. Lentement il ôtait le bouchon de la bouteille, puis me jetait un
coup d'œil, comme pour vérifier si j'avais compris ; j'avoue que
je le regardais toujours avec une concentration sauvage, frénéti-

que ; aucun professeur humain ne trouvera jamais un élève pareil parmi les hommes, à la surface du globe ; une fois la bouteille débouchée, il la levait jusqu'à sa bouche ; et moi de braquer mon regard sur lui, jusqu'au fond de son gosier ; il hoche la tête, content de moi, et porte la bouteille à ses lèvres ; alors, enchanté de ce qui peu à peu se révèle à moi, je pousse des petits cris en me grattant dans tous les sens, n'importe où ; très satisfait, il applique la bouteille contre ses lèvres et boit un coup ; alors, impatient et désespérant de l'imiter, je fais sous moi dans ma cage, ce qui ajoute encore à son contentement ; puis, avec un grand geste pour écarter la bouteille avant de la rapprocher d'un seul coup et s'étant penché exagérément en arrière pour mieux m'apprendre, il la vide d'un trait. Moi, épuisé par mon trop grand désir, je ne peux plus suivre et je m'accroche faiblement aux barreaux, tandis qu'il termine son cours théorique en se caressant le ventre et en ricanant.

C'est seulement ensuite que commence l'exercice pratique. Ne suis-je pas déjà trop épuisé par la théorie ? Oh si, tout à fait épuisé. Mais c'est ma destinée. Et malgré tout, j'attrape de mon mieux la bouteille qu'il me tend ; je la débouche en tremblant ; d'y arriver me redonne peu à peu des forces ; je soulève la bouteille, à peine autrement que mon modèle, déjà ; je la porte à ma bouche et... je la rejette avec dégoût, avec grand dégoût, bien qu'elle soit vide et ne contienne plus que l'odeur, je la jette avec dégoût sur le sol. À la grande tristesse de mon professeur... et à ma plus grande tristesse encore ; et je n'obtiens pas plus son pardon que le mien quand, après avoir jeté la bouteille, je n'oublie pas de me caresser le ventre comme il faut, et de ricaner.

Ainsi se déroulait trop souvent la leçon. Et, tout à l'honneur de mon professeur, il ne m'en voulait pas ; certes il approchait quelquefois de mes poils sa pipe allumée, jusqu'à ce qu'ils commencent à roussir à un endroit que j'avais du mal à atteindre, mais bientôt, de sa grosse main bienveillante, il éteignait tout ; il ne m'en voulait pas, il se rendait compte que, dans ce combat contre ma nature de singe, nous étions du même côté et que le plus dur était pour moi.

Mais quelle victoire ce fut ensuite, pour lui comme pour moi, le soir où devant de nombreux spectateurs — peut-être y avait-il une fête, un phonographe tournait, un officier se promenait au milieu des hommes —, le soir où, sans que l'on s'en aperçoive, j'attrapai une bouteille de gnôle posée par mégarde devant ma cage et que, sous les regards de plus en plus attentifs de toute la compagnie, je la débouchai selon les règles, la portai à ma bouche, puis, sans hésiter, sans la moindre grimace, en buveur expérimenté, roulant des yeux ronds et avec force glouglous, la vidai jusqu'à la toute dernière goutte ; ensuite je la jetai loin de moi, non plus comme un désespéré, mais en artiste ; oubliant, il est vrai, de me caresser le ventre ; en revanche, parce que je ne pouvais pas me retenir, parce que c'était plus fort que moi, parce que tous mes sens étaient surexcités, je criai d'un seul coup « Ohé ! », j'éclatai en sons humains, je m'élançai par ce cri dans la communauté des hommes ; et leur réponse en écho — « Vous entendez, il parle ! » —, je la ressentis comme un baiser déposé sur tout mon corps dégoulinant de sueur.

Je le répète : cela ne me faisait pas envie, d'imiter les hommes ; si je les imitai, c'était parce que je cherchais une issue, pour cette unique raison. La victoire en question n'eut guère de conséquences, d'ailleurs. Je perdis aussitôt ma nouvelle voix ; elle mit plusieurs mois à revenir ; mon dégoût pour la bouteille de gnôle réapparut, peut-être encore plus vif qu'avant. Cependant ma direction était tracée, une fois pour toutes.

Lorsque je fus confié à mon premier dresseur[1], à Hambourg, je compris vite les deux possibilités qui s'offraient à moi : le jardin zoologique ou le music-hall. Je n'hésitai pas. Je me dis : essaie de toutes tes forces de te retrouver dans un music-hall ;

---

1. C'est ce personnage qui ressurgit dans le fragment (sans doute de l'été 1917) qui se trouve dans le Cahier E in-octavo : il adresse une lettre à la fois critique et bienveillante à son ancien élève, le « Cher monsieur Rotpeter ».

voilà l'issue ; le jardin zoologique n'est qu'une nouvelle cage à barreaux ; si tu y entres, tu es perdu.

Et j'appris, messieurs. Ah, quand on est obligé, on apprend ; quand on veut trouver une issue, on apprend ; on apprend sans se ménager ! On se surveille, on se mène à la trique, on se met en pièces à la moindre tentative de résistance. Je me débarrassai à une vitesse folle de ma nature de singe, je l'envoyai bouler en la rejetant si violemment que mon premier professeur en devint lui-même presque simiesque, et dut bientôt interrompre ses cours pour être transféré dans une clinique. Heureusement il put en ressortir sans tarder.

Cependant, j'eus besoin de nombreux professeurs, et même de plusieurs à la fois. Quand je me sentis plus sûr de mes capacités, que le public se mit à observer mes progrès et qu'un avenir lumineux se profila pour moi, j'engageai moi-même des professeurs, que j'installai dans cinq pièces en enfilade, et je prenais mes leçons auprès de tous à la fois, en sautant sans arrêt d'une pièce dans l'autre.

Ah, les progrès ! Cette irruption de la connaissance pénétrant de tous côtés dans le cerveau qui s'éveille ! Je ne le nie pas, cela me comblait de bonheur. Mais je l'avoue aussi : je ne surestimai pas ses possibilités, dès ce moment-là, et aujourd'hui encore moins. Grâce à un effort qui est resté jusqu'ici unique sur cette terre, j'ai atteint le niveau de culture moyen d'un Européen. Peut-être qu'en soi cela ne signifie rien, mais c'est tout de même quelque chose, dans la mesure où cela m'a permis de quitter ma cage et de trouver cette issue singulière, cette issue dans l'humanité. Il existe dans notre langue une expression extraordinaire : prendre la tangente [1] ; c'est ce que j'ai fait, j'ai pris la tangente ; je n'avais pas d'autre possibilité, si l'on garde en mémoire que je ne pouvais pas choisir la liberté.

Si je considère l'ensemble de mon évolution et le but qu'elle s'était fixé, je ne puis ni me plaindre ni me réjouir. Les mains dans les poches de mon pantalon, une bouteille de vin sur la

---

1. Dans le texte, c'est « sich in die Büsche schlagen », littéralement « se flanquer dans les buissons », « se tailler ».

table, je suis mi-assis, mi-étendu dans mon fauteuil à bascule et je regarde par la fenêtre. Quand j'ai de la visite, je reçois les gens comme il se doit. Mon imprésario est assis dans l'antichambre ; quand je sonne, il vient et il écoute ce que j'ai à lui dire. Il y a une représentation presque chaque soir, et je ne vois pas comment mes succès pourraient être plus vifs. Quand je rentre, tard dans la nuit, après avoir assisté à un banquet ou à la séance d'une société savante ou bien après une agréable réunion amicale, je trouve une petite chimpanzé à demi dressée qui m'attend, et je prends du bon temps avec elle, comme le font les singes. Dans la journée je ne veux pas la voir ; car elle a dans les yeux l'air déboussolé de l'animal dressé, perturbé ; je suis le seul à m'en apercevoir, et je ne le supporte pas.

Globalement, j'ai atteint en tout cas ce que je voulais. Que l'on n'aille pas prétendre que cela ne valait pas la peine. D'ailleurs le jugement des hommes ne m'intéresse pas ; j'entends seulement diffuser des connaissances, je me suis contenté de dresser un rapport ; et à vous aussi, éminents Académiciens, je vous ai seulement présenté un rapport.

# JOURNAL DE L'ANNÉE 1917
## (édition augmentée)

6 avril[1].

Ce jour-là, une barque inconnue était à l'ancre dans le petit port où, en dehors des bateaux de pêche, seuls faisaient halte d'ordinaire les deux vapeurs qui assuraient le transport des passagers. Un vieux canot lourd, relativement bas et très renflé, souillé comme si on l'avait trempé tout entier dans une eau sale qui semblait continuer à ruisseler le long de ses parois jaunâtres, avec des mâts d'une hauteur inexplicable, le mât principal brisé au tiers supérieur, des voiles d'un brun jaunâtre, grossières, ridées, tendues n'importe comment entre les vergues, — du ravaudage, pas de taille à tenir contre le moindre grain.

Je le regardai longtemps avec stupeur, attendant que quelqu'un se montrât sur le pont, personne ne vint. Un ouvrier s'assit à côté de moi sur la jetée : « À qui appartient ce bateau ? demandai-je, c'est la première fois que je le vois. — Il vient tous les 2 ou 3 ans, dit l'homme, il appartient au chasseur Gracchus. »

---

1. Cette première notation pour 1917 figure dans le « Cahier XI », commencé le 13 septembre 1915 et dont les notations vont jusqu'au 10 août 1917 ; elle succède à celle du 30 octobre précédent, en 1916.

29 juillet 17.

Bouffon. Étude sur le bouffon de cour.

La grande époque du bouffon est sans doute passée et ne reviendra plus. Tout tend à d'autres fins, inutile de le nier. Qu'importe, l'institution de la bouffonnerie de cour peut bien cesser désormais d'appartenir à l'humanité et se perdre, j'en aurai tout de même joui jusqu'au bout.

---

Ma place, tout au fond de l'atelier, était toujours plongée dans le noir ; on en était parfois réduit à deviner ce qu'on tenait à la main, ce qui ne vous empêchait pas de recevoir un coup du maître pour chaque point mal fait.

Notre roi n'était guère fastueux ; quiconque ne l'aurait pas connu par ses portraits ne l'aurait jamais pris pour le roi. Son costume était mal cousu — il ne venait pas de notre atelier, d'ailleurs, — une étoffe mince, l'habit toujours déboutonné, fripé, les basques à tout vent, le chapeau bosselé, de lourdes bottes grossières, de larges gestes pleins d'indolence, un visage fort avec un grand nez viril, une petite moustache, des yeux sombres un peu trop perçants, un cou puissant et bien proportionné. Un jour, il s'arrêta à l'entrée de notre atelier, la main droite posée sur le linteau de la porte : Est-ce que Franz est là ? Il connaissait tout le monde par son nom. Je sortis de mon coin sombre et me frayai un chemin entre les ouvriers.

« Viens avec moi », dit-il, après m'avoir jeté un bref regard. « Il est engagé au château », dit-il au maître.

30.    Mlle Kanitz [1]. Essais de séduction qui ne sont pas suivis par le reste de sa personne. Elle ouvre et ferme la bouche, écarte les lèvres, les serre, les fait s'épanouir, ce qui donne l'impression que des doigts invisibles sont en train d'y faire du modelage. Mouvement brusque, sans doute nerveux, toujours surprenant, mais dont elle use avec discipline, par exemple, pour arranger sa jupe sur ses genoux ou pour changer de siège. Elle fait la conversation avec peu de mots et peu d'idées, sans trouver le moindre soutien chez les autres ; elle y arrive essentiellement en tournant la tête, en jouant des mains, en faisant des silences de longueurs différentes, en donnant de la vivacité à son regard et, quand cela devient nécessaire, en serrant ses petits poings.

*À cheval, dit le commandant. [2]

Il s'évada de leurs sphères. Il était exposé de tous côtés au brouillard. Une clairière circulaire. L'oiseau Phœnix dans les broussailles. Une main fait continuellement le signe de croix sur un visage invisible. Éternelle pluie froide, un chant inégal, comme sortant d'une poitrine qui respire.

Une personne inutilisable. Un ami ? Si j'essaie de me rappeler ce qu'il possède en propre, il ne lui reste à vrai dire, même dans le cas du jugement le plus favorable, que sa voix un peu plus grave que ma voix. Si je m'écrie « Sauvé », je veux dire si j'étais Robinson et que je m'écriasse « Sauvé », il le répéterait

---

**1.** Gertrud Kanitz (1895-1946) : comédienne originaire de Vienne qui séjournait alors à Prague pour des raisons familiales.    **2.** Nous signalons par un astérisque les passages rétablis dans le texte par l'édition critique. *Cf.* Repères bibliographiques.

de sa voix plus grave. Si j'étais Coré et que je m'écriasse « Perdu[1] », il serait aussitôt prêt à le répéter de sa voix plus grave. Cela devient fatigant, à la longue, de promener partout avec soi ce joueur de basse. D'autant que lui-même ne met pas du tout de cœur à l'ouvrage, il ne fait l'écho que parce qu'il y est obligé et ne peut faire autrement. Parfois, pendant un congé, quand j'ai le temps pour une fois de me consacrer à ces problèmes personnels, je discute avec lui, sous la tonnelle du jardin peut-être, de la manière dont je pourrais bien me délivrer de sa présence.

———————

31 juillet 17. Quand Kaspar Hauser[2] fut assez éveillé pour identifier les êtres et les choses qui l'entouraient

———————

Être assis dans un wagon de chemin de fer, l'oublier, vivre comme chez soi, s'en souvenir brusquement, sentir la force du train qui vous emporte, devenir voyageur, tirer sa casquette de la valise, traiter son compagnon de voyage avec plus de liberté, de largesse, d'insistance, être emporté vers le but sans le mériter, sentir cela à la manière d'un enfant, devenir le favori des femmes, subir l'attraction incessante de la fenêtre, poser toujours au moins une main tendue sur le rebord. Situation découpée avec plus de rigueur : oublier qu'on a oublié, être d'un seul coup un enfant voyageant seul dans l'express et autour duquel s'édifie, comme surgissant de la main d'un prestidigitateur, le wagon tremblant de hâte, admirable jusque dans ses plus infimes détails.

———————

1. Allusion probable à la révolte de Coré, au chapitre 16 du livre des *Nombres*, dans l'Ancien Testament.    2. C'est le célèbre enfant trouvé (1812 ?-1833) ayant grandi seul dans les bois et qui surgit à Nuremberg en 1828.

1ᵉʳ août. Les histoires du vieux Prague que le Dr Oppenheimer[1] me raconte à la piscine. Les violentes diatribes de Friedrich Adler[2] contre les riches à l'époque où il était étudiant, elles faisaient rire tout le monde. Par la suite, il a fait un riche mariage et s'est tenu coi. — Étant enfant, venu d'Amschelberg à Prague pour entrer au lycée, le Dr O. habitait chez un érudit juif dont la femme était vendeuse chez un fripier. On allait chercher les repas chez le traiteur. Tous les jours à cinq heures et demie du matin, O. était réveillé pour la prière. — Il surveilla l'éducation de ses frères et sœurs, tous plus jeunes que lui, ce qui lui donna beaucoup de peine, en même temps que de la confiance en lui-même et de la satisfaction. Un certain Dr Adler qui est devenu conseiller des Finances par la suite et est depuis longtemps à la retraite (un grand égoïste), lui avait conseillé jadis de partir, d'aller se cacher quelque part, de prendre tout simplement la fuite pour n'être pas anéanti par sa famille.

---

\*Je tire sur les rênes.

---

2 août.

La plupart du temps, celui qu'on cherche habite à côté. Ce fait ne saurait s'expliquer sans plus de façons, il faut d'abord l'accepter comme une donnée expérimentale. Il a des racines si profondes qu'on ne peut pas y mettre obstacle quand bien même on se donnerait pour tâche de le faire. Cela vient de ce qu'on ne sait rien de ce voisin cherché. On ne sait en effet ni qu'on le cherche

---

**1.** Il pourrait s'agir d'Adolf Oppenheimer (1857-1929), le secrétaire-adjoint de « L'Association des voyageurs de commerce pragois ».    **2.** Friedrich Adler (1857-1938), avocat pragois, mais aussi poète et traducteur dont Max Brod indique (dans son édition du *Journal*) qu'il « exerça une grande influence sur la génération précédente. Il fut connu surtout grâce à un drame en vers transcrit de l'espagnol, *Don Gil en culottes vertes* ».

ni qu'il habite à côté, et dans ce cas on peut être absolument sûr qu'il habite à côté. Rien n'empêche de connaître comme telle cette donnée de l'expérience générale, la connaître n'est pas le moins du monde gênant, même quand on s'impose de s'en souvenir exprès. Je raconterai un cas de ce genre :

―――――――――

Pascal fait un grand rangement avant l'entrée en scène de Dieu, mais il faut bien qu'il existe un scepticisme plus profond et plus anxieux que celui de cet homme souverain qui a, certes, de merveilleux couteaux, mais se dépèce lui-même avec le sang-froid d'un boucher. D'où lui vient ce calme ? D'où cette sûreté de main pour guider le couteau ? Dieu est-il un char théâtral que l'on amène de très loin sur scène en tirant sur des cordes, par quoi l'on avoue toute la peine et le désespoir des ouvriers ?

―――――――――

3 août.

Une fois encore, je jetai un cri dans le monde, à pleins poumons. Puis on m'enfonça un bâillon dans la bouche, on me ligota les mains et les pieds et l'on me mit un bandeau sur les yeux. On me fit rouler plusieurs fois en tous sens, on me dressa sur mon séant, puis on me coucha de nouveau par terre, et ceci également plusieurs fois ; enfin on m'étira les jambes par saccades si violentes que je me cabrai de douleur et on me laissa tranquille un instant ; mais ensuite, on m'enfonça je ne sais quel objet pointu dans la chair, çà et là, par surprise, selon l'inspiration du moment.

―――――――――

Je suis assis depuis des années au grand carrefour, mais je devrai quitter ma place demain, parce que le nouvel empereur arrive. Je ne me mêle à rien de ce qui se passe autour de moi, tant par principe que par répugnance. Il y a bien longtemps que j'ai cessé de mendier ; les vieux passants me donnent quelque chose par habitude, par fidélité, parce qu'ils me connaissent, les nouveaux venus suivent leur exemple. J'ai une petite corbeille, posée à côté de moi, dans laquelle chacun jette ce qu'il juge bon de donner. Mais c'est justement parce que je ne m'occupe de personne, parce que je garde une âme et un regard sereins au milieu du tapage et de l'absurdité de la rue, que je comprends mieux que quiconque tout ce qui concerne ma position, mes exigences justifiées. *Il n'y a rien à contester sur ces questions. Seule compte ici mon opinion. C'est pourquoi ce matin, quand un agent de police, qui me connaît naturellement, mais que, tout aussi naturellement, je n'avais encore jamais remarqué, quand cet agent de police s'est arrêté devant moi et m'a dit : « C'est demain l'arrivée de l'empereur, ne t'avise pas d'oser venir ici », je lui ai répondu par cette question : Quel âge as-tu ?

4 août.

Le mot de « littérature » exprimé comme un reproche est une abréviation de langage si puissante qu'elle a entraîné peu à peu — il y avait peut-être là une intention dès le début — une abréviation de pensée qui supprime la perspective exacte et fait tomber le reproche très en avant du but, et à côté.

Les trompettes stridentes du Néant. *Le la.

A. — Je veux te demander conseil.
B. — Pourquoi justement à moi ?
A. — J'ai confiance en toi.
B. — Pourquoi ?
A. — Je t'ai souvent vu dans le monde. Et en fin de compte, à nos réunions, les conseils sont toujours ce qui importe le

plus. Là-dessus, je pense que nous sommes d'accord. Quelle que soit la nature de la soirée, qu'on se réunisse pour faire du théâtre, pour boire du thé, pour évoquer les esprits ou faire la charité aux pauvres, c'est finalement toujours de conseils qu'il s'agit. Que de gens désemparés ! Et plus encore qu'il n'y paraît, car ceux qui donnent des conseils au cours de réunions de ce genre ne les donnent qu'avec leur voix ; avec leur cœur, c'est encore des conseils qu'ils veulent. Leur double se trouve toujours parmi les chercheurs d'avis et c'est surtout sur lui qu'ils ont des vues. Mais c'est surtout lui qui s'en va insatisfait, dégoûté, traînant le donneur d'avis derrière lui, pour se livrer au même jeu à d'autres soirées.

B. — C'est ainsi ?

A. — Bien sûr, et tu n'es pas sans le savoir. Ce n'est d'ailleurs pas un mérite, le monde entier le sait et sa demande n'en est que plus pressante.

---

5 août. Après-midi à Radešowitz[1] avec Oscar. Triste, faible, efforts fréquents pour maintenir au moins le problème central.

---

*A. — Bonjour.

B. — Tu es déjà venu ici ? Ou pas ?

A. — Tu me reconnais ? C'est étonnant.

B. — En pensée, j'ai déjà eu plusieurs conversations avec toi. Que voulais-tu donc, la dernière fois où nous nous sommes vus.

A. — Te demander conseil

B. — En effet. Et j'ai pu t'en donner un.

A. — Non. Nous n'avons hélas pas réussi à nous mettre d'accord, rien que pour formuler la question.

B. — Ah, c'était donc ça.

---

1. Allusion à une excursion avec Oskar Baum dans cette localité située à une dizaine de kilomètres à l'est de Prague.

A. — Oui. Ce fut très frustrant, mais un instant seulement. Car c'est une chose que l'on ne peut pas aborder en une seule fois, c'est tout. Ne pourrait-on pas essayer à nouveau ?

B. — Bien sûr. Pose ta question !

A. — Alors, je vais te demander

B. — Je t'en prie

A. — Ma femme —

B. — Ta femme ?

A. — Oui, oui

B. — Là, je ne comprends pas. Tu possèdes une femme ?

A.

6 août.

A. — Je ne suis pas content de toi.

B. — Je ne te demande pas pourquoi. Je le sais.

A. — Et alors ?

B. — Je suis sans pouvoir. Je ne puis rien changer. Hausser les épaules et tordre la bouche, voilà tout ce que je peux faire.

A. — Je vais te conduire à mon maître. Veux-tu ?

B. — J'ai honte. Comment va-t-il me recevoir ? Aller d'emblée voir le maître. Ce n'est pas sérieux.

A. — Laisse-m'en la responsabilité. Je te conduis. Viens !

Ils traversent un couloir. A. frappe à une porte. On entend crier « Entrez ! » B. veut s'enfuir, mais A. le prend par le bras et ils entrent.

C. — Qui est le maître ?

A. — Je pensais...

à ses pieds, jette-toi à ses pieds.

*A. — Pas d'issue, donc ?

B. — Je n'en ai trouvé aucune.

A. — Et pourtant, de nous tous, tu es celui qui connais le mieux la région.

B. — Oui.

---

7 août.

*A. — Tu traînes sans cesse aux alentours de cette porte. Que veux-tu donc ?

B. — Oh, rien.

A. — Comment ? ! Rien ? Mais dis donc, je te connais.

B. — Il doit s'agir d'une erreur.

A. — Non, non. Tu es B. et il y a vingt ans, tu allais à l'école ici. Oui ou non ?

B. — Bon alors oui. Je n'ai pas osé me présenter.

A. — Tu sembles en effet être devenu timoré, avec les années. À l'époque tu ne l'étais pas.

B. — Oui, à l'époque. Je regrette tout, comme si je l'avais commis durant l'heure qui vient de s'écouler.

A. — Donc, la vie vous punit ?

B. — Hélas !

A. — Je l'avais bien dit.

B. — Vous l'aviez dit. Pourtant ce n'est pas comme ça. On n'est pas puni directement. Mon patron s'en fiche pas mal, que j'aie fait l'école buissonnière.

Cela n'a pas nui à ma carrière, ça non.

---

*Comment ? demanda le voyageur[1].

---

**1.** Cette notation ainsi que les neuf fragments suivants sont liés à *La Colonie pénitentiaire*, dont l'épilogue ne satisfaisait pas Kafka, *cf.* p. 1015 et la Notice sur l'Été 1914, p. 729.

Le voyageur se sentait trop fatigué pour ordonner, voire pour accomplir encore quelque chose. Il se contenta de tirer un mouchoir de sa poche, fit un geste comme pour le plonger dans le seau à distance, pressa le mouchoir sur son front et s'étendit à côté de la fosse. C'est dans cet état que le trouvèrent deux messieurs envoyés par le commandant pour le chercher. Lorsqu'ils lui adressèrent la parole, il sauta sur ses pieds, tout ragaillardi. Il dit, la main sur le cœur : « Que je sois un chien si je tolère cela ! » Puis il prit ces mots à la lettre et se mit à courir de tous côtés à quatre pattes. Mais il faisait un bond de temps en temps, s'arrachait positivement du sol, se suspendait au cou de l'un des messieurs, s'écriait tout en larmes : « Pourquoi faut-il que tout cela m'arrive, à moi ! », et se hâtait de rejoindre son poste.

*8 août. Et même si rien n'avait changé, il y avait là cette aiguille dont la courbe ressortait du front qu'elle transperçait.

Comme si tout cela lui avait permis de comprendre que ce qui allait suivre était uniquement son affaire et celle du mort, le voyageur renvoya le soldat et le condamné d'un geste, ils hésitaient, il leur lança une pierre, ils continuèrent à se concerter, il courut à eux et les frappa de ses poings.

— Quoi ? dit soudain le voyageur. Y avait-il eu quelque chose d'oublié ? Un mot décisif ? Une manœuvre ? Une aide ? Qui pourrait voir clair dans cette confusion ? Maudit climat des Tropiques, qu'es-tu en train de faire de moi ? Je ne sais pas ce qui m'arrive. Mon discernement est resté chez nous, dans le Nord.

« Préparez la route pour le serpent ! cria-t-on, préparez la route pour la grande Madame ! — Nous sommes prêts ! lança-t-on en réponse, nous sommes prêts ! » Et nous qui préparons les routes, nous, casseurs de cailloux en renom, nous sortîmes des bois. « Allez-y, s'écriait notre commandant, joyeux comme toujours, allez-y vous autres, espèce de viande à serpents ! » Là-dessus, nous levâmes nos marteaux, et les coups les plus actifs retentirent sur des lieues de distance. Aucune pause ne fut permise, rien qu'un changement d'outils de main en main. L'arrivée de notre serpent était annoncée pour le soir même, jusque-là, il fallait que tout fût réduit en poussière, notre serpent ne supportant pas le moindre caillou, fût-il infime. Où donc trouverait-on un serpent aussi délicat ? Aussi bien est-ce un serpent unique en son genre, nous le choyons de façon incomparable par notre travail et par là, il est donc déjà d'une espèce incomparable. Nous regrettons sans le comprendre qu'il continue à s'appeler serpent. Il devrait pour le moins s'appeler toujours Madame, encore qu'il soit, bien entendu, tout aussi incomparable sous ce nom. Mais cela ne nous concerne pas, notre tâche, à nous, c'est de faire de la poussière.

———————————

Toi devant, tiens haut la lampe ! Vous autres, sans bruit derrière moi ! Tous sur un rang ! Et silence ! Ce n'était rien. N'ayez pas peur. J'en porte la responsabilité. Je vous guiderai vers la sortie.

———————————

9 août.
Le voyageur fit un geste vague de la main, renonça à ses efforts, donna un coup aux deux hommes pour les écarter du cadavre, et leur montra la colonie, leur enjoignant de s'y rendre immédiatement. Ils firent entendre un rire guttural signifiant qu'ils avaient fini par comprendre l'ordre, le condamné pressa son visage enduit de plusieurs couches de crasse sur la main

du voyageur, le soldat lui frappa sur l'épaule de la main droite — de la gauche, il tenait son fusil —, maintenant, tous trois allaient bien ensemble.

Le v. dut résister de vive force à ce sentiment qui s'emparait de lui et lui disait que, dans le cas présent, un ordre parfait était appelé à naître. Il fut pris de lassitude et abandonna son projet d'enterrer le corps maintenant. La chaleur qui continuait régulièrement à monter — le v. s'interdisait de lever la tête vers le soleil, simplement pour ne pas chanceler —, le silence soudain et définitif de l'officier, la vue de ces deux hommes, en face, qui fixaient sur lui un regard étrange et avec lesquels la mort de l'off. lui avait fait perdre tout lien, cette réfutation, simple et mécanique, que les idées de l'off. avaient trouvée ici — toutes ces choses —, le voyageur fut incapable de rester debout plus longtemps et dut s'asseoir sur la chaise cannée. Si son bateau s'était glissé jusqu'à lui à travers ces sables impraticables pour le recueillir, il eût été comblé. Il serait monté à bord, mais en montant, il aurait fait un dernier reproche à l'officier pour son exécution cruelle du condamné : « Je le raconterai chez moi », aurait-il ajouté en élevant la voix pour être entendu du capitaine et des matelots qui se penchaient curieusement par-dessus le bastingage. « Exécuté ? » aurait aussitôt demandé l'officier, et à bon droit. « Mais le voilà pourtant », aurait-il dit en montrant l'homme qui portait les bagages du v. Et de fait, c'était le condamné, ainsi que le v. put s'en convaincre en lui jetant un regard acéré et en scrutant ses traits. « Mes compliments », fut-il obligé de dire, et il le dit avec plaisir. « Un tour de prestidigitation ? » demanda-t-il encore. « Non, dit l'O., une erreur de votre part. Je suis exécuté comme vous en avez donné l'ordre. » Le capitaine et les matelots écoutaient avec une attention encore accrue. Et tous ensemble, ils virent que l'off. passait la main sur son visage et découvrait une pointe qui se tordait en émergeant de son front fendu.

L'époque des derniers grands combats que le gouvernement américain eut à mener contre les Indiens était arrivée. Le fort le plus avancé à l'intérieur du territoire indien — c'était aussi le plus puissamment défendu — était commandé par le général Samson qui s'y était distingué maintes fois et possédait la confiance imperturbable du peuple et des soldats. Contre un Indien isolé, le cri « Général Samson ! » avait presque autant de valeur qu'une carabine.

Un matin, un jeune homme fut ramassé dans les bois par une patrouille et conduit au quartier général, conformément aux instructions permanentes du général Samson qui s'occupait toujours personnellement des moindres choses. Mais comme le général était en conférence avec plusieurs fermiers des districts de la frontière, l'étranger fut d'abord remis à l'aide de camp, le lieutenant-colonel Otway.

—————————————————

— Général Samson ! m'écriai-je, et je reculai d'un pas en chancelant. C'était lui qui sortait de ces hautes broussailles. « Silence ! » dit-il, en désignant du doigt ce qui venait derrière lui. Une escorte d'à peu près dix messieurs le suivait en trébuchant.

—————————————————

*10 août.

J'étais avec mon père sous le porche d'un immeuble ; dehors il pleuvait très fort. Un homme arrivant de la rue allait s'engouffrer à toute allure sous le porche quand il aperçut mon père. Du coup il s'arrêta net. « Georg », dit-il lentement, comme s'il lui fallait réveiller peu à peu de vieux souvenirs, et en tendant la main il s'approcha latéralement de mon père.

— Non, laisse-moi ! Non, laisse-moi ! criais-je sans interruption le long des rues, et sans cesse elle me saisissait, sans cesse les pattes griffues de la sirène s'abattaient sur ma poitrine, m'attaquant de côté ou par-dessus l'épaule.

*C'est toujours à chaque fois le même, toujours le même [1].

15 septembre [2]. Tu as, si tant est que cette possibilité existe, la possibilité de faire un commencement. Ne la gaspille pas. Si tu veux pénétrer en toi, tu n'éviteras pas la boue que tu charries. Mais ne t'y vautre pas. Si, comme tu le prétends, la blessure de tes poumons n'est qu'un symbole — symbole de la blessure dont l'inflammation s'appelle Felice et dont la profondeur s'appelle justification — s'il en est bien ainsi, les conseils des médecins (air, soleil, lumière, repos) sont aussi un symbole. Saisis-toi de ce symbole.

Ô heure merveilleuse, sérénité parfaite, jardin sauvage. Tu tournes le coin de la maison et dans l'allée, la déesse du bonheur se hâte à ta rencontre.

1. Après cette notation, le Cahier se termine par sept feuilles blanches, ce qui n'est pas dans les habitudes économes de Kafka. Or c'est deux jours plus tard, dans la nuit du 12 au 13 août, qu'il crache soudain le sang ; la tuberculose des poumons est diagnostiquée. Kafka ne reprendra son *Journal* que le 15 septembre, dans un nouveau Cahier, le XIIᵉ, qui sera aussi le dernier qu'il tiendra, par intermittences, jusqu'au 12 juin 1923.    2. Depuis le 12 septembre, Kafka est à Zürau, près de Saaz, dans le nord-ouest de la Bohême (à 15 km environ de Carlsbad), où sa sœur Ottla dirige une exploitation agricole.

---

Apparition majestueuse, prince de l'Empire.

---

*Des bouledogues, cinq,
Philipp, Franz, Adolf Isidor et Max

Pas comme cela

La place du village, abandonnée à la nuit. La sagesse des enfants. Prédominance des animaux. Les femmes. — Des vaches passent sur la place avec le plus extrême naturel. Mon sofa flotte sur la campagne.

18 IX.    Tout déchirer.

---

19. Au lieu du télégramme : « Sois la bienvenue station Michelob santé excellente Franz Ottla », que Mařenka a porté deux fois à Flöhau sans pouvoir le remettre, parce que, dit-elle, la poste avait été fermée peu de temps avant son arrivée, j'ai écrit une lettre de rupture et j'ai réprimé d'un seul coup un début de douleur qui s'annonçait encore violente. Cette lettre de rupture[1] est d'ailleurs équivoque, comme ma pensée

1. Cette lettre n'a pas été retrouvée.

Plus que sa profondeur et son degré d'infection, c'est l'âge d'une plaie qui fait son caractère douloureux. Être sans cesse rouvert dans le même sillon à vif, voir appliquer un *nouveau* traitement à la plaie déjà opérée d'innombrables fois, c'est cela qui est affreux.

Nature fragile, capricieuse, inconsistante —, un télégramme la jette à bas, une lettre la redresse et lui redonne la vie, le silence qui suit la lettre la rend stupide

Le jeu du chat avec les chèvres. Les chèvres ressemblent : aux Juifs polonais, à l'oncle *Siegfried[1], à Ernst Weiss, Irma[2].

Caractère inaccessible — qui se traduit diversement, mais avec la même sévérité — de Hermann, l'intendant (qui, aujourd'hui, est parti sans dîner et sans dire bonsoir, je me demande s'il reviendra demain), de la demoiselle et de Mařenka[3]. Au fond, je suis aussi gêné devant eux que devant les bêtes de l'étable qui, lorsqu'on leur commande quelque chose, vous surprennent en obéissant. Si le cas de ces gens est plus complexe,

---

1. Siegfried Löwy (1867-1942), l'un des oncles maternels de Kafka, était médecin de campagne à Triesch. — *Ernst Weiss* (1884-1940), médecin et écrivain, ami de Kafka qui fut lié à la rupture des premières fiançailles, *cf.* la Notice sur l'Été 1914, p. 729. — *Irma Kafka* (1889-1919) était une cousine orpheline qui travaillait à Prague dans le magasin de Hermann Kafka et était très liée à Ottla. 2. On retrouve une évocation semblable, et tout aussi sérieusement humoristique, dans une lettre à Elsa et Max Brod du tout début octobre suivant : « Ces chèvres, donc — ont un air qui correspond tout à fait à certains types de Juifs, pour la plupart de médecins, mais il y en a aussi qui ressemblent à des avocats, à des Juifs polonais, et parfois à des jeunes filles juives. » 3. Dans sa correspondance avec sa sœur, Kafka désigne parfois ainsi Toni Gersti qui durant la guerre travailla par périodes aux côtés d'Ottla.

c'est seulement à cause de tous les moments où ils paraissent accessibles et très faciles à comprendre.

---

Je n'arrive pas à concevoir qu'il soit possible à toute personne — ou à peu près — capable d'écrire, d'objectiver la souffrance dans la souffrance, ce que je fais, par exemple, quand, en pleine détresse et peut-être même la tête encore brûlante de malheur, je m'assieds à une table pour annoncer à quelqu'un dans une lettre : Je suis malheureux. Je puis même aller au-delà de cette phrase et, y ajoutant toutes sortes de fioritures selon les ressources d'un talent qui semble n'avoir rien de commun avec le malheur, improviser là-dessus soit de façon simple, soit sur le mode antithétique, soit avec des orchestres entiers d'associations. Et ce n'est nullement un mensonge, et cela ne calme pas la souffrance, ce n'est qu'un surplus de forces dont je suis gratifié en un moment où la souffrance a pourtant visiblement épuisé toutes mes ressources, et jusqu'au fond de mon être qu'elle gratte. Quelle espèce de surplus est-ce donc ?

---

Ma lettre d'hier à Max[1]. Mensonge, vanité, cabotinage.

---

Une semaine à Zürau.

---

Dans la paix, tu n'avances pas, dans la guerre, tu perds ton sang jusqu'à la dernière goutte.

---

1. Celle du 18 septembre, à Max Brod.

J'ai rêvé de Werfel : il racontait que, dans une localité de Basse-Autriche où il séjourne actuellement[1], il aurait légèrement bousculé quelqu'un dans la rue et que l'autre lui aurait répondu par d'effroyables injures. J'ai oublié les termes exacts, je sais seulement que le mot « Barbare » y figurait (allusion à la guerre mondiale) et que la phrase se terminait sur : « Espèce de Turch prolétarien. » Formation intéressante : « Turch », mot de patois pour « Turc », « Turc » étant manifestement une injure qui, puisée dans la tradition des anciennes guerres contre les Turcs et des sièges de Vienne, vient s'ajouter à l'injure moderne de « prolétarien ». Caractérise bien l'esprit simple et arriéré de l'insulteur, puisque aujourd'hui ni prolétarien ni Turc ne sont à proprement parler des injures.

21.  Felice est venue, elle a voyagé trente heures pour me voir, j'aurais dû empêcher cela. Si son état est ce que j'imagine, elle porte un poids de détresse extrême, et essentiellement par ma faute. Moi-même, je ne parviens pas à me reprendre, je suis tout aussi insensible qu'impuissant ; je m'inquiète de voir certaines de mes habitudes dérangées et mon unique concession consiste à jouer un peu la comédie. Elle a tort dans les petites choses, elle a tort quand elle défend ses droits prétendus ou réels, mais dans l'ensemble, elle est innocente, une innocente condamnée à une cruelle torture ; c'est moi qui ai commis le mal pour lequel elle est condamnée et c'est moi, pour comble, qui actionne l'instrument de torture. — La journée s'achève sur son départ (la voiture qui l'emporte avec Ottla contourne l'étang, je coupe en ligne droite et me trouve une dernière fois près d'elle), et sur un mal de tête (restes terrestres du comédien).

---

1. L'écrivain d'origine pragoise Franz Werfel (1890-1945) était alors affecté au Service de Presse des Armées, à Klosterneuburg, près de Vienne (par où passèrent aussi Rainer Maria Rilke et Stefan Zweig).

J'ai rêvé de mon père. — Un petit auditoire (caractérisé par la présence de Mme Fanta[1]) devant lequel mon père fait une communication sur une idée de réforme *sociale livrée pour la première fois au public. Il s'agit pour lui d'amener cet auditoire choisi — choisi surtout à ses yeux — à se charger de faire de la propagande pour cette idée. Il exprime cela sous des dehors beaucoup plus modestes et se borne à demander à la société de bien vouloir, quand elle sera tout à fait au courant, lui communiquer l'adresse de personnes qui pourraient s'intéresser à l'idée et être invitées à la grande réunion publique qui aura lieu prochainement. Mon père n'a jamais eu le moindre rapport avec toutes ces personnes, aussi les prend-il exagérément au sérieux, il a d'ailleurs revêtu une jaquette noire et expose son idée avec la dernière précision et tous les signes du dilettantisme. Bien qu'elle ne soit nullement préparée à une conférence, l'assistance constate aussitôt que ce qui lui est offert ici avec tout l'orgueil de l'originalité n'est qu'une idée éculée, usée depuis longtemps dans les discussions. On le fait sentir à mon père. Celui-ci s'est attendu à une objection de ce genre, mais pénétré de la certitude grandiose que cette objection est sans valeur, bien qu'elle l'ait tenté lui-même plus d'une fois, il continue à exposer son affaire, sur un ton plus appuyé encore, avec un sourire fin et amer. Quand il a fini, un murmure de mécontentement général laisse entendre qu'il n'a convaincu ni de l'originalité, ni de l'utilité de son idée. Peu de gens s'y intéresseront. Il se trouve cependant çà et là une personne qui lui donne des adresses, par pure bonté ou peut-être parce qu'elle me connaît. Mon père, que l'atmosphère générale n'a absolument pas troublé, a rangé ses papiers et prend des petits tas d'étiquettes blanches qu'il a préparées pour noter ses quelques adresses. Je n'entends que le nom d'un conseiller à la Cour, Střižanowski ou quelque chose de ce genre. — Plus tard, je vois

---

1. Berta Fanta (1865-1918) et son mari, pharmacien sur l'Altstädter Ring, réunissaient dans leur salon les intellectuels pragois, notamment autour du philosophe Franz Brentano. Outre Max Brod et Felix Weltsch, plusieurs amis de Kafka le fréquentaient.

mon père assis par terre, adossé au canapé dans la posture qu'il a quand il joue avec Felix[1]. Effrayé, je lui demande ce qu'il fait. Il réfléchit à son idée.

**22.**     Rien.

**25.**     Chemin de la forêt. Tu as tout détruit, sans l'avoir réellement possédé. Comment penses-tu tout recoller ? Pour accomplir ce travail, le plus grand, quelles forces reste-t-il à l'esprit qui divague ?

————————

*Das neue Geschlecht* de Tagger[2], pitoyable, hâbleur, pathétique, expérimenté, bien écrit par endroits, avec une légère touche de dilettantisme. Quel droit a-t-il de sortir tous ses atouts ? Au fond il est aussi misérable que moi et que tout le monde.

————————

Il n'est pas absolument criminel pour un tuberculeux d'avoir des enfants. Le père de Flaubert était tuberculeux. Alternative : ou bien l'enfant aura des poumons qui se mettront à jouer de la flûte (très jolie expression pour désigner la musique que le médecin essaie d'entendre quand il vous pose l'oreille sur la poitrine), ou bien il sera Flaubert. Le père tremble, tandis qu'on en discute dans le vide.

Je puis encore tirer une satisfaction passagère de travaux comme le *Médecin de campagne*, à supposer que je parvienne à en écrire d'autres (très improbable). Mais le bonheur, je ne

————————

1. C'est le fils aîné de la première sœur de Franz, Elli Hermann.
2. Pseudonyme de Ferdinand Bruckner (1891-1958), qui publiait en 1917 à Berlin cet ouvrage intitulé : *La Nouvelle Génération. Un programme contre la métaphore.*

pourrai l'avoir que si je réussis à soulever le monde pour le faire entrer dans le vrai, dans le pur, dans l'immuable.

---

Sur les fouets avec lesquels nous nous frappons l'un l'autre, les nœuds ont joliment poussé au cours de ces cinq ans.

---

28.    Esquisse de mes conversations avec F.

Moi. — C'est donc à cela que je suis arrivé.

F. — C'est à cela que je suis arrivée.

M. — C'est à cela que je t'ai menée.

F. — C'est vrai.

---

Ainsi, je me confierais à la mort. Reste d'une foi. Retour au Père. Grand Jour des Expiations.

D'une lettre à Felice, peut-être la dernière (1er oct) :

Si je m'examine à fond pour connaître mon but final, je constate que je n'aspire pas véritablement à être bon et à me conformer aux exigences d'un Tribunal Suprême ; mais, tout à l'opposé, que j'essaie d'embrasser du regard la communauté des hommes et des bêtes tout entière [1], de comprendre ses prédilections fondamentales, ses désirs, son idéal moral, de les ramener à des préceptes simples et de commencer le plus tôt possible à évoluer dans leur sens à seule fin d'être agréable à tout le monde, et d'être

---

1. Voir à ce sujet le passage de la Préface concernant Kafka et les animaux, p. 36.

si agréable même (c'est là qu'intervient le bond) qu'il me soit finalement permis, en ma qualité d'unique pécheur que l'on ne fait pas rôtir, d'accomplir ouvertement aux yeux de tous et sans perdre l'amour général, les ignominies qui sont dans ma nature. En résumé, seul m'importe donc ce tribunal des hommes que, par surcroît, je veux tromper, sans toutefois commettre de fraude.

———————

8.    Entre-temps ; lettres accusatrices de Felice, G. B. menace de m'écrire [1]. État désespérant (*courbature*). Donné à manger aux chèvres, champ percé de trous de mulots, dégermé des pommes de terre (« Comme le vent nous souffle dans les fesses »), cueillette des gratte-culs, le paysan Feigl (sept filles, l'une est petite avec un regard doux et un petit lapin blanc sur l'épaule), dans la pièce une image représentant l'*Empereur François-Joseph dans la crypte des Capucins*, le paysan Kuntz (carrure puissante, il prend un ton pompeux pour raconter l'histoire mondiale de sa ferme, mais il est affable et plein de bonté). Impression générale que me font les paysans : ce sont des nobles qui se sont réfugiés dans l'agriculture, où ils ont organisé leur travail avec tant de sagesse et d'humilité qu'il s'insère sans la moindre faille dans l'ensemble des choses et qu'ils sont, eux, protégés contre tout roulis et tout mal de mer jusqu'à l'heure bienheureuse de leur mort. De vrais citoyens de la terre. — Le soir, les jeunes gars courant sur les hauteurs à la poursuite des troupeaux de bœufs qui fuient et se dispersent sur le vaste espace des champs, et qui, tout en courant, sont obligés de tirer sans cesse sur la corde d'un jeune taureau qui refuse de les suivre.

*Copperfield* de Dickens (*le Soutier* en est une pure imitation, plus encore le roman tel que je l'ai projeté). Sont imités entre autres : l'histoire de la valise, le garçon qui fait le bonheur de tout le monde et enchante tout le monde, les travaux humbles, la bien-aimée dans une maison de campagne, les maisons sales, mais sur-

———————

1. Il s'agit de Grete Bloch (1892-1944), l'amie de Felice que celle-ci avait fait intervenir comme médiatrice entre Kafka et elle, à partir d'octobre 1913. — *Courbature*, ci-après, est en français dans le texte.

tout la méthode. Comme je m'en aperçois maintenant, mon intention était d'écrire un roman à la Dickens, mais enrichi de tons plus vifs que j'aurais empruntés à mon époque et de tons plus mats que j'aurais mis de mon propre cru. Opulence de Dickens, il se laisse aller sans hésiter à une prodigalité extrême, cause de l'effroyable faiblesse de certains passages où, fatigué, il ne fait plus que brouiller les éléments qu'il a déjà. Impression barbare produite par cet ensemble extravagant, c'est là une barbarie que j'ai toutefois pu éviter, grâce à mon manque de vigueur et à ma qualité d'épigone. Sécheresse de cœur dissimulée derrière un style débordant de sentiment. Grossières descriptions de caractères, véritables blocs qui sont amenés artificiellement pour chaque personnage et sans lesquels Dickens ne serait pas même une seule fois en mesure de grimper rapidement jusqu'en haut de son histoire. (Rapport de Walser avec Dickens dans l'utilisation des métaphores abstraites et confuses.)

9.    Chez le paysan Lüftner. La grande salle. Tout y est théâtral. Lui, nerveux, pousse des Hihi, Haha, frappe sur la table, lève les bras, hausse les épaules et lève son verre de bière comme un soldat de Wallenstein. À côté de lui, sa vieille femme qu'il a épousée il y a dix ans, quand il était valet de ferme. C'est un chasseur passionné, il néglige la ferme. Deux chevaux gigantesques dans l'étable, silhouettes homériques[1] dans un furtif rayon de soleil qui passait à travers les carreaux.

14 oct.

Un garçon de dix-huit ans vient nous dire adieu, il rejoint son régiment demain : « Attendu que je rejoins mon régiment demain, je viens vous faire mes adieux. »

---

1. Allusion sans doute aux chevaux dans le récit *Un médecin de campagne*, p. 1041.

15.   Le soir, promenade sur la route d'Oberklee, je suis sorti parce que l'intendant et 2 soldats hongrois étaient installés à la cuisine.

———————

la vue qu'on a de la fenêtre d'Ottla au crépuscule, en face, une maison, et tout de suite derrière, la pleine campagne

———————

Kuntz et sa femme dans leurs champs, sur le versant qui se trouve devant ma fenêtre.

———————

21.   Belle journée, ensoleillée, chaude, sans vent.

La plupart des chiens aboient sans raison dès qu'ils voient venir quelqu'un de loin ; d'autres, qui ne sont peut-être pas les meilleurs chiens de garde, mais se conduisent en créatures raisonnables, s'approchent tranquillement de l'étranger, le flairent et n'aboient que s'ils sentent une odeur suspecte.

———————

6 nov.   Incapacité pure et simple.

10 nov.   Jusqu'ici je n'ai pas noté les choses décisives, le fleuve que je suis forme encore deux bras. Le travail qui m'attend est énorme.

———————

Rêve de la bataille de Tagliamento[1] : une plaine, le fleuve n'existe pas vraiment, de nombreux spectateurs se pressent, très agités, prêts à courir en avant ou en arrière selon l'évolution de la situation. Devant nous, un plateau dont on voit très nettement le bord, tantôt nu, tantôt couvert de hautes broussailles. Les Autrichiens se battent tout en haut du plateau, sur le versant opposé. On s'inquiète, comment cela va-t-il finir ? Sans doute pour gagner un peu de répit, on regarde de temps à autre quelques buissons isolés sur le versant sombre, derrière lesquels un ou deux Italiens apparaissent et tirent. C'est sans importance, cependant nous nous préparons à prendre la fuite. Puis de nouveau le plateau : des Autrichiens courent le long du bord nu, s'arrêtent d'un seul coup derrière les bouquets d'arbres et repartent. De toute évidence, cela va mal, on ne comprend d'ailleurs pas que les choses aient pu aller bien, comment pourrait-on, n'étant soi-même qu'un homme, vaincre des hommes qui ont la volonté de se défendre ? Grand désespoir, la fuite générale va devenir nécessaire. C'est alors qu'apparaît un major prussien qui, du reste, était là depuis le début et avait observé avec nous le déroulement de la bataille, mais qui, entrant tranquillement dans l'espace soudain vide, se manifeste comme une figure nouvelle. Il met deux doigts de chaque main dans sa bouche et siffle comme on siffle un chien, mais affectueusement. Ce signal est destiné à sa section qui attendait non loin de là et qui maintenant se met en marche. Ce sont des soldats de la Garde prussienne, des jeunes gens peu nombreux et silencieux, peut-être n'est-ce qu'une compagnie, il semble qu'ils soient tous officiers, en tout cas ils ont de longs sabres et des uniformes foncés. Ils défilent devant nous en rangs serrés, à pas brefs et lents, nous jettent un regard de temps à autre, et cette marche à la mort se fait avec tant de

---

**1.** Sans doute sous l'influence des bulletins détaillés publiés (entre début octobre et le 15 novembre) sur l'avancée victorieuse des troupes austro-hongroises et allemandes.

naturel qu'elle émeut et exalte, tout en communiquant la certitude de la victoire. Délivré par l'intervention de ces hommes, je me réveille.

_____

# 1920-1924 : ÉCRIRE À TOMBEAU OUVERT

Le 2 mai 1918, Kafka reprend son service. C'est le dernier printemps de la guerre. Les Tchèques attendent impatiemment le jour où ils pourront se débarrasser de tous les Allemands, et de tous les Juifs allemands. L'ermite de Zürau, de retour à Prague, paraît indifférent à l'extrême gravité de cette situation qui pousse de nombreux Juifs à émigrer en Palestine. Cet été-là, comme par le passé, Kafka s'adonne à la natation ; il se promène beaucoup et se remet à l'hébreu. Il vit chez ses parents, sans grande difficulté. Il n'oublie pas Ottla : il lui cherche une école d'agriculture, et insiste pour payer les frais d'études. Le 14 octobre, il attrape la grippe espagnole. Sa tuberculose s'en trouve fortement aggravée.

Il ne retourna au bureau que le 19 novembre. Tout avait changé de face. Depuis le 14, le Royaume de Bohême était devenu la République de Tchécoslovaquie, avec Masaryk pour président. Les Juifs se virent accorder le statut de minorité nationale. L'antisémitisme fut violent, et plus violent en province que dans la capitale ; il y eut pourtant, plus d'une fois, des émeutes antijuives à Prague. Max Brod devint un député sioniste. L'*Arbeiter-Unfall-Versicherungsanstalt für das Königreich Böhmen in Prag* fut remplacé par le *Delnicka ùrazovà pojistovna pro Cechy v Praze* : « Office d'assurance contre les accidents du travail pour la Tchéquie à Prague » ; Kafka fut l'un des rares employés non tchèques à être maintenu. C'est tout à son honneur.

Quatre jours après avoir repris son travail, il fit une grave rechute et dut prendre du repos dans les monts de Bohême, à Schelesen (Zelizy), dans une pension de famille, à une vingtaine de kilomètres de Terezin... par où passeront ses trois sœurs, vingt ans plus tard.

Son congé fut prolongé plusieurs fois. Et tel devint le nouveau rythme de son existence douloureuse de grand malade qui s'affaiblissait, inexorablement : de courtes périodes au bureau, épuisantes, qui l'obligent vite à repartir se reposer. Les noms de ses villégiatures s'égrènent, comme un chapelet sinistre : Schelesen, Merano, Matliary, Spindelmühle, Planá. Sa demande de mise à la retraite ne fut acceptée qu'en juin 1922, mais entra en vigueur dès le 1er juillet. Comme « secrétaire en chef » il gagnait 30 000 couronnes par mois ; comme retraité il n'en touchera d'abord que 884 par mois, puis 12 000 par an. Et l'inflation montait en flèche... Cela n'empêcha pas Kafka d'accomplir un de ses plus vieux rêves, vivre et écrire à Berlin ! À peine six mois — du 24 septembre 1923 au 17 mars 1924 —, dans la fièvre et la plus grande exaltation qu'il ait jamais connue, avec Dora Diamant, une Juive de l'Est, âgée d'à peine vingt ans, et qui eut l'insigne privilège de se tenir à ses côtés tandis qu'il écrivait ! Trois logements successifs, dans des conditions ahurissantes, avec de temps en temps, quand on leur coupe le gaz et l'électricité, « une merveille de lampe à pétrole » pour s'éclairer, se chauffer, faire la cuisine, lire et écrire en plein hiver berlinois... Franz et Dora projetaient de tenir un restaurant, peut-être à Jérusalem. Mais Franz écrivit aussi beaucoup ; entre autres créations poétiques, des lettres d'une poupée, pour la petite fille qui se désolait de l'avoir perdue dans un parc... Cet hiver-là, Kafka produisit énormément, avec la volonté d'écrire toujours plus neuf, plus naïf, pour échapper aux démons. Dora Diamant a brûlé de nombreux manuscrits, en accomplissant la volonté de l'écrivain, elle ; et la Gestapo ensuite raflera beaucoup ; mais tout n'est peut-être pas perdu : Ernst Pawel suggère (*cf.* Repères bibliographiques, p. 49), avec un humour juif inimitable, que grâce aux grandes polices politiques du xxe siècle — Gestapo, K.G.B., Stasi — on retrouvera peut-être, dans des archives enfin ouvertes aux chercheurs... les lettres de la poupée !

Le 17 mars 1924, Max Brod raccompagna son ami à Prague, chez ses parents. Retour horrible et lamentable du fils prodigue, à quarante ans passés. Cependant l'écrivain fut encore capable d'un sursaut prodigieux : il eut la joie d'écrire *Joséphine la cantatrice*, son tout dernier texte, *ou le peuple des souris*, comme il en compléta le titre, un peu plus tard, pour publier dès le 20 avril, dans le supplément de Pâques de la *Prager Presse*, cette nouvelle « sur le couinement animal ». À cette date, Kafka était déjà au sanatorium de Kierling, près de Vienne. Il y fut entouré de la sollicitude passionnée de Dora Diamant et de Robert Klopstock, le jeune ami de Matliary, qui avait une fois de plus interrompu ses études de médecine pour venir auprès de lui. Kafka mourut un mardi matin, le 3 juin 1924. Ses souffrances furent atroces. Il ne pouvait plus rien absorber ; il ne pouvait plus parler ; mais il pouvait écrire sur des paperoles, pour communiquer avec ses amis ; et il pouvait encore corriger les épreuves de son dernier livre : *Ein Hungerkünstler (Un artiste du jeûne)*. Il le fit jusque dans la suprême agonie : admirable triomphe de sa force spirituelle.

Et c'est aussi ce qui caractérise la production poétique de sa dernière période d'écrivain. Malgré la misère physique et les tortures mentales, malgré les insomnies, les migraines incessantes, les infections intestinales, la folie menaçante, les attaques des démons, même en plein jour, malgré G. — le sexe (Geschlecht) qui le tourmente, malgré la fièvre, la toux, l'asphyxie, il connut encore quatre belles saisons, quatre belles percées poétiques : l'automne 1920 à Prague ; l'hiver 1922 à Spindelmühle (Spindlerùv Mlyn) ; l'été 1922 à Planá nad Luznici ; l'hiver 1923-1924 à Berlin. Par quatre fois encore, Kafka arrive à faire prévaloir en lui un monde purement spirituel où la littérature reste matière de foi, pratique de l'espérance, et recherche devant Dieu, seul. Et on ne dira jamais assez combien la lecture de Sören Kierkegaard a continué d'inspirer Kafka durant toute cette période. Déjà l'idée du « message impérial » venait très certainement d'un passage de *Sygdommen til Doden* — *La maladie à la mort* (trop souvent désigné comme « Le traité du désespoir »). L'idée du *Château* a pu se constituer à la lecture d'un aphorisme des *Diapsalmata*, dans *Ou bien... ou bien.* « Ma tristesse est mon château fort dressé comme un nid d'aigle à la cime des monts parmi les nues ; personne ne peut l'assaillir. De là, j'abats mon vol dans la réalité et je saisis ma proie ; mais je ne reste pas dans ces fonds : je rapporte à ma demeure mon butin, et ce butin est un tableau que je fais entrer dans la trame des tapisseries de mon château. Alors, je vis comme un homme mort à ce monde. Tout ce qui a été vécu, je le plonge dans les eaux baptismales de l'oubli pour le consacrer à l'éternité du ressouvenir. Tout ce qui est d'ordre fini et accidentel tombe dans l'oubli et s'efface. Alors je reste comme un vieillard aux cheveux gris, livré à mes pensées ; j'explique les images à voix basse, presque en murmurant ; à mes côtés est assis un enfant qui écoute, bien qu'il se rappelle tout dès avant mon récit. » Et Kafka n'avait pas besoin de se reporter au brouillon de Kierkegaard pour comprendre que le vieillard et l'enfant étaient une seule et même personne.

La première reprise poétique se produisit à la fin de l'été 1920. Depuis plus d'un an, Kafka n'arrivait plus à « écrire pour lui ». Comme en 1915, il essayait de ruser avec l'auto-bio-graphie — graphie quand même, graphie faute de mieux. En novembre 1919, ce fut la *Lettre au Père* ; début 1920, ce furent les *Aphorismes en IL* ; à partir du printemps jusqu'à l'automne, ce fut l'ardente correspondance avec Milena. La *Lettre au père* (destinée peut-être au fond davantage à sa mère) est une brillante plaidoirie, dans un contexte familial de nouveau très virulent à cause du mariage d'Ottla avec un goy, et des nouvelles « fiançailles » de Franz avec Julie Wohryzek, une Juive certes, mais « de l'espèce des demoiselles de comptoir » selon le père. Les *Aphorismes en IL* sont, comme en 1915 plusieurs cartes postales à Felice (cf. p. 1022), une tentative d'écrivain en panne d'inspiration pour écrire à la troisième personne : ce sont des aphorismes autobiographiques très différents de ceux de Zürau. Quant aux lettres à Milena Jesenská — jeune femme tchèque, excentrique, scandaleuse, intrépide, non-juive, attirée par la révolution bolchevique —, elles permettent au malade une aspiration passionnée, elles lui fournissent un modèle tonique, d'autant plus que Milena se met à écrire des chroniques qui paraissent régulièrement dans la *Tribuna*, quotidien tchèque, et qu'elle entreprend de traduire en tchèque l'œuvre publiée de Kafka, en commençant par *Le Soutier (Der Heizer)*. Cette correspondance fut un brillant feu de paille. Kafka prit l'initiative de cesser ce commerce épistolaire affolant et épuisant — peu de temps après avoir confié à son amie, le 26 août : « J'ai repris depuis quelques jours la vie de caserne, ou plus exactement de "manœuvres" qui, par périodes, est la meilleure pour mon hygiène, comme je l'ai découvert il y a bien des années. »

Il s'est donc remis à écrire la nuit, en faisant alterner le sommeil et le travail à la table. Il « manœuvre » contre sa peur, contre ses obsessions, contre la folie. À cette époque, il n'écrit plus dans des cahiers, grands ou petits ; il utilise des feuilles volantes, que Max Brod a recueillies et réunies en liasses. Une centaine d'ébauches ont pu ainsi être conservées. Quelques tendances s'en dégagent : la plupart sont des récits écrits à la première personne ; même si l'inspiration est très diversifiée, la ville, les soldats constituent des thèmes fréquents ; la présentation paradoxale des grandes figures mythiques continue de plaire à l'écrivain, et surtout le surgissement onirique de scènes inspirées par l'actualité quotidienne. Dans cet ensemble, les chevaux ne sont guère présents. Notons aussi que durant cette période Kafka est entretenu dans l'idée qu'il est vraiment devenu un écrivain : *Un médecin de campagne* a été enfin publié ; les revues accueillent volontiers ses textes, et il a une traductrice pour le tchèque ! Mais à partir de décembre, il se retrouve tellement affaibli qu'il doit partir pour le sanatorium Tatranské Matliary, dans les Hautes-Tatras. Il y restera huit mois, loin de la capitale, sans rien écrire, dans la société de grands malades contagieux. De retour à Prague en août 1921, il vivra confiné dans sa chambre, chez ses parents. C'est en octobre qu'il donne à Milena son *Journal*, lors d'une visite qu'elle lui fait, comme un ultime legs — car il sait que son état est désespéré. Physiquement, nerveusement, il est au plus bas.

Et c'est pourquoi la deuxième reprise poétique peut être qualifiée de miraculeuse ! Elle date de janvier 1922, à Spindelmühle, une station de montagne près de la frontière polonaise. C'est grâce au médecin de famille, le docteur Hermann, qui ose emmener avec lui un tuberculeux et l'exposer aux rigueurs de l'hiver en haute altitude. Dès son arrivée, Kafka note dans son *Journal* (27 janvier) qu'il éprouve comme « un apport de nouvelles forces » : « l'homme le plus désespéré est obligé de le reconnaître, l'expérience prouve que quelque chose peut sortir du rien, que le cocher avec ses chevaux peut sortir à quatre pattes de la porcherie en ruine... » Les chevaux sont là, de nouveau ! Et c'est avec une référence explicite au *Médecin de campagne* — assortie peut-être du souvenir de la marche des nudistes à quatre pattes, ce qu'on désignait comme « l'appel du matin » à Jungborn, en juillet 1912. Par ailleurs, sur le tableau de l'hôtel, il note qu'il est inscrit sous le nom de Josef K. « Dois-je les éclairer ou me laisser éclairer par eux ? » Il se laisse éclairer... Et c'est un nouveau « Durchbruch », une nouvelle percée : Kafka se remet à écrire dans un gros cahier marron in-quarto. Il s'élance dans ce qui deviendra *Le Château* : sans titre au départ, sans aucun plan ; avec de simples tirets pour séparer des moments qui ne sont pas encore des chapitres ; Kafka écrit au fil de la plume, en usant de la première personne jusqu'au moment précis où le héros-narrateur, encore anonyme, roule avec Frieda sur le plancher de l'auberge, au milieu des flaques de bière, dans l'ordure. C'est alors que Kafka revient à la troisième personne et doit revoir tout son début. À cause d'une « petite saleté » ? à cause de G. — Geschlecht —, le sexe ? D'une de ces attaques du sexe, comme il en note dans son *Journal* ? Évidemment. C'est une attaque caractérisée ; pour l'écrivain il devient indispensable de transposer, de tenir ses distances. L'écriture poétique doit se constituer à l'opposé de l'autobiographie.

À cet égard, le 27 janvier 1922 est une date qui fait époque, à elle toute seule, dans la poétique de Kafka. Ce jour-là, il semble bien qu'il ait accédé à une conception particulièrement nette de ce que pouvait devenir son travail d'écrivain. On trouve en effet dans le *Journal*, à cette date, la notation énigmatique que Malcolm Pasley a rétablie dans sa ponctuation authentique permettant de trouver un sens satisfaisant pour ce passage précis, mais aussi pour l'évolution de l'écrivain dans sa dernière période de production.

« Étrange, mystérieuse consolation donnée par l'écriture, peut-être dangereuse, peut-être libératrice, le bond hors de l'alignement des meurtriers action-observation, action-observation, et simultanément est créée une sorte d'observation plus haute, plus haute et non pas plus aiguë, et plus elle est haute, plus elle devient inaccessible à partir de cet alignement, plus aussi elle est indépendante, plus elle obéit aux lois propres de son mouvement, plus son chemin est imprévisible et joyeux, plus il monte. » (traduit par nous, B.V.C. et G.R.)

Voilà qui définit une poétique renouvelée. Kafka constate ici que grâce à l'écriture il peut faire cesser l'introspection meurtrière, qu'il peut s'installer dans une inspiration proche du rêve. Dans le moment où il écrit, il s'oublie lui-même et met en scène, à tâtons, son présent. Le jeu autobiographique peut s'abolir, au profit de visions qui surgissent naïvement, auxquelles l'écrivain ose de plus en plus souvent se confier. Il ne s'agit pas pour autant d'abandon, car ces visions, et l'écriture qui les traduit, ont des lois propres, qu'il faut respecter. L'écrivain, qui est son premier lecteur, pourra s'étonner, après coup, de certaines correspondances avec ce qu'il connaît trop douloureusement de lui-même. Mais le principal n'est pas là : il s'agit d'abord de continuer à écrire, parce que c'est un soulagement, et peut-être une libération. Évidemment, pour Kafka l'*heautontimoroumenos*, le scrupule de conscience et le remords inextinguible ont vite fait de revenir au milieu de la meute de toutes les Érinnyes : « Comme le chemin de retour est bref » (*Journal*, 4 avril). Il faut donc user de beaucoup de prudence : « 5 février. Je leur ai échappé. Par quelque bond habile. Sous la lampe, dans ma chambre silencieuse. Imprudence de le dire. Cela les fait sortir des bois, comme si l'on avait allumé la lampe pour les aider à trouver la piste. » Il faut savoir ruser, tactiquement : « Utiliser le cheval de l'adversaire pour sa propre course. Unique possibilité. Mais que de forces, que de tours d'adresse il faut pour cela ! Et comme il est déjà tard ! » (9 mars) « Comme je suis guetté ! » (24 mars) En dépit des remords, des fantômes, du sentiment d'être banni dans le désert, loin de Canaan, c'est avec un immense espoir qu'il dit puéril, mais qui est en fait de la naïveté reconquise, qu'à Spindelmühle, dans un paysage de montagnes, dans la neige où il se promène dans un « traîneau à cornes » jusqu'à un pont sur l'Elbe, où il se retrouve souvent le soir avec la douleur d'être vraiment seul au monde, que Franz Kafka se remet à écrire, à tombeau ouvert.

Et cet élan se maintient, tant bien que mal, après son retour à Prague. Durant cet hiver-là sont composées deux des quatre nouvelles qui seront publiées dans le dernier recueil : *Première Souffrance* et *Un artiste du jeûne*. Kafka fait lecture de ces textes à Max Brod ; le 15 mars 1922 pour le début du *Château* ; et Brod, plus que jamais, l'encourage à publier. *Erstes Leid* est expédié aux éditions Kurt Wolff dès le mois de mai. Dans sa lettre d'accompagnement, Kafka précise que « seul le titre vaut quelque chose ». Il faut entendre « première souffrance », « souffrance fondamentale » pour un artiste. « Avoir cette seule et unique barre entre les mains — comment puis-je donc vivre ? » Rédigé sur un feuillet détaché du XIIᵉ Cahier de son *Journal* (qu'il a remis avec les autres à Milena), ce texte très bref que Kafka considérait apparemment comme une vétille fut publié dès juin 1922 dans la revue *Genius*. Quant à *Un artiste du jeûne*, nous aurions tendance à le lire comme un méta-texte, comme le deuxième trapèze réclamé par l'artiste de *Première Souffrance* à son imprésario : « deux trapèzes l'un en face de l'autre ». Cela correspond au nouvel art poétique qui s'est cristallisé à Spindelmühle, mais dont on peut trouver trace dès l'automne 14, dès l'hiver 17. Même si l'imprésario « n'était pas rassuré », il y avait désormais possibilité de doubler, d'amplifier l'exercice acro-poétique. Désormais l'œuvre de Kafka est vouée à se prolonger indéfiniment : un texte sort de l'autre.

Ceci amène à reconsidérer la question de l'inachèvement : car il n'y a plus d'œuvres séparées, mais des fictions poétiques qui s'engendrent l'une l'autre, pour le plus grand plaisir de l'écrivain, physiquement à bout de forces, mais spirituellement au zénith, tout en haut, loin du public. *Un artiste du jeûne* est comme un développement de *Première Souffrance* ; la deuxième nouvelle paraîtra en octobre 1922 dans la *Neue Rundschau*. Et en préparant son recueil en 1923, Kafka cherche encore à développer sa nouvelle : dans une ébauche (*cf.* note 1, p. 1482) l'artiste du jeûne reçoit dans sa cage la visite d'un « collègue » dont la spécialité est l'anthropophagie... Comme on le voit, l'humour de Kafka a retrouvé toute sa vigueur, dans cette dernière période, post-messianique : *Le Château*, comme les quatre nouvelles publiées en recueil en 1924 sont en effet des récits où les héros peuvent être considérés comme de faux messies ; des messies de fantaisie, mais rendus très pathétiques par leur acharnement — ce qui fournit aussi la dynamique propre à chaque texte. Il faut cependant rappeler que ceci est en rapport avec un goût très ancien de Kafka pour les illuminés, monomaniaques, inaccessibles au doute et à l'hésitation — jusqu'à la première souffrance...

À Planá, l'écrivain n'écrit plus que pour lui-même. C'est ce qu'il confie à Max Brod, le 21 juillet 1922, après un très court séjour à Prague où il avait dû retourner parce que son père venait d'être opéré d'une occlusion intestinale. « Donc je n'ai pas eu le temps d'aller te voir ; mais même si j'avais eu le temps, je ne serais pas venu, j'aurais eu beaucoup trop honte, au cas où tu aurais déjà lu mon cahier, ce cahier que j'ai osé te donner après ta nouvelle, et cela, bien que je sache qu'il n'existe que pour être écrit, pas pour être lu. » Écrire pour écrire, c'est pour se soustraire à l'introspection cruelle et à l'angoisse affolante. Ceci permet au moins d'affirmer que *Le Château* ne doit pas être abordé comme une « mise au point personnelle » de l'écrivain, qu'il est absurde aussi de soutenir que c'est le roman le mieux composé de Kafka. *Le Château* n'est pas construit du tout, volontairement. Ce n'est pas déconstruit non plus. C'est une coulée heureuse. Une sorte de grisaille bleutée s'étend sur tout le livre, parce qu'il s'agit d'une atmosphère onirique. C'est aussi pourquoi les descriptions sont plus brèves que jamais. *Le Château* est un archipel de rêves où l'écrivain navigue à vue, en faisant durer le plaisir, séance après séance, autant que ses maux de tête le lui permettent. On n'y perçoit pas la même tension que dans *Le Procès* ou *Le Verdict*. Le dépouillement de la langue, plus sensible que jamais, vise désormais à retenir les détails du rêve, au plus près, sans rien ajouter. Les personnages sont des ombres, évanescentes. Dans *Le Château*, rien n'est intériorisé, ni intellectualisé par l'écrivain. Ce n'est pas une fable, mais *la* fable — comme belle matière précieuse, travaillée par la puissance du verbe, riche de fictions multiples. Ici, point d'allégorie à poursuivre, aucun réalisme à pister, mais une écriture d'effusion relativement paisible. À la différence de Josef K. qui meurt comme un chien, l'arpenteur K. peut pour finir se mettre à rire, il n'y a pas de honte à cela...

Commencé en janvier 1922, *Le Château* est abandonné définitivement en septembre : en moins de neuf mois donc, au fil de la plume, au bénéfice de moments conquis sur l'angoisse, sur la maladie, sur d'horribles souffrances. Chaque fois que Kafka doit s'arrêter, c'est une défaite : parce que ces « écroulements », ces terribles crises d'angoisse se sont multipliées, parce qu'il ne peut pas rester seul à Planá, parce que Ottla doit rentrer à Prague.

Au total, le manuscrit du dernier grand roman se compose de six Cahiers in-quarto. Nous avons suivi bien sûr l'édition de Malcolm Pasley : vingt-cinq chapitres — ou plutôt vingt-cinq moments oniriques — dont seuls dix-neuf portent un titre. Et tout lecteur est immédiatement tenté d'interpréter ces rêves. Mais pourquoi ne pas résister à cette tentation qui n'aboutit qu'à banaliser la création artistique ? Kafka quant à lui s'est toujours acharné à rappeler qu'il n'avait rien voulu crypter, rien voulu chiffrer, qu'il a horreur des allégories et des métaphores. Durant ces ultimes saisons de création, il s'est livré à son inspiration pour échapper à ses démons ordinaires : la littérature plus que jamais est son unique horizon ; l'art, la poésie doivent demeurer étrangers aux affreux accidents quotidiens ; au-dessus du tombeau ouvert, Kafka peut encore voir flotter le même étendard ; il reste un Poète ; il le restera jusqu'à son dernier souffle.

Ses lectures, encore et toujours, fournissent les meilleures médiations pour son écriture — et, pour le lecteur épris de vérité artistique, les meilleurs instruments d'interprétation. Dans la *Correspondance* de cette saison-là, les allusions les plus fréquentes renvoient soit aux *Voyages de Gulliver*, soit à un récit en vers tout récent comme *Die Osterfeier* (La fête de Pâques) de Max Mell, et surtout à *Anna, un poème d'amour à la campagne*, récit de Gerhart Hauptmann. Si l'on tient compte de cet intérêt spécifiquement littéraire, *Le Château* pourrait bien être, par excellence, le récit poétique de Franz Kafka.

Et l'aphorisme de Kierkegaard que nous avons cité (p. 1132) pourrait bien, dans ces conditions, ouvrir la vraie piste de l'écriture, sinon de la lecture. En effet, ce château fort dressé comme un nid d'aigle, c'est l'écrivain qui pique dans un vol pathétique pour saisir quelque proie. L'écriture du *Château* a dû se vouloir paradoxalement prédatrice. Cet écrivain-là entend rester un aigle ; il cherche à rapporter, tel un butin, des tableaux pour les faire entrer dans la trame d'une tapisserie : des paysans dans la neige, du sexe à l'auberge, une école de village, les bruits dans le téléphone, la chaleur épuisante d'un bordel utopique. « Alors », a pu se dire cet écrivain-là, « tout ce qui a été vécu, je le plonge dans les eaux baptismales de l'oubli pour le consacrer à l'éternité du ressouvenir. »

C'est pourquoi l'écriture du *Château* a pu glisser comme sur des coulisses vers *Les Recherches d'un chien*. L'histoire de l'arpenteur est une recherche qui ressemble encore à un roman ; les méditations du vieux chien, resté jeune, ne ressemblent à rien. Ces *Forschungen eines Hundes* ouvrent l'avant-dernière saison de production poétique, saison entièrement consacrée à la Fable comme « éternité du ressouvenir ». Manifestement Kafka parvient à pousser encore plus loin sa recherche d'écrivain, vers des espaces nouveaux, avec des procédés qui s'enhardissent, avec une foi qui s'autorise de la plus haute tradition littéraire et artistique. Nous avons trouvé particulièrement éclairante à cet égard une ébauche de lettre à Franz Werfel, conservée dans le Cahier noir in-quarto nº 2, juste après un récit tout prêt pour la publication : *Das Ehepaar* (*Le Couple*, le titre n'étant pas de Kafka).

On est en décembre 1922 : de passage à Prague, Werfel, cadet brillant, est venu rendre visite à son aîné qui ne quitte plus sa chambre. Il faut parler de la dernière pièce de Werfel : *Schweiger* (l'homme qui se tait). Et Kafka est à la torture ; car cette pièce le « touche de très près », elle « l'atteint atrocement dans la région la plus atroce ». Elle traite des suites de la guerre, de l'antisémitisme, de la société embourbée. Pour Kafka il s'agit de « trois actes de boue ». De quoi est faite son aversion profonde pour ce genre de production littéraire ? principalement de la réduction opérée à une réalité particulière, isolée et contingente. Et qu'oppose-t-il, immédiatement, comme antithèse ? le conte (das Märchen) : « Quand on relate un conte, tout le monde sait que l'on s'est confié à des puissances inconnues et que les juges d'aujourd'hui ont été éliminés. » Cette réflexion, au moment où il écrit encore *Recherches d'un chien*, permet de saisir ses orientations définitives.

La littérature qu'il appelle de ses vœux, tout en se méfiant immédiatement d'une conception trop grandiose, devrait permettre d'éliminer les « juges d'aujourd'hui », de se « confier à des puissances inconnues » ; elle ne devrait surtout pas se détourner des « contes », car ce pourrait bien être la forme la plus adéquate à la situation contemporaine. Les derniers textes écrits par Kafka sont à placer sous cette égide de « puissances inconnues », perpétuées par la littérature de haute tradition, et qu'il ne faut surtout pas confondre avec les diables et les fantômes auxquels l'écrivain s'acharne à échapper par son écriture même. À Berlin, avec Dora, Franz lisait énormément ; des livres sur l'art, de la poésie et beaucoup de contes, précisément : *Les Merveilleux Voyages du baron de Münchhausen, Peter Schlemihl*, les *Contes* de Grimm et les *Contes* d'Andersen, *Le Chat Murr, La Marquise d'O.*

D'où les histoires d'animaux, dont la veine ne tarit pas — des animaux sans prestige particulier, des animaux paradoxaux. Pas de tigres ou de lions, plus de chevaux. Mais des chiens ; des chiens qui ne sont plus cyniques, des chiens qui connaissent la pudeur. Et une bête innommable qui vit dans un terrier, pour son terrier, la bête-terrier. Et des souris, beaucoup de souris qui couinent, qui sifflent et qui aimeraient croire que l'une d'entre elles chantât... Ce sont des contes naïfs et compliqués pour enrichir le monde, composés à partir de procédés « voilés » et que Malcolm Pasley a devinés ingénieusement. Certains s'en offusquent. Mais qu'y faire ? Kafka n'est pas un saint. C'est un conteur génial, de plus en plus sûr de son génie, excentrique et paradoxal. En tout cas, les contes qu'il compose en sa dernière saison font glisser les êtres les uns sur les autres, font coulisser les phrases dans un mouvement ininterrompu. Dans cette perspective, *Le Couple* devient un récit digne de Raymond Roussel, bâti sur deux phrases banales : « Papa est mort d'ennui » et « Maman fait des miracles » ! *Le Terrier* devient le corps glorieux de l'écrivain, son œuvre incarnée. *Une petite femme* est une méditation sur la littérature, à partir d'un objet concret, posé là sur la table de l'écrivain : l'un de ses précieux Cahiers. À Zürau comme à Planá, Kafka était capable d'enrichir spontanément de fictions merveilleuses le monde ambiant. Cela continue dans ses chambres berlinoises. Pasley cite ainsi une lettre à sa sœur Valli Pollak, écrite de Berlin-Steglitz en novembre 1923. La lampe, la pendule, l'éphéméride entretiennent avec l'écrivain des relations personnelles. Et Franz de conclure : « Si je voulais te parler de cette façon de toutes les choses avec quoi je suis en contact, bien entendu je n'en finirais pas... »

Nous n'avons pas pu conserver tous ces textes dans la présente édition. Mais nous donnons, au complet et suivant l'ordre arrêté par Kafka, le septième livre : *Ein Hungerkünstler,*

*Vier Geschichten*, Berlin, Die Schmiede 1924, 86 p. Le dernier petit livre, qui ne devait d'abord comprendre que trois contes : *Première Souffrance*, *Une petite femme* et *Un artiste du jeûne*. S'y ajouta *Joséphine la cantatrice ou le peuple des souris*, composé à Prague en mars 1924. Dans le premier projet, le livre faisait apparaître peut-être plus fortement la nouvelle manière de Kafka. Mais le chant de Joséphine vient couronner l'œuvre tout entière — un chant à poursuivre... en tenant compte du credo de l'écrivain :

  1) La littérature est toujours douteuse, grandiose et inutile (ébauche de lettre à Werfel, décembre 1922).

  2) L'activité littéraire est la chose qui m'importe le plus sur terre (lettre à Robert Klopstock, fin mars 1923).

  3) La littérature crée la possibilité d'une parole vraie d'être à être, en échappant aux fantômes (lettre à Max Brod, octobre 1923).

  4) La littérature fait naître une joie formelle, sans aucun fondement (lettre à Max Brod, mi-janvier 1924).

Ces convictions devraient dissiper beaucoup de faux problèmes : la petite femme *n'est pas* la logeuse de Berlin ; le trapéziste et l'artiste du jeûne *ne sont pas* des autoportraits, même ironiques ; le peuple des souris *n'est pas* le peuple juif.

*Les récits de Kafka sont des agencements où éclate la joie du créateur, de l'être qui joue.*

# LE CHÂTEAU

*Le traducteur exprime à Brigitte Vergne-Cain
sa reconnaissance pour les nombreuses suggestions
dont elle a fait bénéficier le présent travail.*

# 1

## ARRIVÉE

Il était tard dans la soirée lorsque K. arriva. Une neige épaisse recouvrait le village. La colline du château était invisible, elle était plongée dans le brouillard et les ténèbres, pas la moindre lueur n'indiquait le grand château. K. se tint longtemps sur le pont de bois qui relie la grand-route au village [1], et dirigea son regard là-haut, vers cette apparence de vide.

Puis il alla chercher un gîte pour la nuit ; à l'auberge, on veillait encore ; l'aubergiste n'avait aucune chambre à louer, mais fort surpris et déconcerté par l'arrivée tardive de ce client, il était disposé à laisser dormir K. sur une paillasse dans la salle de l'auberge, K. accepta [2]. Quelques paysans étaient encore

---

1. Max Brod, dans ses éditions successives (1925, 1936, 1951), avait ici « rectifié » en *reliait* ce verbe écrit d'emblée au présent par Kafka ; l'édition critique le rétablit bien sûr, car il est plein de sens — attestant l'existence d'un narrateur distinct du protagoniste et donnant à la réalité de l'ensemble « château-village » un poids objectif tout différent (cf. Postface de M. Pasley in *Das Schloss*, Fischer Taschenbuch, p. 398). 2. La simple virgule — « , K. accepta » — qui précède la décision de K. d'accepter cette installation sommaire signale l'immédiate succession des répliques. Dans l'édition de M. Brod qui coupait ici la phrase, en remplaçant cette virgule par un point, K. paraissait (de façon plus banale) réfléchir d'abord quelques instants. Cet usage très parcimonieux de la ponctuation se constate dans tout le roman ;

assis autour d'une bière, mais il n'avait envie de parler avec personne, alla lui-même chercher la paillasse au grenier et s'allongea à proximité du poêle. Il faisait chaud, les paysans se taisaient, il les examina encore un peu d'un œil fatigué, puis il s'endormit.

Mais peu de temps après, on le réveillait déjà. Un jeune homme, en tenue de ville, qui avait un visage d'acteur aux yeux étroits et aux sourcils épais, se tenait debout à côté de lui en compagnie de l'aubergiste. Les paysans eux aussi étaient encore là, certains avaient retourné leurs sièges pour mieux voir et entendre. Le jeune homme s'excusa très poliment d'avoir réveillé K., se présenta comme le fils du gouverneur du château et ajouta : « Ce village est la propriété du château, quiconque habite ici ou y passe la nuit, habite ou passe en quelque sorte la nuit dans le château. Personne n'y est autorisé sans la permission du Comte. Or vous n'avez pas de semblable permission, ou du moins vous ne l'avez pas présentée. »

K. s'était à moitié redressé et s'était passé la main dans les cheveux, il regarda ces gens par en dessous et dit : « Dans quel village me suis-je égaré ? Il y a donc un château ici ?

— Mais oui, fit lentement le jeune homme, tandis qu'ici et là on hochait la tête en regardant K., le château de M. le Comte Westwest.

— Et il faut avoir la permission pour y passer la nuit ? demanda K., comme pour s'assurer qu'il n'avait pas rêvé, peut-être, ce qu'on venait de lui annoncer.

— Il faut avoir l'autorisation, fut la réponse, et le jeune homme se moqua grossièrement de K. en demandant à l'aubergiste et aux clients, le bras tendu : À moins qu'il n'en faille pas, peut-être ?

---

il n'est ni accidentel, ni « négligent ». Il vise à présenter comme formant un tout, une seule séquence, des événements, déclarations ou réflexions concernant directement le protagoniste. La traduction s'efforce donc aussi de rendre cette fluidité, cette dynamique : on trouvera souvent de simples virgules là où l'on s'« attendrait » à une ponctuation plus tranchée.

— Bon, je suis donc sans doute obligé d'aller me chercher cette autorisation, fit K. en bâillant, et il repoussa la couverture comme pour se lever.

— Ah oui, et auprès de qui ? demanda le jeune homme.

— Auprès de M. le Comte, dit K., puisqu'il n'y a sans doute rien d'autre à faire.

— Maintenant, à minuit, aller chercher l'autorisation auprès de M. le Comte ? s'écria le jeune homme en reculant d'un pas.

— Cela n'est-il pas possible ? demanda K. sans sourciller. Alors pourquoi m'avez-vous réveillé ? »

Mais cette fois-ci, le jeune homme s'écria, hors de lui : « Voilà bien des manières de vagabond ! J'exige le respect devant les autorités comtales ! Je vous ai réveillé pour vous faire savoir que vous devez immédiatement quitter le territoire du Comte.

— La comédie a assez duré, fit K. à voix basse, et il se rallongea en ramenant sur lui la couverture ; vous allez un peu trop loin, jeune homme et je reviendrai demain sur votre conduite. L'aubergiste et ces messieurs là-bas sont mes témoins, pour autant que j'aie d'ailleurs besoin de témoins. Au reste, permettez-moi de vous dire que je suis l'arpenteur que le Comte a fait venir. Mes assistants me rejoindront demain en voiture avec les appareils de mesure. Je n'ai pas voulu rater cette occasion d'une marche dans la neige, mais je me suis malheureusement perdu plusieurs fois, d'où mon arrivée tardive. J'étais conscient qu'il était trop tard pour me présenter au château, bien avant que vous ne me fassiez la leçon. C'est pourquoi je me suis contenté de ce lit de fortune où vous avez eu — pour ne pas en dire plus — l'impolitesse de me déranger. Sur ce, trêve d'explications. Bonne nuit, messieurs. » Et K. se tourna vers le poêle.

« L'arpenteur ? » entendit-il demander avec hésitation derrière lui, puis il y eut un silence général. Mais le jeune homme retrouva bientôt sa contenance, et dit à l'aubergiste, assez en sourdine pour avoir l'air de respecter le sommeil de K., mais assez fort pour que celui-ci le comprenne : « Je vais m'informer par téléphone. » Quoi, il y avait aussi un téléphone dans cette auberge ? On était remarquablement équipé. Ce détail surprit

K., même si, dans l'ensemble, il s'y était attendu. Il s'avéra que le téléphone était situé presque au-dessus de sa tête, il avait tellement sommeil qu'il ne l'avait pas remarqué. Or, si le jeune homme devait téléphoner, avec la meilleure volonté du monde il ne pouvait ménager le sommeil de K., il s'agissait donc simplement de savoir si K. le laisserait agir, il décida de le laisser faire. Mais alors, cela ne rimait à rien de faire semblant de dormir, il se remit donc en position assise. Il vit les paysans reculer timidement et se consulter, l'arrivée d'un arpenteur n'était pas un mince événement. La porte de la cuisine s'était ouverte, et l'imposante silhouette de la patronne en occupa toute l'embrasure ; l'aubergiste s'approcha d'elle sur la pointe des pieds pour tout lui raconter. C'est alors que la conversation téléphonique commença. Le gouverneur dormait, mais un gouverneur-adjoint, l'un des gouverneurs-adjoints, un certain M. Fritz était là. Le jeune homme, qui se présenta sous le nom de Schwarzer, raconta comment il avait trouvé K., individu d'une trentaine d'années tout dépenaillé, en train de dormir tranquillement sur une paillasse, avec pour oreiller un minuscule sac à dos et un bâton noueux à portée de la main. Bien sûr il lui avait paru suspect, et comme l'aubergiste avait manifestement manqué à son devoir, il avait considéré de son devoir à lui, Schwarzer, d'élucider cette affaire. K. avait pris ce réveil de très mauvaise grâce, ainsi que l'interrogatoire et la menace réglementaire d'expulsion du comté qui lui avait été adressée ; peut-être à juste titre d'ailleurs, comme la suite l'avait montré, car il affirmait être l'arpenteur engagé par M. le Comte. Il convenait bien sûr, au moins pour respecter les formes, de vérifier ces affirmations, c'est pourquoi Schwarzer priait M. Fritz de vérifier au bureau central si un arpenteur était bien attendu, et de téléphoner aussitôt la réponse.

Puis tout fut silencieux, à l'autre bout, Fritz se renseignait et ici, on attendait la réponse ; K. restait comme auparavant, sans même se retourner ni manifester la moindre curiosité, regardant droit devant lui. Le récit de Schwarzer, avec son mélange de méchanceté et de prudence, lui donnait une idée de l'espèce de culture diplomatique où même des personnages subalternes comme Schwarzer étaient passés maîtres, au château. Et on ne manquait pas non plus d'ardeur au travail là-bas, le bureau central avait un service de nuit. Et visiblement, il répondait à toute vitesse, car déjà Fritz rappelait. Mais ce rapport sembla des plus brefs, car Schwarzer furieux raccrocha aussitôt. « C'est bien ce que je disais, s'écria-t-il, pas l'ombre d'un arpenteur, un vulgaire menteur, un vagabond, ou pire encore sans doute. » Pendant un instant, K. crut que Schwarzer, les paysans, l'aubergiste et sa femme allaient tous se précipiter sur lui ; pour échapper au moins au premier assaut, il se recroquevilla sous la couverture ; c'est alors — il ressortit lentement la tête — que le téléphone retentit à nouveau, avec une force particulière, trouva K. Il y avait peu de chances pour qu'il s'agisse à nouveau de K., cependant tous s'immobilisèrent, et Schwarzer retourna décrocher. Il écouta jusqu'au bout une assez longue explication, puis fit doucement : « C'est une erreur, donc ? C'est fort déplaisant pour moi. Le chef du bureau a lui-même téléphoné ? Bizarre, bizarre. Et comment dois-je expliquer cela à M. l'Arpenteur, maintenant ? »

K. tendit l'oreille. Le château l'avait donc nommé arpenteur. D'un côté, cela lui était défavorable, car cela indiquait qu'au château on avait sur lui tous les renseignements nécessaires, qu'on avait évalué le rapport de forces et qu'on abordait la lutte avec le sourire. Mais d'un autre côté, cela lui était aussi favorable, car cela prouvait selon lui qu'on le sous-estimait, et qu'il aurait plus de liberté qu'il n'eût pu l'espérer de prime abord. Et si l'on croyait pouvoir le maintenir dans un état de terreur continuelle en reconnaissant son statut d'arpenteur, ce qui témoignait certainement d'une plus grande force intellectuelle, on se faisait des illusions ; il en eut un léger frisson, rien de plus.

Schwarzer s'approchant timidement, K. lui signifia de s'éloigner ; malgré ses invitations pressantes, il refusa de se transporter dans la chambre de l'aubergiste, il se contenta d'accepter que l'aubergiste lui donne un petit verre pour dormir, et sa femme, une cuvette avec du savon et une serviette, et il n'eut même pas besoin de demander qu'on vide la salle, car tout le monde se précipita vers la sortie en détournant le visage, de peur d'être reconnu par K. le lendemain ; on éteignit la lampe, et il fut enfin au calme. Il dormit d'un sommeil profond jusqu'au matin, à peine vaguement dérangé, une ou deux fois, par des rats qui couraient à travers la pièce.

Après le petit déjeuner qui, au dire de l'aubergiste, serait réglé par le château, comme d'ailleurs tout le reste de sa pension, il voulut aussitôt se rendre au village. Jusque-là, il avait limité la conversation avec l'aubergiste au strict minimum, en souvenir de sa conduite de la veille, mais comme il ne cessait de tourner autour de lui avec un air de muette supplication, il eut pitié de lui et le laissa s'asseoir un instant à ses côtés.

« Je ne connais pas encore le Comte, dit K., on dit qu'il paie bien quand le travail est bien fait, est-ce vrai ? Quand on part comme moi si loin de sa femme et de son enfant, on veut aussi rentrer chez soi avec quelque chose en poche.

— De ce côté-là, Monsieur n'a pas de soucis à se faire, on n'entend personne se plaindre d'être mal payé.

— Bon, dit K., je ne suis pas timide et je peux aussi dire mon avis à un comte, mais il vaut beaucoup mieux s'entendre à l'amiable avec ces messieurs, bien sûr. »

L'aubergiste était assis en face de K. sur le rebord de la fenêtre, il n'osait s'asseoir plus à son aise, et fixait sur K. de grands yeux bruns anxieux. Il avait commencé par imposer sa présence à K., et maintenant on avait l'impression qu'il eût préféré prendre la fuite. Craignait-il d'être interrogé sur le Comte ? Craignait-il que le « monsieur » qu'il voyait en K. ne soit pas de confiance ? K. devait faire diversion. Il regarda sa montre et dit : « Mes assistants vont bientôt arriver, maintenant, pourras-tu les loger ici ?

— Bien sûr, monsieur, fit-il, mais ne vont-ils pas habiter avec toi, au château ? »

Renonçait-il si aisément et de si bon cœur aux clients, et à K. en particulier, qu'il voulait absolument renvoyer au château ?

« Ce n'est pas encore sûr, dit K., je dois d'abord m'informer sur le genre de travail qu'on me réserve. Si je dois par ex. travailler ici en bas, il sera plus raisonnable d'habiter ici. Je crains aussi que la vie au château ne me déplaise. Je tiens à ma liberté.

— Tu ne connais pas le château, dit l'aubergiste à voix basse.

— Certes, fit K., il ne faut pas juger trop vite. Après tout, pour l'instant, je sais seulement que le château s'y entend pour choisir un bon arpenteur. Peut-être a-t-il d'autres qualités encore. » Et il se leva pour délivrer de sa présence l'aubergiste, qui se mordait les lèvres d'inquiétude. La confiance de cet homme n'était pas facile à gagner.

En sortant, K. avisa un portrait sombre, dans un cadre sombre. Étendu, il l'avait déjà remarqué, mais la distance l'empêchant de distinguer les détails, il avait cru que la toile avait été retirée du cadre, et que seul le châssis noir était visible. Or c'était bien un tableau, il le constatait maintenant, le buste d'un homme d'environ cinquante ans. Il tenait sa tête tellement penchée sur sa poitrine qu'on voyait à peine ses yeux, un front haut et lourd ainsi qu'un grand nez aquilin semblaient le faire ployer sous leur charge. La barbe, enfoncée au niveau du menton à cause de cette posture, se déployait plus bas. Les doigts écartés de la main gauche étaient posés sur son ample chevelure, mais sans parvenir à soulever la tête. « Qui est-ce, demanda K., le Comte ? » K. était debout devant le tableau, il ne se retourna pas vers l'aubergiste. « Non, dit l'aubergiste, c'est le gouverneur. — Ils ont un beau gouverneur au château, c'est vrai, dit K., dommage que son fils soit si mal élevé. — Non, dit l'aubergiste en attirant K. un peu vers lui, et il lui chuchota à l'oreille : Schwarzer a exagéré hier, son père est simplement un gouverneur-adjoint, et même un des plus subalternes. » À cet instant, l'aubergiste faisait à K. l'impression d'un enfant. « Le coquin ! dit K. en riant, mais loin de rire avec lui, l'aubergiste ajouta : — Son père *à lui aussi* est puissant. — Allons ! dit K., tu crois tout le monde puissant. Moi aussi, peut-être ? — Toi, fit-il timidement, mais d'un air sérieux, je ne te crois pas puissant. — Tu as donc tout de même le sens de l'observation, dit K., en effet, soit dit entre nous, je ne suis vraiment pas puissant. Et c'est pourquoi j'ai sans doute autant de respect que toi envers les puissants, mais n'ayant pas ta franchise, je ne suis pas toujours prêt à l'admettre. » Et K. donna à l'aubergiste une petite tape sur la joue pour le consoler et l'amadouer. L'aubergiste finit alors par esquisser un sourire. C'était vraiment un jeune homme, avec son visage tendre et presque imberbe. Comment se retrouvait-il avec cette femme imposante et d'âge mûr qu'on voyait à côté, derrière une lucarne, les coudes écartés du corps, en train de s'affairer dans la cuisine ? Mais K. renonça à le sonder davantage, ne voulant pas chasser ce sourire enfin obtenu, il se contenta donc de lui faire signe de lui ouvrir la porte, et sortit dans cette belle matinée d'hiver.

Il voyait maintenant le château se dessiner nettement dans l'air limpide, plus net encore parce que la neige épousait toutes les formes et recouvrait le paysage d'une couche légère. Du reste, il semblait y avoir beaucoup moins de neige là-haut sur la colline qu'ici au village, où K. eut autant de mal à avancer que la veille sur la grand-route. Ici, la neige atteignait les fenêtres des chalets et pesait aussi sur leurs toits bas, avançant vers le sol ; mais là-haut sur la colline, tout se dressait avec aisance et liberté, ou du moins en donnait l'impression, vu d'ici.

Dans l'ensemble, le château vu à distance correspondait aux attentes de K. Il ne s'agissait ni d'un vieux manoir, ni d'un palais, mais d'un édifice récent tout en longueur, composé de quelques bâtiments à deux étages et d'une multitude de petits pavillons adossés les uns aux autres ; si l'on n'avait pas su que c'est un château [1], on aurait pu le prendre pour une petite ville. K. voyait seulement une tour, il était impossible de savoir si elle appartenait à un édifice privé ou à une église. Des nuées de corbeaux tournoyaient autour.

---

1. Le manuscrit porte bien « si l'on n'avait pas su que *c'est* un château » (« ist ») et non « que *c'était* » (ce serait « sei » en allemand), comme le donnait le texte « corrigé » par Max Brod. C'est donc bien ici encore installer ce singulier château dans une réalité objective sur laquelle le récit en lui-même n'a pas de prise (*cf.* note 1, p. 1147).

Les yeux braqués sur le château, K. poursuivit sa route sans se préoccuper de rien d'autre. Mais en approchant, il fut déçu par le château, ce n'était qu'une assez minable bourgade, tout compte fait, composée de maisons rustiques apparemment toutes en pierre, ce qui était leur seul trait distinctif, mais le crépi était tombé depuis longtemps, et la pierre semblait s'effriter. K. eut le souvenir fugace de sa petite ville natale, elle n'avait guère à envier à ce prétendu château ; si K. était seulement venu pour la visite, ce long voyage n'en aurait pas valu la peine, et il eût mieux fait de retourner visiter son vieux pays, où il n'avait pas été depuis si longtemps. Et il compara en son for intérieur le clocher de son village avec cette tour, là-haut. Une tour hardie, décidée, bien droite et s'amenuisant dans les hauteurs, se terminant par un vaste toit de tuiles rouges, un édifice terrestre — que savons-nous construire d'autre ? —, mais visant plus haut que le fouillis des maisons basses, et plus clair dans son expression que ne l'est la grisaille du labeur quotidien. Cette tour, là-haut — c'était la seule visible — appartenait, comme on le découvrait à présent, à une résidence, peut-être au bâtiment central du château ; c'était un édifice circulaire régulier, en partie heureusement recouvert de lierre, percé de petites fenêtres qui brillaient au soleil — cela avait quelque chose d'insensé — et se terminant par une sorte de galerie dont les créneaux incertains, inégaux, fendillés, comme dessinés par la main inquiète ou négligente d'un enfant, découpaient le ciel bleu. C'était comme si quelque habitant neurasthénique, confiné avec raison dans la pièce la plus éloignée de la maison, avait percé le toit et s'était dressé pour s'exhiber au monde.

K. s'arrêta de nouveau, comme si rester immobile lui eût donné une plus grande force de jugement. Mais il fut dérangé. Derrière l'église du village près de laquelle il s'était arrêté — en fait, c'était seulement une chapelle, agrandie par une sorte de grange pour pouvoir héberger tous les fidèles —, se trouvait l'école. Cette longue bâtisse peu élevée, singulier mélange de provisoire et de très ancien, était située derrière un jardin clôturé, devenu un champ de neige. Les enfants étaient en train de sortir avec leur instituteur. Agglutinés autour de l'instituteur et les yeux rivés sur lui, ils bavardaient sans arrêt, parlant trop vite pour que K. les comprenne. L'instituteur, un petit homme jeune, étroit d'épaules, très droit mais sans rien de ridicule, avait déjà aperçu K. de loin ; à vrai dire, en dehors de son groupe K. était le seul être humain à la ronde. Étant l'étranger, K. salua le premier ce petit homme manifestement autoritaire. « Bonjour monsieur l'Instituteur », fit-il. D'un coup, les enfants se turent, et ce soudain silence qui préludait à ses paroles dut être fort agréable à l'instituteur. « Vous regardez le château ? » demanda-t-il sur un ton plus doux que K. ne s'y attendait, mais qui semblait désapprouver ce que faisait K. « Oui, dit K., je suis étranger, je ne suis sur place que depuis hier soir. — Le château ne vous plaît pas ? demanda rapidement l'instituteur. — Comment ? lui demanda K. à son tour, un peu interloqué, et il répéta la question en l'adoucissant : Si le château me plaît ? Pourquoi présumez-vous qu'il me déplaît ? — Il ne plaît jamais aux étrangers », dit l'instituteur. Pour ne pas commettre d'impair, K. détourna la conversation en demandant : « Vous connaissez le Comte, sans doute ? — Non, fit l'instituteur, qui voulut s'éloigner ; mais sans lâcher prise K. lui redemanda : — Quoi ? Vous ne connaissez pas le Comte ? — Et comment le connaîtrais-je ? fit l'instituteur à voix basse en ajoutant à haute voix en français : — Tenez donc un peu compte de la présence d'enfants innocents. » K. se jugea autorisé à lui demander : « Pourrais-je vous rendre visite un de ces jours, monsieur l'Instituteur ? Je vais rester ici assez longtemps, et je me sens un peu isolé, je n'ai pas ma place parmi les paysans et au château non plus, sans doute. — Il n'y a aucune différence entre les paysans et le château, fit l'instituteur. — C'est possible, dit K., mais cela ne change rien à ma situation. Pourrais-je vous rendre visite un de ces jours ? — J'habite rue du Cygne, près de chez le boucher. » C'était plus une information qu'une invitation, mais K. dit néanmoins : « Bien, je viendrai. » L'instituteur acquiesça et se remit aussitôt en route avec la ribambelle d'enfants qui avaient recommencé à crier à tue-tête. Ils disparurent bientôt dans une ruelle très en pente.

De son côté, K. était déconcerté et agacé par cette conversation. Pour la première fois depuis son arrivée, il éprouvait une véritable fatigue. Le long voyage jusqu'ici ne semblait d'abord guère l'avoir fatigué — avec quel calme il avait marché, jour après jour, pas à pas ! — mais les suites de cet effort excessif finissaient néanmoins par se faire sentir, et fort à contretemps. Il éprouvait un besoin irrésistible de nouvelles rencontres, mais chaque nouvelle rencontre augmentait sa fatigue. Si, vu son état aujourd'hui, il se forçait à allonger sa promenade au moins jusqu'à l'entrée du château, il en aurait fait bien assez. Il se remit donc en chemin, mais la route était longue. Car la rue, cette grande rue du village, n'allait pas jusqu'à la colline du château, elle s'en approchait simplement, puis elle faisait comme exprès de tourner, et sans s'éloigner du château, elle ne s'en rapprochait pas non plus. K. s'attendait constamment à ce que la rue se décide enfin à rejoindre le château, et seule cette attente le poussait à aller plus loin ; c'était de toute évidence par fatigue qu'il hésitait à quitter cette rue, il s'étonnait aussi de la longueur du village qui n'en finissait pas : sans cesse de nouvelles petites maisons et des vitres couvertes de glace, et la neige, et pas âme qui vive à l'horizon — enfin, il s'arracha de cette rue qui le retenait prisonnier, s'engagea dans une ruelle étroite avec de la neige encore plus profonde, il fallait peiner pour ressortir ses pieds qui s'enfonçaient, il se mit à transpirer, et soudain s'arrêta, incapable d'avancer.

Bien sûr, il n'était pas isolé ; à droite et à gauche se trouvaient des chalets de paysans, il fit une boule de neige et la lança contre une fenêtre. Aussitôt la porte s'ouvrit — la première porte à s'ouvrir sur son chemin dans le village — et un vieux paysan dans une veste en fourrure brune, la tête inclinée, l'air fragile et sympathique, apparut dans l'embrasure. « Puis-je entrer chez vous quelques instants, dit K., je suis très fatigué. » Il n'entendit pas du tout les paroles du vieux, mais lui fut reconnaissant de pousser vers lui une planche qui l'aida aussitôt à sortir de la neige, et en quelques pas il se trouva dans la salle.

Une grande salle dans la pénombre. En venant du dehors, on ne voyait rien d'abord. K. buta contre un baquet à linge, une main féminine le retint. Des enfants braillaient dans un coin. Dans un autre coin, des volutes de fumée transformaient le demi-jour en ténèbres, K. était comme environné de nuages. « Mais il est ivre, dit quelqu'un. — Qui êtes-vous ? lança une voix impérieuse, puis, s'adressant sans doute au vieux : Pourquoi l'as-tu laissé entrer ? Est-ce qu'on peut laisser entrer tout ce qui rôde dans les rues ? — Je suis l'arpenteur du Comte, dit K. en cherchant à se justifier devant ces personnages toujours invisibles. — Ah, c'est l'arpenteur, fit une voix de femme, et il se fit un silence total. — Vous me connaissez ? demanda K. — Bien sûr », fit la même voix sèchement. Qu'il fût connu semblait une piètre recommandation.

Enfin, la fumée se dissipa un peu, et K. put se repérer peu à peu. C'était apparemment le jour du grand nettoyage. Près de la porte, on lavait du linge. Mais la fumée venait du coin gauche où, dans un baquet en bois comme K. n'en avait jamais vu d'aussi grand (il avait à peu près la dimension de deux lits), deux hommes étaient en train de prendre leur bain dans l'eau fumante. Mais sans qu'on sût au juste pourquoi, c'était le coin droit qui était plus surprenant encore. À travers une grande lucarne, la seule dans le mur du fond, pénétrait la lumière pâle de la neige, venant sans doute de la cour, et elle donnait l'éclat de la soie au vêtement d'une femme qui était presque allongée dans un grand fauteuil, l'air fatigué, tout à fait dans le coin. Elle allaitait un nourrisson. Autour d'elle jouaient deux ou trois enfants, des enfants de paysans selon toute apparence, mais elle ne semblait pas être des leurs, il est vrai que la maladie et la fatigue donnent une certaine finesse même aux paysans.

« Asseyez-vous », dit l'un des hommes. Il avait une grande barbe ainsi qu'une moustache, et respirait bruyamment la bouche ouverte ; de sa main qu'il leva au-dessus du baquet, il fit un geste comique à voir, en indiquant un coffre et en aspergeant d'eau chaude tout le visage de K. Sur ce coffre était déjà assis tout somnolent le vieillard qui l'avait laissé entrer. K. fut reconnaissant de pouvoir enfin s'asseoir. Et plus personne ne s'occupa de lui. La femme près du bac à lessive, blonde et d'une jeunesse épanouie, chantonnait en travaillant, les hommes dans le baquet trépignaient et se retournaient dans tous les sens, les enfants voulaient s'approcher d'eux, mais ils étaient constamment repoussés par de vigoureuses giclées d'eau qui n'épargnaient pas non plus K. ; la femme allongée dans le fauteuil était comme inanimée, elle ne baissait même pas les yeux sur l'enfant qui reposait contre son sein, mais regardait vaguement dans les hauteurs.

K. avait sans doute considéré longtemps cette belle image triste et immuable, mais il avait dû ensuite s'endormir, car lorsqu'une voix sonore le fit sursauter en l'appelant, sa tête reposait sur l'épaule du vieux à côté de lui. Les hommes avaient terminé leur bain où maintenant s'agitaient les enfants, surveillés par la femme blonde, et ils se tenaient debout tout habillés devant K. Le barbu criard s'avéra être le moins important des deux. L'autre, en effet, qui n'était pas plus grand que le barbu et avait une barbe beaucoup plus clairsemée, était un individu taciturne, réfléchissant lentement, aussi carré d'épaules que de visage, il tenait sa tête penchée. « Monsieur l'Arpenteur, dit-il, vous ne pouvez pas rester ici. Pardonnez mon impolitesse. — Je n'avais pas non plus l'intention de rester, dit K., je voulais simplement me reposer un petit peu. C'est chose faite et je m'en vais à présent. — Vous êtes sans doute étonné de notre manque d'hospitalité, dit l'homme, mais chez nous l'hospitalité n'est pas d'usage, nous n'avons pas besoin d'invités. » Un peu plus frais d'avoir dormi, un peu plus attentif qu'auparavant, K. apprécia cette franchise. Plus libre de ses mouvements, il appuya son bâton ici et là sur le sol et s'approcha de la femme dans le fauteuil ; du reste, c'était lui le plus grand dans toute la salle.

« Bien sûr, fit K., quel besoin auriez-vous d'inviter quiconque ? Mais de temps à autre on a tout de même besoin de quelqu'un, par ex. de moi, l'arpenteur. — Je n'en sais rien, dit l'homme lentement ; si on vous a appelé, on a sans doute besoin de vous, ce doit être une exception, mais nous autres, les petites gens, nous nous en tenons à la règle, vous ne pouvez pas nous en vouloir. — Non, non, dit K. Je ne peux que vous remercier, vous et tous les autres ici. » Et sans que personne s'y attendît, K. se retourna littéralement d'un bond et se plaça devant la femme. Elle regarda K. de ses yeux bleus fatigués, une mousseline de soie transparente lui descendait jusqu'à la moitié du front, le nourrisson dormait contre son sein. « Qui es-tu ? » demanda K. Sur un ton dédaigneux — sans qu'on puisse dire si ce mépris s'appliquait à K. ou à sa propre réponse — elle répondit : « Une jeune fille du château. »

Tout cela n'avait duré qu'un instant, déjà K. était encadré par les deux hommes et, comme s'il n'y avait aucun autre moyen de se faire comprendre, on l'entraîna en silence, mais à toute force, vers la sortie. Quelque chose dut plaire au vieux dans tout cela, car il applaudit des deux mains. La laveuse elle aussi éclata de rire, près des enfants qui firent soudain un vacarme fou.

Quant à lui, K. se retrouva bientôt dans la rue, surveillé par les hommes depuis le seuil, la neige s'était remise à tomber, mais il semblait néanmoins faire un peu plus clair. Le barbu cria avec impatience : « Où voulez-vous aller ? Par ici, ça mène au château, par là, au village. » À celui-là, K. ne répondit pas, mais à l'autre qui, malgré sa supériorité, lui semblait être le plus accessible des deux, il dit : « Qui êtes-vous ? Qui dois-je remercier de m'avoir reçu ? — Je suis le maître tanneur Lasemann, lui répondit-il, mais vous n'avez à remercier personne. — Bien, dit K., peut-être nous retrouverons-nous un jour ou l'autre. — J'en doute », fit l'homme. À ce moment, le barbu s'écria en levant la main : « Bonjour, Arthur, bonjour, Jeremias ! » K. se retourna, des gens montraient donc tout de même leur nez dans les rues de ce village ! Deux jeunes gens de taille moyenne arrivaient du côté du château, très minces tous les deux, dans des vêtements moulants et se ressemblant aussi beaucoup de visage, leur teint très basané contrastait pourtant vivement avec la noirceur intense de leur barbiche. Ils mar-

chaient à une vitesse étonnante, vu l'état des rues, et leurs jambes sveltes avançaient en cadence. « Qu'y a-t-il ? » s'écria le
barbu. On ne pouvait communiquer avec eux qu'en criant, tant
ils marchaient vite et sans s'arrêter. « Affaires pressantes, criè-
rent-ils à leur tour en riant. — Où donc ? — À l'auberge. — J'y
vais aussi », s'écria K. plus fort que tous les autres réunis, très
désireux que les deux hommes l'emmènent ; K. n'espérait pas
tirer grand profit de cette rencontre, mais c'étaient manifestement des compagnons de route bien entraînants. Toutefois,
après avoir entendu les paroles de K., ils se contentèrent d'un
signe de tête et disparurent aussitôt.

K. était encore debout dans la neige, n'ayant guère envie de
sortir le pied de la neige pour l'enfoncer à nouveau un petit
peu plus loin ; satisfaits de s'être enfin débarrassés de K., le
tanneur et son compagnon se glissèrent lentement dans la maison par la porte entrebâillée, en se retournant sans cesse pour
l'observer, et K. se retrouva seul dans la neige qui l'enveloppait.
« Il y aurait de quoi désespérer un peu, songea-t-il, si je me
trouvais ici seulement par hasard, et non à dessein. »

C'est alors que dans le chalet sur la gauche, une minuscule
fenêtre s'ouvrit ; fermée, elle avait l'air bleu foncé, peut-être
sous l'éclat de la neige, et elle était si minuscule qu'une fois
ouverte, elle ne laissait pas voir tout le visage de la personne
qui regardait dehors, mais seulement ses yeux, des yeux bruns
et vieux. « Il est là, entendit-il prononcer par une voix féminine
chevrotante. — C'est l'arpenteur », fit une voix masculine. Alors
l'homme s'approcha de la fenêtre et demanda sans hostilité,
mais comme s'il était soucieux de maintenir l'ordre dans la rue
devant chez lui : « Qui attendez-vous ? — Un traîneau qui m'emmène, dit K. — Aucun traîneau ne passe par ici, fit l'homme, il
n'y a aucune circulation ici. — C'est pourtant la rue qui conduit
au château, objecta K. — Peu importe, peu importe, dit
l'homme sur un ton assez inflexible, il n'y a aucune circulation
ici. » Puis ils se turent tous les deux. Mais l'homme devait réfléchir à quelque chose, car il laissait ouverte la fenêtre d'où
s'échappaient des nuages de fumée. « La route est mauvaise »,

fit K. pour lui venir en aide. Mais l'autre se contenta de dire :
« Pour sûr. » Au bout d'un petit instant, il se décida cependant
à ajouter : « Si vous le voulez, je vous conduirai avec mon traîneau. — Oh, quelle bonne idée, dit K. très heureux, et combien
me demandez-vous ? — Rien », dit l'homme. K. était fort surpris. « Vous êtes l'arpenteur, n'est-ce pas, expliqua l'homme, et
vous appartenez au château. Où voulez-vous donc aller ? — Au
château, dit K. très vite. — Alors je ne vous conduirai pas, fit
l'homme aussitôt. — J'appartiens pourtant au château, dit K.
en reprenant sa formule. — C'est possible, dit l'homme d'un
ton de refus. — Eh bien alors, conduisez-moi à l'auberge, dit
K. — Bon, dit l'homme, je reviens tout de suite avec le traîneau. » Tout cela ne manifestait aucune amabilité particulière, mais plutôt une sorte de volonté très égoïste, angoissée,
presque maniaque, de lui faire quitter les abords de la maison.

Le portail de la cour s'ouvrit, et un petit traîneau fait pour des
charges légères, tout plat et sans rien pour s'asseoir, tiré par un
petit cheval malingre, s'avança suivi de l'homme qui sans être
vieux était faible, voûté et boiteux, avec un visage maigre, rouge
et enrhumé, que rapetissait l'écharpe en laine qu'il avait serrée
autour de son cou. L'homme était visiblement malade, et s'il était
sorti malgré tout, c'était dans le seul but d'éloigner K. de là. K. y
fit allusion, mais l'autre l'arrêta d'un geste. K. apprit simplement
qu'il était le cocher Gerstäcker, et qu'il avait pris ce traîneau
inconfortable parce qu'il était déjà prêt et qu'il aurait fallu trop
de temps pour en sortir un autre. « Asseyez-vous, dit-il en désignant l'arrière du traîneau avec son fouet. — Je vais m'asseoir à
côté de vous, dit K. — Je marcherai, dit Gerstäcker. — Pourquoi
donc ? demanda K. — Je marcherai », répéta Gerstäcker, et il fut
pris d'une quinte de toux qui le secoua si fort qu'il dut enfoncer
les jambes dans la neige et tenir à deux mains le bord du traîneau.
K. n'en dit pas davantage, il s'assit à l'arrière du traîneau, la toux
se calma lentement, et ils se mirent en route.

Là-haut, déjà étrangement sombre, le château que K. avait
espéré atteindre aujourd'hui s'éloignait à nouveau. Mais
comme s'il devait recevoir un signe en guise d'adieu provisoire,

le tintement joyeux d'une cloche y retentit et fit, au moins un instant, trembler son cœur — car elle avait aussi des accents douloureux —, comme si l'accomplissement de son obscur désir était pour lui lourd de menaces. Mais bientôt cette grande cloche se tut et une faible clochette monotone prit la relève, peut-être encore là-haut, mais peut-être déjà dans le village. Cette sonnerie d'ailleurs s'accordait mieux avec la lenteur du trajet et avec ce cocher pitoyable mais inflexible.

« Dis-moi, s'écria K. soudain — ils étaient déjà près de l'église, non loin de l'auberge à présent, et K. pouvait prendre quelques risques — je m'étonne fort que tu oses me transporter de ton propre chef. En as-tu donc le droit ? » Sans réagir du tout, Gerstäcker continua à marcher calmement à côté du petit cheval. « Hé », s'écria K. et avec un peu de neige dans le traîneau il fit une boule qu'il lança dans l'oreille de Gerstäcker. Ce dernier s'arrêta et se retourna ; mais en le voyant si près de lui — le traîneau avait continué à avancer un peu —, avec sa silhouette voûtée et comme brutalisée, son visage rouge, étroit et fatigué, ses joues dissemblables, l'une plate, l'autre creuse, sa bouche édentée ouverte pour écouter, K. dut répéter par compassion ce que la méchanceté venait de lui dicter : Gerstäcker ne pouvait-il pas être puni d'avoir transporté K. ? « Qu'est-ce que tu veux ? » demanda Gerstäcker interloqué, mais sans attendre plus ample explication, il lança un ordre au petit cheval, et ils se remirent en route.

Ils étaient presque à l'auberge — un tournant permit à K. de se repérer — et déjà, il faisait nuit noire, à sa grande surprise. Était-il resté sorti si longtemps ? Une ou deux heures environ, pas plus, d'après ses calculs. Et il était parti le matin. Et il n'avait pas eu faim. Et il y a encore peu de temps, il faisait toujours bien clair, et d'un seul coup, c'étaient les ténèbres. « Oh, les journées courtes, les journées courtes », se dit-il en lui-même ; il se laissa glisser du traîneau et se dirigea vers l'auberge.

Fort heureusement, l'aubergiste se tenait au sommet du petit perron et leva sa lanterne pour l'éclairer. Se rappelant un instant le cocher, K. s'arrêta ; quelque part, on toussait dans l'obscurité, c'était lui. Bon, après tout, il le reverrait bientôt. Il rejoignit en haut des marches l'aubergiste, qui le salua humblement ; alors seulement il remarqua deux hommes, de chaque côté de la porte. Il prit la lanterne des mains de l'aubergiste et éclaira les deux hommes ; c'étaient ceux qu'il avait déjà rencontrés et qui avaient été appelés Arthur et Jeremias. Ils firent le salut militaire. En souvenir de ses années de soldat, époque heureuse, il rit. « Qui êtes-vous ? demanda-t-il en les regardant tour à tour. — Vos assistants, répondirent-ils. — Ce sont les assistants, confirma l'aubergiste à voix basse. — Quoi ? demanda K. Vous êtes mes anciens assistants, que j'ai fait venir, que j'attends ? » Ils acquiescèrent. « C'est bien, dit K. après un petit instant, c'est bien que vous soyez venus... D'ailleurs, fit K. après un petit moment encore, vous avez pris beaucoup de retard, vous êtes très négligents. — La route a été longue, fit l'un. — Longue ? répéta K. Mais vous reveniez du château, quand je vous ai rencontrés. — Oui, dirent-ils sans autre explication. — Où avez-vous mis les appareils ? demanda K. — Nous n'en avons pas, dirent-ils. — Les appareils que je vous ai confiés, fit K. — Nous n'en avons pas, répétèrent-ils. — Ah, vous en êtes de drôles ! dit K. Entendez-vous quoi que ce soit à l'arpentage ? — Non, dirent-ils. — Mais si vous êtes mes anciens assistants, vous devriez y entendre quelque chose », dit K. Ils se turent. « Allons venez », dit K. en les poussant devant lui dans l'auberge.

## 2

### BARNABAS

Assis à l'auberge autour d'une petite table, ils prirent ensuite tous les trois une bière presque en silence, K. au milieu, les assistants à droite et à gauche. Une seule autre table était occupée par des paysans, comme la veille au soir. « C'est difficile avec vous, fit K. en comparant leurs visages comme il l'avait déjà fait à plusieurs reprises, comment suis-je donc censé vous distinguer ? Il n'y a que vos noms qui vous distinguent, autrement vous vous ressemblez comme — il hésita, puis il continua malgré lui — autrement vous vous ressemblez comme deux serpents. » Ils sourirent. « D'habitude, on n'a pas de mal à nous distinguer, dirent-ils pour se justifier. — Je vous crois, fit K., j'en ai moi-même été témoin, mais je n'ai que mes yeux pour voir, et ils ne me permettent pas de vous distinguer. Je vous traiterai donc comme un seul individu et vous appellerai tous les deux Arthur ; d'ailleurs, c'est bien ainsi que l'un de vous s'appelle, toi, peut-être ? demanda K. au premier. — Non, fit celui-ci, je m'appelle Jeremias. — Bon, peu importe, dit K., je vous appellerai tous les deux Arthur. Si j'envoie Arthur quelque part, vous irez tous les deux, si je confie un travail à Arthur, vous le ferez tous les deux ; d'un côté, cela présente pour moi le gros inconvénient que je ne peux pas vous utiliser pour un travail individuel, mais l'avantage, c'est que vous portez ensemble la pleine responsabilité de tout ce que je vous confie. Peu m'importe comment vous répartissez le travail entre vous, mais vous ne pourrez pas vous renvoyer la faute, vous êtes pour moi un seul individu. » Ils méditèrent ces propos et dirent : « Cela nous serait fort désagréable. — Sans aucun doute, dit K., cela ne peut que vous être désagréable, mais ce sera ainsi. » Cela faisait déjà un petit moment que K. voyait un des paysans tourner autour de la table, enfin il se décida, s'approcha de l'un des assistants et allait lui murmurer quelque chose à l'oreille. « Excusez, dit K. en frappant du poing contre la table et en se levant, ces messieurs sont mes assistants et nous sommes en entretien. Personne n'a le droit de nous déranger. — Oh pardon, pardon », fit le paysan d'un air effrayé, et il repartit à reculons vers ses compagnons. « Faites surtout bien attention à cela, dit K. en se rasseyant, vous n'avez le droit de parler à personne sans ma permission. Je suis un étranger ici, et si vous êtes mes anciens assistants, vous êtes vous aussi des étrangers. Les trois étrangers que nous sommes doivent donc rester solidaires, topez là pour me le promettre. » Avec un peu trop d'empressement ils tendirent la main à K. « Gardez vos grosses pattes, dit-il, mais mon ordre demeure. Maintenant, je vais me coucher, et je vous conseille d'en faire autant. Nous avons perdu une journée de travail aujourd'hui, demain le travail devra commencer très tôt. Il faudra vous procurer un traîneau pour aller au château et vous tenir prêts à partir à six heures ici, devant l'auberge. — Bien », fit l'un. Mais l'autre intervint : « Tu dis : bien, et tu sais pourtant que c'est impossible. — Du calme, dit K., vous commencez déjà à essayer de vous différencier. » Mais voilà que le premier ajouta : « Il a raison, c'est impossible, sans autorisation aucun étranger n'a le droit d'entrer au château. — Où faut-il demander l'autorisation ? — Je l'ignore, peut-être auprès du gouverneur. — Alors, nous allons lui téléphoner pour la demander, appelez immédiatement le gouverneur, tous les deux. » Ils se précipitèrent vers l'appareil, obtinrent la communication — comme ils se bousculaient, là-bas ! leurs manifestations de docilité étaient grotesques — et demandèrent si K. pouvait venir avec eux au château le lendemain. Le « non » de la réponse parvint jusqu'à la table de K., et la réponse fut encore plus explicite : « ni demain ni une autre fois. — Je vais téléphoner moi-même », dit K. en se levant. Jusque-là, hormis l'incident avec le paysan, K. et ses assistants n'avaient guère été observés, mais cette dernière remarque suscita l'attention générale. Tous se levèrent avec K., et l'aubergiste eut beau s'efforcer de les repousser, ils se serrèrent autour de lui en demi-cercle près de l'appareil. L'opinion de la plupart était que K. n'obtiendrait pas de réponse. K. dut les prier de faire silence, disant qu'il ne souhaitait pas entendre leurs avis.

De l'écouteur sortit un bourdonnement comme K. n'en avait jamais entendu au téléphone. C'était comme si le bourdonnement d'innombrables voix enfantines — mais ce n'était pas un bourdonnement, c'était plutôt un chant de voix lointaines, ô combien lointaines —, comme si, chose inconcevable, ce bourdonnement formait une seule voix, aiguë mais forte, qui frappait contre l'oreille, comme si elle exigeait de pénétrer au-delà du malheureux tympan. K. écouta sans parler dans le téléphone, son bras gauche appuyé sur la tablette de l'appareil, il écouta.

Il ne sut combien de temps, jusqu'au moment où l'aubergiste le tira par sa veste, disant qu'un messager l'attendait. « Va-t'en », s'écria K. hors de lui, peut-être dans la direction de l'appareil, car à cet instant quelqu'un répondit à l'autre bout du fil. Une conversation s'ensuivit : « Ici Oswald, qui est à l'appareil ? » cria-t-on d'une voix sévère et hautaine, où K. crut déceler un petit défaut d'élocution que cette voix cherchait à compenser en redoublant de sévérité. K. hésitait à dire son nom, il était sans défense face au téléphone : l'autre pouvait l'accabler d'un déluge de reproches, il pouvait raccrocher, et une voie d'accès peut-être non négligeable lui serait fermée. L'hésitation de K. impatienta l'homme. « Qui est à l'appareil ? répéta-t-il en ajoutant : j'apprécierais fort qu'on cesse de téléphoner sans arrêt, là-bas ; on vient à peine de téléphoner. » Sans relever cette observation, K. répondit brusquement d'un ton décidé : « Ici l'assistant de M. l'Arpenteur. — Quel assistant ? Quel monsieur ? Quel arpenteur ? » K. se rappela l'entretien téléphonique de la veille : « Demandez à Fritz », fit-il sèchement. Cela réussit, à sa grande surprise. Mais ce qui le surprit encore plus, ce fut la coordination du service, à l'autre bout du fil. On lui répondit : « Je sais. L'éternel arpenteur. Oui oui. Alors quoi ? Quel assistant ? — Joseph », fit K. Il était un peu dérangé par les paysans qui marmonnaient dans son dos ; ils désapprouvaient manifestement tous qu'il se présente sous une fausse identité. Mais K. n'avait pas le temps de s'occuper d'eux, tant la conversation l'absorbait. « Joseph ? demanda à son tour l'interlocuteur. Les assistants s'appellent... » Courte interruption : de toute évidence, il demandait les noms à quelqu'un, « ... Arthur et Jeremias. — Ce sont les nouveaux assistants, fit K. — Non, ce sont les anciens. — Ce sont les nouveaux, mais moi, je suis l'ancien, arrivé aujourd'hui à la suite de M. l'Arpenteur. — Non, s'écria-t-on. — Alors, qui suis-je ? » demanda K., toujours aussi calme. Et après une interruption, la même voix répondit avec le même défaut d'élocution, mais elle était comme plus profonde et plus respectable : « Tu es l'ancien assistant ».

Attentif au timbre de la voix, K. faillit ne pas entendre la question : « Que veux-tu ? » Il aurait préféré reposer aussitôt l'écouteur. Il n'attendait plus rien de cet entretien. Sans grande conviction, il se hâta de demander : « Quand mon maître pourra-t-il venir au château ? — Jamais, lui répondit-on. — Bon », fit K., et il raccrocha.

Dans son dos, les paysans s'étaient approchés tout près de lui. Les assistants, le surveillant sans cesse du coin de l'œil, s'efforçaient de les maintenir à distance. Mais c'était pure comédie, semblait-il, et du reste les paysans, contents du résultat de la conversation, capitulèrent lentement. C'est alors qu'un homme fendit l'attroupement à grands pas, s'inclina devant K. et lui remit une lettre. K. garda la lettre dans la main et regarda l'homme qui, en cet instant, lui semblait plus important. Il y avait une grande ressemblance entre lui et les assistants : mince comme eux, lui aussi habillé de vêtements moulants, souple et agile comme eux, mais pourtant tout différent. Combien K. eût préféré l'avoir pour assistant ! Il lui rappelait un peu la femme au nourrisson qu'il avait vue chez le tanneur. Il était presque vêtu de blanc, son habit n'était sans doute pas en soie, c'était une tenue d'hiver comme toutes les autres, mais qui avait le velouté et le faste d'un habit de soie. Son visage était clair et ouvert, ses yeux très grands. Son sourire était extraordinairement réconfortant ; il se passa la main sur le visage, comme pour chasser ce sourire, mais n'y parvint pas. « Qui es-tu ? demanda K. — Je m'appelle Barnabas, dit-il, je suis messager. » Ses lèvres s'ouvraient et se fermaient avec une expression virile et pourtant douce lorsqu'il parlait. « Tu te plais, ici ? » demanda K. en montrant du doigt les paysans qu'il continuait manifestement à captiver et qui, avec leurs visages littéralement tourmentés — le sommet de leur crâne semblait avoir été aplati à coups de massue, et on eût dit que la douleur infligée par ces coups avait façonné leurs traits —, avec leurs grosses lèvres et leurs bouches entrouvertes, le regardaient sans le voir, car parfois leurs yeux se mettaient à errer et s'attardaient sur un objet quelconque avant de revenir vers lui ; ensuite K. montra du doigt les assistants enlacés, joue contre joue, qui souriaient d'un air humble ou moqueur, c'était difficile à dire ; il montra tous ces gens du doigt, comme pour présenter une escorte que des circonstances particulières lui avaient imposée et dans l'espoir — non dépourvu d'une familiarité que K. voulait ici créer — que Barnabas aurait l'intelligence de le distinguer d'eux. Mais Barnabas — en toute innocence, c'était évident — ne releva pas sa question, il la laissa simplement passer, comme un valet bien élevé face aux propos que son maître feint de lui adresser, et, s'en tenant au sens général de la question, il regarda autour de lui, saluant d'un geste de la main les paysans qu'il connaissait et échangeant deux ou trois mots avec les assistants, tout cela spontanément et en parfaite indépendance, sans se mêler à eux. Rembarré sans être humilié, K. revint à la lettre qu'il avait dans la main et l'ouvrit. Elle disait : « Cher Monsieur, comme vous le savez, vous êtes engagé dans les services de sa seigneurie. Votre supérieur hiérarchique immédiat est le maire du village, qui vous communiquera tous les détails sur votre travail ainsi que sur vos conditions de rémunération, et à qui vous devrez rendre des comptes. Mais je ne vous perdrai pas de vue pour autant. Barnabas, qui vous porte cette lettre, viendra vous voir de temps à autre pour connaître vos désirs et me les communiquer. Vous me trouverez toujours prêt à vous être agréable dans la mesure du possible. Je tiens à avoir des employés satisfaits. » La signature était illisible, mais à côté, un coup de tampon portait la mention : Le Chef du Bureau X. « Attends ! » fit K. à Barnabas qui s'inclinait ; puis il appela l'aubergiste pour qu'il lui montre sa chambre, souhaitant rester seul un instant avec la lettre. En même temps il songea que Barnabas, malgré tout le penchant qu'il éprouvait pour lui, n'était qu'un messager, et il lui fit donner une bière. Il observa sa réaction : Barnabas fut manifestement ravi et but aussitôt. Puis K. suivit l'aubergiste. Dans cette petite maison, on avait pu seulement installer K. dans une soupente, et même cela avait présenté des difficultés, car il avait fallu déloger deux servantes qui y dormaient jusque-là. En fait, on s'était contenté de les évacuer, rien d'autre n'avait été modifié : pas de draps dans le seul lit de la pièce, juste quelques coussins et une couverture de cheval dans l'état où tout était resté depuis la nuit dernière, deux ou trois images pieuses au mur et des photographies de soldats ; on n'avait même pas aéré, visiblement on espérait que le nouveau client ne reste pas longtemps, et l'on ne faisait rien pour le retenir. Mais K. trouva tout à sa convenance, il s'enveloppa dans la couverture et commença à relire la lettre à la lueur d'une chandelle.

Elle n'avait pas d'unité, il y avait des passages où on lui parlait comme à un homme libre dont on reconnaît la volonté propre, ainsi l'épigraphe, ainsi le passage concernant ses désirs. En revanche, il y avait des passages où on le traitait ouvertement ou à demi-mot comme un petit employé, à peine visible des hauteurs où siégeait ce chef ; le chef devait faire un effort pour « ne pas le perdre de vue », son supérieur était simplement le maire du village, à qui il devait même rendre des comptes, son seul collègue était peut-être le garde champêtre. C'étaient là d'incontestables contradictions, si voyantes qu'elles devaient être voulues. K. ne fut guère effleuré par l'idée — insensée, vu l'administration dont il s'agissait — que l'indécision ait pu y avoir sa part. Il y vit plutôt un choix qui lui était offert ; on le laissait libre d'user comme il voulait des dispositions prévues par la lettre, d'être soit un employé municipal entretenant avec le château des liens sans doute honorifiques, mais de pure façade, ou bien un employé municipal de pure façade, dont tous les aspects de son travail seraient déterminés par les messages de Barnabas. K. choisit sans hésiter, et même sans ses précédentes expériences, il n'eût pas hésité. Seul le statut d'employé municipal, aussi loin que possible des messieurs du château, lui permettrait d'obtenir quelque chose au château ; ces villageois, encore si méfiants, se mettraient à parler, une fois qu'il serait devenu sinon leur ami, du moins leur concitoyen ; et une fois qu'on ne pourrait plus le distinguer de Gerstäcker ou de Lasemann, par exemple — c'était urgent, tout en dépendait —, alors sûrement s'ouvriraient devant lui d'un seul coup toutes les voies d'accès qui lui seraient non seulement restées fermées, mais invisibles, si cela n'avait tenu qu'aux bonnes grâces de ces messieurs d'en haut. Certes il restait un danger, et la lettre y mettait suffisamment l'accent, le présentait avec un certain plaisir, comme s'il était incontournable. C'était son statut d'employé. Service, supérieur hiérarchique, travail, conditions de rémunération, comptes à rendre, employé, la lettre grouillait de tous ces termes, et même si elle contenait d'autres propos plus personnels, ils étaient formulés dans cette seule optique. Si K. voulait devenir employé, il le pouvait, mais alors avec le plus redoutable sérieux, et sans aucune perspective vers autre chose. K. savait qu'on ne le menaçait pas en usant d'une véritable contrainte, il ne craignait rien de tel, ici moins qu'ailleurs ; mais la force de cette atmosphère décourageante, de l'accoutumance aux déceptions, la force des imperceptibles influences de chaque instant, voilà ce qu'il redoutait ; et ce danger, il devait oser l'affronter. La lettre ne cachait pas non plus que, si confrontation il y avait, c'était K. qui aurait eu la témérité d'engager la lutte ; la formulation était subtile, et seule une conscience inquiète — inquiète, non une mauvaise conscience — pouvait le remarquer, c'étaient les quatre mots « comme vous le savez » concernant son entrée dans les services du Comte. K. s'était présenté et dès lors, il savait, comme le disait la lettre, qu'il avait été engagé.

K. décrocha un cadre du mur et accrocha la lettre au clou ; c'était dans cette chambre qu'il habiterait, et c'était ici que la lettre devait être accrochée.

Puis il descendit dans la salle de l'auberge ; Barnabas était assis avec les assistants autour d'une petite table. « Ah, te voilà », fit K. sans raison, seulement parce qu'il était heureux de le voir. Barnabas se leva aussitôt d'un bond. À peine K. était-il entré que les paysans se levèrent pour s'approcher, ayant déjà pris l'habitude de lui courir toujours après. « Mais que diable me voulez-vous sans cesse ? » s'écria K. Ils ne le prirent pas mal et retournèrent lentement à leurs places. Avec un mystérieux sourire qui apparut sur quelques autres visages, l'un d'eux lâcha en guise d'explication et tout en s'éloignant : « On glane toujours quelque nouvelle » et il se lécha les babines, comme si les nouvelles eussent été un mets. K. ne dit rien pour les amadouer, il était bon qu'ils se mettent un peu à le respecter ; mais à peine était-il assis près de Barnabas que déjà il sentait dans son cou l'haleine d'un paysan, venu soi-disant prendre la salière ; K. fut si contrarié qu'il tapa du pied par terre, et le paysan s'enfuit sans la salière. K. était vraiment une cible facile, il suffisait par ex. de déchaîner les paysans contre lui ; leur intérêt opiniâtre lui semblait plus nuisible que l'attitude renfermée des autres et d'ailleurs, c'était une autre forme de fermeture, car si K. était venu s'asseoir à leur table, ils n'y seraient sûrement pas restés. Seule la présence de Barnabas le retenait de faire un esclandre. Malgré tout il se tourna encore vers eux d'un air menaçant, eux aussi étaient tournés vers lui. Mais en les voyant assis là, chacun à sa place, sans discuter ensemble, sans lien visible entre eux, liés par le seul fait que tous le dévisageaient, il lui sembla que ce n'était pas par méchanceté qu'ils le poursuivaient ; peut-être lui voulaient-ils vraiment quelque chose et étaient-ils simplement incapables de le dire, et si ce n'était pas cela, peut-être était-ce pur enfantillage ; l'enfantillage, qui semblait avoir élu domicile ici ; l'aubergiste lui aussi avait bien un côté enfantin, n'est-ce pas, lui qui tenant à deux mains une chope de bière qu'il devait apporter à quelque client s'arrêtait, jetait un œil vers K., et n'entendait pas la patronne qui l'appelait en se penchant par la lucarne de la cuisine.

Plus calme, K. se tourna vers Barnabas ; il eût volontiers éloigné les assistants, mais il ne trouvait aucun prétexte, d'ailleurs ils considéraient leur bière en silence. « J'ai lu la lettre, commença K. En connais-tu le contenu ? — Non », fit Barnabas. Son regard semblait plus éloquent que ses paroles. Peut-être K. exagérait-il à son propos les côtés positifs, comme avec les paysans les côtés négatifs, mais sa présence était toujours aussi bienfaisante. « Il est aussi question de toi dans la lettre, car tu es censé faire l'intermédiaire entre le chef et moi, voilà pourquoi je te croyais au courant du contenu. — J'ai, dit Barnabas, reçu pour seule mission de remettre la lettre et d'attendre qu'elle soit lue et, si tu le juges nécessaire, de rapporter une réponse orale ou écrite. — Bien, fit K., il n'y a pas besoin d'écrire, adresse à M. le Chef... comment donc s'appelle-t-il ? Je n'ai pas pu lire la signature. — Klamm[1], dit Barnabas. — Adresse donc à M. Klamm mes remerciements pour m'avoir engagé et témoigné une telle amabilité, que j'apprécie à sa juste valeur, n'ayant pas encore fait mes preuves ici. Je vais me comporter scrupuleusement comme il le souhaite. Je n'ai aujourd'hui aucun désir particulier. » Après avoir écouté avec attention, Barnabas demanda la permission de répéter le message devant K., qui acquiesça, et Barnabas répéta tout fidèlement. Puis il se leva pour prendre congé.

Pendant tout ce temps, K. avait examiné son visage, et il le fit une dernière fois. Barnabas avait à peu près la même taille que lui, et pourtant son regard semblait s'abaisser vers K., mais presque avec humilité, cet homme semblait incapable de faire honte à quiconque. Certes, ce n'était qu'un messager, il ignorait le contenu des lettres qu'il avait à remettre, mais son regard, son sourire, sa démarche semblaient eux aussi être un message, même s'il n'en savait rien. Et K. lui tendit la main, à sa grande surprise visiblement, car il allait se contenter de s'incliner.

---

1. Ce nom de *Klamm* (outre la présence du K et du A) est évocateur en allemand, et le mieux est de citer ici la fine analyse de Marthe Robert (in *L'Ancien et le nouveau*, *op. cit.*, p. 224) : « c'est à la fois un substantif et un adjectif ; employé comme nom, il désigne une gorge, un ravin, un défilé ; comme adjectif il signifie l'étroitesse, la gêne, le manque d'argent ou l'engourdissement d'un membre par le froid. Dans les deux cas il exprime l'idée de quelque chose de resserré et de profond qui unit, sépare, gêne et refroidit. Mais il est lié de près à *Klammer*, qui désigne un crochet, un crampon, une parenthèse, et aux verbes composés qui signifient inclure, exclure, se cramponner. »

Dès que Barnabas fut parti — appuyant son épaule contre la porte avant de l'ouvrir, il avait encore parcouru la salle du regard sans viser personne en particulier —, K. dit aux assistants : « Je vais chercher mes carnets dans ma chambre, puis nous parlerons du travail qui nous attend. » Ils voulurent l'accompagner. « Restez ! » fit K. Ils voulaient encore l'accompagner. K. dut répéter son ordre sur un ton plus sévère. Dans l'entrée Barnabas n'était plus là. Pourtant il venait juste de partir. Mais même devant l'auberge — la neige tombait à nouveau — K. ne le vit pas. Il appela : Barnabas ! Pas de réponse. Était-il encore à l'intérieur ? Il ne semblait pas y avoir d'autre possibilité. Malgré tout, K. cria encore son nom de toutes ses forces ; le nom retentit dans la nuit. Et dans le lointain, une faible réponse finit par se faire entendre, Barnabas était donc déjà si loin. K. le rappela, tout en allant à sa rencontre ; lorsqu'ils se rejoignirent, on ne pouvait plus les voir depuis l'auberge.

« Barnabas, fit K. sans pouvoir dominer le tremblement de sa voix, j'avais encore un mot à te dire. Je me rends compte que nous sommes très mal organisés si je dépends du seul hasard de tes passages quand j'ai besoin de quelque chose au château. Si par hasard je ne t'avais pas rattrapé — comme tu voles, je te croyais encore à l'intérieur ! —, qui sait combien de temps j'aurais dû attendre jusqu'à ta prochaine apparition. — Tu peux fort bien, dit Barnabas, demander au chef que je vienne toujours à un moment précis que tu fixeras. — Cela ne suffirait pas non plus, dit K. Peut-être n'aurai-je rien à transmettre pendant une année entière, et juste un quart d'heure après ton départ, quelque chose d'urgent. — Dois-je alors, fit Barnabas, communiquer au chef qu'il faut établir entre vous une liaison en dehors de mon intermédiaire ? — Non non, dit K., surtout pas, je le dis juste en passant, après tout j'ai réussi à te rattraper, cette fois-ci. — Veux-tu, dit Barnabas, que nous retournions à l'auberge pour que tu puisses m'y donner le nouveau message ? » Et déjà il faisait un pas en direction de l'auberge. « Barnabas, dit K., ce n'est pas la peine, je vais faire un petit bout de chemin avec toi. — Pourquoi ne veux-tu pas aller à l'auberge ? demanda Barnabas. — Les gens me dérangent, là-bas, dit K., tu as vu toi-même l'indiscrétion des paysans. — Nous pouvons aller dans ta chambre, fit Barnabas. — C'est la chambre des servantes, dit K., elle est sale et mal aérée ; je voulais faire quelques pas avec toi pour ne pas être obligé d'y rester ; il suffit, ajouta-t-il pour mettre un terme à son hésitation, que tu me laisses prendre ton bras, car tu as le pas plus sûr. » Et K. lui prit le bras. Dans l'obscurité, K. ne voyait pas son visage et à peine sa silhouette, cela faisait déjà un petit moment qu'il cherchait son bras à tâtons.

Barnabas céda, ils s'éloignèrent de l'auberge. Certes, K. sentait malgré tous ses efforts qu'il était incapable de marcher au rythme de Barnabas, qu'il réduisait sa liberté de mouvement et qu'en des circonstances ordinaires, ce seul détail aurait suffi à tout faire échouer, surtout dans des ruelles comme celles où K. s'était enfoncé dans la neige ce matin, et dont il ne pourrait sortir que si Barnabas le portait. Mais il écarta ces diverses inquiétudes, de plus le silence de Barnabas le réconfortait ; s'ils marchaient en silence, c'est que pour Barnabas aussi, le seul intérêt d'être ensemble était de continuer à marcher.

Ils avançaient, mais K. ignorait dans quelle direction, ne reconnaissant rien et ne sachant même pas s'ils avaient déjà dépassé l'église. Par moments, le simple fait de marcher lui donnait tant de peine qu'il ne pouvait rester maître de ses pensées. Au lieu de rester fixées sur leur but, elles s'embrouillaient. L'image de son village natal lui revenait sans cesse et l'habitait. Là-bas aussi, il y avait une église sur la grand-place, en partie entourée par un vieux cimetière, lui-même cerné d'un grand mur. Peu de jeunes garçons avaient réussi à l'escalader, et K. n'y était encore jamais arrivé. Ce n'était pas la curiosité qui les y poussait, car le cimetière n'avait plus aucun secret pour eux, ils y étaient déjà entrés souvent par la petite grille, ils voulaient seulement conquérir ce grand mur lisse. Un matin — la place silencieuse et déserte était inondée de lumière, K. l'avait-il jamais vue ainsi, avant ou après ? — il y parvint avec une surprenante facilité ; à un endroit qui lui avait souvent résisté, il gravit le mur dès le premier essai, un petit drapeau entre les dents. La pierraille dégringolait encore au-dessous de lui, et déjà il était en haut. Il planta le drapeau, le vent déploya l'étoffe, il regarda en bas et tout autour et par-dessus son épaule vers les croix qui s'enfonçaient dans la terre : ici, à cet instant, personne n'était plus grand que lui. Le hasard voulut que l'instituteur passât par là, d'un regard courroucé il força K. à descendre ; en sautant, K. se blessa le genou, et il eut bien de la peine à rentrer chez lui, mais malgré tout, il avait été sur le mur ; il lui sembla alors que ce sentiment de victoire allait le soutenir tout au long de sa vie, et cette idée n'était pas si folle, car maintenant, après bien des années, dans la neige et la nuit, au bras de Barnabas, elle lui venait en aide.

Il se cramponna davantage, Barnabas le tirait presque, rien ne brisait le silence ; de leur itinéraire, K. savait seulement que vu l'état de la chaussée, ils n'avaient pas encore tourné dans une ruelle transversale. Il se promit de ne se laisser arrêter ni par la difficulté de la route, ni même par l'inquiétude du retour ; il aurait toujours la force de finir la route en se laissant traîner. Et pouvait-elle donc durer indéfiniment ? De jour, le château lui avait semblé facile à atteindre, et le messager connaissait sûrement le chemin le plus rapide.

C'est alors que Barnabas s'arrêta. Où étaient-ils ? Le chemin n'allait-il pas plus loin ? Barnabas allait-il renvoyer K. ? Il n'y arriverait pas. K. s'agrippait au bras de Barnabas, au point d'en avoir lui-même presque mal. Ou bien l'impossible était-il arrivé, et ils étaient déjà dans le château, ou devant ses portes ? Mais pour autant que K. pût s'en rendre compte, ils n'étaient pas montés du tout. Ou alors Barnabas l'avait-il conduit par un chemin dont la pente était à peine sensible ? « Où sommes-nous ? demanda K. à voix basse, se posant la question plutôt à lui-même. — Nous sommes à la maison, fit Barnabas sur le même ton. — À la maison ? — Mais fais attention, maître, de ne pas glisser. Le chemin descend. — Ça descend ? — Il y a juste deux ou trois pas à faire », ajouta-t-il et déjà il frappait à une porte.

Une jeune fille ouvrit, ils se trouvèrent sur le seuil d'une grande pièce plongée dans une quasi-obscurité, car seule une minuscule lampe à huile était suspendue au fond, à gauche au-dessus d'une table. « Qui est avec toi, Barnabas ? demanda la jeune fille. — L'arpenteur, dit-il. — L'arpenteur », répéta la jeune fille plus fort en direction de la table. Alors deux vieilles personnes se levèrent, le mari et la femme, ainsi qu'une autre jeune fille. On salua K. Barnabas lui présenta tout le monde : c'étaient ses parents et ses sœurs Olga et Amalia. K. les regarda à peine, on lui ôta son manteau trempé pour le faire sécher près du poêle, K. laissa faire.

Ils n'étaient donc pas tous les deux à bon port, seul Barnabas était chez lui. K. le prit à part et lui dit : « Pourquoi es-tu allé chez toi ? Ou bien est-ce que vous habitez dans le périmètre du château ? — Dans le périmètre du château ? répéta Barnabas comme s'il ne comprenait pas. — Barnabas, dit K., tu avais pourtant l'intention d'aller au château en quittant l'auberge. — Non, maître, dit Barnabas, je voulais rentrer chez moi, j'irai seulement demain matin au château, je n'y dors jamais. — Ah bon, dit K., tu ne voulais pas aller au château, tu voulais juste venir ici — son sourire lui semblait plus terne, lui-même plus insignifiant — ; pourquoi ne pas me l'avoir dit ? — Tu ne m'as pas posé la question, maître, fit Barnabas, tu voulais simplement me confier un autre message ailleurs que dans la salle à manger ou dans ta chambre, j'ai donc pensé que tu pourrais me le confier sans être dérangé ici, chez mes parents — ils s'éloigneront sur-le-champ, si tu l'ordonnes ; d'ailleurs tu pourrais passer la nuit ici, si tu te plais mieux chez nous. Ai-je donc eu tort ? » K. était incapable de répondre. Il y avait donc eu malentendu, un malentendu banal, vulgaire, et K. s'y était laissé prendre. Il s'était laissé charmer par la veste moulante et sati-née que Barnabas était en train de déboutonner, révélant une grosse chemise gris sale, toute rapiécée, qui recouvrait le poi-trail robuste et carré d'un valet. Et cette impression était confir-mée, voire renforcée par tout le reste : le vieux père goutteux dont les jambes étaient si raides qu'il s'aidait surtout des mains pour avancer à tâtons en traînant la patte, et la mère, les mains jointes contre la poitrine, si corpulente qu'elle aussi pouvait juste marcher à tout petits pas ; dès l'entrée de K., ils s'étaient tous deux mis à marcher vers lui depuis leur coin, et ils avaient encore bien du chemin à faire pour l'atteindre. Les sœurs, des blondes, se ressemblaient l'une à l'autre autant qu'à Barnabas, mais avec des traits plus durs que les siens, deux grandes et fortes jeunes filles ; elles entouraient les nouveaux arrivants, attendant que K. leur adresse quelque salutation, mais il ne pouvait rien dire ; il avait cru jusque-là que tous les villageois lui importaient, et tel était sans doute le cas, mais de ces gens en particulier, il n'avait cure. S'il avait été en mesure d'affronter seul le chemin de l'auberge, il serait parti sur-le-champ. La possibilité d'aller au château avec Barnabas à la première heure ne le séduisait guère. Il avait voulu pénétrer dans le château cette nuit, subrepticement, guidé par Barnabas, mais par le Barnabas d'avant : un homme plus proche de lui que tous ceux qu'il avait vus ici jusqu'à présent, mais dont il avait en même temps beaucoup surestimé les liens avec le château par rapport à son grade apparent. Mais avec le fils de cette famille dont Barnabas faisait partie intégrante et qu'il avait déjà rejointe à table, avec un homme qui, chose significative, n'avait même pas le droit de coucher au château, aller au château en plein jour au bras de cet homme, voilà qui était impossible, c'était une entreprise risible et vaine.

K. s'assit sur le rebord d'une fenêtre, décidé à y passer également la nuit et à ne demander aucun autre service à cette famille. Les villageois qui le repoussaient ou le craignaient lui semblaient moins dangereux, car au fond ils le forçaient à dépendre de lui-même, l'aidaient à rester sur le qui-vive, mais ces gens qui prétendaient l'aider et qui, au lieu de le conduire au château, le menaient dans leur famille grâce à une petite mascarade, le détournaient du but, exprès ou non, et travaillaient à détruire ses forces. On l'invitait à la table familiale, mais K. fit la sourde oreille ; la tête baissée, il resta sur le rebord.

Alors Olga se leva, la plus douce des deux sœurs, elle avait même un soupçon de gaucherie juvénile ; elle s'approcha de

K. et le pria de venir à table, on y avait disposé du pain et du lard, et elle allait chercher de la bière. « Où ça ? demanda K. — À l'auberge », dit-elle. K. était ravi : au lieu d'aller chercher de la bière, il la pria de l'accompagner à l'auberge, où un important travail l'attendait. Il s'avéra cependant qu'elle ne comptait pas aller jusqu'à l'auberge de K., mais à une autre, beaucoup plus proche, l'Auberge des Messieurs. K. lui demanda néanmoins la permission de l'accompagner, peut-être y aura-t-il moyen d'y passer la nuit, songea-t-il ; quel qu'en soit le confort, il préférerait toujours cette auberge au meilleur lit de cette maison-ci. Olga ne répondit pas aussitôt, tourna la tête vers la table. Là-bas son frère s'était levé, il acquiesça complaisamment et dit : « Si Monsieur le souhaite —. » Son accord aurait presque incité K. à retirer sa demande, cet homme-là ne pouvant approuver que des choses insignifiantes. Mais quand se posa ensuite la question de savoir si K. serait admis à l'auberge et que tous en doutèrent, il continua à insister pour accompagner Olga, sans toutefois se donner la peine d'inventer un motif valable ; cette famille devait le prendre comme il était, il n'éprouvait pour ainsi dire aucune honte devant eux. Seule Amalia le troublait un peu avec son regard grave, droit, imperturbable et peut-être aussi un peu morne.

Sur le court chemin de l'auberge — K. avait pris le bras d'Olga et, ne pouvant y arriver autrement, il se laissa tirer presque comme il l'avait été par son frère auparavant —, il apprit que cette auberge était en fait réservée aux messieurs du château qui y mangent et y passent même parfois la nuit quand ils ont affaire au village. Olga s'adressait à K. à voix basse, sur le ton de la confidence, on avait plaisir à marcher avec elle, presque comme avec son frère, K. se défendait contre ce sentiment de bien-être, mais il persistait.

De l'extérieur, l'auberge ressemblait beaucoup à celle où K. logeait, en général il y avait d'ailleurs peu de grandes différences extérieures dans le village, mais on en remarquait tout de suite de petites : l'escalier du perron avait une rampe, une jolie lanterne était accrochée au-dessus de la porte, et lorsqu'ils entrèrent, un bout d'étoffe flottait au-dessus de leur tête : c'était un drapeau aux couleurs du comté. Dans l'entrée, l'aubergiste qui était manifestement en train de faire sa ronde vint aussitôt à leur rencontre ; de ses petits yeux inquisiteurs ou endormis, il regarda K. juste en passant et dit : « M. l'Arpenteur n'est pas admis au-delà du comptoir. — Bien sûr, dit Olga, qui prit aussitôt la défense de K., il ne fait que m'accompagner. » Mais sans la moindre gratitude, K. s'écarta d'Olga et prit à part l'aubergiste tandis qu'elle attendait patiemment au bout du vestibule. « J'aimerais passer la nuit ici, dit K. — Hélas ! c'est impossible, fit l'aubergiste, vous semblez ignorer que cette maison est réservée aux messieurs du château. — C'est peut-être le règlement, dit K., mais il est sûrement possible de me laisser dormir quelque part dans un coin. — Je serais ravi de vous satisfaire, dit l'aubergiste, mais même sans tenir compte de la sévérité du règlement, dont vous parlez en étranger, c'est impossible, car ces messieurs sont d'une extrême sensibilité, je suis certain qu'ils sont incapables de supporter la vue d'un étranger, du moins sans y être préparés ; si donc je vous laissais passer la nuit ici et si par quelque hasard — et le hasard est toujours du côté des messieurs — vous étiez découvert, non seulement je serais perdu, mais vous aussi. Cela semble ridicule, mais c'est vrai. » Ce grand monsieur impeccablement boutonné, une main appuyée contre le mur, l'autre sur la hanche, les jambes croisées, légèrement penché vers K. et qui lui parlait sur le ton de la confidence, ne donnait presque plus l'impression d'appartenir au village, même si sa tenue sombre lui donnait simplement une allure rustique et endimanchée. « Je vous crois volontiers, fit K., et je ne sous-estime pas non plus l'importance du règlement, quoique je me sois exprimé avec maladresse. Mais je tiens simplement à attirer votre attention sur une chose : j'ai de précieuses relations au château, et j'en aurai bientôt de plus précieuses encore, elles vous prémunissent contre le danger qu'il pourrait y avoir à me laisser passer la nuit ici, et c'est la garantie que je suis en mesure de récompenser pleinement un petit service. — Je le sais, dit l'aubergiste, et il répéta encore : Je sais cela. » K. aurait pu insister davantage, mais cette réponse singulière lui fit perdre le fil de ses pensées, et il se contenta de lui demander : « Y a-t-il beaucoup de messieurs du château qui passent la nuit ici, aujourd'hui ? — De ce point de vue, les circonstances sont favorables aujourd'hui, fit l'aubergiste sur un ton presque engageant, un seul monsieur est resté. » Encore incapable d'insister, mais espérant presque à présent se voir accepté, K. se contenta de demander le nom du monsieur. « Klamm », dit l'aubergiste d'un air détaché, et il se tourna vers sa femme qui s'approchait dans un bruissement d'étoffes, des vêtements singulièrement élimés et démodés, surchargés de plis et de volants, mais d'une élégance citadine. Elle venait chercher l'aubergiste, car M. le Chef de bureau désirait quelque chose. Avant de partir cependant, l'aubergiste se retourna vers K., comme s'il appartenait à K., et non à lui, de décider s'il passerait la nuit là. Mais K. ne put rien dire ; il était abasourdi que son propre supérieur se trouvât là en cet instant précis ; sans pouvoir vraiment s'expliquer pourquoi, il se sentait moins libre vis-à-vis de Klamm que vis-à-vis du château ; si Klamm le découvrait ici, K. n'éprouverait pas de la frayeur, comme le suggérait l'aubergiste, mais une gêne pénible, un peu comme si, le cœur léger, il allait faire souffrir un homme auquel il était redevable, mais en même temps il constatait avec consternation que ces scrupules étaient à ranger déjà parmi les suites redoutées de son statut d'employé, de subalterne, et que même ici où elles se manifestaient si nettement, il était incapable d'en triompher. Il resta donc debout à se mordre les lèvres sans rien dire. Avant de disparaître derrière une porte, l'aubergiste se retourna encore une fois vers K., celui-ci le suivit du regard sans bouger jusqu'à ce qu'Olga vienne le chercher pour l'emmener. « Que voulais-tu à l'aubergiste ? demanda Olga. — Je voulais passer la nuit ici, dit K. — Mais c'est chez nous que tu vas passer la nuit, dit Olga ébahie. — Oui, bien sûr », fit K. en lui laissant le soin d'interpréter ces paroles.

## 3

### FRIEDA

Dans la salle, une vaste pièce entièrement vide au milieu, quelques paysans étaient assis contre le mur, sur les tonneaux ou à côté, mais ils avaient l'air différents des gens de l'auberge de K. Ils étaient plus propres dans leur mise et tous vêtus d'une grosse étoffe d'un gris jaunâtre, leurs vestes étaient amples et leurs pantalons moulants. C'étaient des hommes de petite taille qui à première vue se ressemblaient beaucoup, le visage plat et osseux, quoique joufflu. Tous silencieux et presque immobiles, ils suivirent seulement du regard les nouveaux arrivants, mais avec lenteur et indifférence. Cependant, par leur grand nombre et le silence qui régnait, ils firent une certaine impression à K. Il reprit le bras d'Olga pour expliquer ainsi sa présence à ces gens. Dans un coin, un homme qu'Olga connaissait se leva et allait l'aborder, mais du bras qu'il avait passé sous le sien, K. la fit pivoter dans une autre direction, personne à part elle ne put s'en rendre compte, et elle le laissa faire en lui souriant du coin de l'œil.

La bière fut servie par une jeune fille nommée Frieda [1]. C'était une petite blonde qui ne payait pas de mine, elle avait les traits mélancoliques et les joues creuses, mais un regard surprenant par son air de supériorité. Lorsqu'il se posa sur lui, K. eut l'impression que ce regard avait déjà réglé certaines choses le concernant, dont il ignorait lui-même l'existence, tandis que ce regard le persuadait de leur existence. K. ne cessa de regarder Frieda à la dérobée, même lorsqu'elle parlait avec Olga. Elle et Frieda ne semblaient pas amies, elles n'échangèrent froidement que deux ou trois mots. Voulant les aider, K. demanda à brûle-pourpoint : « Connaissez-vous M. Klamm ? » Olga éclata de rire. « Pourquoi

---

1. Ce prénom assez courant évoque le mot signifiant en allemand la paix : « der Frieden ».

ris-tu ? demanda K. agacé. — Mais je ne ris pas, fit-elle tout en continuant de rire. — Olga est vraiment restée très enfant », dit K., et il se pencha de tout son long par-dessus le comptoir, pour fixer encore une fois sur lui le regard de Frieda. Mais les yeux toujours baissés, elle murmura : « Voulez-vous voir M. Klamm ? » K. en exprima le désir. Elle indiqua une porte, juste à sa gauche. « Il y a un petit judas ici, vous pouvez regarder à travers. — Et les gens qui sont ici ? » demanda K. Elle fit la moue et, avec une main d'une douceur peu commune, elle attira K. vers la porte. À travers le petit trou, manifestement percé pour permettre l'observation, K. embrassait du regard presque toute la pièce voisine. Devant un secrétaire placé en plein milieu, M. Klamm était assis dans un confortable fauteuil arrondi, sous la lumière criarde d'une ampoule électrique. C'était un homme de taille moyenne, lourd et corpulent. Son visage était encore lisse, mais le poids de l'âge avait déjà rendu ses joues un peu flasques. Il avait une très longue barbiche noire. Les reflets de son pince-nez posé de travers cachaient ses yeux. Si M. Klamm avait été assis devant la table, K. n'aurait vu que son profil, mais Klamm étant tourné droit vers lui, il voyait son visage de face. Klamm avait le coude gauche sur la table, sa main droite reposait sur son genou et tenait un cigare de Virginie. Il y avait une chope de bière sur la table ; vu la hauteur du rebord de la table, K. ne pouvait distinguer si des documents étaient posés dessus, mais il lui semblait que non. Pour s'en assurer, il pria Frieda de regarder par le trou et de lui dire ce qu'elle voyait. Mais elle avait été dans la pièce peu de temps auparavant, et put confirmer sans plus attendre qu'il n'y avait aucun document sur la table. K. demanda à Frieda s'il devait déjà partir, mais elle lui dit qu'il pouvait regarder aussi longtemps qu'il en aurait envie. K. était maintenant seul avec Frieda ; il constata d'un rapide coup d'œil qu'Olga avait fini par trouver le moyen d'aller rejoindre l'homme qu'elle connaissait, elle était juchée sur un tonneau, les jambes ballantes. « Frieda, murmura K., connaissez-vous très bien M. Klamm ? — Oh oui, dit-elle, très bien. » Penchée vers K., elle rajustait d'un air badin son chemisier, que K. remarquait à l'instant, un léger chemisier décolleté, couleur crème, qui flottait sur son pauvre corps comme un objet étranger. Frieda ajouta : « Vous ne vous souvenez pas du rire d'Olga ? — Oui, la mal élevée, dit K. — Eh bien, fit-elle pour l'excuser, il y avait matière à rire, vous demandiez si je connaissais Klamm alors que je suis... — ici elle se redressa un peu et de nouveau effleura K. d'un regard victorieux, peu accordé avec ses propos — alors que je suis sa maîtresse. — La maîtresse de Klamm », dit K. Elle acquiesça. « Alors vous êtes à mes yeux, dit K. en souriant pour ne pas laisser trop de sérieux s'installer entre eux, une personne très respectable. — Pas seulement à vos yeux », dit Frieda gentiment, mais sans répondre à son sourire. K. avait le moyen de contrer son arrogance, et il y eut recours : « Avez-vous déjà été au château ? » demanda-t-il. Mais la manœuvre échoua, car elle répondit : « Non, mais ne suffit-il pas que je sois ici dans cette salle ? » Elle était manifestement d'une ambition démesurée et semblait avoir choisi K. pour l'assouvir. « C'est vrai, dit K., que dans cette salle vous faites le travail de l'aubergiste. — C'est ainsi, dit-elle, et j'ai commencé comme fille d'écurie à l'Auberge du Pont. — Avec ces mains délicates », dit K. sur un ton à moitié interrogateur, sans savoir lui-même s'il la flattait simplement ou si elle l'avait vraiment conquis. Certes, ses mains étaient petites et délicates, mais on aurait pu aussi les dire faibles et insignifiantes. « À l'époque, personne n'y faisait attention, dit-elle, et même maintenant... » K. l'interrogea du regard, mais elle secoua la tête et refusa de continuer. « Bien sûr, dit K., vous avez vos secrets, et vous n'en parlerez pas à un individu que vous connaissez depuis une demi-heure et qui n'a pas encore eu l'occasion de vous dire ce qu'il fait là. » Mais cette remarque s'avéra inopportune, comme s'il avait réveillé Frieda d'un sommeil qui lui était favorable : de la pochette de cuir qu'elle avait suspendue à la ceinture, elle sortit un petit bout de bois et en boucha le judas, puis elle dit à K. avec un effort visible pour ne pas lui faire sentir son changement d'humeur : « Et à votre sujet, je sais tout, vous êtes l'arpenteur, puis elle ajouta : mais je dois retourner à mon travail », et elle regagna sa place derrière le comptoir, tandis qu'ici et là des gens se levaient pour lui demander de remplir leur verre vide. Voulant lui parler encore une fois sans attirer l'attention, K. prit un verre vide sur une étagère et s'approcha d'elle : « Juste une chose encore, mademoiselle Frieda, dit-il, il est extraordinaire d'arriver à devenir serveuse de bar quand on était fille d'écurie, et cela exige une force exceptionnelle, mais un être d'une pareille trempe a-t-il ainsi atteint son but ultime ? Question idiote. Ne vous moquez pas de moi, mademoiselle Frieda : dans vos yeux on lit moins la lutte passée que la lutte à venir. Mais les résistances du monde sont fortes, elles augmentent avec les buts que l'on se fixe, et il n'y a aucune honte à s'assurer le soutien même d'un petit homme sans influence, mais qui lutte lui aussi. Peut-être pourrions-nous en parler ensemble au calme, sans tous ces yeux qui nous dévisagent. — Je ne sais pas ce que vous voulez, dit-elle, et cette fois-ci ce ne furent pas les victoires, mais les déceptions infinies de sa vie qui semblèrent se mêler malgré elle au ton de sa voix, vous cherchez peut-être à m'éloigner de Klamm ? Bonté divine ! » Et elle pressa ses mains l'une contre l'autre. « Vous m'avez percé à jour, dit K., comme fatigué par tant de méfiance, c'était bien ma secrète intention. Vous quittiez Klamm et deveniez ma maîtresse. Maintenant je peux m'en aller. Olga ! s'écria-t-il, nous rentrons. » Obéissante, Olga se laissa glisser du tonneau, mais elle ne se libéra pas tout de suite des amis qui l'entouraient. C'est alors que Frieda murmura, en menaçant K. du regard : « Quand puis-je vous parler ? — Puis-je passer la nuit ici ? demanda K. — Oui, dit Frieda. — Je peux rester ici dès maintenant ? — Partez avec Olga pour que je me débarrasse de ces gens. Vous pourrez revenir dans un petit moment. — Bien », dit K., et il attendit Olga avec impatience. Mais les paysans ne la lâchaient pas, ils avaient inventé une danse dont Olga était le centre, et faisaient la ronde autour d'elle, et chaque fois qu'ils poussaient un cri tous ensemble, l'un d'eux rejoignait Olga, la saisissait d'une main par les hanches et la faisait pirouetter plusieurs fois, la ronde s'accélérait sans cesse, les cris, rauques et affamés, devenaient peu à peu un seul cri, et Olga qui avait déjà essayé de rompre le cercle en souriant ne faisait plus que tituber de main en main, les cheveux défaits. « Voilà les gens qu'on m'envoie, dit Frieda, et elle mordit de colère ses lèvres minces. — Qui sont-ils ? demanda K. — Le personnel de Klamm, dit Frieda, il ne cesse d'amener ces gens avec lui, et leur présence me met dans tous mes états. C'est à peine si je sais ce que je vous ai dit aujourd'hui, monsieur l'Arpenteur, et si mes propos étaient désobligeants, pardonnez-moi, c'est la présence de ces gens qui en est la cause, je ne connais rien de plus méprisable et de plus odieux, et ce sont leurs verres que je dois remplir de bière. Combien de fois déjà j'ai demandé à Klamm de les laisser chez lui ; si je suis déjà forcée de supporter la domesticité d'autres messieurs, il pourrait quand même avoir quelques égards pour moi, mais j'ai beau le supplier, une heure avant son arrivée, les voilà déjà qui se ruent ici comme le bétail dans l'écurie. Mais ils vont y aller pour de bon, à l'écurie, ils l'ont bien mérité. Si vous n'étiez pas là, j'ouvrirais grand cette porte, et c'est Klamm lui-même qui devrait les jeter dehors. — Ne les entend-il donc pas ? demanda K. — Non, dit Frieda, il dort. — Quoi ? s'écria K., il dort ? Pourtant quand je l'ai vu, il était encore éveillé, assis à sa table. — Il est toujours assis comme cela, dit Frieda, même lorsque vous l'avez vu, il dormait — vous aurais-je laissé regarder, autrement ? — c'était sa position de repos ; ces messieurs dorment toujours beaucoup, on a du mal à le comprendre. D'ailleurs, s'il ne dormait pas autant, comment pourrait-il supporter ces gens ? À présent je vais devoir les jeter dehors moi-même. » Elle prit un fouet dans un coin et, comme un petit agneau qui bondit, d'un seul grand bond un peu hésitant elle fonça sur les danseurs. D'abord ils se tournèrent vers elle comme si une nouvelle danseuse était arrivée, et de fait on eut un instant l'impression que Frieda allait laisser tomber le fouet, mais elle le brandit de nouveau. « Au nom de Klamm, s'écria-t-elle, à l'écurie ! tous à l'écurie ! » ; voyant alors que c'était sérieux, ils furent saisis d'une panique incompréhensible pour K. et commencèrent à se presser vers le fond de la salle ; sous la poussée des premiers, une porte s'ouvrit, l'air de la nuit pénétra dans la salle, et tous disparurent avec Frieda, qui manifestement leur faisait traverser la cour jusque dans l'écurie. Cependant, dans le silence soudain rétabli, K. entendit des pas venant du vestibule. Pour se protéger tant bien que mal, il sauta derrière le comptoir, car c'était la seule cachette possible, même s'il n'était pas interdit de séjour dans la salle, comme il comptait passer la nuit ici, il devait éviter de se faire voir à cette heure-ci. Lorsque la porte s'ouvrit pour de bon, il se glissa donc sous le comptoir. Certes, il y avait aussi quelque danger à y être découvert, mais il aurait alors une excuse assez vraisemblable : il s'était caché pour se mettre à l'abri des paysans devenus fous furieux. C'était l'aubergiste ; « Frieda », s'écria-t-il, et il fit plusieurs fois le tour de la pièce, par bonheur Frieda arriva bientôt et ne fit pas mention de K., elle se contenta de se plaindre des paysans et passa derrière le comptoir à la recherche de K. ; là, K. put lui toucher le pied et, dès lors, il se sentit en sécurité. Frieda n'ayant pas mentionné K., ce fut à l'aubergiste de le faire. « Et où se trouve l'arpenteur ? » demanda-t-il. C'était sans doute un homme poli de nature, dont les manières s'étaient affinées au contact prolongé de personnages bien supérieurs à lui, qu'il côtoyait avec une relative liberté ; mais il s'adressait à Frieda sur ton particulièrement respectueux, cela frappait d'autant qu'il n'en restait pas moins, dans cette conversation, un patron s'adressant à son employée, et à une employée d'une singulière insolence, qui plus est. « J'ai complètement oublié l'arpenteur, dit Frieda en posant son petit pied sur la poitrine de K. Il est sans doute parti depuis longtemps. — Mais je ne l'ai pas vu, dit l'aubergiste, et je n'ai presque pas quitté l'entrée. — Pourtant il n'est pas ici, fit-elle froidement. — Peut-être s'est-il caché, dit l'aubergiste, vu l'impression qu'il m'a faite, il est capable de bien des choses. — Il n'aura quand même pas cette audace », dit Frieda en appuyant plus fort avec son pied. Elle avait un côté libre et joyeux que K. n'avait pas remarqué auparavant, et qui prit le dessus de façon fort inattendue lorsqu'elle éclata de rire en disant : « Peut-être est-il caché là-dessous », et elle se pencha vers K., l'effleura d'un baiser, et se redressa d'un bond en disant, l'air chagrin : « Non, il n'est pas là. » Mais la réponse de l'aubergiste lui donna aussi matière à s'étonner : « Je suis fort contrarié de ne pas être certain qu'il soit parti. Il ne s'agit pas seulement de

M. Klamm, il s'agit du règlement. Or le règlement vaut pour vous autant que pour moi, mademoiselle Frieda. Vous êtes responsable de la salle, et moi, je vais fouiller le reste de la maison. Bonne nuit ! Reposez-vous bien ! » Il n'avait pas pu quitter la salle encore, et déjà Frieda avait éteint la lumière électrique et rejoint K. sous le comptoir. « Mon chéri ! Mon doux chéri ! » murmura-t-elle, mais sans toucher K. ; comme si l'amour la terrassait, elle resta allongée sur le dos, les bras écartés ; dans le ravissement de l'amour, le temps devait lui paraître infini, elle soupira plus qu'elle ne chanta une petite chanson. Puis elle s'effraya, voyant que K. silencieux restait perdu dans ses pensées, et elle commença à le tirer comme une enfant : « Viens, on étouffe là-dessous » ; ils s'enlacèrent, ce petit corps brûlait sous les mains de K., ils roulèrent quelques pas plus loin, en proie à un égarement dont K. chercha plusieurs fois, mais en vain, à s'extraire, vinrent cogner contre la porte de Klamm avec un bruit sourd, et restèrent allongés dans les petites flaques de bière et les autres saletés dont le sol était jonché. Là des heures s'écoulèrent, des heures où ils respirèrent ensemble, où leurs cœurs battirent ensemble, des heures où K. eut sans cesse le sentiment de se perdre ou d'être plus loin en terre étrangère qu'aucun être avant lui, dans un lieu inconnu où même la composition de l'air ne ressemblait pas à sa terre natale, où l'on ne pouvait qu'étouffer de dépaysement, mais dont les folles séductions vous contraignaient pourtant à avancer toujours plus loin, à vous perdre toujours plus loin [1]. Il n'éprouva donc, au moins tout d'abord, nulle frayeur, mais une impression de réveil rassurant lorsque depuis la chambre de Klamm une voix profonde, à la fois impérieuse et indifférente, appela Frieda. « Frieda », lui dit K. à l'oreille, faisant écho à cet appel. Avec une obéissance littéralement innée, Frieda allait bondir, puis elle se rappela où elle était, s'étira, rit en silence, et dit : « Mais je n'ai pas l'intention d'y aller, jamais je n'irai le trouver. »

---

1. Il faut signaler ici que c'est en arrivant à cette scène que Kafka décida de renoncer à poursuivre le récit dans la perspective de la 1re personne que portait le manuscrit depuis le début : « Il était tard dans la soirée lorsque j'arrivai (...) Je me tins longtemps sur le pont de bois. » *Cf.* Notice p. 1134.

K. voulut s'y opposer, il voulut la pousser à aller voir Klamm, il se mit à ramasser ce qui restait de son chemisier, mais il était incapable de dire quoi que ce soit, il était trop heureux de tenir Frieda dans ses bras, trop heureux et trop inquiet aussi, car il lui semblait que si Frieda le quittait, tout ce qu'il possédait le quitterait. Et comme si l'approbation de K. lui avait donné de la force, Frieda cogna la porte de son poing serré en criant : « Je suis avec l'arpenteur ! Je suis avec l'arpenteur ! » Klamm alors se tut pour de bon. Mais K. se leva, s'agenouilla à côté de Frieda et regarda autour de lui dans la morne lumière de l'aube. Que s'était-il passé ? Où étaient ses espérances ? Que pouvait-il attendre de Frieda, maintenant que tout était trahi ? Au lieu d'avancer avec d'infinies précautions, comme l'exigeait l'importance de l'ennemi et de l'objectif visé, il avait passé la nuit à se vautrer dans les flaques de bière, dont l'odeur à présent lui montait à la tête. « Qu'as-tu fait ? murmura-t-il. Nous sommes tous les deux perdus. — Non, dit Frieda, moi seule suis perdue, mais toi, je t'ai gagné. Ne t'inquiète pas. Et regarde donc, comme ils rient tous les deux. — Qui ça ? » demanda K. en se retournant. Ses deux assistants étaient assis sur le comptoir, un peu fatigués par le manque de sommeil, mais joyeux, de la joie qu'on éprouve à avoir fidèlement accompli son devoir. « Que venez-vous faire là ? s'écria K., comme s'ils eussent été responsables de tout, et il chercha des yeux le fouet que Frieda tenait la veille au soir. — Nous avons bien été obligés de te chercher, dirent les assistants, puisque tu n'es pas descendu nous rejoindre dans la salle à manger ; nous t'avons cherché chez Barnabas et nous t'avons enfin trouvé ici, nous avons passé toute la nuit assis ici. Notre service n'est pas facile. — J'ai besoin de vous le jour, pas la nuit, dit K., allez-vous-en ! — Mais il fait jour, maintenant », dirent-ils sans bouger d'un pouce. Il faisait jour en effet, la porte de la cour s'ouvrit, les paysans ainsi qu'Olga, que K. avait complètement oubliée, entrèrent en trombe ; Olga avait le même entrain que la veille au soir, même si ses cheveux et ses vêtements étaient fort mal en point, et avant qu'elle ait franchi la porte, ses yeux cherchaient déjà K. « Pourquoi n'es-tu pas rentré avec moi à la maison ? dit-elle presque en larmes. À cause d'une pareille bonne femme ! » dit-elle ensuite, et elle répéta plusieurs fois cette phrase. Frieda, qui avait disparu un instant, revint avec un petit baluchon de linge ; Olga s'écarta tristement. « Nous pouvons y aller, à présent », dit Frieda ; il allait de soi qu'elle parlait de l'Auberge du Pont, où ils devaient se rendre. K. et Frieda, derrière eux les assistants, tel fut le cortège ; les paysans manifestèrent à Frieda un grand mépris, ce qui se comprenait, car elle les avait jusque-là commandés avec sévérité ; l'un d'eux prit même un bâton et fit semblant de ne pas vouloir la laisser partir si elle ne sautait pas par-dessus, mais elle le chassa d'un simple regard. Dehors dans la neige K. respira un peu, cette fois le bonheur d'être à l'air libre rendit supportable la difficulté du chemin ; si K. avait été seul, tout serait allé mieux encore. Une fois à l'auberge, il alla aussitôt dans sa chambre et s'allongea sur le lit, Frieda s'installa pour dormir à côté, par terre, les assistants étaient entrés à leur suite, ils furent repoussés, mais rentrèrent par la fenêtre. K. était trop fatigué pour les repousser une nouvelle fois. La patronne monta spécialement pour saluer Frieda, Frieda l'appela Petite Mère, ces salutations s'accompagnèrent d'incompréhensibles effusions, avec baisers et longues embrassades. D'ailleurs il n'y avait guère de calme dans la petite chambre, les servantes chaussées de bottes d'hommes entrèrent plusieurs fois bruyamment pour apporter ou venir chercher quelque chose. Lorsqu'elles avaient besoin d'un des divers objets accumulés, elles le tiraient brutalement par-dessous K. Quant à Frieda, elles la saluaient comme une des leurs. Malgré cette agitation, K. resta au lit toute la journée et toute la nuit. Frieda lui rendit de menus services. Lorsque le matin suivant il se leva enfin frais et dispos, c'était déjà son quatrième jour au village.

# 4

## PREMIÈRE CONVERSATION AVEC LA PATRONNE

Il eût souhaité parler en privé avec Frieda, mais les assistants, avec qui d'ailleurs Frieda plaisantait et riait de temps à autre, y faisaient obstacle, par leur simple présence indésirable. Ils n'étaient certes pas exigeants, ils s'étaient installés dans un coin par terre, sur deux vieilles jupes ; ils avaient pour ambition, expliquèrent-ils plusieurs fois à Frieda, de ne pas déranger M. l'Arpenteur et de prendre le moins de place possible, ils effectuèrent divers essais dans ce sens, avec force murmures et ricanements, il est vrai, en entrecroisant leurs bras et leurs jambes et en se recroquevillant l'un contre l'autre, dans la pénombre on ne voyait qu'un gros tas dans le coin qu'ils occupaient. Cependant l'expérience de la journée indiquait, hélas ! que c'étaient des observateurs très attentifs, qui ne quittaient jamais K. des yeux ; soit par exemple ils jouaient de manière apparemment puérile à utiliser leurs mains comme des jumelles et autres sottises du même genre, soit ils se contentaient de le dévisager en ayant l'air surtout préoccupés de soigner leur barbe, à laquelle ils tenaient beaucoup et dont ils comparèrent à d'innombrables reprises la longueur et l'épaisseur avant de la soumettre au jugement de Frieda. Depuis son lit, K. regardait souvent leur manège à tous les trois avec une parfaite indifférence.

Lorsqu'il se sentit la force de sortir du lit, tous accoururent pour le servir. Il n'était pas encore assez fort pour pouvoir se défendre contre leur sollicitude, il constata que cela le plaçait vis-à-vis d'eux dans une certaine dépendance, qui pourrait avoir des suites fâcheuses, mais il n'avait pas le choix. Il n'était pas non plus si désagréable de boire à table le bon café que Frieda était allée chercher, de se réchauffer près du poêle que Frieda avait allumé, de faire grimper et redescendre dix fois les escaliers aux assistants, pleins de zèle et de maladresse, pour aller lui chercher de l'eau, du savon, un peigne et un miroir et enfin un petit verre de rhum, dont il avait vaguement exprimé le désir à voix basse.

Tandis qu'il donnait tous ces ordres et se faisait servir, K. leur dit, plus par bonne humeur que dans l'espoir d'obtenir satisfaction : « Maintenant allez-vous-en, vous deux, je n'ai plus besoin de rien pour l'instant et je veux parler seul à seul avec mademoiselle Frieda, et ne lisant pas une franche opposition sur leur visage, il ajouta pour les dédommager : Ensuite, nous irons tous les trois voir le maire ; attendez-moi en bas dans la salle. » Chose singulière, ils obéirent, mais ajoutèrent avant de se retirer : « Nous pouvons aussi attendre ici, et K. répondit : Je sais, mais je n'y tiens pas. »

K. fut agacé et pourtant content, en un certain sens, lorsque Frieda, qui s'était assise sur ses genoux aussitôt après le départ des assistants, lui dit : « Qu'as-tu contre ces assistants, mon chéri ? Nous n'avons pas besoin d'avoir aucun secret pour eux. Ils sont loyaux. — Loyaux ! dit K., ils ne cessent de m'espionner, c'est absurde, mais odieux. — Je crois te comprendre », dit-elle en s'accrochant à son cou ; elle allait dire autre chose, mais elle ne put continuer à parler et comme le fauteuil était tout à côté du lit, ils basculèrent et tombèrent à la renverse. Ils s'allongèrent sur le lit, mais avec moins d'abandon que la nuit précédente. Elle cherchait quelque chose et il cherchait quelque chose, furieux, grimaçants, chacun enfonçant la tête dans la poitrine de l'autre, ils cherchaient, et leurs corps s'étreignant et se redressant ne leur apportaient pas l'oubli, mais les rappelaient à leur devoir de chercher ; comme des chiens fouillent désespérément le sol, ils fouillaient dans leurs corps et chacun, désemparé, déçu, passait la langue sur le visage de l'autre pour trouver un ultime bonheur. Seule la fatigue les calma et les rendit reconnaissants l'un envers l'autre. Puis les servantes entrèrent à leur tour, « Regarde-les, couchés là », dit l'une d'elles et, prise de pitié, elle jeta un drap sur eux.

Plus tard, lorsque K. se dégagea du drap et regarda autour de lui, les assistants — cela ne l'étonna guère — étaient de nouveau dans leur coin, ils se rappelèrent mutuellement au sérieux en montrant K. du doigt et firent le salut militaire ; mais en outre, la patronne était assise juste à côté du lit en train de tricoter une chaussette, petit ouvrage fort disproportionné par rapport à sa silhouette gigantesque qui plongeait presque la chambre dans l'obscurité. « Cela fait longtemps que j'attends », dit-elle en levant son large visage sillonné de rides et pourtant encore lisse dans l'ensemble, qui peut-être avait même été beau jadis. Ses paroles sonnaient comme un reproche, un reproche déplacé, car après tout, K. ne lui avait pas demandé de venir. Il se contenta donc de hocher la tête en guise de réponse et se redressa sur son séant, Frieda elle aussi se leva, mais elle s'écarta de K. et s'appuya contre le fauteuil de la patronne. « Madame la Patronne, dit K. d'un air distrait, ce que vous voulez me dire ne pourrait-il attendre que je sois revenu de chez M. le Maire ? Je dois avoir un important entretien là-bas. — Celui-ci est plus important, croyez-moi, monsieur l'Arpenteur, dit la patronne, là-bas il ne s'agit sans doute que de travail, mais ici, c'est d'un être humain qu'il s'agit, de Frieda, ma chère servante. — Ah bon, dit K., alors bien volontiers, j'ignore simplement pourquoi on ne nous laisse pas à tous les deux le soin de cette affaire. — Par amour, par sollicitude, dit la patronne en attirant contre elle la tête de Frieda qui, debout, n'arrivait qu'aux épaules de la patronne assise. — Puisque Frieda a une telle confiance en vous, dit K., je ne puis que faire de même. Et puisque Frieda vient de qualifier de loyaux mes assistants, nous sommes entre amis. Je peux donc vous dire, madame la Patronne, que le mieux, me semble-t-il, serait que Frieda et moi-même nous mariions au plus vite. Hélas ! hélas ! cela ne suffira pas à remplacer ce qu'elle a perdu par ma faute, son emploi à l'Auberge des Messieurs, et l'amitié de Klamm. » Frieda leva la tête, ses yeux étaient baignés de larmes et n'avaient plus rien de victorieux. « Pourquoi moi ? Pourquoi ai-je été choisie moi pour cela ? — Quoi ? demandèrent K. et la patronne d'une seule voix. — Elle est bouleversée, la pauvre enfant, dit la patronne, bouleversée par un excès simultané de bonheur et de malheur. » Et comme pour confirmer ces propos, Frieda se précipita sur K., l'embrassa avec frénésie comme s'il n'y avait eu personne d'autre dans la pièce, puis tomba à genoux devant lui, sans cesser de l'étreindre. Tout en caressant des deux mains la chevelure de Frieda, K. dit à la patronne : « Vous avez l'air de me donner raison ? — Vous êtes un homme d'honneur », fit la patronne, qui avait elle aussi des larmes dans la voix, elle semblait un peu accablée et respirait avec peine, mais elle trouva encore la force d'ajouter : « il faudra maintenant songer à certaines garanties que vous devez donner à Frieda, car malgré l'immense respect que j'ai pour vous, vous n'en êtes pas moins un étranger, vous ne pouvez vous appuyer sur personne, votre situation personnelle est inconnue ici, il faut donc des garanties, vous le comprendrez, cher monsieur l'Arpenteur, c'est vous-même qui avez souligné tout ce que Frieda va perdre inévitablement en se liant avec vous. — Des garanties, mais certainement, bien sûr, dit K., le mieux sera sans doute de les présenter devant le notaire, mais peut-être d'autres fonctionnaires du comté interviendront-ils. Au reste, j'ai moi aussi une affaire à expédier impérativement avant la noce. Je dois parler à Klamm. — C'est impossible, dit Frieda en se redressant un peu et en se serrant contre K., quelle idée ! — Il le faut, dit K., si je ne puis l'obtenir moi-même, il faut que tu t'en charges. — Je ne peux pas, K., je ne peux pas, dit Frieda, jamais Klamm ne te parlera. Comment peux-tu penser que Klamm va te parler ! — Et à toi, il te parlerait ? demanda K. — Pas davantage, dit Frieda, ni à toi, ni à moi, c'est totalement impossible. » Elle se tourna vers la patronne en écartant les bras : « Vous vous rendez compte de ce qu'il demande, madame la Patronne. — Vous avez des idées saugrenues, monsieur l'Arpenteur, dit la patronne, et elle était terrifiante, assise comme elle l'était à présent, redressée, les jambes écartées, ses genoux puissants pointant à travers sa fine jupe. Vous demandez l'impossible. — Pourquoi est-ce impossible ? demanda K. — Je vais vous l'expliquer, dit la patronne d'une voix donnant l'impression que cette explication n'était pas une dernière faveur, mais déjà le premier châtiment qu'elle administrait, je vais vous l'expliquer très volontiers. Certes, je n'appartiens pas au château, je ne suis qu'une femme, je ne suis qu'une patronne ici, dans une auberge de dernière catégorie — pas de toute dernière catégorie, mais presque —, et il se pourrait donc que vous n'accordiez guère d'importance à mon explication, mais j'ai gardé les yeux ouverts pendant ma vie et j'ai rencontré beaucoup de gens, et j'ai porté seule tout le fardeau de cet établissement, car mon mari est sans doute un brave garçon, mais ce n'est pas un aubergiste, et il n'aura jamais le sens des responsabilités. Ainsi, c'est à sa seule négligence — car l'autre soir, j'étais déjà écroulée de fatigue — que vous devez d'être ici au village, d'être bien assis tout à votre aise sur ce lit. — Comment ? demanda K., sortant d'une rêverie et mû par la curiosité plus que par la colère. — C'est à sa seule négligence que vous le devez », s'écria de nouveau la patronne en pointant vers K. son index. Frieda s'efforça de la calmer. « Que veux-tu ? dit la patronne en pivotant rapidement sur elle-même, M. l'Arpenteur m'a interrogée et je dois lui répondre. Sinon comment comprendra-t-il ce qui va de soi pour nous, à savoir que M. Klamm ne lui parlera jamais, que dis-je, ne lui parlera jamais, ne *pourra* jamais lui parler. Écoutez bien, monsieur l'Arpenteur. M. Klamm est un des messieurs du château, et déjà en soi cela signifie un grade très élevé, quelle que soit la position qu'il occupe. Et qu'êtes-vous en revanche, vous dont nous sollicitons si humblement le consentement à ce mariage ? Vous n'êtes pas du château, vous n'êtes pas du village, vous n'êtes rien. Mais hélas ! vous êtes malgré tout quelque chose, un étranger qui est de trop, et qui gêne tout le monde, un individu qui nous vaut sans cesse des tracasseries, qui nous oblige à déménager les servantes, un individu dont on ignore les intentions, qui a séduit notre chère petite Frieda et auquel il faut hélas ! la donner en mariage. Je ne vous reproche pas tout cela, au fond ; vous êtes ce que vous êtes ; j'en ai déjà trop vu dans ma vie pour ne pas pouvoir aussi supporter ce spectacle. Mais imaginez maintenant ce que vous demandez en fait. Vous voudriez qu'un homme tel que Klamm vous parle. J'ai été peinée d'apprendre que Frieda vous a laissé regarder par le judas, en faisant cela elle était déjà sous votre charme. Mais dites-moi, comment vous avez-vous pu soutenir la simple vue de Klamm ? Vous n'avez pas besoin de répondre, je le sais, vous y êtes fort bien arrivé. Car vous êtes incapable de voir véritablement Klamm, ce n'est pas arrogance de ma part, car moi-même j'en suis incapable. Vous voudriez que Klamm vous parle, mais il ne parle même pas aux gens du village, il n'a encore jamais parlé en personne avec quelqu'un du village. Et c'était la grande distinction accordée à Frieda, une distinction qui fera ma fierté jusqu'à la fin de mes jours : il avait coutume d'appeler au moins le nom de Frieda, et elle pouvait lui parler tout à son gré et avait reçu la permission de regarder par le judas, mais il ne lui a jamais parlé, même à elle. Et même s'il appelait parfois Frieda, cela n'a pas forcément le sens qu'on aimerait lui donner, il lançait simplement le nom de Frieda — qui connaît ses intentions ? — et c'était l'affaire de Frieda si elle accourait bien sûr, et c'était par bonté que Klamm la laissait entrer sans protester, mais on ne saurait affirmer qu'il l'eût véritablement appelée. Certes, ce qui existait est révolu à tout jamais. Peut-être Klamm lancera-t-il encore le nom de Frieda, c'est possible, mais une jeune fille qui a eu affaire avec vous ne sera sûrement plus admise auprès de lui. Et il y a une chose, une seule chose que ma pauvre tête ne comprend pas, c'est comment une jeune fille que l'on disait être la maîtresse de Klamm — formule d'ailleurs très exagérée, à mon avis — a pu se laisser ne serait-ce qu'effleurer par vous.

— C'est étrange en effet, dit K. en prenant sur ses genoux Frieda qui se laissa faire aussitôt, mais en baissant la tête ; pourtant cela prouve, je crois, que tout n'est pas exactement comme vous le croyez. Ainsi, vous avez sûrement raison de dire que je ne suis rien en face de Klamm, et si je persiste à demander à lui parler et si vos explications ne suffisent pas à m'en dissuader, cela ne veut pas dire pour autant que je suis capable de supporter la simple vue de Klamm sans une porte entre nous,

ni que je ne quitterai pas la pièce en courant à sa seule apparition. Mais de telles craintes, quoique justifiées, ne constituent
toujours pas à mes yeux un motif pour ne pas m'y risquer. Si
en revanche je réussis à lui faire face, il n'aura pas besoin de
me parler, il me suffira de voir l'impression que lui feront mes
propos, et s'ils ne lui en font aucune ou s'il ne les écoute pas,
j'aurai au moins gagné d'avoir parlé librement devant un puissant. Mais vous, madame la Patronne, avec votre vaste connaissance de la vie et des hommes, et Frieda, qui hier encore était
la maîtresse de Klamm — je ne vois aucune raison de renoncer
à ce terme —, vous pouvez sûrement me fournir sans difficulté
l'occasion de parler avec Klamm, et même, s'il n'y a pas d'autre
possibilité, à l'Auberge des Messieurs, peut-être y est-il encore
aujourd'hui.

— C'est impossible, dit la patronne, et je vois que vous
n'êtes pas en mesure de le comprendre. Mais dites-moi, de
quoi voulez-vous donc parler avec Klamm ?

— De Frieda bien sûr, dit K.

— De Frieda ? demanda la patronne sans comprendre, et
elle se tourna vers Frieda. Entends-tu, Frieda, il veut, lui, parler
de toi avec Klamm, lui, parler avec Klamm.

— Voyons, madame la Patronne, dit K., vous êtes une femme
intelligente qui inspire le respect, et pourtant la moindre brouille vous effraie. Eh bien oui, je veux lui parler de Frieda, il n'y
a pourtant là rien de si monstrueux, cela va plutôt de soi. Car
vous vous trompez certainement aussi, si vous croyez qu'à la
minute où j'ai fait mon entrée, Frieda a perdu toute importance
aux yeux de Klamm. Vous le sous-estimez, si vous croyez cela.
Je sens bien qu'il est présomptueux de ma part de prétendre
vous instruire là-dessus, mais je n'ai pas le choix. Rien dans les
relations de Klamm et de Frieda n'a pu changer de mon fait.
Soit il n'existait aucune relation essentielle entre eux — et c'est
en fait ce que disent les gens qui refusent à Frieda le titre de
maîtresse — et dans ce cas, il n'y en a pas davantage aujour-
d'hui, ou bien au contraire cette relation existait, et comment
pourrais-je alors, moi qui ne suis rien aux yeux de Klamm,

comme vous le dites si bien, comment pourrais-je alors la troubler ? Ce sont des choses que l'on croit dans un premier élan de frayeur, mais quelques secondes de réflexion suffisent pour y voir clair. D'ailleurs, laissons maintenant Frieda donner son avis. »

Le regard flottant dans le lointain, la joue contre la poitrine de K., Frieda répondit : « La mère a sûrement raison : Klamm ne veut plus entendre parler de moi. Mais ce n'est pas à cause de ta venue, mon chéri, voilà qui est sûr, rien de tel n'aurait pu l'ébranler. Je soupçonne que c'est son œuvre si nous nous sommes retrouvés là-bas sous le comptoir ; bénie, non pas maudite, soit cette heure. — Si ce que tu dis est vrai, fit K. lentement, car les paroles de Frieda étaient douces et il ferma les yeux quelques secondes pour s'en laisser pénétrer, si c'est vrai, il y a encore moins de raisons de craindre une entrevue avec Klamm.

— Vraiment, dit la patronne en regardant K. avec dédain, vous me rappelez parfois mon mari, vous êtes aussi obstiné et aussi puéril que lui. Vous êtes au village depuis deux ou trois jours, et déjà vous prétendez tout savoir mieux que les gens du lieu, mieux qu'une vieille femme comme moi et que Frieda, qui en a tant vu et tant entendu à l'Auberge des Messieurs. Je ne nie pas qu'il soit possible d'arriver à quelque chose une fois ou l'autre en faisant fi des règlements et de la tradition, je n'ai jamais rien vu de tel, mais il y en a paraît-il des exemples, c'est possible, mais alors les choses ne se passent sûrement pas de la façon dont vous procédez, en ne cessant de dire non et non, et en ne jurant que par vous-même et en négligeant les conseils les mieux intentionnés. Croyez-vous que je me soucie de vous ? Me suis-je préoccupée de vous, tant que vous étiez seul ? Même si c'eût été bénéfique et eût permis d'éviter bien des déboires ? Je n'ai dit qu'une chose à mon mari : "Garde tes distances." Et je m'en serais tenue là, aujourd'hui encore, si Frieda ne s'était pas trouvée entraînée dans votre destin. C'est à elle que vous devez mon intérêt pour vous — que cela vous plaise ou non —, et même ma considération. Et vous ne pouvez pas vous contenter de m'envoyer promener, car vous êtes strictement responsable devant moi, qui suis la seule à veiller sur la petite Frieda avec une sollicitude maternelle. Il se peut que Frieda ait raison et que tout soit arrivé par la volonté de Klamm, mais je ne sais rien de lui à l'heure actuelle, jamais je ne lui parlerai, il m'est totalement inaccessible, tandis que vous, vous êtes assis ici, vous tenez ma Frieda tout comme — pourquoi devrais-je le taire ? —, tout comme je vous tiens. Oui, je vous tiens, jeune homme, car essayez, si je vous mets à la porte, de trouver un gîte où que ce soit dans le village, même dans une niche.

— Merci, dit K., voilà qui est parler avec franchise et je vous fais entière confiance. Ma situation est donc fort précaire, et celle de Frieda aussi, par voie de conséquence.

— Non, l'interrompit la patronne furibonde, la situation de Frieda n'a rien à voir avec la vôtre de ce point de vue. Frieda fait partie de ma maison et personne n'a le droit de qualifier de précaire sa situation ici.

— Bien, bien, dit K., je vous donne aussi raison sur ce point, d'autant que, pour des motifs que j'ignore, Frieda semble avoir trop peur de vous pour intervenir. Parlons donc de moi, pour l'instant. Ma situation est extrêmement précaire, vous ne le niez pas, vous vous efforcez au contraire de le prouver. Comme pour tout ce que vous dites, cela est vrai en grande partie, mais non en totalité. Ainsi par ex., je connais un fort bon lit qui reste à ma disposition.

— Où ça ? Où ça ? s'écrièrent Frieda et la patronne en chœur et avec une frénésie telle, qu'on eût dit que leur question cachait les mêmes motifs.

— Chez Barnabas, dit K.

— Les misérables ! s'écria la patronne. Les misérables coquins ! Chez Barnabas ! Vous entendez — et elle se tourna vers le coin des assistants, mais voilà longtemps qu'ils s'étaient approchés et se tenaient bras dessus bras dessous derrière la patronne, qui saisit la main de l'un d'eux, comme si elle avait besoin d'un appui — vous entendez où Monsieur va traîner, dans la famille de Barnabas ! C'est évident qu'on lui donne un lit là-bas, ah, si seulement il avait préféré dormir là-bas plutôt qu'à l'Auberge des Messieurs. Mais où étiez-vous passés ?

— Madame la Patronne, dit K. avant même que les assistants répondent, ce sont mes assistants, mais vous les traitez comme s'ils étaient vos assistants à vous, et mes gardiens. Pour tout le reste, je suis prêt au moins à débattre de vos opinions, mais pas à propos de mes assistants, car là, les choses ne sont que trop claires. Je vous prie donc de ne pas leur parler, et si cette prière ne devait pas suffire, je leur interdis de vous répondre.

— Donc, je n'ai pas le droit de vous parler », dit la patronne, et ils éclatèrent de rire tous les trois, la patronne d'un rire moqueur, mais beaucoup plus doux que K. ne s'y serait attendu, les assistants de leur façon coutumière, à la fois lourde et vide de sens, d'un air de décliner toute responsabilité.

« Ne te fâche pas, dit Frieda, comprends notre émotion. D'une certaine façon, nous ne devons qu'à Barnabas d'appartenir l'un à l'autre. Lorsque je t'ai vu pour la première fois dans la salle — tu es entré au bras d'Olga —, je savais bien deux ou trois choses sur toi, mais dans l'ensemble tu m'étais encore parfaitement indifférent. Oh, tu n'étais pas le seul à m'être indifférent, presque tout m'était indifférent, presque tout. À ce moment-là, bien des choses d'ailleurs me contrariaient et m'irritaient, mais que pesaient ces contrariétés, ces irritations ? Par ex., un des clients du bar m'offensait — car ils étaient toujours après moi, tu as vu les gars là-bas, mais il en venait de bien pires, les employés de Klamm n'étaient pas ce qu'il y avait de pire —, donc un client m'offensait, mais que m'importait ? J'avais l'impression que cela m'était arrivé des années auparavant, ou que ce n'était pas arrivé du tout, ou que je l'avais simplement entendu raconter, ou que moi-même je l'avais déjà oublié. Mais je ne peux pas le décrire, ni même me l'imaginer, tant les choses ont changé depuis que Klamm m'a abandonnée... »

Et Frieda interrompit son récit, elle inclina tristement la tête, et garda les mains jointes sur ses genoux.

« Vous voyez, s'écria la patronne, faisant comme si ce n'était pas elle qui parlait, mais comme si elle se contentait de prêter sa voix à Frieda, et elle se rapprocha pour s'asseoir juste à côté de Frieda, vous voyez, monsieur l'Arpenteur, les conséquences de vos actes, et vos assistants aussi, auxquels il m'est interdit de parler, puissent-ils s'instruire à ce spectacle ! Vous avez arraché Frieda à la plus vive félicité qu'elle ait jamais connue et vous y êtes surtout parvenu parce que Frieda, dans un excès puéril de compassion, n'a pas pu supporter de vous voir au bras d'Olga et donc visiblement à la merci de la famille Barnabas. Elle vous a sauvé en se sacrifiant. Et maintenant que la chose s'est produite et que Frieda a échangé tout ce qu'elle avait contre le bonheur de s'asseoir sur vos genoux, maintenant vous arrivez en présentant comme votre principal atout d'avoir eu la possibilité de passer une nuit chez Barnabas. Vous cherchez sans doute à montrer ainsi que vous ne dépendez pas de moi. En effet, si vous aviez vraiment passé la nuit chez Barnabas, vous dépendriez si peu de moi qu'il vous faudrait quitter ma maison sur-le-champ, et au pas de charge.

— J'ignore les péchés de la famille Barnabas, dit K. en soulevant avec précaution Frieda, qui semblait inanimée, et en la posant lentement sur le lit avant de se lever lui-même, vous avez peut-être raison là-dessus, mais j'avais sûrement raison lorsque je vous ai priée de nous laisser à tous les deux, Frieda et moi, le soin de régler nos affaires. Vous avez parlé d'amour et de sollicitude, mais je n'en ai guère remarqué par la suite, il y a eu d'autant plus de haine et de mépris, et de mise à la porte. Si vous cherchiez à éloigner Frieda de moi, ou à m'éloigner d'elle, vous avez été très adroite, mais je doute que vous arriviez à vos fins, et si vous y arrivez malgré tout — permettez-moi à mon tour de vous adresser une obscure menace —, vous le regretterez amèrement. Quant au logis que vous me procurez — si c'est ainsi que vous désignez ce trou abject —, rien ne dit que vous le fassiez de votre propre gré, il semble plutôt qu'il y ait là-derrière un ordre des autorités comtales. Je leur ferai savoir qu'on m'a donné congé ici, et si l'on m'assigne un autre logis, sans doute pousserez-vous un soupir de soulagement, mais moi davantage encore. Et maintenant je m'en vais voir le maire pour traiter de cette affaire, entre autres ; s'il vous plaît, occupez-vous au moins de Frieda, que vos discours soi-disant maternels n'ont déjà que trop affectée. »

Puis il se tourna vers ses assistants. « Venez », fit-il, et il décrocha la lettre de Klamm et s'apprêta à partir. La patronne l'avait regardé en silence ; elle attendit qu'il eût la main sur la poignée de la porte pour dire : « Monsieur l'Arpenteur, je veux encore vous donner une chose à méditer en chemin, car quoi que vous disiez et quel que soit votre désir d'offenser la vieille femme que je suis, vous n'en êtes pas moins le futur mari de Frieda. C'est pour ce seul motif que je veux vous dire qu'au sujet de la situation présente, vous êtes d'une effroyable ignorance ; on est pris de vertige à vous écouter et à comparer en pensée vos propos et vos opinions avec les faits. Il n'y a pas moyen de remédier à cette ignorance d'un seul coup, ni peut-être jamais, mais beaucoup de choses peuvent s'améliorer si vous me croyez un tant soit peu, et ne perdez jamais de vue votre igno-rance. Vous serez alors aussitôt plus juste envers moi, par ex., et commencerez à vous faire une idée de l'effroi que j'ai éprouvé — les suites s'en font encore sentir — en m'apercevant que ma chère petite avait en quelque sorte délaissé l'aigle pour s'unir au serpent, mais la véritable situation est bien pire encore, et il me faut sans cesse tenter de l'oublier, autrement je ne pourrais échanger un seul mot avec vous sans perdre mon calme. Mais voilà que vous vous remettez en colère. Non, ne partez pas encore, écoutez encore cette prière : où que vous alliez, gardez toujours à l'esprit que vous êtes ici le plus igno-rant de tous, et soyez prudent ; ici chez nous la présence de Frieda vous protège et du coup vous pouvez bavarder tout votre saoul ; ici par ex., vous pouvez nous montrer comment vous comptez parler à Klamm, mais dans la réalité, dans la réa-lité, je vous en prie, je vous en supplie, n'en faites rien. »

Elle se leva en chancelant un peu sous l'émotion, s'approcha de K., lui prit la main et l'implora du regard. « Madame la Patronne, dit K., je ne vois pas pourquoi vous vous abaissez à me supplier pour une chose pareille. Si, comme vous le dites, il m'est impossible de parler avec Klamm, c'est donc que je n'y parviendrai pas, que l'on me supplie ou non. Mais si cela s'avérait malgré tout possible, pourquoi devrais-je renoncer, d'autant qu'alors votre principale objection s'effondrerait, ce qui rendrait toutes vos autres craintes fort sujettes à caution. Certes je suis ignorant, cette vérité demeure de toute façon, ce qui est fort triste pour moi, mais présente aussi un avantage, puisque l'ignorant est plus audacieux ; c'est pourquoi j'accepte volontiers, dans la mesure de mes forces, de supporter encore quelque temps le poids de cette ignorance et de ses conséquences sûrement néfastes. Après tout, je suis pour l'essentiel le seul à les subir, et c'est cela surtout qui m'empêche de comprendre vos supplications. Vous veillerez sûrement toujours sur Frieda, et si je disparais de sa vue, cela ne peut être qu'une bénédiction à vos yeux. Que craignez-vous donc ? Vous ne craignez tout de même pas — quand on est ignorant, tout semble possible —, et K. ouvrit en même temps la porte — vous ne craignez tout de même pas pour Klamm, par hasard ? » La patronne le suivit du regard en silence tandis qu'il dévalait l'escalier, suivi des assistants.

## 5

## CHEZ LE MAIRE

K. n'appréhendait guère l'entrevue avec le maire, à sa propre surprise. Il chercha à se l'expliquer en se disant que d'après ses expériences jusque-là, les rapports officiels avec les autorités du comté avaient toujours été très simples. Cela tenait aux directives précises et apparemment tout à son avantage qui avaient manifestement été données sur la façon dont traiter son cas, ainsi qu'à l'admirable coordination entre les bureaux, qu'on devinait d'autant plus parfaite qu'on ne la soupçonnait pas. Lorsqu'il ne pensait qu'à ces choses, K. n'était parfois pas loin de juger satisfaisante sa situation, même si après ces accès de bien-être il se disait bientôt que le danger résidait justement là. Les rapports directs avec l'administration n'étaient pas trop difficiles, car malgré la qualité de son organisation, elle n'avait toujours que des choses lointaines et invisibles à défendre au nom de lointains et invisibles messieurs, tandis que K. luttait pour des intérêts vitaux et immédiats, il luttait pour lui-même, et au moins dans les tout premiers temps, de sa propre initiative, car c'était lui l'attaquant ; et il n'était pas seul à lutter, il avait manifestement à ses côtés d'autres forces qu'il ne connaissait pas, mais auxquelles il pouvait croire, vu les mesures prises par les autorités. Cependant, en lui cédant d'emblée sur des broutilles — il ne s'était guère agi de plus, jusque-là —, les autorités lui ôtaient la possibilité de petites victoires faciles et avec cette possibilité, la satisfaction et la légitime assurance qu'il en eût retirées en vue de plus grandes batailles. Au lieu de quoi, en laissant K. se promener à son gré dans les limites du village, elles le dorlotaient et l'affaiblissaient, elles éliminaient toute espèce de lutte, et en contrepartie elles le cantonnaient dans une vie sans caractère officiel, une vie totalement embrouillée, trouble et bizarre. S'il ne restait pas constamment sur ses gardes, il se pouvait ainsi fort bien qu'un jour, malgré toutes les amabilités des autorités et son strict respect des obligations excessivement légères qui lui incombaient, trompé par cette apparente bienveillance, K. conduise sa vie privée avec une telle imprudence qu'il en arrive à craquer et qu'alors les autorités, avec la même douceur et la même amabilité, sans le vouloir pour ainsi dire, mais au nom d'un ordre public inconnu de lui, soient contraintes d'intervenir pour l'écarter. Et qu'était-ce au juste que la vie privée, ici ? Nulle part encore K. n'avait vu la vie privée et la vie professionnelle aussi étroitement liées, au point qu'elles donnaient parfois l'impression d'avoir permuté. Que signifiait par ex. le pouvoir, jusqu'ici de pure forme, que Klamm exerçait sur le service de K., comparé au pouvoir, bien réel celui-là, qu'il avait dans la chambre de K. ? En somme, si une attitude un peu plus insouciante, une certaine décontraction étaient de rigueur vis-à-vis des seules autorités, il fallait partout ailleurs faire preuve d'une grande prudence, et regarder autour de soi avant de faire un pas.

Sa visite chez le maire confirma d'abord largement K. dans sa vision des autorités locales. Le maire, gros homme affable et rasé de près, était malade, il avait une mauvaise crise de goutte et reçut K. allongé dans son lit. « Voici donc monsieur notre arpenteur », dit-il, voulant se redresser pour saluer, mais il n'y parvint pas et, en désignant ses jambes pour s'excuser, il se laissa retomber sur ses oreillers. Une femme silencieuse qui semblait presque une ombre dans cette chambre obscure aux étroites fenêtres, plongée encore davantage dans les ténèbres par les rideaux, apporta à K. un fauteuil et le plaça près du lit. « Asseyez-vous, monsieur l'Arpenteur, asseyez-vous, dit le maire, et dites-moi ce que vous désirez. » K. lui lut la lettre de Klamm en ajoutant quelques remarques. De nouveau, il eut ce sentiment d'extrême facilité des rapports avec les autorités. Elles prenaient littéralement tout sur leurs épaules, on pouvait leur faire porter n'importe quel fardeau en restant soi-même libre et léger. Comme si le maire lui aussi l'eût senti de son côté, il se retourna dans son lit, mal à son aise, et finit par dire : « Comme vous l'avez vous-même observé, monsieur l'Arpenteur, j'étais au courant de tout. Si je n'ai encore pris aucune disposition, c'est d'abord à cause de ma maladie, et aussi parce que vous avez tant tardé à venir, que je finissais par croire que vous aviez renoncé à tout cela. Mais puisque vous avez l'amabilité de venir vous-même me rendre visite, je dois à présent vous dire toute la désagréable vérité. Vous avez été engagé comme arpenteur, selon votre formule, mais hélas ! nous n'avons pas besoin d'arpenteur. Il n'y aurait pas le moindre travail à lui donner. Les limites de nos petites exploitations sont établies, tout figure au cadastre, les propriétés changent rarement de

mains et nous réglons nous-mêmes les petits litiges de mitoyen-
neté. Quel besoin aurions-nous donc d'un arpenteur ? » Sans y
avoir vraiment réfléchi au préalable, K. eut l'intime conviction
qu'il s'attendait à une annonce de ce genre. Il put donc aussitôt
répondre : « Voilà qui me surprend fort. Cela bouleverse tous
mes calculs. Il me reste à espérer qu'il s'agit d'un malentendu.
— Hélas ! non, dit le maire, tout est bien comme je viens de
vous le dire. — Mais comment cela est-il possible, s'écria K., je
n'ai tout de même pas fait ce voyage interminable pour être
maintenant renvoyé dans l'autre sens. — C'est là une autre
question, dit le maire, je n'ai pas à en décider, mais en revanche
je peux vous expliquer comment ce malentendu a été possible.
Dans une administration aussi vaste que celle du comté, il peut
arriver que telle section prenne une première disposition et
telle autre une deuxième sans qu'aucune ne le sache ; l'inspection qui les contrôle a beau être très scrupuleuse, par nature
elle intervient trop tard, et il peut donc en résulter malgré tout
une légère confusion. Certes, il s'agit toujours d'infimes détails,
comme par ex. votre cas ; dans les affaires importantes, je n'ai
encore eu vent d'aucune erreur, mais les petits détails aussi
sont souvent assez pénibles. Concernant votre cas, je vais vous
dire en toute franchise ce qui s'est passé, sans me retrancher
derrière le secret professionnel — je suis trop peu bureaucrate
pour cela, je suis un paysan, un point c'est tout. Voici longtemps, j'étais alors maire depuis quelques mois seulement, un
décret nous parvint de je ne sais plus quelle section, indiquant
sur le ton catégorique coutumier à ces messieurs de là-haut,
qu'il fallait nommer un arpenteur et que la commune devait
tenir prêts tous les plans et tracés nécessaires à son travail. Bien
entendu, ce décret ne pouvait vous concerner, car cela fait bien
des années, et je ne m'en serais pas souvenu si je n'étais pas
malade, ce qui me donne le temps de songer dans mon lit aux
choses les plus ridicules. — Mizzi [1] », dit-il en interrompant soudain son récit pour s'adresser à la femme qui, s'affairant sans

---

1.  Mizzi est en Allemagne du Sud et en Autriche une variante familière et
affectueuse du prénom Marie.

cesse à d'incompréhensibles occupations, traversa rapidement
la chambre, jette un coup d'œil dans l'armoire, s'il te plaît, tu
trouveras peut-être le décret. — C'est qu'il remonte à mes premières années de service, expliqua-t-il à K., à l'époque je gar-
dais encore tout. » La femme ouvrit aussitôt l'armoire, K. et le
maire regardaient. L'armoire était bourrée de papiers, et à l'ouverture deux grandes liasses de dossiers roulèrent par terre,
qui étaient ficelées comme le sont les fagots de petit bois ;
effrayée, la femme s'écarta d'un bond. « C'est peut-être en dessous, en dessous », fit le maire, la dirigeant depuis son lit.
Obéissante, la femme saisit les dossiers à deux bras et jeta par
terre tout le contenu de l'armoire pour parvenir aux papiers
situés en dessous. La moitié de la chambre était maintenant
couverte de papiers. « Il y a eu beaucoup de travail accompli,
fit le maire en hochant la tête, et ce n'est qu'une petite partie.
J'en ai rangé la plus grande masse dans la grange, et à vrai dire
la plupart se sont perdus. Comment garder tout ça ! Mais il y
en a encore beaucoup dans la grange. — Vas-tu pouvoir retrouver le décret ? fit-il ensuite en se tournant vers sa femme, cherche un dossier qui porte le mot "arpenteur" souligné en
bleu. — Il fait trop sombre, ici, dit la femme, je vais chercher
une bougie, et elle sortit de la chambre en enjambant le tas de
papiers. — Ma femme m'est d'un grand soutien, dit le maire,
dans ce lourd travail administratif, et qui est à faire à côté du
reste ; j'ai beau être aidé par l'instituteur pour les écritures, je
n'arrive pas à en venir à bout, il reste toujours beaucoup de
dossiers en retard, ils sont rassemblés là, dans cette armoire, et
il désigna un autre meuble. Et surtout maintenant que je suis
malade, cela s'accumule drôlement, fit-il en se recouchant d'un
air fatigué, mais fier aussi. — Ne pourrais-je pas aider votre
femme à chercher ? » dit K., tandis que revenue avec la bougie,
la femme à genoux devant l'armoire cherchait le décret. Le
maire secoua la tête en souriant : « Comme je vous l'ai déjà dit,
je ne suis pas tenu par le secret professionnel vis-à-vis de vous,
mais tout de même pas au point de vous laisser fouiller dans
les dossiers. » Le silence se fit dans la chambre, on entendait

juste le froissement des papiers, le maire s'était peut-être un peu assoupi. Il y eut des petits coups frappés à la porte et K. se retourna. C'étaient les assistants, bien sûr. Mais ils étaient déjà un peu mieux élevés : au lieu de se ruer dans la chambre, ils commencèrent par chuchoter à travers la porte légèrement entrouverte : « Nous avons trop froid, dehors. — Qui est-ce ? demanda le maire en sursautant. — Ce sont juste mes assistants, fit K., je ne sais où leur dire de m'attendre, dehors il fait trop froid, et ici, ils vont nous déranger. — Ils ne me dérangent pas, fit gentiment le maire, laissez-les entrer. D'ailleurs, je les connais. Ce sont de vieilles connaissances. — Mais moi, ils me dérangent, dit K. avec franchise ; en promenant son regard tour à tour sur les assistants, puis sur le maire, puis de nouveau sur les assistants, il trouvait leurs sourires à tous les trois impossibles à distinguer. Mais puisque vous êtes là, risqua-t-il, restez et aidez madame le Maire à chercher un dossier avec le mot arpenteur souligné en bleu. » Le maire ne fit pas d'objection ; ce qui n'était pas permis à K. l'était à ses assistants, d'ailleurs ils se jetèrent aussitôt sur les papiers, mais au lieu de fouiller, ils farfouillèrent en tous sens, et chaque fois que l'un déchiffrait un dossier, l'autre le lui arrachait des mains. La femme, à l'inverse, était à genoux devant l'armoire vide et semblait avoir cessé de chercher, en tout cas la bougie était posée très loin d'elle.

« Donc, fit le maire avec un sourire satisfait, comme si tout venait des dispositions qu'il avait prises mais que personne ne fût en mesure de s'en rendre compte, les assistants vous gênent. Pourtant ce sont vos propres assistants. — Non, dit K. froidement, c'est seulement ici qu'ils ont accouru vers moi. — Comment cela, accouru vers vous, fit-il, vous voulez dire sans doute qu'ils vous ont été affectés. — Si vous voulez, affectés, dit K., mais ils auraient pu aussi bien tomber du ciel, tant cette affectation a été irréfléchie. — Rien ici n'est irréfléchi, fit le maire, et oubliant jusqu'à son mal de pieds, il se redressa sur son séant. — Rien, dit K., et ma nomination ? — Votre nomination aussi a été bien pesée, fit le maire, mais des circonstances secondaires sont venues semer la confusion, je vous le montrerai, dossiers à l'appui. — On ne retrouvera pas ces dossiers, c'est sûr, dit K. — On ne les retrouvera pas ? s'écria le maire, Mizzi, dépêche-toi un peu, s'il te plaît ! Mais peu importe, je peux vous raconter l'histoire sans dossiers. À ce décret dont j'ai déjà parlé, nous avons répondu par une lettre de remerciements précisant que nous n'avions pas besoin d'arpenteur. Mais cette réponse ne semble pas être parvenue à la section d'origine, que j'appellerai A, mais, par erreur, à une autre section, B. La section A est donc restée sans réponse, hélas ! B ne reçut pas non plus la totalité de notre réponse ; soit le contenu du dossier est resté en arrière chez nous, soit il s'est perdu en chemin — mais sûrement pas à l'intérieur de la section, ça je peux le garantir —, en tout cas la section B aussi ne reçut qu'un bordereau stipulant juste que la pièce jointe, mais hélas ! manquante, avait trait à la nomination d'un arpenteur. Entre-temps, la section A attendait notre réponse ; elle avait certes porté cette affaire au registre, mais, comme on comprend que cela arrive parfois, et comme bien sûr cela peut arriver malgré un suivi toujours rigoureux, le chef de bureau s'en remit à une réponse de notre part, après quoi soit il nommerait l'arpenteur, soit il poursuivrait sa correspondance avec nous le cas échéant. C'est pourquoi il négligea cette mention portée au registre et oublia toute l'affaire. Mais à la section B, le bordereau parvint à un chef connu pour sa conscience professionnelle, il s'appelle Sordini, c'est un Italien, même moi qui fais partie des initiés, je n'arrive pas à comprendre qu'on laisse un homme aussi doué dans un poste parmi les plus subalternes. Ce dénommé Sordini nous renvoya bien sûr le bordereau vide à compléter. Or, depuis la première correspondance de la section A, bien des mois, voire des années, s'étaient écoulés, ce qui se comprend, car lorsqu'un dossier suit la bonne voie, comme c'est la règle, il ne met pas plus d'un jour à parvenir à la section destinataire, et il est traité le jour même ; mais lorsque d'aventure il s'égare, et vu l'excellence de l'organisation, il faut vraiment qu'il y mette un zèle particulier pour arriver à se per-

dre, alors, alors les choses durent fort longtemps, c'est vrai.
Aussi, lorsque nous reçûmes la note de Sordini, nous n'avions
qu'un très vague souvenir de l'affaire ; nous n'étions à l'époque
que deux pour ce travail, Mizzi et moi, l'instituteur ne m'avait
pas encore été affecté, nous ne gardions de copies que pour
les affaires les plus importantes — bref, nous pûmes seulement
répondre en termes très vagues que nous ignorions tout de
cette nomination et n'avions pas besoin d'arpenteur.

« Mais, s'interrompit le maire, comme s'il s'était laissé entraîner trop loin par son récit, ou comme si cette possibilité devait
au moins être envisagée, cette histoire ne vous ennuie-t-elle pas ?

— Non, dit K., elle m'amuse. »

Là-dessus le maire : « Ce n'est pas pour vous amuser que je
vous la raconte.

— Elle m'amuse simplement, fit K., parce qu'elle me donne
une idée du ridicule imbroglio qui dans certaines circonstances
décide de l'existence d'un homme.

— Vous n'en avez encore pas la moindre idée, dit le maire
avec gravité, et je peux vous raconter la suite. Bien sûr, un
homme tel que Sordini ne s'est pas contenté de notre réponse.
Je l'admire, même s'il me cause bien des tourments. Car il se
méfie de tout le monde, par ex. même s'il a pu constater à
d'innombrables reprises qu'un homme était parfaitement digne
de confiance, il se méfie de lui la fois suivante comme s'il ne
savait rien de lui, ou plus exactement comme s'il savait que
c'était un gredin. Je lui donne raison ; c'est ainsi qu'un fonctionnaire doit procéder ; hélas ! ma nature m'empêche de suivre ce principe, vous voyez bien avec quelle franchise je vous
présente tous les faits, alors que vous êtes un étranger, c'est
plus fort que moi. Sordini, lui, se méfia aussitôt de notre
réponse. Une abondante correspondance s'ensuivit. Sordini me
demanda d'où m'était venue soudain l'idée qu'il ne fallait pas
nommer d'arpenteur ; aidé par l'excellente mémoire de Mizzi,
je répondis que la première impulsion avait émané de l'administration elle-même (bien sûr, nous avions depuis longtemps
oublié qu'il s'agissait d'une autre section), Sordini, alors : pour-

quoi avais-je attendu si longtemps pour mentionner cette dépêche officielle, alors moi : parce que je venais juste de m'en souvenir, Sordini : c'était très bizarre, moi : cela n'avait rien de bizarre, vu le laps de temps écoulé depuis le début de cette affaire, Sordini : *mais si*, c'était bizarre, car la dépêche dont je me suis souvenu n'existait pas, moi : bien sûr qu'elle n'existait pas, puisque tout le dossier avait été perdu, Sordini : cette première dépêche devait malgré tout figurer au registre, or ce n'était pas le cas. Alors je m'interrompis, car je n'osais affirmer ni croire qu'une erreur eût été commise dans la section de Sordini. Peut-être, monsieur l'Arpenteur, reprochez-vous en pensée à Sordini de ne pas avoir au moins enquêté auprès des autres sections, en tenant compte de mes affirmations. Mais c'est là justement qu'eût été la faute, je veux que rien ne vienne ternir l'image de cet homme, fût-ce dans vos pensées. C'est un principe de fonctionnement administratif que les possibilités d'erreur ne soient même pas envisagées. L'excellente organisation de l'ensemble justifie ce principe, et il est nécessaire si l'on veut arriver à traiter les dossiers au plus vite. Sordini ne devait donc pas enquêter auprès des autres sections, d'ailleurs elles ne lui auraient pas répondu, car elles eussent aussitôt remarqué qu'il s'agissait de déceler une éventuelle erreur.

— Permettez-moi, monsieur le Maire, de vous interrompre en vous posant une question, dit K., n'avez-vous pas évoqué tout à l'heure un service d'inspection ? À vous entendre il règne une telle pagaille qu'on est pris de malaise à l'idée qu'aucun contrôle ne puisse s'exercer.

— Vous êtes très sévère, dit le maire, mais multipliez par mille votre sévérité, et ce ne sera encore rien par rapport à celle dont l'administration fait preuve vis-à-vis d'elle-même. Seul un parfait étranger peut poser une question comme la vôtre. Y a-t-il des services d'inspection ? Mais il n'y a que cela. Certes ils ne sont pas chargés de détecter les erreurs au sens grossier du terme, car il n'en arrive jamais, et même lorsqu'il s'en produit une comme dans votre cas, qui peut dire une fois pour toutes s'il s'agit d'une erreur ?

— Voilà qui serait vraiment nouveau ! s'écria K.

— Pour moi, c'est de la vieille histoire, fit le maire. Comme vous, je ne suis pas loin d'être convaincu qu'il y a eu une erreur, et Sordini, de désespoir, en est tombé gravement malade, c'est là aussi que les premiers services d'inspection auxquels nous devons d'avoir découvert sa source détectent l'erreur. Mais qui pourrait affirmer que le deuxième service d'inspection partage ce jugement, et le troisième, et tous les autres par la suite ?

— Admettons, dit K., mais je préfère ne pas entrer dans ce genre de considérations, car c'est la première fois que j'entends parler de ces services et je suis bien sûr encore incapable de les comprendre. Mais je crois qu'il faut distinguer deux choses ici : premièrement, ce qui se passe au sein de l'administration et qui se prête à telle ou telle interprétation administrative ; deuxièmement, ma personne réelle, moi qui suis en dehors de l'administration et qui suis menacé par elle d'un préjudice si absurde que je n'arrive toujours pas à prendre ce danger au sérieux. Ce que vous me racontez avec une compétence stupéfiante et bien peu commune vaut sans doute pour le premier point, monsieur le Maire, mais je voudrais aussi entendre un ou deux mots me concernant.

— J'y viens, dit le maire, mais vous ne pourriez pas comprendre si je n'ajoutais deux ou trois remarques préalables. Déjà mon allusion aux services d'inspection était prématurée. J'en reviens donc aux divergences avec Sordini. Comme je l'ai mentionné, j'ai peu à peu baissé ma garde. Mais lorsque Sordini a le moindre avantage sur qui que ce soit, il a déjà remporté la victoire, car il redouble alors d'attention, d'énergie et de présence d'esprit, et le spectacle qu'il offre est redoutable pour sa victime, magnifique pour les ennemis de celle-ci. Si je peux vous parler ainsi de lui, c'est que dans d'autres cas j'ai aussi éprouvé cette dernière sensation. Du reste, je n'ai jamais réussi à le voir de mes propres yeux, il est trop accablé de travail pour pouvoir descendre jusqu'ici ; d'après la description qu'on m'a faite de son bureau, tous les murs disparaissent derrière des colonnes constituées de grosses liasses de dossiers empilés les uns sur les autres, ce sont là simplement les dossiers courants auxquels Sordini travaille, et comme on ne cesse de prendre et d'ajouter des dossiers dans les liasses et que tout se fait dans une grande précipitation, ces colonnes n'arrêtent pas de s'écrouler, et ces effondrements à répétition sont même deve-nus caractéristiques du bureau de Sordini. Eh oui, Sordini est un travailleur, et il consacre le même soin aux cas de très petite et de très grande importance.

— En évoquant le mien, monsieur le Maire, vous le classez toujours parmi les cas mineurs, dit K., et pourtant il a beaucoup occupé de nombreux fonctionnaires, si peut-être au début il était tout à fait mineur, le zèle de bureaucrates comme M. Sor-dini a fini par lui donner de l'ampleur. Malheureusement, et bien malgré moi, car mon ambition n'est pas de faire grossir et dégringoler des piles de dossiers me concernant, mais simple-ment de travailler paisiblement en modeste arpenteur devant une petite table à dessin.

— Non, fit le maire, votre cas n'est pas très important, de ce côté-là vous n'avez aucune raison de vous plaindre, c'est un des plus insignifiants de tous. Le volume de travail ne déter-mine pas l'importance du cas, vous êtes encore loin de com-prendre l'administration si vous croyez cela. Et même si le volume de travail entrait en ligne de compte, votre cas serait l'un des plus minimes ; les cas ordinaires, j'entends par là ceux qui ne comportent aucune prétendue erreur, donnent encore beaucoup plus de travail, mais un travail beaucoup plus pro-ductif, à dire vrai. D'ailleurs vous ignorez encore tout du vérita-ble travail que votre affaire a occasionné, car je m'apprête à vous en parler. Dans un premier temps, Sordini me laissa en dehors du coup, mais ses fonctionnaires vinrent ici, et chaque jour des notables de la commune furent soumis à des interroga-toires avec procès-verbaux, à l'Auberge des Messieurs. La plu-part furent de mon côté, certains seulement eurent un moment d'hésitation : la question de l'arpentage touche de près les pay-sans, ils flairaient je ne sais quelles manigances et quelles injustices cachées, en outre ils trouvèrent un chef, et leurs déclarations persuadèrent sans doute Sordini que si j'avais soulevé la question au conseil municipal, ils n'auraient pas tous été hostiles à la nomination d'un arpenteur. C'est ainsi qu'une évidence — à savoir, l'inutilité d'un arpenteur — a fini par être au moins remise en question. Un certain Brunswick s'illustra particulièrement à cette occasion, vous ne le connaissez sans doute pas, ce n'est pas un mauvais bougre peut-être, mais il est idiot et fantasque, c'est un beau-frère de Lasemann.

— Du tanneur ? demanda K., et il décrivit le barbu qu'il avait vu chez Lasemann.

— Oui, c'est bien lui, dit le maire.

— Je connais aussi sa femme, hasarda K.

— C'est possible, fit le maire, et il se tut.

— Elle est belle, fit K., mais un peu pâle et souffreteuse. Elle est originaire du château, sans doute ? » dit-il sur un ton à moitié interrogateur.

Le maire regarda l'horloge, versa du sirop dans une cuiller et l'avala d'un trait.

« Au château, vous ne connaissez que les bureaux, sans doute ? demanda K. à brûle-pourpoint.

— Oui, fit le maire avec un sourire ironique et pourtant reconnaissant, c'est d'ailleurs l'essentiel. Quant à Brunswick, si nous pouvions l'exclure de la commune, nous en serions presque tous ravis, et Lasemann le premier. Mais à cette époque Brunswick acquit une certaine influence, il n'a certes rien d'un orateur, mais il est fort en gueule, et cela suffit à bien des gens. C'est ainsi que je me vis contraint d'exposer l'affaire au conseil municipal ; ce fut d'ailleurs dans un premier temps la seule victoire de Brunswick, car bien sûr la grande majorité du conseil municipal ne voulut pas entendre parler d'arpenteur. Cela aussi remonte à des années, mais pendant tout ce temps l'affaire n'a pas été classée, d'une part à cause de la méticulosité de Sordini, qui prétendit sonder minutieusement les motifs de la majorité comme ceux de l'opposition, et d'autre part à cause de la bêtise et de l'ambition de Brunswick, qui entretient des liens personnels avec les autorités et ne cessait de les mobiliser par de nouvelles inventions. Bien entendu, Sordini ne se laissa pas duper par Brunswick — comment Brunswick pourrait-il duper Sordini ? —, mais pour ne pas se laisser duper, il dut effectuer de nouveaux sondages, et avant même qu'ils fussent terminés, Brunswick avait trouvé une nouvelle invention, car il est très vif, cela va de pair avec sa bêtise. Ceci m'amène à évoquer une particularité de notre appareil administratif. Parce qu'il est précis, il est aussi extrêmement sensible. Lorsqu'une affaire a été examinée très longtemps et avant même que l'examen en soit terminé, il peut arriver soudain qu'un règlement intervienne avec la rapidité de l'éclair en un lieu impossible à prévoir et à retrouver après coup, règlement qui met un terme à l'affaire en général fort à propos, mais avec une part d'arbitraire cependant. C'est comme si l'appareil administratif avait fini par ne plus pouvoir supporter la tension et l'énervement que lui infligeait depuis des années la même affaire, peut-être en soi négligeable, et avait de lui-même pris la décision sans la collaboration des fonctionnaires. Bien sûr, il ne s'est produit aucun miracle, et tel ou tel fonctionnaire a dû clore le dossier par écrit ou prendre une décision non écrite ; en tout cas, de notre point de vue à nous ici, et même du point de vue de l'administration, il est impossible d'établir quel fonctionnaire a pris cette décision et pour quels motifs. Seuls les services d'inspection l'établiront, mais beaucoup plus tard, et nous autres, nous n'en entendons plus parler, du reste cela n'intéresserait plus grand monde. Comme je vous l'ai dit, ce sont d'excellentes décisions dans la plupart des cas ; leur seul inconvénient, fréquent dans pareilles situations, c'est qu'en général on apprend ces décisions trop tard et qu'entre-temps les passions continuent de se déchaîner autour d'une affaire réglée de longue date. J'ignore si dans votre cas il y a eu une décision de ce genre — il y a autant de raisons de le croire que de ne pas le croire —, mais à supposer que oui, la nomination vous aurait été expédiée, et vous auriez entrepris ce grand voyage jusqu'ici, beaucoup de temps se serait écoulé, et dans l'intervalle Sordini aurait continué à s'échiner sur la même affaire, Brunswick à intriguer, et moi à être tourmenté par ces deux hommes. J'indique juste cette éventualité, mais voici ce dont j'ai la certitude : un service d'inspection découvrit durant ce temps que plusieurs années auparavant la section A avait interrogé la commune au sujet d'un arpenteur, sans avoir jamais reçu de réponse. On m'interrogea de nouveau, et toute l'affaire se clarifia ; je répondis à la section A que nous n'avions pas besoin d'arpenteur, elle se contenta de cette réponse, et Sordini dut reconnaître que cette affaire avait dépassé sa compétence et qu'en toute innocence, il avait fourni cependant un travail inutile et usant. Si de nouvelles tâches ne nous avaient pas assaillis de tous côtés comme toujours, et si votre cas n'avait pas été que de très petite importance — on peut presque dire le plus insignifiant des cas — nous aurions sans doute tous poussé un soupir de soulagement, y compris Sordini, je crois ; seul Brunswick s'en montra contrarié, mais cela ne fit que le ridiculiser. Et maintenant imaginez ma déception, monsieur l'Arpenteur, lorsque après l'heureuse conclusion de toute cette affaire — et beaucoup de temps s'est encore écoulé depuis — vous apparaissez soudain et que tout a l'air de recommencer depuis le début. Vous comprendrez, n'est-ce pas ? que je sois fermement résolu à faire tout ce qui est en mon pouvoir pour empêcher cela.

— Bien sûr, fit K., mais ce que je comprends encore mieux, c'est qu'on se moque affreusement de moi, et peut-être même des lois. Pour ma personne je saurai me défendre.

— Comment vous y prendrez-vous ? demanda le maire.

— Je ne peux pas le révéler, dit K.

— Je ne veux pas être indiscret, fit le maire, je vous rappelle juste que vous avez en moi — je ne dirai pas un ami, car nous sommes de parfaits étrangers — mais un associé, en quelque sorte. J'interdis simplement que vous soyez engagé comme arpenteur, mais pour le reste vous pourrez toujours vous adresser à moi en toute confiance, dans les limites bien sûr de mon pouvoir, qui n'est pas grand.

— Vous parlez sans cesse de mon engagement au conditionnel, et pourtant j'ai déjà été engagé : voici la lettre de Klamm.

— La lettre de Klamm, dit le maire, c'est la signature de Klamm qui lui donne de la valeur et la rend respectable, car elle semble authentique, quant au reste... pourtant je n'ose pas m'exprimer seul là-dessus. Mizzi ! s'écria-t-il, puis il ajouta : Mais qu'êtes-vous en train de faire ? »

Les assistants et Mizzi, longtemps restés sans surveillance, n'avaient manifestement pas trouvé le dossier recherché ; ils avaient ensuite essayé sans succès de remettre sous clé dans l'armoire la masse désordonnée des dossiers. C'est sans doute ce qui avait donné aux assistants l'idée qu'ils étaient en train de mettre à exécution. Ils avaient couché l'armoire par terre, bourré tous les dossiers à l'intérieur, et s'étaient assis avec Mizzi sur les battants de l'armoire, qu'ils essayaient ainsi de refermer lentement sous leur poids.

« Donc ils n'ont pas retrouvé le dossier, fit le maire, dommage, mais après tout, vous connaissez déjà l'histoire, nous n'en avons plus vraiment besoin, et d'ailleurs, on le retrouvera sûrement, il doit être chez l'instituteur, il y en a encore beaucoup chez lui. Mais approche-toi avec la bougie, Mizzi, et lis cette lettre avec moi. »

Mizzi s'approcha et parut encore plus grise et plus insignifiante, assise sur le bord du lit et appuyée contre cet homme débordant de vie, qui avait passé son bras autour d'elle. Seul son petit visage ressortait à la lueur de la bougie, avec ses traits nets et sévères — que seule la déchéance de l'âge venait adoucir. À peine eut-elle jeté un coup d'œil à la lettre qu'elle joignit délicatement les mains. « C'est de Klamm », dit-elle. Puis ils lurent ensemble la lettre, s'entretinrent quelques instants à voix basse et enfin, tandis que les assistants poussaient un hourra ! après avoir enfin fermé la porte de l'armoire et que Mizzi leur lançait juste un regard de reconnaissance, le maire déclara :

« Mizzi est tout à fait de mon avis et je peux oser vous le donner, maintenant. Cette lettre n'a rien d'un document officiel ; c'est une lettre privée. Cela se voit nettement à la formule de salutation : "Cher Monsieur". En outre rien n'y dit que vous êtes recruté comme arpenteur ; il y est juste question en général de services auprès de l'administration comtale, et là non plus, aucun engagement n'est pris ; au contraire, vous êtes seulement recruté "comme vous le savez", autrement dit c'est à vous qu'il incombe de le prouver. Enfin, pour les questions administratives, on vous réfère exclusivement à moi, le maire, comme votre supérieur hiérarchique immédiat, chargé de vous communiquer tous les détails, ce que j'ai déjà fait pour l'essentiel. Quand on sait déchiffrer les documents officiels, et *a fortiori* les lettres non officielles, tout cela est parfaitement limpide ; que vous qui êtes un étranger, vous ne l'ayez pas compris ne m'étonne guère. En substance, la lettre signifie simplement que Klamm compte s'occuper personnellement de vous s'il se trouve que vous êtes engagé au service de l'administration comtale.

— Vous interprétez si bien cette lettre, monsieur le Maire, dit K., qu'il ne reste plus en fin de compte qu'une signature sur une feuille de papier vierge. Ne voyez-vous pas qu'ainsi, vous déshonorez le nom de Klamm alors que vous prétendez le respecter ?

— Vous me comprenez de travers, dit le maire, je ne méconnais point la signification de la lettre, mon explication ne la rabaisse pas, au contraire. Une lettre privée de Klamm a bien sûr beaucoup plus d'importance qu'un document officiel, simplement elle n'a pas l'importance que *vous* lui attribuez.

— Connaissez-vous Schwarzer ? demanda K.

— Non, dit le maire, mais toi, Mizzi, peut-être ? Toi non plus. Non, nous ne le connaissons pas.

— C'est étrange, fit K., c'est le fils d'un gouverneur-adjoint.

— Cher monsieur l'Arpenteur, fit le maire, comment pourrais-je connaître les fils de tous les gouverneurs-adjoints ?

— Bon, dit K., alors vous devrez me croire sur parole. Le jour même de mon arrivée, j'ai eu une scène agaçante avec ce Schwarzer. Puis il a téléphoné pour se renseigner auprès d'un gouverneur-adjoint nommé Fritz, qui l'a informé que j'étais engagé comme arpenteur. Comment expliquez-vous cela, monsieur le Maire ?

— C'est très simple, fit le maire, vous n'êtes encore jamais réellement entré en contact avec notre administration. Tous ces contacts ne sont qu'apparence, mais vous, ignorant la situation, les croyez réels. Quant au téléphone, voyez un peu : chez moi qui ai pourtant vraiment affaire avec les autorités, il n'y a pas de téléphone. Dans les auberges et autres, cela peut rendre service, un peu comme un juke-box, mais ce n'est rien de plus. Vous avez déjà téléphoné ici, non ? Eh bien alors, vous allez peut-être me comprendre. De toute évidence, le téléphone fonctionne parfaitement au château ; le téléphone ne s'arrête jamais là-bas, m'a-t-on dit, ce qui accélère beaucoup le travail, bien sûr. Ces conversations téléphoniques incessantes, nous les entendons dans nos téléphones à nous sous forme de murmures et de chants, vous l'avez sûrement entendu vous aussi. Or ces murmures et ces chants sont les seules informations véridiques et fiables que nos téléphones locaux nous transmettent, tout le reste est trompeur. Il n'y a pas de liaison téléphonique établie avec le château, et aucun central pour transmettre nos appels ; quand on appelle d'ici quelqu'un au château, tous les appareils des sections subalternes se mettent à sonner, ou plutôt, ils se mettraient tous à sonner si, comme j'en ai la certitude, les sonneries n'étaient pas débranchées presque partout. Mais de temps à autre, un fonctionnaire accablé de fatigue éprouve le besoin de se distraire un peu — surtout le soir et la nuit — et il branche la sonnerie, alors nous obtenons une réponse, mais bien sûr c'est une pure plaisanterie. On le comprend d'ailleurs fort bien. Qui peut prétendre au droit de faire intrusion avec ses petits soucis domestiques au milieu de travaux très importants et menés à une cadence folle ? Comment même un étranger peut-il croire que, lorsqu'il appelle par ex. Sordini, c'est vraiment Sordini qui lui répond ? Cela me dépasse. C'est sans doute plutôt un petit archiviste d'une autre section. Inversement, il peut bien sûr arriver qu'à une heure privilégiée, en appelant ce petit archiviste on tombe sur Sordini lui-même. Mais alors il vaut mieux s'éloigner à toute vitesse du téléphone avant d'entendre le moindre son.

— Je ne me représentais pas les choses comme ça, c'est vrai, dit K., je ne pouvais pas connaître ces particularités, mais je ne me fiais guère à ces conversations téléphoniques, et j'ai toujours été conscient que seuls les informations ou les résultats obtenus directement au château ont une véritable importance.

— Non, dit le maire en rebondissant sur une expression, ces conversations téléphoniques ont une véritable importance, comment en serait-il autrement ? Comment se pourrait-il qu'un renseignement fourni par un fonctionnaire du château soit sans importance ? Je l'ai déjà dit à propos de la lettre de Klamm. À titre officiel, toutes ces déclarations n'ont aucune importance ; si vous leur en attribuez une à titre officiel, vous vous fourvoyez, mais à titre privé elles ont une importance bien plus considérable qu'elles ne pourraient en avoir à titre officiel, que ce soit dans un sens favorable ou hostile.

— Bon, dit K., à supposer que tout ceci soit vrai, je possède donc une foule de bons amis au château ; à bien y réfléchir, lorsque voici plusieurs années cette section eut l'idée de convoquer un arpenteur, c'était déjà un geste d'amitié vis-à-vis de moi, et c'est par une succession de pareils gestes que j'ai été attiré ici et me trouve menacé de renvoi, dénouement pour le moins fâcheux.

— Votre interprétation comporte une part de vérité, dit le maire, vous avez raison sur un point : il ne faut pas prendre à la lettre les déclarations du château. Mais la prudence est partout de rigueur, pas seulement ici, et elle l'est d'autant plus que la déclaration concernée a plus d'importance. Néanmoins quand vous dites avoir été attiré ici, je ne saisis pas. Si vous aviez mieux suivi mon exposé, vous sauriez que la question de votre convocation en ces lieux est beaucoup trop complexe pour que nous puissions la régler ici au cours d'un petit entretien.

— En conclusion, dit K., tout est flou et sans solution, excepté mon renvoi.

— Qui aurait l'audace de vous renvoyer, monsieur l'Arpenteur ? dit le maire, le flou qui entoure les questions préalables vous garantit d'être traité avec la plus grande courtoisie, vous êtes simplement trop susceptible, semble-t-il. Personne ne vous retient ici, mais vous n'êtes pas pour autant renvoyé.

— Oh, monsieur le Maire, fit K., c'est vous maintenant qui de nouveau avez une vision simpliste. Je m'en vais vous énumérer quelques-unes des choses qui me retiennent ici : les sacrifices que j'ai consentis pour partir de chez moi, le long et pénible voyage, les espoirs légitimes que j'avais formés à la suite de ma nomination ici, mon absence totale de ressources, l'impossibilité où je suis de retrouver un emploi correspondant chez moi, et enfin, dernier élément, et non des moindres, ma fiancée, qui est d'ici.

— Ah oui, Frieda ! dit le maire sans la moindre surprise. Je sais. Mais Frieda vous suivrait partout. Le reste, c'est vrai, demande mûre réflexion, et je vais en référer au château. Au cas où une décision interviendrait, ou s'il s'avère nécessaire de vous réinterroger au préalable, je vous enverrai chercher. Êtes-vous d'accord ?

— Non, pas du tout, dit K., je ne demande pas l'aumône au château, mais mon dû.

— Mizzi », dit le maire à sa femme toujours assise blottie contre lui, jouant d'un air rêveur avec la lettre de Klamm qu'elle avait transformée en petit bateau ; épouvanté, K. la lui retira. « Mizzi, ma jambe recommence à me faire très mal, il va falloir changer la compresse. »

K. se leva. « Dans ce cas, je vais prendre congé, dit-il. — Oui, dit Mizzi, déjà en train de préparer une pommade, d'ailleurs il y a trop de courants d'air. » K. se retourna : il avait eu à peine le temps de parler que dans leur zèle intempestif les assistants avaient ouvert les deux battants de la porte. Pour protéger le malade des violentes bouffées d'air froid qui pénétraient dans la chambre, K. ne fit au maire qu'une rapide révérence. Puis, entraînant les assistants avec lui, il se précipita dehors et referma vite la porte.

# 6

## DEUXIÈME CONVERSATION AVEC LA PATRONNE

L'aubergiste l'attendait devant l'auberge. Comme il n'aurait pas osé ouvrir la bouche sans être interrogé, K. lui demanda ce qu'il voulait. « As-tu trouvé un nouveau domicile ? demanda l'aubergiste, fixant le sol des yeux. — C'est ta femme qui t'a chargé de m'interroger, fit K., tu lui es très soumis, n'est-ce pas ? — Non, fit l'aubergiste, ce n'est pas elle qui m'a chargé de t'interroger. Mais elle est très émue et malheureuse à cause de toi, elle ne peut pas travailler, elle reste couchée à soupirer et à se lamenter sans arrêt. — Faut-il que j'aille la voir ? demanda K. — Je t'en supplie, fit l'aubergiste, je suis déjà allé te chercher chez le maire, j'ai écouté à la porte là-bas, mais vous étiez en conversation, je n'ai pas voulu vous déranger, et puis je m'inquiétais pour ma femme, je suis rentré ici en courant, mais elle ne m'a pas laissé entrer, il ne me restait donc plus qu'à t'attendre. — Bon alors viens, dépêche-toi, j'aurai tôt fait de la calmer. — Pourvu que ça soit possible », fit l'aubergiste.

Ils traversèrent la cuisine illuminée où trois ou quatre serveuses, chacune à un endroit différent de la pièce, se figèrent littéralement au milieu de leur ouvrage en apercevant K. Dès la cuisine, on entendait les soupirs de la patronne. Elle était couchée dans un réduit sans fenêtre, séparé de la cuisine par une mince cloison de planches. Il y avait juste assez de place pour un grand lit conjugal et une armoire. Le lit était disposé pour que l'on puisse y dominer du regard toute la cuisine et superviser le travail. Depuis la cuisine en revanche, on ne voyait presque rien du réduit, il y faisait très sombre et seule la literie rouge clair reflétait un peu la lumière. Il fallait d'abord entrer et laisser le regard s'accoutumer avant de distinguer les détails.

« Vous voilà enfin », dit la patronne d'une voix faible. Elle était étendue sur le dos, ayant visiblement du mal à respirer, et

avait repoussé l'édredon. Au lit, elle avait l'air beaucoup plus
jeune qu'habillée, mais elle portait un bonnet de nuit en fine
dentelle, pourtant trop petit, qui ne tenait pas sur sa coiffure
et rendait pitoyable son visage défait. « Comment pensiez-vous
que je viendrais, fit K. doucement, puisque vous ne m'avez pas
fait demander ? — Vous n'auriez pas dû me faire attendre aussi
longtemps, dit la patronne avec l'entêtement des malades.
Asseyez-vous, fit-elle en désignant le rebord du lit, et sortez,
vous autres. » Outre les assistants, les serveuses elles aussi
s'étaient entre-temps immiscées dans la pièce. « Tu veux que
je m'en aille moi aussi, Gardena ? — fit l'aubergiste, c'était la
première fois que K. entendait le nom de la femme. — Bien
sûr, dit-elle lentement, et comme si d'autres pensées l'occupaient, elle ajouta d'un air distrait : Pourquoi donc devrais-tu
rester justement ? » Une fois qu'ils se furent tous retirés dans la
cuisine — cette fois, même les assistants obéirent aussitôt, mais
à vrai dire, ils couraient après une serveuse —, Gardena fut
encore assez vigilante pour se rendre compte que de la cuisine
on pouvait entendre tout ce qui se disait ici, le réduit n'ayant
pas de porte, et elle leur ordonna à tous de sortir aussi de la
cuisine. L'ordre fut aussitôt exécuté.

  « S'il vous plaît, monsieur l'Arpenteur, fit ensuite Gardena, il
y a un châle suspendu juste devant vous dans l'armoire, passez-
le-moi, je vais m'envelopper dedans, je ne supporte pas l'édredon, j'ai trop de mal à respirer. » Une fois que K. lui eut apporté
le châle, elle lui dit : « Regardez, c'est une belle étoffe, pas
vrai ? » K. trouvait qu'il ressemblait à un châle de laine banal ;
il le palpa encore une fois pour lui faire plaisir, mais ne dit
rien. « C'est vraiment un beau châle », fit Gardena, et elle s'y
enveloppa. Elle était maintenant allongée paisiblement, toute
douleur semblait avoir disparu, elle remarqua même qu'elle
s'était décoiffée en restant allongée et se redressa un petit instant pour arranger un peu sa coiffure autour de son petit bonnet. Elle avait une chevelure opulente.

  K. s'impatienta et dit : « Vous m'avez fait demander, madame
la Patronne, si j'avais trouvé un nouveau domicile. — Je vous

l'ai fait demander ? dit la patronne, non, il y a erreur. — Votre mari vient de me le demander. — C'est fort possible, fit la patronne, cet homme est un calvaire. Quand je ne voulais pas de vous ici, il vous a gardé, maintenant que je suis contente que vous logiez ici, il vous chasse. Il agit toujours à peu près comme ça. — L'opinion que vous avez de moi, fit K., a donc changé à ce point ? En une ou deux heures ? — Je n'ai pas changé d'opinion, fit la patronne d'une voix plus faible. Donnez-moi la main. Là. Et maintenant promettez-moi d'être parfaitement sincère, et moi aussi, je vais l'être avec vous. — Bon, fit K., mais à qui de commencer ? — À moi », fit la patronne, moins par bienveillance envers K., semblait-il, que par désir de parler la première.

Elle sortit une photographie de sous le matelas et la tendit à K. « Regardez cette photo », fit-elle d'un ton implorant. Pour mieux voir, K. recula dans la cuisine, mais même là, on avait du mal à distinguer quoi que ce soit sur cette photo, car elle était décolorée par les ans, craquelée, compressée et tachée. « Elle est en piteux état, fit K. — Hélas ! hélas ! dit la patronne, quand on porte les choses toujours sur soi année après année, c'est ce qui arrive. Mais en regardant bien, vous allez distinguer tous les détails. D'ailleurs, je peux vous aider, dites-moi ce que vous voyez, cela me fait très plaisir d'entendre quelqu'un parler de cette photo. Eh bien, que voyez-vous ? — Un jeune homme, fit K. — En effet, fit la patronne, et que fait-il ? — Je crois qu'il est couché sur une planche, il s'étire et il bâille. » L'aubergiste éclata de rire. « Vous vous trompez complètement, dit-elle. — Pourtant voici la planche et le voilà couché, insista K. — Regardez mieux que ça, dit la patronne agacée, est-ce qu'il est vraiment couché ? — Non, fit K., il n'est pas couché, il est suspendu en l'air et maintenant je vois, ce n'est pas une planche, ce doit être un fil et le jeune homme est en train de sauter en hauteur. — C'est ça, dit la patronne satisfaite, il saute, c'est ainsi que s'exercent les messagers de l'administration, je me disais bien que vous le comprendriez. Voyez-vous aussi son visage ? — Je le distingue fort mal, fit K., il est visiblement en plein effort, il a la bouche ouverte, il cligne des yeux, et il a les cheveux au vent. — Fort bien, le félicita la patronne, on ne peut rien repérer de plus, à moins de l'avoir vu en personne. Mais c'était un beau jeune homme, je ne l'ai entr'aperçu qu'une fois et jamais je ne l'oublierai. — Qui était-ce donc ? demanda K. — C'était, dit la patronne, le messager que Klamm m'a envoyé la première fois qu'il m'a appelée. »

K. n'entendit pas bien, il fut distrait par un tintement de verre. Il découvrit aussitôt la cause de ce dérangement. Les assistants étaient dehors dans la cour et sautillaient d'un pied sur l'autre dans la neige. Ils faisaient semblant d'être heureux de le revoir, tout joyeux, ils se le montraient du doigt tout en cognant sans arrêt à la fenêtre de la cuisine. Sur un geste menaçant de K., ils s'arrêtèrent aussitôt, essayèrent de se pousser réciproquement, mais aucun n'arrivait à rattraper l'autre et ils se retrouvaient devant la fenêtre. K. se précipita dans le réduit où les assistants ne pouvaient pas le voir de l'extérieur et d'où il n'était pas obligé de les voir. Mais les petits coups faisant tinter la vitre, comme pour l'implorer, le poursuivirent encore longtemps.

« Encore une fois, les assistants », s'excusa-t-il en désignant la cour. Mais sans faire attention à lui, la patronne lui avait repris la photographie, l'avait regardée, lissée, puis de nouveau glissée sous le matelas. Ses gestes étaient devenus plus lents, non par fatigue, mais sous le poids du souvenir. Elle avait l'intention de lui raconter l'histoire et elle en avait oublié K. Elle jouait avec les franges de son châle. Enfin après un petit instant elle releva la tête, se passa la main sur les yeux et dit : « Ce châle aussi me vient de Klamm. Et aussi ce petit bonnet ; cette photo, ce châle et ce bonnet de nuit, ce sont les trois souvenirs que j'ai de lui. Je ne suis pas jeune comme Frieda, je ne suis pas aussi ambitieuse qu'elle, pas aussi sensible non plus, elle est très sensible ; bref, je sais m'adapter à la vie, mais je dois avouer que sans ces trois objets, je n'aurais pas tenu aussi longtemps ici, je n'aurais sans doute même pas tenu une journée. Ces trois souvenirs vous semblent peu de chose peut-être, mais voyez-vous, Frieda, qui a si longtemps fréquenté Klamm, n'en possède aucun, je lui ai demandé, elle est trop exaltée et aussi trop exigeante ; moi, par contre, qui n'ai été que trois fois chez Klamm — ensuite il a cessé de m'appeler, j'ignore pourquoi —, j'ai emporté ces souvenirs comme si j'avais pressenti combien mon temps serait bref. Certes, il faut prendre l'initiative, Klamm lui-même ne donne rien, mais si l'on voit là quelque chose qui vous convient, on peut le demander. »

Ces histoires avaient beau le concerner au premier chef, elles mettaient K. mal à l'aise. « Et tout cela date de combien de temps ? demanda-t-il en soupirant.

— De plus de vingt ans, fit la patronne, nettement plus encore.

— On reste donc si longtemps fidèle à Klamm, fit K. Mais vous rendez-vous compte, madame la Patronne, qu'en me faisant de pareils aveux vous m'inspirez de graves inquiétudes si je songe à mon futur mariage ? »

La patronne trouva K. indécent de vouloir réintroduire ici ses propres affaires, et elle le regarda de travers, d'un air courroucé.

« Ne vous fâchez pas, madame la Patronne, dit K., après tout je ne dis rien contre Klamm ; néanmoins, j'entretiens par la force des circonstances certains rapports avec lui ; même son plus grand admirateur ne peut le nier. Bon. Du coup, chaque fois qu'on évoque Klamm, je suis forcé de penser aussi à moi, c'est inévitable. Songez en outre, madame la Patronne — et en disant ces mots, K. saisit sa main hésitante —, à la conclusion désastreuse de notre dernière conversation et que cette fois-ci, nous voulons nous quitter bons amis.

— Vous avez raison, dit la patronne en baissant la tête, mais ménagez-moi. Je ne suis pas plus susceptible qu'une autre, au contraire, chacun a ses points sensibles et moi, je n'ai que celui-là.

— Hélas ! c'est aussi le mien, dit K., mais je saurai me dominer ; maintenant expliquez-moi, madame la Patronne, comment je ferai pour supporter dans mon mariage cette effrayante fidélité envers Klamm, à supposer qu'en cela Frieda vous ressemble.

— Cette effrayante fidélité, répéta la patronne en grondant. C'est donc de la fidélité ? À mon mari je suis fidèle, mais à Klamm ? Klamm fit de moi jadis sa maîtresse, pourrai-je jamais perdre ce titre ? Et vous me demandez comment supporter cela chez Frieda ? Mais, monsieur l'Arpenteur, qui êtes-vous pour oser poser cette question ?

— Madame la Patronne ! fit K. en la mettant en garde.

— Je sais, fit la patronne avec docilité, mais mon mari ne m'a jamais posé de telles questions. J'ignore qui doit être considérée comme la plus malheureuse, moi autrefois ou Frieda maintenant. Frieda, qui a délibérément quitté Klamm, ou moi, qu'il a cessé d'appeler. Peut-être est-ce Frieda malgré tout, même si elle ne semble pas encore en avoir pris toute la mesure. Mais mon malheur dominait plus exclusivement mes pensées, car je ne cessais de me demander, et au fond je me le demande encore : pourquoi cela est-il arrivé ? Par trois fois, Klamm t'a appelée, mais pas une quatrième fois, non, jamais une quatrième fois ! Avais-je d'autres préoccupations, à l'époque ? Quel autre sujet de conversation pouvais-je avoir avec mon mari, que j'épousai peu de temps après ? Dans la journée, nous n'avions pas le temps, nous avions repris cette auberge dans un état lamentable et nous devions essayer de la faire prospérer, mais la nuit ? Des années durant, nos conversations nocturnes tournèrent exclusivement autour de Klamm et des causes de son revirement. Et lorsque mon mari s'endormait durant ces conversations, je le réveillais, et nous continuions à parler.

— Si vous me le permettez, fit K., je vais maintenant vous poser une question d'une extrême grossièreté. »

La patronne se tut.

« Donc je ne peux pas vous la poser, dit K., même cela me suffit.

— Bien sûr, dit la patronne, que même cela vous suffit, et comment ! Vous interprétez tout de travers, même le silence.

C'est plus fort que vous. Je vous autorise à poser votre question.

— Si j'interprète tout de travers, fit K., j'interprète peut-être aussi ma propre question de travers, peut-être n'est-elle pas si grossière que ça. Je voulais simplement savoir comment vous avez fait la connaissance de votre mari et comment cette auberge est entrée en votre possession. »

La patronne fronça les sourcils, mais dit calmement : « C'est une histoire très simple. Mon père était forgeron et Hans, mon mari actuel, qui était palefrenier chez un gros fermier, venait souvent chez mon père. C'était peu après ma dernière rencontre avec Klamm, j'étais très malheureuse, je n'avais en fait aucune raison de l'être, car tout s'était passé correctement, et si je n'avais plus le droit d'aller le voir, c'était la décision de Klamm, et donc parfaitement correct, seules les causes restaient obscures, j'avais le droit de les examiner, mais je n'aurais pas dû être malheureuse ; enfin, je l'étais malgré tout, je n'étais plus bonne à rien, et je passais mes journées assise dans notre jardinet. C'est là que Hans me voyait, parfois il venait s'asseoir à côté de moi, je ne me plaignais pas devant lui, mais il savait de quoi il retournait et gentil comme il est, il lui arrivait de pleurer avec moi. L'aubergiste de l'époque ayant perdu sa femme, il devait renoncer à son commerce, de surcroît il se faisait vieux, lorsqu'un jour il passa devant notre jardin et nous vit assis là, il s'arrêta et nous proposa sans autre formalité la gérance de l'auberge, il ne demanda pas à être payé d'avance, car il avait confiance en nous, et proposa un bail très avantageux. Je ne voulais pas devenir un fardeau pour mon père, tout le reste m'était indifférent, et c'est ainsi que, songeant à l'auberge et à ce nouveau travail qui m'aiderait peut-être un peu à oublier, j'accordai ma main à Hans. Voilà l'histoire. »

Il y eut un petit instant de silence, puis K. ajouta : « C'était un beau geste de la part de l'aubergiste, mais un geste imprudent, à moins qu'il ait eu des raisons particulières de vous faire confiance à tous les deux.

— Il connaissait bien Hans, fit la patronne, c'était son oncle.

— Alors cela va de soi, dit K., la famille de Hans tenait donc manifestement beaucoup à cette alliance ?

— Peut-être, fit la patronne, je n'en sais rien, je ne m'en suis jamais préoccupée.

— Mais forcément, dit K., si la famille était prête à faire de tels sacrifices et à placer l'auberge entre vos mains sans autre garantie.

— Cela n'avait rien d'imprudent, la suite l'a démontré, fit la patronne. Je me suis attelée au travail, j'étais forte, car j'étais fille de forgeron, je n'avais besoin ni de garçon ni de serveuse, j'étais partout, à l'auberge, à la cuisine, à l'écurie, dans la cour, j'étais si bonne cuisinière qu'à midi je récupérais même des clients de l'Auberge des Messieurs ; vous n'avez encore jamais été dans l'auberge à midi, vous ne connaissez pas nos clients de midi : à l'époque il y en avait encore davantage, nous en avons beaucoup perdu depuis. Le résultat, c'est que non seulement nous avons pu honorer le bail, mais qu'après quelques années, nous avons même acheté l'ensemble, qui aujourd'hui est remboursé dans sa quasi-totalité. L'autre résultat, certes, c'est que j'y ai perdu la santé, que je suis devenue cardiaque et que je suis maintenant une vieille femme. Vous me croyez peut-être beaucoup plus âgée que Hans, mais en réalité il n'a que deux ou trois ans de moins que moi, et jamais il ne vieillira, c'est sûr, car avec son travail — fumer la pipe, écouter les clients, vider sa pipe et parfois aller chercher une bière —, avec un travail pareil, on ne vieillit pas.

— Votre réussite est étonnante, dit K., cela ne fait aucun doute, mais nous parlions de l'époque avant votre mariage, et à ce moment-là il aurait tout de même été bizarre qu'au prix de sacrifices financiers, ou du moins en prenant le risque considérable de vous donner l'auberge, la famille de Hans ait poussé à ce mariage en comptant sur votre seule force de travail, encore inconnue, et sur celle de Hans, dont on avait déjà dû constater l'absence.

— Allons, dit la patronne fatiguée, je vois bien où vous voulez en venir, et comme vous vous trompez ! Il n'y avait pas trace de Klamm dans tout cela. Pourquoi aurait-il dû s'occuper de moi, ou plutôt : comment aurait-il pu le faire ? Il ne savait plus rien de moi. Il avait cessé de m'appeler, cela indiquait qu'il m'avait oubliée. Quand il cesse d'appeler quelqu'un, il l'oublie complètement. Je ne voulais pas en parler devant Frieda. Mais ce n'est pas juste de l'oubli, c'est beaucoup plus. Car une personne qu'on a oubliée, on peut refaire sa connaissance. Avec Klamm, c'est impossible. Quand il cesse d'appeler quelqu'un, il ne l'a pas seulement oublié sous l'angle du passé, mais aussi littéralement pour tout l'avenir. En me donnant beaucoup de peine, j'arrive à lire dans vos pensées, des pensées qui n'ont pas de sens ici, mais qui ont peut-être cours dans le lointain pays d'où vous venez. Peut-être êtes-vous assez fou pour croire que Klamm m'ait donné Hans pour mari afin que je puisse aller le voir sans difficulté si jamais il m'appelait à nouveau. Eh bien, on ne saurait pousser la folie plus loin. Quel homme pourrait m'empêcher d'accourir, si Klamm me faisait signe ? C'est absurde, complètement absurde, on s'embrouille les idées à envisager pareilles absurdités.

— Non, fit K., nous ne voulons surtout pas nous embrouiller, mes pensées n'allaient pas aussi loin que vous le supposez, même si, pour être franc, elles en prenaient le chemin. Je m'étonnais juste que votre belle-famille ait fondé tant d'espoirs sur ce mariage et qu'ils se soient bel et bien concrétisés, même si c'est au prix de votre cœur et de votre santé. L'idée d'un lien entre ces faits et Klamm était en train de s'imposer à moi, c'est vrai, mais pas, ou du moins pas encore, avec la grossièreté que vous lui prêtez dans le but évident de pouvoir me rabrouer une nouvelle fois, puisque cela vous fait plaisir. Eh bien, donnez-vous ce plaisir ! Mais voici ce que je pensais : d'abord, Klamm est manifestement la cause de votre mariage. Sans Klamm vous n'auriez pas été malheureuse, vous n'auriez pas été assise dans le jardin à ne rien faire, sans Klamm Hans ne vous y aurait pas aperçue, sans votre tristesse Hans aurait été trop timide pour oser vous parler, sans Klamm vous ne vous seriez pas trouvée en larmes auprès de Hans, sans Klamm le bon vieil oncle aubergiste ne vous aurait jamais vus assis paisiblement l'un près de l'autre, sans Klamm la vie ne vous aurait pas été indifférente, et vous n'auriez donc pas épousé Hans. Il me semble que Klamm est déjà assez présent dans tout cela. Mais ce n'est pas tout. Si vous n'aviez pas cherché à oublier, vous n'auriez sûrement pas travaillé en vous ménageant si peu, et votre commerce n'aurait pas autant prospéré. Donc, ici encore Klamm. Mais même sans cela, Klamm est encore la cause de votre maladie, car votre cœur était déjà épuisé par cette passion malheureuse avant votre mariage. Reste donc à savoir pourquoi ce mariage séduisait tant la famille de Hans. Vous avez dit vous-même qu'être la maîtresse de Klamm, c'est une dignité qu'on garde toute sa vie, voilà donc peut-être ce qui les a séduits. Sans compter, je crois, l'espoir que la bonne étoile qui vous avait guidée vers Klamm — à supposer que ce fût une bonne étoile, mais vous l'affirmez — vous appartenait en propre et donc vous protégerait au lieu de vous quitter aussi vite et brusquement que Klamm l'avait fait.

— Pensez-vous tout cela sérieusement ? demanda la patronne.

— Sérieusement, fit K. aussitôt, je crois juste que la famille de Hans n'avait ni complètement raison, ni complètement tort d'espérer, et je crois aussi comprendre l'erreur que vous avez faite. En apparence, tout semble avoir réussi, Hans est nanti, il a une femme imposante, il est estimé, et l'auberge est remboursée. Mais en fait, tout n'a pas réussi ; il aurait sûrement été beaucoup plus heureux avec une jeune fille simple dont il aurait été le premier grand amour ; si, comme vous le lui reprochez, il reste parfois debout sans rien faire dans l'auberge avec un air perdu, c'est qu'il se sent vraiment perdu — sans en être malheureux, c'est sûr, je le connais déjà suffisamment bien — mais il n'en reste pas moins qu'avec une autre femme, ce garçon beau et intelligent aurait été plus heureux, et j'entends par là aussi plus indépendant, plus travailleur et plus viril. Et vous non plus, vous n'êtes sûrement pas heureuse ; comme vous l'avez dit, sans vos trois souvenirs vous renonceriez à vivre et de plus vous êtes cardiaque. La famille avait-elle donc tort d'espérer ? Je ne crois pas. La bénédiction planait au-dessus de vous, mais on n'a pas su la faire descendre.

— Et qu'a-t-on donc oublié de faire ? » demanda la patronne. Elle était maintenant étendue sur le dos et regardait le plafond.

« D'interroger Klamm.

— Ce qui nous ramène à vous, fit la patronne.

— Ou à vous, dit K., nos affaires se jouxtent.

— Qu'attendez-vous de Klamm ? » fit la patronne. Elle s'était assise dans son lit, avait secoué les oreillers pour pouvoir s'appuyer et regardait K. droit dans les yeux. « Je vous ai raconté en toute franchise mon cas, dont vous auriez pu tirer quelques enseignements. Dites-moi maintenant avec la même franchise ce que vous voulez demander à Klamm. J'ai eu beaucoup de mal à convaincre Frieda de monter dans sa chambre et d'y rester, je craignais que vous ne soyez pas assez franc en sa présence.

— Je n'ai rien à cacher, dit K. Mais d'abord, je veux vous signaler une chose. Klamm oublie aussitôt, disiez-vous. Or, cela me paraît primo fort peu probable, et secundo c'est indémontrable, ce n'est visiblement qu'une légende sortie de l'esprit juvénile de celles qui étaient tour à tour dans les bonnes grâces de Klamm. Je m'étonne que vous prêtiez foi à une invention aussi banale.

— Ce n'est pas une légende, fit la patronne, c'est ce qui ressort de l'expérience générale.

— Une nouvelle expérience peut donc le contredire, dit K. Mais il y a encore une autre différence entre votre cas et celui de Frieda. Klamm n'a pas cessé d'appeler Frieda, d'une certaine façon les choses ne se sont pas passées comme ça, il l'a au contraire appelée, mais c'est elle qui n'a pas obéi. Il se peut même qu'il soit encore en train de l'attendre. »

La patronne se contenta de promener un regard attentif sur K. sans rien dire. « Je veux écouter calmement tout ce que vous avez à dire, répondit-elle enfin. Parlez avec franchise, ne me ménagez pas. Je vous demande juste une chose. Ne prononcez pas le nom de Klamm. Désignez-le par "il" ou comme vous voudrez, mais pas par son nom.

— Volontiers, fit K., mais j'ai du mal à dire ce que j'attends de lui. D'abord je veux le voir de près, ensuite je veux entendre sa voix, ensuite je veux savoir ce qu'il pense de notre mariage ; quant à ce que je lui demanderai éventuellement ensuite, cela dépendra du déroulement de l'entretien. Nous nous dirons peut-être bien des choses, mais pour moi l'essentiel est d'être en face de lui. Car je n'ai encore jamais parlé directement avec un véritable fonctionnaire. Cela semble plus difficile à obtenir que je ne le croyais. Mais maintenant, j'ai le devoir de lui parler à titre privé, et à mon avis c'est beaucoup plus facile à réaliser ; en sa qualité de fonctionnaire, je peux seulement lui parler dans son bureau, qui est peut-être inaccessible, au château, ou bien, ce qui est déjà problématique, à l'Auberge des Messieurs ; mais à titre privé je peux le faire n'importe où, à l'auberge, dans la rue, là où j'arriverai à le rencontrer. Si en plus j'ai aussi le fonctionnaire en face de moi, je m'en féliciterai, mais ce n'est pas mon premier objectif.

— Bon, dit la patronne en plongeant son visage dans les oreillers comme si elle tenait des propos indécents, si par mes contacts j'arrive à faire transmettre à Klamm votre demande d'entretien, promettez-moi, en attendant que la réponse redescende ici, de ne rien tenter de votre propre initiative.

— Cela, je ne peux pas vous le promettre, fit K., malgré mon vif désir de satisfaire votre requête ou votre caprice. Car le temps presse, surtout après l'issue défavorable de mon entretien avec le maire.

— Cette objection tombe d'elle-même, dit la patronne, le maire est quantité négligeable. Vous ne l'avez donc pas remarqué ? Il ne pourrait pas conserver son poste un seul jour sans sa femme, c'est elle qui dirige tout.

— Mizzi ? » demanda K. La patronne acquiesça. « Elle était présente, fit K.

— S'est-elle exprimée ? demanda la patronne.

— Non, fit K., mais je n'ai pas eu non plus l'impression qu'elle en était capable.

— Bien sûr, fit la patronne, puisque votre perspective sur les choses d'ici est tellement erronée. En tout cas, ce qu'a décidé le maire à votre sujet est sans importance, j'en parlerai avec sa femme à l'occasion. Et si je vous promets par-dessus le marché que la réponse de Klamm arrivera d'ici une semaine au plus tard, vous n'avez plus aucune raison de ne pas céder à ma demande.

— Tout cela ne suffit pas, dit K., ma décision est prise, et j'essaierais de la mettre à exécution même si la réponse était négative. Ayant cette intention dès le départ, je ne vais pas commencer par solliciter cette entrevue. Ce qui, sans cette demande, reste une tentative peut-être audacieuse, mais de bonne foi, serait un geste ouvert d'insubordination après une réponse négative. Ce serait assurément beaucoup plus grave.

— Plus grave ? fit la patronne. C'est de l'insubordination dans les deux cas. Maintenant, agissez à votre guise. Passez-moi ma jupe. »

Sans se soucier de K., elle enfila sa jupe et se précipita dans la cuisine. Cela faisait déjà un certain temps que l'on entendait du brouhaha dans la salle à manger. On avait frappé à la lucarne. Les assistants l'avaient ouverte une fois brutalement en criant qu'ils avaient faim. Puis d'autres visages étaient apparus. On entendait même chantonner doucement, mais à plusieurs voix.

Il est vrai que la conversation de K. avec la patronne avait fort retardé la préparation du déjeuner ; il n'était pas encore prêt, mais les clients étaient tous là, personne néanmoins n'avait eu l'audace d'entrer dans la cuisine malgré l'interdiction de la patronne. Mais dès que ceux qui observaient par la lucarne annoncèrent que la patronne arrivait, les serveuses se précipitèrent dans la cuisine, et lorsque K. entra dans la salle, les clients étonnamment nombreux, plus d'une vingtaine d'hommes et de femmes habillés de façon provinciale plutôt que paysanne, quittèrent la lucarne où ils étaient rassemblés et se ruèrent vers les tables pour s'assurer d'une place. Dans un coin, seul un couple était déjà installé à une petite table avec quelques enfants ; le mari, un homme sympathique aux yeux bleus, à la barbe et aux cheveux gris et hirsutes, était debout, penché vers les enfants, et pendant qu'ils chantaient, il battait la mesure avec un couteau tout en essayant de les faire chanter moins fort. Peut-être voulait-il leur faire oublier leur faim en chantant. La patronne adressa d'un air indifférent deux ou trois mots d'excuse à ses clients, personne ne lui fit de reproches. Elle chercha autour d'elle l'aubergiste, mais devant cette situation difficile il avait sans doute pris la fuite depuis longtemps. Puis elle alla lentement dans la cuisine ; tandis que K. courait dans sa chambre rejoindre Frieda, elle ne lui lança plus un seul regard.

7

L'INSTITUTEUR

Là-haut, K. trouva l'instituteur. Heureusement, Frieda avait si bien travaillé que la chambre était à peine reconnaissable. Elle avait aéré à fond, bien alimenté le poêle, lavé le plancher et fait le lit ; les affaires des servantes, tout cet odieux fatras, y compris leurs photos, avaient disparu ; la table qui, où qu'on se tourne, vous poursuivait littéralement du regard avec sa surface incrustée de saleté, était recouverte d'une nappe blanche faite au crochet. On pouvait recevoir, à présent ; la petite provision de linge de K., manifestement lavée par Frieda de bonne heure, était suspendue à sécher près du poêle, mais cela dérangeait à peine. L'instituteur et Frieda étaient assis autour de la table et se levèrent lorsque K. entra ; Frieda dit bonjour à K. en l'embrassant, l'instituteur s'inclina légèrement. Dans sa distraction, et encore tout agité par sa conversation avec la patronne, K. commença par s'excuser de n'avoir pas encore pu rendre visite à l'instituteur, il semblait supposer que l'instituteur, fatigué de l'attendre, était lui-même venu lui rendre visite. Mais l'instituteur, toujours aussi réservé, paraissait juste commencer à se souvenir que lui et K. avaient plus ou moins convenu de se rendre visite. « Mais c'est vous, monsieur l'Arpenteur, fit-il lentement, l'étranger avec qui j'ai parlé, voici quelques jours, sur la place de l'église. — Oui », fit K. sèchement ; ce qu'il avait jadis toléré quand il était abandonné de tous, il n'allait pas l'autoriser ici, dans sa chambre. Il se tourna vers Frieda et la consulta au sujet d'une importante visite qu'il devait effectuer immédiatement et pour laquelle il lui fallait être habillé le mieux possible. Sans lui en demander davantage, Frieda appela sur-le-champ les assistants, occupés à examiner la nouvelle nappe, et leur ordonna de descendre dans la cour brosser soigneusement les vêtements et les bottes de K., qu'il commença aussitôt à enlever. De son côté, Frieda détacha une chemise sur le fil et descendit en toute hâte dans la cuisine pour la repasser.

K. se retrouva seul avec l'instituteur, qui était de nouveau assis à la table sans rien dire ; il le fit attendre encore un peu, ôta sa chemise et commença à se laver dans la cuvette. Alors seulement, le dos tourné à l'instituteur, il lui demanda le motif de sa venue. « Je viens de la part de M. le Maire », dit-il. K. était prêt à l'entendre. Mais le vacarme de l'eau couvrant ses paroles, l'instituteur fut forcé de se rapprocher de K. et s'appuya contre le mur à côté de lui. K. s'excusa de faire sa toilette et de sa précipitation en invoquant l'urgence de la visite projetée. Sans lui répondre, l'instituteur déclara : « Vous avez été impoli envers M. le Maire, cet auguste vieillard plein de mérite et d'expérience. — Je ne sache pas avoir été malpoli, fit K. en s'essuyant, mais il est vrai que j'avais d'autres soucis que les bienséances, car il s'agissait de mon existence, menacée par une scandaleuse bureaucratie que je n'ai pas besoin de vous décrire, puisque vous êtes vous-même un membre actif de cette administration. Est-ce que le maire s'est plaint de moi ? — À qui vouliez-vous qu'il se plaigne ? fit l'instituteur, et même s'il avait quelqu'un sous la main, est-ce qu'il se plaindrait jamais ? J'ai juste établi sous sa dictée un bref procès-verbal de votre entretien, qui m'en a appris assez long sur la bonté de M. le Maire et sur votre façon de répondre. » Tout en cherchant son peigne, que Frieda avait dû ranger quelque part, K. répondit : « Comment ? Un procès-verbal ? Dressé après coup, en mon absence, par quelqu'un qui n'était pas là lors de l'entretien ? C'est la meilleure. Et pourquoi faire, un procès-verbal ? C'était donc un entretien officiel ? — Non, fit l'instituteur, semi-officiel, le procès-verbal aussi n'est que semi-officiel, il a seulement été dressé parce que chez nous, un ordre strict est partout de rigueur. Maintenant qu'il existe en tout cas, il ne vous fait pas honneur. » Ayant enfin retrouvé le peigne qui avait glissé dans le lit, K. répondit plus calmement : « Très bien, qu'il existe ! C'est ce que vous êtes venu m'annoncer ? — Non, dit l'instituteur, mais je ne suis pas une machine et je devais vous dire mon opinion. Ma mission, elle, est une nouvelle preuve de la bonté de M. le Maire ; j'y insiste, cette bonté me dépasse, et si j'accomplis cette mission, c'est seulement parce que j'y suis tenu par ma position et par respect pour M. le Maire. » Lavé et peigné, K. était maintenant assis devant la table, attendant sa chemise et ses vêtements ; il n'éprouvait guère de curiosité pour le message que l'instituteur lui apportait, étant de surcroît influencé par le peu d'estime où la patronne tenait le maire. « Il doit être déjà midi passé, non ? » demanda-t-il en songeant à la course qu'il projetait, puis il se rattrapa en disant : « Vous vouliez me dire quelque chose de la part du maire. — Bah ! fit l'instituteur en haussant les épaules, comme pour écarter toute responsabilité. M. le Maire craint que vous ne preniez une initiative inconsidérée si la décision concernant votre affaire tarde trop. Quant à moi, j'ignore pourquoi il s'inquiète, le mieux à mon avis étant que vous fassiez ce que vous voulez. Nous ne sommes pas vos anges gardiens et nous ne sommes pas tenus de vous courir après dans toutes vos démarches. Enfin, M. le Maire est d'un avis différent. La décision elle-même appartient aux autorités du comté bien sûr, et il ne peut pas l'accélérer. Mais dans sa juridiction, il consent à prendre une décision provisoire vraiment généreuse, il ne tient qu'à vous de l'accepter : il vous offre provisoirement le poste de concierge à l'école. » K. fit d'abord à peine attention à la nature de l'offre, mais il ne lui parut pas négligeable en soi qu'on lui en fît une. Cela indiquait qu'aux yeux du maire, il était capable pour se défendre d'accomplir des choses justifiant que la commune engage elle-même certaines dépenses. Et que l'on prenait l'affaire très au sérieux. L'instituteur, qui avait déjà attendu un certain temps ici et préalablement dressé le procès-verbal, avait dû lui être envoyé dare-dare par le maire.

Voyant qu'il avait tout de même fini par rendre K. songeur, l'instituteur continua : « J'ai émis mes objections. J'ai indiqué qu'on n'avait pas eu besoin de concierge jusqu'ici, la femme du sacristain met de l'ordre de temps à autre et mademoiselle Gisa, l'institutrice, la supervise, j'ai assez de tracas avec les enfants, je ne vais pas en plus avoir à me soucier d'un concierge. M. le Maire m'a rétorqué que l'école est tout de même très sale. J'ai répondu que ça n'est pas bien méchant, ce qui est la vérité. Et est-ce que la situation s'améliorera si nous prenons cet homme comme concierge ? ai-je ajouté. Sûrement pas. Sans compter qu'il n'entend rien à ce genre de travaux, l'école ne possède que deux grandes salles de classe sans annexes ; il faut donc que le concierge loge avec sa famille dans une des salles de classe, qu'il y dorme, qu'il y fasse même peut-être la cuisine, cela n'améliorera pas la propreté, bien entendu. Mais M. le Maire a indiqué que ce poste serait votre salut et que vous feriez donc tous les efforts possibles pour vous montrer à la hauteur, de plus M. le Maire a dit qu'avec vous, nous gagnerons aussi la main-d'œuvre de votre femme et de vos assistants, si bien qu'outre l'école, le jardin aussi pourra être entretenu de manière exemplaire. Je n'ai pas eu grand mal à le contredire. Enfin, à court d'arguments en votre faveur, M. le Maire a éclaté de rire et s'est contenté de dire qu'étant arpenteur, vous sauriez tracer de très jolis parterres. Bon, on ne réfute pas une plaisanterie, je suis donc venu vous transmettre ce message. — Vous vous inquiétez pour rien, monsieur l'Instituteur, dit K., je n'envisage pas d'accepter ce poste. — Excellent, fit l'instituteur, excellent, vous refusez purement et simplement », et il prit son chapeau, s'inclina, et sortit.

Frieda revint sur ces entrefaites, le visage bouleversé ; elle rapportait la chemise non repassée, et ne répondit pas aux questions ; pour la distraire, K. lui raconta la visite de l'instituteur et son offre, à peine l'eut-elle entendu qu'elle jeta la chemise sur le lit et ressortit en courant. Elle ne tarda pas à revenir, mais avec l'instituteur, qui semblait grincheux et ne dit même pas bonjour. Frieda le supplia d'avoir un peu de patience — ce qu'elle avait manifestement déjà fait plusieurs fois en chemin —, puis par une porte latérale qu'il n'avait pas remarquée elle emmena K. au grenier attenant, et très agitée, à bout de souffle, elle finit par lui raconter ce qui lui était arrivé. La patronne, outrée de s'être abaissée à faire des confidences à K. et, pire encore, de lui avoir cédé à propos d'un entretien avec Klamm, sans autre résultat, disait-elle, qu'un refus à la fois glacial et malhonnête, avait décidé de ne plus le tolérer sous son toit ; si K. avait des liens avec le château, eh bien il n'avait qu'à se hâter d'en faire usage, car il devait quitter la maison le jour même, dès maintenant ; elle ne l'accueillerait de nouveau que sous la contrainte et sur ordre direct des autorités, mais elle espérait qu'on n'en arriverait pas là, car elle aussi elle avait des liens avec le château, et elle saurait les faire valoir. D'ailleurs, seule la négligence de l'aubergiste lui avait permis d'entrer dans l'auberge alors qu'il n'était nullement en peine, puisque le matin même, K. s'était vanté d'avoir un autre lit qui l'attendait tout prêt. Frieda bien sûr devait rester, la patronne serait profondément malheureuse de la voir déménager avec K., à cette seule pensée la pauvre cardiaque s'était déjà effondrée en pleurant dans la cuisine, à côté de l'âtre, mais pouvait-elle donc agir autrement, maintenant qu'à ses yeux du moins, le respect de la mémoire de Klamm était en jeu ? Tel était donc l'état d'esprit de la patronne. Frieda bien sûr suivrait K. où il voudrait, dans la neige et la glace, cela allait sans dire, mais leur situation à tous deux n'en demeurait pas moins critique ; aussi avait-elle accueilli avec grande joie l'offre du maire, même si ce poste était indigne de K., il n'était que provisoire, c'était bien précisé, on gagnait du temps et on trouverait facilement d'autres possibilités, même si la décision finale devait être défavorable. « En désespoir de cause, finit par s'écrier Frieda, les bras déjà autour du cou de K., nous partirons ailleurs, qu'est-ce qui nous retient ici dans le village ? Mais pour l'instant nous acceptons l'offre, pas vrai, mon chéri ? J'ai ramené l'instituteur, tu lui dis d'accord, c'est tout, et nous déménageons dans l'école.

— C'est ennuyeux », fit K. sans grande conviction, car la question du logement ne le préoccupait guère, et de plus il était frigorifié, en sous-vêtements au milieu de ce grenier traversé par un méchant courant d'air froid, car il n'y avait ni fenêtre ni murs sur deux côtés. « Tu as si joliment arrangé la chambre, et nous voici obligés de déménager. C'est à contrecœur, bien à contrecœur que j'accepterais ce poste, l'humiliation que m'inflige ce petit instituteur est déjà assez pénible, et voilà qu'il doit devenir mon supérieur. Si seulement on pouvait encore rester ici juste un petit peu, peut-être que ma situation va changer dès cet après-midi. Si au moins toi tu restais, on pourrait attendre jusque-là et se contenter de donner une réponse vague à l'instituteur. Je me trouverai toujours un gîte, s'il le faut chez Bar— » Frieda lui mit la main sur la bouche. « Pas ça, fit-elle d'une voix angoissée, ne redis jamais cela, je t'en prie. Pour tout le reste, je t'obéirai. Si tu veux, je resterai seule ici, même si cela me fait de la peine. Si tu veux, nous refuserons cette proposition, même si à mon avis c'est une grave erreur. Car songe un instant : si tu trouves une autre possibilité, peut-être dès cet après-midi, il va de soi qu'à ce moment-là nous renoncerons tout de suite au poste qui t'est offert à l'école, personne ne nous en empêchera. Et quant à t'humilier devant l'instituteur, laisse-moi faire en sorte que ça n'arrive pas : c'est moi qui lui parlerai, tu resteras simplement à côté sans rien dire, et même ensuite, ce sera pareil, jamais tu ne devras lui parler personnellement si tu n'y tiens pas, je serai la seule en réalité à ses ordres, et je ne le serai même pas, car je connais ses faiblesses. Nous n'avons donc rien à perdre en acceptant le poste, mais beaucoup si nous le refusons ; d'abord, si tu n'obtiens rien du château aujourd'hui, tu ne trouveras de gîte nulle part, même pour toi tout seul, nulle part au village, je veux dire un gîte qui ne me fasse pas honte en tant que ta future épouse.

Et si tu ne trouves rien, tu ne vas pas me demander de dormir ici bien au chaud en sachant que tu es en train d'errer dehors dans la nuit glaciale. » Pendant tout ce temps, les bras croisés au-dessus de la poitrine, K. n'avait cessé de se frapper le dos avec les deux mains pour se réchauffer un peu. « Alors, dit-il, il ne reste qu'à accepter, viens ! »

Dans la chambre, il se précipita vers le poêle sans s'occuper de l'instituteur ; assis à la table, celui-ci sortit sa montre et dit : « Il se fait tard. — Oui, mais nous sommes complètement d'accord, à présent, monsieur l'Instituteur, dit Frieda, nous acceptons le poste. — Bon, fit l'instituteur, mais le poste est offert à M. l'Arpenteur, c'est à lui de s'exprimer. » Frieda vint au secours de K. « Bien sûr, dit-elle, il accepte le poste, pas vrai, K. ? » K. put ainsi limiter sa déclaration à un simple Oui qui n'était même pas adressé à l'instituteur, mais à Frieda. « Eh bien alors, fit l'instituteur, il ne me reste qu'à vous indiquer vos obligations de service, afin que nous soyons d'accord là-dessus une fois pour toutes : vous aurez, monsieur l'Arpenteur, à nettoyer et à chauffer tous les jours les deux salles de classe, à effectuer vous-même les petites réparations dans la maison et sur le matériel de l'école et du gymnase, à déneiger le chemin qui traverse le jardin, à vous charger de mes commissions et de celles de mademoiselle l'institutrice et, pendant la belle saison, à vous occuper de tout le jardinage. En échange vous avez le droit d'habiter dans une des salles de classe ; mais lorsqu'il n'y a pas cours en même temps dans les deux classes et si vous habitez justement dans la salle où il y a cours, vous devez bien sûr vous transporter dans l'autre salle. Vous n'avez pas le droit de cuisiner dans l'école, vous serez donc nourris, vous et les vôtres, aux frais de la municipalité, ici à l'auberge. Que votre conduite doive tenir compte de la dignité de l'école, et que les enfants particulièrement, et surtout pendant la classe, ne doivent jamais être témoins de scènes domestiques déplaisantes, je n'y insiste pas, car vous êtes un homme cultivé et vous le savez certainement. À ce propos, j'ajoute que nous devons insister pour que vous légitimiez dès que possible vos relations avec mademoiselle Frieda. Toutes ces clauses, et

deux ou trois autres petits détails, seront stipulées dans un contrat de travail que vous devrez signer dès votre emménagement. »
K. jugeait tout cela sans importance, comme si cela ne le concernait pas, ou du moins ne l'engageait à rien, seuls les grands airs
de l'instituteur l'énervaient, et il dit sans réfléchir : « Bah... ce
sont les obligations habituelles. » Pour atténuer un peu sa remarque, Frieda demanda quel était le salaire. « Le versement d'un
salaire, fit l'instituteur, ne sera envisagé qu'après un mois de travail à l'essai. — Mais c'est très dur pour nous, dit Frieda, nous
allons devoir nous marier presque sans argent et nous n'avons
rien pour nous installer. Monsieur l'Instituteur, est-ce que nous
ne pourrions pas adresser une requête à la municipalité pour
obtenir immédiatement un petit salaire ? Nous le conseilleriez-
vous ? — Non, fit l'instituteur en s'adressant toujours à K. Cette
requête ne serait reçue favorablement que si je l'appuyais, ce que
je ne ferais pas. On vous fait une faveur en vous donnant ce poste,
et il ne faut pas pousser les faveurs trop loin, si l'on reste conscient de ses responsabilités officielles. » Presque malgré lui, K.
intervint dans la conversation. « En fait de faveur, monsieur l'Instituteur, dit-il, je crois que vous vous trompez. C'est peut-être
plutôt moi qui vous en fais une. — Non, dit l'instituteur en souriant, car il avait fini par contraindre K. à parler, je suis bien renseigné. Nous avons à peu près autant besoin d'un concierge que
d'un arpenteur. Les concierges et les arpenteurs sont un lourd
fardeau pour nous. Cela va encore être un casse-tête pour moi de
justifier vos tâches à la municipalité ; le mieux, ce serait de lancer
tout bonnement la demande sur la table sans la justifier d'aucune
manière, cela correspondrait le plus à la vérité. — C'est bien ce
que je disais, dit K., vous êtes forcé de m'accueillir contre votre
gré, c'est un vrai casse-tête pour vous, pourtant vous êtes forcé
de m'accueillir. Lorsqu'on est forcé d'accueillir quelqu'un qui se
laisse accueillir, c'est donc bien lui qui vous fait une faveur.
— C'est curieux, dit l'instituteur, qu'est-ce donc, à votre avis, qui
nous force à vous accueillir ? C'est la bonté, l'excessive bonté de
M. le Maire qui nous y contraint. Il me semble que vous allez
devoir renoncer à bien des chimères avant de devenir un con-

cierge utilisable, monsieur l'Arpenteur. Et il va de soi que pareilles remarques ne rendent guère enclin à vous accorder un éventuel salaire. J'ai aussi le regret de constater que votre conduite me donnera encore bien du tracas, car depuis le début de notre conversation, j'ai eu ce spectacle constamment devant les yeux et j'arrive à peine à le croire, vous me parlez en chemise et en caleçon. — Oui, s'esclaffa K., tout en frappant dans ses mains, ces abominables assistants, où sont-ils donc passés ? » Frieda se précipita vers la porte ; constatant qu'il n'y avait plus moyen de parler à K., l'instituteur demanda à Frieda quand ils emménageraient à l'école. « Aujourd'hui, dit Frieda. — Alors je viendrai inspecter demain matin », fit l'instituteur ; il salua d'un geste de la main et voulut sortir par la porte que Frieda venait d'ouvrir, mais il se heurta aux servantes qui revenaient déjà avec leurs affaires s'installer dans la chambre, il dut se faufiler, car elles ne se seraient écartées devant personne, Frieda le suivit. « Comme vous êtes pressées, dit K., fort content de les voir cette fois-ci, nous sommes encore là et vous revenez déjà au pas de charge ! » Elles ne répondirent pas et se contentèrent de tortiller d'un air gêné leurs baluchons, où K. aperçut les mêmes guenilles toutes sales qui pendouillaient. « Vous n'avez sans doute encore jamais lavé vos affaires », dit K. sans méchanceté, plutôt avec une certaine sympathie. Remarquant cela, elles ouvrirent toutes en même temps leurs bouches inexpressives, montrèrent leurs belles dents solides, comme chez les animaux, et rirent sans bruit. « Eh bien entrez, fit K., installez-vous, c'est votre chambre, après tout. » Mais comme elles hésitaient toujours — c'était sans doute leur chambre qui leur paraissait trop métamorphosée —, K. prit l'une d'elles par le bras pour la faire entrer. Mais il la lâcha aussitôt, tant la surprise se lisait dans le regard des deux servantes qui, ayant échangé un rapide signe de connivence, ne le quittèrent plus des yeux. « Maintenant vous m'avez assez regardé », fit K. en refoulant un vague sentiment de malaise ; il prit ses vêtements et ses bottes que Frieda venait d'apporter, timidement suivie par les assistants, et il s'habilla. Il n'arrivait toujours pas à comprendre la patience qu'elle leur manifestait. Alors qu'ils étaient censés épousseter les vêtements dans la cour, elle les avait trouvés au rez-de-chaussée après une assez longue recherche, en train de déjeuner paisiblement, les vêtements poussiéreux roulés en boule sur leurs genoux ; elle avait alors été obligée de tout brosser elle-même, et pourtant elle ne les rabroua pas, elle qui s'y entendait pour commander au petit peuple, et alla jusqu'à raconter devant eux cette grossière négligence comme une petite plaisanterie, et elle donna même à l'un d'eux une petite tape sur la joue, comme pour le flatter. K. se promit de le lui reprocher à la première occasion. Mais pour le moment il était grand temps de s'en aller. « Les assistants resteront ici pour t'aider à déménager », fit K. Bien sûr ils n'étaient pas d'accord : joyeux et repus comme ils étaient, ils se seraient volontiers un peu dégourdi les jambes. « Cela va de soi, vous restez ici », déclara Frieda, alors seulement ils s'inclinèrent. « Sais-tu où je vais ? demanda K. — Oui, dit Frieda. — Tu ne me retiens donc plus ? demanda K. — Tu vas rencontrer tant d'obstacles, fit-elle, qu'importent mes paroles ! » Elle lui fit un baiser d'adieu, lui donna un petit paquet avec du pain et du saucisson qu'elle avait été chercher en bas, car il n'avait pas déjeuné, lui rappela de ne pas revenir ici mais de la rejoindre aussitôt à l'école et, la main sur son épaule, elle l'accompagna jusqu'à la porte.

# 8

## EN ATTENDANT KLAMM

K. fut d'abord heureux d'avoir échappé aux servantes et aux assistants qui se bousculaient dans cette chambre surchauffée. En outre il gelait un peu, la neige était plus dure, on marchait plus facilement. Mais il commençait à faire sombre, et il pressa le pas.

Le château dont les contours commençaient à s'estomper était silencieux comme toujours, K. n'y avait encore jamais vu le moindre signe de vie, peut-être ne pouvait-on rien distinguer à cette distance, et pourtant le regard y aspirait et trouvait intolérable ce silence. Lorsqu'il regardait le château, K. avait parfois l'impression d'observer quelqu'un assis tranquillement à regarder devant lui, non pas perdu dans ses pensées et donc coupé de tout, mais plutôt libre et indifférent ; comme si cet homme était seul et que personne ne l'observait ; pourtant il avait forcément conscience qu'on l'observait, mais cela ne troublait pas son calme et en effet — on ne savait pas si c'était la cause ou la conséquence —, le regard de l'observateur, incapable de se fixer, glissait sur lui. Cette impression était accentuée aujourd'hui par l'obscurité précoce : plus il regardait, moins il distinguait de détails, plus tout se noyait dans le crépuscule.

À l'instant où K. arriva à l'Auberge des Messieurs pas encore éclairée, la fenêtre du premier étage s'ouvrit, et un jeune homme corpulent, le visage rasé et en manteau de fourrure, vint se pencher à la fenêtre, il ne sembla pas répondre au salut de K., même par le plus léger hochement de tête. Dans l'entrée comme dans la salle, K. ne rencontra personne ; dans la salle, l'odeur de bière éventée était encore pire que la dernière fois, cela n'était sans doute pas le cas à l'Auberge du Pont. K. s'avança aussitôt vers la porte derrière laquelle il avait observé Klamm et appuya prudemment sur la poignée, mais la porte était verrouillée ; puis il chercha à tâtons l'emplacement du judas, mais la fermeture devait être si bien ajustée qu'il ne put le trouver de cette façon, il gratta donc une allumette. Un cri le fit sursauter. Dans le coin entre la porte et la crédence, près du poêle, une jeune fille était assise, toute recroquevillée, et à la lueur de l'allumette, elle le dévisagea avec des yeux ensommeillés qu'elle avait du mal à ouvrir. C'était manifestement la remplaçante de Frieda. Elle retrouva vite ses esprits et alluma l'électricité, la colère se lisait encore sur son visage, quand elle reconnut K. « Ah, c'est monsieur l'Arpenteur, fit-elle en souriant, elle lui tendit la main et se présenta : je m'appelle Pepi[1]. » Elle était petite, rubi-

---

1. Forme abrégée et familière du prénom Josefine.

conde, pleine de santé, ses opulents cheveux d'un blond roux
étaient rassemblés en une forte natte, tout en bouclant autour de
son visage ; elle portait une robe toute droite en taffetas gris, fort
peu seyante pour elle, et dont le bas était noué avec une maladresse
enfantine par un ruban de soie terminé par un nœud qui entravait
ses mouvements. Elle demanda des nouvelles de Frieda et si elle
n'allait pas revenir bientôt. Cette question frôlait la méchanceté.
« J'ai été appelée ici en urgence aussitôt après le départ de Frieda,
reprit-elle, car on ne peut pas confier ce poste à n'importe qui,
j'étais femme de chambre jusque-là, mais je n'ai pas gagné au
change. Ici il y a beaucoup de travail le soir et la nuit, c'est très fatigant, je vais avoir du mal à tenir le coup, ça ne m'étonne pas que
Frieda ait abandonné. — Frieda se plaisait beaucoup ici, dit K. pour
lui faire saisir une bonne fois ce qui la distinguait de Frieda, et
qu'elle négligeait. — Ne la croyez pas, dit Pepi, Frieda possède une
rare maîtrise de soi. Ce qu'elle ne veut pas avouer, elle ne l'avoue
pas, et personne ne s'aperçoit qu'elle a quelque chose à avouer.
Voilà maintenant quelques années que je suis employée ici avec
elle, nous avons toujours couché dans le même lit, mais je ne suis
pas intime avec elle, et elle ne pense sûrement plus à moi aujour-
d'hui. La vieille patronne de l'Auberge du Pont est peut-être sa seule
amie, ça en dit long. — Frieda est ma fiancée, dit K. en cherchant
toujours le judas sur la porte. — Je sais, fit Pepi, c'est bien pourquoi
je vous en parle. Autrement ça n'aurait aucune importance pour
vous. — Je comprends, dit K., vous voulez dire que je peux être fier
d'avoir conquis une jeune fille aussi réservée. — Oui », dit-elle en
riant d'un air satisfait, comme si elle avait trouvé avec K. un terrain
d'entente secret au sujet de Frieda.

En fait, ce n'étaient pas les propos de Pepi qui intéressaient
K. et le distrayaient un peu de sa recherche, mais plutôt son
allure et sa présence en ces lieux. Certes, elle était beaucoup
plus jeune que Frieda, c'était presque encore une enfant, et son
accoutrement était ridicule ; sa tenue reflétait manifestement
l'importance excessive qu'elle attribuait à une serveuse de bar.
Et à sa façon Pepi n'avait pas tort, car ce poste qui lui convenait
encore fort mal avait dû lui échoir sans qu'elle s'y attende ou

qu'elle le mérite, et à titre purement temporaire, on ne lui avait même pas confié la petite bourse en cuir que Frieda portait toujours à sa ceinture. Quant au mécontentement qu'elle affichait, ce n'était que de l'arrogance. Et pourtant, malgré sa sottise enfantine, Pepi elle aussi devait avoir des liens avec le château : n'avait-elle pas été, si elle disait vrai, femme de chambre ? Inconsciente de ce qu'elle possédait, elle passait ici ses journées à dormir, mais en enlaçant ce petit corps dodu au dos un peu rond, à défaut de lui arracher cette possession, on pouvait le toucher et y puiser des forces avant cette pénible expédition. Alors c'était comme avec Frieda, peut-être ? Oh non, c'était différent. Il n'y avait qu'à songer au regard de Frieda pour le comprendre. Jamais K. n'aurait touché Pepi. Mais il fut tout de même obligé de se cacher les yeux quelques instants, tant il la dévorait du regard.

« Il n'est pas nécessaire que ça reste allumé, fit Pepi en éteignant de nouveau, j'ai juste allumé parce que vous m'avez fait tellement peur. Que venez-vous faire ici ? Est-ce que Frieda a oublié quelque chose ? — Oui, dit K. en désignant la porte, dans la pièce d'à côté, une nappe blanche, faite au crochet. — Ah oui, sa nappe, fit Pepi, je me souviens, de la belle ouvrage là aussi, je l'ai aidée, mais elle n'est sûrement pas dans cette pièce. — Frieda pense que oui. Qui donc habite ici ? demanda K. — Personne, fit Pepi, c'est la salle des messieurs, c'est ici qu'ils boivent et qu'ils mangent, enfin, elle est prévue pour ça, mais la plupart des messieurs restent en haut dans leur chambre. — Si j'étais sûr qu'il n'y a personne à côté, fit K., j'entrerais volontiers pour chercher la nappe. Mais justement comment savoir, Klamm par ex. a souvent pour habitude de s'asseoir là. — Klamm n'y est sûrement pas, dit Pepi, car il est sur le point de partir ; le traîneau attend déjà dans la cour. »

Aussitôt, sans un mot d'explication, K. quitta la salle, et dans le couloir, au lieu de s'engager vers la sortie, il alla vers l'intérieur de la maison et en quelques pas, il se retrouva dans la cour. Que tout était calme et beau ici ! C'était une cour carrée délimitée sur trois côtés par le bâtiment et séparée de la rue

— une rue transversale inconnue de K. — par un haut mur blanc avec un grand portail massif qui était ouvert. Ici, côté cour, le bâtiment semblait plus élevé que sur la façade ; le premier étage au moins était entièrement aménagé et plus imposant, car il était entouré d'une galerie fermée en bois, percée d'une petite fente à la hauteur des yeux. Toujours dans le corps de logis, mais déjà vers l'angle qu'il formait avec l'aile située en face de K., une ouverture permettait d'entrer dans le bâtiment, sans porte. Un traîneau sombre et fermé, attelé de deux chevaux, stationnait devant. À part le cocher que K. devinait plus qu'il ne le distinguait à cette distance et dans le crépuscule, on ne voyait personne.

Les mains dans les poches, regardant prudemment autour de lui, K. longea deux côtés de la cour en rasant les murs jusqu'au traîneau. Le cocher, un des paysans qui étaient au bar l'autre soir, l'avait regardé approcher avec indifférence, blotti dans sa fourrure, un peu comme on suit des yeux un chat qui se promène. Et même lorsqu'une fois près de lui, K. le salua et que les chevaux s'agitèrent un peu à la vue de cet homme surgi de l'obscurité, il resta impassible. K. s'en félicita. S'appuyant au mur, il déballa ses provisions, remercia en pensée Frieda de l'avoir si bien ravitaillé, et épia en même temps l'intérieur de la maison. Un escalier à angle droit donnait au rez-de-chaussée sur un couloir peu élevé mais apparemment très long, tout était propre, blanchi et nettement délimité.

L'attente dura plus longtemps qu'il ne l'avait pensé. K. avait depuis longtemps fini de manger, le froid était vif, le crépuscule s'était transformé en ténèbres et Klamm ne venait toujours pas. « Cela peut durer encore très longtemps », fit soudain une voix râpeuse, si près de K. qu'il sursauta. C'était le cocher qui s'étirait en bâillant bruyamment comme s'il venait de s'éveiller. « Qu'est-ce qui peut durer longtemps ? demanda K., plutôt content d'être dérangé, car ce silence et cette tension continuelle commençaient à lui peser. — Avant le départ », fit le cocher. K. ne comprenait pas, mais il ne posa pas d'autres questions, cela lui semblait le meilleur moyen de faire parler cet orgueilleux.

Ne pas répondre, ici dans les ténèbres, c'était presque une provocation. Et de fait, après quelques instants, le cocher lui demanda : « Voulez-vous du cognac ? — Oui, fit K. sans réfléchir, fort séduit par cette offre, car il frissonnait. — Eh bien ouvrez le traîneau, dit le cocher, il y a quelques bouteilles dans la poche intérieure de la portière, prenez-en une, buvez, puis passez-la-moi. J'ai trop de mal à descendre avec ma fourrure. » K. était contrarié d'avoir à faire tous ces gestes, mais maintenant qu'il avait engagé la conversation avec le cocher, il obéit, au risque d'être surpris par Klamm à côté du traîneau. Il ouvrit la grande portière, et aurait pu aussitôt sortir la bouteille de la poche intérieure, mais une fois la portière ouverte, il ne put résister à la tentation de s'asseoir dans le traîneau, ne fût-ce qu'un instant. Il se glissa à l'intérieur. Il y faisait une chaleur extraordinaire, malgré la portière grande ouverte que K. n'osait pas fermer. On ne savait plus si on était assis sur une banquette, tant on était plongé dans des couvertures, des coussins et des fourrures ; on pouvait se retourner et s'étirer dans tous les sens, on s'enfonçait toujours dans le doux et le chaud. Les bras écartés, la tête appuyée sur les coussins toujours prêts à l'accueillir, K. considéra depuis le traîneau la maison obscure. Pourquoi Klamm tardait-il tant à descendre ? Comme étourdi par cette chaleur après être resté si longtemps debout dans la neige, K. souhaitait que Klamm arrive enfin. L'idée qu'il valait mieux ne pas être vu par Klamm dans cette situation l'effleura juste comme une légère contrariété. Il était conforté dans cette insouciance par l'attitude du cocher, qui devait bien savoir qu'il était dans le traîneau et le laissait là sans même lui réclamer le cognac. C'était fort aimable, mais K. voulait malgré tout se rendre utile ; sans changer de position, il tendit paresseusement la main vers la poche intérieure, pas celle de la portière ouverte, qui était trop loin, mais vers celle de la portière derrière lui, qui était fermée ; cela ne changeait rien, du reste, car là aussi il y avait des bouteilles. Il en sortit une, dévissa le bouchon et la huma ; il sourit malgré lui, tant l'arôme était doux et caressant, comme lorsqu'on s'entend complimenter et dire des gentillesses par une personne très chère, sans trop savoir de quoi il s'agit ni tenir à le savoir, heureux à la seule idée que c'est elle qui s'exprime ainsi. « C'est vraiment du cognac ? » se demanda K. dubitatif, et il goûta par curiosité. Eh oui, bizarrement, c'était du cognac, qui le brûlait et le réchauffait. Mais comme il se transformait quand on le buvait ! D'abord uniquement porteur d'un doux parfum, il devenait une boisson de cocher. « Est-ce possible ? » se demanda K., comme s'il se faisait à lui-même des reproches, et il reprit une gorgée.

D'un seul coup — K. était au beau milieu d'une longue rasade — tout s'éclaira : l'électricité s'alluma dans l'escalier à l'intérieur, dans le corridor et dans l'entrée, et dehors au-dessus de l'entrée. On entendit des pas qui descendaient l'escalier, la bouteille glissa entre la main de K., le cognac se répandit sur une fourrure, et K. bondit hors du traîneau ; à peine avait-il eu le temps de claquer la portière, ce qui fit un bruit sourd, qu'un monsieur sortit lentement de la maison. Seule consolation, ce n'était apparemment pas Klamm, ou bien fallait-il justement le regretter ? C'était le monsieur que K. avait déjà vu à la fenêtre du premier étage. Jeune, fort bien de sa personne, rose et blanc, mais très sérieux. K. lui renvoya un regard sombre, mais c'était sur lui-même qu'il portait ce regard. Il aurait vraiment mieux fait d'envoyer ses assistants : pour se conduire comme il l'avait fait, ils se seraient très bien débrouillés. Devant lui, le monsieur se taisait encore, comme si son immense poitrine ne contenait pas assez d'air pour ce qu'il avait à dire. « Mais c'est épouvantable ! », dit-il enfin en relevant un peu son chapeau sur son front. Quoi ? Ce monsieur ne devait pourtant pas savoir que K. avait séjourné dans le traîneau, et déjà il trouvait quelque chose d'épouvantable ? Le fait que K. ait pénétré jusque dans la cour, peut-être ? « Comment êtes-vous arrivé ici ? » lui demanda le monsieur un peu plus doucement et en reprenant son souffle, résigné à l'inévitable. Quelles questions ! Quelles réponses ! K. devait-il avouer à ce monsieur que l'expédition qu'il avait commencée avec tant d'espoir avait échoué ? Au lieu de répondre, K. se tourna vers le traîneau, l'ouvrit et récupéra sa casquette, qu'il avait oubliée à l'intérieur. Fort gêné, il remarqua le cognac qui dégoulinait sur le marchepied.

Puis il se retourna vers le monsieur ; il ne se faisait plus aucun scrupule de lui montrer qu'il avait été dans le traîneau, ce n'était pas ce qu'il y avait de plus grave ; si on l'interrogeait, mais alors seulement, il ne cacherait pas que le cocher lui-même l'avait au moins incité à ouvrir le traîneau. Ce qui était vraiment grave, c'était que le monsieur l'ait surpris, que K. n'ait pas eu le temps de se cacher pour pouvoir ensuite tranquillement attendre Klamm, ou qu'il n'ait pas eu la présence d'esprit de rester dans le traîneau, de fermer la portière et d'attendre Klamm allongé sur les fourrures, ou au moins de rester là tant que ce monsieur serait dans les parages. Certes il ne pouvait pas savoir si ce n'était pas Klamm en personne qui arrivait, auquel cas bien sûr il valait mieux l'accueillir à l'extérieur du traîneau. Oui, il y avait eu bien des choses à peser, mais plus maintenant, car tout était fini.

« Venez avec moi, fit le monsieur, sans que ce soit vraiment un ordre explicite, car l'ordre n'était pas dans ses paroles, mais dans le rapide geste de la main, volontairement indifférent, qui les accompagnait. — J'attends quelqu'un ici, dit K. pour le principe et sans espérer le moindre succès. — Venez, répéta le monsieur imperturbable, comme pour montrer qu'il n'avait jamais douté que K. attendît quelqu'un. — Mais je vais rater la personne que j'attends », dit K., parcouru d'un grand frisson. Malgré tout ce qui s'était passé, il avait le sentiment que ce qu'il avait accompli jusque-là était une sorte de bien dont il ne devait pas se défaire sur l'ordre du premier venu, même s'il ne le conservait plus qu'en apparence. « Que vous attendiez ou que vous partiez, vous la raterez de toute façon, dit le monsieur avec brusquerie, mais en essayant visiblement d'épouser la perspective de K. — Alors je préfère la rater en l'attendant », fit K. sur le ton du défi, il en faudrait plus que les simples paroles de ce jeune monsieur pour le chasser. À ces mots, le monsieur releva la tête d'un air supérieur et ferma les yeux un instant, comme pour oublier la stupidité de K. et retrouver sa raison ;

la bouche légèrement entrouverte, il s'humecta les lèvres du bout de la langue et dit au cocher : « Dételez les chevaux. »

Obéissant au monsieur mais en lançant sur K. un regard courroucé, le cocher fut obligé de descendre du traîneau malgré sa fourrure, et avec beaucoup d'hésitation, comme s'il attendait un revirement de K. plutôt qu'un contrordre du monsieur, il commença à faire reculer les chevaux et le traîneau vers l'aile de bâtiment où sans doute se trouvaient l'écurie et la remise, derrière un grand portail. K. allait rester seul en arrière ; d'un côté le traîneau s'éloignait, de l'autre c'était le jeune monsieur, par le chemin que K. avait pris en venant, les deux cependant très lentement, comme pour montrer à K. qu'il était encore en son pouvoir de les rappeler.

Peut-être avait-il ce pouvoir, mais cela ne lui aurait servi à rien ; s'il rappelait le traîneau, il se chassait lui-même. Il resta donc sans rien dire, seul maître du champ de bataille, mais c'était une victoire sans joie. Il suivit des yeux le monsieur et le cocher tour à tour. Le monsieur avait déjà atteint la porte par où K. était entré dans la cour ; il regarda encore une fois en arrière, K. crut le voir secouer la tête devant tant d'obstination, puis il se retourna d'un mouvement bref, décidé et sans appel, et pénétra dans l'entrée où il disparut aussitôt. Le cocher resta plus longtemps dans la cour, il avait beaucoup de travail avec le traîneau, il dut ouvrir la lourde porte de l'écurie, garer le traîneau en marche arrière, dételer les chevaux et les conduire à la mangeoire ; il fit tout cela avec sérieux et concentration, ayant cessé d'espérer partir bientôt ; tous ces gestes accomplis en silence, sans le moindre regard en direction de K., lui semblèrent beaucoup plus lourds de reproches que l'attitude du monsieur. Et lorsqu'une fois terminé son travail dans l'écurie, le cocher traversa la cour de sa démarche lente et chaloupée, ferma le grand portail, puis avec la même lenteur et sans cesser littéralement de contempler sa propre trace dans la neige, retourna s'enfermer dans l'écurie en éteignant aussi l'électricité — pour qui l'eût-il laissée allumée ? — et que seule brilla encore là-haut, dans la galerie en bois, la fente sur laquelle le regard vagabond s'arrêtait un instant, K. eut l'impression que l'on avait rompu toutes les attaches avec lui ; certes il était plus libre que jamais et pouvait attendre aussi longtemps qu'il voudrait dans cet endroit qui lui était d'ordinaire interdit, et il avait conquis cette liberté de haute lutte et personne ne pouvait le toucher, le chasser, ni même lui adresser la parole, mais en même temps — et cette conviction était au moins aussi forte —, rien ne lui semblait plus dépourvu de sens, plus désespéré que cette liberté, cette attente, cette invulnérabilité.

## 9

## LUTTE CONTRE L'INTERROGATOIRE

Et il s'arracha de ces lieux et rentra dans le bâtiment, cette fois sans longer le mur, mais par le milieu, à travers la neige ; dans l'entrée, il rencontra l'aubergiste qui le salua sans un mot et lui indiqua la porte de la salle, il suivit cette indication, car il était transi et souhaitait voir des visages humains, mais grande fut sa déception lorsqu'il vit assis à une petite table sans doute dressée pour l'occasion, car d'habitude on se contentait de tonneaux, le jeune monsieur et — spectacle angoissant pour K. — la patronne de l'Auberge du Pont debout devant lui. Pepi, fière, la tête haute, un éternel sourire aux lèvres, consciente de son irrécusable dignité, agitant sa natte à chaque mouvement, allait et venait en toute hâte, apportant de la bière, puis de l'encre et des plumes, car après avoir déplié devant lui des documents, le monsieur comparait des dates qu'il trouvait sur un premier document, puis sur un deuxième à l'autre bout de la table, et se disposait à écrire. De sa haute stature, les lèvres légèrement retroussées, l'air détendu, la patronne regardait en silence le monsieur et les documents, comme si elle avait dit tout ce qui s'imposait et que ses paroles avaient reçu bon accueil. « Voilà enfin M. l'Arpenteur », dit le monsieur à l'entrée de K. en levant rapidement les yeux avant de se replonger dans ses papiers. La patronne elle aussi se contenta d'effleurer K. d'un regard indifférent et sans surprise. Quant à Pepi, elle ne parut le remarquer que lorsqu'il s'approcha du comptoir et commanda un cognac.

Appuyé sur le comptoir, K. pressa sa main sur ses yeux sans s'occuper de rien. Puis il but une petite gorgée de cognac et repoussa le verre, en le déclarant imbuvable. « Tous les messieurs en boivent », fit Pepi sèchement, et elle jeta le reste, lava le petit verre, et le rangea sur l'étagère. « Les messieurs en ont aussi de meilleur, fit K. — Peut-être, dit Pepi, mais pas moi », et après s'être ainsi débarrassée de K., elle se remit à la disposition du monsieur ; mais celui-ci n'ayant besoin de rien, elle se contenta d'aller et venir en demi-cercles derrière lui, essayant de jeter respectueusement un coup d'œil sur les documents par-dessus son épaule, mais c'était par pure curiosité et pour se donner des grands airs, ce que la patronne condamnait elle aussi en fronçant les sourcils.

Soudain la patronne tendit l'oreille et resta les yeux dans le vide en écoutant attentivement. K. se retourna, il n'entendait rien de particulier, les autres non plus ne semblaient rien entendre, mais la patronne courut à grandes enjambées et sur la pointe des pieds vers la porte du fond, qui donnait sur la cour, elle regarda par le trou de la serrure, puis, les yeux écarquillés, le visage en feu, elle se tourna vers les autres, du doigt leur fit signe de s'approcher, et ils se mirent à regarder tour à tour, bien sûr la patronne était aux premières loges, mais Pepi n'était pas en reste, le monsieur était relativement le plus indifférent des trois. Pepi et lui ne tardèrent d'ailleurs pas à revenir, et la patronne continua seule à regarder au prix de mille efforts, pliée en deux, presque à genoux, on eût presque dit qu'elle implorait la serrure de la laisser passer à travers, car il n'y avait sans doute plus rien à voir depuis longtemps. Enfin elle se releva, passa ses deux mains sur son visage, se recoiffa, respira profondément, et sembla devoir à contrecœur réaccoutumer ses yeux à la salle et à ses occupants ; alors K. demanda, non pour s'entendre confirmer ce qu'il savait déjà, mais pour prévenir une attaque qu'il redoutait presque, tant il était maintenant vulnérable : « Klamm vient donc de partir ? » La patronne passa devant lui sans mot dire, mais de sa petite table, le monsieur lui dit : « Oui, bien sûr. Comme vous aviez arrêté de monter la garde, Klamm pouvait partir. C'est étonnant comme il est sensible ! Vous avez remarqué, madame la Patronne, avec quelle inquiétude Klamm regardait autour de lui ? » La patronne ne semblait pas l'avoir remarqué, mais le monsieur continua : « Bon, heureusement on ne voyait plus rien, le cocher avait même balayé les traces de pas dans la neige. — Mme la patronne n'a rien remarqué, dit K. sans le moindre espoir, simplement irrité par l'affirmation du monsieur, qui se voulait si péremptoire et sans appel. — Peut-être que je ne regardais pas par la serrure à ce moment précis, fit d'abord la patronne pour protéger le monsieur ; puis, voulant aussi rendre justice à Klamm, elle ajouta : En tout cas, je ne crois pas que Klamm soit si sensible que ça. C'est nous sans doute qui tremblons pour lui et cherchons à le protéger en supposant qu'il est extrêmement sensible. Tant mieux, c'est sûrement la volonté de Klamm. Mais ce qu'il en est réellement, nous l'ignorons. Klamm ne parlera certainement jamais à quelqu'un s'il ne veut pas lui parler, quels que soient les efforts de cet individu, et même s'il insiste au-delà des limites supportables, mais le fait que Klamm ne lui parlera jamais, ne le laissera jamais apparaître devant lui, ce fait à lui seul suffit, pourquoi ne pourrait-il pas supporter la vue de quelqu'un ? En tout cas c'est indémontrable, car jamais ce cas de figure ne se présentera. » Le monsieur s'empressa d'acquiescer. « Bien sûr, c'est aussi mon avis au fond, fit-il, si je me suis exprimé de manière un peu différente, c'était juste pour me faire comprendre de M. l'Arpenteur. Il n'en reste pas moins vrai que lorsqu'il est sorti à l'air libre, Klamm a plusieurs fois regardé autour de lui. — Peut-être qu'il me cherchait, fit K. — C'est possible, dit le monsieur, l'idée ne m'avait pas effleuré. » Ils éclatèrent tous de rire, et Pepi, qui ne comprenait presque rien, rit plus fort que tous les autres.

« Puisque nous voilà ensemble de si joyeuse humeur, reprit le monsieur, je vous serais très reconnaissant, monsieur l'Arpenteur, de me fournir quelques indications pour compléter mon dossier. — On écrit beaucoup, ici, dit K. en regardant de loin les documents. — Oui, c'est une mauvaise habitude, fit le monsieur en riant de nouveau, mais peut-être ne savez-vous pas encore qui je suis. Je suis Momus, le secrétaire de Klamm pour le village. » À ces mots, le sérieux se répandit dans toute la salle ; la patronne et Pepi connaissaient évidemment bien le monsieur, et pourtant elles furent comme frappées de stupeur à la mention de ce nom et de ce titre. Et même le monsieur, comme si ses paroles dépassaient son propre entendement et pour échapper à l'atmosphère solennelle qu'elles répandaient, se plongea dans ses documents et se mit à écrire, si bien que dans la pièce, on n'entendait que le grattement de sa plume. « Qu'est-ce que c'est donc, secrétaire pour le village ? » demanda K. au bout d'un instant. Après s'être présenté, Momus ne jugeant plus convenable de fournir lui-même ce genre d'explications, la patronne répondit à sa place : « M. Momus est secrétaire de Klamm comme n'importe quel autre secrétaire de Klamm, mais son siège administratif et aussi, sauf erreur, sa juridiction... » Momus cessa d'écrire pour secouer énergiquement la tête, et la patronne rectifia : « Bon, seul son siège administratif correspond aux limites du village, non sa juridiction. Au village, M. Momus s'acquitte pour Klamm des écritures s'avérant nécessaires, et il est le premier à recevoir les requêtes émanant du village à l'intention de Klamm. » Toujours peu impressionné, K. fixait sur la patronne des yeux inexpressifs ; un peu confuse, elle ajouta : « C'est organisé ainsi, tous les messieurs du château ont leur secrétaire pour le village. » Momus, qui avait été beaucoup plus attentif que K., dit à la patronne pour compléter : « La plupart des secrétaires de village travaillent pour un seul monsieur, moi, je travaille pour deux : Klamm et Vallabene. — Oui, dit la patronne en retrouvant la mémoire, et elle se tourna vers K. M. Momus travaille pour deux messieurs, Klamm et Vallabene, il est donc doublement secrétaire pour le village. — Doublement secrétaire, voyez-vous ça ! » dit K. et, comme avec un enfant qu'on vient d'entendre féliciter, il fit un signe de tête à Momus qui, s'étant à moitié penché en avant, le dévisageait ouvertement. S'il y avait dans ce geste un certain mépris, soit il passa inaperçu, soit c'était l'effet recherché. K. n'était pas digne d'être vu par Klamm, même par hasard, et pourtant on lui décrivait par le menu les mérites d'un de ses proches, avec l'intention manifeste de lui inspirer respect et éloges. Cependant K. ne se rendait pas bien compte de tout cela, lui qui cherchait à tout prix à entrevoir Klamm avait par ex. peu de considération pour la position d'un individu comme Momus, qui avait le droit de vivre sous le regard de Klamm, K. était loin de l'admirer ou de l'envier, car ce n'était pas en soi la proximité de Klamm qu'il jugeait désirable, mais d'arriver tout seul lui, K., lui et pas un autre, avec ses propres aspirations, jusqu'à Klamm, et non pour se reposer à ses côtés, mais pour passer devant lui, et aller plus loin, jusqu'au château.

K. regarda sa montre et dit : « Il faut que je rentre, maintenant. » Aussitôt la situation se modifia en faveur de Momus. « Bien sûr, fit ce dernier, vos devoirs de concierge à l'école vous appellent. Mais il faut que vous me consacriez encore un instant. Juste deux ou trois questions rapides. — Je n'ai pas envie », fit K., et il se dirigea vers la porte. Momus fit claquer un document sur la table et se leva : « Au nom de Klamm, je vous ordonne de répondre à mes questions. — Au nom de Klamm ? répéta K., mes affaires le préoccupent donc ? — Làdessus, fit Momus, je n'ai pas d'opinion et vous encore moins, sans doute ; laissons-le donc agir en toute confiance. Mais en vertu des fonctions qui m'ont été conférées par Klamm, je vous ordonne de rester et de répondre. — Monsieur l'Arpenteur, intervint la patronne, mes précédents conseils avaient beau partir des meilleures intentions, vous les avez rejetés de manière inouïe, je me garde donc bien de vous en donner de nouveaux ; je suis juste venue trouver M. le Secrétaire — car je n'ai rien à cacher — pour informer comme il convient les autorités de votre conduite et de vos intentions, et pour m'assurer une fois pour toutes que vous ne soyez plus jamais logé chez moi, voilà où en sont nos rapports et ils en resteront là ; si je donne donc mon avis, ce n'est pas pour vous aider, mais pour faciliter un peu à M. le Secrétaire la lourde tâche qui consiste à traiter avec un homme de votre acabit. Mais parce que je suis d'une parfaite franchise, justement — je ne peux qu'être franche dans mes relations avec vous, et même ainsi, c'est à contrecœur —, vous pouvez vous aussi tirer profit de mes paroles, si cela vous chante. Je vous signale donc éventuellement que votre seule voie d'accès à Klamm est celle-ci et passe par les procès-verbaux de M. le Secrétaire. Mais je ne veux pas exagérer, peut-être ne va-t-elle pas jusqu'à Klamm, peut-être s'interrompt-elle loin de lui, c'est au bon plaisir de M. le Secrétaire d'en décider. Pour vous en tout cas, c'est la seule voie qui aille au moins dans cette direction. Et vous voulez y renoncer par simple défi ? — Voyons, madame la Patronne, fit K., ce n'est pas la seule voie d'accès à Klamm, et elle ne vaut pas mieux que les autres. Et c'est vous, monsieur le Secrétaire, qui décidez si ce que je pourrais dire ici peut ou non parvenir aux oreilles de Klamm. — En effet, dit Momus en baissant fièrement les yeux pour regarder à droite et à gauche, où il n'y avait rien à voir, pourquoi serais-je secrétaire, autrement ? — Eh bien vous voyez, madame la Patronne, dit K., ce n'est pas une voie d'accès à Klamm qu'il me faut, mais d'abord à M. le Secrétaire. — C'est cette voie que je voulais vous ouvrir, fit la patronne, ne vous ai-je pas offert ce matin de transmettre à Klamm votre requête ? M. le Secrétaire aurait servi d'intermédiaire. Mais vous avez refusé, et pourtant c'est la seule voie qui vous reste. Certes, après votre scène d'aujourd'hui, après votre tentative de guet-apens contre Klamm, vos chances de réussite sont encore plus minces. Mais ce dernier espoir infime qui s'estompe, qui en fait n'existe pas, est le seul que vous ayez. — Madame la Patronne, dit K., comment se fait-il que vous vous soyez d'abord tant démenée pour m'empêcher d'arriver jusqu'à Klamm, et qu'à présent vous preniez tant à cœur ma requête et sembliez me croire d'une certaine façon perdu si mes projets échouent ? Si l'on a pu en toute sincérité me dissuader de chercher à voir Klamm, comment peut-on avec la même apparente sincérité me pousser sur la voie qui mène à lui, quand bien même elle pourrait ne pas mener jusqu'à lui ? — Est-ce que je suis en train de vous pousser ? fit la patronne. Dire que vos tentatives sont sans espoir, c'est vous pousser ? Mais ce serait vraiment le comble de l'impertinence, de chercher ainsi à me rendre responsable de vos actes ! Est-ce la présence de M. le Secrétaire qui vous donne cette envie, peut-être ? Non, monsieur l'Arpenteur, je ne vous pousse à rien du tout. La seule chose que je puisse avouer, c'est que, la première fois que je vous ai vu, je vous ai peut-être un peu surestimé. La rapidité de votre victoire sur Frieda m'a épouvantée, j'ignorais de quoi vous étiez encore capable, je voulais prévenir d'autres malheurs, et j'ai cru seulement pouvoir y parvenir en essayant de vous ébranler par des supplications et des menaces. Entre-temps, j'ai réfléchi plus posément à toute l'affaire. Faites ce que vous voudrez. Vos actions laisseront peut-être de profondes traces de pas dans la neige dehors dans la cour, mais c'est tout. — La contradiction ne me semble pas entièrement levée, fit K., pourtant je m'estime satisfait de l'avoir signalée. Maintenant je vous prie de me dire, monsieur le Secrétaire, si Mme la patronne a raison de croire que le procès-verbal que vous voulez dresser pourrait me permettre de comparaître devant Klamm. Si c'est le cas, je suis prêt à répondre aussitôt à n'importe quelle question. Je suis prêt à tout, dans cette perpective. — Non, fit Momus, il n'y a aucun lien entre les deux choses. En ce qui me concerne, il s'agit juste d'obtenir une description exacte de cet après-midi pour les archives de Klamm, au village. Cette description est prête, il faut simplement que vous combliez deux ou trois lacunes, par souci d'ordre. Aucun autre objectif n'existe ni ne peut être atteint. » K. regarda la patronne en silence. « Pourquoi me regardez-vous, demanda la patronne, vous ai-je dit autre chose, peut-être ? C'est toujours pareil, monsieur le Secrétaire, c'est toujours pareil. Il falsifie les renseignements qu'on lui donne, et prétend ensuite avoir été mal renseigné. Je lui dis depuis toujours, et je lui ai répété aujourd'hui, qu'il n'a pas le moindre espoir d'être reçu par Klamm ; or s'il n'y a pas le moindre espoir, il n'en aura pas davantage grâce à ce procès-verbal. Peut-on être plus clair ? J'ajoute que ce procès-verbal est son seul véritable lien officiel avec Klamm, cela aussi est suffisamment clair et incontestable. Mais puisque au lieu de me croire il persiste à espérer pouvoir atteindre Klamm — j'ignore pourquoi et dans quel but —, la seule chose qui puisse l'aider, en suivant sa logique, c'est son unique véritable lien officiel avec Klamm, autrement dit ce procès-verbal. Voilà tout ce que j'ai dit, et affirmer autre chose, c'est déformer mes paroles. — Dans ce cas, madame la Patronne, dit K., je vous prie de m'excuser, je vous ai mal comprise, car je croyais, à tort comme je le constate à présent, avoir décelé dans vos propos qu'il me restait un infime espoir. — Absolument, dit la patronne, c'est bien mon opinion, vous déformez de nouveau mes propos, mais cette fois en sens inverse. Cet espoir existe pour vous, à mon avis, et il repose exclusivement sur ce procès-verbal. Mais vous ne pouvez pas pour autant assaillir M. le Secrétaire en lui demandant : "Aurai-je le droit de voir Klamm si je réponds aux questions ?" Un enfant qui pose ce genre de questions, on en rit, mais quand c'est un adulte, il porte atteinte à la dignité de la fonction, ce que M. le Secrétaire a eu la bonté de dissimuler par sa réponse pleine de finesse. Mais l'espoir dont je parle tient à ce que grâce à ce procès-verbal vous établirez une sorte de lien, peut-être une sorte de lien avec Klamm. N'est-ce pas là un espoir suffisant ? Si l'on vous demandait à quels mérites personnels vous devez une telle aubaine, pourriez-vous en citer un seul ? Bien sûr, on ne peut rien dire de plus précis sur cet espoir, et M. le Secrétaire, en particulier, de par ses fonctions officielles, ne pourra jamais y faire la moindre allusion. Pour lui, il s'agit juste, comme il l'a dit, d'obtenir pour la bonne règle une description de cet après-midi, il n'en dira pas plus, même si vous l'interrogez là, tout de suite, à propos de mes paroles. — Klamm lira-t-il donc ce procès-verbal, monsieur le Secrétaire ? demanda K. — Non, fit Momus, à quoi bon ? Klamm ne peut tout de même pas lire tous les procès-verbaux, il n'en lit même aucun, "fichez-moi la paix avec vos procès-verbaux !", a-t-il coutume de dire. — Monsieur l'Arpenteur, gémit la patronne, vous m'épuisez avec vos questions. Est-il nécessaire ou même seulement souhaitable que Klamm lise ce procès-verbal et prenne connaissance par le menu du néant de votre vie, ne préféreriez-vous pas demander très humblement qu'on dissimule à Klamm ce procès-verbal ? Cette requête serait d'ailleurs aussi déraisonnable que la précédente, qui peut en effet dissimuler quoi que ce soit à Klamm, mais elle révélerait tout de même une personnalité plus sympathique. Et est-ce même nécessaire à ce que vous appelez votre espoir ? N'avez-vous pas déclaré en personne que vous seriez satisfait d'avoir juste l'occasion de parler en présence de Klamm, sans même qu'il vous regarde et vous écoute ? Et est-ce que ce procès-verbal ne vous garantit pas au moins cela, voire beaucoup plus ? — Beaucoup plus ? demanda K., comment cela ? — Si vous cessiez de vouloir toujours, comme un enfant, qu'on vous présente tout sous une forme comestible ! s'écria la patronne. Comment répondre à vos questions ? Vous l'avez entendu, le procès-verbal va aux archives de Klamm pour le village ; on ne peut rien en dire d'autre avec certitude. Mais connaissez-vous déjà toute l'importance du procès-verbal, de M. le Secrétaire et des archives du village ? Savez-vous ce que cela signifie d'être interrogé par M. le Secrétaire ? Peut-être ou sans doute ne le sait-il pas lui-même. Il est là tranquillement assis et il fait son devoir, pour la bonne règle, comme il l'a dit. Mais songez que Klamm l'a désigné, qu'il travaille au nom de Klamm, que tout ce qu'il fait, même si cela n'arrive jamais jusqu'à Klamm, a son aval. Et comment une chose peut-elle avoir l'aval de Klamm sans être habitée par son esprit ? Loin de moi l'idée de vouloir grossièrement flatter M. le Secrétaire, il ne le tolérerait pas lui-même, je ne parle pas de lui en tant qu'individu, mais de ce qu'il est quand il a l'aval de Klamm, comme à présent. Alors il est un instrument dans la main de Klamm, et malheur à qui ne lui obéit pas. »

K. ne craignait pas les menaces de la patronne ; il était las des espoirs qu'elle lui faisait miroiter. Klamm était loin, la patronne l'avait une fois comparé à un aigle et K. avait trouvé cela ridicule, mais plus maintenant : il songeait à l'éloignement de Klamm, à son imprenable demeure, à son mutisme entrecoupé peut-être seulement de cris comme K. n'en avait jamais entendu, à son regard altier et pénétrant toujours impossible à prouver ni à réfuter, aux cercles, indestructibles depuis l'abîme où se trouvait K., qu'il traçait là-haut selon des lois incompréhensibles, visibles seulement par intermittence — tout cela était commun à l'aigle et à Klamm. Mais assurément c'était sans rapport avec le procès-verbal sur lequel Momus était en train de rompre un bretzel pour accompagner sa bière, en parsemant tous ses papiers de sel et de cumin.

« Bonne nuit, dit K., j'ai horreur des interrogatoires », et il se dirigea pour de bon vers la porte. « Le voilà qui s'en va malgré tout, dit Momus à la patronne d'une voix presque angoissée. — Il n'osera pas », fit celle-ci, K. n'entendit pas la suite, il était déjà dans l'entrée. Il faisait froid et un vent violent soufflait. L'aubergiste sortit d'une porte juste en face ; il semblait avoir surveillé l'entrée à travers le judas. Il dut rabattre autour de lui les pans de son habit, tant le vent soufflait fort, même dans l'entrée. « Vous partez déjà, monsieur l'Arpenteur ? fit-il. — Cela vous étonne ? demanda K. — Oui, fit l'aubergiste, on ne vous a donc pas interrogé ? — Non, fit K., je ne me suis pas laissé interroger. — Pourquoi pas ? demanda l'aubergiste. — Je ne vois pas, dit K., pourquoi je devrais me laisser interroger, pourquoi je devrais me soumettre à une plaisanterie ou à une lubie de l'administration. Peut-être qu'une autre fois, je l'aurais fait par plaisanterie ou par lubie moi aussi, mais pas aujourd'hui. — Oui, bien sûr, fit l'aubergiste, mais il acquiesçait poliment, sans conviction. Maintenant je dois laisser entrer les serveurs dans la salle, fit-il ensuite, l'heure est passée depuis longtemps. Mais je ne voulais pas déranger l'interrogatoire. — Vous le jugiez donc si important ? demanda K. — Oh oui, fit l'aubergiste. — Alors je n'aurais pas dû le refuser ? demanda K. — Non, dit l'aubergiste, vous n'auriez pas dû. » Et devant le mutisme de K., il ajouta, soit pour le consoler, soit pour sortir plus vite : « Allons, allons, il ne va pas pour autant se mettre à pleuvoir du soufre. — Non, dit K., il n'a pas l'air de faire un temps à ça. » Et ils se séparèrent en riant.

# 10

## DANS LA RUE

K. sortit sur le grand escalier battu par le vent et scruta les ténèbres. Un sale, un très sale temps ! Par association d'idées, cela lui rappela la façon dont il avait tenu bon quand la patronne avait cherché à lui faire accepter le procès-verbal. Elle jouait sans doute la comédie, dans le même temps elle l'avait subtilement monté contre ce procès-verbal, on ne savait plus en fin de compte si l'on avait résisté ou cédé. Personnalité intrigante, qui travaillait sans direction apparente, comme le vent, obéissant à des ordres lointains et étranges que l'on n'arrivait jamais à percer à jour.

À peine avait-il fait quelques pas dans la rue qu'il aperçut au loin deux lumières vacillantes ; cette manifestation de vie le réjouit et il se hâta dans leur direction tandis qu'elles aussi voltigeaient à sa rencontre. Il n'aurait pas su dire pourquoi sa déception fut si grande lorsqu'il reconnut les assistants, car ils venaient à sa rencontre, sans doute envoyés par Frieda, et il était le propriétaire de ces lanternes qui le délivraient des ténèbres toutes retentissantes de bruits hostiles, et pourtant il était déçu, il s'attendait à voir des étrangers, et non ces vieilles connaissances qui l'importunaient. Mais les assistants n'étaient pas seuls, dans l'obscurité Barnabas surgit entre eux. « Barnabas ! s'écria K. en lui tendant la main, c'est moi que tu viens voir ? » La surprise des retrouvailles lui fit d'abord oublier la colère que Barnabas lui avait causée l'autre fois. « Oui, toi, fit Barnabas toujours aussi aimable, et avec une lettre de Klamm. — Une lettre de Klamm ! » dit K. en rejetant la tête en arrière, et il la lui arracha des mains. « Éclairez-moi », dit-il aux assistants qui vinrent se serrer contre lui à droite et à gauche, et levèrent leurs lanternes. Avant de lire, K. dut replier la grande feuille plusieurs fois, afin de la protéger du vent. Puis il lut : « À monsieur l'Arpenteur, Auberge du Pont. J'approuve les travaux d'arpentage que vous avez exécutés jusqu'ici. Le travail des assistants mérite également des éloges, vous savez les faire travailler. Ne vous relâchez pas. Menez à bon terme les travaux. Je serais fâché qu'ils soient interrompus. Pour le reste ayez confiance, la question de votre rémunération sera bientôt tranchée. Je ne vous perds pas de vue. » K. leva seulement les yeux de la lettre lorsque les assistants, beaucoup moins rapides à la lecture, poussèrent trois hourras en agitant leurs lanternes pour fêter ces bonnes nouvelles. « Silence, dit-il, et pour Barnabas il ajouta : c'est un malentendu. » Barnabas ne le comprenait pas. « C'est un malentendu », répéta K., et la fatigue de l'après-midi le reprit, le chemin de l'école lui paraissait encore bien loin, et derrière Barnabas, c'était toute sa famille qui se dressait, et les assistants continuaient de se serrer contre lui, si bien qu'il les écarta d'un coup de coude ; comment Frieda avait-elle pu les envoyer à sa rencontre, alors qu'il avait ordonné qu'ils restent auprès d'elle ? Même seul, il aurait trouvé le chemin de la maison, et plus facilement seul qu'en pareille compagnie. Pour comble, l'un d'eux portait autour du cou une écharpe dont les deux extrémités volaient au vent et avaient déjà plusieurs fois battu contre le visage de K. ; chaque fois bien sûr, de ses doigts longs, effilés et toujours agités, l'autre assistant avait aussitôt éloigné l'écharpe du visage de K., mais sans pour autant remédier au problème. Ils semblaient même ravis tous les deux de faire ces allées et venues, d'ailleurs le vent et la nuit agitée les enthousiasmaient. « Ouste ! s'écria K., quitte à venir à ma rencontre, pourquoi ne m'avez-vous pas apporté mon bâton ? Comment vais-je vous faire avancer jusqu'à la maison ? » Ils se réfugièrent derrière Barnabas, effrayés, mais pas au point de ne pas poser leurs lanternes sur l'épaule droite et sur l'épaule gauche de leur protecteur, qui les secoua aussitôt. « Barnabas », fit K., le cœur gros à la pensée que Barnabas ne le comprenait visiblement pas, qu'en période de calme sa veste jetait un bel éclat, mais que face à une situation qui s'aggravait, il n'apportait aucune aide, seulement une résistance muette, une résistance contre laquelle on ne pouvait pas lutter, car Barnabas lui-même était sans défense, seul son sourire resplendissait, mais il aidait aussi peu que les étoiles là-haut contre le vent de la tempête ici sur la terre. « Regarde ce que m'écrit ce monsieur, fit K. en lui collant la lettre sous les yeux. Ce monsieur est mal renseigné. Je ne fais aucun travail d'arpentage, et ce que valent les assistants, tu le vois toi-même ; or un travail que je ne fais pas, je ne pourrai pas non plus l'interrompre, je ne pourrai même pas m'attirer la colère de ce monsieur : comment mériterais-je son approbation ? Et je ne pourrai jamais avoir confiance. — Je transmettrai, fit Barnabas qui, pendant tout ce temps, avait regardé par-dessus la lettre ; d'ailleurs, il n'aurait pas pu la lire, car elle était plaquée contre son visage. — Hélas ! fit K., tu me promets de transmettre, mais puis-je vraiment me fier à toi ? J'ai tant besoin d'un messager fiable, maintenant plus que jamais ! » K. se mordit les lèvres d'impatience. « Maître, fit Barnabas en inclinant légèrement la tête — pour un peu, ce geste aurait presque à nouveau persuadé K. de croire Barnabas —, compte sur moi, je transmettrai, je transmettrai aussi ton précédent message, tu peux compter sur moi. — Quoi ? s'écria K., tu ne l'as pas encore transmis ? Tu n'es pas allé au château le lendemain ? — Non, fit Barnabas ; mon père se fait vieux, le cher homme, tu l'as vu toi-même, il y avait beaucoup de travail et j'ai dû l'aider, mais je ne vais pas tarder à retourner au château, maintenant. — Mais alors que fais-tu, homme insaisissable ! s'écria K. en se frappant le front, les affaires de Klamm ne sont donc pas prioritaires ? Tu occupes l'éminente fonction de messager et tu t'en acquittes aussi piteusement ? À qui importe le travail de ton père ? Klamm attend des nouvelles et toi, au lieu de te précipiter, tu préfères nettoyer le fumier dans l'étable. — Mon père est cordonnier, fit Barnabas imperturbable, il avait une commande de Brunswick, et moi, je suis son ouvrier. — Cordonnier... des commandes... Brunswick ! s'écria K. furieux, comme pour proscrire à tout jamais chacun de ces mots. Et qui a besoin de bottes sur ces chemins toujours déserts. Et que m'importent ces histoires de cordonnier, je ne t'ai pas confié un message pour que tu ailles l'oublier et tout embrouiller devant ton établi de cordonnier, mais pour que tu le portes aussitôt à M. Klamm. » K. retrouva un peu son calme en songeant que Klamm avait dû passer tout ce temps à l'Auberge des Messieurs, et non au château ; mais Barnabas l'irrita de nouveau en se mettant à lui réciter son premier message pour lui montrer qu'il l'avait bien retenu. « Assez, je ne veux plus rien entendre, fit K. — Ne te fâche pas, maître, dit Barnabas, et comme pour le punir inconsciemment, il évita le regard de K. en baissant les yeux, mais c'étaient sans doute les cris de K. qui l'avaient bouleversé. — Je ne suis pas fâché, dit K., dont l'agitation se retournait maintenant contre lui-même, je ne suis pas fâché contre toi, mais je suis très ennuyé d'avoir seulement un tel messager pour les affaires importantes. — Écoute, fit Barnabas, et il semblait que pour défendre son honneur de messager, il en disait plus qu'il n'aurait dû, Klamm n'attend pas les messages en réalité, il est même contrarié quand j'arrive, "Encore de nouveaux messages", a-t-il dit une fois ; et le plus souvent, il se lève lorsqu'il me voit arriver de loin, il va dans la pièce d'à côté et ne me reçoit pas. Il n'est dit nulle part que je doive y aller dès que j'ai un message, si c'était le cas, j'irais aussitôt, bien sûr, mais ça n'est dit nulle part, et si je n'y allais jamais, je ne serais pas rappelé à l'ordre pour autant. Quand j'apporte un message, c'est de mon propre gré. — Bien », fit K. en observant Barnabas et en détournant exprès son regard des assistants qui se redressaient tour à tour lentement derrière les épaules de Barnabas comme s'ils sortaient d'une trappe, pour redisparaître à toute vitesse avec un sifflotement qui imitait le vent, comme si la vue de K. les terrorisait ; ils s'amusèrent ainsi longtemps. « J'ignore ce qu'il en est de Klamm, je doute que tu puisses tout comprendre exactement, et même si tu en étais capable, nous ne pourrions pas améliorer ces choses. Mais transmettre un message, cela tu le peux, et je te prie de le faire. Un message tout bref. Peux-tu le transmettre dès demain, et dès demain me dire la réponse, ou du moins l'accueil que tu as reçu ? Peux-tu le faire et le veux-tu ? Cela me rendrait grand service. Et j'aurai peut-être l'occasion de te rendre la pareille, à moins que tu n'aies déjà un souhait que je puisse exaucer. — J'exécuterai cette mission, compte sur moi, dit Barnabas. — Et t'efforceras-tu de l'exécuter le mieux possible, de transmettre le message à Klamm lui-même, d'obtenir de Klamm lui-même la réponse, et très vite, tout cela très vite, dès demain matin, le veux-tu ? — Je ferai de mon mieux, dit Barnabas, mais je fais toujours de mon mieux. — Ne discutons plus, fit K., voici le message : l'arpenteur K. demande à M. le Chef de bureau l'autorisation de se présenter personnellement devant lui, il accepte d'emblée toute condition préalable pouvant être liée à cette autorisation. Il se voit contraint de formuler cette demande, car tous les intermédiaires ont jusqu'ici failli à leur mission ; la preuve, c'est qu'il n'a encore effectué aucun travail d'arpentage et qu'à en croire le maire, il n'en effectuera jamais ; c'est avec honte et désespoir qu'il a donc lu la dernière lettre de M. le Chef de bureau ; seule une audience personnelle avec M. le Chef de bureau pourra débloquer la situation. L'arpenteur sait qu'il en demande beaucoup, mais il s'efforcera de réduire au minimum le dérangement causé à M. le Chef de bureau ; il accepte que la durée de l'entretien soit limitée, voire le nombre de mots qu'il lui sera permis d'utiliser pendant l'entretien, si cela paraît nécessaire ; il estime que dix mots seulement feront l'affaire. Il attend la décision avec un profond respect et avec la plus grande impatience. » K. avait parlé sans plus se contrôler, comme s'il était devant la porte de Klamm en train de parler avec le gardien. « C'est devenu beaucoup plus long que je ne pensais, reprit-il, mais il faut quand même que tu transmettes tout ceci à haute voix, je ne veux pas écrire une lettre, car elle ne pourrait que suivre de nouveau cet interminable circuit administratif. » K. griffonna donc simplement pour Barnabas le message sur un bout de papier, en s'appuyant sur le dos d'un des assistants tandis que l'autre l'éclairait ; et K. put le recopier aussitôt sous la dictée de Barnabas, car celui-ci avait tout retenu et le récita mot pour mot comme un écolier, sans s'occuper des suggestions erronées des assistants. « Ta mémoire est extraordinaire, dit K. en lui donnant la feuille, mais s'il te plaît, sois-le autant pour le reste. Et tes desiderata ? Tu n'en as aucun ? Franchement, je serais un peu rassuré sur le sort de mon message si tu en avais. » Barnabas resta d'abord silencieux, puis il dit : « Mes sœurs te saluent. — Tes sœurs, fit K., ah oui ! ces grandes gaillardes. — Elles te saluent toutes les deux, mais surtout Amalia, dit Barnabas, c'est elle aussi qui m'a rapporté du château cette lettre pour toi. » Cette précision, plus que le reste, retint l'attention de K., qui demanda : « Est-ce qu'elle ne pourrait pas aussi porter mon message au château ? Ou bien est-ce que vous ne pourriez pas y aller tous les deux, et tenter chacun votre chance ? — Amalia n'a pas le droit d'aller dans les bureaux, dit Barnabas, sinon elle le ferait sûrement volontiers. — Je passerai peut-être chez vous demain, dit K., mais toi, commence par m'apporter la réponse. Je t'attendrai dans l'école. Et salue tes sœurs de ma part. » Barnabas sembla ravi de cette promesse, et après avoir pris congé de K. en lui serrant la main, il effleura son épaule. Comme si tout était de nouveau comme l'autre fois, lorsque Barnabas tout resplendissant avait fait sa première apparition à l'auberge, au milieu des paysans, K. ressentit ce contact comme une marque d'élection, même si elle le fit sourire. Radouci, il laissa les assistants faire ce qu'ils voulaient sur le chemin du retour.

# 11

## DANS L'ÉCOLE

Il arriva chez lui complètement transi, il faisait noir partout, les bougies des lanternes s'étaient consumées ; guidé par les assistants qui connaissaient déjà bien les lieux, il traversa à tâtons une salle de classe — « C'est votre première action méritoire », dit-il en se rappelant la lettre de Klamm — ; encore à moitié endormie dans un coin, Frieda s'écria : « Laissez K. dormir ! Ne le dérangez pas ! » K. occupait donc à ce point ses pensées, même si, terrassée par le sommeil, elle n'avait pas pu l'attendre. Ils allumèrent la lampe, mais sans pouvoir guère augmenter la flamme, car il y avait très peu de pétrole. Il manquait encore bien des choses au jeune ménage. On avait certes chauffé, mais cette grande salle, qui servait aussi de gymnase — il y avait un peu partout des agrès posés par terre ou suspendus au plafond — avait déjà consommé tout le bois disponible, K. reçut l'assurance qu'il y avait fait une chaleur fort agréable, mais hélas ! la pièce s'était complètement refroidie. Et s'il y avait une importante réserve de bois dans une grange, elle était verrouillée, et la clé entre les mains de l'instituteur, qui autorisait seulement à prendre du bois pour chauffer pendant les heures de classe. C'eût été supportable s'il y avait eu des lits où se réfugier. Mais en fait de lit, il y avait en tout et pour tout un sac de paille recouvert très proprement d'un châle en laine appartenant à Frieda, c'était très appréciable, mais sans édredon et juste avec deux couvertures rêches qui tenaient à peine

chaud. Même sur cette pauvre paillasse, les assistants posaient
un regard concupiscent, mais bien sûr ils n'espéraient pas avoir
jamais le droit de s'y allonger. Frieda regarda K. avec inquiétude ; à l'Auberge des Messieurs, elle avait déjà montré qu'elle
savait rendre une pièce habitable, fût-ce la plus misérable, mais
ici elle n'avait pu faire mieux, tant elle était démunie. « Il n'y a
que les agrès pour décorer notre chambre », dit-elle en se forçant à sourire au milieu de ses larmes. Quant à ce qui faisait le
plus gravement défaut, le lit et le chauffage, elle promit d'y
remédier dès le lendemain, et pria K. de garder patience. Pas
un mot, pas une allusion, pas une expression ne suggéra la
moindre rancœur vis-à-vis de K., alors que c'était lui, il devait
bien l'admettre en son for intérieur, qui l'avait arrachée à
l'Auberge des Messieurs, tout comme il venait de l'arracher
à l'Auberge du Pont. Aussi K. s'efforça-t-il de tout trouver supportable, ce qui du reste ne lui fut pas trop difficile, car en
pensée il cheminait aux côtés de Barnabas, et répétait mot pour
mot son message, mais non pas comme il l'avait confié à Barnabas, plutôt comme il pensait que Klamm l'entendrait. En même
temps, il se réjouissait vraiment du café que Frieda lui préparait
sur un réchaud à alcool et, appuyé contre le poêle qui refroidis-
sait, il suivait les gestes agiles et expérimentés avec lesquels
elle étalait sur le bureau de l'instituteur l'indispensable nappe
blanche, y posait une tasse à café fleurie, puis à côté, du pain
et du lard, et même une boîte de sardines. Tout était prêt maintenant, Frieda non plus n'avait pas encore mangé, elle avait
attendu K. Il y avait deux sièges, K. et Frieda s'assirent à la table,
et les assistants à leurs pieds sur l'estrade, mais ils ne tenaient
pas en place, et même pendant le repas, ils les dérangèrent, ils
avaient beau avoir été copieusement servis et être loin d'avoir
terminé, ils se levaient de temps en temps pour vérifier s'il en
restait encore beaucoup sur la table et s'ils pouvaient encore
espérer quelque chose. K. ne se préoccupait pas d'eux, et seul
le sourire de Frieda attira son attention sur eux. Il posa sa main
sur celle de Frieda, sur la table, la caressa, et lui demanda doucement pourquoi elle était si indulgente envers eux, au point

de tolérer en souriant leurs impertinences. On ne se débarrasserait jamais d'eux ainsi, alors qu'un traitement un peu énergique, d'ailleurs fort indiqué vu leur conduite, permettrait de les tenir en bride, voire, ce qui était plus probable et préférable aussi, de les dégoûter suffisamment de leur poste pour qu'ils finissent par déguerpir. Le séjour à l'école ne s'annonçait pas très agréable, mais bon, il serait de courte durée, et une fois les assistants partis et qu'ils seraient seuls tous les deux au calme dans la maison, Frieda et K. se rendraient à peine compte de tout ce qui leur manquait. Frieda ne remarquait-elle pas aussi que les assistants devenaient chaque jour plus insolents, comme encouragés par sa présence et par l'espoir que K. sévirait moins fortement devant elle qu'en d'autres circonstances ? Au reste, il devait y avoir des moyens tout simples de se débarrasser d'eux tout de suite et sans formalités, peut-être même Frieda savait-elle comment, elle qui connaissait si bien les habitudes locales. C'était sans doute même un service à rendre aux assistants que de trouver un moyen de les chasser, car ils ne menaient pas grand train ici, et l'oisiveté dont ils avaient joui jusque-là allait cesser au moins partiellement en ces lieux, car ils allaient être obligés de travailler, tandis que Frieda devrait se ménager après les émotions des derniers jours et que K., lui, serait occupé à trouver le moyen de les tirer de cette situation pénible. De toute façon, K. se sentirait tellement soulagé si les assistants s'en allaient qu'il s'acquitterait sans mal de toutes ses tâches de concierge à l'école, en plus du reste.

Après l'avoir écouté attentivement, Frieda lui caressa lentement le bras et dit qu'elle était du même avis, mais qu'il prenait peut-être un peu trop au tragique les impertinences des assistants, c'étaient de joyeux lurons un peu simplets, pour la première fois au service d'un étranger, libérés de la stricte discipline du château, et donc toujours un peu excités ou ahuris, cela leur faisait parfois commettre des bêtises qu'il était certainement naturel de trouver agaçantes, mais il était plus sage d'en rire. Parfois, elle ne pouvait pas s'empêcher de rire. Pourtant elle était entièrement d'accord avec K. : mieux valait les renvoyer et être seuls tous les deux. Elle se rapprocha de K. et blottit son visage contre son épaule. Et c'est là que d'une voix presque inaudible qui força K. à se pencher vers elle, elle lui dit qu'en réalité elle ne savait pas comment se débarrasser des assistants et craignait que toutes les suggestions de K. n'échouent. À sa connaissance, K. les avait lui-même demandés, et maintenant qu'il les avait, il les garderait. Il valait mieux les prendre sans s'en faire, puisqu'ils ne s'en faisaient pas non plus : ce serait le meilleur moyen de les supporter.

Fort peu satisfait de cette réponse, K. lui dit, plaisantant à demi et à demi sérieux, qu'elle semblait de mèche avec les assistants, ou du moins animée d'un vif penchant pour eux, certes ils étaient jolis garçons, mais il n'y avait personne dont on ne pût se débarrasser, avec un minimum de bonne volonté, et K. lui en donnerait la preuve avec les assistants.

Frieda dit qu'elle lui serait très reconnaissante s'il réussissait. Elle s'engagea en outre à ne plus rire d'eux ni échanger avec eux la moindre parole inutile. Elle avait d'ailleurs cessé de les trouver drôles et ce n'était vraiment pas rien d'être constamment observé par deux hommes, elle avait appris à les regarder avec les yeux de K. Et en effet elle sursauta un peu lorsque les assistants se levèrent de nouveau, autant pour passer en revue les victuailles que pour découvrir le motif de ce conciliabule prolongé.

K. en profita pour dégoûter Frieda des assistants, il l'attira contre lui et ils terminèrent le repas serrés l'un contre l'autre. C'eût été l'heure d'aller se coucher et tout le monde était très fatigué, un assistant s'était même endormi sans avoir terminé, ceci amusa beaucoup l'autre, qui chercha à persuader ces messieurs-dames de regarder le visage idiot du dormeur, mais sans succès : K. et Frieda restèrent assis là-haut, comme s'il n'existait pas. Le froid devenant insupportable, ils hésitaient aussi à aller se coucher ; K. finit par déclarer qu'il fallait de nouveau chauffer, sans quoi il serait impossible de dormir. Il chercha une hache, les assistants savaient où il y en avait une, ils l'apportèrent, et l'on se rendit à la remise. La petite porte fut fracturée en un tournemain ; ravis comme s'ils n'avaient encore rien connu d'aussi merveilleux, les assistants commencèrent à apporter du bois dans la salle de classe en se courant l'un après l'autre et en se bousculant ; il y eut bientôt un grand tas, on chauffa, tout le monde s'allongea autour du poêle, les assistants reçurent une couverture pour s'envelopper, ce qui suffisait amplement, car il fut convenu que l'un d'eux monterait toujours la garde pour entretenir le feu ; il fit bientôt si chaud près du poêle que les couvertures devinrent superflues, on éteignit la lampe, et heureux d'être au chaud et au calme, K. et Frieda s'étendirent pour dormir.

Dans la nuit K. fut réveillé par un bruit et, cherchant à tâtons Frieda en émergeant du sommeil, il découvrit à sa place un assistant couché près de lui. Ce fut, sans doute à cause de la nervosité qu'un réveil brutal suffit à provoquer, la plus grande frayeur qu'il ait éprouvée au village. Il se redressa à moitié en poussant un cri et, sans réfléchir, flanqua à l'assistant un tel coup de poing qu'il se mit à pleurer. Du reste, tout s'expliqua aussitôt. Frieda avait été réveillée par un gros animal — avait-elle cru, du moins —, sans doute un chat qui avait bondi sur sa poitrine pour s'enfuir aussitôt. Elle s'était levée et tenant une chandelle, avait inspecté toute la pièce à la recherche de l'animal. Un des assistants avait saisi l'occasion pour profiter de la paillasse, ce dont à présent il se repentait amèrement. Cependant Frieda ne trouva rien, ce n'avait peut-être été qu'une illusion, elle rejoignit K., et au passage, comme si elle avait oublié la conversation de la soirée, elle caressa pour le consoler les cheveux de l'assistant qui gémissait, tout recroquevillé. Sans commentaires, K. se contenta d'ordonner aux assistants de ne plus alimenter le poêle, car presque tout le tas de bois avait été consommé, et il faisait une chaleur étouffante.

Lorsqu'ils se réveillèrent tous le lendemain matin, les premiers écoliers étaient déjà là, et entouraient avec curiosité le campement. Cela fut fort déplaisant, car à cause de la grande chaleur qui avait fait place sur le matin à une nette fraîcheur, ils n'avaient tous gardé que leur chemise, et au moment précis où ils commençaient à s'habiller, Gisa, l'institutrice, une grande jeune fille blonde et jolie, mais un peu guindée, apparut à la porte. Elle s'attendait visiblement à trouver le nouveau concierge et avait sans doute reçu des instructions de l'instituteur, car en restant sur le seuil elle dit : « Je trouve cela inadmissible. En voilà, du joli ! Vous avez l'autorisation exclusive de dormir dans la classe, mais moi, je ne suis pas tenue d'enseigner dans votre chambre à coucher. Un concierge et sa famille qui font la grasse matinée dans leurs lits. Pouah ! » Ah, il y aurait eu de quoi répondre, notamment sur cette histoire de famille et de lits, songea K. ; avec l'aide de Frieda — car on ne pouvait rien tirer des assistants, couchés par terre à dévisager l'institutrice et les enfants — il rapprocha en toute hâte les barres parallèles et le cheval d'arçons et jeta les couvertures par-dessus, afin de créer un petit coin où l'on pût au moins s'habiller à l'abri des regards enfantins. Mais ils n'eurent pas un instant de calme : d'abord l'institutrice pesta parce qu'il n'y avait pas d'eau fraîche dans la cuvette — K. venait d'avoir l'idée de récupérer la cuvette pour lui et pour Frieda, il renonça à ce projet afin de ne pas exaspérer l'institutrice, mais cela ne servit à rien, car peu après on entendit un grand fracas : on avait par malheur oublié de débarrasser les restes du dîner sur le bureau, et l'institutrice faisait place nette avec sa règle, tout vola par terre ; peu lui importait sans doute que l'huile de sardine et les restes de café se répandent sur le sol ou que la cafetière vole en éclats, puisque le concierge était là pour tout remettre en ordre aussitôt. Encore à moitié habillés, appuyés contre les barres parallèles, K. et Frieda assistèrent à la destruction de leurs maigres possessions ; les assistants qui ne semblaient pas songer à s'habiller épiaient la scène entre les couvertures, pour le plus grand plaisir des enfants en bas de l'estrade. Ce fut bien sûr la perte de la cafetière qui peina le plus Frieda ; K. dut la consoler en lui promettant qu'il irait de ce pas chez le maire réclamer et obtenir qu'elle soit remplacée ; alors seulement, Frieda retrouva assez de calme pour sortir en chemise et en jupon de derrière la barricade, et courut récupérer au moins la nappe pour la mettre à l'abri avant qu'elle ne soit salie, elle aussi. Elle y parvint, malgré les coups de règle horripilants que l'institutrice ne cessait de donner sur la table pour lui faire peur. Une fois vêtus, K. et Frieda durent non seulement recourir aux ordres et aux coups pour forcer les assistants à s'habiller, mais aussi les habiller en partie eux-mêmes, car ils étaient comme hébétés par les événements. Puis, une fois tout le monde prêt, K. répartit les premières tâches : les assistants furent chargés d'aller chercher du bois et de chauffer en priorité l'autre salle de classe, où de lourdes menaces pesaient, l'instituteur y étant sans doute déjà ; Frieda nettoierait le plancher, K. irait chercher de l'eau et ferait le reste du ménage, pas question de songer à petit-déjeuner pour l'instant. Mais pour se rendre un peu compte de l'humeur de l'institutrice, K. voulut sortir le premier, les autres devraient attendre son appel pour le suivre ; il prit cette précaution pour ne pas laisser les assistants aggraver d'emblée la situation par leurs bêtises, mais aussi par souci de ménager Frieda autant que possible, car elle avait de l'ambition, et lui aucune, elle était sensible, et lui non, elle ne songeait qu'aux petits inconforts du moment, mais K. songeait à Barnabas et à l'avenir. Frieda suivit tous ses ordres à la lettre, sans presque le quitter des yeux. À peine s'était-il avancé que l'institutrice s'écria, au milieu des rires des enfants qui ensuite ne s'arrêtèrent plus : « Alors, assez dormi ? » Sans faire attention à cette question qui n'en était pas une, K. se dirigea vers la table de toilette. « Qu'avez-vous donc fait à ma minette ? » demanda l'institutrice. Une grande chatte vieille et dodue était paresseusement étendue sur le bureau de l'institutrice, qui lui examinait la patte, car elle était légèrement blessée, à ce qu'il semblait. Frieda avait bel et bien eu raison ; cette chatte n'avait sans doute pas bondi sur elle, car elle n'en était plus capable, mais elle lui était passée sur le corps, effrayée de trouver des gens dans cette maison d'ordinaire vide, elle s'était cachée à toute allure et, n'ayant pas l'habitude de se dépêcher, elle s'était blessée. K. s'efforça d'expliquer cela posément à l'institutrice, mais ne s'occupant que du résultat, elle lui répondit : « Allons, vous

l'avez blessée, c'est comme ça que vous avez signalé votre arrivée. Regardez ça ! », et elle appela K. à son bureau, lui montra
la patte, et avant qu'il puisse réagir, elle lui donna un coup de
griffes sur le dos de la main ; même si les griffes n'étaient plus
très acérées, l'institutrice avait appuyé tellement fort, et cette
fois sans se préoccuper de la chatte, que le sang perla. « Maintenant allez travailler », fit-elle avec impatience en se penchant de
nouveau sur la chatte. Frieda, qui regardait derrière les barres
parallèles avec les assistants, poussa un cri à la vue du sang. K.
montra sa main aux enfants et dit : « Regardez ce que m'a fait
une vilaine chatte perfide. » Bien sûr, il ne s'adressait pas aux
enfants, car leurs cris et leurs rires étaient devenus assez spon-
tanés pour se passer de prétexte ou d'encouragements, et
aucune parole ne pouvait plus les atteindre ou les influencer.
Mais comme l'institutrice se contenta de répondre à cette
insulte en le foudroyant du regard et continua à s'occuper de
la chatte, cette sanglante punition semblant avoir apaisé sa première fureur, K. appela Frieda et les assistants, et le travail commença.

K. venait de sortir le seau d'eau sale et d'apporter de l'eau
fraîche et il commençait à balayer la salle de classe, lorsqu'un
garçon d'environ douze ans se leva de son banc, lui toucha la
main, et lui dit quelque chose d'incompréhensible dans un tel
vacarme. Soudain, tout le bruit cessa. K. se retourna. Ce qu'il
avait redouté pendant toute la matinée était arrivé. L'instituteur
était sur le pas de la porte, et dans chaque main ce petit homme
tenait un des assistants par le col. Il avait dû les attraper en
train d'aller chercher du bois, car il s'écria d'une voix tonitruante, avec une pause entre chaque mot : « Qui a osé entrer
par effraction dans la remise à bois ? Où est ce vaurien, que j'en
fasse de la charpie ? » Alors Frieda, qui s'efforçait de nettoyer le
plancher aux pieds de l'institutrice, se releva, regarda K.
comme pour se donner de la force, et répondit, non sans laisser transparaître dans son regard et son attitude un peu de son
ancienne supériorité : « C'est moi, monsieur l'Instituteur. Je ne
voyais pas d'autre moyen. Si l'on voulait chauffer les salles de

classe de bonne heure, il fallait ouvrir la remise ; je n'ai pas osé aller vous demander la clé en pleine nuit, mon fiancé était à l'Auberge des Messieurs et risquait d'y passer la nuit, j'ai donc dû me décider seule. Si j'ai mal agi, mettez-le au compte de mon inexpérience, mon fiancé m'a déjà assez réprimandée lorsqu'il a vu ce qui s'était passé. Il m'a même interdit de chauffer de bonne heure, car il croyait qu'en verrouillant la remise vous aviez indiqué que vous ne souhaitiez pas qu'on allume avant votre arrivée. C'est donc sa faute, si on n'a pas chauffé, mais c'est la mienne si la remise a été ouverte par effraction. — Qui a forcé la porte ? demanda l'instituteur aux assistants, qui cherchaient encore vainement à se libérer de son étreinte. — Le maître », firent-ils ensemble en montrant K. du doigt, pour lever toute ambiguïté. Frieda éclata de rire, d'un rire qui sembla encore plus convaincant que ses paroles, puis elle se mit à essorer dans le seau la serpillière qui lui avait servi à nettoyer le plancher, comme si son explication avait clos l'incident, et comme si les propos des assistants n'étaient qu'une plaisanterie ajoutée ensuite ; elle attendit de s'être de nouveau agenouillée à son travail pour continuer : « Nos assistants sont des enfants : malgré leur âge, ils devraient encore être sur les bancs de cette école. Car c'est moi toute seule qui ai ouvert la porte dans la soirée, avec la hache, c'était fort simple, je n'ai pas eu besoin d'eux pour ça, ils n'auraient fait que me gêner. Mais lorsque mon fiancé est rentré au milieu de la nuit et qu'il est allé constater les dégâts afin de réparer ce qui était réparable, les assistants se sont dépêchés de le suivre, sans doute par peur de rester seuls ici, ils ont vu mon fiancé travailler sur la porte arrachée, voilà pourquoi ils disent maintenant... bref, ce sont des enfants. » Bien sûr, pendant l'explication de Frieda, les assistants ne cessèrent de hocher la tête de droite à gauche, de montrer K. du doigt, et de chercher à faire changer d'avis Frieda par leurs mimiques ; mais faute d'y arriver, ils finirent par se soumettre, considérèrent comme un ordre les paroles de Frieda, et ne répondirent pas quand l'instituteur les interrogea de nouveau. « Eh bien, dit celui-ci, vous avez donc menti ? Ou du moins accusé à la légère le concierge de l'école ? » Ils se taisaient toujours, mais leurs tremblements et leurs regards inquiets semblaient indiquer qu'ils n'avaient pas la conscience tranquille. « Alors je m'en vais vous donner une correction sur-le-champ », fit l'instituteur, et il envoya un enfant chercher la baguette d'osier dans l'autre pièce. Il levait la baguette lorsque Frieda s'écria : « Les assistants ont pourtant dit la vérité » ; et désespérée, elle jeta la serpillière dans le seau en éclaboussant partout, et courut se cacher derrière les barres parallèles. « Quelle bande de menteurs ! », fit l'institutrice qui venait de finir de panser la patte de la chatte, et elle prit la bête sur ses genoux où elle eut du mal à tenir, tant elle était grosse.

« Il reste donc M. le concierge..., fit l'instituteur en écartant les assistants et en se tournant vers K. qui écoutait depuis le début, appuyé sur son balai, ... M. le concierge ici présent, qui a la lâcheté d'accepter tranquillement que d'autres soient accusés à tort de ses propres vilenies. — Allons, fit K., voyant bien que l'intervention de Frieda avait tempéré la première explosion de colère de l'instituteur, je n'aurais pas été fâché que les assistants reçoivent un ou deux coups de baguette ; pour les dix fois où ils ont été épargnés alors qu'ils méritaient d'être punis, ils peuvent bien l'être une fois sans motif. Mais cela mis à part, j'aurais aimé éviter une confrontation directe avec vous, monsieur l'Instituteur, et peut-être que vous aussi, vous l'eussiez préféré. Mais puisque Frieda m'a sacrifié aux assistants... (ici K. s'interrompit, et dans le silence on entendit Frieda sangloter derrière les couvertures) il faut bien sûr tirer les choses au clair. — Inouï ! fit l'institutrice. — Je suis entièrement de votre avis, mademoiselle Gisa, dit l'instituteur. Il va de soi, monsieur le concierge, que vous êtes renvoyé sur-le-champ pour ce scandaleux manquement ; j'aviserai à votre punition plus tard, mais pour l'instant fichez-moi le camp immédiatement avec toutes vos affaires. Ce sera un vrai soulagement pour nous, et la classe pourra enfin commencer. Allons, dépêchez-vous ! — Je ne bougerai pas d'ici, dit K., vous êtes mon supérieur, mais ce n'est pas vous qui m'avez confié ce poste, c'est

le maire : j'accepterai mon renvoi de lui seul. Une chose est sûre, toutefois : il ne m'a pas donné ce poste pour nous faire mourir de froid, moi et les miens, mais, comme vous le disiez vous-même, pour éviter que je ne commette des actes désespérés et irréfléchis. Me renvoyer brusquement, ce serait donc aller tout droit contre ses intentions ; tant que je n'entendrai pas le contraire de sa bouche, je refuserai d'y croire. Au reste, vous aurez sans doute tout à y gagner, si je n'obéis pas à votre renvoi peu justifié. — Vous refusez donc d'obéir ? » demanda l'instituteur. K. secoua la tête. « Réfléchissez bien, dit l'instituteur, vous ne prenez pas toujours les meilleures décisions, songez par ex. à hier après-midi, quand vous avez refusé d'être interrogé. — Pourquoi évoquez-vous cela maintenant ? demanda K. — Parce que j'en ai envie, dit l'instituteur, et maintenant je vous le répète une dernière fois : dehors ! » Cette nouvelle injonction restant sans effet, l'instituteur s'approcha du bureau et délibéra à voix basse avec l'institutrice ; elle parla d'appeler la police, mais l'instituteur refusa, enfin ils tombèrent d'accord, et l'instituteur invita les enfants à passer dans sa classe, où ils auraient cours avec les autres ; ravis de ce changement, tous évacuèrent aussitôt la salle au milieu des rires et des cris, l'instituteur et l'institutrice fermant la marche. L'institutrice portait le cahier d'appel avec la chatte dessus, grasse et impassible. L'instituteur eût volontiers laissé la chatte, mais lorsqu'il fit une suggestion dans ce sens, l'institutrice la rejeta sans appel en invoquant la cruauté de K. ; ainsi, comble de l'irritation, K. imposait à l'instituteur la charge supplémentaire de la chatte. Les derniers propos que l'instituteur lui adressa sur le pas de la porte s'en ressentirent : « L'entêtement avec lequel vous refusez d'admettre votre renvoi contraint cette demoiselle à quitter cette salle avec les enfants, car on ne peut pas exiger qu'une jeune fille comme elle fasse cours au milieu du taudis qui vous sert de foyer. Vous resterez donc seul ici et vous pourrez prendre vos aises sans être dérangé par le regard dégoûté des honnêtes gens. Mais cela ne va pas durer longtemps, je vous le garantis. » Sur quoi il claqua la porte.

# 12

## LES ASSISTANTS

À peine tout le monde parti, K. dit aux assistants : « Sortez ! »
Abasourdis par cet ordre inattendu, ils obéirent, mais lorsqu'il
verrouilla la porte derrière eux, ils voulurent de nouveau rentrer et se mirent à gémir dehors en frappant à la porte. « Vous
êtes renvoyés, s'écria K., jamais je ne vous reprendrai à mon
service. » Mais ils ne l'entendaient pas de cette oreille et marte-
lèrent la porte à coups de poing et à coups de pied. « Laisse-
nous revenir avec toi, maître ! » criaient-ils comme si K. eût été
la terre ferme et eux sur le point de se noyer dans les flots.
Mais K. n'éprouvait aucune pitié, il attendait avec impatience
que ce bruit insupportable force l'instituteur à intervenir. Cela
ne tarda pas. « Laissez rentrer vos maudits assistants ! cria-t-il.
— Je les ai renvoyés », répondit K. en criant, ce qui eut pour
effet involontaire de montrer à l'instituteur ce qui arrivait lorsqu'on avait non seulement la force de signifier à quelqu'un son
renvoi, mais encore de le mettre à exécution. L'instituteur s'efforça alors de calmer les assistants en les prenant par la douceur : ils n'avaient qu'à attendre là tranquillement, K. finirait
bien par être obligé de les laisser entrer. Puis il s'en alla. Et le
silence aurait peut-être duré, si K. n'avait recommencé à leur
crier qu'ils étaient renvoyés définitivement et sans le moindre
espoir d'être repris. Sur quoi ils recommencèrent leur vacarme
comme précédemment. L'instituteur revint, mais cette fois, au
lieu de discuter avec eux, il les chassa de la maison, sans doute
à l'aide de la baguette tant redoutée.

Ils ne tardèrent pas à apparaître à la fenêtre du gymnase et à
frapper aux carreaux en criant, mais on ne comprenait plus ce
qu'ils disaient. Toutefois ils n'y restèrent pas longtemps, car la
neige était trop profonde pour qu'ils puissent trépigner autant
que l'exigeait leur degré d'agitation. Ils se précipitèrent donc
vers la grille du jardin de l'école, sautèrent sur le muret qui,

malgré la distance, leur offrait une meilleure vue de la salle, et le longèrent dans les deux sens en se cramponnant à la grille, avant de s'immobiliser à nouveau pour tendre vers K. leurs mains jointes dans un geste de supplication. Ils continuèrent longtemps ce manège sans se soucier de la vanité de leurs efforts ; ils étaient comme aveuglés, et ne l'interrompirent sans doute même pas lorsque K. baissa les rideaux pour se délivrer de ce spectacle.

Dans la pièce maintenant plongée dans la pénombre, K. alla vers les barres parallèles pour voir ce que devenait Frieda. Sous son regard, elle se redressa, se recoiffa, sécha ses larmes, et se mit à préparer le café en silence. Quoiqu'elle fût au courant de tout, K. lui annonça en bonne et due forme qu'il avait renvoyé les assistants. Elle se contenta d'acquiescer. Assis sur un banc, K. observait ses gestes las. C'étaient toujours sa fraîcheur et sa volonté qui avaient embelli ce physique quelconque, et mainte-nant, cette beauté avait disparu. Il lui avait suffi de vivre quel-ques jours avec K. Son travail au bar n'était pas facile, mais il lui correspondait sans doute mieux. Ou bien l'éloignement de Klamm était-il la véritable cause de cette altération ? La proxi-mité de Klamm l'avait rendue si follement séduisante, c'est avec cette séduction qu'elle avait attiré K. à elle, et voici qu'à présent elle se fanait dans ses bras.

« Frieda », fit K. Aussitôt, elle posa le moulin à café et le rejoi-gnit sur son banc. « Tu m'en veux ? demanda-t-elle. — Non, fit K., je crois que c'est plus fort que toi. Tu vivais heureuse à l'Auberge des Messieurs. J'aurais dû t'y laisser. — Oui, dit Frieda en regardant tristement devant elle, tu aurais dû m'y laisser. Je ne suis pas digne de vivre avec toi. Tu arriverais peut-être à ton but, si tu étais délivré de moi. C'est par égard pour moi que tu te soumets à la tyrannie de l'instituteur, que tu as pris ce poste minable, que tu te démènes pour obtenir un entretien avec Klamm. Tu fais tout cela pour moi, mais je t'en récompense fort mal. — Non, fit K. en posant son bras autour d'elle pour la consoler, tout ça, ce ne sont que des broutilles, elles ne me font aucun mal, et ce n'est pas juste à cause de toi

que je veux arriver jusqu'à Klamm. Et que n'as-tu fait pour moi !
Avant de te connaître, je me fourvoyais complètement, ici. Personne ne m'accueillait, et quand je m'imposais, on me renvoyait bien vite. Et quand j'aurais pu trouver le repos chez des
gens, ce fut moi qui pris la fuite à mon tour, comme avec la
famille de Barnabas. — Tu les as fuis ? C'est vrai ? Mon chéri ! »
s'écria vivement Frieda en lui coupant la parole, et sur un
« Oui » timide de K., elle retomba dans sa fatigue. Cependant
K. avait lui aussi perdu la force d'expliquer comment sa liaison
avec Frieda avait tout fait tourner en sa faveur. Il écarta son
bras lentement, et ils restèrent assis un instant sans rien dire ;
enfin, comme si le bras de K. lui avait communiqué une chaleur
dont elle ne pouvait plus se passer, Frieda déclara : « Je ne vais
pas supporter la vie ici. Si tu veux me garder, nous devrons
partir, n'importe où, dans le midi de la France, en Espagne.
— Je ne peux pas partir, dit K., je suis venu pour rester ici. Je
resterai ici. » Et il ajouta comme s'il se parlait à lui-même, sans
même se donner la peine d'expliquer cette contradiction :
« Qu'est-ce qui aurait pu m'attirer dans ce pays sinistre, sinon
le désir de rester ici ? » Puis il ajouta : « Mais toi aussi, tu veux
rester, après tout c'est ton pays. Simplement, Klamm te manque, c'est ce qui te donne des idées noires. — Klamm, me manquer ? dit Frieda, mais il y a pléthore de Klamm, ici, il n'y en a
que trop ; c'est pour lui échapper que je veux partir. Ce n'est
pas Klamm, c'est toi qui me manques. C'est par amour pour
toi que je veux partir, parce que ici tout le monde me sollicite,
et que je ne peux pas me rassasier de toi. Je préférerais qu'on
m'arrache mon joli visage, que mon corps se délabre, pourvu
que je puisse vivre en paix à tes côtés. » K. n'entendit qu'une
chose. « Klamm est encore en contact avec toi ? demanda-t-il
aussitôt, il t'appelle ? — Je n'ai aucune nouvelle de Klamm,
c'est des autres que je parle, des assistants par ex. — Ah bon,
les assistants, dit K. surpris, ils te harcèlent ? — Tu n'as donc
pas remarqué ? demanda Frieda. — Non, fit K. en cherchant
vainement à se rappeler tel ou tel détail, ils sont indiscrets et
lascifs, sans doute, mais je n'ai pas remarqué qu'ils aient osé

s'approcher de toi. — Ah non ? dit Frieda. Tu n'as pas remarqué, à l'Auberge du Pont, qu'il n'y avait pas moyen de les faire
sortir de notre chambre, qu'ils surveillaient jalousement nos
rapports, que l'un d'eux s'est allongé à ma place sur la paillasse, la nuit dernière, et qu'ils viennent de témoigner contre
toi pour te chasser, pour te perdre et se retrouver seuls avec
moi ? Tu n'as rien remarqué du tout ? » K. regarda Frieda sans
répondre. Ces accusations contre les assistants étaient sans
doute fondées, mais on pouvait les interpréter de façon beaucoup plus innocente, vu le côté ridicule, infantile, capricieux et
indiscipliné de leur personnalité. Et ne pouvait-on ajouter à
leur décharge qu'au lieu de rester en arrière auprès de Frieda,
ils avaient toujours cherché à accompagner K. ? K. fit une
remarque dans ce sens. « C'est de l'hypocrisie, dit Frieda. Tu
ne t'en es pas rendu compte ? D'ailleurs pourquoi les as-tu
chassés, sinon pour ce motif ? » Et elle alla vers la fenêtre, écarta
un peu le rideau, regarda dehors, et appela K. auprès d'elle.
Les assistants étaient toujours dehors, accrochés à la grille ;
malgré leur évidente fatigue, ils réunissaient encore leurs forces
de temps en temps pour tendre les bras vers l'école, d'un geste
suppliant. Pour ne pas devoir se cramponner sans arrêt, l'un
d'eux avait piqué son manteau sur une pointe de la grille, derrière lui.

« Les pauvres ! Les pauvres ! fit Frieda. — Pourquoi les ai-je
chassés ? demanda K. Ce fut tout d'abord à cause de toi. — De
moi ? dit Frieda sans cesser de regarder dehors. — La manière
beaucoup trop gentille dont tu les traites, dit K., ton indulgence
pour leurs effronteries, ta façon de rire d'eux, de leur caresser les
cheveux, d'avoir toujours pitié d'eux, "les pauvres, les pauvres",
disais-tu à l'instant ; et enfin le dernier incident où, pour leur éviter la baguette, tu as estimé que je n'étais pas un prix trop lourd
à payer. — Mais c'est ça, justement, dit Frieda, c'est de ça que je
parle, c'est ça qui me rend malheureuse et m'éloigne de toi, alors
que je ne connais pas de plus grand bonheur que d'être auprès
de toi, toujours, sans interruption, sans fin, alors que je rêve qu'il
n'y a pas d'endroit tranquille ici-bas pour notre amour, ni au vil-

lage, ni nulle part ailleurs, et que j'en viens à m'imaginer une tombe, étroite et profonde, où nous nous tenons embrassés comme dans un étau, nous avons le visage blotti l'un contre l'autre, et plus personne ne nous verra jamais. Mais ici — Regarde les assistants ! Ce n'est pas vers toi qu'ils tendent les mains, mais vers moi. — Et ce n'est pas moi qui les regarde, dit K., c'est toi. — Bien sûr que c'est moi, dit Frieda presque en colère, c'est précisément de ça que je ne cesse de te parler ; sinon je me moquerais bien qu'ils soient à mes trousses, même si ce sont des envoyés de Klamm... — Des envoyés de Klamm, fit K., fort surpris par cette formule, même si elle lui sembla aussitôt évidente. — Bien sûr, des envoyés de Klamm, dit Frieda, mais malgré cela, ce sont aussi de grands enfants qui ont encore besoin de coups de baguette pour leur éducation. Comme ils sont vilains et noirauds ! Et quel répugnant contraste entre leurs visages d'adultes, d'étudiants presque, et leur comportement stupide et infantile ! Crois-tu que je ne m'en rende pas compte ? Ils me font honte. Mais c'est ça, justement : ils ne me dégoûtent pas, ils me font honte plutôt. Je ne peux pas m'empêcher de les regarder. Quand il faudrait se fâcher avec eux, je ne peux pas m'empêcher de rire. Quand il faudrait les battre, je ne peux pas m'empêcher de leur caresser les cheveux. Et la nuit, quand je suis allongée près de toi, je n'arrive pas à dormir et je ne peux pas m'empêcher de regarder, par-dessus ton épaule, la façon dont l'un dort à poings fermés, emmitouflé dans la couverture, tandis que l'autre s'occupe du chauffage, agenouillé devant l'ouverture du poêle, et je ne peux pas m'empêcher de me pencher en avant, à deux doigts de te réveiller. Et ce n'est pas la chatte qui me fait peur — je les connais, les chats, et je sais aussi ce que c'est que d'avoir un sommeil agité et constamment troublé, au bar —, ce n'est pas de la chatte que j'ai peur, c'est de moi-même. Et il n'y a pas besoin de cette chatte enragée, le moindre bruit me fait sursauter. Parfois je crains que tu ne te réveilles et que tout ne soit fini, et parfois je me redresse d'un bond et j'allume la chandelle pour que vite tu te réveilles et puisses me protéger. — J'ignorais tout cela, fit K., je le soupçonnais seulement, et voilà pourquoi je les ai chassés ; mais maintenant qu'ils sont partis, peut-être que tout ira bien. — Oui, ils sont enfin partis, dit Frieda, mais on lisait le tourment et non la joie sur son visage. Seulement nous ignorons qui ils sont. Dans mes pensées, je les surnomme les envoyés de Klamm, pour m'amuser, mais peut-être qu'ils le sont vraiment. Leurs yeux, ces yeux simplets et pourtant étincelants, ont un je-ne-sais-quoi qui me rappelle les yeux de Klamm ; oui, c'est cela, c'est le regard de Klamm qui, dans leurs yeux, me traverse parfois. J'ai donc tort de dire qu'ils me font honte. Je voudrais bien que ce soit vrai. Je sais qu'ailleurs, chez d'autres individus, le même comportement serait stupide et scandaleux, mais pas chez eux : c'est avec respect et admiration que j'observe leurs idioties. Mais si ce sont les envoyés de Klamm, qui nous délivrera d'eux, et est-ce même souhaitable ? Est-ce qu'alors tu ne devrais pas courir les chercher et t'estimer heureux s'ils acceptent de revenir ? — Tu veux que je les fasse rentrer ? demanda K. — Non, non, dit Frieda, c'est la dernière chose que je souhaite. Leur entrée en trombe, leur joie de me revoir, leurs cabrioles de jeunes bambins, leurs bras d'hommes tendus vers moi, je ne sais si je pourrais supporter ce spectacle. Mais je songe aussi qu'en restant inflexible avec eux, tu refuses peut-être à Klamm cette voie d'accès vers toi, et je veux par tous les moyens te protéger des conséquences de cette attitude. Alors, je veux que tu les fasses rentrer. Alors dépêche-toi de les faire rentrer. Ne te soucie pas de moi, je ne compte pas. Je me protégerai aussi longtemps que je pourrai, et si je perds, eh bien ce sera en me disant que cela aussi, je l'aurai fait pour toi. — Tu ne fais que me conforter dans l'opinion que j'ai d'eux, dit K., jamais les assistants n'entreront avec mon accord. Après tout, si je les ai mis dehors, c'est la preuve que dans certains cas on peut les maîtriser, et donc aussi qu'ils n'ont rien d'important à voir avec Klamm. Pas plus tard qu'hier au soir, j'ai reçu une lettre de lui où l'on voit qu'il est très mal renseigné sur les assistants, ce qui invite à conclure qu'il n'en fait aucun cas, car sinon il aurait pu prendre de leurs nouvelles. Mais que tu voies Klamm dans les assistants, cela ne prouve rien, car hélas ! tu es encore sous l'influence de la patronne, et tu le vois partout. Tu es toujours la maîtresse de Klamm, et tu es bien loin encore d'être ma femme. Parfois cela me rend très triste, c'est comme si j'avais tout perdu, j'ai l'impression que je viens d'arriver au village, non pas plein d'espoir, comme je l'étais réellement à mon arrivée, mais conscient que seules des déceptions m'attendent, et que je devrai les boire l'une après l'autre jusqu'à la lie... Mais cela ne m'arrive que par moments, ajouta K. avec un sourire, en voyant Frieda accablée par ses paroles, et au fond cela prouve une chose positive : l'importance que tu as pour moi. Et puisque tu me sommes à présent de choisir entre toi et eux, les assistants ont perdu d'avance. Quelle idée, choisir entre toi et les assistants. Et je vais me débarrasser d'eux une fois pour toutes. Qui sait d'ailleurs si notre accès de faiblesse ne vient pas du fait que nous n'avons toujours pas petit-déjeuné. — C'est possible », fit Frieda en souriant d'un air las, et elle se mit à l'ouvrage. K. lui aussi reprit le balai.

## 13

### HANS

Quelques instants après, on frappa doucement à la porte. « Barnabas ! » s'écria K. ; il jeta le balai et en quelques enjambées il fut à la porte. Effrayée plus que tout par ce nom, Frieda le regarda faire. K. n'arriva pas immédiatement à ouvrir le vieux verrou de ses mains hésitantes. « J'ouvre tout de suite », répétait-il sans cesse au lieu de demander qui frappait à la porte. Et une fois la porte grande ouverte, il dut voir entrer, non pas Barnabas, mais le petit garçon qui avait déjà essayé de lui adresser la parole. Or K. n'avait aucune envie de se souvenir de lui. « Que veux-tu ? dit-il. La classe, c'est à côté. — J'en viens, fit le garçon, en levant tranquillement ses grands yeux marron vers

K. et en restant planté là, les bras le long du corps. — Eh bien
que veux-tu ? Dépêche-toi, fit K., et il se pencha un peu, car le
petit garçon parlait tout bas. — Est-ce que je peux t'aider ?
demanda le petit garçon. — Il veut nous aider, dit K. à Frieda ;
puis il demanda au petit : Comment t'appelles-tu ? — Hans
Brunswick, fit le petit garçon, élève de quatrième, fils d'Otto
Brunswick, maître cordonnier rue Madeleine. — Ça par exemple, tu t'appelles Brunswick », dit K. plus gentiment. Il s'avéra
que Hans avait été si ému quand l'institutrice avait fait saigner
la main de K. en le griffant, qu'il avait décidé de lui porter
secours. De lui-même et au risque d'une grave punition, il
venait de quitter subrepticement la classe d'à côté, tel un déser-
teur. Il se pouvait qu'il fût surtout influencé par ce genre
d'idées de petit garçon. Et la gravité qu'exprimaient tous ses
actes était à l'avenant. D'abord gêné par sa timidité, il eut tôt
fait de s'habituer à K. et à Frieda, et après avoir bu une bonne
tasse de café chaud, il s'anima, reprit confiance et les assaillit
de questions insistantes, comme s'il eût voulu se dépêcher
d'apprendre l'essentiel pour pouvoir prendre à leur place toutes les décisions. Son attitude avait aussi un côté autoritaire,
mais il s'y mêlait tant d'innocence enfantine qu'on se soumettait volontiers à lui, à moitié pour de bon et à moitié pour
rire. En tout cas, il accaparait toute l'attention : le travail s'était
interrompu, et le petit déjeuner traînait en longueur. Hans
avait beau être assis sur un banc d'école, alors que K. était juché
derrière le bureau et Frieda assise sur un siège à côté de lui, il
semblait que ce fût lui l'instituteur et qu'il examinât et jugeât
les réponses, un léger sourire sur ses lèvres délicates paraissait
indiquer qu'il savait bien que ce n'était qu'un jeu, mais au fond
il prenait les choses d'autant plus au sérieux, peut-être d'ailleurs n'était-ce pas un sourire, mais le bonheur de l'enfance
qui jouait autour de ses lèvres. Il avait fini par admettre, après
un bon moment, qu'il connaissait déjà K. depuis la fois où il
s'était arrêté chez Lasemann. Cela fit plaisir à K. « C'était toi qui
jouais aux pieds de la dame ? demanda-t-il. — Oui, dit Hans,
c'était ma mère. » Alors il lui fallut parler de sa mère, ce qu'il

ne fit qu'avec beaucoup d'hésitation et après avoir été plusieurs fois sollicité, il s'avérait alors que c'était tout de même un petit garçon, même si parfois, surtout à travers ses questions, on avait l'impression d'entendre un homme énergique, intelligent et perspicace (peut-être parce qu'il pressentait l'avenir, à moins que ce ne fût une illusion de son auditeur impatient et inquiet) ; mais tout d'un coup, sans transition, il redevenait un simple écolier qui ne comprenait pas certaines questions et en interprétait d'autres de travers, qui avec un sans-gêne enfantin parlait trop bas alors qu'on lui avait plusieurs fois signalé ce défaut et qui enfin, comme par défi, gardait le silence devant certaines questions pressantes, avec une désinvolture dont un adulte eût été incapable. On avait au fond l'impression qu'il s'arrogeait seul le droit de poser des questions, et que celles des autres contrevenaient à on ne sait quel règlement et faisaient perdre du temps. Il pouvait alors rester longtemps assis, sans un geste, le corps bien droit, la tête baissée, faisant la moue. Cela plaisait tant à Frieda qu'elle lui posa de nombreuses questions dans l'espoir qu'il se tairait de cette façon. D'ailleurs elle y réussit parfois, mais K. s'en irrita. Ils apprirent peu de choses, dans l'ensemble : sa mère était un peu souffrante, mais sa maladie restait mal définie, l'enfant que Mme Brunswick avait sur les genoux était la sœur de Hans et s'appelait Frieda (Hans fut fâché d'apprendre que c'était aussi le nom de la femme qui l'interrogeait), ils habitaient tous au village, mais pas chez Lasemann ; ils avaient été lui rendre visite ce jour-là juste pour prendre un bain, parce que Lasemann avait ce grand baquet où les petits enfants, dont Hans ne faisait pas partie, aimaient beaucoup se baigner et s'amuser ; de son père, Hans parlait avec respect ou avec crainte, mais seulement quand il n'était pas question de sa mère en même temps, le père faisait de toute évidence piètre figure par rapport à elle ; pour le reste, de quelque façon qu'on tentât d'aborder le sujet, toutes les questions sur sa vie de famille restèrent sans réponse ; quant au métier de son père, on apprit que c'était le plus grand cordonnier du village, il n'avait pas son pareil, formule que Hans répéta souvent, même quand les questions n'avaient aucun rapport ; il donnait même du travail aux autres cordonniers, par ex. au père de Barnabas, dans ce dernier cas Brunswick le faisait par pure charité, c'est du moins ce que Hans suggéra par un fier hochement de tête, qui fit sauter Frieda en bas de l'estrade pour lui donner un baiser. Quant à savoir s'il avait déjà été au château, il fallut plusieurs fois lui poser la question avant qu'il réponde « Non » ; et quand on lui posa la même question à propos de sa mère, il ne répondit pas. K. finit par se fatiguer ; lui aussi trouvait ces questions inutiles, sur ce point il donnait raison au petit garçon, et puis il y avait quelque chose de honteux à tenter de percer des secrets de famille en se servant d'un enfant innocent ; et doublement honteux puisque même ainsi on n'apprenait rien. Et lorsque K. demanda pour finir au petit garçon en quoi il s'offrait à les aider, il ne fut pas surpris d'entendre que Hans voulait juste les aider dans leur travail pour que l'instituteur et l'institutrice cessent de réprimander K. Il expliqua à Hans qu'il n'avait pas besoin d'une telle aide : l'instituteur semblait coléreux de tempérament, et même en mettant le plus grand soin à son travail, il n'y aurait sans doute guère moyen de s'en prémunir ; ce n'était pas un travail difficile en soi, et si K. avait pris du retard aujourd'hui, cela tenait juste à un concours de circonstances ; d'ailleurs, K. était moins sensible à cette colère qu'un écolier, elle glissait sur lui, elle lui était presque indifférente, et de surcroît, il espérait bientôt pouvoir échapper définitivement à l'instituteur. Puisqu'il s'était juste agi de l'aider contre l'instituteur, K. remercia Hans de tout cœur et lui dit qu'il pouvait s'en aller, en espérant qu'il ne serait pas puni. Sans y insister, K. avait tout de même suggéré sans le vouloir que c'était juste contre l'instituteur qu'il n'avait pas besoin d'aide, laissant en suspens la question d'une autre aide, mais Hans comprit fort bien et lui demanda s'il avait besoin qu'on l'aide autrement : il serait ravi de le faire, et s'il n'en était pas lui-même capable, il demanderait à sa mère, alors le succès serait garanti. Même quand son père a des soucis, il demande à la mère de Hans de l'aider. D'ailleurs, sa mère avait déjà une fois pris des nouvelles de K. ; elle sortait peu et s'était trouvée chez Lasemann ce jour-là de façon exceptionnelle, mais Hans, lui, y allait souvent jouer avec les enfants de Lasemann, et sa mère lui avait une fois demandé si par hasard l'arpenteur était revenu. Mais comme il ne fallait pas poser de questions inutiles à sa mère, car elle était très faible et fatiguée, Hans s'était contenté de dire qu'il n'avait pas revu l'arpenteur là-bas, et ils n'en avaient pas reparlé ; mais lorsqu'il avait retrouvé K. ici, à l'école, Hans n'avait pas pu faire autrement que de lui parler, pour pouvoir donner des nouvelles à sa mère. Car ce qui faisait le plus de plaisir à sa mère c'était qu'on exauce ses désirs sans qu'elle l'ait commandé. Après avoir réfléchi un instant, K. répondit qu'il n'avait pas besoin d'aide, il avait tout ce qu'il lui fallait, mais Hans était bien gentil de vouloir l'aider, et il le remerciait de cette bonne intention, peut-être aurait-il besoin de quelque chose une autre fois, et dans ce cas il ferait appel à lui, il avait l'adresse. Peut-être K. en revanche pouvait-il aujourd'hui l'aider ; cela lui faisait de la peine de savoir la mère de Hans souffrante, sans que visiblement personne ne comprenne son mal ; quand on néglige ce genre de cas, un mal en soi bénin peut souvent devenir très grave. Il se trouvait que K. possédait quelques notions de médecine et, chose plus importante encore, il avait l'habitude de s'occuper des malades. Il avait réussi là où bien des médecins avaient échoué. Dans son pays, son talent de guérisseur lui avait valu le surnom d'« herbe amère ». En tout cas, il irait volontiers voir la mère de Hans et lui parler. Il pourrait peut-être la conseiller et serait ravi de le faire, par simple amitié pour Hans. À cette offre, les yeux de Hans se mirent d'abord à briller : encouragé, K. se fit plus pressant, mais il n'obtint guère de résultat, car lorsqu'il lui posa diverses questions, Hans répondit, sans même manifester de grande tristesse à ce sujet, que les étrangers n'avaient pas le droit de rendre visite à sa mère, car il fallait beaucoup la ménager ; alors que K. lui avait à peine adressé la parole l'autre fois, elle avait ensuite passé quelques jours au lit, d'ailleurs cela arrivait souvent. Le père de Hans en avait beaucoup voulu à K., et il ne lui permettrait sûrement jamais de rendre visite à sa mère ; il avait même eu l'intention d'aller trouver K. pour le punir de sa conduite, et seule la mère de Hans l'en avait empêché. Mais surtout, c'était elle qui en général ne voulait parler à personne, et le fait qu'elle ait demandé des nouvelles de K. ne constituait aucune exception à la règle, au contraire ; en faisant allusion à lui, elle aurait pu en profiter pour exprimer le désir de le voir, et s'en était bien gardée, exprimant ainsi clairement sa volonté. Elle voulait juste avoir des nouvelles de K., non lui parler. Du reste elle ne souffrait pas d'une véritable maladie, elle connaissait fort bien la cause de son état, et y faisait parfois allusion : c'était sans doute l'air d'ici qu'elle avait du mal à supporter, mais elle ne voulait pas quitter le village, à cause de son mari et de ses enfants, d'ailleurs elle allait mieux qu'auparavant. K. n'en apprit guère plus ; Hans redoublait d'intelligence à vue d'œil lorsqu'il s'agissait de protéger sa mère contre K., ce même K. qu'il prétendait vouloir aider ; pour mieux l'éloigner de sa mère, il alla jusqu'à contredire plusieurs de ses précédentes affirmations, notamment à propos de sa maladie. Pourtant, même là K. remarqua que Hans restait bien disposé à son égard, mais sa mère lui faisait oublier tout le reste ; quiconque s'opposait à elle avait toujours tort, K. venait d'en faire les frais, mais cela aurait pu aussi arriver au père de Hans, par ex. Voulant tenter l'expérience, K. dit à Hans que son père avait tout à fait raison d'éviter ainsi à sa mère toute perturbation, et si K. lui-même s'en était douté, il n'aurait bien sûr pas osé lui parler et il demandait à Hans de présenter à ses parents ses excuses tardives. Mais si, comme le disait Hans, la cause du mal était clairement établie, K. ne voyait pas pourquoi son père empêchait sa mère d'aller se rétablir en changeant d'air ; on était obligé de dire qu'il l'en empêchait, car c'était seulement à cause des enfants et de lui qu'elle ne partait pas, pourtant elle pouvait emmener les enfants, puisqu'elle n'était pas obligée de partir très loin ni très longtemps ; déjà là-haut, sur la colline du château, l'air était tout différent. Le père de Hans ne devait pas craindre le coût de ce voyage, car il était le plus grand cordon-

nier du village, et lui ou sa femme avaient sûrement, au château, des proches ou des connaissances qui seraient ravis de
les accueillir. Pourquoi ne la laissait-il pas partir ? Il ne fallait
pas prendre à la légère ce genre de maladie ; K. n'avait
qu'entr'aperçu la mère de Hans, mais c'est parce qu'il avait été
frappé par sa pâleur qu'il lui avait parlé ; il s'était déjà étonné
alors que le père de Hans laisse la malade respirer l'air vicié de
cette salle de bains-buanderie, sans faire aucun effort pour parler plus doucement. Le père de Hans devait ignorer de quoi il
retournait ; peut-être qu'il y avait eu une récente amélioration,
les maladies de ce genre sont capricieuses, mais elles finissent
par revenir plus vives que jamais si on ne les combat pas, et
alors il n'y a plus rien à faire. À défaut de parler à la mère de
Hans, il serait bon que K. parle au moins à son père pour lui
signaler tout cela.

Hans avait écouté avec attention, avait compris l'essentiel, et
là où il n'avait pas compris, il avait bien perçu la menace qui
pesait. Pourtant il répondit à K. qu'il ne pouvait pas parler à son
père, car il trouvait K. antipathique et le traiterait sans doute de
la même façon que l'instituteur. Lorsqu'il parla de K., il eut un
sourire timide, et il prit une expression triste et crispée lorsqu'il évoqua son père. Cependant Hans ajouta que, tout
compte fait, K. pourrait peut-être parler avec sa mère, pourvu
que son père ne soit pas au courant. Puis il réfléchit un instant,
le regard fixe, exactement comme une femme qui veut faire
une chose interdite et cherche le moyen d'y arriver sans être
punie, puis il dit qu'il y aurait peut-être moyen après-demain :
son père avait prévu d'aller le soir à l'Auberge des Messieurs,
où il avait des rendez-vous ; Hans passerait chercher K. dans la
soirée pour le conduire auprès de sa mère, à condition bien
sûr qu'elle soit d'accord, ce qui restait fort improbable. Car elle
ne faisait rien contre la volonté de son mari et lui obéissait
toujours, même pour des choses que Hans lui-même jugeait
nettement déraisonnables. En fait, c'était Hans maintenant qui
sollicitait l'aide de K. contre son père ; on eût dit qu'il s'était
trompé en croyant vouloir aider K., alors qu'en réalité, aucun

membre de son entourage n'ayant pu l'aider, il avait voulu se rendre compte si par hasard cet étranger qui avait surgi brusquement et dont sa mère avait même parlé, en serait capable, lui. Comme ce petit garçon était secret, presque dissimulateur, inconsciemment ! Son allure et ses propos n'en avaient rien laissé transparaître jusque-là, on ne s'en apercevait qu'après coup pour ainsi dire, à ses aveux, obtenus grâce au hasard et à la ténacité. Alors il parla longuement avec K. des difficultés à surmonter : Hans avait beau faire preuve de la meilleure volonté, ces difficultés étaient presque insurmontables ; plongé dans ses pensées et pourtant implorant l'aide de K., il ne cessait de le regarder en clignant des yeux d'un air inquiet. Il ne pourrait rien dire à sa mère avant le départ de son père, car si son père était au courant, tout deviendrait impossible, il ne pourrait donc en parler qu'après, mais là encore, par égard pour sa mère, il devrait agir sans hâte ni brusquerie, avec lenteur et au moment opportun : c'est alors seulement qu'il lui faudrait solliciter l'accord de sa mère et qu'il pourrait aller chercher K., mais ne serait-il pas déjà trop tard, son père ne risquerait-il pas de rentrer ? Oui, c'était bel et bien impossible. K. lui démontra que non. Il ne fallait pas s'inquiéter du manque de temps, une brève conversation, une brève rencontre suffiraient, et Hans n'aurait pas besoin d'aller chercher K. Il l'attendrait caché quelque part à proximité de la maison, et dès que Hans lui ferait signe, il accourrait. Non, dit Hans, K. ne pouvait pas attendre près de la maison — il était de nouveau dominé par le souci de protéger sa mère —, K. ne devait pas se mettre en route sans que sa mère soit au courant, Hans ne pouvait ainsi entretenir des intelligences avec K. à l'insu de sa mère, il devrait aller chercher K. à l'école, une fois sa mère au courant, avec sa permission. Fort bien, dit K., c'est alors que le danger serait réel : le père de Hans risquerait alors de le surprendre dans la maison, et même si cela n'arrivait pas, la mère de Hans ne laisserait pas K. approcher, par crainte de cette éventualité, et à cause du père de Hans tout échouerait donc. Hans fit de nouvelles objections, et le débat se poursuivit ainsi un certain temps. K.

avait depuis longtemps dit à Hans de quitter son banc et de venir le rejoindre au bureau, il l'avait pris sur ses genoux et le caressait de temps en temps pour le calmer. Cette proximité contribua aussi à rétablir leur entente, malgré la résistance de Hans par moments. On finit par tomber d'accord sur le plan suivant : Hans commencerait par dire toute la vérité à sa mère, en ajoutant, pour qu'elle donne plus facilement son accord, que K. voulait aussi parler à Brunswick lui-même, mais de ses propres affaires et non pas de sa femme. D'ailleurs c'était vrai, K. s'était avisé pendant la discussion que, même si Brunswick était un personnage dangereux et méchant, il ne pouvait en réalité être son adversaire, puisque à en croire le récit du maire, il avait été le chef de ceux qui avaient demandé la nomination d'un arpenteur, même si c'était pour des raisons politiques. Brunswick devait donc se féliciter de l'arrivée de K. au village ; cependant, cela rendait presque incompréhensibles le salut hostile du premier jour et l'antipathie évoquée par Hans, mais peut-être K. avait-il blessé Brunswick en ne sollicitant pas d'abord son aide, peut-être y avait-il un autre malentendu que deux ou trois mots suffiraient à dissiper. Cela étant fait, K. disposerait sans doute en Brunswick d'un allié contre l'instituteur, voire contre le maire, et il serait possible de dévoiler toute la supercherie administrative — qu'était-ce d'autre, en effet ? — inventée par le maire et l'instituteur pour le maintenir à l'écart des autorités du château et le contraindre à prendre ce poste de concierge à l'école ; si une nouvelle querelle éclatait entre Brunswick et le maire à propos de K., Brunswick serait forcé de prendre K. dans son camp, K. serait accueilli chez Brunswick, Brunswick mettrait ses moyens de pression à sa disposition, n'en déplaise au maire, et qui sait jusqu'où il parviendrait ainsi, en tout cas il serait souvent près de la femme — ainsi K. jouait-il avec ses rêves autant qu'il en était le jouet, tandis que Hans, ne songeant qu'à sa mère, observait son mutisme d'un air soucieux, comme on le fait devant un médecin plongé dans ses réflexions, en train de chercher un remède pour un cas difficile. K. proposa d'alléguer qu'il souhaitait parler à Brunswick de sa nomination comme arpenteur, Hans fut d'accord, mais seulement parce que ainsi sa mère serait protégée de son père et que c'était une solution de dernier recours, dont on espérait ne pas avoir besoin. Il se contenta de demander encore comment K. expliquerait à son père l'heure tardive de sa visite, et il finit par accepter, même si sa mine se rembrunit un peu, que K. invoque son odieux service de concierge à l'école et le traitement déshonorant de l'instituteur, qui l'avaient plongé dans un soudain désespoir et lui avaient fait oublier toutes les bienséances.

Une fois qu'on eut ainsi tout pesé autant que possible et que l'éventualité d'un succès cessa au moins d'être exclue, Hans, soulagé de ne plus avoir à réfléchir, retrouva sa bonne humeur, et échangea encore un instant quelques propos enfantins, avec K. d'abord, puis avec Frieda, qui était assise là en train de penser à tout autre chose, semblait-il, et qui maintenant seulement reprit part à la conversation. Elle lui demanda entre autres ce qu'il voulait devenir quand il serait grand ; presque sans réfléchir, Hans répondit qu'il voulait ressembler à K. Mais une fois interrogé sur ses raisons, il ne sut quoi répondre, et lorsqu'on lui demanda s'il voulait devenir concierge à l'école, il répliqua par un « non » catégorique. Il fallut lui poser plusieurs autres questions pour découvrir par quels détours il était arrivé à ce souhait. La situation actuelle de K. n'avait rien d'enviable, elle était au contraire triste et méprisable, même Hans le voyait parfaitement, il n'avait pas besoin d'observer les autres pour s'en rendre compte ; pour sa part, il eût préféré épargner à sa mère le spectacle et la conversation de K. Et pourtant, il était venu trouver K. pour lui demander de l'aide et s'était réjoui lorsque K. avait accepté, d'ailleurs il avait cru observer la même réaction chez d'autres gens et surtout, sa mère en personne avait parlé de K. Cette contradiction avait engendré en lui la conviction que si pour l'instant, K. était encore un être vil et repoussant, il finirait par l'emporter sur tous, quoique dans un avenir presque inimaginable, tant il était lointain Et c'était cela même qui séduisait Hans, cet horizon follement lointain, et la glorieuse évolution qui devait y conduire, il consentait même à ce prix à prendre K. comme il était. Il y avait dans ce désir un mélange d'extrême naïveté et de maturité, car Hans regardait K. comme un enfant plus jeune dont l'avenir s'étendait au-delà du sien, tel l'avenir d'un tout petit garçon. Et c'est avec une gravité presque sombre qu'il parlait de ces choses, sans cesse relancé par les questions de Frieda. Seul K. lui rendit le sourire en disant qu'il savait ce que Hans lui enviait, c'était son joli bâton noueux, qui était posé sur le bureau et avec lequel Hans avait joué distraitement pendant la conversation. Eh bien, des bâtons comme celui-là, K. savait en fabriquer, et il en ferait un encore plus beau pour Hans, si leur plan réussissait. On ne savait maintenant plus trop si ce n'était pas en fait ce bâton que Hans avait en tête, tant il fut enchanté par la promesse de K. et tant il était joyeux au moment de prendre congé, non sans serrer fortement la main de K. en disant : « À après-demain, donc. »

## 14

## LES REPROCHES DE FRIEDA

Il était grand temps que Hans s'en aille, car peu après l'instituteur ouvrit la porte d'un geste brusque et s'écria en voyant K. et Frieda tranquillement assis à table : « Excusez-moi de vous déranger, mais dites-moi un peu quand vous allez vous décider à faire le ménage ici ! Nous sommes entassés à qui mieux mieux, la leçon en pâtit, tandis que vous prenez toutes vos aises ici dans ce grand gymnase et pour avoir encore plus de place, vous avez même renvoyé les assistants. Maintenant, levez-vous au moins, je vous prie, et remuez-vous ! » Puis s'adressant à K. : « Toi, va me chercher mon petit déjeuner à l'Auberge du Pont. »

Tout cela fut dit avec des hurlements furieux, mais les propos étaient plutôt modérés, y compris ce tutoiement en soi grossier. K. était prêt à obéir aussitôt, cependant rien que pour sonder l'instituteur, il répondit : « Mais j'ai été renvoyé. — Renvoyé ou pas, va me chercher mon casse-croûte, fit l'instituteur. — Renvoyé ou pas, c'est justement ce que je veux savoir, fit K. — Qu'est-ce que tu racontes ? dit l'instituteur. Tu n'as pas accepté ton renvoi, que je sache. — Cela suffit à l'annuler ? demanda K. — Pas pour moi, tu peux me faire confiance, dit l'instituteur, mais pour le maire oui, ce qui est incompréhensible. Et maintenant dépêche-toi, avant que je ne te fasse prendre la porte. » K. était satisfait, l'instituteur avait donc parlé au maire dans l'intervalle, ou bien peut-être pas du tout, il s'était simplement imaginé à l'avance la réaction du maire, et celle-ci était favorable à K. S'apprêtant à courir chercher le casse-croûte, K. était encore dans le couloir lorsque l'instituteur le rappela, soit qu'il voulût par cet ordre simplement éprouver la docilité de K. afin de pouvoir régler sur elle son attitude, soit qu'il eût de nouveau envie de commander et prît plaisir à faire courir K. à toute vitesse, puis, sur son ordre, à le faire revenir aussi vite, tel un garçon de café. De son côté, K. savait que s'il cédait trop de terrain, il deviendrait l'esclave et le souffre-douleur de l'instituteur, mais il décida de supporter patiemment ses lubies jusqu'à un certain point, car s'il était prouvé que l'instituteur ne pouvait légalement le renvoyer, il pouvait sûrement lui rendre ce poste très pénible, voire insupportable. Or ce poste comptait plus que jamais pour K. Sa conversation avec Hans lui avait donné de nouvelles espérances, invraisemblables et injustifiées peut-être, mais impossibles à oublier, elles éclipsaient même presque Barnabas. S'il s'y abandonnait — et il n'avait pas le choix — il devait leur consacrer toutes ses forces, ne s'inquiéter de rien d'autre, ni de la nourriture, ni du gîte, ni des autorités municipales, ni même de Frieda, et d'ailleurs il ne s'agissait au fond que de Frieda, car le reste ne le préoccupait qu'en fonction d'elle. C'est pourquoi il devait chercher à garder ce poste qui assurait une certaine sécurité à Frieda, et dans cette perspective il n'était pas question qu'il se reproche d'en supporter plus de la part de l'instituteur qu'il ne l'eût fait en d'autres circonstances. Tout cela n'avait rien de si douloureux, cela faisait partie des éternelles petites misères de l'existence, ce n'était rien par rapport à l'objectif que K. visait, et il n'était pas venu là pour vivre dans les honneurs et la tranquillité.

Tout comme il s'était trouvé prêt à courir à l'auberge, K. était donc disposé, les ordres ayant changé, à commencer par ranger la salle pour que l'institutrice puisse y revenir avec sa classe. Mais il fallait se dépêcher de ranger, car ensuite K. devrait aller chercher le casse-croûte de l'instituteur qui mourait de faim et de soif. K. l'assura que tout serait fait selon ses désirs ; l'instituteur resta un instant à regarder K. en train de se dépêcher, de ranger le couchage, de remettre en place les agrès, de balayer en toute hâte, tandis que Frieda lavait et frottait l'estrade. Ce zèle sembla satisfaire l'instituteur, il signala encore qu'il y avait devant la porte un tas de bois destiné au chauffage — il ne voulait sans doute plus laisser K. entrer dans la remise — puis, en menaçant de revenir inspecter bientôt, il alla rejoindre les enfants.

Après qu'ils eurent travaillé un instant en silence, Frieda demanda à K. pourquoi il était devenu si docile envers l'instituteur. Cette question était sans doute une preuve de compassion et de sollicitude, mais en se disant que Frieda avait fort mal réussi à le protéger des ordres et des brutalités de l'instituteur, comme elle le lui avait promis, K. se contenta de répondre sèchement que maintenant qu'il était concierge, il devait en exécuter les tâches. Puis le silence revint, jusqu'au moment où ce bref échange rappela à K. que Frieda avait été longtemps déjà comme perdue dans de sombres réflexions, et en particulier durant presque toute la discussion avec Hans ; tout en rentrant le bois, il lui demanda sans détour ce qui la préoccupait. Elle répondit en levant lentement les yeux vers K. que ce n'était rien de précis, qu'elle pensait juste à la patronne et à ses paroles, souvent pleines de vérité. K. dut insister pour qu'après bien des hésitations, elle répondît plus précisément, sans toutefois s'arrêter de travailler, non par excès de zèle, car le travail n'avança guère, mais pour ne pas être obligée de regarder K. Et elle lui raconta qu'elle avait d'abord écouté tranquillement sa conversation avec Hans, puis que certains propos de K. l'avaient fait sursauter, qu'elle avait commencé à en saisir plus nettement le sens et que dès lors, elle n'avait plus cessé d'y voir la confirmation d'une mise en garde que lui avait adressée la patronne, mais qu'elle n'avait jamais voulu croire justifiée. Agacé par ces formules générales et plus irrité qu'ému par cette voix larmoyante et plaintive — et surtout parce que la patronne venait encore s'immiscer dans sa vie, au moins par des souvenirs, faute jusque-là d'y être arrivée en personne —, K. jeta par terre le bois qu'il portait dans ses bras, s'assit dessus et d'un ton grave demanda à Frieda de s'expliquer pour de bon. « Assez souvent, commença Frieda, et dès le début, la patronne s'est efforcée de me faire douter de toi ; elle ne prétendait pas que tu mens, au contraire : elle disait que tu as la franchise d'un enfant, mais que tu es d'une nature si différente de la nôtre que même lorsque tu parles avec franchise, nous avons beaucoup de difficulté à pouvoir te croire, et à moins qu'une bonne amie ne nous sauve avant qu'il ne soit trop tard, seules d'amères expériences nous habitueront à te croire. Même elle qui scrute les gens d'un œil si pénétrant, elle en a fait l'expérience. Mais après sa première conversation avec toi à l'Auberge du Pont — je me contente de répéter ses méchancetés — elle t'avait percé à jour, tu ne pouvais plus la tromper, même si tu t'efforçais de dissimuler tes intentions. "Pourtant, il ne dissimule rien du tout", cela, elle ne cessait de le répéter, mais pour ajouter : "Cependant, tâche à la première occasion de l'écouter vraiment, mais pas de manière superficielle, de l'écouter." Elle n'avait rien fait de plus, et voici ce qu'elle avait découvert à mon propos : si tu as voulu me circonvenir — elle a utilisé cette formule ignoble —, c'est juste que je me trouvais sur ton chemin, que je ne t'ai pas déplu, et que tu as le grand tort de considérer une serveuse comme la victime prédestinée du

premier client qui tend la main. En outre, et la patronne tient
cela du patron de l'Auberge des Messieurs, tu voulais, j'ignore
pourquoi, passer la nuit à l'Auberge des Messieurs, ce qui était
impossible sans mon intermédiaire. Toutes ces raisons auraient
suffi à faire de toi mon amant cette nuit-là, mais pour que les
choses aillent plus loin, il en fallait plus, et ce plus, ce fut
Klamm. La patronne ne prétend pas savoir ce que tu veux à
Klamm, elle prétend simplement que tu étais aussi acharné à
le rencontrer avant de me connaître qu'après. La seule différence selon elle, c'est qu'avant, tu n'avais aucun espoir, alors
qu'à présent tu croyais avoir grâce à moi un moyen sûr d'arriver
bel et bien jusqu'à Klamm, rapidement et en position de supériorité, qui plus est. Quelle frayeur j'ai eue — mais elle est vite
passée, étant sans raison profonde — lorsque aujourd'hui, tu
as dit qu'avant de me connaître, tu faisais fausse route ici. Ce
sont peut-être les mêmes termes que la patronne a utilisés ;
elle aussi dit que c'est depuis que tu me connais que tu as pris
conscience de ton objectif. Car selon elle tu crois avoir conquis
en moi une maîtresse de Klamm et posséder ainsi un atout qui
est une inestimable monnaie d'échange. Ton seul but serait
d'en discuter le prix avec Klamm. Comme je ne représente rien
et que seul le prix compte à tes yeux, tu es prêt à toutes les
concessions en ce qui me concerne, mais intraitable quant au
prix. Voilà pourquoi tu te moques bien que je perde mon poste
à l'Auberge des Messieurs, que je doive quitter aussi l'Auberge
du Pont, que je doive exécuter ces tâches pénibles à l'école, tu
ne me témoignes aucune tendresse, tu n'as même plus de
temps à me consacrer, tu m'abandonnes aux assistants, tu ignores la jalousie ; ma seule valeur à tes yeux, c'est d'avoir été
la maîtresse de Klamm ; dans ton ignorance, tu fais tout pour
m'empêcher d'oublier Klamm, pour que je ne résiste pas trop,
une fois venu le moment décisif, et pourtant tu luttes aussi
contre la patronne que tu crois seule capable de m'arracher à
toi, c'est pourquoi face à elle tu envenimes la querelle afin
d'être obligé de quitter l'Auberge du Pont avec moi ; que je
sois ta propriété en toutes circonstances, pour autant que cela

dépende de moi, tu n'en doutes pas. Tu t'imagines l'entretien avec Klamm comme une transaction : de l'argent contre de l'argent. Tu calcules toutes les possibilités ; pourvu que tu obtiennes ton prix, tu es prêt à tout ; si Klamm me veut, tu me donneras à lui, s'il veut que tu restes auprès de moi, tu resteras, s'il veut que tu me chasses, tu me chasseras, mais tu es aussi prêt à jouer la comédie, si c'est avantageux : ainsi, tu feras semblant de m'aimer, tu chercheras à combattre son indifférence en accentuant ta propre insignifiance pour mieux lui faire honte, puisque tu as été son successeur, ou bien tu lui raconteras que je t'ai confessé mon amour pour lui, ce qui est vrai, et tu le supplieras de me reprendre, moyennant paiement bien sûr ; et si rien d'autre ne marche, tu seras réduit à mendier au nom des époux K. Mais lorsque tu verras alors — ce fut la conclusion de la patronne — que tu t'es trompé sur tout, sur tes hypothèses et sur tes espérances, sur ta vision de Klamm et de ses rapports avec moi, alors je connaîtrai un véritable enfer, car alors je serai ton unique possession, la seule qui te reste, mais une possession qui s'est révélée sans valeur et que tu traiteras comme telle, puisque tu n'as pour moi que des sentiments de propriétaire. »

K. avait écouté attentivement en serrant les lèvres ; le bois sous lui s'était mis à rouler et K. avait presque glissé par terre sans s'en rendre compte ; enfin il se leva, s'assit sur l'estrade, prit la main de Frieda, qui chercha faiblement à la lui retirer, et dit : « J'ai eu parfois du mal, dans tes explications, à distinguer ton opinion et celle de la patronne. — C'était seulement la sienne, fit Frieda, je l'ai écoutée, car c'est quelqu'un que je respecte, mais c'était la première fois de ma vie que je rejetais complètement son opinion. Tout ce qu'elle disait me semblait si mesquin, si loin de comprendre ce qui se passe entre toi et moi. C'était exactement l'inverse qui me semblait vrai. Je revoyais la triste matinée qui suivit notre première nuit. Toi, agenouillé à côté de moi, et ton regard qui semblait dire que tout était perdu. Et je songeais que malgré mes efforts j'avais fini en réalité par te gêner au lieu de t'aider. Par ma faute, la

patronne était devenue ton ennemie, une ennemie puissante
et que tu sous-estimes encore ; à cause de moi, dont tu avais à
te soucier, tu avais dû lutter pour ton poste, tu avais été désa-
vantagé par rapport au maire, tu avais dû te soumettre à l'instituteur, tu t'étais retrouvé à la merci des assistants, mais ce qu'il
y avait de plus grave, c'est qu'à cause de moi tu avais peut-être
offensé Klamm. En voulant sans cesse parvenir jusqu'à lui, tu
t'efforçais en vain de l'amadouer, voilà tout. Et je me suis dit
que la patronne, qui sait sûrement tout cela beaucoup mieux
que moi, voulait juste m'éviter par ses insinuations d'être trop
dure envers moi-même. Sollicitude bien intentionnée, mais
superflue. L'amour que j'ai pour toi m'aurait aidée à tout surmonter, même toi il aurait fini par te soutenir, peut-être pas ici
au village, mais ailleurs, car il avait déjà donné la preuve de sa
force, puisqu'il t'a sauvé de la famille de Barnabas. — Voilà
donc quelle était ton opinion à toi, fit K., et qu'est-ce qui a
changé depuis ? — Je ne sais pas, dit Frieda en regardant la
main de K., qui tenait la sienne, peut-être que rien n'a changé ;
quand tu es là tout près de moi et que tu m'interroges calmement, j'ai l'impression que rien n'a changé. Mais en réalité... —
elle retira sa main, se tint assise toute droite en face de K. et
pleura sans se cacher le visage ; elle lui présentait son visage
inondé de larmes comme si elle n'avait rien à dissimuler, car
elle ne pleurait pas sur elle-même, elle pleurait sur la trahison
de K., et c'est lui qui méritait le spectacle douloureux de ses
larmes — ...mais en réalité tout a changé depuis que je t'ai
entendu parler avec le petit garçon. Avec quelle innocence tu
t'y es pris, tu l'as interrogé sur sa famille, sur tel ou tel détail,
j'avais l'impression de te voir la première fois où tu es entré à
l'auberge, confiant, sincère, cherchant mon regard avec la ferveur d'un petit enfant. Tout était comme ce jour-là, et si seulement la patronne avait été là pour t'écouter, elle aurait été
forcée de changer d'avis ! Mais soudain, j'ignore comment cela
se fit, j'ai compris pourquoi tu parlais avec ce petit garçon. Par
des paroles compatissantes, tu gagnais sa confiance, pourtant
difficile à obtenir, afin de pouvoir ensuite atteindre aisément

ton but, qui me semblait de plus en plus clair. Ce but, c'était cette femme. Tu avais l'air par tes paroles de te préoccuper d'elle, mais on voyait bien que tu ne songeais qu'à tes affaires. Tu trompais cette femme avant même de l'avoir conquise. Ce n'était pas juste mon passé que je lisais dans tes paroles, mais aussi mon avenir, c'était comme si la patronne était assise à côté de moi en train de tout m'expliquer, et que j'essayais de la repousser de toutes mes forces, tout en sachant vains ces efforts, et en même temps ce n'était plus moi qui étais trompée, je ne l'avais même pas été, c'était cette femme inconnue. Et quand je me suis ressaisie et que j'ai demandé à Hans ce qu'il voulait devenir, il a déclaré vouloir te ressembler, autrement dit, il était sous ton emprise : où était au juste la différence entre ce brave petit garçon que tu abusais, et moi l'autre fois dans la salle de l'auberge ?

— Tout ce que tu dis est vrai en un certain sens, fit K. tranquillement, car il s'était habitué aux reproches ; ce n'est pas faux, mais c'est hostile. Ce sont les idées de la patronne, mon ennemie, ce qui me console, même si tu les prends pour les tiennes. En revanche, elles sont fort instructives, il y a encore beaucoup à apprendre de la patronne. À moi, elle ne m'a pas dit tout cela, quoique pour le reste elle ne m'ait guère épargné, manifestement elle t'a confié cette arme dans l'espoir que tu l'utiliserais à un moment d'une gravité ou d'une importance particulière pour moi ; si je t'abuse, elle aussi. Mais songe à une chose, Frieda : même si tout ce que dit la patronne était exact, ce ne serait désastreux qu'au cas où tu ne m'aimerais pas. Alors, et alors seulement, on pourrait dire qu'en effet je t'ai conquise par calcul et par ruse, pour tirer profit de ta possession. Peut-être même que cela faisait déjà partie de mon plan de passer devant toi au bras d'Olga pour susciter ta pitié, et la patronne a simplement oublié d'ajouter ce fait au registre de mes fautes. Mais si ce n'est pas le cas, si au lieu qu'un habile prédateur t'ait saisie, c'est toi qui es venue vers moi comme je suis allé vers toi, et qu'oublieux nous-mêmes de tout, nous nous sommes trouvés l'un l'autre, qu'en est-il au juste ? À ce moment-là je m'occupe de mes affaires et des tiennes en même temps, il n'y a aucune différence, et seule une ennemie peut les distinguer. Cela vaut pour tout, y compris pour Hans. Au reste, tu te montres beaucoup trop sensible dans ta façon de juger ma conversation avec lui, car si mes intentions et les siennes ne se recouvrent pas complètement, elles ne vont pas non plus jusqu'à se contredire ; en outre, nos dissensions ne lui ont pas échappé ; si tu le croyais, tu sous-estimerais fort la prudence de ce petit homme circonspect, et même s'il ne s'est rendu compte de rien, personne n'en pâtira, j'espère.

— Il est si difficile d'y voir clair, K., soupira Frieda, je n'éprouvais aucune méfiance envers toi, voilà qui est sûr, et si la patronne m'a communiqué un sentiment de ce genre, je serai heureuse de m'en défaire et de te demander pardon à genoux, comme je le fais du reste constamment, même si j'ai des paroles méchantes. Il n'en reste pas moins que tu me caches beaucoup de choses ; tu rentres et tu sors, mais j'ignore d'où tu viens et où tu vas. Ce matin encore, lorsque Hans a frappé, tu as prononcé le nom de Barnabas. Ah, si tu m'avais appelée une seule fois avec la même affection qu'en prononçant alors — et j'ignore pourquoi — ce nom odieux. Si tu n'as pas confiance en moi, comment puis-je ne pas devenir méfiante quand je me retrouve sous l'influence de la patronne, puisque ton attitude semble lui donner raison. Pas sur tout, je ne veux pas dire que tu lui donnes raison sur tout, car enfin, n'as-tu pas chassé les assistants par amour pour moi ? Ah, si seulement tu savais combien dans toutes tes paroles et tous tes gestes, même lorsque tu me fais souffrir, je cherche un fond de bonté envers moi. — D'abord, dit K., je ne te cache rien du tout, Frieda. Combien la patronne me hait, et comme elle s'efforce de t'arracher à moi, et par quels moyens abjects, et comme tu lui cèdes, Frieda, comme tu lui cèdes ! Dis-moi au juste en quoi je te cache quelque chose ? Tu sais que je veux arriver jusqu'à Klamm, tu sais aussi que tu ne peux m'y aider et que je dois donc y arriver par mes propres moyens, et tu vois bien que je n'y ai pas encore réussi. Faut-il qu'en te racontant mes tentatives inutiles qui sont déjà bien assez humiliantes, je m'humilie doublement ? Dois-je me vanter d'avoir passé un long après-midi à attendre en vain à la portière du traîneau de Klamm, tout frigorifié ? Trop heureux de ne plus devoir songer à ces choses, je cours vers toi, et c'est par toi qu'elles reviennent à présent me menacer. Et Barnabas ? Bien sûr que je l'attends. C'est le messager de Klamm, ce n'est pas moi qui l'ai désigné comme tel. — Encore Barnabas, s'écria Frieda, je ne peux pas croire que ce soit un bon messager. — Tu as peut-être raison, fit K., mais c'est le seul qu'on m'envoie. — C'est d'autant plus grave, dit Frieda, raison de plus pour que tu te méfies de lui. — Hélas ! il ne m'a encore donné aucune raison de le faire, dit K. en souriant, il vient rarement et les messages qu'il m'apporte sont sans intérêt ; ils n'ont de valeur que parce qu'ils émanent directement de Klamm. — Regarde, dit Frieda, ce n'est même plus Klamm, ton but, et c'est peut-être ce qui m'inquiète le plus ; quand tu essayais sans cesse de te frayer un chemin vers Klamm sans t'occuper de moi, c'était déjà grave ; mais voilà que maintenant, tu sembles renoncer à Klamm : c'est beaucoup plus grave, même la patronne n'avait pas envisagé cela. D'après elle, mon bonheur, un bonheur douteux et pourtant très réel, finirait le jour où tu comprendrais une fois pour toutes la vanité des espoirs que tu fondais sur Klamm. Mais maintenant tu n'attends même plus ce jour ; un petit garçon arrive à l'improviste et tu commences à lutter avec lui pour les faveurs de sa mère, comme si tu luttais pour l'air que tu respires. — Tu as bien interprété ma conversation avec Hans, fit K., c'était bien ça. Mais toute ta vie passée a-t-elle à ce point sombré dans l'oubli (sauf la patronne, bien sûr, car elle ne se laisse pas oublier comme ça) que tu ne sais plus combien il faut lutter pour avancer, surtout quand on part de rien ? Et combien il faut exploiter tout ce qui donne une lueur d'espoir ? Or cette femme vient du château, c'est elle-même qui me l'a dit le premier jour, lorsque je me suis égaré chez Lasemann. Quoi de plus naturel que de lui demander conseil ou assistance ? Si la patronne connaît par le menu tous les obstacles qui empêchent d'accéder à Klamm, cette femme connaît sans doute le chemin, puisqu'elle l'a pris pour redescendre. — Le chemin qui conduit vers Klamm ? demanda Frieda.

— Bien sûr, vers Klamm, où veux-tu qu'il conduise ? », dit K. Puis il se leva d'un bond : « Maintenant, il est grand temps que j'aille chercher le casse-croûte. » Avec une insistance sans commune mesure avec sa cause, Frieda le supplia de rester, comme si seule sa présence pouvait confirmer les propos consolateurs qu'il lui avait tenus. Mais K. lui rappela l'existence de l'instituteur, il désigna la porte qui pouvait à tout moment s'ouvrir dans un bruit de tonnerre, et promit de revenir très vite, elle n'avait même pas besoin de chauffer, il s'en occuperait lui-même. Frieda finit par s'incliner en silence. Tout en se frayant avec peine un chemin dans la neige — voilà longtemps que le chemin aurait déjà dû être déblayé, le travail avançait avec une singulière lenteur ! — K. vit l'un des assistants, épuisé, qui se cramponnait à la grille. Il n'y en avait qu'un, où était l'autre ? K. avait-il au moins brisé la résistance de l'un d'eux ? Certes, on pouvait voir que celui qui restait n'avait rien perdu de son zèle, car en apercevant K. il fut tout ragaillardi et recommença aussitôt à tendre les bras en roulant des yeux langoureux. « Quelle persévérance exemplaire ! », se dit K., mais il ne put s'empêcher d'ajouter : « capable de vous faire mourir de froid, accroché à cette grille. » Mais sans rien laisser paraître, K. se contenta de menacer l'assistant du poing pour éviter qu'il se rapproche ; pris de peur, celui-ci battit en retraite. Au même moment, Frieda ouvrit une fenêtre afin d'aérer la pièce avant qu'on ne la chauffe, comme convenu avec K. Oubliant aussitôt K., l'assistant se faufila vers la fenêtre, en proie à une attirance irrésistible. Le visage crispé, plein de bienveillance pour l'assistant et implorant K. d'un air désemparé, Frieda agita légèrement la main à la fenêtre, sans qu'on pût savoir si c'était un geste de salut ou de refus ; mais l'assistant ne se laissa pas déconcerter, et continua de s'approcher. Frieda se dépêcha alors de fermer la fenêtre extérieure, mais resta derrière, la main sur la poignée, la tête penchée, les yeux grands ouverts, aux lèvres un sourire figé. Savait-elle qu'ainsi elle attirerait plutôt l'assistant, au lieu de le décourager ? Mais K. ne regarda plus en arrière, il préférait se dépêcher et revenir rapidement.

## 15

## CHEZ AMALIA

Enfin — il faisait déjà sombre, c'était la fin de l'après-midi —
K. avait dégagé l'allée du jardin, déblayé et entassé la neige de
part et d'autre de l'allée, son travail pour la journée était donc
terminé. Il se tenait à la porte du jardin, sans voir personne à
l'horizon. Cela faisait déjà plusieurs heures qu'il avait chassé
l'assistant, il l'avait poursuivi sur une bonne distance, et l'autre
avait fini par se cacher quelque part entre les jardinets et les
cabanes, en restant introuvable, et n'avait pas refait surface
depuis. Frieda était dans la maison à faire la lessive ou bien en
train de laver la chatte de Gisa ; en la chargeant de ce travail
Gisa lui avait témoigné beaucoup de confiance, un travail
cependant répugnant et peu adapté, dont K. n'aurait sûrement
pas toléré qu'elle l'accepte, si après tant de négligences il n'eût
été prudent de saisir toutes les occasions d'être agréable à Gisa.
Elle avait suivi K. d'un œil bienveillant lorsqu'il avait été chercher au grenier la petite baignoire pour enfant, lorsque l'on
avait mis de l'eau à chauffer et enfin, avec mille précautions,
déposé la chatte dans la baignoire. Gisa avait même fini par la
confier à Frieda, car Schwarzer venait d'arriver, que K. connaissait depuis le premier soir ; il avait salué K. avec un mélange
de timidité, remontant à cette soirée, et d'immense mépris
comme il seyait vis-à-vis du concierge de l'école, puis il était
passé dans l'autre salle de classe avec Gisa. Ils y étaient toujours. À l'Auberge du Pont, K. avait appris que Schwarzer, pourtant fils d'intendant, vivait depuis longtemps déjà au village par
amour pour Gisa, et qu'il avait réussi grâce à ses relations à être
nommé instituteur-adjoint par la municipalité, fonction dont il
s'acquittait pour l'essentiel en assistant à presque toutes les
leçons de Gisa, assis sur un banc au milieu des enfants, ou
mieux encore sur l'estrade, aux pieds de Gisa. Cela ne dérangeait plus personne, les enfants s'y étaient habitués depuis

longtemps, et d'autant plus facilement peut-être que Schwarzer n'avait ni le goût, ni le sens des enfants, il leur parlait à peine et s'était contenté de remplacer Gisa pour les leçons de gymnastique, heureux, pour le reste, de vivre dans le voisinage, l'atmosphère, la chaleur de Gisa. Son plus grand plaisir était d'être assis à côté de Gisa et de corriger les cahiers avec elle. C'était d'ailleurs leur occupation du jour ; Schwarzer avait apporté une grosse pile de cahiers, l'instituteur aussi leur donnait toujours les siens, et tant qu'il avait fait jour, K. les avait vus tous les deux travailler à une petite table près de la fenêtre, tête contre tête, immobiles ; à présent on ne voyait plus que deux flammes de bougies vacillantes. C'était un amour grave et silencieux qui unissait ces deux êtres ; Gisa donnait le ton : même s'il arrivait que son tempérament un peu lymphatique, une fois déchaîné, dépasse toutes les bornes, elle n'aurait jamais toléré la même chose chez autrui en dehors de ces moments-là ; le pétulant Schwarzer devait donc lui aussi se soumettre et marcher lentement, parler lentement, se taire souvent ; mais de tout cela on voyait qu'il était amplement récompensé par la calme et simple présence de Gisa. Pourtant, Gisa ne l'aimait peut-être pas du tout ; en tout cas ses yeux ronds et gris dont les paupières ne clignaient littéralement jamais, mais qui semblaient plutôt tourner autour de leurs pupilles, laissaient sans réponse ce genre de questions ; on voyait seulement qu'elle tolérait Schwarzer sans le contredire, mais elle n'estimait sûrement pas à son juste prix l'honneur que cela représentait d'être aimée du fils d'un intendant, et d'un air imperturbable, elle promenait son corps ample et voluptueux, que Schwarzer la suivît du regard ou non. Schwarzer, en revanche, faisait pour elle le constant sacrifice de rester au village ; il rembarrait d'un air scandalisé les messagers de son père qui venaient souvent le chercher, comme si en lui rappelant le château et son devoir filial, ne fût-ce qu'un court instant, ils troublaient son bonheur de manière sensible et irrémédiable. Et pourtant il avait en réalité beaucoup de temps libre, car en général Gisa ne se montrait que pendant les heures

de cours et pour la correction des cahiers, certes non par calcul, mais parce qu'elle aimait plus que tout son confort, et donc
la solitude, et que son bonheur était sans doute à son comble
lorsqu'elle pouvait se prélasser chez elle en toute liberté sur le
canapé, avec sa chatte à côté d'elle, qui ne la dérangeait pas,
car elle était presque impotente. C'est ainsi que Schwarzer passait le plus clair de la journée à flâner sans rien à faire ; mais
cela aussi lui plaisait, car il avait toujours la possibilité, dont il
profitait d'ailleurs très souvent, de se rendre rue du Lion, où
Gisa habitait, de monter jusque dans sa soupente et d'écouter
à sa porte toujours verrouillée, ceci pour mieux repartir ensuite
après avoir immanquablement constaté le silence total et
incompréhensible qui y régnait. Mais chez lui aussi, les conséquences de ce mode de vie se manifestaient parfois, quoique
jamais en présence de Gisa, par des éclats ridicules, lorsque se
réveillait son orgueil de fonctionnaire, lequel était à vrai dire
fort déplacé dans sa position actuelle ; alors les choses ne finissaient en général pas très bien, comme K. avait pu lui-même le
constater.

La seule chose étonnante, c'était qu'au moins à l'Auberge du
Pont on évoquait Schwarzer malgré tout avec un certain respect, même lorsqu'il s'agissait de choses plus dérisoires que
respectables, et Gisa jouissait du même respect. Mais si Schwarzer se croyait comme instituteur adjoint infiniment supérieur à
K., c'était faux, cette supériorité n'existait pas, le concierge est
une personne très importante pour le corps enseignant, surtout pour un instituteur du genre de Schwarzer ; on ne saurait
le mépriser impunément, et si pour des raisons hiérarchiques
on ne peut renoncer à ce mépris, on doit au moins lui rendre
la chose supportable par des compensations appropriées. K. y
songerait à l'occasion ; d'ailleurs, Schwarzer avait dès le premier soir contracté auprès de lui une dette que les jours suivants n'avaient pas diminuée, même s'ils avaient justifié
l'accueil que Schwarzer lui avait réservé. Car il ne fallait pas
oublier que cet accueil avait peut-être influencé toute la suite
des événements. C'était à cause de Schwarzer que, de manière

tout à fait insensée et dès la première heure, toute l'attention des autorités s'était portée sur K., alors qu'entièrement étranger au village, ne connaissant personne, sans refuge, épuisé par sa marche, étendu sans défense sur sa paillasse, il était à la merci de la première intervention des autorités. Ne fût-ce qu'une nuit plus tard, tout aurait pu se passer autrement, dans le calme, à moitié en secret. En tout cas personne n'aurait rien su de lui, personne n'aurait eu de soupçon, ou du moins personne n'aurait hésité à l'héberger une journée comme un compagnon itinérant ; on aurait constaté son efficacité et son sérieux, on en aurait parlé dans le voisinage, il aurait sans doute vite trouvé à se loger quelque part comme valet. Bien sûr, il n'aurait pas échappé aux autorités. Mais il y avait une différence essentielle : dans un cas, le bureau central ou quelqu'un se trouvant là avait répondu au téléphone, était réveillé en pleine nuit par sa faute, sommé de prendre une décision immédiate, sommé avec une apparence d'humilité mais avec une pénible insistance, et de surcroît par Schwarzer, qui n'était sans doute guère en faveur là-haut ; dans l'autre, au lieu de tout cela, K. frappait chez le maire le lendemain dans les heures ouvrables et se présentait en bonne et due forme comme un compagnon itinérant déjà hébergé pour la nuit chez un habitant de la commune et qui poursuivra sans doute demain sa route, sauf si d'aventure, chose fort improbable, il trouve ici du travail, juste pour deux ou trois jours bien sûr, car il ne veut en aucun cas rester davantage. Voilà plus ou moins comment les choses se seraient passées sans Schwarzer. Là aussi les autorités auraient suivi l'affaire, mais dans le calme, par la voie administrative, sans être dérangées par l'impatience de l'intéressé, qu'elles trouvaient sans doute détestable. Or, K. était innocent de tout cela, c'était Schwarzer le coupable, mais Schwarzer était le fils d'un intendant et en apparence il s'était conduit correctement, donc on ne pouvait qu'incriminer K. Et la cause ridicule de tout cela ? Peut-être l'humeur intraitable de Gisa ce jour-là, ce qui avait conduit Schwarzer à déambuler toute la nuit sans pouvoir dormir, pour ensuite se venger de son chagrin sur K. Mais d'un autre côté, on pouvait dire aussi que K. devait beaucoup à la conduite de Schwarzer. Elle seule avait rendu possible une chose que K. n'eût jamais obtenue par lui-même, qu'il n'eût jamais osé obtenir, et que les autorités, quant à elles, n'eussent jamais permise, à savoir que dès le début il se présenta aux autorités sans subterfuge, ouvertement, face à face, dans les limites que celles-ci toléraient. Mais c'était un cadeau redoutable ; s'il épargnait à K. bien des mensonges et des tractations secrètes, il le privait presque aussi de toute défense, en tout cas il le désavantageait dans la lutte, ce qui eût pu réduire K. au désespoir s'il n'avait été forcé d'admettre que le rapport de force entre lui et les autorités était si disproportionné que tous les mensonges et les ruses dont il eût été capable n'auraient guère pu réduire la différence en sa faveur, et seraient toujours restés relativement imperceptibles. Mais ce n'était qu'une idée qui lui servait de consolation, Schwarzer restait malgré tout son débiteur ; s'il avait nui à K. l'autre fois, peut-être pourrait-il l'aider à présent ; par la suite aussi, K. aurait besoin d'aide pour les moindres détails, pour les tout premiers préliminaires, d'autant que Barnabas par ex. semblait de nouveau lui faire défaut. À cause de Frieda, K. avait hésité toute la journée à aller aux nouvelles chez Barnabas ; pour ne pas être obligé de le recevoir devant Frieda, K. avait travaillé là-dehors, et une fois son travail fini, il était resté dehors à l'attendre, mais Barnabas n'était pas venu. Il ne restait plus qu'à aller chez ses sœurs, juste pour un instant, il les interrogerait juste sur le pas de la porte, et il serait aussitôt de retour. Et après avoir planté sa pelle dans la neige, il partit en courant. Il arriva à bout de souffle chez Barnabas, ouvrit grand la porte après avoir frappé quelques coups brefs et demanda, sans regarder à l'intérieur de la pièce : « Barnabas n'est toujours pas rentré ? » C'est alors seulement qu'il constata l'absence d'Olga, que les deux vieillards étaient assis autour de la table au fond de la pièce, dans une sorte de torpeur, que n'ayant pas encore saisi ce qui était arrivé près de la porte ils commençaient à tourner lentement le visage vers lui et qu'enfin

Amalia, allongée sous des couvertures sur le banc, près du poêle, avait d'abord sursauté à l'apparition de K. et avait porté la main à son front pour reprendre ses esprits. Si Olga avait été là, elle aurait répondu aussitôt et K. aurait pu repartir, mais dans ces circonstances, il dut au moins faire quelques pas vers Amalia, lui tendre la main, qu'elle serra en silence, et la prier d'empêcher ses parents, effrayés, de se mettre à déambuler dans la pièce, ce qu'elle fit en quelques mots. K. apprit qu'Olga était en train de fendre du bois dans la cour, qu'Amalia, épuisée — elle n'en donna pas la raison —, avait dû s'allonger quelques instants auparavant, et que si Barnabas n'était pas encore de retour, il serait là d'ici peu, car il ne passait jamais la nuit au château. K. la remercia de ce renseignement ; il pouvait rentrer à présent, mais Amalia lui demanda s'il ne voulait pas attendre Olga, malheureusement il n'avait plus le temps, alors Amalia lui demanda s'il avait déjà parlé avec Olga aujourd'hui, d'un air étonné il répondit que non et demanda si Olga avait quelque chose de particulier à lui communiquer ; comme légèrement contrariée, Amalia fit la moue, hocha la tête sans rien dire, ce qui visiblement voulait dire au revoir, et se recoucha. En position allongée, elle l'examina en ayant l'air surprise qu'il fût encore là. Comme toujours, son regard était froid, clair, immobile, et — c'était troublant — au lieu de se diriger droit sur ce qu'elle observait, il passait à côté, de manière à peine visible mais incontestable ; ce n'était pas, semblait-il, faiblesse, gêne, ou duplicité de sa part, mais un constant désir de solitude, supérieur à tous les autres sentiments, dont peut-être elle ne se rendait compte elle-même qu'ainsi. K. crut se rappeler que ce regard avait retenu son attention dès le premier soir, et même que toute l'impression déplaisante que cette famille lui avait faite aussitôt provenait de ce regard, qui n'était pas déplaisant en soi, mais fier et sincère jusque dans son côté fermé. « Tu es toujours si triste, Amalia, fit K., est-ce que quelque chose te tourmente ? Ne peux-tu le dire ? Je n'ai encore jamais vu de jeune villageoise comme toi. C'est seulement aujourd'hui, seulement maintenant que je m'en rends compte. Es-tu de ce village ? Es-tu née ici ? » Amalia acquiesça, comme si K. n'avait posé que cette dernière question, puis elle dit : « Donc, tu vas tout de même attendre Olga ? — Je ne sais pourquoi tu me poses toujours la même question, dit K., je ne peux pas rester, ma fiancée m'attend à la maison. » Amalia se redressa sur un coude, elle ignorait qu'il eût une fiancée. K. lui dit son nom, Amalia ne la connaissait pas. Elle lui demanda si Olga était au courant des fiançailles, K. pensait que oui, car Olga l'avait vu avec Frieda, et les nouvelles de ce genre circulent vite, au village. Mais Amalia lui garantit qu'Olga n'était pas au courant et qu'elle serait très malheureuse, car elle semblait aimer K. Elle n'en avait pas parlé ouvertement, car elle était très pudique, mais l'amour se trahit sans le vouloir. K. était convaincu qu'Amalia se trompait. Amalia sourit et quoique triste ce sourire éclaira son visage renfrogné, rendit éloquent son mutisme, familière son étrangeté, il livrait un secret, une possession jusque-là bien gardée, qui pourrait certes être reprise, mais jamais complètement. Amalia dit qu'elle était sûre de ne pas se tromper, d'ailleurs elle en savait davantage, elle savait que K. lui aussi avait un penchant pour Olga et que ses visites, prenant pour prétextes les messages de Barnabas, étaient en fait destinées à la seule Olga. Mais puisque Amalia était au courant de tout, il n'était plus obligé d'être aussi strict, et il pouvait passer souvent. Voilà tout ce qu'elle voulait lui dire. K. secoua la tête et lui rappela ses fiançailles. Amalia ne semblait guère s'en soucier, l'impression immédiate que lui faisait K., debout seul devant elle, était déterminante à ses yeux ; elle se contenta de lui demander quand il avait fait la connaissance de cette jeune fille, car il était au village depuis peu de temps. K. lui raconta la soirée à l'Auberge des Messieurs, sur quoi Amalia déclara sèchement qu'elle s'était opposée à ce qu'on le conduisît là-bas. Elle en prit à témoin Olga, qui rentrait justement les bras chargés de bûches, toute fraîche et la peau fouettée par l'air froid, pleine de force et de vitalité, comme métamorphosée par le travail, elle qui d'habitude restait plantée au milieu de la pièce. Elle laissa tomber le bois par terre, salua K. avec naturel

et demanda aussitôt des nouvelles de Frieda. K. lança à Amalia
un regard entendu, mais elle ne sembla pas s'estimer contredite. Un peu irrité, K. donna plus de détails sur Frieda qu'il ne
l'eût fait autrement, il décrivit les circonstances pénibles dans
lesquelles elle parvenait malgré tout à maintenir une vie de
foyer à l'école, et dans la hâte de son récit — car il voulait
rentrer sans tarder —, tout en prenant congé, il invita étourdi-
ment les deux sœurs à venir lui rendre visite. Mais là, il s'interrompit épouvanté, tandis qu'Amalia, sans lui laisser le temps
d'ajouter un mot, s'empressait d'accepter l'invitation ; Olga
n'eut d'autre choix que de se joindre à elle. Mais K., toujours
poursuivi par l'idée qu'il devait se hâter de prendre congé et
désarçonné par le regard d'Amalia, n'hésita pas à avouer sans
ambages qu'il avait lancé cette invitation sans réfléchir du tout,
en obéissant à son seul sentiment, mais qu'hélas ! il ne pouvait
l'honorer, car (il ne comprenait d'ailleurs absolument pas
pourquoi) une grande hostilité régnait entre Frieda et la maison de Barnabas. « Ce n'est pas de l'hostilité, fit Amalia en se
levant de la banquette et en écartant les couvertures, ce n'est
rien d'aussi considérable, c'est simplement le reflet de l'opinion générale. Et maintenant va-t'en, retourne auprès de ta
fiancée, je vois comme tu es pressé. Ne crains pas non plus
notre visite, depuis le début j'ai dit cela pour plaisanter, par
méchanceté. Toi, par contre, tu peux venir souvent chez nous,
rien ne s'y oppose. Tu pourras toujours prétexter les messages
de Barnabas. Et pour te faciliter encore les choses, je te dirai
que même lorsque Barnabas revient du château avec un message pour toi, il ne peut pas ensuite aller jusqu'à l'école pour
te le communiquer. Il ne peut pas ainsi courir dans tous les
sens, le pauvre garçon, il s'épuise à la tâche, tu devras toi-même
venir aux nouvelles. » K. n'avait encore jamais entendu Amalia
prononcer autant de paroles d'affilée, et son ton était différent
de ses propos habituels, il avait une sorte de hauteur que K. ne
fut pas le seul à ressentir, mais Olga manifestement aussi, sa
sœur, qui était pourtant habituée à elle ; elle se tenait un peu
à l'écart, les mains dans son giron, dans son ancienne attitude,

les jambes écartées, un peu voûtée, le regard tourné vers Amalia qui, elle, n'avait d'yeux que pour K. « Tu te trompes, dit K., tu te trompes lourdement si tu crois que je ne tiens pas à attendre Barnabas ; mon désir le plus cher, mon seul désir en fait, c'est de mettre bon ordre dans mes rapports avec les autorités. Et Barnabas doit m'y aider, mes espoirs reposent en grande partie sur lui. Certes, il m'a déjà fort déçu une fois, mais c'était plus ma faute que la sienne, c'est arrivé dans la confusion des premières heures, je croyais alors pouvoir tout obtenir en une petite promenade du soir, et lorsque l'impossible est apparu comme tel, c'est à lui que j'en ai voulu. Même mon jugement sur votre famille, sur vous, s'en est ressenti. Tout cela est fini, je crois mieux vous comprendre, à présent, vous êtes même — K. chercha le mot juste, et ne le trouvant pas, il se contenta d'une formule banale — vous êtes peut-être plus gentils que tous les autres villageois, pour autant que je les connaisse. Mais tu me rends de nouveau perplexe, Amalia, en rabaissant sinon la charge qu'occupe ton frère, du moins l'importance qu'il a pour moi. Peut-être n'es-tu pas au courant des affaires de Barnabas, et alors tout va bien, n'en parlons plus ; mais peut-être es-tu au courant — et c'est plutôt l'impression que j'ai — et alors, rien ne va, car cela signifierait que ton frère me trompe. — Sois tranquille, dit Amalia, je ne suis pas au courant, rien ne pourrait m'inciter à me mettre au courant, même pour ton bien, et pourtant je ferais bien des choses pour toi, car tu l'as dit, nous sommes gentils. Mais les affaires de mon frère ne regardent que lui, j'en ignore tout, hormis ce que j'entends de temps à autre sans le vouloir. En revanche, Olga peut te renseigner dans le détail, car elle est sa confidente. » Et Amalia s'en alla, d'abord vers ses parents, avec lesquels elle parla à voix basse, puis dans la cuisine ; elle avait quitté K. sans lui dire au revoir, comme si elle avait su qu'il resterait encore longtemps et qu'il n'y avait pas besoin de se dire au revoir.

## 16 [1]

K. resta planté là, l'air un peu interloqué ; Olga se moqua de lui, l'attira vers la banquette près du poêle, elle semblait vraiment heureuse de pouvoir maintenant s'asseoir seule avec lui, mais c'était un bonheur paisible, aucune jalousie ne venait l'obscurcir. Et justement, cette absence de jalousie et donc de toute sévérité faisait du bien à K., il aimait regarder ces yeux bleus qui ne cherchaient ni à séduire ni à dominer, mais qui se posaient timidement sur lui et soutenaient timidement son regard. On eût dit que les mises en garde de Frieda et de la patronne ne l'avaient pas rendu plus vulnérable à toutes ces choses, mais plus attentif, plus habile. Et il rit avec Olga lorsqu'elle s'étonna qu'il ait qualifié Amalia de gentille, Amalia était bien des choses, mais gentille, pas vraiment. À ces mots, K. expliqua que ce compliment était bien sûr destiné à Olga, mais qu'Amalia était si dominatrice que non seulement elle s'appropriait tout ce qu'on disait en sa présence, mais qu'on lui attribuait même de plein gré tous les mérites. « C'est vrai, fit Olga sur un ton plus grave, c'est plus vrai que tu ne le penses. Amalia est plus jeune que moi, plus jeune que Barnabas aussi, mais dans la famille c'est elle qui prend les décisions, pour le bien et pour le mal ; il est vrai que c'est elle aussi qui, de nous tous, porte le plus lourd fardeau, pour le bien comme pour le mal. » K. jugea ces propos exagérés : Amalia ne venait-elle pas de dire qu'elle ne s'occupait pas des affaires de son frère, alors qu'Olga était au courant de tout ? « Comment t'expliquer ? dit Olga, Amalia ne s'occupe ni de Barnabas ni de moi, en fait elle ne s'occupe que de nos parents, elle les soigne jour et nuit, elle vient encore de leur demander ce qu'ils veulent et d'aller leur préparer quelque chose à la cuisine, elle s'est forcée à se lever pour eux, car elle ne se sent pas bien depuis midi et elle est restée allongée ici

---

1. Aucun titre ne désigne ce chapitre. Pour les quinze précédents, c'est Malcolm Pasley qui a retrouvé une feuille portant leur liste, dressée après coup par Kafka, à partir du texte déjà écrit. Dans le corps du texte ne se trouvent que des petits traits horizontaux de séparation.

sur la banquette. Mais elle a beau ne pas s'occuper de nous, nous dépendons d'elle comme si elle était l'aînée, et si elle nous conseillait pour nos affaires, nous lui obéirions sûrement, mais elle ne le fait pas, nous sommes des étrangers pour elle. Tu as beaucoup d'expérience, tu viens de loin, n'as-tu pas l'impression qu'elle est particulièrement intelligente ? — Particulièrement malheureuse, j'ai l'impression, fit K., mais comment se fait-il que vous respectiez tant Amalia et qu'en même temps Barnabas par ex. occupe ce poste de messager qu'elle réprouve, qu'elle méprise même peut-être ? — S'il savait quoi faire d'autre, il démissionnerait aussitôt, car il ne s'y plaît guère. — N'est-ce pas un cordonnier dûment formé ? demanda K. — Bien sûr, fit Olga, d'ailleurs il travaille aussi pour Brunswick, et s'il le voulait, il aurait du travail jour et nuit et serait grassement payé. — Eh bien, fit K., il pourrait donc remplacer son service de messager par un autre métier. — Son service de messager ? demanda Olga avec surprise, est-ce pour le salaire qu'il l'a accepté ? — C'est possible, fit K., mais tu viens de me dire qu'il ne s'y plaît pas. — Il ne s'y plaît pas, et ce pour plusieurs raisons, fit Olga, mais il travaille tout de même plus ou moins pour le compte du château, on pourrait en tout cas le croire. — Quoi ? dit K., vous doutez même de cela ? — Bon, fit Olga, pas vraiment, Barnabas va dans les bureaux, il traite d'égal à égal avec les employés, il aperçoit aussi de loin tel ou tel fonctionnaire, on lui confie des lettres relativement importantes, et même des messages à transmettre de vive voix, ça n'est pas rien, et nous pourrions être fiers qu'il en soit arrivé là si jeune encore. » K. acquiesça, il ne songeait plus à rentrer. « Il a aussi sa propre livrée ? demanda-t-il. — Tu veux dire sa veste ? fit Olga, non, c'est Amalia qui la lui a faite, avant même qu'il devienne messager. Mais tu mets le doigt sur le point sensible. Cela fait longtemps que l'administration aurait dû lui fournir, non pas une livrée, car il n'y en a pas au château, mais un costume, d'ailleurs on le lui a promis, mais de ce côté-là ils sont très lents au château, et le pire, c'est que personne ne sait ce que cache cette lenteur ; elle peut signifier que l'affaire suit son cours administratif, ou que la procédure administrative n'a pas commencé, et donc qu'on veut encore mettre par ex. Barnabas à l'épreuve ; mais elle peut aussi vouloir dire en fin de compte que la procédure est terminée, que pour telle ou telle raison la promesse a été annulée et que Barnabas ne recevra jamais son costume. Il n'y a pas moyen d'en savoir plus, ou il faudra attendre longtemps. Nous avons un proverbe, ici, peut-être que tu le connais : "Les décisions administratives sont timides comme les jeunes filles". — C'est finement observé, fit K., qui prenait la chose plus au sérieux qu'Olga, c'est finement observé, et il se peut que ces décisions aient d'autres points communs avec les jeunes filles. — Peut-être, dit Olga, pourtant je ne vois pas ce que tu veux dire. Peut-être même que tu dis cela comme un compliment. Mais pour en revenir à cette histoire d'uniforme, c'est une des préoccupations de Barnabas, et puisque nous partageons nos préoccupations, c'est aussi la mienne. Pourquoi ne lui donne-t-on pas d'uniforme ? Nous ne cessons de nous le demander en vain. Mais rien n'est simple, dans cette affaire. Les fonctionnaires, par ex., ne semblent pas en avoir ; d'après ce que nous savons ici et à en croire les récits de Barnabas, ils portent des vêtements de tous les jours, quoique fort beaux. D'ailleurs, tu as vu Klamm. Bien sûr, Barnabas n'est pas un fonctionnaire, même des plus subalternes, et il n'a pas la présomption d'y prétendre. Mais les employés de première catégorie, que l'on n'a pas l'occasion de voir au village, n'ont pas non plus de vêtements de fonction, d'après Barnabas ; on pourrait d'abord y trouver un certain réconfort, mais un réconfort illusoire, car Barnabas est-il un employé de première catégorie ? Non, malgré toute l'affection qu'on a pour lui, on ne peut dire cela, ce n'est pas un employé de première catégorie, le simple fait qu'il vienne au village, et même qu'il habite ici, est la preuve du contraire ; les employés de première catégorie sont encore plus réservés que les fonctionnaires, peut-être avec raison, peut-être sont-ils même supérieurs à bien des fonctionnaires, certains faits le suggèrent, ils travaillent moins, et d'après Barnabas c'est un spectacle merveilleux que de voir ces hommes choisis pour leur stature et leur vigueur marcher lentement dans les couloirs, Barnabas est toujours en train de se faufiler entre eux. Bref, on ne saurait prétendre que Barnabas soit un employé de première catégorie. Il pourrait donc faire partie des employés de catégorie inférieure : or ce sont eux justement qui ont des vêtements de fonction, en tout cas lorsqu'ils viennent au village ; ce n'est pas une véritable livrée, et il y a beaucoup de variantes différentes, mais ces vêtements permettent tout de même de reconnaître aussitôt les employés du château, d'ailleurs tu en as vu à l'Auberge des Messieurs. L'aspect le plus frappant dans leurs habits, c'est qu'ils sont presque toujours très ajustés ; un paysan ou un ouvrier ne pourrait utiliser ce genre d'habit. Eh bien, cet habit, Barnabas ne le possède pas ; ce n'est pas juste humiliant ou avilissant, ce qu'on pourrait supporter, mais cela nous fait douter de tout, surtout dans les heures sombres, et nous en traversons parfois, Barnabas et moi, ce n'est pas rare. Alors, nous nous demandons si au fond c'est pour le compte du château que Barnabas travaille ; bien sûr, il va dans les bureaux, mais est-ce que les bureaux sont le château à proprement parler ? Et même si le château comporte des bureaux, est-ce que ce sont ceux où Barnabas a le droit d'entrer ? Il va dans des bureaux, mais qui ne forment qu'une petite partie de l'ensemble, ensuite il y a des barrières, avec encore d'autres bureaux au-delà. On ne lui interdit pas expressément d'aller plus loin, mais il ne peut tout de même pas aller plus loin, une fois qu'il a trouvé ses supérieurs et qu'après lui avoir donné leurs instructions, ils le renvoient. De surcroît, on est sans cesse observé là-bas, ou du moins on en a l'impression. Et même s'il allait plus loin, à quoi cela servirait-il, si n'ayant à s'acquitter d'aucune tâche officielle, il était un intrus ? Et ne va pas t'imaginer ces barrières comme une frontière bien définie, Barnabas me le rappelle sans arrêt. Des barrières, il y en a aussi dans les bureaux où il va, il y en a donc aussi qu'il franchit, et elles ne sont pas différentes de celles qu'il n'a encore jamais franchies ; il n'y a donc aucune raison de présumer que les bureaux qui se trouvent au-

delà de ces dernières barrières soient radicalement différents
de ceux où Barnabas a déjà été. C'est seulement pendant les
heures sombres dont je te parlais qu'on a cette impression. Et
alors, le doute va plus loin, il n'y a pas moyen de s'en défendre.
Barnabas parle avec des fonctionnaires, Barnabas reçoit des
messages. Mais quels fonctionnaires, quels messages, au juste ?
En ce moment, il est affecté à Klamm, comme il dit, et il reçoit
ses ordres de lui personnellement. C'est considérable, même
les employés de première catégorie ne parviennent pas aussi
loin, ce serait presque trop beau, voilà ce qui est angoissant.
Songe un peu : être affecté directement à Klamm, lui parler
face à face ! Mais est-ce bien le cas ? Oui, c'est le cas, mais alors
pourquoi Barnabas doute-t-il que le fonctionnaire qu'on désigne là-bas sous le nom de Klamm soit vraiment Klamm ? — Tu
ne veux tout de même pas plaisanter, Olga, fit K. ; comment
peut-il y avoir un doute sur l'apparence de Klamm, tout le
monde sait à quoi il ressemble, moi-même je l'ai vu. — K., je
ne plaisante pas du tout, fit Olga, ce sont pour moi des préoccupations très sérieuses. Mais je ne t'en parle pas pour soulager
mon cœur et t'accabler, c'est parce que tu t'es enquis de Barnabas, qu'Amalia m'a chargée de tout te raconter, et parce que je
crois qu'il est également utile pour toi d'en savoir davantage.
Je le fais aussi à cause de Barnabas, pour que tu ne fondes pas
sur lui de trop grandes espérances, pour qu'il ne te déçoive
pas et n'aille pas ensuite souffrir de ta déception. Il est très
sensible, par ex. il n'a pas dormi la nuit dernière parce que tu
étais mécontent de lui hier au soir ; il paraît que tu as dit que
tu étais très ennuyé "d'avoir seulement un messager" tel que
Barnabas. Ces mots lui ont ôté le sommeil, sans doute n'auras-
tu guère remarqué son émotion, les messagers du château doivent beaucoup se dominer. Mais il n'a pas la vie facile, même
avec toi. De ton point de vue, tu ne lui en demandes pas trop,
tu es venu avec une certaine idée du service de messager, et tu
y conformes tes exigences. Mais l'idée qu'on s'en fait au château est autre, elle est incompatible avec la tienne, quand bien
même Barnabas se sacrifierait complètement à son service, ce

à quoi il semble hélas ! parfois disposé. Il faudrait se résigner, on ne pourrait rien trouver à redire, n'était la question de savoir si c'est bien un service de messager qu'il accomplit. Devant toi, bien sûr, il ne peut exprimer le moindre doute à ce sujet, cela reviendrait pour lui à saper les fondements de sa propre existence, ce serait une grossière violation des lois auxquelles il se croit encore soumis, et même devant moi il ne parle pas librement, il me faut force cajoleries et baisers pour lui faire admettre ses doutes, et même là, il refuse encore de reconnaître que ses doutes sont des doutes. Il a quelque chose d'Amalia dans le sang. Et il ne me dit sûrement pas tout, quoique je sois son unique confidente. Mais il nous arrive de parler de Klamm ; je n'ai encore jamais vu Klamm, tu sais que Frieda ne m'aime guère et ne m'aurait jamais laissée l'apercevoir, mais au village naturellement on sait à quoi il ressemble, certains l'ont vu, tous ont entendu parler de lui, et par le biais des témoins oculaires, des rumeurs et des déformations intentionnelles, il s'est dégagé une image de Klamm, qui doit être exacte dans ses grands traits. Mais seulement dans ses grands traits. Pour le reste elle fluctue, mais moins au fond peut-être que l'apparence réelle de Klamm. Il paraît qu'il a l'air tout différent lorsqu'il arrive au village et qu'il en repart, avant d'avoir bu de la bière et après, quand il veille et quand il dort, seul et en conversation, et que du coup, ce qui se comprend, c'est presque un tout autre homme là-haut, au château. Et même à l'intérieur du village, on évoque des différences assez grandes, différences de taille, d'attitude, de corpulence, de barbe, c'est seulement sur le plan vestimentaire que par bonheur, les versions concordent : il porte toujours le même habit, un frac noir à longues basques. Bien sûr, toutes ces différences n'ont rien de magique, elles sont parfaitement compréhensibles, elles tiennent à l'humeur du moment, au degré d'émotion, aux innombrables nuances d'espoir ou de désespoir où se trouve le spectateur, qui en outre ne peut voir Klamm qu'un instant, le plus souvent ; je te répète tout cela comme Barnabas me l'a souvent expliqué, et en général, à moins d'être personnellement impliqué, on peut se contenter de cette explication. Mais nous ne le pouvons pas : pour Barnabas, c'est une question de vie ou de mort de savoir s'il parle vraiment avec Klamm ou non. — Autant que pour moi », fit K., et ils se rapprochèrent encore l'un de l'autre, sur la banquette du poêle. K. était certes affecté par toutes les mauvaises nouvelles d'Olga, mais ce qui à ses yeux les compensait en grande partie, c'est qu'il y trouvait des gens dont la situation ressemblait fort à la sienne, au moins de l'extérieur ; il pouvait donc s'associer à eux, s'entendre avec eux sur bien des choses, et non juste sur quelques-unes, comme avec Frieda. Certes, il perdait peu à peu tout espoir de succès pour le message de Barnabas, mais plus cela allait mal pour Barnabas au château, plus il se rapprochait de K., au village ; jamais K. n'eût songé que du village pût émaner une entreprise aussi désespérée que celle de Barnabas et de sa sœur. Il est vrai qu'il restait beaucoup d'aspects à expliquer, et cela pouvait encore finir par un revirement ; il ne fallait pas se laisser entraîner par l'incontestable innocence d'Olga à croire aussitôt à la sincérité de Barnabas. « Les témoignages sur le physique de Klamm, continua Olga, Barnabas les connaît fort bien, il en a réuni et comparé un grand nombre, trop peut-être, il a vu Klamm lui-même une fois au village, par la fenêtre d'une voiture, ou cru le voir : il était donc suffisamment préparé à le reconnaître, et pourtant — comment t'expliques-tu cela ? — lorsqu'il est entré dans un bureau du château et que parmi plusieurs fonctionnaires, on lui en a montré un en lui disant que c'était Klamm, il ne l'a pas reconnu, et même après, il lui a fallu longtemps pour s'habituer à l'idée que ce fût Klamm. Mais si tu demandes à Barnabas en quoi cet homme se distingue de l'idée habituelle qu'on se fait de Klamm, il est incapable de répondre, ou plutôt il répond en décrivant le fonctionnaire du château, mais cette description recouvre exactement celle que nous connaissons. "Mais dans ce cas, Barnabas, lui dis-je, pourquoi douter, pourquoi te tourmenter ?" Alors, visiblement embarrassé, il se met à énumérer les particularités du fonctionnaire du château, mais il semble les inventer plutôt que les décrire, et de surcroît elles sont tellement insignifiantes — il s'agit par ex. d'une façon de hocher la tête, voire simplement d'un gilet déboutonné — qu'il n'y a pas moyen de les prendre au sérieux. Ce qui me semble encore plus important, c'est la façon dont Klamm traite Barnabas. Barnabas me l'a souvent décrite, et même montrée. D'habitude on conduit Barnabas dans un grand bureau, mais ce n'est pas le bureau de Klamm, ce n'est le bureau de personne en particulier. Un seul pupitre à écrire debout, qui va d'un bout à l'autre de la pièce, la divise en deux dans le sens de la longueur : en une partie étroite où deux personnes peuvent tout juste se croiser, qui est l'espace réservé aux fonctionnaires, et en une partie large qui est réservée aux administrés, aux spectateurs, aux employés, aux messagers. Sur ce pupitre sont placés les uns à côté des autres de grands livres ouverts ; devant la plupart, des fonctionnaires sont debout en train de lire. Ils ne restent pas toujours devant le même livre, mais au lieu de changer de livre, ils changent de place ; ce que Barnabas trouve le plus étonnant, c'est la façon dont ils sont obligés de se presser les uns contre les autres quand ils changent de place, tant l'espace est exigu. Devant, tout contre le pupitre, il y a de petites tables basses où sont assis des rédacteurs qui prennent la dictée lorsque les fonctionnaires le souhaitent. Barnabas s'émerveille toujours de la façon dont cela se fait. Le fonctionnaire n'émet aucun ordre explicite, il ne dicte pas non plus à haute voix, on se rend à peine compte qu'il dicte, il donne plutôt l'impression d'être toujours en train de lire, à cela près qu'il chuchote en même temps et que le rédacteur l'entend. Souvent le fonctionnaire dicte si doucement que le rédacteur n'arrive pas à entendre en restant assis, et il doit sans arrêt bondir pour attraper au vol ce qu'on lui dicte, vite se rasseoir pour le transcrire, puis de nouveau bondir, etc. Comme c'est singulier ! C'est presque incompréhensible. Barnabas a largement le temps de tout observer, car il passe des heures et parfois des jours debout dans la salle des spectateurs, avant que le regard de Klamm ne tombe sur lui. Et même lorsque Klamm l'a vu et que Barnabas se met au garde-

à-vous, rien n'est encore décidé, car Klamm peut encore se
replonger dans son livre et l'oublier, cela arrive souvent. Mais
quelle charge de messager est-ce donc là, pour avoir aussi peu
d'importance ? J'ai le cœur gros lorsque Barnabas tôt le matin
annonce qu'il va au château. Ce voyage sans doute parfaitement
inutile, cette journée sans doute perdue, cet espoir sans doute
vain. À quoi bon tout cela ? Et ici le travail du cordonnier s'accumule, personne ne s'en occupe et Brunswick exige qu'il soit
fait. — Bon d'accord, fit K. Barnabas est obligé d'attendre longtemps pour recevoir une mission. Cela se comprend, puisque
les préposés semblent être en surnombre ici, ils ne peuvent pas
tous en recevoir une par jour, vous n'avez pas à vous plaindre,
c'est le lot commun. Et puis Barnabas finit par recevoir des
missions lui aussi, à moi-même il m'a déjà apporté deux lettres.
— Il est fort possible, dit Olga, que nous ayons tort de nous
plaindre, moi surtout qui ne connais tout cela que par ouï-
dire, et qui, étant une jeune fille, comprends moins bien que
Barnabas, sans compter qu'il garde pour lui bien des choses.
Mais écoute ce qui arrive aux lettres, celles qui te sont adressées, par ex. Ce n'est pas Klamm, mais son rédacteur qui les
lui remet en main propre. Un jour quelconque, à une heure
quelconque — c'est pourquoi ce service, qui semble si facile,
est très fatigant, car Barnabas doit sans cesse rester sur le qui-
vive —, le rédacteur se souvient de lui et lui fait signe. Klamm
ne semble pas en être la cause, il étudie tranquillement son
livre, même si parfois, quoique ce soit un geste fréquent chez
lui, il est en train de nettoyer son pince-nez au moment précis
où Barnabas s'approche et peut-être qu'alors il le regarde, à
supposer qu'il y voie quelque chose sans son pince-nez, ce
dont Barnabas doute : Klamm alors a les yeux mi-clos, il a l'air
de dormir et de nettoyer son pince-nez en rêvant. Entre-temps,
le rédacteur extrait de la pile de dossiers et de correspondance
qu'il garde sous la table une lettre qui t'est destinée, ce n'est
donc pas une lettre qu'il vient d'écrire ; vu l'aspect de l'enveloppe, il s'agit plutôt d'une lettre très ancienne qui dort là
depuis longtemps déjà. Mais si c'est une vieille lettre, pourquoi

avoir fait attendre Barnabas si longtemps ? Et toi aussi, sans doute ? Et enfin la lettre, car elle est probablement périmée à présent. Et c'est ainsi que Barnabas acquiert une réputation de messager lent et inefficace. Le rédacteur quant à lui ne se complique pas la tâche, voilà qui est sûr, il donne la lettre à Barnabas en disant : "Pour K., de la part de Klamm", et là-dessus, Barnabas est congédié. Bon, ensuite Barnabas revient à bout de souffle, portant à même la peau, sous sa chemise, la lettre enfin obtenue, alors nous nous asseyons ici sur cette banquette, et il me raconte ce qui s'est passé, et nous examinons les faits un à un et évaluons ce qu'il a obtenu, pour conclure que c'est fort peu, et que même ce peu est douteux, et Barnabas range la lettre, il n'a pas envie d'aller la porter, mais il n'a pas non plus envie d'aller se coucher, il reprend son travail de cordonnier et passe la nuit assis sur son tabouret, là-bas. Voilà ce qu'il en est, K., voilà mes secrets, et tu ne t'étonnes sans doute plus, maintenant, qu'Amalia renonce à les connaître. — Et la lettre ? demanda K. — La lettre ? fit Olga. Eh bien, après quelque temps, lorsque j'ai suffisamment insisté auprès de Barnabas, des jours ou des semaines ont pu s'écouler dans l'intervalle, il finit par se décider à prendre la lettre et va la remettre. Il dépend beaucoup de moi pour ce genre de formalités. C'est qu'ayant dominé la première impression faite par son récit, je reprends mes esprits, ce dont il est incapable, sans doute justement parce qu'il en sait plus que moi. Dans ces cas-là, je peux lui répéter sans cesse quelque chose du genre : "Que veux-tu au fond, Barnabas ? De quelle carrière, de quelles ambitions rêves-tu ? Veux-tu en arriver à être obligé de nous quitter, de me quitter complètement ? Est-ce là ton ambition ? Comment ne pas le croire, puisque c'est le seul moyen de comprendre pourquoi tu es si affreusement insatisfait de ce que tu as déjà obtenu. Regarde un peu autour de toi : y a-t-il parmi nos voisins quelqu'un qui soit parvenu aussi loin ? Certes, leur situation est différente de la nôtre et ils n'ont aucune raison de vouloir s'élever au-dessus de leur condition, mais même sans faire de comparaison, on est forcé de constater que tes affaires sont en

très bonne voie. Il y a des obstacles, des choses suspectes, des déceptions, mais cela signifie simplement, ce que nous savions déjà, que rien ne t'est donné, que tu dois au contraire lutter pour la moindre petite chose ; raison de plus d'être fier, au lieu d'être déprimé. Et puis, tu luttes aussi pour nous, non ? Cela ne compte pas pour toi ? Cela ne te redonne pas des forces ? Et que je sois heureuse et presque orgueilleuse d'avoir un frère comme toi, cela ne te donne pas de l'assurance ? Vraiment, là où tu me déçois, ce n'est pas dans ce que tu as obtenu au château, mais dans ce que j'ai obtenu de toi. Tu as le droit d'entrer au château, tu fréquentes constamment les bureaux, tu passes des jours entiers dans la même pièce que Klamm, tu es un messager reconnu officiellement, tu peux prétendre à un uniforme, on te confie des lettres importantes à transmettre, tu es tout cela, tu as le droit de faire tout cela, et puis tu redescends ici, et au lieu que nous nous embrassions en pleurant de bonheur, tout ton courage semble t'abandonner à ma vue, tu doutes de tout, il n'y a que ton travail de cordonnier qui t'attire, et tu laisses en plan la lettre, cette garantie de notre avenir." Voilà comment je lui parle, et quand je lui ai répété la même chose jour après jour, il finit par prendre la lettre en soupirant et s'en va. Mais mes paroles n'y sont sans doute pour rien, c'est simplement qu'il se sent de nouveau attiré vers le château et qu'il n'oserait pas y retourner sans s'être acquitté de sa mission.
— Et pourtant tu as parfaitement raison dans tout ce que tu lui dis, fit K., j'admire la justesse avec laquelle tu as tout résumé. Comme tu es lucide ! — Non, dit Olga, tu te laisses abuser, et peut-être qu'ainsi je l'abuse lui aussi. Qu'a-t-il obtenu au juste ? Il y a un bureau où il a le droit de pénétrer, et qui n'a même pas l'air d'être un bureau, on dirait plutôt l'antichambre des bureaux, peut-être moins encore, c'est peut-être une pièce où doivent être retenus tous ceux qui n'ont pas le droit d'entrer dans les véritables bureaux. Il parle avec Klamm, mais est-ce bien lui ? Ou bien plutôt quelqu'un qui simplement lui ressemble ? Peut-être tout au plus un rédacteur qui entretient avec Klamm une vague ressemblance et qui s'efforce de lui ressem-

bler encore davantage pour ensuite faire l'important en prenant son air endormi et songeur. C'est l'aspect de sa
personnalité qui est le plus facile à imiter, bien des gens s'y
essaient, ils ont la sagesse de ne pas s'attaquer au reste. Et un
homme aussi recherché et aussi difficile à atteindre que Klamm
prend facilement des allures diverses dans l'imagination des
gens. Klamm a par ex. au village un secrétaire du nom de
Momus. Ah bon ? Tu le connais ? Lui aussi est très discret, mais
malgré tout je l'ai déjà vu deux ou trois fois. C'est un homme
jeune et vigoureux, pas vrai ? Il ne doit donc guère ressembler
à Klamm. Et pourtant tu trouveras des gens, au village, qui jure-
raient que Momus est Klamm et nul autre. Voilà comment les
gens créent en eux-mêmes la confusion. Et il en serait autrement au château ? Quelqu'un a dit à Barnabas que ce fonctionnaire est Klamm et de fait, il existe une ressemblance entre les
deux hommes, mais une ressemblance que Barnabas ne cesse
de mettre en doute. Et tout confirme ses doutes. Klamm, contraint de se faufiler entre les autres fonctionnaires dans une
pièce commune, le crayon sur l'oreille ? C'est parfaitement
invraisemblable. Barnabas a coutume de dire, sur un ton un
peu enfantin, parfois — mais c'est qu'il a retrouvé de son assurance, quand il est de cette humeur — "Ce fonctionnaire ressemble beaucoup à Klamm, c'est vrai : s'il était assis dans son
propre bureau, à sa propre table et si son nom figurait sur la
porte — je n'aurais plus aucun doute." Ce sont des propos
enfantins, et pourtant sensés. Certes, ce qui serait encore plus
sensé, ce serait que, lorsqu'il est là-haut, Barnabas demande un
même jour à plusieurs personnes de quoi il retourne, il y a
suffisamment de gens un peu partout dans cette pièce, d'après
son témoignage. Et si leurs témoignages ne sont guère plus
fiables que celui du fonctionnaire qui spontanément lui a montré Klamm, leur diversité devrait au moins permettre de dégager quelques indices, des points de comparaison. L'idée n'est
pas de moi, elle est de Barnabas, mais il n'ose pas la mettre à
exécution ; par crainte de perdre son poste en enfreignant sans
le vouloir tel ou tel règlement inconnu, il n'ose s'adresser à

personne ; il manque d'assurance à ce point ; ce manque de confiance vraiment pitoyable éclaire mieux son poste, à mes yeux, que toutes ses descriptions. Comme tout doit lui paraître douteux et menaçant là-bas, s'il n'ose même pas ouvrir la bouche pour poser une question innocente. En y songeant, je m'en veux de le laisser seul dans ces pièces inconnues où les choses se passent de telle façon que même lui, qui est plutôt téméraire que lâche, tremble probablement de peur.

— Là, je crois, tu touches à l'essentiel, fit K. C'est cela. Après tout ce que tu m'as raconté, je crois y voir clair. Barnabas est trop jeune pour cette tâche. On ne peut rien prendre au pied de la lettre dans ce qu'il raconte. Comme il est terrorisé là-haut, il est incapable d'y observer quoi que ce soit, et si malgré cela on le force à raconter, ici, on obtient des histoires à dormir debout. Cela ne m'étonne pas. Vous avez ici un respect inné des autorités ; de tous les côtés, des manières les plus diverses, on continue à vous l'insuffler pendant toute votre vie, et vous y contribuez vous-mêmes de votre mieux. Mais fondamentalement, je n'ai rien à y redire ; si une administration est bonne, pourquoi ne pas la respecter ? Simplement on n'a pas le droit d'envoyer soudain au château un jeune homme inexpérimenté comme Barnabas, qui n'est jamais sorti du périmètre du village, et de lui réclamer ensuite des comptes rendus fidèles, et d'examiner chacun de ses propos comme parole d'évangile, et de faire dépendre son propre bonheur de leur interprétation. Il n'y a pas d'erreur plus grave. Il est vrai que je me suis comme toi laissé abuser par lui et j'ai fondé sur lui des espérances, de même que par sa faute j'ai souffert des déceptions qui reposaient entièrement sur ses propos, c'est-à-dire sur presque rien. » Olga se taisait. « C'est à contrecœur, dit K., que j'essaie d'ébranler ta confiance en ton frère, car je vois combien tu l'aimes et ce que tu attends de lui. Mais il le faut, et précisément à cause de ton amour et de tes attentes. Car vois-tu, il y a sans cesse quelque chose — j'ignore quoi — qui vient t'empêcher de reconnaître pleinement ce que Barnabas a, je ne dirai pas obtenu, mais ce qui lui a été donné. Il a le droit d'entrer dans les bureaux ou, si tu préfères, dans une antichambre ; bon, admettons que ce soit une antichambre, mais il y a là des portes qui conduisent au-delà, des barrières que l'on peut franchir, si on est assez habile. À moi par ex., cette antichambre m'est complètement inaccessible, du moins pour l'instant. J'ignore avec qui Barnabas s'y entretient : peut-être ce rédacteur est-il le plus subalterne des employés, mais même s'il est le plus subalterne, il peut conduire à son supérieur immédiat, ou à défaut le nommer au moins, et à défaut de le nommer, il peut du moins indiquer quelqu'un qui pourra le nommer. Ce Klamm présumé n'a peut-être rien à voir avec le vrai Klamm, peut-être que Barnabas, aveuglé par son émotion, est le seul à voir cette ressemblance, c'est peut-être le plus subalterne des fonctionnaires, il n'est peut-être même pas fonctionnaire, mais il a tout de même une tâche à accomplir à ce pupitre, il lit quelque chose dans son grand livre, il murmure quelque chose au rédacteur, il pense quelque chose, lorsqu'une fois de temps en temps son regard tombe sur Barnabas, et même si tout cela n'est pas vrai et si ses gestes n'ont aucun sens, quelqu'un l'a tout de même placé là, et avec une intention derrière la tête. Tout cela pour dire qu'il y a là quelque chose, que quelque chose s'offre à Barnabas, quelque chose au moins, et que c'est uniquement la faute de Barnabas si avec tout cela, il n'aboutit qu'au doute, à la crainte et au désespoir. Et pour l'instant je suis parti du cas de figure le moins propice, qui est d'ailleurs fort improbable. Car après tout, nous avons en main les lettres, auxquelles je ne me fie guère, c'est vrai, mais beaucoup plus qu'aux paroles de Barnabas. Même si ce sont de vieilles lettres sans valeur, tirées au hasard d'un tas de lettres également dénuées de valeur, au hasard et avec autant de cervelle qu'il en faut aux canaris des fêtes foraines pour choisir du bec dans un tas la destinée du premier venu, même dans ce cas, ces lettres ont du moins quelque rapport avec mon travail, elles me sont visiblement destinées, même si ce n'est pas pour mon bénéfice ; comme le maire et sa femme l'ont attesté, elles sont rédigées de la main de Klamm et, toujours selon le maire, elles n'ont sans doute qu'une signification privée et mal définie, mais néanmoins considérable. — Le maire a dit cela ? demanda Olga. — Oui, c'est ce qu'il a dit, répondit K. — Je le raconterai à Barnabas, fit Olga rapidement, cela lui redonnera courage. — Mais il n'a pas besoin d'encouragement, dit K., l'encourager, c'est lui dire qu'il a raison, qu'il n'a qu'à persévérer dans sa manière d'agir ; or, c'est justement ainsi qu'il n'arrivera à rien ; tu peux encourager autant que tu voudras quelqu'un qui a les yeux bandés à regarder à travers son bandeau, il n'y verra jamais rien ; c'est seulement quand on le lui ôte qu'il peut voir. Barnabas a besoin d'aide, non pas d'encouragement. Songe un peu, là-haut il y a cette grande administration dans son inextricable ampleur — je croyais m'en être fait une idée approximative avant de venir ici, mais comme j'étais naïf ! — là-haut, dis-je, il y a l'administration, et face à elle se présente Barnabas, personne d'autre, rien que lui, pitoyablement seul, c'est encore trop d'honneur pour lui de ne pas rester toute sa vie tapi dans un recoin obscur des bureaux, oublié de tous. — Ne crois pas, K., dit Olga, que nous sous-estimions la difficulté de la tâche dont s'est chargé Barnabas. Car nous ne manquons pas de respect pour l'administration, tu l'as dit toi-même. — Mais c'est un respect dévoyé, fit K., c'est un respect mal placé, qui déshonore son objet. Peut-on encore parler de respect, quand Barnabas gâche le cadeau qu'on lui fait de le laisser entrer dans cette pièce en passant là ses journées à ne rien faire, ou bien quand, une fois de retour en bas, il soupçonne ou rabaisse ceux qui le faisaient trembler quelques instants auparavant, ou bien quand, de désespoir ou de fatigue, il tarde à porter les lettres et ne transmet pas aussitôt les messages qui lui ont été confiés ? Ce n'est plus du respect, cela. Mais ce reproche va encore plus loin, tu le mérites aussi, Olga, je ne peux te l'épargner : malgré le respect que tu crois éprouver pour l'administration, tu as envoyé Barnabas au château en dépit de toute sa jeunesse, de sa faiblesse et de son isolement, ou du moins tu ne l'as pas retenu.

— Le reproche que tu me fais, dit Olga, je me le fais à moi-même, depuis longtemps déjà. À vrai dire, ce n'est pas d'avoir envoyé Barnabas au château qu'il faut me reprocher, je ne l'y ai pas envoyé, il y est allé de lui-même, mais sans doute aurais-je dû le retenir par tous les moyens, par la persuasion, par la ruse, par la force. J'aurais dû le retenir, mais si aujourd'hui était ce jour-là, ce jour décisif, et si je ressentais la détresse de Barnabas, la détresse de notre famille comme autrefois et comme aujour-d'hui, et si Barnabas, bien conscient des dangers et de ses res-ponsabilités, m'écartait doucement et avec un sourire pour aller là-bas, je ne le retiendrais pas non plus aujourd'hui, malgré tou-tes les expériences que nous avons faites depuis, et je crois que toi non plus à ma place tu ne pourrais pas faire autrement. Tu ne connais pas notre détresse, c'est ce qui te rend injuste envers nous, et surtout envers Barnabas. Autrefois, nous espérions davantage qu'aujourd'hui, pourtant même à cette époque nos espérances n'étaient pas grandes, seule notre détresse était grande et l'est restée. Frieda ne t'a rien raconté sur nous ? — Elle s'est contentée d'allusions, dit K., rien de précis, mais votre nom suffit à la mettre dans tous ses états. — Et la patronne non plus ne t'a rien raconté ? — Non, rien. — Et personne d'autre, sinon ? — Personne. — Bien sûr, qui pourrait raconter quoi que ce soit ! Chacun sait quelque chose sur nous, soit la vérité, pour autant que les gens y aient accès, soit au moins quelque rumeur inter-ceptée ou bien le plus souvent carrément inventée, et chacun pense à nous plus qu'il ne le faut, mais personne ne racontera franchement l'histoire, ils ont peur d'exprimer ces choses. Et ils ont raison. C'est difficile à évoquer, même devant toi, K., et une fois au courant, est-ce que tu ne risques pas de t'en aller, et de ne plus vouloir entendre parler de nous, même si tu ne sembles guère concerné ? Alors nous t'aurons perdu, toi qui, je l'avoue, comptes maintenant presque davantage à mes yeux que le ser-vice accompli jusqu'ici par Barnabas au château. Et pourtant — cette contradiction m'a tourmentée toute la soirée — il faut que tu sois au courant, car autrement tu n'auras pas une vue d'en-semble de notre situation, tu continuerais à être injuste envers Barnabas, ce qui me ferait beaucoup de peine. Nous n'arriverons pas à nous entendre parfaitement, et tu ne pourras pas nous aider, ni accepter notre aide, à titre personnel. Mais il reste une question : est-ce que pour ta part tu tiens à être au courant ? — Pourquoi me poses-tu cette question ? dit K. S'il faut le dire, je veux être au courant, mais pourquoi me poses-tu la question ? — Par superstition, fit Olga : tu vas être entraîné dans nos affaires en étant innocent, ou guère plus coupable que Barnabas. — Raconte vite, fit K., je n'ai pas peur. Car avec tes craintes de bonne femme, tu rends les choses pires qu'elles ne sont. »

# 17[1]

## LE SECRET D'AMALIA

« Juges-en toi-même, fit Olga, d'ailleurs à l'entendre cela paraît très simple, on ne comprend pas tout de suite l'importance que cela peut avoir. Il y a au château un fonctionnaire qui s'appelle Sortini. — J'ai déjà entendu parler de lui, fit K., il était impliqué dans ma nomination. — Je ne crois pas, fit Olga, Sortini ne fait guère d'apparitions en public. Tu ne confonds pas avec Sordini, qui s'écrit avec un "d"? — Tu as raison, fit K., c'était Sordini. — Oui, fit Olga, Sordini est très connu, c'est un des fonctionnaires les plus actifs, on en parle beaucoup, Sortini par contre est très discret, et peu de gens le connaissent. Voici plus de trois ans que je l'ai vu pour la première et la dernière fois. C'était le 3 juillet, à une fête des pompiers, et

---

1. Ce titre, ainsi que les trois suivants (chapitres 17 à 20) figuraient quant à eux à l'intérieur du long récit fait par Olga à K. C'est pourquoi Max Brod les avait présentés comme des sous-titres scandant les phases d'un seul très long chapitre (portant alors le n° 15) qui englobait toute la scène (les actuels chapitres 16 à 20).

le château y avait participé en donnant une nouvelle pompe à incendie. Sortini, qui est censé s'occuper notamment de la lutte contre les incendies, mais peut-être se contentait-il de représenter quelqu'un — la plupart des fonctionnaires se représentent mutuellement, ce qui rend difficile de repérer les attributions de chacun —, prit part à la remise de la pompe à incendie ; bien sûr, d'autres personnalités du château, fonctionnaires et personnel, étaient présentes, et Sortini était tout au fond, ce qui correspond bien à sa nature. C'est un petit monsieur frêle et méditatif ; une chose frappa tous ceux qui ont pu le repérer, c'était sa façon de plisser le front : toutes ses rides — et il y en avait une multitude, quoiqu'il n'ait sûrement pas plus de quarante ans — convergeaient en éventail vers la racine de son nez ; je n'ai jamais rien vu de tel. Donc, c'était lors de cette fête. Cela faisait déjà des semaines qu'Amalia et moi nous nous en réjouissions, nos habits du dimanche avaient été retouchés, ce qui leur donnait l'air presque neufs, la tenue d'Amalia surtout était très belle : elle avait un chemisier blanc à jabot bouffant, avec plusieurs rangées de dentelle, notre mère lui avait prêté toutes ses dentelles, cela m'avait rendue jalouse, et avant la fête j'avais passé la moitié de la nuit à pleurer. C'est seulement le matin, lorsque la patronne de l'Auberge du Pont vint nous rendre visite... — La patronne de l'Auberge du Pont ? demanda K. — Oui, dit Olga, nous étions très amis avec elle ; elle vint donc nous rendre visite, dut reconnaître qu'Amalia était avantagée, et me prêta, pour me calmer, son collier en grenats de Bohême. Nous étions prêtes à partir, Amalia se tenait devant moi et nous étions tous à l'admirer, lorsque mon père déclara : "Aujourd'hui, pensez bien que je vous le dis, Amalia trouvera un fiancé." Alors, je ne sais pas pourquoi, j'ôtai mon collier dont j'étais si fière, et le passai au cou d'Amalia, je n'étais plus du tout jalouse. Je m'inclinai simplement devant sa victoire, persuadée que tout le monde devrait en faire autant ; peut-être avons-nous été surpris ce jour-là par cet air différent qu'elle avait, car elle n'était pas vraiment belle, mais son regard sombre, qu'elle a toujours gardé depuis, se promenait au-des-

sus de nous, et malgré soi on s'inclinait presque vraiment
devant elle. Tout le monde le remarqua, y compris Lasemann
et sa femme qui vinrent nous chercher. — Lasemann ? demanda
K. — Oui, Lasemann, dit Olga, c'est que nous étions très bien
considérés, par ex. la fête n'aurait pas pu commencer sans
nous, car mon père était le troisième instructeur des pompiers.
— Ton père était donc encore si vaillant ? demanda K. — Mon
père ? demanda Olga, l'air de ne pas tout à fait comprendre. Il
y a trois ans, c'était encore quasiment un jeune homme, par
ex. lors d'un incendie à l'Auberge des Messieurs, il a porté
dehors un fonctionnaire au pas de course et sur son dos, le
gros Galater. J'y étais moi-même, en fait il n'y avait aucun risque
d'incendie, le bois sec près du poêle s'était simplement mis à
fumer, mais Galater prit peur, il cria au secours par la fenêtre,
les pompiers arrivèrent, et mon père dut le sortir sur ses épaules, alors que le feu était déjà éteint. Bon, Galater est un
homme qui a du mal à se déplacer, et il doit être prudent dans
ces cas-là. Je te raconte cela juste à propos de mon père : un
peu plus de trois ans se sont écoulés, et regarde-le, assis là-
bas ! » C'est alors seulement que K. vit qu'Amalia était de retour
dans la pièce ; mais elle était très loin, près de la table avec ses
parents, en train de nourrir sa mère qui ne pouvait bouger le
bras à cause de ses rhumatismes, et en même temps elle disait
à son père d'avoir encore un peu de patience, car elle allait
venir tout de suite lui donner son dîner à lui aussi. Mais elle
l'exhortait en vain, car le père, brûlant d'envie de prendre sa
soupe sans plus tarder et surmontant sa faiblesse, cherchait tantôt à l'avaler à la cuillère, tantôt à la boire à même l'assiette et,
n'y parvenant d'aucune des deux manières, il grognait de
colère, car la cuillère s'était vidée depuis longtemps lorsqu'elle
arrivait à ses lèvres, et au lieu de sa bouche, seule sa barbiche
trempait sans cesse dans la soupe, et la faisait dégouliner et
éclabousser dans tous les sens, sauf vers sa bouche. « En trois
ans, voilà ce qu'il est devenu ? demanda K., mais il continuait à
n'éprouver pour ces vieillards et toute cette table familiale dans
le coin, là-bas, aucune pitié, rien que du dégoût. — En trois

ans, fit Olga lentement, ou plus exactement en quelques heures, le temps d'une fête. La fête se déroulait dans un champ aux abords du village, près du ruisseau, il y avait déjà foule lorsque nous arrivâmes, beaucoup de gens étaient venus aussi des villages voisins, on était complètement abasourdi par le bruit. D'abord, bien sûr, mon père nous conduisit jusqu'à la pompe à incendie, il rit de joie en la voyant, il commença à la manier et à nous l'expliquer, il ne tolérait ni les objections ni le manque d'enthousiasme, s'il y avait quelque chose à voir sous la pompe, nous étions tous obligés de nous pencher et presque de ramper en dessous ; pour avoir refusé, Barnabas reçut une bonne correction. Seule Amalia fit comme si la pompe n'existait pas, elle se tenait debout à côté, dans sa belle tenue, et personne n'osait rien lui dire, parfois je courais jusqu'à elle pour la prendre par le bras, mais elle restait muette. Aujourd'hui encore je n'arrive pas à m'expliquer comment nous avons pu rester si longtemps devant la pompe et ne remarquer Sortini qu'au moment où mon père parvint à s'en arracher, alors que Sortini était manifestement debout depuis le début derrière la pompe, appuyé contre un des leviers. Il est vrai que ce jour-là le vacarme était assourdissant, bien plus que dans les fêtes habituelles ; car le château avait aussi offert aux pompiers quelques trompettes, des instruments spéciaux dont, avec un tout petit effort, un enfant en était capable, on pouvait tirer des sonorités fracassantes ; à les entendre, on eût cru que les Turcs venaient d'arriver, et il n'y avait pas moyen de s'y habituer : à chaque nouvelle sonnerie, on sursautait. Et comme ces trompettes étaient nouvelles, tout le monde voulait les essayer, et comme c'était une fête populaire, on avait la permission. Il y avait juste autour de nous quelques joueurs de trompette, peut-être attirés par Amalia ; on avait du mal à garder ses esprits, et quand il fallait de surcroît se concentrer sur la pompe à incendie selon les injonctions de mon père, on ne pouvait vraiment rien faire d'autre, et c'est ainsi que la présence de Sortini nous échappa si longtemps, d'ailleurs il faut dire aussi que nous ne le connaissions pas. "C'est Sortini qui est là", murmura enfin Lasemann à mon père, j'étais à côté. Mon père fit une profonde révérence et, très excité, nous fit signe de nous incliner nous aussi. Sans le connaître, mon père avait toujours respecté en Sortini le spécialiste en matière de lutte contre les incendies, et il parlait souvent de lui à la maison, c'était donc pour nous aussi une grande surprise et un grand événement de le voir en réalité. De son côté, Sortini ne se préoccupait pas de nous, cela n'avait rien d'original, la plupart des fonctionnaires ont l'air indifférents en public ; de plus il était fatigué, seules ses obligations officielles le retenaient au village, ce ne sont pas les plus mauvais fonctionnaires qui trouvent particulièrement pesants ces devoirs de représentation, d'autres fonctionnaires ou employés profitaient d'être là pour se mêler au peuple, mais lui restait près de la pompe, et repoussait par son mutisme quiconque cherchait à s'approcher de lui pour lui adresser une requête ou un compliment. C'est ainsi qu'il nous remarqua encore plus tard que nous ne l'avions remarqué. Nous nous inclinâmes respectueusement et mon père s'efforça de nous excuser, c'est alors seulement qu'il tourna les yeux vers nous et nous regarda l'un après l'autre, l'air fatigué, on eût dit qu'il soupirait, après chacun d'entre nous, d'en trouver encore un deuxième, jusqu'au moment où il s'arrêta sur Amalia, ce qui le força à lever les yeux, car elle était beaucoup plus grande que lui. À sa vue il resta interdit, et bondit par-dessus le timon de la pompe à incendie pour se rapprocher d'elle, nous comprîmes d'abord de travers son geste et voulûmes tous nous approcher de lui en suivant mon père, mais Sortini nous arrêta en levant la main et nous fit signe de partir. Ce fut tout. Nous avons beaucoup plaisanté Amalia, ensuite, en lui disant qu'elle s'était vraiment trouvé un fiancé, nous étions si naïfs que nous fûmes très gais pendant tout l'après-midi, mais Amalia était plus taciturne que jamais ; "Elle est tombée follement amoureuse de Sortini", dit Brunswick, qui est toujours un peu maladroit et ne comprend rien à des natures comme celle d'Amalia, mais cette fois-ci, sa remarque nous parut presque juste, nous avions perdu la tête ce jour-là et, sauf

Amalia, nous étions tous comme étourdis par le vin doux du château lorsque nous sommes rentrés, après minuit. — Et Sortini ? demanda K. — Oui, Sortini, dit Olga, je l'aperçus plus d'une fois en passant, pendant la fête : il était assis sur le timon les bras croisés et resta dans cette attitude jusqu'à ce que la voiture du château vînt le chercher. Il n'alla même pas voir la manœuvre des pompiers où mon père, justement dans l'espoir d'avoir Sortini pour spectateur, se distingua parmi tous les hommes de son âge. — Et vous n'avez plus jamais eu de ses nouvelles ? demanda K. Tu me sembles avoir beaucoup de respect pour lui. — Oui, du respect, fit Olga, oui, en effet nous eûmes de ses nouvelles. Le lendemain matin, nous fûmes tirés des vapeurs de l'alcool par un cri d'Amalia, les autres se rendormirent aussitôt, mais moi j'étais complètement réveillée et je courus trouver Amalia, elle était debout près de la fenêtre et tenait une lettre qu'un homme venait de lui tendre par la fenêtre, l'homme attendait la réponse. Amalia avait déjà lu la lettre — elle était brève — et la tenait dans sa main, qui retombait mollement ; comme je l'aimais quand elle était aussi fatiguée ! Je m'agenouillai près d'elle et lus la lettre. À peine avais-je terminé qu'Amalia la reprit après m'avoir jeté un rapide coup d'œil, mais elle n'eut plus la force de la lire, elle la déchira, jeta les morceaux au visage de l'homme qui était dehors, et ferma la fenêtre. C'est ce matin qui fut décisif. Je dis décisif, mais tous les instants de l'après-midi précédent le furent autant. — Et que disait la lettre ? demanda K. — Oui, je ne te l'ai pas encore raconté, dit Olga, la lettre était de Sortini, elle était adressée à la jeune fille au collier de grenats. Je ne peux pas en restituer le contenu. Elle invitait Amalia à se rendre auprès de Sortini à l'Auberge des Messieurs, et à venir immédiatement, car il devait partir dans une demi-heure. La lettre était formulée en termes extrêmement vulgaires, je n'avais jamais rien entendu de tel, je les devinai à moitié d'après le contexte. Quiconque se serait contenté de lire cette lettre sans connaître Amalia aurait forcément jugé déshonorée la jeune fille à qui on avait osé écrire ainsi, même si personne ne l'avait jamais effleurée. Et ce n'était pas une lettre d'amour, il n'y avait pas un seul compliment, au contraire Sortini était visiblement irrité que la vue d'Amalia l'ait ému et détourné de ses occupations. Voici comment nous nous sommes expliqué les choses après coup : Sortini avait sans doute eu l'intention de retourner au château le soir même, c'est seulement à cause d'Amalia qu'il était resté au village et au matin, furieux de ne pas être arrivé à l'oublier pendant la nuit, il avait rédigé cette lettre. Même une jeune fille d'un extrême sang-froid ne pouvait que la trouver révoltante, mais ensuite, chez une autre qu'Amalia, la peur qu'inspirait le ton furieux et menaçant de la lettre aurait sans doute pris le dessus, Amalia se contenta d'être scandalisée, elle ignore la peur, pour elle-même et pour les autres. Et tandis que je retournais me blottir dans mon lit en me répétant la dernière phrase de la lettre, qui s'arrêtait en plein milieu : "Dépêche-toi de venir, ou bien... !", Amalia resta sur la banquette à regarder par la fenêtre, comme si elle attendait d'autres messagers, prête à les traiter tous comme le premier. — Voilà donc comment sont les fonctionnaires, fit K. en hésitant, voilà les spécimens qu'on trouve parmi eux. Que fit ton père ? J'espère qu'il s'est plaint énergiquement à qui de droit, à défaut de préférer la voie la plus rapide et la plus sûre, en allant à l'Auberge des Messieurs. Ce qu'il y a de plus odieux dans cette histoire, ce n'est pas l'offense dont Amalia a été victime, qui serait facile à réparer, je ne sais pas pourquoi tu lui accordes un poids aussi démesuré ; pourquoi Sortini aurait-il à jamais compromis Amalia ? On pourrait avoir cette impression d'après ton récit, mais cela justement est impossible : il était facile de donner réparation à Amalia, et en quelques jours l'incident était oublié ; ce n'est pas Amalia, mais lui-même que Sortini a compromis. C'est donc Sortini qui me fait peur, et la possibilité qu'existe un tel abus de pouvoir. Dans ce cas précis, la tentative a échoué parce qu'elle était formulée de but en blanc, et qu'elle a trouvé en Amalia un adversaire de force supérieure, mais elle peut fort bien réussir dans mille autres cas, grâce à des circonstances juste un peu moins défavorables, et échapper à tous les regards, même à celui de la vic-

time. — Chut, fit Olga, Amalia nous regarde. » Amalia avait fini
de nourrir ses parents et était en train de déshabiller sa mère,
elle venait de lui dégrafer sa jupe, elle passa le bras de sa mère
autour de son cou à elle, puis la souleva légèrement en faisant
glisser la jupe, et la reposa doucement sur la chaise. Son père,
toujours mécontent de voir la mère servie en premier, ce qui
pourtant venait du simple fait qu'elle était encore plus dépendante que lui, essaya de se déshabiller tout seul, peut-être pour
punir sa fille de sa lenteur envers lui, mais il eut beau commencer par ce qu'il y avait de plus inutile et de plus facile, à savoir
les pantoufles trop grandes où ses pieds flottaient, il ne trouva
pas moyen de les ôter ; il dut bientôt y renoncer en poussant
des gémissements rauques et s'appuya tout raide contre le dossier de son fauteuil. « Tu ne vois pas le point décisif, fit Olga,
tu as peut-être raison sur le reste, mais le point décisif, c'est
qu'Amalia ne se rendit pas à l'Auberge des Messieurs ; passe
encore le traitement qu'elle avait infligé au messager, on aurait
pu ne pas l'ébruiter ; mais le fait qu'elle n'aille pas là-bas appela
la malédiction sur notre famille, et c'est alors que le traitement
qu'elle avait infligé au messager devint inexcusable, il fut même
mis en avant aux yeux du public. — Quoi ! s'écria K., et aussitôt
il baissa la voix car Olga levait les mains d'un air suppliant, toi,
sa sœur, tu ne dis tout de même pas qu'Amalia aurait dû obéir
à Sortini et courir à l'Auberge des Messieurs ? — Non, dit Olga,
le ciel me garde d'un pareil soupçon, comment peux-tu croire
cela. Je ne connais personne qui ait plus entièrement raison
qu'Amalia dans tout ce qu'elle fait. Si elle était allée à l'Auberge
des Messieurs, je lui aurais aussi donné raison, c'est vrai ; mais
c'était un acte héroïque de ne pas y aller. Quant à moi, je te
l'avoue franchement, si j'avais reçu une lettre pareille, j'y serais
allée. Je n'aurais pas supporté la peur des conséquences, seule
Amalia en était capable. Car il y avait plusieurs moyens de s'en
sortir, une autre par ex. se serait faite toute belle, cela aurait
pris un petit moment, puis elle se serait rendue à l'Auberge des
Messieurs et aurait appris que Sortini était déjà parti, qu'il était
peut-être parti aussitôt après avoir envoyé le messager, ce qui

est même fort probable, car les caprices des messieurs sont fugaces. Mais Amalia ne fit pas cela, ne fit rien de tel, elle était trop ulcérée et répondit sans tenir compte de rien. Si seulement elle avait trouvé un moyen de faire semblant d'obéir, si seulement elle avait juste franchi le seuil de l'Auberge des Messieurs ! La fatalité aurait pu être détournée, nous avons ici des avocats très habiles, ils s'y entendent pour fabriquer n'importe quoi à partir de rien, mais en l'occurrence il n'y avait même pas ce rien pour plaider en sa faveur, au contraire, il y avait en plus la lettre de Sortini profanée, et l'offense infligée au messager. — Mais qu'est donc cette fatalité, fit K., que sont ces avocats ? On ne pouvait tout de même pas accuser Amalia de la conduite criminelle de Sortini, voire l'en punir ! — Si, dit Olga, on le pouvait, pas à la suite d'un procès en bonne et due forme bien sûr, et de fait sa punition ne fut pas immédiate ; mais elle fut bien punie d'une autre manière, elle et toute notre famille, et tu commences peut-être à te rendre compte maintenant avec quelle dureté. Cela te semble à toi injuste et monstrueux, c'est une opinion qu'au village personne ne partage, elle nous est très favorable et ne manquerait pas de nous consoler, si elle ne reposait pas visiblement sur plusieurs erreurs. Il m'est facile de te le prouver, excuse-moi si cela m'amène à parler de Frieda, mais entre Frieda et Klamm, à part la façon dont l'histoire s'est terminée, il s'est passé à peu près la même chose qu'entre Amalia et Sortini, et pourtant, même si au début tu étais effrayé, tu n'y trouves plus rien à redire. Et ce n'est pas la force de l'habitude, l'habitude ne peut pas rendre à ce point insensible, lorsqu'il s'agit simplement de porter un jugement ; c'est juste qu'on rejette ses erreurs. — Non, Olga, fit K., j'ignore pourquoi tu mêles Frieda à cette affaire, son cas n'avait rien à voir, arrête de mélanger des choses aussi radicalement différentes, et continue ton récit. — S'il te plaît, fit Olga, ne te fâche pas si j'insiste sur cette comparaison, c'est un reste de tes erreurs passées, y compris au sujet de Frieda, si tu te crois obligé de la mettre à l'abri des comparaisons. Il ne faut pas du tout la défendre, il faut seulement chanter ses louanges. En comparant ces deux cas, je ne dis pas qu'ils sont semblables, c'est comme le blanc par rapport au noir, et le blanc, c'est Frieda. Au pire on peut se moquer d'elle, comme je l'ai fait avec grossièreté — je m'en suis bien repentie ensuite — dans la salle de l'auberge ; mais ici, même celui qui rit est déjà méchant ou jaloux, pourtant on peut tout de même rire, tandis qu'Amalia, à moins d'être lié à elle par le sang, on ne peut que la mépriser. C'est pourquoi ce sont deux cas radicalement différents comme tu le dis, et pourtant similaires. — Ils ne sont pas similaires, fit K. en secouant la tête avec agacement, laisse Frieda en dehors de tout ça. Frieda n'a pas reçu de lettre aussi bien torchée que celle de Sortini à Amalia, Frieda aimait vraiment Klamm, et quiconque en doute peut le lui demander, elle l'aime encore aujourd'hui. — Mais est-ce que ce sont des différences majeures ? demanda Olga. Crois-tu que Klamm n'aurait pu écrire de la même façon à Frieda ? Ces messieurs sont comme ça, quand ils se lèvent de leur bureau ; dans le monde, ils sont désorientés ; et alors, dans leur distraction, ils disent les pires grossièretés, pas tous, mais beaucoup d'entre eux. Car la lettre à Amalia a pu être jetée sur le papier sans la moindre attention à ce qui était écrit. Que savons-nous des pensées des messieurs ? N'as-tu pas entendu toi-même, ou entendu raconter sur quel ton Klamm s'adressait à Frieda ? Il est de notoriété publique que Klamm est très grossier, il paraît qu'il passe des heures sans dire un mot et puis soudain il dit une telle grossièreté qu'on en a froid dans le dos. On ne rapporte rien de tel sur Sortini, pour la simple raison qu'on en sait très peu sur son compte. En fait, on sait juste que son nom ressemble à celui de Sordini, sans cette ressemblance de nom il est probable qu'on ne le connaîtrait pas du tout. Même en tant que spécialiste de la lutte contre les incendies, on le confond probablement avec Sordini, qui est le véritable spécialiste et qui profite de cette ressemblance entre les noms pour se décharger en particulier de ses devoirs de représentation sur Sortini et pouvoir ainsi rester à son travail sans être dérangé. Lorsqu'un homme sans grande expérience du monde, tel que Sortini, s'entiche d'une villageoise, cela ne prend pas la même forme que lorsque l'apprenti charpentier d'à côté tombe amoureux. Il faut aussi songer qu'entre un fonctionnaire et une fille de cordonnier, il y a une distance considérable à franchir d'une manière ou d'une autre : Sortini s'y est pris ainsi, un autre procédera peut-être autrement. Certes, nous appartenons tous en principe au château, et la distance à franchir est nulle. C'est peut-être vrai d'habitude, mais hélas ! nous avons eu l'occasion de voir que ça ne l'est pas du tout dans les moments importants. En tout cas, la façon d'agir de Sortini te paraît sans doute plus compréhensible après tout cela, moins monstrueuse, et de fait, par rapport à celle de Klamm, elle est beaucoup plus compréhensible, et même si on est directement impliqué, elle est beaucoup plus supportable. Lorsque Klamm écrit une lettre affectueuse, c'est plus désagréable que la plus grossière lettre de Sortini. Comprends-moi bien : je ne me permets pas de juger Klamm, je compare simplement parce que tu t'opposes à cette comparaison. Klamm traite les femmes comme un chef militaire, il ordonne tantôt à celle-ci, tantôt à celle-là de venir le voir, il ne les supporte jamais longtemps, et leur ordonne de partir de la même façon qu'il leur ordonne de venir. Klamm ne prendrait même pas la peine de commencer par écrire une lettre ! Et en comparaison, est-ce encore monstrueux que Sortini, qui vit très retiré et dont on ignore pour le moins les relations avec les femmes, s'assoie pour rédiger de sa belle écriture de fonctionnaire une lettre, fût-elle abjecte ? Si la différence qui en ressort n'est donc pas favorable à Klamm, tout au contraire, penses-tu que l'amour de Frieda lui redonnerait l'avantage ? Crois-moi, il est très difficile de juger les relations entre les femmes et les fonctionnaires, ou plutôt c'est très facile. Ce n'est jamais l'amour qui fait défaut. Il n'y a pas d'amour malheureux chez les fonctionnaires. De ce point de vue, ce n'est pas un compliment de dire d'une jeune fille — et je ne pense pas ici seulement à Frieda, loin de là — qu'elle s'est donnée à un fonctionnaire simplement parce qu'elle l'aimait. Elle l'aimait, et elle s'est donnée à lui, c'est vrai, mais cela n'a rien de méritoire. Mais, rétorques-tu, Amalia n'aimait pas

Sortini. Admettons qu'elle ne l'aimait pas, mais peut-être qu'elle l'aimait malgré tout, qui peut en décider ? Même pas elle. Comment peut-elle croire qu'elle l'aimait, alors qu'elle l'a repoussé plus violemment sans doute qu'aucun fonctionnaire n'a jamais été repoussé ? Barnabas dit que parfois elle tremble encore du geste avec lequel elle a fermé la fenêtre, il y a trois ans. Cela aussi est vrai, c'est pourquoi on ne peut pas l'interroger ; elle en a fini avec Sortini, c'est tout ce qu'elle sait ; elle ne sait pas si elle l'aime ou non. Mais nous, nous savons que les femmes ne peuvent s'empêcher d'aimer les fonctionnaires dès qu'ils se tournent vers elles, et elles ont beau le nier, elles les aiment même avant, et Sortini ne s'est pas contenté de se tourner vers Amalia, il a sauté par-dessus le timon de la pompe à incendie en la voyant : avec ses jambes raides à cause de son travail de bureau, il a sauté par-dessus le timon de la pompe à incendie. Mais Amalia est une exception, diras-tu. Oui, c'est vrai, elle l'a prouvé en refusant d'aller retrouver Sortini, c'est déjà assez exceptionnel ; mais que de surcroît, elle n'ait pas aimé Sortini, voilà qui serait presque trop exceptionnel, ce serait tout bonnement inconcevable. Nous étions frappés de cécité cet après-midi-là, c'est sûr, mais il devait nous rester encore un peu de lucidité, puisque à travers toute cette brume nous avons cru remarquer la passion d'Amalia. Si l'on rassemble tout cela, reste-t-il encore une différence entre Frieda et Amalia ? La seule, c'est que Frieda a fait ce qu'Amalia a refusé de faire. — Peut-être, dit K., mais pour moi, la principale différence, c'est que Frieda est ma fiancée, tandis qu'au fond, Amalia m'intéresse seulement parce qu'elle est la sœur de Barnabas, messager du château, et que son destin est peut-être lié au service de Barnabas. Si un fonctionnaire lui avait infligé une injustice aussi criante que ton récit m'avait d'abord porté à le croire, cela m'eût fort préoccupé, mais beaucoup plus comme une affaire publique que comme le malheur personnel d'Amalia. Mais maintenant, après ton récit, le tableau évolue d'une façon que je ne comprends pas tout à fait, mais suffisamment crédible, puisque le récit vient de toi, c'est pourquoi je ne demande qu'à ne plus me soucier de cette affaire, je ne suis pas pompier, et peu m'importe Sortini. Mais Frieda, elle, m'importe beaucoup, aussi je trouve étrange que toi en qui j'avais une entière confiance et à qui je suis sincèrement prêt à la garder, tu ne cesses de chercher à attaquer Frieda et à me la rendre suspecte par l'intermédiaire d'Amalia. Je ne crois pas que tu le fasses exprès, voire avec une intention maligne, sans quoi j'aurais dû partir depuis longtemps, tu ne le fais pas exprès, ce sont les circonstances qui t'y incitent ; par amour pour Amalia, tu veux l'élever au-dessus de toutes les femmes, et faute de trouver en elle assez de mérites, tu résous la difficulté en rabaissant d'autres femmes. Le geste d'Amalia est remarquable, mais plus tu en parles, plus on a de mal à décider s'il était grand ou mesquin, intelligent ou insensé, héroïque ou lâche ; Amalia renferme en elle-même les motifs qui l'ont poussée à agir, personne ne pourra les lui arracher. Frieda, elle, n'a rien fait de remarquable, elle s'est contentée d'obéir à son cœur, il suffit d'examiner les faits avec bonne volonté pour s'en rendre compte, tout le monde peut le vérifier, il n'y a pas là matière à commérages. Mais je ne cherche ni à rabaisser Amalia, ni à défendre Frieda, je veux simplement te faire comprendre quels sont mes rapports avec Frieda, et que toute attaque contre Frieda est en même temps une attaque contre mon existence. Je suis venu ici de mon plein gré, et c'est de mon plein gré que je me suis définitivement fixé ici ; mais tout ce qui est arrivé depuis, et surtout mes perspectives d'avenir — pour être sombres, elles n'en existent pas moins —, tout cela, je le dois à Frieda, c'est indiscutable. J'ai certes été recruté comme arpenteur, mais seulement en apparence, on s'est joué de moi, on me chassait de toutes les maisons, aujourd'hui encore on se joue de moi, mais c'est beaucoup plus compliqué, j'ai gagné en substance pour ainsi dire, et c'est déjà quelque chose ; même si tout cela est négligeable, j'ai tout de même maintenant un domicile, un poste et un véritable travail, j'ai une fiancée qui se charge de mon travail quand j'ai d'autres affaires à traiter, je vais l'épouser et devenir un membre de la commune ; en dehors de mes liens

officiels, et même si pour l'instant je n'ai pu m'en servir, j'ai
aussi des liens personnels avec Klamm. Ça n'est pas rien, non ?
Et lorsque je viens chez vous, qui saluez-vous ? À qui confies-tu
l'histoire de ta famille ? De qui espères-tu une aide éventuelle,
si minime et improbable que soit cette éventualité ? Pas de moi,
l'arpenteur que Lasemann et Brunswick ont mis à la porte de
chez eux il y a une semaine à peine, tu l'espères d'un homme
qui a déjà un certain pouvoir ; or c'est à Frieda que je dois ce
pouvoir, à Frieda qui est si modeste qu'elle prétendra n'être au
courant de rien, si tu essaies de l'interroger là-dessus. Et pourtant, il semble en fin de compte que l'innocente Frieda en a
fait plus que l'orgueilleuse Amalia, car vois-tu, j'ai l'impression
que tu cherches de l'aide pour Amalia. Et auprès de qui ? Mais
auprès de Frieda, justement. — Ai-je vraiment dit tant de
méchancetés sur elle ? fit Olga. Je n'en avais aucune intention,
et je ne croyais pas l'avoir fait, mais c'est possible, notre situation est telle que nous nous brouillons avec tout le monde, et
quand nous commençons à nous plaindre, nous nous laissons
emporter sans savoir jusqu'où. Tu as d'ailleurs raison, il y a
maintenant une grande différence entre nous et Frieda, et c'est
bien de la souligner une bonne fois. Il y a trois ans, nous étions
des jeunes filles respectables et Frieda, l'orpheline, était servante à l'Auberge du Pont, nous passions devant elle sans l'effleurer du regard, nous étions sûrement beaucoup trop
arrogantes, mais c'est ainsi qu'on nous avait élevées. En revanche, le soir à l'Auberge des Messieurs, tu as sans doute constaté
notre situation actuelle : Frieda, le fouet à la main, et moi perdue au milieu des serviteurs. Mais c'est encore pire en fait.
Frieda peut bien nous mépriser, cela correspond à sa position,
la réalité l'exige. Mais qui ne nous méprise pas ! Quiconque se
décide à nous mépriser rejoint aussitôt la majorité des gens.
Connais-tu la remplaçante de Frieda ? Elle s'appelle Pepi. C'est
seulement avant-hier que j'ai fait sa connaissance, elle était
femme de chambre, auparavant. Elle me méprise certainement
encore plus que Frieda. Elle m'a vue par la fenêtre lorsque je
venais chercher de la bière et elle a couru verrouiller la porte,

j'ai dû longtemps la supplier et lui promettre le ruban que j'avais dans les cheveux pour qu'elle m'ouvre. Mais quand je le lui ai donné, elle l'a jeté dans un coin. Enfin, elle a le droit de me mépriser, je dépends en partie de son bon vouloir et elle tient le bar à l'Auberge des Messieurs, même si sa situation n'est que temporaire et qu'elle n'a certainement pas les qualités requises pour garder ce poste. Il n'y a qu'à comparer la façon dont l'aubergiste parle à Pepi et comment il parlait à Frieda. Mais cela n'empêche pas Pepi de mépriser aussi Amalia, Amalia dont le regard suffirait à faire déguerpir d'un seul coup la petite Pepi, avec ses nœuds et ses tresses, et plus vite qu'elle ne le ferait jamais d'elle-même, vu ses petites jambes grassouillettes. Quels odieux bavardages j'ai dû l'entendre hier encore proférer sur Amalia, avant que les clients ne finissent par se soucier de moi, même si c'est de la façon dont tu fus déjà témoin une fois. — Comme tu es angoissée ! fit K. Je me suis contenté de rendre à Frieda la place qui lui revient, mais je ne voulais pas vous rabaisser, comme tu le crois à présent. Moi aussi, je trouve que votre famille a quelque chose de spécial, je ne m'en suis pas caché ; mais je ne comprends pas comment cette dimension particulière pourrait susciter le mépris. — Hélas ! K., dit Olga, tu finiras toi aussi par le comprendre, j'en ai peur ; que l'attitude d'Amalia vis-à-vis de Sortini ait été la cause première de ce mépris, tu n'arrives pas du tout à le comprendre ? — Ce serait vraiment trop étrange, fit K., on pourrait l'admirer ou la condamner, mais la mépriser ? Et si, par un sentiment que je ne peux pas comprendre, on méprise réellement Amalia, pourquoi étendre ce mépris à vous, sa famille innocente ? Je trouve par ex. un peu fort que Pepi te méprise, et si je retourne un jour à l'Auberge des Messieurs, je lui rendrai la monnaie de sa pièce. — Si tu voulais faire changer d'avis tous ceux qui nous méprisent, dit Olga, la tâche serait rude, K., car tout cela vient du château. Je me rappelle encore exactement le lendemain de cette matinée. Brunswick, qui à l'époque était compagnon chez nous, était venu comme tous les jours, mon père lui avait donné du travail et l'avait renvoyé chez lui, puis nous nous mîmes à table pour petit-déjeuner, ils étaient tous très animés, sauf Amalia et moi, mon père ne cessait de parler de la fête, il avait différents projets concernant les pompiers, car le château a sa propre brigade, qui avait également envoyé à la fête une délégation, on avait beaucoup discuté ensemble, les messieurs du château qui étaient là avaient vu les performances de nos pompiers, en avaient dit grand bien, et les avaient comparées avec celles des pompiers du château ; le résultat était à notre avantage, et on avait évoqué la nécessaire réorganisation de la brigade du château, qui exigeait la présence d'instructeurs du village ; quelques personnes pouvaient être envisagées, mais mon père espérait bien que le choix tomberait sur lui. Voilà ce dont il nous parlait, et comme il aimait tout particulièrement prendre ses aises à table, il était assis là, englobant la moitié de la table de ses bras écartés, et tandis qu'il levait la tête pour regarder vers le ciel, par la fenêtre ouverte, son visage était jeune et plein d'espoir, comme jamais plus je ne devais le revoir. C'est alors qu'avec un air hautain que nous ne lui connaissions pas, Amalia déclara qu'il ne fallait pas trop s'y fier, quand les messieurs tenaient ce genre de discours, ils avaient pour habitude de dire des gentillesses dans ces occasions-là, mais cela ne signifiait pas grand-chose, voire rien du tout, à peine avaient-ils parlé que c'était oublié à tout jamais, même si à la première occasion on se laissait de nouveau prendre à leurs boniments. Ma mère la gronda de parler ainsi, et mon père se contenta de rire de sa précocité et de sa grande expérience ; puis il s'interrompit soudain en ayant l'air de chercher quelque chose dont il venait juste de remarquer l'absence, cependant rien ne manquait, et il déclara que Brunswick lui avait raconté une histoire de messager et de lettre déchirée, puis il nous demanda si nous étions au courant, de qui il s'agissait et de quoi il retournait. Nous restâmes silencieux, Barnabas, jeune à l'époque comme un petit agneau, lança une idiotie ou une impertinence quelconque, on parla d'autre chose, et l'affaire fut oubliée. »

## 18

## LE CHÂTIMENT D'AMALIA

« Mais bientôt nous fûmes de toutes parts submergés de questions concernant l'histoire de la lettre ; amis et ennemis, relations et inconnus vinrent nous voir, mais on ne restait pas longtemps, les meilleurs amis étaient les plus pressés de prendre congé ; Lasemann, d'habitude plein de componction et de dignité, entra d'un air de vouloir simplement évaluer la superficie de la pièce, la parcourut du regard, et ce fut terminé, on crut assister à un horrible jeu d'enfants lorsque Lasemann prit la fuite et que mon père se détourna des autres personnes, lui courut après jusqu'au seuil de la maison, puis renonça ; Brunswick se présenta pour annoncer à mon père qu'il voulait s'établir à son compte, il le déclarait très franchement, un garçon intelligent qui savait profiter de la circonstance ; des clients venaient chercher à l'échoppe de mon père les bottes qu'ils lui avaient données à réparer, mon père s'efforça d'abord de les faire changer d'avis — et tous nous le secondâmes de notre mieux —, puis il y renonça et, sans mot dire, il aidait les gens à chercher, on raya ligne après ligne sur le carnet de commandes, les morceaux de cuir que les gens avaient déposés chez nous furent restitués, les dettes réglées, tout se passa sans le moindre conflit : on était satisfait pourvu qu'on réussît à rompre vite et bien tout lien avec nous, peu importait si l'on perdait de l'argent en route. Et enfin, comme il fallait le prévoir, Seemann, le chef des pompiers, fit son entrée, je vois encore la scène : Seemann, grand et fort, mais un peu voûté et pulmonaire, toujours sérieux, il est incapable de rire, se tient debout devant mon père qu'il a admiré, auquel il a un jour en confidence laissé entrevoir le poste de chef-adjoint, et il doit à présent l'informer que la brigade le révoque et lui enjoint de restituer son diplôme. Les gens qui étaient chez nous à ce moment-là laissèrent leurs affaires en plan et s'agglutinèrent autour des deux hommes. Seemann est incapable de parler, il ne cesse de frapper sur l'épaule de mon père, comme si, en lui tapant dessus, il voulait faire prononcer à mon père les mots qu'il est lui-même censé dire et incapable de trouver. Pendant ce temps il n'arrête pas de rire, sans doute pour se calmer un peu, lui et tous les présents, mais comme il est incapable de rire et qu'on ne l'a encore jamais entendu rire, il ne vient à personne l'idée de croire qu'il s'agisse d'un rire. Mais mon père est déjà trop fatigué, trop désespéré par cette journée pour pouvoir venir en aide à Seemann, il semble même trop fatigué pour simplement réfléchir à ce qui se passe. Nous étions tous aussi désespérés, mais comme nous étions jeunes, nous ne pouvions croire à un effondrement aussi total, nous pensions toujours que, dans ce défilé de visiteurs, quelqu'un finirait par venir et donner l'ordre de tout arrêter et de faire marche arrière. Nous étions assez inavertis pour voir en Seemann l'homme de la situation. Nous attendions avec impatience que de ce rire ininterrompu finisse par se détacher une parole claire. Qu'y avait-il donc de risible, sinon la stupide injustice dont nous étions victimes ? Monsieur le Chef, monsieur le Chef, mais dépêchez-vous de le dire à ces gens, pensions-nous en nous pressant contre lui, ce qui avait pour seul résultat de le faire tourner bizarrement sur lui-même. Enfin, non pour exaucer nos désirs secrets, mais pour répondre aux cris d'encouragement ou de colère des autres gens, il prit la parole. Nous espérions toujours. Il commença par chanter les louanges de mon père. Il l'appela l'orgueil de la brigade, un modèle inégalable pour la jeune génération, le membre indispensable dont le départ anéantirait presque la brigade. Tout cela aurait été bien joli, s'il en était resté là. Mais il continua à parler. Si la brigade avait malgré tout résolu de demander à mon père sa démission, à titre provisoire bien sûr, on comprendrait la gravité des motifs qui l'y contraignaient. Peut-être que sans les brillants exploits de mon père, la veille à la fête, il n'y aurait pas eu besoin d'en venir à ces extrémités, mais ces exploits précisément avaient attiré l'attention des autorités sur la brigade ; la lumière était maintenant braquée sur elle, et elle devait encore plus qu'auparavant être irréprochable. Et après l'offense infligée au messager, la brigade n'avait pas trouvé d'autre issue, et à lui, Seemann, incombait la lourde tâche de le lui annoncer. Il priait mon père de ne pas la lui rendre encore plus difficile. Comme Seemann était content d'avoir réussi à formuler cela, il en était si satisfait que, passant outre à toute délicatesse, il indiqua le diplôme accroché au mur, et fit un signe du doigt. Notre père acquiesça et alla le chercher, mais ses mains tremblaient tellement qu'il n'arriva pas à le décrocher, je montai sur un siège pour l'aider. Et à partir de ce moment, tout fut fini, il ne sortit même pas le diplôme de son cadre, mais remit l'ensemble tel quel à Seemann. Puis il s'assit dans un coin sans bouger et ne parla plus à personne, nous dûmes tant bien que mal tout régler avec les autres gens. — Et où vois-tu là l'influence du château ? demanda K. Pour l'instant il ne semble pas encore être intervenu. Ce que tu m'as raconté jusqu'ici manifeste simplement la peur inconsidérée des gens, le plaisir qu'ils prennent au malheur d'autrui et l'infidélité des amis, choses que l'on rencontre partout, mais aussi, de la part de ton père — du moins en ai-je l'impression — une certaine mesquinerie, car ce diplôme, qu'était-ce au juste ? L'attestation de ses capacités, qu'il gardait de toute façon ; si elles le rendaient indispensable, tant mieux ; et la seule façon de vraiment compliquer la tâche du chef, c'eût été de jeter le diplôme à ses pieds dès la fin de ses premiers mots. Pourtant il me semble très révélateur que tu ne mentionnes pas du tout Amalia ; Amalia, qui était pourtant responsable de tout, et qui restait sans doute tranquillement au fond de la pièce, à contempler le désastre. — Non, non, dit Olga, il ne faut rien reprocher à personne, nul ne pouvait agir autrement, tout venait déjà de l'influence du château. — L'influence du château, répéta Amalia, qui sans se faire remarquer était revenue de la cour, ses parents étaient couchés depuis longtemps, on parle du château ? Vous êtes encore assis ensemble ? Toi qui voulais partir tout de suite, K. ! et il est presque dix heures. Tu t'intéresses donc à ce genre d'histoires ? Il y a ici des gens qui s'en repaissent, ils s'assoient ensemble, comme vous, et se régalent mutuellement, mais ça ne m'a pas l'air d'être ton genre. — Mais si, fit K., c'est tout à fait mon genre ; au contraire, les gens qui ne s'intéressent pas à ce genre d'histoires et laissent à d'autres le soin de s'y intéresser, ne font pas grande impression sur moi. — Très bien, fit Amalia, mais les gens ont des intérêts très divers, j'ai entendu parler d'un jeune homme qui pensait au château jour et nuit, il négligeait tout le reste, on craignait pour sa santé mentale, car toutes ses pensées étaient là-haut, au château ; mais il s'avéra en fin de compte qu'il ne songeait pas vraiment au château, mais juste à la fille d'une femme de ménage qui travaillait dans les bureaux : il obtint la fille, et tout rentra dans l'ordre. — Je crois que cet homme me plairait, dit K. — Je doute fort que cet homme te plaise, fit Amalia, mais sa femme peut-être. Bon, je ne veux pas vous déranger, je vais aller me coucher et il va falloir que j'éteigne, à cause des parents : ils commencent par s'endormir profondément, mais au bout d'une heure leur vrai sommeil est déjà fini, et alors, la moindre lueur les dérange. Bonne nuit. » Et de fait, ce fut aussitôt l'obscurité, Amalia avait dû s'installer pour dormir par terre quelque part près du lit de ses parents. « Qui est donc ce jeune homme dont elle parlait ? demanda K. — Je ne sais pas, dit Olga, peut-être Brunswick, quoi que ça ne lui ressemble pas vraiment, ou alors quelqu'un d'autre. Elle n'est pas facile à comprendre, car on ignore souvent si elle parle sérieusement ou si elle ironise, en général elle est sérieuse, mais son ton est ironique. — Trêve d'interprétations ! fit K. Comment es-tu devenue si dépendante vis-à-vis d'elle ? L'étais-tu déjà avant ce grand malheur ? Ou seulement après ? Tu n'éprouves jamais le désir de t'émanciper ? Et cette dépendance est-elle raisonnablement justifiée par quelque chose ? En tant que cadette, Amalia doit obéir. Coupable ou innocente, c'est elle qui a attiré le malheur sur votre famille. Au lieu de demander pardon à chacun d'entre vous tous les jours de l'année, elle garde la tête plus haute que vous tous, elle ne s'occupe de rien, tout juste de vos parents par charité, elle ne veut être mise au courant de rien, pour utiliser sa formule, et lorsque enfin elle se décide à vous parler, "en général elle est sérieuse, mais son ton est ironique". À moins qu'elle ne règne par sa beauté, que tu évoques parfois. Or vous vous ressemblez beaucoup, tous les trois, et ce qui la dis-

tingue de vous deux n'est pas du tout à son avantage, dès la première fois où je l'ai vue, j'ai été effrayé par son regard éteint, sans
amour. Et puis, elle a beau être la cadette, rien dans son apparence ne le laisse deviner, elle a cet air sans âge des femmes qui
ne vieillissent guère, mais qui n'ont pour ainsi dire jamais été
vraiment jeunes. Tu la vois tous les jours, tu ne remarques pas la
dureté de son visage. C'est pourquoi, en y réfléchissant, j'ai du
mal à prendre très au sérieux l'attirance de Sortini, peut-être voulait-il simplement la punir par sa lettre, non la convoquer. — Je
ne tiens pas à parler de Sortini, dit Olga ; venant des messieurs
du château, tout est possible, qu'il s'agisse de la plus jolie ou de
la plus laide des jeunes filles. Mais pour le reste, tu te trompes
complètement sur Amalia. Écoute, je n'ai aucune raison particulière de vouloir te rallier à sa cause, et si je m'y efforce malgré
tout, c'est seulement dans ton intérêt. D'une certaine manière,
Amalia a été à l'origine de notre malheur, c'est certain, mais
même mon père, qui a pourtant été frappé le plus durement et
n'a jamais trop su modérer ses propos, surtout à la maison,
même mon père n'a pas adressé un mot de reproche à Amalia, y
compris dans les heures les plus terribles. Non qu'il eût du tout
approuvé le geste d'Amalia, comment lui qui vénérait Sortini
aurait-il pu l'approuver ? Il ne pouvait le comprendre, même
vaguement, il se serait volontiers offert en sacrifice à Sortini, lui
et tout ce qu'il possédait, mais pas de la façon dont cela s'est fait,
probablement sous le coup de la colère de Sortini. Probablement, car jamais plus nous n'entendîmes parler de lui ; si jusque-
là il avait été discret, ce fut maintenant comme s'il n'existait plus.
Et c'est là que tu aurais dû voir Amalia pendant cette période.
Nous savions tous qu'il ne fallait pas attendre un châtiment en
bonne et due forme. On prenait ses distances vis-à-vis de nous,
voilà tout. Les gens du village, et aussi le château. Mais tandis
qu'on remarquait bien sûr les gens qui prenaient leurs distances,
au château il n'y avait aucune différence perceptible. Nous
n'avions perçu jusque-là aucune marque de sollicitude émanant
du château, comment aurions-nous pu percevoir un revirement ?
Ce calme était pire que tout. Bien pire que de voir les gens pren-

dre leurs distances, tant s'en faut, car ils ne l'avaient pas fait par conviction, peut-être qu'ils n'avaient rien de sérieux contre nous, le mépris d'aujourd'hui n'existait encore pas du tout, ils avaient seulement agi par crainte et maintenant ils attendaient de voir comment les choses allaient tourner. Et nous ne redoutions pas encore la misère non plus, tous nos débiteurs nous avaient payés, les comptes avaient été soldés à notre avantage, pour les provisions qui nous manquaient, certains parents nous aidaient en secret, sans difficulté, car c'était la période des moissons ; cela étant, nous ne possédions pas de champs et on ne nous laissait travailler nulle part, pour la première fois de notre vie nous étions presque condamnés à l'oisiveté. Nous nous calfeutrâmes chez nous, fenêtres fermées, dans la canicule de juillet et d'août. Rien ne se passa. Pas de citation à comparaître, pas de nouvelles, pas de visite, rien. — Eh bien, fit K., si rien ne se passa et s'il ne fallait pas non plus attendre de châtiment en bonne et due forme, de quoi aviez-vous peur ? Vous êtes des gens bizarres ! — Comment t'expliquer ? dit Olga. Nous ne redoutions rien d'imminent, nous souffrions déjà du présent, nous étions déjà en plein châtiment. Les gens du village n'attendaient que le moment où nous irions chez eux, où mon père rouvrirait son échoppe, où Amalia, qui savait coudre de très beaux habits, réservés bien sûr aux gens les plus raffinés, reviendrait prendre les commandes, car ils regrettaient tous ce qu'ils avaient fait ; lorsque au village une famille respectée est soudain neutralisée, tout le monde en souffre d'une manière ou d'une autre ; en rompant avec nous, ils avaient cru ne faire que leur devoir, nous n'aurions pas agi différemment à leur place. D'ailleurs ils n'avaient pas encore vraiment appris de quoi il retournait : seul le messager était revenu à l'Auberge des Messieurs, la main pleine de bouts de papier déchirés, Frieda l'avait vu sortir, puis rentrer, elle avait échangé quelques mots avec lui, et aussitôt ébruité ce qu'elle avait appris, mais non par hostilité vis-à-vis de nous, encore une fois, simplement par devoir, comme c'eût été le devoir de n'importe qui dans la même situation. Or, comme je disais, les gens auraient préféré de loin que toute cette affaire finisse bien. Si nous étions venus annoncer un beau jour que tout était réglé, qu'il s'était agi d'un simple malentendu et qu'il était maintenant dissipé, ou que certes une faute avait bien été commise, mais qu'elle était effectivement réparée, ou encore — même cela, les gens s'en seraient contentés — que grâce à nos contacts avec le château, nous avions réussi à étouffer l'affaire —, on nous aurait sûrement accueillis de nouveau à bras ouverts, il y aurait eu des baisers, des accolades, des fêtes, j'ai connu cela pour d'autres gens une ou deux fois. Mais il n'y aurait même pas eu besoin de ce genre de nouvelle, il nous aurait suffi de venir spontanément proposer nos services, de renouer les liens d'avant, sans même faire allusion à l'histoire de la lettre, tout le monde aurait renoncé avec joie à parler de l'affaire, car en dehors de leur peur, c'était surtout son côté gênant qui avait poussé les gens à se séparer de nous, simplement pour ne pas devoir en entendre parler, en discuter, y penser, en être affecté d'aucune façon. Si Frieda avait ébruité cette affaire, ce n'était pas pour s'en réjouir, mais pour s'en préserver, elle et tous les autres, pour signaler à l'ensemble de la commune qu'il s'était passé ici quelque chose dont il fallait se tenir soigneusement à l'écart. Ce n'était pas nous qui comptions en tant que famille, mais uniquement l'affaire, et nous seulement dans la mesure où nous y étions mêlés. Si nous nous étions donc contentés de refaire surface, si nous avions laissé dormir le passé, si nous avions montré par notre attitude que nous avions surmonté l'affaire, peu importe comment, et si nous avions ainsi convaincu le public qu'il n'en serait plus jamais question, quelle que soit la nature de ce qui était arrivé, là aussi tout se serait arrangé, partout nous aurions trouvé des gens serviables comme avant, et même si nous n'avions qu'à moitié oublié l'affaire, on l'aurait compris et on nous aurait aidés à l'oublier complètement. Mais au lieu de cela, nous nous sommes calfeutrés chez nous. J'ignore ce que nous attendions, sans doute la décision d'Amalia : elle avait pris le commandement de la famille ce matin-là, et elle le garda. Sans dispositions particulières, sans ordres, sans prières, presque uniquement par son mutisme. En réalité nous avions bien des choses à discuter, nous autres, du matin au soir c'étaient des murmures continuels, et parfois mon père, pris d'une angoisse soudaine, m'appelait auprès de lui et je passais la moitié de la nuit au chevet de son lit. Ou bien parfois nous nous installions côte à côte, moi et Barnabas, qui ne comprenait pas encore grand-chose à toute cette histoire et sans cesse réclamait des explications, toujours les mêmes, il savait sans doute que les années insouciantes qui attendaient les autres garçons de son âge ne viendraient pas pour lui, et nous restions assis ensemble, comme toi et moi maintenant, K., oubliant que la nuit tombait et que le jour se levait. Ma mère était la plus faible de nous tous, sans doute parce que, outre notre souffrance commune, elle éprouvait aussi celle de chacun de nous en particulier, et nous remarquions avec effroi chez elle des changements qui, nous le pressentions, guettaient toute notre famille. Son lieu favori était le coin d'un canapé, cela fait longtemps que nous ne l'avons plus, il est dans le salon de Brunswick ; elle y restait assise et — on ne savait pas exactement ce qu'elle faisait — elle somnolait, ou, comme semblait l'indiquer le mouvement de ses lèvres, s'y livrait à de longs monologues. Il était si naturel de ressasser constamment l'histoire de la lettre, de l'examiner en long et en large dans tous ses détails certains et dans toutes ses possibilités incertaines, rivalisant sans cesse à qui imaginerait les moyens d'arriver à une solution satisfaisante, c'était naturel et inévitable, mais néfaste, car nous nous enfoncions toujours davantage dans ce à quoi nous voulions échapper. Et à quoi bon ces idées géniales ? Aucune n'était réalisable sans Amalia, nous nous perdions en discussions préalables, dénuées de sens puisque leurs résultats n'arrivaient même pas aux oreilles d'Amalia et que s'ils étaient parvenus jusqu'à elle, ils n'auraient rencontré que son mutisme. Mais heureusement, je la comprends mieux maintenant qu'à l'époque. Amalia portait un plus lourd fardeau que nous tous, il est incroyable qu'elle l'ait supporté et vive encore parmi nous. Ma mère a peut-être porté le fardeau de notre souffrance commune, elle l'a porté parce qu'il s'était abattu sur elle, et cela dura peu de temps ; on ne peut pas dire qu'elle le porte encore aujourd'hui, et à l'époque elle avait déjà perdu la tête.

Mais Amalia ne supportait pas seulement le fardeau de cette souffrance, son intelligence lui permettait d'en saisir la véritable nature, nous voyions seulement les conséquences, mais elle voyait la cause, nous espérions tel ou tel expédient, mais elle savait que tout était joué, nous avions de quoi chuchoter, mais elle ne pouvait que se taire, elle regardait la vérité droit dans les yeux, et elle vivait et supportait cette vie, alors comme aujourd'hui. Comme les choses étaient plus faciles pour nous, malgré tous nos maux. Il nous fallut en effet quitter notre maison, Brunswick s'y installa, on nous assigna ce chalet, nous transportâmes ici nos affaires en quelques allers-retours dans une charrette à bras ; Barnabas et moi nous tirions, mon père et Amalia poussaient derrière ; nous avions commencé par amener ici ma mère et, assise sur une caisse, elle nous accueillait chaque fois en gémissant doucement. Mais je me souviens que même pendant ces trajets épuisants — très humiliants aussi, car nous rencontrions souvent des charrettes chargées de grains dont les occupants nous croisaient sans rien dire et détournaient le regard —, même pendant ces trajets, Barnabas et moi nous ne pouvions nous empêcher de parler de nos soucis et de nos projets et que parfois, dans le feu de la conversation, nous nous arrêtions de marcher, et seul le holà ! de mon père nous rappelait à notre devoir. Pourtant toutes ces discussions ne changèrent pas notre vie, même après notre déménagement, en revanche nous commençâmes peu à peu à sentir la pauvreté. Les subsides de nos proches s'interrompirent, nos ressources étaient presque épuisées, et c'est à cette époque qu'apparut le mépris envers nous, tel que tu le connais. Les gens se rendirent compte que nous n'avions pas la force de nous dépêtrer de cette histoire de lettre, et ils nous en voulurent beaucoup ; ils ne sous-estimaient pas la gravité de notre sort, sans en avoir une idée précise, et ils nous en auraient respectés d'autant plus si nous l'avions surmonté, mais comme nous n'y étions pas parvenus, ils firent définitivement ce qu'ils n'avaient fait jusque-là qu'à titre temporaire : ils nous exclurent de toute la communauté ; ils savaient qu'ils n'auraient sans doute pas mieux résisté que nous à l'épreuve, mais c'était une raison de plus pour couper tout lien avec nous. On cessa de nous évoquer comme des êtres humains dans les conversations, le nom de notre famille ne fut plus jamais prononcé ; quand il fallait parler de nous, on utilisait le nom de Barnabas, le moins coupable d'entre nous ; même notre chalet se mit à avoir mauvaise réputation, et si tu y songes, tu reconnaîtras que toi aussi, lorsque tu es entré pour la première fois, ce mépris t'a paru justifié ; ensuite, lorsque les gens recommencèrent à venir chez nous de temps en temps, ils froncèrent le nez devant des détails insignifiants, comme par ex. de voir la petite lampe à pétrole, là-bas, suspendue au-dessus de la table. Et où fallait-il la suspendre, sinon au-dessus de la table ? Mais ils trouvaient cela insupportable. Et si nous accrochions la lampe ailleurs, ils n'étaient pas moins dégoûtés. Tout ce que nous étions et tout ce que nous possédions rencontrait le même mépris. »

## 19

### SUPPLICATIONS

« Et qu'avons-nous fait entre-temps ? Le pire dont nous eussions été capables, une chose beaucoup plus méprisable que celle qui nous avait valu le mépris de tous : nous avons trahi Amalia, nous nous sommes soustraits à son ordre muet, nous ne pouvions plus continuer à vivre ainsi, nous ne pouvions plus vivre sans le moindre espoir, et chacun à notre façon nous avons commencé à prier ou à adjurer le château de bien vouloir nous pardonner. Nous savions bien sûr que nous ne pouvions rien réparer, nous savions aussi que notre seul contact porteur d'espoir avec le château, à savoir Sortini, le fonctionnaire qui appréciait mon père, nous était devenu inaccessible en raison

même des événements ; et pourtant nous nous sommes mis à
l'ouvrage. Mon père fut le premier ; commencèrent les démarches absurdes auprès du maire, des secrétaires, des avocats,
des rédacteurs : le plus souvent, il n'était pas reçu, et lorsque
par ruse ou par hasard il y parvenait — comme nous exultions
en apprenant la nouvelle et comme nous nous frottions les
mains ! —, on le congédiait au plus vite pour ne plus jamais le
recevoir. Il n'était que trop facile de lui répondre, tout est si
facile pour le château. Que voulait-il au juste ? Que lui était-il
arrivé ? De quoi voulait-il qu'on s'excusât ? Quand avait-on
jamais levé le petit doigt contre lui, au château ? Certes, il était
réduit à la pauvreté, il avait perdu ses clients, etc., mais
c'étaient les hasards de la vie quotidienne, les aléas du métier
et de la demande, le château était-il censé s'occuper de tout ?
En réalité, il s'occupait bien de tout, mais il ne pouvait tout de
même pas intervenir brutalement sur le cours des événements
dans le seul et unique but de servir les intérêts d'un homme
isolé. Devait-il envoyer ses fonctionnaires à la poursuite des
clients de mon père pour les lui ramener de force ? Mais, rétorquait alors mon père — nous discutions de toutes ces choses
en détail à l'avance et après coup, tapis dans un coin, comme
pour nous dissimuler aux yeux d'Amalia qui voyait tout, mais
nous laissait faire —, mais, rétorquait alors mon père, il ne se
plaignait pas d'être devenu pauvre, il n'aurait aucun mal à
résorber toutes ses pertes, tout cela était secondaire, pourvu
qu'on lui pardonnât. Mais de quoi voulait-il au juste être pardonné ? lui répondait-on, pour l'instant il n'y avait pas eu d'accusation, en tout cas il n'y en avait pas encore trace dans les
procès-verbaux, du moins pas dans les procès-verbaux accessibles aux avocats, donc, pour autant qu'on pût le constater,
aucune procédure n'avait été intentée contre lui, et aucune
n'était en cours. Pouvait-il citer une mesure officielle prise à
son encontre ? Non, mon père ne le pouvait pas. Ou bien avait-
il fait l'objet d'une intervention officielle ? Mon père n'en avait
pas connaissance. Mais s'il n'était au courant de rien et s'il ne
s'était rien passé, que voulait-il au juste ? Que pouvait-on lui

pardonner ? Tout au plus d'importuner en vain l'administration, mais cela en revanche était impardonnable. Mon père ne
renonça pas, il était encore très vaillant à l'époque et vu son
oisiveté forcée, il avait tout son temps. "Je vais restaurer l'honneur d'Amalia, il n'y en a plus pour longtemps", nous disait-il
à Barnabas et à moi plusieurs fois par jour, mais en chuchotant,
pour qu'Amalia n'entende rien ; et pourtant, c'était uniquement pour Amalia qu'il le disait, car en réalité il ne songeait
pas à restaurer son honneur, mais seulement à obtenir le pardon. Mais pour l'obtenir, il lui fallait d'abord établir la faute, or
l'administration refusait de l'admettre. Il se persuada — preuve
que sa tête faiblissait déjà — qu'on lui dissimulait la faute parce
qu'il ne payait pas assez ; en effet, jusque-là, il s'était toujours
contenté de payer les impôts fixés, qui étaient bien assez élevés,
vu nos moyens. Mais il se mit dans la tête qu'il devait payer
davantage, ce qui était sûrement une erreur, car même si notre
administration pour simplifier les choses, afin d'éviter les discours inutiles, accepte les pots-de-vin, on ne peut rien obtenir
par ce biais. Mais si mon père formait cet espoir, nous ne voulions pas le lui gâcher. Nous vendîmes ce que nous avions
encore — ce n'étaient presque plus que des objets de première
nécessité — afin de lui donner les moyens de poursuivre ses
recherches, et pendant longtemps nous eûmes chaque matin la
satisfaction de savoir qu'en se mettant en route le matin, mon
père pouvait au moins faire sonner quelques pièces dans sa
poche. Nous mourions bien sûr de faim toute la journée, tandis
que l'argent que nous lui donnions avait pour seul effet de le
maintenir dans une sorte d'heureuse expectative. Mais ce
n'était guère un avantage. Il s'épuisait en démarches, et alors
que sans argent elles auraient vite pris fin comme elles le méritaient, elles traînaient en longueur. En réalité, faute de pouvoir
obtenir des résultats phénoménaux contre ces sommes supplémentaires, un rédacteur essayait parfois d'obtenir au moins un
semblant de résultat : il promettait d'enquêter, laissait entendre
qu'on avait trouvé une piste qu'on suivrait non par devoir, mais
pour faire plaisir à mon père... et mon père, au lieu d'être de

plus en plus sceptique, devenait toujours plus crédule. Il revenait avec ce genre de promesses, manifestement dénuées de sens, et on eût dit qu'il ramenait la félicité dans la maison, c'était un tourment de le voir, avec un sourire grimaçant, les yeux écarquillés, nous montrer Amalia du doigt lorsqu'elle avait le dos tourné, pour nous signifier que grâce à ses efforts, la délivrance d'Amalia, dont elle serait la première surprise, était toute proche, mais que c'était encore un secret, et que nous devions le garder scrupuleusement. Cela aurait sûrement duré encore très longtemps si nous n'avions pas fini par ne plus pouvoir fournir d'argent à mon père. Entre-temps, il est vrai, et après bien des supplications, Brunswick avait pris Barnabas comme assistant, à la condition qu'il vînt chercher son travail et le rapportât le soir, dans l'obscurité — il faut admettre que Brunswick faisait courir un certain risque à son commerce dans notre intérêt, en revanche, il payait Barnabas trois fois rien, et le travail de Barnabas est impeccable — ; cependant son salaire suffisait à peine à nous préserver de la famine. Avec force ménagements et après une longue préparation, nous annonçâmes à mon père que nous mettions fin à nos subsides, mais il le prit calmement. Il n'avait plus assez de tête pour comprendre la vanité de ses interventions, mais il était fatigué de ces constantes déceptions. Bien sûr, il déclara — il parlait moins nettement qu'avant, il parlait jadis presque trop nettement — qu'un très petit supplément d'argent lui aurait suffi pour tout savoir, dès le lendemain, voire le jour même, alors que là tout avait été en vain, seul l'argent avait tout fait échouer, etc., mais son ton indiquait qu'il n'était pas dupe. D'ailleurs, sans attendre il forma aussitôt de nouveaux projets. N'ayant pas réussi à prouver la faute et ne pouvant donc rien obtenir par la voie administrative, il lui fallait en revenir aux seules supplications et s'adresser personnellement aux fonctionnaires. Il y avait sûrement parmi eux des individus au cœur compatissant, qui sans pouvoir bien sûr le manifester dans le cadre de leurs fonctions, le pouvaient sans doute en dehors, si on les prenait par surprise au moment propice. »

Ici, K. interrompit le récit d'Olga, qui l'avait jusque-là captivé, et lui demanda : « Et tu ne lui donnes pas raison ? » La suite du récit répondrait forcément à cette question, mais il voulait le savoir tout de suite.

« Non, fit Olga, il ne saurait être question de compassion ou de rien de ce genre. Nous avions beau être jeunes et inexpérimentés, nous savions cela, et mon père lui aussi le savait bien sûr, mais il l'avait oublié, comme presque tout le reste. Il avait conçu le projet de se poster à proximité du château sur la route, là où passaient les voitures des fonctionnaires et, quand l'occasion s'y prêterait, de présenter sa demande de pardon. Pour parler franchement, ce projet était insensé, même si l'impossible s'était produit et si sa supplication était effectivement parvenue à l'oreille d'un fonctionnaire. Depuis quand un seul fonctionnaire pourrait-il accorder le pardon ? Cela pourrait tout au plus être l'affaire de l'administration dans son ensemble ; mais même celle-ci ne peut sans doute pas accorder le pardon, elle peut seulement juger. Et quand bien même un fonctionnaire consentirait à outrepasser ses prérogatives et à s'occuper de cette affaire, peut-il s'en faire une idée à partir de ce que mon père, cet homme vieilli, pauvre et fatigué, lui aurait marmonné à l'oreille ? Les fonctionnaires sont très instruits, mais dans un cadre restreint : dans son domaine il suffit à un fonctionnaire d'un mot pour saisir aussitôt tout un raisonnement ; mais on peut lui expliquer pendant des heures des choses relevant d'un autre secteur, il acquiescera peut-être poliment, mais il n'y comprendra rien. D'ailleurs tout cela est bien naturel : que l'on tente donc soi-même, face aux petites affaires administratives qui concernent tout un chacun, et ce sont des broutilles aux yeux d'un fonctionnaire, qui les expédie d'un haussement d'épaules, qu'on tente seulement soi-même de les comprendre à fond, et on aura de quoi s'occuper toute une vie durant, sans en venir à bout. Mais à supposer que mon père tombe sur un fonctionnaire compétent, ce dernier ne peut rien faire sans documents, surtout au bord de la route, il ne lui est pas possible de pardonner, il ne peut régler les choses que sur le plan administratif, force lui est donc de conseiller à l'intéressé de passer par la voie administrative, or de ce côté-là mon père avait déjà complètement échoué. Il devait en être aux dernières extrémités pour prétendre obtenir quoi que ce soit avec ce nouveau plan. S'il existait même très vaguement la moindre possibilité de ce genre, cette route grouillerait de quémandeurs, mais la chose étant impossible, ce dont un minimum d'instruction suffit à persuader quiconque, la route est parfaitement déserte. Peut-être que cela aussi confortait mon père dans ses espérances, il trouvait partout matière à espérer. Et c'était indispensable en l'occurrence, car un individu sain d'esprit n'avait pas besoin de se livrer à ces profondes réflexions, il ne pouvait que constater cette impossibilité à travers les données les plus extérieures. Lorsque les fonctionnaires vont au village ou rentrent au château, ce n'est pas pour s'amuser, au village et au château le travail les attend, c'est pourquoi ils circulent à toute allure. Et il ne leur vient pas non plus à l'idée de regarder par la fenêtre à la recherche d'éventuels pétitionnaires dehors, car leurs voitures sont pleines de documents que les fonctionnaires examinent.

— Pourtant, fit K., j'ai regardé à l'intérieur du traîneau d'un fonctionnaire, et il n'y avait aucun dossier. » Le récit d'Olga lui ouvrait un monde si vaste, presque incroyable, qu'il ne pouvait s'empêcher de le confronter à sa petite expérience à lui, pour mieux se persuader à la fois de sa réalité et de sa propre existence.

« C'est possible, fit Olga, mais alors c'est encore pire, cela veut dire que le fonctionnaire gère des affaires si importantes que les documents sont trop précieux ou trop volumineux pour pouvoir être transportés, voilà pourquoi ces fonctionnaires-là se font transporter au grand galop. En tout cas, ils n'ont pas une minute à consacrer à mon père. Et autre chose : il y a plusieurs voies d'accès au château. Tantôt c'est l'une qui est en vogue, et la plupart l'empruntent, tantôt c'est l'autre, alors tout le monde s'y bouscule. Quant aux règles qui président à ces changements, personne ne les a encore découvertes. À huit heures du matin, ils prennent tous une certaine route, et une demi-heure après, ils en prennent tous une autre, dix minutes après, une troisième, peut-être une demi-heure après, ils reprennent la première, et ils ne la quittent plus de la journée, mais un changement peut intervenir à tout moment. Certes, toutes les voies d'accès convergent à proximité du village, mais là, les voitures vont à toute vitesse, alors qu'à proximité du château leur allure est un peu plus modérée. Mais de même que leur itinéraire pour quitter le château est erratique et imprévisible, le nombre de voitures l'est tout autant. Il y a souvent des jours où l'on ne voit pas une voiture, et puis elles se remettent à défiler. Maintenant, imagine-toi mon père face à tout cela. Dans son plus beau costume, bientôt le seul qui lui restera, il quitte la maison chaque matin, accompagné de nos vœux de réussite. Il emporte un petit insigne de pompier qu'il a conservé sans en avoir vraiment le droit pour se l'agrafer une fois sorti du village : il a peur de le montrer à l'intérieur du village, alors qu'il est si petit qu'à deux pas de distance on le voit à peine ; mais mon père prétend que cet insigne parviendra à attirer sur lui l'attention des fonctionnaires qui passeront par là. Non loin de l'entrée du château se trouve l'exploitation d'un maraîcher, un certain Bertuch, qui fournit le château en légumes, et c'est le mince soubassement de pierre de la grille de son potager que mon père a choisi comme endroit. Bertuch l'a laissé faire, car il était jadis ami avec mon père et l'un de ses plus fidèles clients ; il a le pied légèrement déformé et considérait que seul mon père était capable de lui faire des bottes qui lui aillent. Mon père passait donc toutes ses journées assis là, c'était un automne triste et pluvieux, mais il se moquait du temps qu'il faisait, le matin à une certaine heure il nous faisait un signe d'adieu, la main sur la poignée de la porte, et le soir — il donnait l'impression de se voûter chaque fois un peu plus — il rentrait complètement trempé et se jetait dans un coin. D'abord il nous raconta ses petites aventures : par ex. que Bertuch, par pitié et au nom de leur ancienne amitié, lui avait jeté une couverture par-dessus la grille, ou encore qu'il avait cru reconnaître tel ou tel fonctionnaire dans une voiture qui passait, ou bien qu'un cocher le reconnaissait de temps à autre et l'effleurait avec la lanière de son fouet pour plaisanter. Par la suite il cessa de nous raconter ces histoires, il avait manifestement perdu l'espoir d'obtenir quoi que ce soit là-bas, il n'y allait plus passer la journée que par devoir, pour s'acquitter de son triste métier. C'est à cette époque qu'il commença à souffrir de rhumatismes ; l'hiver approchait, la neige fut précoce, l'hiver commence très tôt chez nous, et il restait tantôt assis sur les pierres trempées par la pluie, tantôt dans la neige. La nuit, il gémissait de douleur, le matin il hésitait parfois à se mettre en route, mais il finissait par se dominer, et partait. Ma mère s'accrochait à lui et ne voulait pas le laisser partir ; et lui, sans doute inquiet de voir que ses membres ne lui obéissaient plus, lui permit de l'accompagner, c'est ainsi que ma mère se retrouva elle aussi percluse de douleurs. Nous étions souvent auprès d'eux, nous leur apportions à manger ou bien nous allions simplement leur rendre visite, ou bien nous cherchions à les persuader de rentrer ; combien de fois les avons-nous trouvés là-bas recroquevillés, appuyés l'un contre l'autre sur l'étroit rebord qui leur servait de siège, blottis sous une mince couverture qui les recouvrait à peine, et tout autour, rien que la grisaille de la neige et de la brume, et pas un être humain, pas une voiture à l'horizon, pendant des journées entières, quel spectacle, K., quel spectacle ! Jusqu'au jour où, un matin, mon père ne parvint plus à sortir de son lit ses jambes raidies ; il était inconsolable, pris d'un léger délire dû à la fièvre il crut voir une voiture qui s'arrêtait là-haut, chez Bertuch : un fonctionnaire en sortait, longeait la grille à la recherche de mon père et rentrait dans sa voiture en secouant la tête d'un air contrarié. Mon père se mit alors à pousser des cris tels qu'on eût dit que, depuis son lit, il voulait attirer l'attention du fonctionnaire, là-haut, et lui expliquer que ce n'était pas sa faute s'il était absent. Et ce fut une longue absence, il ne retourna plus du tout là-bas, il dut passer des semaines au lit. Amalia se chargea de le servir, de le soigner, de s'occuper de lui et de tout ; et en réalité elle a continué à le faire, à quelques interruptions près, jusqu'à ce jour. Elle connaît les herbes médicinales qui calment les douleurs, il lui faut très peu de sommeil, elle ne prend jamais peur, ne craint rien, ne perd jamais patience, elle se chargea de tout pour mes parents ; et tandis que nous, incapables d'aider, nous nous agitions dans tous les sens, elle restait froide et silencieuse. Mais lorsque le pire fut passé et que mon père put de nouveau s'extraire de son lit, avec précaution et soutenu sur sa droite et sur sa gauche, Amalia s'effaça aussitôt et nous laissa nous occuper de lui. »

## 20

### LES PROJETS D'OLGA

« Il fallait maintenant trouver à mon père une occupation à la mesure de ses forces, de quoi le maintenir au moins dans la conviction d'œuvrer au rachat de la famille. Ce n'était pas difficile, car au fond tout avait la même utilité que ces journées passées assis devant le potager de Bertuch, pourtant je trouvai quelque chose qui me donna même quelque espoir. Chaque fois qu'il avait été question de notre faute dans les bureaux, parmi les rédacteurs ou ailleurs, c'était toujours l'affront subi par le messager de Sortini qui avait été mentionné, personne n'osait aller plus loin. Eh bien, me dis-je, si l'opinion générale, ne fût-ce qu'en apparence, connaît seulement l'affront subi par le messager, on pourrait tout arranger, ne fût-ce là aussi qu'en apparence, en l'amadouant. Après tout, on nous déclare que personne n'a porté plainte, aucun bureau n'a donc l'affaire en main, le messager reste donc libre de pardonner à titre personnel, et il ne s'agit de rien de plus. Tout cela ne pouvait avoir une importance décisive, ce n'était qu'apparence, et encore une fois ce serait sans autre conséquence, mais cependant cela ferait plaisir à mon père et ce serait peut-être un moyen, à sa grande satisfaction, de mettre au pied du mur les nombreux informateurs qui l'avaient tant tourmenté. D'abord, il fallait bien sûr trouver le messager. Lorsque je fis part de mon projet à mon père, il commença par se mettre très en colère, car il était devenu extrêmement têtu, étant d'une part persuadé, idée qui lui était venue pendant sa maladie, que c'était nous qui, au dernier moment, l'avions empêché de réussir en lui retirant nos subsides, puis en le retenant au lit, d'autre part il n'était plus capable d'accepter vraiment les idées d'autrui. Je n'avais pas encore fini de le lui expliquer que déjà mon projet était rejeté, à son avis il devait continuer à attendre près du jardin de Bertuch et puisqu'il ne serait sûrement plus capable d'y monter tous les jours à pied, ce serait à nous de l'y conduire en charrette à bras. Mais je ne cédai pas, et peu à peu il se fit à l'idée ; la seule chose qui le dérangeait, c'était de dépendre entièrement de moi dans cette affaire, car j'étais la seule à avoir vu le messager le jour en question, il ne le connaissait pas. Certes, tous les employés se ressemblent et moi non plus, je n'étais pas absolument sûre de le reconnaître. Nous avons donc commencé par nous rendre à l'Auberge des Messieurs et par chercher parmi les employés. Certes, il était au service de Sortini, et Sortini ne venait plus au village, mais les messieurs changent souvent d'employés : il était fort possible de le trouver chez ceux d'un autre monsieur, et s'il était lui-même introuvable, il y aurait peut-être moyen malgré tout d'obtenir de ses nouvelles auprès des autres employés. Pour cela, il fallait cependant se trouver tous les soirs à l'Auberge des Messieurs, et nous n'étions bien vus nulle part, à plus forte raison dans un endroit pareil ; nous ne pouvions pas non plus nous présenter comme clients. Mais la suite prouva qu'on pouvait malgré tout avoir besoin de nous ; tu dois savoir combien tous ces employés importunaient Frieda ; au fond, ce sont pour la plupart des gens calmes, qu'un travail facile a gâtés et rendus paresseux : "Je te souhaite une vie d'employé" est une formule de vœux courante, chez les fonctionnaires, et il paraît qu'en effet, pour ce qui est du confort, les employés sont les véritables seigneurs du château ; d'ailleurs ils savent l'apprécier, et il paraît qu'au château, dont ils observent les lois dans tous leurs faits et gestes, ils sont calmes et dignes, plusieurs personnes me l'ont confirmé, et même ici on en trouve encore des traces chez les employés, mais seulement des traces, car sinon, les lois du château n'étant plus complètement en vigueur au village, ils sont comme métamorphosés, une troupe turbulente, insoumise, et dominée non par les lois, mais par leurs insatiables désirs. Leur effronterie ne connaît pas de limite, et c'est une chance pour le village qu'ils n'aient le droit de quitter l'Auberge des Messieurs que sur ordre ; mais à l'intérieur de l'auberge il faut chercher des accommodements ; or Frieda avait beaucoup de mal, elle fut donc ravie de pouvoir se servir de moi pour calmer les employés ; depuis plus de deux ans je passe au moins deux nuits par semaine dans l'écurie avec eux. Auparavant, quand mon père était encore en état de m'accompagner à l'Auberge des Messieurs, il dormait quelque part dans la salle et attendait les nouvelles que je lui apporterais au petit matin. C'était fort peu de chose. À ce jour, nous n'avons pas trouvé le messager que nous cherchions, il paraît qu'il est toujours au service de Sortini qui le tient en haute estime, et qu'il l'a suivi lorsque Sortini s'est retiré dans des bureaux plus éloignés. La plupart des employés ne l'ont pas vu depuis tout aussi longtemps que nous, et si l'un d'eux prétend l'avoir vu entre-temps, c'est sans doute une erreur. En fait, mon projet aurait donc échoué, et pourtant pas complètement, même si nous n'avons pas trouvé le messager et si les trajets jusqu'à l'Auberge des Messieurs, les nuits passées là-bas, et peut-être aussi la pitié que je lui inspirais, pour autant qu'il en soit encore capable, ont hélas ! donné le coup de grâce à mon père, cela fait presque deux ans qu'il est dans l'état où tu l'as vu, pourtant il se porte peut-être mieux que ma mère, dont nous attendons chaque jour la fin, que seuls les efforts surhumains d'Amalia parviennent à retarder. Mais ce que j'ai tout de même obtenu à l'Auberge des Messieurs, ce sont certains contacts avec le château ; ne me méprise pas si je dis que je ne regrette pas ce que j'ai fait. Tu vas peut-être penser : des contacts avec le château, la belle affaire ! Et tu as raison, ces contacts sont peu de chose. Certes, je connais maintenant beaucoup d'employés, les employés de presque tous les messieurs qui sont venus au village ces dernières années, et si je devais un jour aller au château, j'y serais en pays de connaissance. En réalité, ce ne sont des employés qu'au village, au château ils sont tout autre chose et ils ne reconnaissent sans doute plus personne, surtout quelqu'un qu'ils ont fréquenté au village, même s'ils ont juré mille fois dans l'écurie qu'ils seraient ravis de vous reconnaître au château. D'ailleurs, je sais par expérience le peu de valeur qu'ont toutes ces promesses. Mais là n'est pas l'essentiel. Ce n'est pas juste grâce aux employés que j'ai des contacts avec le château, mais peut-être aussi, je l'espère, grâce à quelqu'un qui m'observe là-haut et qui observe ce que je fais — et la gestion de l'ensemble des employés constitue une part extrêmement importante et délicate du travail administratif —, quelqu'un qui observe ce que je fais et qui me juge peut-être moins durement que d'autres, qui reconnaît peut-être que même si c'est d'une façon pitoyable, je lutte moi aussi pour notre famille, et que je poursuis les efforts de mon père. En considérant les choses ainsi, peut-être qu'on me pardonnera d'accepter l'argent des employés, et de le consacrer à notre famille. Il y a autre chose encore que j'ai obtenu, mais cela, même toi tu vas me le reprocher. J'ai beaucoup appris grâce aux valets sur les moyens d'entrer au service du château par des voies détournées, sans passer par la procédure officielle d'admission qui est compliquée et prend des années ; on ne se retrouve sans doute pas titulaire d'un emploi officiel, on n'est admis qu'en secret et à moitié, on n'a ni droits ni devoirs, le pire étant l'absence de devoirs, mais on a une chose : comme on est à proximité de tout, on peut guetter les occasions favorables et les saisir, on n'est pas titulaire d'un emploi, mais il se peut qu'un travail se présente à l'improviste, il n'y a pas de titulaire disponible à ce moment précis, un appel retentit, on se précipite, et ce qu'on n'était pas encore un instant auparavant, on l'est devenu, on est titulaire d'un emploi. Et quand pareilles occasions se présentent-elles ? Parfois aussitôt, on est à peine arrivé, on vient à peine de se repérer, et l'occasion est déjà là, tous les nouveaux n'ont pas bien sûr la présence d'esprit de la saisir ; mais parfois aussi cela dure plus longtemps que la procédure officielle d'admission, et une fois à moitié admis, on ne peut plus l'être officiellement selon les règles. Il y a donc largement de quoi hésiter ; mais pas si l'on songe que l'admission officielle est soumise à un choix très rigoureux et que tout membre d'une famille dont la réputation est tant soit peu suspecte est rejeté d'emblée, si par ex. un individu de ce genre se soumet à cette procédure, il passe des années à trembler dans l'attente du résultat, depuis le premier jour tout le monde lui demande d'un air étonné comment il a osé se lancer dans cette entreprise vouée à l'échec, mais il n'en espère pas moins, sinon comment pourrait-il vivre, mais après bien des années, devenu peut-être un vieillard, il apprend qu'il a été refusé, que tout est perdu et qu'il a vécu pour rien [1]. Là aussi, il y a bien sûr des exceptions, voilà pourquoi il est si facile de se laisser tenter. Il arrive que des gens douteux finissent justement par être admis, il y a des fonctionnaires qui malgré eux aiment l'odeur de ce genre de gibier, lors des examens d'admission ils reniflent l'air, ils tordent la bouche, ils roulent de grands yeux, ils ont l'air de trouver terriblement appétissants les individus de ce genre, et ils doivent se cramponner aux volumes du Code pour leur résister. Parfois, loin d'aider à l'admission de quelqu'un, cela prolonge indéfiniment la procédure, qui n'arrive jamais à son terme, et n'est interrompue qu'après la mort de l'intéressé. L'admission légale exactement comme l'autre est donc pleine de difficultés visibles et cachées, et avant de s'y lancer il est

---

1. À la lecture de ce passage, comment ne pas songer à la « légende », écrite plus de huit ans auparavant dans *Le Procès* (*cf.* p. 940) et publiée sous le titre *Devant la Loi* (*cf.* p. 1054) ?

sage de peser le pour et le contre. C'est ce que nous n'avons pas manqué de faire, Barnabas et moi. Chaque fois que je rentrais de l'Auberge des Messieurs, nous nous asseyions côte à côte, je lui racontais les dernières nouvelles que j'avais apprises, nous discutions pendant des journées entières, et Barnabas laissait souvent son ouvrage en plan plus longtemps qu'il n'aurait fallu. C'est là que de ton point de vue j'ai pu commettre une faute. Je savais qu'il ne fallait pas trop se fier aux récits des valets. Je savais qu'ils n'avaient jamais envie de me parler du château, ils détournaient sans cesse la conversation, il fallait leur quémander la moindre parole, mais une fois qu'ils étaient lancés, leurs langues se déliaient, ils disaient des bêtises, se donnaient de grands airs, rivalisaient d'exagérations et d'inventions, de sorte que bien sûr, dans ces hurlements interminables où tous se relayaient à l'envi, dans l'obscurité de l'écurie, il ne pouvait rester au mieux que deux ou trois bribes de vérité. Mais je répétais tout à Barnabas comme je l'avais retenu, et lui, encore incapable de distinguer la vérité du mensonge et presque assoiffé de désir pour ces choses, vu notre situation familiale, il buvait toutes mes paroles et brûlait d'en entendre davantage. Et de fait, mon nouveau projet reposait sur Barnabas. Il n'y avait plus rien à attendre des valets. Le messager de Sortini était introuvable et le resterait, Sortini semblait s'éloigner toujours plus et le messager avec lui, souvent les gens avaient déjà oublié leur nom et leur physique, et j'étais obligée de les décrire longuement, avec pour seul résultat qu'on se les rappelait à grand-peine, sans pouvoir en dire davantage. Quant à ma vie avec les valets, je n'avais bien sûr aucune prise sur la façon dont elle était perçue, je pouvais juste espérer qu'on l'interpréterait dans l'esprit où je la concevais, et qu'elle effacerait un peu de notre faute, mais aucun signe tangible ne m'en donna la preuve. Cependant, je persistai, ne voyant pas d'autre possibilité pour moi-même d'obtenir quelque chose pour nous au château. Mais pour Barnabas, j'aperçus une possibilité. D'après les récits des valets je pouvais conclure, si j'en avais envie, et j'en avais très envie, qu'une fois entré au service du château, on peut obtenir bien des choses pour sa famille. Bien sûr, à quoi pouvait-on se fier dans ces récits ? Il n'y avait aucun moyen de s'en assurer : à très peu de choses, voilà qui était certain. Lorsque par ex. un valet que je ne reverrais jamais ou que je reconnaîtrais à peine si je le revoyais, m'assurait solennellement qu'il aiderait mon frère à obtenir un poste au château ou que du moins, si Barnabas y entrait d'une manière ou d'une autre, il le soutiendrait, autrement dit le ranimerait, car d'après les récits des valets il arrive que les candidats à des postes s'évanouissent ou ne comprennent plus rien, tant l'attente est interminable, et alors ils sont perdus si des amis ne s'occupent pas d'eux — lorsqu'on me racontait ce genre de choses et bien d'autres encore, ces mises en garde étaient sans doute justifiées, mais les promesses correspondantes étaient parfaitement creuses. Pas pour Barnabas : j'eus beau l'avertir de ne pas y croire, il me suffit de les lui rapporter pour le rallier à mes projets. Les raisons que j'invoquai moi-même eurent peu d'influence sur lui, ce furent surtout les récits des valets qui l'influencèrent. Je ne pouvais donc compter que sur moi-même, plus personne à part Amalia n'arrivait à se faire entendre de mes parents, plus je poursuivais à ma façon les anciens projets de mon père, plus Amalia se fermait vis-à-vis de moi, devant toi ou d'autres gens elle me parle, mais plus jamais seule à seule ; à l'Auberge des Messieurs, j'étais un jouet que les valets déchaînés essayaient de casser, pendant ces deux années je n'ai pas parlé une seule fois en confiance avec l'un d'entre eux, ce n'étaient que dissimulation, mensonges ou inepties ; il ne me restait donc plus que Barnabas, et Barnabas était encore tout jeune. En voyant pendant mes récits jaillir dans son regard une lueur qu'il a toujours gardée, je prenais peur, mais je ne renonçai pas, l'enjeu me semblait trop important. Je n'avais sans doute pas les projets de mon père, aussi grandioses que vains, je n'étais pas aussi déterminée qu'un homme, je me bornais à réparer l'injure faite au messager, et j'attendais de surcroît qu'on me fît crédit de cette modestie. Mais là où seule, j'avais échoué, je voulais à présent être sûre de réussir autrement, par l'intermédiaire de Barnabas. Nous avions offensé un messager et nous l'avions chassé des bureaux les plus accessibles, quoi de mieux que d'offrir un nouveau messager en la personne de Barnabas, de faire accomplir à Barnabas le travail du messager offensé, et de permettre ainsi à l'offensé de rester tranquillement à l'écart aussi longtemps qu'il le souhaiterait, aussi longtemps qu'il lui faudrait pour oublier l'offense. Je me rendais bien compte que malgré toute sa modestie, ce projet était aussi un peu présomptueux, qu'il pouvait donner l'impression que nous cherchions à dicter aux autorités la façon de régler une question de personnel, ou bien que nous doutions qu'elles soient capables de prendre par elles-mêmes les meilleures mesures et les aient prises depuis longtemps, avant même qu'il nous soit venu à l'esprit qu'on pût faire quelque chose. D'un autre côté, il me semblait impossible que les autorités se méprennent à ce point sur mes intentions ou, si c'était le cas, qu'elles le fassent exprès, c'est-à-dire que tout ce que je faisais soit rejeté d'emblée sans examen plus approfondi. Je ne renonçai donc pas, et l'ambition de Barnabas fit le reste. En cette époque de préparatifs, Barnabas devint si orgueilleux qu'il trouva le métier de cordonnier trop sale pour lui, le futur employé des bureaux, et il osa même prendre systématiquement le contre-pied d'Amalia, les rares fois où elle lui adressa la parole. Je lui accordai volontiers cette joie éphémère, car dès le premier jour où il alla au château, c'en fut fini de sa joie et de son orgueil, comme on pouvait facilement le prévoir. Alors commença ce service apparent dont je t'ai déjà parlé. Ce qui est étonnant, c'est le peu de difficultés que Barnabas rencontra, la première fois où il pénétra dans le château, ou plus exactement dans le bureau qui est pour ainsi dire devenu son lieu de travail. Ce succès me fit alors presque perdre la tête ; le soir où Barnabas revenu à la maison me le raconta en chuchotant, je courus vers Amalia, la pris à bras-le-corps, la poussai dans un coin de la pièce et l'embrassai avec mes lèvres et avec mes dents, au point qu'elle en pleura de douleur et de frayeur. L'émotion me coupait la parole, et puis cela faisait si longtemps que nous n'avions pas parlé ensemble, je remis le récit aux jours suivants. Mais les jours suivants, bien sûr, il n'y eut plus rien à dire. Après ce résultat immédiat, il ne se passa plus rien. Deux années durant, Barnabas mena cette vie d'une accablante monotonie. Les valets nous firent faux bond : je remis à Barnabas une petite lettre où en leur rappelant leurs promesses je le recommandais à leur attention, et Barnabas chaque fois qu'il voyait un valet sortait la lettre et la lui présentait, même si parfois il tombait probablement sur des valets qui ne me connaissaient pas, et si même ceux qui me connaissaient trouvaient agaçante sa façon d'exhiber la lettre sans ouvrir la bouche, car là-haut il n'ose pas parler, il n'en reste pas moins honteux que personne ne l'ait aidé, et ce fut un soulagement que nous aurions pu nous procurer tout seuls depuis longtemps lorsqu'un valet, auquel Barnabas avait peut-être déjà deux ou trois fois collé cette lettre sous le nez, en fit une boulette et la jeta dans une corbeille. Je songeai qu'il aurait presque pu dire : "Vous aussi, vous traitez les lettres de cette façon !" Pourtant, même si toute cette période n'apporta aucun autre résultat, elle fut bénéfique à Barnabas, si l'on tient à appeler bénéfique le fait qu'il ait vieilli précocement et soit devenu un homme avant l'âge, et qu'à bien des égards il ait même acquis un sérieux et un discernement qui dépassent la maturité. Cela me rend souvent toute triste de le regarder en le comparant au jeune garçon qu'il était encore il y a deux ans. Et en même temps, je n'ai ni la consolation, ni le soutien qu'il pourrait peut-être me procurer en tant qu'homme. Sans moi, il ne serait pas entré au château, mais depuis qu'il y est, il est indépendant vis-à-vis de moi. Je suis sa seule confidente, mais je suis sûre qu'il ne me dit qu'une petite partie de ce qu'il a sur le cœur. Il me parle beaucoup du château, mais d'après ses récits, d'après les petits faits qu'il me raconte, on n'arrive pas à comprendre comment tout cela a pu le métamorphoser à ce point. En particulier, on n'arrive pas à comprendre pourquoi, maintenant que c'est un homme, il a perdu là-haut tout le courage qu'il avait étant jeune garçon, et qui faisait alors notre désespoir à tous.

Sûrement que ces journées passées debout à attendre pour rien, se succédant sans la moindre perspective de changement, c'est démoralisant, cela fait douter de tout, cela finit même par rendre incapable de faire autre chose que d'attendre ainsi désespérément. Mais pourquoi, même au début, n'a-t-il pas résisté ? D'autant qu'il s'est vite rendu compte que j'avais raison et que s'il n'y avait rien là-bas pour satisfaire l'ambition, il y avait peut-être bien de quoi améliorer la situation de notre famille. Car en dehors des caprices des employés, la plus grande modestie est de rigueur là-bas, et l'ambition cherche à se satisfaire par le travail, qui du coup prend le dessus, de sorte que l'ambition disparaît complètement, et les désirs puérils n'ont pas leur place. Mais d'après ses récits, Barnabas croyait voir nettement l'étendue de la puissance et du savoir même de ces fonctionnaires pourtant fort louches dont il avait le droit de fréquenter le bureau. Leur façon de dicter, à toute vitesse, les yeux mis-clos, avec de rapides gestes de la main, leur façon de congédier sans un mot, d'un simple mouvement de l'index, les employés bougons qui dans ces moments-là, le souffle court, souriaient de bonheur, ou bien encore, lorsqu'ils trouvaient un passage important dans leurs livres, leur façon de taper un grand coup sur la page, tandis que les autres accouraient et, autant que le permettait l'étroitesse de la pièce, tendaient le cou pour regarder. Ces détails, ainsi que d'autres, donnaient à Barnabas une haute opinion de ces hommes, et il avait l'impression que s'il parvenait à se faire remarquer d'eux et à obtenir le droit d'échanger deux mots avec eux, non comme un étranger, mais comme un collègue de bureau, quoique de rang très inférieur, il pourrait obtenir pour notre famille des résultats inappréciables. Mais jusqu'ici Barnabas n'y est encore jamais arrivé, et il n'ose rien faire qui puisse le rapprocher du but, même s'il est bien conscient que malgré sa jeunesse les circonstances malheureuses l'ont fait monter en grade en lui attribuant la lourde charge de père de famille. Et maintenant, voici encore un dernier aveu : il y a une semaine, tu es arrivé. J'ai entendu quelqu'un en parler à l'Auberge des Messieurs, mais je n'y ai pas fait attention ; un arpenteur était arrivé, je ne savais même pas ce que c'était qu'un arpenteur. Mais le lendemain soir — en général, à une certaine heure, j'allais un bout de chemin à sa rencontre —, Barnabas rentre plus tôt que d'habitude, en voyant Amalia dans la pièce il m'attire dans la rue, et là, il appuie son visage contre mon épaule et pleure pendant plusieurs minutes. Il est de nouveau le petit garçon d'autrefois. Il lui est arrivé quelque chose qui le dépasse. C'est comme si un monde tout nouveau s'était soudain ouvert devant lui, et il ne peut supporter le bonheur et les inquiétudes de cette grande nouveauté. Or, la seule chose qui lui soit arrivée, c'est qu'on lui a confié une lettre à te remettre. Et il faut dire que c'est la première lettre, le premier travail qu'il ait jamais reçu. »

Olga s'interrompit. Tout était silencieux, hormis la respiration difficile et parfois rauque des parents. K. se contenta de dire sans réfléchir, comme pour compléter le récit d'Olga : « Vous m'avez joué la comédie. Barnabas m'a remis la lettre avec l'air très affairé d'un messager de longue date, et toi, ainsi qu'Amalia qui cette fois était donc d'accord avec vous, vous avez fait comme si sa charge de messager et les lettres n'étaient que de petits détails. — Il faut que tu distingues entre nous, dit Olga ; grâce à ces deux lettres Barnabas est redevenu un enfant heureux, malgré tous les doutes qu'il a sur son activité. Ces doutes, il les garde pour lui et pour moi, mais devant toi il met un point d'honneur à se présenter comme un vrai messager, selon l'idée qu'il se fait de l'allure d'un vrai messager. Ainsi, quoiqu'il espère de plus en plus obtenir ces jours-ci un uniforme officiel, j'ai dû retoucher en deux heures son pantalon pour qu'il ressemble au moins au pantalon moulant de l'uniforme officiel, et pour qu'ainsi vêtu, il puisse faire bonne figure devant toi, en sachant bien sûr que de ce point de vue tu es encore facile à abuser. Voilà pour Barnabas. Amalia quant à elle méprise vraiment la charge de messager, et maintenant que Barnabas semble avoir eu quelque succès, ce qu'elle peut aisément deviner en nous observant, Barnabas et moi, et en nous voyant assis ensemble en train de chuchoter, elle la méprise encore plus qu'avant. Elle dit donc la vérité, ne commets jamais l'erreur d'en douter. Mais si j'ai parfois rabaissé cette charge de messager, ce n'était pas dans l'intention de t'abuser, K., mais par crainte. Ces deux lettres qui sont à présent passées entre les mains de Barnabas sont le premier signe de clémence, quoique encore assez discutable, que notre famille ait reçu depuis trois ans. Ce changement, si c'en est un et non une illusion — les illusions sont plus fréquentes que les changements —, est lié à ton arrivée ici, notre destin dépend maintenant plus ou moins du tien, peut-être que ces deux lettres sont seulement un début et que l'activité de Barnabas va se développer au-delà des messages te concernant — nous voulons l'espérer aussi longtemps que cela nous sera permis —, mais pour l'instant, c'est toi exclusivement qui es visé. Là-haut, nous devons nous contenter de ce qu'on nous accorde, mais ici, au village, nous pouvons peut-être encore faire quelque chose, nous aussi, en l'occurrence nous assurer tes faveurs, ou du moins nous garder de te déplaire ou encore, et c'est le plus important, te proteger de toutes nos forces et de toute notre expérience pour que tu ne perdes pas avec le château un contact dont nous pourrions peut-être tirer notre subsistance. Or, comment ménager tout cela au mieux ? En n'éveillant pas tes soupçons lorsque nous t'abordons, car tu es étranger ici, ce qui te rend sûrement soupçonneux vis-à-vis de tout, et soupçonneux à juste titre. En outre, nous sommes méprisés, et tu es sous l'influence de l'opinion générale, notamment à cause de ta fiancée, comment parvenir jusqu'à toi sans nous opposer à elle par ex. et sans t'offenser du même coup, quoique nous n'en ayons aucune intention ? Et les messages que j'ai lus en détail avant que tu ne les reçoives — Barnabas ne les a pas lus, il ne s'est pas permis de le faire, étant messager — ne semblaient pas très importants à première vue, semblaient périmés, et perdaient d'eux-mêmes toute importance en te renvoyant au maire. Cela étant, comment nous comporter vis-à-vis de toi ? Si nous insistions sur leur importance, nous nous rendions suspects en surestimant quelque chose qui n'en avait visiblement aucune, en nous vantant d'avoir été chargés de te transmettre ces nouvelles, et en poursuivant notre intérêt au lieu du tien ; nous risquions même de dévaloriser le contenu de ces nouvelles à tes yeux et ainsi, bien malgré nous, de t'abuser. Mais si nous attachions peu de prix à ces lettres, nous nous rendions tout aussi suspects, car alors, pourquoi nous préoccuper de transmettre ces lettres sans importance, pourquoi cette contradiction entre nos paroles et nos actes, pourquoi abuser ainsi non seulement toi, leur destinataire, mais aussi celui de qui émanait cette mission et qui ne nous avait sûrement pas confié ces lettres pour que nous allions par nos explications les dénigrer auprès de leur destinataire ? De fait il est impossible de garder le juste milieu sans exagérer dans un sens ou dans l'autre, et donc d'estimer ces lettres à leur juste valeur, car elles en changent constamment, les réflexions auxquelles elles donnent lieu sont interminables, et seul le hasard décide du moment où on les interrompt, l'opinion qu'on se fait relève donc elle aussi du hasard. Et pour peu qu'en plus on s'inquiète pour toi, tout s'embrouille ; tu ne dois pas juger mes propos avec trop de sévérité. Si Barnabas par ex., comme c'est arrivé une fois, rentre à la maison en m'annonçant que tu n'es pas content de ses services de messager et que dans son affolement, et non sans que sa susceptibilité de messager y soit hélas ! pour quelque chose, il a offert de démissionner, je reconnais que pour réparer sa faute je suis capable de tromper, de mentir, de trahir, de faire tout le mal possible, si cela peut servir. Mais si je le fais, c'est autant pour toi que pour nous, du moins je le crois. » On frappa à la porte. Olga s'y précipita et ouvrit. Le faisceau de lumière d'une lanterne sourde découpa l'obscurité. Le visiteur tardif chuchota une question, et obtint une réponse chuchotée, mais il ne voulut pas s'en contenter, et fit mine d'entrer. Ne pouvant sans doute plus le retenir, Olga appela Amalia, visiblement dans l'espoir qu'elle ferait tout pour l'éloigner, afin de protéger le sommeil de ses parents. Elle accourut en effet, écarta Olga, sortit dans la rue, et referma la porte derrière elle.

Un bref instant s'écoula et elle rentra aussitôt, tant elle avait vite obtenu ce qui pour Olga avait été impossible.

K. apprit alors de la bouche d'Olga que la visite lui était destinée, c'était un des assistants que Frieda avait envoyé à sa recherche. Olga avait voulu protéger K. de l'assistant ; s'il voulait ensuite avouer à Frieda qu'il était venu ici en visite, il pouvait le faire, mais il ne fallait pas que l'assistant le découvre. K. approuva. Mais il déclina l'offre que lui fit Olga de passer ici la nuit en attendant Barnabas ; en réalité il aurait peut-être accepté, car il était déjà tard et il se croyait maintenant, bon gré mal gré, tellement lié à cette famille, que vu ces liens il lui semblait parfaitement naturel de passer la nuit ici, même si pour d'autres raisons c'était peut-être délicat pour lui ; pourtant il déclina l'offre, la visite de l'assistant l'avait effrayé, il n'arrivait pas à comprendre comment Frieda qui connaissait pourtant ses volontés, et les assistants qui avaient appris à le redouter, s'étaient ainsi remis d'accord, si bien que Frieda n'avait pas craint d'envoyer à sa recherche un assistant, et un seul, de surcroît, tandis que l'autre était sans doute resté auprès d'elle. Il demanda à Olga si elle avait un fouet, elle n'en avait pas, mais elle avait une bonne baguette d'osier, qu'il prit ; puis il lui demanda si la maison possédait une autre sortie, il y en avait une en passant par la cour, mais il fallait ensuite escalader la clôture du jardin d'à côté et le traverser avant d'arriver dans la rue. C'est ce que K. décida de faire. Tandis qu'Olga traversait la cour avec lui jusqu'à la clôture, K. s'efforça brièvement d'apaiser ses craintes, déclara qu'il ne lui en voulait pas du tout d'avoir un peu enjolivé son histoire : au contraire, il la comprenait fort bien, la remercia de la confiance qu'elle lui avait manifestée en la lui racontant, et la chargea d'envoyer Barnabas à l'école dès qu'il serait de retour, même s'il faisait encore nuit. Bien sûr, les messages de Barnabas n'étaient pas son seul espoir, car il serait alors en mauvaise posture, mais il ne voulait nullement y renoncer, il s'en tiendrait à eux et n'oublierait pas Olga, car ce qui comptait presque plus que les messages pour lui, c'était Olga elle-même, sa vaillance, sa lucidité, son intelligence, l'abnégation dont elle avait fait preuve vis-à-vis de sa famille. S'il devait choisir entre Olga et Amalia, il n'aurait pas à réfléchir longtemps. Et il lui serra encore chaleureusement la main, tout en escaladant la clôture du jardin voisin.

Une fois dans la rue, il aperçut, pour autant que ce fût possible dans l'obscurité, devant la maison de Barnabas un peu plus haut, l'assistant toujours en train de faire les cent pas, parfois il s'arrêtait et cherchait à éclairer la pièce à travers les rideaux tirés. K. l'interpella ; sans manifester de frayeur, il arrêta d'espionner la maison et s'avança vers lui. « Qui cherches-tu ? demanda K. en testant contre sa cuisse la souplesse de la baguette d'osier. — Toi, fit l'assistant en s'approchant. — Mais qui es-tu ? » fit K. soudain, car il ne ressemblait pas à son assistant. Il avait l'air plus vieux, plus fatigué, plus ridé, mais plus rond de visage, sa démarche elle aussi était très différente de celle des assistants, alerte, comme électrisée aux articulations, elle était lente, un peu boiteuse, maladive et distinguée. « Tu ne me reconnais pas ? demanda l'homme ; je suis Jeremias, ton vieil assistant. — Ah bon ? fit K. en laissant dépasser un peu la baguette qu'il cachait derrière son dos. Mais tu as l'air tout différent. — C'est parce que je suis seul, dit Jeremias. Lorsque je suis seul, c'en est fini de la joyeuse jeunesse ! — Où est passé Arthur ? demanda K. — Arthur ? demanda Jeremias, le cher petit ? Il a quitté son service. Mais aussi, tu as été un peu trop dur avec nous. Cette âme tendre n'y a pas résisté. Il est rentré au château et porte plainte contre toi. — Et toi ? demanda K. — J'ai pu rester, fit Jeremias, Arthur porte plainte pour moi aussi. — Et de quoi vous plaignez-vous ? demanda K. — De ton manque d'humour, dit Jeremias. Qu'avons-nous donc fait ? Nous avons un peu plaisanté, un peu ri, un peu taquiné ta fiancée. D'ailleurs tout cela faisait partie de notre mission. Lorsque Galater nous a envoyés auprès de toi... — Galater ? demanda K. — Oui, Galater, fit Jeremias, c'était lui qui à ce moment-là représentait Klamm. Lorsqu'il nous a envoyés auprès de toi, il a dit — j'ai fait très attention, car c'est là-dessus que nous nous appuyons — : Vous y allez en tant qu'assistants de l'arpenteur.

Nous avons dit : Mais nous n'entendons rien à ce travail. Et lui :
Là n'est pas l'essentiel ; il vous l'apprendra, si c'est nécessaire.
L'essentiel, c'est que vous le déridiez un peu. D'après ce qu'on
me raconte, il prend tout au tragique. Il vient d'arriver au village,
et il en fait une affaire d'État, alors qu'en réalité c'est fort peu de
chose. Voilà ce que vous devez lui apprendre. — Eh bien, fit K.,
Galater avait-il raison et avez-vous exécuté la mission ? — Je ne
sais pas, dit Jeremias. D'ailleurs, en si peu de temps ce n'était
sans doute pas possible. Je sais seulement que tu as été très grossier, et c'est de cela que nous nous plaignons. Je ne comprends
pas comment toi qui n'es toi aussi qu'un employé, et même pas
un employé du château, tu n'arrives pas à te rendre compte combien ce service est un travail pénible, et qu'il est très injuste de
compliquer la tâche de l'exécutant comme tu l'as fait, de façon
délibérée et presque puérile. Le manque d'égards dont tu as fait
preuve en nous laissant geler contre la grille, ou encore en
assommant presque Arthur d'un coup de poing, quand il était
sur le matelas, lui qu'un mot désagréable fait souffrir pendant
des journées entières, ou en me pourchassant dans tous les sens
à travers la neige, poursuite dont j'ai mis une heure à me remettre. C'est que je ne suis plus tout jeune ! — Cher Jeremias, dit K.,
tu as mille fois raison, mais c'est à Galater que tu devrais en parler. C'est lui qui vous a envoyés de sa propre initiative, je ne lui ai
demandé personne. Ne vous ayant pas sollicités, je pouvais aussi
vous renvoyer, et j'aurais préféré la méthode douce plutôt que la
force, mais vous ne l'entendiez visiblement pas de cette oreille.
D'ailleurs, pourquoi ne m'as-tu pas parlé avec cette même franchise dès que vous m'avez rejoint ? — Parce que j'étais en service,
fit Jeremias, cela va pourtant de soi. — Et maintenant tu n'es plus
en service ? demanda K. — Plus maintenant, fit Jeremias, Arthur
a donné sa démission au château, et à tout le moins, la procédure
qui nous libérera définitivement est lancée. — Mais pourtant, tu
continues à me chercher comme si tu étais en service, dit K.
— Non, fit Jeremias, je te cherche simplement pour tranquilliser
Frieda. Car lorsque tu l'as quittée pour les demoiselles Barnabas,
elle a été très malheureuse, moins parce qu'elle te perdait qu'à

cause de ta trahison, même si elle la voyait venir depuis longtemps et en avait déjà beaucoup souffert. Je suis retourné encore
une fois à la fenêtre de l'école pour vérifier si tout de même tu
n'étais pas revenu à la raison. Mais tu n'étais pas là, seule Frieda
était assise sur un banc d'écolier en train de pleurer. Je suis donc
entré et nous nous sommes mis d'accord. Tout est d'ores et déjà
décidé. Je suis garçon d'étage à l'Auberge des Messieurs, du
moins tant que mon affaire n'est pas réglée au château, et Frieda
est de retour au bar. Cela vaut mieux pour elle. C'était de la folie
qu'elle devienne ta femme. De plus tu n'as pas su apprécier le
sacrifice qu'elle était prête à faire pour toi. Maintenant elle est si
bonne qu'elle s'inquiète encore par moments d'avoir été injuste
envers toi, au cas où tu n'aurais peut-être pas été chez les Barnabas. Même s'il n'y avait aucun doute sur l'endroit où tu te trouvais, je suis tout de même venu le constater une fois pour toutes ;
car après toutes ces émotions, Frieda mérite de dormir enfin paisiblement, et moi aussi d'ailleurs. Voilà pourquoi je suis venu, et
non seulement je t'ai trouvé, mais j'ai pu voir au passage que ces
filles t'obéissent au doigt et à l'œil. La noiraude, surtout, un vrai
chat sauvage, a pris ta défense. Bon, à chacun son goût. En tout
cas, tu n'avais pas besoin de passer par le jardin des voisins, je
connais le chemin. »

### 21 [1]

Voilà qu'à présent était donc arrivé ce qui était prévisible,
quoique inévitable. Frieda l'avait quitté. Ce n'était pas forcément définitif, ce n'était pas si grave, il fallait la reconquérir,
elle cédait facilement aux influences extérieures, surtout à celle

1. À partir d'ici, on n'a pas retrouvé trace de titres, et seuls de petits traits
indiquent dans le manuscrit les limites entre les chapitres.

de ces assistants qui jugeaient la position de Frieda analogue à la leur et qui, maintenant qu'ils avaient donné leur congé, l'avaient entraînée à leur suite ; mais il suffirait à K. de se présenter devant elle, de lui rappeler tout ce qui parlait en sa faveur et, toute repentante, elle serait de nouveau à lui, surtout s'il était en mesure de justifier sa visite chez les jeunes filles par un succès dont il leur était redevable. Pourtant il avait beau chercher à se rassurer sur Frieda en se faisant ces réflexions, il n'était pas tranquille. Voici peu de temps encore, il s'était vanté de posséder Frieda devant Olga, il l'avait appelée son unique soutien, or ce soutien n'était pas d'une extrême solidité, un puissant n'avait pas besoin d'intervenir pour lui dérober Frieda, même cet assistant si peu appétissant y suffisait, cette chair qui donnait parfois l'impression de ne pas être franchement vivante.

Jeremias avait déjà commencé à s'éloigner, K. le rappela. « Jeremias, fit-il, je vais être parfaitement sincère avec toi, et toi aussi, réponds franchement à ma question. Après tout, nous ne sommes plus dans des rapports de maître à serviteur, et je m'en réjouis autant que toi, nous n'avons donc aucune raison de nous tromper mutuellement. Je brise ici devant tes yeux la baguette qui t'était destinée, car si j'ai choisi de passer par le jardin, ce n'est pas par crainte de toi, mais pour te surprendre et te donner deux ou trois bons coups de baguette. Mais ne m'en veux pas, tout cela est fini ; si tu n'avais pas été un serviteur que l'administration m'avait imposé, mais simplement une de mes connaissances, nous nous serions sûrement très bien entendus, même si ton allure me trouble parfois un peu. Et d'ailleurs, nous pourrions maintenant rattraper le temps perdu.

— Crois-tu ? fit l'assistant, et en bâillant il frotta ses yeux fatigués ; je pourrais t'expliquer la chose en détail, mais je n'ai pas le temps, je dois retourner auprès de Frieda, la petite m'attend, elle n'a pas encore pris ses fonctions, sur ma suggestion — car sans doute pour oublier, elle voulait se précipiter dans le travail — l'aubergiste lui a accordé un petit temps de convalescence, que nous voulons au moins passer ensemble. Pour ce qui est de ta proposition, je n'ai bien sûr aucune raison de te tromper, mais pas davantage de te faire confiance. Car ma situation n'est pas comme la tienne. Tant que j'étais à ton service, cela va de soi, tu comptais beaucoup à mes yeux, non à cause de tes qualités, mais en raison de la mission qui m'avait été confiée, et j'aurais fait pour toi tout ce que tu voulais, mais maintenant, tu m'es indifférent. Et je ne suis pas particulièrement touché de te voir casser cette baguette, cela me rappelle simplement combien le maître que j'avais était brutal, mais pour m'amadouer ce n'est pas la bonne méthode. — Tu me parles comme si tu étais absolument certain de ne plus jamais rien avoir à craindre de moi, fit K. Mais en réalité, c'est faux. Il est probable que tu n'es pas encore libéré vis-à-vis de moi, on ne règle pas les affaires aussi vite, ici... — Encore plus vite, parfois, lança Jeremias. — Parfois, dit K., mais rien ne l'indique, en l'occurrence ; du moins, ni toi ni moi nous n'avons entre nos mains d'attestation écrite. La procédure vient donc seulement d'être lancée, et je n'ai pas encore fait jouer mes contacts, alors que j'en ai l'intention. Si l'issue t'est défavorable, tu n'auras guère œuvré à te ménager les faveurs de ton maître, et peut-être était-il même superflu de briser la baguette d'osier. Et certes, tu as enlevé Frieda, ce qui te gonfle d'orgueil, mais sauf tout le respect que j'ai pour toi, même si tu n'en as plus aucun pour moi, je sais qu'il me suffira de lui dire deux mots pour mettre en pièces les mensonges avec lesquels tu l'as piégée. Et seuls des mensonges ont pu m'aliéner Frieda. — Tes menaces ne me font pas peur, dit Jeremias, car tu n'as aucun désir de m'avoir pour assistant, tu le redoutes, tu as peur d'ailleurs d'avoir des assistants, c'est seulement par peur que tu as battu ce brave Arthur. — Peut-être, fit K., mais en a-t-il eu moins mal ? Peut-être que j'aurai encore de nombreuses occasions de te manifester ainsi ma peur. À voir le peu de plaisir que tu trouves au métier d'assistant, cela m'amuse beaucoup de te contraindre à l'exercer, malgré toute ma peur. Et cette fois-ci, je ferai en sorte d'obtenir que tu me serves seul, sans Arthur, j'aurai plus d'attention à te consacrer. — Crois-tu, fit Jeremias, que tout cela m'inspire la moindre crainte ? — Je le crois, dit K., tu as sûrement un peu peur, et si tu es malin, tu as très peur. Autrement, pourquoi ne serais-tu pas déjà allé rejoindre Frieda ? Dis-moi, tu en es donc amoureux ? — Amoureux ? fit Jeremias, c'est une fille gentille et intelligente et une ancienne maîtresse de Klamm, ce qui la rend en tout cas respectable. Et si elle me supplie constamment de la libérer de toi, pourquoi ne pas lui rendre ce service, d'autant que je ne te fais aucune peine à toi non plus, puisque tu as trouvé à te consoler auprès de cette maudite famille de Barnabas. — Je vois ta peur, à présent, fit K., une peur tout à fait pitoyable, tu cherches à me berner par des mensonges. Frieda n'a demandé qu'une chose : être libérée de la fureur des assistants, de leur chiennerie lubrique ; je n'ai malheureusement pas eu le temps d'exaucer tout à fait sa prière, et voilà bien les suites de ma négligence. »

« Monsieur l'Arpenteur ! Monsieur l'Arpenteur ! » s'écria quelqu'un à l'autre bout de la rue. C'était Barnabas. Il arriva à bout de souffle, mais n'oublia pas de s'incliner devant K. « J'ai réussi, dit il. — Réussi à quoi ? demanda K. Tu as transmis ma requête à Klamm ? — Ça n'a pas marché, dit Barnabas, j'ai fait mille efforts, mais il n'y avait pas moyen ; je suis passé devant tout le monde, sans qu'on m'y invite je suis resté debout toute la journée tout près du pupitre, un rédacteur m'a même écarté, car je lui cachais la lumière, j'ai signalé ma présence, ce qui est interdit, en levant la main lorsque Klamm redressait la tête, c'est moi qui suis resté le plus longtemps dans le bureau, il ne restait même plus que moi avec les employés, j'ai eu encore une fois la joie de voir Klamm revenir, mais ce n'était pas pour moi, il voulait juste vérifier rapidement quelque chose dans un livre, et il est reparti aussitôt ; finalement, voyant que je ne bougeais toujours pas, l'employé m'a presque mis à la porte à coups de balai. Je t'avoue tout cela pour que tu ne sois pas de nouveau mécontent de mes services. — À quoi me sert tout ton zèle, Barnabas, si tu n'obtiens aucun succès ? fit K. — Mais j'ai réussi, dit Barnabas. En sortant de mon bureau — j'appelle cela mon bureau — j'aperçois un monsieur qui sort lentement des fins fonds du couloir, sinon tout était désert car il était déjà très tard, je décidai de l'attendre, c'était une bonne occasion de rester, j'aurais préféré rester carrément là-bas pour ne pas devoir t'apporter cette mauvaise nouvelle. Mais ceci mis à part, cela valait la peine d'attendre ce monsieur, c'était Erlanger. Tu ne le connais pas ? C'est un des premiers secrétaires de Klamm. Un petit monsieur chétif, il boite légèrement. Il m'a aussitôt reconnu, il est célèbre pour sa mémoire et sa connaissance des gens, il se contente de froncer les sourcils, cela lui suffit pour reconnaître chacun, même souvent des gens qu'il n'a jamais vus, dont il a simplement entendu parler de vive voix ou par écrit, moi par ex. il n'avait jamais dû me voir. Mais il a beau reconnaître aussitôt chacun, il commence toujours par poser la question, comme s'il n'était pas sûr. "Est-ce que tu n'es pas Barnabas ?" m'a-t-il dit. Puis il m'a demandé : "Tu connais l'arpenteur, pas vrai ?" Et puis il m'a dit : "Cela tombe bien. Je pars pour l'Auberge des Messieurs. Dis à l'arpenteur de venir me rendre visite là-bas. Je suis dans la chambre 15. Mais il faudrait qu'il vienne tout de suite. J'ai juste quelques rendez-vous là-bas, et je repars à cinq heures du matin. Dis-lui que je tiens beaucoup à lui parler." »

Soudain, Jeremias partit en courant. Barnabas, trop excité pour l'avoir remarqué jusque-là, demanda : « Mais que veut donc Jeremias ? — Arriver avant moi chez Erlanger, fit K., et déjà, il courait à la poursuite de Jeremias, le rattrapait et le prenait par le bras en disant : c'est le désir de revoir Frieda qui s'est soudain emparé de toi ? Moi aussi, j'en meurs d'envie, alors cheminons ensemble. »

Devant l'Auberge des Messieurs plongée dans l'obscurité, quelques hommes étaient rassemblés, deux ou trois d'entre eux portaient des lanternes, ce qui permettait de reconnaître plusieurs visages. K. ne trouva qu'une seule connaissance, Gerstäcker le cocher. Gerstäcker le salua en lui demandant : « Tu es toujours au village ? — Oui, fit K., je suis venu pour longtemps. — Peu m'importe, à moi », fit Gerstäcker ; il toussa bruyamment et se tourna vers les autres.

Il s'avéra que tout le monde attendait Erlanger. Erlanger était déjà arrivé, mais conférait encore avec Momus avant de recevoir les administrés. La conversation générale tournait autour du fait qu'on n'avait pas le droit d'attendre dans l'auberge, mais qu'on était forcé de rester là-dehors, dans la neige. Il ne faisait pas très froid, c'est vrai, mais c'était un manque d'égards de laisser les administrés peut-être plusieurs heures devant l'auberge, en pleine nuit. Ce n'était sans doute pas la faute d'Erlanger, il était plutôt très prévenant, il ignorait ce qui se passait et aurait sûrement été très contrarié si on l'en avait informé. C'était la faute de la patronne de l'Auberge des Messieurs, qui, avec son désir maladif de raffinement, ne supportait pas de laisser entrer dans l'auberge beaucoup de gens en même temps. « Si c'est indispensable et s'il faut qu'ils entrent, avait-elle coutume de dire, alors pour l'amour du ciel, que ce soit chacun à son tour. » Et elle avait obtenu que les gens qui d'abord attendaient dans un couloir, puis dans l'escalier, ensuite dans l'entrée, et enfin dans le bar, finissent par être refoulés dans la rue. Mais cela ne lui suffisait toujours pas. Elle trouvait insupportable d'être constamment « assiégée » dans sa propre maison, comme elle disait. Elle ne comprenait même pas pourquoi tous ces gens étaient là. « Pour salir le perron, là-devant », lui avait un jour répondu un fonctionnaire, sans doute agacé, mais elle avait trouvé cette formule fort éclairante, et la citait volontiers. Rejoignant en cela les désirs des administrés, elle cherchait à faire construire, en face de l'Auberge des Messieurs, une bâtisse où ils pourraient attendre. Elle aurait préféré que les entretiens et les interrogatoires se déroulent en dehors de l'Auberge des Messieurs, mais les fonctionnaires s'y opposaient, et bien sûr, lorsque les fonctionnaires marquaient pour de bon leur opposition, la patronne n'avait pas gain de cause, même si grâce à son zèle infatigable, quoique empreint de fragilité féminine, elle exerçait une sorte de petite tyrannie dans les questions secondaires. Mais la patronne devrait sans doute continuer à supporter ces entretiens et ces interrogatoires à l'Auberge des Messieurs, car ces messieurs du château refusaient de quitter l'auberge lorsqu'ils étaient au village pour raisons officielles. Ils étaient toujours pressés, c'était bien malgré eux qu'ils étaient au village, et ils n'avaient pas la moindre envie d'y prolonger leur séjour au-delà du strict nécessaire, on ne pouvait donc pas, simplement pour préserver le calme domestique, leur demander de se transporter temporairement avec tous leurs documents de l'Auberge des Messieurs dans une autre maison de l'autre côté de la rue, ce qui était pour eux perdre du temps. D'ailleurs, les fonctionnaires préféraient régler les affaires officielles dans le bar ou dans leurs chambres, autant que possible pendant les repas ou au lit avant de s'endormir, ou encore le matin, lorsqu'ils étaient trop fatigués pour se lever et voulaient encore se prélasser un petit moment au lit. Cependant la question de la construction d'une salle d'attente semblait en bonne voie, ce qui était une sévère punition pour la patronne — on s'en amusait un peu — car cette affaire nécessitait de nombreux entretiens, et les couloirs de l'auberge ne désemplissaient pas.

Les gens qui attendaient discutaient de tout cela à mi-voix. K. fut frappé que, malgré l'insatisfaction générale, personne ne trouvât à redire à ce qu'Erlanger eût convoqué les administrés au beau milieu de la nuit. Il les interrogea sur ce point, et apprit qu'il fallait au contraire en être très reconnaissant à Erlanger. Car seule sa bonne volonté et la haute idée qu'il avait de sa fonction l'incitaient à venir au village : après tout, s'il le voulait, il pouvait envoyer tel ou tel secrétaire dresser les procès-verbaux, ce qui serait peut-être même plus conforme au règlement. Or il s'y refusait en général, il voulait tout voir et tout entendre lui-même, mais du coup il était obligé d'y consacrer ses nuits, car il n'y avait pas de place prévue dans son emploi du temps officiel pour les voyages au village. K. rétorqua que Klamm venait pourtant lui aussi au village pendant la journée, et qu'il y restait même plusieurs jours ; Erlanger était-il donc plus indispensable là-haut, alors qu'il n'était que secrétaire ? Quelques-uns rirent gentiment, d'autres gardèrent un silence gêné, et ces derniers étant plus nombreux, K. n'obtint guère de réponse. Un seul dit en hésitant que bien sûr, Klamm était indispensable, au château comme au village.

Sur ces entrefaites, la porte de l'auberge s'ouvrit et Momus apparut, flanqué de deux serviteurs qui portaient des lampes. « Les premiers à être admis auprès M. le Secrétaire Erlanger, fit-il, sont Gerstäcker et K. Sont-ils là tous les deux ? » Ils se présentèrent, mais Jeremias leur passa devant et se faufila à l'intérieur en disant : « Je suis garçon d'étage » ; Momus sourit et le salua en lui donnant une tape sur l'épaule. « Il faudra que je surveille mieux Jeremias », se dit K., tout en restant conscient que Jeremias était sans doute beaucoup plus inoffensif qu'Arthur qui, au château, travaillait contre lui. Peut-être était-il même plus sage de se laisser tourmenter par eux comme assistants, au lieu de les laisser ainsi déambuler sans surveillance et intriguer librement, ce pour quoi ils semblaient particulièrement doués.

Lorsque K. passa devant Momus, ce dernier fit mine de réaliser tout d'un coup qu'il était l'arpenteur. « Ah, monsieur l'Arpenteur ! fit-il, lui qui a tellement horreur des interrogatoires, le voilà qui s'y précipite ! Cela aurait été plus simple chez moi, l'autre jour. Mais il faut dire que ce n'est pas facile de choisir le bon interrogatoire. » Voyant qu'après avoir été ainsi interpellé, K. faisait mine de s'arrêter, Momus lui dit : « Avancez, avancez ! Vos réponses auraient pu me servir l'autre jour, mais plus maintenant. » Irrité par cette attitude, K. n'en répondit pas moins : « Vous ne pensez qu'à vous, tous autant que vous êtes. C'est uniquement à cause de l'administration que je refuse de vous répondre, aujourd'hui comme l'autre jour. — Et à qui devrions-nous donc songer ? répondit Momus. Qui y a-t-il d'autre ici ? Avancez ! »

Dans l'entrée, un serviteur les reçut et leur fit prendre le chemin que K. connaissait déjà, par la cour, puis par le portail, jusqu'au couloir bas de plafond qui formait un léger renfoncement. De toute évidence, seuls les hauts fonctionnaires habitaient les étages supérieurs ; les secrétaires, eux, avaient leur chambre le long de ce couloir, y compris Erlanger, quoiqu'il fût un des plus haut placés dans leur hiérarchie. Le serviteur éteignit sa lanterne, car le couloir était vivement éclairé à l'électricité. Ici, tout était petit, mais charmant. L'espace était utilisé au maximum. Le couloir permettait à peine de marcher sans baisser la tête. De chaque côté, les portes se succédaient presque sans interruption. Les cloisons n'allaient pas jusqu'au plafond, sans doute pour assurer la ventilation, car dans les profondeurs de ce couloir souterrain, les petites chambres ne devaient pas avoir de fenêtres. Ces cloisons pas tout à fait complètes avaient pour inconvénient que l'agitation qui régnait dans le couloir se répercutait dans les chambres. Beaucoup d'entre elles semblaient occupées, dans la plupart on veillait encore, on entendait des voix, des coups de marteau, des verres qui s'entrechoquaient. Pourtant il ne se dégageait pas une impression de joie particulière. Les voix étaient étouffées, on comprenait à peine un mot ici et là, d'ailleurs on n'aurait pas dit des conversations : quelqu'un devait simplement être en train de dicter ou de lire quelque chose à haute voix, dans les chambres d'où provenaient les bruits de verres et d'assiettes on n'entendait pas un mot, et ces coups de marteau rappelaient à K. ce qu'on lui avait raconté quelque part, à savoir que maints fonctionnaires, pour se reposer d'un effort intellectuel constant, pratiquaient parfois l'ébénisterie ou la mécanique de précision, entre autres. Le couloir même était vide : devant une seule porte était assis un grand monsieur pâle et décharné vêtu d'une fourrure qui laissait dépasser sa chemise de nuit ; ayant sans doute fini par trouver l'air irrespirable dans sa chambre, il s'était assis dehors pour lire le journal, mais d'un air distrait : il interrompait souvent sa lecture en bâillant, et se penchait pour regarder le long du couloir, peut-être attendait-il un administré qu'il avait convoqué et qui tardait à venir. Ils passèrent devant lui et, en se référant à ce monsieur, le serviteur dit à Gerstäcker : « C'est Pinzgauer ! » Gerstäcker acquiesça. « Voilà longtemps qu'il n'est pas descendu au village, fit-il. — Très longtemps », confirma le serviteur.

Enfin ils arrivèrent devant une porte qui n'avait rien de différent des autres, mais derrière laquelle, déclara le serviteur, Erlanger logeait. Le serviteur grimpa sur les épaules de K. et jeta un coup d'œil dans la pièce par l'interstice qui séparait la cloison du plafond. « Il est allongé sur le lit, dit le serviteur en redescendant ; il est habillé, mais je crois tout de même qu'il dort. Parfois, la fatigue le prend comme ça au village, à cause du changement de style de vie. Nous allons devoir attendre. Quand il se réveillera, il sonnera. À vrai dire, il est déjà arrivé qu'il passe tout son séjour au village à dormir, pour devoir repartir au château aussitôt après son réveil. Après tout, c'est du volontariat qu'il fait ici. — Il vaudrait mieux maintenant qu'il dorme jusqu'au bout, fit Gerstäcker, car lorsqu'il a encore un peu de temps pour travailler après son réveil, il est très fâché de s'être endormi, il essaie de tout expédier à toute vitesse et on peut à peine s'exprimer. — Vous venez pour l'attribution du contrat de transporteur, pour la nouvelle bâtisse ? » demanda le serviteur. Gerstäcker acquiesça, prit à part le serviteur et lui parla à voix basse, mais le serviteur écoutait à peine, il regardait au-delà de Gerstäcker, qu'il dominait d'une bonne tête, et se caressa les cheveux avec gravité, posément.

## 22

K. regardait distraitement autour de lui, lorsqu'il aperçut au loin, à un détour du couloir, Frieda ; elle fit semblant de ne pas le reconnaître et se contenta de le regarder avec froideur ; elle tenait dans une main un plateau avec de la vaisselle vide. K. dit au serviteur, qui ne lui prêta aucune attention — plus on lui parlait, plus il avait l'air absent —, qu'il revenait tout de suite, et il courut vers Frieda. Une fois auprès d'elle, il la saisit par les épaules, comme pour reprendre possession d'elle, et lui posa deux ou trois questions sans importance, tout en scrutant ses yeux d'un air inquisiteur. Mais toujours avec la même raideur, elle essaya vaguement de réorganiser la vaisselle sur le plateau, et dit : « Mais que me veux-tu ? Va donc chez les... tu sais bien comment ils s'appellent, tu reviens de chez eux, je le lis sur ton visage. » K. s'empressa de détourner la conversation, l'explication ne devait pas venir si brusquement et commencer par ce qu'il y avait de plus grave, par ce qui lui était le plus défavorable. « Je te croyais au bar », dit-il. Frieda le regarda d'un air étonné, puis lui caressa doucement le front et la joue de la main qui lui restait libre. C'était comme si elle avait oublié ses traits et voulait ainsi se les remémorer ; ses yeux avaient aussi l'expression voilée qui accompagne un pénible effort de réminiscence. « C'est pour servir au bar qu'on m'a reprise, dit-elle enfin lentement, comme si ses propos eussent été dénués d'importance, car sous les mots prononcés, elle menait avec K. une autre conversation, beaucoup plus importante celle-là, je ne suis pas faite pour ce travail-ci, n'importe qui peut être femme de chambre, à condition de savoir faire un lit et d'avoir la mine plaisante, et de ne pas craindre d'être importunée par les clients, et au contraire, de les solliciter. Mais au bar, ce n'est pas pareil. D'ailleurs, on m'y a aussitôt reprise, quoique je l'aie quitté dans des circonstances peu glorieuses ; il est vrai que cette fois, j'avais un protecteur. Mais l'aubergiste était content que j'en aie un et que du coup il lui soit facile de me reprendre. Il a même fallu me presser d'accepter ce poste ; si tu songes au souvenir que le bar évoque pour moi, tu comprendras. J'ai fini par accepter. Je suis ici juste pour dépanner. Pepi nous a suppliés de ne pas lui infliger la honte de devoir quitter aussitôt le bar, et comme elle a travaillé dur et a tout fait du mieux qu'elle a pu, nous lui avons accordé un délai de vingt-quatre heures. — Tout cela est très bien combiné, dit K., mais c'est par amour pour moi que tu as quitté le bar, et si peu de temps avant notre mariage, voilà que tu y retournes ? — Il n'y aura pas de mariage, fit Frieda. — Parce que j'ai été infidèle ? » demanda K. Frieda acquiesça. « Voyons, dit-il, cette prétendue infidélité, Frieda, nous en avons déjà parlé plusieurs fois, et tu as toujours été obligée de reconnaître que ce soupçon était injustifié. Et depuis lors, rien n'a changé de mon côté, tout a conservé la même innocence qu'avant et il ne peut y avoir autre chose. Il faut donc que de ton côté, quelque chose ait changé à cause de ce que certains t'ont susurré, ou pour une autre raison. En tout cas, tu es injuste envers moi, car écoute : quels sont mes rapports avec ces deux jeunes filles ? L'une, la brune — j'ai presque honte de devoir entrer dans ces détails pour me défendre, mais tu m'y obliges — la brune donc, m'insupporte sans doute autant que toi ; dès que j'ai moyen de me tenir loin d'elle, je le fais, d'ailleurs elle me facilite la tâche, il est impossible d'être plus réservé qu'elle. — Oui, s'écria Frieda, les paroles sortirent comme malgré elle de sa bouche, K. se réjouit d'avoir ainsi détourné le fil de ses idées, elle n'avait pas l'attitude qu'elle voulait se donner ; peut-être que tu la crois réservée, elle, la plus effrontée de tous, tu la dis réservée, et tu le penses vraiment, aussi incroyable que cela soit, tu ne joues pas la comédie, je le sais. Voilà ce que dit de toi la patronne de l'Auberge du Pont : je ne peux pas le supporter, mais je ne peux pas non plus l'abandonner, quand on voit un petit enfant qui ne sait pas encore bien marcher et qui s'aventure au loin, comment se retenir, on est forcé d'intervenir. — Cette fois, suis son précepte, fit K. en souriant, mais quant à cette jeune fille, qu'elle soit réservée ou effrontée, laissons-la de côté, je ne veux plus en entendre parler. — Mais pourquoi la dis-tu réservée ? demanda Frieda, intraitable ; K. vit dans cet intérêt un signe favorable, l'as-tu constaté toi-même, ou veux-tu ainsi rabaisser les autres jeunes filles ? — Ni l'un ni l'autre, fit K., c'est par gratitude que je la décris ainsi, parce qu'elle me permet de l'ignorer, et parce que, même si elle m'adressait la parole de temps à autre, je ne pourrais me résoudre à retourner là-bas, ce qui serait pourtant une grande perte pour moi, car je dois y aller pour notre avenir commun, comme tu le sais. Voilà aussi pourquoi je dois parler avec l'autre jeune fille que j'estime, elle, pour son efficacité, sa lucidité et son abnégation, mais que personne ne saurait qualifier de séduisante. — Les valets ne sont pas de cet avis, dit Frieda. — Là-dessus comme sur bien

d'autres sujets, sans doute, fit K. De la paillardise des valets, tu
conclus que je suis infidèle ? » Frieda se tut et laissa K. lui ôter
le plateau de la main, le poser par terre, prendre son bras sous
le sien, et commencer à aller et venir lentement avec elle dans
le petit espace du couloir. « Tu ne sais pas ce que c'est que la
fidélité, dit-elle, rechignant un peu à être si près de lui, peu
importe ton attitude avec ces jeunes filles, là n'est pas l'essentiel ; que tu ailles voir cette famille et que tu reviennes, les vêtements imprégnés de l'odeur de leur salle, ce simple fait est déjà
pour moi une honte insupportable. Et tu te glisses hors de
l'école sans rien dire. Et tu vas jusqu'à passer la moitié de la
nuit chez eux. Et lorsqu'on demande si tu es là, tu fais dire à
ces jeunes filles que non, un non catégorique, surtout à celle
qui est si extraordinairement réservée. Tu te faufiles hors de
la maison par un passage secret, peut-être pour épargner la
réputation de ces filles-là ! Non, n'en parlons plus ! — Ne parlons plus de cela, dit K., mais parlons d'autre chose, Frieda.
D'ailleurs, là-dessus il n'y a rien à dire. Pourquoi je dois y aller,
tu le sais. Cela ne m'est pas facile, mais je fais un effort. Tu ne
devrais pas me rendre la tâche plus difficile qu'elle ne l'est.
Aujourd'hui, je pensais n'y aller qu'un instant pour demander
si Barnabas était enfin de retour, car il y a longtemps qu'il aurait
dû me remettre un important message. Il n'était pas rentré,
mais on m'a assuré qu'il serait de retour d'une minute à l'autre,
ce qui était d'ailleurs vraisemblable. Je ne voulais pas qu'on me
l'envoie à l'école, pour ne pas t'importuner par sa présence.
Les heures ont passé, et hélas ! il n'est pas venu. Quelqu'un
d'autre est venu, par contre, quelqu'un que je déteste. N'ayant
aucune envie de le laisser m'espionner, je suis passé par le
jardin d'à côté, mais je ne voulais pas non plus me cacher ; au
contraire, je suis librement allé à sa rencontre dans la rue, armé
d'une baguette d'osier très souple, je l'avoue. C'est tout, il n'y
a donc rien d'autre à dire là-dessus, mais nous devons parler
d'autre chose. Qu'en est-il donc des assistants, que je répugne
à mentionner presque autant que toi à évoquer cette famille ?
Compare tes rapports avec eux à ceux que j'entretiens avec

cette famille. Je comprends le dégoût qu'elle t'inspire, et je peux le partager. C'est seulement pour notre affaire que je vais chez eux, parfois j'ai presque le sentiment de commettre une injustice envers eux, de les exploiter. Toi et les assistants, c'est tout différent. Tu n'as pas nié qu'ils te pourchassent et tu as admis éprouver de l'attirance pour eux. Je ne t'en ai pas voulu, j'ai compris qu'il y avait en jeu des forces auxquelles tu ne peux te mesurer, j'étais heureux qu'au moins tu t'en défendes, je suis venu à ton secours, et il a suffi que je relâche ma vigilance pendant deux ou trois heures, confiant dans ta fidélité et bien sûr espérant aussi que la maison était fermée à double tour et que les assistants avaient définitivement pris la fuite — je crains de continuer à les sous-estimer —, il a suffi que je me relâche pendant quelques heures et que Jeremias, ce personnage plutôt en mauvaise santé et un peu décati, tout bien considéré, ait eu l'audace de s'approcher de la fenêtre, pour que je doive te perdre, Frieda, et que je m'entende dire en guise de salutation : "Il n'y aura pas de mariage." Ne serait-ce pas plutôt moi qui aurais le droit de te faire des reproches, or je ne t'en fais aucun, je ne t'en fais toujours aucun. » Et jugeant de nouveau bon de détourner un peu l'attention de Frieda, K. la pria de lui apporter quelque chose à manger, car il n'avait rien mangé depuis midi. Visiblement soulagée elle aussi par cette requête, Frieda acquiesça et courut chercher quelque chose, mais au lieu d'aller au bout du couloir où il croyait que se trouvait la cuisine, elle descendit deux ou trois marches sur le côté. Elle revint bientôt avec une assiette de charcuterie et une bouteille de vin, mais ce n'étaient sans doute que les restes d'un repas, les morceaux avaient été replacés à la hâte dans l'assiette pour qu'on ne le voie pas, elle avait même oublié des peaux de saucisson et la bouteille était aux trois quarts vide. Mais K. ne fit aucun commentaire et se mit à manger de bon appétit. « Tu es allée dans la cuisine ? demanda-t-il. — Non, dans ma chambre, fit-elle, j'ai une chambre ici, au rez-de-chaussée. — Tu aurais mieux fait de m'emmener, dit K., je vais aller m'asseoir un peu pendant que je mange. — Je vais t'apporter un siège, dit Frieda, et déjà elle se mettait en route. — Merci, fit K. en la retenant, je n'irai pas et je n'ai plus besoin de m'asseoir. » Frieda essuya son attaque avec un air de défi, elle baissa la tête et se mordit les lèvres. « Eh bien oui, il est dans ma chambre, fit-elle, t'attendais-tu à autre chose ? Il est couché dans mon lit, il a pris froid dehors, il est transi, il n'a presque rien mangé. Au fond, tout est ta faute, si tu n'avais pas chassé les assistants et si tu n'avais pas couru à la poursuite de ces gens-là, nous serions tranquillement installés à l'école. Toi seul as détruit notre bonheur. Crois-tu que Jeremias, tant qu'il était en service, aurait osé m'enlever ? Dans ce cas tu te trompes complètement sur l'ordre qui règne ici. Il me désirait, il se tourmentait, il me guettait, mais ce n'était qu'un jeu, comme un chien affamé qui joue sans pour autant oser sauter sur la table. Et pour moi c'était pareil. J'éprouvais de l'attirance pour lui, c'est un ami d'enfance — nous jouions ensemble sur le flanc de la colline du château, c'était le bon temps, tu ne m'as jamais interrogée sur mon passé — et pourtant rien de tout cela ne fut déterminant, tant que Jeremias était tenu par sa charge, car je connaissais mes devoirs en tant que ta future femme. Mais ensuite tu as chassé les assistants, et tu t'en vantes encore, comme si par là tu avais fait quelque chose pour moi, ce qui est d'ailleurs vrai en un certain sens. Ton projet a réussi auprès d'Arthur, du moins pour l'instant, il est fragile, il n'a pas la passion de Jeremias, qui ne craint aucune difficulté ; d'ailleurs, tu l'as presque anéanti avec ton coup de poing en pleine nuit — ce fut en même temps un coup porté à notre bonheur —, il s'est réfugié au château pour se plaindre, et même s'il va revenir bientôt, pour l'instant en tout cas il est loin. Jeremias, lui, est resté. Quand il est en service, il redoute le moindre froncement de sourcils de son maître, mais en dehors du service, il ne craint rien. Il est venu et il m'a prise ; abandonnée par toi, dominée par lui qui était mon vieil ami, je n'ai pas pu résister. Je n'ai pas ouvert le portail de l'école, il a brisé la fenêtre et il m'a entraînée dehors. Nous nous sommes précipités ici : l'aubergiste le respecte et les clients ne pourraient rêver d'un meilleur garçon d'étage ; nous avons donc été engagés, il ne loge pas chez moi, nous partageons la même chambre. — Malgré tout, fit K., je ne regrette pas d'avoir renvoyé les assistants. Si la situation était telle que tu la décris, et ta fidélité donc uniquement liée à leurs obligations de service, alors il valait mieux que tout prenne fin. Il n'aurait pas été très grand, le bonheur conjugal, entre ces deux bêtes de proie auxquelles seul le knout fait courber l'échine. Du coup, je suis également reconnaissant à cette famille qui, sans le faire exprès, a contribué à nous séparer. » Ils se turent et se remirent à aller et venir côte à côte, sans qu'on pût distinguer qui avait commencé. Frieda, tout près de K., semblait fâchée qu'il ne reprenne pas son bras sous le sien. « Ainsi tout semble rentrer dans l'ordre, poursuivit K., nous pourrions nous dire adieu, toi pour aller retrouver Jeremias, ton maître, qui doit être encore enrhumé après les heures qu'il a passées devant le jardin de l'école et que d'ailleurs tu as déjà laissé trop longtemps seul, et moi, pour aller seul à l'école ou bien, puisque sans toi je n'ai rien à y faire, là où l'on voudra bien de moi. Si j'hésite encore malgré tout, c'est que j'ai de bonnes raisons de douter un peu de ce que tu m'as raconté. J'ai sur Jeremias l'impression inverse. Tant qu'il était à mon service, il te poursuivait, et je ne crois pas qu'à la longue, son devoir l'aurait empêché de t'assaillir pour de bon. Mais maintenant qu'il ne se considère plus comme à mon service, ce n'est pas pareil. Excuse-moi si je m'explique les choses de la façon suivante : Depuis que tu as cessé d'être la fiancée de son maître, tu n'es plus aussi attirante pour lui. Tu es peut-être son amie d'enfance, mais à mon avis — même si en réalité je ne le connais que par notre brève conversation de ce soir — il attache peu d'importance à ces histoires de sentiments. J'ignore pourquoi tu vois en lui un individu si passionné. Il m'a plutôt l'air de raisonner avec une particulière froideur. Galater lui a confié une certaine mission à mon sujet, qui ne m'est peut-être pas très favorable, et qu'il s'efforce d'accomplir en y mettant une certaine passion, je veux bien l'admettre — ce qui n'est pas tellement rare, ici —, une mission impliquant entre autres de ruiner notre relation ; il s'y est sans doute essayé de diverses façons, notamment en cherchant à te séduire par ses airs lascifs et ardents, ou encore, et cette fois avec le soutien de la patronne, en élucubrant sur mon infidélité ; son coup a réussi, il se peut qu'il ait bénéficié du vague souvenir de Klamm qui l'environne, même s'il a perdu son poste, mais peut-être au moment précis où il n'en avait plus besoin, et maintenant il récolte les fruits de son travail en te faisant sortir par la fenêtre de l'école ; mais c'est là que son travail prend fin et du coup, son zèle passionné pour le service l'abandonne, il est pris de fatigue, il préférerait être à la place d'Arthur qui ne se plaint pas, qui au contraire récolte les louanges et les nouvelles missions, mais il faut bien que quelqu'un reste en arrière pour suivre l'évolution de la situation. Il trouve un peu pesant de devoir s'occuper de toi. Il n'a pas la moindre trace d'amour pour toi, il me l'a avoué franchement ; ayant été la maîtresse de Klamm, bien sûr tu es respectable à ses yeux, et il est sûrement ravi de nicher dans ta chambre et de jouer au petit Klamm, mais c'est tout, toi-même tu n'es plus rien pour lui : s'il t'a casée ici, pour lui c'était simplement dans le droit-fil de sa mission, et il est resté pour ne pas t'inquiéter, mais seulement à titre provisoire, le temps de recevoir des nouvelles du château et que tu soignes son refroidissement. — Comme tu le calomnies ! dit Frieda en frappant ses petits poings l'un contre l'autre. — Le calomnier ? fit K., non, je ne veux pas le calomnier. Mais je suis peut-être injuste envers lui, c'est fort possible. Ce que j'ai dit sur lui n'apparaît pas tout à fait ouvertement, on peut aussi l'interpréter autrement. Mais le calomnier ? La calomnie ne pourrait avoir qu'un but, celui de combattre l'amour que tu éprouves pour lui. Si c'était nécessaire, et si la calomnie était un moyen approprié, je n'hésiterais pas à le calomnier. Personne ne pourrait m'en tenir rigueur, de par ses mandataires il a un tel avantage sur moi que je serais en droit de le calomnier un peu, moi qui ne puis compter que sur moi-même. Ce serait un moyen de défense relativement innocent et plutôt inefficace, en fin de compte. Desserre donc les

poings. » Et K. prit la main de Frieda dans la sienne ; Frieda
voulut la lui retirer, mais en souriant et sans trop lutter. « Mais
je n'ai pas besoin de le calomnier, fit K., car au fond tu ne
l'aimes pas, tu crois seulement l'aimer et tu me remercieras de
t'ôter cette illusion. Vois-tu, si quelqu'un voulait t'éloigner de
moi, sans recourir à la force, mais en calculant les choses très
minutieusement, il serait obligé de passer par les deux assistants. En apparence ce sont des garçons gentils, naïfs, joyeux,
sans responsabilités, venus d'en haut, du château, mêlés à deux
ou trois souvenirs d'enfance, tout cela est charmant, d'autant
plus que je suis à peu près aux antipodes, moi qui suis toujours
en train de courir après des affaires que tu comprends à moitié,
qui t'agacent, qui me font côtoyer des gens que tu détestes, de
sorte que malgré ma totale innocence un peu de cette haine se
reporte sur moi. Tout ceci n'est qu'une exploitation perni-
cieuse, quoique très habile, des failles qui existent dans notre
relation. Toute relation a ses failles, à plus forte raison la nôtre :
car nous venions de mondes complètement différents et depuis
que nous nous connaissons, notre vie à chacun a pris un tour
nouveau, nous manquons encore d'assurance, c'est vraiment
trop nouveau. Je ne parle pas de moi, cela n'est pas si important, car au fond j'ai sans cesse reçu des cadeaux, depuis la
première fois où tu as posé sur moi ton regard, et il n'est pas
bien difficile de s'habituer à être ainsi comblé. Mais toi, indépendamment de tout le reste, tu as été arrachée à Klamm, je
ne peux pas mesurer ce que cela signifie, mais j'ai fini peu à
peu par m'en faire une idée, on a le vertige, on n'arrive plus à
se repérer, et même si j'ai toujours été prêt à te réconforter, je
n'étais pas toujours présent, et lorsque j'étais présent, tu étais
parfois sous l'emprise de tes rêveries, ou de quelque chose de
bien plus vivant, comme par ex. la patronne — bref, il y eut
des moments où tu détournais de moi ton regard, où tu avais
la nostalgie d'un endroit un peu flou, ma pauvre enfant, et
il suffisait dans ces moments-là que des gens bien choisis se
présentent à ton regard pour que tu sois à leur merci, tu suc-
combais à l'illusion que ce qui n'était qu'instants, fantômes,

vieux souvenirs, vie passée à jamais révolue et toujours plus lointaine, que tout cela était encore ta véritable vie d'aujourd'hui. Erreur, Frieda : à bien y regarder, ce n'était que le dernier méprisable obstacle à notre union finale. Reprends tes esprits, ressaisis-toi ; même si tu croyais les assistants envoyés par Klamm — ce n'est pas vrai du tout, ils viennent de chez Galater — et si, sous ce faux prétexte, ils ont pu t'envoûter au point que même dans leur saleté et leur lubricité, tu croyais trouver des traces de Klamm, comme on croit voir un bijou perdu dans un tas de fumier alors qu'en fait on ne pourrait pas l'y retrouver, même s'il y était bel et bien —, il n'en reste pas moins que ces gaillards sont du même acabit que les garçons d'écurie, à cela près qu'ils n'ont pas leur santé, qu'un peu d'air frais les rend malades et les force à se mettre au lit, lit qu'en vérité ils savent choisir avec une astuce de garçons d'écurie. » Frieda avait appuyé sa tête sur l'épaule de K., ils allaient et venaient sans rien dire, en se tenant l'un l'autre par la taille. « Si seulement, dit Frieda calmement, lentement, d'une voix presque détendue, comme si, sachant qu'elle ne jouirait que d'un bref moment de répit contre l'épaule de K., elle voulait le savourer, si seulement nous étions partis aussitôt ailleurs, dès cette première nuit, nous serions quelque part en sécurité, toujours ensemble, ta main toujours assez proche pour que je puisse la saisir ; comme j'ai besoin que tu sois près de moi, combien je me sens abandonnée depuis que je te connais, quand tu n'es pas près de moi ! T'avoir près de moi, voilà mon seul rêve, crois-moi, je n'en ai pas d'autre. »

Alors une voix retentit dans le couloir latéral : c'était Jeremias debout sur la première marche, il était vêtu de sa seule chemise, mais s'était enveloppé dans un châle de Frieda. Là debout, les cheveux ébouriffés, sa barbe clairsemée comme délavée par la pluie, écarquillant péniblement les yeux d'un air de supplication et de reproche, ses joues bistrées empourprées mais flasques, ses jambes nues tremblant de froid et faisant aussi trembler les longues franges du châle, il ressemblait à un malade échappé de l'hôpital et qu'on ne pouvait songer qu'à remettre au lit. Ce fut d'ailleurs la réaction de Frieda ; elle s'écarta de K. et fut aussitôt près de lui en bas de l'escalier. Sa proximité, la sollicitude avec laquelle elle resserra le châle autour de son cou, l'empressement avec lequel elle voulut lui faire aussitôt regagner sa chambre, sembla lui redonner quelques forces, on eût dit qu'il venait tout juste de reconnaître K. « Ah, monsieur l'Arpenteur, dit-il, en caressant Frieda sur la joue pour l'amadouer, car elle cherchait à empêcher la moindre conversation, excusez ce dérangement. Mais je ne vais vraiment pas bien, c'est mon excuse. Je crois que j'ai de la fièvre, il faut que je prenne du thé et que je transpire. Cette maudite grille du jardin de l'école, je m'en souviendrai longtemps, et alors que j'avais déjà pris froid, je viens encore de passer la nuit à courir dans tous les sens. On sacrifie sa santé, sans s'en rendre compte tout de suite, à des choses qui n'en valent vraiment pas la peine. Mais je ne veux pas vous déranger, monsieur l'Arpenteur, entrez dans notre chambre, rendez visite à un malade et profitez-en pour dire à Frieda ce qui vous reste à lui dire. Lorsque deux êtres qui sont habitués l'un à l'autre se quittent, ils ont bien sûr tant de choses à se dire dans les derniers instants, qu'un tiers, surtout alité et en train d'attendre le thé qu'on lui a promis, ne peut rien y comprendre. Entrez donc, je me tiendrai bien tranquille. — Assez, assez, dit Frieda en lui tirant sur le bras, la fièvre le fait divaguer. Mais toi, K., ne nous suis pas, je t'en supplie. C'est notre chambre, à Jeremias et à moi, ou plutôt, c'est la mienne à moi toute seule, et je t'interdis de nous suivre. Tu me persécutes ; hélas ! K., pourquoi me persécuter ? Jamais, jamais je ne te reviendrai, j'en ai des frissons quand je songe à cette possibilité. Rejoins donc tes demoiselles ; d'après ce qu'on m'a raconté, elles s'assoient en petite chemise à tes côtés, sur la banquette près du poêle, et lorsque quelqu'un vient te chercher, elles l'accueillent en hérissant le poil comme des chats. C'est sans doute là-bas que tu es chez toi, puisque tu es si attiré par cet endroit. Je t'en ai toujours tenu éloigné, sans grand succès, mais tout de même je t'ai retenu, c'est fini, tu es libre. Une belle vie t'attend, il te faudra peut-être lutter un peu contre les valets pour l'une des deux filles, mais en ce qui concerne la deuxième, il n'y a personne sur la terre ou au ciel qui te l'envie. C'est une alliance bénie d'avance. Ne réponds rien. Bien sûr, tu peux tout réfuter, mais en fin de compte, tu n'auras rien réfuté. Songe un peu, Jeremias, il a tout réfuté ! » Ils acquiescèrent et se sourirent d'un air entendu. « Mais, continua Frieda, à supposer qu'il ait tout réfuté, à quoi cela servirait-il, et que m'importe ? Ce qui peut bien se passer là-bas, c'est leur affaire, à lui et à elles, ce n'est pas la mienne. Mon affaire à moi, c'est de te soigner jusqu'à ce que tu retrouves la bonne santé que tu avais autrefois, avant que K. ne te tourmente à cause de moi. — Alors, vous ne venez vraiment pas, monsieur l'Arpenteur ? » demanda Jeremias, mais sans se retourner vers K., Frieda l'emmena pour de bon. En bas on apercevait une petite porte, encore plus basse que les portes du couloir, Jeremias et même Frieda durent se pencher pour entrer, l'intérieur semblait éclairé et chauffé, on entendit encore quelques murmures, sans doute des gentillesses pour persuader Jeremias de se mettre au lit, puis la porte se referma [1].

## 23

C'est alors seulement que K. remarqua le silence qui s'était répandu dans le couloir, non seulement dans le passage où il se trouvait avec Frieda et qui semblait faire partie des communs, mais aussi dans le long couloir aux chambres auparavant si animées. Les messieurs s'étaient donc enfin endormis. K. se sentait lui aussi très fatigué, peut-être était-ce la fatigue qui l'avait empêché de tenir tête à Jeremias comme il aurait dû le faire. K. eût été peut-être plus avisé d'imiter l'exemple de Jeremias, qui exagérait manifestement son rhume — son état

---

1. Dans la toute première édition par Max Brod en 1926, le roman s'arrêtait ici, « amputé » d'environ un cinquième de son texte.

pitoyable ne venait pas de là, il était congénital, et aucune tisane médicinale ne le guérirait —, d'imiter Jeremias en tout point, de donner comme lui en spectacle sa fatigue bien réelle, de s'effondrer là dans le couloir, ce qui en soi devait déjà faire un bien fou, de se reposer un peu, et puis peut-être aussi de se faire un peu soigner. Mais cela n'aurait pas marché aussi bien que pour Jeremias, qui sûrement et sans doute à juste titre l'aurait emporté dans ce concours à qui éveillerait la plus grande pitié, comme dans n'importe quel autre combat, c'était évident. K. était si fatigué qu'il se demanda s'il ne pouvait pas essayer d'aller dans une de ces chambres, dont plusieurs devaient être libres, et de dormir tout son saoul dans un bon lit. Voilà qui l'eût dédommagé de bien des choses, pensait-il. Il avait même de quoi boire un petit verre avant de s'endormir. Sur le plateau que Frieda avait laissé sur le plancher, il y avait un carafon de rhum. K. ne craignit pas l'effort de rebrousser chemin, et vida la petite bouteille.

Maintenant au moins il se sentait assez de forces pour se présenter à Erlanger. Il chercha la porte de sa chambre, mais comme l'employé et Gerstäcker avaient disparu et que toutes les portes se ressemblaient, il ne put la trouver. Il crut cependant se rappeler à peu près à quel niveau du couloir la porte se situait et décida d'en ouvrir une qui, pensait-il, devait être la bonne. L'expérience était sans grand danger ; si c'était la chambre d'Erlanger, celui-ci l'accueillerait sans doute ; si c'était celle de quelqu'un d'autre, il y aurait toujours moyen de s'excuser et de repartir, et si le client était en train de dormir, cas le plus probable, la visite de K. passerait inaperçue, les choses risquaient seulement de mal tourner si la chambre était vide, car alors K. ne pourrait guère résister à la tentation de se mettre au lit et de dormir indéfiniment. Il jeta encore un œil à droite et à gauche le long du couloir pour vérifier s'il ne venait pas quelqu'un qui eût pu le renseigner et lui éviter de courir ce risque, mais le long couloir était silencieux et désert. K. écouta à la porte, pas un bruit là non plus. Il frappa assez doucement pour ne pas réveiller un éventuel dormeur, et en l'absence de toute réaction, il ouvrit la porte avec une extrême précaution. Mais voilà qu'un léger cri l'accueillit. C'était une chambre exiguë dont un grand lit occupait plus de la moitié ; sur la table de chevet était allumée une lampe électrique, et à côté il y avait un sac de voyage. Dans le lit, mais complètement caché sous la couverture, quelqu'un bougea, soudain inquiet, et murmura par un interstice entre la couverture et le drap : « Qui est-ce ? » K. ne pouvait plus s'en aller sans rien dire, à présent ; mécontent, il contempla ce lit douillet, mais hélas ! occupé, puis il se rappela la question qu'on lui avait posée et donna son nom. Cela sembla avoir un effet positif, l'homme dans le lit écarta légèrement la couverture de son visage, mais d'un air craintif, prêt à se recouvrir aussitôt si jamais dehors quelque chose allait de travers. Mais il finit par écarter la couverture sans hésiter, et s'assit. Ce n'était sûrement pas Erlanger. C'était un petit monsieur fort bien de sa personne, dont le visage avait quelque chose de paradoxal, car ses joues étaient d'une rondeur enfantine, ses yeux pleins d'une joie enfantine, alors que son front haut, son nez pointu, sa bouche étroite dont les lèvres refusaient presque de se fermer et son menton presque fuyant n'avaient rien d'enfantin, mais trahissaient au contraire un intellect supérieur. Sans doute la satisfaction que cela lui inspirait, la satisfaction qu'il s'inspirait à lui-même, avait-elle préservé en lui ces restes vigoureux d'une enfance pleine de santé. « Connaissez-vous Friedrich ? » demanda-t-il. K. fit signe que non. « Mais lui vous connaît », dit le monsieur en souriant. K. acquiesça ; les gens qui le connaissaient ne manquaient pas, c'était même un des principaux obstacles qu'il rencontrait sur son chemin. « Je suis son secrétaire, fit le monsieur, je m'appelle Bürgel[1]. — Pardonnez-moi, fit K. en tendant la main vers

---

1. Signalons ici, pour les lecteurs non familiers de l'allemand, les associations d'idées que suscitent les noms de ces fonctionnaires. *Bürgel* évoque le verbe « bürgen », c'est-à-dire « garantir » ; on y lit aussi « Burg », désignant le château fort (alors que « das Schloss », le titre du roman, renvoie au château de plaisance, simplement clos, « schliessen » voulant dire « fermer »). Quant à *Erlanger*, il rappelle le verbe « erlangen », c'est-à-dire « obtenir », mais il contient aussi « lang » : long, longuement...

la poignée de la porte, j'ai hélas ! confondu votre porte avec une autre. Car c'est chez le secrétaire Erlanger que je suis convoqué. — Quel dommage ! fit Bürgel. Pas que vous soyez convoqué ailleurs, mais que vous vous soyez trompé de porte. Car une fois réveillé, je suis certain de ne pas arriver à me rendormir. Mais que cela ne vous attriste pas, c'est le malheur qui m'est dévolu. D'ailleurs, pourquoi les portes ne ferment-elles pas à clé, hein ? Il y a bien sûr une raison. Car d'après un vieux dicton, la porte des secrétaires doit toujours rester ouverte. Mais cela non plus il ne faudrait vraiment pas le prendre tellement au pied de la lettre. » Bürgel regarda K. d'un air interrogateur et réjoui ; il avait beau se plaindre du contraire, il avait l'air frais et dispos ; Bürgel n'avait sans doute jamais été aussi fatigué que K. à cet instant. « Où donc voulez-vous aller maintenant ? demanda Bürgel. Il est quatre heures. Quelle que soit la personne chez qui vous prétendiez aller, vous seriez obligé de la réveiller, tout le monde n'est pas aussi habitué que moi à être dérangé, tout le monde ne le prendra pas avec la même patience, les secrétaires sont des gens nerveux. Restez donc un petit peu. On commence à se lever vers cinq heures ici, ce sera le meilleur moment pour répondre à votre convocation. Lâchez donc enfin la poignée, s'il vous plaît, et asseyez-vous n'importe où, il est vrai qu'on est à l'étroit ici, le mieux c'est de vous asseoir là, au bord du lit. Vous êtes surpris que je n'aie ni siège ni table ? Eh bien, j'ai eu le choix : soit une chambre entièrement meublée avec un lit d'hôtel très étroit, soit ce grand lit sans rien d'autre que la table de toilette. J'ai choisi le grand lit : dans une chambre à coucher, l'essentiel, c'est tout de même le lit. Ah, pour quelqu'un qui pourrait s'étirer et bien dormir, pour un bon dormeur, ce lit serait un vrai régal. Mais même moi qui suis toujours fatigué sans pouvoir dormir, il me fait du bien, j'y passe une grande partie de la journée, j'y expédie toute la correspondance et j'y auditionne les administrés. Ça se passe très bien. Les gens n'ont nulle part où s'asseoir, c'est vrai, mais ils prennent leur mal en patience : après tout, eux aussi gagnent à rester debout tandis que le rédacteur du procès-verbal est à son aise, plutôt qu'à être assis confortablement et à se faire engueuler. Il me reste donc juste cette place à offrir, au bord du lit, mais ce n'est pas une place officielle, elle sert uniquement aux entretiens nocturnes. Vous êtes bien silencieux, monsieur l'Arpenteur ! — Je suis très fatigué, dit K., qui sur cette invitation, avec une parfaite grossièreté et sans autre marque de respect, s'était empressé de s'asseoir sur le lit et s'était appuyé contre un des montants. — Bien sûr, fit Bürgel en riant, tout le monde est fatigué ici. Tenez par ex., ce n'est pas un mince travail que j'ai abattu entre hier et aujourd'hui. Il est parfaitement exclu que je m'endorme maintenant, mais dans l'éventualité très improbable où je m'endormirais en votre présence, s'il vous plaît, ne bougez pas et n'ouvrez pas non plus la porte. Cependant n'ayez crainte, il n'y a aucune chance que je m'endorme, et dans le meilleur des cas, je dormirai juste quelques minutes. Car je suis ainsi fait que, sans doute parce que je suis très habitué à recevoir des administrés, c'est quand j'ai de la compagnie que je m'endors le plus facilement. — Mais dormez, je vous en prie, monsieur le Secrétaire, fit K., ravi de cette déclaration, si vous me le permettez, moi aussi je vais faire un petit somme. — Non, non, dit Bürgel en riant de nouveau, pour que je m'endorme, il ne suffit pas hélas ! qu'on m'y invite, c'est seulement pendant la conversation que l'occasion peut s'en présenter ; c'est la conversation qui m'aide le plus à m'endormir. Oui, les nerfs souffrent beaucoup dans notre métier. Moi, par ex., je suis secrétaire de liaison. Vous ignorez de quoi il s'agit ? Eh bien, je constitue la liaison la plus forte — et à ces mots, il se frotta vivement les mains avec une gaieté involontaire — entre Friedrich et le château, je constitue la liaison entre ses secrétaires au château et au village, je suis le plus souvent au village, mais pas constamment : à tout moment, je dois être prêt à monter au château, vous voyez mon sac de voyage, c'est une vie agitée qui n'est pas faite pour tout le monde. D'un autre côté, il est vrai que je ne pourrais plus me passer de ce genre de travail, tout autre travail me paraîtrait insipide. Et qu'en est-il de l'arpentage ? — Je ne fais aucun travail de ce genre, je ne suis pas employé comme arpenteur », dit K., mais il avait l'esprit ailleurs, en fait il brûlait de voir Bürgel s'endormir, même si c'était juste par une espèce de sentiment de devoir envers lui-même, car il avait l'intime conviction que Bürgel en était encore bien loin. « C'est surprenant, fit Bürgel avec un brusque mouvement de la tête, et de sous la couverture il sortit un bloc de papier pour noter quelque chose, vous êtes arpenteur, et vous n'avez rien à arpenter. » K. acquiesça machinalement, il avait étendu son bras gauche sur le montant du lit et y appuyait sa tête ; il avait déjà essayé par divers moyens de trouver une position confortable, mais celle-ci était la meilleure de toutes, maintenant il pouvait faire un peu plus attention à ce que Bürgel lui disait. « Je suis prêt à suivre désormais cette affaire, continua Bürgel. Ici, nous ne sommes pas du genre à laisser inexploitées les capacités d'un spécialiste. Et pour vous aussi, cela doit être blessant ; vous n'en souffrez pas ? — J'en souffre », fit K. lentement et avec un sourire en lui-même, car à ce moment précis il n'en souffrait pas le moins du monde. En outre l'offre de Bürgel ne l'impressionnait guère. Car elle était faite à la légère. Sans rien savoir des circonstances de la nomination de K., des difficultés que celle-ci avait soulevées dans la commune et au château, des complications qui s'étaient déjà produites pendant le séjour de K. et que l'avenir réservait — ignorant tout cela, ne donnant même pas l'impression d'en avoir le moindre soupçon, ce qu'on aurait pu attendre d'un secrétaire, il offrait de mettre bon ordre à cette affaire avec son petit bloc-notes et en un tournemain. « Vous semblez avoir déjà eu quelques déconvenues », dit Bürgel, manifestant malgré tout une certaine perspicacité ; d'ailleurs depuis qu'il était entré dans cette chambre, K. se rappelait régulièrement de ne pas sous-estimer Bürgel, mais dans son état il avait du mal à évaluer correctement quoi que ce soit, hormis sa fatigue. « Non, fit Bürgel comme pour répondre à une idée de K. et lui épargner par sollicitude le soin de l'exprimer, ne vous laissez pas intimider par quelques déconvenues. Un certain nombre de choses ici semblent faites pour intimider, et quand on vient d'arriver, les obstacles semblent insurmontables. Je ne tiens pas à vérifier si cette impression est fondée, peut-être les apparences correspondent-elles à la réalité ; vu ma position, je manque de distance pour en juger, mais prenez garde, il y a parfois aussi des occasions qui ne sont guère conformes à la situation générale, des occasions où un mot, un regard, un signe de confiance permettent d'en obtenir davantage que toute une vie d'efforts épuisants. Cela ne fait aucun doute. Il est vrai que ces occasions n'en restent pas moins conformes à la situation générale, car personne ne les saisit jamais. Mais pourquoi personne ne les saisit, je ne cesse de me poser la question. » K. ne savait pas pourquoi ; il se rendait bien compte que les propos de Bürgel devaient le concerner de près, mais il éprouvait en cet instant une grande aversion pour tout ce qui le concernait, il pencha légèrement la tête comme pour laisser la voie libre aux questions de Bürgel et qu'elles ne puissent plus le toucher. « Cela, poursuivit Bürgel en étirant les bras et en bâillant, gestes qui contrastaient étrangement avec la gravité de ses propos, c'est ce dont les secrétaires n'arrêtent pas de se plaindre, d'être obligés de procéder de nuit à la plupart des interrogatoires qui ont lieu au village. Mais pourquoi s'en plaignent-ils ? Parce que c'est trop fatigant ? Parce qu'ils préfèrent passer la nuit à dormir ? Non, là n'est certainement pas la raison. Bien sûr, il y a des secrétaires plus ou moins diligents, comme partout, mais personne ne se plaint d'être trop fatigué, encore moins en public. Ce n'est tout simplement pas notre genre. De ce point de vue, nous ne faisons pas de différence entre temps ordinaire et temps de travail. Ces distinctions nous sont étrangères. Mais alors, pourquoi les secrétaires sont-ils contre les interrogatoires nocturnes ? Est-ce par égard pour les administrés ? Non, non, ce n'est pas cela non plus. Les secrétaires n'ont aucun égard envers les administrés, mais ni plus ni moins que vis-à-vis d'eux-mêmes à vrai dire, ils en ont exactement aussi peu. D'ailleurs ce manque d'égards, qui est à la fois respect et accomplissement inflexible de leur charge, est en fait la plus grande preuve d'égards que les administrés puissent souhaiter. Au fond, tout le monde le reconnaît — sauf un observateur superficiel, bien sûr —, dans ce cas précis par ex., les administrés privilégient même les interrogatoires nocturnes : nous ne recevons aucune plainte contre leur principe en lui-même. Mais alors, d'où vient l'aversion des secrétaires ? » Là non plus, K. n'en savait rien, il savait si peu de choses, il ne distinguait même pas si Bürgel attendait vraiment une réponse, ou si ce n'était qu'en apparence ; « Si tu me laisses m'allonger sur ton lit, songeait-il, je répondrai à toutes tes questions demain après-midi ou mieux, demain soir. » Mais Bürgel n'avait pas l'air de se soucier de lui, il était trop préoccupé par la question qu'il s'était posée à lui-même : « Pour autant que je puisse en juger et d'après ce que j'ai entendu dire, voici à peu près la réserve qu'émettent les secrétaires vis-à-vis des interrogatoires nocturnes : la nuit se prête moins bien aux entretiens avec les administrés, car de nuit il est difficile, voire impossible de leur conserver un caractère entièrement officiel. Cela ne tient pas à des détails extérieurs, car si on le souhaite, il est bien sûr possible de s'en tenir aussi strictement aux règles pendant la nuit que dans la journée. Ce n'est donc pas cela, par contre c'est la capacité de jugement des fonctionnaires qui souffre pendant la nuit. La nuit, on est enclin malgré soi à juger les choses d'un point de vue plus personnel, les arguments avancés par des administrés acquièrent une importance indue, des considérations un peu déplacées interfèrent avec le jugement — la situation personnelle des administrés, leurs misères, leurs préoccupations —, l'indispensable limite qui sépare les administrés des fonctionnaires s'estompe, même si de l'extérieur elle semble intacte, et au lieu de la simple alternance de questions et de réponses qui est de rigueur, semble parfois s'instaurer un échange singulier et tout à fait inconvenant entre des individus. C'est du moins ce que disent les secrétaires, gens qui par leur métier, sont doués d'une sensibilité tout à fait extraordinaire pour de telles choses. Pourtant même eux pendant les interrogatoires nocturnes — nous en avons souvent discuté entre nous — remarquent à peine ces influences néfastes ; au contraire, ils s'efforcent d'emblée de les contrecarrer et finissent persuadés d'avoir accompli un travail d'une qualité exceptionnelle. Mais à relire les procès-verbaux, on s'étonne souvent d'y trouver des faiblesses éviden-tes. Et ces erreurs qui bénéficient toujours de façon à moitié injustifiée aux administrés sont, au moins d'après nos règle-ments, irrattrapables par l'habituelle procédure rapide. Bien sûr, un bureau de contrôle finit par y mettre bon ordre, mais cela ne présente qu'un intérêt juridique et ne peut plus porter préjudice à l'administré. Dans ces circonstances, les plaintes des secrétaires ne sont-elles pas justifiées ? » Cela faisait un petit moment que K. s'était à moitié assoupi, mais il fut à nouveau réveillé en sursaut. « Pourquoi tout cela ? Pourquoi tout cela ? » se demanda-t-il, et derrière ses paupières baissées, il observa Bürgel, non comme un fonctionnaire discutant avec lui des questions difficiles, mais comme quelque chose qui faisait obs-tacle à son sommeil et dont le sens par ailleurs lui échappait. Bürgel, perdu dans ses pensées, sourit pourtant comme s'il venait de réussir à égarer un peu K. Il était néanmoins prêt à le remettre aussitôt sur la bonne voie. « Bon, dit-il, on ne peut pas simplement dire non plus que ces plaintes soient tout à fait justifiées. Les interrogatoires nocturnes ne sont prescrits expressément nulle part, on n'enfreint donc aucun règlement en essayant de les éviter, mais les circonstances, la surcharge de travail, le type d'activités des fonctionnaires au château, leur manque de disponibilité, le règlement qui exige que les interro-gatoires n'aient lieu qu'une fois terminé le reste de l'enquête, mais aussitôt après, tous ces faits et bien d'autres encore ont transformé les interrogatoires nocturnes en une nécessité incontournable. Pourtant s'ils sont devenus une nécessité — ce que je dis —, cela résulte aussi des règlements, au moins de manière indirecte ; critiquer les interrogatoires nocturnes reviendrait donc presque — bien sûr, j'exagère un peu et c'est seulement à ce titre que je peux l'exprimer ainsi — à critiquer les règlements eux-mêmes. Par contre, on peut accorder aux secrétaires le droit de chercher autant que possible et en res-pectant les règlements à se prémunir contre les interrogatoires nocturnes et leurs inconvénients, qui n'en sont peut-être qu'en apparence. C'est d'ailleurs ce qu'ils font dans une très large mesure : ils acceptent seulement d'auditionner des cas qui présentent le minimum de risques à cet égard, ils s'examinent en détail avant les audiences, et si le résultat de l'examen l'exige, ils annulent au dernier moment tous les entretiens, ils prennent des forces en convoquant un administré souvent dix fois de suite avant de procéder vraiment à son audition, ils se font volontiers représenter par des collègues incompétents sur le cas en question, et donc capables de le traiter avec plus de désinvolture, ils fixent au moins les entretiens au début ou à la fin de la nuit en évitant les heures intermédiaires — et il y a encore une foule de mesures du même genre ; ils ne sont pas faciles d'accès, les secrétaires, ils sont presque aussi coriaces que fragiles. » K. dormait, en réalité ce n'était pas un véritable sommeil, il entendait les paroles de Bürgel peut-être mieux que lorsqu'il était éveillé et tombait de fatigue, les mots venaient frapper un à un contre son oreille, mais le poids de la conscience avait disparu, il se sentait libre, ce n'était plus Bürgel qui le retenait, lui seul cherchait encore parfois Bürgel à tâtons ; il n'était pas encore dans les profondeurs du sommeil, mais il était immergé dans celui-ci, personne ne l'en priverait plus. Et il avait l'impression d'avoir ainsi remporté une grande victoire, toute une assemblée était déjà là pour la célébrer, et lui ou quelqu'un d'autre était en train de lever sa coupe de champagne en l'honneur de la victoire. Et pour que tout le monde sache de quoi il s'agissait, on rejouait la lutte et la victoire, ou bien au contraire, peut-être était-ce la première fois qu'elles avaient lieu, et on les avait déjà célébrées auparavant, et l'on ne cessait de les célébrer, car l'issue était heureusement certaine. Un secrétaire tout nu, ressemblant fort à la statue d'un dieu grec, était mis en difficulté par K. au cours de la lutte. Le spectacle était fort comique, et K. en sourit doucement dans son sommeil : le secrétaire, dans une attitude d'abord fière, sursautait à chaque avancée de K. et se trouvait forcé de vite lever son bras et son poing serré pour se défendre sur ses

points faibles, mais le faisait toujours trop lentement. Le combat ne durait pas longtemps ; pas à pas, et c'étaient de grandes
enjambées, K. gagnait du terrain. D'ailleurs était-ce un combat ?
Il n'y avait pas d'obstacle sérieux, juste un ou deux piaillements
du secrétaire de temps à autre. Ce dieu grec piaillait comme
une jeune fille qu'on chatouille. Et à la fin il avait disparu ; K.
était seul dans une grande pièce, prêt au combat il se retournait
sur lui-même à la recherche de son adversaire, mais il n'y avait
plus personne, l'assemblée avait également pris la fuite, seule
gisait par terre la coupe de champagne brisée, K. acheva de
l'écraser. Mais les éclats de verre étaient pointus, il finit par se
réveiller en sursautant, il se sentait mal, comme un petit enfant
qu'on réveille, et pourtant, en apercevant le poitrail dénudé de
Bürgel, cette pensée issue de son rêve l'effleura : « Le voilà, ton
dieu grec ! Tire-le donc de sous son édredon ! — Il y a cependant, fit Bürgel, le visage levé d'un air pensif vers le plafond,
comme s'il cherchait à se rappeler des exemples sans pouvoir
en trouver aucun, il y a cependant, malgré toutes les mesures
de précaution, un moyen dont disposent les administrés pour
mettre à profit cette faiblesse nocturne des secrétaires, à supposer toujours que ce soit une faiblesse. Possibilité fort rare sans
doute, ou plus exactement qui ne se présente presque jamais.
Cela consiste, pour l'administré, à se présenter sans préavis au
beau milieu de la nuit. Vous vous étonnez peut-être que cela
arrive si rarement, alors que cela paraît si évident. Il est vrai
que vous connaissez mal notre système. Même vous cependant,
vous avez dû remarquer que notre organisation administrative
est sans faille. Mais cette absence de faille a pour conséquence
que lorsqu'on présente une requête ou que pour d'autres
motifs on doit subir un interrogatoire, on reçoit la convocation
immédiatement, sans hésitation, le plus souvent même avant
de s'être préparé en vue de l'affaire, et en général même avant
d'en savoir soi-même quoi que ce soit. Cette fois-là on n'est pas
encore auditionné, et le plus souvent ce n'est pas le cas, l'affaire n'a d'ordinaire pas assez mûri, mais on a la convocation,
on ne peut plus venir sans préavis, c'est-à-dire complètement à

l'improviste : on peut tout au plus venir au mauvais moment, auquel cas l'on se voit rappeler la date et l'heure de la convocation, et lorsqu'on revient au bon moment, on est en règle générale renvoyé, cela ne pose plus de difficulté ; la convocation entre les mains de l'administré et la mention portée au dossier sont, pour les secrétaires, des moyens de défense parfois insuffisants, mais néanmoins puissants. Bien sûr, cela vaut uniquement pour le secrétaire compétent pour l'affaire en question, chacun restant libre d'aborder les autres en les prenant par surprise au beau milieu de la nuit. Mais presque personne ne le fait, ce serait quasiment insensé. D'abord, cela contrarierait beaucoup le secrétaire compétent ; nous autres secrétaires, nous ne sommes pas jaloux les uns des autres pour ce qui est du travail bien sûr, car si la charge de travail que chacun de nous supporte est bien trop lourde et nous est vraiment attribuée sans la moindre parcimonie, nous ne pouvons tolérer que les administrés troublent la répartition des compétences. Beaucoup ont déjà perdu la partie qui, croyant ne pas avancer en s'adressant au fonctionnaire compétent, ont tenté de se faufiler grâce à un fonctionnaire incompétent. Il y a une autre raison pour que de telles tentatives échouent, c'est qu'un secrétaire incompétent, même si on le surprend en pleine nuit et s'il est tout disposé à accorder son aide, n'est guère plus capable d'intervenir que le premier avocat venu, justement à cause de son incompétence, voire nettement moins en réalité, car ce dont il manque, à supposer qu'il puisse faire quoi que ce soit, vu qu'il connaît les arcanes du droit tout de même mieux que messieurs les avocats —, ce dont il manque pour des choses qui sont en dehors de sa compétence, c'est tout simplement de temps : il n'a pas un instant à leur consacrer. Dans ces circonstances, qui irait passer ses nuits à solliciter les secrétaires incompétents ? De surcroît les administrés sont débordés, lorsque en plus d'exercer leur métier, ils veulent répondre aux convocations et aux injonctions des fonctionnaires compétents, "débordés", dans le sens qu'ils donnent à ce terme, ce qui bien sûr n'est pas du tout la même chose que "débordés" au sens où les secrétaires l'entendent. » K. acquiesça en souriant, il avait maintenant l'impression de tout comprendre en détail, non parce que cela le préoccupait, mais parce qu'il était certain d'être sur le point de s'endormir pour de bon, et cette fois sans rêver ni être dérangé ; entre les secrétaires compétents d'un côté et les incompétents de l'autre, et devant cette foule d'administrés débordés, il allait sombrer dans un profond sommeil, et ainsi leur échapper à tous. Il s'était si bien habitué à la voix douce et satisfaite dont Bürgel cherchait, en vain manifestement, à se bercer, qu'elle favoriserait son sommeil au lieu de le troubler. « Tourne, tourne, moulin à paroles, songeait-il, tu ne tournes que pour moi. — Où est donc, dit Bürgel en se tapotant la lèvre inférieure avec deux doigts, les yeux écarquillés, tendant le cou, comme si après une pénible randonnée il s'approchait d'un magnifique panorama, où est-elle donc, cette possibilité que j'évoquais, cette possibilité si rare, qui ne se présente presque jamais ? C'est dans les règlements sur la répartition des compétences que le secret se cache. Car dans une grande organisation vivante, il est impossible qu'un seul secrétaire soit compétent sur chaque affaire, et cela n'arrive jamais. Un secrétaire possède la compétence principale, mais plusieurs autres ont certaines compétences plus limitées, voilà tout. Qui pourrait à lui tout seul, fût-ce un travailleur acharné, rassembler sur son bureau tous les faits relatifs au plus mineur des incidents ? Même ce que j'ai dit sur la compétence principale était excessif. La plus petite compétence n'englobe-t-elle pas déjà l'ensemble de celles-ci ? Le facteur décisif n'est-il pas la passion qu'on met à traiter l'affaire ? Et cette passion n'est-elle pas toujours la même, n'est-elle pas toujours présente dans toute sa force ? Partout, il peut y avoir des différences entre les secrétaires, et il y en a d'innombrables, mais dans la passion, non : aucun d'entre eux ne pourra se retenir, s'il est sommé de s'occuper d'un cas relevant un tant soit peu de sa compétence. Vis-à-vis de l'extérieur cependant, il faut que les affaires puissent être traitées de façon ordonnée, et c'est pourquoi pour chaque administré un secrétaire vient occuper le premier plan, et officiellement, l'administré doit s'en tenir à celui-ci. Mais ce n'est pas forcément le plus compétent pour ce cas précis : là, c'est l'organisation qui décide en fonction de ses besoins du moment. Voilà la situation. Et maintenant, monsieur l'Arpenteur, considérez l'éventualité qu'un administré, à la suite de je ne sais quelles circonstances, malgré les obstacles qui vous ont été décrits et qui en général suffisent amplement, surprenne malgré tout en pleine nuit un secrétaire qui possède une certaine compétence pour le cas concerné. Vous n'avez sans doute pas encore envisagé une telle possibilité ? Je le crois volontiers. D'ailleurs, ça n'est pas nécessaire, car cela n'arrive presque jamais. Il faudrait que cet administré soit un grain de sable d'une forme étrange et bien particulière, un grain assez minuscule et assez adroit pour passer à travers cet incomparable tamis. Vous croyez que cela ne peut pas arriver ? Vous avez raison, cela ne peut pas arriver. Mais une certaine nuit — qui peut tout garantir ? — c'est tout de même ce qui arrive. À vrai dire, je ne connais personne à qui ce soit arrivé ; mais cela ne prouve pas grand-chose, car je connais peu de gens par rapport au nombre d'individus concernés, et puis il n'est pas certain qu'un secrétaire à qui ce genre de chose est arrivée veuille bien l'avouer, c'est tout de même une situation très personnelle qui, d'une certaine façon, touche de près sa pudeur de fonctionnaire. Quoi qu'il en soit, mon expérience prouve peut-être qu'il s'agit d'une chose si rare qu'il est très exagéré de la redouter, puisque en réalité seule la rumeur en fait état et que rien d'autre ne vient la confirmer. Et même si elle se produit vraiment, il y a moyen — on pourrait le penser — de la rendre carrément inoffensive en lui prouvant qu'elle n'a pas sa place en ce monde, ce qui est très facile. En tout cas, il faut être malade pour se cacher sous sa couverture par crainte de cette chose et ne pas oser regarder dehors. Et même si ce qui était parfaitement invraisemblable avait soudain pris forme, est-ce que du coup tout est perdu ? Au contraire. Ce qu'il y a d'encore plus invraisemblable que la chose la plus invraisemblable, c'est que tout soit perdu. Certes, lorsque l'administré est dans la chambre, la situation est très grave. L'angoisse vous étreint le cœur. On se demande : "Combien de temps pourras-tu résister ?" Mais il n'y aura pas de résistance, on le sait. Vous n'avez qu'à bien vous représenter la situation. L'administré qu'on n'a jamais vu et toujours attendu, attendu avec une véritable soif, et qu'on a toujours eu la sagesse de considérer inaccessible, cet administré se trouve assis là. Par sa seule présence muette, il vous invite à pénétrer dans sa pauvre vie, à en faire le tour du propriétaire et à y souffrir avec lui de la vanité de ses requêtes. Cette invitation dans le silence de la nuit est envoûtante. On y répond, et alors on a en réalité cessé d'être fonctionnaire. C'est une situation dans laquelle il devient vite impossible de rejeter une demande. Pour être exact, on est désespéré, pour être encore plus exact, on est très heureux. On est désespéré, car être assis là sans défense à attendre la demande de l'administré, en sachant que sitôt formulée, on devra la satisfaire, même si, pour autant qu'on puisse soi-même en juger, elle risque littéralement de démanteler l'organisation administrative — c'est sans doute la pire chose que l'on puisse rencontrer dans l'exercice de ses fonctions. Surtout — indépendamment du reste —, parce que c'est aussi une montée en grade tout à fait inconcevable que l'on revendique par la force. En effet, notre position ne nous autorise pas à exaucer des demandes comme celle dont il est question, mais en présence de cet administré nocturne, notre pouvoir de fonctionnaires lui aussi grandit pour ainsi dire, nous prenons des engagements qui ne sont pas de notre domaine, et nous irons même jusqu'à les honorer ; comme un voleur dans la forêt, l'administré nous arrache en pleine nuit des sacrifices dont nous serions incapables autrement —, bref, voilà où nous en sommes tant que l'administré est encore là, qu'il nous donne des forces, nous contraint, nous aiguillonne, et que tout se passe quasi inconsciemment, mais qu'arrivera-t-il ensuite, lorsque tout sera fini, et que l'administré nous quittera rassasié, indifférent, et que nous nous retrouverons seuls, sans défense, face à notre abus de pouvoir — c'est impossible à imaginer. Et pourtant nous sommes heureux. Comme le bonheur peut être suicidaire ! Nous pourrions nous efforcer de cacher la vraie situation à l'administré. De lui-même, il ne se rend compte de rien. Épuisé, déçu, sans scrupule, insensible à force d'être épuisé et déçu, il croit sans doute être entré par un hasard quelconque dans la mauvaise chambre ; il est assis là, ignorant tout et pour s'occuper, si tant est qu'il s'occupe, il songe à son erreur ou à sa fatigue. Ne pourrait-on le laisser tranquille ? On ne peut pas. Le bonheur rend bavard, et l'on se sent obligé de tout lui expliquer. Sans pouvoir se ménager le moins du monde, on est obligé de lui exposer en détail ce qui est arrivé et pourquoi c'est arrivé, l'extraordinaire rareté et l'importance unique de cette occasion, on est obligé d'exposer à l'administré qu'il est tombé sur cette occasion dans un total désarroi, comme seul un administré en est capable, mais qu'à présent s'il le souhaite, monsieur l'Arpenteur, il peut tout dominer, et pour cela il n'a qu'à présenter sa demande, dont la satisfaction est déjà prête et vient même à sa rencontre — il faut lui exposer tout cela, c'est une heure difficile pour le fonctionnaire. Mais une fois qu'on a fait cela aussi, monsieur l'Arpenteur, l'essentiel est accompli, il faut se résigner et attendre. »

K. n'en entendit pas davantage, il dormait, isolé de tout ce qui arrivait autour de lui. Pendant son sommeil, sa tête qui reposait sur le bras gauche qu'il avait appuyé contre le montant du lit avait glissé et pendait librement, elle s'affaissait lentement, le bras au-dessus ne suffisait plus à la soutenir, et K. se procura inconsciemment un nouvel appui en calant sa main droite contre le couvre-lit, saisissant ainsi par mégarde le pied de Bürgel, qui dépassait sous la couverture. Bürgel jeta un œil et lui abandonna son pied, malgré le désagrément que cela pouvait lui causer.

C'est alors que des coups vigoureux retentirent contre la cloison, sur le côté. K. sursauta et regarda le mur. « L'arpenteur n'est pas là ? demandait-on. — Si, fit Bürgel en dégageant son pied et en s'étirant tout d'un coup comme un petit garçon agité et rétif. — Alors, qu'il se décide à venir », répondit-on ; on ne se souciait nullement de Bürgel, qui pouvait encore avoir besoin de K. « C'est Erlanger, murmura Bürgel ; il ne semblait pas surpris qu'Erlanger se trouve dans la chambre voisine, dépêchez-vous d'aller le trouver, il est déjà contrarié, tâchez de le calmer. Il a le sommeil profond, mais nous avons parlé trop fort, il n'y a pas moyen de se modérer et de modérer le ton de sa voix lorsqu'on parle de certaines choses. Mais allez le trouver sans tarder, on dirait que vous n'arrivez pas à vous extraire de votre sommeil. Allez-y ! que voulez-vous de plus ici ? Vous n'avez pas à vous excuser d'avoir somnolé, quelle idée ! Les forces corporelles ont leurs limites, on n'y peut rien si ces limi-tes sont significatives à plus d'un titre. C'est ainsi que de lui-même le monde corrige son cours et maintient son équilibre. Cette disposition est d'ailleurs excellente, on n'imagine pas à quel point, même si par ailleurs elle est désespérante. Allez-vous-en maintenant, je ne sais pas pourquoi vous me regardez ainsi. Si vous continuez à hésiter, Erlanger va s'en prendre à moi, j'aimerais vraiment éviter cela. Mais allez-vous-en ! Qui sait ce qui vous attend là-bas, il y a tant d'occasions à saisir ici. Il faut dire qu'il y en a qui sont presque trop grandes pour qu'on les exploite ; certaines choses ne doivent leur échec qu'à elles-mêmes. Oui, c'est étonnant. Cela mis à part, j'espère pouvoir enfin m'endormir un peu, à présent. Il est vrai qu'il est déjà cinq heures et que le bruit ne va pas tarder à commencer. Si au moins vous vouliez bien vous en aller ! »

Abruti par ce réveil soudain qui l'avait tiré d'un sommeil pro-fond, manquant encore cruellement de sommeil, le corps per-clus de douleurs à cause de sa position inconfortable, K. mit longtemps à pouvoir se décider à se lever, il se tint le front et baissa les yeux vers le bas de sa veste. Même les adieux réitérés de Bürgel n'auraient pu l'inciter à partir, seul le sentiment de l'inutilité de prolonger son séjour dans cette chambre l'en per-suada lentement. Cette chambre lui paraissait sinistre au-delà de toute expression. L'était-elle devenue ou bien l'avait-elle toujours été, il n'en savait rien. Il n'arriverait même pas à se rendormir ici. Cette conviction fut même le facteur décisif, ce qui le fit légèrement sourire, en se redressant il s'appuya là où il trouva un appui, contre le lit, contre le mur, contre la porte, et sortit comme s'il avait depuis longtemps pris congé de Bürgel, sans le saluer.

## 24

Il serait probablement passé avec la même indifférence devant la chambre d'Erlanger si Erlanger ne s'était tenu dans l'embrasure de la porte et ne lui avait fait signe. Un seul signe rapide de l'index. Erlanger était fin prêt à partir, il portait un manteau de fourrure noir à col étroit et boutonné jusqu'en haut. Un employé était en train de lui tendre ses gants et tenait encore un chapeau de fourrure. « Vous auriez dû venir depuis longtemps », fit Erlanger. K. allait s'excuser, mais Erlanger en fermant les yeux lui signifia d'un air fatigué qu'il renonçait à ses excuses. « Voici de quoi il s'agit, fit-il, une certaine Frieda était jadis en service au bar, je la connais seulement de nom, je ne la connais pas moi-même, elle ne m'intéresse pas. Cette Frieda a parfois servi de la bière à Klamm. Il semble qu'il y ait maintenant une autre fille. Ce changement n'a sans doute d'importance pour personne, et pour Klamm il n'en a aucune, c'est certain. Mais plus grand est le travail, et le travail de Klamm bien sûr est le plus grand qui soit, moins il reste de force pour se défendre contre le monde extérieur, du coup un changement négligeable affectant les choses les plus négligeables peut causer une grave perturbation. Le moindre changement sur le bureau, l'élimination d'une tache qui s'y trouve depuis toujours, tout cela est susceptible de perturber, et une nouvelle serveuse également. Cela perturberait n'importe qui d'autre dans son travail, mais bien sûr, rien de tout cela ne perturbe Klamm, là n'est pas du tout la question. Cependant il est de notre devoir de veiller sur son confort, y compris en éliminant des perturbations qui n'en sont pas pour lui — car pour lui, il n'en existe sans doute aucune — si nous y voyons des perturbations potentielles. Ce n'est pas pour lui, ce n'est pas pour son travail que nous les éliminons, mais pour nous-mêmes, par acquit de conscience et pour notre tranquillité. Voilà pourquoi cette Frieda doit revenir tout de suite au bar, c'est peut-être son retour qui causera une perturbation, et dans ce cas nous la renverrons, mais pour l'instant, il faut qu'elle revienne. Vous vivez avec elle, m'a-t-on dit, organisez donc immédiatement son retour. Il n'est pas question de tenir compte des sentiments personnels, cela va de soi, c'est pourquoi je ne me lance dans aucune explication. J'en fais déjà bien plus qu'il n'en faut en mentionnant que si vous vous montrez à la hauteur pour cette brouille, cela pourra être utile à votre situation le moment venu. C'est tout ce que j'ai à vous dire. » Il congédia K. d'un signe de la tête, coiffa le chapeau de fourrure que l'employé lui tendait et, suivi par celui-ci, descendit le couloir d'un pas vif, mais en boitant légèrement. On donnait parfois ici des ordres très faciles à exécuter, mais cette facilité ne faisait aucun plaisir à K. Non seulement parce que cet ordre concernait Frieda et, quoique conçu comme un ordre, lui donnait l'impression qu'on se moquait de lui, mais surtout parce qu'il démontrait à K. l'inutilité de tous ses efforts. Les ordres lui passaient au-dessus de la tête, favorables ou défavorables, et même les ordres favorables devaient avoir un fond défavorable, mais en tout cas ils lui passaient au-dessus de la tête et il était placé trop bas pour les intercepter, voire pour les réduire au silence et faire entendre sa voix. Si Erlanger te congédie, que vas-tu faire, et s'il ne te congédie pas, que pourras-tu lui dire ? Certes, K. restait conscient qu'aujourd'hui sa fatigue lui avait nui davantage que toutes les circonstances défavorables, mais pourquoi, lui qui croyait pouvoir compter sur son corps et qui sans cette conviction ne se serait pas mis en route, pourquoi ne pouvait-il pas supporter quelques mauvaises nuits et une nuit blanche, pourquoi ici précisément était-il saisi d'une incontrôlable fatigue, là où personne n'était fatigué ou plutôt, là où tout le monde l'était en permanence sans que cela nuise au travail, au contraire, cela semblait plutôt le favoriser. On devait en conclure qu'il s'agissait d'une fatigue d'une nature radicalement différente de celle de K. C'était sans doute ici la fatigue qu'on éprouve dans une atmosphère de travail heureuse, quelque chose qui, vu de l'extérieur, ressemblait à de la fatigue, mais qui était en réalité un repos, une paix indestructibles. Quand on est un peu fatigué à midi, cela fait partie du déroulement heureux et naturel de la journée. Ici, il est constamment midi pour les messieurs, se dit K.

Et cela expliquait fort bien que maintenant, à cinq heures, le couloir commence déjà à s'animer de toutes parts. Cette confusion de voix dans les chambres avait quelque chose d'extrêmement gai. Tantôt on aurait dit les cris de joie d'enfants qui se préparent à partir en randonnée, tantôt le réveil dans un poulailler, la joie d'être en harmonie avec le jour qui s'éveille, un monsieur quelque part imitait même le chant du coq. Le couloir était encore vide, mais les portes étaient déjà en mouvement, elles ne cessaient de s'entrebâiller pour vite se refermer, le couloir bourdonnait de portes qui s'ouvraient et se fermaient ainsi, et en haut, dans l'espace libre entre les murs et le plafond, K. voyait ici et là des têtes matinales et hirsutes qui apparaissaient et se volatilisaient aussitôt. Au loin, un petit chariot contenant des dossiers s'approchait lentement, poussé par un employé. Un deuxième employé marchait à côté, tenant une liste qui lui servait manifestement à comparer les numéros des portes et ceux des dossiers. Le chariot s'arrêtait devant la plupart des chambres, d'ordinaire la porte s'ouvrait et les dossiers correspondants, parfois un seul petit feuillet — dans ces cas-là, il s'ensuivait une brève conversation depuis la porte en direction du couloir, on faisait sans doute des reproches à l'employé —, étaient tendus vers l'intérieur de la chambre. Si la porte restait fermée, les dossiers étaient soigneusement empilés sur le pas de la porte. Quand cela se produisait, K. avait l'impression que le mouvement des portes voisines ne diminuait pas, alors que des dossiers leur avaient déjà été distribués, mais plutôt qu'il augmentait. Peut-être les autres épiaient-ils avec convoitise les dossiers posés sur le pas de la porte et que, chose inexplicable, personne n'avait encore ramassés, ils ne pouvaient comprendre que quelqu'un n'ait qu'à ouvrir sa porte pour entrer en possession de ses dossiers et que pourtant il ne le fasse pas ; il se pouvait même que les dossiers laissés par terre donnent lieu ensuite à un partage entre les autres messieurs qui, en attendant, procédaient à ces fréquentes vérifications pour s'assurer qu'ils étaient toujours posés sur le pas de la porte et qu'il leur restait donc un espoir. Ces dossiers laissés par terre étaient d'ailleurs pour la plupart des liasses particulièrement épaisses, et K. supposa qu'on les avait laissés là provisoirement, par ostentation ou par malveillance, ou encore par un légitime orgueil, afin d'encourager les autres collègues. Parfois, comme pour confirmer cette hypothèse, le paquet, après avoir été exposé le temps nécessaire, était soudain retiré en toute hâte au moment précis où K. regardait ailleurs, après quoi la porte de la chambre redevenait immobile ; les portes voisines elles aussi se calmaient alors, déçues ou satisfaites que ce sujet de constante excitation soit enfin éliminé, et pourtant peu à peu elles se remettaient en mouvement.

K. contemplait tout cela avec curiosité, mais aussi avec intérêt. Il se sentait presque bien au milieu de cette activité, il regardait à droite puis à gauche et — à bonne distance, bien sûr — il suivait les employés qui s'étaient déjà plusieurs fois retournés vers lui, le regard sévère, la tête baissée, les lèvres pincées, et il les observait en train de distribuer les dossiers. Plus le travail se poursuivait, plus il achoppait : soit la liste ne concordait pas tout à fait, soit l'employé avait du mal à distinguer les dossiers, soit les messieurs élevaient des objections pour d'autres motifs, en tout cas il fallait corriger plusieurs erreurs de distribution, le chariot faisait alors marche arrière, et la restitution des dossiers se négociait à travers la porte entrouverte. Ces négociations en elles-mêmes posaient déjà de grosses difficultés, mais il arrivait assez fréquemment que, s'agissant de récupérer un dossier, les portes les plus animées auparavant restent inexorablement fermées, comme si elles ne voulaient plus entendre parler de rien. C'est alors que les véritables difficultés commençaient. Celui qui croyait pouvoir revendiquer les dossiers trépignait d'impatience, faisait tout un vacarme dans sa chambre, frappait des mains, tapait du pied et à travers la porte entrouverte criait sans cesse à tue-tête un numéro de dossier vers le couloir. Alors le chariot restait souvent complètement abandonné. Un employé s'occupait de calmer le fonctionnaire impatient, l'autre bataillait devant la porte fermée pour récupérer le dossier. Tous deux avaient beaucoup de mal. Les efforts pour apaiser le fonctionnaire impatient le rendaient souvent encore plus impatient, il en avait assez d'écouter les inanités de l'employé, il ne voulait pas être consolé, il voulait des dossiers ; un de ces messieurs déversa par l'entrebâillement de la porte une pleine cuvette de toilette sur l'employé. Mais l'autre employé, manifestement supérieur en grade, avait encore plus de difficultés. Lorsque le monsieur concerné acceptait de négocier, les pourparlers portaient sur des détails précis : l'employé invoquait sa liste, le monsieur ses notes préparatoires et les dossiers que précisément il devait restituer, mais qu'il tenait pour l'instant d'une main ferme, de sorte que les yeux pleins de convoitise de l'employé en apercevaient à peine un petit coin. Il fallait aussi que l'employé retourne chercher de nouvelles preuves sur le chariot, qui avait continué à rouler tout seul un peu plus loin dans le couloir légèrement en pente, ou bien il devait aller trouver le monsieur qui revendiquait les dossiers et échanger en sa présence les objections de l'actuel propriétaire contre de nouvelles objections en sens contraire. Pareilles négociations duraient très longtemps ; parfois on tombait d'accord, le monsieur cédait une partie des dossiers ou bien recevait un autre dossier en compensation, car ils avaient simplement été intervertis, mais il arrivait aussi que quelqu'un, mis au pied du mur par les preuves de l'employé ou fatigué de cette interminable négociation, doive renoncer à tous les dossiers qu'il réclamait, mais alors, au lieu de donner les dossiers à l'employé, il décidait soudain de les jeter loin dans le couloir, de sorte que les sangles se détachaient et que les feuilles volaient, et les employés avaient beaucoup de mal à tout remettre en ordre. Cependant tout ceci était relativement plus simple que lorsque l'employé venu réclamer un dossier n'obtenait pas de réponse : il se postait alors devant la porte fermée, suppliait, implorait, citait sa liste, invoquait les règlements, tout cela en vain, pas un bruit ne sortait de la chambre, et l'employé n'avait manifestement pas le droit d'entrer sans permission. C'est alors que parfois même cet excellent employé n'arrivait plus à se dominer, il retournait à son chariot, s'asseyait sur les dossiers, essuyait la sueur de son front, et restait un petit moment sans rien faire en balançant les jambes d'un air désemparé. Tout autour, l'affaire suscitait un vif intérêt, partout on murmurait, presque toutes les portes s'agitaient et en haut, au-dessus des cloisons, des visages qui, chose étrange, étaient presque entièrement masqués par des linges et ne restaient pas une minute en place, suivaient tous ces événements. Au milieu de cette agitation, K. remarqua que la porte de Bürgel était tout le temps restée fermée et que les employés avaient dépassé cette partie du couloir sans lui distribuer de dossiers. Bürgel dormait peut-être encore, ce qui dans le bruit aurait indiqué qu'il avait un excellent sommeil, mais pourquoi n'avait-il pas reçu de dossier ? Rares étaient les chambres qui avaient été ainsi négligées, et sans doute étaient-elles toutes inoccupées. Par contre, dans la chambre d'Erlanger se trouvait déjà un nouvel occupant, et fort agité, il avait dû littéralement chasser Erlanger pendant la nuit ; cela s'accordait mal avec le côté froid et mondain d'Erlanger, mais puisqu'il avait dû attendre K. sur le pas de la porte, c'était la conclusion qui s'imposait.

En dehors de toutes ces observations annexes, K. en revenait toujours à l'employé ; celui-ci ne correspondait vraiment pas à ce qu'on lui avait dit des employés en général, de leur paresse, de leur vie douillette, de leur arrogance, il devait y avoir parmi eux des exceptions ou, chose plus probable, différents groupes,

K. se rendait compte en effet qu'il y avait ici une multitude de nuances qu'il avait d'abord à peine soupçonnées. Il aimait en particulier beaucoup la ténacité de cet employé. Dans sa lutte avec ces petites chambres têtues — ne voyant guère les habitants, K. avait souvent l'impression qu'il luttait avec les chambres —, l'employé ne renonçait pas. Certes, il se fatiguait — qui ne se fût fatigué ? —, mais il avait tôt fait de se remettre, il se laissait glisser de son chariot et, bombant le torse et serrant les dents, il repartait à l'assaut de la porte à conquérir. Et s'il lui arrivait de se faire refouler deux ou trois fois d'une manière très simple, il faut dire, à savoir par ce maudit silence, il ne s'avouait pas vaincu. Voyant qu'il ne pouvait rien obtenir par une attaque frontale, il s'y prenait d'une autre façon, notamment par la ruse, si K. avait bien compris. Il faisait semblant de battre en retraite, il laissait la porte épuiser pour ainsi dire ses réserves de mutisme, il se tournait vers d'autres portes, mais au bout d'un instant il revenait, appelait l'autre employé, le tout assez bruyamment pour se faire remarquer, et commençait à entasser les dossiers sur le seuil de la porte fermée, comme s'il avait changé d'avis et qu'en toute justice il ne fallait rien retirer au monsieur, mais au contraire lui en donner davantage. Ensuite il poursuivait son chemin, mais en gardant toujours un œil sur la porte et, comme cela arrivait d'habitude, lorsque le monsieur ouvrait bientôt prudemment la porte pour récupérer les dossiers, l'employé le rejoignait d'un bond, coinçait son pied entre la porte et le chambranle, et obligeait ainsi le monsieur à négocier au moins face à face avec lui, ce qui d'ordinaire aboutissait à un résultat plus ou moins satisfaisant. Et s'il ne réussissait pas de cette façon ou si, avec certaines portes, cette méthode ne lui semblait pas la bonne, il s'y prenait autrement. Il se concentrait par ex. sur le monsieur qui réclamait les dossiers. Il écartait l'autre employé qui se contentait de travailler machinalement et n'était vraiment pas d'une grande utilité, et il commençait lui-même à entreprendre le monsieur en murmurant et en plongeant la tête à l'intérieur de la chambre, il lui faisait sans doute des promesses et l'assurait qu'à la prochaine distribution l'autre monsieur aurait la punition qu'il méritait, du moins montrait-il souvent la porte de l'adversaire en riant autant que sa fatigue le lui permettait. Il y eut aussi un ou deux cas où il renonça à toute tentative, mais là aussi K. eut l'impression qu'il faisait semblant, ou du moins qu'il avait de bonnes raisons de renoncer, car il poursuivit calmement son chemin, supportant sans se retourner le vacarme du monsieur lésé, et seul le fait qu'il gardait les yeux fermés de temps en temps indiqua qu'il souffrait de ce bruit. Mais ce monsieur finit lui aussi par se calmer peu à peu ; ses cris ressemblèrent aux pleurs ininterrompus d'un enfant qui se transforment peu à peu en hoquets moins fréquents, mais même lorsqu'il fut redevenu complètement silencieux, il y eut encore de temps en temps quelques sanglots isolés, et la porte s'ouvrit et se referma brièvement. Là aussi en tout cas, l'employé avait sans doute eu raison d'agir comme il l'avait fait. Enfin il ne resta plus qu'un monsieur qui refusait de se calmer, il gardait longtemps le silence, mais c'était juste pour reprendre des forces, puis il recommençait avec la même vigueur qu'auparavant. On ne voyait pas bien pourquoi il criait et se lamentait ainsi, peut-être que cela n'avait rien à voir avec la distribution des dossiers. Entre-temps l'employé avait terminé son travail, un seul dossier, en fait un simple petit bout de papier, une feuille de bloc-notes, était resté sur le chariot par la faute de son adjoint, et maintenant on ne savait pas à qui l'attribuer. K. fut traversé par une idée : « Ce pourrait très bien être mon dossier. » Après tout, le maire l'avait toujours évoqué comme le plus insignifiant des cas. Et quoique au fond sa propre supposition lui parût ridicule, K. chercha à s'approcher de l'employé qui regardait le feuillet d'un air songeur ; ce n'était pas très facile, car cet employé ne payait pas de retour la sympathie que K. éprouvait pour lui, même au milieu d'un travail extrêmement ardu, il avait encore trouvé le temps de jeter à K. des regards hostiles ou impatients en secouant nerveusement la tête. Ce n'est qu'une fois la distribution terminée qu'il sembla avoir un peu oublié K., d'ailleurs tout lui était devenu indifférent, ce qui se

comprenait, vu son degré d'épuisement ; il ne s'inquiéta guère
non plus du feuillet, ne le lut peut-être pas en entier, se contenta de faire semblant, et quoique dans ce couloir il eût sans
doute fait plaisir à chacun des messieurs dans les chambres en
leur attribuant ce feuillet, il en décida autrement, il en avait
assez de distribuer ; l'index posé sur ses lèvres, il fit signe à son
compagnon de se taire, déchira — K. était encore loin de l'avoir
rejoint — le feuillet en petits morceaux et le glissa dans sa
poche. C'était sans doute la première irrégularité dont K. eût
été témoin dans le fonctionnement de cette administration, du
reste il se pouvait aussi qu'il l'interprétât de travers. Et même
si c'était une irrégularité, elle était excusable, vu les circonstances, l'employé ne pouvait travailler sans commettre de faute, il
fallait que la colère et l'agitation accumulées éclatent une
bonne fois, et si elles ne s'exprimaient qu'en déchirant un petit
feuillet, c'était assez innocent. La voix du monsieur impossible
à calmer hurlait encore dans le couloir et ses collègues qui, à
d'autres égards, ne se montraient guère aimables entre eux,
semblaient tous du même avis quant à ce bruit, on eut peu à
peu l'impression que ce monsieur s'était chargé de faire du
bruit pour tous les autres et qu'ils se contentaient de l'encourager à persister par leurs exclamations et leurs signes de tête.
Mais l'employé avait cessé d'y prêter attention, il avait terminé
son travail, il fit signe à l'autre employé de saisir la poignée du
chariot, et ils repartirent ainsi tous deux comme ils étaient
venus, mais plus satisfaits et à une telle vitesse que le chariot
bondissait devant eux. Une fois seulement ils sursautèrent
encore et regardèrent en arrière, lorsque le monsieur qui criait
tout le temps — et devant la porte duquel K. allait et venait,
car il eût bien aimé comprendre ce que ce monsieur voulait
vraiment — ne se contenta visiblement plus de cet exutoire et,
sans doute ravi de ne plus avoir à crier après avoir découvert
le bouton d'une sonnette électrique, se mit à sonner sans interruption. Là-dessus, quelque chose comme un grand murmure
d'approbation s'éleva dans les autres chambres, le monsieur
semblait faire ce que tous les autres auraient aimé faire depuis

longtemps, même si des motifs inconnus les avaient empêchés
de passer à l'acte. Étaient-ce les employés ou bien Frieda que ce
monsieur sonnait ainsi ? Dans ce cas il pouvait sonner encore
longtemps. Car Frieda était occupée à envelopper Jeremias
dans des linges humides et même s'il était déjà rétabli, elle
n'avait pas le temps, car alors, elle était au lit dans ses bras. La
sonnerie n'en eut pas moins un effet immédiat. Le patron de
l'Auberge des Messieurs accourut en personne, vêtu de noir et
boutonné de haut en bas comme toujours ; mais on eût dit
qu'il oubliait sa dignité, tant il courait ; il avait les bras à moitié
écartés, comme si on l'avait appelé à cause d'un grand malheur
qu'il venait prendre à bras-le-corps pour l'étouffer aussitôt contre sa poitrine ; et à la moindre irrégularité de la sonnerie, il
semblait faire un petit bond en l'air et se hâter encore plus.
Assez loin derrière lui sa femme apparut à son tour, elle aussi
courait les bras écartés, mais elle avançait à petits pas et avec
affectation, et K. pensa qu'elle arriverait trop tard, l'aubergiste
aurait déjà fait tout le nécessaire entre-temps. Et pour laisser à
l'aubergiste la place de courir, K. se plaqua contre le mur. Mais
l'aubergiste s'arrêta juste à sa hauteur, comme si c'était vers K.
qu'il courait, et bientôt la patronne les rejoignit et tous deux
l'accablèrent de reproches que sous l'effet de la surprise et de
la précipitation il ne comprit pas, d'autant que la sonnerie du
monsieur s'en mêlait et que les autres sonneries entrèrent en
action, non plus par nécessité maintenant, mais seulement par
jeu et par excès de joie. Très désireux de comprendre en quoi
consistait exactement sa faute, K. fut ravi que l'aubergiste le
prenne sous le bras et l'emmène loin de ce vacarme qui ne
cessait d'augmenter, car derrière eux — K. ne se retourna pas,
car l'aubergiste et plus encore la patronne, de l'autre côté, le
chapitraient — les portes étaient maintenant grandes ouvertes,
le couloir s'animait, la circulation semblait s'y développer
comme dans une ruelle étroite et pleine de vie, les portes
devant eux attendaient manifestement avec impatience que K.
se décide à passer pour laisser sortir les messieurs, et à tout
cela venaient s'ajouter les sonneries qui ne cessaient de reten-

tir, comme pour fêter une victoire. Enfin — ils étaient déjà dans
la cour blanche et silencieuse où attendaient quelques traîneaux — K. apprit peu à peu de quoi il s'agissait. Ni l'aubergiste
ni la patronne ne pouvaient comprendre qu'il ait pu oser commettre une chose pareille. Mais qu'avait-il donc fait ? K. posa
plusieurs fois la question, cependant il mit longtemps à le
découvrir, car pour les deux autres sa faute allait tellement de
soi qu'ils n'envisageaient même pas qu'il fût de bonne foi. Il
lui fallut très longtemps pour tout comprendre. Il n'avait pas
le droit d'être dans le couloir, d'une façon générale seul le bar,
et cela par une mesure de faveur, révocable à tout moment, lui
était accessible. S'il était convoqué par un monsieur, il devait
bien sûr se présenter au lieu de la convocation, mais en restant
toujours conscient — il avait tout de même un peu de bon
sens, n'est-ce pas ? — qu'il se trouvait en un lieu où en réalité
il n'avait pas sa place, où seul un monsieur l'avait convoqué
très à contrecœur, et uniquement parce qu'une affaire officielle
l'exigeait et le justifiait. Il lui fallait donc vite se présenter, se
soumettre à l'interrogatoire, et ensuite disparaître si possible
encore plus vite. N'avait-il pas eu le sentiment de commettre
une grave inconvenance en étant dans ce couloir ? Mais alors,
comment avait-il pu traîner là comme un animal dans une pâture ?
N'avait-il pas été convoqué à un interrogatoire nocturne et ne
connaissait-il pas leur raison d'être ? Les interrogatoires nocturnes — et là, K. reçut une nouvelle explication de leur sens —
avaient pour seule fin d'entendre rapidement, pendant la nuit,
à la lumière artificielle, les administrés dont les messieurs ne
peuvent supporter la vue en plein jour, ce qui leur laissait la
possibilité, aussitôt après l'interrogatoire, d'oublier toute cette
laideur dans leur sommeil. Mais la conduite de K. avait fait fi
de toutes les mesures de précaution. Même les fantômes disparaissent au petit matin, mais K. était resté là, les mains dans
les poches, l'air d'attendre, puisqu'il ne s'éloignait pas, que le
couloir entier s'éloigne avec toutes les chambres et tous les
messieurs. Et ce serait sûrement arrivé — il pouvait en être
certain — si cela avait été possible d'une manière ou d'une

autre, car la délicatesse des messieurs est sans bornes. Aucun ne s'avisera de chasser K. ou même de lui dire ce qui va de soi, qu'il doit se dépêcher de s'en aller, aucun ne le fera, même s'ils tremblent sans doute d'énervement tant que K. est dans les parages et même si cela leur empoisonne la matinée, alors que c'est leur moment préféré. Au lieu d'intervenir contre K. ils préfèrent souffrir, bien sûr en partie dans l'espoir qu'il finisse peu à peu par se rendre à l'évidence, et qu'en proportion des souffrances des messieurs il se mette lui aussi à souffrir intolérablement du scandale de sa propre présence ici, ce matin, dans ce couloir, exposé à tous les regards. Vain espoir. Ils ne savent pas, ou ils sont trop gentils et condescendants pour vouloir savoir qu'il y a aussi des cœurs durs, insensibles, qui refusent de se laisser adoucir par le sentiment du respect. Est-ce que même le papillon de nuit, cette pauvre bestiole, ne cherche pas un coin tranquille, lorsque le jour arrive, ne se fait-il pas tout plat, ne préférerait-il pas disparaître et n'est-il pas malheureux de ne pas pouvoir ? Mais K., lui, s'installe au contraire là où il est le plus visible, et s'il pouvait ainsi empêcher le jour de se lever, il le ferait. Il ne peut pas l'en empêcher, mais il peut hélas ! rendre la chose plus difficile. Est-ce qu'il n'a pas assisté à la distribution des dossiers ? Spectacle auquel personne n'a le droit d'assister, en dehors des principaux intéressés. Auquel ni l'aubergiste ni la patronne n'ont eu le droit d'assister dans leur propre maison. Dont ils ont seulement entendu parler de façon allusive, comme par ex. aujourd'hui par la bouche de l'employé. N'avait-il donc pas remarqué le nombre de difficultés rencontrées lors de la distribution des dossiers, chose en soi inconcevable, puisque chacun des messieurs sert uniquement la Cause, ne songe jamais à son intérêt personnel et devrait donc travailler sans relâche à ce que la distribution des dossiers, travail important, fondamental, s'effectue rapidement, facilement, et sans bavure ? K. n'avait-il donc même pas été effleuré par l'idée que l'origine de toutes les difficultés, c'était que la distribution se déroulait nécessairement devant des portes presque closes, sans que les messieurs

puissent avoir de contact entre eux, car ils pourraient bien sûr
s'entendre en un clin d'œil, alors que la communication par
l'intermédiaire des employés prend presque forcément des
heures et donne toujours lieu à des plaintes, c'est un supplice
de tous les instants pour les messieurs et pour les employés, et
elle risque d'avoir des conséquences nuisibles pour la suite du
travail. Et pourquoi les messieurs ne pouvaient-ils pas avoir de
contact ? Décidément, K. ne comprenait toujours pas ? La
patronne n'avait encore jamais rien vu de tel — et l'aubergiste
affirma que lui non plus —, pourtant ils avaient eu affaire à
toutes sortes de gens rebelles. On était obligé de lui dire ouvertement des choses que d'habitude on n'osait pas exprimer, sans
quoi il ne comprenait pas les choses les plus indispensables.
Eh bien soit, puisqu'il fallait le lui dire : c'était à cause de lui
et de lui seul que les messieurs n'avaient pas pu sortir de leurs
chambres, car le matin, juste après leur réveil, ils sont trop
pudiques, trop vulnérables pour pouvoir s'exposer au regard
d'un inconnu ; ils ont beau être habillés de pied en cap, ils se
sentent littéralement trop nus pour se montrer. On a du mal à
dire de quoi ils ont honte, peut-être que ces éternels travailleurs ont simplement honte d'avoir dormi. Mais plus encore
que de se montrer, il se peut qu'ils aient honte de voir des
inconnus ; ce qu'ils ont réussi à surmonter grâce aux interrogatoires nocturnes, le spectacle de ces administrés qui leur est si
intolérable, ils ne se le laisseront pas imposer une nouvelle fois
de bon matin, à l'improviste, dans toute la vérité de la nature.
C'est au-dessus de leurs forces. Et quel homme faut-il être,
pour ne pas respecter cela ? Eh bien, un homme du genre de
K., forcément. Un homme assez fruste, indifférent et abruti
pour se placer au-dessus de tout, au-dessus des lois et des plus
ordinaires bienséances, un homme qui se moque de rendre
presque impossible la distribution des dossiers et de nuire à la
réputation de la maison, et qui provoque cette chose inouïe,
que les messieurs eux-mêmes, poussés au désespoir, commencent à se défendre, qu'après des efforts de patience inconceva-
bles pour le commun des mortels, ils tendent la main vers la

sonnerie pour appeler au secours, afin de chasser K., puisque rien d'autre ne parvient à l'ébranler. Eux, les messieurs, appellent au secours ! L'aubergiste et la patronne, et tout leur personnel ne seraient-ils pas accourus depuis longtemps, s'ils avaient seulement osé se présenter devant les messieurs le matin, sans avoir été appelés, fût-ce pour leur porter secours et disparaître aussitôt après ? Tremblant d'indignation envers K., désespérant de leur propre impuissance, ils avaient attendu ici à l'entrée du couloir, et le coup de sonnette auquel personne en fait ne s'attendait avait été pour eux une délivrance. Cependant le pire était passé ! Que n'eussent-ils donné pour jeter un seul coup d'œil aux messieurs en train de vaquer joyeusement à leurs occupations, enfin libérés de K. ! Mais pour K. tout ne faisait que commencer, et il aurait sûrement à répondre de ses actes.

Entre-temps, ils étaient arrivés dans la salle du bar ; on ne voyait pas bien pourquoi l'aubergiste malgré son courroux y avait conduit K. Peut-être s'était-il aperçu que K. était tellement fatigué qu'il était presque incapable de quitter l'auberge. Aussitôt, sans attendre qu'on l'invite à s'asseoir, K. s'effondra littéralement sur un tonneau. Il se sentait bien là, dans l'obscurité. Dans la grande salle, seule une petite lampe électrique était allumée au-dessus des robinets à bière. Dehors aussi régnait encore une profonde obscurité, il y avait apparemment une tempête de neige. Maintenant qu'on était ici bien au chaud, il fallait en être reconnaissant et veiller à ne pas se faire mettre à la porte. L'aubergiste et la patronne étaient encore debout devant lui comme s'il continuait à représenter un certain danger, comme s'il était si peu fiable qu'on ne pouvait exclure qu'il se lève soudain et tente de pénétrer encore une fois dans le couloir. Eux aussi étaient fatigués par cette frayeur nocturne et par ce lever prématuré, surtout la patronne, qui portait une robe marron, avec une ample jupe froufroutant comme de la soie, boutonnée et lacée de façon un peu désordonnée — où l'avait-elle prise dans sa hâte ? — et qui appuyait sa tête comme rompue sur l'épaule de son mari, tour à tour se tamponnant les yeux avec un petit mouchoir de fil et lançant à K. des regards d'enfant furieux. Pour tranquilliser les deux époux, K. leur déclara qu'il découvrait tout ce qu'ils venaient de lui raconter et que même en ne le sachant pas, il ne serait pas resté aussi longtemps dans ce couloir, où il n'avait vraiment rien à faire et ne voulait ennuyer personne, mais que tout cela était arrivé par suite d'un excès de fatigue. Il les remerciait d'avoir mis un terme à cette scène pénible. Si sa responsabilité était mise en cause, il en serait ravi, car ce serait pour lui la seule façon d'empêcher que sa conduite soit globalement mal interprétée. Seule la fatigue était à incriminer, et rien d'autre. Mais cette fatigue provenait de son manque d'habitude de l'aspect éprouvant des interrogatoires. Car il était là depuis fort peu de temps. Quand il aurait acquis un peu d'expérience en la matière, ce genre de situation ne pourrait pas se reproduire. Peut-être prenait-il les interrogatoires trop au sérieux, mais après tout ce n'était sans doute pas un inconvénient en soi. Il avait dû subir deux interrogatoires à la suite, l'un chez Bürgel, le deuxième chez Erlanger ; le premier surtout l'avait épuisé, même si le deuxième n'avait pas duré longtemps, Erlanger s'était contenté de lui demander un service, mais les deux ensemble, c'était plus qu'il ne pouvait supporter en une fois, peut-être n'importe qui aurait-il réagi ainsi, M. l'aubergiste, par ex. En fait, lorsqu'il était sorti du deuxième interrogatoire, il tenait à peine debout. Il se sentait presque en état d'ivresse — car c'était la première fois qu'il voyait et qu'il entendait ces deux messieurs, et par-dessus le marché il avait dû leur répondre. À sa connaissance tout s'était très bien passé, et puis il y avait eu ce malheureux incident, mais on ne pouvait guère le lui reprocher, vu ce qui avait précédé. Hélas ! seuls Erlanger et Bürgel s'étaient rendu compte de son état, et ils auraient sûrement pris soin de lui, ce qui aurait évité tout le reste, mais Erlanger avait dû partir dès la fin de l'interrogatoire, manifestement pour se rendre au château et Bürgel, sans doute fatigué par cet interrogatoire — comment K. aurait-il pu le surmonter sans être affaibli ? —, s'était endormi, et avait même dormi pendant toute la distribution des dossiers. Si K. en avait eu la possibilité, il l'aurait saisie avec joie et aurait volontiers renoncé à tous ces spectacles interdits, d'autant qu'en réalité il n'avait rien pu voir, si bien que même les messieurs les plus sensibles auraient pu se montrer devant lui sans crainte.

L'évocation des deux interrogatoires, notamment de celui d'Erlanger, et le respect avec lequel K. parlait des messieurs disposèrent l'aubergiste en sa faveur. Il semblait vouloir accéder à la demande de K., qui avait sollicité la permission de poser une planche sur les tonneaux pour dormir là au moins jusqu'à l'aube, mais la patronne était nettement contre, elle tirait sans succès çà et là sur sa robe, dont le désordre venait de lui sauter aux yeux, et elle secouait la tête sans arrêt, une querelle visiblement ancienne sur la propreté de la maison était sur le point d'éclater à nouveau. K. était si fatigué que la conversation des époux prit à ses yeux une importance démesurée. Il lui sembla que s'il était chassé d'ici, ce malheur dépasserait tout ce qu'il avait vécu jusque-là. Il ne pouvait le permettre, même si l'aubergiste et la patronne se liguaient contre lui. Recroquevillé sur le tonneau, il les épiait tous les deux. Jusqu'au moment où la patronne, avec cette extraordinaire susceptibilité qui l'avait depuis longtemps frappé, s'écarta brusquement — elle était sans doute en train de parler d'autre chose avec l'aubergiste — et s'écria : « Comme il me regarde ! Vas-tu te décider à le renvoyer ? » Mais saisissant l'occasion, et maintenant quasiment certain de rester, d'une certitude qui le rendait presque indifférent, K. lui dit : « Ce n'est pas toi que je regarde, c'est ta robe. — Pourquoi ma robe ? » demanda la patronne irritée. K. haussa les épaules. « Viens, dit la patronne à l'aubergiste, il est ivre, ce mufle. Qu'il cuve son vin ici », et elle ordonna à Pepi, qui à son appel était sortie de l'obscurité tout ébouriffée, fatiguée, et tenant négligemment un balai à la main, de jeter à K. un quelconque oreiller.

# 25

Lorsqu'il s'éveilla, K. eut d'abord l'impression d'avoir à peine dormi, rien n'avait changé dans la pièce, elle était chaude et déserte, tous les murs étaient plongés dans les ténèbres, l'unique ampoule électrique au-dessus des robinets à bière était éteinte, et derrière les fenêtres il faisait nuit. Mais lorsqu'il s'étira, l'oreiller tomba par terre, la planche et les tonneaux grincèrent, et Pepi accourut ; il apprit alors que c'était déjà le soir, et qu'il avait dormi plus de douze heures. La patronne avait plusieurs fois pris de ses nouvelles pendant la journée, Gerstäcker aussi, pendant la matinée il avait attendu ici dans l'obscurité en buvant une bière tandis que K. parlait avec la patronne, ensuite il n'avait plus osé le déranger, et il était revenu le voir une fois, enfin Frieda était paraît-il passée, elle aussi, et elle était restée debout un moment à côté de K., mais ce n'était pas pour lui qu'elle était venue, car elle avait des choses à préparer ici puisque le soir, elle allait reprendre son service. « Elle ne t'aime donc plus ? » demanda Pepi en lui apportant du café et des gâteaux. Cette fois cependant, elle lui posa la question sans méchanceté, mais avec tristesse, comme si entre-temps elle avait découvert la méchanceté du monde, qui fait pâlir toute méchanceté individuelle et la rend absurde ; elle parlait à K. comme à un compagnon d'infortune, et lorsqu'il goûta le café et qu'elle crut remarquer qu'il ne le trouvait pas assez sucré, elle courut lui chercher tout le sucrier. Sa tristesse ne l'avait pas empêchée de se parer aujourd'hui encore plus peut-être que la fois précédente ; elle avait une ribambelle de nœuds et de rubans tressés dans les cheveux, ses boucles qui tombaient sur son front et sur ses tempes avaient été soigneusement frisées au fer, et autour du cou elle avait une chaînette qui pendait dans le décolleté plongeant de son chemisier. Lorsque, satisfait d'avoir enfin dormi tout son saoul et de pouvoir boire un bon café, K. attrapa discrètement un de ses nœuds et essaya de le défaire, Pepi dit d'une voix lasse : « Laisse-moi tranquille », et elle s'assit à côté de lui sur un ton-

neau. Et sans que K. ait besoin de l'interroger sur ses souffrances, elle se mit d'elle-même à parler, l'œil rivé sur sa tasse de
café, comme s'il lui fallait une distraction, même pendant
qu'elle parlait, comme si, même lorsqu'elle s'occupait de ses
propres souffrances, elle ne pouvait s'y abandonner entièrement, car c'était au-dessus de ses forces. K. apprit d'abord qu'il
était en réalité le responsable du malheur de Pepi, mais qu'elle
ne lui en tenait pas rigueur. Et pendant tout son récit, elle
hocha la tête avec insistance, pour empêcher K. d'émettre des
objections. D'abord il avait fait quitter le bar à Frieda et ainsi
rendu possible l'ascension de Pepi. Aucun motif imaginable
n'aurait pu faire renoncer Frieda à son poste autrement, elle
siégeait au bar comme une araignée au milieu de sa toile, elle
avait partout des fils qu'elle seule connaissait ; il eût été parfaitement impossible de les arracher contre son gré, seul l'amour
d'un inférieur, chose incompatible avec sa position, pouvait la
déloger. Et Pepi ? Avait-elle jamais brigué ce poste ? Elle était
femme de chambre, son poste était insignifiant et sans débou-
chés, elle rêvait d'un grand avenir, comme toutes les jeunes
filles, on ne peut pas s'interdire de rêver, mais sérieusement
elle ne songeait à aucune promotion, elle se contentait de ce
qu'elle avait. Et voici que soudain Frieda disparaissait du bar,
c'était arrivé si brusquement que l'aubergiste se trouva sans
remplaçante convenable dans l'immédiat, il chercha, et son
regard tomba sur Pepi qui de son côté, c'est vrai, s'était mise
en avant. À cette époque, elle aimait K. comme elle n'avait
encore jamais aimé personne, elle était restée des mois là-bas,
dans sa minuscule chambre toute sombre, prête à y passer des
années, voire ignorée de tous sa vie durant, dans le pire des
cas, et soudain K. était apparu en héros, en libérateur de jeunes
filles, et il lui avait ouvert le chemin vers les hauteurs. Bien sûr,
il ne savait rien d'elle, ce n'était pas pour elle qu'il avait agi,
mais Pepi ne lui en était pas moins reconnaissante, la nuit précédant son recrutement — encore incertain, mais très probable — elle avait passé des heures à lui parler, à lui chuchoter
des remerciements à l'oreille. Et ce qui grandissait encore le

geste de K., c'était qu'il ait assumé la charge de Frieda, pour
permettre l'ascension de Pepi il avait fait preuve d'un altruisme
incompréhensible en prenant pour maîtresse Frieda, cette fille
quelconque, défraîchie, maigrichonne, aux cheveux courts et
clairsemés, une fille dissimulatrice, de surcroît, ayant toujours
quelque secret, ce qui d'ailleurs va bien avec son physique ; si
de visage et de corps elle fait manifestement pitié, il faut qu'elle
ait au moins d'autres secrets que personne ne peut vérifier,
comme ses prétendus rapports avec Klamm. Et voici même le
genre d'idées qui étaient alors venues à l'esprit de Pepi : est-il
possible que K. aime vraiment Frieda, est-ce qu'il ne s'abuse
pas lui-même, ou bien peut-être qu'il abuse seulement Frieda,
et qu'en fin de compte tout cela aura pour seul résultat l'ascension de Pepi, et qu'ensuite K. se rendra compte de son erreur,
ou ne voudra plus la dissimuler, et qu'il décidera de ne plus
voir Frieda mais Pepi, et cette idée de Pepi n'était pas forcément déraisonnable, car en tant que jeune fille elle luttait à
armes égales avec Frieda, personne ne le niera, et puis c'était
surtout le poste de Frieda et l'éclat qu'elle avait su lui donner
qui avait momentanément aveuglé K. Et Pepi avait alors rêvé
que lorsqu'elle aurait le poste, K. viendrait l'implorer, et qu'elle
aurait le choix, soit d'exaucer ses désirs et de perdre son poste,
soit de l'éconduire et de poursuivre son ascension. Et elle
s'était dit qu'elle serait prête à renoncer à tout et à s'abaisser
jusqu'à lui, et à lui apprendre le véritable amour qu'il ne pourrait jamais connaître avec Frieda, et qui est indépendant de tous
les postes honorifiques du monde. Mais ensuite les choses
s'étaient passées autrement. Qu'est-ce qui en était responsable ? K. tout d'abord, et puis bien sûr la rouerie de Frieda. K.
tout d'abord, car que veut-il, et quel étrange personnage est-
il ? À quoi aspire-t-il, quelles sont ces choses si importantes qui
le préoccupent et qui lui font oublier ce qu'il y a de plus proche, de meilleur, de plus beau ? C'est Pepi la victime, et tout ça
est idiot, tout est perdu, et celui qui aurait la force de mettre
le feu à l'Auberge des Messieurs et de la réduire en cendres,
mais intégralement, de sorte qu'il n'en reste aucune trace, la

réduire en cendres comme un bout de papier jeté au poêle, c'est lui qu'aujourd'hui Pepi choisirait entre tous. Pepi est donc arrivée au bar voici maintenant quatre jours, peu avant le déjeuner. Le travail n'est pas facile ici, on se tue presque à la tâche, mais ce n'est pas à rien non plus que l'on peut arriver. Même avant, Pepi ne vivait pas au jour le jour et, quoiqu'elle n'ait jamais eu l'audace de rêver à ce poste, elle avait beaucoup observé, elle savait de quoi il retournait, et elle ne l'avait pas accepté sans y être préparée. Sans préparation, il ne peut être question d'accepter ce poste, sinon on le perd au bout de quelques heures. Surtout si l'on avait l'intention de se comporter en femme de chambre. Quand on est femme de chambre, on finit en effet par se croire complètement abandonnée et oubliée, c'est comme lorsqu'on travaille dans une mine, c'est vrai en tout cas pour le couloir des secrétaires, en dehors des rares administrés convoqués de jour et qui vont et viennent furtivement sans oser lever les yeux, on n'y rencontre personne de toute la journée, à part les deux ou trois autres femmes de chambre, qui sont elles aussi aigries. Le matin, on n'a pas le droit de sortir de sa chambre, les secrétaires veulent être seuls entre eux, ce sont les valets qui vont leur chercher à manger dans la cuisine, d'habitude les femmes de chambre ne s'en occupent pas, et même pendant qu'ils mangent, on n'a pas le droit de se montrer dans le couloir. C'est seulement pendant que les messieurs travaillent que les femmes de chambre ont le droit de faire le ménage, mais pas dans les chambres occupées, bien sûr, seulement dans celles qui sont vides à ce moment-là, et ce travail doit se faire dans le plus grand silence pour ne pas déranger le travail des messieurs. Mais comment faire le ménage en silence, alors qu'ils logent plusieurs jours dans les chambres et que les valets aussi s'y activent, ces vandales, et que la chambre est dans un tel état, lorsque la femme de chambre est enfin libre d'y entrer, que même un déluge ne pourrait pas la rendre propre. Ces messieurs sont de grands personnages, mais il faut vraiment de l'énergie pour surmonter son dégoût et nettoyer derrière eux. Les femmes de chambre ne sont pas surmenées, mais leur travail est pénible. Et jamais un mot gentil, sans arrêt des reproches, le plus accablant et le plus fréquent étant que des dossiers se sont perdus pendant qu'on faisait le ménage. En réalité, rien ne se perd, le moindre petit papier est remis à l'aubergiste, cependant il arrive bien sûr que certains dossiers se perdent, mais les filles n'y sont pour rien. Alors arrivent les commissions d'enquête, et les filles doivent quitter leurs chambres, et la commission fouille les lits de fond en comble ; les filles ne possèdent rien, leurs quelques affaires tiennent dans une petite hotte, mais la commission passe des heures à chercher. Bien sûr elle ne trouve rien ; comment les dossiers pourraient-ils se retrouver là ? Les filles n'ont que faire de ces dossiers ! Mais le résultat, ce ne sont que nouvelles inju-res et nouvelles menaces émanant de la commission dépitée, transmises par l'aubergiste. Et jamais de repos, ni le jour, ni la nuit. Du bruit la moitié de la nuit et du bruit dès le petit matin. Si au moins on n'était pas obligé de loger sur place, mais il le faut, car entre les repas, surtout la nuit, c'est aux femmes de chambre d'aller chercher les petites commandes à la cuisine. Toujours ce coup de poing qui retentit brusquement à la porte des femmes de chambre, la dictée de la commande, la cuisine où l'on descend en toute hâte, les marmitons endormis qu'il faut secouer, le plateau qu'on pose avec la commande devant la porte des femmes de chambre, où les valets viendront le récupérer — que tout cela est triste ! Mais ce n'est pas le pire. Le pire, c'est quand il n'y a pas de commande, c'est quand parfois au beau milieu de la nuit, alors que tout le monde devrait dormir et que la plupart ont effectivement fini par s'en-dormir, on se met à rôder devant la porte des femmes de cham-bre. Alors les filles sortent de leur lit — ce sont des lits superposés, car il y a là globalement très peu de place, la cham-bre des filles se réduit en fait à un grand placard avec trois étagères —, elles écoutent à la porte, s'agenouillent ensemble et se serrent l'une contre l'autre, tant elles ont peur. Et on ne cesse d'entendre ce rôdeur de l'autre côté de la porte. Elles seraient trop heureuses s'il se décidait à entrer, mais rien ne se

passe, personne n'entre. Et en même temps, on est obligé de
se dire qu'il n'y a peut-être aucun danger, c'est peut-être juste
quelqu'un qui fait les cent pas devant la porte, qui se demande
s'il doit passer une commande, mais qui n'arrive pas à se décider. Ce n'est peut-être rien de plus, mais il se peut aussi que
ce soit autre chose. En réalité on ne connaît pas les messieurs,
on les a à peine vus. En tout cas, les filles dans leur chambre
sont mortes de peur, et lorsque dehors le calme revient enfin,
elles s'appuient contre le mur et n'ont plus assez de force pour
remonter dans leur lit. C'est cette vie qui attend de nouveau
Pepi, dès ce soir elle doit reprendre sa place à côté des autres
femmes de chambre. Et pourquoi ? À cause de K. et de Frieda.
Elle retrouve cette vie qu'elle vient tout juste de fuir, qu'elle a
fuie certes grâce à l'aide de K., mais aussi au prix d'efforts personnels considérables. Car à servir là-haut, les jeunes filles se
négligent, même les plus soignées. Pour qui devraient-elles se
pomponner ? Personne ne les voit à part les gens des cuisines,
dans le meilleur des cas ; qu'elle se pomponne, celle qui se
contente de cela ! Autrement elles sont sans cesse dans leur
chambrette ou dans la chambre des messieurs, où il faut être
bien écervelée et gaspilleuse pour entrer avec des vêtements
propres. Et toujours à la lumière artificielle, dans une atmosphère confinée — le chauffage reste toujours allumé —, et en
réalité dans un état de fatigue permanente. Le seul après-midi
de congé qu'on ait chaque semaine, il vaut mieux le passer à
dormir tranquillement et sans inquiétude dans un coin de la
cuisine. Donc, à quoi bon se pomponner ? C'est tout juste si
l'on s'habille. Et voilà que Pepi était soudain mutée au bar où,
si l'on voulait s'affirmer, il fallait exactement l'inverse, où l'on
était sans cesse sous les regards des gens, en particulier ceux
des messieurs, qui sont très gâtés et très attentifs, et où il fallait
donc avoir l'air aussi agréable et raffiné que possible. Bref,
c'était un grand changement. Et Pepi peut dire qu'elle n'a rien
négligé. Elle ne s'inquiétait pas de la suite des événements. Elle
savait qu'elle avait pour ce poste les aptitudes nécessaires, elle
en était certaine et elle en garde la conviction, et personne ne

pourra la lui ôter, même aujourd'hui, après sa défaite. La véritable difficulté, c'était de faire ses preuves dès le début, car Pepi était une pauvre femme de chambre sans vêtements et sans parures, et les messieurs n'ont pas la patience d'attendre de voir comment on va évoluer : ils veulent sans transition une serveuse de bar comme il faut, sans quoi ils se détournent. On serait tenté de les croire peu exigeants, puisque Frieda pouvait les satisfaire. Mais c'est faux. Pepi y a souvent réfléchi, elle a beaucoup fréquenté Frieda et elle a même dormi avec elle pendant un certain temps. Il n'est pas facile de lire dans son jeu, et si l'on ne fait pas très attention — et quels sont les messieurs qui font très attention ? — on se laisse vite abuser. Frieda connaît mieux que personne la pauvreté de son physique ; ainsi, quand on la voit défaire ses cheveux pour la première fois, on joint les mains de pitié ; s'il y avait une justice, une telle fille ne devrait même pas être femme de chambre, d'ailleurs elle le sait et elle en a pleuré pendant bien des nuits, blottie contre Pepi et s'enveloppant la tête avec les cheveux de Pepi. Mais lorsqu'elle est en service, tous ses doutes s'évanouissent, elle se croit la plus belle, et elle arrive à donner cette impression à tout le monde. Elle connaît les gens, c'est là tout son art. Et elle est prompte à mentir et à abuser les gens pour qu'ils n'aient pas le temps de la regarder de plus près. Bien sûr, à la longue cela ne suffit pas, les gens ne sont pas aveugles et ils finiraient par se rendre compte. Mais dès qu'elle prend conscience de ce risque, elle a déjà un autre stratagème tout prêt, par ex. ces derniers temps sa liaison avec Klamm. Sa liaison avec Klamm ! Si tu n'y crois pas, tu peux vérifier, va trouver Klamm et demande-lui. Quelle astuce, quelle astuce ! Et au cas où tu n'oserais pas aller trouver Klamm pour lui poser une pareille question et où l'on ne te laisserait pas entrer même avec des questions infiniment plus importantes, au cas où Klamm te serait même complètement inaccessible — seulement à toi et à tes semblables, car Frieda par ex. entre d'un seul coup chez lui quand bon lui semble —, eh bien tu pourras quand même vérifier, tu n'as qu'à attendre. Klamm ne pourra pas tolé-

rer longtemps une fausse rumeur de ce genre, il est sûrement
à l'affût de ce qu'on dit de lui au bar et dans les chambres des
clients, tout cela compte beaucoup pour lui, et si c'est faux, il
le démentira aussitôt. Mais il n'en fait rien, c'est donc qu'il n'y
a rien à démentir et que c'est la pure vérité. Certes, on voit
seulement Frieda porter la bière dans la chambre de Klamm et
en ressortir avec l'addition, mais ce que l'on ne voit pas, Frieda
le raconte, et on est forcé de la croire. D'ailleurs elle ne raconte
rien, elle ne va pas ébruiter de pareils secrets, non, les secrets
s'ébruitent d'eux-mêmes autour d'elle et bien sûr, une fois
qu'ils le sont, elle ne craint plus d'en parler, mais avec modestie, sans rien affirmer, elle évoque simplement ce que tout le
monde sait déjà. Mais pas tous les points cependant, par ex.
depuis qu'elle est au bar, Klamm boit moins de bière qu'avant,
la différence n'est pas énorme, mais elle est sensible, cela, elle
n'en parle pas, d'ailleurs cela peut s'expliquer de diverses
façons, Klamm traverse une période où il apprécie moins la
bière, ou bien c'est Frieda qui lui fait oublier d'en boire. En
tout cas, si étonnant que cela puisse être, Frieda est donc la
maîtresse de Klamm. Or, comment les autres n'admireraient-ils
pas ce dont Klamm se contente ? Et voilà comment Frieda, sans
qu'on s'en rende compte, est devenue une grande beauté,
exactement la fille dont le bar a besoin, elle est même presque
trop belle, trop puissante, c'est à peine déjà si le bar lui suffit.
Et de fait, les gens s'étonnent qu'elle y reste ; être serveuse au
bar, ce n'est pas rien ; de ce point de vue, sa liaison avec Klamm
paraît très vraisemblable ; mais une fois que la serveuse du bar
est la maîtresse de Klamm, pourquoi la laisse-t-il si longtemps
au comptoir ? Pourquoi ne lui donne-t-il pas un poste plus élevé ?
On peut répéter mille fois aux gens que ça n'a rien de contradictoire, que Klamm a ses raisons d'agir ainsi, ou que la promotion de Frieda viendra tout d'un coup, peut-être dans un avenir
très proche, cela n'a pas grand effet, les gens ont des idées bien
arrêtées et toute l'habileté possible ne les en fera pas durablement changer. Plus personne ne doutait que Frieda soit la maîtresse de Klamm, même ceux qui en savaient manifestement

plus long étaient trop fatigués pour douter, « Sois la maîtresse de Klamm, par tous les diables, songeaient-ils, mais si tu l'es, nous voulons le voir à ton ascension ». Mais on ne vit rien du tout, et Frieda resta au bar comme auparavant, trop heureuse dans le secret de son cœur que les choses en restent là. Cependant son prestige diminua auprès des gens, cela ne pouvait bien sûr pas lui échapper, puisque en général elle remarque les choses avant même qu'elles n'arrivent. Une fille vraiment belle et gentille n'a pas besoin de déployer d'artifices, une fois qu'elle s'est habituée au bar ; tant qu'elle sera belle, sauf accident particulier, elle sera serveuse au bar. Mais une fille comme Frieda doit constamment s'inquiéter pour son poste, elle a bien sûr l'intelligence de ne pas le montrer, au contraire, elle a plutôt coutume de se plaindre et de maudire son poste. Mais en secret, elle surveille sans arrêt l'atmosphère. Et c'est ainsi qu'elle vit les gens devenir indifférents, l'arrivée de Frieda ne méritait même plus qu'on lève les yeux, même les valets ne s'occupaient plus d'elle, ils avaient le bon sens de s'en tenir à Olga et aux autres filles du même genre, elle remarqua aussi d'après l'attitude de l'aubergiste qu'elle devenait de moins en moins indispensable, on ne pouvait pas non plus toujours inventer de nouvelles histoires sur Klamm, tout a des limites — et cette brave Frieda décida donc de tenter un nouveau coup. Si seulement quelqu'un avait pu aussitôt la percer à jour ! Pepi a pressenti quelque chose, mais hélas ! elle ne l'a pas percée à jour. Frieda décida de provoquer un scandale : elle, la maîtresse de Klamm, elle va se jeter au cou du premier venu, de préférence l'individu le plus insignifiant. Cela fera sensation, on en parlera longtemps et enfin, enfin on se rappellera ce que cela signifie d'être la maîtresse de Klamm et de renoncer à cet honneur dans l'ivresse d'un nouvel amour. La seule difficulté, c'était de trouver l'homme qui se prêterait à ce jeu habile. Il ne pouvait pas s'agir d'une connaissance de Frieda, pas même d'un valet, il l'aurait probablement regardée avec de grands yeux et aurait poursuivi son chemin, et surtout, il n'aurait pu garder son sérieux, et malgré sa belle éloquence, Frieda n'aurait pu répandre le bruit qu'il l'avait surprise, qu'elle n'avait pas pu se défendre et lui avait succombé dans un instant d'égarement. Et même s'il devait s'agir d'un être insignifiant, il fallait néanmoins qu'on puisse juger vraisemblable que, malgré son côté fruste et balourd, il n'ait d'yeux que pour Frieda, et que son plus vif désir — bonté divine ! — soit d'épouser Frieda. Mais s'il devait s'agir d'un homme ordinaire, si possible inférieur à un valet, encore plus subalterne qu'un valet, il ne devait tout de même pas vous attirer les moqueries de toutes les filles, il fallait qu'une autre fille douée de jugement puisse éventuellement lui trouver quelque chose de séduisant. Mais où trouver un tel homme ? Une autre fille l'aurait sans doute cherché en vain toute sa vie, la chance de Frieda lui amène l'arpenteur au bar, peut-être le soir même où lui est venue l'idée de ce projet. L'arpenteur ! Mais oui, à quoi K. songe-t-il ? Qu'a-t-il en tête, au juste ? Cherche-t-il à obtenir quelque chose en particulier ? Un bon poste, une faveur ? Veut-il quelque chose de ce genre ? Dans ce cas, il aurait dû s'y prendre autrement depuis le début. Car il n'est rien, sa situation fait pitié à voir. Il est arpenteur, c'est peut-être quelque chose, il a sûrement appris quelque chose, mais si on ne sait rien en faire, autant dire que ce n'est rien. Et pourtant il a des prétentions ; sans disposer du moindre appui, il a des prétentions, pas d'entrée de jeu, mais on se rend compte qu'il a certaines prétentions, c'est passablement irritant. Savait-il donc que même une femme de chambre se compromet lorsqu'elle s'attarde à lui parler ? Et avec toutes ces prétentions il tombe dès le premier soir à pieds joints dans le piège le plus grossier. N'a-t-il pas honte ? Qu'est-ce qui l'a tant séduit chez Frieda ? Il pourrait bien l'avouer, maintenant. Est-ce qu'elle a vraiment pu lui plaire, cette maigrichonne au teint cireux ? Mais non, il ne l'a sans doute qu'à peine regardée, il a suffi qu'elle lui dise qu'elle était la maîtresse de Klamm, cela lui fit encore de l'effet, vu la nouveauté et c'est ce qui l'a perdu. Quant à Frieda, il fallait alors qu'elle déménage, elle n'avait plus sa place à l'Auberge des Messieurs, bien sûr. Pepi l'a encore vue le matin précédant son déménagement, le personnel était accouru, car tout le monde était curieux du spectacle. Et son pouvoir était encore si grand qu'on avait pitié d'elle, tous, même ses ennemis avaient pitié d'elle ; ainsi, dès le départ ses calculs se vérifièrent ; s'être jetée au cou d'un tel homme, tout le monde trouva cela incompréhensible et y vit un coup du sort, les petites aides-cuisinières qui bien sûr ont de l'admiration pour les serveuses de bar étaient inconsolables. Même Pepi fut émue, elle ne put s'en empêcher, même si en fait son attention se concentrait sur autre chose. Elle fut frappée de voir Frieda si peu triste. Au fond, c'était un malheur épouvantable qui l'avait frappée, elle faisait d'ailleurs semblant d'être très malheureuse, mais cela ne suffisait pas, cette comédie ne pouvait tromper Pepi. Qu'est-ce qui l'aidait à tenir ? Le bonheur d'un nouvel amour, peut-être ? Non, cette hypothèse était exclue. Mais quoi d'autre, alors ? Où trouvait-elle la force de conserver son amabilité un peu froide même envers Pepi, qui était pourtant déjà pressentie pour lui succéder ? Pepi n'avait pas le temps d'y réfléchir, elle avait trop à faire pour se préparer à son nouveau poste. Elle allait sans doute prendre la relève dans quelques heures, et elle n'avait toujours pas de jolie coiffure, de robe élégante, de beau linge ni de bonnes chaussures. Il fallait se procurer tout cela en quelques heures, faute de pouvoir s'équiper convenablement, il valait mieux renoncer d'emblée à ce poste, car alors on était sûr de le perdre au bout d'une demi-heure. Enfin, elle y arriva en partie. Côté coiffure, Pepi est particulièrement douée, la patronne l'a même fait venir une fois pour la coiffer, elle est particulièrement adroite, il faut dire aussi que son opulente chevelure est très facile à coiffer. Pour la robe aussi, elle trouva de l'aide. Ses deux collègues se montrèrent très fidèles, du reste l'honneur rejaillit sur elles quand une jeune fille issue de leur groupe devient serveuse au bar, et puis Pepi aurait pu leur procurer de nombreux avantages, une fois arrivée au pouvoir. Une des filles gardait depuis longtemps une étoffe de grand prix, c'était son trésor, elle l'avait plusieurs fois fait admirer aux autres, rêvant sans doute de l'utiliser pour elle-même lors d'une grande occasion et — ce fut un très beau geste de sa part — maintenant que Pepi en avait besoin, elle lui en fit don. Toutes les deux furent ravies de l'aider à coudre, elles n'auraient pas pu montrer plus d'empressement si elles avaient cousu pour elles-mêmes. Ce travail se fit même très gaiement et les remplit de bonheur. Assises chacune sur son lit, l'une au-dessus de l'autre, elles cousaient en chantant, et se passaient les parties achevées et les garnitures. En y songeant, Pepi en éprouve d'autant plus de chagrin que tout cela fut en vain, et qu'elle revient auprès de ses amies les mains vides. Quel malheur, et avec quelle légèreté il a été provoqué, surtout par K. ! Comme elles s'étaient toutes réjouies de cette robe ! Elle semblait la garantie du succès et lorsque, après coup, elles trouvèrent encore de la place pour un petit ruban, leur dernier doute s'évanouit. N'est-ce pas qu'elle est vraiment belle, cette robe ? Elle est froissée et un peu tachée, maintenant, Pepi n'en avait pas d'autre et elle avait dû la porter jour et nuit, mais on voit encore comme elle est belle, même la maudite fille Barnabas n'y réussirait pas mieux. Et on peut la serrer et la desserrer en haut et en bas comme on veut, c'est une seule robe, mais du coup elle se prête à toutes sortes de transformations, avantage très réel qui était l'invention de Pepi. Il faut dire que ce n'est pas difficile de coudre pour elle, Pepi ne s'en vante pas, tout va bien aux filles jeunes et en bonne santé. Il fut beaucoup plus difficile de trouver du linge et des souliers, et c'est là en fait que les choses commencèrent à aller de travers. Là aussi ses amies firent de leur mieux pour l'aider, mais elles ne pouvaient pas grand-chose. Le linge qu'elle parvint à réunir et à raccommoder était grossier, et au lieu de bottines à hauts talons, elle dut se contenter de chaussons, que l'on a plutôt envie de cacher que de montrer. On consola Pepi : Frieda elle non plus n'était pas très bien habillée, et elle se promenait parfois dans une tenue si débraillée que les clients préféraient se faire servir par les garçons de l'auberge. C'était bien vrai, mais Frieda pouvait se le permettre, elle jouissait déjà des faveurs et de la considération de tous ; lorsqu'une dame se montre dans une tenue sale et négligée, c'est d'autant plus séduisant, mais chez une novice comme Pepi ? D'ailleurs Frieda ne savait pas s'habiller, et elle n'a aucun goût ; quand on a un teint cireux, on est bien obligé de le garder, mais on n'est pas obligé, comme Frieda, de mettre par-dessus le marché un chemisier couleur crème avec un décolleté plongeant, de sorte que tout ce jaune finit par faire mal aux yeux. Et en plus de tout cela, elle était trop avare pour bien s'habiller, elle mettait de côté tout ce qu'elle gagnait, personne ne savait pourquoi. Dans son travail, elle n'avait pas besoin d'argent, elle se débrouillait avec des mensonges et des astuces, exemple que Pepi ne pouvait ni ne voulait imiter, c'est pourquoi il fallait qu'elle se pare ainsi pour se mettre en valeur, surtout au début. Si elle avait eu des moyens plus puissants pour le faire, elle aurait emporté la victoire malgré toute la ruse de Frieda et toute la sottise de K. D'ailleurs, les choses avaient très bien commencé. Elle connaissait déjà les deux ou trois ficelles du métier. À peine arrivée au bar, elle s'y était habituée. Personne ne regretta Frieda dans ce travail. C'est seulement le deuxième jour que plusieurs clients lui demandèrent où Frieda était passée. Pepi n'avait commis aucune faute, l'aubergiste était satisfait ; ayant peur, il n'avait pas quitté le bar le premier jour, mais ensuite il se contenta de passer de temps en temps, puis, voyant que les comptes tombaient juste — les recettes étaient même un peu plus fortes en moyenne qu'à l'époque de Frieda —, il finit par laisser Pepi s'occuper de tout. Elle introduisit quelques innovations. Frieda, non par zèle mais par avarice, par désir de régner, par crainte de céder à qui que ce soit le moindre de ses droits, surveillait aussi les valets, en partie du moins, surtout lorsque quelqu'un regardait ; Pepi, elle, confia entièrement ce travail aux garçons, qui d'ailleurs y sont bien plus aptes. Cela lui laissait plus de temps pour les salons réservés aux messieurs, les clients étaient servis rapidement et elle arrivait pourtant à échanger quelques mots avec chacun, à l'inverse de Frieda qui se consacrait soi-disant exclusivement à Klamm et qui considérait la moindre parole ou tentative d'approche venant de quelqu'un d'autre comme une offense envers

Klamm. Cela ne manquait certes pas d'habileté, car lorsqu'elle permettait à quelqu'un de l'aborder, c'était une faveur inouïe. Mais Pepi déteste ces procédés, d'ailleurs on ne peut pas s'en servir au début. Pepi était gentille avec tout le monde, et tout le monde le lui rendait. Ils étaient tous visiblement satisfaits du changement ; lorsque épuisés par le travail, les messieurs peuvent enfin s'asseoir un petit moment devant une bière, il suffit littéralement d'une parole, d'un regard, d'un haussement d'épaules pour les transformer. Tant de mains empressées caressaient ses cheveux bouclés que Pepi devait bien se recoiffer dix fois par jour, personne ne résiste à des boucles et à des nœuds pareils, pas même K., lui qui est d'ordinaire si distrait. Ainsi s'écoulèrent des journées passionnantes, laborieuses, mais très réussies. Si seulement elles n'étaient pas passées si vite, si seulement il y en avait eu quelques-unes de plus ! Quatre jours, c'est trop peu, même si l'on s'épuise à la tâche, peut-être qu'une cinquième journée aurait suffi, mais quatre jours, c'était trop peu. Certes, en quatre jours Pepi s'était déjà fait des protecteurs et des amis ; à en croire tous les regards, elle nageait dans un océan d'amitié lorsqu'elle entrait avec les chopes de bière, un rédacteur nommé Bratmeier est fou d'elle, il lui a fait cadeau de cette chaînette et de ce pendentif où il a même eu l'effronterie d'inclure son portrait — il y avait eu cela et d'autres choses encore, mais ce n'étaient que quatre jours, si Pepi s'y emploie, on oublie presque Frieda en quatre jours, mais pas complètement, et on aurait fini par l'oublier, encore plus tôt peut-être, si elle n'avait pas pris la précaution de rester sur toutes les lèvres par ce grand scandale, cela lui avait redonné de la nouveauté aux yeux des gens, et ils avaient envie de la revoir par simple curiosité ; K. avait beau être parfaitement inintéressant par ailleurs, grâce à lui ce qu'ils avaient fini par trouver ennuyeux à mourir avait retrouvé son attrait, certes ils ne l'auraient pas échangé contre Pepi, tant qu'elle était là et manifestait sa présence, mais pour la plupart ce sont des messieurs d'un certain âge, engoncés dans leurs habitudes, même s'ils gagnent au change, il leur faut tout de même quelques jours pour s'habituer à une nouvelle serveuse de bar, ils n'y peuvent rien s'il leur faut quelques jours, peut-être cinq jours seulement, mais quatre, cela ne suffit pas, Pepi eut beau faire, elle exista toujours pour eux à titre provisoire. Et pour comble de malchance sans doute, Klamm pendant ces quatre jours ne descendit pas dans la salle de l'auberge, alors qu'il était au village pendant les deux premiers jours. S'il était venu, cela aurait été l'épreuve décisive pour Pepi, d'ailleurs c'était l'épreuve qu'elle redoutait le moins, au contraire elle s'en réjouissait. Elle ne serait pas devenue — ce sont des choses qu'il vaut mieux ne pas aborder explicitement — la maîtresse de Klamm, et elle ne s'en serait pas non plus donné l'air, mais elle aurait au moins su poser la chope de bière sur sa table aussi joliment que Frieda, elle aurait su l'accueillir gentiment et lui dire gentiment au revoir avec moins d'insistance que Frieda, et si Klamm cherche quelque chose dans les yeux d'une jeune fille, il aurait trouvé de quoi se satisfaire pleinement dans les yeux de Pepi. Mais pourquoi n'était-il pas venu ? Était-ce un hasard ? C'est aussi ce que Pepi avait alors pensé. Pendant ces deux jours elle l'avait attendu à chaque instant, y compris la nuit. « Klamm est sur le point d'arriver », songeait-elle constamment, et elle courait dans tous les sens, sans autre motif que l'inquiétude de l'attente et le désir d'être la première à le voir entrer. Cette déception continuelle l'avait beaucoup fatiguée, elle l'avait peut-être empêchée d'être aussi efficace qu'elle aurait pu l'être. Quand elle avait un peu de temps, elle montait en cachette jusque dans le couloir dont l'accès est strictement interdit au personnel et elle attendait, tapie dans un réduit. « Si seulement Klamm se décidait à venir, songeait-elle, si seulement je pouvais aller chercher ce monsieur dans sa chambre et le descendre dans mes bras dans la salle de l'auberge ! Je ne m'écroulerais pas sous ce fardeau, si lourd fût-il. » Mais il n'était pas venu. Il règne un tel silence là-haut dans ces couloirs, on n'en a pas idée à moins d'y être allé. Il règne un tel silence qu'on ne tient pas très longtemps, on est chassé par le silence. Mais elle avait beau avoir été chassée dix fois, dix fois Pepi était remontée.

C'était absurde. Si Klamm voulait venir, il viendrait ; mais s'il ne voulait pas venir, Pepi n'arriverait pas à l'attirer hors de sa chambre, même si dans ce réduit son cœur battait si fort qu'elle étouffait à moitié. Pourtant c'était absurde, mais s'il ne venait pas, presque tout le reste devenait absurde. Et il n'était pas venu. Aujourd'hui Pepi sait pourquoi Klamm n'était pas venu. Frieda se serait follement amusée si elle avait pu voir Pepi là-haut, dans ce réduit, les mains pressées contre son cœur. Klamm n'était pas descendu parce que Frieda l'avait interdit. Ce n'est pas à force de prières qu'elle y est parvenue, ses prières n'arrivent pas jusqu'à Klamm. Mais elle a des contacts, cette espèce d'araignée, que personne ne soupçonne. Quand Pepi dit quelque chose à un client, elle le dit ouvertement, et la table voisine peut l'entendre ; Frieda n'a rien à dire, elle pose la bière sur la table et s'en va ; on entend seulement le froufrou de son jupon de soie, la seule chose qui lui coûte de l'argent. Mais si elle dit quelque chose à un client, au lieu de le faire ouvertement, elle chuchote et se penche vers lui pour qu'à la table voisine, tout le monde dresse l'oreille. Ce qu'elle dit n'a sans doute aucune importance, mais pas toujours, elle a des contacts qu'elle consolide les uns grâce aux autres, et si la plupart avortent — qui se préoccuperait durablement de Frieda ? —, il y en a de temps en temps qui tiennent bon. Ces contacts, elle commença à s'en servir, K. lui facilita la tâche, au lieu de rester auprès d'elle à la surveiller, il n'est presque jamais chez lui, il va ici et là, il a des entretiens à droite et à gauche, il fait attention à tout, sauf à Frieda, et enfin pour lui donner encore plus de liberté, il déménage de l'Auberge du Pont dans l'école vide. C'est un joli début pour une lune de miel ! Pepi est bien la dernière qui reprochera à K. de ne pas avoir supporté de vivre avec Frieda, la vie est intenable avec elle. Mais alors pourquoi ne l'a-t-il pas abandonnée carrément, pourquoi est-il sans arrêt retourné vers elle, pourquoi par ses pérégrinations a-t-il donné l'impression de lutter pour elle ? On aurait dit que le contact de Frieda l'avait rendu conscient de sa propre nullité, qu'il voulait se rendre digne d'elle, qu'il voulait s'élever

d'une manière ou d'une autre et qu'il renonçait donc pour
l'instant à rester auprès d'elle pour pouvoir ensuite se dédommager de ces privations. Entre-temps, Frieda ne perd pas une
minute, elle est installée à l'école, ce qu'elle a sans doute suggéré à K., et elle observe l'Auberge des Messieurs et observe K.
Elle a d'excellents messagers sous la main, les assistants de K.,
dont ce dernier — c'est incompréhensible, même en connaissant K., cela reste incompréhensible — lui laisse complètement
disposer. Elle les envoie chez ses anciens amis, se rappelle à
leur souvenir, se plaint d'être tenue prisonnière par un homme
comme K., elle les monte contre Pepi, annonce son renvoi prochain, demande leur aide, les conjure de ne rien dévoiler à
Klamm, fait comme s'il fallait le ménager et donc surtout ne
pas le laisser descendre au bar. Ce qu'elle fait passer aux yeux
des uns pour le souci de ménager Klamm, elle l'exploite à son
bénéfice auprès de l'aubergiste, elle lui signale que Klamm a
cessé de venir ; et comment pourrait-il venir lorsque c'est une
simple Pepi qui sert au bar ; l'aubergiste n'y est pour rien, bien
sûr, cette Pepi était encore la meilleure remplaçante disponible, mais elle ne suffit pas, même pour quelques jours. Toutes
ces manigances de Frieda, K. les ignore ; quand il n'est pas ici
et là, il reste couché à ses pieds sans se douter de rien, tandis
qu'elle compte les heures qui la séparent encore du bar. Mais
les assistants ne se contentent pas de lui servir de messagers,
ils servent aussi à rendre K. jaloux, à entretenir son ardeur.
Frieda connaît les messagers depuis qu'ils sont enfants, ils
n'ont sûrement plus aucun secret les uns pour les autres, mais
en l'honneur de K. ils commencent à se désirer mutuellement,
et K. court maintenant le risque que cela devienne un grand
amour. Et K. fait tout pour plaire à Frieda, même les choses les
plus contradictoires, il laisse les assistants le rendre jaloux, mais
il tolère qu'ils restent tous les trois ensemble tandis qu'il part
seul pour ses expéditions. On dirait presque qu'il est le troisième assistant de Frieda. C'est alors que, forte de ce qu'elle a
observé, Frieda se décide enfin à frapper un grand coup, elle
décide de revenir. Et de fait il est grand temps, c'est étonnant

de voir avec quelle ruse Frieda s'en aperçoit et en tire avantage, sa puissance d'observation et de décision, c'est l'art où Frieda est inimitable ; si Pepi le possédait, comme le cours de sa vie serait différent ! Si Frieda était restée encore un ou deux jours à l'école, Pepi aurait été impossible à déloger, et la voilà définitivement serveuse au bar, aimée et soutenue par tous, ayant gagné assez d'argent pour compléter avec éclat sa garde-robe, encore un ou deux jours, et aucune intrigue ne peut plus éloigner Klamm de la salle de l'auberge, il vient, il boit, il se sent à son aise et, à supposer qu'il remarque même l'absence de Frieda, il est ravi de la transformation, un ou deux jours encore et Frieda avec son scandale, ses contacts, les assistants et tout le reste, a sombré dans l'oubli pour ne plus jamais en sortir. Peut-être alors qu'elle pourrait se cramponner d'autant plus à K. et, si elle en est capable, apprendre à vraiment l'aimer ? Non, cela aussi c'est impossible. Car il ne faut pas plus d'un jour à K. pour se dégoûter d'elle, pour se rendre compte qu'elle le trompe effrontément, de toutes les manières, avec sa prétendue beauté, sa prétendue fidélité et surtout, avec le prétendu amour de Klamm, et il lui faut un jour de plus, pas davantage, pour la chasser de la maison, elle et sa répugnante smala d'assistants, quand on y songe, même K. n'a pas besoin de plus longtemps ! Et là, entre ces deux périls, alors que la tombe semble littéralement en train de se refermer sur elle, K. est assez naïf pour lui ménager une dernière échappatoire, où elle s'engouffre. Soudain — presque personne ne s'y attendait, tant c'est contre nature —, soudain c'est elle qui chasse K., alors qu'il l'aime et qu'il est toujours à ses trousses, et qui, grâce à la pression de ses amis et des assistants, se présente à l'aubergiste comme celle qui va sauver la situation, encore plus séduisante qu'avant à cause du scandale qui l'accompagne, convoitée, elle l'a prouvé, par les plus humbles et les plus grands, ayant succombé un bref instant à un inférieur, mais ne tardant pas à le repousser comme il convient, et de nouveau inaccessible à lui et à tous les autres, comme auparavant, à cela près qu'auparavant, on avait raison de douter de tout cela, alors que maintenant on en est de nouveau convaincu. Donc elle revient, l'aubergiste jette en passant un regard à Pepi, il hésite — doit-il la sacrifier, alors qu'elle a si bien fait ses preuves ? —, mais il est vite persuadé, il y a trop d'arguments en faveur de Frieda et surtout, elle ramènera Klamm dans la salle de l'auberge. Voilà où nous en sommes ce soir. Pepi n'attendra pas que Frieda vienne et fasse un triomphe de son retour dans ses fonctions. Elle a déjà remis la caisse à la patronne, elle peut partir. Son lit, celui du bas, est prêt dans la chambre avec les autres filles, elle entrera, ses amies en pleurs la salueront, elle arrachera la robe qu'elle a sur le corps, les rubans qu'elle a dans les cheveux et elle fourrera tout dans un coin à l'abri des regards pour ne pas lui rappeler inutilement une période qui doit rester oubliée. Puis elle prendra le grand seau et le balai, elle serrera les dents et se mettra au travail. Mais en attendant, Pepi devait tout raconter à K. pour lui faire comprendre combien il a mal agi envers elle et l'a rendue malheureuse, puisque sans son aide il ne s'en serait pas encore rendu compte, même à présent. Il est vrai qu'on s'est constamment servi de lui aussi, dans toute cette histoire.

Pepi avait terminé. En reprenant son souffle elle essuya quelques larmes dans ses yeux et sur ses joues et regarda K. en hochant la tête, d'un air de dire qu'au fond ce n'était pas de son malheur qu'il s'agissait, elle le supporterait et elle n'avait pour cela besoin de l'aide ni de la consolation de personne, et encore moins de K., elle connaissait la vie, malgré sa jeunesse, et son malheur confirmait simplement ce qu'elle savait déjà, mais c'était de K. qu'il s'agissait, c'est à lui qu'elle avait voulu tendre un miroir ; même après avoir vu tous ses espoirs s'effondrer, elle avait jugé cela nécessaire.

« Quelle folle imagination tu as, dit K. Ce n'est absolument pas vrai, Pepi, que tu viens de découvrir toutes ces choses, ce sont des rêves sortis de la chambre étroite et obscure que tu partages en bas avec les autres filles ; ils sont à leur place là-bas, mais ici, dans cette salle spacieuse, ils détonnent singulièrement. Il est évident qu'avec de pareilles idées tu ne pouvais pas t'affirmer ici. Déjà ta robe et ta coiffure, dont tu es si fière, n'ont pu surgir qu'à partir de cette obscurité et de ces lits de votre chambre ; elles sont sans doute très jolies là-bas, mais ici tout le monde en rit ouvertement ou en cachette. Et que me racontes-tu encore ? On s'est servi de moi, on m'a trompé, dis-tu ? Non, chère Pepi, pas plus qu'on ne t'a abusée ou qu'on ne t'a trompée. C'est vrai, pour le moment Frieda m'a quitté, ou comme tu dis, elle a filé avec un des assistants, tu entrevois une étincelle de vérité, et il y a également très peu de chances à présent qu'elle devienne ma femme, mais quant à dire que je me serais dégoûté d'elle ou que je l'aurais chassée dès le lendemain ou qu'elle m'aurait trompé comme une femme trompe peut-être d'ordinaire un homme, rien n'est plus faux. Vous autres femmes de chambre, vous avez l'habitude d'espionner par le trou de la serrure, et cela vous donne une tournure d'esprit qui vous fait tirer des conclusions aussi grandioses qu'erronées à partir du petit détail que vous apercevez. Du coup, comme par ex. dans le cas présent, j'en sais beaucoup moins long que toi. Je suis loin de pouvoir expliquer avec autant de précision pourquoi Frieda m'a quitté. L'explication la plus probable me semble aussi être celle que tu as simplement effleurée sans aller plus loin, à savoir que je l'ai négligée. C'est vrai, hélas ! je l'ai négligée, mais c'était pour des raisons particulières qu'il n'y a pas lieu d'évoquer ici, je serais heureux qu'elle revienne vers moi, mais je recommencerais aussitôt à la négliger. C'est comme ça. Quand elle était auprès de moi, j'étais toujours à faire ces pérégrinations, comme tu le disais en te moquant, maintenant qu'elle est partie, je suis presque oisif, je suis fatigué, j'aspire à une oisiveté toujours plus complète. N'as-tu aucun conseil à me donner, Pepi ? — Si, dit Pepi en s'animant soudain et en saisissant K. par les épaules, nous avons tous les deux été trompés, restons ensemble, descends avec moi chez les filles. — Tant que tu te plaindras d'avoir été trompée, dit K., je ne pourrai pas m'entendre avec toi. Tu veux toujours qu'on t'ait trompée, parce que cela te flatte et t'attendrit. Mais la vérité, c'est que tu n'es pas faite pour ce poste. Et il faut que ton inaptitude saute aux yeux pour que même moi qui suis à ton avis d'une totale ignorance, j'en sois conscient. Tu es une brave fille, Pepi, mais on a du mal à s'en rendre compte, moi par ex. je te jugeais cruelle et arrogante, mais tu n'es pas comme ça, c'est juste ce poste qui te fait tourner la tête, parce que tu n'es pas faite pour lui. Je ne veux pas dire qu'il soit trop élevé pour toi, après tout il n'a rien de si extraordinaire, peut-être à bien y regarder est-il un peu plus honorable que ton précédent poste, mais globalement la différence n'est pas grande, ils se ressemblent tellement qu'ils sont presque interchangeables, on pourrait même avancer qu'il vaut mieux être femme de chambre qu'au bar, car à l'étage, on est toujours parmi les secrétaires, tandis qu'ici, même si l'on peut servir leurs supérieurs hiérarchiques dans les salons particuliers, il faut aussi s'accommoder de gens très subalternes, comme moi par ex. ; en effet je n'ai le droit de fréquenter que le bar, serait-ce donc l'honneur suprême de pouvoir frayer avec moi ? Bon, c'est ce que tu crois et peut-être que tu as tes raisons. Mais voilà pourquoi tu n'es pas à ta place. C'est un poste comme un autre, mais pour toi c'est le royaume des cieux, du coup tu pèches constamment par excès de zèle, tu te pares comme tu penses que le font les anges — mais en réalité, ils sont différents —, tu trembles pour ce poste, tu as l'impression d'être sans cesse persécutée, tu cherches à conquérir par des excès d'amabilité tous ceux qui te semblent susceptibles de te soutenir, mais ce faisant tu les déranges et tu les rebutes, car c'est la paix qu'ils recherchent à l'auberge, et non que les soucis des serveuses du bar viennent s'ajouter aux leurs. Il se peut qu'après le départ de Frieda, aucun des clients importants n'ait remarqué l'événement, mais aujourd'hui ils sont au courant et ils ont vraiment la nostalgie de Frieda, car il ne fait aucun doute qu'elle menait son affaire très différemment. Quels que soient par ailleurs sa nature et le prix qu'elle attachait à son poste, elle était très expérimentée dans son service, très contrôlée et maîtresse d'elle-même, tu le soulignes toi-même, quoique tu n'en tires aucune leçon. As-tu jamais observé son regard ? Ce n'était déjà plus le regard d'une serveuse de bar, c'était presque celui d'une patronne. Elle voyait à la fois tout l'ensemble et chaque individu, et le regard qui lui restait pour les individus était encore assez fort pour les soumettre. Qu'importe si elle était un peu maigre, pas toute jeune, et si on aurait pu imaginer une chevelure plus opulente, ce sont des broutilles par rapport à ce qu'elle possédait vraiment, et être gêné par ces défauts, c'était simplement démontrer qu'on n'avait pas le sens des priorités. On ne peut sûrement pas reprocher cela à Klamm, et seul ton point de vue erroné de jeune fille inexpérimentée t'empêche de croire à son amour pour Frieda. Klamm te semble — à juste titre — inaccessible et du coup, tu crois que Frieda elle non plus n'aurait pas pu l'approcher. Tu te trompes. Je me fierais là-dessus à la simple parole de Frieda même si je n'avais pas de preuves irrécusables. Si incroyable que cela te paraisse et si incompatible que cela soit avec l'idée que tu te fais du monde, des fonctionnaires, de l'élégance et des effets de la beauté féminine, c'est pourtant vrai ; tout comme nous sommes assis l'un à côté de l'autre et que je tiens ta main dans les miennes, Klamm et Frieda eux aussi se sont sans doute assis l'un à côté de l'autre comme si c'était la chose la plus naturelle au monde, et il descendait de lui-même, il se dépêchait même de descendre, personne ne le guettait dans le couloir en négligeant son travail, Klamm devait lui-même faire l'effort de descendre, et les imperfections vestimentaires de Frieda, qui t'auraient horrifiée, ne le dérangeaient nullement. Tu refuses de la croire ! Et tu ne sais pas combien tu t'exposes ainsi, combien tu montres ton inexpérience ! Même sans rien savoir des rapports de Frieda avec Klamm on serait forcé de reconnaître que sa façon d'être a été modelée par un être très supérieur à toi, à moi, et à tous les habitants du village, et que ses distractions dépassent les plaisanteries d'usage entre clients et serveuses qui semblent être le but de ton existence. Mais je suis injuste envers toi. Car tu reconnais fort bien les qualités de Frieda, tu as repéré son don de l'observation, sa faculté de décision, son influence sur les gens, simplement tu interprètes tout de travers, tu crois qu'égoïstement elle exploite tout à son avantage, dans l'intention de nuire ou comme arme contre toi. Non, Pepi, même si elle avait ce genre de flèches, elle ne pourrait les décocher à si faible distance. Et son égoïsme ? On pourrait plutôt dire qu'elle a sacrifié ce qu'elle possédait et ce qu'elle était en droit d'attendre pour nous fournir à tous deux l'occasion de faire nos preuves dans un poste plus élevé, mais que nous l'avons déçue et que nous l'avons tous deux forcée à revenir ici. J'ignore si c'est le cas, je ne vois pas non plus en quoi consiste ma faute, mais en me comparant avec toi, c'est l'idée qui me vient : on dirait que nous nous sommes tous deux trop démenés, avec trop de bruit, de naïveté, d'inexpérience, pour atteindre ce que l'on obtient facilement et sans se faire remarquer, par ex. avec le calme et le sens pratique de Frieda : nous avons pleuré, griffé, tiré, comme un enfant qui tire sur la nappe sans rien y gagner, car en renversant toutes ces merveilles, il se les rend à tout jamais inaccessibles... j'ignore s'il en est ainsi, mais que ma version soit meilleure que la tienne, j'en suis certain. — Je veux bien, dit Pepi, tu es amoureux de Frieda parce qu'elle t'a planté là, il n'est pas difficile d'être amoureux d'elle une fois qu'elle est partie. Mais comme tu voudras, admettons que tu aies raison sur tout, même lorsque tu te moques de moi —, que vas-tu faire à présent ? Frieda t'a quitté, ni dans mon interprétation ni dans la tienne tu n'as d'espoir qu'elle te revienne, et même au cas où elle reviendrait, il faut que tu loges quelque part en attendant, il fait froid, et tu es sans travail et sans lit, viens chez nous, mes amies te plairont, nous veillerons à ton confort, tu nous aideras dans notre travail, qui est vraiment trop difficile pour des jeunes filles seules, nous pourrons nous autres compter sur quelqu'un et nous n'aurons plus peur la nuit. Viens chez nous ! Mes amies elles aussi connaissent Frieda, nous te raconterons des histoires sur elle jusqu'à ce que tu en aies par-dessus la tête. Viens donc ! Nous avons aussi des portraits de Frieda, et nous te les montrerons. Autrefois Frieda était encore plus insignifiante qu'aujourd'hui, tu la reconnaîtras à peine, à part peut-être ce regard aux aguets qu'elle avait déjà à l'époque. Alors, vas-tu venir ? — C'est donc permis ? Hier, il y a eu un grand scandale parce qu'on m'a attrapé dans votre couloir. — Parce qu'on t'a attrapé ; mais si tu es chez nous, on ne t'attrapera pas. Personne ne saura que tu es là, à part nous trois. Oh, comme ce sera amusant ! La vie là-bas me paraît déjà beaucoup plus supportable qu'il y a encore un instant. Peut-être que je ne perdrai pas tant à devoir partir d'ici. Écoute, à trois déjà nous ne nous sommes jamais ennuyées, il faut bien adoucir l'amertume de la vie, puisqu'on nous la rend amère dès notre jeunesse pour que nous ne soyons pas des enfants gâtées, toutes les trois nous nous serrons les coudes, nous vivons là-bas aussi agréablement qu'il est possible, tu aimeras surtout Henriette, mais aussi Émilie, je leur ai déjà parlé de toi, là-bas on écoute ce genre d'histoires d'une oreille incrédule, comme s'il ne pouvait rien se passer à l'extérieur de la chambre, on y est à l'étroit et au chaud, mais nous nous serrons encore plus les unes contre les autres, et nous avons beau ne pas avoir d'autres ressources que nous-mêmes, nous ne sommes pas fatiguées les unes des autres, au contraire, quand je pense à mes amies, je suis presque contente de revenir ; pourquoi irais-je plus loin qu'elles ? Ce qui nous unissait, c'était que notre avenir à toutes les trois était bouché, et quand moi j'ai percé, je me suis trouvée séparée d'elles ; bien sûr je ne les ai pas oubliées, et mon premier souci a été de voir comment je pourrais faire quelque chose pour elles ; ma position était encore incertaine — à quel point, je l'ignorais — et déjà, je parlais d'Henriette et d'Émilie à l'aubergiste. Au sujet d'Henriette, il n'était pas complètement intraitable, mais pour Émilie qui est beaucoup plus âgée que moi, elle a à peu près l'âge de Frieda, il ne m'a donné aucun espoir. Pourtant figure-toi qu'elles ne veulent pas partir, elles savent que c'est une existence misérable qu'elles mènent là-bas, mais elles s'y sont résignées, ces bonnes âmes, je crois que si elles ont versé des larmes au moment des adieux, c'était surtout de me voir obligée de quitter notre chambre commune, de sortir dans le froid — là-bas, tout ce qui est en dehors de la chambre nous paraît

froid — et de me débattre avec de grands personnages inconnus dans ces grandes salles inconnues, uniquement pour gagner ma vie, ce que j'arrivais à faire aussi bien quand nous vivions ensemble. Elles ne seront sans doute pas surprises de me voir revenir, et si elles pleurent un peu et si elles se lamentent sur mon sort, ce sera juste pour me faire plaisir. Mais ensuite elles te verront et elles diront que finalement mon absence a eu du bon. Elles seront contentes que nous ayons un homme pour nous aider et nous protéger, et tout à fait enchantées de devoir garder le secret, car ce secret nous liera encore plus étroitement qu'auparavant. Viens, je t'en prie, viens chez nous ! Tu n'auras aucune obligation, tu ne seras pas toujours prisonnier de notre chambre comme nous. Quand viendra le printemps et si tu trouves ailleurs de quoi te loger et que tu ne te plais plus chez nous, tu pourras partir, à condition de continuer à garder le secret et de ne pas aller nous trahir, car ce serait notre dernière heure à l'Auberge des Messieurs ; et entre-temps bien sûr, tant que tu seras chez nous, tu devras être prudent, ne te montrer nulle part où nous verrons un danger et suivre tous nos conseils ; c'est la seule chose qui te lie et d'ailleurs, tu as autant à y gagner que nous, mais pour le reste tu es parfaitement libre, le travail que nous t'attribuerons ne sera pas difficile, ne t'inquiète pas. Alors, tu viens ?
— Combien de temps reste-t-il jusqu'au printemps ? demanda K. — Jusqu'au printemps ? répéta Pepi. L'hiver dure longtemps chez nous, c'est un hiver très long et monotone. Mais en bas, nous ne nous en plaignons pas, nous sommes à l'abri de l'hiver. Enfin, le printemps et l'été finissent aussi par venir, et il y a aussi un temps pour eux, mais dans le souvenir, le printemps et l'été semblent si brefs qu'on dirait qu'ils ne durent guère plus de deux jours, et même pendant la plus belle de ces journées, il neige encore parfois. »

À ce moment la porte s'ouvrit, Pepi sursauta, ses pensées l'avaient trop éloignée du bar, mais ce n'était pas Frieda, c'était la patronne. Elle fit semblant d'être étonnée de trouver K. encore là, K. s'excusa en disant qu'il l'attendait et en même

temps il la remercia d'avoir eu la permission de passer la nuit
sur place. La patronne ne comprenait pas pourquoi K. l'attendait. K. dit qu'il avait l'impression que la patronne voulait
encore lui parler, il la pria de l'excuser s'il avait fait erreur,
d'ailleurs il devait partir, car il n'avait que trop longtemps abandonné l'école où il était concierge, c'était la convocation de la
veille qui était responsable de tout, il avait encore trop peu
l'expérience de ces choses, mais jamais plus il n'infligerait à la
patronne les désagréments de la veille. Et il s'inclina pour prendre congé. La patronne le regarda comme si elle était en train
de rêver. Ce regard le retint plus longtemps qu'il ne le voulait.
Elle fit un léger sourire, et seul pour ainsi dire le visage éberlué
de K. la réveilla, on eût dit qu'elle attendait qu'il réponde à son
sourire et qu'elle venait de se réveiller parce que la réponse ne
venait pas. « Il me semble qu'hier tu as eu l'impertinence de
dire quelque chose sur ma robe. » K. n'en avait aucun souvenir.
« Tu ne te souviens pas ? À l'impertinence vient donc s'ajouter
la lâcheté ! » K. s'excusa en invoquant sa fatigue de la veille, il
était fort possible qu'il ait dit des bêtises hier, en tout cas il ne
s'en souvenait plus. Du reste, qu'aurait-il pu dire des vêtements
de Mme la Patronne ? Qu'il n'en avait encore jamais vu d'aussi
beaux ? En tout cas, il n'avait encore jamais vu de patronne
travailler dans de pareils vêtements. « Trêve de remarques, dit
sèchement la Patronne, je ne veux plus t'entendre dire un seul
mot sur mes robes. Tu n'as pas à t'en soucier. Je te l'interdis
une fois pour toutes. » K. s'inclina de nouveau et se dirigea vers
la porte. « Qu'est-ce que ça veut dire, s'écria la patronne derrière lui, que tu n'as encore jamais vu de patronne travailler
dans de pareilles robes ? À quoi servent ces remarques absurdes ? C'est parfaitement absurde ! Qu'est-ce que tu veux dire ? »
K. se retourna et pria la patronne de ne pas s'énerver. Bien sûr
que sa remarque était absurde. D'ailleurs il ne connaissait rien
aux robes. Dans sa situation, n'importe quel vêtement propre
et non rapiécé paraissait somptueux. Il s'était juste étonné de
voir Mme la Patronne là-bas, dans le couloir, en pleine nuit,
parmi tous ces hommes à peine habillés, apparaître dans une

aussi jolie robe du soir, voilà tout. « Tu sembles donc enfin te souvenir de ta remarque d'hier, dit la patronne. Et tu y ajoutes de nouvelles insanités. Tu ne connais rien aux robes, c'est vrai. Mais alors — je te le demande une fois pour toutes — abstiens-toi de tout jugement sur des robes somptueuses, ou sur des tenues de soirée inadaptées et ainsi de suite. De toute façon — et elle fut comme parcourue d'un frisson — je te prie de ne plus te soucier de mes robes, tu entends ? » Et voyant K. sur le point de se détourner en silence, elle lui demanda : « Depuis quand t'y connais-tu en robes ? » K. haussa les épaules, et dit qu'il n'y connaissait rien. « Tu n'y connais rien, dit la patronne, alors ne prétends pas t'y connaître. Viens dans le bureau, je vais te montrer quelque chose, j'espère qu'ensuite tu renonceras pour toujours à tes impertinences. » Elle franchit la porte devant lui, Pepi s'élança vers K. ; sous prétexte qu'il lui devait de l'argent, ils se mirent rapidement d'accord ; ce fut très facile, car K. connaissait la cour dont le portail ouvrait sur la rue transversale, à côté de ce portail il y avait un petit portillon. Pepi s'y trouverait d'ici une heure environ et elle l'ouvrirait lorsqu'elle entendrait frapper trois coups.

Le bureau des patrons était en face du bar, il n'y avait qu'à traverser l'entrée, la patronne était déjà dans le bureau éclairé et elle accueillit K. d'un regard impatient. Mais il y eut une nouvelle interruption. Gerstäcker attendait dans l'entrée et voulait parler à K. Il ne fut pas facile de se débarrasser de lui, la patronne elle-même vint à la rescousse en reprochant à Gerstäcker son indiscrétion. « Où ça ? Où ça ? » l'entendit-on crier encore derrière la porte close, et ses paroles étaient désagréablement entrecoupées de soupirs et de quintes de toux.

C'était une petite pièce surchauffée. Sur les petits côtés de la pièce, il y avait le long des murs un pupitre-comptoir et une caisse en fer, et contre les deux autres murs se trouvaient une armoire et un canapé. C'était l'armoire qui tenait le plus de place, non seulement parce qu'elle occupait toute la longueur du mur, mais parce qu'elle était si profonde qu'elle rétrécissait beaucoup la pièce, il fallait trois portes coulissantes pour l'ouvrir complètement. La patronne fit signe à K. de s'asseoir sur le canapé et elle s'assit sur le fauteuil pivotant près du pupitre. « Tu n'as jamais appris à coudre ? demanda la patronne. — Non, jamais, dit K. — Mais qu'es-tu, en réalité ? — Arpenteur. — Et qu'est-ce que c'est ? » K. lui expliqua, son explication la fit bâiller. « Tu ne dis pas la vérité. Pourquoi ne dis-tu pas la vérité ? — Toi non plus tu ne la dis pas. — Moi ? Tu recommences tes impertinences. Et même si je ne dis pas la vérité — est-ce que j'ai des comptes à te rendre ? Et en quoi est-ce que je ne dis pas la vérité ? — Tu n'es pas une simple patronne, comme tu le prétends. — Ça par exemple, mais tu en fais, des découvertes ! Et que suis-je d'autre ? Ton impertinence commence vraiment à dépasser les bornes ! — Je ne sais pas ce que tu es d'autre. Je vois seulement que tu es patronne et que tu portes des robes qui ne conviennent pas à une patronne et comme personne d'autre n'en porte ici au village, à ma connaissance. — Nous voici donc au fond du problème, tu ne peux pas t'en cacher, peut-être que tu n'es pas impertinent, tu es juste comme un enfant qui sait une idiotie et que rien ne peut persuader de se taire. Mais parle donc ! Qu'est-ce que ces robes ont de particulier ? — Tu vas te fâcher si je te le dis. — Non, j'en rirai, car ce seront des enfantillages. Alors, comment sont mes robes ? — Tu tiens à le savoir ? Eh bien, elles sont en beau tissu, fort précieux, mais vieillottes, surchargées, trop souvent retouchées et usées, elles ne conviennent ni à ton âge, ni à ta silhouette, ni à ta position[1]. Elles m'ont frappé la première fois que je t'ai vue, il y a environ une semaine, ici, dans l'entrée. — C'est donc cela. Elles sont vieillottes, surchargées, et quoi d'autre encore ? Et d'où tiens-tu tout cela ? — Je le vois de mes propres yeux. Il n'y a pas besoin d'être instruit pour cela. — Tu le vois, un point c'est tout. Tu n'as besoin de te renseigner nulle part, et tu connais immédiatement les exigences de la mode. Mais c'est que je ne vais plus pouvoir me passer de toi,

---

1. Ce thème était déjà présent dans le très bref texte intitulé *Robes*, que Kafka avait extrait de la première version de *Description d'un combat* (*cf.* pp. 153 et 269) et publié dès 1908 dans la revue *Bohemia* (*cf.* p. 268).

car j'ai en effet un faible pour les belles robes. Et que diras-tu
en voyant que cette armoire est pleine de vêtements ? » Elle fit
coulisser les portes, et l'on vit toute une série de robes serrées
les unes contre les autres, occupant toute la longueur et la largeur de l'armoire, sombres, grises, marron et noires pour la
plupart, toutes soigneusement suspendues et dépliées. « Voici
mes robes, toutes vieillottes et surchargées, selon toi. Et ce sont
seulement les robes que je n'arrive pas à caser en haut, dans ma
chambre : j'y ai encore deux armoires pleines, deux armoires,
chacune presque aussi grande que celle-ci. Cela t'étonne ?
— Non, je m'attendais à quelque chose de ce genre, d'ailleurs
je disais que tu n'es pas une simple patronne, tu vises autre
chose. — Je vise seulement à bien m'habiller, et toi, tu es soit
un imbécile, soit un enfant, à moins que tu ne sois un très
méchant et très dangereux personnage. Et maintenant va-t'en,
dépêche-toi ! » K. était déjà dans l'entrée et Gerstäcker l'avait
de nouveau saisi par la manche, lorsque la patronne cria derrière lui : « Demain, je reçois une nouvelle robe, peut-être que
je t'enverrai chercher. »

Gesticulant avec colère et brandissant la main comme pour
faire taire de loin la patronne qui le dérangeait, Gerstäcker
invita K. à le suivre. Il commença par refuser de lui donner plus
amples explications. Lorsque K. protesta qu'il devait se rendre
à l'école, il y fit à peine attention. C'est seulement lorsque K.
refusa de se laisser entraîner que Gerstäcker lui dit de ne pas
s'inquiéter, qu'il trouverait chez lui tout ce dont il aurait
besoin, et qu'il pouvait abandonner son poste de concierge à
l'école, pourvu qu'il se décide à venir, Gerstäcker avait passé
toute la journée à l'attendre, et sa mère ne savait pas où il était.
Lui cédant lentement, K. lui demanda combien il voulait en
échange du lit et du couvert. Gerstäcker se contenta de lui
répondre vaguement qu'il avait besoin de K. pour l'aider à soigner les chevaux, car il avait d'autres occupations, mais qu'il
priait K. de bien vouloir arrêter de se faire tirer ainsi et de lui
compliquer inutilement la tâche. Et s'il voulait aussi un salaire,
il lui en donnerait un. Cependant K. s'arrêta, malgré les efforts

de Gerstäcker pour le tirer. C'est qu'il n'entendait rien aux chevaux. Ce n'était pas nécessaire, fit Gerstäcker avec impatience,
et terriblement contrarié, il joignit les mains pour inciter K. à
le suivre. « Je sais pourquoi tu veux me prendre avec toi », dit
enfin K. Gerstäcker se moquait de ce qu'il savait. « Parce que
tu crois que je pourrai obtenir quelque chose pour toi auprès
d'Erlanger. — Bien sûr, dit Gerstäcker, pourquoi m'intéresse-
rais-tu, autrement ? » K. éclata de rire, il se cramponna au bras
de Gerstäcker et se laissa guider à travers les ténèbres.

Dans la petite maison de Gerstäcker, la salle avait pour seul
éclairage la faible lueur du foyer et un bout de chandelle, à la
lumière de laquelle, recroquevillé dans un réduit sous les soli-
ves qui sortaient du mur à l'oblique, quelqu'un lisait un livre.
C'était la mère de Gerstäcker. Elle tendit à K. une main tremblante et le fit asseoir à côté d'elle, elle parlait avec difficulté,
on avait du mal à la comprendre, mais ce qu'elle dit

# UN ARTISTE DU JEÛNE
## Quatre histoires

## PREMIÈRE SOUFFRANCE

Un artiste du trapèze[1] — comme on le sait, cet art qui se pratique très haut sous la coupole des grands théâtres de variétés est l'un des plus difficiles parmi tous ceux auxquels peut prétendre l'humanité —, poussé d'abord par le seul désir de se perfectionner, puis aussi par une habitude devenue tyrannique, avait organisé sa vie de telle façon que durant la période où il travaillait pour une même compagnie, il restait jour et nuit sur le trapèze. Pour contenter tous ses besoins, très limités du reste, il y avait du personnel en bas qui veillait à tour de rôle et qui faisait monter et descendre tout ce qui était nécessaire là-haut, dans des récipients fabriqués à cet effet. Aucune difficulté particulière ne résultait, pour l'entourage, de cette façon de vivre ; c'est seulement pendant les autres numéros du programme qu'il était un peu gênant que le trapéziste fût resté là-haut, comme on ne pouvait le dissimuler, et que, malgré l'immobilité dont il faisait preuve en général à ces moments-là, un spectateur laissât parfois quelque regard s'égarer vers lui. Pourtant les directeurs ne lui en tenaient pas rigueur, parce que c'était un exceptionnel, un irremplaçable artiste. On se rendait compte aussi, bien sûr, qu'il ne vivait pas ainsi par caprice, et que c'était pour lui la seule manière possible

---

1. Même si le mot de Kafka « der Trapezkünstler » désigne en général un trapéziste, nous choisissons de le traduire « fortement » pour deux raisons : « trapéziste » en français évoque en effet aussi bien l'amateur que le professionnel ; or seul ce dernier est désigné par le texte. D'autre part, il est essentiel de faire entendre la qualité d'artiste de cet acrobate, à cause de l'écho avec le troisième texte du recueil, *Un artiste du jeûne*.

de se maintenir toujours en activité, la seule manière de conserver à son art sa perfection.

Et puis d'ailleurs on se portait bien là-haut et quand il se mettait à faire plus chaud, que les fenêtres latérales étaient entrebâillées tout autour de la coupole, et qu'avec l'air frais le soleil entrait à grands flots dans cet espace crépusculaire, l'endroit était même beau. Bien sûr, ses relations avec autrui étaient réduites ; parfois, rarement, un collègue gymnaste grimpait jusqu'à lui par l'échelle de corde, alors ils restaient assis tous deux sur le trapèze, s'appuyant à droite et à gauche contre les cordes, et bavardant ; ou bien des ouvriers réparaient le toit, et par une fenêtre ouverte ils échangeaient quelques mots avec lui ; ou encore le pompier venu vérifier l'éclairage de secours dans la dernière galerie lui criait des paroles respectueuses, mais peu compréhensibles. Sinon, tout restait silencieux autour de lui ; parfois, rarement, quelque petit employé se retrouvant par hasard dans le théâtre désert en plein après-midi lançait un regard songeur vers les hauteurs presque insondables où le trapéziste, qui ne pouvait pas se savoir observé par quelqu'un, travaillait son numéro ou bien se reposait.

L'artiste du trapèze aurait ainsi pu vivre en paix, s'il n'y avait pas eu les inévitables voyages d'une localité à l'autre, qui lui pesaient énormément. L'imprésario veillait bien sûr à abréger au maximum les souffrances endurées par le trapéziste : pour les déplacements en ville, on utilisait des voitures de course avec lesquelles, si possible durant la nuit ou à la première heure, on parcourait les rues désertes à toute vitesse, mais encore trop lentement à vrai dire pour l'artiste brûlant d'impatience ; dans le train, on retenait tout un compartiment où le trapéziste, d'une façon certes dérisoire, conservait malgré tout un peu son mode de vie habituel en passant le trajet en haut, dans le filet à bagages ; à la ville du spectacle suivant, le trapèze était déjà à sa place dans le théâtre, longtemps avant l'arrivée de l'artiste, et toutes les portes menant à la salle étaient grandes ouvertes, tous les couloirs dégagés — et pourtant, c'était toujours pour l'imprésario l'un des instants les plus beaux de sa vie que de voir l'artiste du trapèze poser alors le pied sur l'échelle de corde et, en un clin d'œil, se retrouver enfin là-haut, suspendu à son trapèze.

Malgré tous les voyages que l'imprésario avait à présent déjà menés à bien, chacun était pour lui un nouveau tourment, car, abstraction faite de tout le reste, ces voyages mettaient sans aucun doute à très rude épreuve les nerfs de l'artiste du trapèze.

Ils repartirent donc encore une fois ensemble, le trapéziste allongé dans le filet à bagages et rêvant, l'imprésario appuyé dans un coin de la fenêtre en face de lui, lisant un livre, quand l'artiste du trapèze lui adressa doucement la parole. Aussitôt l'imprésario fut tout à sa disposition. Le trapéziste dit, en se mordant les lèvres [1], que dorénavant il lui faudrait toujours avoir pour ses exercices deux trapèzes, au lieu d'un seul comme jusqu'à maintenant, deux trapèzes l'un en face de l'autre. L'imprésario se déclara d'accord sur-le-champ. Mais le trapéziste, comme s'il voulait montrer qu'en cette matière l'approbation de l'imprésario était aussi dénuée de valeur que l'aurait été par exemple une objection de sa part, dit que désormais, jamais plus et dans aucune circonstance il ne ferait ses exercices sur un seul trapèze. À l'idée que cela pourrait peut-être tout de même arriver une fois, il paraissait horrifié. Avec précaution et tout en l'observant, l'imprésario réitéra son accord complet, deux trapèzes valaient mieux qu'un seul, et puis cette nouvelle disposition avait bien des avantages, elle rendait le spectacle plus varié. Alors l'artiste du trapèze se mit soudain à pleurer. Profondément effrayé, l'imprésario se leva d'un bond et lui demanda ce qui était donc arrivé ; puis, n'obtenant pas de réponse, il monta sur la banquette, caressa le trapéziste et pressa son visage contre le sien qui fut, lui aussi, tout mouillé par les larmes de l'artiste. Pourtant, après beaucoup de questions et de paroles enjôleuses, l'artiste du trapèze dit, en

---

1. À propos de la valeur symbolique de ce détail, on trouve dans la lettre écrite le 11 octobre 1916 par Kafka à son éditeur Kurt Wolff la notation suivante : « l'activité littéraire à quoi j'aspire en me mordant les lèvres à pleines dents. »

sanglotant : « Avoir cette seule et unique barre entre les mains — comment puis-je donc vivre ? » Alors il fut déjà plus facile pour l'imprésario de consoler le trapéziste ; il lui promit de télégraphier, dès le prochain arrêt, à la ville du prochain spectacle, pour ce deuxième trapèze ; il se reprocha d'avoir laissé travailler l'artiste pendant si longtemps sur un seul trapèze, il le remercia et le complimenta vivement d'avoir enfin attiré l'attention sur cette erreur. Ainsi l'imprésario parvint-il peu à peu à rassurer l'artiste du trapèze, et il put retourner s'asseoir dans son coin. Mais lui-même n'était pas rassuré ; rongé d'inquiétude, il considérait par-dessus son livre à la dérobée le trapéziste. Maintenant que pareilles pensées avaient commencé à le torturer, pourraient-elles jamais s'arrêter tout à fait ? N'allaient-elles pas sans cesse inévitablement s'amplifier ? Ne représentaient-elles pas une menace pour sa vie ? Et de fait, l'imprésario crut voir alors, dans ce sommeil en apparence calme qui avait succédé aux larmes, les premières rides commencer à se dessiner sur le front lisse et enfantin de l'artiste du trapèze [1].

---

**1.** Ce texte fut publié une première fois dans la revue *Genius*, dirigée par un ancien collaborateur de l'éditeur Kurt Wolff, à l'automne 1922. Il fut rédigé entre le début d'octobre 1921 et le 1ᵉʳ mai 1922, vu que le manuscrit original est une seule feuille, recouverte littéralement de fins caractères, qui a été arrachée au Cahier XII du *Journal*, comme l'a établi M. Pasley.

## UNE PETITE FEMME

C'est une petite femme ; plutôt mince de nature, mais pourtant corsetée très serré ; je la vois toujours dans la même robe, d'une étoffe dont la couleur évoque presque le bois, un gris tirant sur le jaune, garnie çà et là de quelques pompons ou de passementeries de la même couleur, faisant comme un boutonnage ; elle n'a jamais de chapeau, ses cheveux d'un blond mat sont lisses et assez ordonnés, mais avec beaucoup de bouffant. Malgré son corset, elle se déplace avec souplesse, exagérant sans doute cette agilité : elle se tient volontiers les mains sur les hanches et tourne le buste d'un seul coup sur le côté, avec une rapidité surprenante. Pour rendre l'impression que sa main fait sur moi, je puis seulement dire que jamais je n'ai vu de main comme la sienne, où chacun des doigts est à ce point écarté des autres ; sa main pourtant n'a aucune particularité anatomique, c'est une main parfaitement normale.

Or cette petite femme est très mécontente de moi ; elle a sans cesse quelque chose à me reprocher, je lui fais sans cesse du tort, je l'agace en permanence ; si l'on pouvait subdiviser la vie en infimes particules et considérer séparément chacune d'entre elles, il est certain que la moindre petite partie de ma vie lui causerait de l'agacement. Je me suis souvent demandé pourquoi je l'agace donc tant ; il se peut que tout en moi s'oppose à son sens de la beauté, à son sentiment de la justice, à ses habitudes, à ses traditions, à ses espérances ; il y a des natures qui s'opposent de la sorte, mais pourquoi en souffre-t-elle à ce point ? Car il n'existe pas entre nous la moindre relation qui l'obligerait à souffrir à cause de moi. Il faudrait juste qu'elle se décide à me considérer comme un parfait étranger, ce que je suis du reste, et je ne me défendrais pas du tout contre pareille décision, au contraire, je l'approuverais beaucoup ; il faudrait juste qu'elle se décide à oublier mon existence, que du reste je ne lui ai jamais imposée, que jamais je ne lui imposerai — et toute souffrance serait abolie, c'est évident. En disant cela, je fais totalement abstraction de ma personne et du fait que pour moi aussi bien sûr son comportement est pénible, j'en fais abstraction parce que je me rends bien compte que tout cet aspect pénible n'est rien, comparé à sa souffrance à elle. Je ne laisse pourtant pas d'être entièrement conscient que ce n'est pas une souffrance aimante ; elle ne se soucie pas du tout de me rendre réellement meilleur, et d'autant plus que tout ce qu'elle me reproche n'est pas de nature à compromettre ma progression dans la vie. Mais elle ne se soucie pas non plus que je fasse des progrès, voilà tout ; rien d'autre ne la soucie que son intérêt propre, qui consiste à se venger du tourment que je lui occasionne, et d'empêcher le tourment qui la menace à l'avenir, venant de moi. J'ai déjà tenté une fois de lui faire comprendre la meilleure façon dont cet agacement perpétuel pourrait cesser, mais je n'ai réussi qu'à la plonger dans une telle fureur que je ne répéterai plus pareille tentative.

Il existe aussi, si l'on veut, une part de responsabilité qui m'incombe, car, si étrangère que me soit cette petite femme et bien que la seule relation qui existe entre nous soit l'agacement que je lui occasionne, ou plutôt l'agacement qu'elle ressent à l'occasion de ma personne, il ne devrait pas m'être indifférent que cet agacement, de toute évidence, la fasse souffrir jusque dans son corps. Il m'arrive de différents côtés, et de plus en plus souvent ces derniers temps, des informations disant que le matin, encore une fois, elle était blême, n'ayant pas pu dormir, tourmentée par la migraine et presque incapable de travailler ; elle cause par là de l'inquiétude à sa famille, on échafaude des hypothèses diverses pour expliquer son état et jusqu'ici l'on n'a encore rien trouvé. Moi seul, j'en connais la cause : c'est cet agacement, ancien et sans cesse renouvelé. Or à vrai dire, je ne partage pas l'inquiétude des siens, car elle est vigoureuse et résistante ; quand on est capable de s'agacer à ce point, on est vraisemblablement capable aussi de surmonter les conséquences de cet agacement ; j'ai même le soupçon que — du moins pour une part — elle fait seulement semblant de souffrir pour attirer sur moi, de cette manière, les soupçons du monde. Pour dire ouvertement combien je la tourmente par mon existence, elle est trop fière ; en appeler à autrui à cause de moi, elle le ressentirait comme un avilissement de sa personne ; c'est strictement par aversion, par une aversion incessante et qui sans arrêt l'entraîne, qu'elle se préoccupe de moi ; aller jusqu'à évoquer devant l'opinion publique cette affaire ténébreuse, c'en serait trop pour sa pudeur. Mais c'est également trop de ne pas parler du tout de cette affaire qui pèse sans cesse sur elle. Voilà pourquoi elle cherche un moyen terme, avec sa rouerie féminine ; c'est sans parler, uniquement par les signes extérieurs d'une souffrance secrète, qu'elle veut porter cette cause devant le tribunal de l'opinion publique. Peut-être espère-t-elle même que, l'opinion ayant dirigé sur moi toute son attention, il en résultera envers moi un agacement public et général qui, disposant de pouvoirs impressionnants, me jugera d'une manière absolument définitive et avec beaucoup plus de force et de rapidité que son agacement à elle ne peut le faire, étant limité en effet, comme celui d'une personne privée ; mais à ce moment-là elle se retirera, elle pourra souffler et me tourner le dos. Eh bien, si telles devaient être réellement ses espérances, elle se trompe. L'opinion publique ne se substituera pas à elle ; l'opinion publique n'aura jamais une telle infinité de choses à me reprocher, même si elle m'examine sous sa plus forte loupe. Je ne suis pas quelqu'un d'aussi inutile qu'elle le croit ; je ne veux pas me vanter, surtout dans cette situation ; pourtant, même s'il était vrai que je ne me distingue par aucune capacité particulière, je ne me fais certainement pas non plus remarquer par le contraire ; c'est pour elle seule, à ses yeux, presque blancs tant ils brillent, que je suis ainsi ; elle ne pourra en convaincre personne d'autre. Est-ce que donc je pourrais être tout à fait tranquillisé là-dessus ? Non, pas pour autant ; car si l'on apprend effectivement que je la rends pour ainsi dire malade par mon comportement (et quelques épieurs, justement les plus zélés à transmettre des informations, ne sont désormais pas loin de s'en apercevoir ou du moins en font-ils semblant) et si le monde vient à moi et me demande pourquoi je tourmente ainsi la pauvre petite femme en refusant de m'amender, et s'il se pourrait que j'eusse l'intention de causer son trépas, et à quel moment je reviendrai enfin à la raison et à des sentiments humains de simple commisération pour cesser —, si le monde m'interroge ainsi, il sera difficile de lui répondre. Devrai-je alors avouer que je ne crois pas beaucoup à ces symptômes de maladie, devrai-je éveiller ainsi l'impression désagréable que, pour me libérer d'une faute, j'incrimine autrui, et, qui plus est, d'une façon aussi grossière ? Et pourrais-je aller jusqu'à déclarer ouvertement que, même si je croyais à une véritable maladie, je n'éprouverais pas la moindre commisération, car cette femme est une parfaite étrangère pour moi, et la relation qui existe entre nous est une pure création de sa part et n'existe strictement que de son côté. Je ne veux pas dire que l'on ne me croirait pas ; on n'aurait plutôt envers moi ni confiance ni défiance ; on n'en arriverait même pas au point où il pourrait en être question ; on se contenterait d'enregistrer la réponse que j'ai faite à propos d'une faible femme, malade, et cela serait peu avantageux pour moi. Ici, comme après toute autre réponse, je me heurterai à l'acharnement du monde dans son incapacité à empêcher que surgisse en pareil cas le soupçon d'une relation amoureuse, bien qu'il soit évident, avec la plus extrême netteté, qu'une telle relation n'existe pas et que, si elle existait, c'est encore de moi qu'elle serait le plus susceptible de provenir, moi qui serais malgré tout réellement capable d'admirer cette petite femme pour la force de son jugement et la logique inlassable de ses conclusions, si je n'étais pas en permanence châtié par ses qualités mêmes. Mais chez elle, il n'y a en tout cas pas la moindre trace de relation amicale envers moi ; en cela, elle est sincère et authentique ; c'est là-dessus que se fonde mon dernier espoir ; même si dans son plan de campagne il entrait de faire croire à une pareille relation envers moi, elle ne s'oublierait pas au point d'agir de la sorte. Mais l'opinion publique, tout à fait bornée à cet égard, ne changera pas d'avis et tranchera toujours contre moi.

Au fond, la seule chose à faire pour moi serait donc, pendant qu'il en est encore temps, avant que le monde n'intervienne, de me transformer, et cela de sorte, non à supprimer l'agacement de la petite femme, ce qui est impensable, mais à l'atténuer tout de même un peu. Et je me suis en effet assez souvent demandé si vraiment mon état présent me satisfaisait au point que je ne veuille pas du tout le modifier, et si vraiment il ne me serait pas possible d'opérer sur moi certaines transformations, même si je n'y procédais pas en étant convaincu de leur nécessité, mais uniquement pour apaiser cette femme. Et j'ai honnêtement essayé, non sans peine et en m'y appliquant, c'était même dans mes goûts, cela m'amusait presque ; de menues transformations s'ensuivirent, furent nettement perceptibles, je n'eus pas besoin d'attirer l'attention de la femme là-dessus, elle remarque ce genre de choses plus tôt que moi, elle en remarque même l'intention qui se signale dans mon être ; pourtant aucun succès ne me fut accordé. Mais aussi, comment serait-ce possible ? Son mécontentement à mon égard, comme je commence à m'en rendre compte, est d'ordre fondamental ; rien ne peut le supprimer, pas même la suppression de ma personne ; si elle recevait par exemple la nouvelle de mon suicide, ses accès de rage seraient sans bornes. Or je ne peux pas m'imaginer qu'une femme perspicace comme elle ne s'en rende pas compte tout comme moi, et autant du caractère désespéré de ses efforts que de mon innocence, de mon incapacité à répondre à ses exigences, fût-ce avec la meilleure volonté. Elle s'en rend certainement compte, mais vu sa nature combative, elle l'oublie dans l'ardeur du combat, et mon tempérament désastreux — mais il ne m'appartient pas de le modifier, car il m'a été donné ainsi une fois pour toutes — me conduit à vouloir murmurer très bas une sommation à quelqu'un qui est sorti de ses gonds. De cette manière, nous ne parviendrons bien sûr jamais à nous entendre. Sans arrêt, il m'arrivera de sortir de la maison, par exemple dans la félicité des premières heures de la matinée, et de voir ce visage ravagé de chagrin à cause de moi, ces lèvres retroussées par la contrariété, ce regard d'examinateur connaissant d'avance le résultat de son examen, qui me parcourt et à qui rien ne peut échapper, bien qu'il soit des plus rapides, ce sourire amer qui se creuse dans une joue virginale, l'expression suppliante des yeux levés vers le ciel, les mains qui se plaquent sur les hanches pour y prendre appui, et ensuite, sous le coup de l'indignation, la pâleur et les tremblements qui commencent.

Récemment, pour la toute première fois, comme je me l'avouai à cette occasion et en m'en étonnant, je fis quelques allusions à cette affaire devant un vieil ami, juste en passant, sans insister, par quelques paroles, en réduisant encore un peu, par rapport à la vérité, l'importance de l'ensemble, qui dans le fond est pour moi déjà si minime, vu de l'extérieur. Chose étrange cependant, cet ami écouta sans rien laisser échapper, il augmenta même l'importance de l'affaire par des éléments de son cru, refusa de changer de sujet, et s'y obstina. Mais, chose encore plus étrange, il sous-estima pourtant l'affaire sur un point décisif, puisqu'il me conseilla sérieusement de faire un petit voyage. Aucun conseil ne pouvait être moins avisé ; la situation a beau être simple, et chacun peut la déchiffrer en allant y voir de plus près, elle n'est pourtant pas simple au point que mon départ suffirait à tout faire rentrer dans l'ordre, ou du moins l'essentiel. Au contraire, je dois plutôt me garder de partir ; s'il est pour moi un plan quelconque à appliquer, alors c'est celui de maintenir cette affaire dans ses étroites limites actuelles, qui n'incluent pas encore le monde extérieur, et donc de rester tranquillement là où je suis, d'empêcher que cette affaire ne cause aucune modification importante et notable, ce qui implique aussi de n'en parler avec personne ; tout cela non pas parce que ce serait quelque dangereux secret, mais parce que c'est une petite histoire purement personnelle, qui en tant que telle reste malgré tout aisée à supporter, et aussi parce qu'elle doit le rester. Sous cet angle, les remarques de mon ami n'ont tout de même pas été inutiles, si elles ne m'ont rien appris de nouveau, elles m'ont renforcé dans ma conviction profonde.

Et d'ailleurs, comme il apparaît à y réfléchir de plus près, les modifications que l'affaire semble avoir connues avec le temps ne sont pas réellement des modifications qui l'atteignent en elle-même, mais simplement l'évolution de ma façon à moi de la considérer, dans la mesure où cette façon de voir devient d'un côté plus calme, plus virile, cerne davantage l'essentiel, mais d'un autre côté, sous l'influence, impossible à maîtriser, de perpétuelles secousses, si légères soient-elles, prend aussi une certaine nervosité.

Je deviens plus calme devant cette affaire quand je crois discerner que, même si elle semble parfois imminente, une décision n'est sans doute pas encore près d'arriver ; on est aisément enclin, surtout dans ses jeunes années, à surestimer beaucoup le rythme auquel surviennent les décisions ; quand il arrivait que la petite femme, mon juge, défaillant à ma vue, s'effondrait de côté sur sa chaise en se retenant d'une main au dossier et en tripotant de l'autre les lacets de son corset, tandis que des larmes de colère et de désespoir roulaient le long de ses joues, je pensais toujours que la décision était là, et que j'allais aussitôt être appelé à me justifier. Mais de décision, point ; de justification, point ; les femmes ont facilement un malaise, le monde n'a pas le temps d'épier tout ce qui arrive. Et en fait, que s'est-il donc produit durant toutes ces années ? Rien de plus que la multiplication de ce genre d'incidents tantôt plus violents, tantôt plus bénins, au point qu'à présent leur nombre est donc globalement plus élevé. Et aussi que des gens rôdent à proximité, qui interviendraient volontiers s'ils en trouvaient la possibilité ; mais ils ne la trouvent pas, pour l'instant ils se fient uniquement à leur flair, et le flair tout seul, s'il suffit à occuper amplement son possesseur, ne sert à rien d'autre. Pourtant il en a toujours été ainsi, dans le fond ; il y a toujours eu ces bons à rien planqués dans les coins, occupés à respirer, qui ont toujours excusé leur présence à proximité d'une manière ou d'une autre, très rusée, de préférence par un lien de parenté ; ils ont toujours épié, ils ont toujours eu du nez, avec beaucoup de flair, mais l'unique résultat de tout cela, c'est qu'ils sont toujours plantés là. La seule différence, c'est que peu à peu je les ai identifiés, que je distingue leurs visages entre eux ; d'abord j'ai cru qu'ils venaient progressivement d'un peu partout, que cette histoire prenait des proportions croissantes qui d'elles-mêmes amèneraient nécessairement une décision ; aujourd'hui je crois savoir que tout cela était en place depuis le début, ayant très peu à voir, ou rien du tout, avec l'imminence d'une décision. Et la décision même, faut-il que je lui donne un nom aussi grandiose ? Si un jour — et certainement pas demain, ni après-demain et probablement jamais —, il devait arriver que l'opinion publique se préoccupât malgré tout de cette affaire pour laquelle, comme je le répéterai toujours, elle n'est pas compétente, je ne sortirai pas sans dommage de la procédure, mais on prendra sans doute tout de même en considération que je ne suis pas un inconnu pour l'opinion publique, que depuis toujours je vis entièrement sous ses yeux, aussi confiant que digne de confiance, et que pour cette raison, cette petite femme souffreteuse, surgie par la suite — qu'un autre que moi, soit dit en passant, aurait peut-être identifiée depuis longtemps comme un gratteron [1] et aurait écrasée sous sa botte sans que l'opinion publique n'en ait rien entendu —, que finalement cette femme ne pourrait, au pire, qu'ajouter un vilain petit gribouillis sur le diplôme par lequel l'opinion publique me reconnaît depuis longtemps comme l'un de ses honorables membres. Voilà l'état actuel des choses, qui n'est donc guère de nature à m'inquiéter.

Si, avec les années, je suis tout de même devenu un peu inquiet, cela n'a absolument rien à voir avec l'importance réelle

---

**1.** Ce terme (dont l'origine est le mot francique *Kletto* — or dans le texte de Kafka, c'est *(eine) Klette* —) est le nom générique de plusieurs plantes accrochantes, telles que bardane, gaillet.

de cette affaire ; c'est qu'il est simplement insupportable d'agacer quelqu'un en permanence, même si l'on est bien conscient que cet agacement n'est fondé sur rien ; on devient inquiet, on se met, d'une certaine manière au niveau purement physique à guetter d'éventuelles décisions, même si raisonnablement l'on ne croit pas beaucoup qu'elles surviendront. Mais il ne s'agit là, pour une part, que d'un phénomène dû à l'âge ; tout va bien à la jeunesse ; les vilains détails se perdent dans le flux incessant des forces de la jeunesse ; quand quelqu'un peu ou prou a possédé, étant jeune, un regard de guetteur, on ne lui en a pas voulu, on ne l'a pas remarqué du tout, ni lui non plus d'ailleurs ; mais ce qu'il en subsiste, une fois l'âge venu, ce sont des restes : tous sont nécessaires, aucun ne se renouvelle, ils sont tous sous observation, et le regard guetteur d'un homme vieillissant est un regard qui guette très nettement, voilà, et il n'est pas difficile de le repérer. Mais simplement, même ici, ce n'est pas réellement une aggravation objective.

À quelque point de vue que je me place donc, il apparaît toujours, et je n'en démordrai pas, que si avec ma main, même juste un peu, je maintiens cachée cette petite affaire[1], je pourrai très longtemps encore, sans être importuné par le monde, poursuivre tranquillement ma vie comme auparavant, malgré toute la frénésie de cette femme[2].

---

**1.** À propos de l'importance de gestes ou d'attitudes, dans les textes de Kafka de diverses époques, signalons ici la fin de la petite prose de 1912, *Résolutions*, p. 262 et la Notice, p. 57.     **2.** Ce texte fut écrit entre mi-octobre et mi-novembre 1923. Selon Max Brod, il serait « inspiré » par la logeuse de l'appartement, Miquelstrasse 8, dans le quartier berlinois de Steglitz où Kafka s'installa avec Dora Diamant le 24 septembre, avant de recevoir son congé et en déménager dès le 15 novembre. — Sur l'interprétation (fort convaincante) de M. Pasley, dans son article intitulé « Semi-private games » (*op. cit.*), *cf.* Notice, p. 1026.

# UN ARTISTE DU JEÛNE

Dans les dernières décennies, l'intérêt pour les artistes du jeûne a beaucoup régressé. Alors qu'autrefois cela valait vraiment la peine d'organiser en toute indépendance de grandes exhibitions de ce genre, c'est aujourd'hui complètement impossible. C'étaient d'autres temps [1]. Jadis, la ville entière était concernée par l'artiste du jeûne ; l'intérêt croissait d'une journée de jeûne à l'autre ; chacun voulait voir l'artiste au moins une fois par jour ; quand c'était déjà bien avancé, il y avait des abonnés qui restaient assis toute la journée devant les barreaux de la petite cage ; des visites avaient lieu la nuit aussi, à la lueur des flambeaux pour augmenter l'effet ; quand il faisait beau, on transportait la cage à l'extérieur, et c'était alors surtout aux enfants que l'on montrait l'artiste du jeûne ; tandis que pour les adultes il ne représentait souvent qu'un divertissement auquel ils participaient parce que c'était la mode, les enfants le regardaient stupéfaits, bouche bée, se tenant par la main pour plus de sécurité : pâle dans son maillot noir, avec des côtes fortement saillantes, refusant même une chaise, il était assis sur un peu de paille jetée là, hochant parfois poliment la tête, et il répondait aux questions avec un sourire crispé, il tendait aussi le bras à travers les barreaux pour faire tâter sa maigreur, mais ensuite il s'effondrait de nouveau complètement sur lui-même sans plus se soucier de

1. La perspective historique de ce début repose sur des faits, puisque des records de jeûne (de « grève de la faim » ? — mais sans connotation politique !) furent établis en 1880, aux États-Unis (40 jours) et à Paris (50 jours). Le protagoniste serait ainsi l'un des représentants de cette catégorie, et non le seul. *Cf.* le titre : « *Un* artiste du jeûne » et aussi la note 1, p. 1486.

quiconque, ni même, en dépit de sa grande importance pour lui, de l'heure qui sonnait à l'horloge, le seul meuble de la cage, et il restait simplement à regarder devant lui, les yeux presque fermés, prenant de temps en temps quelques gouttes d'eau dans un minuscule petit verre pour s'humecter les lèvres.

Outre les spectateurs qui se succédaient, il y avait aussi des gardiens permanents, choisis par le public, bizarrement des bouchers en général, toujours trois à la fois, dont la mission était d'observer jour et nuit l'artiste du jeûne pour qu'il ne parvienne pas à absorber, en se cachant d'une manière ou d'une autre, aucune nourriture. Mais c'était là une pure formalité, introduite pour rassurer les masses, car les initiés savaient bien que durant son jeûne, dans aucune circonstance et même sous la contrainte, jamais l'artiste du jeûne n'aurait consommé le moindre aliment ; l'honneur de son art le lui interdisait. Tous les gardiens n'étaient pas capables, bien sûr, de comprendre cela, il se trouvait parfois des équipes de nuit qui montaient la garde avec beaucoup de négligence, qui s'asseyaient ensemble à dessein dans un coin éloigné où ils se plongeaient dans une partie de cartes avec l'intention manifeste de permettre à l'artiste du jeûne de prendre un petit remontant, qu'il pouvait à leur avis tirer de certaines réserves secrètes. Rien n'était plus torturant pour l'artiste du jeûne que de tels gardiens ; ils le rendaient morose ; ils lui rendaient le jeûne affreusement difficile ; il surmontait parfois sa faiblesse et chantait durant cette garde aussi longtemps qu'il en avait la force, pour montrer à ces gens combien leurs soupçons étaient injustes. Pourtant cela ne servait pas à grand-chose ; car ils s'étonnaient seulement de son adresse à manger même en chantant. Il préférait de beaucoup les gardiens qui s'asseyaient tout contre les barreaux et qui, ne se contentant pas de l'éclairage incertain de la salle pendant la nuit, braquaient sur lui des lampes de poche électriques que l'imprésario mettait à leur disposition. Cette lumière crue ne le dérangeait en rien, de toute façon il ne pouvait pas dormir, et somnoler un peu, il en était toujours capable quel que soit l'éclairage et à toute heure, même dans une salle bondée, bruyante. Avec de tels gardiens, il était volontiers disposé à passer la nuit sans dormir du tout ; il était disposé à plaisanter avec eux, à leur raconter des épisodes de sa vie errante, puis à écouter leurs histoires à son tour, rien que pour les maintenir éveillés, pour pouvoir sans cesse leur montrer qu'il n'avait rien de comestible dans sa cage et qu'il jeûnait comme aucun d'entre eux n'en serait capable. Mais ce qui le rendait le plus heureux, c'était quand le jour se levait et qu'alors leur était apporté, à ses frais, un petit déjeuner extrêmement copieux sur lequel ils se jetaient avec l'appétit d'hommes vigoureux qui viennent de passer une pénible nuit de garde. Bien sûr, il y avait malgré tout des gens qui ne voulaient voir dans ce petit déjeuner qu'une manœuvre indécente pour influencer les gardiens, mais c'était aller vraiment trop loin, et quand on leur demandait s'ils accepteraient eux-mêmes, à cette seule fin, d'assumer une nuit de garde sans petit déjeuner, ils se dérobaient, mais sans revenir cependant sur leurs suspicions.

À vrai dire, cela faisait déjà partie des suspicions qui accompagnent toujours le déroulement d'un jeûne. Car personne n'était en état de passer sans aucune interruption ses jours et ses nuits comme surveillant auprès de l'artiste du jeûne, personne donc ne pouvait savoir, en l'ayant lui-même constaté, si le jeûne avait réellement été ininterrompu et irréprochable ; seul l'artiste du jeûne lui-même pouvait le savoir ; il était donc aussi le seul à pouvoir être le spectateur entièrement satisfait de son propre jeûne [1]. Mais lui, pour une autre raison, ne pouvait jamais en être satisfait ; peut-être n'était-ce pas du tout à cause de son jeûne qu'il avait tellement maigri, au point que certains, à leur grand regret, ne pouvaient pas assister à cette manifestation car ils ne supportaient pas de le voir, s'il avait tellement maigri, c'était seulement par insatisfaction envers lui-même. Lui seul savait en effet, ce que

---

1. Malcolm Pasley a publié en 1966, dans un article intitulé *Ascetism and Cannibalism. Notes on an Unpublished Kafka-Text* (in *Oxford German Studies I*), un passage ici biffé par Kafka sur son manuscrit, décrivant « le jeu de questions et de réponses » qu'échangent par leurs simples regards le jeûneur et certains spectateurs, sceptiques encore malgré leur bienveillance.

les initiés eux-mêmes ignoraient, combien il était facile de jeûner. C'était la chose la plus facile du monde. D'ailleurs il n'en faisait pas mystère, mais on ne le croyait pas, dans le meilleur des
cas on le considérait comme modeste, mais le plus souvent
comme avide de publicité ou même comme un charlatan, pour
qui bien sûr ce n'était pas difficile de jeûner, parce qu'il savait se
faciliter la tâche, et qui en plus avait le front de l'avouer à demi !
Il lui fallait accepter tout cela, au fil des années il s'y était même
habitué, mais intérieurement cette insatisfaction le rongeait sans
trêve, et jamais encore, après aucune période de jeûne — c'était
un témoignage qu'il fallait lui rendre —, il n'avait quitté la cage
de son propre gré. Comme durée maximale de jeûne, l'imprésario avait fixé quarante jours [1], jamais il ne laissait le jeûne aller
au-delà, même dans les grandes métropoles, et pour une bonne
raison. L'expérience montrait que pendant quarante jours environ, en renforçant peu à peu la publicité, on pouvait aiguillonner
de plus en plus l'intérêt d'une cité, mais qu'ensuite le public se
lassait, on constatait une baisse sensible de l'affluence ; il y avait
certes à cet égard de menues différences entre les villes, entre les
pays, mais la règle voulait que quarante jours soient la durée
maximale. Alors, le quarantième jour, on ouvrait donc la porte
de la cage ornée de guirlandes de fleurs, une assistance enthousiaste emplissait l'amphithéâtre, un orchestre militaire jouait,
deux médecins pénétraient dans la cage pour effectuer sur l'artiste du jeûne les mensurations requises, on proclamait les résultats par mégaphone à la salle, et pour finir arrivaient deux jeunes
dames, heureuses que le sort soit justement tombé sur elles, qui
venaient chercher l'artiste du jeûne dans sa cage pour le conduire en bas des quelques marches où, sur une petite table, était
servi un repas de malade composé avec soin. Et à cet instant, l'artiste du jeûne se défendait toujours. Il acceptait, certes, de placer

---

1. Ils peuvent rappeler a) la durée du Déluge, b) le jeûne de Moïse dans
le désert, c) l'intervalle séparant la Résurrection de l'Ascension du Christ,
d) la durée du Carême, jeûne précédant Pâques ; et en dehors du contexte
judéo-chrétien, le délai imposé aux malades contagieux ! La seule explication,
formulée juste après, et très triviale, n'en est que plus paradoxale.

ses bras décharnés dans les mains serviables que lui tendaient ces dames, penchées vers lui, mais il ne voulait pas se lever. Pourquoi s'arrêter justement maintenant, après quarante jours ? Il aurait pu tenir le coup encore longtemps, très longtemps, sans fin ; pourquoi s'arrêter justement maintenant, alors qu'il était dans la meilleure phase du jeûne, ou même, qu'il ne l'avait pas encore atteinte ? Pourquoi voulait-on le priver de la gloire de continuer à jeûner, de devenir non seulement le plus grand artiste du jeûne de tous les temps, ce que probablement il était déjà, mais aussi l'empêcher de se surpasser lui-même au-delà de toute imagination, car il lui semblait que ses capacités à jeûner étaient illimitées. Pourquoi cette foule, qui prétendait l'admirer tellement, avait-elle si peu de patience envers lui ; s'il tenait le coup pour continuer à jeûner, pourquoi ne voulait-elle pas tenir le coup, elle ? Et puis il était fatigué, se trouvait bien dans la paille, et à présent il fallait se redresser, se déplier et aller vers ce repas dont la simple idée lui donnait déjà des haut-le-cœur, qu'il s'efforçait à grand-peine de réprimer par pur égard pour les dames. Et il levait ses regards vers les yeux de ces dames apparemment si sympathiques, en réalité si cruelles, et il secouait sa tête, trop lourde pour son cou débile. Mais alors se produisait ce qui jamais ne manquait de se produire. L'imprésario arrivait ; sans dire un mot — la musique rendait toute parole impossible — il levait les bras au-dessus de l'artiste du jeûne, comme s'il invitait le ciel à contempler un instant son œuvre, là dans la paille, ce pitoyable martyr qu'était effectivement l'artiste du jeûne, mais dans un tout autre sens ; il saisissait l'artiste du jeûne par sa taille mince en cherchant, par une prudence exagérée, à suggérer combien il avait ici affaire à quelque chose de fragile ; et — non sans avoir subrepticement secoué un peu l'artiste du jeûne au point que ses jambes et son buste partaient dans tous les sens, sans contrôle — le remettait aux dames devenues entre-temps pâles comme la mort. Alors, l'artiste du jeûne se résignait à tout ; sa tête pendait sur la poitrine, comme si elle avait roulé jusque-là et y demeurait, de façon inexplicable ; le corps était tout creusé ; les jambes, par instinct de conservation, se joignaient étroitement l'une à l'autre au niveau des genoux, mais grattaient le sol, comme si celui-ci n'était pas réel, comme si le sol réel, elles le cherchaient encore ; tout le poids du corps, très minime en vérité, reposait sur l'une des dames qui, cherchant de l'aide, le souffle court — ce n'était pas ainsi qu'elle s'était imaginé cette tâche honorifique —, commençait par tendre le cou le plus possible pour éviter, au moins sur son visage, le contact de l'artiste du jeûne, mais ensuite, comme elle n'y parvenait pas et que sa compagne, plus heureuse, ne lui venait pas en aide et se contentait au contraire de porter devant elle, en tremblant, la main de l'artiste du jeûne, ce petit paquet d'os, elle éclatait en larmes, sous les éclats de rire de la salle ravie, et il fallait qu'un employé que l'on tenait prêt depuis longtemps vînt la relayer. Ensuite venait le repas, dont l'imprésario, durant l'un de ces demi-sommeils qui étaient presque des syncopes, faisait avaler un peu à l'artiste du jeûne, tout en devisant gaiement, ce qui devait empêcher que l'on fît attention à l'état de l'artiste ; ensuite on portait encore au public un toast, que l'imprésario prétendait lui avoir été murmuré par l'artiste ; l'orchestre rehaussait le tout par une grande fanfare, on se dispersait, et personne n'avait le droit d'être insatisfait de ce qu'il avait vu, personne sinon l'artiste du jeûne, lui seul, toujours.

Il vécut ainsi plusieurs années, avec de courtes périodes de repos à intervalles réguliers, dans une apparence de splendeur, honoré par le monde, mais malgré tout cela dans une humeur sombre le plus souvent, et qui devenait de plus en plus sombre du fait que personne n'était capable de la prendre au sérieux. Comment aurait-on pu le consoler, au demeurant ? Que pouvait-il désirer encore ? Si parfois se rencontrait quelqu'un de bienveillant pour le plaindre et pour tenter de lui expliquer que sa tristesse venait sans doute du jeûne, il pouvait arriver, surtout quand le jeûne durait déjà depuis longtemps, que l'artiste répondît par une explosion de fureur, et qu'à la frayeur générale il se mît à secouer comme une bête les barreaux de sa cage. Cependant, face à de pareilles réactions l'imprésario disposait d'un châtiment auquel il recourait volontiers. Devant le public rassemblé, il excusait l'artiste du jeûne, admettait que seule l'irritabilité due au jeûne, et à peine compréhensible pour des personnes bien nourries, pouvait rendre pardonnable le comportement de l'artiste ; enchaînait alors en disant qu'il fallait expliquer de la même façon l'affirmation de l'artiste qu'il pourrait jeûner encore beaucoup plus longtemps qu'il ne le faisait ; louait cette noble ambition, cette bonne volonté, ce grandiose oubli de soi, que contenait certainement aussi cette affirmation ; mais cherchait ensuite à la réfuter en montrant tout simplement autant de photographies qu'il fallait, que l'on vendait par la même occasion, car sur les photos on voyait l'artiste un quarantième jour de jeûne, sur un lit, annihilé quasiment, tant il était affaibli. Cette déformation de la vérité, que l'artiste du jeûne certes connaissait bien, mais qui chaque fois l'accablait derechef, était trop pour lui. Ce qui résultait de l'interruption prématurée du jeûne en était ici présenté comme la cause ! Lutter contre cette aberration, contre cet univers aberrant, était impossible. Jusqu'à ce moment-là, de bonne foi, il avait toujours écouté avidement l'imprésario en se pressant contre les barreaux, mais quand apparaissaient les photographies il lâchait à chaque fois les barreaux, retombait en soupirant sur la paille, et le public rassuré pouvait à nouveau s'approcher et l'examiner.

Lorsque les témoins de pareilles scènes y resongeaient quelques années plus tard, ils trouvaient souvent cela aberrant de leur part. Car entre-temps était intervenu ce revirement déjà mentionné ; il s'était produit presque d'un seul coup ; peut-être avait-il des raisons assez profondes, mais qui se souciait de les découvrir ! En tout cas, cet artiste du jeûne trop gâté se vit un jour abandonné par la foule avide de distractions, qui préféra courir à d'autres spectacles. L'imprésario sillonna une fois encore la moitié de l'Europe avec lui, pour voir si l'ancien intérêt ne se réveillerait pas encore, ici ou là ; tout fut vain ; comme dans une entente tacite, il s'était développé partout comme une aversion envers l'exhibition du jeûne[1]. En réalité cela n'avait

---

1. Cette formulation péjorative (*das Schauhungern*) désigne *le fait de jeûner* donné en spectacle — par opposition à *l'art de jeûner* (*hungern*) prati-

pas pu venir tout d'un coup, bien sûr, et à présent l'on se souvenait, *a posteriori*, de certains signes avant-coureurs qu'en leur
temps, dans l'ivresse des succès, on n'avait ni assez pris en considération ni assez réprimés ; mais pour rien entreprendre là
contre, il était désormais trop tard. Même s'il était certain que
l'époque redeviendrait un jour favorable au jeûne, ce n'était pas
une consolation pour ceux qui vivaient alors. Que devait faire
maintenant l'artiste du jeûne ? Lui que des milliers de personnes
avaient acclamé, ne pouvait pas se produire dans les baraques
des petites foires, et quant à adopter un autre métier, non seulement l'artiste était trop vieux, mais surtout il était beaucoup
trop fanatique du jeûne. Il donna donc son congé à l'imprésario, ce compagnon d'une carrière incomparable, et il se fit engager par un grand cirque ; pour épargner son amour-propre, il
ne regarda pas du tout les conditions du contrat.

Un grand cirque, avec sa multitude de gens, d'animaux et
d'appareils qui sans arrêt se font équilibre et se complètent,
peut avoir à tout moment besoin de n'importe qui, même d'un
artiste du jeûne, à condition, bien entendu, que ses prétentions
elles aussi soient limitées, et en l'occurrence, ce ne fut d'ailleurs pas seulement l'artiste du jeûne lui-même qui fut engagé,
mais aussi son nom, ancien et célèbre ; en outre, étant donné
la singularité de cet art qui ne perd rien quand on prend de
l'âge, on ne pouvait même pas dire qu'il s'agissait d'un artiste
en fin de carrière, sur le déclin, qui voulait se caser en prenant
un emploi tranquille dans un cirque, bien au contraire, l'artiste
du jeûne assura, et c'était absolument crédible, qu'il jeûnait
tout aussi bien que par le passé, il alla même jusqu'à affirmer
que si on le laissait faire à sa guise, et on le lui promit sans
difficulté, c'est seulement maintenant en vérité qu'à juste titre
il étonnerait le monde ; pourtant cette affirmation, compte
tenu de la mentalité de l'époque, que dans son ardeur l'artiste

qué par le protagoniste, qui est un artiste, non de la faim en tant que telle,
mais de cette abstinence, de cette ascèse spécifique et tellement signifiante
pour Kafka, depuis 1912 déjà, *cf.* la Notice pp. 1136-1137. D'où aussi notre
traduction « artiste du jeûne ».

du jeûne tendait à oublier, ne provoqua chez les gens du métier qu'un sourire.

Mais l'artiste du jeûne lui non plus ne cessait pas, au fond, de voir la réalité telle qu'elle était, et il accepta par exemple comme allant de soi de n'être pas placé, avec sa cage, en plein milieu de la piste comme attraction-vedette, mais d'être installé à l'extérieur, dans un endroit du reste très accessible, à proximité de la ménagerie. De grandes inscriptions multicolores encadraient sa cage et annonçaient ce qu'il y avait à voir là. Lors des représentations, à l'entracte, quand le public se pressait vers la ménagerie pour voir les animaux, il était presque inévitable que l'on passât tout près de l'artiste du jeûne et que l'on y fît une petite station ; peut-être serait-on demeuré plus longtemps devant lui, si dans l'étroit passage les gens qui poussaient derrière, sans comprendre la raison de cet arrêt sur le chemin vers la ménagerie où l'on brûlait d'arriver, n'avaient empêché de le contempler à loisir, tranquillement. C'était aussi pourquoi l'artiste du jeûne, qui bien sûr ne désirait rien tant que ces visites, le but de son existence, s'était pris aussi à en redouter le moment. Dans les premiers temps, il avait eu un mal fou à attendre les entractes ; il avait regardé, ravi, la foule qui s'approchait par vagues, mais trop vite il fut convaincu — car son acharnement, si grand fût-il, à s'abuser lui-même presque consciemment, dut céder devant ces expériences — que, dans la plupart des cas, l'intention des gens était uniquement, toujours, sans exception, de visiter la ménagerie. Et pourtant, les considérer de loin restait la plus belle chose qui fût. Car une fois qu'ils étaient parvenus tout près de lui, il se trouvait aussitôt environné par les cris et les grossièretés des gens qui formaient sans cesse deux groupes différents, avec certains — devenant bientôt les plus pénibles pour l'artiste du jeûne — qui voulaient l'examiner posément, non pas par sympathie, mais par caprice et par défi, et d'autres qui ne désiraient d'abord que se rendre à la ménagerie. Quand le gros de la foule était passé, arrivaient les retardataires ; or, ceux-là, bien que n'étant pas empêchés de s'arrêter aussi longtemps qu'ils en avaient envie, passaient vite, à grands pas, presque sans regarder sur le côté, pour avoir suffisamment de temps devant les animaux. Et c'était une chance trop peu fréquente qu'un père de famille vînt avec ses enfants, leur montrât du doigt l'artiste du jeûne, leur expliquât en détail de quoi il s'agissait là, en évoquant le temps jadis où il avait assisté à des spectacles de ce genre, mais incomparablement plus grandioses ; alors les enfants, n'y étant pas suffisamment préparés ni par l'école ni par la vie, restaient là, toujours sans rien comprendre — jeûner, qu'est-ce que cela représentait pour eux ? — cependant quelque chose dans leurs yeux brillants de curiosité annonçait une ère nouvelle qui serait plus clémente. L'artiste du jeûne se disait alors parfois que tout irait peut-être quand même un peu mieux s'il n'était pas placé tellement près de la ménagerie. On rendait le choix trop facile pour les gens, sans parler du fait que les effluves de la ménagerie, l'agitation des animaux la nuit, le passage des quartiers de viande crue destinée aux fauves, leurs cris quand on leur donnait à manger l'affectaient beaucoup et l'accablaient en permanence. Mais il n'osait pas réclamer auprès de la Direction ; c'était malgré tout aux animaux qu'il devait l'affluence des visiteurs où de temps à autre pouvait se trouver quelqu'un venant pour lui, et qui sait en quel endroit on irait le cacher, s'il s'avisait de rappeler son existence et par là même, qu'à y regarder de près il n'était qu'un obstacle à franchir sur le chemin de la ménagerie.

Un tout petit obstacle pourtant, un obstacle qui devenait de plus en plus petit ! On s'habitua à l'idée bizarre de vouloir, par les temps actuels, obtenir de l'attention pour un artiste du jeûne, et cette habitude, en s'installant, signifia son verdict. Il avait beau jeûner aussi bien qu'il pouvait, et il le faisait, rien ne pouvait plus le sauver, on passait sans le regarder. Essayez d'expliquer à quelqu'un l'art du jeûne ! À qui ne le sent pas, il est impossible de le faire comprendre. Les belles inscriptions devinrent sales et illisibles, on les arracha, personne n'eut l'idée de les remplacer ; le petit panneau indiquant le nombre des jours de jeûne accomplis, que dans les premiers temps on avait soigneusement tenu à jour, n'était plus du tout modifié depuis déjà longtemps, car après les premières semaines le personnel s'était lassé même de ce petit travail ; ainsi l'artiste du jeûne avait-il beau continuer à jeûner comme il avait pu en rêver dans le passé, et il y parvenait sans peine, exactement comme il l'avait alors prédit, personne ne comptait les jours, personne, pas même l'artiste, ne savait où en était déjà sa performance, et son cœur devenait lourd. Et quand une fois de temps en temps quelqu'un de désœuvré s'arrêtait, se moquait du chiffre ancien et parlait de supercherie, c'était, dans le sens où il l'entendait, le mensonge le plus stupide que pussent inventer l'indifférence et la méchanceté invétérée, car ce n'était pas l'artiste du jeûne qui était un escroc, lui travaillait honnêtement, c'était le monde qui lui escroquait son salaire.

Cependant beaucoup de jours s'écoulèrent encore, et cela aussi eut une fin. Un surveillant-chef, une fois, remarqua la cage, et il demanda aux employés pourquoi on laissait ici à ne rien faire, remplie de paille pourrie, cette cage très utilisable ; personne n'était au courant, jusqu'au moment où, grâce au panneau avec le chiffre dessus, quelqu'un se souvint de l'artiste du jeûne. On remua la paille avec des perches, et l'on trouva l'artiste dedans. « Tu jeûnes donc encore ? » lui demanda le surveillant, « quand vas-tu donc enfin t'arrêter ? — Pardonnez-moi, tous », murmura l'artiste du jeûne ; seul le surveillant, qui tendait l'oreille contre les barreaux, le comprit. « Bien sûr », dit le surveillant, et il pointa l'index contre son front pour indiquer ainsi au personnel dans quel état était l'artiste du jeûne, « nous te pardonnons. — Je voulais toujours que vous admiriez mon jeûne », dit l'artiste. « Mais nous l'admirons », dit le surveillant avec tact. « Non, vous ne devez pas l'admirer », dit l'artiste du jeûne. « Eh bien alors, nous ne l'admirons donc pas », dit le surveillant, « mais pourquoi ne devons-nous pas l'admirer ? — Parce que je suis obligé de jeûner, je ne peux pas faire autrement », dit l'artiste du jeûne. « Eh, voyez un peu ! » dit le surveillant, « et pourquoi donc ne peux-tu pas faire autrement ? — Parce que... » dit l'artiste du jeûne en soulevant un peu sa petite tête, et il avança les lèvres comme pour un baiser et parla directement dans l'oreille du surveillant pour que rien ne se perdît, « parce que je n'ai pas pu trouver l'aliment qui soit à mon goût. Si je l'avais trouvé, je n'aurais pas fait d'histoires, crois-moi, et je me serais rempli la panse comme toi et tous les autres. » Ce furent ses dernières paroles, mais dans ses yeux révulsés se lisait encore la conviction ferme, sinon fière désormais, qu'il continuait à jeûner.

« Débarrassez-moi un peu tout ça ! » dit le surveillant, et l'on enterra l'artiste du jeûne avec la paille. Quant à la cage, on y fit entrer une jeune panthère. Ce fut, même pour la sensibilité la plus grossière, un soulagement perceptible que de voir dans cette cage si longtemps désolée aller et venir cette bête sauvage. Elle avait tout ce qu'il lui fallait. De la nourriture à son goût lui était apportée par les gardiens sans y réfléchir longtemps ; même la liberté ne semblait pas lui manquer ; ce noble corps qui possédait en lui-même, presque jusqu'à l'excès, tout ce qui lui était nécessaire, semblait transporter aussi sa liberté avec lui ; elle semblait contenue peut-être dans sa denture, et la joie de vivre jaillissait de sa gueule avec feu, si fort que les spectateurs avaient du mal à en soutenir la vue [1]. Mais ils faisaient un effort sur eux-mêmes, se pressaient autour de la cage, et ne songeaient plus du tout à s'en aller [2].

1. M. Pasley a également publié en 1966 (*cf.* note 1, p. 1482) un fragment rédigé sur la page d'*Une petite femme* et poursuivi sur une feuille de *Joséphine la cantatrice*, donc datant de la période entre octobre 1923 et mars 1924, quand Kafka compose le recueil pour la publication. Le jeûneur y reçoit la visite d'un étranger à la fois terrible et amical, un anthropophage dont la tignasse rousse semble révéler « des appétits surhumains et le pouvoir de les assouvir » — ce fut cependant la panthère, donc l'animal et non un homme, que Kafka maintint pour signifier ce triomphe de la vie la plus forte.
2. Le texte manuscrit de ce récit figure dans le Cahier marron in 4°, et date du printemps 1922. Il fut publié une première fois dès octobre 1922 dans la prestigieuse revue berlinoise *Die Neue Rundschau*, puis dans le recueil homonyme aux éditions Die Schmiede, à Berlin, peu après la mort de Kafka.

# JOSÉPHINE LA CANTATRICE
## OU LE PEUPLE DES SOURIS

Notre cantatrice se nomme Joséphine[1]. Qui ne l'a pas entendue ne connaît pas le pouvoir du chant. Il n'est personne que son chant n'enthousiasme, ce qui est d'autant plus remarquable que notre espèce dans son ensemble n'aime pas la musique. Le silence et la paix forment notre musique préférée ; notre vie est dure, même après avoir essayé de nous débarrasser de tous nos soucis quotidiens, nous ne sommes plus capables de nous élever jusqu'à des choses pareilles, aussi étrangères que la musique au reste de notre vie. Pourtant nous n'en sommes guère attristés ; nous n'allons même pas jusque-là ; un certain sens pratique de la ruse, dont nous avons d'ailleurs aussi un besoin impérieux, est ce que nous regardons comme notre avantage principal, et c'est avec le sourire propre à cette ruse que nous arrivons d'ordinaire à nous consoler de tout, même si un jour — mais cela n'arrive

1. Forte présence de ce prénom, d'emblée, alors que les protagonistes des trois récits précédents restent anonymes... Il était d'ailleurs présent, mais sous la forme familière de *Pepi*, dans *Le Château*. Plusieurs pistes ont été suggérées pour l'inspiration de Kafka (que rassemble H. Binder : *Kafka Kommentar*, *op. cit.* p. 324). À partir de deux écrivains admirés par Kafka : Eduard Mörike, pour le poème intitulé *Josefine* qui décrit en détail une délicate cantatrice à la voix flûtée, et Franz Grillparzer (dont Kafka ne cesse de relire avec enthousiasme *Le Pauvre Musicien*), autour de qui gravite une Josefine musicienne, la sœur de sa grande amie Kathi Fröhlich. Par ailleurs, comme sa bibliothèque l'atteste, Kafka est fasciné par Napoléon, or certains traits de la cantatrice peuvent rappeler l'impératrice. Mais Josefine, c'est aussi le féminin de Josef, à la fois entendu comme le prénom impérial autrichien, associé à Franz (!) et comme celui de Josef K., dans *Le Procès*, bien sûr, et aussi dans *Un rêve* (*cf.* p. 1081).

pas — nous aspirions à ce bonheur qui résulte peut-être de la musique. Joséphine seule constitue une exception ; elle aime la musique et sait aussi la faire passer ; elle est la seule ; quand elle s'éteindra, la musique — et qui sait pour combien de temps — disparaîtra de notre vie.

J'ai souvent réfléchi à ce qu'il en est, au fond, de cette musique. Nous n'avons en effet aucun sens musical ; comment se fait-il que nous comprenions le chant de Joséphine, ou du moins, car Joséphine nous dénie toute compréhension, que nous croyions le comprendre ? La réponse la plus simple serait que la beauté de ce chant est si grande que même la sensibilité la plus grossière ne peut lui résister, mais cette réponse n'est pas satisfaisante. S'il en était réellement ainsi, on devrait éprouver devant ce chant, de façon immédiate et définitive, un sentiment de l'exceptionnel, le sentiment qu'il émane de ce gosier quelque chose que nous n'avons jamais entendu auparavant, que nous n'avons d'ailleurs absolument pas la faculté d'entendre, quelque chose que personne, hormis cette seule et unique Joséphine, ne nous rend capables d'entendre. Or cela précisément n'est à mon avis pas le cas ; je ne ressens rien de tel, et je n'en ai rien observé non plus chez autrui. En petit comité, nous nous avouons franchement que le chant de Joséphine, en tant que chant, ne représente rien d'exceptionnel.

Est-ce d'ailleurs du chant, au fond ? Malgré notre manque de sens musical, nous possédons des traditions de chant ; dans les époques anciennes de notre peuple, le chant existait ; des légendes en parlent et même des chansons ont été conservées, mais que personne ne sait plus chanter. Nous avons donc une idée de ce qu'est le chant ; or l'art de Joséphine ne correspond pas réellement à cette idée. Est-ce d'ailleurs du chant, au fond ? N'est-ce pas en réalité peut-être un simple sifflement ? Or, nous savons tous ce que c'est que siffler [1], c'est le véritable talent

1. Le terme allemand, *Pfeifen*, désigne habituellement le petit cri, le couinement des souris (ou du lièvre, de la marmotte ou d'autres petits mammifères) — mais il signifie aussi, tout comme en français, *siffler* pour toutes sortes de bruits produits par l'homme, ou divers instruments plus ou moins musicaux. Et c'est ici cette polysémie qui littéralement « porte » la richesse de ce

de notre peuple, ou plutôt ce n'est pas un talent, mais une manifestation caractéristique de notre vie. Tous, nous sifflons ; mais bien sûr personne parmi nous ne songe à faire passer cela pour un art, nous sifflons sans y prêter attention, sans même nous en apercevoir, et parmi nous, nombreux sont même ceux qui ne savent pas du tout que siffler est l'une de nos particularités. Si donc il était vrai que Joséphine ne chante pas, mais qu'elle ne fait que siffler, et que peut-être même, comme du moins cela m'apparaît, elle ne va guère au-delà des limites du sifflement habituel — et peut-être n'a-t-elle pas même tout à fait assez de force pour ce sifflement habituel, alors qu'un terrassier ordinaire le produit sans effort tout au long de sa journée, en plus de son travail —, si tout cela était vrai, la prétendue qualité d'artiste de Joséphine en serait certes contestable, mais alors il resterait vraiment à élucider le mystère du grand effet qu'elle opère.

Or ce n'est quand même pas un simple sifflement qu'elle émet. Si l'on se place à une distance assez éloignée d'elle et que l'on prête l'oreille, ou bien, ce qui est encore mieux, si à cette fin on se soumet à l'expérience de devoir reconnaître la voix de Joséphine chantant par exemple au milieu d'autres voix, on ne distinguera infailliblement rien d'autre qu'un sifflement ordinaire, tout au plus un peu singulier par un côté délicat ou faible. Mais si l'on se tient devant elle, cela n'est quand même pas un simple sifflement ; pour comprendre son art, il ne faut pas seulement l'entendre, il faut aussi la voir. Même s'il ne s'agissait que de notre sifflement de tous les jours, il y a quand même bien là le fait bizarre que quelqu'un prend une attitude solennelle pour accomplir une action des plus habituelles. Casser une noix n'a vraiment rien d'un art, aussi personne n'aura-t-il l'audace de convoquer un public pour cela et de casser des noix devant lui, pour le distraire. Pourtant, s'il lc fait et que son projct réussisse, alors il ne peut quand même

quatrième récit du recueil : car c'est bien sûr encore l'art, et l'artiste, et le public qui sont « en question », dans tous leurs rapports et interactions contradictoires.

pas s'agir simplement de casser des noix. Ou bien il s'agit de
casser des noix, mais il s'avère que nous n'avions aucune conscience de cet art, car nous le maîtrisions sans effort, et que ce
nouveau casseur de noix est le premier à nous en montrer la
véritable nature, et en l'occurrence il pourrait alors même être
utile pour l'effet produit que cet individu soit un peu moins
habile à casser des noix que ne l'est la majorité d'entre nous.

Peut-être en va-t-il ainsi du chant de Joséphine ; nous admirons chez elle ce que nous n'admirons aucunement chez nous ;
d'ailleurs elle est tout à fait de notre avis sur ce dernier point.
J'étais présent un jour où quelqu'un, comme cela arrive bien
sûr assez souvent et dans la plus grande discrétion, attirait son
attention sur le sifflement général de notre peuple ; or pour
Joséphine, c'en était déjà trop. Je n'ai jamais vu de sourire aussi
insolent et orgueilleux que celui qu'elle afficha en cet instant ;
elle qui à vrai dire est extérieurement d'une délicatesse parfaite, d'une délicatesse singulière même dans notre peuple où
abondent de telles femmes, apparut alors comme véritablement
vulgaire ; il se peut du reste qu'avec sa grande sensibilité elle
l'ait elle-même aussitôt perçu, et elle se ressaisit. En tout cas,
elle refuse donc toute parenté entre son art et le sifflement.
Envers ceux qui ont une opinion contraire, elle n'éprouve que
du mépris et probablement, sans l'avouer, de la haine. Il ne
s'agit pas d'une vanité ordinaire, car cette opposition, à
laquelle j'appartiens moi-même à moitié, ne l'admire certainement pas moins que la foule ne le fait, mais Joséphine ne veut
pas seulement être admirée, elle veut être admirée de la
manière précise qu'elle-même détermine ; l'admiration seule
ne lui importe en rien. Et lorsque l'on est assis devant elle, on
la comprend ; l'opposition, on n'en fait qu'à distance ; lorsque
l'on est assis devant elle, on est convaincu : ce qu'elle siffle ici,
ce n'est pas un sifflement.

Comme siffler fait partie de nos habitudes machinales, on
pourrait penser que dans l'auditoire de Joséphine on siffle
aussi ; son art nous met à l'aise, et quand nous sommes à l'aise,
nous sifflons ; mais son auditoire ne siffle pas, il reste silencieux

comme une petite souris[1] ; comme si désormais nous partici-
pions de cette paix tant attendue dont notre propre sifflement
à tout le moins nous écarte, nous nous taisons. Est-ce son chant
qui nous ravit, ou n'est-ce pas plutôt le silence solennel qui
entoure cette faible petite voix ? Il arriva une fois qu'une espèce
d'insignifiante godiche se mit à siffler, en toute innocence, alors
que Joséphine chantait. Eh bien, c'était exactement la même
chose que nous entendions venant de Joséphine ; là-bas
devant, un sifflement encore timide, malgré tout son métier, et
ici dans le public ce sifflotis d'enfant qui s'oublie ; il aurait été
impossible d'indiquer une différence ; pourtant avec des chut !
et des sifflements nous fîmes aussitôt taire la perturbatrice, bien
que cela n'eût pas été du tout nécessaire, car de peur et de
honte, elle serait certainement rentrée dans son trou même
sans cela, tandis que Joséphine entonnait son sifflement de
triomphe et, toute transportée, ouvrait grand les bras, en étirant le cou autant qu'elle le pouvait.

D'ailleurs elle est toujours ainsi : le moindre incident, le
moindre hasard, la moindre hostilité, un craquement du parquet, un grincement de dents, une perturbation de l'éclairage
lui semble de nature à augmenter l'effet de son chant ; car à
son avis, elle chante devant des sourds qui n'ont pas d'oreille ;
l'enthousiasme et le succès ne manquent pas, mais quant à une
véritable compréhension, au sens où elle l'entend, elle a appris
à y renoncer depuis longtemps. Ainsi donc toutes les perturbations sont pour elle bienvenues ; tous les éléments extérieurs
qui s'opposent à la pureté de son chant et qu'elle surmonte en
luttant un peu, voire sans lutter, en se contentant de faire face,
peuvent contribuer à éveiller la foule, à lui enseigner sinon la
compréhension, du moins le respect dans l'intuition.

Mais si les petits accidents la servent de cette manière, com-

---

1. C'est ici un véritable jeu de mots — assez rare en tant que tel sous la
plume de Kafka —, puisque ce terme, « mäuschenstill (sein) », s'emploie pour
« rester coi », « ne pas piper », en dehors de tout « peuple des souris » : « das
Volk der Mäuse ». Signalons d'ailleurs que le mot « die Maus » (la souris)
n'apparaît *pas* dans le texte...

bien davantage les grands. Notre vie est très agitée, chaque jour apporte des surprises, des inquiétudes, des espérances et des frayeurs, au point que l'individu ne pourrait absolument pas supporter tout cela s'il ne trouvait pas sans cesse, jour et nuit, le soutien de ses camarades ; pourtant même ainsi, c'est souvent très dur ; parfois, même mille épaules tremblent sous le fardeau qui n'était en réalité destiné qu'à un seul. Alors Joséphine juge que son heure est venue. Déjà elle se dresse, toute délicatesse, avec une vibration particulièrement inquiétante sous la poitrine, on dirait qu'elle a concentré toutes ses forces dans le chant, que tout ce qui en elle ne sert pas directement à chanter, la moindre force, presque toute possibilité de vie, lui est enlevé, qu'elle est à nu, livrée, abandonnée à la seule protection d'esprits bienveillants, on dirait qu'en l'effleurant un souffle froid peut l'anéantir, tandis qu'ainsi, entièrement arrachée à elle-même, elle habite dans le chant. Or c'est précisément devant ce spectacle que nous avons l'habitude de nous dire, nous ses prétendus détracteurs : « Elle n'est même pas capable de siffler ; en faisant des efforts aussi effrayants, elle réussit tout juste, non pas à chanter — ne parlons pas de chant ! — mais à sortir tant bien que mal le sifflement habituel dans ce pays. » Voilà notre sentiment ; pourtant ceci, comme je l'ai déjà dit, n'est qu'une impression sans doute inévitable, mais passagère et vite effacée. Déjà nous plongeons nous aussi dans l'émotion de la foule qui, toute chaude, les corps pressés les uns contre les autres, prête l'oreille en retenant timidement son souffle.

Et pour rassembler autour d'elle la foule de notre peuple presque toujours en mouvement, fonçant dans toutes les directions pour des raisons qui souvent ne sont pas très claires, il suffit la plupart du temps que Joséphine rejette sa petite tête en arrière, entrouvre la bouche et lève les yeux pour prendre cette attitude qui signifie qu'elle a l'intention de chanter[1]. Elle

---

1. Kafka décrivait de façon comparable des actrices ou chanteuses de la troupe yiddish rencontrée à Prague, *cf.* son *Journal* de 1911 pour Mme Tschissik (5 et 7 novembre) ou le 6 janvier 1912 pour Mme Klug (*cf.* p. 290).

peut faire cela où elle veut, point n'est besoin d'un endroit visible de loin, le moindre coin caché, choisi au hasard dans le caprice de l'instant fait aussi bien l'affaire. La nouvelle qu'elle va chanter se répand aussitôt, et bientôt on s'y rend en processions. Or parfois, des obstacles surgissent pourtant, c'est précisément dans les périodes agitées que Joséphine préfère chanter, des préoccupations et des alarmes nombreuses nous forcent alors à toutes sortes de courses, avec la meilleure volonté on ne peut se rassembler aussi vite que le souhaite Joséphine, et il se peut que cette fois-là elle se retrouve durant un certain temps, ayant pris sa grande pose, sans avoir suffisamment d'auditeurs — bien sûr, elle entre alors en fureur, elle tape alors des pieds, elle jure d'une manière très indécente pour une jeune fille, elle va jusqu'à mordre. Pourtant même un pareil comportement ne nuit pas à sa réputation ; au lieu de refréner un peu ses exigences démesurées, on s'efforce de les satisfaire ; on dépêche des coursiers pour faire venir des auditeurs, pratique tenue secrète envers elle ; sur les routes on voit alors, postés dans tout le secteur, des plantons qui font signe aux arrivants de bien vouloir se presser ; tout cela jusqu'à ce que soit finalement réuni un nombre acceptable.

Qu'est-ce qui pousse le peuple à se démener ainsi pour Joséphine ? Cette question n'est guère plus facile à résoudre que celle du chant de Joséphine, à laquelle du reste elle est liée. On pourrait la supprimer et l'identifier tout à fait avec la seconde, s'il était possible par exemple d'affirmer qu'à cause de ce chant le peuple est inconditionnellement dévoué à Joséphine. Mais cela n'est précisément pas le cas ; notre peuple ne connaît guère le dévouement inconditionnel ; ce peuple qui aime par-dessus tout la ruse, sans conséquence bien sûr, les susurrements puérils, les bavardages, innocents bien sûr, juste prononcés du bout des lèvres, un peuple pareil est incapable de toute façon de s'abandonner inconditionnellement, Joséphine le perçoit sans doute elle aussi, c'est là ce qu'elle combat avec toute l'énergie de son faible gosier.

Pourtant il ne faut pas, bien sûr, suivre trop loin ces opinions communes, le peuple est quand même dévoué à Joséphine, mais non pas d'une façon inconditionnelle. Par exemple, il ne serait pas capable de se moquer de Joséphine. On peut bien se l'avouer : chez Joséphine bien des choses prêtent à rire ; et d'une façon générale, nous sommes toujours au bord du rire ; malgré toute la misère de notre vie, un petit rire est pour ainsi dire installé à demeure chez nous ; mais au sujet de Joséphine, nous ne rions pas. Parfois j'ai l'impression que le peuple conçoit sa relation à Joséphine comme avec un être fragile qu'il faut ménager, un être distingué d'une certaine manière, distingué par le chant, pense-t-elle, un être qui lui est confié et dont il doit prendre soin ; pour quelle raison, cela n'est clair pour personne, seul le fait semble établi. Or, on ne rit pas de ce qui vous est confié ; en rire serait manquer à ses devoirs ; la pire des méchancetés qu'infligent à Joséphine les plus méchants d'entre nous, c'est de dire parfois : « Nous perdons l'envie de rire quand nous voyons Joséphine. »

Ainsi donc le peuple veille-t-il sur Joséphine à la façon d'un père qui s'occupe d'un enfant quand celui-ci — sans que l'on sache bien s'il implore ou s'il réclame — tend sa petite main vers lui. On pourrait penser que notre peuple est peu apte à s'acquitter de semblables devoirs paternels, mais en réalité, du moins dans ce cas, il le fait à la perfection ; aucun individu ne serait capable de ce qu'accomplit à cet égard l'ensemble du peuple. La différence de forces entre le peuple et l'individu est bien sûr immense ; il suffit que le peuple accueille son protégé dans la chaleur de sa proximité, et voilà celui-ci suffisamment à l'abri. Avec Joséphine, il est vrai, on n'ose pas aborder ce genre de choses. « Je n'en ai rien à siffler, de votre protection », dit-elle alors. « C'est ça, tu siffles ! » pensons-nous. Et de plus, sa révolte n'est vraiment pas une dénégation, en fait cela ressemble plutôt à une réaction d'enfant, et d'enfant reconnaissant, et c'est une réaction de père que de ne pas y prêter attention.

Or il intervient pourtant un autre élément encore, qui est plus difficile à expliquer à partir de la relation existant entre le peuple et Joséphine. Elle est en effet d'un avis contraire : elle pense que c'est elle qui protège le peuple. Dans les situations politiques ou économiques préoccupantes, c'est prétendument son chant qui nous sauve, il accomplit rien de moins que cela, et s'il ne repousse pas le malheur, il nous donne au moins la force de le supporter. Joséphine n'exprime pas la chose ainsi, ni autrement non plus, d'ailleurs elle parle très peu, elle est silencieuse au milieu des pipelettes, mais dans ses yeux cela fulgure, dans sa bouche fermée — seuls peu d'entre nous sont capables de garder la bouche fermée, elle le peut — cela se lit. À chaque mauvaise nouvelle — et certains jours elles se bousculent les unes les autres, mêlées de nouvelles fausses et à demi vraies —, elle se dresse aussitôt, alors que d'habitude, fatiguée, elle se traîne sur le sol ; elle se dresse, étire le cou et cherche à dominer son troupeau du regard, comme le berger avant l'orage. Il est vrai que les enfants aussi, à leur manière violente et incontrôlée, émettent ce genre d'exigences, mais chez Joséphine elles ne sont quand même pas aussi injustifiées que chez eux. À vrai dire, elle ne nous sauve pas et elle ne nous donne aucune force, il est facile de se camper en sauveur de ce peuple qui, habitué à souffrir et à ne pas se ménager, prompt à la décision et familier de la mort, semble anxieux, mais le semble seulement, dans l'atmosphère de témérité où il vit en permanence, et cela avec autant de profit que de hardiesse — il est facile, dis-je, de se camper par après en sauveur de ce peuple qui pour l'instant s'est toujours sauvé lui-même, d'une manière ou d'une autre, au besoin par des sacrifices suscitant chez les historiens — en général, nous négligeons quant à nous complètement la recherche historique — un saisissement d'horreur. Et pourtant, il est vrai que précisément dans les situations de détresse nous écoutons encore mieux que d'ordinaire la voix de Joséphine. Les menaces qui planent sur nous font que nous devenons plus silencieux, plus modestes, plus soumis à l'autoritarisme de Joséphine ; nous nous rassemblons volontiers, nous nous serrons volontiers les uns contre les autres, en particulier parce que cela se produit à une occasion

qui n'a absolument rien à voir avec notre principale inquiétude ; c'est comme si tous ensemble, nous buvions encore en
hâte — oui, il faut se dépêcher, Joséphine l'oublie par trop
souvent — une coupe pacifique avant le combat. Ce n'est pas
tant un récital de chant qu'un rassemblement populaire, et en
l'occurrence un rassemblement tout à fait silencieux, à part le
petit sifflement là-devant ; l'heure est beaucoup trop grave
pour que l'on ait envie de la perdre à bavarder.

Or, il se pourrait bien sûr que ce genre de relation ne donnât
aucune satisfaction à Joséphine. Malgré tout le malaise et la
nervosité qui envahissent Joséphine à cause de sa situation
jamais entièrement clarifiée, il y a certaines choses qu'elle ne
voit pas, aveuglée par son amour-propre, et elle peut sans
grand effort être amenée à en négliger encore bien davantage :
un essaim de flatteurs s'active sans arrêt dans ce sens, donc en
fait dans le sens de l'intérêt général — mais chanter seulement
pour l'ambiance, sans qu'on y prête attention, dans un coin
pendant un rassemblement populaire, pour cela, et bien qu'en
soi ce ne serait pas du tout négligeable, elle ne sacrifierait certainement pas son chant.

Pourtant elle n'en est pas réduite à ce point, car son art n'est
pas sans retenir l'attention. Bien que dans le fond nous soyons
occupés par des choses très différentes et que le silence soit
loin de régner pour le seul amour du chant, bien que plusieurs
d'entre nous ne lèvent même pas les yeux, mais pressent la tête
dans la fourrure de leur voisin et que Joséphine semble donc
s'escrimer pour rien là-haut, un peu de son sifflement parvient
aussi — c'est indéniable — tout de même immanquablement
jusqu'à nous. Ce sifflement qui s'élève, alors que le silence est
imposé à tous les autres, arrive aux individus presque comme
un message du peuple ; le sifflement ténu de Joséphine, au
milieu des décisions difficiles, est presque comme l'existence
chétive de notre peuple au milieu du tumulte du monde hostile. Joséphine s'affirme, cette voix de rien du tout, cette prestation de rien du tout s'affirme et se fraie son chemin jusqu'à
nous, cela fait du bien de se le dire. Un véritable artiste du

chant, s'il venait à s'en trouver un parmi nous, nous ne le sup-
porterions certainement pas dans un moment pareil et nous
serions unanimes à refuser l'absurdité d'un tel récital. Puisse-
t-il être épargné à Joséphine de se rendre compte que le fait
que nous l'écoutions est une preuve allant contre son chant.
Sans doute le pressent-elle vaguement, sinon pourquoi nierait-
elle toujours avec autant de passion que nous l'écoutions ? Or
elle se remet toujours à chanter, à siffler pour surmonter ce
pressentiment.

D'ailleurs, de toute façon il lui resterait toujours une consolation : car d'une certaine manière nous l'écoutons vraiment,
sans doute probablement comme on écoute un artiste du
chant ; elle produit sur nous des effets qu'un artiste du chant
chercherait en vain à atteindre, et qui ne lui sont accordés à
elle que précisément grâce à ses moyens insuffisants. Cela tient
probablement surtout à notre manière de vivre.

Dans notre peuple on ne connaît pas de jeunesse, juste une
très courte enfance. Certes, des revendications surgissent régulièrement, pour que soient garanties aux enfants une liberté
particulière, des attentions particulières, pour leur droit à un
peu d'insouciance, à un peu d'agitation désordonnée, à un peu
de jeu, demandant que ce droit soit reconnu et que l'on œuvre
à sa réalisation ; de telles revendications surgissent, et presque
tous les approuvent ; il n'est rien que l'on ne doive approuver
davantage, mais il n'est rien non plus qui ne puisse être moins
concédé dans la réalité de notre vie ; on approuve ces revendications, on fait quelques tentatives dans ce sens, mais bientôt
tout est redevenu comme avant. Car notre vie est ainsi faite
qu'un enfant, dès qu'il commence un peu à marcher et qu'il se
repère un peu dans son environnement, doit subvenir à ses
besoins tout comme un adulte ; les territoires sur lesquels, vu
les contraintes économiques, nous devons vivre dispersés sont
trop vastes, nos ennemis sont trop nombreux, les dangers qui
nous guettent de partout sont trop imprévisibles — nous ne
pouvons pas tenir les enfants à l'écart de cette lutte pour la vie,
si nous le faisions, ce serait précipiter leur fin. Cependant à

côté de ces tristes raisons il en est une autre, encourageante :
la fécondité de notre lignée. Une génération pousse l'autre
— et chacune est nombreuse —, les enfants n'ont pas le temps
d'être des enfants. S'il se peut que d'autres peuples traitent
leurs enfants avec grand soin, construisent chez eux des écoles
pour les petits, et que chaque jour là-bas les enfants, l'avenir
du peuple, s'échappent en foule de ces écoles, ce sont alors
pendant de longues périodes les mêmes enfants qui en sortent
là-bas, jour après jour. Nous n'avons pas d'école ; mais de notre
peuple s'échappent à des intervalles extrêmement courts les
cohortes innombrables de nos enfants : sifflotant ou piaulant
gaiement tant qu'ils ne savent pas encore siffler, se traînant ou
roulant plus loin sous la pression tant qu'ils ne savent pas
encore courir, dans leur maladresse emportant tout par leur
masse tant qu'ils ne voient pas encore clair, nos enfants ! Et ce
ne sont pas, comme dans ces écoles-là, les mêmes enfants, non,
c'en sont toujours de nouveaux, toujours, sans fin, sans interruption, à peine un enfant apparaît-il qu'il n'est plus un enfant,
mais déjà derrière lui les visages d'enfants nouveaux se pressent, indifférenciés dans leur affluence et leur hâte, roses de
bonheur. Cependant, si beau que ce soit et bien que d'autres
puissent à juste titre nous envier pour cela, il demeure que
nous ne sommes pas en mesure de donner à nos enfants une
véritable enfance. Et cela n'est pas sans conséquences. Un certain caractère enfantin, persistant, indéracinable imprègne
notre peuple ; en complète contradiction avec ce que nous possédons de meilleur, un infaillible sens pratique, nous agissons
parfois de façon tout à fait inconsidérée, précisément de la
façon inconsidérée dont agissent les enfants, d'une manière
absurde, prodigue, somptueuse, à la légère, et le tout souvent
pour faire une petite farce. Et si bien sûr la joie que nous en
éprouvons ne peut plus avoir toute la force d'une joie d'enfant,
il en reste certainement quelque chose. Ce caractère enfantin
de notre peuple profite aussi depuis toujours à Joséphine.

Mais notre peuple n'est pas seulement enfantin, il est aussi
pour ainsi dire prématurément vieux, l'enfance et la vieillesse

n'évoluent pas chez nous comme chez les autres. Nous ne connaissons pas de jeunesse, nous sommes aussitôt des adultes, et nous restons ensuite adultes trop longtemps, de là une certaine fatigue, une absence d'espoir qui traverse et marque largement le tempérament de notre peuple, pourtant si résistant et plein d'espoir dans son ensemble. Notre manque de sens musical, lui aussi, y est sans doute lié ; nous sommes trop vieux pour la musique, dont l'exaltation et l'élan ne conviennent pas à notre pesanteur[1] ; fatigués, nous l'écartons d'un geste ; nous nous sommes rabattus sur le sifflement : siffler un peu de temps en temps, voilà ce qu'il nous faut. Qui sait s'il n'y a pas parmi nous des talents musicaux ? Pourtant, s'il y en avait, le caractère de leurs congénères ne manquerait pas de les étouffer avant même qu'ils s'épanouissent. Joséphine en revanche peut tout à sa guise siffler ou chanter, qu'elle appelle cela comme elle voudra, cela ne nous dérange pas, cela nous correspond, c'est une chose que nous pouvons supporter ; s'il devait y avoir là-dedans la moindre dimension musicale, c'est réduit à sa plus simple expression ; une certaine tradition musicale se conserve, mais sans que cela nous pèse le moins du monde.

Cependant Joséphine apporte encore davantage à ce peuple, disposé comme il est. Lors de ses concerts, surtout dans les périodes difficiles, il ne reste plus que les très jeunes pour s'intéresser à la cantatrice en tant que telle, eux seuls la regardent avec étonnement retrousser ses lèvres, rejeter l'air entre ses mignonnes dents de devant, se pâmer d'admiration pour les sons qu'elle-même produit, et utiliser cette défaillance pour se lancer dans une nouvelle performance qui lui devient de plus en plus incompréhensible ; mais la foule à proprement parler — on s'en rend bien compte — s'est repliée sur elle-même. Ici, dans les trop brèves interruptions entre les combats, le peuple rêve, les individus ont comme l'impression que leurs membres

---

1. Trait autobiographique présent depuis le début du texte : Kafka revient souvent sur sa totale incompréhension de la musique qui « l'entoure d'une muraille » derrière laquelle il est captif. (*Journal*, le 13 décembre 1911.) *Cf.* aussi *Lettre à Felice*, le 11 mars 1913.

s'allègent, que pour une fois eux qui ne connaissent pas de répit vont pouvoir à leur guise s'étaler et s'étirer dans le grand lit chaud du peuple. Et de temps à autre, le sifflement de Joséphine retentit jusque dans ces rêves ; elle le dit perlé, nous le disons saccadé ; mais en tout cas il est ici à sa place, comme nulle part ailleurs, comme dans l'instant le plus propice qu'aucune musique puisse jamais trouver. Il s'y rencontre une part de cette pauvre et courte enfance, une part de ce bonheur perdu, impossible à retrouver jamais, mais aussi une part de la vie active d'aujourd'hui, une part de sa petite gaieté inexplicable, qui pourtant existe et ne peut être supprimée. Et tout cela, à la vérité, n'est pas exprimé haut et fort, mais légèrement, dans un murmure, en confidence, avec parfois quelque chose de rauque. C'est un sifflement, bien sûr. Comment ne le serait-ce pas ? Siffler est le langage de notre peuple, mais certains sifflent pendant toute leur vie et ne le savent pas, tandis qu'ici le sifflement est libéré des chaînes de la vie quotidienne, et nous libère aussi durant un court moment. Ces récitals, il est certain que nous ne voudrions pas nous en passer.

Mais de là à affirmer, comme Joséphine, qu'elle nous donne dans ces périodes-là des forces nouvelles, etc., il y a vraiment très loin. En tout cas pour les gens ordinaires, non pas pour les flatteurs de Joséphine. « Comment pourrait-il en être autrement » — disent-ils avec une effronterie très ingénue —, « comment pourrait-on expliquer autrement cette grande affluence, en particulier devant un danger des plus pressants, ce qui a même déjà fait quelquefois que l'on ne se soit pas défendu assez fort, en temps utile, précisément contre ce danger ? » Bon, ce dernier point, hélas ! est juste, mais ce n'est tout de même pas un titre de gloire pour Joséphine ; surtout si l'on ajoute que, lorsque l'ennemi venait par surprise tailler en pièces ce genre de rassemblement et qu'un grand nombre d'entre nous allait y périr, c'était toujours Joséphine, elle qui avait tout causé et dont le sifflement avait même peut-être attiré l'ennemi, qui se trouvait à la place la plus sûre et qui, sous la protection de ses fidèles, sans aucun bruit et au plus vite, s'éclipsait la première. Mais cela aussi, tous le savent dans le fond, et cependant ils se précipitent de nouveau à la première occasion où Joséphine se dresse pour chanter, à l'endroit et au moment qu'elle choisit comme bon lui semble. On pourrait en conclure que Joséphine est presque en dehors de la loi, qu'elle a le droit de faire ce qu'elle veut même si cela met en danger la collectivité, et qu'on lui pardonne tout. S'il en était ainsi, les exigences de Joséphine seraient, elles aussi, entièrement compréhensibles, et on pourrait même voir, d'une certaine façon, dans cette liberté qui lui serait donnée par le peuple, dans ce cadeau extraordinaire accordé à personne d'autre et en réalité contraire aux lois, comme un aveu du fait que le peuple, ainsi que Joséphine l'affirme, ne la comprend pas, s'étonne de son art sans pouvoir faire davantage, ne se sent pas digne d'elle, cherche à compenser la souffrance qu'il cause à Joséphine par une prestation quasiment désespérée, et que, de la même manière que l'art de Joséphine est hors de son entendement, il place sa personne et ses désirs hors de sa sphère d'autorité. Or c'est pourtant loin d'être juste, en réalité ; peut-être que sur certains points le peuple capitule trop vite devant Joséphine, mais comme il ne capitule inconditionnellement devant personne, il ne le fait donc pas non plus devant elle.

Depuis déjà longtemps, peut-être déjà depuis le début de sa carrière d'artiste, Joséphine lutte pour être libérée de tout travail, en considération de son chant ; il faudrait ainsi lui épargner le souci de son pain quotidien, de tout ce qui relève chez nous de la lutte pour l'existence, et — probablement — en rejeter la charge sur l'ensemble du peuple. Pour qui s'enthousiasme vite — ce fut d'ailleurs le cas de certains —, la seule étrangeté de cette réclamation et un état d'esprit capable de concevoir une revendication pareille suffiraient pour que l'on conclue à son bien-fondé en soi. Mais notre peuple tire des conclusions différentes et refuse tranquillement cette revendication. Il ne se soucie guère non plus de réfuter les arguments qui justifient cette requête. Joséphine indique par exemple que les efforts nécessaires pour travailler portent préjudice à sa voix, que même si ces

efforts sont minimes, comparés avec ceux du chant, ils l'empêchent malgré tout de se reposer suffisamment après avoir
chanté et de prendre des forces pour chanter de nouveau, la
contraignant à s'épuiser complètement, sans jamais cependant
pouvoir, dans ces conditions, donner le meilleur d'elle-même.
Le peuple entend ce qu'elle dit et n'en tient aucun compte.
Ce peuple qui s'émeut si facilement est parfois impossible à
émouvoir. Le refus est parfois si abrupt que Joséphine elle-
même reste interdite, elle semble céder, travaille comme il se
doit, chante aussi bien qu'elle peut, mais tout cela seulement
pour un temps, après quoi elle reprend la lutte avec des forces
nouvelles — semblant en avoir ici d'illimitées.

Or il est bien clair qu'en réalité Joséphine ne cherche pas à
obtenir littéralement ce qu'elle réclame. Elle est raisonnable,
elle n'a pas peur du travail, du reste chez nous la peur du travail est absolument inconnue, même si sa revendication était
satisfaite, elle ne vivrait certainement pas autrement qu'auparavant, le travail ne ferait aucunement obstacle à son chant, et
d'ailleurs son chant ne progresserait pas non plus en beauté
pour autant — ce qu'elle cherche à obtenir, c'est donc simplement, d'une manière officielle, dépourvue d'ambiguïté, qui sur-
vive aux aléas du temps et qui aille très au-delà de tout ce qui
s'est fait jusqu'ici, la reconnaissance de son art. Mais alors que
presque tout le reste lui semble accessible, cela persiste à lui
être refusé. Peut-être aurait-elle dû attaquer dès le début dans
une autre direction, peut-être maintenant se rend-elle compte
elle-même de son erreur, mais à présent elle ne peut plus reculer, un recul équivaudrait à se renier soi-même, à présent il faut
qu'elle tienne ou qu'elle périsse avec cette revendication.

Si elle avait réellement des ennemis, comme elle le dit, ils
pourraient considérer cette lutte d'un air amusé, sans même
avoir besoin de lever le petit doigt. Mais elle n'a pas d'ennemis,
et même si de temps en temps certains ont quelque chose à lui
reprocher, cette lutte n'amuse personne. Pour la raison d'abord
que le peuple prend ici sa froide attitude de juge, comme cela ne
se voit, sinon, que rarement chez nous. Et s'il se trouve quel-

qu'un pour approuver dans ce cas pareille attitude, la simple idée qu'envers lui-même le peuple puisse un jour en adopter une semblable exclut toute joie. Car pour le refus comme pour la revendication, il ne s'agit pas de la chose en elle-même, mais du fait que le peuple, face à l'un de ses enfants, soit ainsi capable de se fermer complètement, devenant impénétrable, et d'autant plus impénétrable qu'il veille sinon comme un père et plus même que comme un père sur ce même enfant : avec humilité.

Si maintenant un individu se trouvait à la place du peuple, on pourrait penser que cet homme s'est soumis en permanence à Joséphine, non sans cesser de désirer ardemment mettre enfin un terme à cette soumission ; qu'il s'est soumis à un point surhumain, avec la ferme conviction que cette soumission trouverait malgré tout sa juste limite ; qu'il s'est même soumis plus qu'il n'était nécessaire, rien que pour accélérer les choses, rien que pour gâter Joséphine et l'inciter à formuler toujours de nouveaux désirs, jusqu'à ce qu'elle en arrive effectivement à cette ultime revendication ; mais qu'il en est alors venu à ce refus définitif, tout net, car préparé de longue date. Or il n'en est certainement pas du tout ainsi, le peuple n'a pas besoin de ce genre de ruses, d'ailleurs il a pour Joséphine une vénération sincère et confirmée, d'autre part la revendication de Joséphine est si énorme que n'importe quel enfant inexpérimenté aurait pu lui en annoncer le résultat ; pourtant il se peut que dans la façon dont Joséphine envisage les choses, pareilles suppositions jouent aussi un rôle, en ajoutant quelque amertume à sa douleur d'essuyer un refus.

Mais bien qu'elle fasse peut-être de telles suppositions, elle ne se laisse pas détourner par là de sa lutte. Depuis peu, cette lutte s'intensifie même ; si jusqu'à présent elle ne l'avait menée qu'en paroles, elle commence maintenant à utiliser d'autres moyens, qui à son avis sont plus efficaces, à notre avis à nous plus dangereux pour elle.

Certains pensent que si Joséphine devient tellement pressante, c'est parce qu'elle se sent vieillir, que sa voix donne des signes de faiblesse et que pour cette raison il lui semble urgent de lutter une dernière fois pour être reconnue. Quant à moi, je ne le pense pas. Joséphine ne serait pas Joséphine si cela était vrai. Pour elle, vieillir n'existe pas et sa voix n'a aucune faiblesse. Si elle revendique quelque chose, elle n'y est pas amenée par des éléments extérieurs, mais par une logique intérieure. Elle cherche à saisir la couronne la plus haute, non pas parce que celle-ci se trouve, à cet instant précis, suspendue un peu plus bas, mais parce que c'est la couronne la plus haute ; si c'était en son pouvoir, elle la suspendrait encore plus haut.

Ce mépris des difficultés extérieures ne l'empêche pas, du reste, de recourir aux moyens les plus indignes. Son bon droit est pour elle hors de doute ; qu'importe donc la manière dont elle l'obtient ; étant donné surtout que dans ce monde tel qu'il lui apparaît, les moyens dignes, précisément, sont condamnés à échouer. Peut-être est-ce même pour cette raison qu'elle a préféré placer la lutte pour son droit hors du domaine du chant dans un autre qui lui importe peu. Ses fidèles ont répandu quelques-unes de ses allégations, selon lesquelles elle se sent tout à fait capable de chanter de manière telle que cela procure un plaisir réel à toutes les catégories du peuple, jusque dans l'opposition la plus dissimulée ; non pas un plaisir réel au sens que veut dire le peuple, lui qui affirme en avoir toujours éprouvé par le chant de Joséphine, mais du plaisir au sens où le désire Joséphine. Pourtant, ajoute-t-elle, comme elle ne peut ni déguiser ce qui est noble, ni flatter ce qui est vil, la situation doit rester inchangée. En revanche, il en va autrement dans sa lutte pour être libérée de tout travail ; certes c'est une lutte menée pour son chant, mais comme elle n'y lutte pas directement avec la précieuse arme du chant, tous les moyens qu'elle emploie sont suffisamment bons.

Par exemple une rumeur fut ainsi répandue que Joséphine avait l'intention, si on ne se soumettait pas, d'écourter ses vocalises. Je ne suis pas du tout expert en vocalises, dans son chant je n'ai jamais remarqué aucune vocalise. Joséphine pourtant veut écourter ses vocalises, non pas les supprimer pour l'instant, mais seulement les écourter. Elle a mis sa menace à exécution, paraît-il, mais pour ma part je n'ai remarqué aucune différence par rapport à ses précédents récitals. L'ensemble du peuple a écouté comme toujours, sans rien manifester au sujet des vocalises, et rien n'a changé non plus dans sa conduite face à la revendication de Joséphine. Du reste, il est indéniable que dans sa façon de penser, comme dans sa silhouette, Joséphine a parfois quelque chose de très gracieux. Ainsi par exemple, après ce récital et comme si sa décision concernant les vocalises avait été trop dure ou trop brutale vis-à-vis du peuple, elle a déclaré que prochainement elle se remettrait malgré tout à chanter intégralement ses vocalises. Mais après le concert suivant, elle changea encore d'avis, disant que c'en était à présent définitivement fini des grandes vocalises et qu'il n'en serait plus question avant qu'une décision ne fût prise en faveur de Joséphine. Eh bien, le peuple fait la sourde oreille à toutes ces explications, décisions et changements de décisions, exactement comme un adulte dont la pensée fait la sourde oreille aux bavardages d'un enfant, avec une bienveillance de principe, mais en restant inaccessible.

Pourtant Joséphine ne se soumet pas. Elle a par exemple affirmé récemment s'être fait mal au pied en travaillant, ce qui rend douloureux pour elle de rester debout en chantant ; mais comme elle ne peut chanter que debout, elle se voit contrainte maintenant d'écourter même ses chants. Bien qu'elle boite et qu'elle se fasse soutenir par ses fidèles, personne ne croit qu'elle se soit vraiment fait mal. Même en admettant que son corps menu soit particulièrement sensible, nous sommes un peuple voué au travail, malgré tout, et Joséphine elle aussi en fait partie : or si nous nous mettions à boiter à la première écorchure, le peuple entier ne cesserait pas un instant de boiter. Elle a beau se faire conduire comme une paralytique, elle a beau se montrer plus souvent qu'à l'ordinaire dans cet état pitoyable, le peuple écoute son chant, reconnaissant et ravi comme par le passé ; mais qu'elle l'ait écourté, il ne s'en inquiète pas beaucoup.

Comme elle ne peut pas boiter en permanence, elle invente autre chose, elle prétexte la fatigue, le manque d'entrain, la faiblesse. Du coup, en dehors du concert nous avons aussi un spectacle. Derrière Joséphine, nous apercevons ses fidèles qui la prient et

la conjurent de chanter. Elle aimerait bien, mais elle ne peut pas.
On la console, on la flatte de tous côtés, on la porte presque vers
l'endroit repéré à l'avance où elle doit chanter. Enfin, en versant
des larmes qui ne s'expliquent pas, elle cède, mais au moment où,
manifestement dans un ultime sursaut de sa volonté, elle s'apprête
à commencer son chant, sans tonus, les bras non pas tendus
comme d'habitude, mais sans vie, pendant le long du corps — ce
qui donne l'impression qu'ils sont peut-être un peu trop courts —,
au moment où elle s'apprête ainsi à commencer, cela ne va pas de
nouveau, comme on le voit à sa tête qui a un mouvement de contrariété, et elle s'effondre sous nos yeux. Mais ensuite elle parvient
tout de même à se ressaisir et elle chante, je pense, à peu près
comme d'habitude, peut-être que si on a de l'oreille pour les nuances les plus subtiles on y décèle une émotion un peu inaccoutumée, mais qui ne nuit pas à la chose, au contraire. Et finalement
elle est même moins fatiguée qu'auparavant ; c'est d'une allure
ferme, si l'on peut qualifier ainsi son trottinement rapide, qu'elle
s'éloigne, en refusant tout secours de ses fidèles et en scrutant d'un
regard froid la foule qui s'écarte respectueusement devant elle.

Il en était ainsi, récemment, mais la toute dernière nouveauté, c'est qu'en un moment où l'on attendait son chant, elle
avait disparu. Ses fidèles ne sont pas les seuls à la chercher,
beaucoup se rendent disponibles pour les recherches, mais en
vain ; Joséphine a disparu, elle ne veut pas chanter, elle ne veut
même pas qu'on le lui demande, cette fois elle nous a complètement abandonnés.

C'est étrange comme elle calcule mal, cette avisée, tellement
mal que l'on pourrait penser qu'elle ne calcule pas du tout, mais
qu'elle est simplement poussée plus loin par son destin qui, dans
notre monde, ne peut devenir que fort triste. C'est elle-même qui
se dérobe au chant, elle-même qui détruit le pouvoir qu'elle avait
conquis sur les esprits. Mais comment a-t-elle pu réussir à conquérir ce pouvoir, connaissant si peu ces esprits ? Elle se cache et
ne chante pas ; pourtant le peuple, calme, sans manifester
aucune déception, souverain, masse se suffisant à elle-même et
qui ne peut à la vérité, même si les apparences sont contraires,

que donner des cadeaux, mais jamais en recevoir, même pas de Joséphine, ce peuple poursuit son chemin.

Joséphine quant à elle ne peut aller que vers son déclin. Bientôt viendra le temps où son dernier coup de sifflet se fera entendre, puis se taira. Elle est un petit épisode dans l'histoire éternelle de notre peuple, et ce peuple surmontera sa perte. Non pas que les choses deviendront faciles pour nous ; comment les rassemblements seront-ils possibles, dans un silence total ? Pourtant, n'étaient-ils pas déjà silencieux, même avec Joséphine ? Ses sifflements étaient-ils en réalité sensiblement plus puissants et plus vivants que ne le sera leur souvenir ? Étaient-ils donc, quand Joséphine vivait encore, autre chose qu'un simple souvenir ? N'est-ce pas plutôt le peuple, dans sa sagesse, qui a placé si haut le chant de Joséphine, précisément parce que de cette manière, celui-ci ne pouvait pas être perdu ?

Peut-être donc ne serons-nous vraiment pas privés de grand-chose, alors que Joséphine, délivrée des tourments terrestres, mais qui à son avis sont réservés aux êtres élus, se perdra joyeusement dans la foule innombrable des héros de notre peuple, et bientôt, comme nous ne nous constituons pas d'Histoire, elle connaîtra une délivrance plus haute et sera oubliée comme tous ses frères [1].

---

1. Ce récit, écrit par Kafka, revenu à Prague, en mars 1924, fut publié de son vivant dès le 20 avril, dans le supplément de Pâques de la _Prager Presse_, sous le simple titre de _Josefine die Sängerin_. C'est au sanatorium de Kierling, en mai, que Kafka ajoute _ou le peuple des souris_ (_oder das Volk der Mäuse_), en griffonnant sur une paperole le commentaire suivant : « ces titres en "ou" ne sont assurément pas très jolis, mais ici cela a peut-être un sens particulier. Comme quelque chose d'une balance. » Le texte figure en quatrième place dans le recueil publié en 1924 à Berlin, par les éditions Die Schmiede (« La forge ») dans une collection intitulée « Les Romans du xxᵉ siècle ».

# Table

TOUT LE CHAMP DES POSSIBLES

MAI 1910 - MAI 1913 : LA PERCÉE

*Table* 1517

## L'ÉTÉ 1914 : DIABOLIQUE EN TOUTE INNOCENCE !

## 1917 : HEUREUX DANS SON MALHEUR

## 1920-1924 : ÉCRIRE À TOMBEAU OUVERT

### Le Château

Arrivée, 1147. — Barnabas, 1164. — Frieda, 1182. — Première conversation avec la patronne, 1191. — Chez le maire, 1203. — Deuxième conversation avec la patronne, 1222. — L'instituteur, 1235. — En attendant Klamm, 1244. — Lutte contre l'interrogatoire, 1253. — Dans la rue, 1263. — Dans l'école, 1269. — Les assistants, 1280. — Hans, 1286. — Les reproches de Frieda, 1296. — Chez Amalia, 1307. — 16. « K. resta planté là... », 1316. — Le secret d'Amalia, 1332. — Le châtiment d'Amalia, 1348. — Supplications, 1357. — Les projets d'Olga, 1365. — 21. « Voilà qu'à présent... », 1381. — 22. « K. regardait... », 1390. — 23 « C'est alors seulement... », 1401. — 24. « Il serait probablement passé... », 1418. — 25. « Lorsqu'il s'éveilla, K. eut d'abord l'impression... », 1434.

### Un artiste du jeûne

Dépôt légal éditeur : 2098-04/2000
Édition 1
ISBN : 2-253-13248-9

Composition réalisée par NORD COMPO

Imprimé en Italie par « La Tipografica Varese S.p.A. » – Varese

◈ 31/3248/7